WALROSS-ZÄHNE, HÄUTE, PELZE
SKLAVEN, PELZE, HONIG, WACHS
RUSSLAND
BULGAR
WOLGA
ARALSEE
CHORISM
LADOGASEE
STARAJA LADOGA
BERN-STEIN
ST. PETERSBURG
WOLCHOW
NOWGOROD
ILMENSEE
LOWAT
DON
WOLGOGRAD
ITIL
SILBER, SEIDE, SCHMUCK
KASPISCHES MEER
GORGAN
DÜNA
RIGA
VISBY
OSTSEE
BERN-STEIN
KIEW
DNJEPR
TRUSO
WOLLIN
WEICHSEL
BEREZAN
ODER
KRAKAU
SCHWARZES MEER
TIGRIS
PRAG
EUPHRAT
BAGDAD
SILBER, SEIDE, BROKAT, SCHMUCK, WEIN
DONAU
ISTANBUL (KONSTANTINOPEL)
LUNA
PISA
ROM
MITTELMEER
NIL

Auch die Götter haben ein Schicksal! Und das Schicksal der Götter, Ragnarök, ist unvermeidlich: Eines fernen Tages werden die Riesen gegen die Götter zum Kampf schreiten. Der Fenriswolf wird seine Ketten sprengen. Jörmungandr, die Midgardschlange, wird sich aus den Meeren erheben. Und es kommt zur großen Schlacht. Achthundert Krieger werden dann aufrecht nebeneinander durch die fünfhundertvierzig Tore Walhalls zum Schlachtfeld schreiten und an der Seite der Götter kämpfen. Das ist alles, was sie sich ihr ganzes Leben erträumt haben.

IMPRESSUM

Fred bei den Wikingern – Jarl Ragnalds Vermächtnis
von Birge Tetzner

1. Auflage 2019

Veröffentlicht bei ultramar media, Berlin 2019
ultramar-media.com

Illustrationen: Karl Uhlenbrock, karluhlenbrock.de
Realisation: erste liga büro für gestaltung, Essen, ersteliga.de
Lektorat: Dr. Ulrike Schimming, letterata.de
Korrektorat: Rotkel Textwerkstatt, Berlin, rotkel.de

Verwendete Schriftarten: Reserve, Bommer Slab, Mr. Dodo, Norse
Gedruckt auf Munken Print Cream
Druck und Bindung: Multiprint Ltd.

ISBN 978-3-9819200-1-7

Birge Tetzner

Fred bei den Wikingern

Jarl Ragnalds Vermächtnis

Mit zahlreichen Illustrationen
von Karl Uhlenbrock

ultramar media

INHALT

Thorsteinn bemerkte sie als Letzter. Er hatte das Gesicht tief in einem Trinkhorn versenkt, randvoll gefüllt mit **Met***, den er in einem Zug herunterstürzte. Es war nicht sein erstes Horn an diesem Abend. Harald schlug Thorsteinn plötzlich so kräftig auf die Schulter, dass er sich verschluckte und immer noch hustete, als er den Mund am Ärmel abwischte. Die anderen hatten ihre Hörner längst abgesetzt und waren verstummt. **Jarl*** Ragnald führte die Seherin mitten durch die große Halle zu seinem Hochsitz. Vorsorglich traten alle ein Stückchen zur Seite und bildeten eine Gasse. Kaum einer wagte es, in die milchigen Augen der alten Frau zu sehen. Kein Laut war zu hören. Niemand wollte ihre Aufmerksamkeit wecken. Sie könnte etwas an ihnen auszusetzen haben und sie verfluchen. Oder schlimmer, ihnen eine schlechte Zukunft voraussagen.

Es war Mittsommernacht. Der Jarl hatte die gesamte Dorfgemeinschaft zu einem großen Fest eingeladen, um die hellen Nächte zu feiern. Was sollte man auch sonst tun in den Nächten, in denen die Sonne nicht unterging? Doch das war nicht der einzige Grund für das Fest. Ragnald war ein reicher Jarl. Und von seinem Reichtum gab er gern und viel ab. Nicht nur weil er stolz darauf war, es sich leisten zu können. Im Gegenzug schworen ihm die Dorfbewohner die Treue. Sie vertrauten ihm. Und er hatte ihr Vertrauen wohlverdient. Er sorgte gut für sein Dorf und war gerecht. In seiner Halle hieß er alle willkommen. Und wenn er mit seinen Kriegern von einer Plünderfahrt nach Hause zurückkehrte, verteilte er die Beute mehr als großzügig. Auch das Fest an diesem Abend war ein Zeichen seiner Großzügigkeit. Ragnald bewirtete seine Untertanen, so wie **Odin*** seine Krieger in **Walhall*** bewirtete.

Magie und Zauberei – die Völva

Magie und Zauberei waren für die Wikinger ganz normal. In all ihren Geschichten gibt es magische Elemente. Die Götter lernten die Zauberei von **Freyja***, aber der Meister der Zauberer war Odin. Die Grenze zwischen der Welt der Menschen und der Welt der Götter war fließend, und die Magie umgab die Menschen wie die Natur. Zauberinnen oder Seherinnen sagten die Zukunft voraus, sprachen mit den Göttern und beherrschten Zaubersprüche. Das altnordische Wort für diese Frauen ist *Völva*, das wörtlich übersetzt „Stabträgerin“ bedeutet. Und tatsächlich haben Archäologen in über 50 Frauengräbern in ganz Skandinavien Zauberstäbe gefunden, die sich alle ähneln. Sie sind bis zu 90 Zentimeter lang und aus Eisen. Die meisten enden in einem Knauf, einige haben einen Anhänger an der Spitze. In der isländischen Saga Eriks des Roten wird von Thorbjörk lítilvölva (Thorbjörk, die kleine Seherin) erzählt, einer „Wahrsagerin und zauberkundigen Frau“, die vom reichen Bauer Thorkel an seinen Hof eingeladen wurde, um die Zukunft zu prophezeien. Sie hatte 9 Schwestern, die alle auch Seherinnen waren. Die Fähigkeit zur Magie lag zu Zeiten der Wikinger also wohl in der Familie.

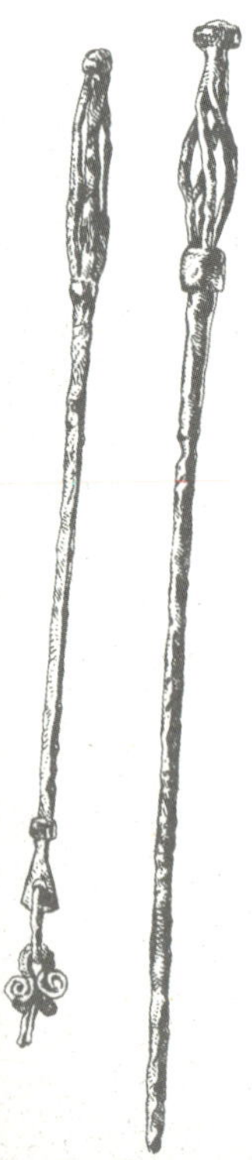

Diese **Eisenstäbe** *aus dem 10. Jahrhundert wurden in Gävle, Schweden, und Fuldby, Dänemark, gefunden und gelten als Zauberstäbe zweier Seherinnen.*

Die Seherin ließ sich langsam auf dem Hochsitz des Jarls nieder. Lange richtete sie ihren leeren Blick auf Ragnald. Er hielt ihm stand. Seine Gesichtszüge entspannten sich, und er nickte fast unmerklich, so als hätte er verstanden, was sie nicht aussprach.

Thorsteinn verzog den Mund. „Ein schlechtes Omen“, zischte er.

Halfdan, Ragnalds Bruder, atmete einmal tief ein und wieder aus.

„Das Meer…“, sagte die alte Frau. Langsam wandte sie ihren Blick von Ragnald ab und der Festgemeinde zu. „Das Meer, das ihr so liebt, ihr alle, es birgt Gefahren. Das Meer, denkt ihr, besteht nur aus Wasser und Wellen. Je mehr und je höher, desto wilder stürzt ihr euch hinein, begierig, die Wellen mit euren stolzen Schiffen zu durchkreuzen. Ihr Ahnungslosen!“

Ein verächtliches Lächeln huschte um die Mundwinkel der Seherin. In der rechten Hand hielt sie einen dünnen Stab. Er war fast so lang wie ihr eigener Arm. Sein Ende war zu einer Art Knauf geformt. Diesen Stab hob sie nun an und zeichnete damit langsam eine unsichtbare Linie über die Männer, die unwillkürlich die Köpfe einzogen. Sie sog hörbar Luft ein, bevor sie mit ihrer rauen Stimme wieder die Stille durchschnitt.

„Blóðughadda, Bylgja, Bara. Himinglæva, Uðr, Hefring. Dúfa, Kolga, Hrönn. Neun Wellen. Neun Namen. Neun Mütter. Neun Töchter. Töchter der **Rán***, der Räuberin. Die erste ist die mit dem blutroten Haar, die zweite wölbt sich wogengleich, die dritte sitzt auf ihrer Spitze. Die vierte ist die Himmelsklare, die fünfte die schäumende Gischt. Die sechste steigt so hoch wie keine. Nur die siebte vermag, sie zu überragen. Die achte ist der kalte, die neunte der reißende Strom. Halb Mensch, halb Fisch sind sie. Der Teil ihres Körpers, der aus dem Wasser herausragt, gleicht den wunderschönsten Jungfrauen. Doch unter Wasser – wenn es ruhig und klar ist, könnt ihr es sehen! – unter Wasser haben sie nichts als einen mächtigen Fischschwanz. So stark, dass ein Schlag sie wie Pfeile durch das Wasser schickt. Zwischen ihren Fingern sind Schwimmhäute. Und ihre Lungen können atmen, ganz gleich, ob über oder unter Wasser. Sie verzaubern euch mit ihrer Schönheit. So schöne Jungfrauen habt ihr noch nie gesehen. Sie locken euch, bis ihr euch weit über den Schiffsbug lehnt. Doch dann, ihr traut euren Augen nicht, dann sind sie verschwunden. Schnell wie der Blitz. Und ihr, in eurer Gier, ihr lehnt euch noch weiter nach vorn, um sie wiederzufinden … und seid verloren. Denn statt der Meerjungfrauen erscheint ihre Mutter, die räuberische Rán. Sie wirft ihr Netz nach euch. Fängt euch damit wie einen kalten Fisch und zieht euch hinunter zum Grund des Meeres. Nur, ihr … ihr könnt nicht atmen unter Wasser! Euer Atem versiegt! Dann seid ihr gefangen, tief in der eiskalten See.“

Die Völva lehnte sich zurück. Das Reden strengte sie an. Sie war nur selten unter Menschen und es nicht gewohnt, so lange zu sprechen. Wenn sie überhaupt von Leuten aus dem Dorf aufgesucht wurde, dann meistens von Frauen, die von ihr wissen wollten, wann sie ein Kind empfangen würden, und ob es ein Junge oder ein Mädchen sein würde. Die Männer gingen ihr lieber aus dem Weg. Sie wollten ihre Zukunft gar nicht wissen. Doch der Jarl war gut zu ihr. Er vertraute ihr und erbat ihren Rat, wenn er Sorgen hatte. Deshalb hatte sie seine Einladung nicht ausschlagen können.

„Manch einen bedauern die Töchter der Rán", fuhr die Seherin fort. Dabei zog sie leicht die Schultern hoch und neigte den Kopf zur Seite. „Den umkreisen sie, befreien ihn aus dem Netz ihrer Mutter und schicken ihn zurück an die Oberfläche, damit er wieder atmen kann. So ergeht es *ihm*. Er kommt. Schon bald. *Er* wird gerettet, von den Töchtern der Rán. Und *er* rettet Ivar."

Ein Ort zum Herrschen und zum Feiern – die große Halle

Der Herrschaftssitz der Jarle war die große Halle. Archäologen haben in ganz Skandinavien Spuren zahlreicher solcher Hallen gefunden. Erhalten sind nur noch die tiefen Löcher für die Pfosten, die das Dach trugen. Die legendärste große Halle ist *Heorot* von König Hrothgar aus dem Heldenepos „Beowulf". Forscher vermuten sie im dänischen Lejre. Die größte bisher gefundene Halle stand mit einer Länge von 83 Metern in Borg auf den Lofoten, Norwegen.

Typisch für die großen Hallen war ihr Versammlungsraum in der Mitte, die eigentliche Halle. Hier empfingen die Jarle andere Fürsten oder deren Gesandte. Von hier aus regierten sie ihr Herrschaftsgebiet, hierhin luden sie ihre Untertanen zu Festgelagen ein. An den Schmalseiten schlossen weitere Räume an, meistens ein privater Wohnraum, ein Stall oder ein Wirtschaftsraum.

Die Wikinger waren stolz und selbstbewusst. Wie ein gemeiner Soldat gegen Sold in den Kampf ziehen? Das reizte sie nicht. Ehre war für sie ein großes Wort. Einem Anführer, der seine Beute großzügig mit ihnen teilte, waren sie treu und freundschaftlich verbunden. Das typische Geschenk eines Jarls an seine Krieger war ein Armreif. Deshalb bezeichneten die Dichter der Wikinger ihre Anführer oft als „Ringgeber". Hunderte dieser silbernen oder goldenen Armreife liegen heute in den Vitrinen skandinavischer Museen.

02:45 UHR

Fred schlief tief und fest. Er hatte den Nachmittag mit Freunden am See verbracht, war geschwommen und getaucht, und hatte sich wieder und wieder in wechselnden Posen vom Sprungturm ins Wasser fallen lassen. Jetzt geriet all das in seine Träume. Er ruderte im Schlaf mit den Armen, als müsste er auch hier sein Gleichgewicht halten. Der See wurde zum wogenden Meer und der Sprungturm zu einem Schiff, das wild auf dem Wasser tanzte.

Fred sah sich selbst unter Wasser, umgeben von einer endlos blau schimmernden Weite. Plötzlich tauchte eine Seejungfrau vor ihm auf und lächelte ihn an. Doch sie war so

irrsinnig schnell wieder verschwunden, dass er nicht einmal hätte sagen können, ob sie wirklich da gewesen war oder ob er sich ihr Erscheinen nur eingebildet hatte. Er wollte ihr gerade hinterhertauchen, als das Klingeln eines uralten Telefons an sein Ohr drang. Fred kannte dieses Klingeln. Für alle Kontakte in seinem Handy hatte er einen bestimmten Klingelton eingespeichert. Das Klingeln dieses uralten Telefons hatte er Opa Alfred zugeordnet. Weil der, na ja, weil der eben schon sehr alt war. Und weil Opa Alfred vermutlich der Einzige in der ganzen Familie war, der ein solches Klingeln tatsächlich von echten Telefonen her kannte, und nicht nur als eine Auswahlmöglichkeit unter vielen in einem Mobiltelefon.

Das anhaltende Klingeln riss Fred schließlich aus seinem Traum. Er ärgerte sich kurz, dass er schon wieder vergessen hatte, das Handy über Nacht auszuschalten. Mit immer noch geschlossenen Augen tastete er auf seinem Nachttisch herum, fand das Telefon und nahm den Anruf schlaftrunken an. Noch bevor sich Opa Alfred meldete, kreischten tropische Vögel in allen Variationen und Lautstärken aus dem Handy.

„Opa Alfred?“, brachte Fred gähnend hervor. „Es ist mitten in der Nacht. Was ist denn los?“

„Oh, daran habe ich ja gar nicht gedacht“, tönte es aus dem Telefon. „Wie spät ist es bei dir?“

Da er das Telefon am Ohr hatte und deshalb die Uhrzeit nicht ablesen konnte, tastete Fred wieder über seinen Nachttisch, dieses Mal nach dem Lichtschalter an seinem Wecker. Er zwang sich, wenigstens ein Auge kurz zu öffnen, und sank danach gleich wieder auf sein Kopfkissen zurück.

Der Wecker auf dem Nachttisch fiel um.

„Viertel vor drei", murmelte Fred. „Opa, ich hoffe, du hast mir etwas Wichtiges zu erzählen."

„Ja, Fred, ich glaube, das habe ich", rief Opa Alfred fröhlich. Er musste wegen der vielen kreischenden Vögel im Hintergrund etwas lauter sprechen. „Ich liege gerade ganz gemütlich in einer Hängematte und schlürfe einen leckeren frisch gepressten Saft aus Früchten, deren Namen ich mir einfach nicht merken kann. Und da musste ich an dich denken."

„Wo bist du denn?", fragte Fred.

„In Brasilien, am Amazonas!" Opa Alfred geriet ins Schwärmen. „Du müsstest das hier sehen, diese saftig grünen Bäume, der mächtige Fluss! Und Tiere, sag ich dir, Vögel in den buntesten Farben!"

Freds Begeisterung hielt sich in Grenzen. Er wollte einfach nur weiterschlafen. Konnte Opa Alfred nicht morgen früh noch mal anrufen? „Das ist ja lieb von dir, Opa, dass du an mich denkst, aber kannst du das nicht machen, wenn bei uns Tag ist? Ich bin nämlich hundemüde. Und ich habe gerade so was Schönes geträumt."

„Ist ja schon gut", sagte Opa Alfred plötzlich sehr entschlossen. „Du darfst gleich weiterschlafen. Sag mir nur mal schnell, ob du Lust hast, mit mir zu verreisen. Ich dachte mir gerade: Warum nehme ich eigentlich nicht einmal meinen Enkel mit, wenn ich verreise? Weißt du, es ist wunderschön hier, aber ich muss auch mal wieder etwas anderes sehen. Wie wäre es mit Dänemark? Wollen wir zusammen dahin fahren? Was meinst du?"

„Nach Dänemark? Wann?" Fred riss die Augen auf. Jetzt ging das plötzlich ganz leicht.

„Wann du willst, Fred. Am besten ganz bald!"

Fred musste grinsen. Natürlich hatte Opa nicht daran gedacht, dass Fred zur Schule musste und nicht nach Lust und Laune verreisen konnte, so wie er.

„Ach ja, das ist natürlich dumm", räumte Opa Alfred ein. „Wann hast du denn mal wieder Ferien?"

„In vier Wochen oder so?"

„Prima." Opa Alfred hörte sich zufrieden an. „Dann fahren wir in vier Wochen nach Kopenhagen. Und von dort aus machen wir eine Rundreise. Ich lad dich ein. In Ordnung?"

„Total in Ordnung!", antwortete Fred. „Aber ich muss erst noch Mama und Papa fragen."

„Ach, was sollen die schon dagegen haben, wenn du mit deinem alten Opa auf Reisen gehst! Ich ruf gleich morgen deinen Vater an. Und jetzt schlaf endlich, du hast doch gesagt, du bist müde. Außerdem ist es bei dir mitten in der Nacht. Mach's gut!"

Damit war das Gespräch für Opa Alfred beendet. Ein Klicken, und er war mitsamt dem brasilianischen Dschungel nicht mehr zu hören.

Typisch Opa, dachte Fred, *immer fröhlich, aber eben immer auch ein bisschen verwirrt.*

Freds Hund Hektor lag auf einer Decke am Boden. Er hatte das ganze Gespräch aufmerksam verfolgt und sah Fred mit schief gelegtem Kopf an.

„Schlaf weiter, Hektor, das war nur Opa. Er hat mal wieder die Zeit vergessen. Vielleicht fahren wir bald in Urlaub. Wär cool, oder?"

Fred rieb sich die Augen und zog die Bettdecke bis unters Kinn. Hektor jaulte kurz wie zur Bestätigung und drehte sich einmal um sich selbst, bevor er sich einrollte und weiterschlief.

DIE ENTSTEHUNG DER WELT

Einen Monat später stand Fred zusammen mit Hektor und Opa Alfred an der Reling eines Schiffs, das sie von Rostock nach Gedser brachte, einen kleinen Ort am südlichsten Zipfel Dänemarks.

Opas fünfzig Jahre alter Opel Rekord stand im Laderaum der Fähre, vollgestopft bis unters Dach mit Gepäck. Was hatte Opa nicht alles eingepackt: Rucksäcke für Wanderungen; Picknick- und Wolldecken – falls es abends kalt würde und sie vielleicht bis spät unterwegs waren oder einen schönen Sonnenuntergang bis zu Ende ansehen wollten; einen Fotoapparat, um die Sonnenuntergänge über den Fjorden festhalten zu können; Thermosflaschen, um immer genügend zu trinken zu haben; zwei Ferngläser, wie Opas Auto stammten auch sie aus den 1960er-Jahren. Damit würden sie die Landschaft und Tierwelt bestaunen und was ihnen sonst noch alles begegnen würde, aber für die Augen (vor allem für Opas) zu weit weg war. Einige Bücher und Reiseführer, um immer nachlesen zu können, was es Interessantes um sie herum zu entdecken gab. Und natürlich Landkarten, damit sie den Weg dorthin auch fanden. Ein Zelt und Schlafsäcke hatte Opa Alfred zwar auch dabei, aber schon kurz nach der Abfahrt vertraute er Fred an, dass es für seinen Rücken vermutlich doch besser wäre, wenn sie ab und zu eine Nacht im Hotel verbringen würden. So ausgerüstet wollten sie für drei Wochen durch Dänemark reisen. Natürlich hatten Freds Eltern nichts dagegen gehabt, dass er zusammen mit seinem Großvater verreiste. Im Gegenteil: Da der alte Herr ohnehin praktisch immer auf Reisen war, sah Fred ihn nur selten, und so waren sie froh, dass die beiden nun ausgiebig Zeit miteinander verbringen würden.

Opa Alfred hatte im Schiffsbistro für Fred eine Limonade

und für sich selbst einen schwarzen Kaffee gekauft. Für die Fahrt bis Kopenhagen bräuchte er ein bisschen Koffein, um wach zu bleiben, meinte er. Beide beobachteten, wie die Hafenarbeiter die dicken Taue lösten, mit denen die Fähre am Kai festgemacht war, und wie der Kapitän sie dann an den anderen großen Schiffen vorbeimanövrierte und schließlich auf das offene Meer hinaussteuerte. Knappe zwei Stunden würde die Überfahrt dauern. Danach würden sie noch einmal genauso lang mit dem Auto nach Kopenhagen fahren. *Zeit genug*, dachte Fred, *um endlich aus Opa Alfred herauszuquetschen, wieso er unbedingt nach Dänemark wollte.*

„Als ich dich neulich angerufen habe, mitten in der Nacht, da war ich doch in Brasilien, nicht? Am Amazonas, um genau zu sein", erklärte Opa Alfred.

Fred nickte und trank von seiner Limonade.

„Wunderschön ist es dort übrigens, dort schlägt das Herz der Erde! Das müsste ich dir eigentlich auch einmal zeigen."

„Opa", unterbrach Fred ihn. Er fürchtete, sein Großvater würde sich gleich in endlosen Beschreibungen der südamerikanischen Tier- und Pflanzenwelt verlieren und darüber die Frage vergessen. „Du wolltest doch erzählen, wieso wir jetzt nach Dänemark fahren."

„Ach so, ja natürlich." Opa Alfred sammelte sich. „Also das kam so: Bevor ich zum Amazonas geflogen bin, war ich in Rio de Janeiro. Dort befindet sich eine der schönsten Bibliotheken der Welt – allein der Name klingt schon wie ein Gedicht: *Das königlich portugiesische Kabinett der Literatur.* Sie liegt mitten in der Altstadt von Rio in einem wunderschönen Gebäude aus dem 19. Jahrhundert."

Fred wusste nicht so recht, worauf sein Opa hinauswollte, und sah ihn mit großen Augen an.

„Wie der Name schon sagt“, fuhr Opa Alfred fort, „wird dort nur portugiesische Literatur gesammelt. Trotzdem muss ich dieser Bibliothek jedes Mal, wenn ich in Rio de Janeiro bin, einen Besuch abstatten, obwohl mein Portugiesisch nur dazu reicht, mir einen Kaffee und eine warme Mahlzeit zu bestellen.“ Beim Stichwort *Kaffee* hielt er bedeutungsvoll seinen Becher hoch und nahm einen großen Schluck. „Aber das Gebäude ist so wunderschön und der Lesesaal so einzigartig, dass ich darin einfach ein bisschen Zeit verbringen muss. Ich habe mich an einen der Lesetische gesetzt und eine deutsche Zeitung gelesen, die ich vorher am Kiosk gekauft hatte. Und da hat mich der Bibliothekar einfach angesprochen. Er hat an der Zeitung erkannt, dass ich aus Deutschland komme. Er sprach sogar ein paar Brocken Deutsch, aber wir haben uns dann doch besser auf Englisch unterhalten. Er reichte mir ein Buch. Es war auf Deutsch geschrieben. So wie ich ihn verstanden habe, hat dieses Buch mal jemand in der Bibliothek liegen gelassen. Und da er es nicht lesen konnte, hat er es mir geschenkt.“

„Was war das für ein Buch?“, fragte Fred.

„Es war ein Buch über die nordischen Sagas. Natürlich habe ich mich während meiner Studienzeit schon einmal mit der nordischen Mythologie befasst. Die Sagen und Legenden der verschiedenen Völker dieser Erde haben mich schon immer fasziniert. Dein Vater wird dir bestätigen, dass ich sie ihm, als er klein war, immer als Gutenachtgeschichte vorgelesen habe. Aber das ist lange her. Als ich in diesem Buch wieder von den Göttern der *Nordmänner* las, von Odin, **Thor*** und dem verschlagenen **Loki***, von Freyja, der Göttin der Liebe, und ihrem Bruder **Freyr***, von den Eisriesen aus **Jötunheim***, der **Midgardschlange*** und dem **Fenriswolf***, da befiel mich plötzlich eine Sehnsucht, dorthin zu reisen, wo diese Wesen so lange die Geschicke der Menschen beeinflusst haben. Und mir fiel auf, dass ich von meiner Heimatstadt schon in alle Himmelsrichtungen dieser Erde gereist bin, nur eben nie in den Norden."

Fred sah auf das Meer. „Die *Nordmänner*. Damit meinst du die Wikinger, nicht?"

Opa Alfred nickte. „Ja, heute spricht man von den Wikingern, aber das ist eine Bezeichnung, die ihnen selbst aller Wahrscheinlichkeit nach gar nicht gut gefallen hat."

„Warum?"

„Na ja, das altnordische Wort *víkingr* bedeutet so viel wie ‚Pirat' oder ‚Seeräuber'. Und das wollten natürlich nicht alle sein", erklärte Opa Alfred.

„Aber, bei *Wikingern*", sagte Fred, „da denkt man doch automatisch an große starke Männer, die schwer bewaffnet über irgendein Dorf oder so herfallen."

Opa Alfred nickte. „Ja, das haben sie auch oft genug getan. Zuerst einmal waren sie aber ganz normale Bauern und Schmiede, Händler, Viehzüchter und Fischer, Bootsbauer, Sänger oder Dichter."

Fred ließ nicht locker. „Aber sie waren *auch* Krieger!"

„Richtig. Trotzdem waren nicht alle Krieger Piraten. Ein Krieger muss nicht unbedingt ein böser Mann sein. Vielleicht will er nur sein Heim verteidigen. Du merkst ja sicher selbst, dass das Wort *Pirat* ein bisschen abfällig klingt, während das Wort *Krieger* eher mit Ehre, Stolz und Männlichkeit verbunden wird. Aber es stimmt. Viele sind im Sommer auf Raubzüge gegangen, um ihr oft karges Dasein zu Hause ein bisschen aufzubessern. Stell dir vor, du bist Bauer, tagein, tagaus. Dein Feld gibt nicht besonders viel her. Und plötzlich ergibt sich die Gelegenheit, ein Abenteuer zu erleben und mit Schiffen in andere Länder zu segeln. Das ist doch spannend! Und wenn sich dann noch die Chance bietet, mit – natürlich gestohlenen – Reichtümern nach Hause zurückzukommen, da haben die jungen Männer sicher nicht lange gezögert.“

„Kann ich mir vorstellen.“ Fred grinste und nahm noch einen Schluck von seiner Limonade. „Und dieses Buch, das dieser brasilianische Bibliothekar dir geschenkt hat, was steht da drin? Erzähl mir eine Geschichte daraus.“

„Das tue ich sehr gern, aber dazu musst du zuerst wissen, dass die Wikinger ein Volk waren, das nicht viel geschrieben hat. Sie hatten zwar ein Alphabet aus Runen, aber die Runen benutzten sie nur für kurze Nachrichten, zum Beispiel auf Gedenksteinen, mit denen sie an einen Verstorbenen erinnern wollten. Oder sie ritzten einfach ihren Namen auf Gegenstände, die ihnen gehörten.

Runenstein *des Gräberfelds Anundshög, Schweden, mit der Inschrift: „Folkvid errichtete all diese Steine in Gedenken an seinen Sohn Heden, den Bruder Anunds. Vred schlug die Runen.“*

Ihre Geschichten und die ihrer Götter wurden mündlich weitergegeben: Die Eltern erzählten sie ihren Kindern als Gutenachtgeschichte, oder professionelle Dichter und Sänger trugen sie an den Fürstenhöfen vor. Erst sehr spät, als die große Zeit der Wikinger schon zu Ende gegangen war, haben ein paar Menschen die Geschichten aufgeschrieben, damit sie nicht für immer verloren gehen. Da hatte aber schon lange das Christentum Einzug in die Länder der zuvor heidnischen Wikinger gehalten. Deshalb wissen wir heute nicht, wie sehr die Mythen sich im Lauf der Zeit

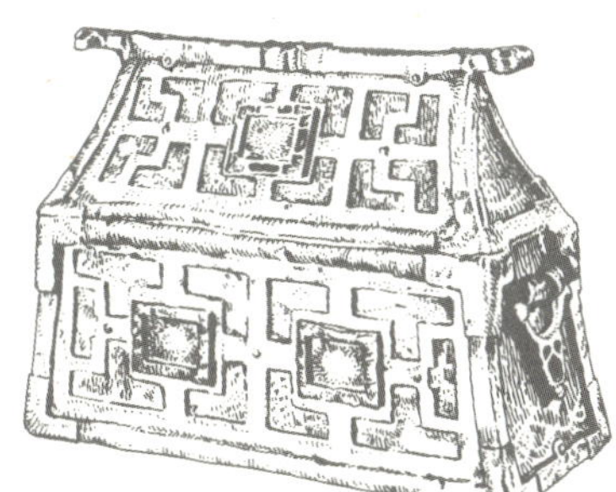

Reliquienkästchen *aus einer irischen oder schottischen Kirche, das mit den Wikingern – vermutlich nach einem Raubüberfall – nach Dänemark gelangte. Vielleicht hat es einer der Krieger seiner Frau geschenkt, denn auf der Unterseite ist mit Runen geritzt: „Dieses Kästchen gehört Ranvaik.“*

Dichtung oder Wahrheit – die Sagas der Wikinger
Die Wikinger waren große Dichter, aber eben keine großen Schriftsteller. In *Saga* steckt das isländische Wort *segja* für „sagen". Manchmal tauchen auf Runensteinen kurze Episoden aus den Sagas auf, mit denen die Verstorbenen in die Nähe mythischer Helden gerückt werden sollten. Bildsteine zeigen Odins Walhall, Thors Fischzug oder die Walküren. Aber sonst haben die Wikinger ihre Geschichten mündlich erzählt. Es gab sogar den Beruf des *Skalden*, der von Hof zu Hof zog und in kunstvollen Reimen von Göttern und Helden berichtete. Erst als das Christentum das lateinische Alphabet in den Norden brachte, begannen die Skalden, die Sagas aufzuschreiben. Das war im 12. und 13. Jahrhundert. Die Wikingerzeit war da schon lange vorbei.
Neben den Berichten von Geschichtsschreibern (Chroniken) und Reisenden aus nichtskandinavischen Ländern sind die Sagas eine wichtige Informationsquelle für die Forscher. Denn auch wenn es sich um Dichtung handelt, wird darin beschrieben, wie die Wikinger lebten, was sie glaubten oder was ihnen wichtig erschien – ähnlich wie in unseren Romanen heute. Richtige Beweise liefern allerdings nur die archäologischen Funde. Wenn diese Funde Rätsel aufgeben, findet sich in den Sagas manchmal ein entscheidender Hinweis. Oder es passiert genau anders herum, und ein archäologischer Fund beweist, was in den Sagas beschrieben wird. Und schon wird klar: Forschen ist richtige Detektivarbeit.

verändert haben und was von ihnen noch echter, ursprünglicher Glaube der Wikinger war."

„Fang doch einfach von vorn an, Opa", sagte Fred.

Opa Alfred nickte und holte tief Luft. „Am Anfang, so steht es in diesem Buch, am Anfang war Nichts. Endlose Leere, so groß, dass sie nirgendwo anfing und nirgendwo aufhörte. Auch die Zeit gab es nicht, keinen Tag, keine Nacht. Deshalb kann niemand sagen, wann es geschah, dass sich auf der einen Seite des Nichts die Wärme ausbreitete. Feuer entstand, und Flammen schossen empor. Später haben die Götter dieses Land Muspellsheim genannt. Auf der anderen Seite, in Niflheim, war es kalt. Eisig kalt. Und dazwischen, zwischen Muspellsheim und Niflheim, war **Ginnungagap***, der Urschlund. Die Leere, die vorher endlos war, lag nun zwischen Feuer und Eis. Irgendwo in Niflheim gab es eine Quelle, aus der sich Wasser ergoss, zu einem Fluss anschwoll und in den Urschlund stürzte. Weil es aber so kalt war, gefror das Wasser und wurde wieder zu Eis. Immer mehr Wasser floss nach und gefror. Das Eis wurde dicker und dicker und reichte immer weiter nach Muspellsheim hinein. Von dort aber kam die Hitze, sodass über dem Eis Raureif entstand. Der Reif breitete sich in Ginnungagap aus. Und als von Muspellsheim die Hitze herüberwehte, begann er zu tropfen. Ein Feuerfunke traf auf einen Reiftropfen, und so entstand Leben:

Der erste Riese, **Ymir***, erhob sich aus dem Urschlund. Von ihm stammen die Riesen und Trolle ab. Ymir war sehr träge und schlief viel. Und weil er aus der Kälte kam, schwitzte er sehr, wenn die Wärme aus Muspellsheim herüberwehte. Ohne dass er es merkte, wuchsen aus seiner Achsel ein Mann und eine Frau. Und seine Füße zeugten miteinander einen Sohn. Ymir war nicht das einzige Wesen, das aus dem Reif heraus entstand. Als der Reif durch die Hitze aus Muspellsheim taute, kam unter ihm eine Kuh hervor. Diese Kuh gab Ymir Milch, denn von irgendetwas musste er ja leben. Auch die Kuh musste von irgendetwas leben: Wie alle Kühe dieser Erde, leckte sie den salzigen Reif von den Steinen. Bis sie an einen besonderen Stein kam. Als sie diesen ableckte, tauchten Haare unter dem Reif auf und ein Gesicht. Nach vier Tagen hatte sie einen großen, schönen Mann freigeleckt, der hieß Búri. Búri ist der Stammvater der Götter. Er hatte einen Sohn, der sich in eine Riesentochter verliebte. Die beiden bekamen wieder einen Sohn, den nannten sie Odin."

„Odin!", rief Fred. Den Namen hatte er schon einmal gehört. „Das ist der höchste Gott der Wikinger."

„Genau", sagte Opa Alfred. „Der weise Odin."

Fred stieß sich mit der Hand von der Reling ab und wandte sich seinem Großvater zu. „Wie geht's weiter?"

„Das ist eine sehr lange Geschichte." Opa Alfred winkte ab und trank seinen Kaffee aus. „Viel zu lang, um sie hier und jetzt zu erzählen. Außerdem haben wir ja noch drei Wochen Zeit."

*Diese kleine **Silberfigur** entstand um das Jahr 900 und wird „Odin von Lejre" genannt, weil sie womöglich den Allvater auf seinem Thron Hliðskjálf darstellt. Wie Odin hat sie ein blindes Auge. Die beiden Raben auf den Armlehnen des Throns könnten **Huginn und Muninn*** sein und die beiden hinteren Kreaturen Odins Wölfe Geri und Freki. Da die Figur ein Frauengewand trägt, glauben einige Wissenschaftler aber, sie stelle eine Völva oder die Göttin Freyja dar.*

„Nur noch ein Stückchen“, drängte Fred. „Bitte!“

„Also gut.“ Opa Alfred lächelte. „Zuerst war alles gut im Reich der Riesen und Götter. Aber der fette und faule Ymir, der den ganzen Tag schlief, oder, wenn er das nicht tat, die Milch der Kuh Auðumla trank, brachte immer mehr Riesen hervor. Das wurde Odin zu viel. So viele Riesen, und er hatte nur zwei Brüder! Ein solches Ungleichgewicht würde irgendwann Ärger geben. Er beriet sich mit seinen beiden Brüdern, und sie beschlossen, die Riesen zu töten. Heimlich, während Ymir schlief, schlichen sie sich an ihn heran und erschlugen ihn. Aus seinen Wunden floss so viel Blut, dass alle seine Kinder darin ertranken. Bis auf zwei. Diesen beiden verdanken die Riesen ihr Dasein. Sie hatten sich rechtzeitig tief im Nebel versteckt. Von diesem Tag an regierten die Götter die Welt. Aber die Welt war noch nicht groß. Es gab nur das glutheiße Muspellsheim, das eisig kalte Niflheim und Ginnungagap, den Urschlund. Also zerrten die Götter den Leib des toten Ymir zum Urschlund und erschufen aus ihm die kreisrunde Erde: Aus Ymirs Blut entstanden die Meere und Flüsse, aus seinem Fleisch entstand der Erdboden und aus seinen Knochen wurden die Berge. Steine und Geröll schufen sie aus seinen Zähnen. Und Bäume und Gras aus seinen Haaren. Aber die Erde brauchte noch einen Himmel. Dazu stellten die Götter Ymirs riesigen Schädel wie eine Kuppel über der Erde auf. In die vier Ecken der Kuppel stellten sie jeweils einen Zwerg. Die Zwerge hatten sie auch aus Ymirs Blut und Knochen geschaffen. Die vier waren Austri, Vestri,

Norðri und Suðri – die heutigen Himmelsrichtungen Osten, Westen, Norden und Süden. Übrig blieb das Gehirn des Riesen. Das warfen Odin und seine Brüder hoch in die Luft, wo es sich in unzählige Wolken zerteilte. Und weil der Himmel ihnen zu dunkel erschien – es gab ja noch keine Sonne –, nahmen die Götter die Funken, die aus Muspellsheim herübersprühten, und klebten sie an das neue Himmelsgewölbe. Das waren von nun an die Sterne. Jetzt gab es Riesen und Trolle, Zwerge und Götter, Pflanzen, den Himmel, die Meere und die Sterne. Was noch fehlte, waren die Menschen. Die schufen die Götter aus zwei Hölzern, die das Meer an Land gespült hatte. Sie hauchten den Hölzern Leben ein. Die beiden Menschen, **Askr und Embla***, waren kleiner als die Götter und natürlich viel kleiner als die Riesen. Also baute Odin ihnen in der Mitte der Erde einen Wall aus den Wimpern und den Augenbrauen Ymirs. Der Wall würde die Menschen und all ihre Nachkommen vor den Riesen beschützen. Odin nannte diese Burg **Midgard***. Er selbst zog mit den anderen Göttern nach **Asgard***, benannt nach dem Namen seines Geschlechts, den **Asen***. Und den Riesen wies er **Utgard*** zu, ein unwirtliches Land, ganz am äußersten Rand der Erde. So entstand die Welt."

Das Nebelhorn der Fähre ertönte. Die Möwen, die ihnen von der dänischen Küste entgegenflogen, kreischten wild durcheinander. Fred überlegte laut, während er wieder hinaus auf das Meer sah: „Riesen, Zwerge, Trolle ..."

Opa Alfred ahnte, was Fred durch den Kopf ging, und fügte hinzu: „Und Alben, Elfen und Naturgeister ..."

„Gab's diese Wesen denn alle wirklich, oder sind das nur Geschichten?"

„Für die Wikinger gab es sie wirklich! Es war für sie völlig normal, dass es außer ihnen und den Tieren noch andere Lebewesen auf der Erde gibt, auch wenn man sie nicht sehen kann. Für sie waren sie einfach *da*. Genauso wie die Magie. Und die Götter. Das war keine Frage des Glaubens. Odin kam oft verkleidet als Wanderer mit langem grauen Mantel, Schlapphut und Stab über die Regenbogenbrücke Bifröst nach Midgard und mischte sich unter die Menschen, um sie zu beobachten. Die Götter waren übrigens keineswegs unsterblich. Sie lebten nur viel länger als die Menschen, waren viel stärker und besaßen Zauber- und Heilkräfte. Du würdest vielleicht sagen: Superkräfte."

„Abgefahren."

„In Island glauben einige Menschen heute noch an Elfen und Trolle. Es gibt dort sogar Experten für Elfen: Wenn irgendwo auf Island eine Straße gebaut werden soll, prüfen sie, ob auf der geplanten Strecke Elfen oder Naturgeister wohnen."

Ungläubig sah Fred Opa Alfred an. „Und wenn ja?"

„Dann wird die Straße nicht gebaut oder wenigstens anders gebaut. Heimstätten von Elfen dürfen nicht gestört werden, denn wenn die Elfen gestört werden, können sie zu richtigen Plagegeistern werden. Dieses Risiko will niemand eingehen."

Das Nebelhorn ertönte wieder, obwohl weit und breit kein Nebel zu sehen war. Im Gegenteil, die Sonne strahlte, und es war sommerlich warm. Wahrscheinlich begrüßte der Kapitän nur die vielen Menschen, die am Kai standen und auf die Ankommenden warteten.

Plötzlich hatte Opa Alfred es sehr eilig. Er rückte seinen Hut zurecht und beförderte den leeren Kaffeebecher mit einem gekonnten Wurf in einen der Abfalleimer an Deck. „Komm, Fred, jetzt müssen wir schnell zum Auto runter, sonst fährt die Fähre mit uns wieder zurück nach Rostock, und wir wollen doch die Welt der Wikinger erkunden, oder?"

„Auf jeden Fall!" Fred lachte. Er nahm Hektor an die Leine und folgte seinem Opa zum Auto.

Die Autofahrer, die hinter Opa Alfreds altem Opel Rekord in der Schlange standen, hatten schon finstere Gesichter aufgesetzt, als er, Fred und Hektor endlich unten auf dem Autodeck ankamen. Vor und neben ihnen waren schon fast alle aus dem großen Schiffsbauch nach draußen gefahren, nur die Autos hinter Opa nicht. Wegen der Absperrungen zwischen den Parkreihen konnten sie nicht überholen. Aber Opa Alfred ließ sich nicht aus der Ruhe bringen und tuckerte langsam und gemütlich die Rampe des Schiffs in den Hafen hinunter. Die Hafenarbeiter ließen unablässig schwungvoll ihre Arme kreisen, um den Autofahrern zu bedeuten, mäßig, aber doch zügig das Schiff zu verlassen. Opa Alfred beachtete sie gar nicht. Ein tiefes *Gu-Gung* ertönte, als sie über eine letzte stählerne Bodenwelle fuhren und endlich die betonierte Straße erreichten.

Fred kurbelte das Fenster hinunter. Der typische Hafengeruch lag in der Luft – eine Mischung aus salziger Meeresluft, Schmieröl und den beißenden Abgasen der Schiffe.

Während der Fahrt nach Kopenhagen blätterte Fred in einem der Reiseführer, die Opa Alfred eingepackt hatte, und fand den Hinweis zu einem Museum in der Nähe von Kopenhagen, wo es echte Wikingerschiffe gab. Angeblich würden die Schiffe dort sogar nachgebaut, genau so, wie sie schon vor mehr als eintausend Jahren die Wikinger gebaut hatten. Fred las begeistert den Abschnitt aus dem Führer laut vor, als er aus dem Augenwinkel sah, dass Opa Alfred verschmitzt lächelte.

„Du hattest von Anfang an vor, in dieses Museum zu fahren, oder, Opa?“

Opa Alfred setzte eine Unschuldsmiene auf und zog die Schultern hoch. „Ich habe gehört, dass sie dort Bootsfahrten für Kinder veranstalten: Eine Gruppe von Kindern fährt mit einem Wikingerschiff und einem Bootsführer raus aufs Meer, wie die Wikinger damals, mit Rudern, Segelsetzen und allem. Und da du ein kleiner Abenteurer bist, dachte ich, dir könnte das vielleicht gefallen.“

„Und wie mir das gefällt!“, rief Fred. „Ich glaube, Roskilde liegt nur eine halbe Stunde von Kopenhagen entfernt. Wir könnten gleich morgen dorthin fahren.“

„So machen wir das. Wir frühstücken schön im Hotel …“ Opa Alfred hielt kurz inne und sah Fred schief von der Seite an. „Ach ja, Fred, das wollte ich dich noch fragen: Ist es in Ordnung für dich, wenn wir heute Nacht nicht zelten? Ich fürchte, mein Rücken …“

„Klar, Opa.“ Fred lachte. „Natürlich ist das in Ordnung. Aber, was machst du morgen, während ich mit dem Wikingerboot unterwegs bin?“

„Ich sehe mir in Ruhe das Museum an, dann kann ich dir alles zeigen, wenn du zurück bist!“

Fred nickte. Dann drehte er sich um und sah aus dem Rückfenster. Schon seit einer ganzen Weile hörte er lautes Gehupe. Es kam vom Fahrer des Wagens hinter ihnen, der jetzt auch noch wild mit dem Arm fuchtelte. Seit Fred und Opa Alfred das Hafengelände verlassen hatten, fuhren sie auf einer schmalen Landstraße, auf der man nur schlecht überholen konnte. Trotzdem hatten es einige Autofahrer bereits getan. Allesamt hupend und mit genervten Gesichtern. Opa Alfred schien das gar nicht aufzufallen.

Fred schon. „Sag mal, Opa, willst du nicht ein bisschen schneller fahren? Wir halten den ganzen Verkehr auf."

„Immer mit der Ruhe, mein Junge, lieber spät ans Ziel kommen als gar nicht", war sein einziger Kommentar.

Gut, dass uns hier niemand kennt, dachte Fred und grinste in sich hinein.

Am späten Nachmittag erreichten sie Kopenhagen. Sie fanden ein kleines, aber gemütliches Hotel in der Altstadt.

Fred wurde das Gefühl nicht los, dass Opa Alfred auch das schon von zu Hause aus ausgewählt hatte.

IN DEN FÄNGEN DER RÁN

Frisch gestärkt von einem ausgiebigen Frühstück, stand Fred am nächsten Morgen an der Anlegestelle des Wikingerschiffsmuseums: Direkt vor der Werkstatt der Bootsbauer war ein richtiger kleiner Hafen. Hektor jagte den Möwen hinterher, und Opa Alfred studierte den Plan des Museums, den sie am Eingang bekommen hatten. Im Wasser lagen mindestens vierzig Boote. Kleinere Ruderboote für zwei bis sechs Mann – solche Boote hatten die Wikinger früher vielleicht einfach zur Fortbewegung zwischen den Fjorden oder entlang der Küste benutzt. Fred sah aber auch größere und vor allem breitere Handelsschiffe. Sie boten ausreichend Platz für viel Fracht, vielleicht für Pelze, Stoffe oder Nahrungsmittel, die ein Händler an fernen Orten gegen andere Waren eingetauscht hatte. Und dann lagen da natürlich auch die großen schlanken Langschiffe, die Mannschaften von sechzig bis achtzig Kriegern fassen konnten. Diese Schiffe hatten einzig und allein die Aufgabe, die Wikinger in andere Länder zu bringen, damit sie gegen diese Krieg führen oder sie gar erobern konnten. All diese Schiffe waren exakte Rekonstruktionen, die die Bootsbauer des Museums nach archäologischen Funden angefertigt hatten. Sie benutzten dazu sogar die gleichen Werkzeuge wie die Wikinger damals:

Wellenpferd und Lange Schlange – die Schiffe der Wikinger

Ein flacher **Kiel***, der vorn und hinten in steil aufragende **Steven*** übergeht, ein hoher Mast, der sich umlegen lässt, ein einziges rechteckiges Segel, das an einer Querstange (der **Rah***) hängt, und dünne Planken, die in sogenannter Klinkerbauweise mit Eisennieten aneinandergenagelt sind – das war die Grundform eines jeden Wikingerschiffs. So sind sie auch auf skandinavischen Bildsteinen abgebildet. Einzig ihre Breite und Länge variierten. Breitere Lastschiffe (genannt *Knarr*) boten Platz für Fracht. Schmale Langschiffe fuhren besonders schnell. Sie dienten als Kriegsschiffe.

Die Wikinger gaben ihren Schiffen Namen. Das Schiff von Olav Tryggvason (er war von 995 bis 1000 König von Norwegen) hieß *Ormen hin Lange*, „Die lange Schlange". Durch den Namen erhielten die Schiffe eine Seele, fast als wären sie lebendige und ebenbürtige Wesen. Archäologen können an den Funden ablesen, dass die Bootsbauer ihr Handwerk mit der Zeit zunehmend verbesserten und ihre Erfahrung von Generation zu Generation weitergaben. Übung macht eben den Meister.

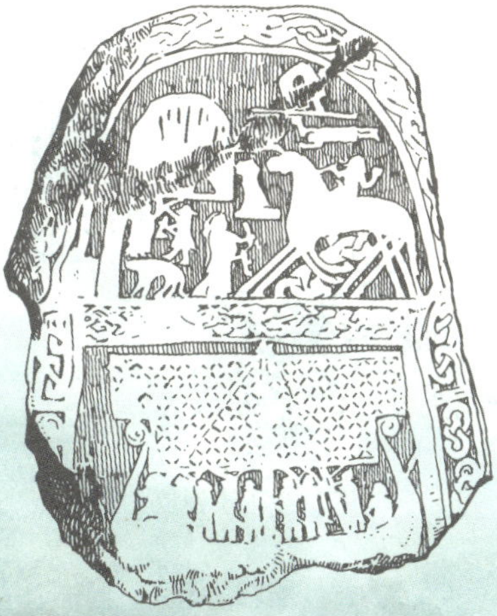

Runenstein aus Tjängvide, Schweden. Im unteren Feld ist ein Wikingerschiff mit gesetztem Segel abgebildet.

Äxte, Hämmer, Zieheisen, Drechselwerkzeuge und Löffelbohrer. Und natürlich war alles reine Handarbeit. Das Klopfen und Hämmern der Bootsbauer schallte bis zu ihnen herüber.

Fred und Opa Alfred waren gerade rechtzeitig gekommen. Ein Bootsführer half schon den ersten Kindern, auf eines der Boote zu klettern, während ein anderer jedem einen Platz zuwies. Und da noch Plätze frei waren, durfte Fred auch noch mitfahren.

„Na, dann beeil dich mal", sagte Opa Alfred. „Sonst fahren die noch ohne dich ab."

„Und wo treffe ich dich nachher wieder, Opa?"

Opa Alfred sah auf die Uhr und überlegte kurz. „Ihr seid eine gute Stunde unterwegs. So lange gehe ich rüber in die Ausstellungshalle und sehe mir die originalen Wikingerschiffe an. Wenn ihr zurückkommt, werde ich genau hier wieder stehen und auf dich warten. Dass du mir auch gut aufpasst, wie man so ein Schiff fährt, du musst mir nachher alles erklären!"

„Mach ich, versprochen!" Fred nickte kräftig. Dann ging er in die Hocke und kraulte Hektor hinter den Ohren: „Und du bleibst schön bei Opa, ja?"

Hektor legte den Kopf schief, als

Ein aufschlussreicher Fund – die Werkzeugkiste von Mästermyr

Die Bootsbauer des Wikingerschiffsmuseums arbeiten nur mit Werkzeugen, die schon die Wikinger benutzt haben. Aber woher wissen sie eigentlich, welche Werkzeuge das waren? Auf dem *Teppich von Bayeux*, einem Bildteppich aus dem 11. Jahrhundert, sind solche Werkzeuge abgebildet. Wie in einer langen Bildergeschichte (der Teppich ist 68 Meter lang!) erzählen die aufgestickten Szenen den Kampf um den englischen Thron zwischen Harold Godwinson und Wilhelm, dem Herzog der Normandie. Bevor Wilhelm im Jahr 1066 vom heutigen Frankreich aus in England einfallen konnte, brauchte er Schiffe. Auf dem Teppich ist ziemlich genau zu erkennen, wie und mit welchen Werkzeugen sie gebaut wurden. Diese Abbildungen sind von großem Wert für die Bootsbauer. Sie dienen ihnen als Vorbild. (Wilhelm hat den Kampf übrigens gewonnen und hieß seitdem „Wilhelm der Eroberer".)

Archäologen finden aber auch echte Werkzeuge der Wikinger – wenn sie auf das Grab eines Handwerkers stoßen, der zusammen mit einigen seiner Werkzeuge bestattet wurde, oder einfach weil irgendjemand vor 1000 Jahren vergessen hat, die Axt oder das Zieheisen aufzuräumen. Und es kommt noch besser: Im Jahr 1936 pflügte ein Bauer zum ersten Mal sein gerade neu erworbenes Feld auf der Insel Gotland in Schweden. Plötzlich stieß er mit dem Pflug an eine Kiste aus Eichenholz. Darin lagen über 100 Werkzeuge, die Archäologen in die Zeit der Wikinger datieren konnten. Damals muss ein fahrender Schmied seine Werkzeugkiste verloren haben. Für ihn sicher ein riesiger Verlust. Für die Archäologen ein Glücksfall.

wollte er protestieren. Aber Fred war schon wieder aufgestanden und zum Boot gegangen, das für die Tour bereitstand.

„Und immer gut festhalten!", rief Opa Alfred ihm hinterher. „Na ja, er ist ja ein guter Schwimmer", beruhigte er sich selbst.

Wie die anderen Kinder kletterte Fred auf das Boot und setzte sich auf den ihm zugewiesenen Platz ganz nah am Steuerruder. Es gab acht Ruderbänke, und Fred saß auf der siebten. Viel Bewegungsfreiheit blieb einem in so einem Boot nicht, das erkannte er sofort. Die schmalen Ruderbänke reichten durchgehend von einer Seite zur anderen. Um von einem Ende des Boots ans andere zu kommen, musste die Mannschaft also über die Bänke steigen oder – so wie es die beiden Bootsführer mit ihren längeren Beinen machten – darauf steigen und mit großen Schritten von Bank zu Bank gehen. In der Mitte stand ein dicker Segelmast. Von ihm hingen eine Menge Taue herab, die alle rundherum irgendwo festgezurrt waren. Am unteren Ende des Masts lag parallel zum Kiel über den Ruderbänken ein aufgewickeltes Segel. An den Außenseiten der Bänke lagen die Ruder – oder Riemen, wie die Seeleute sie nennen. Die Mannschaft saß also zwischen den übereinandergelegten Riemen und dem aufgewickelten Segel. Und das mit dem Rücken zur Fahrtrichtung, um besser rudern zu können.

Als alle Kinder an Bord waren, verteilten sich die beiden Bootsführer an **Bug*** und Heck, griffen sich jeder einen der Riemen und stießen das Boot damit von der Landungsbrücke ab. Hektor, der die ganze Zeit schon aufgeregt an der Anlegestelle hin und her gelaufen war, weil er bei Fred bleiben wollte, bellte im selben Moment laut los. Dann nahm er einen kurzen Anlauf und sprang ins Boot.

„Hektor! Was machst du denn?“, rief Fred und guckte unsicher zu einem der Bootsführer.

Aber der lachte nur und streichelte Hektor am Kopf.

„Soll ich ihn wieder an Land setzen?“, fragte Fred.

„Nein, das ist schon in Ordnung“, antwortete der Bootsführer. „Bei den Wikingern waren auch oft Tiere mit an Bord.“

Hektor rollte sich unter der Ruderbank zusammen, auf der Fred saß, so als wäre das schon immer sein Platz gewesen.

Der Bootsführer am Heck legte eine Hand ans Steuerruder und begrüßte die Kinder.

„Wie ihr alle wisst“, erklärte er und achtete darauf, dass alle Kinder ihn gut verstehen konnten, „haben Wikingerschiffe keinen Motor. Sie werden mit einem Segel oder mit Muskelkraft vorwärtsbewegt. Das Segel können wir aber erst setzen, wenn wir außerhalb des Hafens sind. Deshalb nimmt sich jetzt jeder von euch einen Riemen und schiebt ihn durch das Riemenloch neben sich. Wenn ihr das gemacht habt, legt ihr beide Hände an den Riemen, schiebt ihn nach vorn und taucht ihn ins Wasser. Dann zieht ihr auf mein Kommando den Riemen durch. Wollen wir das mal probieren? Alle Riemen ins Wasser! Und ... zieht! Und ... zieht! Und ... zieht! Und ... zieht!“

Das klappte erstaunlich gut. Am Anfang stießen sie ein paar Mal mit den Riemen aneinander, aber nach kurzer

Zeit gewöhnten sich alle an den gleichmäßigen Rhythmus. Während die Kinder ruderten, bewegte der Bootsführer das Steuerruder und lenkte so das Boot zwischen den Kais die Fahrrinne entlang in Richtung Fjord. „Die meisten Menschen des frühen Mittelalters hielten Wasser für ein Hindernis", erzählte er. „Gelangten sie an einen Fluss, konnten sie ihn nicht überqueren, wenn keine Brücke und kein Fährmann in der Nähe waren. Sie standen am Strand und haben sich vorgestellt, was wohl am anderen Ende des Meeres liegt. Aber die Wikinger sind hier in Skandinavien am Wasser aufgewachsen. Wir sind hier heute noch überall von Wasser umgeben! Die meisten waren schon auf Booten unterwegs, bevor sie überhaupt laufen konnten. Für die Wikinger war Wasser nie ein Hindernis, sondern ein Weg."

Fred zählte die Riemen des Boots durch. Eigentlich könnten vierzehn Riemen ausgelegt werden. Und obwohl nur elf Kinder an Bord waren, fuhr das Boot schon richtig schnell. Der Bootsführer erklärte, dass es auch mit nur vier Riemen angetrieben werden konnte. Ein Händler zum Beispiel brauchte Ladefläche für seine Waren. Deshalb verzichtete er auf Ruderer. Natürlich fuhr das Boot dann langsamer, aber das nahm der Händler in Kauf. Und außerdem hatte er ja noch das Segel.

Als sie schon fast die Einfahrt des Hafens erreicht hatten, fuhren sie an einem großen Langschiff mit mindestens drei-

Forschen durch Ausprobieren – experimentelle Archäologie

Die Bootsbauer des Wikingerschiffsmuseums in Roskilde haben in 27000 Arbeitsstunden ein etwa 30 Meter langes Wikingerschiff nachgebaut – die Arbeitszeit für Segel, Taue, Teer, Nägel und Nieten nicht mitgerechnet. Mit diesem Langschiff, der *Havhingsten fra Glendalough* („Seehengst von Glendalough"), segelten 65 wagemutige Frauen und Männer im Jahr 2007/2008 von Roskilde bis nach Dublin in Irland und wieder zurück. So überprüften sie die Seetauglichkeit des Schiffs. Sie legten insgesamt 2482 Seemeilen zurück. Diese Art der Forschung – also Schiffe anhand archäologischer Funde mit den Mitteln und Werkzeugen der Wikinger nachzubauen und schließlich zu testen – nennen die Wissenschaftler *experimentelle Archäologie*. Dabei arbeiten Archäologen, Handwerker und erfahrene Seeleute eng zusammen und gewinnen mit jedem Test neue Erkenntnisse. Durch solche Experimente haben die Forscher in Roskilde herausgefunden, dass ein Langschiff unter Segel bei gutem Wind aus der richtigen Richtung eine Höchstgeschwindigkeit von 13 bis 17 Knoten (25 bis 30 km/h) erreichen kann.

ßig Riemenlöchern auf jeder Seite vorbei. Fred fiel auf, dass die Löcher viel tiefer lagen als bei ihrem Boot. So waren die Ruderer besser vor dem Wasser geschützt. Das konnte nur bedeuten, dass dieses Langschiff hochseetauglich war.

„Seht ihr das große Langschiff hier?“, fragte der Bootsführer die Kinder und deutete mit der freien Hand zu dem anderen Boot hinüber. „Die Wikinger waren sehr gute Bootsbauer. Lange Zeit sind sie nur in der Nähe der Küste oder von einem Fjord zum anderen gesegelt. Irgendwann aber wollten sie wissen, was sich westlich von ihrem Land befindet. Als die ersten mutigen Wikinger in Richtung Westen aufbrachen, um die Länder, die sie nur aus Erzählungen kannten, mit eigenen Augen zu sehen, haben sie das in einem Boot wie diesem gemacht. Wahrscheinlich hatten sie von den Händlern Geschichten von Gold- und Silberschätzen in den christlichen Kirchen gehört. Im Juni des Jahres 793 landeten sie an der Ostküste Englands. Damals lag dort das Königreich Northumbrien. Ein Stückchen vor der Küste liegt die kleine Insel Lindisfarne. Auf dieser Insel stand ein Kloster. Heute ist es nur noch eine Ruine. Mit ihrem Langschiff konnten die Wikinger ganz leicht anlanden. Weil es einen sehr flachen Rumpf hat, sind sie damit einfach auf den Strand gefahren. Und weil es vorn und hinten gleich gebaut ist, konnten sie vom Strand auch einfach wieder wegrudern. Sie brauchten keine Beiboote oder Landungsbrücken. Sie rutschten auf den Strand, plünderten das Kloster, gingen zurück auf ihr Schiff und segelten mit reicher Beute wieder nach Hause. Das war der Beginn des sogenannten Wikingerzeitalters. Natürlich gab es die Wikinger schon vorher. Aber an jenem Tag hat die Welt erfahren, wer die Wikinger sind. Seitdem haben die Engländer und Iren, und auch die Menschen im übrigen Europa, die Horizonte über den Meeren beobachtet und nach schnellen Booten mit großen bunten Segeln Ausschau gehalten. Und wenn sie die gesehen haben, fuhr ihnen der Schrecken durch all ihre Glieder, denn dann wussten sie: Die Wikinger kommen!"

Der Bootsführer machte eine bedrohliche Grimasse. Trotzdem mussten die Kinder lachen. Sie hatten so gespannt zugehört und das große bunte Langschiff, an dem sie vorbeiglitten, betrachtet, dass sie völlig vergessen hatten zu rudern.

Deshalb guckte der Bootsführer jetzt noch ein bisschen grimmiger und rief: „Und was ist mit euch? Seid ihr Landratten oder echte Wikinger? Legt euch in die Riemen und rudert! Hau ruck! Hau ruck! Hau ruck!"

Die Kinder zogen die Riemen durch, als seien brüllende Krieger hinter ihnen her. Schnell gewann das Boot wieder an Geschwindigkeit. Und da in Küstennähe einfach kein Wind aufkam, mussten sie weiterrudern, bis sie den Hafen schon lange verlassen hatten.

Dann endlich kam die erste Windböe, und die Kinder holten die Riemen ein. Der Steuermann forderte Fred und noch zwei Kinder auf, in die Mitte des Boots zum Mast zu gehen. Dort wartete der andere Bootsführer, der

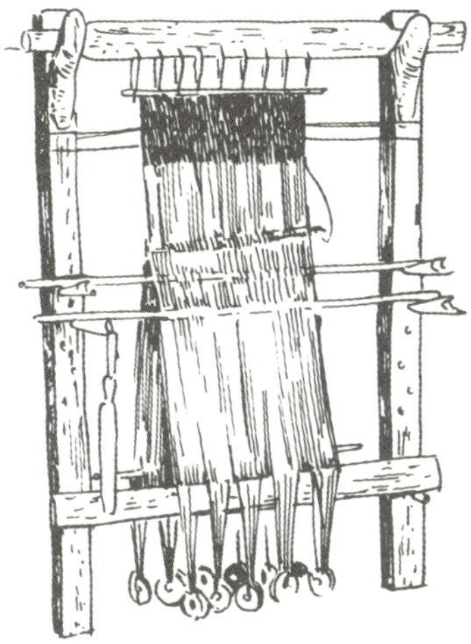

So viel Stoff – die Segel der Wikingerschiffe

Das Segel eines 30 Meter langen Wikingerschiffs maß bis zu 120 Quadratmeter – das ist ungefähr so groß wie eine Wohnung mit 4 Zimmern. Ein Segel zu nähen war die Arbeit mehrerer Frauen (eine Frau allein hätte mehr als 5 Jahre dafür gebraucht!). Zuerst spannen sie die Wolle von über 260 Schafen mit einem Spinnwirtel zu Fäden. Daraus webten sie lange Stoffbahnen, die ein Segelmacher zum Schluss längs aneinandernähte. Die Ränder verstärkte er mit Seilen. Manche Segel bestanden auch aus Leinenfasern.

Die Wikinger liebten leuchtende Farben, deshalb färbten sie die Stoffbahnen oder das ganze Segel rot, gelb oder blau. Bevor sie es aber zum ersten Mal den Mast hinaufziehen konnten, mussten sie es mit einer Mischung aus Tierfett, Ocker und Teer wind- und wasserdicht machen.

Mit genügend Helfern dauerte die Herstellung eines Segels genauso lang, wie die Bootsbauer für Rumpf und Mast des Schiffs benötigten – ein gutes halbes Jahr. Allein die Menge an Material und der Aufwand, aber auch die Fähigkeit, einen Stoff zu weben, der bei einem heftigen Sturm auf See nicht gleich reißt, machten Segel sehr wertvoll. Unter Königshäusern waren sie ein beliebtes Gastgeschenk.

Fred und seinen beiden Mannschaftskameraden eines der vielen Taue in die Hände drückte, das weit oben über den Mast geführt war. Gemeinsam zogen sie mit diesem Tau das Segel den Mast hinauf. Die anderen Kinder halfen, indem sie den Stoff entfalteten. Schon als das Segel erst zur Hälfte gehisst war, blähte der Wind es auf. Es bestand aus leuchtend roten und gelben Stoffbahnen, die der Länge nach aneinandergenäht waren. Ein letztes Mal zogen die Kinder mit aller Kraft, und das Segel war gesetzt. Sofort nahm das Boot an Fahrt auf. Der Bootsführer knotete das Tau fest, zog an verschiedenen anderen und brachte das Segel in die richtige Position.

Und dann ging alles sehr schnell. Fred drehte sich um, weil er sich wieder auf seine Ruderbank setzen wollte. Dadurch hatte er das Segel im Rücken und sah die große Welle nicht, die von vorn auf das Boot zurollte. Wären die vielen Taue nicht gewesen, hätte er einfach einen größeren Ausfallschritt machen können, als das Boot sich durch die Welle plötzlich steil aufrichtete. Dann hätte er sich vielleicht noch auffangen können. Aber so blieb er mit dem linken Fuß an einem der Taue hängen und stolperte. Im selben Moment überquerte das Boot den Wellenkamm und sackte wieder nach unten. Fred verlor endgültig das Gleichgewicht. Ein dickes, unkontrolliert durch die Luft sausendes Tau traf ihn dazu noch so hart am Kopf, dass er für einen kurzen Moment das Bewusstsein verlor und gar nicht merkte, wie er über Bord ging und ins Wasser platschte.

Später erinnerte Fred sich, dass plötzlich alles still war. Er war schwerelos. Seine Arme und Beine waren so leicht, dass sie sich von selbst über seinen Kopf hoben, während er sanft und langsam in die kühle Tiefe sank. Er spürte, wie sich die Luftblasen seinen Rücken entlang über den Nacken und durch die Haare ihren Weg bahnten. Und als er endlich die Augen halb öffnete, erkannte er, dass auch Arme und Beine von blubbernden Luftblasen umgeben waren, die zittrig und zuckend nach oben stiegen, als sei dort ein Magnet, dem sie sich nicht entziehen konnten. Um ihn herum war nichts als Blau. Er sah, wie sich die Wasseroberfläche immer weiter von ihm entfernte. Er sah das Boot von unten, und dass es kleiner wurde. Aber bewegen konnte er sich nicht. Oder wollte er nicht? Alles fühlte sich gut an. Er hatte keine Angst. Auch nicht, als sich ihm plötzlich Seewesen näherten, die er nie zuvor gesehen hatte. Schemenhaft huschten sie an ihm vorbei, in die Tiefe der See, und waren im nächsten Moment wieder ganz nah. Dann spürte er Hände an seinem Rücken. Sie griffen nach ihm, zogen an seinen Kleidern, an seinen Armen, zogen ihn weiter nach unten. Ein Schwert glitt etwas entfernt an ihm vorbei in die Tiefe. Eine Axt. Auch sie umgeben von Luftblasen, die schnell in ihr Element zu entkommen suchten. Die Hände zerrten an Fred. Ein riesiges Fischernetz schwebte auf ihn zu. Er verfing sich mit den Beinen darin. Es zog ihn nach unten, sehr schnell jetzt. Und plötzlich, als sollte alles doch nicht so kommen, war ein Gesicht über ihm, lange Haare schlangen sich um seinen Kopf, zwei Arme legten sich um seinen Rücken und hielten ihn fest. Er sank nicht mehr. Im Gegenteil: Pfeilschnell trug dieses geheimnisvolle Wesen ihn zurück in Richtung Wasseroberfläche und entließ ihn dort mit einem kräftigen Schub aus seinen Armen. Fred spürte den Widerstand des Wassers, wirbelte einmal um die eigene Achse. Jetzt war er wieder hellwach, als wäre er aus einem Traum aufgeschreckt. Über ihm ein Boot, es war viel größer

als das, auf dem er eben noch gerudert hatte. Mindestens sechzig Riemen tauchten gleichzeitig ins Wasser. Die See tobte. Die Gischt schäumte. Er hatte keine Zeit, sich einen Reim darauf zu machen. Die Luft in seinen Lungen wurde knapp.

Und gerade als er aus eigener Kraft das letzte Stückchen nach oben schwimmen wollte, packte ihn eine starke Hand am Nacken, zog ihn aus dem Wasser wie einen nassen Hund und warf ihn auf das Deck. Fred rieb sich das Salzwasser aus den Augen und hustete, während er gleichzeitig nach Luft rang. Seine nassen Haare klebten ihm im Gesicht. Was war passiert?

Dieselbe Hand, die Fred aus dem Wasser gezogen hatte, richtete nun grob seinen Kopf auf und legte ihm einen Ring aus Eisen um den Hals. Noch bevor Fred reagieren konnte, fand er sich festgekettet an einer der Ruderbänke. Er strampelte mit den Beinen und schlug mit den Fäusten um sich. Aber es half nichts. Der Wikinger, der ihn gefesselt hatte, war natürlich stärker. Und er lachte schallend. „Haha! Hab ich ein Glück, dass du mir zwischen die Finger gekommen bist!"

„Wieso fesselst du mich?" Fred wehrte sich noch immer.

„Weil ich dich bei unserem Schmied eintauschen werde, gegen eine neue Axt. Meine ist nämlich leider gerade über Bord gegangen. Und Äxte sind teuer!" Er trat einen Schritt zurück und musterte Fred. „Du siehst recht stark aus, damit könnte Thorsteinn sich zufriedengeben."

„Du willst mich eintauschen? Gegen eine Axt?!", rief Fred.

Der Wikinger runzelte die Stirn. Er war groß und breitschultrig. In seinen langen rotblonden Bart waren silberne Perlen geflochten, und auf seinem Kopf trug er eine dunkle Lederkappe. Er hockte sich neben Fred und sprach ihm leise ins Ohr: „Siehst du den grimmigen alten Knut da vorn, der mit seinen funkelnden Augen zu uns rüberglotzt? Er ist eifersüchtig, dass ich dich aus der See gefischt habe. Er hätte auch gern einen Gefangenen gemacht, dann hätte er für dich bestimmt ein neues Schwert bekommen."

Fred folgte dem Blick des Wikingers. Der grimmige Knut sah tatsächlich zu ihnen herüber. Und es bestand kein Zweifel, dass er seinen Namen völlig zu Recht trug.

Aber Fred ließ sich nicht einschüchtern: „Ich lass mich doch nicht gegen Schwerter und Äxte eintauschen!"

„He, du kannst froh sein, dass ich dich nicht habe ersaufen lassen! Die See ist stürmisch."

„Hast du deshalb deine Axt verloren? Ein großer Krieger bist du, dem einfach seine Axt über Bord geht", sagte Fred spöttisch, biss sich aber gleich danach auf die Lippen. Den zweiten Satz hätte er vielleicht lieber nicht gesagt.

Der Wikinger kniff die Augen zusammen. „Wie redest du mit mir? Mutig scheinst du ja zu sein, Bursche. Und wenn du es genau wissen willst: Wir mussten schnell das Segel einholen, da habe ich die Taue gekappt. Der Wind bläst so stark, wir wären beinahe gekentert. Ich habe uns alle gerettet!"

„Wo sind wir hier überhaupt?", fragte Fred.

„Hast du deinen Verstand verloren? Du bist auf Jarl Ragnalds Schiff, weil *dein* Jarl Eirik gerade eine Schlacht verloren hat! Und damit hat er hoffentlich endgültig begriffen, dass er unser Land niemals bekommen wird. Haha! Wir haben einige Waffen erbeutet und zwei Schiffe. Aber..." Plötzlich wurde der Mann ernst. „Aber wir haben auch einen schweren Verlust zu verzeichnen." Damit drehte er sich um und ging zum Bug des Schiffs.

Fred sah sich um. Er war auf einem Wikingerschiff. Keiner Rekonstruktion aus dem Museum. Einem echten! Um ihn herum waren lauter große, starke Wikinger. Sie hatten rote oder blonde Haare und lange zerzauste Bärte. Um ihre Augen waren dicke schwarze Linien gemalt, sodass sie Furcht einflößend hervorstachen. Und einige hatten dunkelgrüne Tätowierungen am Körper. Viele waren gezeichnet von der Schlacht, aus der sie kamen. Fred fielen die Wunden und Schrammen an ihren Armen und Beinen und in ihren Gesichtern auf. Die meisten Männer saßen hinter den Riemen und ruderten. Das Schiff war riesig. Viel größer als das, auf dem er selbst gerade eben noch gerudert hatte. Und hinter dem Schiff fuhren drei weitere. Zwei davon mussten die beiden sein, die die Wikinger von diesem Jarl erbeutet hatten. An manchen Riemen saßen zwei Männer. Dafür waren andere Ruderbänke frei. Ja, das Segel hatten sie eingeholt und den Mast umgelegt. Die Schilde der Männer steckten hinter einer Leiste am **Dollbord***. Dort waren sie nicht im Weg und bildeten einen gewissen Schutz vor der peitschenden See. Trotzdem waren alle Mann pitschnass. Genauso wie Fred, nur dass er im Wasser gewesen war. Die Wellen schwappten über die Bordwände und prasselten auf die Schiffsdielen. Der Wikinger, der Fred aus dem Wasser gezogen hatte, ruderte nicht. Er hielt sich mit einer Hand an der **Takelage*** fest und starrte auf den Bug.

Jetzt erst sah Fred, dass dort ein Toter aufgebahrt war. Sie hatten ein paar Kisten zusammengeschoben und dunkle Tierfelle darübergelegt, vielleicht stammten sie von Bären. Darauf war der Mann gebettet, sicher der Anführer der Wikinger. Er war in einen prächtigen Umhang aus dickem Stoff und Pelzkragen gehüllt, der auf seiner starren Brust mit einer großen **Fibel*** verschlossen war. An seinen Seiten lagen Schild und Schwert.

Fred wurde unruhig. Er war schon öfter durch die Zeit gefallen. Aber er wollte sich lieber nicht so weit von der Stelle entfernen, an der es passiert war. „He!“, rief er dem starken Wikinger zu. „Wie lange brauchen wir noch bis zu deinem Zuhause?“

Handelsware Mensch – Sklaven

Fred ereilt ein Schicksal, das viele Menschen zur Zeit der Wikinger traf. Forscher schätzen, dass bis zu ein Viertel der Gesellschaft der Wikinger aus Sklaven (altnordisch: *þrælar*) bestand. Sie wurden auf Raubzügen gefangen genommen und als Arbeitskräfte verschleppt oder auf Sklavenmärkten fern ihrer Heimat bis auf die Iberische Halbinsel oder in den Orient verkauft. Manch einer verlor seine Freiheit, weil er seine Schulden nicht zurückzahlen konnte. Sklaven hatten keinerlei Rechte und gehörten ihrem Herrn wie eine Sache. Sie durften nicht heiraten und keinen Besitz anhäufen. Die Kinder von Sklaven waren automatisch auch „unfrei“. Es kam allerdings vor, dass Sklaven freigekauft oder von ihren Besitzern in die Freiheit entlassen wurden. Dann waren, zumindest in Island, auch deren Kinder frei. In Norwegen waren sie es erst nach vier Generationen.

Manche Sklaven waren höhergestellt und verwalteten sogar den Gutsbesitz ihrer Herren. Aber die meisten mussten wahrscheinlich unangenehme und beschwerliche Arbeiten verrichten. Die Knechte verteilten den Dung der Tiere auf den Feldern oder fällten Bäume und schleiften sie zum Bau von Häusern und Booten in die Dörfer. Die Mägde melkten die Kühe, kochten und arbeiteten im Haushalt. Einige Wikinger, die zu Hause keine Ehefrauen fanden, verschleppten Frauen aus anderen Ländern und zwangen sie, mit ihnen eine Familie zu gründen. Forscher glauben, dass auch der Bedarf an Segel für die vielen Schiffe eine große Anzahl an Sklaven erforderte: Schafe mussten gezüchtet und gehütet, ihre Wolle musste geschoren und zu Fäden gesponnen werden, bis schließlich ein Segel gewebt werden konnte. In einigen Wikingergräbern fanden Archäologen neben dem Bestatteten auch das Skelett einer gefesselten und geköpften Person – wahrscheinlich ein Sklave, der seinem Herrn in den Tod folgen musste.

Sklaven gab es übrigens nicht nur bei den Wikingern. Auch Christen und Muslime betrieben den Handel mit Menschen. Zum Teil bis erschreckend weit in unsere Zeit hinein. In einigen Ländern gibt es die Sklaverei sogar noch heute.

Der Mann deutete auf eine hohe Klippe, auf der drei große Eichen standen. „Wenn wir an dieser Klippe vorbeigefahren sind“, rief er gegen den Wind, „dauert es nicht mehr lange. Dahinter liegt die Einfahrt in unseren Fjord.“

„Und was machst du dann mit mir?“, fragte Fred.

„Das hab ich doch gesagt, ich geb dich Thorsteinn, dem Schmied. Und der macht mir dafür eine neue Axt. Vielleicht lässt er dich dabei den Blasebalg treten, dann kann ich bei jedem Hieb an dich denken.“ Er grinste höhnisch.

Fred fand das gar nicht lustig. Er versuchte zu verhandeln.

„Das kannst du nicht machen! Ich muss zurück, du musst mich gehen lassen!“, rief er.

Der Wikinger lachte und ging auf Fred zu. „Du bist wirklich frech für einen Sklaven! Das gefällt mir.“

„Also, dann lässt du mich gehen?“, fragte Fred.

„Gehen? Wohin? Soll ich dich wieder ins Wasser werfen, damit du zurück zu Jarl Eirik schwimmen kannst? Sklave dort oder hier, wo ist da der Unterschied? Dass du kein Wikinger bist, das sieht ein kleines Kind …“

„Nein“, antwortete Fred aufgeregt. „Ich bin kein Wikinger. Ich bin überhaupt nicht von hier! Nicht mal aus dieser Zeit.“ Den letzten Satz flüsterte er fast. Er wollte nicht, dass einer der anderen Wikinger ihn hörte.

Der Mann lächelte Fred mitleidig an. „Wenn du damit meinst, dass du einer von diesen Christen bist … so einer war schon einmal bei uns im Dorf. Euch kennen wir schon.“

Fred wollte noch einmal widersprechen, aber bevor er etwas

Pflanzenfasern ohne Ende – das Tauwerk

Mehr als 2 Kilometer Seil und Tau kommen auf einem Langschiff zum Einsatz. Mit Tauen wird das Segel am Mast hinaufgezogen, mit Tauen wird es bewegt und fixiert, und natürlich wird auch der Mast mithilfe von Tauen aufgestellt oder umgelegt.

Die Wikinger drehten ihr Tauwerk aus Pflanzenfasern. Vermutlich überwiegend aus Lindenbast. Für die Taue der *Havhingsten fra Glendalough* haben die Bootsbauer des Wikingerschiffsmuseums Hanffasern verwendet – zur Sicherheit, denn Seile aus Hanf sind fast doppelt so reißfest wie solche aus Lindenbast.

Archäologen haben herausgefunden, dass es in der Wikingerzeit auch Taue aus Pferdehaar gab. Und in einem Bericht für König Alfred von England schrieb der norwegische Kaufmann Ottar Ende des 9. Jahrhunderts, dass er die Haut von Walrossen in Streifen geschnitten hätte, um besonders festes und wasserabweisendes Tauwerk herzustellen.

sagen konnte, herrschte der Wikinger ihn an: „Und jetzt sei still! Ich bringe meinen toten Bruder nach Hause und muss seiner Frau sagen, dass er an Odins Tafel speist. Und sie wird nicht wissen, ob sie sich freuen oder weinen soll. Und seinem Sohn wird es nicht anders gehen. Also geh mir nicht auf die Nerven und lass mich meine Worte finden!“ Mit düsterer Miene wandte er sich ab und ging zurück zum Bug, um weiter auf seinen toten Bruder zu starren.

Fred sah ein, dass er besser den Mund hielt. Er sah nach oben zu der Klippe mit den drei Eichen. Tatsächlich öffnete sich dahinter ein Fjord. Die See wurde sofort ruhiger, als sie in den Fjord hineinfuhren. Die Männer ruderten schnell. Ab und zu stand einer auf, und ein anderer übernahm seinen Platz. Nur so, indem sie sich abwechselten, schafften sie es vermutlich, so lange zu rudern.

Fred hatte das Gefühl für die Zeit verloren. Irgendwann hörte er, wie jemand im Wald hinter der Küste in ein Horn blies.

Derselbe Ton erschallte ein gutes Stück von ihnen entfernt noch einmal. Wahrscheinlich ein Wachposten, der sie kommen sah und ankündigte. Denn als sie endlich den Landungssteg in der Bucht

Eine neue Religion – das Christentum

Schon im frühen 8. Jahrhundert machte sich der Missionar Willibrord als einer der ersten in das heutige Dänemark auf, um dort das Christentum zu verkünden. Aber er stieß auf taube Ohren. Die Wikinger huldigten weiter Odin, Thor und Freyr. Viele weitere Missionare folgten, allen voran Ansgar von Bremen, der im schwedischen Birka (einem wichtigen Handelsplatz der Wikingerzeit) im Jahr 829 die erste Kirche im Gebiet der Wikinger baute. Auch die fahrenden Händler berichteten zu Hause von anderen Glaubensvorstellungen – nicht nur vom Christentum. Sie tauschten ihre Waren auch mit arabischen Kaufleuten, deren Religion der Islam war. Als erster König, der sich taufen ließ, gilt Harald Blauzahn (um 960). Im Gegensatz zu seinem alten Glauben beruhte das Christentum auf klaren Regeln. Damit hoffte Harald seine eigene Macht zu stärken. Mit ihm wurde Dänemark offiziell christlich. Aber nicht alle haben den neuen Glauben angenommen, nicht einmal Haralds eigener Sohn.

Auch in Norwegen und Schweden dauerte die Christianisierung noch mehr als 100 Jahre. Einige Wikinger dachten, dass ein Gott mehr nicht schaden kann, und akzeptierten ihn neben ihren eigenen Göttern. Den Silberschmieden war es egal – sie haben einfach Gussformen hergestellt, mit denen sie christliche Kreuze und den Hammer Thors gleichzeitig gießen konnten.

Gussform aus Speckstein *für Thors Hammer und für christliche Kreuze, gefunden in Nordjütland, Dänemark (entstanden ca. 950 bis 1000).*

der Wikinger erreichten, standen dort sehr viele Leute aus dem Dorf, die den Heimkehrern freudig zuwinkten. Fred reckte den Kopf über die Bordwand. Ganz vorn am Steg stand eine Frau in einem langen roten Kleid und einem ebenso langen Umhang über den Schultern. An den Trägern ihres Kleids steckten über der Brust zwei ovale Fibeln, von denen eine bunte Kette mit Glaskugeln herabhing. Die Frau war reich geschmückt, mit Silberreifen um den Hals und an ihren Armen, und hatte lange blonde Haare, in die kunstvolle Zöpfe hineingeflochten waren. An einer langen Lederschnur um ihren Hals hing ein dicker silberner **Schlüssel***. Sie musste die Frau des toten Jarls sein. Sie sah sehr wohlhabend aus. Fred überlegte, ob der Jarl all den Schmuck geraubt hatte, um ihn seiner Ehefrau zu schenken, oder ob er ihn einem Händler abgekauft hatte.

Neben der Frau stand ein Junge, der aufgeregt von einem Bein auf das andere trat und unentwegt zum Bug des Schiffs blickte. Er war etwa in Freds Alter. Als seine Augen nicht fanden, was sie suchten, verfinsterte sich seine Miene.

Am Bug des Schiffs, die rechte Hand am Vorsteven, stand der Wikinger, der Fred gefangen genommen hatte. Dass *er* dort stand und nicht der Vater des Jungen, konnte nichts

Gutes bedeuten. Auch das Gesicht der Wikingerfrau verlor plötzlich jede Regung. Sie wusste schon, was passiert war, bevor der Bruder des Jarls vom Boot auf die Anlegestelle sprang und zu ihr trat. Das Jubeln der Menge verstummte.

Die Wikingerfrau nahm ihren Sohn an die Hand und schritt, gefolgt vom Bruder ihres toten Mannes, die Landungsbrücke zurück ins Dorf auf ein großes Langhaus zu. Erst dann sprangen die anderen Wikinger von Bord. Sie begrüßten ihre Familien und schafften die Bootskisten und die erbeuteten Güter an Land. Dazu gehörte auch Fred. Zusammen mit ein paar anderen Gefangenen führten sie ihn in das große Langhaus. Den Eisenring um den Hals nahm ihm niemand ab.

Das Haus war fast so groß wie das Schiff, auf dem die Wikinger das Dorf gerade erreicht hatten: an die dreißig Meter lang und vielleicht acht Meter breit. Es hatte keine Fenster, und das schilfbe-

deckte Dach war tief heruntergezogen. Eine dicke Holztür befand sich an der Längsseite. Die Türpfosten waren mit schönen Schnitzereien versehen. Hinter der Tür öffnete sich ein riesiger Raum. Erst im Inneren erkannte Fred, dass die langen Wände des Hauses sich bauchig nach außen wölbten, sodass es in der Mitte breiter war als an den Schmalseiten. Der Raum hinter der Eingangstür war der größte. Rechts und links von ihm war jeweils ein weiterer durch eine Wand aus Holzpfosten und Lehm abgetrennt. Fred konnte nicht erkennen, was sich in diesen Räumen verbarg. Im Haus war es dunkel, und die Luft war schwer. Es gab nur eine Öffnung im Dach, durch die der Rauch abzog, der über der großen rechteckigen Feuerstelle in der Mitte entstand. Die einzige Lichtquelle im Raum, nachdem die Tür geschlossen war. An beiden Längsseiten erhoben sich über die gesamte Länge des Raums zwei tiefe Holzpodeste, auf denen Felle und Wolldecken lagen. Dort setzten sich einige der älteren Dorfbewohner nieder. Gegenüber der Tür standen, auf der ersten Stufe, zwei hölzerne Stühle. Sie hatten hohe Lehnen, in die schöne Verzierungen geschnitzt waren: Drachenköpfe mit weit aufgerissenen Mäulern, aus denen sich lange Zungen entrollten, Pferde mit langen Beinen und zurückgeworfenen Köpfen sowie Schlangen, die sich um sich selbst wanden. Auf den Sitzflächen und über den Armlehnen lagen Tierfelle. Ohne Zweifel thronten hier der Jarl und seine Frau wie Könige in einer mittelalterlichen Burg.

Als sich die Halle mit den Dorfbewohnern gefüllt hatte und auch alle Krieger versammelt waren, die an der Fahrt teilgenommen hatten, trat die Wikingerfrau vor den Hochsitz des verstorbenen Jarls: „Ich grüße euch und danke Odin, dass er so viele von euch zurück nach Hause kehren ließ. Euren

Jarl, meinen Ehemann, hat er aber zu sich gerufen. Erbe des Jarls ist mein Sohn Ivar. Nach unserem Gesetz erbt er, als ältester Sohn, den gesamten Besitz seines Vaters. Hat irgendjemand von euch etwas dagegen einzuwenden?"

Die Frau des Jarls ließ ihren Blick über die versammelte Dorfgemeinschaft in der Halle schweifen. Niemand sagte ein Wort. Einige schüttelten den Kopf. Fred hatte das Gefühl, dass die Trauer über den Verlust des Jarls die Gemeinschaft einte. Niemand wollte Ivar sein Erbe absprechen.

„Dann soll es so sein", sagte die Frau schließlich. „Da der Jarl tot ist und Ivar noch jung, spreche ich für ihn. Ihr habt in der Schlacht zwei Schiffe erbeutet, Waffen, Felle und andere Dinge, auch Gefangene gemacht. Die Schiffe sind Kriegsschiffe, sie können nur von einer Gemeinschaft genutzt werden. Deshalb sollen sie der Gemeinschaft gehören, bis wir einen neuen Jarl gewählt haben.

Für Ivar erbitte ich eine Kampfausrüstung. Ansonsten darf jeder behalten, was er erbeutet hat. Ich verzichte auf den üblichen Anteil des Jarls, bitte aber jeden Einzelnen von euch, ihm ein würdiges Grabmal zu errichten. Viele Jahre hat er für euer Wohlergehen gesorgt, hat euch in Schlachten geführt und mit seiner Klugheit und Stärke vor Angreifern beschützt. Helft ihr mir, ihm ein Andenken zu schaffen, das seinen Taten gerecht

Die Frauen der Wikinger – selbstbestimmt und unabhängig?

Die Verteilung der Rollen war bei den Wikingern nicht anders als in den meisten Gesellschaftsformen des Mittelalters. Die Männer verrichteten die Arbeiten „jenseits der Türschwelle". Sie waren Handwerker oder Bauern, züchteten Vieh, betrieben Handel oder begaben sich auf Plünderfahrten. Die Frauen kümmerten sich um alle hauswirtschaftlichen Arbeiten „diesseits der Türschwelle". Sie kochten, spannen Wolle zu Fäden, webten Stoffe und nähten Kleider für sich und ihre Familien. Außerdem kümmerten sie sich um die Kinder und die älteren Familienmitglieder. Ihr Verantwortungsbereich wuchs in dem Moment, da ihre Männer für längere Zeit fern von zu Hause waren. Dann war es ihre Pflicht, die Bestellung der Felder zu überwachen und für genügend Nahrung für alle Angehörigen des Haushalts, inklusive der Tiere, zu sorgen. In den Sagas werden die Wikingerfrauen oft als selbstbestimmt und unabhängig beschrieben. Und verglichen mit Frauen in anderen Gesellschaften hatten sie tatsächlich mehr Freiheiten. Doch sie hatten nicht dieselben Rechte wie die Männer. Sie durften nicht am **Thing*** teilnehmen, wurden also vor Gericht nicht angehört, durften nicht wählen und waren den Männern untergeordnet. Allerdings gehörte ihnen ein Anteil am Besitz ihrer Ehemänner, und sie durften sich scheiden lassen, wenn die Männer verarmten, sie vernachlässigten oder schlugen. In der christlichen Gesellschaft hatten Frauen dieses Recht nicht. Womöglich gab es sogar Wikingerfrauen, die Handel betrieben. Da das Weben von Stoffen von Frauen verrichtet wurde, mag es einige gegeben haben, die sich auf besondere Muster oder Techniken spezialisiert haben. In zahlreichen Wikingergräbern in den östlichen Handelsgebieten sind Frauen zusammen mit einer Waage und Gewichten als Grabbeigaben bestattet worden, ein typisches Zeichen für Kaufmänner und – offenbar – Kauffrauen.

wird?“ Wieder blickte Ivars Mutter über die Menge. Und wieder stimmten ihr alle zu.

Dann trat Ivars Onkel neben sie. „Unser Gesetz überträgt mir die Verantwortung für die Familie meines gefallenen Bruders. Ihr alle habt gesehen, dass Jarl Ragnald im Kampf verletzt wurde, sein Leben aber hat er erst auf der Rückfahrt auf dem Schiff gelassen. Jarl Eirik und seine Männer wissen also nicht, dass unser Jarl tot ist. Wir sollten uns das zum Vorteil machen. Lasst uns mit der Wahl eines neuen Jarls bis zum Frühjahr warten. Der Sohn meines Bruders, Ivar, wird sich zur Wahl stellen, so wie es sein Vater sich gewünscht hätte. Alle anderen, die sich berufen fühlen, dürfen sich ebenso zur Wahl stellen. Bis dahin werden Ivars Mutter Sigrid und ich den Sitz Ragnalds gemeinsam ausfüllen, sie diesseits der Türschwelle, ich jenseits. Wir werden dafür sorgen, dass ihr den Winter sicher übersteht, das verspreche ich euch. Wer ist dafür?“

Fred beobachtete die Männer. Einige tauschten fragende Blicke aus. Andere berieten sich hinter vorgehaltener Hand, damit die Nebenstehenden nicht verstehen konnten, was sie sprachen. Ivars Mutter und sein Onkel warteten geduldig, bis das Murmeln und Tuscheln wieder leiser wurde, einer die Hand hob und rief: „Ich bin dafür!“

Die meisten Männer nickten zustimmend, und einer nach dem anderen schob seine Hand in die Luft. Sogar der grimmige Knut hob die Hand. Aber er tat es sehr langsam und erst nach langem Zögern.

„Dann ist es entschieden“, sagte Ivars Onkel zufrieden.

Als die Abstimmung vorüber war, leerte sich die Halle. Die Dorfbewohner begaben sich nach und nach in ihre eigenen Häuser. Die Krieger ruhten sich von der Schlacht aus, und die Frauen bereiteten ein stärkendes Mahl für ihre Männer, damit sie schnell ihre Kräfte wiedergewannen. Der Wikinger, von dem Fred immer noch nicht wusste, wie er hieß, stieg das Podest herunter und kam zu ihm herüber.

„Jetzt bringst du mich zum Schmied, oder?“, fragte Fred. „Um deine Axt zu bezahlen.“

„Ach, weißt du“, erwiderte der Mann, „eigentlich brauche ich gar keine neue Axt, ich habe genug erbeutet. Ivar ist in deinem Alter. Er ist sehr traurig, dass er seinen Vater verloren hat. Ich dachte, er könnte ein bisschen Gesellschaft gebrauchen. Wie heißt du, Junge?“

„Fred.“

„Und wie heißt dein Vater?“

Fred verstand nicht, wieso der Wikinger den Namen seines Vaters wissen wollte. Trotzdem antwortete er wahrheitsgemäß: „Erik Reinhart.“

Da grinste der Wikinger Fred an und klopfte ihm kräftig, aber freundschaftlich auf die Schulter. „Also gut, Fred Eriksson, du wirst dich um meinen Neffen Ivar kümmern. Fang gleich damit an. Dort drüben sitzt er und könnte ein paar tröstende Worte gebrauchen. Wenn du es gut machst, lasse ich dich vielleicht eines Tages frei!“ Dann verließ er die Halle.

Fred beobachtete, wie zwei Frauen einen großen Kessel an ein eisernes Gestänge über der Feuerstelle hängten. Wenig später zog der leckere Duft eines Eintopfs durch den Raum. Auf der anderen Seite der Halle saß Ivar vor dem leeren Hochsitz seines Vaters auf dem Boden und weinte still in sich hinein. Fred überlegte gerade, wie er ihn aufmuntern könnte, als eine der Frauen auf ihn zukam und ihm einen großen Holzkrug in die Hand drückte. Er sollte sich nützlich machen und Wasser aus dem Brunnen im Dorf holen. Fred nahm den Krug und trat vor das Haus. Es war mit Abstand das größte im ganzen Dorf und stand auf einer Anhöhe. Die meisten anderen Häuser waren zwar ähnlich gebaut, auch aus Holz, länglich und ohne Fenster, aber sie waren viel kleiner. Es gab auch Häuser, die niedriger waren. Erst als er direkt vor einem stand, erkannte er, dass der Wohnraum in den Boden gegraben und über die entstandene Grube ein einfaches Dach gestellt worden war wie ein Zelt, nur dass es nicht aus Stoff, sondern aus reetbedeckten Holzbalken bestand.

Fast alle Dorfbewohner hatten ein kleines Feld vor ihrem Haus, auf dem sie Gemüse anpflanzten. Hinter einem hohen Holzstoß entdeckte Fred die Werkstatt des Schmieds und beschloss, lieber in die andere Richtung zu gehen.

Das Gelände des Dorfs war leicht abschüssig. Unten lag der Fjord. Es gab drei Landungsbrücken, die weit ins Wasser hineinreichten. Sieben Schiffe lagen dort vor Anker: die beiden, die die Männer heute im Kampf erbeutet hatten; das Langschiff, auf dem sie herge-

rudert waren; zwei kleinere, breitere, vielleicht Handelsschiffe; ein weiteres Langschiff und ein besonders prachtvolles. Vor- und Achtersteven an diesem Schiff waren weit hochgezogen. Auf dem vorderen steckte der Kopf eines Drachen und auf dem hinteren das Ende seines Schwanzes. Die Planken waren bunt bemalt und mit Schnitzereien versehen. Dieses Schiff wurde sicher nur zu besonderen Anlässen benutzt oder von der Familie des Jarls. Außerdem sah Fred vor den Häusern, die gleich am Wasser standen, noch ein paar einfache Ruderboote. Auf einigen lagen Fischernetze.

Je höher das Gelände anstieg, desto dichter wurde der Wald. Mächtige Felsen ragten zwischen den Bäumen hervor, und hohe Klippen schlossen das Dorf ein. Fred wäre gern auf eine der Klippen geklettert, um sich die Gegend von dort oben anzusehen, aber er war zum Wasserholen geschickt worden und wollte sich nicht gleich an seinem ersten Abend unter den Wikingern Ärger einhandeln. Also ließ er den Holzeimer, der über dem Dorfbrunnen an einem dicken Tau hing, tief in den Schacht hinunter und schöpfte Wasser in den Krug, bis er voll war. Dann trug er ihn zurück ins Haus des Jarls.

Obwohl er als Gefangener hierhergebracht worden war, durfte Fred mit allen anderen Bewohnern des Hauses am Tisch sitzen, mit Ivar und seiner Mutter, aber auch mit der Köchin und anderen Männern und Frauen, bei denen sich später herausstellte, dass sie Mägde und Knechte waren. Sie arbeiteten im Haus oder auf den Feldern, die zum Dorf gehörten. Niemand sprach ein Wort, also aß auch Fred schweigend den Eintopf aus gekochtem Gemüse und Fisch. Dazu gab es Fladenbrot mit Käse und Met, ein süßes, leicht bitter schmeckendes Getränk, das Fred ein bisschen benommen machte.

Nach dem Abendessen führte eine der Mägde Fred zu dem Raum am linken Ende des Hauses. Es war der Stall. Fred sollte hier mit den anderen Bediensteten auf Strohmatten schlafen, unmittelbar neben den Schweinen und Rindern. Es war stickig und warm, obwohl die breite Tür nach draußen nur angelehnt war. Und die Ausdünstungen der Tiere fand Fred auch nicht besonders angenehm. Aber gerade als er sich ein Bündel Stroh zu einer Art Kopfkissen zusammengeschoben hatte und sich hinlegen wollte, kam die Hausherrin herein und schickte ihn ohne weitere Erklärung in den anderen Raum, am gegenüberliegenden Ende des Hauses. Fred fiel auf, dass ihre Augen verweint waren, deshalb stellte er lieber keine Fragen. Der andere Raum war viel kleiner als der große Versammlungsraum in der Mitte des Langhauses. Aber er hatte die gleichen tiefen Podeste vor den Wänden. Darauf lagen warme Tierfelle und Decken. Die sahen wesentlich einladender aus als das Stroh im Stall. Ivar lag zugedeckt und zum Schlafen bereit auf einem der Podeste und starrte stumm an die Decke. Fred hatte mit ihm noch kein Wort gewechselt. Vielleicht wollte Ivar einfach nicht allein schlafen, und Sigrid hatte Fred deshalb hierhergeschickt. Schließlich war ihm aufgetragen worden, Ivar zu trösten. Nur, wie spricht man mit jemandem, dessen Vater gerade gestorben ist? Fred gab sich einen Ruck und begann zaghaft die Unterhaltung. „Ähm, also ... Hallo! Ich bin Fred. Es, ähm, es tut mir sehr leid, was mit deinem Vater passiert ist."

Ivar starrte weiter an die Decke. „Macht es dir etwas aus, bei mir zu schlafen? Mein Onkel hat dich mir zum Geschenk gemacht. Er glaubt, du könntest mir Gesellschaft leisten. Du seist nicht von hier und könntest mir vielleicht von anderen Ländern erzählen und meine Gedanken zerstreuen."

Und nach einer kleinen Pause fügte er leise hinzu: „Ich habe nicht viele Freunde, weißt du? Eigentlich … gar keine."

„Warum nicht?", fragte Fred.

Anstatt zu antworten, zog Ivar seinen linken Arm unter der Wolldecke hervor. Es war nicht besonders hell im Raum, da nur eine kleine Tranlaterne an einem der Balken unter der Decke hing, aber Fred erkannte deutlich, dass Ivar die Hand fehlte.

„Was ist passiert?"

Ivar drehte den Kopf zur Wand, so als sollte Fred sein Gesicht nicht sehen. „Ich war noch klein, als der Winter einmal besonders hart war. Es war eisig kalt, und der Schnee wollte einfach nicht tauen. Mein Vater und Halfdan, mein Onkel, haben mich mit in den Wald genommen, um Holz zu schlagen.

Die Vorräte waren fast aufgebraucht. Den Wölfen dauerte der Winter auch zu lange. Sie hatten Hunger, genauso wie wir. Normalerweise greifen Wölfe keine Menschen an, aber wenn sie so hungrig sind ... Ich hatte zwar eine kleine Axt und ein langes Messer, aber ich war einfach noch nicht so geübt damit. Einer der Wölfe hat mir die Hand abgebissen."

Fred schluckte. „Das ist ja schrecklich!"

„Ja", sagte Ivar tonlos. „Den Schmerz habe ich fast nicht ausgehalten. Aber er ging vorbei. Dass die anderen mich auslachen, weil ich es nicht geschafft habe, den Wolf zu verjagen, das geht nicht vorbei. Und es tut viel mehr weh."

Fred suchte nach tröstenden Worten. Doch alles, was ihm einfiel, erschien ihm angesichts Ivars Geschichte unpassend und doof. Zum Glück musste er nicht lang überlegen. Sigrid schlug den schweren Wollvorhang zurück, der den Schlafraum von der Halle trennte, und setzte sich an Ivars Bett. „Warum schlaft ihr nicht? Wenn ich gewusst hätte, dass du meinen Sohn wach hältst, hätte ich dich im Stall schlafen lassen, Fred." Sie lächelte sanft.

Fred spürte, dass sie ihn aufzog. Trotzdem sah er beschämt zu Boden.

Ivar drehte endlich seinen Kopf von der Wand weg und sah seine Mutter an. Fred konnte erkennen, dass er weinte.

„Erzählst du mir noch mal die Geschichte, wo Vater jetzt ist?", fragte er.

Sigrid nahm seine Hand in ihre. „Das ist keine Geschichte! Dein Vater, Ivar Ragnaldsson, war einer der stärksten und tapfersten Krieger, die die Welt hervorgebracht hat. Und du weißt genau, wo er jetzt ist: Er speist und trinkt unter seinesgleichen an Odins Festtafel. Seit Anbeginn der Welt schickt Odin die Walküren über die Schlachtfelder der Erde, um die auszuwählen, die am besten gekämpft haben. Denn nur diese tapferen Krieger dürfen in Walhall einziehen, Odins prächtiger Burg, so unvorstellbar groß. Jeden Morgen treten die Krieger in den Burghof und üben sich im Kampf. Und wenn sie abends erschöpft heimkehren in die Halle der Gefallenen, dann heilen all ihre Wunden, und eine reich gedeckte Tafel wartet auf sie. Das Fleisch des Ebers Sæhrímnir reicht für alle Männer und noch mehr. Jeden Tag aufs Neue verspeisen sie den Eber, denn jeden Morgen steht er unversehrt wieder vor ihnen. Die Ziege Heiðrun grast auf dem Dach der Burg und spendet aus ihrem Euter unendlich viel Met, mehr als genug für die durstigen Krieger. Nur Odin selbst trinkt nichts davon. Er isst auch nichts. Seinen Anteil am Fleisch Sæhrímnirs gibt er seinen Wölfen Geri und Freki, die immerzu an seiner Seite sind. Und statt des Mets trinkt er nur Wein. Auf seinen Schultern sitzen die beiden Raben Huginn und Muninn. Sie flüstern ihm alles ins Ohr, was sie sehen und hören. Durch sie erkundet Odin die Welt. Bei Tagesanbruch sendet er sie aus, und später am Morgen kehren sie zurück. So erfährt er, der immer Suchende, was er erfahren muss. Einst haben die **Nornen***, die Schicksalsgöttinnen, die an der Wurzel der Weltenesche **Yggdrasill*** bei der Quelle wohnen, Odin die Zukunft prophezeit. Sie heißen Urd, Verdandi und Skuld: Das was war, was ist und was sein wird. Auch die Götter haben ein Schicksal! Und das Schicksal der Götter, **Ragnarök***, ist unvermeidlich: Eines fernen Tages werden die Riesen gegen die Götter zum Kampf schreiten. Der Fenriswolf wird seine Ketten sprengen. Jörmungandr, die Midgardschlange, wird sich aus den Meeren erheben. Und es kommt zur großen Schlacht. Achthundert Krieger werden dann aufrecht nebeneinander durch die fünfhundertvierzig Tore Walhalls zum Schlachtfeld schreiten und an der Seite der Götter kämpfen. Das ist alles, was sie sich ihr ganzes Leben erträumt haben. *Dazu* braucht Odin deinen Vater."

„Also war es vorherbestimmt, dass er heute stirbt?", fragte Ivar.

Seine Mutter nickte langsam. „Wenn ein Kind geboren wird, ist immer eine Norne zugegen. Die Norne sieht das Schicksal, das dem Kind bestimmt ist. Auch bei deiner Geburt war eine Norne im Raum. Was geschehen soll, geschieht. Und es ist gut." Sie nahm Ivars Gesicht in ihre Hände und wischte mit dem Daumen eine dicke Träne von seiner Wange. Dann küsste sie ihren Sohn auf die Stirn und sagte entschieden: „Etwas haben die Menschen aber auch zu bestimmen, vor allem die Mütter für ihre Kinder. Und das ist, dass sie nachts schlafen müssen, damit sie tagsüber wach sein können. Gute Nacht, Yngvar." Sie stand auf und ging zur Tür. Bevor sie den Raum wieder durch den dicken Wollvorhang verließ, lächelte sie auch Fred an und flüsterte: „Gute Nacht, Fred. Sei willkommen bei uns."

EIN SCHIFF FÜR DEN JARL

Der Tag, an dem Odin Ivars Vater nach Walhall holte, war einer der letzten Tage des Sommers. Die Dämmerung setzte bereits jeden Abend ein bisschen früher ein. Die großen Fahrten, bei denen die Männer viele Tage oder Wochen von zu Hause fortblieben, um durch Plünderungen Reichtümer für ihr Dorf und sich selbst anzuhäufen, waren für dieses Jahr vorbei. Jetzt widmeten sie sich wieder ihren eigentlichen Aufgaben. Die Fischer gingen wieder fischen, der Schmied schmiedete neue Waffen, die Bauern holten die Ernte ein. Und alle miteinander errichteten sie ihrem Jarl das monumentale Grabmal, das sie ihm schuldig waren.

Auch Fred und Ivar halfen mit.

Jarl Ragnald sollte in seinem eigenen Schiff bestattet werden. So hatte es Ivars Mutter bestimmt. Es war das prachtvolle Schiff, das Fred gleich an seinem ersten Tag im Dorf aufgefallen war. Er hatte richtig vermutet. Mit diesem Schiff fuhr der Jarl mit seiner Familie und seinen engsten Vertrauten die Küste entlang auf Erkundungsfahrten oder besuchte andere Fürstenhäuser.

Es zur Grabstätte zu ziehen dauerte mehrere Tage. Mit langen Seilen, die die Männer am Vorsteven, am Mast und in den Riemenlöchern befestigten, zogen sie es, den Bug voran, auf den Strand. Hinter dem Strand, wo der Boden nicht mehr sandig, sondern von Grasflächen und Felsen durchzogen war, konnten sie das Schiff nicht mehr ziehen. Sie mussten es rollen. Dafür legten sie kurze Baumstämme quer unter den Kiel und schoben das Schiff so Stück für Stück weiter. Immer wenn am hinteren Ende ein Baumstamm unter dem Kiel hervorkam, schleppten zwei der Männer ihn nach vorn und legten ihn dort wieder darunter. Das war kräftezehrend. Zumal das Gelände anstieg und der Friedhof des Dorfs sich oberhalb eines kleinen Wäldchens auf der Ebene befand. Fred und Ivar halfen dort beim Ausheben einer tiefen länglichen Grube, so groß und tief wie der Bauch des Schiffs. Die beiden blieben immer zusammen. Sie hatten sich angefreundet. Und da Ivar durch seine fehlende Hand etwas eingeschränkt war, half Fred ihm, so gut er konnte. Es war auch Freds Idee gewesen, einfach eine Holzschaufel an Ivars linkem Unterarm festzubinden. Sie waren damit zu Harald, dem Bootsbauer gegangen. Und der hatte Kerben in einen Stiel geschnitzt, damit das Seil daran nicht verrutschen konnte. So war es für Ivar zwar immer noch mühsamer als für die anderen, aber er war froh, dass er überhaupt mithelfen konnte.

Die schwere Arbeit zerstreute Ivars Trauer über den Verlust seines Vaters. Als aber der Tag der großen Zeremonie gekommen war, brach der Schmerz in ihm wieder auf. Majestätisch thronte das prächtige Schiff in der Senke auf der Ebene. Nur die Steven ragten über die Grube hinaus. Den Mast und das Segel hatten die Männer abgenommen. Der Anker lag an einer langen Kette im Bug, als wäre das Schiff bereit für die Fahrt. Sie hatten den Jarl am Heck auf ein hölzernes Bett mit einer kostbaren Decke gelegt. Er trug seine schönsten Kleider und war in einen Umhang gehüllt, der mit Goldfäden durchzogen war. Sein Kopf ruhte auf einem Wolfsfell. Halfdan trat vor und legte rund um seinen Bruder dessen Waffen: ein langes Schwert, das Ragnald einst auf einer Fahrt ins Reich der Franken erbeutet hatte, eine Axt, einen Schild, Messer, Pfeile und Bogen und einen Speer. Um die Schuhe des Toten band er silberne Sporen. Und einen mit prunkvollen Schnitzereien versehenen Sattel legte er neben ihn. Dann kamen die Frauen des Dorfs und deckten einen Tisch am Fußende des Totenbetts: Teller, Becher und Löffel waren aus Bronze und Silber. In einem verschließbaren Kästchen lagen zwei mit Gold und Silber verzierte Messer von den fernen Britischen Inseln. Die Frauen trugen Schüsseln mit verschiedenen gekochten Gemüsen auf, einen großen Holzkrug voll Met und drei Platten mit dem Fleisch eines Ebers. Ivars Mutter betrat das Schiff. In ihrem Arm trug sie einen Strauß Blumen, die sie nun über den Toten und den Tisch streute. Der letzte Abschiedsgruß an ihren Ehemann. Ivar legte ein dickes Bündel Getreide der jüngsten Ernte neben seinem Vater auf den Boden. Dann führten die Männer die Tiere auf das Schiff: vier Hunde und elf wunderschön aufgezäumte Pferde. Sie alle sollten den Jarl nach

Der Weg nach Walhall – die Bestattungsriten der Wikinger

Als der Hobby-Archäologe Poul Helweg Mikkelsen im Jahr 1934 auf einem Feld in Ladby, Dänemark, einige Eisenspitzen fand, ahnte er nicht, dass er auf einem Schiffsgrab für einen hohen Wikingeranführer stand und die Eisenspitzen Verzierungen der Drachengestalt des Schiffs waren. In den folgenden Jahren wurde das Grab archäologisch untersucht, und die Beigaben wurden geborgen. Das Schiff selbst war bis auf die Nieten verrottet, hatte aber einen deutlichen Abdruck in der Erde hinterlassen. Dieses Schiffsgrab von Ladby war Vorbild für Ragnalds Beerdigungszeremonie.

In der Vorstellung der Wikinger gab es 3 Orte, wo sich die Toten aufhielten: **Hel***, das Totenreich der gleichnamigen Göttin *Hel*. Hier lebten die an Land durch Krankheit oder Altersschwäche Verstorbenen. Das Reich der Ertrunkenen tief unten am Meeresgrund, das von der *Rán* beherrscht wurde und dem Fred gefährlich nahe kommt, als er bei seiner Segeltour über Bord geht. Und schließlich Odins *Valhöll*, „Walhall", für die im Kampf Gefallenen.

Die Wikinger waren keine einheitliche Gemeinschaft. Von Region zu Region gab es verschiedene Traditionen. Deshalb stoßen die Archäologen auch auf verschiedene Arten von Gräbern. Ein Schiff spielt dabei oft eine große Rolle. So als glaubten die Wikinger, dass das Schiff sie in ihr Leben nach dem Tod bringen würde. Es gibt einzelne Grabhügel mit Schiffsbestattungen, aber auch ganze Friedhöfe mit mehreren solcher Hügelgräber nebeneinander. Eine andere Form der Bestattung war der Scheiterhaufen, auf dem die Wikinger ihre Verstorbenen verbrannten, um anschließend ein Grab mit ihrer Asche anzulegen. Das Grab fassten sie mit Steinen ein, die sie so anordneten, dass der Grundriss eines Schiffs entstand. Die einfachste Form der Bestattung schließlich war unserer heutigen sehr ähnlich: Die Toten wurden in einem schlichten Leinentuch oder einer Holzkiste zusammen mit Grabbeigaben beerdigt. Sicher gab es auch Bestattungsformen, von denen gar keine Überreste bleiben konnten, wenn die Verstorbenen beispielsweise dem Meer übergeben wurden oder ihre Asche verstreut wurde. Für Archäologen ist das Auffinden von Gräbern immer spannend, denn sie können daraus unglaublich viele Rückschlüsse auf frühere Lebensformen ziehen.

Walhall begleiten. Sie zeigten seinen Reichtum, würden ihm den Respekt der anderen gefallenen Krieger einbringen und bei den Ragnarök, in der letzten Schlacht der Götter gegen die Riesen, gute Dienste erweisen. Einige Krieger hatten sich rund um das Schiff aufgestellt und schlugen mit ihren Schwertern oder Äxten im Takt gegen ihre Schilde, während der Priester des Dorfs von Tier zu Tier ging und eines nach dem anderen durch einen festen, sicheren Schlag mit dem stumpfen Ende einer Axt auf die Stirn tötete. Mit dem letzten zu Boden fallenden Pferd hörten die Krieger auf, auf ihre Schilde zu schlagen, und die Frauen begannen zu singen, so lange, bis die Männer den Schiffsbauch von Dollbord zu Dollbord mit Holzplanken bedeckt hatten.

Fackeln wurden angezündet, da es mittlerweile dunkel geworden war. Und als der Gesang der Frauen verklungen war, führte Sigrid die Dorfgemeinschaft in die große Halle, um dort ein Fest zu feiern, wie es Fred noch nicht erlebt hatte, ein Fest zu Ehren des Jarls und zu Ehren Odins, der ihn nach Walhall eingeladen hatte. Lange Tische waren in die Halle gestellt worden, und jeder Einzelne der Dorfgemeinschaft fand einen Platz. Sigrid hatte am Vormittag einen Ochsen schlachten lassen. Das Fleisch war den ganzen Tag gegart worden und wurde nun allen serviert, die bei der Bestattung des Jarls geholfen hatten. Der Met floss in Strömen, und die Männer erzählten Geschichten von ihren Fahrten und Raubzügen mit Jarl Ragnald. Es war ein Festmahl, das die ganze Nacht andauerte, auch noch, als Fred und Ivar schon längst auf ihren Tierfellen lagen und schliefen.

Doch das Grab war noch nicht geschlossen. Früh am nächsten Morgen zog die Festgemeinde wieder zum Friedhof und begann damit, das Schiff mit Erde zu bedecken.

Bis zum Einbruch des Winters häuften die Männer einen so großen Erdhügel an, dass er an seiner breitesten Stelle dreißig Meter maß. Im Frühjahr würde er mit frischem Gras bewachsen sein.

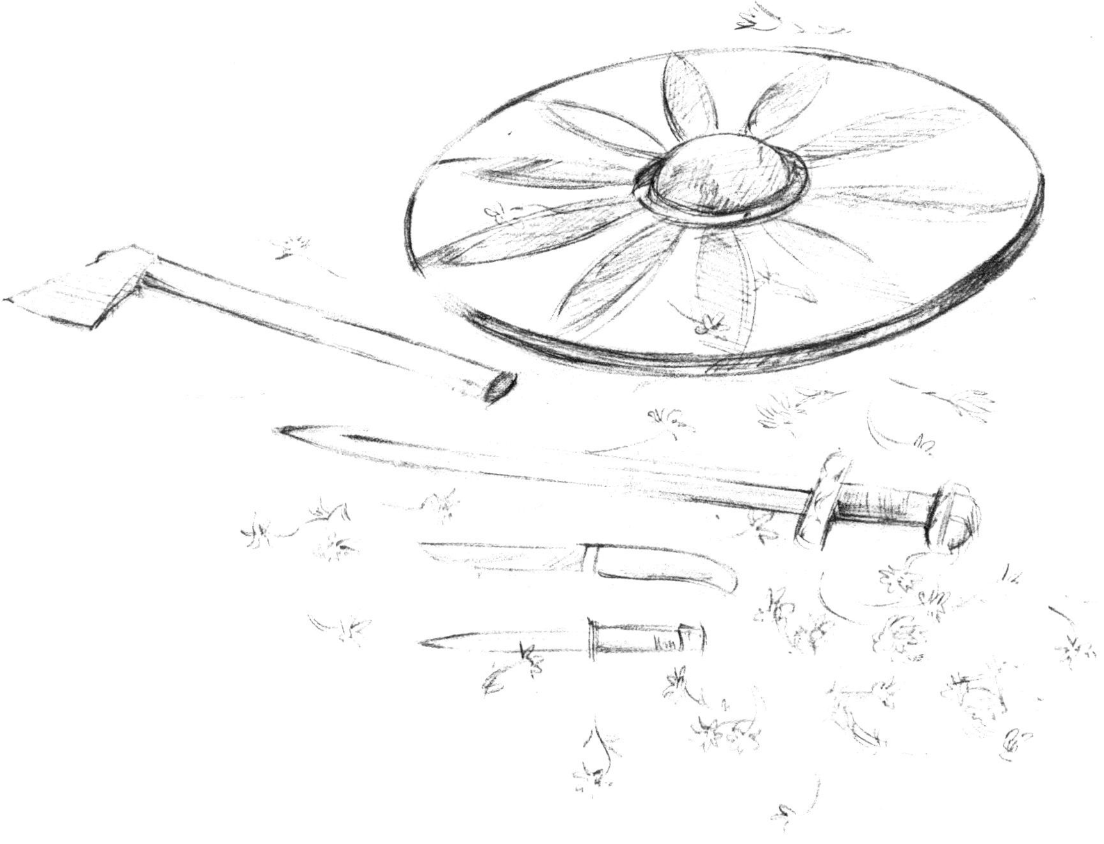

(K)EIN GRUND ZUR SORGE

Das Leben nahm seinen Gang. Die Ernte war in diesem Jahr reichlich ausgefallen. Die Götter hatten das große Opfer, das die Gemeinschaft ihnen zu jedem **Julfest*** im Dezember darbrachte, also angenommen. Im Wald am Dorf lebten viele Tiere, sodass die Männer fast immer mit ausreichend Beute von der Jagd heimkehrten. Auch die Gewässer rund um den Fjord waren voller Fische, da dieser Winter trotz Schnee und Eis mild war. Nach der Zeit der Trauer blickten alle zuversichtlich der hellen Jahreszeit entgegen. Fred lebte mittlerweile schon so lange bei den Wikingern, dass er fast zu ihnen gehörte. Er zog sich auch genauso an wie sie. Um seinen Hals hing zwar immer noch der Ring aus Eisen, der ihn als Leibeigenen kennzeichnete, aber er wurde schon lange nicht mehr als solcher behandelt. Im Gegenteil, er war Ivars Freund. Die Leute im Dorf mochten ihn. Sogar mit Thorsteinn, dem Schmied, bei dem Halfdan ihn ursprünglich gegen eine neue Axt eintauschen wollte, hatte er sich angefreundet. Auch Harald, der Bootsbauer, gehörte mittlerweile zu seinen Freunden. Von ihm hatte Fred schon viel darüber gelernt, wie die Wikinger ihre Schiffe bauten. Er wusste jetzt, dass der Kiel zusammen mit den weit nach oben gezogenen Steven das Rückgrat eines Boots bildete. Diese drei Teile mussten exakt aufeinander ausgerichtet sein, sonst würde das ganze Boot am Ende schief und krumm werden. Das galt für ein kleines Ruderboot genauso wie für ein großes Langboot.

Die Steven verzierte Harald oft mit Schnitzereien. Oder er baute ihnen einen schönen Stevenkopf in Form einer Schnecke oder eines Drachen, der nur zu besonderen Anlässen mit Lederriemen an den Steven gebunden wurde. Waren Kiel und Steven montiert, kamen die Planken: Eine

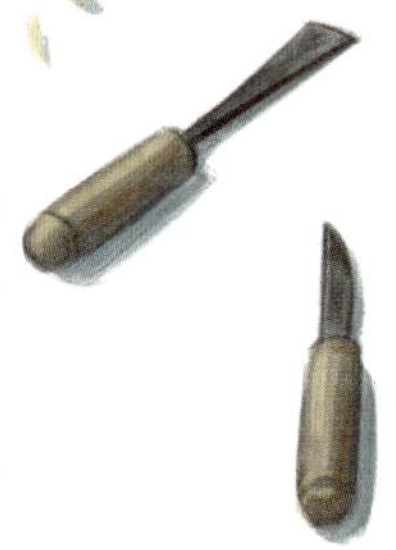

nach der anderen legten die Bootsbauer, angefangen beim Kiel, übereinander. Dort, wo sie überlappten, nagelten sie sie zusammen.

Am Anfang von allem stand aber das Aussuchen der Bäume, die das Holz für das Schiff lieferten. An einem sonnigen Tag kurz nach dem Julfest, als die Tage wieder länger wurden, waren Halfdan und Harald in den Wald gegangen, um die Bäume für ein neues Langboot auszusuchen. Jetzt, da die Bäume kahl waren, konnten sie die Stämme besonders gut beurteilen. Fred und Ivar begleiteten die beiden.

„Woher weißt du, welche Bäume für das Boot gut sind, Harald?“, fragte Fred, während sie durch den Schnee stapften.

Harald überlegte kurz. „Hast du schon einmal eine Figur geschnitzt?“

Fred musste grinsen. „Na ja, ich hab’s mal versucht, aber ehrlich gesagt, war ich nicht besonders gut darin.“

Harald blieb ernst. „Es lag nicht an dir! Sicher, ein bisschen Talent und Erfahrung gehören dazu. Aber vielleicht steckte einfach keine gute Figur im Holz drin. So ist es auch mit dem Holz für das Boot. Der Kiel, die Planken, der Mast, die stecken alle schon in den Bäumen drin. Ich muss sie nur finden und herausholen.“

„Glaub ihm kein Wort, Fred“, mischte sich Halfdan lachend

ein. „So ist es nicht. Harald kann in die Bäume hineinsehen. Deshalb weiß er, welche er auswählen muss. Stimmt's nicht, Harald?"

Aber Harald schüttelte den Kopf und klopfte mit der flachen Hand auf den Stamm eines hohen Baumes, den sie mittlerweile erreicht hatten. „Diese Eiche, seht sie euch an. Sie ist groß, an die zehn Schritte hoch! Und so dick, dass sich gerade mal unsere Fingerspitzen berühren würden, wenn Halfdan und ich sie umarmen würden. Und wir sind große Männer! Aber was noch viel wichtiger ist: Sie ist genau richtig gewachsen, neigt sich ganz leicht zur Seite. Als hätte die Natur gewusst, dass ich aus ihr einmal ein Boot bauen will. Ich sehe hier keinen Baumstamm. Ich sehe lauter Bauteile für ein Schiff!"

„Da! Ich sag's doch", rief Halfdan. „Er kann in die Bäume hineinsehen."

„Diesen fetten Ast, der da fast waagrecht aus dem Stamm wächst, seht ihr den?" Harald deutete in die Höhe.

Fred und Ivar folgten seinem Blick und nickten.

„Genau da drin wird später der Mast des Schiffs stecken", erklärte Harald. „An dieser Stelle ist das Holz stark genug, um ihn sicher zu halten, wenn Wind und Wetter an ihm zerren. Diesen Baum hier brauchen wir auf jeden Fall, den markiere ich schon mal."

Er nahm die Axt aus einer Schlaufe an seinem Gürtel und schlug drei tiefe Kerben in den Stamm. So würde er den Baum später schnell wiederfinden. Dann ging er weiter zu einer anderen Eiche.

Für Fred sah sie genauso aus wie die erste.

Aber nicht für Harald. „Aus dieser Eiche hier hole ich ein paar schöne Planken heraus. Sie ist gerade und hochgewachsen. Wenn der Baum gefällt ist und von allen Ästen befreit, schlagen wir mit der Axt in die Stirnseite, genau in der Mitte. Dann treiben wir Keile hinein, sodass der Stamm sich in zwei Hälften spaltet. Die beiden Hälften spalten wir wieder, sodass wir vier Viertel erhalten, dann acht, und immer so weiter. Die Axt macht dabei nur den Anfang, sie hilft dem Holz, dass es an seiner natürlichen Bruchstelle auseinanderbricht, ohne die Fasern zu zerstören. Eine Säge würde die Fasern glatt durchschneiden. Aber so halten die Planken später dem Druck des Wassers stand. Sie werden sich biegen, ja, aber sie werden niemals brechen."

Fred sah zwischen den nackten Baumstämmen hindurch zum Fjord hinunter. Haralds Werkstatt lag direkt am Wasser. Seine Knechte arbeiteten vor dem Bootshaus am Strand. „Wie viele Bäume müsst ihr fällen, um ein Schiff zu bauen?"

Harald kratzte sich am Kopf. „Das hängt davon ab, ob wir ein kleines Ruderboot bauen, mit dem einer in Küstennähe zum Fischen fahren will, oder ein Handelsschiff, das einen breiten Bauch für viel Ladung braucht, aber auch die Stabilität für das offene Meer. Für das Langboot, das wir jetzt bauen wollen, werden wir bestimmt an die achtzig, neunzig Bäume fällen. Kommt natürlich darauf an, wie groß sie sind und wie gewachsen. Allein vierzehn Eichen brauchen wir für die Planken, sechs für den Kiel, die Steven und das **Kielschwein***, in dem der Mast stecken wird. Diese Eiche haben wir ja gerade schon ausgesucht. Damit sind wir aber noch lange nicht fertig. Es fehlen noch der Mast selbst, die Rah für das Segel und jede Menge Querstreben. Und Riemen brauchen wir ja auch noch! Die bauen wir aus Kiefern, ich schätze, wir brauchen etwa fünfzig dafür. Kiefern sind zwar lange nicht so dick wie Eichen, müssen aber genauso gerade gewachsen sein. Schlank und schnell wird das Boot sein,

mit mindestens sechzig Riemen. Siebzig oder achtzig Mann werden damit fahren können. Es wird einen flachen Rumpf haben, damit wir auf dem Meer segeln können, aber genauso gut auf einem Fluss, der nicht so tief ist. Und falls mal eine Brücke kommt, dann heben wir den Mast aus dem Kielschwein und legen ihn einfach um. Wir können froh sein, dass wir hier so viele Eichen haben. Das Holz von Eichen hält sich im Wasser besonders lange, es fault so gut wie nie."

„Und wie viele Männer werden dir beim Bau des Schiffs helfen?", fragte Fred.

Harald breitete die Arme aus und lachte. „Das ganze Dorf wird mithelfen! Die Bäume müssen gefällt, runter ans Wasser geschleift und dort gespalten werden. Die Planken müssen gehobelt werden. Thorsteinn muss unendlich viele Nägel schmieden. Die Frauen werden aus Schafwolle lange Stoffbahnen weben und zu einem Segel zusammennähen. Und dann müssen wir Kiefern – die haben besonders viel Harz – ganz klein hacken, dick mit Erde bedecken und langsam verkohlen, bis sie zu Pech werden. Damit schmieren wir den Mast und die Planken ein. Und in die Zwischenräume stopfen wir mit Pech getränkte Wolle, damit kein Wasser ins Boot läuft."

Halfdan nickte. „Wenn alle mithelfen, können wir es vor der Sommersonnenwende zu Wasser lassen."

Ivar hatte den ganzen Vormittag noch nicht sehr viel geredet. Jetzt stellte er eine Frage, die ihm anscheinend schon länger auf der Seele brannte: „Wieso bauen wir überhaupt ein neues Schiff? Weil wir Vaters Schiff an Land gezogen und ihn darin beerdigt haben?"

„Das ist einer der Gründe ...", brummte Halfdan.

„Und der andere?", fragte Ivar.

Halfdan sah ihn an. „Ich denke, es wird nicht mehr lange dauern, bis Jarl Eirik herausfindet, dass dein Vater gestorben ist. Wir spionieren *ihn* aus, er spioniert *uns* aus. Vielleicht weiß er es auch schon."

Ivar presste die Lippen zusammen und nickte. „Dann wird er sich rüsten und uns angreifen."

„Ganz recht", sagte Halfdan. „Und darauf müssen wir vorbereitet sein."

„Deswegen schlägt Thorsteinn in letzter Zeit ununterbrochen auf seinen Amboss. Er schmiedet Waffen", sagte Ivar.

„Ja", bestätigte Harald. „Und Nägel für das Schiff."

„Was will Jarl Eirik denn so unbedingt von euch?", fragte Fred.

„Unser ganzes Dorf!" Halfdan sah den Hang hinunter. „Es liegt sehr günstig in einer Bucht, die zum Land hin gut zu verteidigen ist. Es ist umgeben von dichten Wäldern mit genug gut gewachsenen Bäumen für den Bootsbau und vielen Tieren zum Jagen. Wir haben große Felder mit fruchtbarer Erde und genug Bauern, die sie pachten und bewirtschaften. Und im Sommer kommen Händler aus aller Herren Länder! Sie machen bei uns Station, verkaufen ihre Waren und kaufen die ein, die wir den Winter über hergestellt haben."

Fred sah Stolz in Halfdans Augen aufblitzen. Und Harald pflichtete ihm bei. „All das hat Jarl Eirik nicht. Sein Land ist karg, der Boden nicht fruchtbar, und die Wälder sind wie ein ausgeweidetes Tier. Kein Händler legt bei ihm an, weil er nichts anzubieten hat. Und außerdem ..."

„Und außerdem wird er seine Schiffe zurückhaben wollen, die wir ihm abgenommen haben", schnitt Halfdan ihm das Wort ab. Tiefe Sorgenfalten zogen sich über sein Gesicht.

Und in den kommenden Wochen wurden es immer mehr.

Das Fenster zur Welt – Handel zur Wikingerzeit

Der wichtigste Handelsplatz der Wikinger, Hedeby, heißt heute Haithabu und liegt in Schleswig-Holstein. Birka in Schweden, Ribe in Dänemark und Kaupang in Norwegen waren weitere berühmte Marktzentren der Wikingerzeit. Sie lagen alle am Wasser, damit sie mit Schiffen erreichbar waren. Dort kamen Händler und Kaufleute aus ganz verschiedenen Ländern zusammen. Deutlich wird das auf den Friedhöfen in der Nähe der Handelszentren. Die Art der Gräber und Beigaben ist so unterschiedlich wie die Herkunft der Toten. Auch wenn sie fern ihrer Heimat verstorben sind, wurden sie nach den Bestattungsriten ihrer jeweiligen Kultur beerdigt. Die archäologischen Funde an den Handelsplätzen ähneln sich dagegen überall und zeigen, dass auf den Märkten viele Handwerker ihre Waren nicht nur verkauften, sondern auch herstellten: Schmiedeschlacken und Gussformen weisen auf Schmiede- und Gussarbeiten hin, Geweihreste auf die Produktion von Kämmen und Spielsteinen, und Glasschmelzreste auf die Werkstatt eines Glasbläsers. Natürlich boten Händler auch exotische Waren von weit her an. Glasperlen aus Asien wurden gegen Bernstein von der Ostsee getauscht, Wetzsteine aus skandinavischen Steinbrüchen gegen Mühlsteine aus der deutschen Eifel, Walrosszähne aus Norwegen gegen Gewürze und Schmuck aus Bagdad. Eine Runeninschrift beschreibt, wie ein Mann namens Oddulfr, er kam aus Hedeby, mit einem Mann namens Eyríkr ein Otterfell gegen ein Schwert getauscht hat. Wer keine Ware zum Tausch anbieten konnte, zahlte mit Silber. Geld kannten die Wikinger nicht. Deshalb zählte nur der Materialwert des Silbers. Archäologen finden neben ausländischen Münzen und Schmuck auch immer wieder kleine Silberstangen, sogenanntes Hacksilber. Davon hackten die Wikinger so viel ab, wie der Händler für seine Ware verlangte. War kein Hacksilber zur Hand, boten sie einfach ein Stück ihres Armreifs. Der Händler wog das Gewicht mit einer Waage ab, und wenn der Preis stimmte, war die Ware verkauft. Ein Paar Steigbügel kostete 125 Gramm Silber oder ein Schwert. Eine weibliche Sklavin hatte den Wert einer Kuh oder eines Ochsen. Ein Pferd dagegen war 3 Kühe wert. Ein Kettenhemd war ziemlich teuer: Es kostete 4 männliche Sklaven oder 2 Pferde.

Die Bedrohung durch Jarl Eirik ließ ihm keine Ruhe.

Aber da war noch etwas anderes, das er Fred und Ivar nicht erzählen wollte. Er kam jeden Abend zum Essen in die große Halle, überzeugte sich davon, dass es Ivar und seiner Mutter gut ging, und schwärmte den Jungs von vergangenen Raubzügen und Abenteuern auf See vor. Vielleicht übertrieb er dabei manchmal ein bisschen. Dann lachten sie. Aber eines Abends, Ivar und Fred lagen schon auf ihren Tierfellen, hörten die beiden, wie Halfdan und Sigrid nebenan miteinander sprachen. So erfuhren sie, was Halfdan noch bedrückte.

„Ivar muss endlich lernen, besser mit dem Schwert zu kämpfen!"

Durch den dicken Wollvorhang klangen ihre Stimmen gedämpft. Ivar und Fred stützten sich auf ihre Ellenbogen und lauschten.

„Aber er ist noch so jung, und ... seine Hand", wandte Sigrid ein. „Wie soll er einen Schild halten?"

„Eben deswegen!", sagte Halfdan mit Nachdruck. „Die Feinde werden sich auf ihn stürzen, wenn sie sehen, dass ihm eine Hand fehlt. Er muss besser kämpfen können als alle anderen! Gleich morgen werde ich wieder mit ihm trainieren, und dann jeden Tag."

„Lass ihm noch ein bisschen Zeit, Halfdan. Sein Vater ist gerade gestorben ..."

Aber Halfdan ließ nicht locker. „Deswegen! Im Frühjahr soll er sich zur Wahl stellen. Alle im Dorf wissen, dass Ragnald ihn als Nachfolger wollte. Aber alle wissen auch, dass er kein guter Krieger ist. Wie sollen sie ihn wählen, wenn sie ihm nicht zutrauen, das Dorf gegen Angriffe zu verteidigen und sie auf Raubzüge zu führen? Das ist nun mal die Aufgabe eines Jarls!"

„Er wird es schon lernen“, versuchte Sigrid, Halfdan zu beschwichtigen.

„Du würdest anders sprechen, wenn du wüsstest, was Knut seinen Söhnen Olaf und Arnulf abfordert. Er lässt die beiden jeden Tag gegeneinander antreten, seit Wochen schon. Keine Pause gönnt er ihnen. Dabei stellt er sie mitten im

Dorf auf, sodass alle sie sehen können. Er macht aus ihnen wahre **Berserker***! Und warum macht er das? Weil er will, dass einer der beiden Jarl wird. Er wird sie auch zur Wahl aufstellen. Und zurzeit sieht es so aus, als ginge sein Plan auf.“

Ivars Mutter liebte ihren Sohn. Sie würde ihn immer verteidigen. Aber sie wusste auch, dass Halfdan recht hatte. Und Ivar wusste das auch.

Als Fred am nächsten Morgen aufwachte, war Ivars Schlafplatz leer. Auch in der großen Halle war niemand, also wickelte er sich in einen dicken Umhang und lief ins Dorf, um nach Ivar zu suchen. Und da sah er, wie berechtigt Halfdans Sorge war. Olaf und Arnulf kämpften gegeneinander, mitten auf dem Marktplatz. Knut hetzte sie regelrecht gegeneinander auf. Das halbe Dorf stand um sie herum und feuerte sie an.

Als Fred sich dem Schauplatz näherte, sah er das Grinsen, das sich über Knuts Gesicht zog. Wahrscheinlich hatte er nur auf diesen Moment gewartet. Knut wusste, dass Fred Ivar erzählen würde, wie Olaf und Arnulf kämpften.

Klar werde ich es ihm erzählen, dachte Fred, *aber nicht so, wie du denkst*. Und laut rief er: „He, Knut! Hast du Ivar gesehen?“

Knut sah ihn nicht einmal an. „Nein, hab ich nicht!“, presste er nur mies gelaunt hervor.

Fred fühlte sich sicher. Er lebte bei der Familie des Jarls, und die hatte ihn aufgenommen wie einen zweiten Sohn. Knut würde ihm keine Angst einjagen. „Hast du vielleicht eine Ahnung, wo er sein könnte?“, bohrte Fred weiter.

„Woher soll ich das wissen? Ich habe keine Zeit für Krüppel!“, gab Knut zurück.

„Ivar ist kein Krüppel!“, rief Fred.

„Ach ja? Und wie nennst du jemanden, der nur eine Hand hat? Sicher nicht einen *großen Krieger*!“, spottete Knut.

Knut nahm Ivar nicht für voll, das wussten alle im Dorf. Und natürlich hatte Halfdan mit seiner Vermutung recht, Knut würde seine Söhne bei der Wahl gegen Ivar aufstellen. Schon zu Ragnalds Lebzeiten hatte er keinen Hehl daraus gemacht, dass er Olaf oder Arnulf auf dem Jarlsthron sitzen sehen wollte. Aber Ivar als Krüppel zu bezeichnen war

Der grimmige Knut – ein víkingr?

Das altnordische Wort *víkingr*, erklärt Opa Alfred, bedeutet „Pirat“ oder „Seeräuber“. Und *fára í víking* heißt: „sich auf eine Seereise oder Plünderfahrt begeben“. Wenn das Wort *víkingr* in den Sagas auftaucht, dann in einem abfälligen Sinn für Personen, denen wenig Respekt entgegengebracht wurde. Ehrenhaft waren da schon eher die *Krieger*. Natürlich waren nicht alle Wikinger Seeräuber, schon gar nicht die Frauen und Kinder. Sie werden deshalb zu Unrecht so genannt. Eine bessere Bezeichnung hat sich bisher aber einfach nicht gefunden. In ihrer Zeit hießen die Wikinger *Nordmänner, Dänen, Svear* (woraus „Schweden“ wurde) oder *Waräger* („die einander Eide schwören“). Trotzdem scheint es welche gegeben zu haben, die die Bezeichnung *víkingr* gar nicht so schlecht fanden und sich auf Runensteinen auch so genannt haben. Dazu haben sie sich vielleicht sogar noch ein furchterregendes Äußeres zugelegt: Archäologen haben festgestellt, dass sich einige Wikinger Querrillen in ihre Zähne gefeilt haben. Das ist sehr schmerzhaft, unterstreicht aber ihre Furchtlosigkeit. Arabische Geschichtsschreiber erzählen von geschminkten und *zum Teil* am ganzen Körper grün tätowierten Wikingern. Es war so, wie Opa Alfred es zusammenfasst: Nicht alle Krieger waren Piraten. Aber einige waren es wohl sehr gern und trugen das auch zur Schau. Der grimmige Knut ist so einer.

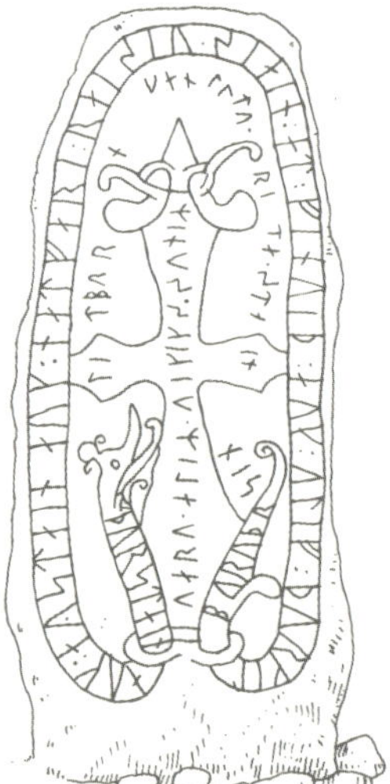

Södermanland-Runenstein, *Bjudby, Schweden. Inschrift: „Thorsteinn und Eysteinn und Náttfari stellten diesen Stein auf, in Erinnerung an Finnviðr und Óleifr (und) Thorkell, ihre Brüder. (Sie) waren alle Söhne von víkingr, Männer geboren auf diesem (Grund-)Eigentum, (die) den Stein errichteten. Steinkell schlug die Runen.“*

zu viel. Das konnte Fred nicht einfach hinnehmen. Er musste sich hinter seinen Freund stellen. „Wart’s nur ab, Knut“, rief Fred und ballte die Hände zu Fäusten. „Ich weiß, was du vorhast. Aber es wird dir nicht gelingen!“

Für einen kurzen Moment war es, als würde Knut einfrieren. Doch dann drehte er sich ganz langsam um und stapfte durch den matschigen Schnee auf Fred zu. „Was sagst du da? Willst du mir etwa drohen?“ Knut funkelte Fred an. „Du bist ganz schön vorlaut, dafür dass du einen Eisenring um deinen Hals hast! Warte nur, bis Ragnalds Familie dich nicht mehr beschützen kann und du wieder ein einfacher, rechtloser Sklave bist.“

Vielleicht war Fred doch zu weit gegangen. Mit dem grimmigen Knut hätte er sich besser nicht angelegt. Aber das durfte er sich auf keinen Fall anmerken lassen. Also schluckte er seine Angst hinunter und fragte noch einmal: „Weißt du jetzt, wo Ivar ist, oder nicht?“

Knut verdrehte die Augen. „Nein, weiß ich nicht! Wahrscheinlich versteckt er sich im Wald und macht sich dort vor Angst in die Hose!“ Knut lachte laut und schallend. Dabei kamen seine Zähne zum Vorschein.

Fred lief es eiskalt den Rücken hinunter.

In seine Schneidezähne hatte Knut sich dicke Querrillen gefeilt und mit Kohle tiefschwarz gefärbt. Das sah so gruselig aus, dass Fred schnell zwei Schritte rückwärts machte und dabei fast gestolpert wäre. Knut konnte den Schrecken in Freds Gesicht ablesen und lachte daraufhin noch lauter.

Ohne ein weiteres Wort drehte Fred sich um und lief hinunter zum Fjord, zu Haralds Werkstatt. Hinter ihm trieb Knut weiter Olaf und Arnulf an, die wie aufgehetzte Kampfhunde sofort wieder aufeinander losgingen. Fred war froh, als er das Klirren ihrer Schwerter endlich nicht mehr hören konnte.

Harald untersuchte mit gerunzelter Stirn gerade eines der Boote. Noch bevor das Wasser im Fjord gefroren war, hatte er es mit seinen Knechten an Land gezogen, wie die anderen Boote auch, damit das Eis sie nicht zerdrückte. Er begutachtete es von allen Seiten gründlich. Dabei fuhr er mit der Hand über die Planken.

„Harald", rief Fred schon von Weitem. „Weißt du vielleicht, wo Ivar ist? Ich suche ihn überall."

Harald ließ sich nicht ablenken, sondern prüfte weiterhin das Boot. „Hab ihn das letzte Mal heute Morgen gesehen, als ich aus dem Wald kam. Da war er auf dem Weg in den **Heiligen Hain***. Vielleicht ist er da noch, ist noch nicht lange her."

Fred sah abwechselnd auf das Boot und zu Harald. „Was machst du mit diesem Boot?"

„Halfdan will, dass ich es repariere", brummte Harald, eher zum Boot als zu Fred. „Aber so wie es aussieht, ist es nicht mehr zu gebrauchen. Wir könnten es genauso gut gleich im Meer versenken."

Fred wusste nicht, was er dazu sagen sollte, und stand unschlüssig da. Und weil Harald ihn sowieso nicht richtig beachtete, verabschiedete er sich schnell und suchte weiter nach Ivar. Allerdings hatte er noch nie von einem Heiligen Hain gehört. Weil er das vor Harald aber nicht zugeben wollte, stapfte er erst einmal gespielt zielstrebig durch den Schnee den Hügel hinauf in Richtung Wald. Auf dem Weg begegnete er Halfdan, der offensichtlich auch gerade auf der Suche nach Ivar war. „Fred! Wo ist Ivar?“, blaffte er.

Fred zuckte zusammen, so sehr herrschte Halfdan ihn an. „Ich weiß es nicht, ich suche ihn gerade.“

Das war eindeutig nicht die Antwort, die Halfdan hören wollte. „Finde ihn! Er soll sich bei mir melden! Sofort!“

„Gut.“ Fred nickte schnell. „Ich sag’s ihm. Sobald ich ihn sehe!“

Halfdan gab so etwas Ähnliches wie ein „Ja“ von sich, bevor er mit Riesenschritten weiterlief.

Auch Fred lief weiter. Aber da fiel ihm ein: „Ach, Halfdan? Wo ... wo ist eigentlich der Heilige Hain?“ Er versuchte, möglichst beiläufig zu klingen.

Halfdan verstand die Frage nicht. „Was willst du denn dort? Der liegt rechts den Berg hoch, bei der Klippe. Aber du sollst Ivar suchen und nicht spazieren gehen!“

„Harald schickt mich, nach Bäumen zu sehen, die gute Planken für die Reparatur des Boots hergeben könnten“, log Fred.

Halfdan stöhnte. „Von mir aus. Aber dazu musst du nicht bis zur Klippe, sondern da lang ...“ Er hob den Arm und deutete geradeaus in Richtung Wald. „Beeil dich!“, rief er und marschierte weiter. „Und dann bring mir Ivar!“

Hinter dem Wald also, bei der Klippe. Solange Halfdan ihn noch sehen konnte, lief Fred auf den Wald zu. Doch kaum war er zwischen den Bäumen verschwunden, wandte er sich nach rechts der Klippe zu. Was sollte das überhaupt sein, ein Heiliger Hain? Vielleicht wohnte dort der Priester? Den hatte Fred das letzte Mal bei Ragnalds Beerdigung gesehen. Wenn Ivar ein besonders enges Verhältnis zum Priester hätte, wäre ihm das doch aufgefallen. Was sollte Ivar dort also wollen? Es war nicht das erste Mal, dass er sich allein wegschlich. Aber meistens fand Fred ihn dann beim Grabhügel, in dem sein Vater ruhte. Fred lief immer schneller. Und während die Gedanken in seinem Kopf sich im Kreis drehten, war sein Blick vor seine Füße auf den Schnee gerichtet. Er konnte ja nicht ahnen, auf was er zulief. Was sollte in einem Hain schon anderes sein als Bäume? Erst als er direkt hineinlief, schreckte er zusammen und sah hoch. Vor ihm stand eine Art Gerüst, auf das eine Tierhaut gespannt war. Ein langer dünner Holzstab steckte schräg in der Erde. An dem oberen Ende war mit Seilen der Kopf eines Rindes festgebunden. Die Haut des Tieres war wie ein Zelt über das Gerüst gespannt. Sogar die Hufe hingen noch an den Enden der fleischlosen, im Wind baumelnden Beine. Und daneben und dahinter hingen noch mehr solcher Tierhäute. Es war ein ganzer Friedhof! Rinder, Ziegen, Schafe, Hunde oder Wölfe, Hirsche, sogar Pferde. Die Tierhäute mussten schon eine ganze Weile hier so gehangen haben, vielleicht Jahre, denn zum Teil hatte das Wetter seine Spuren hinterlassen. Die Felle waren stumpf, eingerissen und durchlöchert. Plötzlich spürte Fred, dass er nicht allein war. Er atmete erleichtert auf, weil er dachte, er hätte endlich Ivar gefunden.

Aber dann sah er eine alte, in Lumpen und lange Umhänge gekleidete Frau. Um ihren Hals hingen Ketten aus kleinen Knochenstückchen, die klapperten, wenn sie sich bewegte. Mit knöchrigen Händen stützte sie sich auf einen hohen

Holzstab. An ihren gekrümmten Fingern steckten silberne Ringe, und die dünne Haut spannte so sehr über den Knöcheln, dass sie an diesen Stellen ganz hell war. Ein rotes Fuchsfell lag um die Schultern der Alten, und eine große schwarze Kapuze hüllte ihren Kopf ein – bis auf das Gesicht, das konnte Fred erkennen. Darüber schlängelte sich eine Tätowierung, die über ihren Hals im Dunkel des Umhangs verschwand. Ihre Augen waren dick mit schwarzer Kohle umrandet. Und dort, wo bei anderen Menschen normalerweise die Pupillen sind, waren bei ihr nur zwei milchig weiße Flächen.

„Wann willst du eigentlich wieder von hier verschwinden, Fred Eriksson?", fragte die Alte. Dabei sah sie nur ungefähr in seine Richtung. Ihr Blick ging rechts an Fred vorbei ins Leere.

Freds Herz pochte heftig. „Wer bist du? Und woher kennst du meinen Namen?"

Die Frau lächelte mitleidig. „Oh, ich weiß viel. Ich kann es sehen."

„Wie denn?", wunderte sich Fred. „Deine Augen sind doch blind!"

Ein hohes Kichern durchschnitt die Stille des Waldes. „Ich brauche doch keine Augen, um zu sehen. Ich sehe die Wahrheit."

„Dann bist du … eine Wahrsagerin?", fragte Fred.

Die Frau trat zwei Schritte auf ihn zu. Fred fühlte sich unbehaglich und konnte den Drang, zwei Schritte rückwärtszugehen, nur mühsam unterdrücken.

„Eine Seherin, eine Völva, ja, das bin ich. Und deshalb weiß ich seit dem Moment, als Halfdan dich aus dem Wasser gezogen und auf das Schiffsdeck in unsere Welt hineingeworfen hat, dass du nicht aus dieser Zeit bist."

Fred sah auf den Boden und scharrte mit der Fußspitze im Schnee. „Wenn du eine Seherin bist", sagte er langsam, „kannst du mir dann vielleicht erklären, was da unter Wasser passiert ist? Als ich über Bord gegangen bin, letzten Sommer … Da waren irgendwelche Wesen …" Seit Monaten schon zerbrach er sich den Kopf darüber, was er am Tag des Bootsausflugs im Wikingerschiffsmuseum in Roskilde eigentlich gesehen und erlebt hatte, nachdem er ins Wasser gefallen war. Hatten diese Wesen ihn tatsächlich nach unten gezogen? Und hatte ihn wirklich eine Seejungfrau vor dem Ertrinken gerettet? Er suchte nach den passenden Worten, aber er fand sie nicht. „Ich weiß nicht", sagte er schließlich. „Vielleicht hab ich mir das auch nur eingebildet, ich glaube, ich war mal kurz ohnmächtig."

Die Seherin wartete geduldig, ob Fred noch etwas hinzufügen würde. Aber er blieb stumm. „Du warst in den Fängen der Rán", erklärte sie ruhig. Es klang so, als wüsste sie genau, was Fred erlebt hatte. Wahrscheinlich hatte sie auch das *gesehen*.

„Die Rán. Wer ist das?", fragte Fred.

Die Frau seufzte. „Die Rán ist ein garstiges Wesen. Sie ist die Ehefrau des Meeresriesen Ägir, herrscht über das Reich der Ertrunkenen, die unten am Grund des Meeres ihr trauriges Dasein fristen müssen."

„Da waren Hände", erinnerte sich Fred. „Die haben mich nach unten gezogen."

„Die Armen … Sie haben dich nicht nach unten gezogen. Sie wollten sich an dir nach oben ziehen, um ihrem nassen Grab zu entkommen."

„Und dann war da ein riesiges Netz …"

„Das war das Fischernetz der Rán", erklärte die Seherin.

„Nur, dass sie keine Fische damit fängt. Manchmal, wenn ihr ein Seemann gefällt oder gerade nicht gefällt, dann wirft sie ihr Netz über ihn und zieht ihn in die Tiefe der See. Ich sage ja, sie ist ein garstiges Wesen."

„Aber irgendjemand hat mich dann befreit und wieder nach oben getragen", widersprach Fred. „Sie war wunderschön, mit langen Haaren", fügte er leise hinzu.

Die Seherin nickte verständnisvoll. „Eine **Ägirstochter***. Wellen, alle neun. Die Männer, die zur See fahren, wollen sie oft zwischen der peitschenden Gischt erkennen, oder tanzend im Strom ihres Schiffs. Einer von ihnen hast du es jedenfalls wohl angetan. Sie hat dich vor dem Reich der Ertrunkenen gerettet."

Fred wollte gerade fragen, wie das überhaupt hatte passieren können. Wie er durch die Zeit gefallen war und wieso er ausgerechnet hier gelandet war. Aber auch das wusste die Völva natürlich schon und unterbrach seine Gedanken, bevor er sie aussprechen konnte. „Ganz richtig, Fred Eriksson. Zwar lebst du, aber du lebst am falschen Ort und in der falschen Zeit. Hier gehörst du nicht her. Du musst zurück. Wenn du nicht für immer bleiben willst."

„Wenn ich nicht für immer bleiben will?" Fred durchfuhr es wie ein Blitz. „Wie meinst du das?"

„Bevor ein Jahr vergangen ist, musst du unsere Welt verlassen haben. Sonst wird es dir nicht mehr gelingen."

„Und wie soll ich das machen?"

Die Seherin zuckte mit den Schultern. „Dabei kann ich dir nicht helfen." Sie wandte sich ab und tat den ersten Schritt.

Aber Fred hielt sie auf. „Warte! Du bist eine Seherin. Du musst mir doch sagen können, was ich tun soll. Du siehst das Schicksal der Menschen und ihre Zukunft!", rief er.

„Der Menschen aus *meiner* Welt, für *dich* kann ich nichts tun."

Fred ließ die Schultern hängen. Aber dann fiel sein Blick auf eine der aufgespannten Tierhäute. „Und das hier? Was ist das hier? Wozu die vielen Tierfelle? Erklär mir wenigstens das!"

Der Heilige Hain – Kultstätte der Wikinger
Der Mönch und Geschichtsschreiber Adam von Bremen beschreibt in seinem Buch „Geschichte des Erzbistums Hamburg" (um 1070) einen Heiligen Hain in Alt-Uppsala, Schweden. Hier soll, neben einem immergrünen Baum und einer Quelle, alle 9 Jahre ein Opferfest stattgefunden haben, bei dem 9 männliche Vertreter jeder Art zu Ehren der Götter getötet wurden – auch Menschen. Mit Berichten von Christen, die ein heidnisches Ritual beschreiben, sind Historiker allerdings immer vorsichtig. Sie sind oft übertrieben oder sogar erfunden, um die heidnischen Rituale gegenüber dem Christentum möglichst schlecht aussehen zu lassen. Und für Archäologen ist es sehr schwer, so einen Ort nachzuweisen. Als aber in den 1980er-Jahren die Kirche von Frösö in Schweden umgebaut wurde, tauchte unter ihrem Altar der sehr gut erhaltene Stumpf einer Birke auf. Um den Baumstumpf herum lagen Hunderte von Knochenstückchen. Die Untersuchungen ergaben, dass die Birke ungefähr in der Zeit gefällt worden war, als Adam von Bremen seinen Bericht schrieb. Die Knochenstückchen waren bis zu 100 Jahre älter und stammten von Schweinen, Kühen, Schafen, Ziegen, Elchen, Hirschen, Bären, Eichhörnchen, Rentieren, Pferden und Hunden. Auch die Überreste von Menschen lagen in der Grube.
Um 1070 setzte sich das Christentum in Skandinavien durch, und es wurden viele Kirchen gebaut. Es sieht so aus, als hätte eine Kirchengemeinde absichtlich den heiligsten Ort ihrer Kirche, den Altarraum, über einem heiligen Ort der Wikinger errichtet, um die alten Götter zu vertreiben. *Frösö* bedeutet übrigens „Freyrs Insel". Die Birke stand auf einem Hügel und war schon von Weitem zu sehen. So wie jetzt die Kirche von Frösö.

Die alte Frau drehte sich wieder Fred zu. Sie lächelte. Dann hob sie den Arm und deutete auf einen Baum. Sie deutete *genau* auf den Baum. So als könnte sie ihn sehen. Oder wenigstens spüren, wo er stand. „Siehst du diesen Baum dort an der Lichtung?"

Fred nickte. „Mh-hm."

„Und fällt dir nichts auf?"

Fred musste eine Weile überlegen, bis er es endlich erkannte. „Zwischen all den Birken hier ist er der einzige, der grüne Blätter hat. Im Winter! Alle Bäume sind kahl, nur der nicht. Warum?"

„Das wissen vielleicht nicht einmal die Götter", sagte die Völva ehrfurchtsvoll. „Eines Tages, vor langer Zeit, wurde Odin, der nimmermüde nach Wissen und Wahrheit Suchende, von der Frage gequält, was das Leben ist und was der Tod. Er hatte einst ein Auge gegeben, um aus **Mímirs*** Quelle der Weisheit zu trinken, und trotzdem wusste er darauf keine Antwort. Wo in der Welt sollte er sie finden, wenn nicht bei Yggdrasill, der großen Weltenesche, deren

Zweige sich über die ganze Welt erstrecken und bis in den Himmel hineinragen? Am Fuß des Weltenbaums steht Odin also und durchbohrt sich selbst mit Gungnir, seinem Speer. Gerade noch kräftig genug, klettert er den Stamm Yggdrasills hoch hinauf und hängt sich zwischen die Äste. Neun Tage und neun Nächte hängt er dort, dem Tode nah. Der Schmerz betäubt ihn. Doch er blickt wie durch Nebelschwaden in andere Welten, während er die Grenze vom Leben zum Tod abschreitet. Die Toten kommen zu ihm, suchen ihn heim. Auch seine Eltern, Búris Sohn Borr und die Riesin Bestla. Er fragt, sie antworten. Und als er herunterfällt von der Weltenesche, nach neun qualvollen Tagen und neun dunklen Nächten, kennt er die Runen und weiß, dass alles einen Namen hat und jeder Name eine Bedeutung. Er kennt Zauberlieder, hat die Macht über das Feuer, den Sturm und das Meer. Er kann die Feinde verfluchen, ihre Schwerter stumpf machen und den Flug ihrer Pfeile anhalten. Sorge und Krankheit weiß er zu bannen und die Kraft der Liebe zu beschwören. Odin hat sich selbst geopfert und ist dadurch noch mächtiger geworden, ist zum Allvater geworden."

Zwei tiefschwarze Raben waren herbeigeflogen und hatten sich auf dem Baum niedergelassen. Sie drehten ruckartig ihre Köpfe und beobachteten die Völva abwechselnd mal mit dem rechten, dann wieder mit dem linken Auge. So als würden sie ihr zuhören. Fred zuckte zusammen, als sie laut in die Stille hineinkrächzten. Es war, als würden sie der Völva zustimmen, in allem, was sie erzählt hatte.

„Und das ... passierte hier?", fragte Fred ungläubig.

„Es spielt keine Rolle, wo es passierte. Aber hier an diesem Baum, der wie Yggdrasill das ganze Jahr über grünt, hier bringen wir Odin unsere Opfer dar. Neun von jeder Art, alle

neun Jahre. So wie Odin neun Tage und neun Nächte sein Opfer erbrachte. Die Bäume nehmen die Kraft der Opfer auf und bewahren sie. Schon viele Menschen haben vor uns hier geopfert, und noch viele werden es lange nach unserem Tod tun. Die Bäume überdauern uns. Sie erinnern sich an jedes einzelne Opfer. Das macht sie heilig."

Fred dachte an Ivar. Er stellte sich vor, wie er hier im Heiligen Hain während der letzten Opferzeremonie der Wikinger für ihren höchsten Gott Odin neben seinem Vater Ragnald gestanden hatte. Damals waren alle seine Sorgen noch so weit weg.

„Eure Götter", fragte Fred vorsichtig, „helfen sie euch?" Er wollte nicht unhöflich wirken.

Aber die Völva nickte. „Odin hat den Krieg in die Welt gebracht, indem er seinen Speer ein erstes Mal gegen die **Wanen*** schleuderte. Ihm weihen wir unsere Schlachten, auf dass er uns helfen möge im Kampf. Thor ist der Donner. Er schwingt seinen Hammer Mjöllnir gegen die dunklen Mächte, die Riesen und die Midgardschlange. Freyr ist der Herr über Regen und Sonnenschein. Ihn bitten wir um eine gute Ernte. Und Freyrs Schwester Freyja ist die schöne Göttin der Liebe."

„Es ist nur...", stammelte Fred, „Ivar könnte Hilfe gebrauchen."

„Ivar braucht nicht die Hilfe der Götter", sagte die Völva sanft. „Noch nicht. Ivar braucht die Hilfe eines guten Freundes. Und der bist du. Also geh zu ihm. Du findest ihn oben auf der Klippe. Dort sitzt er und blickt aufs Wasser, seit Stunden schon."

Für einen Moment drehte Fred den Kopf in Richtung der Klippe und hielt nach Ivar Ausschau. Als er sich wieder der

Seherin zuwandte, war sie nicht mehr da. Er drehte sich ein paar Mal um sich selbst und sah in alle Richtungen, aber er war allein. Nur ein Fuchs huschte zwischen den Birken davon. Kurz hielt er inne und blickte Fred an. Dann nickte er mit dem Kopf zur Klippe, so als wollte er Fred auffordern, endlich dorthin zu gehen. Schließlich verschwand er im Unterholz.

DER PLAN

Fred fand Ivar tatsächlich ganz oben auf der Klippe. Er saß auf dem Boden im Schnee, die Knie unter das Kinn gezogen, eingehüllt in eine dicke Decke aus Schafwolle. Ohne ein Wort setzte Fred sich neben ihn. Und ohne ein Wort schlug Ivar die Decke zurück, damit Fred darunterkriechen konnte. So saßen sie eine Weile und sahen zusammen auf das Wasser tief unter ihnen. Von hier oben konnten sie den ganzen Fjord überblicken. Fred erkannte die Wasserstraße, auf der er im Langboot das allererste Mal in Ivars Dorf gekommen war. Das war schon gute fünf Monate her. Jetzt war sie fast zugefroren. Etwas weiter links von ihnen war die Klippe mit den drei Eichen, an der die Männer sich orientierten, wenn sie nach Hause kamen. Dahinter lag das offene Meer. In der anderen Richtung sah Fred das Dorf mit Haralds Werkstatt und dem Boot, das dessen Knechte zur Reparatur vor das Bootshaus gezogen hatten. Dabei hatte es eine Spur im Schnee hinterlassen. In seiner halb offenen Schmiede schürte Thorsteinn unermüdlich das Feuer und schlug auf seinen Amboss. Und am Hang, etwas oberhalb der übrigen Häuser des Dorfs, stand die große Halle, in der Ivar lebte und die auch für Fred ein Zuhause geworden war. Eine dicke Rauchsäule stieg aus dem Dach auf. Sicher bereiteten die Mägde gerade das Essen für heute Abend zu.

Was die Seherin eben gesagt hatte, dass Fred innerhalb eines Jahres in seine Welt zurückkehren musste, um nicht für immer hier festzusitzen, beunruhigte ihn. Angst machte es ihm keine. Es blieb ihm noch Zeit. Und eigentlich gefiel es ihm ganz gut bei den Wikingern. Aber dann fiel ihm der grimmige Knut ein, und er bekam doch ein bisschen Angst. Was, wenn Ivar *nicht* zum Jarl gewählt werden würde, sondern Olaf oder Arnulf? Und was, wenn Jarl Eirik wirklich he-

rausfinden würde, dass Jarl Ragnald tot war? Wenn er eine Chance sähe, Ivars Dorf zu erobern?

Als ob Ivar Freds Gedanken lesen konnte, sagte er: „Er hat es herausgefunden."

Fred sah Ivar an. „Wer hat was herausgefunden?"

„Jarl Eirik. Er hat herausgefunden, dass mein Vater tot ist. Und wir keinen Jarl haben, der das Dorf anführt. Heute Morgen, ganz früh, es war noch dunkel, kam Rolf in die große Halle. Er spioniert für uns Eiriks Männer aus. Ich hab gehört, wie er Halfdan erzählt hat, dass Jarl Eirik neue Schiffe bauen lässt. Das heißt, dass er vom Wasser aus angreifen wird. Rolf hat gesehen, dass sie schon sehr weit mit dem Bau der Schiffe sind. Ein paar Wochen noch, dann wird Eirik mit seinen Männern in unseren Fjord fahren und uns angreifen. Er weiß, dass das unsere verwundbarste Stelle ist."

Fred nickte. „Deswegen war Halfdan so sauer. Und deswegen soll Harald das Boot reparieren."

„Das geht schneller, als ein neues zu bauen", erklärte Ivar.

„Ja, nur… Harald meint, es sei nicht zu reparieren. Es ist zu kaputt."

Ivar seufzte. „Das wird Halfdan nicht gefallen."

Schutz- und Schlagwaffe in einem – der Schild der Wikinger

Der typische Schild der Wikinger war ein Rundschild. Krieger mit Rundschilden sind auf zahlreichen Runensteinen in ganz Skandinavien abgebildet. Im Jahr 2008 fanden Archäologen einen fast intakten Rundschild nahe der Wikingerfestung Trelleborg in Dänemark. Er besteht aus mehreren Planken aus Kiefernholz. Dass das Holz über die lange Zeit von etwa 1000 Jahren nicht vollkommen verrottete, ist ein Glücksfall und nur der feuchten Erde zu verdanken, in der es lag. Der Schild hat einen Durchmesser von 80 Zentimetern und ist nur etwa 8 Millimeter dick. Bei der Schiffsbestattung eines hohen Wikingerfürsten auf dem Gelände der Gokstad-Farm in Norwegen waren ganze 64 abwechselnd gelb und schwarz bemalte Wikingerschilde zu beiden Seiten des Schiffs am Dollbord befestigt. Solche Funde liefern den Archäologen viele wichtige Informationen. Lange Zeit glaubten sie, dass die Schilde lediglich als Schutz vor den Waffen der Feinde dienten. Aber Tests zeigten schnell, dass Schwerter, Äxte, Pfeile und Speere einen Schild aus nur 8 Millimeter dickem Holz leicht durchbrechen. Überreste von Tierhäuten an Rundschilden aus dem schwedischen Birka gaben einen entscheidenden Hinweis: Experimentelle Archäologen rekonstruierten daraufhin Schilde, die auf beiden Seiten mit Tierhaut bespannt sind, und fanden heraus, dass diese sehr viel mehr Widerstand bieten. Wenn die Tierhaut trocknet, zieht sie sich zusammen und schmiegt sich eng um das Holz. Der Schild wird stabiler und bleibt trotzdem leicht und handlich. In nachgestellten Kämpfen zeigte sich außerdem, dass die Wikinger ihre Schilde wahrscheinlich sehr viel aktiver einsetzten als ihre Feinde. Anstatt sie mit Lederriemen um ihren Unterarm zu schnallen, hielten die Wikinger die Rundschilde an einem Griff hinter dem Schildbuckel im Zentrum fest in der Hand. So wurde die Hand zu einer eisernen Faust, mit der die Krieger im Kampf nicht nur fest zuschlugen, sondern auch Schwert- und Axtschläge der Gegner ablenkten. Für die Wikinger galt wohl: Die beste Taktik zur Verteidigung ist ein entschlossener und tatkräftiger Angriff.

„Halfdan will, dass du zu ihm kommst“, sagte Fred. „Und er war ziemlich deutlich: Er meinte, *sofort*.“

Aber Ivar schüttelte den Kopf. „Ach ... Jetzt ist es sowieso zu spät zum Trainieren.“

„Wieso? Besser spät als nie!“

„Ich kann nicht mal einen Schild halten!“, platzte es aus Ivar heraus.

„Vielleicht fällt uns ja was ein“, versuchte Fred, Ivar aufzumuntern. „Erinnerst du dich, wie wir dir zusammen mit Harald die Holzschaufel an deinen Unterarm gebunden haben?“

„Ja.“ Ivar zog die Decke hoch und ließ die Schultern sinken. „Aber das war schließlich nicht für einen Kampf. Schaufeln, das ist immer die gleiche Bewegung. Aber im Kampf muss man wendig sein. Und was ist, wenn der Schild bricht? Wie soll ich einen neuen nehmen?“

„Ich bin sicher, dass Harald und Thorsteinn irgendetwas bauen können, womit du einen Schild halten *und* gut kämpfen kannst. Du weißt, was Halfdan gesagt hat, du musst besser sein als dein Gegner!“

„Mein Gegner hat *zwei* Hände! Hast du gesehen, wie Knut Olaf und Arnulf antreibt? So gut wie die beiden werde ich nie sein! Und selbst wenn ... als wären die Krieger unseres Dorfs auf meine Unterstützung angewiesen.“

„Aber sie stehen hinter dir. Allesamt.“ Fred zögerte. „Na ja, außer Knut vielleicht. Aber die anderen! Genauso, wie sie hinter deinem Vater gestanden haben.“

„Mein Vater war ja auch ein großer Krieger! So groß, dass Odin ihn zu sich geholt hat ... Ich hasse ihn!“, sagte Ivar zornig. „Erst macht er aus Ragnald einen Krieger, und dann, wenn er zu den besten gehört, nimmt er ihn uns weg! Ragnald hat immer daran geglaubt, dass Odin ihm im Kampf beisteht und dass er nur mit seiner Hilfe so tapfer und siegreich wurde. Wahrscheinlich war das auch so. Aber Odin hat dabei nur an sich gedacht! Als Nächstes nimmt er sich Halfdan."

Fred sah Ivar überrascht an. „Deine Mutter hat uns erzählt, dass bei jeder Geburt eines Kindes eine Norne im Raum ist, die sein Schicksal sieht. Wenn das stimmt, kann das auch Odin nicht ändern. Er konnte sich deinen Vater nicht einfach *nehmen*!"

„Und trotzdem!" Ivar zog die Augenbrauen zusammen und starrte hinunter auf das Wasser. Seine Augen glänzten.

„Ich verstehe, dass du traurig bist", sagte Fred leise. „Aber es nützt niemandem, wenn du auch noch wütend bist."

Ivar schluckte. „Ich bin nicht wütend. Ich habe Angst. Und ich bin allein."

„Hey ..." Fred gab Ivar mit der Schulter einen Schubs. „Du hast mich!"

Und endlich, endlich lächelte Ivar zaghaft. „Und du weißt gar nicht, wie froh ich darüber bin!"

„Vielleicht gibt es ja noch einen anderen Weg", überlegte Fred. „Einen, der nicht nur mit Kämpfen zu tun hat."

Ivar sah Fred verständnislos an. „Aber wir müssen kämpfen, um unser Dorf zu verteidigen. Die Frauen, die Kinder, die Alten – sie sind darauf angewiesen, dass wir sie beschützen. Natürlich werden wir vorher Odin und Thor ein großes Opfer darbringen."

Aber Fred ließ nicht locker. „Und wenn wir Eirik und seine Männer gar nicht erst bis zum Dorf kommen lassen?"

„Du meinst, wir sollten sie vorher abfangen?", fragte Ivar. „Auf dem Wasser?"

„Warum seid ihr euch eigentlich so sicher, dass sie übers Wasser kommen?“

„Weil Rolf das ausspioniert hat. Und weil wir auf der Landseite gut zu verteidigen sind. Dort, wo offene Felder sind, haben wir einen hohen Wall um unser Dorf gezogen, es ist nicht leicht, den unbemerkt zu überwinden. Und der Wald ist unser Revier, so gut wie wir kennt sich dort niemand aus. Da würden ein paar Männer aus dem Hinterhalt genügen.“

„Und warum seid ihr vom Wasser aus so angreifbar?“, fragte Fred.

„Weil das Dorf direkt am Wasser liegt.“ Ivar deutete auf die Landungsbrücken. „Der Kampf würde mitten im Dorf stattfinden. Und dass es darunter leiden wird, ist kaum zu verhindern. Die Tiere könnte man vielleicht noch auf die Weide treiben, aber die Nahrungsmittelvorräte? Da muss nur jemand eine Fackel reinwerfen, und sie sind vernichtet.“

„Dann muss der Kampf also auf dem Wasser stattfinden“, folgerte Fred.

„Eigentlich, ja.“ Ivar seufzte. „Aber da sind Sandbänke. An manchen Stellen ist das Wasser im Fjord nicht tief genug, um sie mit einem Schiff zu passieren. Das würde uns beim Manövrieren behindern.“

Fred riss die Augen auf. „Wie ... Das ist doch ideal, dann laufen Eiriks Schiffe auf Grund!“

Ivar war nicht begeistert. „Aber unsere eben auch. Und außerdem weiß Jarl Eirik, wo das Wasser tief ist und wo nicht. Er war ja schon mal hier. Wenn er es geschickt anstellt, schafft er es bis zu den Landungsbrücken.“

„Dann müssen wir das verhindern!“, sagte Fred entschlossen. „Könnte man nicht zum Beispiel eine Barriere bauen? Eine Art Wall, so wie ihr einen auf dem Land habt, nur eben unter Wasser? Sodass die Schiffe auflaufen, lange bevor sie bis zum Dorf kommen."

Ivar schüttelte den Kopf. „So schnell lässt sich das nicht bauen. Und wie sollen wir so etwas im sandigen Boden festmachen?"

Da erinnerte sich Fred an Haralds Worte. „Harald hat heute Morgen gesagt, dass das Schiff, das er reparieren soll, so kaputt ist, dass man es eigentlich gleich im Meer versenken könnte ..."

„Du meinst ... wir sollen unsere Schiffe versenken?" Ivar wusste scheinbar nicht so recht, was er davon halten sollte.

„Na ja, nur die kaputten ... Ist vielleicht eine blöde Idee", gab Fred kleinlaut zu.

Aber Ivar richtete sich auf und strahlte Fred an. „Nein, das ist eine gute Idee! Wir suchen uns die flachste Stelle, mit dem niedrigsten Wasserstand. Dort fahren wir unsere alten Boote hin. Wir beladen sie mit so vielen Steinen, wie sie fassen können, damit sie unter Wasser auch an ihrem Ort bleiben. Die Steven müssen wir vermutlich absägen, die würden aus dem Wasser ragen. Dann schlagen wir ein Loch in den Boden und versenken die Boote."

„Und wie kommt ihr dann aus dem Fjord raus?", fragte Fred.

„Wir lassen eine schmale Furt, gerade so breit, dass ein Boot durchpasst. Nur wir kennen die Stelle! Unsere Männer

Der unsichtbare Schutzwall – eine kluge Maßnahme
Barrieren unter Wasser, so wie Fred und Ivar eine planen, hat es tatsächlich gegeben. In der Bucht von Foteviken, Schweden, haben Archäologen eine Befestigung aus Steinen und Holzpfählen entdeckt, auf die später zur zusätzlichen Sicherung noch mehrere Schiffe versenkt wurden. Nur wer wusste, wo sich die schmale Lücke befand, konnte den Hafen von Foteviken erreichen. Auch die Wikinger, die im heutigen Roskilde lebten, schützten sich vor Angreifern. Ganze 5 ausgediente Schiffe haben sie in ihrem Fjord gezielt versenkt. Nachdem die Wracks zuerst von Unterwasserarchäologen untersucht worden waren, wurden sie 1962 geborgen. Dazu haben die Forscher den Fjord rund um den Fund trockengelegt und Planke für Planke freigelegt, vermessen, fotografiert, nummeriert und vorsichtig an Land gebracht. Durch die Untersuchung des Holzes kam heraus, wo die Schiffe gebaut worden waren: 2 in Dänemark, 2 in Norwegen und 1 im fernen Irland. Das zeigt, wie mobil die Wikinger waren. Als 1996 das Wikingerschiffsmuseum vergrößert wurde, stießen Bauarbeiter im Hafen auf weitere 9 Schiffswracks aus der Wikingerzeit und später. Darunter *Roskilde 6* – das bisher größte gefundene Wikingerschiff. Es ist 37 Meter lang und 4 Meter breit. 78 Männer konnten es rudern, an die 100 fanden darauf Platz. Es muss um das Jahr 1025 einem sehr reichen und mächtigen Fürsten oder König gehört haben.

fahren raus aufs Meer. Jarl Eirik kommt mit seinen Booten in den Fjord und läuft auf unserem Bollwerk aus Schiffen auf. Dann greifen wir ihn von hinten an. Das Dorf bleibt unberührt, und Jarl Eirik wird so überrascht sein, dass wir ihn schlagen können!"

Fred grinste. „Das klingt nach einem guten Plan."

Ivar warf die Decke von den Schultern und sprang auf. „Das ist ein toller Plan! Los, komm, wir gehen gleich zu Halfdan und erzählen es ihm."

Keuchend, weil sie so schnell den Hang durch den Heiligen Hain und den Wald hinunter ins Dorf gerannt waren, standen Fred und Ivar kurze Zeit später vor der großen Halle. Sie mussten erst verschnaufen, bevor Ivar krachend die Tür aufstieß. Ein paar Wikinger drehten ruckartig ihre Köpfe zu ihnen. Fred hätte nicht gedacht, dass diese starken Krieger so leicht zu erschrecken waren. Halfdan saß mit Harald und Thorsteinn und noch ein paar anderen Vertrauten um die Feuerstelle und beriet sich mit ihnen. Nachdem Ivar, immer noch außer Atem, ihren Plan vorgetragen hatte, strichen sich die Männer nachdenklich durch ihre ordentlich frisierten Bärte.

Fred bemerkte, dass Ivar die Stille kaum aushielt.

„Hm... ich weiß nicht...", brummte Halfdan. „Boote sind teuer. Und selbst bei denen, die nicht mehr zu reparieren sind, würdest du doch sicher die verwertbaren Planken und Schiffsdielen ausbauen und für neue Boote behalten, oder, Harald?"

Harald dachte nach. Vor seinem geistigen Auge schritt er alle Boote ab, die zurzeit in seiner Werkstatt zur Reparatur lagen. „Bei den beiden, an die ich denke, sind die Planken nicht zu retten, das Salzwasser hat sich durchgefressen, da ist nichts mehr zu machen. Den Mast würde ich sowieso

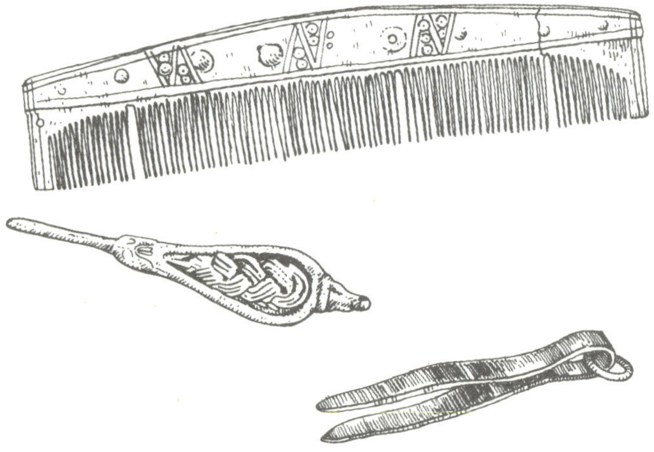

Kämme *aus Geweih oder Knochen, Pinzetten aus Metall und „Ohrlöffel" zum Reinigen der Ohren gehörten in jeden Wikingerhaushalt.*

Die Wikinger – ein eitles Volk?

Wer an die Wikinger denkt, stellt sich meistens starke Männer mit langen Bärten und zerzausten Haaren vor. So mögen sie auch ausgesehen haben – wenn sie gerade im Kampf waren, in der Sonne schwitzend ihr Feld pflügten oder sich bei Sturm abmühten, rechtzeitig das Segel zu reffen. Aber sonst waren die Wikinger wohl ziemlich eitel. In fast jedem Wikingergrab lag ein Kamm aus Hirsch- oder Rentiergeweih, mit dem sie ihre Haare und Bärte striegelten. Sie fädelten sogar Silberperlen als Schmuck in ihre Bärte und trugen außergewöhnliche Frisuren. Das zeigt sich schon in Namen wie Harald Schönhaar oder Sven Gabelbart. In einem anonymen altenglischen Brief gab ein Mann seinem Bruder den Rat, sich doch nicht der „dänischen Mode" hinzugeben, die Haare vorn am Kopf lang und im Nacken kurz zu tragen.

Frauen steckten ihr langes Haar zu aufwendigen Frisuren, was auf kleinen Silber- und Bronzefiguren zu erkennen ist. Außerdem fanden die Archäologen Pinzetten, Scheren und Ohrlöffel. Feine Kratzspuren an den Zähnen beweisen, dass die Wikinger Zahnstocher benutzten. Laut englischen Chroniken fanden die britischen Damen die Wikinger wegen ihrer Sauberkeit sehr attraktiv. Sie würden auf gute Kleidung achten, gut riechen und jeden Samstag baden. Im dänischen Wort für „Samstag", *Lørdag*, steckt das altnordische Wort *laugardagur* – „Waschtag". Ganz anders sah das der arabische Reisende Ahmad ibn Fadlan, der die Wikinger als die „dreckigsten von Gottes Kreaturen" beschrieb. Als Muslim wusch er sich vor jedem Gebet 5 Mal am Tag mit fließendem Wasser. Offensichtlich war sein Anspruch an Sauberkeit sehr viel höher als der der Engländer.

abbauen und die Deckplanken auch, damit wir mehr Laderaum haben. Vielleicht behalte ich das Steuerruder und Teile der Steven. Aber selbst wenn ich das alles wegbaue, taugt der Kahn locker, um mit Steinen beladen eine letzte Fahrt zu machen." Er zog bewundernd die Augenbrauen hoch und nickte. „Also ehrlich, Halfdan, ich halte das für einen guten Plan."

Aber Halfdan war noch nicht überzeugt. Er stellte einen Fuß auf der erhöhten Feuerstelle ab, stützte den Arm auf sein Knie und starrte ins Feuer, als läge dort die Antwort verborgen.

„Zwei Boote, sagst du … Das reicht nicht, um den Fjord zu versperren …“

Da trat Thorsteinn aus dem Dunkel der Halle hervor und sagte: „Plus die beiden, die wir von Jarl Eirik erbeutet haben, macht vier! Ich segle jedenfalls nicht auf einem seiner Boote übers Meer, da muss ich ja die ganze Zeit an den miesen Hund denken, das verdirbt mir die Überfahrt.“

Harald lachte, als er Thorsteinns vor Abscheu verzogenes Gesicht sah. „Oder wir erbeuten gleich die, die er gerade nigelnagelneu baut, um uns anzugreifen. Dann müsstest du dich vielleicht doch überwinden, Thorsteinn.“

„Aber nur, wenn es unbedingt sein muss. Streich sie dann wenigstens in anderen Farben und montier neue Steven!“, brummte Thorsteinn.

„Für dich schnitze ich den schönsten Steven, Thorsteinn, den du je gesehen hast. Vielleicht einen Drachenkopf? Was meinst du?“ Harald amüsierte sich noch immer.

„Von mir aus. Ich spucke vor der Abfahrt trotzdem auf den Schiffsboden!“ Und als müsste er bekräftigen, was er gerade gesagt hatte, spuckte Thorsteinn in die Flammen, sodass es leise zischte.

Halfdan wandte sich an die Männer. „Dann ist es beschlossen? Wir halten uns an Ivars Plan?“

Harald nickte. „Ich bin dafür.“

„Ich auch“, sagte Thorsteinn, den das Dunkel der Halle schon wieder verschluckt hatte.

„Also gut.“ Halfdan legte Harald eine Hand auf die Schulter. „Sobald das Eis sich ganz zurückgezogen hat, ruderst du mit Arne, dem Fischer, den Fjord ab und suchst eine günstige Stelle. Vielleicht hat er auch schon gleich eine Idee. Niemand kennt den Grund des Fjords besser als er. Arne können wir vertrauen. Aber ansonsten gilt: kein Wort zu niemandem, verstanden? Wir können uns nicht sicher sein, ob wir nicht ausspioniert werden! Was wir hier besprochen haben, darf diesen Raum nicht verlassen! Verhaltet euch auch nicht auffällig. Geht ganz normal eurer Arbeit nach." Dann sah Halfdan zu Ivar und nickte. „Da hast du wirklich eine gute Idee gehabt, Ivar!"

Ivar strahlte über das ganze Gesicht. Es war das erste Mal, dass Fred ihn so glücklich sah.

JARL EIRIK KANN KOMMEN

Etwa sechs Wochen später, als der Schnee an Land vollständig weggetaut und das Wasser im Fjord vom Eis befreit war, ruderten Harald und Arne mit einem kleinen Boot hinaus. Sie hatten gewartet, bis die Nacht am dunkelsten war. Unbemerkt von den schlafenden Dorfbewohnern, stießen sie das Boot vom Strand ab und tauchten lautlos ihre Riemen ins Wasser. Langsam glitten sie dahin und hinterließen kaum eine Spur. Immer wieder benutzten sie die Riemen als Peilstöcke und tauchten sie senkrecht ins Wasser. Sobald sie auf Grund stießen, schnitzten sie an der Wasserkante eine Kerbe ins Holz und prägten sich genau ein, wo sie waren. So tasteten sie sich langsam vorwärts, bis sie eine passende Stelle gefunden hatten. Hier war der Fjord besonders schmal, und ihre Riemen verschwanden nicht einmal zur Hälfte im Wasser. Harald schätzte die Entfernung von einem Ufer zum anderen und kam zu dem Schluss, dass die vier Boote, die er ausgewählt hatte, zusammen lang genug sein würden, um den Fjord zu versperren.

Nahe der Küste war die Wassertiefe ohnehin zu gering für ein Boot. Er plante, die Boote quer zur Fahrrinne so zu versenken, dass der Bug des einen an das Heck des nächsten stoßen würde. Die beiden mittleren sollten sich aber nicht an den Spitzen berühren, sondern sich über ein Viertel ihrer Länge überschneiden. Und dazwischen, von der Steuerbordseite des einen zur Backbordseite des anderen, würde er eine schmale Fahrrinne lassen. Diesen Zwischenraum konnte ein fremder Seefahrer nicht einmal zufällig finden. Denn dazu müsste er wissen, dass er eine kleine Rechtskurve fahren musste, um sein Boot zwischen den versenkten Schiffen hindurchzufädeln.

Was er sich im Kopf zurechtgelegt hatte, besprach Harald leise mit Arne.

Der nickte. Es sei eine gute Stelle, fügte er noch hinzu, denn hier sei die Strömung gering, und der Meeresgrund würde deshalb kaum aufgewühlt werden.

Genau wie Ivar vorgeschlagen hatte, wollten sie die Boote mit großen Steinen beladen, um sie zu versenken. Es dauerte ein paar Tage, bis sie genügend zusammengetragen hatten. Nur wenige eingeweihte Männer und deren vertrauenswürdigste Knechte halfen bei der schweren Arbeit, die sie nur früh im Morgengrauen und spät am Abend verrichteten. Immer noch war Halfdan vorsichtig, es sollten möglichst wenige – vor allem niemand von Jarl Eiriks Spähern – von ihrem Plan erfahren. Die Steine luden die Männer direkt auf die Boote. Tagsüber versteckten sie sie unter Zeltplanen und Decken. Harald hatte die Boote von seiner Werkstatt am Wasser aus immer im Blick und sorgte dafür, dass sich dort niemand herumtrieb, der nicht eingeweiht war. Als die vier, die sie versenken wollten, gerade so voll beladen waren, dass

sie nicht kenterten oder womöglich schon in der Bucht untergingen, luden sie die letzten schweren Steinbrocken auf ein fünftes Boot.

Eines Nachts dann – die Temperaturen waren bereits so mild, dass die Männer ihre Wolfs- und Schafsfelle, die sie den ganzen Winter um die Schultern getragen hatten, zu Hause lassen konnten – fuhren sie los. Halfdan hatte Fred und Ivar erlaubt mitzukommen. Harald und Arne dirigierten die Boote genau an die ausfindig gemachte Stelle. Vom fünften Boot aus luden sie die letzten Steine nach. Drei der Boote sanken sofort, allein durch das Gewicht. Beim letzten musste Halfdan ein bisschen nachhelfen, indem er mit der Axt ein Leck in den Rumpf schlug. Das Gluckern und Glucksen des Wassers, das in den Schiffsbauch und über die aufgeschichteten Steine quoll, erfüllte die Nacht. Die Stille, nachdem es sich über dem letzten Boot geschlossen hatte, war dafür umso mächtiger.

Im Dorf hatte niemand, der nicht sowieso in den Plan eingeweiht war, etwas bemerkt. Trotzdem war die Stimmung angespannt. Alle wussten, dass Jarl Eirik noch nicht besiegt war und sich den Winter über gerüstet hatte. Jetzt, da es Frühling wurde, konnte er jeden Moment angreifen. Als Halfdan mit einigen Knechten vor dem Stall an der großen Halle eine Ziege für Thor und ein Pferd für Odin schlachtete, war jedem einzelnen Dorfbewohner klar, dass der Kampf unmittelbar bevorstand. Die Knechte fingen das Blut der

Blót – das altnordische Opfer

Mit einem Opfer erhofften sich die Wikinger das Wohlwollen und die Unterstützung der Götter. Deshalb vollbrachten sie es im Voraus und nicht als Dankesopfer, nachdem sich ein Erfolg bereits eingestellt hatte. Es gab feste Zeiten für regelmäßige Opferfeste, wie zum Julfest im Dezember und zur Tagundnachtgleiche im März, zur Sommersonnenwende im Juni und zur Tagundnachtgleiche im September. Zusätzlich wird es Opferfeste im kleineren Kreis gegeben haben, vielleicht zu Beerdigungen oder, wie in Ivars Dorf, vor einer Schlacht.

Die Wissenschaftler glauben, dass auch die großen Hallen Schauplätze von Opferfesten waren und die Jarle ab und zu Tiere schlachten ließen, um den Göttern deren Blut zu spenden. Das Fleisch der geopferten Tiere verspeisten sie anschließend zusammen mit der Dorfgemeinschaft. Obwohl die Opferung der Tiere sehr blutig verlief, ist das altnordische Wort *Blót* nicht mit unserem Wort „Blut" verwandt, sondern bedeutet schlicht „Opfer".

Tiere mit großen Schüsseln auf und zogen ihnen anschließend das Fell ab. Dann entbeinten sie das Fleisch und hängten es in der Vorratskammer zum Trocknen auf. Wenn die Schlacht gut verlief, würde Halfdan es den Kriegern bei einem Festmahl servieren. Wie im Heiligen Hain spannten die Männer das Fell der Tiere mit dem Kopf nach oben auf zwei Holzgerüste gleich vor der Eingangstür der Halle. Die Opferzeremonie dauerte bis zum Morgengrauen. Alle Krieger brachten ihre Waffen herbei und besprengten sie mit Blut. Jetzt blieb ihnen nur noch, auf ihr Schicksal zu vertrauen.

Nur wenige Tage nachdem sie die Schiffe auf den Grund des Fjords gesetzt hatten, bliesen die Späher ins Horn: Angriff! Jarl Eirik rückte mit zwei voll besetzten Langbooten an.

Die kampffähigen Männer des Dorfs ließen ihre Werkzeuge fallen und ihre Ackergäule stehen, wo sie gerade waren. So schnell sie konnten, rannten sie nach Hause und griffen sich Schild, Schwert und Axt.

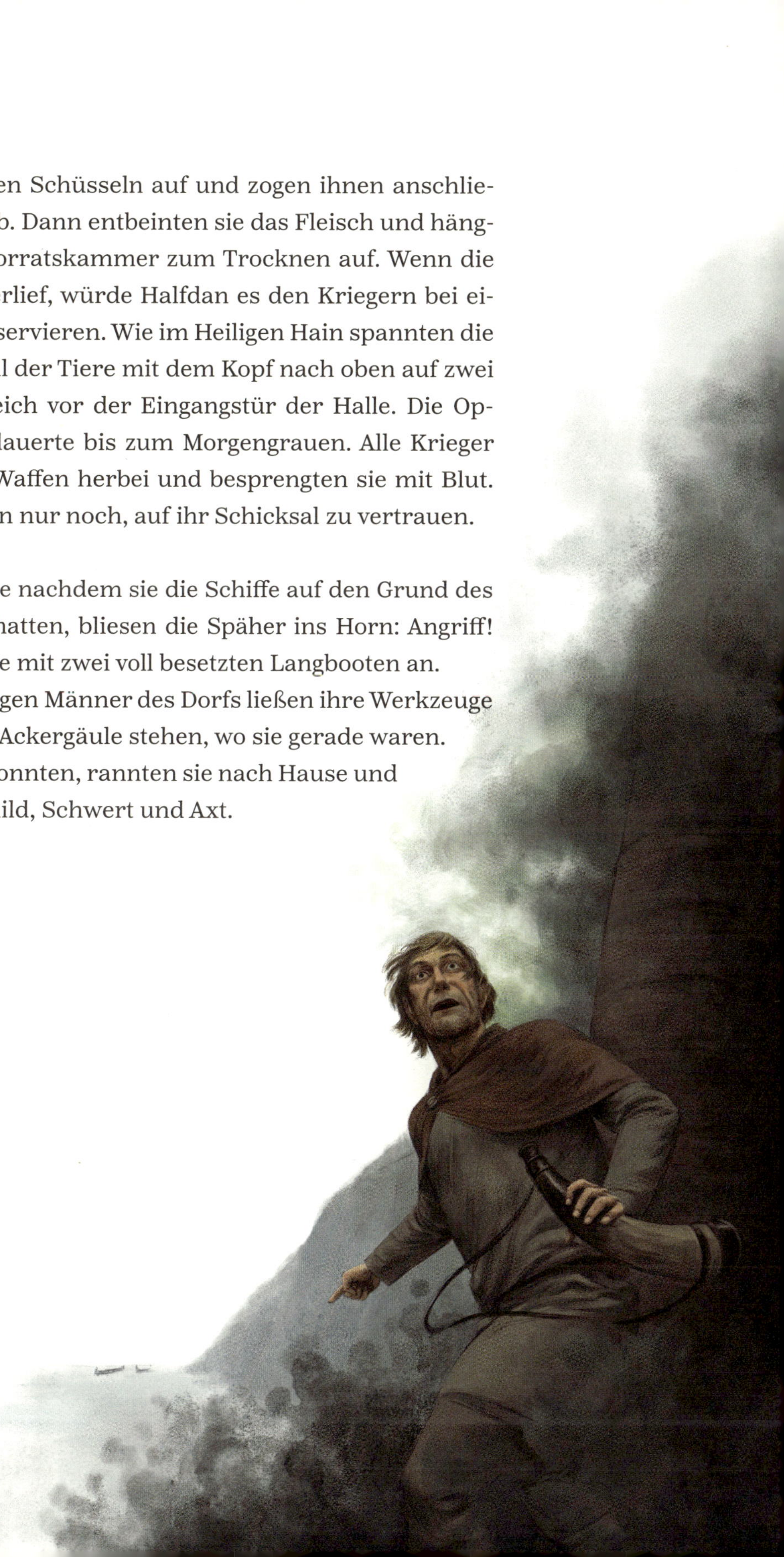

Nach wenigen Minuten polterten sie über die Landungsbrücken und sprangen in zwei bereitstehende Boote. Die Schilde klemmten sie hinter das Dollbord und packten die Riemen. Auch Ivar sprang auf eines der Boote. Harald und Thorsteinn hatten ihm tatsächlich einen besonderen Schild gebaut. Er war extrem stabil und trotzdem leicht. Für die Rückseite hatte Thorsteinn ein breites Scharnier geschmiedet, das sich exakt um Ivars Unterarm legte. Mit einem Riegel konnte er es schnell schließen und genauso schnell wieder öffnen. Ivar hatte das Gefühl, der Schild sei mit seinem Arm verwachsen. So war er geschützt und konnte mit der rechten Hand sein Schwert führen. Halfdan hatte sein Kettenhemd angelegt und stand vorn am Steven.

Fred war nach oben auf die Klippe gerannt und beobachtete die Schlacht von dort aus.

Die Männer mussten schnell sein, damit sie aus dem Fjord herausgerudert waren, bevor Eirik hineinfuhr. Und sie waren schnell! Sie ruderten so gleichmäßig, als wären sie eine Einheit. Die beiden Boote glitten wie Seeschlangen durch das Wasser. Eines führte Halfdan an, das andere Harald. An der Einfahrt zum Fjord, unterhalb der Klippe mit den drei Eichen, versteckten sie sich im dichten Schilfgras.

Lange mussten sie dort nicht ausharren. Jarl Eirik lenkte seine Boote an Halfdans und Haralds Männern vorbei, ohne sie zu bemerken.

Halfdan wartete, bis Eiriks Schiffe krachend gegen die Barriere stießen. Dann gab er den Befehl, zurück in den Fjord zu rudern. Und während Jarl Eirik und seine Krieger noch verwirrt waren und versuchten, die unsichtbare Sperre zu überwinden, hatten Halfdan und Harald ihre Langboote schon hinter die Angreifer gesteuert und diese eingeschlossen.

Schwert oder Axt oder beides? –
Die Waffen der Wikinger

Die Wikinger gelten als grausame und unbesiegbare Krieger. Tatsächlich waren sie aber gar nicht grausamer oder gewalttätiger als andere Krieger und Soldaten ihrer Zeit. Vielleicht ließ ihre Vorstellung von Walhall sie als besonders mutig erscheinen, nach der sie sich nichts mehr wünschten, als ehrenhaft im Kampf zu sterben. Da die Wikinger keine organisierte Armee hatten, gab es auch keine einheitliche Kampfausrüstung. Jeder trug die Waffen, die er sich leisten konnte. Oder die er in einer vorangegangenen Schlacht einem unterlegenen Krieger abgenommen hatte. Aus der Ferne kämpften die Wikinger mit Speeren sowie Pfeil und Bogen. Im Nahkampf benutzten sie Schwert oder Axt und einen Rundschild zur Verteidigung. Außerdem trugen sie am Gürtel zusätzlich ein Kurzschwert. Auch wenn Archäologen praktisch weder Kettenhemden noch Helme in wikingischen Kriegergräbern gefunden haben, kann es trotzdem sein, dass einige Krieger welche trugen. Gekannt haben sie beides ganz sicher, da einer ihrer Gegner auf den Britischen Inseln, König Æthelred II., seine Soldaten per Gesetz damit ausgestattet hatte. Die gebräuchlichste Helmform war der Nasalhelm, der über dem Kopf spitz zulief und mit einem länglichen Eisensteg über der Nase die Augen schützte. Der einzige Helm aus der Wikingerzeit, der bisher auf skandinavischem Gebiet gefunden wurde, ist ein Brillenhelm aus einem Kriegergrab in Gjermundbu, Norwegen. Zu Beginn der Wikingerzeit trugen die meisten im Kampf wahrscheinlich nur einfache Lederkappen und ebenso einfache Kleidung. Erst der Kontakt mit den Soldaten der Britischen Inseln und des Frankenreichs dürfte die Wikinger dazu angeregt haben, sich besser auszustatten. Ihre Stärke war ihre Überraschungstaktik. Sie scherten sich nicht um Aufstellungen und traditionelle Kampfregeln. Deshalb konnten gegnerische Heere den Schlachtverlauf schlecht im Voraus planen.

Dass an Wikingerhelmen Hörner angebracht waren, ist übrigens ein Irrglaube. Die wären im Kampf äußerst unpraktisch gewesen. Es gab zwar Hörnerhelme, aber die stammen überwiegend aus der Zeit vor den Wikingern und dienten sehr wahrscheinlich kultischen Zwecken.

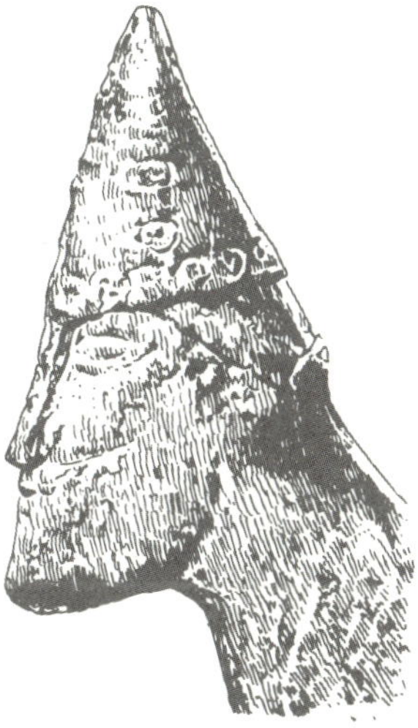

*Diese **Schnitzerei aus Elchgeweih** zierte wahrscheinlich den Knauf des Messers eines Wikingers. Sie wurde im schwedischen Sigtuna gefunden und zeigt einen Krieger mit Nasalhelm.*

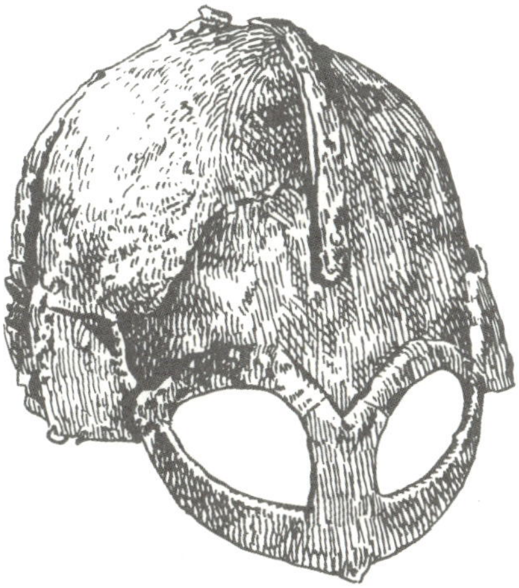

*Einen **Brillenhelm**, wie der aus Gjermundbu, Norwegen, konnten sich nur sehr wohlhabende Wikinger leisten. Der untere Rand ist mit kleinen Löchern versehen, an denen wahrscheinlich ein Nackenschutz aus Eisenringen angebracht war.*

Der Kampf war kurz. Mit lautem Kriegsgeschrei sprangen die Männer auf Jarl Eiriks Boote und überrumpelten ihre Feinde. Thorsteinn und Harald nahmen den Jarl gefangen und brachten ihn und seine Krieger ins Dorf. Ivars Plan hatte funktioniert!

Wie von Harald vorausgesagt, erbeuteten sie die gerade erst neu gebauten Boote Jarl Eiriks. Schon auf der Rückfahrt ins

Dorf überlegte Harald grinsend, in welchen Farben er sie streichen könnte, um Thorsteinn glücklich zu machen.

Abends in der großen Halle wurde der Sieg mit einem ausgelassenen Fest gefeiert. Ivars Mutter ließ Berge von Fleisch für die hungrigen Krieger auftischen, und auch der Met floss in Strömen. Ivar erzählte Fred stolz, wie gut er sich im Kampf geschlagen hatte. Halfdan hatte zwar immer ein

Auge auf ihn gehabt und hätte ihm geholfen, wenn es zu gefährlich für ihn geworden wäre – aber Ivar hatte sich bestens selbst verteidigt.

Jarl Eirik war anscheinend so überrascht gewesen, dass er nicht einmal dazu gekommen war, seinen Männern zu befehlen, sich mit gezückten Speeren und Schilden entlang der Schiffsseite aufzustellen, geschweige denn, das Kommando zu erteilen, die Speere zu werfen. Jetzt lag er im Schuppen hinter der großen Halle in Ketten und wartete auf sein Urteil.

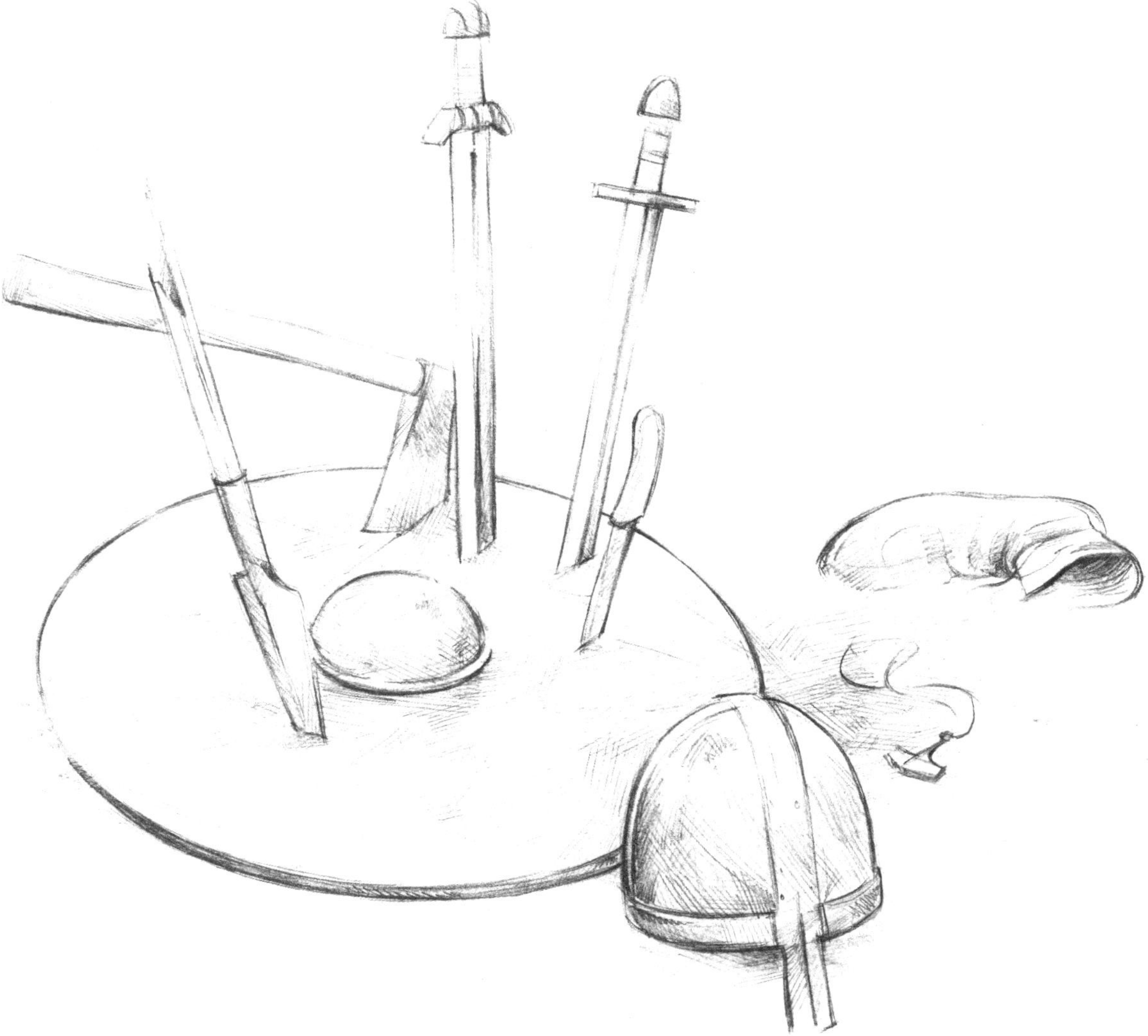

EIN NEUER JARL

Halfdan schluckte den letzten Bissen des knusprig gegrillten Rindfleischs herunter und stand auf. Die zwei Stufen das Podest hinauf nahm er mit einem großen Schritt. Er sah auf seine feiernden Kameraden und war stolz, solch tapfere und starke Krieger an seiner Seite zu haben. *Richtig* stolz war er aber auf jemand anderen.

„Ruhe! Seid ruhig, Männer!“, rief er und verschaffte sich Gehör. „Wir haben heute einen wichtigen Sieg davongetragen. Der Kampf war kurz und, Odin sei Dank, verlustfrei. Und der Erfolg ist groß: Jarl Eirik ist unser Gefangener und wird bald auf dem Thing sein gerechtes Urteil erhalten.“

Die Männer grölten und applaudierten, indem sie mit ihren Fäusten und Trinkhörnern auf die Holztische klopften. Halfdan musste beide Hände heben und sie beschwichtigen, damit in der großen Halle wieder Ruhe einkehrte.

„Ihr denkt vielleicht, wir hatten eben einen guten Plan. Vielleicht glaubt ihr ja sogar, dass Harald, Thorsteinn, Arne und ich uns diesen Plan ausgedacht haben. Aber da irrt ihr euch! Es war Ivars Plan.“

Halfdan machte eine kleine Pause, obwohl die Männer gar nicht laut wurden. Sie sahen sich nur fragend an und reckten die Köpfe, um einen Blick auf Ivar zu erhaschen. Aber der saß ganz am Ende der Tafel und zog den Kopf ein. Fred schubste ihn mit dem Ellenbogen. Doch Ivar blieb stumm.

„Ivar mag, weil das Schicksal es nicht sonderlich gut mit ihm gemeint hat, als er noch klein war…“ Wieder machte Halfdan eine kurze Pause. „Ivar mag kein überragender Kämpfer sein. Aber er ist schlau! Zum Kämpfen gehört Mut. Aber zum Schlausein gehört noch viel mehr Mut! Denn wer schlau ist, weiß, dass die anderen – dumpfe Krieger wie wir – *nicht* so schlau sind. Wir hauen den Gegner lieber gleich um, bevor wir unseren Kopf benutzen …" Den letzten Satz nuschelte Halfdan in seinen Bart hinein. Die Menge johlte und lachte.

„Wer also schlau ist", übertönte Halfdan den Lärm, „der weiß, dass diese dumpfen Krieger, wie wir es sind, erst einmal von einer neuen Idee überzeugt werden müssen. Er muss sie mit Grips überzeugen und nicht, wie wir es tun würden, mit der Axt. Unser Dorf hat viele gute Kämpfer, das haben wir gerade heute wieder bewiesen. Ein Anführer aber muss schlau sein und diese Kämpfer anleiten. Und genau das hat Ivar gerade heute bewiesen. Deshalb bin ich dafür, dass wir Ivar heute zu unserem neuen Jarl wählen!"

Diesen Moment hatte Ivar so sehr gefürchtet. Er wünschte, dass er sich in Luft auflösen könnte. Jetzt! Sofort! Alle würden ihn doch nur auslachen und auf seinen Armstumpf zeigen, mit dem er niemals fähig sein würde, wie Ragnald zu kämpfen.

Doch die Männer lachten nicht. Im Gegenteil. Sie stimmten Halfdan zu. Einige riefen im Chor ein lang gezogenes „Ja!" und klatschten in die Hände.

Ungläubig hob Ivar den Kopf.

Und Fred grinste das breiteste Grinsen, das er grinsen konnte.

Dann stellte Halfdan die Frage, die er stellen musste: „Ist in diesem Raum noch jemand, der sich oder jemand anderen zur Wahl aufstellen möchte?"

In der Halle blieb es still.

Bis der grimmige Knut laut mit der Faust auf den Tisch schlug und sich schnaufend von seiner Bank erhob. „Ja, ich! Ich will jemanden aufstellen! Und zwar meine beiden Söhne, Olaf und Arnulf. Was du sagst, Halfdan, klingt ja ganz schön und gut. Aber wir sind Krieger! Wir nehmen uns, was wir wollen. Und wir nehmen es uns mit der Axt in der einen und mit dem Schwert in der anderen Hand! Wir sind gefürchtet an den Küsten anderer Länder. Und wir sind das nicht, weil wir *schlau* sind. Wir sind das, weil wir nicht zögern, unsere Gegner in ihren Christenhimmel zu befördern! Ich sage, wir kämpfen! Also brauchen wir auch einen Anführer, der kämpfen kann! Meine Söhne können kämpfen. Ich habe sie selbst ausgebildet. Sie stehen beide zur Wahl. Einer ist stärker als der andere. Wenn ihr einen Krieger zum Jarl wollt und keinen Krüppel mit ein bisschen Grips im Kopf, dann wählt einen von ihnen."

Ivar seufzte und senkte den Blick. Unter dem Tisch zog er behutsam den Ärmel seines Hemds weit über seinen Armstumpf. Halfdan stemmte die Hände in die Hüften, nickte aber langsam. Er musste sich an das Gesetz halten.

„In Ordnung, Knut. Dann stehen Olaf und Arnulf auch zur Wahl. Ihr wisst", sagte er an die Dorfgemeinschaft gewandt, „dass die Wahl einstimmig sein muss. Überlegt euch also gut, für wen ihr eure Hand hebt. Wer stimmt für Olaf oder Arnulf Knutsson?"

Der grimmige Knut hob seinen Arm, natürlich. Olaf und Arnulf glotzten nur ausdruckslos vor sich hin. Fred stellte sich vor, wie sich in ihren Köpfen ein lange verlassenes Kettenkarussell quietschend im Kreis drehte. Erst als Knut den beiden mit der anderen Hand auf die Hinterköpfe schlug, schreckten sie auf und hoben schnell die Arme. All die anderen in der großen Halle beobachteten Knut und seine Söhne regungslos. Einige zogen die Augenbrauen hoch. Harald und Thorsteinn lachten in sich hinein. Und Ivar und Fred tauschten vielsagende Blicke.

„Drei Stimmen also für Olaf und Arnulf", sagte Halfdan.

„Und wer von euch möchte meinen Neffen Ivar zum Jarl wählen, so wie Jarl Ragnald es sich gewünscht hätte?“

Fast gleichzeitig hoben alle die Hände in die Luft. Alle, bis auf Knut und seine Söhne. Ivars Mutter, die die ganze Zeit mit offenem Mund und aufgerissenen Augen am Rand der großen Halle gestanden hatte, ließ vor Schreck den Krug fallen, den sie krampfhaft umklammert hatte.

Halfdan sah zu Knut und erinnerte ihn: „Die Wahl muss einstimmig sein, Knut.“

Knut musste einsehen, dass er hoch überstimmt war und seine Söhne keine Chance hatten. Langsam, den Blick zu Boden gerichtet und die Lippen zusammengekniffen, schob Knut seine rechte Hand in die Luft. In Olafs und Arnulfs Köpfen hatte das quietschende Kettenkarussell wieder Fahrt aufgenommen, bis es durch den vertrauten Schlag auf den Hinterkopf durch Knuts Linke jäh angehalten wurde. Alle anwesenden freien Männer hatten jetzt eine Hand erhoben. Halfdan nickte zufrieden. „Wir haben einen neuen Jarl!“

Sigrid bekam feuchte Augen und küsste ihren Sohn auf die Stirn. Lange umarmen konnte sie ihn nicht, weil Harald und Thorsteinn ihn in die Luft hoben und quer durch die Halle trugen. Als sie den Raum einmal umrundet hatten, setzten sie ihn auf dem Thron seines Vaters ab. Die Menge verstummte augenblicklich.

Jetzt war es an Ivar, das Wort zu ergreifen. „Ich danke euch!“, sagte er. „Ich danke euch für euer Vertrauen. Und ich verspreche euch: Ich werde mich wirklich bemühen, euch ein guter Jarl zu sein.“ Ivars Stimme zitterte leicht. Und als einer der Männer ihn laut fragte, was er denn vorhabe, jetzt da er Jarl war, zögerte Ivar. Nicht dass er keine Pläne gehabt hätte. O doch, die hatte er! Abends, wenn er allein auf seinem

Schlafplatz lag, hatte er Ragnald und Halfdan, Harald und Thorsteinn oft durch den Vorhang von ihren Fahrten sprechen hören, von ihren Erlebnissen und ihren Abenteuern. Er hatte sich schon tausend Mal ausgedacht, was er machen würde, wenn er Jarl wäre. Aber er hatte nie daran geglaubt, dass es jemals dazu kommen würde.

Jetzt sah er unsicher zu Halfdan. Aber der schloss nur kurz die Augen und nickte ihm zu. So als wollte er sagen: *Du schaffst das schon! Du bist so weit!*

Also holte Ivar tief Luft und stand auf. „Wir haben heute gut gekämpft. Und ich bin Odin und Thor dankbar, dass sie unsere Opfer angenommen und uns so stark gemacht haben, als hätten wir selbst Odins Speer Gungnir und Thors Hammer Mjöllnir geführt. Aber, wir haben gegen unseresgleichen gekämpft. Jarl Eirik ist ein neidischer und streitsüchtiger Mann, ja. Aber er ist einer von uns! Ist ein Krieg untereinander nicht sinnlos? Christliche Priester kommen in unsere Länder, um uns zu ihrem Glauben zu bekehren. Dabei berichten sie von den Königreichen, die im Westen liegen, auf den Britischen Inseln. Wieso halten wir uns mit kleinlichen Kriegen um ein Stück fruchtbares Land oder einen tierreichen Wald auf? Wieso verschleißen wir unsere Kräfte aneinander, anstatt sie zusammenzulegen, anstatt uns zu verbünden und gemeinsam – als starke

Von Jarlen zu Königen – die Anführer der Wikinger

Die Wikinger haben ihre Geschichte selbst leider nicht aufgeschrieben. Deshalb gibt es gerade zu ihren Anfängen, als die Kontakte zu anderen, schreibfreudigeren Gesellschaften noch spärlich waren, nur wenig gesichertes Wissen. In ihren Sagas erzählen die Dichter von vielen Fürstenhöfen, die meist gegeneinander Krieg führten. Auch wenn das Geschichten sind, könnte in ihnen ein wahrer Kern stecken. Die vielen großen Hallen, die Archäologen in ganz Skandinavien gefunden haben, sind ein wichtiger Hinweis darauf. Unter den Jarlen gab es Rivalitäten und Machtkämpfe, und einige schlossen sich auch – wie Ivar es vorhat – zusammen, um mit mehr Kriegern mehr erreichen zu können und mehr Macht zu erhalten. Vorbilder für die aufstrebenden Stammesführer waren die Könige des Frankenreichs. Bald wurden manche so mächtig, dass sie sich den Titel „König" selbst verliehen. Doch das heißt noch lange nicht, dass sie ein Land mit festgelegten Grenzen regierten, geschweige denn, dass sie ihren Königstitel nicht auch wieder verlieren konnten. Erst um das Jahr 1000 entstanden in Skandinavien Königreiche, die mit denen in den christlichen Nachbarländern vergleichbar waren. Auf einem Gedenkstein für seine Eltern im dänischen Jelling bezeichnet sich Harald Blauzahn als „jener Harald, der ganz Dänemark für sich gewann und Norwegen und die Dänen zu Christen machte". Er gilt als der erste König, der über ganz Dänemark herrschte.

Einheit – neue Länder zu erobern? Seid ihr nicht neugierig? Wollt ihr nicht mit eigenen Augen sehen, wie die Menschen im Westen leben? Wie sie sich organisieren? Wie sie ihr Land bewirtschaften? In ein paar Wochen ziehen wir zum Thing, um unsere Gesetze einzuhalten und über die Beklagten zu urteilen, auch über Jarl Eirik. Wenn ihr hinter mir steht, werde ich dort den anderen Jarlen von meinem Plan, nach England aufzubrechen, berichten und versuchen, mit ihnen Bündnisse einzugehen. Denn ich glaube, wenn wir uns zusammenschließen, können wir Großes erreichen. Wollt ihr das? Wollt ihr euch verbünden und mit einem großen Heer nach Westen segeln?"

Und wie die Männer das wollten! Sie sprangen von ihren Bänken auf und jubelten ihrem neuen Jarl zu. Halfdan sah

stolz auf Ivar. Er hatte seinem Bruder Ragnald einmal das Versprechen geben müssen, aus Ivar einen Jarl zu machen, falls Ragnald etwas zustoßen sollte. Lange Zeit hatte Halfdan an dem Jungen gezweifelt. Ein Jarl mit nur einer Hand? Das hatte auch er sich nicht vorstellen können. Aber jetzt war er froh, dass er sein Versprechen gehalten hatte. Und er war überzeugt, dass Ivar einmal ein großer Jarl werden würde.

Der Morgen graute schon, als Ivar und Fred sich müde, aber glücklich auf ihre Schlafstellen legten. Sigrid setzte sich zu ihrem Sohn und deckte ihn mit der dicken Wolldecke zu. „Ingvar, du hast mich heute so stolz gemacht! Und Halfdan erst! Ich bin mir sicher, dass er dir das nicht von Anfang an zugetraut hat. Ein Jammer, dass dein Vater das nicht sieht."

„Vielleicht erzählt es ihm Odin ja mal." Ivar lächelte wehmütig.

„Darf ich dir, auch wenn du jetzt unser Jarl bist, einen Gutenachtkuss geben?"

Ivar schielte verlegen zu Fred. Aber der raschelte laut mit dem Stroh unter seinem Bärenfell und tat so, als hätte er Sigrid nicht gehört.

„Natürlich darfst du das", flüsterte Ivar.

„Es wird mir schwerfallen, dich gehen zu lassen", sagte Sigrid, während sie sich an ihn drückte.

„Wirst du weiterhin meinen Haushalt führen?", fragte Ivar.

„Natürlich werde ich das. Bis du eine Frau gefunden hast, die diese Aufgabe an meiner statt übernimmt. Und ich werde ihr gern den Schlüssel weiterreichen." Sie stand auf und ging zum Durchgang. Dann hielt sie noch einmal inne und sagte stolz: „Gute Nacht, Jarl Ingvar Ragnaldsson."

Nachdem Sigrid durch den Wollvorhang verschwunden war, sah Fred zu Ivar. „Wieso nennt deine Mutter dich Ingvar?"

„Sie kommt ursprünglich nicht von hier, sondern von weit aus dem Norden. Dort würde man mich Ingvar nennen, hier Ivar. Manchmal hat sie ein bisschen Heimweh."

Fred nickte. „Was du heute gesagt hast, dass du nach Westen segeln willst ... wie willst du das machen? Klar, man segelt so lange wie möglich in Sichtweite der Küste, das hat mir Harald erklärt. Aber irgendwann musst du die Küste verlassen und raus aufs offene Meer fahren. Woran orientierst du dich dann?"

Ivar zuckte mit den Schultern. „Auch auf dem Meer geht die Sonne jeden Morgen im Osten auf und abends im Westen unter. Der Sternenhimmel sieht genauso aus wie an Land. Und wenn wir wirklich nicht mehr weiterwissen, dann lassen wir die Raben los."

Fred runzelte die Stirn. „Ihr nehmt Raben mit aufs Schiff?"

Ivar nickte. „Wenn sie zurück zum Schiff geflogen kommen, haben sie kein Land gefunden. Aber wenn sie von hoch oben in der Luft irgendwo Land entdecken, dann werden sie dorthin fliegen. Wir müssen ihnen nur hinterherfahren."

„Du hast gesagt, es kommen Priester aus anderen Ländern hierher, um euch zum christlichen Glauben zu bekehren. Was macht ihr mit denen?", fragte Fred weiter.

„Nichts", antwortete Ivar. „Ich habe gehört, dass ihnen sogar erlaubt wurde, hier im Norden eine ihrer Kirchen zu bauen. Warum auch nicht? Odin, Thor und all unsere Götter können sie damit nicht einfach wegzaubern."

Dann richtete Ivar sich auf und sah Fred an. „Aber jetzt zu dir, Fred Eriksson. Fast ein Jahr lang lebst du schon bei uns. Du hast mir beigestanden in der düsteren Zeit und bist mein bester Freund geworden. Und doch weiß ich gar nichts von dir."

Fred schluckte. Er hatte schon lange damit gerechnet, dass Ivar mehr über ihn wissen wollte. Wo er herkam. Wieso er so anders war und so vieles über die Wikinger nicht wusste. Obwohl er genug Zeit gehabt hatte, sich eine gute Antwort zu überlegen, drückte Fred sich. Er wollte Ivar nicht anlügen. Ob der ihm die Wahrheit glauben würde, wusste er aber auch nicht. Also wich er aus. „Hm, ach… so viel gibt's da nicht zu erzählen. Lass uns lieber schlafen, ich bin todmüde. Wir können morgen reden, in Ordnung, Ivar?" Dann gähnte er absichtlich lange und gedehnt und drehte sich auf die Seite. „Schlaf gut!"

Für heute ließ Ivar es auf sich beruhen. Er war selbst müde und merkte, dass Fred nicht darüber sprechen wollte. Es würde sich schon noch eine Gelegenheit ergeben.

In den kommenden Wochen saß Ivar oft auf dem Hochsitz in der großen Halle und empfing Leute aus dem Dorf. Seit Monaten hatte es niemanden mehr gegeben, der Recht sprach. Und da Menschen sich nun einmal gern streiten, bildete sich jetzt eine richtige Schlange, so viele Fälle gab es, die einer Entscheidung bedurften. Der eine beschuldigte den anderen: *Björn hat mir zwei Hühner gestohlen! Sigurd lässt seine Schafe auf meinem Land weiden! Heidrun macht meinem Ehemann schöne Augen! Einar erntet für sich mein Getreide!* So ging das über Stunden. Ivar nahm sich für jeden Zeit. Er befragte Zeugen und prüfte die Aussagen auf ihre Richtigkeit. Manchmal musste er sich aber auch auf sein Gefühl verlassen, um zu entscheiden, welcher der Streithähne die Wahrheit sagte und welcher log. Er war froh, dass die *richtigen* Streitfälle – Erbangelegenheiten, Morde oder die Sache mit Jarl Eirik, der sich einfach ihres Landes bemächtigen wollte – auf dem Thing entschieden wurden.

Halfdan beobachtete seinen Neffen und stand ihm immer als Ratgeber zur Seite. Aber die Urteilsfähigkeit und Weitsicht hatte Ivar von seiner Mutter gelernt.

Draußen vor der Halle saß Fred und beobachtete die Kinder der umliegenden Höfe beim Spielen. Ein paar von ihnen hatten Schwerter aus Holz, die fast so groß waren wie sie selbst. Die anderen nahmen einfach lange, gerade gewachsene Äste, um die Schlachten nachzuspielen, die ihre Väter geschlagen hatten. Irgendwann würden sie selbst richtige Schwerter führen.

Als Halfdan Fred entdeckte, setzte er sich neben ihn. Fred spürte, dass Halfdan etwas auf dem Herzen hatte, denn er strich sich lange und bedächtig über seinen Bart. Das tat er immer, wenn er nachdachte. „Ich habe dich einmal aus dem Meer gefischt und wollte dich bei Thorsteinn gegen eine Axt eintauschen ...“

„O ja, ich erinnere mich“, sagte Fred.

Halfdan umschloss mit seiner großen kräftigen Hand Freds Oberarm, drückte zwei, drei Mal kurz zu und schmunzelte. „Na ja, als Knecht für einen Schmied hättest du eh nicht getaugt ... viel zu wenig Muskeln.“

Sie lachten beide. Aber dann wurde Halfdan wieder ernst. „Ich ... ich wollte dir danken ...“, stammelte er.

„Wofür?“, fragte Fred.

„Du bist Ivar ein guter Freund. Wenn es nach mir gegangen wäre, hätte Odin ihm seinen Vater noch ein paar Jahre lassen sollen. Aber du bist genau im richtigen Moment gekommen. Hast ihm wirklich durch eine schwere Zeit hindurchgeholfen. Nimm deinen Kopf hoch!“, forderte Halfdan Fred auf. Dann zog er an einer Kette einen kleinen Schlüssel unter seinem Hemd hervor und öffnete das Schloss an Freds Hals.

Gericht halten – das Thing

Als *Thing* wird die „Versammlung aller freien Männer einer Region oder eines Landes zur Rechtsprechung“ bezeichnet. Schon lange vor der Zeit der Wikinger kamen die Germanen regelmäßig zu solchen Gerichtsverhandlungen zusammen. Die Versammlungen fanden an besonderen oder sogar heiligen Orten statt. Da sie mehrere Tage dauerten, fanden sich dort bald auch Händler ein, die ihre Waren anboten, und Gastwirte, die für das leibliche Wohl sorgten. In der Ebene von Þingvellir, wo ab 930 das isländische *Althing* tagte, sind Spuren dieser Marktstände bis heute zu erkennen. Es gab einen Gesetzessprecher, der die Gesetze auswendig kannte und vortrug. Danach wurden die Urteile gefällt. Oft ging es dabei um die Anerkennung von Erben. Viele Männer kehrten von Kriegszügen nicht zurück nach Hause. Wenn aber niemand bezeugen konnte, dass sie tatsächlich gestorben waren, mussten sie erst für tot erklärt werden, bevor das Erbe verteilt werden konnte. Starben Vater und Sohn, kam es darauf an, wer zuerst gestorben war. Traf es den Vater, ging der Besitz zuerst offiziell an den Sohn, dann an die Mutter. Starb der Sohn zuerst, mussten auch die Eltern des Vaters berücksichtigt werden. Einfacher war es, über Diebstahl oder Hofgrenzen zu urteilen.

Die schlimmste Strafe war die Acht. Damit wurde der Verurteilte aus der Gesellschaft ausgeschlossen. Er hatte keine Rechte mehr und durfte sogar getötet werden, ohne dass der Täter dafür bestraft wurde. So erging es Erik dem Roten auf Island. Nachdem er mehrere Männer ermordet hatte, wurde er dazu verurteilt, seinen Hof zu verlassen. Als er erneut mordete, war die Acht unausweichlich. Erik floh und segelte zu einem Land, von dem er nur einmal gehört hatte: Grönland. Hier ließ er sich als erster Wikinger nieder.

Noch heute heißt das dänische Parlament *Folketing*, was wörtlich übersetzt „Volksthing“ oder „Volksversammlung“ bedeutet. Das Parlament von Norwegen heißt *Storting*, das „große Thing“. Und in Island lautet der Name des Parlaments immer noch genauso wie vor über 1000 Jahren: *Althing*.

Steinkreuz aus dem 10. Jahrhundert in Middleton, Yorkshire, das auf der Vorderseite einen Wikingerkrieger mit Schwert, Axt, Speer, Schild und Messer zeigt und auf der Rückseite eine Schlange oder einen Drachen aus der nordischen Mythologie.

Ein Zusammenschluss mit Folgen – das Große Heidnische Heer

Der Begriff des Großen Heidnischen Heers stammt aus der „Angelsächsischen Chronik". Wie in einem Tagebuch wurden darin Jahr für Jahr die wichtigen Ereignisse in den Königreichen aufgeschrieben. Leider nicht so ausführlich, dass sie alle Fragen der Historiker beantworten können.

Für das Jahr 865 ist vermerkt, dass ein „Großes Heidnisches Heer" das Königreich Kent überfiel. Gemeint sind die Wikinger. Im darauffolgenden Jahr kamen sie wieder – und blieben. Sie kehrten nicht, wie sie es sonst nach einem Überfall taten, in ihre nordische Heimat zurück, sondern schlugen ein Winterlager in Ostanglien auf. Und wieder ein Jahr später erreichten sie die northumbrische Hauptstadt York. Dort misstrauten sich zwei Anwärter auf den Königsthron, Osberht und Ælla, so sehr, dass es ihnen nicht rechtzeitig gelang, sich gegen den gemeinsamen Feind zu verbünden. Am Ende starben beide in der Schlacht, und die Wikinger übernahmen York.

Der Angriff des Großen Heidnischen Heers markiert einen Wendepunkt der Wikingerüberfälle auf die Britischen Inseln. Die Zeit der vereinzelten Raubüberfälle durch lose zusammengewürfelte Kriegerbanden, die sich schnelle Beute erhofften, war vorbei. Jetzt ging es den Männern aus Skandinavien darum, Land einzunehmen, damit sie sich zusammen mit ihren Familien in England niederlassen konnten. Das gelang ihnen auch. Von York aus überfielen sie immer mehr Städte und ganze Landstriche. Nach etwa 10 Jahren war ein großer Teil des nordöstlichen Englands ein Land unter dänischem Recht. Es bekam sogar einen eigenen Namen: das Danelag.

Die Wikinger haben in England zahlreiche Spuren hinterlassen: Bestattungen nach skandinavischen Riten, Schmuck, Werkzeuge und Waffen mit wikingischen Verzierungen, und schon bald christliche Kreuze und Grabsteine, auf denen zusätzlich Szenen aus den nordischen Sagas oder Wikingerkrieger mit ihren Waffen zu sehen sind. Die sogenannten Heiden nahmen in der neuen Heimat innerhalb weniger Jahrzehnte den christlichen Glauben an.

„Du nimmst mir den Halsring ab?"

„Du bist doch schon lange kein Sklave mehr ... warst du eigentlich nie", sagte Halfdan leise.

„Ich hab mich auch nie wie einer gefühlt. Ihr habt mich nie so behandelt. Im Gegenteil, ihr seid wie eine Familie für mich." Fred rieb sich den Nacken. Dann kniff er ein Auge zu und sah Halfdan keck an. „Obwohl ... am Anfang auf dem Schiff ... da hast du schon den großen Krieger gegeben." Fred knuffte Halfdan in die Seite.

Halfdan lachte laut auf und nahm Fred in den Schwitzkasten. „Haha! Werd jetzt bloß nicht frech, sonst überleg ich's mir noch mal ..."

Der Sommer kam, und mit ihm spürte Fred die Unruhe in sich aufsteigen. Wenn er länger als ein Jahr bei den Wikingern blieb, hatte die Seherin gesagt, dann müsste er für immer bleiben. Auch Ivar merkte, dass Fred immer stiller wurde. Eines Nachmittags fand er ihn mit grübelndem Gesichtsausdruck auf einer der Landungsbrücken. Fred ließ die Beine ins Wasser baumeln und sah hinaus auf den Fjord.

„Hier bist du!“, rief Ivar schon von Weitem. „Ich hab dich gesucht.“

Fred sah auf. „Heute mal keinen Streit zu schlichten?“

Ivar setzte sich neben Fred. „Nein, endlich habe ich mal wieder Zeit für meinen Freund.“

„Da freut sich der Freund aber!“ Fred lachte.

„Wollen wir uns ein Boot schnappen und segeln gehen?“, schlug Ivar vor.

„Au ja, darauf hätte ich große Lust!“

Sie liefen zu Harald, der kurz davor war, das große Langboot fertigzustellen. Er schnitzte gerade an einem wunderschönen Drachenkopf mit aufgerissenem Maul und weit herausgestreckter Zunge. Mit dicken Lederschlaufen konnte man ihn vorn am Steven befestigen. Für den Achtersteven plante Harald den Schwanz des Drachen. Damit konnte er das Schiff in ein Seeungeheuer verwandeln – zur Zierde oder um dem Gegner besonders viel Angst einzujagen. Noch vor der Mittsommernacht würden sie das neue Kriegsschiff zu Wasser lassen.

Harald lieh Fred und Ivar sein Ruderboot. Es war nicht groß, hatte aber immerhin ein Segel. Damit fuhren sie bis unter die Klippe mit den drei Eichen. Fred ruderte, und Ivar hielt das Steuerruder. Dann setzten sie das Segel und ließen sich vom Wind treiben.

„Was meinst du, wie die anderen Jarle reagieren, wenn du sie auf dem Thing fragst, ob sie mit dir nach England segeln wollen?“, fragte Fred, während er das Segel festmachte. Ein Wikingerboot zu segeln, hatte er mittlerweile gelernt.

„Ich bin mir sicher, dass sich einige mir anschließen werden“, erwiderte Ivar. „Jarl Eirik ist nicht der Einzige, der nicht genügend fruchtbares Land hat. Das Leben hier im Norden ist nicht immer leicht. Vielleicht ist es in den Königreichen im Westen leichter? Die Winter sollen dort nicht so eiskalt sein wie hier. Und es gibt viele Gerüchte, dass es immer noch unermessliche Reichtümer in den Klöstern gibt. Vielleicht können wir dort sogar siedeln. Die Händler erzählen, die britischen Könige seien untereinander so zerstritten, dass sie sich gar nicht richtig gegen uns zur Wehr setzen können. Wenn wir nicht hinfahren, werden wir es nie erfahren.“ Und nach kurzem Zögern fügte er vorsichtig hinzu: „Wirst du mitkommen?“

Fred blieb Ivar die Antwort schuldig. Genauso wie neulich nach der Jarlswahl, als Ivar schon einmal versucht hatte, mehr über Fred zu erfahren.

Aber dieses Mal blieb Ivar hartnäckig. „Fred, du bist mein Freund. Und trotzdem verschweigst du mir etwas.“

„Was denn?“ Fred spielte den Ahnungslosen. Dabei wusste er ganz genau, auf was Ivar hinauswollte.

„Dass du gar nicht aus einem anderen Land kommst. Oder Sklave bei Jarl Eirik warst, was Halfdan anfangs dachte“, sagte Ivar. „Sondern, dass du aus einer anderen Zeit kommst!“

Fred sah verwundert auf. Woher wusste Ivar das? Aber bevor Fred etwas sagen konnte, gab Ivar die Antwort: „Ich war bei Thorbjörk!“

„Bei wem?“

„Der Völva“, sagte Ivar mit Nachdruck. „Der Seherin, die du im Heiligen Hain getroffen hast.“

„Oh, die...“ Fred rollte die Augen. „Sie ist sehr geheimnisvoll. Plötzlich war sie verschwunden. Hat sich in Luft aufgelöst. Kurz dachte ich, sie hätte sich in einen Fuchs verwandelt. Aber das kann ja nicht sein.“

Ivar lächelte. „Doch, das war sie. Das macht sie oft.“

„Sich in einen Fuchs verwandeln?!“

„Ja“, sagte Ivar. „Sie ist eine Gestaltwandlerin. Sie macht das auch, damit sie sehen kann. Also, *richtig* sehen...“

„Kannst du... kannst du das auch?“, fragte Fred.

„Nein!“ Ivar schüttelte den Kopf und lachte. Dann sah er auf das Meer. „Der bekannteste Gestaltwandler ist unser Gott Loki. Einmal kam ein Riese zu Odin und hat ihm angeboten, ihm eine Burg zu bauen – Asgard. Als Lohn dafür wollte er aber Freyja, die Sonne und den Mond. Loki riet Odin, dem Riesen nur achtzehn Monate Zeit zu geben. Er war sich sicher, dass der Riese es nicht schaffen würde, Asgard in dieser kurzen Zeit fertigzustellen, aber immerhin würden die Götter dann eine fast fertige Burg haben. Nur, Loki hatte nicht damit gerechnet, dass der Riese auch einen Riesenhengst hatte, der ihm half, die schweren Steine heranzuschaffen. Drei Tage vor Ablauf der Frist merkten die Götter, dass der Riese den Bau rechtzeitig beenden würde. Freyja war außer sich. Sie würde natürlich auf keinen Fall mit dem Riesen gehen! Also verwandelte Loki sich in eine Stute und verführte den Hengst des Riesen. Jetzt war der Riese außer sich, weil er ohne die Hilfe des Hengstes die Burg nicht fertigstellen konnte. Thor hat den Riesen dann mit seinem Hammer Mjöllnir erschlagen. Und Loki? Hat bald darauf den achtbeinigen Hengst Sleipnir geboren. Loki macht meistens nur Unsinn. Ich weiß nicht, warum die Götter ihm so lange alles verziehen haben. Er hat mit der Riesin Angrboða die drei Ungeheuer gezeugt, die uns alle – Götter und Menschen – immer bedrohen. Die Hel, die über das Reich der Verstorbenen herrscht, die nicht im Kampf gefallen oder ertrunken sind. Die Midgardschlange, Jörmungandr, die von Odin ins Meer verbannt wurde. Und **Fenrir***, den riesigen Wolf, den die Götter nur mithilfe der Schmiedekunst der Zwerge in Ketten legen konnten. Dabei hat er **Týr*** die Hand abgebissen."

„Das Gleiche, was dir passiert ist!", rief Fred.

„Ja, damals hat mir meine Mutter diese Geschichte oft erzählt. Zwei Ketten hatte der Wolf schon gesprengt. Also beauftragten die Götter die Zwerge, eine Kette zu schmieden, die stark genug war, das Ungeheuer zu bändigen. Sie schmiedeten sie aus Dingen, die es nicht gibt: dem Geräusch einer Katze, wenn sie läuft, dem Bart einer Frau, den Wurzeln der Berge, dem Atem eines Fisches und der Spucke eines Vogels. Die Götter forderten Fenrir heraus: Sie erzählten ihm von einer Kette, die so leicht ist, dass sie sogar unsichtbar ist, und trotzdem würde er sie nicht sprengen können. Fenrir ging darauf ein. Er ließ sich von den Göttern die Kette anlegen. Aber als Pfand musste Týr seine rechte Hand in das Maul des Wolfs legen. Und als das Ungeheuer merkte, dass die Götter ihn überlistet hatten, biss er sie einfach ab."

Ivar sah Fred in die Augen. „Fred, in unserer Welt gibt es Ungeheuer, Riesen und Gestaltwandler. Es gibt Seherinnen und Magie. Die Götter verkleiden sich und kommen über die Regenbogenbrücke Bifröst zu uns Menschen. Ich selbst glaube, schon Odins Raben gesehen zu haben, vielleicht sogar ihn selbst, als Wanderer mit großem Schlapphut und Stab verkleidet. Glaubst du wirklich, es könnte mich überraschen, dass du aus einer anderen Zeit kommst?"

„Ich hab mich einfach nicht getraut, es dir zu erzählen“, sagte Fred. „Tut mir leid, Ivar. Ich hoffe, du bist nicht enttäuscht von mir.“

„Wie könnte ich von dir enttäuscht sein? Du bist mein bester Freund! Ohne dich hätte ich das vergangene Jahr nicht überstanden.“ Ivar sah zu Boden und fügte leise hinzu: „Halfdan sagt, ich sei erwachsen geworden.“

„Das bist du!“, rief Fred. „Und du wirst ein großer Jarl werden, da bin ich sicher!“

„Mein Vater hat mir etwas auf den Weg gegeben. Es ist Odins Rat an die Menschen: *Dein Vieh stirbt, deine Freunde sterben, und du selbst wirst sterben. Aber eines wird niemals sterben: Das ist der Ruhm, den du errungen hast.*“

Eine Weile saßen beide stumm da und beobachteten die Wellen. Dann fragte Fred: „Was hat Thorbjörk dir noch gesagt?“

„Dass sie dir nicht sagen konnte, wie du zurückkommst, weil du nicht aus unserer Welt bist“, sagte Ivar.

Fred seufzte.

„Aber mir konnte sie es sagen!“, fügte Ivar an.

Fred richtete sich gespannt auf.

Doch Ivar zögerte. „Sie hat mir gesagt, dass ich … meinen besten Freund verlieren werde. Dass er auf dieselbe Weise gehen wird, wie er hierhergekommen ist. Sie hat auch gesagt, dass ich dich gehen lassen muss, weil du sonst gar nicht mehr nach Hause kannst.“

Fred ahnte, was Ivar vorhatte. „Deswegen gehen wir heute segeln.“

„Na ja, du bist doch aus dem Meer gekommen, da dachte ich, wir helfen ein bisschen nach, weil du nicht mehr viel Zeit hast.“

„Ja, ich weiß." Fred schnalzte mit der Zunge. „Das Jahr ist bald um. Aber was machen wir jetzt? Hat sie dir gesagt, wie ich von hier weggehen werde?"

Ivar seufzte. „Das ist mit Seherinnen so eine Sache ... sie sagen einem nie ganz genau, was passiert."

Fred lächelte zaghaft. „Immerhin wissen wir jetzt, dass ich überhaupt wieder nach Hause kommen werde", sagte er hoffnungsfroh. „Und etwas Zeit haben wir ja noch."

Ein dumpfes Donnern kündigte einen Wetterumschwung an. Am Horizont war der Himmel schon tiefschwarz.

„Wir sollten lieber wieder zurückfahren. Ein Sturm zieht auf." Ivar bewegte das Steuerruder, und Fred ließ die Rah auf halbe Masthöhe herunter. Nachdem er das Segel gerefft hatte, drehte er es so, dass der Wind sie zurück in den Fjord trieb.

Dann setzte er sich neben Ivar auf die letzte Ruderbank. Als sich ihre Blicke kurz trafen, sagte Ivar: „Eins sollst du aber noch wissen, Fred – egal, was passiert, ich werde dich nie vergessen!"

„Ich dich auch nicht, Ivar", antwortete Fred. „Ganz bestimmt nicht!"

Dem Wind entgegen – mit Geschick und Wendigkeit

Wikingerschiffe waren nicht nur wegen ihrer Größe, Wendigkeit und Geschwindigkeit allen anderen Schiffstypen ihrer Zeit überlegen. Die Wikinger konnten mit ihnen sogar in die Richtung segeln, aus der der Wind blies – sie „kreuzten" mit ihren Schiffen den Wind. Dabei stellten sie das Segel längs zum Schiffskörper und fuhren im Zickzack dem Wind entgegen. Das aufgeblähte Segel wurde zu einer Art Tragfläche, ähnlich dem Flügel eines Flugzeugs: An der bauchigen Seite des Segels weht der Wind schneller entlang als an der hohlen. Dadurch wird das Schiff in Richtung Wind gedrückt. Meistens war es aber trotzdem besser, die Riemen auszulegen und zu rudern, vor allem wenn viele starke Männer an Bord waren.

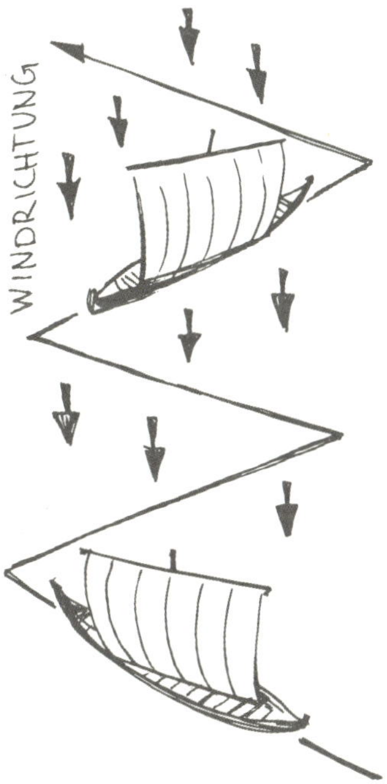

Ivar rannte den Hügel hinauf in den Heiligen Hain. Die Sonne schickte ihr Licht in langen Strahlen durch die Baumwipfel. Da, wo sie den Boden berührten, gab der Wald den nächtlichen Regen in dampfenden Schwaden der Luft zurück. Ivar lief, so schnell er konnte. Heute Morgen, als er aufgewacht war, hatte Fred nicht auf seinem Schlafplatz gelegen, und niemand im Dorf hatte ihn gesehen. Ivar wusste, dass Fred manchmal an den Landungsbrücken saß, aber dort fand er ihn nicht. Dafür entdeckte er Haralds Ruderboot ziel- und führerlos auf dem Wasser tanzend. Der Sturm der vergangenen Nacht könnte es natürlich losgerissen und hinaus in den Fjord getrieben haben. Aber Ivar hatte eine andere Vermutung. Deshalb musste er die Völva finden. Bald würden sie alle zum Thing aufbrechen und Thorbjörk war manchmal tagelang unterwegs. Dann streunte sie durch die Wälder und suchte nach seltenen Kräutern, Beeren oder Pilzen, die sie für ihre Salben und Tinkturen brauchte. Hoffentlich, hoffentlich war sie heute zu Hause.

Immer wieder rief Ivar den Namen der Völva. Aber er erhielt keine Antwort. Kurz bevor er den Heiligen Hain erreichte, musste er eine Verschnaufpause einlegen. Er war völlig außer Atem. Und plötzlich, ohne jedes Geräusch, stand Thorbjörk neben ihm, sodass er vor Schreck zusammenzuckte.

„Ivar. Was hast du? Warum rufst du mich so verzweifelt?"

„Es geht um Fred. Er ... er ist weg!", keuchte Ivar.

Thorbjörk sah ihn verwundert an. So als hätte sie nicht damit gerechnet, dass es Fred gelingen würde, die Welt der Wikinger wieder zu verlassen.

„Du musst mir sagen, wo er ist! Haralds Boot treibt verlassen draußen auf dem Wasser ... ist passiert, was ich denke?"

Thorbjörk zuckte mit den Schultern. „Woher soll ich das wissen?“

„Kannst du es nicht sehen?“, drängte Ivar.

„Ich sehe nur, was die Götter mir erlauben zu sehen ...“

„Thorbjörk! BITTE!“

„Also gut“, sagte sie schließlich. „Komm mit.“

Thorbjörk führte Ivar zu ihrer Hütte im Wald. Rundherum hatte sie Zweige mit Beeren zum Trocknen aufgehängt und bunte Bänder, in die Knochenstückchen oder Vogelfedern geknotet waren. Einige klapperten im Wind. Ivar nahm zwei der vier Holzstufen auf einmal, die in Thorbjörks Reich führten. Schüsseln und Krüge standen herum, in denen sie alles aufbewahrte, was der Wald ihr bot. Über dem Feuer brodelte in einem Kessel eine dickflüssige Brühe, die unangenehm sauer roch. In einem Holzregal lag ein Wetzstein. Und die scharfen Messer, mit denen die Völva den Opfertieren die Kehle durchschnitt, lagen gleich daneben. Thorbjörk setzte sich auf einen Schemel und griff mit langen Fingern in eine Schale voller Tierknochen. Dann schüttelte sie die Knochen in den hohlen Händen und warf sie schwungvoll vor sich auf den Tisch. Vorsichtig, um ihre Lage nicht zu verändern, tastete sie die Knochen mit zittrigen Fingern ab. Sie fühlte, wie sie gefallen waren. Ivar stand ihr gegenüber und verfolgte das Schauspiel mit großen Augen. Er war zu aufgeregt, um sich hinzusetzen.

„Der Sturm gestern Nacht ...“, sagte Thorbjörk langsam. „Als der Blitz am Rand des Waldes einschlug, ist Fred Eriksson aufgeschreckt. Ein innerer Drang hat ihn ergriffen und ihn veranlasst, hinaus in den tosenden Regen zu gehen. Er läuft hinunter zu Haralds Boot, bindet es los und rudert hinaus, weit hinaus ... bis aufs Meer ... Die See tobt so sehr, als hätte sich die Midgardschlange erhoben, um gegen Thor zu kämpfen. Auch im Herzen deines Freundes tobt ein Sturm. Er wollte dich nicht verlassen, Ivar. Und wusste doch, dass er muss. Draußen auf dem Meer lässt er die Riemen los und steht auf. Einen Fuß hat er schon auf den Rand des Boots gestellt. Er will springen und ... schafft es nicht. Da sieht er sie ..."

„Wen?", flüsterte Ivar.

„Die Ägirstochter."

„Zieht sie ihn runter?"

„Nein. Er springt. Sie fängt ihn. Taucht mit ihm ab in die Tiefe, tanzt mit ihm einen Tanz in der See ... Und dann plötzlich, als müsste sie ihn vor jemand Mächtigerem beschützen, als sie selbst es ist, gibt sie ihn frei."

Als Fred aus dem Wasser auftauchte, fühlte er warme Sonnenstrahlen auf seinem Gesicht. Er rang nach Luft. Nichts war mehr vom heftigen Sturm zu spüren, der an ihm gezerrt hatte, als er von Haralds Boot aus in die tosenden Wellen gesprungen war. Er prustete und hustete und versuchte, im klaren Wasser die Ägirstochter zu entdecken, die ihn eben noch fest umschlungen hatte. Aber sie war verschwunden. Er sah nur die glitzernden Lichtpunkte auf der Wasseroberfläche, die ihn blendeten. Das Erste, was er hörte, war die Stimme des Bootsführers: „Hier! Fang die Rettungsweste!"

Fred hob den Kopf und sah in etwa ein Dutzend Gesichter, die neugierig das Mann-über-Bord-Szenario beobachteten. Er griff nach der orange leuchtenden Rettungsweste, die auf ihn zuflog, und stülpte sie sich über den Kopf.

Der Bootsführer lehnte sich weit über den Bootsrand und streckte ihm seine Hand entgegen. „Komm, greif zu!", rief

er. Mit einem „Und hopp!“ zog er Fred schwungvoll ins Boot. „Hast du dich verletzt?“

„Nein! Alles gut“, erklärte Fred. „Mir geht’s gut!“

Hektor sprang ihm auf den Schoß und begrüßte ihn bellend. „Hektor!“, rief Fred freudig. Auf einmal wurde ihm bewusst, wie sehr er den Streuner vermisst hatte.

„Ist wirklich alles in Ordnung mit dir?“, fragte der Bootsführer noch einmal. Dabei legte er eine Hand auf Freds Schulter und sah ihm mit einem prüfenden Blick tief in die Augen.

„Ja, wirklich! Keine Sorge, mir ist nichts passiert.“

Fred war zurück in seiner Welt, genau da, wo seine Reise begonnen hatte. Er saß wieder auf dem Boot, mit dem er im vergangenen Sommer vom Wikingerschiffsmuseum aus losgefahren war. Die Kinder um ihn herum sahen ihn immer noch mit offenen Mündern an. Er war gerade vor ihren Augen über ein Tau gestolpert und ins Wasser gefallen.

Die beiden Bootsführer wollten die Fahrt sofort abbrechen und zurück in den Hafen fahren. Aber Fred versicherte ihnen ausdrücklich, dass es ihm wirklich gut ging, dass er nicht fror und auch seine nassen Kleider ihm nichts ausmachten. Schließlich gaben sie nach. Die anderen Kinder freuten sich, dass es weiterging.

Auch Fred war froh. So konnte er die Ereignisse der vergangenen Monate in seinem Kopf noch ein bisschen sortieren, bevor er Opa Alfred wiedertraf. Ob er etwas merken würde? Immerhin war Fred fast ein Jahr bei den Wikingern gewesen. Für Opa Alfred war gerade einmal eine Stunde vergangen. Fred suchte die Küste nach der Klippe mit den drei Eichen ab. Er fand sie nicht. Wahrscheinlich war er doch zu weit abgetrieben worden, als er auf dem Wikingerboot gefahren war. Also auf dem echten.

Die Bootsführer hatten darauf bestanden, dass Fred wenigstens nicht mehr ruderte. Also saß er jetzt vorn am Bug und sah am Steven vorbei auf das Meer, so wie Halfdan es immer getan hatte. Nur, dass auf seinem Schoß Hektor saß und sich von ihm den Kopf kraulen ließ.

Als sie wieder den Hafen des Museums erreichten, stand Opa Alfred schon am Kai und wartete auf Fred.

„Opa! Bin ich froh, dich zu sehen", rief Fred, als er noch mit einem Bein auf dem Boot stand.

Opa Alfred lachte. „Das freut mich, Fred, aber du warst doch nur eine Stunde auf Tour." Er umarmte seinen Enkel, schob ihn aber gleich wieder eine Armeslänge auf Abstand und sah ihn überrascht von oben bis unten an. „Sag mal, deine Haare sind ja ganz nass ... und deine Schuhe auch!"

„Ja", sagte Fred fröhlich, während er Hektor an die Leine nahm. „Weil ich über Bord gegangen bin."

„Du bist ... was?!" Opa Alfred riss die Augen auf.

„Aber ich bin schon fast wieder trocken", beruhigte Fred ihn. „Es ist doch total warm. Beim Segelsetzen kam plötzlich

eine riesige Welle, die das Boot durchgeschüttelt hat. Da bin ich über die Taue gestolpert und ins Wasser gefallen."

„Und wie lange warst du weg?"

„Fast ein Jahr!", platzte es aus Fred heraus.

„Wie bitte?" Opa Alfred zog die Augenbrauen hoch.

„Äh, nein! Quatsch!", korrigierte Fred sich schnell. „Ein paar Minuten vielleicht, ich weiß es nicht, keine Ahnung, wie lange ich im Wasser war."

Aber Opa Alfred schüttelte langsam den Kopf. „Du kommst mir irgendwie größer vor. Bist du gewachsen?"

„Ich glaube nicht, Opa. Eher eingegangen ...", scherzte Fred.

Opa Alfred seufzte nur. „Na, dann gehen wir dir mal trockene Kleider holen. Das ist ja was, fällst du einfach ins Wasser. Zum Glück bist du ein guter Schwimmer! Was sollen deine Eltern nur von mir denken? Dass ich nicht auf dich aufpassen kann, das werden sie denken!"

„Ach was, Opa, ganz bestimmt nicht. Ich werde ihnen ja nur erzählen, wie toll der Ausflug war", rief Fred. „Es war wirklich eine tolle Zeit."

„Eine tolle Zeit? So lange wart ihr doch gar nicht unterwegs. Bist du sicher, dass es dir gut geht?"

„Klar geht's mir gut!" Fred nickte.

Opa Alfred sah ihn ungläubig von der Seite an. „Na, weil du so *gereift* wirkst, irgendwie älter als vorhin ... also, so was ..."

„Sag mal, Opa?", fragte Fred, während sie zum Auto liefen.

„Mhm?"

„Gab es eigentlich einen Wikingeranführer, der Ivar hieß?"

„Ja, das kann schon sein", sagte Opa Alfred. „Das ist doch ein gebräuchlicher Name, sogar heute noch. Wie kommst du darauf?"

„Ich meine einen, der berühmt wurde. Der vielleicht nach

Ivar der Knochenlose – der rätselhafte Held

Die „Angelsächsische Chronik" nennt einen Ivar zusammen mit Ubba als Anführer des Großen Heidnischen Heers. Sie sollen Brüder gewesen sein und die Söhne eines heldenhaften Wikingers namens Ragnar Loðbrók. Der allerdings entstammt der Dichtung. Ob er überhaupt gelebt hat, ist sehr unsicher. Ähnlich ungewiss ist auch das Leben Ivars des Knochenlosen. Sein Beiname taucht in den Chroniken nicht auf. Genauso wenig ist die Bedeutung geklärt. Die Wikinger gaben sich gern Beinamen. Davon erzählen schon die Sagas. Die Spitznamen bezogen sich auf die Statur (Halfdan Langbein), auf das Aussehen (Harald Schönhaar), auf die Kampfkunst (Erik Blutaxt), auf den Charakter (Harald der Harte), oder sie enthielten einfach einen Titel (Hakon Jarl). Nach den Sagas von Ragnar Loðbrók und seinen Söhnen sollen Ivars Beine so schwach gewesen sein, dass er auf einem Schild getragen werden musste. In einem anderen Gedicht wird behauptet, dass er überhaupt keine Knochen hatte. Dafür wird ihm nachgesagt, dass er weise war. Als Ivars Vater Ragnar von König Ælla in England in eine Grube mit Giftschlangen geworfen wurde, nahmen Ivar und seine Brüder Rache. Sie segelten mit einem Heer nach Westen und töteten König Ælla. Vorher hatte Ivar als Entschädigung für den Tod Ragnars ein Stück Land erbeten, so groß, dass ein Ochsenfell es bedecken könnte. Ælla erfüllte den Wunsch. Ivar besorgte sich das größte Ochsenfell, das er bekommen konnte, dehnte es sorgfältig und schnitt es in hauchdünne Streifen. Die Streifen verband er zu einer langen Schnur und legte sie rund um eine große Ebene. Ælla musste ihm das Land überlassen, und Ivar gründete darauf eine große Stadt. So weit die Dichtung.

Die „Angelsächsische Chronik" nennt den Tod Ællas im Jahr 867 beim Kampf um York gegen das Große Heidnische Heer. Für das Jahr 873 vermerkt eine irische Chronik, dass ein Ivar, „König der Wikinger und von ganz Irland und Britannien", verstorben sei. Ob dieser Ivar und Ivar der Knochenlose ein und dieselbe Person waren, bleibt unklar. Ein britischer Archäologe glaubt, das Grab Ivars des Knochenlosen in Repton, England, gefunden zu haben. Sicher ist das aber nicht. Sicher ist nur, dass Ivar der Knochenlose zu den interessantesten, aber auch rätselhaftesten Figuren der Wikingerzeit zählt.

England gesegelt ist?“ Fred setzte eine Unschuldsmiene auf. Ihm waren für heute schon genug verdächtige Bemerkungen herausgerutscht.

Aber Opa Alfred überlegte. „Nach England? Ah ja, ich glaube, da gab es einen Ivar. Er hatte den Beinamen ‚der Knochenlose'. Er ist mit dem Großen Heidnischen Heer – so wird es zumindest in den Chroniken genannt – nach England gesegelt. Im Jahr 865 war das, glaube ich.“

Fred grinste. Er stellte sich vor, wie sein Freund Ivar zusammen mit Harald und Thorsteinn am Bug des neuen Langboots stand und zum ersten Mal die englische Küste erreichte. „Das heißt, er ist tatsächlich in den Westen gesegelt!“

„Ja, er hat sich mit anderen Wikingern verbündet und ist angeblich mit eintausend Mann in England eingefallen. Die Wikinger haben mit den Engländern Übereinkünfte getroffen und sogar eigene Städte mit skandinavischem Rechtssystem gegründet. Sie haben damals einen großen Teil Englands beherrscht. Allerdings hatten sie auch die schlechte Angewohnheit, sich untereinander zu streiten. Es gab viele Unruhen. Ivar hat sich, wenn ich mich richtig erinnere, nach Irland abgesetzt. Dort wurde er sogar König.“

„König? Wow!“, rief Fred. „Und warum hieß er ‚der Knochenlose‘? Hat ihm vielleicht eine Hand gefehlt, weil sie ihm im Winter von einem hungrigen Wolf abgebissen wurde, als er noch klein war?“

„Wie kommst du denn darauf?“ Opa Alfred lachte. „Wer weiß? Die Wissenschaftler haben bis jetzt noch keine schlüssige Erklärung für diesen Spitznamen gefunden. Schlag ihnen deine Version doch mal vor?“

Fred würde nie erfahren, ob sein Freund Ivar tatsächlich als „Ivar der Knochenlose“ in die Geschichte eingegangen war. Aber die Vorstellung gefiel ihm.

DIE WIKINGER

DIE WIKINGER

Die Mönche des Klosters auf der kleinen Insel Lindisfarne vor der Küste des Königreichs Northumbrien im Nordosten des heutigen Englands lernten die Wikinger im Jahr 793 kennen, als skandinavische Krieger am Strand anlandeten, das Kloster überfielen, dessen Schätze raubten und in ihren Langschiffen so schnell wieder wegfuhren, wie sie gekommen waren. Und obwohl das nicht der erste Überfall der Nordmänner auf England war, gilt er als Beginn des sogenannten Wikingerzeitalters.

Die Wikinger waren keine Christen. Sie glaubten an Odin, Thor und Freyr und kannten eine eigene Glaubenswelt. Deshalb hatten sie keine Ehrfurcht vor den Schätzen christlicher Klöster. Für sie zählte nur der Wert des Edelmetalls. Ihre Geschichte aber wurde von Christen aufgeschrieben, die die Wikinger aufgrund ihres Heidentums als besonders wild und kriegerisch beschrieben.

Was mit habgierigen Plünderfahrten begann, entwickelte sich schnell zu groß angelegten Eroberungszügen und der Bildung von Bündnissen mit christlichen Herrschern. Aus Räubern und Händlern wurden Siedler, und aus Jarlen wurden Könige, wie Harald Blauzahn oder dessen Sohn, Sven Gabelbart, der 1013 England eroberte.

Auf den Britischen Inseln

Als die Wikinger Ende des 8. Jahrhunderts ihre Waffen gegen die Britischen Inseln richteten, war das Gebiet des heutigen Englands vor allem in sieben Kleinkönigreiche aufgeteilt: Northumbrien im Nordosten, südlich davon Mercien und Ostanglien und im Süden Essex, Kent, Sussex und Wessex. Diese Reiche waren mit der vorangegangenen Besiedlung durch die germanischen Stämme der Angeln, Sachsen und

Jüten entstanden, die unter der Bezeichnung „Angelsachsen“ zusammengefasst werden. Vor allem Northumbrien, Mercien und Wessex kämpften um die Vormachtstellung auf der Insel. Mit der Ankunft des Großen Heidnischen Heers im Jahr 865 und der Einnahme der Stadt York ein Jahr darauf war eine neue Macht hinzugekommen. Von York aus eroberten die Wikinger weitere Gebiete. Bald fiel ganz Northumbrien in ihre Hände, wo sie das Königreich Jórvik (York) gründeten. Kurz darauf nahmen sie Ostanglien und Mercien ein. Ein Teil des Heers blieb in Jórvik, der andere wandte sich nach Wessex. Dort schlossen die Wikinger mit König Alfred nach mehreren Schlachten ohne eindeutigen Sieger zunächst einen Waffenstillstand. Nach weiteren Kämpfen und Belagerungen rangen sie Alfred 877 endlich den Osten seines Königreichs ab. Ihren Eroberungszug führten sie trotzdem fort. Im Frühjahr 878 gelang es Alfred schließlich, die Wikinger zu schlagen. Es kam zu Verhandlungen und einem Vertrag: Der Anführer der Wikinger, Guthrum, und dreißig seiner Männer nahmen den christlichen Glauben an, die Wikinger stellten Geiseln und zogen sich aus Wessex zurück. Aber Guthrum griff bald erneut an. Und wurde erneut geschlagen. Dieses Mal legte der Friedensvertrag die genauen Grenzen eines Gebiets fest, das unter der Herrschaft der Wikinger stand: das Danelag (dänisch: *Danelagen*, „dänisches Recht“). Dazu gehörten die Königreiche Northumbrien und Ostanglien sowie Teile Mittelenglands. Mit der Bildung des Danelag beherrschten die Wikinger etwa die Hälfte des zuvor angelsächsischen Gebiets. Das Danelag bestand von 886 bis zum Beginn des 10. Jahrhunderts, als alle Kleinkönigreiche (auch das wikingische Jórvik) Edward den Älteren, den König von Wessex, als Herrscher über ganz England anerkannten. Bald darauf fiel auch Jórvik an Edward, und es gab eine kurze Zeit des Friedens. Bis die Wikinger um 990 unter Olav Tryggvason und Sven Gabelbart wiederkamen und sich vom englischen König Æthelred mehrmals mit immer größeren Mengen Silber besänftigen ließen. Olav kehrte tatsächlich bald in sein Heimatland Norwegen zurück. Doch Sven blieb, verbreitete Angst und Schrecken und kassierte weiter hohe Geldsummen. Im Jahr 1013 war England schließlich mürbe geworden, und Sven wurde König. Als er knapp sechs Wochen später starb, erbte Svens Sohn Knut die Krone. Als Knut der Große herrschte er bald über die Königreiche England, Dänemark und Norwegen.

Im Frankenreich

Auch das Frankenreich war vor den Wikingern nicht sicher. Unter Karl dem Großen erstreckte es sich weit über das Festland des westlichen Europas. In der Nähe des wichtigen Handelsplatzes Haithabu, der damals zu Dänemark gehörte, hatten die Wikinger schon in den 730er-Jahren einen Verteidigungswall errichtet, mit dem sie ihr Land gegen die Franken sicherten, das Danewerk. Sie selbst überfielen zahlreiche fränkische Städte. Sie kamen über das Meer und über die Flüsse bis weit ins Landesinnere. Die friesische Handelsstadt Dorestad in der Nähe des heutigen Utrechts wurde zwischen 834 und 863 allein neun Mal von den Wikingern geplündert. 843 fuhren die Wikinger über die Loire bis nach Nantes. Zwei Jahre später fielen sie über Hamburg her und belagerten das erste Mal Paris, das sie über die Seine erreicht hatten. Über die Schelde fuhren sie 879 nach Gent, über die Maas 881 nach Lüttich, Maastricht und das nahegelegene Tongeren, über den Rhein nach Xanten, Köln und Bonn. Die Aachener Kaiserpfalz und die Klöster Kornelimünster (bei Aachen), Malmedy und Stablo (bei Lüttich) brannten sie nieder. Am 5. April 882 eroberten sie Trier. Und das sind nur einige Beispiele. Zur gleichen Zeit versuchten die nordischen und fränkischen Kaufleute, ihre schon lange bestehenden Handelsbeziehungen aufrechtzuerhalten, was ihnen angesichts der vielen Überfälle wahrscheinlich nicht leichtfiel.

Ob von einem Händler erworben oder dem Feind geraubt, war es vor allem ein Gegenstand, der die Wikinger reizte: das fränkische Schwert. Während sie nach einem besonders kräftigen Hieb ihre eigenen Schwerter angeblich erst wieder gerade biegen mussten, waren die fränkischen Schwerter stabil und scharf. Auf die Klingen aus dem Rheinland war häufig der Name *Ulfberht* geprägt. Zeitweise verboten die fränkischen Könige den Verkauf der Schwerter an die Wikinger. Sie wollten nicht mit ihren eigenen Waffen geschlagen werden. Trotzdem haben Archäologen zahlreiche Ulfberht-Schwerter in Skandinavien gefunden. Allerdings haben die Wikinger oft nur die Klinge behalten und einen Griff nach ihrem Geschmack anbringen lassen.

Der Frankenkönig Karl III. schenkte dem Wikingeranführer Rollo im Jahr 911 schließlich den Fürstensitz Rouen in der heutigen Normandie. Dafür verpflichtete sich Rollo, seine über die Seine einfallenden Landsleute abzuwehren. Außerdem musste er den christlichen Glauben annehmen. Über seine Taufpaten wurde er Teil des fränkischen Adels. Rollo lockte viele Familien aus seiner Heimat als Siedler in die Normandie (im Wort *Normandie* steckt das Wort *Normannen*, also „Nordmänner"), und die Überfälle durch die Wikinger nahmen tatsächlich ab. Viele Jahre später ging sein

Nachfolger Wilhelm II., Herzog der Normandie, als „Wilhelm der Eroberer“ in die Geschichte ein, nachdem er 1066 England angegriffen und schließlich den englischen Thron bestiegen hatte.

Im Osten

Im Osten traten die Wikinger weniger als Eroberer denn als Händler auf. Während sie in den westlichen Ländern als Nordmänner oder Dänen bezeichnet wurden, hießen sie im Osten „Waräger“ (altnordisch: *væringjar*). Kürzere Handelsrouten bestanden zum Teil schon vor der Zeit der Wikinger. Kaufleute aus dem schwedischen Birka oder von der Insel Gotland steuerten die wichtigen Handelsplätze Ralswiek auf Rügen und Wollin im heutigen Polen an oder verkauften ihre Waren an den baltischen Küsten. Die Waräger zog es bis in die Hauptstadt des Byzantinischen Reichs: Konstantinopel (heute Istanbul), wo Waren aus dem gesamten Mittelmeerraum, Nordafrika und dem Nahen Osten gehandelt wurden. Vom Finnischen Meerbusen aus fuhren sie über den Ladogasee, östlich von St. Petersburg, den Fluss Wolchow entlang bis zum Ilmensee bei Nowgorod, dann weiter über Lowat und Dnjepr, an Kiew vorbei ins Schwarze Meer bis nach *Miklagård*, in die „Große Stadt“. Für die Waräger, die in Häusern aus Holz wohnten und ihre Höfe mit Erdwällen schützten, muss Konstantinopel mit seinen beeindruckenden Stadtmauern, gepflasterten und beleuchteten Straßen, mehrstöckigen steinernen Häusern und Palästen atemberaubend gewesen sein.

Eine andere Handelsroute führte über die Wolga ins Kaspische Meer und von dort mit den Karawanen bis nach Bagdad. Das waren Strecken von mehreren Tausend Kilometern, auf denen die Waräger zum Teil gefährliche Stromschnellen umfahren, gegen den Strom rudern oder ihre Schiffe sogar aus dem Wasser holen mussten, um sie tagelang über Land von einem Fluss zum nächsten zu ziehen. Und natürlich drohten ihnen auch Überfälle von der einheimischen Bevölkerung, die versuchte, ihnen ihre Waren zu stehlen – Pelze, Jagdfalken, Honig, Walrosszähne und Sklaven. Auf der Rückreise mussten die Waräger edle Stoffe mit Stickereien, Seide, Wein, Gewürze, Silber und Schmuck vor dieser Gefahr schützen.

Einige von ihnen ließen sich an den Orten fern ihrer Heimat nieder. Zu besonderer Berühmtheit gelangte die sogenannte Warägergarde, die Leibgarde der byzantinischen Kaiser. Sie bildete sich Ende des 10. Jahrhunderts und bestand etwa zweihundert Jahre lang. Schnell galt sie als Elitetruppe, und sogar der spätere norwegische König Harald der Harte diente einige Zeit in der Warägergarde.

Auf den Inseln im Nordatlantik

Während die Wikinger aus dem Gebiet des heutigen Dänemarks vorwiegend in England und in der Normandie siedelten, wandten sich die Bewohner Schwedens nach Osten und ließen sich im nordwestlichen Russland nieder. Die norwegischen Wikinger zog es im 9. Jahrhundert auf die Orkney- und Shetlandinseln, die Färöer Inseln und schließlich nach Island und Grönland. Das lag wohl vor allem daran, dass in ihrer bergigen Heimat die Weideflächen knapp wurden. Viele waren aber auch nicht damit einverstanden, dass Harald Schönhaar weite Teile des norwegischen Gebiets als König unter seine Herrschaft bringen wollte. Die Wagemutigen und Freiheitsliebenden packten ihr Hab und Gut samt

Weidetieren auf Schiffe und stachen in See. Auf den Inseln trafen die Siedler auf keinen Widerstand. Sie waren kaum bewohnt, allenfalls ein paar irische Mönche lebten dort als Einsiedler. Als die Wikinger kamen, sind die Mönche wahrscheinlich vor ihnen geflohen.

Da das Landesinnere von Island wegen der Gletscher und Lavafelder unbewohnbar ist, siedelten die Neuankömmlinge vor allem in Küstennähe im Südwesten der Insel. Dort boten weite grasbewachsene Ebenen ideales Weideland. Allerdings ließ sich im kalten und feuchten Klima von den mitgebrachten Getreidesorten nur Gerste anbauen. Und auch beim Hausbau mussten sich die Norweger umstellen: Da es kaum Holz gab, errichteten sie ihre Häuser aus Grassoden. Dafür gab es keinen König, der über sie herrschte. Seit dem Jahr 930 versammelten sich die Großbauern jeden Sommer in der Ebene von Þingvellir zum Althing und klärten dort ihre rechtlichen Angelegenheiten. Genetische Untersuchungen haben ergeben, dass in Island noch heute über drei Viertel der männlichen Bevölkerung norwegischer Abstammung sind. Weit über die Hälfte der isländischen Frauen dagegen kommt von den Britischen Inseln. Vielleicht lebten einige der norwegischen Siedler in Britannien, bevor sie nach Island kamen. Und vielleicht haben sie dort geheiratet und ihre Familien mitgebracht. Oder aber die Frauen wurden geraubt, weil ursprünglich zu wenige Norwegerinnen die Reise nach Island antreten wollten.

Etwa einhundert Jahre nachdem die Wikinger Island besiedelt hatten, musste Erik der Rote die Insel wegen Totschlags verlassen. Er segelte nach Grönland und errichtete sich dort einen Hof, den er *Brattahlíð* nannte, „Steiler Hang“. Viele Familien folgten ihm und ließen sich auch in Grönland nieder.

In Nordamerika

Aber selbst das so weit im Nordwesten liegende Grönland war für die Wikinger noch nicht das Ende ihrer Welt. Eriks Sohn Leif hörte eine Geschichte: Der Isländer Bjarni Herjólfsson wollte seinen Eltern nach Grönland folgen. Aber sein Schiff geriet in einen Sturm und wurde nach Südwesten abgetrieben. Als er Land sichtete, erkannte er, dass er zu weit nach Westen gesegelt war und Grönland verpasst hatte. Also kehrte er um und fuhr zurück nach Osten. Er sah wieder Land, aber auch das war nicht Grönland. Als Bjarni schließlich Grönland erreichte, erzählte er dort, was ihm passiert war, interessierte sich aber nicht weiter für seine Entdeckung. Leif Eriksson dagegen stellte ein Expeditionsteam zusammen und segelte zu dem Land, von dem Bjarni erzählt hatte. An einer geeigneten Stelle ging Leif mit seinen Kameraden an Land und blieb einen Winter lang dort. Er nannte das Land *Vinland* („Weinland" oder „Weideland"). In den 1960er-Jahren haben Grabungen gezeigt, dass Leif Eriksson an der Nordküste Neufundlands überwintert hatte. Er war der erste Europäer, der den amerikanischen Kontinent betrat. Lange sind die Wikinger allerdings nicht in Amerika geblieben. Sie unternahmen mehrere Versuche, dort zu siedeln, gaben aber nach einigen Jahren auf. Der Grund dafür ist noch nicht gefunden. Die Sagas berichten, dass es immer wieder zu blutigen Kämpfen mit der einheimischen Bevölkerung kam.

Vom ausgehenden 8. bis etwa zur Mitte des 11. Jahrhunderts hinterließen die Wikinger also in zahlreichen Ländern ihre Spuren. Sie überfielen die Britischen Inseln und das Frankenreich, pflegten Handelsbeziehungen ins Baltikum, nach

Russland, bis nach Konstantinopel und Bagdad, siedelten auf Island und Grönland, und sogar eine Zeit lang in Nordamerika. Auch die Iberische Halbinsel, die damals in weiten Teilen von den Mauren beherrscht wurde, war vor ihnen nicht sicher. Ohne ihre Bootsbaukunst wäre all das nicht möglich gewesen. Es waren die berüchtigten Lang- und seetüchtigen Handelsschiffe, die den Wikingern die Mobilität verliehen, die sie um die halbe Welt brachte.

Was die altnordischen Sagas von den „Wellenpferden" überliefern, wird durch archäologische Funde zum Teil bestätigt. Reiche Wikingerherrscher ließen sich in kunstvollen Booten bestatten, und die Grabfunde von Oseberg und Gokstad prägen bis heute die allgemeine Vorstellung von Wikingerschiffen. Eine wahre Fundgrube für Archäologen ist der Roskilde-Fjord, in dem die Wikinger gegen Ende des 11. Jahrhunderts fünf ihrer Schiffe versenkten, um eine Barriere gegen feindliche Angreifer zu schaffen.

Das war auch die Zeit, in der die große Ära der Wikinger zu Ende ging. Aus einzelnen Stammesverbänden waren, nach fränkischem Vorbild, die Königreiche Dänemark, Schweden und Norwegen entstanden. Die Annahme des Christentums und die Bereitschaft der außerhalb Skandinaviens lebenden Wikinger, sich den vorherrschenden Bräuchen der anderen Länder anzupassen, führten dazu, dass sie in den dortigen Gesellschaften aufgingen. Und trotzdem erinnern zahlreiche Ortsnamen und Wörter nicht nur in Skandinavien und auf den Inseln im Nordatlantik, sondern auch in der Normandie, in Nordengland und Irland bis heute an das Erbe der Wikinger.

*GLOSSAR

SCHIFFSBAU

Bug: der vordere Teil des Schiffs, im Gegensatz zum Heck. Bug und Heck eines Wikingerschiffs unterscheiden sich durch das Steuerruder, das am Heck auf der rechten Seite angebracht ist.

Dollbord: die oberste Planke einer Bootswand. Sie ist meistens verstärkt. Bei kleineren Wikingerbooten sind hier sogenannte Keipen angebracht, an denen die Riemen angelegt werden.

Kiel: das „Rückgrat" des Schiffs. Der Kiel führt am Schiffsboden der Länge nach vom Bug zum Heck und geht dort jeweils in die Steven über.

Kielschwein: dient wie der Kiel als Längsverband des Schiffs. Es liegt an der Innenseite des Rumpfs und hat, zusammen mit dem Mastfisch, die wichtige Funktion, den Mast zu halten.

Rah: ein Rundholz, an dem das Segel hängt. Es wird quer zum Mast an Tauen nach oben gezogen, um das Segel zu setzen.

Steuerbord: die rechte Seite eines Schiffs, in Fahrtrichtung betrachtet. An der rechten Seite des Hecks befindet sich das Steuerruder, daher die Bezeichnung „Steuerbord".

Steven: die Verlängerung des Kiels. Bei Wikingerschiffen werden die Steven weit nach oben gezogen. Das verleiht dem Boot Stabilität. Vorn (am Bug) befindet sich der Vorsteven, hinten (am Heck oder achtern) der Achtersteven.

Takelage: Bezeichnung für den Mast, die Rah, die Taue und alle Befestigungen, die das Segel halten.

LEBEN UND ALLTAG

Fibel, lat. *fibula*: eine Gewandschließe in Form einer Nadel oder Spange. Damit werden Umhänge oder Kleider zusammengehalten. Die Fibeln der Wikinger konnten sehr prunkvoll sein, damit zeigten sie ihren Reichtum und ihren sozialen Status.

Schlüssel: Wikingerfrauen trugen vermutlich den „Hausschlüssel" an einem Lederriemen um den Hals. Die Frau als Hausherrin verwaltete die Nahrungsmittel, überwachte die Landwirtschaft. Sie sorgte dafür, dass die Familie gut durch den Winter kam. Der Mann (wenn er starb, sein ältester Bruder) vertrat alle Belange „draußen in der Welt".

Thing, altnord. *Þing*: Versammlung aller freien Männer einer Region, in der Gesetze beschlossen und Recht gesprochen wurde. In Island entstand daraus das „Althing" mit parlamentarischem Charakter, das für das ganze Land rechtsbindend war.

GÖTTER, MYTHEN, NORDMANNWORTE

Ägirstöchter: die neun Töchter der Rán und des Meeresriesen Ägir. Ihre Namen bedeuten jeweils eine Form von Meereswellen.

Asen, altnord. *Æsir*: das Göttergeschlecht, von dem Odin abstammt. Die Asen sind überwiegend Götter des Krieges und der Herrschaft. Zu den Asen zählen die bedeutenden Götter Odin, Thor, Balder und Loki. Ein zweites Göttergeschlecht ist das der Wanen. Alle Götter, Asen und Wanen, erhalten ihre Jugend durch die Äpfel der Göttin Iðunn.

Asgard, altnord. *Ásgarðr*: das „Heim der Asen", also der Wohnort der Asen. Über die vom Gott Heimdallr bewachte Regenbogenbrücke Bifröst ist Asgard mit Midgard, der Welt der Menschen, verbunden.

Askr und Embla: das erste Menschenpaar, das Odin und seine beiden Brüder Vili und Vé aus zwei am Strand angespülten Treibhölzern erschufen, indem sie ihnen Atem und Leben, Verstand und Bewegung, Aussehen, Sprache, Gehör und Sehkraft verliehen.

Berserker: In der altnordischen Literatur sind die Berserker besonders aggressive Kämpfer. Sie brüllen laut, beißen in ihre Schilde und sind unverwundbar. Sie kämpfen (wie) in Trance. *Ber* bedeutet „Bär" und *serkr* „Fell", vermutlich waren sie also in Bärenfelle gehüllt. Sie kämpfen mit sogenannter Berserkerwut und werden häufig zusammen mit den *Úlfheðnar*, den „Wolfshäutern", genannt.

Fenrir oder Fenriswolf, altnord. *Fenrisúlfr*: Loki zeugte mit der Riesin Angrboða den Fenriswolf. Fenrir ist ein großes Ungeheuer, das Götter und Menschen bedroht. Die Nornen prophezeiten Odin, dass er an den Ragnarök von Fenrir verschlungen wird.

Freyja und Freyr: *Freyja* bedeutet „Herrin". Zusammen mit ihrem Bruder *Freyr* gehört sie der Götterfamilie der Wanen an. Sie leben bei den Asen. Freyja ist die schöne Göttin der Liebe. Die Sagas erzählen, dass ihre Halle Sessrúmnir im Himmel an einem Ort namens Fólkvangr steht. Sie reist in einem Wagen, der von Katzen gezogen wird.

Freyr ist neben Odin und Thor einer der bedeutendsten Götter der nordischen Mythologie. Er herrscht über Regen und Sonnenschein, den Ertrag der Ernte, Frieden und Reichtum der Menschen. Ihm gehört das Schiff Skíðblaðnir, das sich wie ein Tuch zusammenfalten lässt und das immer günstigen Wind hat, sobald das Segel gesetzt ist. Sein Wagen wird vom Eber Gullinborsti gezogen, „dem, mit den goldenen Borsten".

Ginnungagap: der leere Urschlund, die kosmische Leere vor der Erschaffung der Welt, bevor im Norden das eiskalte Niflheim und im Süden das funkensprühende Muspellsheim entstand.

Heiliger Hain: Der römische Historiker Tacitus schreibt, dass die Germanen die Erhabenheit ihrer Götter nicht zwischen Wänden einsperren wollten. Auch die Wikinger opferten ihren Göttern im Freien. Adam von Bremen berichtet von einer Opferzeremonie in Uppsala, bei der neun männliche Lebewesen jeder Art geopfert und die Körper bzw. deren Felle in einem Heiligen Hain aufgehängt wurden. Damit erinnerten die Wikinger an Odins Selbstopfer aus der nordischen Mythologie. Das altnordische Wort *lundr* für „Heiliger Hain" taucht in einigen skandinavischen Ortsnamen auf, die womöglich auf einen früheren Kultplatz verweisen.

Hel: das Totenreich und gleichzeitig der Name der Herrscherin über die Unterwelt (unser Wort „Hölle" ist mit *Hel* verwandt). Nach Hel gelangen die Verstorbenen, die an Land durch Krankheit oder Altersschwäche gestorben sind. Im Gegensatz zu denen, die im Kampf gefallen (sie ziehen nach Walhall) oder ertrunken sind (sie leben am Grund des Meeres). Das Totenreich Hel ist kein Ort der Strafe, sondern lediglich der Aufenthaltsort der Verstorbenen. Die Göttin Hel ist eine Tochter Lokis.

Huginn und Muninn: So heißen die beiden Raben Odins, die jeden Morgen über die Welt fliegen und ihm anschließend beim Frühstück berichten, was sie gesehen und gehört haben. Deshalb wird Odin auch der Rabengott genannt. *Huginn* und *Muninn* sind altnordische Worte, die für „Gedanke" und „Erinnerung" stehen könnten.

Jarl: Oberhaupt, Fürst einer Wikingergemeinschaft. Das englische Wort „Earl" ist verwandt.

Jötunheim, altnord. *Jötunheimr*: die „Welt der Riesen". Sie liegt im Osten und ist durch Flüsse und den „Eisenwald" (altnord. *Járnviðr*) von Midgard getrennt.

Julfest, altnord. *jól*: Opferfest für eine gute Ernte zur Wintersonnenwende Ende Dezember.

Loki: ein listiger, auch betrügender Gott der nordischen Mythologie. Er tritt oft zusammen mit Thor auf. Mit der Riesin Angrboða hat er die drei Ungeheuer Hel, die Midgardschlange und den Fenriswolf gezeugt. Er verhilft den Asen durch eine List zu ihrer Burg Asgard. Allerdings ist er verantwortlich für den Tod des beliebten Gottes Balder. Dadurch wird er endgültig zum Feind der Götter. Sie fesseln ihn an einen Felsen und hängen eine Schlange über ihn, deren Gift unaufhörlich auf ihn herabtropft. Lokis Frau Sigyn fängt das Gift mit einer Schüssel auf, doch wenn sie diese ausleert, trifft es Loki. Der Schmerz ist so stark, dass er sich aufbäumt. Dieses Aufbäumen spüren die Menschen als Erdbeben. An den Ragnarök kämpft Loki gegen die Götter.

Met: ein alkoholisches Getränk, das aus Honig, Wasser und Gewürzen hergestellt wird. Es galt auch als Getränk der Götter. Echter Met wurde also vermutlich nur zu besonderen Anlässen getrunken. Geläufiger war das Bier. Da beide Getränke in den Haushalten selbst gebraut wurden, gab es unzählige Rezepte und Mischformen. So haben Archäologen in Dänemark auch mit Honig gesüßtes Bier nachgewiesen. Die Begriffe werden häufig gleichbedeutend verwendet.

Midgard, altnord. *Miðgarðr*: „Wohnort in der Mitte", die von den Menschen bewohnte Erde im Zentrum der Welt.

Midgardschlange, altnord. *Miðgarðsormr*: das Ungeheuer, das die Asen ins Meer verbannt haben. Sie wird in den Sagas auch *Jörmungandr, Ormr* oder *Naðr* („Schlange", „Drache") genannt. Sie ist so groß, dass sie sich einmal um die ganze Welt schlingen und in ihren eigenen Schwanz beißen kann. Thor kämpft unermüdlich gegen sie. Einmal hat er sie schon an der Angel und will sie gerade mit seinem Hammer erschlagen, als sein Begleiter, der Riese Hymir, es mit der Angst zu tun bekommt und die Angelschnur durchtrennt.

Mímir: der Weise, bei dem sich sogar Odin Rat einholt. Ihm gehört die Quelle der Klugheit und des Verstandes. Mímir trinkt jeden Morgen aus der Quelle. Als Odin eines Tages um einen Schluck bittet, muss er Mímir als Pfand ein Auge überlassen.

Nornen: Schicksalsfrauen, die das Leben der Menschen bestimmen. Die drei wichtigsten heißen Urd (altnord. *Urðr*, „Schicksal"), Verdandi und Skuld (Vergangenheit, Gegenwart und Zukunft). Sie leben am Fuß der Weltenesche Yggdrasill und pflegen sie jeden Tag mit dem Wasser aus dem nahen Urdsbrunnen. Es gibt noch weitere Nornen, einige sind göttlicher Abstammung, andere stammen von den Alben und Zwergen ab. Sie sind bei der Geburt eines jeden Kindes anwesend und bestimmen sein Leben. Gute Nornen bestimmen gute Leben, schlechte Nornen bestimmen schlechte Leben.

Odin, altnord. *Óðinn*: Hauptgott der nordischen Mythologie. Odin lebt in Asgard, benannt nach seinem Geschlecht, den Asen. Er gab ein Auge dem Mímir als Pfand, um aus dessen Quelle der Weisheit trinken zu dürfen. Als Wanderer mit Schlapphut und langem Mantel verkleidet kommt er häufig nach Midgard und mischt sich unter die Menschen, um sie zu studieren. Er besitzt den Speer Gungnir, den er einst gegen die Wanen schleuderte und so eine Schlacht begann. Seine Begleiter sind die Raben Huginn und Muninn. Die verstorbenen Krieger versammelt er in Walhall, um sie an den Ragnarök gegen die dunklen Mächte in die Schlacht zu führen.

Ragnarök (altnord., wird im Plural gebraucht): das „Endschicksal der Götter". In der nordischen Mythologie sind auch die Götter sterblich. Deshalb trifft sie der Weltuntergang genauso wie die Menschen. Die Ragnarök kündigen sich durch vier große Ereignisse an. Zuerst kommt es zum drei Jahre andauernden Fimbulwinter, in dem es nur Schnee, Frost und eiskalte Winde aus allen Himmelsrichtungen geben wird. Darauf folgt der Weltenbrand durch den Feuerriesen Surtr. Die Erde versinkt im von der Midgardschlange aufgepeitschten Ozean, und der Fenriswolf verschlingt die Sonne. Dann nahen die Mächte der Unterwelt von allen Seiten. Heimdallr bläst in sein Gjallarhorn, um die Götter zu warnen. Odin führt die Krieger aus Walhall in ihre letzte Schlacht. Er selbst kämpft gegen den Fenriswolf und wird von ihm verschlungen werden. Thor erschlägt die Midgardschlange, gleich darauf wird er aber durch ihr Gift sterben. Freyr kämpft gegen Surtr und fällt. Loki, der gegen die Götter auf der Seite der Unterwelt steht, wird von Heimdallr getötet, der ebenfalls fällt. Am Ende entfacht Surtr das alles vernichtende Weltenfeuer. Und doch ist das Ende kein Ende: Eine neue Welt wird sich aus dem Meer erheben und die wenigen überlebenden Götter werden auf der Ebene zusammentreffen, auf der sich einst Asgard befand, und den Neubeginn planen.

Rán: die Frau des Meeresgottes Ägir. Sie ist die Mutter der Ägirstöchter, der Wellen. Während Ägir als guter Gott des Meeres gilt, ist Rán eine dunkle Macht, die gefürchtet wird. Sie herrscht über das Reich der Ertrunkenen und fängt sie mit ihrem Fischernetz.

Thor, altnord. *Þórr*: der Gott des Donners. Thor ist durch einen Kraftgürtel und den Hammer Mjöllnir, der immer zu ihm zurückfliegt, unglaublich stark und nahezu unbesiegbar. Mit dem Einzug des Christentums wurde Mjöllnir zum Symbol der Wikinger gegen das christliche Kreuz. Thor fährt mit einem Wagen, der von zwei Böcken gezogen wird. Als Beschützer der Menschen und Götter kämpft er gegen die Riesen und die dunklen Mächte, besonders gegen die Midgardschlange.

Týr: der Gott des Krieges und der Versammlungen. Týr gilt als besonders klug und mutig. Seinen Mut stellte er unter Beweis, als er seine rechte Hand als Pfand in Fenrirs Maul legte und verlor. Er opferte die Hand, mit der Eide geschworen werden, als die Götter den Fenriswolf mithilfe eines falschen Schwurs in Ketten legten. So beschützte er die Welt vor dem Ungeheuer.

Utgard, altnord. *Útgarðr*: die „Außenwelt", also die Welt außerhalb der Götter- und Menschenwelten Asgard und Midgard. In Utgard leben die Riesen und Dämonen.

Walhall, altnord. *Valhöll*: die „Halle der Gefallenen", in der Odin die „tapferen gefallenen Krieger", die *Einherjar*, um sich schart, die die Walküren für ihn ausgewählt haben. Die Halle ist mit Speeren und Schilden gedeckt, auf den Bänken liegen die Kettenhemden der Krieger. An den Ragnarök kämpfen die Krieger an der Seite der Götter.

Wanen, altnord. *Vanir*: Neben den Asen taucht in den Sagas ein zweites Göttergeschlecht auf, die Wanen. Ob die Wikinger schon zwischen Asen und Wanen unterschieden, ist nicht geklärt. Womöglich entstammt die zweite Götterfamilie ausschließlich der Dichtung. Danach führte Odin sein Heer gegen die Wanen in den Krieg. Es war ein Krieg zwischen gleich starken Mächten. Weder die Asen noch die Wanen konnten ihn für sich entscheiden. Als beide Seiten genug vom Sterben und von der Zerstörung hatten, schlossen sie Frieden und tauschten Geiseln aus. Die Wanen schickten den reichen Gott Njörðr und dessen Sohn Freyr, die Asen schickten Hœnir, einen ihrer Anführer, und Mímir. Als Zeichen des Friedens spuckten alle in eine Schüssel und schufen daraus den weisen Kvasir. Die Wanen sind Götter der Fruchtbarkeit.

Yggdrasill: die immergrüne Weltenesche, deren Äste über die ganze Welt und bis über den Himmel hinauswachsen. Drei ihrer Wurzeln sind besonders stark und stützen den Baum. Eine wächst zu den Asen, die zweite zu den Reifriesen (wo früher Ginnungagap war), die dritte bis zur Quelle nach Niflheim. Dort nagt der böse Drache Niðhöggr an der Wurzel. Unter der Wurzel, die zu den Reifriesen wächst, liegt Mímirs Quelle der Weisheit. Und unter der Wurzel, die zu den Asen wächst, liegt der Urdsbrunnen, aus dem die Nornen Wasser für die Weltenesche schöpfen. Dort befindet sich die Thingstätte der Götter. Jeden Tag versammeln sie sich dort und beraten sich. In den Ästen der Weltenesche sitzt ein Adler, und zwischen seinen Augen ein Habicht. Das Eichhörnchen Ratatoskr läuft den Baum hinauf und hinunter und überbringt unentwegt Bösartigkeiten vom Adler zu Niðhöggr und wieder zurück. In den Ästen Yggdrasills sitzen vier Hirsche und ernähren sich von den Blättern.

Ymir: der Urriese, der aus einem schmelzenden Reiftropfen aus Niflheim und einem Feuerfunken aus Muspellsheim entstand. Er nährt sich von der Kuh Auðumla, die wiederum Búri aus dem Reif leckte, den Stammvater der Asen.

DIE AUSSPRACHE DES ALTNORDISCHEN

DIE AUSSPRACHE DES ALTNORDISCHEN

Snorri Sturluson, der Dichter der Prosa-Edda, bezeichnete die Sprache der Wikinger als *dǫnsk tunga* („dänische Zunge"). Dieses Altnordische wurde von etwa 700 bis zum Ende der Wikingerzeit gegen Mitte des 11. Jahrhunderts im heutigen Skandinavien, auf den Inseln im Nordatlantik und Teilen der Britischen Inseln gesprochen. Dabei gab es von Region zu Region viele Dialekte. Mit der Christianisierung kam das lateinische Alphabet in den Norden. Um die altnordische Aussprache schriftlich festzuhalten, musste es um einige Buchstaben erweitert werden. Diese finden sich zum Teil heute noch im isländischen Alphabet.

In diesem Buch sind viele Namen und Worte in altnordischer Schreibweise wiedergegeben. Für diejenigen, die im Deutschen eine gebräuchliche Entsprechung haben (wie Odin statt *Óðinn*, Thor statt *Þórr*, Thing statt *Þing*), haben wir die deutsche Schreibweise übernommen.

Á, á wie in *Rán*	lang, wie in *Saal*
Æ, æ wie in *Sæhrímnir*	lang, zwischen a und ä, wie im Englischen *and*
ð wie in *Blóðughadda*	wie das stimmhafte th im Englischen *that*
f wie in *fára*	am Wortanfang wie f in *fallen*, sonst wie v in *nervös*
g wie in *Gungnir*	am Wortanfang oder nach n wie g in *gut*, in der Wortmitte oder am Ende weich wie in *Saga*
gg wie in *Yggdrasill*	wie g in *gut*
r wie in *Jörmungandr*	mit der Zunge gerollt
Þ wie in *Þingvellir*	wie das stimmlose th im englischen *thing*
ø wie in *Lørdag*	wie ö in *schön*
ǫ wie in *dǫnsk*	tief und gerundet, wie o in *offen*

FÜR WEITERFORSCHER

FÜR WEITERFORSCHER

Bücher und Zeitschriften über die Wikinger

GEOlino extra, Nr. 48: Die Wikinger,
Gruner + Jahr, Hamburg 2014

GEO Epoche, Nr. 53: Die Wikinger,
Gruner + Jahr, Hamburg 2012

Michaela Helmbrecht: Wikinger!, Katalog zur gleichnamigen Ausstellung im Lokschuppen Rosenheim,
Koehlers Verlagsgesellschaft, Hamburg 2016

Arnulf Krause: Die Welt der Wikinger,
Campus Verlag, Frankfurt/Main 2006

Rudolf Simek: Die Wikinger,
C.H.Beck, München 2016 (6. Auflage)

Mats Wahl: Die Leute von Birka: So lebten die Wikinger. Mit Sachtexten von Björn Ambrosiani und Illustrationen von Sven Nordqvist, *Friedrich Oetinger, Hamburg 2002*

Gareth Williams, Peter Pentz, Matthias Wemhoff (Hrsg.): Vikings. Life and Legend, Katalog zur gleichnamigen Ausstellung im British Museum, London 2014. *(Die deutsche Übersetzung „Die Wikinger“ erschien 2014 im Hirmer Verlag.)*

Anders Winroth: Die Wikinger. Das Zeitalter des Nordens, *Klett-Cotta, Stuttgart 2016*

Bücher über die Schiffe der Wikinger

Jan Bill, Søren Nielsen, Erik Andersen, Tinna Damgård-Sørensen: Welcome on Board! The Sea Stallion from Glendalough. A Viking longship recreated,
The Viking Ship Museum, Roskilde 2013 (3. Auflage)

Rudolf Simek: Die Schiffe der Wikinger,
Philipp Reclam jun., Stuttgart 2014

Max Vinner: Boats of the Viking Ship Museum,
The Viking Ship Museum, Roskilde 2013

Gareth Williams: The Viking Ship,
The British Museum Press, London 2014

Bücher über Sagas und Mythologie der Wikinger

Tor Åge Bringsværd: Die wilden Götter. Sagenhaftes aus dem hohen Norden, *Piper Verlag, München 2004*

Neil Gaiman: Nordische Mythen und Sagen,
Eichborn, Köln 2017

Arnulf Krause: Lexikon der germanischen Mythologie und Heldensage, *Philipp Reclam jun., Stuttgart 2010*

Rudolf Simek: Lexikon der germanischen Mythologie,
Alfred Kröner Verlag, Stuttgart 2006 (3. Auflage)

Rudolf Simek, Hermann Pálsson: Lexikon der altnordischen Literatur, *Alfred Kröner Verlag, Stuttgart 2007 (2. Auflage)*

Rudolf Simek: Die Edda. Aus der Prosa-Edda des Snorri Sturluson und der Lieder-Edda nach der Übersetzung von Arnulf Krause, *C.H.Beck, München 2008*

WIKINGERORTE

Die zahlreichen Hinterlassenschaften der Wikinger sind in Museen in ganz Europa und darüber hinaus zu bestaunen. An vielen alten Handelsplätzen und archäologischen Fundorten sind Freiluftmuseen entstanden, die die Geschichte und das Leben der Wikinger aufarbeiten und greifbar machen. Die folgende Übersicht stellt nur eine Auswahl dar.

Dänemark

Jelling – Die beiden Runensteine von Jelling sind die berühmtesten Runensteine Dänemarks. Der eine wurde von Harald Blauzahn errichtet, als er sich zum christlichen Glauben bekannte. Der andere war zuvor von seinem Vater Gorm für dessen Ehefrau Thyra aufgestellt worden. Außerdem ließ Harald hier eine Kirche und zwei Grabhügel erbauen. Die Monumente von Jelling gehören zum UNESCO-Weltkulturerbe. Ein Erlebniscenter macht ihre Geschichte und das Erbe der Wikinger mit allen Sinnen erfahrbar.

Nationalmuseet – Das Dänische Nationalmuseum in Kopenhagen ist eine wahre Fundgrube für die Schätze der Wikingerzeit. Es beherbergt herausragende Objekte der gesamten Kulturgeschichte Dänemarks von der Vor- und Frühgeschichte bis in die Gegenwart.

Ribe VikingeCenter und **Museet Ribes Vikinger** – Ribe ist die älteste Stadt Dänemarks. In der Nähe des früheren Handelsplatzes liegt das Ribe VikingeCenter. Auf dem großen Gelände wird das Leben der Wikinger mit einem rekonstruierten Marktplatz mit Bootsanlegestelle, einem Gehöft mit Langhaus und einem Dorf mit mehreren Werkstätten lebendig. Direkt in Ribe ist das Museet Ribes

Vikinger, das Fundstücke aus der Wikingerzeit bis ins späte Mittelalter zeigt.

Trelleborg – Die Trelleborg (nicht zu verwechseln mit der schwedischen Stadt Trelleborg und der dortigen Burg Trelleborgen) liegt westlich von Slagelse auf der dänischen Hauptinsel Seeland. Es handelt sich um eine große Ringburg, die um 980 unter Harald Blauzahn gebaut wurde. Im dazugehörigen Museum, das zum Dänischen Nationalmuseum gehört, wird die Geschichte der Burg anhand der archäologischen Funde erzählt, darunter der einzige aus dieser Zeit erhaltene Rundschild Dänemarks.

Vikingemuseet Ladby – Das Museum entstand um das Schiffsgrab von Ladby, das in den 1930er-Jahren entdeckt und archäologisch untersucht wurde. Das Holz des Schiffs war nicht mehr erhalten, doch es hat einen deutlichen Abdruck in der Erde hinterlassen. Dieser wurde an Ort und Stelle belassen und mit einer gewölbten Betondecke überbaut, sodass für den Besucher der Eindruck entsteht, tatsächlich einen Grabhügel zu betreten. Eine angrenzende Ausstellung geht der Geschichte der Schiffsbestattung auf den Grund. Außerdem liegt seit 2016 ein Nachbau des Ladby-Schiffs dort vor Anker.

Vikingeskibsmuseet Roskilde – Die Wikingerschiffe, die Archäologen in den 1960er-Jahren aus dem Fjord von Roskilde bargen, gaben den Anstoß für Freds Abenteuer bei den Wikingern. Die Schiffe werden zusammen mit weiteren Funden im Wikingerschiffsmuseum Roskilde ausgestellt. Außerdem bauen die Roskilder Bootsbauer in einer offenen Werkstatt die Schiffe der Wikinger mit deren Methoden und Werkzeugen nach. Im Hafen des Museums werden Bootstouren angeboten, so wie Fred eine mitmacht.

Deutschland

Danewerkmuseum – Das Danewerk liegt in unmittelbarer Nähe zu Haithabu und besteht aus heute noch sichtbaren Erdwällen und Gräben. Die Wikinger bauten an der Grenze zwischen ihrem Gebiet und dem Reich der Franken mehrere Kilometer lange Verteidigungsanlagen. Das Museum und ein Archäologiepark dokumentieren die lange Geschichte des Walls.

Wikinger Museum Haithabu – Haithabu (altnord. *Heiðabýr*) war vom 9. bis 11. Jahrhundert ein wichtiger Handelsplatz, an dem eine der frühesten Städte Nordeuropas entstand. Die zahlreichen im Museum präsentierten Funde (darunter die Überreste eines im Hafen gefundenen Langschiffs) spiegeln diese Zeit wider. Auf dem angrenzenden Freigelände stellen mehrere rekonstruierte Wikingerhäuser und eine Landungsbrücke das Wikingerleben in Haithabu nach. Zusammen mit dem Danewerk zählt Haithabu seit 2018 zum UNESCO-Weltkulturerbe.

England

Jorvik Viking Centre – In einem Einkaufszentrum mitten in der Fußgängerzone von York befindet sich das Jorvik Viking Center. Denn genau hier öffneten Archäologen während einer großen Grabungskampagne in den 1970er-Jahren ein Fenster in die Gründungszeit des Königreichs Jórvik. Unter einer dicken Glasplatte ist die Fundsituation nachgestellt. Für die Erlebnisausstellung wurde eine Straße des früheren Jórvik mit Handwerkern, Bewohnern und Händlern rekonstruiert. Die zahlreichen Funde werden gleich daneben präsentiert.

Frankreich

Bayeux Museum – Im Museum von Bayeux in der Normandie wird der fast 70 Meter lange „Teppich von Bayeux" ausgestellt, der in einer aufwendigen Stickarbeit die Eroberung Englands durch Wilhelm II. von der Normandie im Jahr 1066 schildert.

Island

Borgarsögusafn Reykjavíkur (Reykjavík City Museum) – Eine Ausstellung im Stadtmuseum Reykjavík befasst sich mit den ersten Siedlern an diesem Ort. Im Jahr 2001 stießen Archäologen hier auf die Überreste einer großen Halle aus dem 10. Jahrhundert. Gleich daneben fanden sie die Reste einer Hauswand aus Grasnarben aus den Jahren 871/872. Die Ergebnisse ihrer Forschung flossen in die Ausstellung über die Besiedelung ein.

Sögusafnið (Saga Museum) – Besonders in Island wird das Erbe der Literatur der Wikinger gepflegt. Im Saga Museum in Reykjavík werden die Schlüsselszenen der frühen Geschichte Islands mit aufwendig hergestellten Wachsfiguren nachgestellt.

Þingvellir – Die Ebene von Þingvellir liegt etwa 40 Kilometer von Reykjavík entfernt im Südwesten von Island. Sie gehört zu den bekanntesten Sehenswürdigkeiten der Insel. Zum 1000-jährigen Jubiläum des Althings im Jahr 1930 wurde Þingvellir zum Nationalpark erklärt. Seit 2004 zählt die Ebene zum UNESCO-Weltkulturerbe.

Víkingaheimar (Viking World) – Die Hauptattraktion des Wikingermuseums in Njarðvík ist die *Íslendingur*, eine Rekonstruktion des Gokstad-Schiffs aus dem 9. Jahrhundert, das in den 1880er-Jahren in Norwegen geborgen wurde. Weitere Ausstellungsbereiche haben Wikinger im Nordatlantik, ihre Fahrt nach Nordamerika, die Besiedelung Islands und die nordische Mythologie zum Thema.

Norwegen

Historisk museum – Das Historische Museum, das Teil des Kulturhistorischen Museums in Oslo ist, beherbergt zahlreiche Funde aus der Wikingerzeit, darunter den berühmten Brillenhelm aus Gjermundbu.

Lofotr Viking Museum – Auf der Insel Vestvågøy in der Region Lofoten legten Archäologen in den 1980er-Jahren die Reste des größten wikingerzeitlichen Langhauses Europas frei, das über mehrere Jahrhunderte mehrmals umgebaut worden war. Die archäologischen Funde werden in einer permanenten Ausstellung gezeigt. Besonders beeindruckend ist aber der Nachbau des Langhauses mitsamt rekonstruierter Einrichtung, in dem regelmäßig Veranstaltungen stattfinden.

Vikingskipshuset – Das Wikingerschiffhaus auf der kleinen Halbinsel Bygdøy (ein Stadtteil von Oslo) gehört wie das Historische Museum zum Kulturhistorischen Museum. Hier werden die Wikingerschiffsfunde von Oseberg, Gokstad und Tune erforscht und ausgestellt.

Schweden

Birka – Birka war zur Wikingerzeit ein wichtiger Handelsplatz. Es liegt auf der Insel Björkö im Mälarsee. Schon Ende des 17. Jahrhunderts fanden hier erste archäologische Untersuchungen statt. Zusammen mit dem benachbarten Hovgården steht Birka heute auf der UNESCO-Welterbeliste. Ein Museum dokumentiert die Zeit als Handelsplatz und bietet erlebnisorientierte Führungen über die Insel und durch ein rekonstruiertes Wikingerdorf an.

Fotevikens Museum – Ähnlich wie im dänischen Roskilde waren in der Bucht von Foteviken fünf Wikingerschiffe versenkt worden, um zusammen mit Steinen und Holzpfählen eine Barriere unter Wasser zu bilden. Das in den 1990er-Jahren entstandene Freilichtmuseum ist ein neuzeitliches Wikingerdorf, das nahezu authentisch das Leben der Wikinger darstellt.

Historiska museet – Das Historische Museum Stockholm zeigt Funde aus Schweden von der Vor- und Frühgeschichte bis ins Mittelalter. Die ständige Ausstellung zur Wikingerzeit präsentiert zahlreiche Waffen, Götterstatuetten, Runensteine und weitere Hinterlassenschaften der Wikinger auf schwedischem Gebiet.

DANKE

Freds Abenteuer gibt es bereits als Hörspiele. Für das erste Fred-Buch haben wir uns sehr viel Zeit gelassen. Wir mussten unsere Ideen erst sortieren, dann prüfen, wieder verwerfen, neu finden und schließlich auswählen. Auf diesem Weg haben uns viele Freunde begleitet und beraten. Ohne all die wertvollen Gedanken und Hinweise wäre das Buch bestimmt nicht so schön geworden. Bei ihnen allen möchten wir uns herzlich bedanken.

Ein besonderes Dankeschön gilt Wiebke Schleser. Sie hat Fred sozusagen überhaupt erst in die (Buch-)Welt hinausgeschubst, indem sie irgendwann einfach die erste Lesung in ihrem *BuchSegler* in Berlin-Pankow veranstaltete. Seitdem ist viel passiert, doch diesen Anfang vergessen wir nie.

Danke an Sandra Rudel, die auf der Frankfurter Buchmesse 2016 unseren Plan zum Buch aufschnappte und kurzerhand per Blitzanruf Dirk Uhlenbrock an unseren Stand schickte, um „mal darüber zu reden".

Ein großer Dank geht deshalb direkt an Dirk, der nämlich tatsächlich gleich aufkreuzte, und plötzlich war der Plan gar nicht mehr so abwegig. Über zwei Jahre hat er mit überlegt und mitgedacht und dieses Buch wunderbar gestaltet.

Apropos Gestaltung: Vielen Dank an Susanne und Dirk Uhlenbrock für ihren talentierten Sohn Karl! Er hat mit seinen großartigen Illustrationen Freds Abenteuer eine beeindruckende Bühne verliehen (Danke, Karl!).

Auch Maria-Christina Piwowarski hat ihren Sohn mit Fred bekannt gemacht. Zuerst als Testhörer, dann sogar als Modell. Außerdem hält sie für uns immer leckeren Cappuccino, hilfreiche Tipps und motivierenden Zuspruch bereit und ist Fred eine enge Freundin geworden. Danke!

Mit Sven Puchelt haben wir einen spannenden Vormittag auf seinem Balkon verbracht – vielen Dank für den professionellen Blick auf unsere Ideen, wertvolle Rückmeldungen und dauerndes Interesse.

Herzlichen Dank an Katrin Bigalke, die – einfach so – einen Streifzug durch die Stadtbibliothek Berlin-Mitte anbot, dabei zahlreiche Bücher zur Inspiration aus den Regalen zog und aus ihrer langjährigen Erfahrung mit lesenden Kindern berichtete.

Dr. Anton Englert hat uns bereits bei der Entstehung des Hörspiels „Fred bei den Wikingern“ unterstützt. Damals war er noch maritimer Archäologe am Wikingerschiffsmuseum Roskilde und konnte sozusagen direkt vom Schauplatz berichten. Vielen Dank für die wichtigen Informationen und die tolle Führung durch das Museum im Dezember 2014.

Vielen Dank an Martin König, der im passenden Moment immer mit seiner Kamera für uns da ist und aus den Filmaufnahmen schöne Making-ofs und Trailer macht.

Der größte Dank der Autorin gilt Rupert Schellenberger, der unermüdlich überzeugende und aufmunternde Worte findet und wie ein Fels an die Realisierung dieses Buchs geglaubt hat.

Und nicht zuletzt danken wir herzlich den vielen Fred-Fans, die unsere Hörspiele in ihr Herz geschlossen haben und uns geduldig die immer gleiche Frage stellen: Gibt's die auch als Buch? Ja, können wir jetzt endlich antworten, mit dem Ersten haben wir gerade angefangen.

Birge Tetzner und Rupert Schellenberger

GRÖNLAND
WESTSIEDLUNG
WALROSS-ZÄHNE, HÄUTE
BRATTAHLIÐ
OSTSIEDLUNG
WOLLE
REYKJAVIK
FARÖER
PELZE, EISEN
FISCH, HOLZ, EISEN, WETZ-STEINE
BI
BERGEN
OSLO
KAUPANG
SHETLAND INSELN
ORKNEY INSELN
NORDSEE
LINDISFARNE
RIBE
HAITHABU
HAMBUR
ABRADOR (MARKLAND)
L'ANSE AUX MEADOWS
NEUFUNDLAND (VINLAND)
WOLLE, SCHMUCK, LEDER
DUBLIN
LIMERICK
CORK
YORK (JORVIK)
DORESTAD
KÖ
LONDON
QUENTOWIC
ATLANTISCHER OZEAN
ROUEN
PARIS
SEINE
ORLÉANS
LOIRE
NANTES
SALZ, WEIN, GETREI
BORDEAUX
NARBONNE
EBRO
DOURO
TAJO
GUADALQUIVIR
STA. EULALIA
LISSABON
SEVILLA
HANDELSPLÄTZE
SIEDLUNGEN
HANDELSROUTEN
FAHRTEN

Film ist das Leitmedium des 20. Jahrhunderts. Im Kosmos des Kinos spiegelt sich die Welt um uns und in uns – faszinierend, erschreckend, belehrend oder banal. Das immense Angebot an visuellen Geschichten, die ein Jahrhundert Film uns zu erzählen hat, wird immer leichter zugänglich, ob im Fernsehen, auf Video oder CD-ROM. Um so wichtiger wird die Möglichkeit der Orientierung. Das zehnbändige *Lexikon des Internationalen Films* (6357) dokumentiert rund 40000 Filme, die bis Ende 1994 im deutschsprachigen Raum gezeigt wurden, in einer kritischen Gesamtübersicht. Dieser Band ergänzt das Lexikon um das Filmjahr 1995. Nach einer Jahreschronik der wichtigsten Filmereignisse beschreibt er alle neu aufgeführten Filme und schlüsselt sie im Register nach Titeln und Regisseuren auf. Verzeichnet sind ferner die Preisträger wichtiger Festivals und Schlüsseladressen aus dem Medienbereich.

Lexikon des Internationalen Films

Filmjahr 1995

Das komplette Angebot in Kino, Fernsehen und auf Video

Redaktion
Horst Peter Koll und Hans Messias

Herausgegeben vom
Katholischen Institut für Medieninformation (KIM)
und der Katholischen Filmkommission
für Deutschland

rororo

Rowohlt

Lexikon des Internationalen Films
Begründet von Klaus Brüne

Originalausgabe
Veröffentlicht im Rowohlt Taschenbuch Verlag GmbH,
Reinbek bei Hamburg, September 1996

Umschlaggestaltung Factor Design
Datenbankkonzeption Schnepper Computerberatung,
Bergisch Gladbach
Satz Times und Helvetica (Linotronic 500)
Gesamtherstellung Clausen & Bosse, Leck
Printed in Germany
2690-ISBN 3 499 16518 X

Inhalt

Vorwort der Herausgeber

Das Jahr 1995 stand ganz im Zeichen des 100jährigen Jubiläums des Kinos. Aber nicht nur die zahlreichen Jubelfeiern füllten das Jahr mit erfreulichen Ereignissen, es war vor allem die ungebrochene Vitalität des Jubilars, die Anlaß zur Freude gab. Das Kino hat seinen Stellenwert als attraktives Freizeitangebot verstärkt. Das zeigt sich nicht zuletzt darin, daß immer mehr scharf kalkulierende Investoren auf den Kinomarkt schauen und ihr Geld in den Bau von modernen Kinozentren, den sogenannten Multiplexen, investieren. Was auf der einen Seite als Ausdruck für anhaltende Anziehungskraft des Kinos positiv zu werten ist, bleibt für die Filmtheaterbranche nicht ohne Probleme. Die Verlagerung auf die Großkinos bedeutet für die mittelständischen Kinos im Umfeld einen überaus harten Verdrängungswettbewerb. Durch die Qualität ihres Angebots und die spezifische Betreuung ihrer Zuschauerschaft können sie mit den modernen Großkinos durchaus Schritt halten. Daß an vielen Stellen in Deutschland nicht nur massenattraktives, sondern auch künstlerisch anspruchsvolles Kino angeboten wird, belegt immer wieder die lange Liste der jährlich vom Bundesinnenministerium mit Prämien ausgezeichneten Kinos. Im Jubiläumsjahr hat sich auch bestätigt, daß das Niveau des Filmangebots beachtlich ist, und selbst für den deutschen Film sehen die Auguren positive Zeichen. Der deutsche Film findet wieder ein Publikum, mit deutlichen Erfolgen vor allem auf dem Sektor leichter Komödienunterhaltung, aber mit positiven Ansätzen auch bei Filmen, die nicht auf der Komödienwelle schwimmen und ein kulturell anspruchsvolles Publikum suchen, wie zum Beispiel die Literaturverfilmung «Schlafes Bruder» von Josef Vilsmaier oder ein eher sperriger Film wie «Der Totmacher» von Romuald Karmakar.

Das Katholische Institut für Medieninformation (KIM) und die Katholische Filmkommission für Deutschland haben das Kinojubiläum 1995 mit einer Neuausgabe des zehnbändigen «Lexikons des Internationalen Films» gewürdigt, das mit über 40000 Filmen den bisher umfassendsten lexikographischen Zugriff auf die seit 1945 in der Bundesrepublik Deutschland und der ehemaligen DDR gezeigten Filme bietet. Schon die Verkaufszahlen der ersten Monate haben gezeigt, daß das neue Lexikon die Erfolgsspur der Erstausgabe weiterverfolgt. Mit der Veröffentlichung dieses Standardwerkes auf einer CD-ROM, die beim Systhema-Verlag, München, im Frühjahr 1996 erschienen ist, haben die Herausgeber den Sprung in die neuen Dimensionen elektronischer Nutzungsmöglichkeiten für das Multimedia-Zeitalter vollzogen. Die kontinuierliche Nachfrage nach zuverlässigen Filminformationen, die die katholische Filmkritik nun seit fast fünf Jahrzehnten liefert, wird mit der schon beim alten Lexikon üblichen Praxis der Ergänzungsbände beantwortet. Mit der Fortführung des Bewährten verbindet sich eine wesentliche Neuerung: die Ergänzungsbände, die die seit 1951 erscheinende Reihe der Handbücher der katholischen Filmkritik fortsetzen – der vorliegende Band ist das Handbuch XVII –, erscheinen nunmehr im jährlichen Rhythmus. Kompakte Informationen über das letzte abgeschlossene Filmjahr sind nun schneller als bisher verfügbar. Die Herausgeber hoffen, daß die Nutzer diesen Aktualitätsvorsprung zu schätzen und zu nutzen wissen.

Die Herausgeber danken an dieser Stelle vor allem den Redakteuren Horst Peter Koll und Hans Messias, die wiederum große Mühe investiert haben, um die Zuverlässigkeit und größtmögliche Vollständigkeit der Informationen, die schon die Nutzer der Ergänzungsbände zum alten Lexikon so hoch geschätzt haben, zu sichern. Sie danken aber auch den zahlreichen Mitarbeiterinnen und Mitarbeitern der Zeitschrift «film-dienst», die mit ihren Kritiken den Grundbestand an Informationen für die Erarbeitung des Lexikons wie auch dieses vorliegenden Ergänzungsbandes geliefert haben. Dem Rowohlt Verlag ist für die bewährte verlegerische Betreuung zu danken.

Martin Thull
Katholisches Institut für
Medieninformation (KIM)

Peter Hasenberg
Katholische Filmkommission
für Deutschland

Vorwort der Redaktion

Der erste Nachtragsband zur Neuausgabe des zehnbändigen «Lexikons des Internationalen Films» ist ein «Jahrbuch». Er verzeichnet die Kinofilme, die 1995 erstmals in den hiesigen Kinos, im Fernsehen oder auf Videokassette zu sehen waren. Eingeleitet wird die alphabetische Auflistung der Filme durch eine Art Chronik, die zur Rückschau auf ein verflossenes Kinojahr einlädt. Dabei handelt es sich erst in zweiter Linie um eine faktische Sammlung von Daten und Ereignissen; zunächst einmal ist unsere Chronik ein atmosphärischer Rückblick, der durchaus auch subjektive Akzente setzt, denn der Kinofilm ist ein viel zu lebendiges Medium, um ihn ausschließlich in kalten Facts zu spiegeln.

Das vorliegende Handbuch steht in der langen Tradition der Handbücher der katholischen Filmkritik, die in den vergangenen fünf Jahrzehnten in regelmäßigen Abständen publiziert wurden – seit 1987 als Anschlußbände zur ersten Ausgabe des «Lexikons des Internationalen Films» im Rowohlt Verlag. Die Filme der Jahre 1993 und 1994 waren dann in die Neuausgabe des «Lexikons des Internationalen Films» integriert und wurden zeitgleich in einem Einzelband veröffentlicht, der als «Filme 1993–94» im Verlag des Katholischen Instituts für Medieninformation e. V. in Köln erschien. Nun also setzt sich die fruchtbare Zusammenarbeit mit dem Rowohlt Verlag fort – mit, wie gesagt, neuem Akzent, der eine schnellere Übersicht und einen aktuelleren Zugriff auf die Filme eines Jahrgangs ermöglicht.

Das Jahrbuch soll zuallererst helfen, das Dickicht der zahlreich vertriebenen Filme zu lichten, das Angebot kritisch einzuschätzen und zu kategorisieren. Vor allem durch die inzwischen etablierten privaten Fernsehprogrammanbieter hat die ohnehin schon erdrückende Übermacht der Filme aus den USA eine weitere Steigerung erfahren. Leider ist es so, daß hierbei vieles als «Kinofilm» bezeichnet wird, was sich dann auf den zweiten Blick als Produktion erweist, die eigentlich «nur» für das amerikanische Satellitenfernsehen entstanden ist. Korrekterweise dürfte ein solcher Film entweder gar nicht erst in ein Kinofilm-Jahrbuch aufgenommen werden, oder man müßte auch all jene deutschen und europäischen Fernsehfilme aufnehmen, die auf «kinotechnischem Niveau» produziert, aber nur im Fernsehen ausgestrahlt wurden. Wer aber zieht hier die Grenze, wo sind die nachvollziehbaren Kategorien? Allein die Aufweichung der Kategorien signalisiert unter filmkulturellem Aspekt die Gefahr, daß Filme zugunsten einer weltweiten Konsumierbarkeit ihre Identität einbüßen. In einem Interview formulierte Jobst Plog, Intendant des Norddeutschen Rundfunks, das Problem (in «film-dienst» 24/1995): «Wie erhalten wir eine nationale Filmwirtschaft, und wie müßte sie aussehen? In Frankreich ist das ein breites Thema. Ich sage nicht, daß es dadurch schon gelöst ist, aber in Deutschland ist das gar kein Thema. So als hätten wir an dieser Stelle gar nichts zu verlieren. Politik und Medien – ich glaube, die Skandinavier sorgen sich beispielsweise sehr viel mehr um ihre Identität als die Deutschen. Bilder sind doch ein wichtiger Teil der Identität. Was denn sonst, wenn nicht Bilder?»

Lexikon der Filme 1995

Die Kurzkritiken dieses Lexikons informieren über Inhalt und Bedeutung der Spiel- und Dokumentarfilme, die im Berichtszeitraum in den deutschen Kinos, im Fernsehen und auf Videokassette gezeigt beziehungsweise vertrieben wurden. Das Lexikon enthält auch Kurzkritiken von Filmen, die in der Zeitschrift «film-dienst» aus unterschiedlichen Gründen nicht erfaßt werden konnten. Die Altersangaben am Ende des jeweiligen Textes bezeichnen die Tragbarkeit für die entsprechenden Altersstufen nach Meinung der Katholischen Filmkommission. Bei nur für Erwachsene geeigneten Filmen erfolgt keine Alterseinstufung.

Das Lexikon enthält auch Filme, die nicht gesichtet werden konnten, deren Texte aufgrund von Archivmaterial beziehungsweise anhand der Programminformationen der Fernsehanstalten formuliert werden mußten. In der Regel geben diese Texte nur den Inhalt wieder und enthalten sich einer kritischen Würdigung.

Der Berichtszeitraum beginnt mit dem 1. Januar 1995 und endet mit dem 31. Dezember 1995. Dies entspricht den im «film-dienst» ausführlichen Kritiken unter den laufenden Nummern 31 127 bis 31 714. In einigen Fällen tauchen Filme mit höherer «film-dienst»-Nummer auf; hier wurde dem Erstaufführungsdatum Vorrang gegenüber dem Erscheinen der Kritik im «film-dienst» eingeräumt.

Das Lexikon informiert mit wenigen Ausnahmen über Filme, die eine Laufzeit von mindestens 60 Minuten haben. Bei im Kino gezeigten Filmen gilt – sofern der Film zur Prüfung vorgelegen hat – die von der «Freiwilligen Selbstkontrolle der Filmwirtschaft» (FSK) angegebene Länge. Längenangaben zu den nicht von der FSK freigegebenen Filmen beruhen auf Informationen aus Presseheften und/oder anderem Archivmaterial. Bei im Fernsehen gezeigten Filmen war die Redaktion bemüht, die eigentliche Laufzeit des Films zu ermitteln. Da Filme im Kino mit 24 Bildern pro Sekunde projiziert, im Fernsehen aber mit 25 Bildern pro Sekunde ausgestrahlt werden, weichen Kino- und Fernsehlänge voneinander ab, ohne daß hier eine Kürzung vorliegen muß. Die Laufzeiten bei einer Fernsehausstrahlung sind – bei einer durchschnittlichen Kinolänge von 90 bis 100 Minuten – um vier bis fünf Minuten kürzer. Entsprechendes gilt für das Videoabspiel von Kinofilmen. Falls die Kinolängen der im Fernsehen ausgestrahlten Filme nicht ermittelt werden konnten, wird lediglich die Sendelänge genannt (TV...), bei reinen Fernsehproduktionen entfällt dieser Zusatz. Ist der Unterschied zwischen Kino- und Sendelänge größer als der durch technische Gründe erklärbare Spielraum, werden in der Regel zwei Längen angegeben. Dies deutet auf eine gegenüber der Kinofassung veränderte Fernseh- oder Videofassung hin.

Das Handbuch enthält Hinweise auf Titeländerungen, die im Berichtszeitraum des Jahres 1995 liegen. Es wurden auch ältere Filme aus der DDR aufgenommen, sofern sie im Berichtszeitraum im wiedervereinten Deutschland erneut aufgeführt wurden. Als zusätzliche Informationen wurden erneut die Positionen «Produzent» und «Schnitt» und die Rollennamen ins Handbuch aufgenommen, sofern sie zu ermitteln waren.

Die alphabetische Reihenfolge richtet sich nach dem ersten Wort des Titels ohne Berücksichtigung des bestimmten oder unbestimmten Artikels. Steht der Artikel jedoch im Wes-, Wem- oder Wen-Fall, so ist der Artikel, nicht das folgende Wort maßgebend. Bestimmend für die Reihenfolge ist ferner das erste Wort des Titels ohne Heranziehung des zweiten («Anbausystem»). In Fällen, in denen ein fremdsprachiger Titel auch der deutsche ist, gilt der Artikel als Teil des Titels – ist im Alphabet also unter dem entsprechenden Buchstaben zu suchen. So finden sich beispielsweise Filme, die auch hierzulande mit dem englischen Artikel «The» beginnen, unter «T»; Filme, die mit den französischen Artikeln «Le», «La» oder «Les» beginnen, unter «L». Filme, deren Titel mit einer Ziffer beginnt, wurden ins Alphabet eingestellt. Ausländische Titel, die mit einer Ziffer beginnen, sind unter dem deutschen Zahlwort zu finden.

Abkürzungen

Am Ende jeder Kurzkritik stehen in folgender Ordnung Angaben (soweit zu ermitteln) über:

- die technische Ausführung des Films (bei farbigen Filmen im Normalformat erfolgt kein gesonderter Hinweis; ansonsten wird mit «Scope», «Schwarz-weiß» oder «Teils schwarz-weiß» die Ausführung charakterisiert)
- das Ursprungsland
- das Produktionsjahr
- die Produktionsfirma (**P**)
- der Kinoverleih und/oder Videoanbieter (**V**)
- die Produzenten (**Pd**)
- Regie (**R**)
- Drehbuchautor/en (**B**)
- Kamera (**K**)
- Musik (**M**)
- Schnitt (**S**)
- Hauptdarsteller mit Rollennamen (**D**)
- die Laufzeit in Minuten (**L**)
- den Freigabeentscheid der Freiwilligen Selbstkontrolle der Filmwirtschaft (**FSK**). Seit der Neufassung des Jugendschutzgesetzes vom 1. April 1985 existieren die Kategorien o. A. (freigegeben ohne Altersbeschränkung), ab 12, ab 16, nicht unter 18 (hier als ab 18) sowie feiertagsfrei (f) oder nicht feiertagsfrei (nf). Die letzte Kategorisierung gilt nicht für die Freigabe von Filmen auf Videokassette
- das Prädikat der Filmbewertungsstelle Wiesbaden (FBW): «wertvoll» (w) oder «besonders wertvoll» (bw)
- das Erstaufführungsdatum in der Bundesrepublik Deutschland (**E**) (Bei Videofilmen wird das möglichst präzise Datum der ersten Auslieferung des Films genannt)
- die laufende Nummer der ausführlichen Kritik in der Zeitschrift «film-dienst» (**fd**).

Im Jahr des Jubiläums Das Filmjahr 1995 in einer Art von Chronik

Fast eine kleine Ewigkeit liegt es nun schon zurück, das Jahr 1995, in dem das Kino seinen 100. Geburtstag feierte. Allerorten hat man Ereignis zelebriert: Sonderbriefmarken wurden herausgegeben, Filme restauriert, (Wander-)Ausstellungen und Tourneen initiiert, Filme gar im Zirkuszelt angeboten, nicht zuletzt auch, um damit an die Anfänge des Kinos auf Jahrmärkten und in Varietés zu erinnern. Es wurde Rückschau gehalten, die Spreu vom (filmkünstlerischen) Weizen getrennt. Die Freunde der Deutschen Kinemathek in Berlin beispielsweise stellten «So viele Filme, wie das Jahr Tage hat» vor, um auf diese Weise einen Gang durch die hundertjährige Filmgeschichte zu absolvieren. Täglich widmete man im Kino «Arsenal» eine Vorstellung dem filmhistorischen Rückblick, den man – wie könnte es anders sein – mit Max Skladanowskys «Wintergartenprogramm» aus dem Jahr 1895 begann. Es folgten Klassiker des Stummfilms ebenso wie Beispiele der frühen Avantgarde, um, wie Ulrich Gregor schrieb, Film «als ein Kontinuum in der Zeit» bewußtzumachen. Es soll nicht allzu nostalgisch klingen, aber wohl kaum ein zweites Mal wird das Kino noch einmal so wie im Jahr 1995 im Mittelpunkt des öffentlichen Interesses stehen.

100 Jahre Film, 100 Jahre Filmgeschichte, 100 Jahre Diskussionen um das nationale und internationale Verdienst, das Kino, die Kinematografie erfunden zu haben. Max Skladanowsky führte im Biergarten des Ausflugslokals «Feldschlößchen» in Pankow im Mai 1895 erstmalig in Deutschland Bewegungsabläufe auf einem flexiblen, transparenten Filmträger vor. Er war der erste in Deutschland, der um 1894/95 Bilder auf einem Filmstreifen aufnehmen und wiedergeben konnte. Seine acht Bildfolgen wurden später als das «Wintergartenprogramm» berühmt: kurze Szenen mit boxendem Känguruh, turnenden Männern, tanzender Serpentin-Dame. Am 1. November 1895 lief die erste gegen Zahlung eines Eintrittsgeldes in Deutschland vorgenommene Filmvorführung im Berliner Varieté «Wintergarten» – als letzte Attraktion des Abends. In einem der interessantesten Filmbücher des Jahres 1995, «Max Skladanowsky oder Der Beginn einer deutschen Filmgeschichte», rekonstruierte (und relativierte) der Autor Joachim Castan auf spannende Weise die Bedeutung Skladanowskys. Nicht minder eindrucksvoll, aber weitaus spielerischer und sehr sinnlich rekonstruierte Wim Wenders gemeinsam mit Schülern der Berliner Hochschule für Fernsehen und Film die Ereignisse um Skladanowskys Erfindung: seine Hommage «Die Brüder Skladanowsky», zusammengesetzt aus drei Kurzfilmen, bildet die «Stil»mittel der frühen bewegten Bilder nach – zum Teil wurde gar mit einer historischen Handkurbelkamera gefilmt – und erschließt sie pointiert für moderne erzählerische Formen.

Aber machen wir uns nichts vor. Das Kino erfindet sich und seine Inhalte in den seltensten Fällen selbst, geschweige denn neu. Die Themen liefert meist das Vertraute, der nachgewiesene Erfolg. Die deutsche Filmkomödie boomt und gebiert mehr oder weniger erfolgreiche Komödien, bis sie an Auszehrung das Zeitliche segnen werden; Katja Riemann, gewiß eine fähige Darstellerin, ist gut für die Kasse und folglich aus deutschen Filmen zur Zeit kaum wegzudenken. Der Markt orientiert sich an diesen Vorgaben, die Macher reagieren auf sie, und das Publikum goutiert die Bevorzugung seiner Präferenzen – zumindest eine gewisse Zeit. Dann bleibt es irgendwann einfach weg, ist vollgestopft und übersättigt, die Produzenten lamentieren, Autoren und Regisseure stehen vor Rätseln; plötzlich ist alles wie früher, Stochern im Heuhaufen ersetzt das Kalkül.

Keine Bange, hier soll das deutsche «Filmwunder» des letzten Jahres nicht totgeredet werden, vielmehr wollen wir auf Mechanismen hinweisen, denen das (Mainstream-)Filmgeschäft weltweit unterliegt. In dieser Branche ist in der Regel nicht das Risiko gefragt, sondern man bemüht sich, «trendy» zu sein, versucht, mit mehr oder weniger einfallsreichen Plots auf der Erfolgswelle der vergangenen Geschäftsjahre zu surfen. Für das US-amerikanische Kino dürften die Themen des Jahres 1995 in etwa heißen: romantische Komödie (Filme wie «Schlaflos in Seattle» haben hier bereits vor Jahren die Richtung gewiesen), düstere Serienkiller-Geschichten in der Tradition von «Das Schweigen der Lämmer», Gewaltfilme in der Nachfolge von «Reservoir Dogs» und «Pulp Fiction». So die Mutmaßungen zum Filmjahr 1995. Doch trotz aller Trends und Erfahrungswerte kommt es manchmal doch ein wenig anders, und genau das ist es, was Kino immer wieder spannend macht: die Überraschungen und die Unwägbarkeiten, die eigenwilligen Köpfe, die ihre ganz eigenen Geschichten ausbrüten, die Regisseure, die immer wieder den ihnen zugedachten Schubladen zu entkommen versuchen, die Kameraleute, die sich nicht mit dem erstbesten Bild zufriedengeben, nur um den Terminplan nicht zu gefährden, die Schauspieler, die auch einmal gegen ihr Image eingesetzt werden wollen, um die Zuschauer und sich selbst zu überraschen.

Was also ist jenseits des alles überschattenden Jubiläums geblieben vom Filmjahr 1995? Was geschah aktuell, was hat man in Erinnerung, und was überhaupt lohnt die Erinnerung? Zunächst einmal sind es die herausragenden Filme, die dem Kinogeschehen künstlerischen Glanz verliehen: «Der Blick des Odysseus» von Theo Angelopoulos, «Lamerica» von Gianni Amelio, «Land and Freedom» von Ken Loach, «Der Totmacher» von Romuald Karmakar – tatsächlich also ein deutscher Film! –, «Smoke» von Wayne Wang und Paul Auster, vielleicht noch «Vanya – 42. Straße», Louis Malles letzter Film, «Das Versprechen» von Margarethe von Trotta, «Underground» von Emir Kusturica, «Ed Wood» von Tim Burton, «Quer durch den Olivenhain» von Abbas Kiarostami. Von alldem wird noch in anderen Zusammenhängen zu sprechen sein, und über all dies und die vielen anderen Kinofilme des Jahres 1995 informiert ja auch der sich an diese Chronik anschließende lexikalische Teil dieses Jahrbuchs.

Januar

Das Kino dümpelt vor sich hin, wartet auf bessere Zeiten und bessere Filme. Die Chronisten haben den Monat Januar als ausgesprochen flauen Kinomonat in jahrzehntelanger Erinnerung und machen sich keine Sorgen.

Februar

Für die erste Überraschung des Filmjahres 1995 sorgt ein Film, den niemand auf seiner Rechnung hat. Sicher, das Filmland Dänemark hat Bille August und Lars von Trier (von ihm wird später die Rede sein) hervorgebracht, doch wer hätte gedacht, daß das kleine Königreich der Filmwelt einen Horrorthriller beschert, der sich trotz geringen Budgets (2,3 Mio. DM) und unbekannter Darsteller zum Publikumserfolg auswächst? «Nightwatch – Nachtwache» (Bundesstart: 2. Februar) erzählt die Geschichte eines Jurastudenten, der zwecks Studienfinanzierung in den Horror der gerichtsmedizinischen Abteilung eines Krankenhauses gerät. Ein optisch zurückhaltender Thriller mit Gespür für Atmosphäre und Personenzeichung, der seinen Regisseur Ole Bronedal als großen Genrekenner ausweist und der, das ist die Kunst dieses Debütfilms, nie zum Plagiat wird, sondern es immer wieder versteht, die Genre-Zitate zu durchbrechen.

Im Februar versuchen auch die ersten aufwendigen Liebeskomödien aus Hollywood ihr Glück in der Alten Welt. Doch «Nur für dich» von Norman Jewison – der sollte es eigentlich besser können – erweist sich trotz einer der Romantik förderlichen italienischen Kulisse als außergewöhnlich verschnarcht (Start: 9. Februar), und in «Sprachlos» (Regie: Ron Underwood, Start: 23. Februar) werden die Hauptdarsteller Michael Keaton und Geena Davis – eigentlich Erfolgsgaranten – in einer weiteren Geschlechterkomödie auf dem Schlachtfeld der Gefühle weit unter Wert verheizt.

9. bis 20. Februar: Berliner Filmfestspiele zum 45. Mal – längst kein großer Jahrgang, Journalisten und Publikum sind ernüchtert. Aber: ein Jahr zuvor waren sie dies auch, und ein Jahr später, 1996, sind sie es wieder, und da gibt es Glanzlichter wie «Sinn und Sinnlichkeit» von Ang Lee und «Fallen Angels» von Wong Kar-wai zu sehen. Im Jahr 1995 überragt der Film «Smoke» alles. Sicherlich auch ein Höhepunkt: «Before Sunrise» von Richard Linklater.

März

Natürlich beschert der Vorfrühling – passend zur Jahreszeit – einen weiteren Liebesfilm. Doch in Richard Linklaters «Before Sunrise» (Start: 30. März) ist alles ein wenig anders, ein wenig erfrischender; ein Film, bewußt gegen die Traditionen des Genres inszeniert, vielleicht eine augenzwinkernde Verbeugung vor Eric Rohmer (auch von ihm später). Jesse und Céline haben nur einen Tag Zeit, ihre Liebe zu ergründen. Die beiden Weltenbummler treffen sich zufällig in Wien, fast wäre die Begegnung im Sande verlaufen, doch dann findet man zueinander und redet und redet und schaut sich immer häufiger in die Augen. Die Funken sprühen, und dann kommt es in diesem morbiden Wien, wie es kommen muß. Am anderen Tag trennen sich die Wege, doch eine Liebe hat begonnen. Die Zukunft und die Tiefe der Gefühle beider Protagonisten müssen zeigen, wie ein gemeinsamer Lebensweg aussehen kann. Linklater, seine Filme sind bisher der «Generation X» verpflichtet, hat mit «Before Sunrise» einen intelligenten Liebesfilm geschaffen. Zu Recht ein Geheimtip der Berlinale, der nachhaltig den Wunsch nach wahrer Liebe, der ihr innewohnenden Offenbarung und Treue, gepaart mit Spontaneität und prickelnder Erotik, thematisiert. Wohl die Liebesfilm-Überraschung des Jahres. Leicht und beschwingt, ein Film wie ein lauer Frühlingsabend.

Ein ganz anderes Kaliber kommt mit «Lamerica» am 23. März in die Kinos. Gianni Amelios preisgekrönter Film erzählt von der Odyssee eines jungen Italieners, den es der Geschäfte wegen nach Albanien verschlagen hat. Ganz allmählich wird dem scheinbar gewieften Manager der sichere Boden unter den Füßen entzogen, am Ende steht der Verlust von Identität, das Driften ins gesellschaftliche Abseits, die Einreihung in das Heer der Heimatlosen. Amelio wählt seine ergreifende Geschichte, um auf die veränderte Situation aufmerksam zu machen, auf das politische und gesellschaftliche Vakuum, das nach der Abdankung alter Systeme und Gesellschaftsordnungen mitten in Europa entstanden ist. Ein filmisch überzeugendes Einlassen auf die Wirren der Tagespolitik, das den tatsächlichen Gegebenheiten mehr als hilflos gegenübersteht. Einer der wirklich wichtigen Filme im Filmjahr 1995. Zum Thema Europa beziehungsweise zu dem, was von ihm übrig ist, werden im Herbst noch einige Filme in die Kinos gelangen, wobei das Thema Migration nie mehr so sehr im Mittelpunkt stehen wird wie in «Lamerica».

Zum 67. Mal werden in Hollywood die «Oscars» verliehen: Längst vorher schon galt es als ausgemacht, daß der Publikumserfolg «Forrest Gump» mit Tom Hanks in vielen Kategorien absahnen würde. «Ein Film, dessen einziges Verdienst es ist, einem unpolitischen und naiven Publikum vorgeführt zu haben, wie sich die jüngste amerikanische Geschichte in der Perspektive eines unpolitischen und naiven Kinohelden ausmacht. Weder Krzysztof Kieslowskis intelligenter Importfilm ‹Drei Farben: Rot› noch Robert Bentons schillernde Kleinstadtgeschichte ‹Nobody's Fool›, ja nicht einmal Paul Attanasios fabelhaftes Drehbuch zu ‹Quiz Show› hatten jemals eine echte Chance – der 300-Millionen-Dollar-Tölpel jagte sie alle aus dem Felde.» (Franz Everschor in «film-dienst» 8/1995)

April

Am 4. April wird Eric Rohmer 75 Jahre alt. Ins Kino kommt (im Juli) sein Film «Rendezvous in Paris» – alles andere als ein Alterswerk, vielmehr eine federleichte, jugendlich frische Fingerübung von ungebrochenem Charme, zudem eine faszinierende Liebeserklärung an Paris, an den Charme und das Flair dieser von touristischen Blicken so verbrauchten Stadt, die hier einmal ganz anders aussieht. Längst ist dies nicht die letzte Arbeit des schaffensfrohen Franzosen: in diesem Jahr konnte man bereits mit «Sommer» den dritten Teil von Rohmers «Jahreszeiten-Tetralogie» (nach «Frühlingserzählung», 1989, und «Wintermärchen», 1991) erleben.

Der April ist ein wenig ergiebiger Filmmonat: Kino der Beliebigkeiten. Doch am 13. April kommt Louis Malles «Vanya – 42. Straße» in die Kinos, die Verfilmung einer Durchlaufprobe von Čechovs Theaterklassiker. Malle dokumentiert die Ereignisse unter der Regie von André Gregory, doch er versteht es zugleich, die Proben in ein filmisches Konzept einzuordnen, das den Rahmen des abgefilmten Theaters sprengt. Schon während der Dreharbeiten ist Malle krank, wenige Monate später, am 23. November, stirbt er im Alter von 63 Jahren in seiner Wahlheimat Amerika.

Noch einmal Filmgeschichte: Ende April bietet mit der Ausstellung «Kino * Movie * Cinema» in Berlin die Stiftung Deutsche Kinemathek zwei Monate lang Pretiosen des Kinos vom gepunkteten Kleid Lilo Pulvers in «Eins, zwei, drei» über das Telefon Marlene Dietrichs bis zu einer Nachbildung von Gigers beängstigendem «Alien»-Monster. Der Besucher flaniert durch 21 Räume, vorangetrieben von seiner Neugierde auf Entdeckungen und der Begegnung mit der (Kino-)Erinnerung: so auch mit dem kleinen Klavier aus Ricks Café in «Casablanca» – As tears go by...

Mai

Im Mai meldet sich mit Roman Polanski ein Regisseur zurück, den man eigentlich schon abgeschrieben hatte, dessen großes Talent in Skandalen und Mittelmäßigkeit unterzugehen drohte. Doch «Der Tod und das Mädchen» (Start: 4. Mai), die Verfilmung eines Theaterstücks von Ariel Dorfman um die Rache eines Folteropfers an seinem Peiniger, belegt Polanskis Inszenierungskunst, zeigt sein Gespür für Schauspieler und Situationen. Das Ergebnis ist ein zeitloser Politthriller, der den Opfern in aller Welt gewidmet ist, an ihre Leiden und Traumata erinnert.

Am 18. Mai stirbt nach langer Krankheit und langem Kampf gegen den Krebs die Schauspielerin Sabine Sinjen. Zeitlebens viel zu zart und ätherisch, als daß sie eine Leitfigur hätte abgeben können, hat sich ihr schönes Gesicht und ihre in sich gekehrte, manchmal fahrig wirkende Art in den deutschen Film der fünfziger und sechziger Jahre eingeschrieben. Mit ihren Rollen in «Es» oder «Alle Jahre wieder» prägte sie den Typ der zurückhaltenden jungen Frau, die bei aller Unsicherheit dennoch in der Lage ist, ihre Bedürfnisdefizite zu formulieren und einzuklagen. «Sabine Sinjen war keine Schauspielerin der großen Gesten. Ihre Gestaltungsmittel waren der Blick und ihre Stimme, die niemals den weichen, engelsgleichen Grundton verlor. Ihre Augen sagten oft mehr über den inneren Zustand der dargestellten Person aus als der gesprochene Text: der Wechsel von hoffnungsvollen, flehentlichen, verträumten, bewundernden und von Schmerz erfüllten Blicken war es, der Sabine Sinjen zu einer der eindringlichsten Schauspielerinnen ihrer Generation machte.» (Michael Wenk in «film-dienst» 12/1995) Ab den siebziger Jahren war Sabine Sinjen in erster Linie in Fernsehproduktionen zu sehen, und einmal mehr wird durch ihren Tod die These bestärkt, daß ein Verlust leider erst dann zur Kenntnis genommen wird, wenn er unwiderruflich eingetreten ist.

Mit «Der Priester» kommt am 25. Mai ein Film in die Kinos, der in Berlin seine Deutschland-Premiere hatte, die Mitglieder der katholischen Jury der Berlinale zu einer Stellungnahme veranlaßte und «irgendwie» als Skandalfilm des Jahres auserkoren war. Doch Antonia Birds Geschichte des homosexuellen Priesters Greg erwies sich fernab aller Berliner Festivalhektik als durchaus ausgewogener Film, der die Rolle des Priesters in der modernen Gesellschaft thematisiert und der zur Diskussion über wichtige Themen der katholischen Kirche provoziert. Der im Vorfeld befürchtete Skandal erweist sich als Sturm im Wasserglas, das vielleicht von einigen Seiten erhoffte Sperrfeuer von seiten der katholischen Filmkritik findet dank einer besonnenen Öffentlichkeitsarbeit nicht statt. «Der Priester» bleibt ein kleiner, bescheidener Film, der vielleicht im Detail Widerspruch weckt, in seiner Gesamtheit jedoch als Diskussionsbeitrag akzeptiert wird.

17. bis 28. Mai: Die 48. Internationalen Filmfestspiele in Cannes. Halb Hollywood sowie die europäischen Stars geben sich an der Croisette die Klinke in die Hand, während das deutsche Kino einmal mehr durch Abwesenheit glänzt. Cannes bietet 1995 ein Festival der großen Namen, und für wenigstens ein halbes Jahr werden die besten Filme des Festivals auch die Höhepunkte des deutschen Kinojahres darstellen: «Haß» des Franzosen Mathieu Kassovitz, «Land and Freedom» von Ken Loach, «Underground» von Emir Kusturica, «Der Blick des Odysseus» von Theo Angelopoulos, aber auch populärere Stoffe wie «To Die For» von Gus van Sant oder «Kiss of Death» von Barbet Schroeder werden in Cannes erstaufgeführt. Ein ungeheurer Output fürs «normale» Kino, zugleich eine glanzvolle Demonstration der ungebrochenen Kraft des 100jährigen Kinos, wie sie so kein zweites Filmfestival vorweisen kann.

Juni

Made in Germany I. Das deutsche Kino macht wieder auf sich aufmerksam. Vereinzelt tauchen thematisch wie formal reizvolle, auch kantige und unkonventionelle Stoffe auf – und mit ihnen neue interessante Gesichter. Am 8. Juni startet in den Kinos «Die Mediocren» von Mathias Glaser, ein Film über die Liebesbeziehungen und Lebenskrisen junger Leute zwischen 20 und 30. Eine «Neo-Romantic-Fast-food-Comedy» in Cinemascope über ständig redende, Sprüche und Lebensweisheiten klopfende Männer und Frauen, die weder zu wahren Gefühlen noch zu Intimität fähig zu sein scheinen. Glaser legt in dieser betont ausgeflippten «Zeitgeist-Komödie» raffiniert Fallstricke aus, verdeutlicht Abgründe und Sinnleere und erweist sich zugleich als formaler Perfektionist. (Ein Jahr später, zur Berlinale 1996, präsentiert er seinen zweiten Film «Sexy Sadie», eine nicht minder ausgeflippte Mordballade, gedreht in Schwarzweiß und erneut in Cinemascope, die weit weniger überzeugend austariert ist. Dennoch: Glaser ist einer der talentiertesten neuen Regisseure in Deutschland, der hoffentlich weiter fürs Kino arbeiten kann.) In «Die Mediocren» spielt neben Jürgen Vogel und Dani Levy eine junge Frau, deren Mund nie stillzustehen scheint: Jasmin Tabatabai. Sprachen alle gerade erst von «neuen deutschen Stars» wie Katja Riemann, Maria Schrader oder Corinna Harfouch, so sind inzwischen in allerkürzester Zeit (noch) jüngere Schauspielerinnen ins Scheinwerferlicht getreten, darunter Nina Petri, Julia Jäger, Christiane Paul und eben Jasmin Tabatabai, eine unerhört wandlungsfähige Schauspielerin, äußerlich lässig, mit rauchiger «cooler» Stimme, mit einem enormen Spektrum emotionaler Regungen und größter Leinwandpräsenz.

In Berlin werden am 9. Juni die 45. Deutschen Filmpreise verliehen. In einer bis dato noch nicht dagewesenen Galaveranstaltung, mit deren Kosten spielend ein neuer deutscher Film hätte produziert werden können, feiern 2000 hohe Gäste, darunter selbst der Bundespräsident, die Verleihung der «Filmbänder» in Gold und Silber an Filme, die zusätzlich mit hohen Prämien (900000 DM beziehungsweise 700000 DM) bedacht werden. Sönke Wortmanns «Der bewegte Mann» erhält den höchsten Preis des Jahres – es war die einzige deutsche Produktion, die 1994 mit den amerikanischen Hits hatte Schritt halten können. Größte Überraschung und zugleich Beispiel dafür, daß der Deutsche Filmpreis nicht allein wirtschaftlich erfolgreiche Ware prämieren darf, sondern auch junge Talente protegieren muß: «Verhängnis» von Fred Kelemen erhält ein «Filmband in Silber». «Verhängnis» ist ein kleiner, ebenso rigoroser wie gewagter Film, ein apokalyptischer Reigen der scheinbar zufälligen Begegnungen in den Randzonen unserer Wohlstandsgesellschaft. Leider bringt dem Film die Auszeichnung nicht die erhoffte Publizität: mit Mühe und einer viel zu spät ausbezahlten Vertriebsförderung kann der Verleih den Film erst Anfang 1996 in die Kinos bringen, der PR-Effekt des Deutschen Filmpreises war da längst verpufft. Aber wahrscheinlich ist der ohnehin eher gering: ein Deutscher Filmpreis genießt immer noch nicht annähernd die Publizität eines amerikanischen «Oscar».

Ebenfalls im Juni hilft eine Fernsehproduktion dem schwachen Kinogeschehen auf die Sprünge. Zwar lief Lars von Triers Krankenhausgroteske «The Kingdom – Hospital der Geister» schon im März und April als fünfteilige Serie im europäischen Kulturkanal «arte», am 15. Juni aber wird die Kinofassung des Films bereitgestellt. Eine Fassung, die stark von der im Fernsehen ausgestrahlten Version abweicht. Von Trier erzählt die Geschichte des Königlichen Reichskrankenhauses zu Kopenhagen und entwirft ein morbides Szenario voller Gespenster und fragwürdiger Götter in Weiß, das nicht nur den Wohlfahrtsstaat, sondern auch die Tendenz im Fernsehen in Frage stellt. Mit Erzähltechniken des Schauerromans und entgegen den Gesetzen der Logik wird ein fast fünfstündiger Krankenhaus-Mikrokosmos beschworen – eine Welt im Endstadium, in der nicht nur die Menschen weinen, sondern auch die Häuser. Für seinen Kraftakt in Sachen innovatives Fernsehen wird Lars von Trier später mit dem Grimme-Preis für das Jahr 1995 ausgezeichnet. Eine überaus kluge Entscheidung, die sich nicht nur für «The Kingdom» ausspricht, sondern zugleich gegen jede Art von kurzatmiger Fernsehunterhaltung, die zwar Sendezeiten füllt, Inhalte jedoch vermissen läßt.

Am 24. Juni stirbt der polnische Filmhistoriker Jerzy Toeplitz, sein Tod wird in Westeuropa erst mit beschämender Verzögerung wahrgenommen. Sein fünfbändiges Werk «Die Geschichte des Films» gehört zum Standard einer jeden Filmbibliothek, besticht durch detaillierte Informationen, auch wenn seine Schlußfolgerungen und Interpretationen mitunter umstritten sind und einen kritischen Leser verlangen. Den geplanten sechsten Teil seiner Enzyklopädie, der sich mit dem beginnenden Fernsehzeitalter, der «Nouvelle Vague» und dem «Free Cinema» auseinandersetzen sollte, konnte Toeplitz nicht mehr vollenden.

Am 29. Juni stirbt im Alter von 75 Jahren Lana Turner, attraktive Heldin zahlreicher Melodramen, selbst wenn diese auf den ersten Blick als anderes Genre daherkommen mögen, etwa als Krimi wie Tay Garnetts «The Postman Always Rings Twice».

Im Juni erscheint die letzte Ausgabe der achtbaren Filmzeitschrift «filmwärts». Nachdem bereits nahezu alle großen deutschen Tageszeitungen auf eine eigene Filmseite verzichten und die Premieren von Kinofilmen allenfalls als singuläre Ereignisse im Rahmen des Feuilletons zur Kenntnis nehmen, ist die Einstellung der Zeitschrift ausgerechnet im Jubiläumsjahr des Kinos ein kleines, aber deutliches Alarmzeichen für den drohenden Verlust von «filmpublizistischer Kultur» in Deutschland.

Juli

Am 1. Juli geht der Dokumentarist Klaus Wildenhahn in Pension. Eine auf den ersten Blick ungewöhnliche Formulierung für den Berufsstand des Filmemachers, aber Wildenhahn, der seit 1965 mindestens einen Dokumentarfilm im Jahr drehte, war Angestellter des Norddeutschen Rundfunks und als solcher in der eigentlich unvergleichbar glücklichen Lage, sein filmisches Schaffen ökonomisch abpuffern zu können. 1995 verabschiedet er sich, gerade 65 Jahre alt geworden, mit zwei Dokumentationen, die er in Mostar drehte: «Die dritte Brücke» und «Reise nach Mostar». Immer wieder ist es Wildenhahn gelungen, die von ihm beobachtete Wirklichkeit in intensive Szenen zu fassen. Ein deutscher Journalist besucht im Spätsommer 1994 Mostar in der Herzegowina und interviewt Hans Koschnick, den seinerzeit von der Europäischen Union beauftragten Chef-Administrator. Während der Journalist von den Gefahren in der zerstörten Stadt und den die Gegend verunsichernden «Banden» spricht, fallen draußen Schüsse. «Intensiv ist die beschriebene Szene, weil während des Streits um die Begriffe – Banden oder nicht – zufällig jene Schüsse fallen, um die es grundsätzlich geht. Sowenig zufällig dieser Zufall im politisch-gesellschaftlichen Sinne ist, so wenig ist es nur das Glück, das den Dokumentaristen gerade in diesem Augenblick Kamera und Tonband einschalten ließ. Wildenhahn hat in all seinen Filmen bewiesen, wie sehr man im Dokumentarfilm auf die Möglichkeit von Entwicklungen und Ereignissen setzen muß. Das unterscheidet seine Filme von journalistischen Fernseharbeiten.» (Dietrich Leder, in «film-dienst» 14/1995)

Ansonsten ist es vergleichsweise still um den deutschen Dokumentarfilm, der es schon immer schwer gehabt hat, sich im Kino zu behaupten. Zu den ganz wenigen Höhepunkten des dokumentarischen Kinojahres 1995 gehört «Rauliens Revier» von Alice Agneskirchner, die in einem Duisburger Stadtteil einem Polizeioberkommissar auf Schritt und Tritt folgt und mit ihm sein Revier sowie die dort lebenden Menschen beobachtet. Ein ebenso erhellender wie amüsanter, sehr präziser Blick auf eine Welt, die geprägt ist von Arbeitslosigkeit, Multi-Kulti, Sozialhilfe, Kleinkriminalität, alltäglichen Sorgen und Nöten.

Ed Wood kommt. Nicht nur als filmische Hommage von Tim Burton, der in seinem eigenwilligen Film «dem schlechtesten Filmregisseur aller Zeiten» ein Denkmal setzt. Der Erfolgssog der aufwendigen Produktion löst eine kurzlebige Sommer-Renaissance des filmbesessenen und drogenabhängigen Regisseurs aus, in deren Verlauf nicht nur das Transvestitendrama «Glen or Glenda», sondern auch die Filme «Die Rache des Würgers» und «Plan 9 aus dem Weltall» erneut in die Kinos geraten und den Kultstatus ihres Regisseurs festigen helfen. Nicht nur der Altstar Martin Landau feiert durch «Ed Wood» in der Rolle des abgehalfterten Schauspielers und Wood-Freundes Bela Lugosi Erfolge, auch Hauptdarsteller Johnny Depp erlebt in dieser dankbaren Rolle so etwas wie ein Coming-out, ist plötzlich in aller Munde. Der weitere Verlauf des Filmjahres 1995 wird diesen Erfolg bestätigen und Depps Glanz am Filmhimmel festigen.

Einem weiteren Jungstar gelingt mit der eher faden Liebeskomödie «Während du schliefst...» der Durchbruch: Sandra Bullock, weltweit bekannt durch den Überraschungserfolg «Speed», ein furioses Action-Spektakel, in dem sie sich mit ihrem natürlichen Charme gegen eine immense Materialschlacht behaupten konnte, gibt hier die verhuschte Schöne von nebenan, deren Unscheinbarkeit sich von einem Moment zum anderen in strahlenden Glanz verwandeln kann. Ein eher langweiliger und altbackener Film, aber für Sandra Bullock das ideale Vehikel, um sich in die Spitzengagen weiblicher Hollywood-Stars spielen zu können.

Einen Liebesfilm ganz anderer Art, viel überzeugender, bei aller Konstruiertheit wirklichkeitsnäher und frischer, liefert Eric Rohmer mit «Rendezvous in Paris». Eigentlich sollte Rohmer, immerhin nicht mehr der Jüngste, seinen Jahreszeiten-Zyklus vorantreiben, von dem damals noch zwei Geschichten ausstehen («Sommer», die dritte Filmerzählung, kommt im Mai 1996 in die deutschen Kinos), doch der Altmeister scheint sich eine thematische Ruhepause zu gönnen. Er liefert einen bezaubernden Episodenfilm, in dessen Mittelpunkt einmal mehr das Prinzip «Zufall» steht und in dem sich einmal mehr alles um Liebe, Lüge, Seitensprünge und die Suche nach dem beständigen Partner dreht. Rohmer erzählt gewohnt pointiert und ökonomisch, und wieder gelingt es ihm, seine geschliffene Schriftsprache durch überzeugende junge Darsteller zum Leben zu erwecken.

Am 28. Juli stirbt in Los Angeles der Komponist Miklos Rozsa im Alter von 88 Jahren. Ein nimmermüder Filmarbeiter, der sich seit 1937 bemühte, Filmen eine sie erweiternde akustische Dimension zu verleihen. Seine (klang-)farbenprächtigen Partituren zierten Abenteuerfilme wie «Der Dieb von Bagdad» oder «Das Dschungelbuch», begleiteten die Qualen des Alkoholikers Don Birnam (Ray Milland) in Billy Wilders «Das verlorene Wochenende» oder unterstützten Monumentalepen wie «Ben Hur» und «El Cid».

Weniger bekannt und wesentlich jünger stirbt der finnische Schauspieler Matti Pellonpää am 14. Juli im Alter von 44 Jahren. Ein Hüne mit Schnauzbart und melancholischem Blick, der durch seine Rollen in den Filmen der Kaurismäki-Brüder das hiesige Bild des lakonisch-trinkfesten Finnen nachhaltig geprägt hat.

Made in Germany II. Man glaubt es eigentlich erst, wenn man es mit eigenen Augen gesehen hat: ein Film aus Deutschland, der keine Literaturverfilmung ist, keine «Beziehungskiste» behandelt, keinen «bewegten Mann» ins Zentrum rückt, keine hirnlosen Blödeleien zwischen Manta und Helge Schneider kopiert – und der dennoch einen völlig ausgeflippten Unterhaltungsspaß bietet. «Nur über meine Leiche» paßt hierzulande (noch) in keine Kategorie und bedient sich dennoch sehr vieler Schubladen, die man aber eben nicht aus hiesigen, sondern eher schon aus amerikanischen Vorbildern kennt: Versatzstücke eines Romantik-Märchens mischen sich mit Elementen einer rabenschwarzen bis makabren Sitcom, wild überzogene Aktionen reiben sich an der Romanze einer Liebesgeschichte: «Terminator» meets «Ghost» könnte man sagen, aber das trifft es doch wieder nur bedingt – nach Rainer Matsutanis Film wird sich der deutsche Unterhaltungsfilm neu definieren müssen. Bemerkenswert an diesem abgehobenen Genre-Mix mit – einmal mehr – großartigen Darstellern (Katja Riemann, Christoph M. Ohrt, Ulrike Folkerts) ist darüber hinaus seine Produktionsgeschichte: Erstmals engagierte sich ein deutscher Filmverleih auch als Mitproduzent, um sich dadurch zwangsläufig auch mehr für das Marketing des Films zu engagieren. «Nur über meine Leiche» ist aus heutiger Sicht der außergewöhnliche Versuch, sich vermarktungstechnisch ein eigenes Terrain aufzubauen und so auch das Kompetenz-Image des deutschen Films positiv zu beeinflussen. Es ist dies der erste deutsche Versuch in eine Richtung, die wenige Monate zuvor schon die Amerikaner einschlagen: die deutsche Vertriebstochter des US-Majors Buena Vista bringt Doris Dörries Film «Keiner liebt mich» in die Kinos. Dabei richtet sie ihr Vermarktungskonzept ganz auf die potentiellen Abnehmer, nämlich das Publikum, und setzt auf den Filmtitel als «Message». «Keiner liebt mich» schafft es sogar zum szenegängigen Trendsatz, das Publikum nimmt den Film an, den bei Testvorführungen zuvor kein Kinobesitzer mochte und dem man keine Chancen am Markt gab. Ein anderer amerikanischer Verleiher, Warner Bros., demonstriert im Herbst nicht minder souverän, wie deutlich ein perfektes Marketing den Erfolg auch eines deutschen Films beeinflussen kann: «Der Totmacher» von Romuald Karmakar, eigentlich ein karges Kammerspiel, ganz konzentriert auf seine beiden Hauptdarsteller, erreicht (bis März 1996) immerhin 415951 Besucher.

Inzwischen hat in Sachen Marketing ein kleiner Boom eingesetzt, der deutschen Produktionen durchaus ein neues Image beschert hat. Noch vor einem Jahr fragte der Werbefachmann Fritz Iversen: «Werbung für den deutschen Film – geht das?» und formulierte Vorschläge zur Verbesserung der Wettbewerbsposition deutscher Kinofilme (in «film-dienst» 2/1996). Es gibt, so Iversen, «Kinoerlebnisse jenseits von Speed und Action, Kinoerlebnisse, die länger nachglühen als die üblichen teilnormierten Unterhaltungsprodukte. Es gibt auch ein Publikum, das dafür offen ist. Diese Kinogänger müßte man an ihre halbverschüttete Kinoerwartung erinnern, an jene ganz bestimmte Ecke in ihrem Zuschauerherzen, die eher durch jene ‹anderen› Filme glücklich wird. Ins Feld zu führen sind Regisseure, Schauspieler und Filme, anarchischer Witz und Lebensnähe. Eine solche Imagekampagne könnte das Publikum bei seiner eigenen Neugier packen, bei seiner Lust auf Abwechslung, bei seinem Anspruch auf Bedeutung. Wenn der deutsche Kinofilm, so frech und versiert, wie er sich in den vergangenen zehn Jahren entwickelt hat, heute wieder eine Chance beim Publikum haben könnte, dann müßte eine ‹übergreifende Vertriebsunterstützung› etwas bewirken können und nicht zuletzt die Werbeanstrengungen für die einzelnen Filme erfolgreicher machen.»

August

Anfang August startet das 48. Internationale Filmfestival von Locarno sein Programm. Festivaldirektor Marco Müller hat sich bereits vor Beginn über ein «mieses Verhältnis zwischen großem Angebot und brauchbaren Filmen» beklagt. Ambitionierte Filme mit einem engagierten Standpunkt gegenüber sozialen Brüchen ihrer jeweiligen Gesellschaften werden ausgezeichnet: «Douce France» von Thomas

Gilou aus Frankreich, «Panther» von Mario und Melvin Van Peebles, USA, und ein Film aus dem Iran, «Rusariye Abi» von Rakshan Bani Etemad. Lediglich «Panther» schafft den Weg in die hiesigen Kinos, dies nur mit mäßigem Erfolg.

Um das Thema Filmförderung ist es still geworden, längst scheint man der aufreibenden Diskussionen um das richtige Förderungsmodell für deutsche Filme müde zu sein. Dennoch tut sich einiges. Vor allem wandelt sich die Struktur vieler Länderförderungen: wirtschaftliche und kulturelle Institutionen «fusionieren» zu einem vermeintlich schlagkräftigeren und effektiveren Verband, der sich gelobt, darauf zu achten, daß in der Filmförderung sowohl die kulturellen als auch die wirtschaftlichen Belange paritätische Berücksichtigung finden. Bereits am 10. August 1994 hatte sich die Filmboard Berlin-Brandenburg GmbH der Öffentlichkeit vorgestellt und unter ihrem neuen Geschäftsführer und Intendanten Prof. Klaus Keil Großes versprochen. Ein Jahr später blickt man auf nahezu 400 Anträge zurück, für die man 53,6 Mio. DM zur Verfügung gestellt hat, konkrete Ergebnisse, nämlich mitfinanzierte und obendrein noch in den Kinos gestartete Filme, kann man noch nicht vorweisen. Etwa zur selben Zeit rumort es in Nordrhein-Westfalen. Nachdem hier im Mai die Landtagswahlen eine Koalition von SPD und Grünen/Bündnis 90 bewirkt haben, ist eine Eingliederung des Filmbüros NRW in die Filmstiftung des Landes in Düsseldorf im Gespräch. In Hamburg ist die Fusion mit einigen Verzögerungen vollzogen worden: nach mehreren Monaten der Übergangsregelungen arbeitet die FilmFörderung Hamburg seit dem 1. Oktober unter ihrem neuen Geschäftsführer Alfred Hürmer. Bayern verändert gegen Jahresende 1995 seine Strukturen zur Filmförderung: im Rahmen der 9. Medientage München (16. bis 20. Oktober) stellt sich erstmals der FilmFernsehFonds Bayern (FFF) vor, der eine Konzentration der Förderaktivitäten in Bayern erreichen und die bayerische Filmförderung zur finanziell stärksten Fördereinrichtung in Deutschland machen soll. Als «starke Männer» übernehmen Dr. Herbert Huber, Staatssekretär im Umweltministerium und Vorsitzender der Filmkommission der CSU, und Dr. Klaus Schäfer, Medienreferent der Bayerischen Staatskanzlei, gleichberechtigt die Geschäftsführung. (Arbeitsbeginn des FFF: 1. März 1996.)

Zum 52. Mal finden Internationale Filmfestspiele in Venedig statt. Auch hier bleibt nach 17 Beiträgen des Wettbewerbs die ernüchternde Feststellung, daß große Namen allein noch keinen Erfolg versprechen. Höhepunkte sind «Biester» von Claude Chabrol, «Cyclo» von Tran Anh Hung («Goldener Löwe») und «Der Totmacher» von Romuald Karmakar – Hauptdarsteller Götz George erhält den Preis als bester Darsteller. Übersehen wird bei der Preisverleihung der vielleicht eigenwilligste Film des Festivals: «Der fliegende Holländer» von Jos Stelling, ein fabulierfreudiger Fantasy-Film vor mittelalterlicher Kulisse, fesselnd durch sein konsequentes visuelles Konzept. Bis heute hat der Film, der in deutscher Co-Produktion (Mittel der Filmstiftung NRW) entstand, nicht den Weg in die hiesigen Kinos gefunden. Lediglich eine eindrucksvolle Präsentation des Dekors im Düsseldorfer Filmmuseum (Frühjahr 1996) weckte Appetit, den das Kino selbst dann aber nicht weiter anregte.

Walt Disneys Zeichentrick-Märchen «Dornröschen und der Prinz» war bereits nach seiner Premiere 1959 bei Publikum, Presse und selbst beim Studio in Ungnade gefallen. Ende August erlebt das verkannte Meisterwerk endlich eine Wiederaufführung in den deutschen Kinos – in einer restaurierten Cinemascope-Fassung, die in ihrer Farbtiefe dem ursprünglichen Technicolor sehr nahe kommt. «Es ist ein Zeichentrickfilm von möglicherweise irritierender, aber überwältigender Geschlossenheit. Es ist eine Studie über die Möglichkeit der Malerei (hier deutlich auf mittelalterliche Miniaturen verweisend), den Geist einer Epoche zu beschwören und ihn zugleich mit der Moderne der Gegenwart zu konfrontieren. Kein abendfüllender Zeichentrickfilm hat dergleichen in der Zwischenzeit versucht.» (Daniel Kothenschulte in «film-dienst» 17/1995)

Ein schlimmer Verlust für das deutsche Kino, das ohnehin so arm an herausragenden Autoren ist: am 29. August stirbt 33jährig Thomas Strittmatter an Herzversagen. Strittmatter war ein Glücksfall fürs deutsche Kino, schrieb neben Erzählungen und dem wunderschönen Entwicklungsroman «Rabe Baikal» die Drehbücher zu den Filmen «Drachenfutter», «Winckelmanns Reisen» und «Auf Wiedersehen Amerika» von Jan Schütte. Er wies sich mit diesen Stoffen als ein Autor aus, der nicht nach gängigen Trends schielte, sondern sperrige Gegenwartsthemen in eine überaus konsumierbare Form gießen konnte. Erst die Zukunft wird zeigen, was das deutsche Kino Strittmatter zu verdanken hat.

Den Bedarf der Zuschauer an Romantik und Romanze erfüllt nahezu perfekt Jeremy Levens tiefgründige Komödie «Don Juan de Marco». Doch am Beispiel des notorischen Frauenhelden Don Juan, der in unseren Tagen mit einer Sicherheitsverwahrung in einer psychiatrischen Klinik rechnen muß, offenbart sich mehr als eine bloße Liebeskomödie. Im Gegensatz zu den eher prüden Neuauflagen der Screwball Comedy steht hier das Prinzip Lust im Mittelpunkt, treibt die Handlung voran, erfaßt alle Beteiligten. Fast scheint es, als wolle sich Hollywood nach Jahren der Enthaltsamkeit und des immer wieder zelebrierten Safer Sex wieder der Leidenschaft verschreiben. Johnny Depp in der Hauptrolle überzeugt als Latin Lover und scheint einen Nerv der Zeit getroffen zu haben. (Der Erfolg des glutäugigen Spaniers Antonio Banderas wird den Wunsch nach ungezügelter Leidenschaft im Laufe des Kinojahres bestätigen.) Überhaupt ist Depp mit «Don Juan de Marco» am vorläufigen Höhepunkt seiner Karriere angekommen. Bereits Ende des Jahres ist er in Jim Jarmuschs mystischem Western «Dead Man» wieder in den deutschen Kinos zu Gast, sein Erfolg als Darsteller hat ihm den Weg zum Regisseur geebnet: zur Zeit bereitet er seinen ersten selbstinszenierten Film vor. Doch auch der schwergewichtige Marlon Brando hat in «Don Juan de Marco» eine dankbare und (dem Kinopublikum) richtungweisende Altersrolle gefunden. Als de Marcos Therapeut verfällt er mehr und mehr der Faszination seines jungen Patienten und läßt am Ende auch nur noch das Lustprinzip gelten. Ein traumhaft schönes Kinomärchen, das seine Verankerung in durchaus realen Wünschen findet.

September

Mit viel mehr Filmklischees ausgestattet und weitaus vorhersehbarer ist Lawrence Kasdans romantische Komödie «French Kiss» (Start: 14. September), und auch die bezaubernde Meg Ryan, immerhin am Erfolg von «Schlaflos in Seattle» maßgeblich beteiligt, kann die Reißbrett-Romanze nicht vor dem Mittelmaß retten. Auch «Das Netz», ein High-Tech-Thriller von Irwin Winkler, bietet neben einer perfekt geschnittenen Story wenig Neues. Allerdings kann Hauptdarstellerin Sandra Bullock mit dieser Produktion ihre Marktposition festigen, und mit dem Computer rückt ein modernes Arbeits- und Kommunikationsmittel ins Zentrum des Interesses, das auch die Handlungen weiterer Filme wie «Vernetzt – Johnny Mnemonic», «Copykill» und «Strange Days» von Kathryn Bigelow bestimmen wird. Datenhighways, Cyberspace und virtuelle Welten finden den Weg in die Kinos, sorgen für Faszination und die Variation vertrauter Plots. Sicher ist hier ein neuer Trend auszumachen, zumal eine Schnittstelle von neuen Produktionstechniken und neuen Filminhalten erreicht wird.

Ganz, ganz altmodisch und doch ganz neu kommt im Herbst «Tatis Schützenfest» daher. Im Rahmen der 100-Jahr-Feiern war Geld bereitgestellt worden, um die von Jacques Tati ursprünglich beabsichtigte Farbfassung des Films endlich in die Kinos zu bringen. Eine fast 50jährige Filmodyssee findet damit ihr Ende, und ein überaus vertrauter Film strahlt seither in neuem Farbglanz. Bei aller Freude über die geglückte Rekonstruktion ist das «Schützenfest» auch von filmhistorischer Bedeutung, da es die Entwicklung des einzigen französischen Farbverfahrens Thomsoncolor, das nie in Serie ging, belegt.

Für die Verehrer des 1985 verstorbenen Filmemachers François Truffaut heißt es am 10. September von einem alten Bekannten und Weggefährten Abschied nehmen. Der gebürtige Pole Charles Denner, Truffauts «Mann, der die Frauen liebte», stirbt nach langer Krankheit unweit von Paris im Alter von 69 Jahren. Seine Filmkarriere begann Denner 1962 in Chabrols schwarzer Komödie «Der Frauenmörder von Paris». Obwohl er nie einer der großen Stars des französischen Kinos wurde, bestach er doch immer wieder durch die pointierte Charakterisierung seiner Rollen, die ihm Claude Lelouch, Claude Berri und natürlich Truffaut («Die Braut trug Schwarz», «Ein schönes Mädchen wie ich») anvertrauten.

Es sollte das größte Kinoereignis aus Hollywood werden, und es endet mit einer Bauchlandung: Legenden bildeten sich bereits um die Katastrophen und Querelen, die im Lauf der Entstehung der Superproduktion «Waterworld» gesponnen wurden. «Waterworld» von Regisseur Kevin Reynolds und Produzent/Hauptdarsteller Kevin Costner kostete schließlich mindestens 175 Mio. Dollar (plus Kopien- und Werbeaufwand) und (dis-)qualifizierte sich damit als teuerster Film aller Zeiten. Am 21. September erlebt der Film seinen Kinostart in Deutschland – und erweist sich als alles andere denn als Sensation. «Es ist typisch für ‹Waterworld›, daß er bei allem, was seiner Story hätte Dimensionen geben können, nur im Vorbeigehen anhält. Es ist ebenso typisch, daß selbst ein 175 Mio. Dollar teurer Film es nicht mehr fertigbringt, eine richtige Geschichte zu erzählen. Ungezählte Autoren haben am Drehbuch von ‹Waterworld› mitgewirkt (auch wenn nur zwei von ihnen im Nachspann genannt werden), aber Erfindungsgeist ist letztlich nur in die Actionszenen investiert worden. Charaktere und Handlung sind statisch und seltsam fantasielos: Manipulationsentwürfe fürs Computer-Zeitalter.» (Franz Everschor in «film-dienst» 19/1995)

Mit «Vor dem Regen» kommt am 28. September der Regieerstling des gebürtigen Skopjers Mileho Manchevski in die Kinos, die tragische Geschichte dreier Menschen, an deren Schicksalen exemplarisch der ethnische Konflikt auf dem Balkan aufgefächert wird. Der Film wurde bereits im Jahr zuvor in Venedig vorgestellt und ausgezeichnet, doch erst jetzt findet die überaus interessante Produktion, die sich für eine ganz persönliche Stellungnahme und gegen eine gewalttätige Lösung ausspricht, einen deutschen Verleih. Er ist damit das erste von drei großen Werken, die im Herbst 1995 ins Kino kommen und sich explizit mit dem Bürgerkrieg, den ethnischen Säuberungen und der Neuziehung der Grenzen in Südosteuropa auseinandersetzen. Im November wird von den zwei weiteren Filmen zum Thema Balkan-Konflikt die Rede sein.

Ende September: Das internationale Festival von San Sebastián findet zum 43. Mal statt. Traditionsgemäß liegt der Schwerpunkt auf spanischsprachigen Filmen, und dennoch setzt auch hier wieder ein amerikanischer Film den Hauptakzent: «Leaving Las Vegas», der hierzulande erst 1996 in den Kinos zu sehen ist, wird für die Regie von Mike Figgis geehrt, Nicolas Cage als bester Hauptdarsteller ausgezeichnet.

Oktober

Made in Germany III. «Schlafes Bruder» – Kinostart: 5. Oktober – ist die Adaption des gleichnamigen, 1992 erschienenen Romans von Robert Schneider, eines vertrackten Stücks Literatur, das die Sprache des frühen 19. Jahrhunderts nachbildet. Regisseur Joseph Vilsmaier verweigert sich in seiner mit großem Pomp gestarteten Kinoadaption der «anspruchsvollen» Erzählweise des Romans, betreibt aufreizend demonstrativ das Gegenteil: indem er die Windungen der Handlung stark entflechtet und vereinfacht und sie im Kern auf eine doppelt scheiternde Liebesgeschichte zurückführt, trivialisiert er die Vorlage bis zur Kontraproduktivität. Statt sich für eine adäquate Visualisierung der Fabel zu interessieren, folgt er lediglich der «Vision» einer kommerziell vermarktbaren europäischen Kino-Großproduktion. Am Ende des Romans war der Leser dem Erzähler ein guter Freund geworden, «er wäre unmöglich bis an diesen Punkt unseres Büchleins vorgedrungen», heißt es an einer Stelle des Romans. Der Betrachter des Films vermag kaum eine solch bemerkenswerte Beziehung aufzubauen; bis ans Ende des Films dringt er weit weniger fasziniert vor, enttäuscht vor allem von einem maßlosen und doch so wenig visionären Regisseur. Von der Deutschen Export Union wird der Film dennoch zur Teilnahme an der «Oscar»-Verleihung vorgeschlagen – ein krasses Mißverständnis darüber, mit welchen deutschen Filmen man sich in Hollywood konkurrenzfähig wähnt. (1996 erhielt der Film bei der Verleihung des Deutschen Filmpreises ein «Filmband in Silber».)

«Smoke», Wayne Wangs und Paul Austers Überraschungshit der diesjährigen Berlinale, macht Kino-Furore. Erzählt wird die Geschichte eines kleinen Tabakladens in Brooklyn und die des Verkäufers Auggie, der so etwas wie die gute Seele seines Viertels ist, jemand, der genug eigene Sorgen und dennoch stets eine offenes Ohr für seine Kunden und Freunde hat. Ein Film, in dem im engeren filmischen Sinne eigentlich recht wenig passiert, der jedoch voller liebevoll entwickelter Geschichten steckt und den ganzen Austerschen Erzählkosmos entfaltet. Der kleine Film mit einem großartigen Harvey Keitel in der Hauptrolle findet und verzaubert sein Publikum. So leicht und doch so eindringlich kann Kino also auch heute noch sein, wenn man sich auf die Herzen der Charaktere besinnt. Doch nicht nur auf das Publikum springt die Freude über. Auch die gesamte Filmcrew scheint vom Stoff und der Zusammenarbeit begeistert gewesen zu sein. Spontan wird in nur vier Tagen der Film «Blue in the Face» aufgenommen. Ein kleines improvisiertes Kunstwerk, das die Freundlichkeit und die Spontaneität feiert und das zusätzliches Interesse durch zahlreiche Gastauftritte bekommt, in denen sich Leinwand- und Popstars zur eigentlichen Filmcrew gesellen. Neben Michael J. Fox und Lili Tomlin tritt Madonna als «singendes Autogramm» auf, und der Rocksänger Lou Reed läßt sich über Gott und die Welt und das Leben in New York und anderswo aus. «Blue in the Face» hat seinen Bundesstart zwar erst am 2. Januar 1996, kann jedoch guten Gewissens dem Filmjahr 1995 zugeschlagen werden, das mit dieser unaufdringlichen Leichtigkeit einen versöhnlichen Abschluß findet.

Am 23. Oktober stirbt in Berlin der Filmhistoriker und -journalist Karsten Witte an den Folgen einer Aids-Erkrankung. Die Vorstellung seines jüngsten Buches «Lachende Erben, Toller Tag. Filmkomödie im Dritten Reich», inhaltlich wie formal eines der besten Filmbücher der letzten Jahre überhaupt, hatte einer der hierzulande wichtigsten und bedeutendsten Beobachter des Films und der Filmgeschichte nicht mehr miterleben können.

29. Internationale Filmtage Hof. Dieses traditionsreiche Filmfest ist seit eh und je eine Hochburg des neuen deutschen Kinofilms. Während in Saarbrücken zu Jahresbeginn im Rahmen des «Max-Ophüls-Preises» überwiegend deutsche Erstlingsfilme zu begutachten und zu entdecken sind, zeigt Hof das Neueste ebenso von jungen wie von etablierten deutschen Filmemachern – aber was heißt das schon hierzulande: «etabliert»? Matthias Allary zeigt in diesem Jahr «Lieben, Leben, Tod», Andreas Kleinert «Neben der Zeit», Josef Rödl «Ein Richter in Angst» – allesamt Filme, die im Kino (noch) nicht zu sehen waren. Dafür gibt es zwei Entdeckungen, die 1996 starten und sich regelrecht als «Sleeper» entpuppen, als Filme, die nach eher flauem Start nicht sofort aus den Kinos verdrängt, sondern gepflegt und gehegt werden und sich so allmählich zu kleinen Erfolgen entwickeln: «Nach fünf im Urwald» von Hans-Christian Schmid und «Beim nächsten Schuß knall' ich ihn nieder!» von Hans Christoph Blumenberg, zwei Kleinode unter viel Mittelmaß, Entdeckungen, die zu den Sternstunden des deutschen Kinos 1995/1996 gehören.

November

Am 12. November wird in Berlin zum achten Mal der Europäische Filmpreis «Felix» verliehen. Ausgezeichnet werden Ken Loach für «Land and Freedom» (Bester Film) und «Haß» von Mathieu Kassovitz (Bester «junger» Film). An diesem Tag endet – vorläufig – die Geschichte des Europäischen Filmpreises. In der bescheidenen Enge des Berliner Spiegelzeltes ist man unter sich, ohne Fernsehkameras, ohne größere öffentliche Kenntnisnahme, fatalerweise aber auch ohne sonderlichen Rückhalt aus den eigenen Reihen: weniger als ein Fünftel der 160 Akademiemitglieder sind erschienen, auch die nominierten Filmemacher fehlen, lassen sich durch Schauspielerinnen und Schauspieler vertreten. Zu allem Überfluß legt Wim Wenders den Vorsitz der Europäischen Filmakademie nieder, ohne konkrete Begründung, aber nicht ohne die Akademie zu loben: man habe ein «Netzwerk von Ideen und Solidarität hervorgebracht», man sei «das Gewissen des europäischen Kinos». Die kurze Geschichte des «Felix» dokumentiert ein ständig schrumpfendes Interesse an dem Filmpreis, den die Europäische Filmakademie (seit 1992 selbst Ausrichter der Preisverleihung) nie zu dem machen konnte, was er in seiner Geburtsstunde sein sollte: ein Dokument des Selbstbewußtseins, das der Wahrung der europäischen Filmkultur dient. Jetzt, da Berlin keine finanzielle Unterstützung mehr gewährt, sind Akademie und «Felix» heimatlos. Erst im späten Frühjahr 1996 zeigt sich ein Silberstreifen am Horizont: die Europäische Filmakademie erhält eine neue Finanzspritze des Stiftungsrates der Deutschen Klassenlotterie, so daß ihre Existenz zumindest bis 1998 gesichert ist, «Felix» findet zu einer Kooperation mit dem europäischen Kultur-Fernsehkanal «arte», so daß die neunte Vergabe im November 1996 stattfinden kann – Paris und Berlin werden zeitgleich die Schauplätze der Preiszeremonien sein, das Fernsehen überträgt die Bilder, die eigentlich ins Kino gehören. Die Akademie konstitutiert einen neuen Vorstand und hegt neue Zukunftspläne, die hoffentlich auch im Sinne des Europäischen Filmpreises Früchte tragen werden.

Das Kinojahr neigt sich dem Ende entgegen, und die Verleiher setzen zum Endspurt an. Längst überfällig, kommt Michael Hanekes «71 Fragmente des Zufalls» in die Kinos: die penible Momentaufnahme einer nicht vorhersehbaren Katastrophe. Die kühle Beschreibung eines Amoklaufs, die nicht nach Erklärungen sucht, sondern durch ihre distanzierte Betrachtungsweise für nachhaltige Verunsicherung sorgt. Das Schicksal des Menschen als Endprodukt unglückseliger Verkettungen in einem kargen und dennoch überwältigenden Film.

Mit «Jenseits der Wolken» meldet sich der greise und kranke Michelangelo Antonioni zu Wort. Ein Episodenfilm, der einmal mehr den Frauen huldigt, ein Film über Verlangen, Verlassen und Verlieren. Die vielleicht letzte Regiearbeit Antonionis, die unter der Mitwirkung von Wim Wenders entstand, ist sicher kein großes Alterswerk und weist nicht in die Zukunft des Kinos, doch sie zeugt nach wie vor von der großen Liebe, die der Regisseur seinem Metier und den Frauen entgegenbringt.

Mit Emir Kusturica und Theo Angelopoulos kommen zwei weitere bedeutende europäische Filmemacher in die Kinos, die sich beide in einem groß angelegten geschichtlichen Bilderbogen mit den Ereignissen in Ex-Jugoslawien beziehungsweise auf dem gesamten Balkan auseinandersetzen. Kusturicas «Underground» (Start: 23. November), ein eigenwilliger, metaphysisch überhöhter Abriß der Geschichte Jugoslawiens von der deutschen Okkupation 1941 bis zur Gegenwart, liefert zwar die bei Kusturica gewohnten kraftvollen und symbolträchtigen Bilder, doch bleibt der fast dreistündige Film in seiner Aussage ungenau, sucht das Plakative und meidet differenzierte Zwischentöne. Besonders in Frankreich, der Wahlheimat Kusturicas, entfacht «Underground» erbitterte Diskussionen, die darin gipfeln, daß man dem Regisseur eindeutige Parteinahme unterstellt. Der versucht zu erklären und zu beruhigen, gibt jedoch schließlich entnervt auf und verkündet, daß er sich vom Filmemachen zurückziehen werde.

Mit Theo Angelopoulos verhält es sich ganz anders. Der griechische Filmschöpfer ist aus finanziellen Nöten immer wieder gezwungen, sich – zumindest zeitweilig – vom Filmgeschäft zurückzuziehen. Mit «Der Blick des Odysseus» meldet er sich wieder zu Wort und schickt seinen Protagonisten, einen amerikanischen Regisseur griechischer Abstammung – wundervoll gespielt von Harvey Keitel, der mit jedem Film und mit zunehmendem Alter immer besser zu werden scheint –, auf eine Odyssee durch den Balkan. Angelopoulos führt durch die wechselvolle Geschichte dieser leidgeprüften europäischen Region, versucht, geschichtliche Zusammenhänge und ihre Auswirkungen auf die gegenwärtigen Konflikte aufzuzeigen. Ein ebenso kluges wie bildgewaltiges Großereignis des europäischen Kinos, dem immer wieder die Lebenskraft abgesprochen wird und das doch immer wieder zu überzeugen versteht, wenn auch nur mit singulären Ereignissen. Am Ende verschlägt es den Balkanreisenden ins umkämpfte Sarajevo, in die von der Zerstörung bedrohte Kinemathek der Stadt, wo er nach der Ermordung seiner Gastfamilie vor den Trümmern des europäischen Gedankens steht, zugleich jedoch verpflichtet wird, sich der Pflege dieser Idee anzunehmen.

Spät im Kinojahr fordert ein Serienkiller Aufmerksamkeit. Dies jedoch so nachhaltig und gewalttätig, daß er Zuschauer und Kritik polarisiert. Die Rede ist von David Finchers «Sieben», einem apokalytischen Großstadtkrimi, in dem der Täter seine Opfer in der Reihenfolge der sieben Todsünden, an denen sie schuldig wurden, ermordet. Während die einen in dem harten Film geschmacklose, ungenießbare Genrekost sehen, wird er von anderen als einer der besten Kriminalfilme des Jahres mit durchaus spirituellen Qualitäten und Weitungen gewürdigt.

Reine Genrekost hingegen liefert Regie-Shootingstar Roberto Rodriguez mit seiner schießwütigen Gangsterballade «Desperado» (Start: 23. November). Bemerkenswert an dieser zumindest im ersten Teil recht unterhaltsamen, wenn auch blutigen Moritat sind zwei Dinge. Sie bietet dem spanischen Schauspieler Antonio Banderas, der durch Filme seines Landsmannes Pedro Almodóvar bekannt wurde, bevor er eine internationale Karriere in den USA wagte, eine geeignete Plattform, um seine physischen Qualitäten wirkungsvoll zur Geltung zu bringen. Lässig, zugleich jedoch mit glutvollen Augen, verkörpert Banderas den unbezwingbaren Rächer, stilisiert sich zur Ikone des Latin Lovers, zu einem Kunstprodukt, das in der Mitte der neunziger Jahre durchaus seine Auferstehung feiern kann. Kurioser ist die Entstehungsgeschichte des Films selbst. Einen Überraschungswelterfolg landete Rodriguez zuvor mit seinem mexikanischen Regiedebüt «El Mariachi».

Der Film kostete nur 7000 Dollar und spielte Millionen ein. Grund genug für einen amerikanischen Geldgeber, das Regie-Wunderkind mit einem Vielfachen der Produktionssumme zu ködern. Mit einem Millionenetat machte sich Rodriguez an ein Remake seines eigenen Films, und trotz der bereits bekannten Geschichte gab ihm der Erfolg recht. Später äußert sich der Regisseur voller Zufriedenheit, daß in seinem US-amerikanischen Debüt mehr Finanzmittel für die Platzpatronen verbraucht wurden, als «El Mariachi» überhaupt gekostet hat. Wie dem auch sei, der Film lebt halt von Legenden und Mythen, eine ist so gut wie die andere, wenn nur die Zuschauer an sie glauben.

Eine Legende ganz anderer Art rankt sich um die viel zu leichtgewichtige Komödie «Neun Monate» (30. November). Hauptdarsteller Hugh Grant wird im Lauf der Dreharbeiten bei einem Schäferstündchen mit einer Prostituierten erwischt. Schnell wird der Skandal herbeigeschrieben, die Gazetten überschlagen sich mit Meldungen über Grants Privat- und Liebesleben, die Beziehung zu seiner Verlobten hat plötzlich hohen Nachrichtenwert. Kurz und gut: Hauptdarsteller Grant ist unversehens in aller Munde, und böse Zungen behaupten, der Skandal müsse lanciert gewesen sein, um dem schwachen US-Debüt des englischen Schauspielers zusätzliche Publizität zu verschaffen. Ein Gerücht, nicht mehr, doch so oder so ist die Rechnung aufgegangen.

23. November. Louis Malle ist tot. Der berühmte Regisseur stirbt im Alter von 63 Jahren in seinem Haus in Beverly Hills/Los Angeles. Nicht nur das französische Kino verliert einen der ganz großen Autoren des Kinos, einen der leidenschaftlichsten Filmerzähler. Ein Verlust fürs Kino, der auch ganz persönliche Betroffenheit auslöst. Malle, der Großbürgerssohn, ehemals Filmkritiker und Wegbereiter der Nouvelle Vague, dessen Werk sich nie so ganz auf einen Nenner bringen ließ, war für viele eine Art Mentor, dessen breitgefächertes Œuvre immer wieder die unterschiedlichsten Facetten des Menschseins spiegelte. Neben der Leere, die er durch seinen allzu frühen Tod hinterläßt, bleiben Erinnerung und Dank. Dank für Filme wie «Zazie in der Metro», «Herzflimmern», «Lacombe Lucien», «Auf Wiedersehen, Kinder» oder «Das Verhängnis». Zugegeben, eine sehr persönliche Aufzählung, und doch spiegelt sie Malles Werk, läßt ihn als Menschenkenner und -freund erscheinen, der auch den Verfehlungen seiner Mitmenschen Verständnis entgegenbringen konnte. «Malle war mutiger als viele seiner Zeitgenossen und fürchtete sich weniger, er war reicher in seiner Wahrnehmungsfähigkeit als viele andere, er war souveräner, oft auch ironischer. Das hat einigen den Umgang mit seinem Werk erschwert. Er weckte den Eindruck, er wäre wandelbar ohne Grenzen, in der Tat war er eine Art ‹Mischung›: ausgestattet mit den Persönlichkeitsansprüchen seiner ‹Klasse› und zugleich den Figuren zugeneigt, die freiwillig oder gezwungen ihre Lebensbedingungen verändern, denen Transformation oder Metamorphose, Ausbruch aus dem ‹Ghetto› der vorgegebenen Verhältnisse unausweichlich schienen.» (Thomas Koebner in «film-dienst» 26/1995) Auf Wiedersehen, Louis Malle! Im Kino!

Dezember

Längst schon laufen in den Kinos die Weihnachtsvorbereitungen beziehungsweise die Weihnachtsfilme an. Rob Reiner wird zum Beispiel seine viel zu brave und patriotische Komödie «Hello, Mr. President», immerhin mit Kassenmagnet Michael Douglas, ins Rennen schicken, da läßt ein kleiner italienischer Film, der zum Zeitpunkt seiner Kinoauswertung in Deutschland bereits Vermächtnis ist, aufhorchen. Die Rede ist von Michael Radfords «Der Postmann», einer von Poesie durchdrungenen Komödie um die Freundschaft des großen Dichters Pablo Neruda zu einem einfachen Postboten, der in dieser Beziehung seine Liebe zur Poesie entdeckt und durch sie seine Liebe zu einer schönen Frau zum Ausdruck bringen kann. Übrigens ein Stoff von Antonio Skarmeta, der bereits 1983 von ihm selbst verfilmt wurde. Hauptdarsteller des «Postmanns» ist Massimo Troisi, das große Komödientalent des neuen italienischen Kinos, der nach Abschluß der Dreharbeiten im Alter von 41 Jahren, viel zu jung und viel zu früh, an einem angeborenen Herzfehler starb.

War das das Kinojahr 1995? Es war ein Jubiläumsjahr, eine Feststunde für das Kino, darüber hinaus aber auch ein ganz normales Kinojahr mit den vertrauten Höhen und Tiefen, mit Enttäuschungen, aber ebenso mit manchen Entdeckungen. Vieles müßte man noch erwähnen, vor allem wohl auch all die vielen (vergleichsweise) kleinen Filmfestivals in Deutschland, von Saarbrücken über Augsburg, Tübingen und Würzburg bis Hamburg und Lübeck, die Jahr für Jahr Großes leisten und immer wieder dafür sorgen, daß das Kino seinen unvergleichlichen Ereignischarakter behält.

Sicher, 1995 schlug das Kino besondere Purzelbäume, besser gesagt: seine Funktionsträger taten dies. Das Kind war nun einmal 100 Jahre alt geworden, fühlte sich aber, abgesehen von einigen Zipperlein, noch durchaus vital und jugendlich. Schließlich ist es all die Jahre gelungen, die Anhänger bei Laune zu halten, sie mit Liebesgeschichten, Krimis, exotischen Abenteuern, Alltagserlebnissen immer wieder zu ködern. Die jüngste Kunstform (klammern wir einmal die ganz jungen elektronischen und digitalen Medien als «Ableger» aus) ist in die Jahre gekommen, und doch erfüllt sie noch immer ihren ureigensten Zweck: sie dient der Erbauung und der Ablenkung, überhöht das Leben und macht es dadurch ein wenig transparenter, sorgt für angenehmen Streß und lenkt damit ein wenig (für die berühmten «frohen Stunden») vom Alltagsstreß ab, läßt in Träume und ferne Welten fliehen, wenn das eigene Leben allzu eng und grau geworden ist. So dient gerade das Kino dem Reproduktionsprozeß, und der Jubilar lacht sich ins Fäustchen. Dabei geht er seit seinen Kindertagen keineswegs verschlagen vor, wirkt selten subversiv, sondern liefert genau das, was seine «aficionados» – ein Ausdruck aus dem Stierkampf-Milieu, der durchaus auf Filmverhältnisse übertragbar ist: er bezeichnet jemanden, der das Metier genau kennt und ihm trotzdem treu bleibt – im wirklichen Leben vermissen: den gewissen Kick, das kleine bißchen Mehr, das der Alltag einfach nicht hergeben kann, das reine, von allen Sorgen unbelastete Gefühl, den Abgrund, in den niemand ohne wirklich zwingende Not springen würde. Kino als ewig junge Traummaschine, stets auf der Höhe der Zeit – oder was seine Zuschauer dafür halten.

Horst Peter Koll/Hans Messias

A

Abenteuer auf der Wildwasser-Ranch
HOW THE WEST WAS FUN
Ein achtjähriges Zwillingspärchen kommt hinter den Plan einiger Grundstücksspekulanten, die einer alten Dame ihre Farm abjagen wollen, um auf dem Gelände einen Westernpark zu errichten. Die beiden Mädchen stürzen sich ins Abenteuer und kämpfen um den Besitz ihrer alten Freundin, deren eigener Sohn Drahtzieher der ganzen Angelegenheit ist. Kindertümliche Unterhaltung mit komödiantischen Tönen. – Ab 10.
USA 1994 **V** offen **R** Stuart Margolin **B** Jurgen Wolff **M** Richard Bellis **D** Mary-Kate Olsen (Susie), Ashley Olsen (Jessica), Martin Mull (Bart / Gunfighter), Michele Greene (Laura), Patrick Cassidy (Stephen) **L** 90 **E** 5.11.1995 arte **fd** –

Die Abenteuer des Grizzly Adams
THE LEGEND OF GRIZZLY ADAMS
Konventioneller Tier- und Abenteuerfilm.
USA 1989 **V** offen **R+B** Ken Kennedy **D** Gene Edwards, Link Wyler, Wayne Brennan, Red West, Anthony Caruso **L** 73 **E** 9.12.1995 RTL 2 **fd** –

Abenteuer im Zauberland
SVAMPE
Während seine Eltern mit ihrer Arbeit beschäftigt sind, wandert ein neunjähriger Junge hinaus in seine Fantasiewelt. Von zwei Gefährten begleitet, macht er sich mit einer Draisine auf den Weg, um eine traurige Witwe aus ihrer Gleichgültigkeit zu wecken. Auf der Fahrt erleben die drei wundersame Abenteuer. Kinderfilm. – Ab 12 möglich.
Norwegen 1990 **P** Filmeffekt **V** offen **Pd** Dag Alveberg **R** Martin Asphaug **B** Elisabeth Young **K** Philip Ogaard **D** Martin Bliksrud, Elisabeth Haagensli, Sverre Anker Ousdal, Espen Skjönberg, Karl Sundby **L** 90 **E** 14.7.1995 ZDF **fd** –

Abenteuer in Key West
HUNTERS OF THE REEF
Der Betreiber eines Schiffbergungsunternehmens auf der Suche nach einem gesunkenen Dieselmotor und eine Meeresbiologin, die auf seine Hilfe angewiesen ist, liegen auf Grund ihrer unterschiedlichen Interessen im Dauerstreit. Als sich die Frau beim Tauchen verletzt und von Haien bedroht wird, sind alle Feindseligkeiten vergessen. Ein langweiliger Abenteuerfilm. – Ab 16.
USA 1978 **P** NBC / Paramount / Writers Company **V** offen **Pd** Stanley Kallis **R** Alexander Singer **B** Eric Bercovici **K** Andrew Laszlo **M** Richard Makowitz **D** Michael Parks (Jim Spanner), Mary Louise Weller (Tracey Russell), Moosie Drier (Mike), Felton Perry (Winston), William Windom (Panama) **L** 96 **E** 2.9.1995 Super RTL **fd** –

Abenteuer mit dem Zauberteppich
PHOENIX AND THE MAGIC CARPET
Abenteuerfilm für Kinder. Ein fliegender Teppich bringt drei Kinder und ihr Kindermädchen auf eine tropische Insel. – Ab 12.
USA 1994 **V** offen **R** Zoran Perisic **D** Timothy Hegeman (Chris), Laura Kamrath (Anthea), Nick Klein (Robert), Dee Wallace Stone (Mutter), Peter Ustinov (Großvater) **L** 85 **E** 30.12.1995 Super RTL **fd** –

Der Abenteurer und das Biest
LOVE ON THE RUN
Die Abenteuer eines draufgängerischen Piloten und seiner frischgebackenen Frau, einer Millionärstochter, die er aus einem türkischen Gefängnis gerettet hat.
USA 1994 **V** offen **R** Ted Kotcheff **B** James Orr, Jim Cruickshank **D** Anthony Addabbo (Frank Powers), Noelle Beck (Ava Cross), Len Cariou (Noah Cross), Blu Mankuma (Ray Valentine), Nada Despotovich (Margot Channing) **L** 86 **E** 8.7.1995 RTL 2 **fd** –

Abgefahren
Die Geschichte einer 14jährigen aus zerrütteten Familienverhältnissen in einem Berliner Plattenbau-Viertel. Das Mädchen verbringt seine Zeit mit einer Clique Gleichaltriger, die Autos stehlen und damit wahnwitzige Rennen austragen. Als es sich mit seinen Unternehmungen selbständig macht, steuert das Kind, das keines mehr ist, auf eine Katastrophe zu. Ein Versuch, mit den Mitteln der Sozialreportage das Leben einer desillusionierten Jugend im größer gewordenen Berlin zu erfassen.
Deutschland 1994 / 95 **V** offen **R+B** Uwe Friessner **K** Hartwig Strobel **M** Axel Donner **D** Susanne Bormann (Pattie), Pierre René Müller (Sven), Philipp Dümcke (Fabian), Ilona Schulz (Mutter), Eduard Burza (Olaf) **L** 90 **E** 20.3.1995 ZDF **fd** –

Abgestürzt im Dschungel
NURSES ON THE LINE
Auf dem Flug von Los Angeles zu einer Urwaldklinik im Süden Mexikos stürzt ein Sportflugzeug mit einem vierköpfigen Team aus Ärzten und Schwesternschülerinnen ab. Zwar gelingt die Bergung der Schwerverletzten, doch in der Urwaldklinik fehlt es an Geräten und Medikamenten. Die mexikanischen Behörden verweigern die Hilfe, weil sie gerade eine Aktion gegen Drogenhändler durchführen, der kalifornische Rettungsdienst erhält keine Flugerlaubnis. Fade inszenierte (Fernseh-)Mischung aus Abenteuer, Action und Melodram, teils kitschig, teils pathetisch. – Ab 16.
USA 1993 **V** offen **R** Larry Shaw **B**

Norman Morrill, Andrew Laskos **K** Robert Primes **M** Curt Sobel **D** Lindsay Wagner (Elizabeth Hahn), Robert Loggia (Dr. Daniel Perrin), David Clennon (Dr. Rulon Beesley), Farrah Forke (Fran Markoe), Paula Marshall (Jill Houston) **L** 89 **E** 30.6.1995 ARD **fd** –

Above the Rim

ABOVE THE RIM

Ein junger Schwarzer, Halbwaise in den Armenvierteln Harlems, erhält durch sein Talent als Basketball-Spieler die Chance auf ein College-Stipendium. Schlechter Einfluß und sein Mangel an Selbstdisziplin stellen den sozialen Aufstieg vorübergehend in Frage. Ein mit dramatischen Konflikten und großen Gefühlen jonglierendes, arg konstruiertes soziales Drama, das vor allem als Milieustudie überzeugt. In den Basketball-Szenen werden die Motive des Protagonisten verständlicher als in der oberflächlichen Konflikt-Dramaturgie. – Ab 16.

USA 1994 **P** New Line **V** VMP (Video) **Pd** Jeff Pollack, Benny Medina **R** Jeff Pollack **B** Barry Michael Cooper, Jeff Pollack **K** Tom Priestley jr. **M** Marcus Miller **S** Michael Ripps, James Mitchell, **D** Duane Martin (Kyle), Tupac Shakur (Birdie), David Bailey (Rollins), Tonya Pinkins (Mailika) **L** 93 **FSK** ab 12 **E** 18.4.1995 Video **fd** 31 378

Abrechnung in Tokio

siehe: Tokyo Drifter – Der Mann aus Tokio

Abschied von Agnes

Ost-Berlin, Anfang der 90er Jahre. Ein arbeitsloser Wissenschaftler trauert um seine verstorbene Frau und versucht, ein Buch zu schreiben. Unvermittelt bricht in seinen Alltag ein von den Medien gehetzter Mann ein, der um Unterkunft bittet. Als sich herausstellt, daß er verblüffend genau über das Leben seines Gastgebers Bescheid weiß, kehrt sich das Verhältnis der Männer in ein absurdes Abhängigkeitsverhältnis um. In einem letzten Aufbegehren gelingt es dem Wissenschaftler, sich davon zu befreien. Eine über weite Strecken gelungene Komödie über das herausragende DDR-Trauma, das Staatssicherheitssyndrom. Schwächen in der Inszenierung werden durch den brillanten Hauptdarsteller überspielt.

Deutschland 1994 **P** Ostfilm / Filmhaus München / Dok-Film **V** Arsenal **Pd** Andrea Hoffmann, Tony Loeser **R + B** Michael Gwisdek, nach der Erzählung «Die Stille unter dem Meer» von Hans Löffler **K** Roland Dressel **M** Detlef Petersen **S** Rita Reinhardt, **D** Michael Gwisdek (Heiner), Sylvester Groth (Stefan), Heide Kipp (Verkäuferin), Gerhard Straus-Joachimsthal (alter Mann), Christoph Schlingensief (Reporter), Tony Loeser (Kameramann), Roland Winke (Tonmann) **L** 100 **FSK** ab 12; f **E** 12.1.1995 / 25.4.1996 West 3 **fd** 31 190

Abteilung Anderson

LA SECTION ANDERSON

Dokumentarfilm des französischen Regisseurs und ehemaligen Indochina-Soldaten und Kriegsberichterstatters Schoendoerffer über eine Einheit der US-Armee im Indochina-Krieg.

Schwarz-weiß. Frankreich 1966 **V** offen **R** Pierre Schoendoerffer **L** 63 **E** 16.1.1995 WDR **fd** –

Ace Ventura – Jetzt wird's wild

ACE VENTURA – WHEN NATURE CALLS

In seinem zweiten Abenteuer soll der Haustierdetektiv Ace Ventura einem afrikanischen Stamm die als heilig verehrte weiße Fledermaus wiederbringen. Ein Nachbarstamm wird verdächtigt, sie gestohlen zu haben. Der Film lebt ausschließlich von der aggressiven, respektlosen Komik seines Hauptdarstellers und kann damit durchaus unterhalten. Am Ende flacht der Unterhaltungswert zugunsten der logisch zu Ende gebrachten Krimigeschichte ab. – Ab 16.

USA 1995 **P** Morgan Creek (für Warner Bros.) **V** Warner Bros. **Pd** James G. Robinson, Andrew G. LaMarca **R + B** Steve Oedekerk **K** Donald E. Thorin **M** Robert Folk **S** Malcolm Campbell **D** Jim Carrey (Ace Ventura), Simon Callow (Vincent Cadby), Ian McNeice (Fulton Green wall), Maynard Eziashi (Ouda), Bob Gunton (Burton Quinn) **L** 94 **FSK** ab 12; f **E** 14.12.1995 **fd** 31 671

Achtung, Schürzenjäger!

HOW TO PICK UP GIRLS

Ein naiver Kleinstädter zieht nach New York und kommt hinter das Geheimnis, mit welchen Sprüchen man auf Frauen wirkt, nach dem sein Freund, ein eingebildeter Schürzenjäger, schon lange vergeblich forscht. Als der frischgebackene Herzensbrecher sich verliebt, ist die Geliebte verheiratet und kommt ganz gut ohne ihn aus. Eine von Situationskomik lebende, leidlich unterhaltsame Literaturverfilmung.

USA 1978 **V** offen **R** Bill Persky **B** Jordan Crittenden, Peter Gethers, Bill Persky, David Handler **M** Don Sebesky **D** Fred McCarren (Donald), Bess Armstrong (Sally), Desi Arnaz, Jr. (Robbie), Deborah Raffin (Cynthia), Richard Dawson (Chandler), Polly Bergen (Dana) **L** 94 **E** 31.3.1995 Pro Sieben **fd** –

Affäre Dreyfus

Zweiteilige Fernseh-Dramatisierung des aufsehenerregenden

Spionagefalls um den französischen Hauptmann Alfred Dreyfus, der 1894 wegen angeblicher Spionage für die Deutschen verurteilt und erst 1906 endgültig rehabilitiert wurde. Der wahre Schuldige wurde nie verurteilt.
Frankreich / Deutschland 1994 **V** offen **R** Yves Boisset **B** Jorge Semprun, nach dem Buch von Jean-Denis Bredin **K** Yves Dahan, Jacques Loiseleux **M** Angélique Nachon, Jean-Claude Nachon **D** Thierry Frémont (Alfred Dreyfus), Philippe Volter (Mathieu Dreyfus), Helmut Berger (Schwartzkoppen), Laura Morante (Lucie Dreyfus), Pierre Arditi (Esterhazy) **L** 215 (105+110) **E** 3. / 10.4.1995 Südwest 3 (zwei Teile) **fd**

Afrique, mon Afrique
AFRIQUE, MON AFRIQUE
Elfenbeinküste 1993: Ein Bauchladen-Verkäufer, der von einer Karriere als Musiker in der Hauptstadt Abidjan träumt, kommt dort vorläufig bei einer alten Freundin aus seinem Dorf unter, die als Prostituierte arbeitet. Nach einem Zerwürfnis mit ihr verhilft ihm ein Schuhputzer zu einer anderen Unterkunft. Mit neuen Bekannten gründet er eine Band, die schließlich auch Erfolg hat. Als er vom Aids-Tod seiner Freundin erfährt, beschließt er, seine musikalische Karriere in den Dienst des Kampfes gegen die Krankheit zu stellen, die inzwischen sein ganzes Volk bedroht.
Frankreich 1993 **V** offen **R** Idrissa Ouedraogo **B** Idrissa Ouedraogo, Santiago Amigorena **K** Daniel Barrau **M** Ismael Lo, Noé **S** Monica Coleman **D** Ismael Lo (Eugene), Georgette Paré (Kassi), Assita Ouedraogo (Elalie), Naky Sy Savane (Binta), Akissa Delta (Aisha), Ludovick Aka Inza («Schuh») **L** 52 **E** 6.3.1995 arte **fd** –

Al Capone – Terror aus dem Knast
siehe: Death Lord

Aladin
ALADDIN
Das Märchen aus «1001 Nacht» in einer Zeichentrick-Adaption: Aladin und sein Geist aus der Flasche im Kampf gegen den bösen Wesir.
England 1992 **V** offen **R** David Thwaytes **B** Paul Levinson, Nathalie Harrison **M** Danny Schogger **L** 74 **E** 4.6.1995 premiere **fd** –

Aladins Wunderlampe
WOLSCHEBNAJA LAMPA ALADDINA
Die Geschichte des Aladin, dem ein hilfreicher Geist aus der Wunderlampe gegen die Intrigen eines bösen Zauberers und des Kalifen beisteht und die geliebte Prinzessin zuführt. Aufwendig ausgestatteter und streckenweise sehr komischer Märchenfilm nach «1001 Nacht», der bewußt operettenhaft inszeniert ist; dies überdeckt allerdings teilweise die märchenhaften Züge des Stoffes. Trotz der unverkennbaren ideologischen Färbung und seiner antiquierten Machart bietet der Film brauchbare Unterhaltung für jüngere Zuschauer. – Ab 8.
Scope. UdSSR 1966 **P** Gorki-Studio **V** Progress (Kino) / EuroVideo (Video) **R** Boris Ryzarew **B** Wiktor Witkowitsch, Grigori Jagdfeld, nach dem Märchen aus «1001 Nacht» **K** W. Dulzew, Lew Ragosin **M** Aleksej Murawljow **D** Boris Bystrow (Aladin), Dodo Tschogowadse (Prinzessin Budur), Otar Koberidse (Sultan), E. Werulaschwili (Aladins Mutter), G. Sadychow (Großwesir) **L** 71 **FSK** o.A.; f **E** 23.2.1968 Kino DDR / 23.2.1985 DFF 1 / Frühjahr 1994 Video / 3.4.1994 ORB **fd** 31 245

Alamo – 13 Tage bis zum Sieg
ALAMO: 13 DAYS TO GLORY
Schematischer Western, der die historische Belagerung der texanischen Missionsstation Alamo (23.2.–6.3.1836) durch eine dreißigfache Übermacht der rebellierenden Mexikaner nachzeichnet. Prominent besetzt, aber mit pathetischen Klischees behaftet. – Ab 14 möglich.
USA 1987 **V** offen **R** Burt Kennedy **D** James Arness (Jim Bowie), Davy Crockett (Brian Keith), Alec Baldwin (Colonel Travis), Raul Julia (General Santa Anna), Lorne Greene (Sam Houston) **L** 191 **E** 6.1.1995 RTL 2 **fd** –

Alarmstufe: Rot 2
UNDER SIEGE 2: DARK TERRITORY
Ein aus dem Staatsdienst entlassener Wissenschaftler bedroht mit einem Killersatelliten die Welt. In dem Personenzug, den er zu diesem Zweck entführt hat, befindet sich aber auch ein Anti-Terror-Spezialist im Vorruhestand, dem die Rettung der Welt obliegt. Das aktionsreiche Spektakel variiert das erfolgreiche Schema des gleichnamigen ersten Teils (1992) sowie weitere erprobte Elemente des Action-Genres. Furios und aufwendig inszeniert, wartet es mit vielen brutalen Gewaltszenen auf, die ebenso unreflektiert bleiben wie das Problem von Massenvernichtungswaffen. – Ab 16.
USA 1995 **P** Warner Bros. / Arnon Milchan-Seagal / Nasso **V** Warner Bros. **Pd** Steven Seagal, Arnon Milchan, Steve Perry **R** Geoff Murphy **B** Richard Hatem, Matt Reeves **K** Robbie Greenberg **M** Basil Poledouris **S** Michael Tronick **D** Steven Seagal (Casey Ryback), Eric Bogosian (Travis Dane), Katherine Heigl (Sarah Ryback), Everett McGill (Penn), Morris Chestnut (Bobby) **L** 99 **FSK** ab 18; nf **E** 7.9.1995 **fd** 31 511

Albert Savarus
ALBERT SAVARUS
Eine junge Frau vergeht in unerfüllter Liebe zu einem Mann, den sie nur vom Hörensagen kennt, obwohl er in ihrer Nachbarschaft lebt. Als sie hinter das Geheimnis des zurückgezogen lebenden Fremden kommt, zerstört sie aus Enttäuschung sein Glück. Eine tragische, detailgetreu ausgestattete Liebesgeschichte aus dem Frankreich des 18. Jahrhunderts, inszeniert von einem Wegbereiter der französischen Nouvelle vague. – Ab 16.
Frankreich 1992 **P** Auramax / La Sept / CFC / Centre National du Cinéma **V** offen **R + B** Alexandre Astruc **D** Niels Arestrup (Albert Savarus), Charlotte Valandrey (Rosalie de Watteville), Dominique Sanda (Francesca), Fernand Guiot, Diane Lepvrier, François Domange **L** 61 **E** 22. 4. 1995 arte
fd –

Alex III – Der Schnüffler mit der goldenen Nase
STAYING AFLOAT
Kriminalkomödie aus einer Fernsehserie. Nachdem er sein Erbteil verschwendet hat, denkt ein Millionärssohn daran, freiwillig aus dem Leben zu scheiden. Da macht ihm die Regierung das Angebot, seinen bisherigen Lebensstil weiter zu finanzieren, wenn er dafür als Undercover-Agent Kriminalfälle im Milieu der Superreichen aufklärt.
USA 1993 **V** offen **R** Eric Laneuville **D** Larry Hagman (Alex III), Eric Christmas (Ryder), Gregg Henry (Ed Smith), Claire Yarlett (Lauren Morton), Antoni Corone (Carlos), Dakin Matthews (Henry Ashley) **L** 86 **E** 28. 2. 1995 RTL **fd** –

Alice in Russialand
ALICE IN RUSSIALAND
Lewis Carrolls weltbekannte Romanfigur Alice unternimmt eine Reise in die russische Kunst. Die comic-ähnlichen Figuren bewegen sich in einem knallbunten Schaukasten und demonstrieren in ironischen Spielszenen die Oktober-Revolution, das Kunstdiktat des sozialistischen Realismus, aber auch jüngste Entwicklungen der russischen Kultur. Der Film gehört zu einer fünfteiligen Dokumentationsreihe, die sich mit der Geschichte und dem Wandel der russischen Gesellschaft befaßt. (O.o.U.; Titel der weiteren Teile: «Bells from the Deep», «The Nose», «Russian Lullaby», «Les enfants jouent à la Russie»)
England / Rußland 1993 **P** Cecco Films **V** offen **Pd** Alessandro Cecconi, Ira Barmak **R + B** Ken Russell **K** Hong Manley **L** 60 **E** 27. 8. 1995 premiere **fd** –

Alicia im Ort der Wunder
ALICIA EN EL PUEBLO DE MARAVILLAS
Eine Beraterin in Sachen Theater wird in einen Ort in der Provinz geschickt, wo in einem Sanatorium Menschen mit «auffälligem» Sozialverhalten kuriert werden. Die Frau, die diese Welt wie einen Alptraum erlebt, beginnt gegen die soziale Verkrüppelung vorzugehen. Eine systemkritische Komödie, die Strukturen und Motive aus Lewis Carrolls «Alice im Wunderland» verwendet und den alltäglichen Horror bis an den Rand des Absurden weitertreibt.
Kuba 1991 **P** ICAIC **V** offen **Pd** Humberto Hernández **R** Daniel Diaz Torres **B** Gruppe Nos-y-Otros, Daniel Diaz Torres **K** Raúl Pérez Ureta **M** Frank Delgado **S** Jorge Abello **D** Thais Valdés (Alicia), Reynaldo Miravalles, Alberto Pujol, Carlos Cruz, Raul Pomares **L** 93 **E** 13. 11. 1995 arte
fd –

Das Alien in Dir
THE ALIEN WITHIN
Im Jahr 2020 sind die Bodenschätze verbraucht, die Menschen gewinnen ihre Rohstoffe aus dem Meer. Ein Handvoll sehr unterschiedlicher Personen arbeitet und lebt in einer Unterwasser-Station und wird unversehens von einem parasitären Außerirdischen bedroht, der ihnen die Körperflüssigkeit entzieht. Plump inszenierter Science-fiction-Film auf dem Niveau gängiger Fernsehserien, der seine zentralen dramaturgischen Motive der «Alien»-Reihe entlehnt. Der außerirdische Lurch wirkt eher lächerlich als angsteinflößend.
USA 1994 **P** New Horizons **V** CIC (Video) **Pd** Mike Elliott **R** Scott Levy **B** Alex Simon **K** Mike Mikkens **M** Christopher Lennertz **S** John Bergstresser **D** Roddy McDowall (Dr. Henry Lazarus), Alex Hyde-White (Jedidiah Pikkett), Melanie Shatner (Catherine Harding), Don Stroud (Louis), Richard Briggs (Hawkes) **L** 83 **FSK** ab 16 **E** 15. 11. 1995 Video **fd** 31 678

Alien Nation – Dark Horizon
Fünf Jahre nach ihrer Landung in Los Angeles sind außerirdische Wesen als Bürger anerkannt. Da sie auf ihrem Heimatplaneten als Sklaven gelten, verfolgt sie ein entsandter Offizier, während sektiererische «Puristen» versuchen, die Aliens zu beseitigen. Eine metaphorische Science-fiction-Parabel, Fortsetzung des Films «Spacecop L.A. 1991» (1988). Sie spricht aktuelle Probleme wie die der Ethnien, des Faschismus, von Aids an und gibt einfache, aber nicht abwegige Antworten mit Humor, aber auch mit etwas Gefühlsduselei verpackt. – Ab 16.
USA 1994 **P** Foxstar / Kenneth Johnson Prod. **V** Fox (Video) **Pd** Diane Frolor, Andrew Schneider **R** Kenneth Johnson **B** Diane Frolor, Andrew Schneider **K** Lloyd

Ahern II. **M** David Kurtz **S** Alan Marks, David Strohmaier **D** Gary Graham, Eric Pierpoint, Michele Scarabelli, Terri Treas, Lauren Woodland **L** 89 **FSK** ab 12 **E** 18.5.1995 Video **fd** 31 421

Alistair MacLean – Der Rembrandt-Deal

ALISTAIR MACLEAN'S NIGHT WATCH

Bei der Suche nach einem dreisten Dieb, der Rembrandts «Nachtwache» gestohlen hat, kommt die CIA einem nordkoreanischen Unternehmen auf die Spur, das mit Hilfe eines Super-Satelliten die Weltherrschaft gewinnen will. Ein alerter Super-Agent und seine attraktive Kollegin machen die fernöstlichen Ränkeschmiede zunichte. Leidlich unterhaltsames, aber nur wenig einfallsreiches Agenten-Abenteuer nach hinlänglich bekannten Mustern. – Ab 16.

England / Kroatien 1995 **P** British Lion / Jadran Film **V** Warner Home (Video) **Pd** Peter Snell **R+B** David S. Jackson **K** Michael Negrin **M** John Scott **S** Eric Boyd-Perkins **D** Pierce Brosnan (Mike), Alexandra Paul (Sabrina), Lim Kay Siu (Mao Yixin), William Devane, Michael Shannon **L** 94 **FSK** ab 16 **E** 13.10.1995 Video **fd** 31 582

Alle lieben Julie

UNE NOUNOU PAS COMME LES AUTRES

Kinderfilm, der das Problem von Randgruppen und ihrer Integration behandelt. Auf Grund ihres Zwergenwuchses hat eine 32jährige Frau Schwierigkeiten im Berufsleben. Als sie sich als Gouvernante für zwei kleine Kinder bewirbt, wird sie zwar von der Großmutter eingestellt, doch der Vater will sie nach seiner Rückkehr von einer Geschäftsreise entlassen. – Ab 10.

Frankreich 1994 **V** offen **R** Eric Civanyan **D** Mimie Mathy (Julie), Thierry Heckendorn (Antoine), Renan Mazeas (Sebastian), Lucile Boulanger (Ludivine), Micheline Dax (Christiane) **L** 85 **E** 23.12.1995 Vox **fd** –

Alle reden über Snooky

SNOOKS IN THE LIMELIGHT

Kinderfilm. Um seinen Eltern finanziell unter die Arme zu greifen, tritt Eigil mit seinem Freund Snooky, einem karottenähnlichen Burschen, im Zirkus auf. Nach Komplikationen versuchen sie sich als Straßenmusiker. Als ein Fernsehsender sie entdeckt, scheint das Haus der Eltern gerettet. – Ab 8.

Dänemark 1992 **V** offen **R** Jorgen Vestergaard **D** Bjarke Smitt Vestermark (Eigil), Nadi Mecovski (Tamjeed), Jannie Faurschou (Mutter), Soeren Saetter-Lassen (Vater), Soes Egelind (Frau Pflaume) **L** 78 **E** 9.9.1995 Super RTL **fd** –

Allein gegen die Unterwelt

GETTING GOTTI

Kriminal- und Gerichtsfilm nach wahren Begebenheiten: Eine junge Staatsanwältin setzt alles daran, einen Mafia-Boß, den sie noch aus ihrer Kindheit kennt, hinter Gitter zu bringen.

USA 1994 **V** offen **R** Roger Young **B** James S. Henerson **D** Lorraine Bracco (Diane Giacalone), Anthony John Denison (John Gotti), Ellen Burstyn (Jo Giacalone), Kathleen Lasky (Cassie Fielder), August Schellenberg (Willie Boy johnson) **L** 89 **E** 17.3.1995 RTL **fd** –

Alles unter Kontrolle – keiner blickt durch

CARRY ON UP THE KHYBER

Im kolonialen Indien des Jahres 1895 bricht eine Rebellion unter den Einheimischen aus, als sich herausstellt, daß ein Soldat eines schottischen Regiments Unterhosen unter seinem Kilt trägt. Altbewährter Klamauk der «Carry On»-Serie, mit einigen Spitzen gegen britisches Weltmachtgehabe. – Ab 14.

England 1968 **P** Rank **V** offen **Pd** Peter Rogers **R** Gerald Thomas **B** Talbot Rothwell **K** Ernest Steward **M** Eric Rogers **S** Alfred Roome **D** Sidney James (Sir Sidney Ruff-Diamond), Kenneth Williams (Khasi von Kalabar), Charles Hawtrey (Private James Widdle), Roy Castle (Captain Keene), Joan Sims (Lady Ruff-Diamond) **L** 86 **E** 15.7.1995 Super RTL **fd** –

Ein Alligator namens Daisy

AN ALLIGATOR NAMED DAISY

Bei seiner Rückkehr aus dem Urlaub findet ein Songschreiber einen Alligator in seiner Wohnung vor. Das ebenso ungewöhnliche wie unerwünschte Geschenk bereitet ihm einiges Kopfzerbrechen: Alle Versuche, das Reptil loszuwerden, schlagen fehl, zu allem Unglück verliert er seine reiche Braut. Eine gut gespielte, witzige, oft groteske Komödie, die zum Ende hin verflacht. – Ab 12.

Scope. England 1957 **P** Group Film Productions **V** offen **Pd** Raymond Stross **R** J. Lee Thompson **B** Jack Davies **K** Reginald Wyer **M** Stanley Black, Sam Coslow **S** John Guthridge **D** Donald Sinden (Peter Weston), Diana Dors (Vanessa Colebrook), Jean Carson (Moira), James Robertson Justice (Sir James), Margaret Rutherford (Prudence Croquet) **L** 85 **E** 17.2.1990 DFF2 / 27.2.1995 ORB **fd** –

Almost Dead – Am Rande des Wahnsinns

ALMOST DEAD

Eine Psychologin glaubt, ihre tödlich verunglückte Mutter sei auferstanden und würde sie heimsuchen. Als sie deren Grab öffnen läßt, erweist sich dieses als

leer. Die Nachforschungen treiben die Frau an den Rand des Wahnsinns, doch ein hartgesottener Ex-Polizist steht ihr zur Seite.
USA 1994 **P** Delta **V** Concorde (Video) **R** Ruben Preuss **B** Miguel Tejada-Flores **D** Shannen Doherty (Katherine Roshak), Costas Mandylor (Dominic Delaserra), John Diehl (Eddie Herbeck), William R. Moses (Pierre Peters-Arnolds), Steve Inwood (Polizeichef), Eric Christmas (Vater Ambrose) **L** 86 **FSK** ab 16 **E** 19.5.1995 RTL 2 / 1995 Video
fd –

Am siebten Tag über den Syr-Darja

Dokumentarfilm über die Menschen in dem verschlafenen kasachischen Nest Tore-Tam. An der Bahnstrecke Moskau–Taschkent gelegen, wurde es zum Durchfahrtsort zur russischen Startrampe Baikonur. Der Film beschreibt die wechselvolle Geschichte dieses Ortes und stellt Verbindungen zum bei Cape Canaveral gelegenen amerikanischen Titusville her.
Deutschland 1995 **V** offen **R** Joachim Tschirner **L** 90 **E** 9.8.1995 mdr **fd** –

Am wilden Fluß

THE RIVER WILD
Eine als Geburtstagsgeschenk gedachte Wildwasserfahrt wird durch das unerwartete Auftauchen flüchtiger Verbrecher zu einer seelischen und körperlichen Zerreißprobe für die Mutter einer ohnehin schon reichlich zerrütteten Familie. Ein dramatischer Abenteuerfilm, in dem Meryl Streep glaubwürdig die starke, allen Gefahren gewachsene Frauenfigur spielt. Dennoch verheddert er sich hoffnungslos in Genreklischees und der oberflächlich-feministischen Bemäntelung einer letztlich konventionellen Geschichte. – Ab 12.
USA 1994 **P** Universal **V** UIP (Kino) / CIC (Video) **Pd** David Foster, Lawrence Turman **R** Curtis Hanson **B** Denis O'Neill **K** Robert Elswit **M** Jerry Goldsmith **S** Joe Hutshing, David Brenner **D** Meryl Streep (Gail), Joseph Mazzello (Roarke), Stephanie Sawyer (Willa), Buffy (Maggie), David Strathairn (Tom), Elizabeth Hoffman (Gails Mutter) **L** 111 **FSK** ab 12; f **FBW** w **E** 26.1.1995 / 26.7.1995 Video **fd** 31 158

American Heart – Die zweite Chance

AMERICAN HEART
Nach seiner Haftentlassung will ein ehemaliger Einbrecher sich seiner Verantwortung als Vater entziehen, doch sein 14jähriger Sohn läßt sich nicht abschütteln. Der Junge kann zwar schließlich väterliche Gefühle wecken, doch ihr Plan, sich in Alaska eine gemeinsame Zukunft aufzubauen, scheitert. Eine überzeugend gespielte Vater-Sohn-Geschichte, die einen kritischen Blick hinter die Hochglanz-Fassaden nordamerikanischer Metropolen wirft. Der melancholische, aber nicht rührselige Film beschreibt den Prozeß der schwierigen Annäherung zwischen zwei sensiblen, durch Erfahrungen in einer feindseligen Umwelt verhärteten Menschen mit Ruhe und Genauigkeit und vermeidet weitgehend Klischees. – Ab 14.
USA 1991 **P** Avenue **V** Ascot Elite (Kino) / Warner Home (Video) **Pd** Rosilyn Heller, Jeff Bridges **R** Martin Bell **B** Peter Silverman **K** James R. Bagdonas **M** James Newton Howard **S** Nancy Baker **D** Jeff Bridges (Jack Keely), Edward Furlong (Nick Keely), Lucinda Jenney (Charlotte), Tracey Kapisky (Molly), Christian Frizzell (Rollie), Don Harvey (Rainey) **L** 114 **FSK** ab 12; f **E** 2.3.1995 / 24.11.1995 Video
fd 31 225

Amigomio

AMIGOMIO
Ein achtjähriger Junge flieht mit seinem Vater aus Argentinien, nachdem die Militärjunta seine Mutter verschleppt hat. Auf ihrer hindernisreichen Reise wachsen die beiden zusammen und finden schließlich in Ecuador eine neue Heimat. Was als anrührende Beschreibung einer Vater-Sohn-Beziehung unter einer Militärdiktatur beginnt, verliert sich zunehmend in folkloristischen Beschreibungen und politischen Exkursen, deren Ironisierung durch eine unbeholfene Inszenierung und chargierende Nebendarsteller eher lächerlich wirkt. So verschenkt der Film viel von seinem Thema: der Bedeutung von Heimat und Exil und der Angst in einer Diktatur. – Ab 14.
Deutschland / Argentinien 1993 / 94 **P** Malena / Telefilm Saar / Chelko **V** Basis **Pd** Paul Müller, Mirta Reyes **R + B** Jeanine Meerapfel, Alcides Chiesa, nach dem Roman «Historias de Papà y Amigomio» von Pablo Bergel **K** Victor González **M** Osvaldo Montes **S** Andrea Wenzler **D** Daniel Kuzniecka (Papá Carlos), Diego Mesaglío (Amigomio), Mario Adorf (Großvater), Debora Brandwajnman (Großmutter), Christoph Baumann (Christoph), Gabriela Salas (La Negra) **L** 108 (Orig. 115) **FSK** ab 12; f **FBW** w **E** 10.3.1995 arte / 8.6.1995
fd 31 394

Die andere Seite der Liebe

siehe: Die Unschuldig hinter Gittern: Das Schicksal der Annie Gallagher

Ein anderes Leben

UN' ALTRA VITA
Dramatische Geschichte einer unmöglichen Liebe. Ein schüchterner römischer Zahnarzt findet vor seiner Haustür eine junge Russin, die offenbar mißhandelt

worden ist. Er gibt der schönen Unbekannten Unterschlupf für die Nacht, doch bevor er Näheres über die Frau in Erfahrung bringen kann, ist sie wieder verschwunden. Fasziniert von der geheimnisvollen Fremden, macht er sich auf die Suche nach ihr und gerät in Kreise, die ein völlig anderes Leben führen, als er es gewohnt ist.
Italien 1992 **V** offen **R** Carlo Mazzacurati **B** Franco Bernini, Carlo Mazzacurati **K** Alessandro Pesci **M** Ralph Towner **D** Silvio Orlando (Saverio), Adriana Biedrzynska (Alia), Claudio Amendola (Mauro), Giorgio Tirabassi (Vanni), Antonello Fassari (Remo), Antonella Ponziani (Rita) **L** 90 **E** 8. 1. 1995 Bayern 3 **fd** –

André
ANDRE
Die Freundschaft zwischen einer jungen Robbe und der Tochter des Hafenmeisters in einem amerikanischen Küstennest Anfang der 60er Jahre. Die tiefgreifenden Konflikte zwischen einem Fischer, der die Robben für die schlechten Fangergebnisse verantwortlich macht, und dem Hafenmeister lösen sich, als die Robbe ihre kleine Freundin aus größter (See-)Not retten kann. Eine authentische Geschichte, die zu sentimentaler Kinder- und Familienunterhaltung verarbeitet wurde. Der Film zeichnet ein geschöntes paradiesisches Bild der 60er Jahre. – Ab 8.
USA 1994 **P** Turner Pictures **V** Concorde (Kino) / Columbia TriStar (Video) **Pd** Annette Handley, Adam Shapiro **R** George Miller **B** Dan Baratta, nach dem Roman «A Seal called Andre» von Harry Goodridge **K** Thomas Burstyn **M** Bruce Rowland **S** Harry Hitner, Patrick Kennedy **D** Tina Majorino (Toni Whitney), Keith Carradine (Harry Whitney), Keith Szarabajka (Billy Baker), Chelsea Field (Thalice Whitney), Shane Meier (Steve Whitney), Aidan Pendleton (Paula Whitney) **L** 94 **FSK** o. A.; f **FBW** w **E** 26. 1. 1995 / 2. 11. 1995 Video
fd 31 188

Android 2000
THE ANDROID AFFAIR
Die Herzbeschwerden eines Androiden stellen seinen Schöpfer vor arge Probleme. Als sich der künstliche Mensch auch noch in eine Ärztin verliebt und mit ihr durchbrennt, sieht der Wissenschaftler die eigenen Pläne gefährdet. Science-fiction-Märchen voller Wiederholungen, doch der ironische Grundton der Geschichte sorgt für leidlich passable Unterhaltung. – Ab 16.
USA 1995 **P** Chanticleer Films **V** CIC (Video) **Pd** Joan Carson **R** Richard Kletter **B** Isaac Asimov, Richard Kletter **K** Bernhard Salzman **M** Simon Boswell **S** Lisa Bromwell **D** Harley Jane Kozak (Karen), Griffin Dunne (Teach), Ossie Davis (Dr. Winston), Saul Rubinek (Fiedler), Peter Outerbridge (Thomas Benni) **L** 86 **FSK** ab 12 **E** 20. 12. 1995 Video
fd 31 735

Angel of Desire
ANGEL OF DESIRE
Die Leiterin einer Mordkommission ist mit der Aufklärung eines Frauenmordes beschäftigt. Sie ermittelt gegen einen reichen Playboy und verliebt sich in den Mann. Alle Verdachtsmomente lösen sich zunächst in Wohlgefallen auf, doch plötzlich tauchen neue Beweismittel auf, und plötzlich schwebt die Frau in tödlicher Gefahr. Thriller nach den herkömmlichen Mustern.
USA 1993 **P** Planet Productions **V** NGP (Video) **R** Donna Deitch **D** Joan Severance, Anthony John Denison, John Allen Nelson **L** 91 **FSK** ab 18 **E** 23. 8. 1995 Video
fd –

Angel of Destruction
ANGEL OF DESTRUCTION
Eine zunehmend erfolglosere Pop-Sängerin soll sowohl von einem psychopathischen Killer als auch von ihren Manager, der die Lebensversicherung einstreichen will, ermordet werden. Eine schlagkräftige Privatdetektivin schützt sie vor beiden Gefahren. Ein zynisch kalkulierter Actionfilm mit einer spannungslosen Anhäufung von hemmungslos propagierter und in Szene gesetzter Gewalt. – Wir raten ab.
USA 1994 **P** New Horizon / Brentwood / CA / The Pacific Trust **V** Highlight (Video) **Pd** Cirio H. Santiago **R** Charles Philip Moore **B** Paul Maslak, Charles Philip Moore **K** Joe Batac **M** Miguel Elliott **S** Brian Katkin, Terry Kelley **D** Maria Ford (Jo), Charlie Spradling (Brit), Bob McFarland, Jessica Mark (Delilah), Jimmy Broome (Robert Kell), Antonio Bacci **L** 85 **E** 1995 Video
fd 31 228

Angel on the Run
GOOD GIRLS DON'T
Eine Sekretärin und eine Striptease-Tänzerin geraten als Tatverdächtige in einen Mordfall, fliehen gemeinsam aus der Stadt und erhalten Hilfe von einem gutmütigen Polizisten, den sie zunächst als Geisel genommen haben. Ein einfallsloser, ausgesprochen dümmlicher Krimi mit dreisten Anspielungen auf «Thelma & Louise», geprägt von miesen Darstellern und sexistischen Dialogen.
USA 1993 **P** Showcase **V** New Vision (Video) **Pd**+**R**+**B** Rick Sloane **K** Bob Hayes **M** Alan Dermarderosian **S** Rick Sloane **D** Renée Estevez (Jeanie), Julia Parton (Betina), Christopher Knight (Montana), Don Wildman (Cady), Kevin Fox (Curtis) **L** 89 **FSK** ab 16 **E** 27. 1. 1995 Video / 31. 1. 1996 Pro Sieben
fd 31 356

Angelas Rache
ELLES N'OUBLIENT JAMAIS
Nachdem er sich auf eine Affäre mit ihr eingelassen hat, wird ein kaltschnäuziger Schuldeneintreiber von einer mysteriösen Frau verfolgt und tyrannisiert. Er versucht ebenso skrupellos wie vergeblich, sie loszuwerden, und löst damit einen Rachefeldzug aus. Thriller, der eine sattsam bekannte Geschichte auf unfreiwillig komische Weise ausschlachtet.
Frankreich 1994 **P** Michelle de Broca / Fildebroc / T.F.1 Film / Capac-Ice **V** Concorde (Video) **Pd** Michelle de Broca **R+B** Christopher Franck **K** Bertrand Chatry **M** Jean-Marie Sénia **S** Catherine Dubeau **D** Thierry Lhermitte (Julien), Maruschka Detmers (Anne), Nadia Farès (Angela), Johann Martel (Charles), Umberto Orsini (Vienne) **L** 102 **FSK** ab 16 **E** 28. 6. 1995 premiere
fd –

Angels – Engel gibt es wirklich!
ANGELS IN THE OUTFIELD
Ein bei einer Pflegemutter lebender Elfjähriger bittet den Himmel um Hilfe, damit seine Baseball-Mannschaft Meister wird und er eine neue Familie bekommt. Tatsächlich erfüllt ihm eine Schar Engel seine Wünsche. Neuverfilmung eines Hollywood-Films von 1951 («Angels in the Outfield», Regie: Clarence Brown). Die märchenhaften Züge werden durch moderne Computer-Spezialeffekte etwas aufgepeppt, wobei aber die plastisch gezeichneten Charaktere nicht aus den Augen verloren werden. Die geradlinige Inszenierung und die mit sichtbarer Spiellaune agierenden Darsteller halten geschickt die Balance zwischen Rührung und Humor. – Ab 8.
USA 1994 **P** Walt Disney / Caravan **V** Buena Vista (Kino) / Buena Vista (Video) **Pd** Irby Smith, Joe Rath, Roger Birnbaum **R** William Dear **B** Dorothy Kingsley, George Wells **K** Matthew F. Leonetti **M** Randy Edelman **S** Bruce Green **D** Danny Glover (George Knox), Brenda Fricker (Maggie Nelson), Joseph Gordon-Levitt (Roger), Milton Davis jr. (J.P.), Tony Danza (Mel Clark), Christopher Lloyd (Al, der Engel), Ben Johnson (Hank Murphy) **L** 103 **FSK** ab 6; f **FBW** w **E** 19. 1. 1995 / 14. 9. 1995 Video
fd 31 162

Angriff der 20 Meter Frau
ATTACK OF THE 50 FOOT WOMAN
Die Strahlung eines UFO läßt eine unsichere junge Frau, die von ihrem Mann und von ihrem Vater ausgenutzt wird, zu übermenschlicher Größe anwachsen. Auch geistig und seelisch ist sie endlich in der Lage, sich ihrer Umwelt gegenüber durchzusetzen. Lust- und geistloses Remake des Science-fiction-Films «Attack of the 50 Foot Woman» aus dem Jahr 1958 (Regie: Nathan Juran). – Ab 12.
USA 1994 **P** HBO Pictures **V** Jugendfilm (Kino) / Starlight (Video) **Pd** Debra Hill **R** Christopher Guest **B** Joseph Dougherty, nach dem Drehbuch von Mark Hanno für den gleichnamigen Film **K** Russell Carpenter **M** Nicholas Pike **S** Harry Keramidas **D** Daryl Hannah (Nancy Archer), Daniel Baldwin (Harry Archer), William Windom (Hamilton Cobb), Frances Fisher (Dr. Kushing), Christi Conaway (Honey) **L** 90 **FSK** ab 12; f **E** 12. 1. 1995 / 14. 6. 1995 Video **fd** 31 045

Angst in der Stadt
LA GRANDE FROUSSE
Ein Pariser Kriminalinspektor heftet sich in der Provinz an die Fersen eines entflohenen Strafgefangenen, den ein Zufall vor dem Tod unter dem Fallbeil bewahrte. Die Mission des Polizisten wird durch einen Massenmörder erschwert, der die Einwohner des Provinznestes in panische Angst versetzt. Er kann den mutmaßlichen Täter zwar dingfest machen, doch das Morden geht weiter. Eine in der Hauptrolle brillant gespielte Kriminalfarce mit Gespür für atmosphärische Dichte, die die Polizei und bigottes Bürgertum auf die Schippe nimmt. – Ab 16.
Schwarz-weiß. Frankreich 1964 **P** Atica / SNC / Raimbourg **V** offen **R+B** Jean-Pierre Mocky **K** Eugène Shuftan (= Eugen Schüfftan) **M** Gérard Calvi **D** Bourvil (Inspektor Simon Triquet), Jean-Louis Barrault (Douve), Francis Blanche (Franqui), Jacques Dufilho (Gosseran), Victor Francen (Dr. Clabert), Jean Poiret **L** 85 **E** 25. 9. 1995 mdr **fd** –

Die Angstmacher
THE FEARMAKERS
Bei seiner Rückkehr aus dem Koreakrieg entdeckt der Mitbegründer eines Meinungsforschungsinstituts, daß sein Partner ermordet wurde. Das Institut ist inzwischen von Kommunisten unterwandert worden, um Meinungsumfragen für eigene Zwecke zu manipulieren. Ein antikommunistischer Propaganda-Film voller tendenziöser Verzerrungen; von Reiz ist er allein durch Jacques Tourneurs Inszenierung. – Ab 16.
Schwarz-weiß. USA 1958 **P** United Artists **V** offen **Pd** Martin Lancer **R** Jacques Tourneur **B** Elliot West, Chris Appley, nach einem Roman von Darwin L. Teilhet **K** Sam Leavitt **M** Irving Gertz **S** J. R. Whittredge **D** Dana Andrews (Alan Eaton), Dick Foran (Jim McGinnis), Mel Torme (Barney Bond), Marilee Earle (Lorraine Dennis), Kelly Thordsen (Harold Loder) **L** 81 **E** 9. 2. 1995 arte **fd** –

Animal Instinct
CARNAL CRIMES
Ein Polizeibeamter findet Gefallen daran, die erotischen Spiele seiner Frau mit anderen Männern mit der Kamera festzuhalten, bis einer der Besucher, ein Drogenhändler, ihn dazu erpressen will, einen lästigen Politiker zu beseitigen. Sexfilm mit Thriller-Elementen. (Neuer Fernsehtitel: «Gefährliche Begierde»)
USA 1992 **P** Wilshire **V** Splendid (Video) **Pd** Walter Gernert **R** Alexander Gregory Hippolyte **B** Georges Des Esseintes **K** Wally Pfister **M** Joseph Smith **S** Bob Murawski **D** Maxwell Caulfield (David Cole), Shannon Whirry (Joanne Cole), John Saxon, David Carradine (Lamberti), Jan-Michael Vincent (Fletcher Ross) **L** 94 (gek. 82) **FSK** ab 18 (gek. 16) **E** 27.1.1993 Video / 26.3.1994 premiere / 1.4.1995 SAT 1 **fd** –

Anleitung zum Ehebruch
A WOMAN'S GUIDE TO ADULTERY
Melodramatische Literaturverfilmung. Die Geschichte von vier Freundinnen und ihren extravaganten Verhältnissen zu verheirateten Männern. Alle vier wollen dem Teufelskreis aus Lügen, Heimlichkeiten und der dauernden Angst vor Entdeckung entkommen.
England 1993 **V** offen **R** David Hayman **D** Theresa Russell, Sean Bean, Amanda Donohoe, Adrian Dunbar, Ingrid Lacey, Danny Webb **L** 140 **E** 3. / 4.1.1995 Vox (Zwei Teile) **fd** –

Anna Pawlowa – Ein Leben für den Tanz
ANNA PAWLOWA
Entwurf eines Lebensbildes der legendären russischen Ballerina Anna Pawlowa. Reizvolles, aber ausschweifendes Dokument zur Ballettgeschichte unseres Jahrhunderts. – Ab 14.
UdSSR / England / DDR / Kuba / Frankreich 1983 **P** Mosfilm / Poseidon Films / DEFA / COSMOS Films **V** Progress **R+B** Emil Lotjanu **K** Jewgeni Guslinski, Wladimir Nachabzew **M** Jewgeni Doga, Peter Iljitsch Tschaikowski, Adolphe Adam, Alexander Borodin, Charles Gounod, Alabjew, Leo Delibes, Johann Sebastian Bach u. a. **D** Galina Beljajewa (Anna Pawlowa), Lina Buldakowa (Anna als Kind), Sergej Schakurow (Michail Fokin), Wsewolod Larionow (Sergej Djagilew), James Fox (Victor Dandré) **L** 150 **E** 26.10.1984 Kino DDR / 24.12.1985 DFF 2 / 26.11.1995 3sat **fd** –

Anna, Zeit, Land
Zwei Frauen auf der Reise durch das Deutschland der Jahre 1989 bis 1993. Beide Frauen sind Anna. Die eine sammelt Bilder, die andere Töne. Ohne ihre Beobachtungen zu verwerten, ohne zu urteilen, erleben sie die Menschen, denen sie begegnen, als Momentaufnahmen. Daraus entsteht keine lineare Geschichte, sondern eine Art Zeit-Gemälde eines fremd bleibenden Landes. Eine Improvisation, gedreht auf Video und Filmmaterial, in der Dokumentarisches und Inszeniertes, Historisches und Gegenwärtiges als gleichbedeutend nebeneinanderstehen.
Deutschland 1989–93 **P** Christoph Hübner Filmproduktion **V** Unidoc (16mm) **Pd+R** Christoph Hübner **B** Christoph Hübner, Gabriele Voss **K** Christoph Hübner, P.C. Neumann **M** Erwin Stache **S** Gabriele Voss **D** Angela Schanelec (Anna I), Stephanie Adams (Anna II), Werner Hinz (Fotograf), Olaf Stallknecht (Mann im Café), Walter Roller (Rundfunkarchivar) **L** 100 **FSK** – **FBW** w **E** 6.4.1995 **fd** –

Antonio schlägt sie alle
ANTONIO AND THE MAYOR
Ein Dorf im mexikanischen Hochland, Anfang des 20. Jahrhunderts. Ein Fahrrad verursacht helle Aufregung in dem etwas rückständigen Ort. Ein aufgeweckter Bauernjunge, der als einziger den Wert der technischen Errungenschaft erkennt, bekommt Probleme mit dem dümmlichen Bürgermeister. Zuletzt erreicht der Junge, daß der Lehrer vom entfernten Nachbardorf auch ihn unterrichten kann. Ein zu glatt nach romantisierender Hollywood-Machart perfektionierter Kinderfilm, schönfärberisch-«exotisch», immerhin aber recht unterhaltsam. – Ab 6 möglich.
USA 1974 **V** offen **R** Jerry Thorpe **D** Diego Gonzalez (Antonio), Gregory Sierra (Bürgermeister), Javier Marc (Federico), Farnesio Bernal (Camargo), Claudio Martinez (Filipe) **L** 75 **E** 8.4.1995 ZDF **fd** –

Antonios Freundin
LA PETITE AMIE D'ANTONIO
Eine depressive junge Frau und notorische Diebin, die als Kind von ihrer Mutter verlassen wurde, kehrt nach einem Aufenthalt in einer psychiatrischen Klinik in die Provinz zurück, nachdem sie einen jungen Mann kennengelernt hat. Dieser folgt ihr und lernt langsam ihre Geschichte und ihr Unglück kennen. Der poesievolle Film beobachtet mit schmerzlicher Schärfe die Schwierigkeiten der Frau in der Beziehung zu ihrer Mutter und ihre Versuche, die Vergangenheit loszulassen, um Kraft für ihr eigenes Leben zu finden. – Ab 16.
Frankreich 1992 **P** Cinq et Cinq / Ahora **V** offen **Pd** Jean-Christoph Colson, Anne Ruscio **R+B** Manuel Poirier **K** Nara Keo Kosel **M** Charlélie Couture **S** Hervé Schneid **D** Hélène

Foubert (Claudie), Sergi Lopez (Antonio), Florence Giorgetti (die Mutter), Corine Darmon (Evelyne), Guy Pierre Mineur (der Vater), Laurent Arnal (Marc) **L** 108 **E** 22. 8. 1995 WDR **fd** –

Apex
APEX
Ein Militärwissenschaftler kehrt mit Kampfrobotern aus der Zukunft ins Jahr 1973 zurück, um die Ausbreitung eines gemeingefährlichen Virus zu verhindern. Er findet die Erde verwüstet vor und muß seine Mitschuld an diesem Zustand erkennen. Spontan schließt er sich einer Gruppe von Widerstandskämpfern an und versucht, die Zeit zurückzudrehen. Ein billig gemachter, wirrer Science-fiction-Film, der Vorbilder wie «Terminator» schamlos kopiert. Abgesehen von wenigen gelungenen optischen Effekten vermag er kaum Ordnung in die verschiedenen Zeit- und Wirklichkeitsebenen zu bringen.
USA 1993 **P** Green Communications **V** EuroVideo (Video) **Pd** Talaat Captan **R** Phillip J. Roth **B** Phillip J. Roth, Ronald Schmidt **K** Mark W. Gray **M** Jim Goodwin **S** Daniel Lawrence **D** Richard Keats (Nicholas Sinclair), Mitchell Cox (Shepherd), Lisa Ann Russell, Marcus Aurelius, Adam Lawson **L** 98 **FSK** ab 16 **E** 20. 9. 1994 Video **fd** 31 464

Apollo 13
APOLLO 13
Eine filmische Rekonstruktion der beinahe tödlich endenden Mission des Raumfahrt-Projekts «Apollo 13» im Jahr 1970. Ohne allzuviel Beiwerk als technisch brillante Pseudo-Dokumentation in Szene gesetzt. Frappierende Simulationen der tatsächlichen Ereignisse münden in eine triumphale Akklamation menschlichen Erfindungsgeistes und technischen Fortschritts, ohne allerdings die Vorgänge in zeitgeschichtliche und politische Zusammenhänge einzuordnen. – Ab 12.
Scope. USA 1994 **P** Universal **V** UIP **Pd** Brian Grazer **R** Ron Howard **B** William Broyles jr., Al Reinert, nach dem Buch «Lost Moon» von Jim Lovell und Jeffrey Kluger **K** Dean Cundey **M** James Horner **S** Mike Hill, Dan Hanley **D** Tom Hanks (Jim Lovell), Bill Paxton (Fred Haise), Kevin Bacon (Jack Swigert), Gary Sinise (Ken Mattingly), Ed Harris (Gene Kranz), Kathleen Quinlan (Marilyn Lovell) **L** 140 **FSK** ab 6; f **FBW** bw **E** 19. 10. 1995 **fd** 31 574

Aqabat Jaber, unwiderruflicher Friede?
Aqabat Jader im Westjordanland war in den 50er Jahren das größte palästinensische Flüchtlingslager. Nach der Errichtung der palästinensischen Selbstverwaltung kehrte der israelische Regisseur Sivan in das Gebiet zurück, in dem er schon 1987 einen Dokumentarfilm gedreht hatte, und dokumentiert die Veränderungen.
Frankreich 1995 **V** offen **R** Eyal Sivan **L** 60 **E** 7. 6. 1995 arte **fd** –

Araya
ARAYA
Ein mehrfach ausgezeichneter poetischer Dokumentarfilm-Klassiker über die venezolanische Halbinsel Araya, die Schönheit der dortigen Natur und die Menschen, die sich trotz härtester Lebensbedingungen ihre Würde bewahrt haben. – Ab 16.
Venezuela 1959 **V** offen **R** Margot Benacerraf **L** 80 **E** 31. 3. 1995 3sat **fd** –

Arctic Blue
ARCTIC BLUE
Ein junger Ökologe versucht an Stelle eines ermordeten Marshalls, einen Fallensteller, der für den Tod dreier Jäger verantwortlich gemacht wird, den Behörden zu überstellen. Nach dem provozierten Absturz seines Flugzeuges schlagen sich beide Männer in der Weite Alaskas tagelang durch Eis und Schnee. In der Figurenzeichnung klischeehaft und nur streckenweise spannend, mißlingt dem Action-Film die dramaturgisch gesuchte Konfrontation und Annäherung zwischen großstädtischem Öko-Aktivisten und verwildertem Naturburschen, weil er lediglich die Regeln des Western-Genres in eine andere Landschaft überträgt, ohne sich auf deren Gesetzmäßigkeiten einzulassen.
USA 1993 **P** New City Prod. **V** Scotia (Kino) / Ufa (BMG) (Video) **Pd** Rick Stevenson **R** Peter Masterson **B** Ross LaManna **K** Thomas Burstyn **M** Peter Melnick **S** George Appleby **D** Rutger Hauer (Ben Corbett), Dylan Walsh (Eric Desmond), Rya Kihistedt (Anne Marie), Jon Cuthbert (Lemalle), John Bear Curtis (Mitchell), Kevin M. Cooney (Meyerling), Bill Croft (Bob Corbett), Richard Bradford (Sam Wilder) **L** 92 **FSK** ab 16; f **E** 16. 2. 1995 / 20. 12. 1995 Video **fd** 31 227

Ariel, der Patriot
LES PATRIOTES
Die Geschichte eines französischen Juden, der nach vier harten Ausbildungsjahren für den israelischen Geheimdienst tätig wird. Nach den ersten Aufträgen wachsen in ihm Zweifel, ob die Ziele seiner Arbeit die oft brutalen Mittel ohne Moral und Mitgefühl rechtfertigen. Als schließlich seine Geliebte, ein Callgirl, ermordet wird, steht er vor einer Gewissensentscheidung. Ein bei allem Aufwand schlecht konstruierter Thriller: Die Handlungsepisoden folgen ohne Zusammenhang aufeinander und sind mit einer unglaubwürdigen Liebesgeschichte gestreckt.

Frankreich 1994 **P** Les Productions Lazennec **V** offen **R+B** Eric Rochant **K** Pierre Novion **M** Gérard Torikian **S** Pascale Fenouillet **D** Yvan Attal (Ariel), Yossi Banai (Yossi), Richard Masur (Jeremy Pelman), Nancy Allen (Catherine Pelman), Sandrine Kiberlain (Marie-Claude) **L** 113 (Orig. 142) **E** 2. 8. 1995 premiere **fd** –

Art of Desire
ART OF DESIRE
Die erotischen Eskapaden einer Galeristin. Geschmäcklerisch in der Kunstszene angesiedelter Sexfilm von pornografischem Zuschnitt. – Wir raten ab.
USA 1994 **V** offen **R+B+K** Andrew Blake **M** Rock Hard **D** Zara Whites, Savannah, Kelly Jackson, Amber Lynn, Jeanna Fine **L** 80 **FSK** ab 18 **E** 26. 5. 1995 premiere **fd** –

Arzt unter Verdacht
DEAD SLEEP
Eine Krankenschwester tritt eine Stelle in einem Hospital für psychisch Kranke an. Der Leiter der Klinik hat beachtliche Heilerfolge aufzuweisen, benutzt jedoch eine umstrittene Behandlungsmethode. Als sich merkwürdige Vorfälle häufen und die Schwester Nachforschungen anstellt, entdeckt sie, daß die Tiefschlaf-Patienten für menschenunwürdige Experimente mißbraucht werden. Der Chefarzt will seinen Ruf mit allen Mitteln verteidigen. Billiger Psychothriller.
USA 1992 **V** offen **R** Alec Mills **B** Michael Rymer **D** Linda Blair (Maggie Healey), Tony Bonner (Dr. Jonathan Heckett), Hugh Clayton (Andrew Booth), Christine Amor (Schwester Kereby), Sueyan Cox (Kaye) **L** 86 **E** 15. 7. 1995 RTL **fd** –

Die Ärztin und der Mörder
ROBIN COOK'S MORTAL FEAR
Fernseh-Verfilmung eines Bestsellers. Die Chefärztin eines Krankenhauses stößt auf rätselhafte Todesfälle bei Patienten ihrer Klinik. Beim Versuch, der Sache auf den Grund zu gehen, stößt sie auf einen zwielichtigen Wissenschaftler, der das Gen des Alterns entdeckt zu haben scheint. Ein krankhafter Mörder scheint sich dieses Wissen zunutze zu machen.
USA 1994 **V** offen **R** Larry Shaw **B** Rob Gilmer, Roger Young, nach dem Roman «Todesangst» von Robin Cook **D** Joanna Kerns (Dr. Jennifer Kessler), Gregory Harrison (Philip Montgomery), Robert Englund (Ralph Wannamaker), Rebecca Schull (Dr. Danforth), Leslie Ackerman (Claudia), Tobin Bell (Dr. Alvin Hayes) **L** 86 **E** 19. 5. 1995 RTL **fd** –

Aschenputtel
Das bekannte Märchen der Gebrüder Grimm in einer zwar am Text der Vorlage bleibenden, aber gedanklich «modernen» Interpretation, die den Reifungsprozeß «Aschenputtels» bis zum Eintritt in die Erwachsenenwelt in den Vordergrund stellt. Der ambitionierte Inszenierungsstil, die ausgeklügelte Farbdramaturgie und die einfallsreiche Musikdramaturgie machen den Film, vor allem für Mädchen, zu einem leicht verfremdeten Exkurs über das Erwachsenwerden, wenngleich einige Schwächen in der Schauspielerführung den Gesamteindruck etwas stören. – Sehenswert ab 8.
BR Deutschland / Frankreich / Spanien / ČSSR 1989 **P** Omnia / Toro / ZDF / Films du Sabre / FR 3 / TVE **V** Progress / Wild Utopia (Kino) / Taurus (Video) **R** Karin Brandauer **B** Michael Schulz, nach einem Märchen der Brüder Grimm **K** Helmut Pirnat **M** Christian Brandauer, Natascha Wilhelm **S** Daniela Padalewski **D** Petra Vigna (Aschenputtel), Claudia Knichel (jüngere Stiefschwester), Roswitha Schreiner (ältere Stiefschwester), Krista Stadler (Stiefmutter), Stephan Meyer-Kohlhoff (Prinz) **L** 90 **FSK** o. A.; f **E** 25. 12. 1989 ZDF / 3. 8. 1990 Kino / Neustart 1995 **fd** 31 298

Assassins – Die Killer
ASSASSINS
Ein Berufskiller sucht nach Jahren des Mordens eine Chance zum Ausstieg. Sie bietet sich, als er den Auftrag erhält, einer Computer-Hackerin eine brisante Diskette abzujagen, und sich ein psychopathischer Kollege an seine Fersen heftet. Die Klischees des Genres werden mit einer menschenverachtenden Kaltschnäuzigkeit aufbereitet, wie man sie lange nicht im «gehobenen» Action-Kino gesehen hat.
USA 1995 **P** Silver Pictures / Donner-Shuler Prod. **V** Warner Bros. (Kino) / Warner Home (Video) **Pd** Joel Silver, Bruce Evans, Raynold Gideon, Andrew Lazar, Jim van Wyck **R** Richard Donner **B** Andy Wachowski, Larry Wachowski, Brian Helgeland **K** Vilmos Zsigmond **M** Mark Mancina **S** Richard Marks **D** Sylvester Stallone (Robert Rath), Antonio Banderas (Miguel Bain), Julianne Moore (Electra), Anatoly Davydov (Nicolai), Muse Watson (Ketcham), Stephen Kahan (Alan Branch) **L** 132 **FSK** ab 16; f **E** 26. 10. 1995 / 26. 4. 1996 Video **fd** 31 603

Assault of the Party Nerds
siehe: Rückkehr der Party-Killer

Astrocop
LUNAR COP
Ein Polizist der Zukunft, dessen «Revier» der Weltraum ist, wird beauftragt, eine Substanz sicherzustellen, die nach der Klimakatastrophe das Erdklima wieder

ins Gleichgewicht bringen könnte. Seine Mission wird durch irdische Rebellen, feindliche Motorradgangs und auf Töten programmierte Androiden erschwert. Ambitioniert inszenierter Science-fiction-Film mit handelsüblicher Endzeitthematik.
USA / Südafrika 1994 **P** Nu Image **V** NGP (Video) **R** Boaz Davidson **D** Michael Paré, Billy Drago, Walker Brandt **L** 88 **FSK** ab 18 **E** 29.3.1995 Video **fd** –

Auf allen Vieren – Stillgestanden!
CHIPS, THE WAR DOG
Patriotischer Tierfilm aus der Disney-Werkstatt. Die Geschichte des Schäferhundes Chips, der als erster Hund der Vereinigten Staaten 1942 ein Trainingsprogramm der Armee durchlief und im Zweiten Weltkrieg zum Einsatz kam. Er beschützte Franklin D. Roosevelt bei der Casablanca-Konferenz und nahm an der Invasion in Sizilien teil, wofür er mit einem Orden ausgezeichnet wurde. – Ab 12.
USA 1989 **P** The Walt Disney Company **V** offen **R** Ed Kaplan **D** William Devane (Colonel Charnley), Brandon Douglas (Danny Stauffer), Ellie Cornell (Kathy Lloyd), Ned Vaughn (Mitch Wilson), Paxton Whitehead (Smythe) **L** 87 **E** 5.11.1995 RTL **fd** –

Auf dem Todesstrich
OVERKILL – THE AILEEN WUORNOS STORY
Kriminalfilm nach einer wahren Begebenheit. Eine Prostituierte zieht mit ihrer Freundin ziellos durch den Süden der Vereinigten Staaten, ohne zu ahnen, daß ihre Begleiterin eine mehrfache Mörderin ist. Erst nach langwierigen Ermittlungen kommt die Polizei der Täterin auf die Spur und findet ein mögliches Motiv für ihre scheinbar zusammenhanglosen Verbrechen.
USA 1992 **V** offen **R** Peter Levin **B** Fred Mills **M** Dennis McCarthy **D** Jean Smart (Aileen Carol Wuornos), Park Overall (Tyria Moore), John Dennis Johnston (Roger Wilson), Joe Bratcher (Dennis), Arell Blanton (Douglas Chambers), Marc Alaimo (Sheriff Walton) **L** 92 **E** 10.1.1995 Pro Sieben **fd** –

Auf den Straßen von L.A.
ON THE STREETS OF L.A.
Drama. Für einen ungewöhnlichen Resozialisierungsversuch werden ein Haftgefangener und sein Sohn gemeinsam entlassen. Während der Vater ein neues Leben beginnt, droht der Sohn wieder in den kriminellen Sumpf abzurutschen.
USA 1992 **V** offen **R** Georg Stanford Brown **B** Walter Halsey Davis **D** Louis Gossett jr. (Leonard Clay), Blair Underwood (Jared Williams), Rae Dawn Chong (Yvonne James), Tony Plana (Enrique Torres), David Harris (Mario) **L** 93 **E** 14.8.1995 Kabel 1 **fd** –

Auf der Spur des großen Bären
siehe: Walking Thunder

Auf der Suche nach Albert Einsteins Gehirn
RELICS – EINSTEIN'S BRAIN
Dokumentarfilm über Organ-Diebe, künstliche Intelligenz und die seltsame Odyssee des Gehirns von Albert Einstein, das nach seinem Tode nicht mit dem Körper verbrannt, sondern von einem Pathologen entfernt und konserviert wurde. Erst 40 Jahre später fand ein japanischer Einstein-Fan das verschwundene Gehirn des Wissenschaftlers wieder.
England 1994 **V** offen **R** Kevin Hull **L** 60 **E** 20.12.1995 3sat **fd** –

Auf Ehre und Gewissen
THE GLASS SHIELD
Kriminaldrama. Ein schwarzer Polizeibeamter und seine jüdische Kollegin werden durch ihre Ermittlungen in einem Polizeirevier in Los Angeles zu Außenseitern: Rassismus ist auch polizeiintern an der Tagesordnung, einige Kollegen betreiben schmutzige Geschäfte.
USA 1994 **V** offen **R + B** Charles Burnett **K** Elliot Davis **M** Stephen James Taylor **D** Michael Boatman (J.J.), Lori Petty (Deborah), Ice Cube (Teddy Woods), Michael Ironside (Baker), Richard Anderson (Massey) **L** 104 **E** 14.12.1995 premiere **fd** –

Auf frischer Tat
DELITS FLAGRANTS
Ein mit einfachsten Mitteln aufgenommer, streng strukturierter Dokumentarfilm, der nichts anderes zeigt als die Erstverhöre auf frischer Tat ertappter Verhafteter durch die Anklagevertreter im Justizpalast von Paris. Die ungewöhnliche Gestaltung des Films ohne Schuß-Gegenschuß, Schwenks oder Zoom läßt rhetorische Tricks, Justizrituale, Angst, Klassenunterschiede, Wahrheit und Lüge um so deutlicher zutage treten. (O.m.d.U.)
Frankreich / Deutschland 1994 **P** Double D Copyright Films / La Sept Cinéma / Centre National de la Cinématographie / Canal + / WDR **V** Freunde der deutschen Kinemathek **Pd** Pascale Dauman **R + B** Raymond Depardon **K** Nathalie Crédou **S** Roger Ikhlef, Camille Cotte, George-Henri Mauchant **L** 113 **FSK** – **E** 6.3.1995 WDR **fd** –

Auf und davon
PACKIN' IT IN
Zwei befreundete Familien verlassen Los Angeles, um in den Bergen von Oregon ein selbstbestimmtes Leben zu führen. Doch statt den erhofften Frieden zu finden, sehen sie sich von chaotischen Zuständen und komischen Käuzen umgeben. Als sich auch noch die Natur gegen sie zu ver-

bünden scheint, steigt eine der Familien ein zweites Mal aus. Gefällige Komödie, die einige Reize aus der Diskrepanz zwischen Wunsch und Wirklichkeit zieht. – Ab 16.
USA 1983 **P** CBS / EMI **V** offen **Pd** Christopher Seitz **R** Judd Taylor **B** Patricia Jones, Donald Reiker **K** Robert E. Collins **M** Mark Snow **D** Richard Benjamin, Paula Prentiss, Tony Roberts, Andrea Marcovicci, Molly Ringwald, Sam Shippie, Mari Gorman **L** 92 (Orig. 96) **E** 2. 7. 1995 RTL 2 **fd** –

Der Aufrechte
siehe: Der Franc

Aufruhr in Alabama – Die Geschichte des Vernon Johns
THE VERNON JOHNS STORY
Biografie des Predigers Vernon Johns, der mit seinem unerschrockenen Eintreten für die Rechte der Schwarzen großen Einfluß auf die Bürgerrechtsbewegung der 50er Jahre hatte und seinem jungen Nachfolger Martin Luther King den Weg ebnete. Formal wie thematisch eine überdurchschnittliche (Fernseh-)Unterhaltung. – Ab 16.
USA 1993 **V** offen **R** Kenneth Fink **B** Kevin Arkadie **D** James Earl Jones (Reverend Vernon Johns), Mary Alice (Altona Johns), Nicole Leach (Baby Dee), Joe Seneca (Diakon Simmons), Cissy Houston (Rose) **L** 89 **E** 13. 7. 1995 RTL 2 **fd** –

Augen der Nacht
NIGHT EYES
Erotik-Thriller. Ein erfolgreicher Popsänger beauftragt zwei Brüder mit der Überwachung seiner Villa und seiner Ehefrau, die auf Scheidung drängt. Doch einer der Detektive verliebt sich in die attraktive Frau, die seine Zuneigung mißbrauchen will, um sich ihres ungeliebten Mannes zu entledigen.
USA 1990 **V** offen **R** Jag Mundhra **D** Andrew Stevens (Will Griffith), Tanya Roberts (Nikki Walker), Warwick Sims (Brian Walker), Karen Elise Baldwin (Ellen), Cooper Huckabee (Erni Griffith), Stephen Meadows (Michael Vincent) **L** 90 **E** 25. 2. 1995 SAT 1 **fd** –

Augen des Schreckens
VISION OF TERROR
Parapsychologisch herausgeputzter Thriller. Die Polizei von San Francisco fahndet fieberhaft nach einem Polizistenmörder. Der Gesuchte geht ins Netz, legt ein Geständnis ab, kann jedoch aus dem Untersuchungsgefängnis fliehen. Eine mit der Polizei zusammenarbeitende Psychologin wird plötzlich von Visionen heimgesucht, die sie an der Schuld des Mannes zweifeln lassen. Da der wirkliche Täter vermutet, sie wisse um seine Identität, ist ihr Leben bedroht.
USA 1994 **V** offen **R** Sam Pillsbury **B** Duane Poole **D** Barbara Eden (Jesse Newman), Missy Crider (Kimberley), Michael Nouri (David Zaccariah), Ted Marcoux (Tony Carpelli), Joan Pringle (Gwen Singleton), Steven Anthony Jones (Armstrong) **L** 88 **E** 11. 9. 1995 ZDF **fd** –

Aus dem Schnee gekommen
AP' TO HIONI
Die Odyssee dreier Flüchtlinge aus dem albanischen Nordepiros, wo eine griechische Minderheit lebt. Auf der Suche nach Arbeit machen sie ernüchternde Erfahrungen mit der griechischen Gesellschaft. Sozialdrama, das in seiner Thematik über die Grenzen Griechenlands hinausreicht und in seiner linearen Inszenierung die Handschrift eines Dokumentaristen verrät.
Griechenland 1993 **V** offen **R** Sotiris Goritsas **L** 90 **E** 2. 2. 1995 arte **fd** –

Ausgangssperre
CURFEW / COUVRE FEU / HATTA ISHAAR AKHAR
Das aus der Sicht eines Zehnjährigen gezeichnete Porträt einer palästinensischen Großfamilie im von Israel besetzten Gaza-Streifen. Durch eine unvermittelt ausgerufene Ausgangssperre sind die Familienmitglieder gezwungen, tagelang im geschlossenen Raum ihres Hauses zu verweilen. Sonst unterdrückte Probleme stauen sich an, aber auch die Außenwelt treibt das Geschehen voran. Erster palästinensischer Spielfilm, der auf eine holzschnittartige Darstellung der Opfer-Täter-Konstellation verzichtet. Durch seine private Perspektive gelingt ihm eine nachvollziehbare Universalität von Handlung und Atmosphäre. Ein verheißungsvoller Auftakt palästinensischen Erzählkinos. (Titel auch: «Curfew – Ausgangssperre») – Sehenswert ab 14.
Israel / Deutschland / Frankreich / Niederlande 1993 **P** Ayloul / Argus / WDR / arte **V** Sputnik **Pd** Hany Abu Assad, Samir Hamid, Henri N.P. Kuipers, Peter van Vogelpoel **R + B** Rashid Masharawi **K** Klaus Julius Burger **M** Said Mouraad, Sabreen **S** Hadara Oren **D** Salim Daw (Vater), Naïla Zayaad (Mutter), Mhahmoud Qadah (Akram), Younis Younis (Radar), Assem Zoabi (Raji), Areen Omari (Houda) **L** 75 **FSK** – **E** 20. 1. 1995 arte / 11. 5. 1995 **fd** 31 342

Aussichtslos
THE BEANS OF EGYPT, MAINE
Dramatische Szenen aus dem Leben einer Holzfällersippe, die, nachdem das Oberhaupt ins Gefängnis muß, von dessen Lebensgefährtin geführt wird. Ihr schließt sich eine junge Frau an, die unter ihrem strengen Vater zu leiden hat und hier einen Hauch von Freiheit und Ungebundenheit verspürt. Als sie ein Verhält-

nis mit dem zurückgebliebenen Sproß der Familie eingeht und schwanger wird, häufen sich die Probleme. Ein Unterschichtsdrama, das von guten Darstellern getragen wird.
USA 1994 **P** Live International **V** VCL (Video) **R** Jennifer Warren **D** Martha Plimpton, Kelly Lynch, Rutger Hauer, Patrick McGaw **L** 96 **FSK** ab 12 **E** 19.12.1995 Video **fd** –

Automatic
AUTOMATIC
Eine Firma stellt eine nahezu perfekte Generation willenloser Roboter her, die sich äußerlich von lebenden Menschen nicht unterscheidet. Während aufgebrachte Bürger gegen ihre durch die vorprogrammierten Arbeitssklaven hervorgerufene Arbeitslosigkeit protestieren, wendet sich einer der Roboter gegen seine Erfinder und wird vom Werkschutz gejagt. Die ausgereizte Geschichte von der schikanierten Kreatur erschöpft sich in einer einfallslosen Verfolgungsjagd sowie in den üblichen Schießereien. – Ab 16.
USA 1994 **P** Lakeview **V** VCL / Carolco (Video) **Pd** Avi Nesher, Ken Badish **R** John Murlowski **B** Patrick Highsmith, Susan Lambert **K** Peter Fernberger **M** David Wurst, Eric Wurst **S** Michael Schweitzer **D** Oliver Gruner (J 269), Daphne Ashbrook (Nora Rochester), Jeff Kober (Walter West), John Glover (Goddard West), Penny Johnson **L** 81 **FSK** ab 16 **E** März 1995 Video **fd** 31 414

B

Bab el-Oued City
BAB EL-OUED CITY
Ende der 80er Jahre im heruntergekommenen Stadtviertel Bab el-Oued von Algier: Ein 25jähriger Bäckergeselle wird durch Predigten aus der lokalen Moschee in seiner Ruhe gestört. Als er den Lautsprecher im Meer versenkt, legen ihm dies bigotte Schläger als politische Provokation aus. Eine Allegorie über die algerische Zivilisationsgesellschaft, die sich von sozialem Strandgut drangsalieren läßt. Bemerkenswert durch die atmosphärische Dichte, mit der der Film die fremde Lebensordnung einfängt, aber hölzern in der Inszenierung. Fragen nach politischer Verantwortung werden eher abgewiegelt als beantwortet. (O.m.d.U.)
Algerien / Frankreich / Deutschland / Schweiz 1994 **P** Flash Back Audiovisuel / Les Matins / ZDF / La Sept Cinéma / Thelma **V** Arsenal **Pd** Tahar Haroura **R**+**B** Merzak Allouache **K** Jean-Jacques Mréjen **M** Rachid Bahri **S** Marie Colonna, Jean-Pierre Laforce **D** Nadia Kaci (Yamina), Mohamed Ourdache (Said), Hassan Abdou (Boualem), Mabrouk Ait Amara (Mabrouk), Messaoud Hattou (Mess) **L** 93 **FSK** – **E** 13.6.1994 ZDF / 11.5.1995 **fd** 31 350

Babe Ruth – Die Baseball-Legende
BABE RUTH
Sportlerbiografie, die das Leben des legendären Baseballspielers George Herman «Babe» Ruth ausleuchtet – von den frühen Jahren des verhaltensgestörten Waisenkindes bis zu seiner beispiellosen Karriere bei den Boston Red Sox und den New York Yankees. – Ab 16.
USA 1991 **P** NBC **V** offen **Pd** Frank Pace **R** Mark Tinker **B** Michael De Guzman **D** Stephen Lang (Babe Ruth), Brian Doyle-Murray (Bill Slocum), Donald Moffat (Colonel Ruppert), Yvonne Suthor (Helen Ruth), Bruce Weitz (Miller Huggins) **L** 94 **E** 21.10.1995 Super RTL **fd** –

Baby Blood II
THE UNBORN II: BORN AGAIN
Das Baby einer alleinerziehenden Schriftstellerin giert nach Menschenblut und muß entsprechend versorgt werden. Ein bluttriefender Horrorschocker, zu Beginn mit einer Krimisequenz verquickt. – Wir raten ab.
USA 1993 **P** New Horizon **V** VPS (Video) **Pd** Mike Elliott **R** Rick Jacobson **B** Mark Evan Schwartz, Daniella Purcell **K** Mike Gallagher **M** John Graham **S** John Gilbert **D** Michele Greene (Catherine Moore), Robin Curtis (Linda Holl), Leonard O. Turner (Ltd. Briggs), Brittney Powell (Sally Anne Phillips), Carole Ita White (Marge Phillips) **L** 81 **FSK** ab 18 **E** 25.8.1994 Video **fd** 31 240

Baby I will make you sweat
Eine Art Tagebuchfilm, inspiriert von den Texten von Maryse Holder, der von einer Reise nach Jamaika erzählt. Die mit einer Hi-8-Videokamera fotografierten, danach auf 16 mm abgefilmten Aufnahmen umschreiben Szenen, die von Sex, Zärtlichkeit und Liebe handeln und in einer verfremdeten und abstrakten Form von dem Versuch zeugen, eine Lebenssituation zu bestimmen.
Deutschland 1994 **P** Birgit Hein Filmprod. **V** Freunde der Dt. Kinemathek (16 mm) **Pd**+**R**+**B**+**K** Birgit Hein **M** POL, C. Schulz, Markus Schmickler, Christoph Kahse **S** Birgit Hein **L** 66 **FSK** – **E** 1995 Kino **fd** –

Ein Baby kommt selten allein
THE FIRST TIME
Die Geburt des ersten Kindes stellt ein junges Paar vor finanzielle, vor allem aber organisatorische und nervliche Probleme. Leidlich unterhaltsame, inszenatorisch eher recht hausbackene Komödie. – Ab 12.
Schwarz-weiß. USA 1952 **P** Columbia **V** offen **Pd** Harold Hecht **R** Frank Tashlin **B** Frank Tashlin, Jean Rouverol, Hugh Butler, Dane Lussier **K** Ernest Laszlo **M** Frederick Hollander **S** Viola Lawrence **D** Robert Cummings (Joe Bennet), Barbara Hale (Betsey Bennet), Bill Goodwin (Mel Gilbert), Jeff Donnell (Donna Gilbert), Carl Benton Reid (Andrew Bennet) **L** 89 **E** 10.12.1995 Super RTL **fd** –

Back in the USSR
BACK IN THE USSR
Ein amerikanischer Geschäftsmann wird in den Diebstahl von Ikonen verwickelt, als er einer Moskauer Prostituierten nachsteigt und durch sie in Kontakt zur Unterwelt gerät. Fortan ist ihm die russische Mafia auf den Fersen, die Polizei verdächtigt ihn des Mordes. Von seiner Botschaft ist keine Hilfe zu erwarten, da deren Angestellte in den Kunstraub verwickelt sind. Ein mit leichter Hand inszenierter, temporeicher B-Krimi, der vom Spielwitz der Darsteller sowie vom visuellen Gespür für Chaos lebt. Schlampig ist die deutsche Synchronisation.
– Ab 16.
USA 1991 **P** Largo **V** VMP (Video) **Pd** Lindsay Smith, Ilmar Taska **R** Deran Serafian **B** Lindsay Smith **K** Yuri Neyman **M** Les Hooper **S** Ian Crafford **D** Frank Whaley (Archer), Natalja Negoda (Lena), Roman Polanski (Kurtlow), Andrew Divoff (Dimitri), Dey Young (Claudius) **L** 83 **FSK** ab 16 **E** 21.2.1995 Video / 1.3.1996 premiere **fd** 31 214

Bad Company
BAD COMPANY
Die USA am Ende des Kalten Krieges. Ehemalige CIA-Mitarbeiter gründen eine kriminelle Vereinigung, um ihre Erfahrungen gewinnbringend einsetzen zu können. Eine Bestechungsaffäre, die einen Umweltskandal vertuschen soll, entwickelt sich zu einem Kampf, bei dem jeder gegen jeden antritt. Ein stereotyp entwickelter Thriller, der sein düsteres Spiel durch eine dunkle Lichtgebung zu unterstreichen versucht, die schauspielerischen Fähigkeiten seiner Hauptdarsteller jedoch nicht zu aktivieren vermag.
USA 1994 **P** Touchstone Pictures **V** Buena Vista (Kino) / Buena Vista (Video) **Pd** Amedeo Ursini, Jeffrey Chernov **R** Damian Harris **B** Ross Thomas **K** Jack N. Green **M** Carter Burwell **S** Stuart Pappé **D** Ellen Barkin (Margaret Wells), Laurence Fishburne (Nelson Crowe), Frank Langella (Vic Grimes), Michael Beach (Tod Stapp), Gia Carides (Julie Aimes) **L** 108 **FSK** ab 16; f **E** 20.4.1995 / 16.11.1995 Video
fd 31 305

Badu – Geschichten aus der Negev-Wüste
Eine poetische ethnografische Reise zu den letzten Nomaden der Negev-Wüste in Israel, deren traditionelle Lebensweise zunehmend unter den Einflüssen der Zivilisation verschwindet. Das Filmteam hat mit einer Beduinen-Familie gelebt und ihren Tagesablauf aufgezeichnet.
Deutschland 1995 **V** offen **R+B** Ricardo Isar **L** 65 **E** 8.6.1995 B 1
fd –

Bandenkrieg
IN THE LINE OF DUTY: STREET WAR / STREET WAR
Nach dem Tod seines Partners und besten Freundes, der von einem Gangster erschossen wurde, versucht ein idealistischer New Yorker Polizist, den Täter auf eigene Faust zu verhaften, obwohl ihm die Ermittlungen entzogen und zwei Kollegen mit dem Fall beauftragt werden. Kriminalfilm in den Bahnen gängiger Fernsehkost.
USA 1992 **V** offen **R** Dick Lowry **B** Thomas S. Cook **D** Ray Sharkey (Vic Tomasino), Peter Boyle (Detectiv Dan Reilly), Mario Van Peebles (Raymond Williamson), Michael Boatman (Robert Dayton) **L** 88 **E** 4.3.1995 RTL 2
fd –

Bandit – Ein ausgekochtes Schlitzohr gibt Gas
BANDIT AND THE SILVER ANGEL
Eine weitere lustlos heruntergekurbelte Folge aus der niveaulosen Fernsehserie um den Highway-Helden, die weder inhaltliche noch inszenatorische Peinlichkeiten scheut. Als eine junge Frau von ihrem «Onkel» dessen Jahrmarktsinventar und seine Verbindlichkeiten erbt, wird sie von seinem Hauptgläubiger, einem berüchtigten Kredithai, bedrängt und braucht Bandits Hilfe. – Ab 14.
USA 1993 **P** Universal **V** CIC (Video) **R** Hal Needham **D** Brian Bloom (Bandit), Traci Lords (Angel Austin), Brian Krause (Lynn), Marc McCauley (Duke), Scott Blom (Martin), Donald O'Connor (Cyrus) **L** 87 **FSK** ab 12 **E** 6.1.1995 RTL / 20.12.1995 Video
fd –

Bandit – Ein ausgekochtes Schlitzohr kommt selten allein
BANDIT: BANDIT, BANDIT
Anspruchslose Actionkomödie aus einer Billig-Fernsehserie voller Klischees. «Schlitzohr» Bandit ist einem Doppelgänger auf den Fersen, der einen LKW mit dem Prototyp eines zukunftsweisenden Automodells gestohlen hat. Dabei wird er von einem wutentbrannten Sheriff und seinen tumben Gehilfen verfolgt. – Ab 14.
USA 1994 **P** Universal **V** CIC (Video) **R** Hal Needham **B** Brock Yates **D** Brian Bloom (Bandit), Brian Krause (Lynn), Gary Collins (Gouverneur), John Schneider (Sheriff Enright), Richard Belzer (Big Bob Bentley) **L** 86 **FSK** ab 12 **E** 26.11.1994 RTL / 20.12.1995 Video
fd –

Bandit – Ein ausgekochtes Schlitzohr startet durch
BANDIT: BANDIT GOES COUNTRY
Der Auftakt zu einer kleinen Serie überdurchschnittlich schlechter Actionkomödien, die sich an den Kinoerfolg «Ein ausgekochtes Schlitzohr» (1976) anlehnen: Ein jung-dynamischer Herzensbrecher will seine alte Liebe vor der Hochzeit mit einem anderen Mann bewahren, wobei er beinahe vergißt, daß er zwei alte Country-Musik-Recken in seinem Sportwagen zu ihrem Konzert bringen will. Eine alberne Low-Cost-Komödie mit viel Country-Musik, das bestenfalls als Rahmenprogamm für Werbeblöcke dient. – Ab 14.
USA 1994 **P** Universal **V** CIC (Video) **Pd** Ric Rondell **R** Hal Needham **B** Hal Needham, Chris Abbott **K** Mike Shea **M** Steve Dorff **S** Stephen Lovejoy **D** Brian Bloom (Bandit), Brian Krause (Lynn), Daryl Karolat (Jake «Big Sky» Olsen), Elisabeth Berkley (Beth), Christopher Atkins (Johnny Bruce) **L** 87 **FSK** ab 12 **E** 21.10.1994 RTL / 20.12.1995 Video
fd 31 753

Bandit – Ein ausgekochtes Schlitzohr und eine kühle Blonde
BANDIT: BEAUTY AND THE BANDIT
Matte Komödie aus der TV-Action-Serie um den passionierten LKW-Fahrer Bandit. Als er auf

dem Highway von der Geliebten eines Gangsterbosses gekidnappt wird, beschließt der Trucker, der schönen Frau aus der Patsche zu helfen. – Ab 14.
USA 1993 **P** Universal **V** CIC (Video) **R** Hal Needham **B** David Chisholm **D** Brian Bloom (Bandit), Brian Krause (Lynn), Kathy Ireland (Crystal), Tony Curtis (Lucky Bergstrom), Wallace Merck (Ferebe) **L** 88 **FSK** ab 12 **E** 16. 12. 1994 RTL / 20. 12. 1995 Video **fd** –

Bandit Queen
BANDIT QUEEN
Schilderung des Schicksals der indischen Banditen Phoolan Devi, die als Elfjährige verheiratet wurde, Vergewaltigungen und Demütigungen erlitt und sich als junge Frau durch Mordtaten an der Männer- und Kastengesellschaft rächte. Die Dramatisierung des authentischen Falles ist nicht mehr als eine triviale Räuberpistole, die sich in der Darstellung von Sex und Gewalt erschöpft. Die schlichte Dramaturgie mit ihren stereotypen Figuren wird der menschlichen Tragödie in keiner Weise gerecht.
Indien / England 1994 **P** Bedi Prod. / Film Four International / Channel Four **V** Arsenal **Pd** S.S. Bedi, Varsha Bedi **R** Shekhar Kapur **B** Mala Sen **K** Ashok Mehta **M** Nusrat Pateh, Ali Khan **S** Renu Saluja **D** Seema Biswas (Phoolan Devi), Sunita Bhatt (Phoolan als Mädchen), Ram Charan Nirmalker (Devideen, Phoolans Vater), Ranjit Chaudry (Shiv Narain, Phoolans Bruder), Nirmal Pandey (Vikram Mallah), Manoj Bajpai (Man Singh) **L** 119 **FSK** – **FBW** w **E** 6. 4. 1995 **fd** 31 251

Der Bär
Die verarmte Witwe eines Gutsbesitzers wird eines Tages aufgefordert, eine Schuld ihres Ehemanns zu begleichen. Als sie um eine Frist bittet und den Gläubiger, dem selbst das Wasser bis zum Hals steht, ohrfeigt, wird sie zum Duell gefordert. Eine stimmungsvolle Tschechow-Verfilmung, in der Bilder und Musik mit einer morbiden Atmosphäre des Verfalls korrespondieren. – Ab 16.
BR Deutschland 1984 **V** offen **R+B** Don Askarjan **K** Wladimir Woitinski **M** Johann Sebastian Bach, Gaetano Donizetti, Don Askarjan **S** S. Becker **D** Hans-Peter Hallwachs (Smirnov), Elisabeth Rath (Popova), Hans Machin **L** 60 **E** 15. 5. 1995 ORB **fd** –

Barackenmenschen – 25 Jahre danach
1970 drehte Robert Bozzi in Auftrag der Kommunistischen Partei Frankreichs einen Dokumentarfilm über die Arbeitsimmigranten, die in den Vororten von Paris in Elendsquartieren untergebracht und maßgeblich am Wirtschaftswunder des Landes beteiligt waren. 25 Jahre später begibt er sich auf Spurensuche, forscht nach vertrauten Gesichtern, versucht, Schicksale nachzuzeichnen.
Frankreich 1995 **P** La Sept / arte **V** offen **R** Robert Bozzi **L** 88 **E** 16. 12. 1995 arte **fd** –

Barcelona
BARCELONA
Zwei in den USA aufgewachsene Cousins treffen sich als Erwachsene in Barcelona wieder, wo der eine Verkaufsleiter einer US-Firma ist, der andere als PR-Offizier einen Flottenbesuch vorbereiten soll. Durch die Begegnung mit den gerade die «sexuelle Revolution» erlebenden spanischen Frauen und sich dramatisch entwickelnde politische Komplikationen gerät ihr Weltbild ins Wanken. Die mal banalen, mal tiefsinnigen Gespräche über Liebe, Politik und Wirtschaft werden von der Inszenierung ironisch aufgebrochen. Der Zuschauer wird in einer diffusen Stimmung zwischen interessierter Anteilnahme und gepflegter Langeweile gehalten, die durch die ausgezeichneten Hauptdarsteller aufgefangen wird. – Ab 16.
USA 1994 **P** New Line Cinema Corp. / Castle Rock **V** Concorde / Castle Rock-Turner (Kino) / VCL Communications (Video) **Pd** Whit Stillman, Edmon Roch, Cecilia Roque **R+B** Whit Stillman **K** John Thomas **M** Mark Suozzo **S** Christopher Tellefsen **D** Taylor Nichols (Ted Boynton), Chris Eigeman (Fred Mason), Tushka Bergen (Montserrat), Mira Sorvino (Marta), Hellena Schmied (Greta) **L** 101 **FSK** ab 6; f **E** 1. 6. 1995 **fd** 31 404

Baron Blood
GLI ORRORI DEL CASTELO DI NORIMBERGA / BARON BLOOD
Ein grausamer Despot aus dem 18. Jahrhundert kehrt aus dem Grab zurück und bedroht die Einwohner einer kleinen Stadt in Österreich. Trivialer Horrorfilm, der die Konventionen des Genres handwerklich durchaus solide abspult.
Scope. Italien / BR Deutschland 1969 **P** Euro America / Dieter Geissler Filmprod. **V** offen **Pd** Alfred Leone **R** Mario Bava **B** Willibald Eser, Mario Bava **K** Antonio Rinaldi **M** Stelvio Cipriani **S** Carlo Reali **D** Joseph Cotten (Becker / Der Baron), Elke Sommer (Eva), Massimo Girotti (Onkel Karl), Antonio Cantafora (Peter Kleist), Alan Collins (Fritz) **L** 93 **E** 17. 2. 1995 RTL 2 **fd** –

Der Bastard
RAPT A CREDIT
Kriminalfilm nach einem spektakulären Entführungsfall aus dem Jahr 1978. Nachdem der junge

Hauptaktionär eines Großkonzerns gekidnappt worden ist, versucht sein väterlicher Freund, ein Generaldirektor, Banken und Vorstand zur Kooperation zu bewegen, um das Lösegeld aufzubringen. Währenddessen erleidet das Entführungsopfer ein wahres Martyrium.
Frankreich 1993 **V** offen **R** Pierre Boutron **B** Pierre Boutron, Michel Leviant, Jean Jacques Kahn **D** Christophe Malavoy (Jean-Etienne «Jet» Topaze), Hanns Zischler (Altschuler), Valeria Cavalli (Carla), Ursula Karven (Maria, Jets Ehefrau), Micheline Presle (Wallis) **L** 102 **E** 23.7.1995 Bayern 3 **fd** –

Batman Forever
BATMAN FOREVER
Batman, der als Fledermaus verkleidete Beschützer der Stadt Gotham City, im Kampf mit einem zweigesichtigen Anarchisten und einem genialischen Techno-Freak. Mit der schrillen, ins Dämonische gesteigerten Komik des Hauptdarstellers Jim Carreys angereichert, veranstaltet der Film eine schier unerschöpfliche Materialschlacht, in der Auge und Ohr keine Sekunde Ruhe finden. Bei ihrem Versuch der Kommerzialisierung des düsteren Konzepts ihrer Vorgänger ist diese zweite Fortsetzung weniger hintergründig und am ehesten als Camp-Movie konsumierbar. – Ab 16.
USA 1995 **P** Warner Bros. **V** Warner Bros. (Kino) / Warner Home (Video) **Pd** Tim Burton, Peter Mac-Gregor-Scott **R** Joel Schumacher **B** Lee Batchler, Janet Scott Batchler, Akiva Goldsman, basierend auf Comic strips von Bob Kane **K** Stephen Goldblatt **M** Elliot Goldenthal **S** Dennis Virkler **D** Val Kilmer (Batman / Bruce Wayne), Tommy Lee Jones (Harvey Two-Face / Harvey Dent), Jim Carrey (Riddler / Edward Nygma), Nicole Kidman (Dr. Chase Meridian), Chris O'Donnello (Robin / Dick Grayson), Pat Hingle (Commissioner Gordon) **L** 121 **FSK** ab 12; f **FBW** bw **E** 3.8.1995 / 26.1.1996 Video **fd** 31 471

Battling Siki
SIKI
Dokumentarfilm über den schwarzen Boxer «Battling Siki», der 1922 als erster Afrikaner Weltmeister wurde, seinen Titel kurz darauf jedoch auf Grund einer umstrittenen Kampfrichterentscheidung wieder aberkannt bekam. 1925 wurde er in New York erschossen. (O. m. d. U.)
Niederlande 1992 **V** offen **R+B** Niek Koppen **L** 61 **E** 23.6.1995 3sat **fd** –

Bauernschach
BAUERNSCHACH
Wegen vorsätzlicher Brandstiftung mit Todesfolge unschuldig vor Gericht gestellt und auf Lebenszeit in eine geschlossene psychiatrische Anstalt eingewiesen, sinnt ein betrogener Bauer unentwegt auf Rache. Als er nach 22 Jahren in der Klinik wegen amtlicher Formalitäten einen Tag Urlaub erhält, fährt er nach Wien, um seine frühere Frau und ihren Anwalt, die ihn einweisen und enteignen ließen, zur Verantwortung zu ziehen.
Österreich / Schweiz 1993 **P** ORF / Epo / WDR / SRG **V** offen **R** Helmut Berger **B** Peter Zingler, Helmut Berger **K** Michael Riebl, Elke Harder **M** Vanessa Paradis, Nirvana, Willy Deville, Lothar Scherpe **S** Lothar Scherpe **D** Mario Adorf (Franz Hofnagel), Otto Sander (Dr. Gerold Stadler), Marika Green (Gerda Stadler), Nina Grosse (Gabriele), Franz Buchrieser (Dr. Hummel), Regina Rieck (Susanne) **L** 86 **E** 17.1.1995 3sat **fd** –

Before Sunrise
BEFORE SUNRISE
Eine junge Französin und ein ebenso junger Amerikaner treffen im Zug nach Paris aufeinander. Aus spontaner Sympathie verbringen sie die Stunden bis zu seinem Abflug in die USA in Wien. Bis zum nächsten Morgen wandern sie durch die Stadt, erzählen von sich und dem Zustand der Welt. Außer wenigen bizarren Randfiguren beschränkt sich der Film ganz auf seine sympathischen Hauptpersonen. Streckenweise recht romantisch und stark dialogbezogen, stellt er Fragen nach Sinn und Aufgaben menschlichen Lebens und weist Ichbezogenheit als dem Glück hinderlich aus. (Kinotip der katholischen Filmkritik) – Sehenswert ab 16.
USA / Österreich 1994 **P** Detour **V** Concorde (Kino) / Col.TriStar (Video) **Pd** Anne Walker-McBay **R** Richard Linklater **B** Richard Linklater, Kim Krizan **K** Lee Daniel **S** Sandra Adair **D** Ethan Hawke (Jesse), Julie Delpy (Celine), Andrea Eckert (Frau im Zug), Hanno Pöschl (Mann im Zug), Karl Bruckschwaiger, Tex Rubinowitz (Männer auf Brücke), Erni Mangold (Wahrsagerin), Dominik Castell (Straßenpoet) **L** 101 **FSK** ab 6; f **FBW** bw **E** 30.3.1995 / 10.10.1995 Video **fd** 31 270

Befreiung aus der Rosenstraße
Dokumentarfilm über einen seltenen Fall von (erfolgreichem) Widerstand gegen die Verfolgung und Ermordung von Juden im Nationalsozialismus: 1943 protestierten die Angehörigen in einer tagelangen Aktion auf offener Straße dagegen, daß ihre jüdischen Partner aus Mischehen aus den Berliner Fabriken, in denen sie Zwangsarbeit leisteten, verschleppt wurden. Der Film versammelt unterschiedliche Erlebnisperspektiven zu einem imaginären Gespräch über gemeinsa-

me Erinnerungen, in denen die Spannung jener Tage noch einmal lebendig wird.
Deutschland 1994 **P** Tigerfilm **V** offen **R** Michael Muschner **B** Michael Muschner, Christiane Neumann, Nathan Stoltzfus (Recherche) **K** Reiner Jonas **S** Brigitte Kirsche **L** 81 **E** 24.7.1995 ORB **fd** –

Bei Berührung Lebensgefahr
CHI TOCCA MOURE / TOUCH AND DIE
Der Reporter einer amerikanischen Tageszeitung in Rom verfolgt die Spur von Plutonium-Dieben rund um die Welt. Ein äußerst konfus entwickelter Thriller.
Italien / USA 1990 / 91 **V** offen **R** Piernico Solinas **B** John Howlett, Piernico Solinas **K** Michel Carré **D** Martin Sheen (Frank Magenta), Véronique Jannot (Catherine), Horst Buchholz (Limey Pimlet), Renée Estevez (Emma), Luca Venantini (Carlo) **L** 90 **E** 16. / 23.10.1995 N 3 (zwei Teile) **fd** –

Die Beichte des roten Agenten
CONFESSIONAL
Zweiteiliger Agententhriller um einen «umgedrehten» Agenten des KGB, der nach einer von Spezialisten herbeigeführten Bewußtseinsspaltung in der Tarnidentität eines Pfarrers sowohl katholische als auch evangelische Iren tötet. Nur die Tochter seines ersten Opfers könnte den Mörder identifizieren. Dieser Umstand macht sie sowohl für den britischen Geheimdienst als auch für die IRA interessant, bringt sie als Augenzeugin aber auch in Lebensgefahr.
USA 1989 **V** offen **R** Gordon Flemyng **D** Robert Lindsay (Kelly), Keith Carradine (Devlin), Robert Lang (Ferguson), Valentina Yakunina (Tanya) **L** 200 (95+105) **E** 14. / 21.5.1995 Pro Sieben (zwei Teile) **fd** –

Die beiden Schüchternen
LES DEUX TIMIDES
Komödie um zwei Rivalen, einen schüchternen Rechtsanwalt und einen cholerischen Witwer, die um die junge Cécile werben. Die junge Frau liebt den Advokaten, wurde von ihrem ängstlichen Vater aber dem anderen versprochen. René Clairs letzter Stummfilm entstand nach einer amüsanten Labiche/Michel-Komödie und genoß Ende der 20er Jahre große Popularität. Dank seiner zahlreichen Trickeffekte gilt der Film als einer der technisch ausgefeiltesten Produktionen der Stummfilmzeit. 1995 wurde er mit neu eingespielter Musik im Fernsehen wiederaufgeführt. – Ab 14.
Schwarz-weiß. Frankreich 1928 **P** Les Films Albatros / Sequana **V** offen **R+B** René Clair **K** Robert Batton, Nicolas Roudakoff **M** Bernd Schultheis (Neukomposition) **D** Pierre Batcheff (Frémessin), Maurice de Férandy (Thibaudier), Jim Gérald (Garadoux), Vera Flory (Cécile Thibaudier), Yvette Andreyor (Madame Garadoux), Françoise Rosay (Tante) **L** 95 **E** 18.6.1995 3sat **fd** –

Beirut – Es war einmal
IL ETAIT UNE FOIS BEYROUTH
Dokumentarischer Spielfilm. Zwei Mädchen um die Zwanzig machen sich im zerstörten Beirut von heute auf die Suche nach dem glanzvoll widersprüchlichen Bild der libanesischen Hauptstadt. In den Kellern einer Fabrik stoßen sie auf einen alten Sonderling, der Filme gesammelt hat. In diesen Spiel- und Dokumentarfilmen aus den Jahren 1914 bis 1975 scheint die Seele und Identität der Stadt in vielen Variationen auf. (O.m.d.U.)
Deutschland / Frankreich / Libanon 1994 **P** Balcon / arte / HR / ALFPH **V** offen **R** Jocelyne Saab **B** Philippe Paringaux, Roland Paringaux **K** Roby Breidl **S** Dominique Auvray, Isabelle Dedieu **D** Michèle Tyan, Myrna Makason **L** 104 **E** 11.4.1995 arte **fd** –

Belle Sommers
BELLE SOMMERS
Der frühere Geliebte einer Nachtclubsängerin, die wegen Unterweltkontakten in Ungnade gefallen ist, verhilft ihr zu einem Comeback. Dies ruft erneut die Gangster auf den Plan. Ein kleiner Gangsterfilm mit einigen hübschen Liedern und stimmungsvoller Fotografie. – Ab 16.
Schwarz-weiß. USA 1962 **P** Columbia **V** offen **Pd** William Sackheim **R** Elliot Silverstein **B** Richard Alan Simmons **K** Charles S. Welborn **M** Harry Sukman **D** Polly Bergen (Belle Sommers), David Janssen (Danny Castle), Warren Stevens (Lew Burton) **L** 62 **E** 21.10.1995 RTL 2 **fd** –

Bells from the Deep
BELLS FROM THE DEEP
In Ostsibirien, wo die Menschen in ärmlichen Verhältnissen leben, ohne bislang viel von der politischen Wende gespürt zu haben, spürt Werner Herzog der zögernden Wiederbesinnung auf die Religionen nach. Er fand Menschen, die auf ernsthafte, aber auch weniger seriöse Weise mit ihren Verkündigungen die Menschen erreichen: Kleriker, Geistheiler, «Zauberer» und sogar eine «Jesus-Inkarnation». Der Film gehört zu einer fünfteiligen Dokumentationsreihe über Geschichte und Wandel der russischen Gesellschaft. (O.o.U.; Titel der übrigen Teile: «Alice in Russialand», «Les Enfants jouent à la Russie», «Russian Lullaby», «The Nose»)
Rußland / Deutschland 1993 **P** Cecco Films **V** offen **Pd** Alessandro Cecconi, Ira Barmak **R+B** Werner Herzog **K** Jörg Schmidt-

Reitwein **L** 60 **E** 28.8.1995 premiere **fd** –

Benjamin der Taube
Verfilmung eines preisgekrönten Kinderbuches. Reykjavik in den 60er Jahren: Der zehnjährige Benjamin und seine Freunde gründen einen Ritterordnen, dessen Mitglieder sich nach den Gesetzen der Tafelrunde verhalten müssen. Als das Haus einer alten Frau in Flammen aufgeht, hat die Gemeinschaft ihre erste Bewährungsprobe zu bestehen. – Ab 10.
Island 1995 **V** offen **R** Gisli Snaer Erlingsson **B** Fridrik Erlingsson **D** Sturla Sighvatsson (Benjamin), Gunnar Atli Cauthery (Roland), Sigfus Sturiuson (Baldur), Hjörleifur Björnsson (Andres), Gudrun P. Stephensen (Gudlaug) **L** 85 **E** 29.12.1995 N 3 **fd** –

Bergerac: Unter der Sonne des Südens
BERGERAC: RETIREMENT PLAN
Pilotfilm zu einer Krimi-Fernsehserie. Nachdem sein Schwiegervater, ein erfolgreicher Geschäftsmann, in Spanien Opfer einer Erpressung wurde, gerät ein Mann unversehens in Konflikt mit der spanischen Unterwelt. Die heiße Spur führt jedoch zurück auf Jims Heimatinsel Jersey.
England 1987 **V** offen **R** Edward Bennett **D** John Nettles (Jim Bergerac), Terence Alexander (Charles Hungerford), Sean Arnold (Inspector Crozier), Louise Jameson (Susan Young), Nicholas Ball (Gravel Bereford) **L** 90 **E** 5.8.1995 Vox **fd** –

Berlin, Bahnhof Friedrichstraße, 1990
Dokumentation über den Um- und Abbau der Grenzanlagen im Berliner Bahnhof Friedrichstraße im Jahr 1990. Ein teilweise kunstgewerblich anmutender Film voller Stereotypen, dem der analytische Ansatz fehlt und der zudem wenig Neues berichtet. Statt dessen werden Binsenweisheiten heraufbeschworen und bedeutungsschwangere Zusammenhänge hergestellt, die keiner näheren Überprüfung standhalten. – Ab 16 möglich.
BR Deutschland 1990 **P** SO 36 Film **V** offen **Pd** Ulrike Herdin, Lilly Grote **R+B+K** Konstanze Binder, Lilly Grote, Ulrike Herdin, Julia Kunert **M** Jon Rose **S** Yvonne Loquens **L** 85 **FSK** – **E** 19.2.1991 ZDF/20.4.1995 **fd** 31 300

Berlin – Ecke Bundesplatz (3)
Der dritte Teil einer 1986 begonnenen dokumentarischen Langzeitbeobachtung um den Bundesplatz im Berliner Stadtteil Wilmersdorf: Der 90. Geburtstag und – vier Jahre später – der Tod einer Hauswartsfrau, die Ausbildung in einer freiwilligen Polizeireserve, lebhafte Diskussionsrunden in der Mansardenwohnung eines freien Schriftstellers und anderes mehr.
Deutschland 1995 **P** WDR **V** offen **R** Detlef Gumm, Hans-Georg Ulrich **B** Detlef Gumm, Hans-Georg Ullrich **M** Arpad Bondy **S** Simone Klier **L** 90 **E** 9.10.1995 West 3 **fd** –

Besessene der Macht
BREACH OF CONDUCT
Ein Militärstützpunkt irgendwo in Nevada: Der tyrannische Kommandant des Waffenlagers versucht, sich die Frau eines zu seiner Einheit neu abkommandierten Offiziers gefügig zu machen. Doch sie widersteht seinem Druck und siegt schließlich mit Hilfe ihrer Vorgängerin. Als Studie über Einsamkeit und Macht innerhalb militärischer Strukturen angelegt, nimmt der Film rasch Zuflucht zu den Chiffren des Actionkinos und verspielt damit seine Chancen. Auch die anfänglich guten Schauspielerleistungen verblassen im Laufe der Handlung.
USA 1994 **P** Universal **V** CIC (Video) **Pd** Lorietta Taub **R** Tim Matheson **B** Scott Abbott **K** Gideon Porath **M** Terry Plumeri **S** Christopher Rouse **D** Peter Coyote (Case), Courtney Thome-Smith (Helen), Keith Amos (Reed), Tom Vico (Lutz) **L** 89 **FSK** ab 16 **E** 21.6.1995 Video **fd** 31 418

Besiegt, befreit, besetzt
Erinnerungen an das Kriegsende 1945. Mit Hilfe von Zeitzeugen, Wochenschau-Aufnahmen und dem Filmmaterial alliierter Kriegsberichterstatter soll das Leid der Bevölkerung augenfällig gemacht, aber auch der Greuel des Nazi-Regimes gedacht werden. Gleichzeitig wird der Haß der Sieger erfahrbar, der in das Propaganda-Material der Alliierten eingeschrieben ist. Eine Dokumentation, die auch der Zeit des Wiederaufbaus und der Partnerschaften mit den einstigen Kriegsgegners gedenkt.
Deutschland 1995 **V** offen **R+B** Hans Brecht **K** Eckhard Dorn, Horst Nicolaysen **L** 110 **E** 20.8.1995 N 3 **fd** –

Best of the Best 3 – No Turning Back
BEST OF THE BEST 3 – NO TURNING BACK
Ein Kampfsportlehrer asiatischer Herkunft wird bei einem Besuch seiner Schwester in den Südstaaten der USA mit dem rassistischen Terror einer rechtsextremen Organisation konfrontiert. Als sein Neffe entführt wird, nimmt er das Recht in die eigene Hand. Ein schnell in Action-Routine versinkender Film, der leichtfertig die Chance vergibt, sich mit dem Phänomen des Rassenhasses auseinanderzusetzen. Die Darstellung der Selbstjustiz als Mittel der Konfliktlösung dis-

qualifiziert ihn endgültig. (Fortsetzung einer Serie; vgl. «Karate Tiger 4 – Best of the Best», «Der Unbesiegbare – Best of the Best 2»)
USA 1994 **P** The Movie Group **V** VPS (Video) **Pd** Peter E. Strauss, Phillip Rhee **R** Phillip Rhee **B** Barry Gray, Deborah Scott **K** Jerry Watson **M** Barry Goldberg **S** Bert Lovitt **D** Phillip Rhee (Tommy Lee), Christopher McDonald (Jack), Gina Gershon (Margo), Mark Rolston (Donnie Hansen), Dee Wallace Stone (Georgia) **L** 94 (gek. 83) **FSK** ab 18 (gek. ab 16) **E** 28.9.1995 Video **fd** 31 635

Best Shots
BEST SHOTS
Komödie: Ein Poet, der sich plötzlich ohne einen Pfennig auf der Straße wiederfindet, verbündet sich mit seinem konservativen Cousin, um dem berüchtigtsten Börsenmakler von San Francisco eins auszuwischen.
USA 1990 **P** Triax Entertainment **V** offen **Pd+R+B** Doug Lodato **K** Randy Love **S** Bronwyn Woodhead **D** Lyman Ward (Roger Boro), Kim Myers (Lia Black), Marc Poppel (Tom Kidd), John Scott Clough (Trip Atherton) **L** 78 **E** 25.8.1995 RTL 2 **fd** –

Bette Midler's Gypsy
GYPSY
In den 20er Jahren tingelt Mutter Rose mit ihren beiden Töchtern durch schäbige amerikanische Bühnenshows, beseelt von dem Wunsch, daß aus den Kindern einmal große Stars werden. Während die ältere Tochter im Teenageralter abspringt, steigt die jüngere zur gefeierten Striptease-Tänzerin auf. Ein mit Humor und Gefühl gemischter Einblick in das amerikanische Showgeschäft, der Dank der vitalen Präsenz seiner Hauptdarstellerin ein unterhaltsames Zeit- und Lebensbild entwirft. Die aufwendige Verfilmung eines Musicals, die, obwohl Musik und Choreografie etwas farblos bleiben, vergnüglichen Zeitvertreib bietet. – Ab 14.
USA 1993 **P** RHI-Entertainment **V** VMP (Video) **Pd** Emile Ardolino, Cindy Gilmor **R** Emile Ardolino **B** Arthur Laurents **K** Ralf D. Bode **M** Jule Styne **S** William H. Reynolds **D** Bette Midler, Peter Riegert, Cynthia Gibb, Christine Ebersole, Edward Asner **L** 136 **FSK** o. A. **E** 5.12.1995 Video **fd** 31 726

Betty und ihre Schwestern
LITTLE WOMEN
Die vier heranwachsenden Töchter einer Pfarrersfamilie erleben in einer amerikanischen Kleinstadt zur Zeit des Bürgerkriegs Freundschaft, Liebe, Tod und die vielen kleinen Alltagssorgen. Verfilmung eines populären Familienromans des vorigen Jahrhunderts; eine Huldigung an das Zusammengehörigkeitsgefühl der Familie und ein allzu zaghaft formuliertes Plädoyer für die Unabhängigkeit der Frau. Durch das klischeebeladene Drehbuch, die unentschlossene Regie und die wenig überzeugenden schauspielerischen Leistungen stellt sich bald gepflegte Langeweile ein. – Ab 14.
USA 1994 **P** Di Novi Pictures **V** Columbia TriStar (Kino) / Columbia TriStar (Video) **Pd** Denise DiNovi, Robin Swicord **R** Gillian Armstrong **B** Robin Swicord, nach einem Roman von Loisa May Alcott **K** Geoffrey Simpson **M** Thomas Newman **S** Nicholas Beauman **D** Winona Ryder (Jo March), Trini Alvarado (Meg Mach), Samantha Mathis (Amy March), Claire Danes (Beth March), Susan Sarandon (Frau March), Gabriel Byrne (Friedrich Baer) **L** 115 **FSK** ab 6; f **E** 18.5.1995 / 10.1.1996 Video **fd** 31 351

Beurs – Kinder nordafrikanischer Immigranten
BEURS
Dokumentarfilm über die «beurs», die in Frankreich geborenen Nachkommen arabischer Einwanderer, und ihre lebendige, in den Vorstädten gedeihende «Mischkultur». Im Mittelpunkt stehen drei junge Menschen, die hartnäckig ihren Lebenswillen behaupten.
Frankreich 1991 **P** La Sept / arte **V** offen **R** Ange Casta **B** Ange Casta, Odile Castra-Raucaz **L** 101 **E** 2.12.1995 arte **fd** –

Biancas Baby
BABYSNATCHER
Beziehungsdrama. In der vergeblichen Hoffnung, ihre zerrüttete Ehe kitten zu können, täuscht eine Frau ihrem Mann eine Schwangerschaft vor. Als sie schließlich einen Säugling vorweisen muß, entführt sie das vier Wochen alte Töchterchen einer anderen Frau. Diese gerät selbst in Tatverdacht, da der Vater ihres Kindes ein verheirateter Mann ist, der gar nicht daran denkt, sich wegen eines «Fehltritts» scheiden zu lassen.
USA 1992 **P** Morgan Hill / Hearst Entertainment **V** offen **Pd** Carol Dunn Trussell **R** Joyce Chopra **B** Susan Rhinehart **K** James Glennon **M** Paul Chihara **D** Nancy McKeon (Karen), David Duchovny (David), Veronica Hamel (Bianca), Michael Madsen (Cal), Penny Fuller (Ruth) **L** 93 **E** 30.1.1995 premiere **fd** –

Die Bibel – Abraham
ABRAMO – PARTE 1 / PARTE 2
(Fernseh-)Verfilmung der Abraham-Erzählung, die weitgehend von der biblischen Vorlage ausgeht. Erzählt wird von der Berufung des Stammvaters der Israeliten, seiner Ehe mit Sarah und der letztlich verhinderten Opferung seines Sohnes Isaak. Der von guten Darstellern getragene Film

nähert sich seinem Thema mit großer Ernsthaftigkeit und meidet die Niederungen des Hollywood-Spektakels. Der Inszenierung ist es gelungen, Abrahams Gotteserscheinungen ohne Peinlichkeiten darzustellen, auch wenn andere Klischees des Genres nicht immer vermieden wurden. – Ab 14.
Deutschland / Italien / USA 1993 **P** Lube / Lux / Betafilm / Quinta / Turner Pictures / Rai Uno / France 2 / ORF / Antena 3 / BSKYB / NCRV / Czech TV **V** Taurus (zwei Kassetten) (Video) **Pd** Lorenzo Minoli **R** Joseph Sargent **B** Robert McKee **K** Raffaele Martes **M** Ennio Morricone, Marco Frisina **S** Michael Brown **D** Richard Harris (Abraham), Barbara Hershey (Sara), Maximilian Schell (Pharao), Vittorio Gassman (Terach), Carolina Rosi (Hagar) **L** 178 (88 + 90) **FSK** ab 6 **E** 1995 Video / 7. 4. 1996 ARD
fd 31 712

Die Bibel – Genesis
GENESI: LA CREAZIONE E IL DILUVIO
Die Erschaffung der Welt, erzählt und interpretiert aus der Sicht des israelitischen Monotheismus. Dabei macht der Regisseur mit einfachen, aber bildwirksamen Einfällen augenfällig, daß sich der Schöpfungsprozeß in jedem Augenblick wiederholt. Ein Film, dessen langsamer Rhythmus im ersten Teil überzeugt; im zweiten Teil (Kain und Abel, Sintflut), der mehr am Spielfilm orientiert ist, fällt er ab, gewinnt aber immer dann Dichte, wenn Gegenwartsbezüge hergestellt werden. Eine weitgehend gelungene Bibel-Verfilmung ohne Pomp und falsches Pathos. – Ab 14.
Italien / Deutschland 1993 **P** Lube / Lux / Betafilm / Quinta / RAI / France 2 / ORF / Antena 3 / MTM / Czech TV / NCRV / BSKYB **V** Taurus (Video) **Pd** Franco Bollati **R + B + K** Ermanno Olmi **M** Ennio Morricone **S** Ermanno Olmi **D** Omero Antonutti (Erzähler und Noah), Sabir Aziz (Adam), Haddou Zoubido (Eva), Annabi Abdelialil (Kain), B. Haddan Mohamed (Abel) **L** 90 **FSK** ab 6 **E** 1995 Video **fd** 31 711

Die Bibel – Jakob
JACOB
Die Geschichte Jakobs, auf dem Gottes ganz besonderer Segen liegt und der mit seinen zwölf Söhnen die zwölf Stämme Israels gründet. In einer bibelnahen Umsetzung wird die Geschichte eines listenreichen, glücklichen Mannes erzählt, der seinen festen Gottesglauben mit Weltzugewandtheit verbindet. Ein klar strukturierter Film mit einer einfachen Bildgestaltung, solide inszeniert und sachdienlich gespielt. Die mitunter zu üppig aufgetragene Musik (Gotteserscheinungen) wirkt etwas störend. – Ab 14.
Deutschland / Italien / USA 1994 **P** Lube / Lux / Betafilm / Quinta / Turner Pictures / Rai Uno / France 2 (ORF / Antena 3 / BSKYB / NCRV / Czech TV **V** Taurus (Video) **Pd** Lorenzo Minoli **R** Peter Hall **B** Lionel Chetwynd **K** Ennio Guarnieri **M** Ennio Morricone, Marco Frisina **S** Bill Blunden **D** Lara Flynn Boyle (Rahel), Matthew Modine (Jakob), Sean Bean (Esau), Joss Ackland (Isaak), Juliet Aubrey, Giancarlo Giannini (Laban), Irene Papas (Rebekah) **L** 92 **FSK** ab 6 **E** 1995 Video **fd** 31 713

Die Bibel – Josef
JOSEPH – PART I & PART II
Die Geschichte Josefs, Lieblingssohn und Nachfolger Jakobs, der von seinen Brüdern als Sklave verkauft wird. Er gelangt an den Hof des ägyptischen Pharaos und steigt nach einer wechselvollen Geschichte zu dessen Berater und Stellvertreter auf. Eine episch breit angelegte Bibel-Verfilmung, die sich in einem langsamen Rhythmus entwickelt. Bei aller Werktreue, die der solide inszenierte Film anstrebt, bleibt die Hauptperson eindimensional, ein ungebrochener, als Heilsbringer und kaum als Mensch gezeichneter Charakter. – Ab 14.
Italien / Deutschland / USA 1994 **P** Lube / Lux / Betafilm / Quinta / Turner Pictures / RAI / France 2 / Antena 3 / MTM / Czech TV / NCRV / BSKYB **V** Taurus (Video) **Pd** Lorenzo Minoli, Gerald Rafshoon **R** Roger Young **B** Lionel Chetwynd **K** Raffaele Mertes **M** Ennio Morricone, Marco Frisina **D** Paul Merario (Josef), Ben Kinsley (Potifar), Martin Landau (Jakob), Lesley Ann Waren (Potifars Frau), Drego Walraff, Monica Bellucci, Stefano Dionisi, Valeria Cavalli, Alice Krige **L** 178 **FSK** ab 6 **E** 1995 Video **fd** 31 714

Biester
LA CEREMONIE
Wortkarg, aber zuverlässig verrichtet ein neues Dienstmädchen im Haus einer gutsituierten Familie seine Arbeit. Aus der Freundschaft mit einer anderen jungen Frau – beide verbindet ihre dunkle Vergangenheit – entsteht eine unheilvolle Allianz. Alte Verletzungen, Neid und Hilflosigkeit lassen die beiden plötzlich Amok laufen. Distanziert beobachtend, ohne Erklärungs- oder Identifikationsangebote, beschreibt der kammerspielartig inszenierte Film die tragischen Folgen individueller Verhärmung und fehlender Verständigung. Dank pointierter Darstellung und Inszenierung beeindruckend, aber auch schockierend.
Frankreich / Deutschland 1995 **P** MK2 / France 3 Cinéma / prokino / Olga Film / Hallelujah / ZDF **V** Filmwelt / prokino plus **Pd** Marin Karmitz **R** Claude Chabrol **B** Claude Chabrol, Caroline Eliacheff, nach einem Roman von Ruth Rendell **K** Bernard Zitzer-

mann **M** Matthieu Chabrol **S** Monique Fardoulis **D** Isabelle Huppert (Jeanne), Sandrine Bonnaire (Sophie), Jacqueline Bisset (Catherine), Jean-Pierre Cassel (Georges), Virginie Ledoyen (Melinda), Valentin Merlet (Gilles) **L** 111 **FSK** ab 12; f **E** 2.11.1995 **fd** 31 600

Big Dans Vermächtnis
HE LAUGHED LAST
Nach der Ermordung eines Gangsterbosses soll eine Tänzerin dessen Geschäfte übernehmen. Dies führt nicht nur zu Komplikationen mit ihrem Geliebten, einem Polizisten, sondern sorgt auch für Ärger mit dem Stellvertreter des Gangsters. Eine in einer langen Rückblende erzählte Gangsterkomödie, die mit einigen witzigen Gags aufwartet, aber deutlich an der unausgegorenen erzählerischen Struktur leidet. – Ab 14.
USA 1956 **P** Columbia **V** offen **Pd** Jonie Taps **R+B** Blake Edwards **K** Henry Freulich **M** Arthur Morton **S** Jack W. Ogilvie **D** Frankie Laine (Gino Lupo), Lucy Marlow (Rosemary Lebeau), Anthony Dexter (Dominic), Dick Long (Jimmy Murphy), Alan Reed (Big Dan Hennessy) **L** 77 **E** 4.11.1995 Super RTL **fd** –

Bilder in Bewegung – Das Jahrhundert des Kinos (1–3)
Das 100jährige Jubiläum des Kinos nahm US-Regisseur Martin Scorsese zum Anlaß, eine Bestandsaufnahme des amerikanischen Films vorzunehmen. Anhand von Filmausschnitten – zum Teil aus seinem eigenen Archiv, das über seltene Sequenzen, «director's cuts» und dergleichen mehr verfügt – entwickelte er einen dreiteiligen Essay, der den Filmemacher als Erzähler, aber auch als Illusionisten, Gaukler und Bilderstürmer beschreibt.
USA 1994 **P** British Film Institute **V** offen **R+B** Martin Scorsese **L** 159 (52 / 52 / 52) **E** 13. / 14. / 15.2.1995 premiere **fd** –

Bilder in Bewegung – Das Jahrhundert des Kinos (4)
Eine kritische Bestandsaufnahme des Kinos in Deutschland an Hand eines fiktiven Szenarios: In einer real nicht existierenden Münchner Kinemathek treffen sich deutsche Regisseurinnen und Regisseure, um die Epochen der Filmkunst in Deutschland Revue passieren zu lassen und über sie zu diskutieren. Beteiligt sind u.a. Volker Schlöndorff, Helma Sanders-Brahms, Margarethe von Trotta, Wolfgang Kohlhaase, Frank Beyer, Alexander Kluge, Leni Riefenstahl, Wim Wenders, Werner Herzog, Peter Sehr, Wolfgang Becker und Detlev Buck. Dabei schlägt sich die wiederholt konstatierte deutsche Mentalität auch in den Aussagen wieder: Die meisten zeugen von tiefem Ernst und spröder Kunstübung, von einer gewissen Steifheit und Strenge. Unwillentlich macht die Dokumentation zudem deutlich, wie unüberwindbar die geschichtliche Barriere der Ufa-Periode während der 30er Jahre ist – die Blütezeit des deutschen Stummfilms kommt nur in wenigen Beispielen zur Geltung. (Fernsehtitel auch: «Die Nacht der Regisseure») – Ab 16.
Deutschland 1994 **P** BFI TV / Edgar Reitz Prod. / premiere / ZDF / arte **V** offen **Pd** Edgar Reitz, Robert Busch **R+B** Edgar Reitz **K** Christian Reitz, Peter Petridis, Stefan von Borbely **M** Nikos Mamangakis, Aljoscha Zimmermann **S** Horst Reiter, Michael Tischner **L** 87 **E** 19.2.1995 premiere **fd** –

Bilder in Bewegung – Das Jahrhundert des Kinos (5)
Dokumentation über das britische Kino, das in Ermangelung einer eigenständigen Filmindustrie auf solider wirtschaftlicher Basis fast ausschließlich in (Co-) Produktionen mit den Fernsehanstalten des Landes besteht. Im Gespräch mit dem Regisseur Alexander Mackendrick und dem Autor und Kritiker Gavin Lambert rekapituliert Stephen Frears, einer der Mitbegründer des «New British Cinema» der 80er Jahre, den für englische Regisseure typischen Weg zwischen Kino und Fernsehen, London und Hollywood.
England / Deutschland 1994 **P** BFI-TV / arte / ZDF / premiere **V** offen **R** Stephen Frears **L** 52 **E** 20.2.1995 premiere **fd** –

Bilder in Bewegung – Das Jahrhundert des Kinos (6)
Dokumentarischer Essay über die japanische Filmindustrie und -kultur. An Hand einer von ihm selbst vorgenommenen Epochen-Einteilung und der von ihm als beispielhaft erachteten Werke zieht der 62jährige Regisseur Nagisa Oshima eine sehr persönliche Bilanz des japanischen Kinos, die mit Daisuke Itos lange verloren geglaubtem Dreiteiler «Reisetagbücher von Chuji» (1927) beginnt und mit den jungen «Independent»-Regisseuren der Gegenwart endet.
England / Deutschland 1994 **P** BFI / Oshima / premiere **V** offen **R** Nagisa Oshima **L** 52 **E** 21.2.1995 premiere **fd** –

Bilder von anderswo
Ein dokumentarischer Essayfilm über den seit seiner Jugend blinden Fotografen Evgen Bavcar, der weniger ein Porträt ist als ein meditativer Versuch, sich in die Welt eines Blinden filmisch einzudenken. Konzipiert als «filmische Reise in die inneren Gale-

rien des Evgen Bavcar» (Zöller), tauchen zu Gesprächen aus der Dunkelheit weniger Bilder als Lichtreflexe auf, die sich der Zuschauer «mit dem Auge tastend» erschließen muß.
Schwarz-weiß. Deutschland 1993 **P** Günther-Bolley-Film / Ralf-Zöller-Filmproduction / HFFM **V** Zorro (16 mm) **Pd** Günther Bolley, Dieter Horres **R+B** Ralf Zöller **K** Benedict Neuenfels **M** Roberto Murolo **S** Gunvor E. Morte **L** 89 **FSK** – **E** 24. 8. 1995 **fd** –

Bio-Force I
BIO-FORCE I
Eine Rakete soll gefährliches DNS-Material auf dem Mond entsorgen, stürzt jedoch ab. Bei dem Versuch, die Bio-Masse unschädlich zu machen, infiziert sich der Leiter einer Spezialeinheit der Armee und mutiert zum tierischen Monster, das seine eigenen Leute umbringt. Nur einer überlebt und nimmt den Kampf auf. Mißlungener Schocker, der das wichtige Thema Gentechnologie verharmlost. Fehlende Spannung soll durch abstoßende Effekte ersetzt werden.
USA 1995 **P** Southern Star **V** VPS (Video) **Pd** Robert Willoughby, Michael W. Evans jr. **R** David A. Prior **B** William S. Vigil, David A. Prior, Patrick Francis **K** Carlos Gonzales **M** William T. Stromberg **S** Tony Malanowski **D** Leo Rossi (Lt. Holliger), Ted Prior (Lt. Trotter), Denise Crosby (Carol-Anne), Grant Gelt (Jordie), Wilford Brimley (General Derro) **L** 95 **FSK** ab 18 **E** 10. 8. 1995 Video **fd** 31 583

Bis der Tod uns scheidet
TILL THE END OF THE NIGHT
In das ruhige und glückliche Eheleben eines Architekten und einer Malerin bricht das Grauen in Gestalt des Ex-Mannes der Frau ein. Der brutale Egoist voller Selbstmitleid entpuppt sich als Gewaltverbrecher und Psychopath, der die Frau schließlich in einen abgelegenen Wüstenort entführt. Konventionelle Dreiecksgeschichte, notdürftig mit etwas Action und Sex aufgepäppelt. Ansprechend allenfalls durch die solide Kameraarbeit.
USA 1994 **P** Motion Pictures **V** Columbia TriStar (Video) **Pd** Brad Krevoy, Steven Stabler **R+B** Larry Brand **K** Bernard Salzman **M** Mark Governor **S** Virginia Katz **D** Scott Valentine (John Davenport), Katherine Kelly Lang (Diana), John Enos (D'Arcy), Mary Fanaro (Faith), David Keith (Garrett Hill) **L** 86 **E** 19. 9. 1995 Video **fd** 31 569

Bittere Liebe
GORZKA MILOSC
Zweiteilige Romanverfilmung: Die Liebesgeschichte zwischen einer blutjungen Frau und einem wegen seiner zügellosen Lebensweise ins Gerede gekommenen Mann, die sich vor Ausbruch des Zweiten Weltkriegs in Ostpolen kennenlernen. Ihre Liebe wird zu einer Odyssee durch die Wirren der Zeit und der Gefühle.
Polen 1994 **V** offen **R** Czeslaw Petelski **D** Sylwia Wysocka (Hanna), Robert Inglot (Lech), Lidia Korsakowna (Ciotunia), Wieslawa Mazurkiewicz (Mamusia), Gustaw Lutkiewicz (Wuj) **L** 155 (75 + 80) **E** 19. / 20. 6. 1995 mdr (zwei Teile) **fd** –

Bittere Wahrheit
MENSONGE
Eine schwangere Frau erfährt, daß sie HIV-positiv ist. Auf Grund des Verdachts, daß ihr Mann sich bei einer Geliebten infiziert haben könnte, beginnt sie, sein Leben zu erforschen. Regiedebüt, das die Aids-Thematik nur als Auslöser für ein psychologisches Drama benutzt.
Frankreich 1991 **P** Les Films Alain Sarde / Cuel Lavalette Productions / France 3 Cinéma **V** offen **R** François Margolin **B** Denis Saada, François Margolin **K** Caroline Champetier **S** Martine Giordano, Catherine Schwartz **D** Nathalie Baye (Emma Vigo), Didier Sandre (Charles Vigo), Hélène Lapiower (Louise), Marc Citti (Louis), Adrien Beau (Romain) **L** 90 **E** 12. 12. 1995 Vox **fd** –

Bitteres Blut
THE BEST OF FAMILIES: MARRIAGE, PRIDE AND MADNESS
Ein in Rückblenden erzähltes Familiendrama: Nach dem Scheitern ihrer scheinbar vollkommenen Ehe versucht eine Frau mit allen Mitteln, das Leben ihres Ex-Mannes zu zerstören. Ihre Rache wächst sich zu einer Besessenheit mit tragischen Konsequenzen aus. Nach den gängigen Mustern durchschnittlicher Fernsehunterhaltung entwickelt.
USA 1994 **V** offen **R** Jeff Bleckner **B** Robert L. Freedman, nach dem Buch «Bitter Blood» von Jerry Bledsoe **D** Kelly McGillis (Susie Sharp Newson), Keith Carradine (Tom Leary), Harry Hamlin (Fritz Klenner), Holland Taylor (Florence Newsom), Jayne Brook (Kathy Leary) **L** 180 (90 + 90) **E** 21. / 23. 6. 1995 RTL (zwei Teile) **fd** –

Bittersüße Vergeltung
BITTER VENGEANCE
Ein ehemaliger Polizist will die Bank in San Diego, bei der er tätig ist, um einige Millionen Dollar erleichtern und mittels einer raffinierten Intrige die Polizei davon überzeugen, er sei von seiner Frau umgebracht worden. Dabei schreckt er auch vor einigen Morden nicht zurück, bis ihm seine Frau einen Strich durch die Rechnung macht. Ein Gebrauchskrimi jenseits von Lob und Tadel, wie

sie zuhauf fürs amerikanische Fernsehen produziert werden. – Ab 16.
USA 1994 **P** Wilshire Court **V** CIC (Video) **Pd** Christopher Griffin **R** Stuart Cooper **B** Pablo F. Fenjves **K** Frank Byers **M** David Michael Frank **S** Cari Coughlin **D** Virginia Madsen, Bruce Greenwood, Kirsten Hocking, Eddie Velez, Gordon Jump, Teresa Tuesdale **L** 87 **FSK** ab 16 **E** 15.5.1995 Video **fd** 31 401

Black Bayou
WALKER – TEXAS RANGER
Fernsehfilm der Action-Serie «Texas Ranger»: Im schönschaurigen Sumpfgebiet zwischen Texas und Louisiana stößt der Ranger und Drogenfahnder Walker auf die Hinterwäldler in Black Bayou, die ein Drogenlabor eingerichtet haben. Nach einigen Morden greift der einstige Einzelkämpfer im Vietnam-Krieg durch. Aktionsreiche Dutzendware nach bewährten Spannungsmustern. Gut und Böse sind klar getrennt, und die Rollenklischees sind so dick wie die Charaketer hölzern. Fragwürdig: das Vietnam-Bild, das nebenbei abgeliefert wird. – Ab 16.
USA 1994 **P** CBS **V** Highlight (Video) **Pd** Leonard Katzman **R** Michael Preece **B** Carl Clements jr., David Thoureau **K** Karl Kases **S** Bryan Norfolk **D** Chuck Norris (Walker), Clarence Gilyard jr. (Jimmy), Noble Willingham, Sheree J. Wilson, David Huddleston **L** 90 **FSK** ab 16 **E** 21.2.1995 Video **fd** 31 310

Black Beauty (1946)
BLACK BEAUTY
Akzeptable, aber nicht sonderlich inspirierte Adaption eines abenteuerlichen Jugendromans: Die innige Freundschaft eines Mädchens zu seinem pechschwarzen Pferd auf einem englischen Gut des ausgehenden 19. Jahrhunderts. – Ab 10.
USA 1946 **P** 20th Century Fox **V** offen **Pd** Edward L. Alperson **R** Max Nosseck **B** Lillie Hayward, Agnes Christine Johnston, nach dem Roman von Anna Sewell **K** J. Roy Hunt **M** Dimitri Tiomkin, David Chudnow (Ltg.) **S** Martin Cole **D** Mona Freeman (Anne Wendon), Richard Denning (Bill Dixon), Evelyn Ankers (Evelyn Carrington), Charles Evans (Squire Wendon), J.M. Kerrigan (John) **L** 74 **E** 11.11.1995 Super RTL **fd** –

Black Beauty (1994)
BLACK BEAUTY
Neuerliche Verfilmung des Romans vom schwarzen Hengst, der von wechselnden Besitzern überwiegend gequält und ausgenutzt wird, bis ihm ein friedlicher Lebensabend in ländlicher Idylle ermöglicht wird. Recht einfallslos werden die Stationen des Pferdelebens aneinandergereiht, wobei die Menschen blaß und unprofiliert bleiben. Mit gewissem Geschick werden «schöne» Bilder arrangiert, die Inszenierung der Spielszenen aber ist hölzern und uninspiriert. Für ein junges Publikum noch hinreichend unterhaltsam. – Ab 8.
USA 1994 **P** Warner-Tamerlane-Production **V** Warner Home (Video) **Pd** Robert Shapiro, Peter MacGregor-Scott **R + B** Caroline Thompson, nach einem Roman von Anna Sewell **K** Alex Thompson **M** Danny Elfman **S** Claire Simpson **D** Sean Bean (Farmer Grey), Andrew Knott (Joe Green Kind), Ian Kelsey (Joe Green Mann), Jim Carter (John Manly), Alun Armstrong (Reuben) **L** 85 **FSK** o. A. **E** 19.10.1995 Video **fd** 31 634

Black Fox: Black Fox / Kampf auf Leben und Tod / Die Rache ist mein
THE BLACK FOX TRILOGY / BLACK FOX / THE PRICE OF PEACE
Am Vorabend des amerikanischen Bürgerkrieges überfallen Indianer die Ranch eines ehemaligen Plantagenbesitzers aus den Südstaaten, der sie aus politischen Gründen verlassen und einem Sklaven die Freiheit geschenkt hat. Sie verschleppen die Frauen und Kinder. Die Männer nehmen die Verfolgung auf; der ehemalige Sklave wird wegen seiner Hautfarbe zum Unterhändler mit den Indianern bestimmt. Dreiteiliger (Fernseh-)Western, der in einer spannenden Genre-Geschichte ein Netz kultureller Verflechtungen darzustellen versucht. – Ab 14.
USA 1993 **V** offen **R** Steven Hillard Stern **B** John Binder (1,2), Jeb Rosebrook (2), Joe Byrne (2), Michael Michaelian (3), nach dem gleichnamigen Roman von Matt Braun **K** Frank Tidy **M** Eric Robertson **D** Christopher Reeve (Alan Johnson), Tony Todd (Britt Johnson), Raoul Trujillo (Running Dog), Janet Bailey (Mary Johnson), Nancy Sorel (Sarah Johnson), Chris Wiggins (Ralph Holtz) **L** 270 (90 / 90 / 90) **E** 12. / 19. / 26.2.1995 SAT 1 (drei Teile) **fd** –

Black Zombies
BLACK DEMONS
Drei amerikanische Studenten, in Südamerika auf der Suche nach seltenen Samba-Rhythmen, geraten in die Beschwörungszeremonie eines Voodoo-Kultes, der die Rückkehr getöteter schwarzer Plantagen-Sklaven hervorruft. Später Nachzügler der Zombie-Horrorfilme der 70er Jahre, der wie seine Vorgänger nur auf schnell und billig produzierten, stellenweise drastischen Nervenkitzel aus ist. An den authenti-

schen Kulten der südamerikanischen Ureinwohner ist das Massenprodukt sowenig interessiert wie an einer plausiblen Geschichte und Dramaturgie.
Italien 1991 **V** offen **R** Umberto Lenzi **D** Keith van Hoven (Dick), Joe Balogh (Kevin), Sonia Curtis (Jessica), Philip Murray (José), Juliana Texeira (Sonja) **L** 84 **E** 2.2.1995 SAT 1 **fd** –

Blackout
STRANGER BY NIGHT
Thriller. Ein psychisch labiler Polizist hat einen gefürchteten Frauenmörder dingfest gemacht. Da auch nach dem Tod des Täters Morde nach dessen Muster verübt werden, befürchtet er, selbst ein paranoider Killer zu sein. Er wendet sich an eine Psychiaterin, die ihn von seiner Unschuld überzeugt. Nun beginnt er nachzuforschen, wer ihm die Taten unterschieben will.
USA 1994 **V** offen **R** Gregory H. Brown **B** Richard Filon, Daryl Haney **K** Wally Pfister **D** Steven Bauer (Bobby Corcoran), Jennifer Rubin (Anne Richmond), William Katt (Troy Rooney), Michelle Green (Lisa), Luca Bercovici (Stan Richmond), Michael Parks (Polizeichef) **L** 91 **FSK** ab 18 **E** 6.4.1995 premiere **fd** –

Blackout – Ein Detektiv sucht sich selbst
CLEAN SLATE
Nach einer Explosion in unmittelbarer Nähe hat ein junger Privatdetektiv das Problem, sich kaum noch an den jeweiligen Vortag erinnern zu können. Tonbandprotokolle halten ihn notdürftig auf dem laufenden, doch der bevorstehende Prozeß gegen einen Mafiaboß, in dem der Detektiv aussagen sollte, bereitet zunehmend Schwierigkeiten. Erschwert werden diese Vorbereitungen durch die Suche nach einer wertvollen Münze und die geheimnisvollen Hilfestellungen bei diesem Vorhaben. Eine Action-Komödie, die das reizvolle Wiederholungsschema des Films «Und täglich grüßt das Murmeltier» variiert. – Ab 14 möglich.
USA 1994 **P** MGM **V** Warner (Video) **Pd** Richard D. Zanuck, Lili Fini Zanuck **R** Mick Jackson **B** Robert King **K** Andrew Dunn **M** Alan Silvestri **S** Priscilla Nedd-Friendly **D** Dana Carvey (Pogue), Valeria Golino (Sarah Novak), James Earl Jones (Dolby), Kevin Pollak (Rosenheim), Michael Gambon (Cornell) **L** 103 **FSK** ab 12 **E** 29.9.1994 Video **fd** 31 233

Blanche ist die Nacht
BLANCHE EST LA NUIT
Die dramatische Liebesgeschichte einer Frau, die versucht zu sterben, und des jungen Mannes, der sie davor bewahrt. Während sie neuen Lebensmut schöpft und ihre alte Unabhängigkeit wiederfindet, verliert ihr Retter jeden Daseinsgrund.
Kanada 1989 **P** Office national du film du Canada / Les Producteurs TV-Films Associés / Téléfilm Canada **V** offen **R** Johanne Prégent **B** Johanne Prégent, Yvon Richard **K** François Gill **M** Yves Laferrière **D** Véronique Octon (Max-Laure), Léa Marie Cantin (Blanche), Jean L'Italien (Michel), France Castel (Marie), René Gagnon (Jacques) **L** 85 **E** 14.7.1995 arte **fd** –

Blankman
BLANKMAN
Ein infantiler junger Mann träumt davon, wie Batman für Recht und Ordnung zu sorgen. Als seine politisch engagierte Großmutter ermordet wird, nimmt er im selbstgeschneiderten Kostüm den ungleichen Kampf gegen einen fiesen Gangster auf. Eine Klamotte, die sich frech und reichlich platt beim «Original» bedient. Aus dem Wust an Klamauk und krudem Witzeleien schimmert nur gelegentlich Sinn für Ironie hervor. – Ab 14.
USA 1994 **P** Wife an' Kids Prod. (für Columbia Pictures) **V** Columbia TriStar (Video) **Pd** Eric L. Gold, C. O. Erickson **R** Mike Binder **B** Damon Wayans, J. F. Lawton **K** Tom Tigel **M** Miles Goodman **S** Adam Weiss **D** Damon Wayans (Darryl Walker), David Alan Grier (Kevin Walker), Robin Givens (Kimberly), Christopher Lawford (Mayor Marvin Harris), Lynne Thigpen (Grandma Walker), Jon Polito (Minelli) **L** 92 **FSK** ab 12 **E** 11.7.1995 Video **fd** 31 587

Bleiben Sie dran!
Medienkritische Dokumentation zum übermäßigen Gebrauch des Fernsehens, die die im Zeitalter des «Zappens» durch 30 Kanäle alltäglich gewordene (Haß-)Liebe zur und Abhängigkeit von der «Glotze» vorführt.
Deutschland 1994 **V** offen **R** Claus Strigel, Bertram Verhaag **B** Bertram Verhaag, Claus Strigel **L** 45 **E** 23.4.1995 Hessen 3 **fd** –

Der Blick des Odysseus
TO VLEMMA TOU ODYSSEA / LE REGARD D'ULYSSE
Ein amerikanischer Regisseur griechischer Abstammung sucht im Auftrag der Athener Kinemathek drei verschollene Rollen mit nicht entwickeltem Filmmaterial der ersten griechischen Filmpioniere. Auf der Suche nach den Spulen und sich selbst begibt er sich auf Irrfahrten quer durch den vom Bürgerkrieg geschüttelten Balkan und sieht die Wunden, die die wechselhafte Geschichte jener Region seit Ende des letzten Jahrhunderts geschlagen hat. Eine facetten- und höchst beziehungsreiche filmische Meditation, in der sich individuelle Geschichte, Länder- und Filmgeschichte durchdringen. Bisweilen

surreal und unerklärlich, oft auch bitter und aufwühlend, ist der Film ein weiteres eindrucksvolles Fragment in Angelopoulos' erzählerischem Kosmos. – Sehenswert.
Griechenland / Frankreich / Italien 1995 **P** Theo Angelopoulos Film Prod. / Paradis / Basic Cinematografica **V** Concorde-Castle Rock / Turner **Pd** Costas Lambropoulos, Giorgio Silvagni, Eric Heumann **R** Theo Angelopoulos **B** Theo Angelopoulos, Tonino Guerra, Petros Markaris, Giorgio Silvagni **K** Giorgos Arvanitis, Andreas Sinanos **M** Eleni Karaindrou **S** Yannis Tsitsopoulos **D** Harvey Keitel (A., der Filmemacher), Maia Morgenstern (die Frau, die ihm begegnet), Erland Josephson (S., Filmmuseum-Kurator), Thanassis Vengos (Taxifahrer), Giorgos Michalakopoulos (Freund und Journalist), Dora Volanaki **L** 176 **FSK** ab 12; f **E** 7.9.1995 **fd** 31 643

Der blinde Passagier
LE PASSAGER CLANDESTIN
Aus unterschiedlichen Beweggründen machen sich drei Reisende auf die Suche nach dem unehelichen Sohn eines englischen Millionärs, der als Alleinerbe eingesetzt ist: ein Major, ein zwielichtiger Nachtclubbesitzer und seine Geliebte. – Ab 16.
Frankreich 1994 **P** La Sept / arte / Pierre Javaux Prod. / Massa d'Or / Tomesol Films **V** offen **R** Augustin Villaronga **B** Augustin Villaronga, André Grall, nach einer Erzählung von Georges Simenon **K** Antoni Anglada, Laura Sigon **M** Béatrice Thiriet **S** Amet Carreras **D** Simon Callow (Major Owen), Marce Pons (Lotte), Bruno Todeschini (Mougins), Alexandre Zloto (der Funker), Alain Boule-Chevestrier (Bénédic) **L** 95 **E** 13.10.1995 arte **fd** –

Blindfold
BLINDFOLD – ACTS OF OBSESSION
Eine junge Polizistin wird bei ihrem ersten Einsatz auf die Spur eines rücksichtslos mordenden Psychopathen angesetzt, derweil sie zugleich mit den privaten Schwierigkeiten ihrer Schwester konfrontiert wird. In den Bahnen einschlägiger Psychothriller abgewickelt, verkommt die Geschichte durch die ungehemmte Verbindung von Sexualität und Gewalt zu einer nahezu unerträglichen Blutorgie. – Wir raten ab.
USA 1993 **P** Saban **V** Vipro (Video) **Pd** Ronnie Hadar **R+B** Lawrence L. Simeone **K** Thomas L. Callaway **M** Shuki Levy **S** Lawrence L. Simeone **D** Judd Nelson (Dr. Jennings), Shannen Daherty (Madeleine Dalton), Kristian Alfonso (Chris Madigan), Drew Snyder (Alex Saunders), Michael Woods (Mike Dalton) **L** 87 **FSK** ab 18 **E** 10.1.1995 Video / 16.2.1996 premiere **fd** 31 236

Blonde Vergeltung
LA VENGEANCE D'UNE BLONDE
Der Journalist eines Pariser Privatsenders gerät in Teufels Küche, als er die Reportage über eine Terror-Organisation übernimmt und zugleich mit seiner Chefin ein Liebesverhältnis beginnt. Seine Frau nimmt dies nicht hin, und es kommt zu einer öffentlichen Ehedebatte im Fernsehen, die von den Terroristen gestört wird: Sie nehmen alle Beteiligten als Geiseln. Eine turbulente Komödie mit satirischen Spitzen gegen den Fernsehbetrieb, geprägt von guten Darstellern, Tempo und Gespür für erzählerischen Rhythmus. – Ab 14.
Frankreich 1994 **P** Marie Meunier Prod. **V** offen **Pd** Marie Meunier **R** Jeannot Szwarc **B** Valentine Albin, Marie-Anne Chazel, Bernard Murat, Michel Delgado **K** Jean-Yves Le Mener **M** Eric Levi **S** Dominique Maleret **D** Christian Clavier (Gérard Bréha), Marie-Anne Chazel (Corine Bréha), Clémentine Célarié (Marie-Ange de la Baume), Thierry Lhermitte (Gilles Favier), Annie Cordy (Jany), Marc de Jonge (Vernon) **L** 95 **E** 21.8.1995 premiere **fd** –

Blondes Gift – Die zwei Gesichter einer Frau
SHATTERED IMAGE
Thriller um betrogene Betrüger und eine Femme fatale: Gemeinsam mit ihrem Geliebten plant eine Frau die Entführung ihres brutalen Ehemannes. Die Polizei macht das Versteck des Entführten ausfindig, doch beim Befreiungsversuch werden er und die Täter erschossen. Die Ermittlungen scheinen abgeschlossen, doch plötzlich gehen im Haus der Drahtzieherin mysteriöse Anrufe ein. Ein FBI-Agent stößt auf ein Wespennest von Intrigen und Verrat.
USA 1994 **V** offen **R** Fritz Kiersch **B** William Delligan **D** Jack Scalia (Brian Dillon), Bo Derek (Helen Algood), John Savage (David Algood), Dorian Harewood (Andy Hardy), David McCallum (Ben Algood), Robert Usher (Smith) **L** 94 **E** 2.9.1995 RTL **fd** –

Blossom – Der Film
BLOSSOM IN FRANCE
Eine auf Spielfilmlänge ausgedehnte Episode um die Hauptfigur einer amerikanischen Fernsehserie für Teenager. Blossom fliegt nach Paris, um dort ihre Mutter zu besuchen, doch die hat nicht viel Zeit für ihre Tochter. Also erkundet das Mädchen die Stadt auf eigene Faust. – Ab 14 möglich.
USA 1993 **V** offen **R** John Whitesell **D** Mayim Bialik (Blossom Russo), Ted Wass (Nick Russo), Joey Lawrence (Joey Russo), Mi-

chael Stoyanov (Anthony Russo), Jenna van Oy (Six / Jeanette), David Lascher (Vinnie Bonitardi) **L** 95 **E** 5. 4. 1995 ARD **fd** –

Blue in the Face
BLUE IN THE FACE
Ein halb dokumentarischer, halb inszenierter «Augenblicksfilm», inspiriert durch die Arbeit mit den Schauspielern für den Film «Smoke»: Man kehrt in den kleinen Tabakladen in Brooklyn zurück und erlebt kleine und kleinste Episoden, die überwiegend von den Darstellern improvisiert werden und sich zu einem Potpourri Brooklynscher Mentalitäten ergänzen. Kurzweilig, charmant und entspannt, gewinnt der Film durch die Kenntnis von «Smoke» an Reiz. – Ab 14.
USA 1994 **P** Miramax **V** Kinowelt **Pd** Greg Johnson, Peter Newman, Diana Phillips, Hisami Kuroiwa **R + B** Wayne Wang, Paul Auster, entwickelt in Zusammenarbeit mit den Darstellern **K** Adam Holender **M** John Lurie (mit Calvin Weston + Billy Martin) **S** Christopher Tellefsen **D** Harvey Keitel (Auggie Wren), Lou Reed (Mann mit ungewöhnl. Brille), Mel Gorham (Violet), Victor Argo (Vinnie), José Zuniga (Jerry), Giancarlo Esposito (Tommy), Jim Jarmusch (Bob), Lilly Tomlin (Waffelmann), Michael J. Fox (Pete) **L** 85 **FSK** ab 12; f **E** 2. 1. 1996 **fd** 31 698

Blut an der Wiege
Eine junge Bildhauerin erwartet von ihrem Geliebten ein Kind und versucht, ihn zur Scheidung zu bewegen. Der Mann gerät in eine Zwickmühle, da auch seine Frau schwanger ist, und versucht, die Geliebte zu ermorden. Dabei kommt er selbst zu Tode. Die Künstlerin, dem Wahnsinn nahe, verliert ihr Kind durch eine Fehlgeburt und gerät unter Mordverdacht. Schließlich kommt es zu einem dramatischen Finale zwischen den beiden Frauen. Umständlich entwickelter (Fernseh-) Psychothriller.
Deutschland 1994 **P** Bavaria **V** RTL plus (Video) **R + B** Markus Fischer **D** Rita Lengyel (Lisa Schneider), Gabriel Barylli (David Berger), Natalia Wörner (Edith Berger), Wilfried Hochholdninger (Max Pohl), Carmen Hanlon (Natalie Boyard), Rainer Pigulla (Schwitter) **L** 92 **FSK** ab 12 **E** 1994 Video / 10. 5. 1995 RTL **fd** –

Blut an ihren Händen
WHILE JUSTICE SLEEPS
Justizdrama um einen Fall von sexuellem Mißbrauch. Als sich für den Angeklagten ein Freispruch abzeichnet, erschießt die verzweifelte Mutter des achtjährigen Opfers ihn im Gerichtssaal. Sie wird wegen Totschlags angeklagt.
USA 1994 **V** offen **R** Alan Smithee **B** Caliope Brattlestreet, Stephen Glantz **K** Denis Lewiston **M** Allyn Ferguson **D** Cybill Shepherd (Jody Stokes), Tim Matheson (Winn Cooke), Karis Paige Bryant (Sam Stokes), Dion Anderson (Spence Cunningham), Henry Beckman (Ned Stokes) **L** 84 **E** 20. 10. 1995 ARD **fd** –

Blut auf schwarzer Seide
FRENCH SILK
Ein in New Orleans angesiedelter Erotik-Thriller: Als ein sittenstrenger Fernsehprediger ermordet aufgefunden wird, gerät die Besitzerin einer Dessous-Boutique unter Verdacht, deren Firma auf sein Betreiben hin geschlossen wurde. Fasziniert von der mysteriösen Frau, findet sich der ermittelnde Polizist unversehens in eine politische Intrige verwickelt.
USA 1994 **V** offen **R** Noel Nosseck **B** Carol Monpere, nach dem Roman von Sandra Brown **D** Susan Lucci (Claire Laurent), Lee Horsley (Roger Cassidy), Shari Belafonte (Martine), Sarah Marshall (Mary Catherine), Jim Metzler (Alister Petrie), Bobby Hosea (Devaux) **L** 89 **E** 31. 3. 1995 RTL **fd** –

Blutende Herzen – Eine Familie zerbricht
FINAL JUSTICE
Ein unerfahrener junger Mann heiratet gegen die Willen seiner Eltern eine ältere Frau. Es kommt zum Bruch zwischen den Familien, und als das Paar eine Tochter bekommt, zeigt die jungverheiratete Frau ihr wahres Gesicht. Sie stiftet ihren Liebhaber zum Mord an ihrem Mann an. Die Eltern des Toten ahnen die Zusammenhänge. Zweiteiliger Fernsehfilm, der durch die zwischenzeitliche Entführung des Kindes in die Länge gezogen wird.
USA 1993 **V** offen **R** Michael Switzer **B** Dennis Turner **D** Jason London (Chris Brown), Martin Sheen (Jack Brown), Patty Duke (Mary Brown), Alexandra Powers (Dusty), Charles S. Dutton (Arlo McDaniel), Jeff Kober (Talbot) **L** 178 (89 + 89) **E** 6. / 9. 8. 1995 RTL (zwei Teile) **fd** –

Blutige Spur
Fernseh-Thriller. Die geschiedene Frau eines angesehenen Chirurgen erleidet einen Verkehrsunfall mit Fahrerflucht und stirbt. Ihr Mann gerät in Verdacht, kann jedoch auf dem Weg zum Haftrichter fliehen. Gemeinsam mit einer Journalistin kommt er einem florierenden Organhandel und einer skrupellosen Schieberbande auf die Spur.
Deutschland 1995 **V** offen **R** Carlo Rola **B** Christos Yiannopoulos **D** Jan Niklas (Dr. Alexander West), Hannelore Elsner (Maria Dennert), Thomas Bestvater (Koch), Sebastian Koch (Daniel), Gert Haucke (Kommissar Watzke), Jockel Tschiersch (Brack) **L** 93 **E** 27. 5. 1995 RTL **fd** –

Blutige Vergeltung
DEAD MAN'S REVENGE
Ein skrupelloser Großgrundbesitzer im amerikanischen Westen möchte seine Ländereien weiter ausdehnen. Weil ein kleiner Bauer diesem Ansinnen im Wege steht, läßt er ihn unter einem Vorwand verhaften und tötet dessen Frau. Aus dem Gefängnis entlassen, schwört der Bauer Rache. Er verbündet sich mit seinem totgeglaubtem Sohn, einem US-Marshal, und einem Kopfgeldjäger. Gemeinsam mit anderen Opfern legen sie dem Verbrecher mit List und Tücke das Handwerk. Ein Westernverschnitt im Fernsehformat, der Gut und Böse sauber scheidet und ohne vordergründigen Actionaufwand von der Macht der Solidarität erzählt. – Ab 14.
USA 1993 **P** Universal **V** CIC (Video) **Pd** Ed Lahti **R** Alan J. Levi **B** Jim Byrnes, David Chisholm **K** John Beymer **M** David Schwartz **S** Leon Carrere **D** Bruce Dern, Tobin Bell, Keith Coulouris, Michael Ironside, Vondie Curtis-Hall **L** 89 **FSK** ab 12 **E** 19.12.1994 Video / 9.1.1996 premiere **fd** 31 312

Blutiger Morgen
XUESE QING CHEN
Ein Untersuchungsbeamter rekonstruiert den Mord an einem jungen Lehrer in einem armen nordchinesischen Dorf. In einer kunstvoll strukturierten Reihe von Rückblenden wird die Vorgeschichte aufgeblättert, die zur Tat führte – einem von Traditionen diktierten, «kollektiven» Mord, dem die Dorfgemeinschaft tatenlos zusah. Die zunächst verbotene und erst zwei Jahre nach Fertigstellung erstmals öffentlich gezeigte Verfilmung von Gabriel García Márquez' Roman «Chronik eines angekündigten Todes» entwirft das Bild einer archaischen, aber auch defekten Gesellschaft.
VR China 1990 **P** Peking Film **V** offen **R** Li Shaohong **B** Xiao Mao, Li Shaohong, nach einem Roman von Gabriel García Márquez **K** Zeng Nianping **M** Meng Weidong **S** Zhou Xinxia, Liu Xiaojing **D** Hu Yajie, Zhao Jun, Kon Lin, Xie Jan, Lu Hui, Wang Goangquan **L** 102 **E** 20.3.1995 mdr **fd** –

Die Blutrache des Geronimo
GERONIMO
Kurz vor dem ehrenden Empfang durch Präsident Roosevelt im Washington des Jahres 1905 blickt der berühmt und versöhnlich gewordene Indianerheld Geronimo auf Stationen seiner jahrzehntelangen Abwehrkämpfe gegen mexikanisches Militär und skrupellose Skalpjäger zurück. In bilderbuchbunten Episoden entwickelt sich ein indianerfreundliches Bild in wildwestlichen Szenerien, das sich zunehmend auf die möglichst blutrünstige Ausmalung wilder Kampfszenen konzentriert. Dabei wird der authentische Informationsgehalt unangemessen in den Hintergrund gedrängt. – Ab 16.
USA 1993 **P** Turner / Yorktown **V** VMP (Video) **Pd** Ira Marvin, Hanay Geigamah, Norman Jewison, Christopher Cook **R** Roger Young **B** J. T. Allen **K** Donald M. Morgan **M** Patrick Williams **S** Millie Moore **D** Joseph Runningfox, Nick Ramus, Michelle St. John, Michael Greyeyes, Tailinh Forest Flower **L** 108 **FSK** ab 16 **E** 4.4.1995 Video **fd** 31 361

Blutsbande
SEPARATED BY MURDER
Kriminalfilm. Zwillingsschwestern, die eine glücklich, die andere unglücklich verheiratet, geraten unter Verdacht des Mordes beziehungsweise der Komplizenschaft, als der Ehemann der Unzufriedenen ermordet aufgefunden wird.
USA 1994 **V** offen **R** Donald Wrye **B** Jeff Andrus **M** Richard Marvin **D** Sharon Gless (Holy / Lily), Steve Railsback (Dixon), Ed Bruce (Kelso), Mike McLaren (Poe), Mark W. Johnson (Howell), Lyn Cobb (Cain) **L** 94 **E** 6.3.1995 Pro Sieben **fd** –

Blutschwestern
AS GOOD AS DEAD
Komplizierter Verwechslungskrimi um eine junge Frau, die für ihre im Krankenhaus von Los Angeles gestorbene Freundin gehalten wird. Dadurch kommt ein Rollenspiel in Gang, bei dem es um zehn Millionen Dollar und eine mörderische Intrige geht. Ein anfangs listig eingefädelter Krimi, der unprätentiös unterhält, im Verlauf der Handlung aber immer wirrer und unglaubwürdiger wird. – Ab 16.
USA 1995 **P** Wilshire (für Paramount) **V** CIC (Video) **Pd** Larry Cohen, Artie Mandelberg **R + B** Larry Cohen **K** Billy Dickson **M** Patrick O'Hearn **D** Judge Reinhold, Crystal Bernard, Traci Lords, Carlos Carrasco, George Dickerson **L** 85 **FSK** ab 12 **E** 25.10.1995 Video **fd** 31 628

Bobo und die Hasenbande
Ein von seinem Herrchen ausgesetzter kleiner Hund wird von jungen Hasen und ihren Eltern aufgenommen und in das Waldleben eingeführt. Der Welpe revanchiert sich mit einigen dramatischen Rettungsaktionen. Ein ansprechend gezeichneter Zeichentrickfilm mit einigen für Kleinkinder hilfreichen Orientierungspunkten wie Freundschaft und Mut. Der Unterhaltungswert ist aber gering, weil der Einfallsreichtum bei den Gags begrenzt ist, manche Tierfiguren widersprüchlich wirken und einige Elemente der Geschichte nicht zusammenpassen. – Ab 6.
Deutschland / Ungarn / USA 1995 **P** Real / Pannonia / Feature

Films for Families **V** Central **Pd** Katharina M. Trebitsch, György Matolcsy **R** Jenö Koltai, Tibor Hernadi **B** Attila Dargay, Joszef Nepp, Eberhard Naumann **K** Arpad Lossonczy **M** Wolfgang von Henko **S** Magda Hap, Magda Hap **L** 84 **FSK** o. A.; f **FBW** w **E** 7.9.1995 **fd** 31 555

Bodyguard von Peking

BODYGUARD FROM BEYING

Eine junge Frau gerät in Lebensgefahr, als sie beobachtet, wie ein Industrieller einen Mord begeht. Daraufhin engagiert ihr wohlhabender Ehemann einen hochqualifizierten Leibwächter. Ein ebenso fragwürdiger wie langweiliger Actionfilm, der ohne dramaturgisches Konzept lediglich die massiven Gewalteinsätze der Titelfigur zelebriert.

Hongkong 1994 **P** Eastern **V** Splendid (Video) **Pd** Jet Lee **R** Corey Yuen **B** Gordon Chan, Chankin Chung **K** Tom Lau **M** Wi Wai Lap **D** Jet Lee (Alan), Kent Cheng (Charlie), Christy Chung (Michelle), Ngai Sing (Wong), Ng Wai Kwok (James Tong) **L** 89 **FSK** ab 18 **E** 26. 6. 1995 Video **fd** 31 541

Borderline

METECHMIO

Eine gefälschte Akte führt einen jungen Polizeibeamten auf die Spur seines älteren Bruders, der als 16jähriger das elterliche Haus verließ und später für tot erklärt wurde. Die Suche wird für den jüngeren zur Suche nach dem eigenen Ich. Drama, das private und gesellschaftspolitische Aspekte verbindet. Ausgezeichnet als bester griechischer Spielfilm des Jahres 1993.

Griechenland / England / Deutschland / Belgien 1993 **P** ZDF / arte / Channel 4 / ET-1 / RTBF **V** offen **Pd+R+B** Panos Karkanevatos **K** Andreas Sinanos **M** Nicos Kypourgos **S** Giannis Tsitsopoulos **D** Aris Lebessopoulos (Yannis), Christos Kalavrouzos (Vater), Stavros Zalmas (Stelios), Takis Moschos (Polizeioffizier), Maria Kyriaki (Margarita) **L** 79 **E** 12. 6. 1995 arte **fd** –

Born to be wild

BORN TO BE WILD

Eine Frau hat im Rahmen eines wissenschaftlichen Programms einem Gorilla-Weibchen so viele Elemente der Zeichensprache beigebracht, daß sie und ihr Sohn tatsächlich mit dem Tier kommunizieren können. Als es der eigentliche Besitzer zurückverlangt, entführt es der Junge und flüchtet mit ihm nach Kanada. Trotz Unebenheiten eine sympathische Familienunterhaltung, die mit wohltemperierten Abenteuern und dem naiven Charme des Gorillas auch jüngere Zuschauer anspricht. Erfreulicherweise wird das Tier als Individuum mit eigenem Charakter in die Handlung integriert. – Ab 8.

USA 1995 **P** In-Law-Entertainment **V** Warner Home (Video) **Pd** Robert Newmyer, Jeffrey Silver **R** John Gray **B** John Bunzel, Paul Young **K** Donald M. Morgan **M** Mark Snow **S** Maryann Brandon **D** Wil Horneff (Rick), Jean-Marie Barnwell (Lacey), Helen Shaver (Margaret Heller), John C. McGinley (Onkel Max), Peter Boyle (Mr. Charnley) **L** 95 **FSK** ab 6 **E** 15. 9. 1995 Video **fd** 31 611

Das Böse III

PHANTASM III

Auch im dritten Teil der Langzeit-Horrorserie führt die Spur in ein Mausoleum, in dem sich drei Menschen erneut einer außerirdischen Macht stellen, die die Körper unlängst Verstorbener versklavt, um mit deren Hilfe die Herrschaft über die Erde antreten zu können. Auf die Fangemeinde hin gediegen inszenierter Horrorfilm, der sich um Kontinuität in der Handlungsführung bemüht.

USA 1993 **P** Starway **V** VPS (Video) **Pd+R+B** Don Coscarelli **K** Chris Chomyn **M** Fred Myrow, Christopher L. Stone **S** Norman Buckley **D** Reggie Bannister (Reggie), Michael Baldwin (Mike), Kevin R. Connors (Tim), Angus Scrimm (der große Mann), Gloria Lynne Henry (Rocky), Bill Thornbury **L** 86 **FSK** ab 18 **E** 8. 9. 1994 Video **fd** 31 235

Böses Blut

TAINTED BLOOD

Thriller. Eine Journalistin, die tödliche Delikte Minderjähriger recherchiert, stößt auf den Fall eines 17jährigen, der aus ungeklärten Gründen seine Stiefeltern und sich selbst erschoß. Ihre Nachforschungen nach seiner verschwundenen Zwillingsschwester führen sie zu zwei Freundinnen, beide 17 Jahre alt und adoptiert. (TV-Titel auch: «Verdorbenes Blut»)

USA 1993 **V** offen **R** Matthew Patrick **B** Ginny Cerrella, Kathleen K. Rowell **K** Billy Dickson **M** Dana Kaproff **D** Raquel Welch (Elizabeth Kane), John Thomason (Brian O'Connor), Kerri Gree (Tori Patterson), Natasha Gregson Wagner (Lissa), Joan Van Ark (Mrs. Drew) **L** 83 **E** 11. 1. 1995 premiere **fd** –

Boy meets Girl – Liebe mit Hindernissen

BOY MEETS GIRL

Nach einem Unfall ist der Traum eines jungen Mannes von einer Baseball-Karriere ausgeträumt. Da die Ehe seiner Eltern zerrüttet ist, versucht er, diese zu retten. Er lernt eine kurz vor ihrer Hochzeit stehende junge Frau kennen und verliebt sich in sie. Ein Versuch, das Lebensgefühl der 90er Jahre zu beschreiben; eine Entdeckungsreise in

Sachen Liebe und Romanzen. – Ab 16.
USA 1993 **V** offen **R** Kevin Rodney Sullivan **D** Jasmine Guy (Lena), Reed Diamond (Sean), Rosemary Dunsmore (Rose), Victoria Mahoney (Sydney), John M. Jackson (Percy) **L** 90 **E** 21.12.1995 Vox **fd** –

Die Brady Familie
THE BRADY BUNCH
Die in den 90er Jahren lebende Brady-Familie ist noch immer dem Zeitstil der 70er Jahre verbunden. Das schließt einen unerschütterlichen Optimismus ein, mit dessen Hilfe sie schließlich eine Steuerschuld von 20000 Dollar begleichen kann. Eine mitreißende Komödie, der eine zur Produktionszeit aktuelle Renaissance der 70er Jahre zugrunde liegt, die sich aber dennoch eine ironische Distanz sowohl zum Serienvorbild als auch zur dargestellten Epoche erhält. – Sehenswert ab 12.
USA 1994 **P** Paramount **V** UIP (Kino) / CIC (Video) **Pd** Sherwood Schwartz, Lloyd J. Schwartz **R** Betty Thomas **B** Laurie Elehwany, Rick Copp, Bonnie Turner, Terry Turner **K** Mac Ahlberg **M** Steve Tyrell, Guy Moon **S** Peter Teschner **D** Shelley Long (Carol Brady), Gary Cole (Mike Brady), Michael McKean (Mr. Ditmeyer), Jean Smart (Mrs. Ditmeyer), Henriette Mantel (Alice) **L** 89 **FSK** o. A.; f **FBW** w **E** 15.6.1995 / 13.12.1995 Video **fd** 31 388

Brainscan
BRAINSCAN
Ein 16jähriger Computerfreak gelangt in den Besitz eines CD-Spiels, das ihm ein «ultimatives Erlebnis interaktiven Schrekkens» verspricht: Ihm wird suggeriert, daß er auch töten kann. Er gerät in einen Grenzbereich zwischen Wirklichkeit und Fiktion, aus dem er sich nur mit Mühe befreien kann, als die Polizei nach einem tatsächlichen Mörder fahndet. Ein kokett medienkritischer, zugleich aber auch spekulativer Film, der bei aller naiven filmischen Machart einem durchaus intelligenten Ansatz folgt: Er versucht, mögliche Identitätsverluste oder -wandlungen auf dem Terrain der Videospiele durch die Beschwörung von Urängsten vorstellbar zu machen.
USA 1994 **P** Summit **V** Starlight (Video) **Pd** Michael Roy **R** John Flynn **B** Andrew Kevin Walker, Brian Owens **K** François Protat **M** George S. Clinton **D** Edward Furlong, Frank Langella, T. Ryder Smith **L** 92 (gekürzt 89) **FSK** ab 18 (gekürzt 16) **E** 19.4.1995 Video **fd** 31 443

Die Braut des hölzernen Mannes
WU KUI
Ein einfacher Bauer, der eine Braut ihrem zukünftigen Ehemann zuführen soll, verliebt sich während der Reise selbst in die Frau. Auch nachdem der Bräutigam im Kampf mit Banditen ums Leben gekommen ist, scheint die unstandesgemäße Liebe zu scheitern. Ein im China der 20er Jahre angesiedeltes Drama.
Taiwan 1993 **V** offen **R** Huang Jianxin **B** Yang Zhengguang **K** Zhang Xiaogang **M** Zhang Dalong **D** Chang Shih (Kui), Wang Lan (Braut), Ku Paoming (Bruder), Wang Yumei (Frau Liu), Wang Fuli (Schwester Ma) **L** (TV) 105 **E** 19.10.1995 premiere **fd** –

Braveheart
BRAVEHEART
Der Bauer William Wallace setzt sich nach der Ermordung seiner Frau durch die englischen Besatzer an die Spitze der schottischen Freiheitsbewegung. Nach einigen Siegen wird er vom schottischen Adel verraten, ausgeliefert und hingerichtet. Seine Getreuen führen den Kampf erfolgreich weiter. Ein zwischen 1275 und 1305 spielendes Epos, in dem viel von Freiheit geredet wird, das aber nicht mehr als eine aufwendige Rache-Story ist. In der Hauptrolle fehlbesetzt, flüchtet sich der Film in voyeuristische Grausamkeiten und üble Klischees.
Scope. USA 1994 **P** Icon / Ladd Company **V** 20th Century Fox **Pd** Mel Gibson, Alan Ladd jr., Bruce Davey **R** Mel Gibson **B** Randall Wallace **K** John Toll **M** James Horner **S** Steven Rosenblum **D** Mel Gibson (William Wallace), Sophie Marceau (Prinzessin Isabelle), Patrick McGoohan (König Edward I.), Catherine McCormack (Murron), Brendan Gleeson (Hamish), Angus McFadyen (Robert the Bruce) **L** 177 **FSK** ab 16; f **FBW** w **E** 5.10.1995 **fd** 31 552

Bride of the Monster
siehe: Die Rache des Würgers

Brigitta
BRIGITTA
Ein junger Maler, klassischer Bildungsreisender des 19. Jahrhunderts, lernt bei einem Freund in der ungarischen Pußta eine Gutsbesitzerin kennen, die ein düsteres Geheimnis zu umgeben scheint. Eine stimmungsvolle Verfilmung der Novelle von Adalbert Stifter, die sich in ruhigem Rhythmus der Atmosphäre der literarischen Vorlage annähert und in einer gelungenen Gratwanderung den Schnittpunkt zwischen biedermeierlicher Idylle und abgründigen Nachtseiten der Romantik darstellt. Ein Verstand und Sinne fesselnder Film, der die Sehgewohnheiten eines schnellebigen Kinos souverän mißachtet. – Sehenswert ab 16.
Schwarz-weiß. Deutschland / Ungarn 1993 **P** Dagmar Knöpfel Filmprod. / Movi / Bavarian Filmfund **V** Dagmar Knöpfel Filmprod. / MFA **Pd**+**R**+**B** Dagmar

Knöpfel, nach der gleichnamigen Novelle von Adalbert Stifter **K** Miklós Gurbán **M** Lajos Wohner, Tibor Thüringer **S** Dagmar Knöpfel **D** Carl Achleitner (Florian), Tamás Jordán (Major), Eva Igó (Brigitta), Klaus Händl (Gustav), Zoltán Gera (Gömör) **L** 80 **FSK** ab 6; f **E** 9.2.1995 / 2.10.1995 arte **fd** 31 250

Broken Law – Das gefährliche Spiel mit dem Tod
EBBTIDE
Ein idealistisch-aufrechter Anwalt übernimmt den Fall seines ermordeten Kompagnons, der den Machenschaften eines Chemie-Konzerns auf der Spur war. Das doppelte Spiel der attraktiven Frau des Firmenchefs, dem der Anwalt vorübergehend verfällt, führt zu einem blutigen Ende. Unausgegorener Öko-Thriller mit moralischem Anliegen und plumpen Anleihen beim Grusel- und Porno-Genre.
USA 1994 **P** Genesis Films **V** Splendid (Video) **Pd** Paul Davies **R** Craig Lahiff **B** Robert Ellis **K** Steve Arnold **M** Peter Best **S** Peter Carrodus **D** Harry Hamlin (Jeff Warren), Judy McIntosh (Ellen Fielding), John Waters (Michael Suresch), Susan Lyons (Alison), John Gregg (Chalmers) **L** 87 **FSK** ab 16 **E** 23.5.1995 Video **fd** 31 497

Brooklyn Girl
JUST ANOTHER GIRL ON THE I.R.T.
Eine 17jährige aus einem der heruntergekommensten Viertel von Brooklyn glaubt, ihren Verhältnissen entkommen zu können, als sie einen Dressman kennenlernt. Sie hofft, ihren Traum, Ärztin zu werden, verwirklichen zu können. Doch sie wird schwanger; nach der Geburt will sie das Kind aussetzen. Nun wird ihr Geliebter initiativ und sorgt für das Baby. Die junge Frau bleibt bei ihm, ohne zu wissen, wie ihre Zukunft aussehen soll. Preisgekrönter Erstlingsfilm einer schwarzen Regisseurin, konsequent aus der Sicht einer afroamerikanischen jungen Frau inszeniert. – Ab 16.
USA 1992 **V** offen **Pd** Leslie Harris, Erwin Wilson **R+B** Leslie Harris **M** Eric Sadler **D** Ariyan Johnson (Chante), Kevin Thigpen (Tyrone), Ebony Jerido (Natete), Chequita Jackson (Paula), William Badget (Cedrick) **L** (TV) 92 **E** 27.4.1995 premiere **fd** –

Brücke zum Schweigen
BRIDGE TO SILENCE
Nach dem Unfalltod ihres Mannes beginnt für eine taube junge Frau eine Zeit der Trauer und der Depression. Durch den Besuch eines Gehörlosen-Colleges versucht sie, ihr Leben wieder in den Griff zu bekommen. Ausgerechnet in ihrer Mutter findet sie eine erbitterte Widersacherin, die ihr das Sorgerecht für ihre kleine Tochter streitig machen will. Emotionsgeladener, aber vorhersehbarer Mutter-Tochter-Konflikt mit ansehnlichen Darstellerleistungen. – Ab 16.
USA 1989 **P** Briggle-Hennessy-Carothers & Ass. **V** offen **Pd** Stockton Briggle, Dennis D. Hennessey, Richard Carothers **R** Karen Arthur **B** Louisa Burns-Bisogno **D** Marlee Matlin (Peg Warner), Lee Remick (Marge Duffield), Josef Sommer (Al Duffield), Michael O'Keefe (Dan Burnell), Allison Silva (Lisa Warner), Candace Brecker (Mary Amblett) **L** 90 **E** 21.2.1995 RTL 2 **fd** –

Die Brücken am Fluß
THE BRIDGES OF MADISON COUNTY
Die zufällige Begegnung mit einem reisenden Fotografen wird für eine verheiratete Farmersfrau zur leidenschaftlichen Episode, die sie bis zu ihrem Tod bewahrt und verschweigt. Die vordergründig-sentimentale Story ist mit dezenter, oft kühler Intimität inszeniert worden, ohne allerdings der psychologischen Eindimensionalität der erfolgreichen Romanvorlage entgehen zu können. Ein zwiespältiger Film, der ethische Fragestellung nur indirekt anklingen läßt. – Ab 16 möglich.
USA 1995 **P** Amblin / Malpaso **V** Warner Bros. (Kino) / Warner Home (Video) **Pd** Clint Eastwood, Kathleen Kennedy **R** Clint Eastwood **B** Richard LaGravenese, nach einem Roman von Robert James Waller **K** Jack N. Green **M** Lennie Niehaus **S** Joel Cox **D** Clint Eastwood (Robert Kincaid), Meryl Streep (Francesca Johnson), Annie Corley (Carolyn), Victor Slezak (Michael), Jim Haynde (Richard) **L** 134 **FSK** ab 12; f **FBW** bw **E** 28.9.1995 / 18.4.1996 Video **fd** 31 532

Bruckners Entscheidung
Philosophisches Dokumentarspiel über den österreichischen Komponisten Anton Bruckner (1824–1896) und dessen Schwierigkeiten, sich für ein Leben als Künstler zu entscheiden. Angelehnt an Kierkegaards Entweder-Oder-Kategorie thematisiert der Film menschliche Freiheit und die Notwendigkeit von Entscheidungen, ohne sich auf psychologische Erklärungen einzulassen.
Schwarz-weiß. Deutschland 1995 **P** Pars Media / Te Deum Aps / HFF / ARTE / ZDF / Danmarks Radio **V** Pars Media (16mm) **Pd+R+B** Jan Schmidt-Garre **K** Pascal Hoffmann, Wedigo von Schultzendorff **M** Anton Bruckner, Sebastian de Iradier, Richard Wagner **S** Edith Eisenstecken, Evi Oberkofler **D** Joachim Bauer (Anton Bruckner), Peter von Fontano (Bruckners Stimme), Markus Ertelthalner (Bruckner als Kind), Sophie von Kessel (Sophia), Julia Regehr

(Badeschwester Josefine), Peter Fricke (Ottos Stimme), Joachim Kaiser (Richard Wagner) **L** 83 **FSK** o. A.; f **E** 1995 Kino / 20. 3. 1996 arte **fd** 31 696

Die Brüder Skladanowsky

Eine liebenswert-charmante Ehrung der Brüder Skladanowsky, die am 1. 11. 1895, zwei Monate vor den Lumières, im Berliner Wintergarten die erste Vorstellung der Kinogeschichte präsentierten. Neben dem Programm, das damals zu sehen war – Varieté-Szenen, mit der von den Skladanowskys entwickelten Handkurbelkamera aufgenommen – und 1994 rekonstruiert wurde, erzählen Wim Wenders und Studenten der Münchner Hochschule für Fernsehen und Film in drei Kurzfilmen zunächst Anekdoten darüber, wie es im Atelier der Pioniere hätte zugehen können und wie sie in Konkurrenz zu den Brüdern Lumière unterliegen, bevor die 91jährige Tochter von Max Skladanowsky interviewt wird und die historischen Gestalten das Berlin der Gegenwart «erobern». Der besondere Reiz der Hommage liegt in dem Versuch, einerseits die «Stil»-Mittel der frühen bewegten Bilder nachzubilden (so wurde auch mit einer historischen Handkurbelkamera gefilmt), andererseits neue erzählerische Formen zu entwickeln. – Sehenswert ab 12.

Schwarz-weiß. Deutschland 1993–95 **P** Road Movies / Hochschule für Fernsehen und Film München / Helmer-Filmprod. (2. Teil) **V** Road Sales **Pd** Wolfgang Längsfeld, Wim Wenders, Veit Helmer (2. Teil) **R+B** Wim Wenders, Studenten der HFF München **K** Jürgen Jürges, Studenten der HFF München **M** Laurent Petitgand **S** Peter Przygodda, Studenten der HFF München **D** Udo Kier (Max Skladanowsky), Christoph Merg (Eugen Skladanowsky), Otto Kuhnle (Emil Skladanowsky), Nadine Büttner (Gertrud), Bodo Lang (Postbote), Rüdiger Vogler (Hochradfahrer), Wim Wenders (Kohlenmann) **L** (TV) 58 **E** 28. 12. 1995 arte (komplette Ausstrahlung) **fd** –

Buffalo Girls

BUFFALO GIRLS

Die Lebenserinnerungen Calamity Janes, die sich in der rauhen Männerwelt des Wilden Westens zu behaupten gelernt hat. Der überlange, etwas betuliche Fernsehfilm erzählt von ihrer Zeit bei der Armee, ihrem Leben in Goldgräbercamps und ihrer Schwangerschaft. Ein unterhaltsamer Spätwestern mit feministischem Einschlag, dessen manchmal sprunghaft entwickelte Episoden durch ihre sorgfältig rekonstruierte Atmosphäre überzeugen. – Ab 14.

USA 1995 **P** CBS / de Passe / Cabin Fever **V** Fox (Video) **Pd** Sandra Saxon Brice, Suzanne Coston, Suzanne de Passe **R** Rod Hardy **B** Cynthia Whitcomb **K** David Connell **M** Lee Holdridge **S** Richard Bracken **D** Anjelica Huston (Calamity Jane), Melanie Griffith (Dora DuFran), Jack Palance (Bartle Bone), Reba McEntire (Annie Oakley), Sam Elliott (Wild Bill Hickok) **L** 156 **FSK** ab 6 **E** 14. 12. 1995 Video **fd** 31 754

Der Bulle und die Stripperin

SOMEBODY'S DAUGHTER

Nach Art der «film noir»-Kriminalfilme angelegter Thriller über Korruption in den höchsten Kreisen der Polizei von Los Angeles. Nach dem Mord an seiner einstigen Geliebten, die ihn mit Informationen über korrupte Polizisten belieferte, ist der einzige Schutz eines untergetauchten, im Milieu verdeckt arbeitenden Fahnders das von ihr hinterlassene Tonband mit belastendem Material über Polizeibosse.

USA 1992 **V** offen **R** Joseph Sargent **B** Barbara Turner **D** Nicollette Sheridan (Sara), Nick Mancuso (Canaan), Elliott Gould (Hindeman), Boyd Kestner (Toby), Richard Lineback (Fielder), Janice Ehrlich (Bobby) **L** 92 **E** 11. 3. 1995 Kabel 1 **fd** –

Bullets over Broadway

BULLETS OVER BROADWAY

Eine in den «wilden 20ern» angesiedelte Komödie, die zwei scheinbar unvereinbare Welten – die Boheme des Broadway und den schießwütigen Mob – auf logische Weise zusammenführt: Ein junger Bühnenautor sucht einen Financier für sein neues Stück, ein Gangsterboß sucht eine Bühne, auf der sich seine nörgelnde Geliebte als Schauspielerin profilieren kann. Die ungewöhnliche Zweckgemeinschaft erhält zusätzlichen Zündstoff durch den Leibwächter der Gangsterbraut. Ein rundum gelungenes Filmvergnügen: Die Geschichte wird konsequent zum tragikomischen Ende getrieben, das Schauspieler-Ensemble agiert ebenso ausgelassen wie diszipliniert, die Dialoge glänzen von zahllosen, punktgenau gesetzten Pointen. – Sehenswert ab 14.

USA 1994 **P** Sweetland Films **V** Pandora (Kino) / VPS (Video) **Pd** Robert Greenhut **R** Woody Allen **B** Woody Allen, Douglas McGrath **K** Carlo Di Palma **M** Jerome Kern, Cole Porter, Richard Rodgers, George Gershwin **S** Susan E. Morse **D** John Cusack (David Shayne), Chazz Palmentieri (Cheech), Dianne Wiest (Helen Sinclair), Jim Broadbent (Warner Purcell), Jennifer Tilly (Olive Neal), Tracy Ullman (Eden Brent), Mary-Louise Parker (Ellen), Rob Reiner (Sheldon Flender), Joe Viterelli (Nick Valenti), Jack Warden (Julian Marx)

L 98 **FSK** ab 12; f **E** 20.4.1995 / 12.10.1995 Video / 21.4.1996 premiere **fd** 31 301

Der Bund der furchtlosen Spione
FRAEKKE FRIDA – OG DE FRYGTLOSE SPIONER
Angeführt von der neunjährigen Frida, kommt der «Club der furchtlosen Spione» einem Riesenschwindel mit der großangepriesenen neuen Kosmetik-Serie auf die Spur. Schließlich kann das Mädchen die Nation vor den Fernsehkameras aufklären. Kriminalistischer Kinderspielfilm mit satirischen Seitenhieben auf die Erwachsenen- und Medienwelt. – Ab 10.
Dänemark 1993 **V** offen **R** Sören Ole Christensen **B** Mads Thomsen **K** Nicolaj Brüel **M** Soeren Rastad, Claus Norren **D** Anette Brandt (Frida), Mathias Klenske, Ida Kruse Hannibal, Gunilla Odsboel, Finn Nielsen **L** 75 **E** 1.10.1995 premiere **fd** –

Der Bunker
LE BUNKER
Berlin liegt in Trümmern, die Rote Armee rückt auf die Stadt vor. In Hitlers Bunker versucht der Führungsstab, die Lage noch einmal in den Griff zu bekommen und die wirren Endsiegpläne des Führers zu verhindern. Am 1. Mai 1945 begehen Hitler, seine Frau Eva Braun und Goebbels nebst Frau und Kindern Selbstmord. Der hochkarätig besetzte (Fernseh-)Film versucht, diese letzten Tage zu rekonstruieren, wobei nicht historische Wahrheit, sondern psychologische Genauigkeit gespiegelt werden soll. – Ab 16.
Frankreich 1980 **V** offen **R** Georges Schaefer **D** Anthony Hopkins (Adolf Hitler), Susan Blakely (Eva Braun), Cliff Gorman (Joseph Goebbels), Richard Jordan (Albert Speer), James Naughton (James O'Donnell), Michel Lonsdale (Martin Bormann), Piper Laurie (Magda Goebbels) **L** 150 **E** 6. / 7.5.1995 Vox (zwei Teile) **fd** –

Bunte Hunde
Drei Kriminelle verlieren sich im Teufelskreis ihrer Verbrechen und Lebens-«Ordnung»: Gefängnis, Flucht, erneutes Gefängnis und Geiselnahme prägen ihren Weg in Tod und Ausweglosigkeit ebenso wie ihre Unfähigkeit zu lieben. Ein reizvoller, in balladeskem Stil lakonisch und wortkarg erzählter Kriminalfilm, der mehr an Stimmungen und Atmosphäre interessiert ist als an der vordergründigen Erklärbarkeit der Ereignisse und Personen. – Ab 16 möglich.
Deutschland 1995 **P** WÜSTE / Glück Auf Film / NDR / arte **V** Kinowelt **Pd** Stefan Schubert **R+B** Lars Becker **K** Benedict Neuenfels **M** Frank Wulff, Stefan Wulff **S** Oliver Gieth **D** Peter Lohmeyer (Toni Starek), Oana Solomonescu (Mona Arthur), Til Schweiger (Pepe Brenner), Catrin Striebeck (Dolores Busch), Jan-Gregor Kemp (Guru Freiland), Christian Redl (Kommissar Goethals) **L** 103 **FSK** ab 12; f **FBW** w **E** 17.8.1995 **fd** 31 476

Burning Sensation
siehe: Deadly Sensation

Butterfly Kiss
BUTTERFLY KISS
Eine auf der Suche nach einer imaginären Freundin wahllos mordende Soziopathin lernt eine von Taubheit bedrohte, einsame Tankstellenbedienung kennen. Sie bringt ihr die (lesbische) Liebe und das Töten bei, bis diese sich durch einen Mord an ihrer Verführerin «erlöst». Psychologisch schwach motiviert, variiert der ebenso brutale wie unglaubwürdige Film das «Serienkiller»-Genre durch zwei Frauentypen. Im Gedächtnis bleibt allein die überragende Schauspielkunst der Hauptdarstellerin.
England 1994 **P** Dan Films **V** Kinowelt (Kino) / Arthaus (Video) **Pd** Julie Baines **R** Michael Winterbottom **B** Frank Cottrell Boyce **K** Seamus McCarvey **M** John Harle **S** Trevor Waite **D** Amanda Plummer (Eunice), Saskia Reeves (Miriam), Paul Brown (Cary), Freda Dowie (Elsie), Fine Time Fontayne (Tony) **L** 88 **FSK** ab 16; f **E** 6.7.1995 / 15.1.1996 Video **fd** 31 424

C

Cage 2 – The Arena of Death
CAGE 2
Ein Vietnam-Veteran, der infolge eines Kopfschusses an partiellem Gedächtnisverlust leidet und auf die Hilfe eines Freundes angewiesen ist, wird von einem gewissenlosen Kampfsportveranstalter entführt. In einer käfigartigen Arena läßt er den bärenstarken Mann für hohe Wettgelder Schaukämpfe austragen. Die Fortsetzung von «Cage Fighter» (USA 1990): ein abstoßender, distanzloser Actionfilm, der sich an schmerzverzerrten, blutigen Gesichtern weidet; von Kickboxern und Bodybuildern miserabel gespielt. – Wir raten ab.
USA 1994 **P** Rocket Pictures **V** VPS (Video) **Pd** Matt Devlen **R** Lang Elliott **B** Hugh Kelley **K** Sandra Chandler **M** Richard Lyons **S** Rick Finney **D** Lou Ferrigno (Billy), Reb Brown (Scott), James Shigeta, Thor Edgell (Mitchell), Leo Fong (Tanaka), Steven Ito (Mr. Chow) **L** 97 **FSK** ab 18 **E** 8.12.1994 Video **fd** 31 506

California College: Hochzeit in Las Vegas
SAVED BY THE BELL – WEDDING IN LAS VEGAS
Abendfüllende Folge einer Teenager-Fernsehserie: Obwohl die Eltern gegen die Hochzeit sind, beschließt ein junges Paar zu heiraten. Zuvor müssen jedoch einige Hürden überwunden werden. Im letzten Augenblick tauchen dann auch noch die Eltern auf.
USA 1994 **V** offen **R** Don Barnhart **D** Mark-Paul Gosselar (Zack), Tiffani-Amber Thiessen (Kelly), Mario Lopez (Slater), Dustin Diamond (Screech), Lark Voorhies (Lisa) **L** 86 **E** 2.9.1995 RTL 2 **fd** –

Camilla
CAMILLA
Nach langen Jahren des Lebens auf einer Insel bricht eine 80jährige Musikerin zu einer Reise nach Toronto auf, wo sie ein halbes Jahrhundert früher als Violinistin große Erfolge feierte. Begleitet und unterstützt wird sie dabei von einer jungen Komponistin. Ein unspektakuläres, leises Roadmovie, das vom überzeugenden Spiel seiner beiden Hauptdarstellerinnen lebt und trotz eines verhaltenen Erzählrhythmus durch gelungene Einzelleistung überzeugt. – Ab 16.
England / Kanada 1993 **P** Shafesbury Films / Skreba Creon **V** CI (Kino) / NPG (Video) **Pd** Christina Jennigs, Simon Relph **R** Deepa Mehta **B** Ali Jennigs, Paul Quarrington **K** Guy Dufaux **M** Daniel Lanols **S** Barry Farrell **D** Jessica Tandy (Camilla Cara), Bridget Fonda (Freda Lopez), Elias Koteas (Vincent Lopez), Maury Chaykin (Harold Cara), Hunt Weller (Graham Greene), Hume Cronyn (Ewald), Ranjit Chowdhery (Kapur) **L** 95 **FSK** ab 6; f **FBW** w **E** 12.1.1995 / 17.5.1995 Video **fd** 31 131

Captiva Island – Ein verrückter Sommer
CAPTIVA ISLAND
Ein Teenager aus der Großstadt landet beim ersten Urlaub, den er allein verbringen darf, in einer verschlafenen kalifornischen Küstenstadt, umgeben von Rentnern und alten Leuten. Aus seiner Trübsal retten ihn schließlich ein lebensfroher 80jähriger und dessen 15jährige Enkelin.
USA 1994 **V** offen **R** John Biffar **D** Jesse Ziegler (Jeremy), Amy Bush (Sam), «Banana» George Blair (George), Arte Johnson (Ernie), Ernest Borgnine (Arty) **L** 95 **E** 17.9.1995 Vox **fd** –

Careless
CARELESS
Eine schüchterne junge Frau wohnt bei einer Verwandten, einem männerverschlingenden Vamp. Eines Tages lernt sie einen Mann kennen und wagt mit ihm eine Beziehung; doch während die beiden Zukunftspläne schmieden, setzt die Verwandte alles daran, den Mann für sich zu gewinnen.
USA 1993 **V** offen **R** Anthony Spinelli **B** Mitchell Spinelli **K** Ralph Parfait **M** James London **D** Tina Tedeschi (Holly), Ona Zee (Rachel), Jon Dough (Jim), Drago **L** 66 **E** 7.7.1995 premiere **fd** –

Carnosaurus II – Attack of the Raptors
CARNOSAURUS II
In einer geheimen Militärstation erwachen Dinosaurier zu neuem Leben, massakrieren die Besatzung und aktivieren beiläufig die dort gelagerten Plutonium-Bomben. Nach mancherlei Kampfgetümmel ist die Menschheit am Ende gerettet. Einfallslos bebilderte Schauermär, die die Fabel des Films «Carnosaurus» fortspinnt. Ebenso unglaubwürdig wie vordergründig und platt, ärgerlich durch einige Ekel-Effekte.
USA 1994 **P** Pacific Trust **V** VPS (Video) **Pd** Mike Elliott **R** Louis Morneau **B** Michael Palmer **K** John Aronson **M** Ed Tomney **S** Roderick Davis **D** John Savage (Jack Reed), Cliff De Young (Tom McQuade), Ryan Thomas Johnson (Jesse Turner), Don Stroud (Ben Kahane), Arabella Holzbog (Sarah Rawlins) **L** 79 **FSK** ab 18 **E** 30.3.1995 Video **fd** 31 331

Caroline – Im Dunkel der Vergangenheit
CAROLINE?
Spannendes Fernsehdrama um eine 15 Jahre für tot gehaltene Frau, die plötzlich zu Hause auftaucht, um Anspruch auf ihr Erbe anzumelden. Die merkwürdigen Umstände ihrer Rückkehr lassen schnell Zweifel an ihrer Identität wach werden.

USA 1989 **P** Barry & Enright Prods. **V** offen **Pd** Dorothea G. Petrie **R** Joseph Sargent **B** Michael De Guzman, nach dem Buch «Father's Arcane Daughter» von E. L. Konigsberg **D** Stephanie Zimbalist (Caroline Carmichael), Pamela Reed (Grace Carmichael), George Grizzard (Paul Carmichael), Jenny Jacobs (Heidi), Barbara Britt (Hilary) **L** 95 **E** 5. 10. 1995 Kabel 1 **fd** –

Carrington
CARRINGTON
Die zugleich erfüllte und tragische Liebesgeschichte zwischen der englischen Malerin Dora Carrington und dem homosexuellen Schriftsteller Lytton Strachey in einer in sechs Kapiteln chronologisch von 1915 bis 1932 erzählten historischen Künstlerbiografie. Ein sympathisch unprätentiöses Regiedebüt, das sich auf das Innenleben seiner exzellent gespielten Figuren konzentriert und die Vergänglichkeit der sexuellen Anziehungskraft und den Wert der seelischen Harmonie zwischen Liebenden betont. – Ab 16.
England 1994 **P** Freeway / Orsans **V** Scotia **Pd** Roland Shedlo, John McGrath **R+B** Christopher Hampton, nach der Biografie «Lytton Strachey» von Michael Holroyd **K** Denis Lenoir **M** Michael Nyman **S** George Akers **D** Emma Thompson (Dora Carrington), Jonathan Pryce (Lytton Strachey), Steven Waddigton (Ralph Patridge), Samuel West (Gerald Brenan), Rufus Sewell (Mark Gertler), Penelope Wilton (Lady Ottoline Morell) **L** 122 **FSK** ab 12; f **E** 14. 12. 1995 **fd** 31 676

Cashfire
INSIDE EDGE
Ein abgebrühter Polizist will einen Drogenhändler unschädlich machen und schließt sich dafür mit dessen Geliebter zusammen. Daß die Frau selbst auf Drogen und Geld aus ist, nimmt er billigend in Kauf. Handelsüblicher Psychothriller, der die Ereignisse zunehmend auf Brutalitäten abstimmt.
USA / Kanada 1994 **P** MCEG Sterling **V** NGP (Video) **R** Warren Clark **B** Warren Clark, Vincente Gutierrez **K** Eric van Haren Noman **M** Scott Douglas **D** Michael Madsen, Richard Lynch, Roseanne Vela, Tony Peck, George Jenesky **L** 92 **FSK** ab 18 **E** 21. 6. 1995 Video **fd** –

Casper
CASPER
Eine Geistergeschichte für die ganze Familie: In einer verwunschenen Villa sehnt sich der junge Geist Casper nach Freundschaft und zwischen-«menschlichem» Kontakt. Bis er dies in dem Mädchen Kat findet, veranstalten seine drei boshaften Onkel eine wilde Jagd auf Kats Vater, der als «Geistertherapeut» dem Spuk ein Ende bereiten soll. Neuerlicher Leistungsbeweis digitaler Bildtechniken, die aus einer Comic-Vorlage der 60er Jahre ein fantastisches Märchen machen, das durch seine Computeranimation besticht, dafür aber seine satirischen Spitzen bricht. – Ab 12.
USA 1995 **P** Amblin Entertainment / The Harvey Entertainment **V** UIP (Kino) / CIC (Video) **Pd** Colin Wilson **R** Brad Silberling **B** Sherri Stoner, Deanna Oliver, nach einem Comic von Joseph Oriolo **K** Dean Cundey **M** James Horner **S** Michael Kahn **D** Christina Ricci (Kat), Bill Pullman (Dr. James Harvey), Cathy Moriarty (Carrigan Crittenden), Eric Idle (Dibs), Malachi Pearson (Stimme von Casper) **L** 100 **FSK** ab 6; f **FBW** w **E** 20. 7. 1995 / 29. 2. 1996 Video **fd** 31 427

Castle Freak
CASTLE FREAK
Eine amerikanische Familie, bei der der Haussegen seit einiger Zeit schief hängt, erbt ein Schloß in Italien. Bald muß sie feststellen, daß es in dem Gemäuer spukt, da der Sohn der Schloßherrin für Jahrzehnte in einem Verließ gefangengehalten und mißhandelt wurde. Nun bricht er aus und rächt sich an der Nachwelt. Ein rüder Horrorfilm, angereichert mit zahlreichen Splatter-Effekten. Obwohl der Versuch unternommen wird, die familiären Beziehungen als letzten Rückhalt in diesem Horrorszenarium darzustellen, scheitert die Inszenierung an mangelnder Sorgfalt, logischen Brüchen und einer lächerlichen Ausleuchtung. Was bleibt ist ein alberner und recht geschmackloser Horrorfilm.
USA 1995 **P** Full Moon Entertainment **V** VPS (Video) **Pd** Maurizio Maggi **R** Stuart Gordon **B** Dennis Paoli **K** Mario Vulpiani **M** Richard Band **S** Bert Glatstein **D** Jeffrey Combs (John), Barbara Crampton (Susan), Jonathan Fuller (Giorgio), Jessica Dollarhide (Rebecca), Massimo Sarchielli (Gianelli) **L** 90 **FSK** ab 18 **E** 23. 11. 1995 Video **fd** 31 737

Centerfold
CENTERFOLD
Sexfilm um die Amouren einer nur auf ihre Karriere bedachten Fotografin in der Erotik-Industrie. – Wir raten ab.
USA 1993 **V** offen **R** Bud Lee **B** Ariel Hart **K** Jack Remy **D** Hyapatia Lee, Marc Wallace, Randy Spears **L** 64 **E** 18. 8. 1995 premiere **fd** –

Challenge – Die Herausforderung
THE PROGRAM
Das Football-Team einer Universität an der amerikanischen Ost-

küste gewinnt nach vielen Schwierigkeiten innerhalb der Mannschaft und außerhalb des Spielfelds doch noch die Meisterschaft. Problemüberfrachteter, klischeereicher Sportfilm, dessen oberflächliches Drehbuch und banale Dialoge den Charakteren keine Konturen verleihen. Weil die Regeln des Spiels für Nichteingeweihte unverständlich bleiben und die voraussehbare Handlung keine Überraschungsmomente bietet, entsteht auch keine Spannung. – Ab 14.
USA 1993 **P** The Samuel Goldwyn Company **V** prokino (Kino) / VCL / Carolco (Video) **Pd** Samuel Goldwyn Jr **R** David S. Ward **B** David S. Ward, Aaron Latham **K** Victor Hammer **M** Michel Colombier **S** Paul Seydor, Kimberly Ray **D** James Caan (Sam Winters), Craig Sheffer (Joe Kane), Omar Epps (Darnell Jefferson), Kristy Swanson (Camille), Halle Berry (Autumn Haley), Abraham Benrubi (Bud-Lite) **L** 114 **FSK** ab 12; f **E** 19.1.1995 / 19.6.1995 Video/3.1.1996 premiere
fd 31 156

Champagnerperlen
siehe: Heimaturlaub

Chaos im Zoo
DVA LIDI V ZOO
Ein turbulenter Kinderfilm, in dem zehnjährige Zwillinge das Leben ihres Großvaters, eines Tierarztes und Zoobesitzers, auf den Kopf stellen. Als seine überforderte Frau verreist, beschließen die Jungen, sich als nur ein Kind auszugeben. Im Gegensatz zu ihrem zerstreuten Großvater lassen sich die Tiere des Zoos nicht von ihnen täuschen. – Ab 10.
Tschechische Republik 1990 **V** offen **R** Marie Polednáková **D** Miroslav Machácek (Monty), Jirina Jirásková (Josefina), Martin Morávkovi (Martin), Jana Morávkovi (Honza), Jitka Smutná (Krouzilová) **L** 89 **E** 28.10.1995 ZDF
fd –

Chaos in der Schule
ERNEST GOES TO SCHOOL
Die Schließung einer Kleinstadt-High-School ist nur zu verhindern, wenn die Football-Mannschaft Regionalmeister wird und wenn alle Angestellten einen High-School-Abschluß vorweisen. Für den kreuzdummen Hausmeister scheint dies das Aus, doch eine Maschine, mit der man vorübergehend Hirnzellen mit Wissen aufladen kann, bietet Rettung. Höchst alberne Klamauk-Komödie der «Ernest»-Reihe, die Lacher zumeist auf Kosten der Schwachen produziert. Ganz zugeschnitten auf das Grimassieren des Hauptdarstellers.
– Ab 10.
Kanada 1993 **P** Emshell **V** Warner Home (Video) **Pd** Stacy Williams **R** Coke Sams **B** Coke Sams, Bruce Arntson **K** David Geddes **M** Bruce Arntson, Kirby Shelstad **S** Chris Ellis **D** Jim Varney (Ernest), Corinna Koslo (Miss Flugal), Bill Byrge (Bobby), Kevin McNulty (Axwell), Jason Michas **L** 85 **FSK** ab 6 **E** 27.10.1995 Video **fd** 31 648

Die Chaos-Kanone
ERNEST RIDES AGAIN
Grotesk-Komödie um die englischen Kronjuwelen, die nicht im Londoner Tower, sondern in einer noch nicht gefundenen Riesenkanone in den USA versteckt sein sollen. Ein Forscher und sein selbsternannter Assistent, ein überaus schräger Vogel, liefern in einer Folge von Mißgeschicken erste Beweise. Der Film ist ganz auf die schräge Mimik der Serienfigur «Ernest P. Worrell» zugeschnitten, einem albernen Kindskopf, der durch eine amerikanische Fernsehserie bekannt wurde und bereits in einigen anderen Kinofilmen auftrat. Krampfhaft wird Gag an Gag gereiht, wobei nur gelegentlich ein komischer Einfall auch zündet. – Ab 12 möglich.
Kanada 1993 **P** Ernest Partners **V** Warner Home (Video) **Pd** Stacy Williams **R** John Cherry **B** John Cherry, William M. Akers **K** David Geddes **M** Bruce Arntson, Kirby Shelstad **S** Craig Bassett **D** Jim Varney (Ernst P. Worrell), Ron K. James (Abner Melin), Linda Kash (Nan), Tom Butler (Glencliff), Duke Ernsberger (Frank) **L** 94 **FSK** ab 12 **E** 13.10.1995 Video **fd** 31 633

Die Charles-Bukowski-Tapes
THE CHARLES BUKOWSKI TAPES
51 Geschichten und Texte des amerikanischen Schriftstellers Charles Bukowski, in denen er seine Ansichten zu Sex, Frauen, Alkohol und Gewalt kundtut. Die außergewöhnlichen «Nachtgedanken» zeichnete der Regisseur fürs Fernsehen auf, als er für einen geplanten Spielfilm («Barfly», 1987) über das Leben Bukowskis recherchierte. (O.m.d.U.; einen Monat nach dem Tod Bukowskis am 9.3.1994 hatte 3sat die 51 Tapes bereits wöchentlich über ein Jahr hinweg ausgestrahlt.)
Frankreich 1985 **V** offen **R+B** Barbet Schroeder **L** 210 (105 + 105) **E** 6. / 12.8.1995 3sat (zwei Teile) **fd** –

Ein charmanter Gauner
LE BAR DE LA FOURCHE
Ein singender Glücksspieler und Abenteurer verläßt 1916 den europäischen Kriegsschauplatz, um in den kanadischen Wäldern seine ehemalige Geliebte zu suchen. Mit einem jungen Reisegefährten findet er die früh gealterte Frau, die mit ihrer zügellosen Stieftochter eine Holzfällerspelunke betreibt. Mit grobem Strich entworfene Abenteuergeschich-

te, deren unglaubwürdige Wendungen vornehmlich dazu dienen, dem Chansonnier Brel in der Hauptrolle Raum für Witz- und Gesangseinlagen zu geben. – Ab 16.
Frankreich 1972 **P** Société Nouvelle de Cinématographie **V** offen **Pd** René Pignères, Gérard Beytout **R** Alain Levent **B** François Boyer, Philippe Dumarcay, Alain Levent, nach dem Roman von Gilbert de Voisins **K** Manuel Machuel **M** Jacques Brel, François Rouber, Gérard Jouannest **D** Jacques Brel, Rosy Varte, Isabelle Huppert, Pierre-François Pistorio, Malka Ribovska, Bernard Lajarrige **L** 90 **E** 23.2.1995 RTL2 **fd** –

Chased
THE WRONG WOMAN
Eine Büroangestellte gerät in den Verdacht, ihren Chef, einen Bauunternehmer, ermordet zu haben. Auch ein Privatdetektiv, der sie entlasten könnte, wird getötet, so daß die Unschuldige weiter schwer belastet wird. Konventioneller, aber durchgehend spannender Krimi auf dem Niveau herkömmlicher Fernsehkost, der geschickt Sympathien für die unschuldig Verfolgte aufbaut. – Ab 16.
USA 1994 **P** Allegro Film / World International Network **V** Starlight (Video) **Pd** Tom Berry, Pierre David **R** Douglas Jackson **B** Douglas Soesbe **K** Peter Benison **M** Marty Simon **S** Jose Heppel, Robert E. Newton **D** Nancy McKeon (Melanie), Michelle Scarabelli (Christine), Chelsea Field (Margaret), Gary Hudson (Kommissar Nagel), Stephen Shellen (Tom), Lyman Ward (Jonah Slide) **L** 91 **FSK** ab 12 **E** 27.9.1995 Video **fd** 31 586

Cheating
CHEATING
Sexfilm. Anläßlich ihres Geburtstags wird eine frustrierte Frau von fünf Freundinnen und Freunden besucht, die sie in wechselnden Besetzungen über die Enttäuschung hinwegzutrösten versuchen, daß ihre große Liebe nicht auf der Geburtstagsparty erscheint.
USA 1994 **V** offen **R** Paul Thomas **B** Jean Aubrey **K** Jack Remy **D** Ashlyn Gere, Christina Angel, Alex Jordan, Lena **L** 79 **E** 13.4.1995 premiere **fd** –

Chicks – Total bekifft und wild auf Girls
STONED AGE
Zwei ungleiche Freunde aus den Vorortstraßen von Los Angeles sehen zwei vermeintlich lockere Schülerinnen als schnelle Beute für ein erotisches Abenteuer. Doch bald wird ihre sturmfreie Bude von einer Horde lärmender Typen belagert und versinkt im Chaos. Ein unerquicklicher, wüst inszenierter «Jugendfilm» ohne logisch geformte Handlung, der sich in schrägen Schlägereien, pubertären Anmachversuchen und unablässigen Gossensprüchen erschöpft.
USA 1993 **P** Trimark / Moritz-Heyman **V** VMP (Video) **Pd** Nancy Nickerson, Mark Amin, Andrew Hersh, Lisa Lange **R** James Melkonian **B** James Melkonian, Rich Wilkes **K** Paul Holahan **M** David Kitay **S** Peter Schink **D** Michael Kopelow (Joe), Bradford Tatum (Hubbs), China Kanter (Jill), Renee Ammann (Lanie), Clifton G. Gonzalez (Tack) **L** 87 **FSK** ab 18 **E** 19.9.1995 Video **fd** 31 584

Children of the Dark – Ein Leben in Dunkelheit
CHILDREN OF THE DARK
Zwei kleine Mädchen leiden unter einer seltenen genetischen Krankheit, der XP. Sie dürfen nicht dem Tageslicht ausgesetzt werden, da sie sonst sterben müßten, und verbringen das Leben in völliger Dunkelheit. Bei den gehässigen Nachbarn macht das Wort von den «Vampirkindern» die Runde, nach verbalen Attakken folgen körperliche Angriffe. Die Familie muß fliehen. Familiendrama nach einer wahren Begebenheit. (Fernsehtitel: «Children of the Dark: Kinder der Dunkelheit») – Ab 16.
USA 1994 **P** Multimedia Motion Pictures **V** Concorde (Video) **R** Michael Switzer **B** Jeff Andrus, Charles Wilkinson, Janet Browell **M** David Michael Frank **D** Peter Horton (Jim Harrison), Tracy Pollan (Kim Harrison), Bill Smitrovich (Milos Janecek), Lindsey Haun (Jamie Harrison), Analise Ashdown (Sheri Harrison) **L** 94 **FSK** ab 12 **E** August 1995 Video / 19.12.1994 Pro Sieben **fd** –

Children of the Dark: Kinder der Dunkelheit
siehe: Children of the Dark – Ein Leben in Dunkelheit

Chili con carne
SOCIAL SUICIDE
Teenager-Komödie um ein eigenwilliges 18jähriges Mädchen aus wohlhabendem Hause. Es will mit seinem Traummann, einem Latino, zum Debütantinnenball, was der überheblichen, bornierten Mutter als nicht standesgemäß mißfällt.
USA 1993 **V** offen **R** Lawrence D. Foldes **B** Elisa J. Charhouas, Lawrence D. Foldes **D** Shannon Sturges (Kim Sterling), Bobbie Breese (Ava Sterling), Dan Cashman (Robert Sterling), Peter Anthony Elliott (Tom Garcia), Trini Lopez (Trini Lopez) **L** 109 **E** 8.4.1995 RTL2 **fd** –

China Moon
CHINA MOON
Ein in seinem Beruf erfahrener vereinsamter Polizist steigt einer

attraktiven jungen Frau nach, die mit einem reichen Ekel verheiratet ist. Zusehends gerät er in eine schmutzige Ehegeschichte. Routiniert inszenierter Kriminalfilm mit einer äußerst konstruierten Handlung, die ans Unglaubliche grenzt. Interessant durch das nuancierte Spiel der beiden Hauptdarsteller. – Ab 16.
USA 1991 **P** China Moon Prod. / TIG / Orion **V** Columbia TriStar (Video) **Pd** Barrie M. Osborne **R** John Bailey **B** Ray Carlson **K** Willy Kurant **M** George Fenton **S** Carol Littleton, Jill Saritt **D** Ed Harris (Kyle Bodine), Madeleine Stowe (Rachel Munro), Benicio Del Toro (Lamar Dickey), Pruitt Taylor Vince (Daryl Jeelers), Roger Aaron Brown (Captain) **L** 95 **FSK** ab 16 **E** 11.7.1995 Video **fd** 31 564

China Swordsman 2
SWORDSMAN III / TUNG FONG BAT BAI III
Nach den Filmen «Meister des Schwertes» und «China Swordsman» der dritte Teil einer von Tsui Hark produzierten Filmreihe: Der «Unbesiegbare Asia» wird von einem beherzten Schwertkämpfer aus dem Jenseits erweckt und kehrt in sein Reich zurück, um seinen Nachahmern das Handwerk zu legen. Der Film entwickelt seine ureigene Mythologie, wobei er ein virtuoses Spiel mit Geschlechtern und Geschlechterrollen entfaltet. Schwankend zwischen rasantem Kung-Fu-Action-Spektakel und fernöstlichem Märchen, beschreitet er immer neue visuelle, artistische und erzählerische Wege, wobei übersteigerte Farben und eine einnehmende Musikuntermalung ein übriges tun, um dem Vexierspiel stets neue Perspektiven zu eröffnen.
Hongkong 1994 **P** Film Workshop Company **V** Splendid (Video) **Pd** Tsui Hark **R** Ching Siu-Tung **S** Chiang Chuen Tak, **D** Brigitte Lin, Foey Wang, Yu Rong Guang, Steve Lee **L** 100 (gek. 89) **FSK** ab 18 (gek. 16) **E** 23.5.1995 Video **fd** 31 804

Chip schafft alle
STILL NOT QUITE HUMAN
Science-fiction-Märchen für ein jugendliches Publikum in Fortsetzung von «Roboto, die Menschenmaschine» und «Chip wird erwachsen». Ein Androiden-Forscher, der sich einen künstlichen Sohn schuf, wird von einem Industriellen entführt. Er soll die Entwicklung einer Roboter-Armee leiten. Aber er hat die Rechnung ohne die künstliche Intelligenz des «Sohnes» gemacht, der sich mit einer Polizistin und einem Gelegenheitsgauner auf die Suche macht. – Ab 12.
USA 1992 **P** The Walt Disney Company **V** offen **R** Eric Luke **D** Alan Thicke (Dr. Jonas Carson / Bonus), Jay Underwood (Chip), Betsy Palmer (Tante Mildred), Christopher Neame (Barrigan), Sheelah Megill (Miss Prism) **L** 87 **E** 15.9.1995 ARD **fd** –

Chip wird erwachsen
NOT QUITE HUMAN II
Ein einem etwa 17jährigen Jungen nachmodellierter Androide versucht, sich Gefühle einzuprogrammieren. Auf dem College verliebt er sich. Die junge Frau, die seine Gefühle erwidert, entpuppt sich jedoch selbst als Kunstmensch. Beide geraten in höchste Gefahr, weil sie ein Selbstzerstörungsprogramm aktiviert haben. Science-fiction-Familienunterhaltung aus dem Hause Disney, die Thematik und Figuren des Kinofilms «Roboto, die Menschenmaschine» (1987) aufgreift und dabei die geläufigen Versatzstücke des Genres leidlich unterhaltsam variiert. (Weitere Fortsetzung: «Chip schafft alle») – Ab 12.
USA 1989 **P** The Walt Disney Company **V** offen **Pd** James Margellos **R + B** Eric Luke **D** Jay Underwood (Chip Carson), Alan Thicke (Dr. Jonas Carson), Robyn Lively (Becky Carson), Greg Mullavey (Dr. Masterson), Bob Sorenson (Walter), Dey Young (Dr. Victoria Gray) **L** 87 **E** 8.9.1995 ARD **fd** –

Choice and Destiny
CHOICE AND DESTINY
Der Tochter von jüdischen Überlebenden des Holocaust gelingt es, ihre Eltern vor der Kamera zum Sprechen zu bringen. Während Jitshak und Fruma Grinberg das Essen vorbereiten, im Kreis der Familie speisen oder mit den Enkeln spazierengehen, erzählt der Vater von seinen Erlebnissen in den Konzentrationslagern. Die Mutter schweigt zunächst, bis auch sie von ihren Ängsten und Schmerzen berichtet, die sie bis heute heimsuchen. (O.m.d.U.)
Israel 1993 **V** offen **R + B** Tsipi Reibenbach **L** 110 **E** 2.5.1995 B 3 **fd** –

Chunuk Bair – Hügel des Todes
CHUNUK BAIR
Kriegsdrama, das, wie Peter Weirs «Gallipoli» (1981), das militärische Engagement Neuseelands auf der türkischen Halbinsel im Ersten Weltkrieg behandelt. Die Eroberung eines Berges wird dem unter britischem Kommando stehenden Regiment zum Verhängnis: Von den Türken dezimiert und von der Versorgung abgeschnitten, fallen die meisten jungen Soldaten.
Neuseeland 1992 **P** Daybreak / Avalon Television Centre **V** E.A.T. (Video) **R** Dale G. Bradley **B** Grant Hinden Miller **K** Warrick Attewell **D** Robert Powell (Sgt. Major Frank South), Kevin J. Wilson (Col. Connolly), Jed Brophy (Fred South), John Leigh (Porky), Murray Keane (Smiler) **L** 102 **FSK** ab 16 **E** 17.1.1995 RTL 2/1995 Video **fd** –

Cinema of Vengeance
CINEMA OF VENGEANCE
Beginnend bei chinesischen Schwertkampf-Filmen aus den 40er Jahren, versucht der Film, die Geschichte des ostasiatischen Action-Kinos nachzuzeichnen. Dank dem exotischen Reiz des Genres kann er zu Beginn ein gewisses Interesse wecken, bis schließlich seine spekulative Absicht immer deutlicher wird: Er verliert an Struktur und wird zu einer ungeordneten Mischung aus inhaltsleeren Interviews und brutalen, überlangen Kampfszenen.
USA 1993 **P** Vengeance Prod. **V** Ufa / BMG (Video) **Pd** George Tan **R** Toby Russell **K** Kenneth Stipe **S** Scott Mary **D** Bruce Lee, Jackie Chan, Gordon Lui, Jimmy Wang Yu, Chow Yuen Fatt, John Woo **L** 91 **FSK** ab 18 **E** 23.10.1995 Video **fd** 31 661

Citizen Cohn – Handlanger des Todes
CITIZEN COHN
(Fernseh-)Drama über eine der zentralen Figuren der amerikanischen (Innen-)Politik in den 50er Jahren: Roy Marcus Cohn, 1986 an Aids erkrankt und bald darauf gestorben, war der erste Assistent des als «Hexenjäger» bekannt gewordenen Senators McCarthy und fungierte als Ankläger vermeintlicher Kommunisten. In den Fieberträumen des Kranken wird noch einmal die Vergangenheit lebendig. Thematisch interessant, inszenatorisch über dem Durchschnitt.
USA 1992 **P** HBO **V** offen **Pd** Dora Bachrach **R** Frank Pierson **B** David H. Franzoni, nach der Biografie von Nicholas von Hoffman **D** James Woods (Roy Marcus Cohn), Joe Don Baker (Senator McCarthy), Joseph Bologna (Walter Winchell), Ed Flanders (Joseph Wehl), Pat Hingle (J. Edgar Hoover) **L** 111 **E** 8.10.1995 Kabel 1 **fd** –

City Boy
CITY BOY
Abenteuerfilm. Ein 17jähriger Großstadt-Teenager, der seine Heimatstadt Chikago verlassen hat, um seine Eltern in Vancouver zu besuchen, läßt sich von einer windigen Reisebekanntschaft überreden, bei einem gutmütigen Holzhändler anzuheuern. Während seiner Tätigkeit als Forstaufseher verliebt er sich in eine gleichaltrige Einheimische. Sie wird von seinem vermeintlichen Freund entführt, als er dessen großangelegte Holzdiebstähle aufdeckt.
USA 1994 **V** offen **R** John Kent Harrison **B** John Kent Harrison, Coralee Elliott Testar, nach dem Roman «Sommersprossen» von G.S. Porter **K** Richard Leiterman **D** Christian Campbell (Nick), James Brolin (Tom McLean), Sarah Chalke (Angelica), Wendel Meldrum (Olivia), Christopher Bolton (Simon) **L** 93 **E** 21.2.1995 premiere **fd** –

City Slickers 2
siehe: Die goldenen Jungs

Clara und die tollen Typen
CLARA ET LES CHICS TYPES
Zwei Frauen und vier Männer, alle 30jährig, geben sich gegenseitig Freundschaft und Hoffnung und wollen den Glauben an ein ungebundenes Leben nicht aufgeben. Die Begegnung mit einer jungen Frau wird für sie zu einem unvergeßlichen Erlebnis. Komödie, die das Lebensgefühl einer Generation festhalten will und von den treffsicheren Dialogen und der glänzenden Hauptdarstellerin lebt. Das Ensemble rekrutiert sich aus den Mitgliedern des «Café-Théatre». – Ab 16.
Frankreich 1980 **P** Gaumont / Films Marcel Dassault **V** offen **Pd** Marcel Dassault **R** Jacques Monnet **B** Jean-Loup Dabadie **K** Yves Lafaye **M** Michel Jonasz **S** Pierre Gillette **D** Isabelle Adjani (Clara), Daniel Auteuil (Mickey), Josiane Balasko (Louise), Christophe Bourseiller (Frédéric), Thierry Lhermitte (Bertrand), Christian Clavier (Charles) **L** 100 **E** 20.8.1995 Vox **fd** –

Clémentine und die kleinen Gauner
CACHE CASH
Ein vernachlässigter elfjähriger Junge freundet sich während des Urlaubs in der französischen Provinz mit der Tochter eines Frankokanadiers an. Eines Tages beobachtet der Junge, wie Bankräuber ihre Beute verstecken, und bringt sich und seine kleine Freundin damit in ernste Gefahr. Für Kinder gedachter Kriminalfilm, der in ein pausenloses Versteckspiel einmündet. – Ab 10.
Frankreich 1993 **P** Gaumont **V** Atlas **R** Claude Pinoteau **B** Claude Pinoteau, Jean Veber, nach einem Roman von Guy Lagorce **K** Jean Tournier **M** Vladimir Cosma **D** Aurélien Wiik (Antoine), Joséphine Serre (Lisa), Georges Wilson (Louis), Jean-Claude Dreyfus (Max) **L** 88 **FSK** ab 6; f **E** 1995 Kino / 5.11.1995 premiere **fd** –

Cleopatra Jones gegen die Drachenlady
CLEOPATRA JONES AND THE CASINO OF GOLD
Abenteuer um eine schwarze Superagentin, die in Hongkong und Macao die gemeingefährliche Chefin eines Rauschgiftrings jagt. Ähnlich klischeehaft und stumpfsinnig wie der Vorgänger «Ein Fall für Cleopatra Jones» (1975).
Scope. USA / Hongkong 1975 **P** Warner Bros. **V** offen **Pd** William Tennant **R** Chuck Bail **B** William Tennant **K** Alan Hume **M** Dominic Frontiere **S** Willy Kemplen **D** Tamara Dobson (Cleopatra Jones), Stella Stevens (Drachenlady), Tanny (Mi Ling), Albert

Popwell (Matthew Johnson), Caro Kenyatta (Melvin Johnson) **L** 92 **E** 22.7.1995 ZDF **fd** –

Clerks – Die Ladenhüter

CLERKS

Zwei junge Angestellte von benachbarten Geschäften verbringen einen Tag mit endlosen Gesprächen und albernen Streichen auf Kosten ihrer Kunden, bis sich die Ereignisse überschlagen. Ein schlicht, aber unterhaltsam inszenierter Debütfilm, der die Suche von jungen Erwachsenen nach Orientierung mit viel – auch obszönem – Witz darstellt, ohne den Anspruch eines allgemeingültigen Jugend-Porträts zu erheben. – Ab 16.

Schwarz-weiß. USA 1994 **P** View Askew **V** Delphi (Kino) / PolyGram (Video) **Pd** Scott Mosier, Kevin Smith **R + B** Kevin Smith **K** David Klein **M** Scott Angley **S** Kevin Smith, Scott Mosier **D** Brian O'Halloran (Dante Hicks), Jeff Anderson (Randal), Marilyn Ghigliotti (Veronica), Lisa Spoonauer (Caitlin), Jason Mewes (Jay) **L** 92 **FSK** ab 12; f **E** 16.3.1995 / 13.11.1995 Video / 9.4.1996 West 3 **fd** 31 246

Clifford – Das kleine Scheusal

CLIFFORD

Ein junger Pater erzählt seinem wildesten Internatszögling von der eigenen Kindheit: wie er in nur wenigen Tagen das Leben seines Onkels auf den Kopf stellt, bis dieser sich mit einer höllisch-manipulierten Achterbahn-Fahrt entnervt rächt und den Quälgeist mit einem unerwarteten Schachzug zur Besinnung bringt – er verzeiht ihm seine Gemeinheiten. Eine einfallslos und unbeholfen inszenierte Blödelkomödie, die ihren Witz daraus zu beziehen versucht, daß der erwachsene Hauptdarsteller in die Kinderrolle schlüpft. Schlecht erdacht, noch schlechter gespielt. – Ab 14.

USA 1991 **P** Orion **V** Columbia TriStar (Video) **Pd** Larry Brezner, Pieter Jan Brugge **R** Paul Flaherty **B** Jay Dee Rock, Bobby Van Hayes **K** John A. Alonzo **M** Richard Gibbs **S** Pembroke J. Herring, Timothy Board **D** Martin Short (Clifford), Charles Grodin (Martin Daniels), Mary Steenburgen (Sarah Davis), Dabney Coleman (Gerald Ellis), G. D. Spadlin (Parker Davis), Anne Jeffreys (Annabelle Davis) **L** 86 **FSK** ab 12 **E** 16.3.1995 Video / 16.4.1996 premiere **fd** 31 385

Club der Lügner

LIARS CLUB

Eine Slapstick-Komödie, angesiedelt im Nachtclub-Milieu. Zwei Brüder, Barsänger im Club ihrer Mutter in Atlantic City, geraten in arge Bedrängnis, als finanzielle Probleme die Existenz des Clubs bedrohen. Als ein Zerwürfnis mit ihrem Manager auch noch die Gesangskarriere gefährdet, wagen sie die Flucht nach vorn. – Ab 16.

USA 1990 **V** offen **R** Bernard McWilliams **B** Bernard McWilliams, George F. Andrews **D** John C. McGinley, David Warshofsky, Eric Bogosian, Gina Gershon, Michael Wincott, Rene Rivera, Pam LaTesta **L** 79 **E** 1.7.1995 RTL 2 **fd** –

Clueless – Was sonst?

CLUELESS

Eine reiche 15jährige aus Beverly Hills gerät durch die unerwarteten Gefühle für ihren vermeintlich verhaßten Stiefbruder in eine Identitätskrise, die in Selbsterkenntnis mündet. Tempo- und detailreich inszenierte Teeniekomödie, die amerikanische Fernseh-Jugendserien ironisiert und karikiert. – Ab 14 möglich.

USA 1995 **P** Paramount Pictures **V** UIP **Pd** Scott Rudin, Robert Lawrence **R + B** Amy Heckerling **K** Bill Pope **M** David Kitay **S** Debra Chiate **D** Alicia Silverstone (Cher), Stacey Dash (Dionne), Britanny Murphy (Tai), Paul Rudd (Josh), Dan Hedaya (Mel), Donald Faison (Murray), Wallace Shawn (Mr. Hall) **L** 97 **FSK** ab 6; f **FBW** w **E** 2.11.1995 **fd** 31 596

Codename: Silencer

THE SILENCER

Ein Polizei-Detective im Kampf gegen einen chinesischen Profi-Killer, der aus Rache für seine zwischenzeitliche Verhaftung Polizist für Polizist tötet. Ein harter Brutalo-Thriller mit den genreüblichen Schießereien, Verfolgungsfahrten und Nachtclub-Szenen. Nach sozialen oder psychologischen Hintergründen sucht man vergeblich: Rache ist alles, und Blut ist süß oder umgekehrt.

USA 1994 **P** West Side Studios / Toei Video Company **V** Warner Home (Video) **Pd** David Winters, Tony Vincent, S.M. Tse **R** Talun Hsu **B** Henry Madden **K** Blake Evans **M** Don Peace **S** Tony Lanza, Steve Nielson **D** Robert Davi (Eddie Cook), Steven Bauer (Vinnie Rizzo), Brigitte Nielsen (Sibyll), Sonny Chiba (Macato) **L** 91 **FSK** ab 18 **E** 29.9.1995 Video **fd** 31 624

Cold Blooded

COLD BLOODED

Ein in sich gekehrter junger Killer entdeckt erst die Liebe und dann die Moral. Ebenso sorgfältig gemacht wie überraschend, benutzt der Film Versatzstücke eines Genres einmal anders. Das Ergebnis ist eine bissige, aber nicht minder fantasievolle kleine Gangsterkomödie.

USA 1994 **P** Brad Krevoy & Steve Stabler Prod. / Snowback **V** Kinowelt (Kino) / VPS (Video) **Pd** Michael J. Fox, Matt Tolmach,

Brad Krevoy, Steven Stabler, Brad Jenkel **R+B** Wallace Wolodarsky **K** Robert Yeoman **M** Steve Bartek **S** Craig Bassett **D** Jason Priestley (Cosmo), Kimberly Williams (Jasmine), Peter Riegert (Steve), Robert Loggia (Gordon), Jay Kogan (John) **L** 91 **FSK** – **E** 2.11.1995 / 23.2.1996 Video **fd** 31 601

Cold Fever
COLD FEVER
Ein junger japanischer Angestellter reist nach Island, um für seine dort verstorbenen Eltern die Bestattungszeremonie durchzuführen. In der Begegnung mit ungewöhnlichen Menschen, Fabelwesen und der unwirtlichen Natur wird aus ihm ein anderer Mensch. Ein Roadmovie als Initiationsgeschichte, die lakonisch, witzig und mit skurrilem Humor erzählt wird. Ein ruhiger Film, in den die Winterlandschaft als eine «Hauptdarstellerin» integriert ist. – Sehenswert ab 14.
Scope. Island / USA / Deutschland 1995 **P** Icicle Films / Icelandic Film **V** Pandora (Kino) / Arthaus (Video) **Pd** Jim Stark **R** Fridrik Thór Fridriksson **B** Jim Stark, Fridrik Thór Fridriksson **K** Ari Kristinsson **M** Hilmar Poll Hilmarsson **S** Steingrimur Karlsson **D** Masatoshi Nagase (Atsushi Hirata), Lili Taylor (Jill), Fisher Stevens (Jack), Gísli Halldórsson (Siggi), Laura Hughes (Laura), Seijun Suzuki (Großvater) **L** 85 **FSK** – **E** 19.10.1995 / 9.4.1996 Video **fd** 31 576

Colomba
COLOMBA
Verfilmung einer Novelle von Mérimée, auf korsische Verhältnisse übertragen. Ein Mann kehrt Jahre nach dem Mord an seinem Vater in sein Heimatdorf zurück. Er, der sich seinerzeit der Ansicht, die Bluttat sei einer Familienfehde entsprungen, nicht anschloß, erliegt nun der Stimmung im Dorf und der hitzigen Mentalität seiner Schwester, die ihn zur Blutrache anstachelt.
Frankreich 1967 **V** offen **R+B** Ange Casta **L** 90 **E** 29.6.1995 arte **fd** –

Color of Night
COLOR OF NIGHT
Als ein Psychotherapeut die Therapiegruppe eines befreundeten Kollegen, der ermordet wurde, übernimmt, sieht er sich bald selbst von unbekannten Verfolgern bedroht. Ein mit einer Dosis Sex angereicherter Psycho-Thriller, der offenbar durch lange Streitereien in der Produktionsphase total verkorkst wurde und sich nicht zwischen düsterer Symbolik und plumpen Gewaltszenen entscheiden kann.
USA 1994 **P** Cinergi **V** Scotia (Kino) / Ufa (Video) **Pd** Buzz Feitshans, David Matalon **R** Richard Rush **B** Matthew Chapman, Billy Ray **K** Dietrich Lohmann **M** Dominic Frontiere **S** Jack Hofstra **D** Bruce Willis (Bill Capa), Jane March (Rose), Rubén Blades (Martinez), Lesley Ann Warren (Sondra), Scott Bakula (Bob Moore) **L** 140 **FSK** ab 16; f **E** 23.2.1995/11.9.1995 Video **fd** 31 075

Colors of Crime
THE SKETCH ARTIST
Ein Phantombildzeichner der Polizei beginnt auf eigene Faust zu ermitteln, als seine Ehefrau in einen Mord verwickelt zu sein scheint. Um sie zu entlasten, verfälscht er das Fahndungsplakat und unterschlägt Beweismaterial. Als die Falle, die er dem Täter stellt, zuschnappt, finden sich allerdings auch er selbst und seine Frau darin gefangen. Geschickt konstruierter, sorgfältig inszenierter Kriminalfilm, der Konzentration und Mitdenken erfordert. (Fernsehtitel ZDF: «Farben des Todes») – Ab 16.
USA 1992 **P** Motion Picture **V** VCL / Carolco (Video) **Pd** Brad Krevoy, Steven Stabler **R** Phedon Papamichael **B** Michael Angeli **K** Wally Pfister **M** Mark Isham **S** Carole Kravetz **D** Jeff Fahey (Jack Whitfield), Sean Young (Rayanne Whitfield), Frank McRae (Milon), Tcheky Caryo (Paul), James Tolkan (Lt. Tonelli) **L** 85 **FSK** ab 16 **E** 24.5.1993 Video / 6.7.1994 premiere / 23.10.1995 ZDF **fd** 30 262

Columbo: Seltsame Bettgenossen
COLUMBO: STRANGE BEDFELLOWS
Der skrupellose Besitzer eines Gestüts will seine Pferde in der Spitze des amerikanischen Galopprennsports etablieren und schreckt auch vor Mord nicht zurück. Doch er hat seine Rechnung ohne Lieutenant Columbo gemacht, der tatkräftige Unterstützung von einem alten Mafia-Paten erhält. Ein weiteres Abenteuer um den zerknitterten Ermittler Columbo, das sich an die Spielregeln – und Konventionen – der 1968 aufgelegten Serie hält. – Ab 14.
USA 1995 **P** Universal **V** offen **R** Vincent McEveety **B** Peter S. Fisher **D** Peter Falk (Lieutenant Columbo), Rod Steiger (Vincenzo Fortelli), George Wendt (Graham McVeigh), Jeff Yagher (Randy McVeigh), Jay Avocone (Bruno Romano), Linda Gehringer (Lorraine Buchinsky) **L** 90 **E** 2.9.1995 RTL **fd** –

Columbo Undercover
COLUMBO: UNDERCOVER
Weiterer Serienkrimi nach den Konventionen der Columbo-Filme. Nach einem Mordfall führen Lieutenant Columbos Nachforschungen zu einem bereits lange zurückliegenden Banküberfall, dessen Millionen-Beute verschwunden blieb. Der einzige

Hinweis auf das Versteck besteht in einem alten, in Stücke gerissenen Schwarzweiß-Foto. – Ab 14.
USA 1994 **P** Universal **V** offen **R** Vincent McEveety **B** Gerry Day **D** Peter Falk (Lt. Columbo), Ed Begley, Jr. (Irving Krutch), Burt Young (Mo Weinberg), Tyne Daly (Dorothea McNally), Shera Danese (Geraldine Ferguson), Harrison Page (Detective Brown) **L** 89 **E** 10. 1. 1995 RTL **fd** –

Combat Zone
SPENSER: CEREMONY
Ein Privatdetektiv sucht im Auftrag seiner Freundin, einer Psychologin, deren verschwundene 15jährige Patientin, eine vernachlässigte Tochter aus gutem Hause. Die Spur führt ins Rotlicht-Milieu und endet in einem Etablissement für sadomasochistische Spiele. Ein solider Fernsehkrimi als Pilotfilm einer Serie, der sein Thema eher verhalten angeht und sich auf einen sympathischen Hauptdarsteller stützen kann. – Ab 16.
USA 1993 **P** Jaffa Road XXVII **V** VPS (Video) **Pd** Ray Sager **R** Andrew Wild **B** Robert B. Parker, Joan Parker **K** Vic Sarin **M** Paul Zaza **S** Ron Wisman **D** Robert Urich (Detektiv Spenser), Avery Brooks (Hawk), Barbara Williams (Susan), J. Winston Carrol, Tanya Allen **L** 87 **FSK** ab 16 **E** 4. 10. 1994 Video **fd** 31 243

Comfort Girls: Die Zwangsprostituierten der japanischen Armee
COMFORT GIRLS
Zwischen 1932 und 1945 wurden weit über 100000 Mädchen und Frauen in den okkupierten Ländern Asiens von den japanischen Besatzern zur Prostitution in Frontbordellen gezwungen. In diesem Dokumentarfilm sprechen «Comfort Girls» über ein Kapitel des Krieges, das von der japanischen Regierung nach wie vor totgeschwiegen wird.
Südkorea 1993 **P** MBC **V** offen **R** Lee Dong Souk, Ha Jae Young **L** 70 **E** 17. 9. 1995 West 3 **fd** –

Comics
COMICS
Zweiteiliges Drama. Ein wegen seiner Provokationen beim Fernsehen ausgemusterter Komiker feiert in einem Londoner Club Erfolge, bis seine Welt erneut aus den Fugen gerät: Er wird Zeuge eines Mordes und von den Tätern gejagt.
England 1993 **V** offen **R** Diarmuid Lawrence **D** Tim Guinee (Johnny Lazar), Danny Webb (Brian Duffield), Lennie James (Delroy Smith), Michelle Fairley (Nula O'Reilly), Jenny Galloway (Rebecca) **L** 110 **E** 30. 6. 1995 Vox **fd** –

Confusion – Sommer der Ausgeflippten
siehe: Dazed and Confused

Congo
CONGO
Eine Expeditionsgruppe reist in den Urwald von Zaire auf der Suche nach einem außergewöhnlichen Diamantenvorkommen. Dabei gerät sie in einen Bürgerkrieg und gelangt schließlich zu König Salomons von mutierten Gorillas bewachter Diamantenstadt Zinj. Die Verfilmung eines Erfolgsromans von Michael Crichton, die die reißerisch-trivialen Elemente der Geschichte in den Vordergrund stellt. Die zentrale Konfrontation von Mensch und Natur wird nicht reflektiert, und die Figuren bleiben blaß. – Ab 14.
Scope. USA 1995 **P** Paramount **V** UIP (Kino) / CIC (Video) **Pd** Kathleen Kennedy, Sam Mercer **R** Frank Marshall **B** John Patrick Shanley, nach einem Roman von Michael Crichton **K** Allen Daviau **M** Jerry Goldsmith **S** Anne V. Coates **D** Dylan Walsh (Peter Elliot), Laura Linney (Karen Ross), Ernie Hudson (Monroe Kelly), Grant Heslov (Richard), Joe Don Baker (R.B. Travis) **L** 108 **FSK** ab 12; f **E** 17. 8. 1995 / 22. 2. 1996 Video **fd** 31 492

Cool! – Endlich sind die Eltern weg
MISSING PARENTS
Entnervt vom gedankenlosen Egoismus ihres halbwüchsigen Sohnes lassen die Eltern Haus und Kind im Stich und ergreifen die Flucht. Der Alleingelassene gerät in eine Fernseh-Show, wo er als «Eltern-Mißhandler» denunziert wird, während die Eltern in einem Trainingscamp die Selbstverteidigung gegen ihre Kinder einüben. Was eine freundliche oder skurrile Alltagskomödie hätte werden können, erweist sich als hilflose Mischung aus Farce und Traktat. Billige Witzeleien werden mit lehrhaften Sentenzen zu einem faden Brei angerührt, über den man kaum lachen kann. – Ab 14.
USA 1993 **P** New Line **V** VMP (Video) **Pd** Thom Colwell **R** Martin Nicholson **B** Handel Glassberg **K** Bernard Salzman **M** J. Peter Robinson **S** John Currin **D** Matt Frewer, Bobby Jacoby, Brigid Conley Walsh, Seth Green, Chance Quinn **L** 92 **FSK** ab 12 **E** 13. 6. 1995 Video **fd** 31 433

Cool Eyes
COOL EYES / DEAD ON
Ein Pilot und die Frau eines Geschäftsmannes, die beide von ihren despotischen Ehepartnern genug haben, planen deren Ermordung. Der Pilot bringt den Ehemann der Frau um, die seine Geliebte wird, und diese kümmert sich um seine Frau. Doch der Plan verläuft nicht glatt, und zudem steckt eine ganz andere In-

trige dahinter. Mit Hochglanzbildern und dezenter Kaufhaus-Musik garnierter Verschwörungs-Erotik-Thriller auf den Spuren von Hitchcocks «Der Fremde im Zug», vorhersehbar und langweilig.
USA 1993 **P** Orion Pictures **V** Splendid (Video) **Pd** Stuart Segall **R** Ralph Hennecker **B** April Wayne **K** Tony Janelli **M** Robert J. Walsh **S** Claudia Finkle **D** Matt McCoy (Ted Beaumont), Tracy Scoggins (Marla Beaumont), Shari Shattuck (Erin Davenport), David Ackroyd (Dexter Davenport), Thomas Wagner (Detective Maldonado) **L** 90 **FSK** ab 16 **E** 24. 10. 1995 Video
fd 31 684

Cooler Sommer
SUNES SOMMAR
Eine fünfköpfige Familie verbringt ihren Urlaub aus Geldmangel im heimischen Schweden. Die Versuche des Vaters, die Zeit sinnvoll zu nutzen, enden regelmäßig mit Schäden an Menschen und Material, während die Kinder sich ihren Spaß mit den anderen Campinggästen machen. Ein sympathischer und heiterer, episodenhaft erzählter Film, der mit mal leisen, mal zerstörerischen Späßen von den Sehnsüchten der großen und kleinen Urlauber erzählt. – Ab 6 möglich.
Schweden 1993 **P** Svensk Filmindustri / Sverige Television SVT 1 **V** Wild Utopia **Pd** Christian Wistrand, Waldemar Bergendahl **R** Stephan Apelgren **B** Stephan Apelgren, Anders Jacobsson, Sören Olsson **K** Andra Lasmanis **M** Thomas Lindahl **S** Hakan Karlsson **D** Peter Haber (Pappa Rudolf), Carina Lidbom (Mamma Karin), Andreas Hoffer (Sune), Gabriel Odenhammer (Hakan), Nina Almlöf (Anna) **L** 89 **FSK** o. A.; f **E** 24. 8. 1995 / 3. 12. 1995 premiere **fd** 31 472

Cops & Robbersons – Das haut den stärksten Bullen um
COPS AND ROBBERSONS
Ein alter Polizei-Officer und sein junger Kollege ziehen in das Haus eines ebenso pingeligen wie naiven Angestellten ein, um von dort aus einen verdächtigen Nachbarn zu überwachen. Während sich der junge Beamte bald in die hübsche Tochter des Hauses verliebt, bringt der tolpatschige Familienvater die Gäste von einer Verlegenheit in die andere. Trotz eines arg klamottigen Endes eine unspektakulär erheiternde Krimi-Komödie, originell erdacht, in den Hauptrollen vergnüglich gespielt. – Ab 12.
USA 1994 **P** Channel **V** Columbia TriStar (Video) **Pd** Ned Tanen, Nancy Graham Tanen, Ronald L. Schwary **R** Michael Ritchie **B** Bernie Somers **K** Gerry Fisher **M** William Ross **S** Stephen A. Rotter, William S. Scharf **D** Chevy Chase (Norman Robberson), Jack Palance (Jake Stone), Dianne Wiest (Helen Robberson), Robert Davi (Osborn), David Barry Gray (Tony-Moore) **L** 89 **FSK** ab 6 **E** 9. 5. 1995 Video
fd 31 362

Countdown für einen Killer
DERNIER JOUR DE LA VICTIME
Thriller. Ein Profikiller, der Entscheidungsträger aus Gesellschaft und Politik ermordet, zaudert, als er einen kleinen Kriminellen hinrichten soll. Trotz der Ungeduld seines Auftraggebers zögert er die Ausführung immer weiter hinaus und versucht, die zugrundeliegenden Motive herauszufinden. Als er schließlich doch zur Tat schreiten will, erwartet ihn eine Überraschung.
Frankreich 1994 **V** offen **R** Bruno Gentillon **D** Niels Arestrup (Mendizabal), Assumpta Serna (Amanda), Paul Crauchet (Funes le Chat), Philippe Dormoy (Penia), Sally Ramos (Angelica) **L** 90 **E** 22. 9. 1995 Vox **fd** –

Cover Hard II
CITY ON FIRE
Ein Undercover-Agent in Hongkong wird in eine für brutale Raubüberfälle verantwortliche Bande eingeschleust. Action-Thriller, getragen von einem sympathischen Helden, dessen verquere Liebesgeschichte eine ironische Nebenhandlung zu der temporeichen Story darstellt.
Hongkong 1994 **P** Cinema City **V** Splendid (Video) **Pd** + **R** + **B** Ringo Lam **M** Teddy Robin Kwan **S** Wong Ming Lam **D** Chow Yun Fat, Sun Yeuh, Lee San Yin, Roy Cheung **L** 101 (gek. 97) **FSK** ab 18 (gek. ab 16) **E** 25. 4. 1995 Video
fd 31 498

Cracker Jack
CRACKER JACK
Ein neurotischer Ex-Agent des ostdeutschen Geheimdienstes will in einem feudalen kanadischen Berghotel die Mafia um 50 Mio. Dollar prellen. Ein furchtloser Polizist, dessen Familie der Verbrecher einst in die Luft gesprengt hat, stellt sich ihm entgegen. Kein Actionfilm, sondern ein lärmendes Tohuwabohu jenseits aller Gesetze von Logik und Psychologie. Spannungslos, inszenatorisch dilettantisch und unbeholfen.
Kanada 1994 **P** North American Releasing / Excalibur Pictures **V** Ufa (Video) **Pd** Lloyd A. Simandl **R** Michael Mazo **B** Jonas Quastel, Michael Bafaro **K** Danny Nowak **M** Peter Allen **S** Richard Benwick **D** Thomas Ian Griffith (Jack Wild), Christopher Plummer (Ivan Betz), Nastassja Kinski (K.C.), George Touliatos (Sonny La Rosso), Lisa Bunting (Lisa) **L** 93 (gek. 86) **FSK** ab 18 (gek. ab 16) **E** 10. 4. 1995 Video **fd** 31 353

Crash Point
CRASH
Eine Polizeiagentin will einen skrupellosen Unterweltboß über-

führen. Bei ihren Ermittlungen kommt ihr ein kleiner Krimineller in den Weg, der eine Rechnung mit dem Gangsterboß begleichen will. In höchster Gefahr schließt sich das ungleiche Duo zusammen, um eine Diskette zu retten, die Beweismaterial enthält. Routinierter Thriller in den üblichen Gleisen des Genres.
USA 1995 **V** Splendid Ascot (Video) **R** Charles Wilkinson **D** Michael Biehn (Casey), Leilani Sarelle (Madeline Gentry), Matt Craven (Sanchez) **L** 89 **FSK** ab 16 **E** 28. 12. 1995 Video **fd** –

Crimson Tide – In tiefster Gefahr
CRIMSON TIDE
Befehlsnotstand an Bord eines Nuklear-U-Bootes: Während der Kapitän den Präventivschlag will, zieht es der Erste Offizier vor, eine Klärung der nicht eindeutigen Befehlslage abzuwarten. Eine ins Atomzeitalter verlagerte Meuterei-Geschichte, die sich weniger auf Materialschlachten als auf zwei grundverschiedene Charaktere verläßt. Die spannende Inszenierung und gute Darsteller lassen Fragwürdigkeiten der Handlung in den Hintergrund treten. – Ab 16.
USA 1995 **P** Hollywood Pictures **V** Buena Vista (Kino) / Buena Vista (Video) **Pd** Don Simpson, Jerry Bruckheimer **R** Tony Scott **B** Michael Schiffer **K** Dariusz Wolski **M** Hans Zimmer **S** Chris Lebenzon **D** Denzel Washington (Lt. Commander Ron Hunter), Gene Hackman (Capt. Frank Ramsey), George Dzundza (Cob), Viggo Mortensen (Lt. Peter Ince), James Gandolfini (Lt. Bobby Dougherty), Matt Craven (Lt. Roy Zimmer) **L** 115 **FSK** ab 12; f **FBW** w **E** 13. 7. 1995 / 18. 1. 1996 Video
fd 31 423

Crooklyn
CROOKLYN
Das Leben einer siebenköpfigen schwarzen Familie im Brooklyn der frühen 70er Jahre, gesehen mit den Augen der zehnjährigen Tochter. Nach dem Krebstod der Mutter zieht das Mädchen sich ganz in sich selbst zurück, ehe es sich entschließt, seinen Beitrag zum Zusammenhalt der Familie zu leisten. Spike Lee erinnert sich an den Ort seiner eigenen Kindheit: Die dramatischen Zuspitzungen und gewichtigen Problematiken früherer Filme fehlen, aber auch deren emotionale Dichte und Vielschichtigkeit. Die unspektakulären «Schnappschüsse» aus einem Familienalbum sprechen mehr den Verstand als die Gefühle an. – Ab 14.
USA 1994 **P** 40 Acres and Mule Filmworks / Child Hood Prod. **V** NIL **Pd+R** Spike Lee **B** Joie Lee, Cinqué Lee, Spike Lee **K** Arthur Jaffa **M** Terence Blanchard, diverse Songs **S** Barry Alexander Brown **D** Alfre Woodard (Carolyn), Delroy Lindo (Woody), David Patrick Kelly (Tony Eyes), Zelda Harris (Troy), Carlton Williams (Clinton) **L** 132 **FSK** ab 6; f **E** 22. 6. 1995 / 15. 11. 1995 Video **fd** 31 098

Crossing Borders
siehe: Ritt über die Grenze

Crossing Line
SUSPICIOUS AGENDA
Ein Mörder tötet Kriminelle, die straflos davongekommen sind. Sechs Polizisten, von denen einer der Täter sein muß, werden mit dem Fall betraut. Einer von ihnen, ein junger, ein wenig aus der Bahn geratener Cop, klärt den Fall. Der Kriminalfilm verdammt zwar Selbstjustiz, auch unter Polizisten, nutzt aber zugleich die Schauwerte von Gewalt sehr exzessiv und zeigt mit Vorliebe minutenlang Gesichter, die vor Todesangst verzerrt sind. In der psychologischen Fundierung schwach, darstellerisch unausgewogen. – Wir raten ab.
USA 1994 **P** Shavick / Libra **V** Ascot (Video) **Pd** James Shavick **R** Clay Borris **B** Kevin Rock **K** Bruce Worrall **M** Barron Abramovitch **S** David M. Richardson **D** Richard Grieco (Tony Castagna), Nick Mancuso (Jimmy Devane), Jim Byrnes (Lt. Rayburn), Frank Crudele (Capt. Lou Spinelli), Zachary Throne (Simon) **L** 92 **FSK** ab 16 **E** 11. 4. 1995 Video **fd** 31 352

Crumb
CRUMB
Dokumentarfilm über den legendären Comic-Zeichner Robert Crumb. Ein auf der Grundlage eines persönlichen Vertrauensverhältnisses entworfenes intensives, fast privates Porträt einer widersprüchlichen Künstlerpersönlichkeit, die hinter Sarkasmus und beißender Selbstironie ein verletzbares Wesen verhüllt. Parallel dazu formt sich das plastische Bild einer ganzen Epoche, ohne in Mythenbildung zu verfallen. Der Film verzichtet auf Versuche, die Ästhetik der Comics in filmische Sehkonventionen zu übersetzen. (O. m. d. U.)
– Sehenswert.
USA 1994 **P** Superior Pictures **V** Freunde der Deutschen Kinemathek **Pd** Lynn O'Donnell, Terry Zwigoff, David Lynch **R+B** Terry Zwigoff **K** Maryse Alberti **M** David Boeddinghaus **S** Victor Livingston **L** 119 **FSK** – **E** 25. 5. 1995 / 4. 3. 1996 West 3
fd 31 371

Cry of the Werewolf
CRY OF THE WEREWOLF
Als eine Zigeunerin erfährt, daß das Geheimnis ihrer Mutter, ein Werwolf gewesen zu sein, kurz vor der Entdeckung steht, schlüpft sie selbst in diese Rolle.

Als Werwolf stellt sie sich allen in den Weg, die das Grab ihrer Mutter in einem Museum schänden wollen. Durchschnittlich inszenierter Horrorfilm mit stimmungsvoller Schwarzweiß-Fotografie.
Schwarz-weiß. USA 1944 **P** Columbia **V** offen **R** Henry Levin **B** Griffin Jay, Charles O'Neal **K** L. William O'Connell **S** Reg Browne **D** Nina Foch (Celeste), Stephen Crane (Bob Morris), Osa Massen (Elsa Chauvet), Blanche Yurka (Bianca), Barton MacLane (Lt. Barry Lane), Ivan Triesault (Yan Spavero) **L** 63 **E** 12. 3. 1995 arte **fd** –

Cubagua
CUBAGUA
Ein Ingenieur, der für ein multinationales Konsortium in das Gebiet des Orinoko reist, wird mit der Vergangenheit und den anhaltenden Folgen der Conquista konfrontiert. Auf drei ineinander verschachtelten Zeitebenen – der Gegenwart, den 30er Jahren und dem 16. Jahrhundert – wird die immergleiche Geschichte von Unterdrückung und Ausbeutung der Ureinwohner erzählt. Ein mitunter überfrachteter und überzeichneter Film, dennoch ein beachtlicher Beitrag zum Thema. – Ab 16.
Venezuela 1986 **V** Con-Film **Pd** Donald Myerston, Camilo Vives, Pedro Rivera **R** Michael New **B** Ednodio Quintero, Luis Rogelio Nogueras, Michael New, nach dem gleichnamigen Roman von Enrique Bernardo Núñes **K** Andrés Agusti **M** Gilberto Márquez **S** Justo Vega, Roberto Siso **D** Herbert Gabaldón, Sonia López, Reinaldo Miravalles, Hector Mysteron, Julio Mota **L** 100 **FSK** - **fd** 31 689

Curfew – Ausgangssperre
siehe: Ausgangssperre

Cyber Jack
CYBERJACK
Ein Wissenschaftler und seine Tochter entdecken den Anti-Bio-Computer-Virus, der alle Rechner der Welt gegen Virenbefall immun machen könnte. Die Erfindung lockt eine Gruppe High-Tech-Gangster an, die die Belegschaft des riesigen Labors als Geiseln nehmen. Ihnen stellt sich ein alkoholkranker Ex-Polizist entgegen, der im Gebäude einen Job als Hausmeister versieht. Science-fiction-Version des «Stirb-langsam»-Stoffes, die weniger an der Problematik als an brutaler Actionunterhaltung interessiert ist. Nebenbei liefert der Film einen Beleg für die fehlgeleitete Fantasie seiner Macher.
USA 1995 **P** Everest Entertainment **V** Highlight (Video) **R** Robert Lee **K** Allan Thraw **M** George Blondheim **D** Michael Dudikoff, Suki Kaiser, Brion James, J. Thom **L** 85 **FSK** ab 16 **E** 11. 12. 1995 Video **fd** –

Cyclo
CYCLO
Ein junger Rikscha-Fahrer, dem sein Gefährt gestohlen worden ist, muß dieses abbezahlen, indem er Verbrechen begeht. Anfangs unwillig, fasziniert ihn schließlich die Welt der organisierten Gangster, die eine Flucht aus der Armut in Ho-Chi-Minh-City verspricht. Eine schonungslose Bestandsaufnahme der elenden Lebensbedingungen und der Anarchie im heutigen Vietnam, inszeniert unter Berufung auf östliche Darstellungstraditionen. Dokumentarische Szenen unterstreichen den bewußten Ausschnittcharakter des Gezeigten.
Frankreich 1994 / 95 **P** Lazennec / La Sept / Lumière **V** Filmwelt / prokino plus **Pd** Christophe Rossignon **R + B** Tran Anh Hung **K** Benoit Delhomme **M** Tôn Thât Tiêt **S** Nicole Dedieu, Claude Ronzeau **D** Le Van Loc (Rikscha-Junge), Tony Leung-Chiu Wai (Poet), Tran Nu Yên Khê (Schwester), Nguyen Nhu Quynh (Madam), Nguyen Hoang Phuc (Zahn) **L** 129 **FSK** ab 16; f **E** 16. 11. 1995 **fd** 31 622

D

D'Artagnans Tochter
LA FILLE D'ARTAGNAN
Die Tochter des legendären Musketiers D'Artagnan kommt einer Verschwörung gegen Ludwig XIV. auf die Spur. Sie bittet ihren Vater um Hilfe, der daraufhin seine ehemaligen Weggefährten reaktiviert. Eine von leichter Ironie getragene Hommage an das «Mantel-und-Degen»-Genre, die sich ganz auf die schauspielerischen Glanzleistungen ihrer Protagonisten verläßt und geschickt die Balance zwischen Komik und Romantik hält. – Sehenswert ab 14.
Frankreich 1994 **P** Ciby 2000 / Little Bear / TT 1 Films / BNP Images / Canal + **V** MFA (Kino) / Splendid (Video) **Pd** Frédéric Bouboulon **R** Bertrand Tavernier **B** Michel Léviant, Jean Cosmos, Bertrand Tavernier **K** Patrick Blossier **M** Philippe Sarde **S** Ariane Boeglin **D** Sophie Marceau (Eloise D'Artagnan), Philippe Noiret (D'Artagnan), Sami Frey (Aramis), Jean-Luc Bideau (Athos), Raoul Billerey (Porthos), Nils Tavernier (Quentin), Claude Rich (Duc de Crassac) **L** 129 **FSK** ab 12; f **E** 13.7.1995 / 3.1.1996 Video **fd** 31 429

D 2 – The Mighty Ducks
D 2 – THE MIGHTY DUCKS
Fortsetzung des Films «Mighty Ducks – Das Superteam», gestrickt nach denselben Mustern. Ein Jahr nach ihrem großen Erfolg trommelt der Trainer seine jugendlichen Eishockeystars wieder zusammen, damit sie die USA bei einem internationalen Turnier vertreten. Der wilde Haufen Großmäuler muß sich auf alte Stärken besinnen, Teamgeist, Spielwitz und Siegeswillen neu beleben. Rasant inszeniert, ist der patriotische Familienfilm vornehmlich auf den amerikanischen Markt zugeschnitten. – Ab 10.
USA 1994 **P** Walt Disney Pictures **V** Buena Vista (Video) **Pd** Jon Avnet, Jordan Kerner **R** Sam Weisman **B** Steven Brill **K** Mark Irwin **M** J.A.C. Redford **S** Eric Sears, John F. Link **D** Emilio Estevez (Gordon Bombay), Kathryn Erbe (Michele), Michael Tucker (Tibbles), Jan Rubes (Jan), Joshua Jackson (Charlie) **L** 107 **FSK** o. A. **E** 26.10.1995 Video **fd** 31 679

Da Capo – Noch einmal mit Gefühl
ANKOR
Das Leben in einer sibirischen Garnisonsstadt erfährt eine Veränderung, als sich ein junger Leutnant in eine hübsche Stabsärztin verliebt, die die Geliebte seines Vorgesetzten ist. Ein Reigen von Liebes- und Karriere-Intrigen nimmt seinen Lauf, in den auch der sowjetische Geheimdienst einbezogen wird. Eine ebenso witzige wie bittere Komödie über die Rote Armee in der Stalin-Ära. Der mehrfach preisgekrönte Film zählt zu den finanziell erfolgreichsten Produktionen der späten Perestroika-Phase.
Rußland 1992 **V** offen **R + B** Piotr Todorowski **K** Jurij Rajskij **M** Piotr Todorowski **D** Stanislaw Goworuchin (Divisionskommandeur), Valentin Gaft (Oberst Fjodor W. Winogradow), Irina Rosanowa (Ljubow Iwanowna), Jewgenij Mironow (Leutnant Poletajew), Jelena Jakowlewa (Frau Krjukowa) **L** 95 **E** 12.11.1995 ARD **fd** –

Dance me outside
DANCE ME OUTSIDE
Zwei junge kanadische Indianer warten auf ihre Lehrstelle und durchleben in der Zwischenzeit den von Nichtstun, Trinken und Prügeleien geprägten Alltag in ihrem Reservat, der jedoch von einem Mord und Blutrache überschattet ist. Obwohl der Film die Probleme der indianischen Ureinwohner ernsthaft thematisiert, besticht er durch abrupte Tempo- und Atmosphärenwechsel. Ein Roadmovie voller Witz und Charme, das von der Spiellaune der jugendlichen Darsteller getragen wird und indianische wie weiße Vorurteile ironisiert. (O. m. d. U.) – Sehenswert ab 16.
Kanada 1994 **P** Cineplex Odeon / Yorktown / Shadow Shows / Telefilm Canada / Ontario Film Development **V** TiMe **Pd** Norman Jewison, Sarah Hayward **R** Bruce McDonald **B** Bruce McDonald, Don McKellar, John Frizzel, nach einem Roman von W. P. Kinsella **K** Miroslaw Baszkak **M** Mychael Danna **S** Michael Pacek **D** Ryan Black (Silas), Adam Beach (Frank Fencepost), Jennifer Podemski (Sadie), Michael Greyeyes (Gooch), Lisa Lacroix (Illianna) **L** 87 **FSK** ab 12; f **E** 30.11.1995 **fd** 31 637

Danger Sign – Achtung: Gefahr
HEAR NO EVIL / DANGER SIGN
Eine gehörlose Leistungssportlerin wird von einem korrupten Polizisten bedroht, weiß sich jedoch selbstbewußt zu behaupten. Dabei verliebt sich ein Ermittler in sie und steht ihr zur Seite. Ein sowohl dramaturgisch als auch ästhetisch unbefriedigender Mystery-Thriller ohne Geheimnis und psychologische Tiefe. Die begabte Hauptdarstellerin geht in einem kunstgewerblichen Entwurf unter, der das traditionelle filmische Thema unoriginell variiert. – Ab 16 möglich.
USA 1993 **P** Great Movie Ventures (für 20th Century Fox) **V** Scotia (Kino) / BMG / Ufa (Video) **Pd** David Matalon **R** Robert Greenwald **B** R. M. Badat **K** Steven Shaw **M** Graeme Revell **S** Eva Gardos **D** Marlee Matlin (Jillian Sgananhan), D.B. Sweeney (Ben Kendall), Martin Sheen (Lt. Philip Brock), John C. McGinley (Mickey O'Malley),

Christina Carlisi (Grace) **L** 97 **FSK** ab 16; f **E** 25.5.1995 / 12.2.1996 Video **fd** 31 369

Dangerous Minds
DANGEROUS MINDS
Eine Lehrerin gewinnt dank unkonventioneller Lehrmethoden und persönlichem Einsatz das Vertrauen einer Schulklasse aus einem von sozialen Spannungen bestimmten Milieu. Beschauliche Jugendunterhaltung mit Sozialanstrich, die ihr vorgebliches Engagement kaum einlöst und Konflikte ausspart. Routiniert inszeniert, aber viel zu schön, um glaubwürdig zu sein. – Ab 14.
USA 1995 **P** Homework **V** Buena Vista **Pd** Don Simpson, Jerry Bruckheimer **R** John N. Smith **B** Ronald Bass, nach dem Roman «My Posse Don't Do Homework» von Louane Johnson **K** Pierre Letarte **M** Wendy & Lisa **S** Tom Rolf **D** Michelle Pfeiffer (Lou Anne Johnson), George Dzundza (Hal Griffith), Courtney B. Vance (George Grandey), Robin Bartlett (Carla Nichols), Beatrice Winde (Mary Benton) **L** 99 **FSK** ab 12; f **E** 4.1.1996 **fd** 31 693

Daniel, Philipp und das Wunder des Liebe
Ein grantiger Sonderling wird eines Tages mit dem kleinen Enkel seiner Schwester konfrontiert, der nach deren Tod allein auf der Welt ist. Zunächst fällt es ihm schwer, sich seiner anzunehmen, doch bald siegt die Stimme des Herzens. Sentimentaler Weihnachtsfilm vor dem Hintergrund der Tölzer Alpen. – Ab 10.
Deutschland 1995 **P** E & P Til Erwig & Partner Film **V** offen **Pd** Michael Strack, Til Erwig **R** Axel de Roche **D** Günter Strack (Philipp Ortlieb), Toni Berger (Bürgermeister), Miguel Herz-Kestranek (Saalbach), Thomas Näßl (Daniel) **L** 90 **E** 26.12.1995 SAT 1 **fd** –

Danzón
DANZON
Eine mexikanische Tänzerin macht sich auf die Suche nach ihrem Tanzpartner, die sie zu überraschenden Begegnungen und einem erweiterten Bewußtsein gegenüber den Konventionen und Geschlechterrollen führt. Ein formal einfacher Reisefilm zum Rhythmus südamerikanische Tänze, der gleichwohl zahlreiche reizvolle Anregungen und Diskussionansätze bietet. (O.m. d.U.) – Ab 14.
Mexiko 1991 **P** Instituto Mexicana de Cinematografia / Macondo Cine Video / Fondo de Fomento / Tabasco Films **V** MFA **Pd** Jorge Sánchez **R** Maria Novarro **B** Beatriz Novaro, Maria Novaro **K** Rodrigo Garcia **M** Danzonera Dimas de los Hermanos Pérez, Pepe Luis y su Orquestra Universitaria, Danzonera Alma de Sotavento **S** Nelson Rodríguez, Maria Novaro **D** Maria Rojo (Julia), Carmen Salinas (Dona Ti), Margarita Isabel (Silvia), Tito Vasconcelos (Susy), Blanca Guerra (la Colorada), Daniel Rergis (Carmelo) **L** 96 **FSK** – **E** 9.3.1995 **fd** 31 470

Dark Desires: Anna
DARK DESIRES: ANNA
Das Leben eines Ehepaares, das sich nicht mehr liebt und sich nur freundschaftlich verbunden ist, gerät in Unordnung, als ein Fremder in ihrem Lager am Rande eines Naturschutzgebietes auftaucht. Die Frau beginnt ein Verhältnis mit ihm und setzt eine Verkettung verhängnisvoller Ereignisse in Gang. «Erotik-Thriller» über die Allmacht der Begierde.
USA / Frankreich 1994 **V** offen **R** Neal Sundstrom **D** Anouschka Renzi (Anna), Eric Doncarli (Alex), Graham Clarke (Victor), Rehane Abrahams (Marie), Liam Cundill (Marc) **L** 90 **E** 20.8.1995 Vox **fd** –

Dark Desires: Diana
DARK DESIRES: DIANA
Soft-Sexfilm mit abenteuerlicher Note. Nach einer Autopanne und sexuellen Eskapaden landet ein Mann in einem von drei Frauen geführten afrikanischen Hotel. Zunächst wird er widerwillig geduldet, doch schließlich schenken ihm die Frauen ihr Vertrauen. Er ist jedoch nicht zufällig dort, sondern will das Verschwinden seines Bruders klären, der vor Jahren ebenfalls hier strandete.
USA / Frankreich 1994 **V** offen **R** Jean-Louis Daniel **D** Yannick Soulier (Jimmy), Nicole Franco (Diana), Nicole Sherwin (Rosa), Lucinda Hooley (Anita), Clive Scott (Walker) **L** 90 **E** 23.12.1995 Vox **fd** –

Dark Desires: Eva
DARK DESIRES: EVA
Erotik-Thriller in der afrikanischen Wildnis. Ein Glücksspieler wird engagiert, um die junge Ehefrau eines englischen Jagdtouristen zu beschützen. Während der Bodyguard der attraktiven Bestsellerautorin verfällt, fühlt sich seine Geliebte mehr und mehr zu dem Ehemann hingezogen.
USA / Frankreich 1994 **V** offen **R** Cedric Sundstrom **D** Caroline Berg (Eva), Frank Desmaroux (John), Iliana Lolitch (Louise), Crispin de Nuys (Simon), Frank Notaro (Killer) **L** 90 **E** 13.8.1995 Vox **fd** –

Dark Desires: Thelma
DARK DESIRES: THELMA
Erotik-Thriller. Ein Haftentlassener versucht, zurück in ein normales Leben zu finden. Er verliebt sich in die Tochter eines Werkstatt-Besitzers und findet Arbeit bei ihrem Vater. Als er jedoch seine ehemalige, inzwischen verheiratete Geliebte wieder-

trifft, kommt es zu verhängnisvollen Verwicklungen.
USA / Frankreich 1994 **V** offen **R** Jean-Louis Daniel **D** Anja Kruse (Thelma), Kevin Smith (Vincent Fournier), Gwenaelle Simon (Agnes Garfield), Ian Yule (Samuel Garfield), Drummond Marais (Thelmas Mann) **L** 90 **E** 30.7.1995 Vox **fd** –

Darkman II – Durants Rückkehr
DARKMAN II – THE RETURN OF DURANT
Nach 888 Tagen erwacht ein Großverbrecher aus dem Koma und schickt sich an, mit Hilfe eines ehemaligen Agenten des KGB, neue Waffen zu entwikkeln. Sein ehemaliger Widersacher, ein Erfinder mit verunstaltetem Gesicht, der in der Lage ist, mit täuschenden Gesichtsmasken für jeweils 99 Minuten seine Identität zu ändern, stellt sich ihm erneut entgegen und schleust sich in die Bande des Bösewichts ein. Uninspirierte Fortsetzung eines Horrorfilms, die außer einer synthetischen Geschichte, kruden Horroreffekten und lärmender Actionunterhaltung wenig zu bieten hat.
USA / Kanada 1994 **P** Universal **V** CIC (Video) **Pd** David Roessel, Sam Raimi, Robert Tapert, David Eick **R** Bradford May **B** Steven McKay **K** Bradford May **M** Randy Miller **S** Daniel Cahn **D** Arnold Vosloo (Darkman), Larry Drake (Robert G. Durant), Kim Delaney (G. Randall), Renée O'Connor (Lauree), Lawrence Dane (Dr. Hatheway) **L** 89 **FSK** ab 18 **E** 20.12.1995 Video **fd** 31 731

Das schafft die nie!
Spielfilm nach der authentischen Biografie einer Berlinerin, die nach schwieriger Kindheit und Jugend eine kriminelle Karriere als Drogenkonsumentin und -händlerin sowie als Prostituierte zur Beschaffung des Geldes für das Rauschgift durchläuft. Dank ihres eisernen Willens gelingt ihr im Alter von 25 Jahren trotz widriger Umstände und fortdauernder Entmutigung durch ihre Umgebung ein grundlegender Wandel: Sie stellt sich der Polizei, schafft Entzug und Bewährung, macht das Abitur und beginnt ein Biologie-Studium.
Deutschland 1994 **P** Hartmut Jahn Filmprod. / ZDF **V** offen **Pd** Hartmut Jahn **R + B** Lih Janowitz **K** Evelyne Stähelin **S** Katja Dringenberg **D** Claudia Michelsen (Rita), Andreas Herder (Sigi), Jürgen Elbers (Paul), Dieter Pfaff (Ritas Vater), Angelika Waller (Ritas Mutter), Sophie Charlotte Mulla (Rita, siebenjährig) **L** 94 **E** 24.2.1995 arte **fd** –

Dazed and Confused
DAZED AND CONFUSED
In den 70er Jahren gerät ein sympathischer Junge am College einer amerikanischen Kleinstadt unter den Einfluß älterer Mitschüler, die ihn – angefangen bei den üblichen «Initiationsriten» bis zu Vandalismus und Drogen – in alles mögliche hineinziehen. Als rettender Ausweg eröffnet sich die Leistung im Sport. Eine trotz der konventionellen Gestaltung reizvolle Studie, die die Verschiedenheit der Charaktere ernst nimmt und auch Generationskonflikte nicht ausspart. (Früherer Videotitel: «Confusion – Sommer der Ausgeflippten») – Ab 16.
USA 1993 **P** Universal **V** MFA (Kino) / CIC (Video) **Pd** James Jacks, Sean Daniel, Richard Linklater **R + B** Richard Linklater **K** Sean Daniel **S** Sandra Adeir **D** Jason London (Pink), Joey Lauren Adams (Simone), Milla Jovovich (Michelle), Shawn Andrews (Pickford), Michelle Burke (Jodi) **L** 98 **FSK** ab 16 (Video) **E** 19.12.1994 Video / 1.6.1995 **fd** 31 152

Dead Badge – Im Fadenkreuz der Killer-Cops
DEAD BADGE
Ein junger ungestümer Polizist, der seinen Vorgesetzten ein Dorn im Auge ist, ermittelt auf eigene Faust, als ein Kollege Opfer eines Anschlages wird. Er stößt auf einen schwunghaften Kokainhandel, bei dem die Polizei die Fäden zieht, und bringt sich in tödliche Gefahr. Thriller über Korruption und den Mut, gegen den Strom zu schwimmen.
USA 1994 **P** Odyssee Films **V** NGP (Video) **R** Douglas Barr **K** Paul Holahan **M** Mark Snow **D** Brian Wimmer, Olympia Dukakis, M. Emmet Walsh, James B. Sikking, Yaphet Kotto **L** 89 **FSK** ab 16 **E** 26.4.1995 Video **fd** –

Dead on Sight
DEAD ON SIGHT
Eine Studentin wird von den Visionen eines vermummten Messermörders geplagt. Der Kriminologe, dem sie sich anvertraut, will durch sie einem Serienkiller auf die Spur kommen, der seine Frau ermordete. Doch je weiter er seine Nachforschungen vorantreibt, desto mehr gerät er selbst in Tatverdacht. Holpriger, wenig glaubwürdiger Psychothriller.
USA 1994 **V** NGP (Video) **R** Ruben Preuss **B** Lewis Green **K** Levie Isaacks **M** Harry Manfredini **D** Jennifer Beals (Rebecca Darcy), Daniel Baldwin (Caleb Odell), Kurtwood Smith, William H. Macy **L** 91 **E** 21.6.1995 Video **fd** –

Dead Stop
DEAD STOP
Ein Massenmörder hält die Polizei einer Kleinstadt in Atem. Als der Verdacht auf einen Journalisten fällt und er verhaftet wird, zahlt eine mysteriöse Frau seine Kaution. Er soll sie mit Liebesdiensten abbezahlen. Doch der

Mann macht sich auf die Suche nach dem wahren Mörder und kommt einem Organschieberring auf die Spur. Erotik-Thriller voller Klischees, der versucht, wahllos zusammengeklebte Sex- und Gewaltszenen in einen Zusammenhang zu bringen, das Ergebnis ist lächerlich.
Kanada 1995 **P** SC Entertainment **V** Highlight (Video) **Pd** Paco Alvarez **R+B** Alan Smithee **K** Edgar Egger **M** Mychael Danna **S** Nick Rotundo **D** Robert McFaul (Jay Looker), Chris Chinchilla (Kyle Garrett), Tina Mosner (Carrol Mannings), Gina Brunton (Michelle Demise), Jeff Clarke (Bürgermeister Vanity) **L** 91 **FSK** ab 18 **E** 11. 12. 1995 Video **fd** 31 751

Deadly
DEADLY
Ein Polizist soll in der australischen Provinz den Tod eines Häftlings, eines Abkömmlings der australischen Ureinwohner, untersuchen. Dabei stößt er auf ein Gespinst von Lügen und Vorurteilen und kann nur allmählich die Mauer des Schweigens und Vertuschens durchdringen. Ein abgesehen vom aufgesetzten Schluß geschickt konstruierter Kriminalfilm, der nachvollziehbar die provinzielle Enge beschreibt, die häufig den Nährboden für Rassismus und Vorurteile abgibt. Deutlich arbeitet der Film heraus, daß Recht und Gerechtigkeit nicht teilbar sind. – Ab 14.
Australien 1991 **P** Deadly **V** Delta (Video) **Pd** Richard Moir **R+B** Esben Storm **K** Geoffrey Simpson **M** Graeme Revell **S** Ralph Strasser **D** Jerome Ehlers (Tony Bourke), Frank Gallacher (Mick Thornton), Lydia Miller (Daphne), John Moore (Emile), Caz Lederman (Irene) **L** 85 **FSK** ab 12 **E** 7.2.1995 Video **fd** 31 415

Deadly Invasion
DEADLY INVASION
Afrikanische Killerbienen haben die Bienenstöcke von Imkern in der amerikanischen Provinz unterwandert. Erst als sich die Todesfälle durch Bienenstiche häufen, schöpft die Polizei Verdacht. Ein Wettlauf gegen die Zeit beginnt. Ein weitgehend spannender Tier-Horrorfilm, der die bekannten Versatzstücke variiert.
USA 1994 **P** St. Francis of Assisi Pictures **V** Allround (Video) **R** Rockne S. O'Bannon **D** Robert Hays, Nancy Stafford, Dennis Christopher **L** 82 **FSK** ab 16 **E** 30.5.1995 Video **fd** –

Deadly Obsession
DEADLY OBSESSION
Ein Erpresser, der das Lieblingseis vieler Studenten vergiften will, wenn er nicht eine Million Dollar bekommt, quält eine Studentin, die durch sein Gift bereits fast zu Tode gekommen war. Eine abstruse Gruselgeschichte mit zynischen, unmenschlichen Zügen. (TV-Titel: «Eiskalt und besessen») – Wir raten ab.
USA 1987 **P** Distant Horizon **V** Ufa (Video) **Pd** Anant Singh **R** Jeno Hodi **B** Jeno Hodi, Paul Wolansky **K** Zoltan David **M** Marty Dunayer **S** Paul Wolansky **D** Jeffrey R. Iono (Dino Andretti), Joe Paradise (John Doe), Darnel Martin (Denise Adams), Martin Haber (Lt. Walsh), Brian Seemann (Wächter) **L** 90 (gek. 81) **FSK** ab 18 (gek. 16) **E** 1988 Video / 25. 3. 1995 RTL 2 **fd** 27 166

Deadly Red Corvette
CONFESSIONS OF A SORORITY GIRL
Eine ebenso reiche wie bösartige junge Frau nutzt eiskalt die Schwächen und Geheimnisse ihrer naiven Kommilitoninnen und Lehrer aus, um zur Studentenführerin gewählt zu werden. Zu spät erkennt sie die Kraft von Freundschaft und Liebe, die sie selbst nie erfahren hat, und begeht fast einen Doppelmord. Leidlich geschickt überdeckt die Inszenierung, die sich als oberflächliche Huldigung des B-Films der 50er Jahre versteht, die Ungereimtheiten der Handlung. Auch die blasse Hauptdarstellerin kann dem Film nicht mehr an Leben einhauchen. – Ab 14.
USA 1994 **P** Drive-In Classics / Spelling Films **V** VCL / Carolco (Video) **Pd** Debra Hill, Lou Arkoff, Willie Kutner **R** Uli Edel **B** Debra Hill **D** Brian Bloom (Mort), Jamie Luna (Sabrina Masterson), Alyssa Milano (Rita), Sadie Kratzig (Tina), Danni Wheeler (Ellie) **L** 82 **FSK** ab 16 **E** 1995 Video **fd** 31 461

Deadly Sensation
SENSATION
Thriller. Eine Studentin verliebt sich in ihren Dozenten, der sie zu parapsychologischen Experimenten ermutigt. Über die Berührung von Gegenständen bekommt sie Visionen von einer jungen Frau, die ermordet wurde. Der Wissenschaftler wurde seinerzeit der Tat verdächtigt. (Fernsehtitel: «Burning Sensation»)
USA 1994 **P** MDP **V** Deutscher Video Ring (Video) **R** Brian Grant **B** Doug Wallace **K** Ross Berryman **M** Arthur Kempel **D** Eric Roberts (Dr. Ian Burton), Kari Wuhrer (Lila Reed), Ron Perlman (Detective Panella), Paul Le Mat (Mitch Snyder), Claire Stansfield (Paula) **L** 99 **FSK** ab 16 **E** 1995 Video / 15. 10. 1995 premiere **fd** –

Deadphone
DEAD AIR
Ein zynischer Rundfunkmoderator wird während seiner nächtlichen Sendungen von einer anonymen Anruferin bedroht, die Morde unter den Menschen seiner Umgebung zu begehen scheint.

Im Verlauf der abstrusen Handlung stellt sich heraus, daß der unter Persönlichkeitsspaltung leidende Mann der Täter ist. Ein spannungsloser Thriller auf Fernsehniveau, der zwar einige falsche Fährten zu legen versucht, aber über das Niveau betulicher Dutzendware nicht hinauskommt.
USA 1994 **P** Universal **V** CIC (Video) **Pd** Oscar L. Costo **R** Fred Walton **B** David Amam **K** Buzz Feitshans **M** Dana Kaproff **S** David Byron Lloyd **D** Gregory Hines (Mark), Debra Farentino (Karen / Laura), Laura Harrington (Susan), Gloria Reuben (Judy), Beau Starr (Lt. Gaggins) **L** 87 **FSK** ab 16 **E** 19.7.1995 Video **fd** 31 699

Death Connection
BEYOND FORGIVINESS
Zwei Episoden um einen unbesiegbaren Cop, der von Chicago nach Warschau fliegt, um im Land seiner polnischen Familie mit dem Segen der örtlichen Geistlichkeit gegen die Russen-Mafia anzutreten. Zunächst gerät er an den Mörder seines Bruders, einen narbengesichtigen Killer, dem alle Prostituierten der Stadt gehören, danach rettet er ein russisches Kind aus der Gewalt skrupelloser Organverpflanzer. Das haarsträubende Geschehen strotzt vor Übertreibungen aller Art und hangelt sich von einer Schieß- oder Crashszene zur nächsten.
USA 1994 **P** Nu Image / Mondofin **V** VMP (Video) **Pd** J. N. Cohen, A. A. Fradis, Trevor Short **R** Bob Misiorowski **B** Charles Cohen **K** Joseph Wein **M** Vladimir Horunzhy **S** Alain Jakubowicz **D** Thomas Ian Griffith (Frank Wyszynski), Joanna Trzepiecinska (Anna), Rutger Hauer (Dr. Lem), John Rhys-Davies (Schmuda), Alexander Wysocki (Scarface) **L** 92 **FSK** ab 18 **E** 19.12.1995 Video **fd** 31 682

Death Date
PLAYMAKER
Eine ehrgeizige Schauspielerin nimmt Privatunterricht in einer abgelegenen Luxus-Villa, um eine Hauptrolle in einem Hollywood-Film zu bekommen. Ihr junger Lehrer fordert sie mit radikalen und ungewöhnlichen Lehrmethoden heraus, denen sie so lange standhält, bis sie in eine mörderische Intrige verwickelt wird. Ein fast kammerspielartig entwickelter Psycho-Thriller in einfallsloser und unbeholfener Inszenierung. Stimmigkeit und Atmosphäre verlieren sich in der Auflösung der ausgeklügelten Mordintrige. (Fernsehtitel: «Playmaker – Masken der Begierde»)
USA 1994 **P** Playmaker Prod. **V** VCL / Carolco (Video) **Pd** Marc Samuelson, Peter Samuelson, Thomas Baer **R+B** Yuri Zeltser **K** Ross Berryman **M** Mark Snow **S** John Rosenberg **D** Colin Firth (Ross / Michael), Jennifer Rubin (Jamie), John Getz (Eddie), Jeff Perry (Allen), Belinda Waymouth (Angie Sloan) **L** 85 **FSK** ab 16 **E** 20.2.1995 Video / 14.8.1995 ZDF **fd** 31 287

Death Lord
CAPONE BEHIND BARS / THE REVENGE OF AL CAPONE
In langen Rückblenden erzählte Geschichte um den Zweikampf zwischen dem inhaftierten Gangsterboß Al Capone und einem ehrgeizigen FBI-Beamten, der alles daransetzt, den immer noch mächtigen Einfluß des Gangsterbosses endgültig zu brechen. Trotz guter Darsteller und sorgfältiger Ausstattung nicht mehr als eine klischeehafte Gangster-Story, die auf Action und Sex and Crime setzt. (Fernsehtitel: «Capone behind Bars»; «Al Capone – Terror aus dem Knast»)
USA 1988 **P** River City / Unity **V** VCL / Virgin (Video) **Pd** Vicki Niemi-Gordon **R** Michael Pressman **B** Tracy Keenan Wynn **K** Timothy Suhrstedt **M** Craig Safan **S** Jeff Freeman **D** Keith Carradine (Michael Rourke), Ray Sharkey (Al Capone), Scott Paulin (Ness), Jordan Charney (J. Edgar Hoover), Jayne Atkinson (Elizabeth Rourke), Debrah Farentino (Jennie), Charles Hallahan (Muldowney) **L** 93 **FSK** ab 18 **E** 26.2.1990 Video **fd** 28 351

Death Machine
DEATH MACHINE
Die junge Managerin eines Rüstungskonzerns findet heraus, daß ihre Firma an einem gigantischen Kriegsroboter arbeitet, der auf die Angst seiner Opfer reagiert, die sein gräßliches Äußeres hervorruft. Die Frau macht gemeinsame Sache mit Öko-Terroristen und entwickelt computergesteuerte Rüstungen, die Soldaten angstfrei und damit für den Roboter unverwundbar machen. Ein spekulativer Horror-Thriller, der seine unausgegorene Geschichte mit zahlreichen Perversitäten anreichert, um ein zukünftiges Leben am Rande des Wahnsinns zu illustrieren.
England 1993 **V** VMP (Video) **Pd** Dominic Anziano **R+B** Stephen Norrington **K** John de Borman **M** Crispin Merrell **D** Brad Dourif (Dante), Ely Pouget, John Sharian **L** 117 **FSK** ab 18 **E** 2.5.1995 Video **fd** 31 442

Deception – Tödliche Täuschung
TRUE CRIME
Eine Schülerin mit Vorliebe für Kriminalfälle stellt auf eigene Faust Ermittlungen an, als eine Klassenkameradin ermordet wird. Dabei lernt sie einen Polizeianwärter kennen, mit dem sie die Spur des Mörders aufnimmt. Weitgehend spannend entwickelter Thriller mit einigen überraschenden Wendungen.
USA 1994 **P** Saban Entertainment **V** Highlight (Video) **R** Pat

Verducci **D** Kevin Dillon, Alicia Silverstone, Bill Nunn **L** 90 **FSK** ab 16 **E** 1.8.1995 Video **fd** –

Deep Down
DEEP DOWN
Ein junger Mann, der bei einem Lebenskünstler zur Untermiete wohnt, verliebt sich in die blonde Nachbarin und beschwört Ärger mit deren eifersüchtigem und jähzornigem Ehemann herauf. Als er Hilfe bei seinem Vermieter sucht, muß er erkennen, daß auch dieser nicht mit offenen Karten spielt. Mit Erotik angereicherter Thriller, der mit immer neuen Wendungen seine Story spannend zu halten versucht.
USA 1994 **P** Deep Down Prod. **V** Splendid (Video) **R** John Travers **D** Tanya Roberts, George Segal, Kristoffer Tabori, Chris Young **L** 82 **FSK** ab 16 **E** 26.9.1995 Video **fd** –

Deine Zeit läuft ab, Killer
DIAS CONTADOS
Eine 18jährige Drogenabhängige lernt einen zwölf Jahre älteren Mann kennen, der wie sie alle Illusionen verloren hat. Doch gemeinsam scheint man dem verfahrenen Leben Paroli bieten zu können.
Spanien 1994 **P** Aiete / Ariane **V** offen **R + B** Imanol Uribe **K** Javier Aguirresarobe **M** José Nieto **S** Teresa Font **D** Carmelo Gomez (Antonio), Ruth Gabriel (Charo), Canela Pena, Karra Elejalde, Elvira Minguez **L** 95 **E** 15.9.1995 Vox **fd** –

Delta of Venus
DELTA OF VENUS
Paris Ende der 30er Jahre: Eine junge Frau trifft in der Stadt ein, geleitet von dem Wunsch, eine erfolgreiche Schriftstellerin zu werden. Doch ihren erotischen Geschichten fehlt das notwendige Einfühlungsvermögen. Das ändert sich, als sie einen stadtbekannten Partylöwen und Schriftsteller kennenlernt. Doch beider Glück ist nicht von langer Dauer. Um stimmungsvolle Atmosphäre bemühter Softsex-Film mit Anleihen bei den Werken von Anaïs Nin, dessen erzählerischen Rahmen, Stimmen aus dem Off, die Handlung verantreibt; weder schauspielerisch überzeugend noch dramaturgisch gelungen. – Wir raten ab.
USA / Frankreich 1994 **P** Alliance **V** VMP (Video) **Pd** Evzen Kolar **R** Zalman King **B** Elisa Rothstein, Patricia Knop **K** Eagle Egilsson **M** George S. Clinton **S** James Gavin Bedford, Marc Grossman **D** Costas Mandylor (Lawrence), Audie England (Elena), Eric da Silva (Marcel), Raven Snow (Leila), Rory Campbell (Miguel) **L** 98 **FSK** ab 18 **E** 5.12.1995 Video **fd** 31 755

Dem Himmel so nah
A WALK IN THE CLOUDS
Ein Schokoladenvertreter lernt eine ledige junge Frau kennen, die schwanger ist. Er gibt sich gegenüber ihrer aus Mexiko stammenden Familie als «Ehemann» aus, um ihre Ehre zu retten. Nach vielen Schwierigkeiten kommt es zum Happy-End. Zweiter Aufguß eines italienischen Films aus den 40er Jahren («Lüge einer Sommernacht», 1942, Regie: Alessandro Blasetti; erstes Remake: «Vater wider Willen», 1956, Regie: Mario Soldati). Durch die stereotype Charakterzeichnung der Personen, die klischeehafte Handlung und die melodramatischen Dialoge eher unfreiwillig komisch denn anrührend. Auch die stimmungsvolle Fotografie kann das künstlerische Desaster nicht vertuschen. – Ab 14.
USA 1995 **P** Clouds Enterprises **V** 20th Century Fox **Pd** Gil Netter, David Zucker, Jerry Zucker **R** Alfonso Arau **B** Robert Mark Kamen, Mark Miller, Harvey Weitzman **K** Emmanuel Lubezki **M** Maurice Jarre **S** Don Zimmerman **D** Keanu Reeves (Paul Sutton), Aitana Sanchez-Gijon (Victoria Aragon), Anthony Quinn (Don Pedro Aragon), Debra Messing (Betty Sutton), Angelica Aragon (Marie Aragon) **L** 102 **FSK** ab 6; f **FBW** w **E** 21.12.1995 **fd** 31 575

Die Demoiselles sind 25 Jahre alt geworden
LES DEMOISELLES ONT EU 25 ANS
1992 organisiert die Hafenstadt Rochefort ein Fest, um an den vor 25 Jahren gedrehten Film «Die Mädchen von Rochefort» von Jacques Demy zu erinnern. Demys Frau Agnès Varda, die seinerzeit die Dreharbeiten mit ihrer Kamera beobachtet hatte, verbindet die Bilder von dem Fest mit jenen von der Entstehung des Films. So kommen nicht nur Catherine Deneuve, Jacques Perrin und Bertrand Tavernier zu Wort, sondern auch viele Statisten, Nebendarsteller und Zaungäste von damals. Eine ebenso menschliche wie rührende Hommage, humorvoll und ohne elegische Töne. – Ab 14.
Teils schwarz-weiß. Frankreich 1992 **P** Ciné-Tamaris **V** offen **Pd + R + B** Agnès Varda **K** Stéphane Krausz, Georges Strouvé **M** Michel Legrand, Jacques Loussier **S** Agnès Varda, Anne-Marie Cotret **L** 65 **E** 26.9.1995 West 3 **fd** –

Dépendance – Duft der Leidenschaft
DEPENDANCE
Erotikfilm über einen Maler, dem anonyme Briefe aus einer kreativen Krise helfen. Als er die von dem unbekannten Verfasser angepriesenen Variationen in Sachen Erotik mit seiner Ehefrau testet, kann er wieder arbeiten – bis sich herausstellt, daß die Frau

selbst Verfasserin der Briefe war.
Frankreich 1995 **V** offen **R** Servais Mont **B** Léa Ellyna, Didier Fisherman **K** Norbert Marfaing-Sintes **M** Franz Fagot **D** Yvonne Horton, Thomas van Hamak, Kimbalee Chivers, Christophe Laar **L** 90 **E** 1.9.1995 premiere **fd** –

Der Mutter entrissen
MILLION DOLLAR BABIES
Die (fürs Fernsehen produzierte) Geschichte einer verarmten kanadischen Farmersfamilie in den Depressionsjahren 1934 bis 1939. Die Geburt von Fünflingen im Mai 1934 rückt ihr Schicksal schlagartig in das Licht der Öffentlichkeit.
Kanada 1994 **V** offen **R** Christian Duguay **B** Suzette Couture, nach dem Tatsachenroman «Time of their Lives: The Dionne Tragedy» von John Nimey und Stuart Foxman **D** Beau Bridges (Dr. Roy Dafoe), Roy Dupuis (Olivia Dionne), Celine Bonnier (Elzire Dionne), Kate Nelligan (Helena Reid), Monique Spaziani (Schwester Marie) **L** 176 (88 + 88) **E** 14. / 15.11.1995 RTL 2 (zwei Teile) **fd** –

Desperado
DESPERADO
Ein geheimnisvoller Balladensänger sorgt als Rächer für ein Blutbad in einer mexikanisch-amerikanischen Grenzstadt. Ein blutiger und brutaler Western, inszeniert als effektvolles Zitatenkino, dessen Überraschungspotential sich rasch erschöpft.
USA 1995 **P** Los Hooligans **V** Columbia TriStar **Pd+R+B** Robert Rodriguez **K** Guillermo Navarro **M** Los Lobos **S** Robert Rodriguez **D** Antonio Banderas (El Mariachi), Salma Hayek (Carolina), Joaquim de Almeida (Bucho), Richard «Cheech» Marin (Barkeeper), Steve Buscemi (Buscemi), Quentin Tarantino («Der Abholer») **L** 104 **FSK** ab 18; f **E** 30.11.1995 **fd** 31 641

Destiny
DESTINY TURNS ON THE RADIO
Ein aus dem Gefängnis ausgebrochener Ganove macht sich nach Las Vegas auf, um seinen ehemaligen Partner zu suchen, der die Beute eines gemeinsamen Überfalls aufbewahrt. Seine Mission wird durch die Ex-Freundin, eine Nachtclub-Sängerin, und einen dubiosen Fremden erschwert, der sich an die Fersen des Mannes heftet. Auch der Kumpel von einst spielt nicht mit offenen Karten. Kriminalkomödie mit vielen überraschenden Wendungen. – Ab 14.
USA 1994 **P** Savoy Pic. **V** VCL (Video) **R** Jack Baran **D** James LeGros, Dylan McDermott, Quentin Tarantino, Nancy Travis, James Belushi **L** 98 **FSK** ab 12 **E** 19.12.1995 Video **fd** –

Detektiv Hanks – Großes Herz und coole Schnauze
GUY HANKS I / BILL COSBY MYSTERIES
Kriminalkomödie, produziert als Pilotfilm einer Fernsehserie. Ein Gerichtsmediziner, der wegen einer schweren Schußverletzung widerwillig aus dem aktiven Dienst ausgeschieden ist und nach einem Lotteriegewinn ein sorgenfreies Leben führen könnte, wird durch einen Mord vor seiner Haustür wieder in die Bahnen des Kriminalistendaseins zurückgeführt.
USA 1994 **P** – Ab 12. **V** offen **R** Jerry London **D** Bill Cosby (Guy Hanks), James Naughton (Adam Sully), Alice Playten (Oona Dowd), Rita Moreno (Angie Correa), Dante Beze (Dante), Saundra Santiago (Amy) **L** 87 **E** 7.3.1995 RTL **fd** –

Der Detektiv von Tschegem
TSCHEGEMSKIJ DETEKTIV
Als eine große Geldsumme aus der Kolchosenkasse verschwindet, wird der Bauer Kasim, ein allseits geachteter Mann mit großer Lebenserfahrung, von der Gemeinschaft mit der Klärung des Sachverhalts beauftragt. Heitere Kriminalkomödie mit exakter Zeichnung der Charaktere und des bäuerlichen Lebens in der abgelegenen Bergregion Abchasiens. – Ab 14 möglich.
UdSSR 1986 **P** Georgisches Filmstudio **V** offen **R** Alexander Swetlow **D** Ruslan Mikaberidse, Baadur Begalischwili, Rolan Bykow, Nurbej Kamkia **L** 78 **E** 5.3.1995 Südwest 3 **fd** –

Die Detektivin
PAS TRES CATHALIQUE
Eine selbstbewußte, unangepaßte Detektivin in Paris wird mit ihrer Vergangenheit konfrontiert, als sie in einem Mordfall ermittelt und plötzlich ihrem 17jährigen Sohn gegenübersteht, den sie vor 14 Jahren verließ. Eine von einer überzeugenden Hauptdarstellerin getragene melancholische Kriminalkomödie ohne kriminalistische Höhepunkte, aber originell und charmant erzählt. Der Film stellt Fragen nach der Verantwortlichkeit des Menschen, läßt die Antworten aber offen. – Ab 16 möglich.
Frankreich 1993 **P** Les Productions du 3ème Etage / AB / M6 / Canal + / Bymages 2 / Planètes et Compagnie **V** Filmwelt / prokino **Pd** Michel Propper, Frederic Bourboulon **R+B** Tonie Marshall **K** Dominique Chapus **S** Jacques Comets **D** Anémone (Maxime), Roland Bertin (Monsieur Paul), Grégoire Colin (Baptiste), Michel Didym (Jacques Devinais), Denis Podalydès (Martin), Michel Roux (André Dutemps), Bernard Verley (Vaxelaire) **L** 101 **FSK** ab 6; f **E** 12.1.1995 **fd** 31 130

Diagnose Rinderwahn: Muß meine Familie sterben?
NATURAL LIES
Thriller zu einem aktuellen Thema: Nach dem scheinbaren Selbstmord einer Bekannten stößt der Leiter einer Werbeagentur, die für einen Nahrungsmittelkonzern arbeitet, auf Ungereimtheiten. Die Umweltexpertin hatte auf mehreren Farmen Fälle von Rinderwahnsinn diagnostiziert.
England 1992 **V** offen **R** Ben Bolt **B** David Pirie **D** Bob Peck (Andrew Fell), Sharon Duce (Maggie Fell), Victoria Shalet (Sally Fell), Charlie Brace (Michael Fell), Denis Lawson (Towne) **L** 119 **E** 3.8.1995 SAT 1 **fd** –

Dialogues with Madwomen
DIALOGUES WITH MADWOMEN
Gespräche mit sechs verrückten Frauen – unter ihnen die Regisseurin –, in denen die Ursachen für ihre Krankheiten und die Behandlungsmethoden dargestellt werden. Die Regisseurin läßt Szenen von Schauspielerinnen nachspielen und montiert sie mit authentischem Bildmaterial aus dem Leben der Betroffenen. Der Film selbst, der nicht mit Schockbildern argumentiert, aber Schockierendes aus dem Familienleben der Frauen berichtet, gibt sich als eine Form der Therapie zu erkennen und appelliert an die Würde und das Recht auf Selbstbestimmung seelisch kranker Menschen.
USA 1993 **P** Light-Saraf Films **V** Salzgeber & Co. **R** Allie Light **K** Irving Saraf **M** Rachel Bagby, Larry Seymour **S** Irving Saraf, Allie Light **L** 90 **FSK** – **E** 18.5.1995 **fd** 31 516

Diamanten kalt wie Eis
siehe: The Diamond Killing

Diamantenfeuer
DIAMOND FLEECE
Ein versierter Dieb, der als Sicherheitsberater für den Schutz eines wertvollen Diamanten vorübergehend aus der Haft geholt wird, nutzt die Gelegenheit, um den Polizisten hereinzulegen, der ihn hinter Gitter brachte.
USA 1992 **P** Moving Image **V** offen **Pd** Stewart Harding **R** Al Waxman **B** Michael Norell **K** François Protat **M** James McVay **D** Ben Cross (Rick Dunne / Alex Breuer), Kate Nelligan (Holly Plum), Brian Dennehy (Outlaw), Tony Rosato (Vahrenhorst) **L** 88 **E** 27.7.1995 premiere **fd** –

Die keine Skrupel kennen
SCRUPLES
Dreiteilige Fernseh-Seifenoper. Das Glück einer wesentlich jüngeren Frau an der Seite eines Multimillionärs ist nur von kurzer Dauer. Der Mann erleidet einen Schlaganfall; sie pflegt ihn aufopferungsvoll, doch als sie eines Tages von einer Party zurückkehrt, ist er gestorben.
USA 1980 **P** CBS / Warner / Lou-Step **V** offen **Pd** Leonard B. Kaufman **R** Alan J. Levi **B** James Lee, nach einem Roman von Judith Krantz **K** Joseph Biroc **M** Charles Bernstein **D** Lindsay Wagner (Billy Ikehorn), Barry Bostwick (Spider Elliott), Marie-France Pisier (Valentine), Efrem Zimbalist jr. (Ellis Ikehorn), Connie Stevens (Maggie McGregor), Nick Mancuso (Vito McGregor) **L** 268 (90 / 90 / 88) **E** 3. / 10. / 17.9.1995 Kabel 1 (drei Teile) **fd** –

Diebe unter sich
SHERWOOD'S TRAVELS
Thriller. Ein Paar von Diamantendieben, das seine Beutezüge als Reisejournalisten getarnt unternimmt, wird in Italien für einen Priester aktiv, dessen wertvolles Altarkreuz gestohlen wurde. Dabei bringt es sich in akute Gefahr.
USA 1994 **V** offen **R** Steve Miner **B** Joshua Brand, Ron Koslow **K** Ennio Guarnieri **M** David Schwartz **D** Serena Scott Thomas (Marian Sherwood), Jamey Sheridan (Robert Sherwood), Ben Gazzara (Raphael de Pietro), Edward Fox (Inspector Donen), Girolamo Alchieri (Vater Antonio) **L** 89 **E** 3.12.1995 premiere **fd** –

Digital Man
DIGITAL MAN
Als Terroristen den Abschußcode von 250 Atomraketen in ihre Gewalt bringen, setzt das Militär einen humanoiden Kampfroboter ein, um die Gefahr zu bereinigen. Ein stereotyper Actionfilm ohne innere Logik, vollgestopft mit stumpfsinnigen Schießereien, amateurhaften Spezialeffekten und miserabel inszenierten Explosionen.
USA 1994 **P** Green / SCI-FI **V** Starlight (Video) **Pd** Talaat Captan **R** Phillip J. Roth **B** Phillip J. Roth, Ronald Schmidt **K** Harris Done **M** Jim Goddwin **S** Daniel Lawrence **D** Ken Olandt (Anders), Kristen Dalton (Gene), Adam Baldwin (Captain West), Matthias Hues (Digital Man), Paul Gleason (General Roberts) **L** 91 (gekürzt 86) **FSK** ab 18 (gekürzt 16) **E** 12.4.1995 Video **fd** 31 437

Der Diplomat
Dokumentarfilm über den 1917 in Berlin geborenen Diplomaten Stéphane Hessel, Sohn des Schriftstellers Franz Hessel. 1937 wurde er französischer Staatsbürger und als Mitglied der Résistance einen Monat vor der Befreiung von Paris von der Gestapo verhaftet. Zum Tode verurteilt und deportiert, überlebte er Buchenwald nur durch einen Identitätswechsel. Nach dem Krieg ging er in den diplomatischen Dienst und brachte es bis zum französischen Botschafter. Zurückhaltend entwirft der Film das Porträt

eines faszinierenden Weltbürgers. In Hessels Erzählungen wird Geschichte (be-)greifbar, ohne falsche Pädagogik lehrt er Humanität als Selbstverständlichkeit. – Ab 14 möglich.
Deutschland 1994 **P** Antje Starost Film Prod. **V** Eigenverleih (16 mm) **Pd** Antje Starost **R+B** Antje Starost, Hans-Helmut Grotjahn, Manfred Flügge **K** Antje Starost **M** Jean-Luc Rodriguez **S** Regina Fischer **L** 80 **FSK** – **FBW** w **E** 19. 10. 1995 **fd** –

Die Diplomatin
UNE FEMME DANS LA TOURMENTE
Drama um eine französische Diplomatin, die zunehmend in die gewaltsamen politischen Auseinandersetzungen in einer südamerikanischen Diktatur hineingezogen wird.
Frankreich 1994 **V** offen **R** Serge Moati **D** Miou-Miou (Michèle Rouanet), Jeanne Herry-Leclerc (Marie Rouanet), Maxime Leroux (Vincent Mallet), Brigitte Catillon (Constanza Samonza), Hubert Saint Macary (Patrice Fortineau) **L** 100 **E** 7. 12. 1995 Vox **fd** –

Diyarbakir – Ich schäme mich, ein Jurist zu sein
Dokumentarfilm über die kurdischen Rechtsanwälte Rusen Arslan und Seraffettin Kaya, die sich 1970 bei der Verteidigung von aus politischen Gründen angeklagter Kurden weigerten, ihre kurdische Sprache zu verleugnen, und so selbst zu Angeklagten wurden. Seit sie es so wagten, sich der offiziellen Politik in der Türkei entgegenzustellen, wurden sie inhaftiert, gedemütigt und gefoltert. Nachdem sie in Deutschland politisches Asyl fanden, äußern sie sich zur türkischen Kurdistan-Politik seit den 50er Jahren, wobei sie ihr persönliches Schicksal mit der grundsätzlichen Reflexion über Menschenrechte verknüpfen. Der Film belegt die Aussagen der Anwälte durch 1993 auf kurdischem Gebiet gefilmtes Bildmaterial.
Deutschland 1994 **P** Karaman Yavuz Filmprod. **V** EZEF **Pd+R+B** Karaman Yavuz **K** Karaman Yavuz, Martina Radwan **M** Nizamettin Ariç **S** Kurt Stahn, Karaman Yavuz, **D** Serafettin Kaya, Rusen Arslan **L** 89 **FSK** – **FBW** w **E** Mai 1995 **fd** –

Dollar Mambo
DOLLAR MAMBO
Ein Nachtclub in Panama. Allabendlich finden sich Hafenarbeiter, kleine Ganoven und müßiggängerische Jugendliche zusammen, um den Tänzen und Taschenspielertricks der Varietékünstler beizuwohnen. Die Grenzen zwischen Bühne und Zuschauerraum vermischen sich und machen den Club zu einem Fest trotziger Lebensfreude. Als Soldaten das Etablissement stürmen, kippt die spielerische Situation um in blutigen Ernst. Ein auf der US-amerikanischen Invasion in Panama 1989 fußendes, zugleich überaus sinnliches wie hochpolitisches Musical. Seine aus einfachen Mitteln entwickelte, überbordende Filmsprache, die fast ohne gesprochene Worte auskommt, vertraut ganz der Kraft ihrer überzeugenden Bilder und der Dynamik der Fantasie. (O. m. d. U.)
Mexiko / Spanien 1993 **P** Programa Doble / Igeldo Zine **V** Arbeitsgruppe für kommunale Filmarbeit, Frankfurt **Pd** Arturo Whaley, Angel Amigo **R** Paul Leduc **B** Jaime Avilés, José Joaquín Blanco, Héctor Ortega, Juan Tovar, Paul Leduc **K** Guillermo Navarro **M** Eugenio Toussaint **S** Guillermo Sanchez Maldonado **D** Roberto Sosa (Roberto), Dolores Pedro (Jenny), Javier Molina, Kandido Uranga, Eduardo López Rojas, Monica Castillo **L** 80 **FSK** – **E** 1995 Kino **fd** 31 393

Dolores
DOLORES CLAIBORNE
Ein ehrgeiziger Detektiv ist davon überzeugt, daß die Haushälterin einer Millionärswitwe ihre tyrannische Arbeitgeberin umgebracht hat, zumal ihr Mann vor Jahren auf mysteriöse Weise starb. Auch die Tochter zweifelt an der Unschuld ihrer Mutter. Ihre Rückkehr an die Stätte ihrer Jugend wird zu einer Begegnung mit einer Vergangenheit und Gegenwart voller Überraschungen. Verfilmung eines Stephen-King-Romans, die auf äußerliche Schockeffekte verzichtet und sich ganz auf die Psychologie der Figuren konzentriert. Im Stil großen Unterhaltungskinos inszeniert, ausgezeichnet fotografiert und eindringlich gespielt. – Sehenswert ab 16.
Scope. USA 1995 **P** Castle Rock **V** Concorde-Castle Rock / Turner **Pd** Taylor Hackford, Charles Mulvehill **R** Taylor Hackford **B** Tony Gilroy, nach einem Roman von Stephen King **K** Gabriel Beristain **M** Danny Elfman **S** Mark Warner **D** Kathy Bates (Dolores Claiborne), Jennifer Jason Leigh (Selena), Judy Parfitt (Vera Donovan), Christopher Plummer (John Mackey), David Strathairn (Joe) **L** 131 **FSK** ab 12; f **FBW** bw **E** 7. 12. 1995 **fd** 31 666

Don Juan de Marco
DON JUAN DE MARCO
Ein junger Mann behauptet, der berühmte Liebhaber Don Juan zu sein. Ein kurz vor der Pensionierung stehender Psychiater versucht, das Rätsel dieser Wahnvorstellung aufzuklären. Doch der Patient wehrt sich erfolgreich gegen eine «Heilung», und der Arzt wird ebenso wie er von der «romantischen Krankheit» befallen. Die sympathische Komödie ver-

mittelt ihre ebenso einfache wie humane Botschaft von der lebensspendenden Kraft der Liebe mit feiner Ironie und bezieht aus dem Widerspruch zwischen poetischer Fantasie und nüchternem Alltag eine reizvolle Kontrastwirkung. In den Hauptrollen überzeugend gespielt. – Sehenswert ab 16.
USA 1994 **P** New Line Cinema / American Zoetrope **V** CI-Vertriebsgemeinschaft (Kino) / VMP (Video) **Pd** Francis Ford Coppola, Fred Fuchs, Patrick Palmer **R+B** Jeremy Leven **K** Ralf D. Bode **M** Michael Kamen **S** Tony Gibbs **D** Marlon Brando (Jack Mickler), Johnny Depp (Don Juan de Marco), Faye Dunaway (Marilyn Mickler), Geraldine Pailhas (Doña Ana), Bob Dishy (Dr. Paul Showalter), Rachel Ticotin (Doña Inze) **L** 97 **FSK** ab 12; f **FBW** bw **E** 10. 8. 1995 / 23. 2. 1996 Video **fd** 31 474

Don't do it
DON'T DO IT
Eine Sommernacht in Los Angeles: Drei Paare, die, ohne es zu wissen, durch Beziehungskonstellationen miteinander verbunden sind, reden unabhängig über ihre Probleme. Am Ende trifft man sich zufällig und löst das «Liebesknäuel» auf. In einfallsloser Technik inszenierte «Hörspiel»-Komödie, die aber weder Humor noch Anteilnahme an den Schicksalen aufkommen läßt und deren Dialog-Platitüden dem Zuschauer den Film völlig verleiden. (Videotitel: «Generation X – Don't do it»)
USA 1993 **P** Hess / Lippert Prod. **V** Concorde (Kino) / VCL / Carolco (Video) **Pd** Randy Lippert, Eugene Hess **R+B** Eugene Hess **K** Ian Fox **M** Hal Lindes **S** Marc Grossman **D** Sheryl Lee (Michelle), Esai Morales (Charles), James Marshall (Robert), Sarah Trigger (Alicia), James Legros (Dodger), Heather Graham (Suzanna), Alexis Arquette (Dave), Balthazar Getty (Jake) **L** 88 **FSK** ab 12; f **E** 11. 11. 1994 / 24. 4. 1995 Video **fd** 31 055

Doppelspiel mit dem Tod
BEHIND CLOSED DOORS
Thriller. Nach dem gemeinsamen Mord an einer reichen, gelähmten Frau wollen ihr Ehemann und seine Tochter das Leben genießen. Doch die Bluttat treibt den Mörder in den Selbstmord und seine Mittäterin in den Wahnsinn.
USA 1994 **V** offen **R** Catherine Cyran **B** Travis Rink **D** Barry Bostwick (Philip Bradshaw), Lesley-Anne Down (Jean Donovan), Michael Gross (Howard Epstein), Teresa Hill (Casey Stevens), Matt McCoy (Steven Norton) **L** 93 **E** 3. 2. 1995 RTL **fd** –

Der doppelte Held
FRACCHIA, LA BELVA UMANA
Ein kleiner römischer Angestellter wird immer wieder mit einem gefährlichen Gewaltverbrecher verwechselt und verhaftet. Um Abhilfe zu schaffen, stellt ihm die Polizei einen Passierschein aus, den der wahre Übeltäter jedoch rasch in seinen Besitz bringt. Nun ist die Verwirrung grenzenlos. Verwechslungskomödie, die sich der Form der Groteske bedient.
Italien 1981 **V** offen **R** Neri Parenti **B** Leo Benvenuti, Piero de Bernardi, Paolo Villaggio, Neri Parenti **D** Paolo Villaggio, Lino Banfi, Anna Mazzamauro **L** (TV) 96 **E** 2. 7. 1994 Kabel 1 **fd** –

Der Dorfadvokat
siehe: Ich bitte um Vollmacht

Double Dragon – Die 5. Dimension
DOUBLE DRAGON
Zwei Brüder müssen sich gegen einen Finsterling wehren, der sich in den Besitz eines japanischen Amuletts bringen will, um alle Macht in Händen zu halten. Eine uninspirierte Fantasy-Geschichte, die in Los Angeles nach dem großen Erdbeben angesiedelt ist und eine Vielzahl jugendspezifischer Genres zu vereinen versucht. Nur in den Cyberspace-Experimenten auf der Höhe der Zeit. – Ab 14.
USA 1994 **P** Imperial Entertainment & Scanbox / Shah / Greenleaf **V** Central (Kino) / Marketing (Starlight) (Video) **Pd** Sunil A. Shah, Alan Schechter, Jane Hamsher, Don Murphy **R** James Yukich **B** Michael Davis, Peter Gould **K** Gary B. Kibbe **M** Jay Ferguson **D** Mark Dacascos, Scott Wolf, Robert Patrick, Julia Nickson, Alyssa Milano, Kristina Malandro **L** 88 **FSK** ab 12; f **E** 6. 7. 1995 / 13. 12. 1995 Video **fd** 31 455

Double Exposure: Blutige Enthüllung
DOUBLE EXPOSURE
Thriller. Um seine Frau des Ehebruchs zu überführen, engagiert ein Geschäftsmann einen Privatdetektiv, der schließlich sogar einen Killer anheuern soll, um den Nebenbuhler zu beseitigen. Doch dem Mörder unterläuft eine verhängnisvolle Verwechslung.
USA 1992 **V** offen **R** Claudia Hoover **B** Bridget Hoffman, Claudia Hoover **M** Paolo Rustichelli **D** Ron Perlman (McLure), Ian Buchanan (Roger), Jennifer Gatti (Maria), William R. Moses (Detective Joiner), James McEachin (Becker) **L** 92 **E** 17. 10. 1995 Pro Sieben **fd** –

Dr. Frankenstein
FRANKENSTEIN
Originalgetreue Fernsehbearbeitung des Frankenstein-Romans: Im Jahre 1820 aus dem Packeis geborgen, erzählt der Ingolstädter Arzt von seinen Versuchen, einen künstlichen Menschen zu

erschaffen. Das aus Leichenteilen zusammengesetzte Monster zieht sich vor dem Haß der Menschen in die Wälder zurück, ehe es sich auf die Suche nach seinem Erschaffer macht: Die Hetzjagd führt die beiden bis zum Nordpol.

USA 1992 **P** Turner **V** Deutsche Video (Video) **R+B** David Wickes **K** Jack Conroy **M** John Cameron **D** Patrick Bergin (Viktor Frankenstein), Randy Quaid (das «Monster»), John Mills (Andrea De Lacey), Lambert Wilson (Clerval), Fiona Gillies (Elisabeth) **L** 112 **FSK** ab 16 **E** 1993 Video / 16.1.1995 premiere **fd** –

Dragon Fury

DRAGON FURY

Nach einem vernichtenden Erdbeben im nächsten Jahrtausend beherrschen ein mysteriöser Konzern und die faschistoiden «Dragons» die USA, deren Bewohner von einer Seuche bedroht sind. Ein wackerer Held reist mittels Zeitmaschine ins Jahr 1999, um ein vom Konzern unterdrücktes Serum in seine Zeit zu holen, wobei er von einem Killer-Kommando bedroht wird. Schludrig inszenierte, hölzern gespielte Mischung aus Kickbox-Action und Science-fiction, die alle Möglichkeiten des Themas «Zeitreise» verschenkt und lediglich Schlägereien aneinanderreiht.

USA 1994 **P** Dirty Squirrel **V** VPS (Video) **Pd+R+B** David Heavener **K** Angel Colmenares **M** Efrem Bergman **S** Brian Sullivan **D** Richard Lynch (Vestor), Robert Chapin (Mason), Chona M. Jason (Regina), Deborah Sharon Stambler (Dr. Ruth), T. J. Storm (Pullock) **L** 82 **FSK** ab 18 **E** 3.3.1995 Video **fd** 31 416

Drei Kubikmeter Liebe

INTERDIT D'AMOUR

Drama um die Haßliebe zwischen einer alleinstehenden Frau und ihrem achtjährigen Sohn, die schließlich in Mißhandlung gipfelt. Die Mutter kommt vorübergehend in Haft, der verstörte Junge in ein Heim für schwer erziehbare Kinder und schließlich zu Pflegeeltern. Aber auch dort findet er kein Zuhause.

Frankreich 1992 **V** offen **R** Catherine Corsini **B** Dominique Lancelot, Jean-Louis Tribes, Catherine Corsini **K** Elizabeth Prouvost **M** René-Marc Blini **D** Maxime de Jode (Emmanuel), Maxime Leroux (Jean), Nathalie Richard (Sylvie), Christine Murillo (Monique), Manuela Gourary (Francine) **L** 87 **E** 19.6.1995 ZDF **fd** –

Drei Männer im Paradies

PARADISE FOR THREE

Der Direktor eines Konzerns gewinnt unter falschem Namen den zweiten Preis in einem Preisausschreiben, einen Urlaub in den Alpen. Er hofft, inkognito seinem Alltag für einige Zeit entfliehen zu können. Sein Erscheinen wird am Urlaubsort angekündigt, doch durch eine Verwechslung wird ein armer Schlucker mit Privilegien überhäuft. Temporeiche Verwechslungskomödie nach dem Roman von Erich Kästner, die von gut eingestimmten Schauspielern getragen wird. – Ab 12.

Schwarz-weiß. USA 1938 **P** MGM **V** offen **Pd** Sam Zimbalist **R** Edward Buzzell **B** George Oppenheimer, Harry Ruskin, nach dem Roman «Drei Männer im Schnee» von Erich Kästner **K** Leonard Smith **M** Edward Ward **S** Elmo Veron **D** Frank Morgan (Rudolph Tobler / Edward Schultze), Robert Young (Fritz Hagedorn), Mary Astor (Mrs. Mallebre), Edna Mae Oliver (Tante Julia Kunkel), Florence Rice (Hilde Tobler) **L** 75 **E** 24.12.1995 ARD **fd** –

3 Ninjas – Fight & Fury

3 NINJAS KNUCKLE UP

Die drei Ninjas, Jungen im Alter zwischen acht und zwölf, geraten während ihres Urlaubs bei ihrem Großvater und Ninja-Lehrer an einen skrupellosen Geschäftemacher, der auf einem ehemaligen Indianergebiet eine Mülldeponie einrichten will. Die Handlung dient lediglich als Vorwand, um die brutale Kampfkunst der drei kleinen Ninjas akrobatisch zu inszenieren. Auch wenn bei diesem Fernseh-Slapstick für junge Leute kein Blut fließt, bleibt der Film bedenklich. – Ab 16.

USA 1992 **P** Sheen Prod. **V** Columbia TriStar (Video) **Pd** James Kang, Martha Chang **R** Charles T. Kanganis **B** Alex S. Kim **K** Eugene Shlugleit **M** Gary Scott **S** Pam Choules **D** Victor Wong (Grandpa), Charles Napier (Jack), Michael Treanor (Rocky), Max Elliott Slade (Colt), Chad Power (Tum Tum) **L** 84 **FSK** ab 12 **E** 7.11.1995 Video **fd** 31 677

3 Ninjas Kick Back

3 NINJAS KICK BACK

Die drei kleinen Ninja-Kämpfer begleiten ihren Großvater und Lehrmeister nach Japan, wo ein Wettkampf über den Besitz eines Dolches, der Zugang zu einem sagenhaften Schatz verspricht, entscheiden soll. Der Wettbewerb droht aus dem Ruder zu laufen, als ein böser Japaner seinerseits Besitzansprüche anmeldet. Mit bemühter Komik garnierte Prügelunterhaltung, die eine Reihe von Vorurteilen bestätigt. Bedenklich wird der Film, da er als Konfliktlösungsstrategie ausschließlich Gewalt anpreist. – Ab 16.

USA 1994 **P** Sheen Prod. / Ben-Ami / Leeds **V** Columbia TriStar (Video) **Pd** James Kang **R** Charles T. Kanganis **B** Mark Saltzman **K** Christopher Faloona **M** Richard Marvin **S** David Rennie **D** Victor Wong (Grandpa), Max Elliott Slade (Colt), Sean Fox (Rocky), Evan Bonifant (Tum Tum), Caroline Junko King (Miyo) **L** 89 **FSK** ab 12 **E** 7.11.1995 Video **fd** –

Drei Tage im April
In den letzten Tagen des Zweiten Weltkriegs werden die Bewohner eines schwäbischen Dorfs mit drei Eisenbahnwaggons konfrontiert, in denen Häftlinge eines Konzentrationslagers zusammengepfercht sind. Unausweichlich werden sie so zu Zeugen der nationalsozialistischen Gewaltherrschaft und zur Reaktion gezwungen. Eine sorgfältig inszenierte Parabel mit teils hervorragenden schauspielerischen Leistungen, aber auch strukturellen Schwächen. Überzeugend und eindrucksvoll ist sie immer dann, wenn sie aufmerksam den Empfindungen der Menschen nachspürt. – Sehenswert ab 16.
Deutschland 1995 **P** Süddeutscher Rundfunk / arte / ORF **V** Arsenal **Pd** Rolf Steinacker **R + B** Oliver Storz **K** Hans Grimmelmann **S** Jürgen Lenz **D** Karoline Eichhorn (Anna), April Hailer (Irene), Ewa Bukovska (Helena), Walter Schultheiß (Klenk), Dieter Eppler (Stegmaier), April Hailer (Irene), Sepp Schauer (Hochmoser) **L** 105 **FSK** – **E** 7.4.1995 arte / 1995 Kino **fd** 31 409

Die Dreigroschenoper
Brecht / Weills Gangsterballade von Mackie Messer, der vom Bettlerkönig Peachum, dessen Tochter er heimlich geheiratet hat, an den Galgen gebracht werden soll. Als Peachum jedoch durch die störende Demonstration seiner Bettler bei den Krönungsfeierlichkeiten in Schwierigkeiten kommt, sind er und sein Gönner, der korrupte Polizeichef Tiger Brown, froh, in der neugegründeten Bank Mackies unterzuschlüpfen. Obgleich Brecht (vergeblich) die Aufführung des Films gerichtlich zu verhindern suchte, weil der Stil und die Handlungsänderungen ihn nicht zufriedenstellten, handelt es sich per saldo um eine gelungene Adaption mit spezifisch filmischen Vorzügen und einer bestechenden Besetzung. – Ab 16.
Schwarz-weiß. Deutschland / USA 1931 **P** Tobis / Warner **V** Die Lupe **Pd** Seymour Nebenzahl **R** Georg Wilhelm Pabst **B** Leo Lania, Béla Balázs, Ladislaus Vajda, nach dem Bühnenwerk von Bertolt Brecht **K** Fritz Arno Wagner **M** Kurt Weill, Theo Mackeben **S** Hans Oser **D** Rudolf Forster (Mackie Messer), Carola Neher (Polly), Reinhold Schünzel (Tiger-Brown, Polizeichef), Fritz Rasp (Peachum, Bettlerkönig), Valeska Gert (Peachums Frau), Paul Kemp, Ernst Busch (Straßensänger) **L** 110 **FSK** ab 16; nf **E** 19.2.1931 / 19.10.1956 Kino DDR / 5.12.1970 DFF 1 / Nov. 1995 Neustart **fd** 4 706

Dreihaar zieht in den Krieg
Actionfilm um eine in China populäre Cartoon-Figur. Im sino-japanischen Krieg 1937 flüchtet der kleine Gauner Dreihaar aus den Händen der Polizei zum Militär, wo er zum immer wieder betrogenen Helden wird.
VR China 1993 **V** offen **R** Zhang Jian-Ya **D** Jialin (Dreihaar), Wei Zhang-Wan, Shun Fei-Hu **L** 100 **E** 25.9.1995 SAT 1 **fd** –

Die dritte Brücke
Dokumentarfilm über die bosnische Stadt Mostar, die seit Sommer 1994 von dem ehemaligen Bremer Bürgermeister Hans Koschnick verwaltet wurde. Im Mittelpunkt des Films steht die Errichtung einer Brücke über die Neretva, die die Verbindung zwischen dem Ost- und Westteil der Stadt und den verfeindeten Lagern wiederherstellen soll. Wildenhahn zeigt, wie sich die Alltagsnormalität ohne Vorwarnung in Chaos und Gewalt wandeln kann; dabei faßt er die von ihm beobachtete Bürgerkriegs-Wirklichkeit immer wieder in intensive Szenen, ohne spektakulär zu werden. (Vgl. «Reise nach Mostar»)
Deutschland 1995 **P** NDR **V** offen (Video) **Pd** Dagmar Voss **R + B** Klaus Wildenhahn **K** Frank Groth **L** 80 **E** 28.5.1995 ARD **fd** –

Das dritte Ufer des Flusses
A TERCEIRA MARGEM DO RIO
Ein junger Mann versorgt Tag für Tag seinen Vater, der sich vor Jahren von der Familie zurückzog, um auf der anderen Seite des Flusses zu leben. Auch den Sohn zieht diese Seite an, dort findet er eine Frau, die ihm bald darauf ein Kind gebärt. Das kleine Mädchen ist in der Lage, Wunder zu wirken, und wird bald zur «Heiligen» der Gegend, zu der ganze Heerscharen pilgern. Doch irgendwann beschließt das Kind, keine Wunder mehr zu vollbringen und zu sterben. Ein Film voller Allegorien und schwer zu entschlüssender Symbole, der durch eine aufgesetzt wirkende Banditengeschichte noch uneinheitlicher wird.
Brasilien 1993 / 94 **P** Regina **V** CON-Film **Pd** Ney Sant'Anna, Dora Sverner **R + B** Nelson Pereira dos Santos, nach den Erzählungen «Primeiras estorias» von Joao Guimaraes Rosa **K** Gilberto Azevedo, Fernando Duarte **M** Milton Nascimento **S** Carlos Alberto Camuyrano, Luelane Correa **D** Ilya Sao Paulo (Liojorge), Sonjia Saurin (Alva), Maria Ribeiro (Liojorges Mutter), Barbara Brandt (Nhinhinha), Chico Diaz (Rigério), Mariane Vicentini (Rosário) **L** 98 **E** Oktober 1994 **fd** –

Drop Zone
DROP ZONE
Ein Ex-Polizist ermittelt auf eigene Faust die Urheber einer Flugzeugkatastrophe unter tollkühnen Fallschirmspringern. Inhaltlich anspruchslos, gewinnt der Film durch eine außergewöhnliche Effektfotografie und einen rasanten Schnitt beachtliche Unterhaltungsqualitäten.
Scope. USA 1994 **P** Paramount **V** UIP (Kino) / CIC (Video) **Pd** D.J. Caruso **R** John Badham **B** John Bishop **K** Roy H. Wagner **M** Hans Zimmer **S** Frank Morriss **D** Wesley Snipes (Pete Nessig), Gary Busey (Ty Moncrief), Yancey Butler (Jessie Crossman), Corin Nemec (Selkirk), Kyle Secor (Swoop) **L** 102 **FSK** ab 16; f **FBW** w **E** 11.5.1995 / 23.11.1995 Video **fd** 31 349

Dschafars Rückkehr
RETURN OF JAFAR
Fortsetzung des erfolgreichen Disney-Trickfilms «Aladdin» (1992): Der machtgierige Zauberer Dschafar entkommt aus der Wunderlampe, in die ihn Aladdin verbannt hatte, und stiftet mit Hilfe einiger Verbündeter manche Intrige, um schließlich den Sultan und Prinzessin Jasmin in seine Gewalt zu bringen. Zwar bleibt der lediglich für den Videomarkt produzierte Film deutlich unter dem technischen Standard der großen Kinofilme des Disney-Studios, bietet aber dennoch überdurchschnittliche Familienunterhaltung, die in ihrem einfachen Erzählduktus auch kleinere Kinder nicht überfordert. – Ab 8.
USA 1994 **P** Walt Disney Television Animation **V** Buena Vista Home (Video) **Pd** Ted Stones, Alan Zaslove **R** Toby Shelton, Tad Stones, Alan Zaslove **B** Duane Capizzi, Douglas Langdale, Mark McCorkle, Robert Schooley, Tad Stones **M** Mark Watters **S** Ellen Orson **L** 66 **FSK** o.A. **E** 1.6.1995 Video **fd** 31 399

Dschungel der Gefühle
TRAPS
Romanverfilmung. In den 50er Jahren, am Vorabend des Bürgerkriegs, kommt ein Paar ins französisch-koloniale Indochina, um die Vorteile der Besetzung zu dokumentieren. Die beiden, die als Kollegen ein gut funktionierendes Team sind, als Liebespaar aber in dauerndem Streit liegen, werden mit einer exotischen Welt konfrontiert, die nach eigenen Regeln funktioniert und sie zwingt, sich ihren persönlichen Problemen zu stellen.
Australien / Neuseeland 1993 **V** offen **R** Pauline Chan **D** Saskia Reeves (Louise Duffield), Robert Reynolds (Michael Duffield), Sami Frey (Daniel Renouard), Kiet Lam (Tuan), Nguyen Minh Tri **L** 95 **E** 19.11.1995 Vox **fd** –

Das Dschungelbuch
THE JUNGLE BOOK
Der von Wölfen aufgezogene Junge Mogli ist erwachsen geworden und trifft zufällig eine junge Frau wieder, die er als Kind kannte. Während er mit ihrer Hilfe die Sprache der Menschen erlernt, versucht ein englischer Offizier, mit Moglis Hilfe an einen Schatz zu kommen, der in einer versunkenen Dschungel-Stadt liegt. Dritte Verfilmung nach Rudyard Kiplings Geschichten. Ganz auf Action und Abenteuer ausgerichtet, doch ohne Spannung läßt der Film sowohl eine Auseinandersetzung mit den unterschiedlichen Lebensweisen als auch den Charme früherer Verfilmungen vermissen. – Ab 12 möglich.
Scope. USA 1994 **P** Mark Damon Prod. **V** Neue Constantin (Kino) / VCL / Carolco (Video) **Pd** Edward S. Feldman, Raju Patel **R** Stephen Sommers **B** Roland Yanover, Mark D. Geldman, nach den Romanen von Rudyard Kipling **K** Juan Ruiz-Anchia **M** Basil Poledouris **S** Bob Ducsay **D** Jason Scott Lee (Mogli), Cary Elwes (Captain Boone), Lena Headey (Kitty), Sam Neill (Colonel Brydon), John Cleese (Dr. Plumford) **L** 109 **FSK** ab 6; f **FBW** w **E** 30.3.1995 / 18.9.1995 Video **fd** 31 280

Du bringst mich noch um
DU BRINGST MICH NOCH UM
Es ist eine Zufallsbekanntschaft am Rande des Kinderspielplatzes, eine Laune des Augenblicks, die aus einem Deutschlehrer und der Frau eines Arztes wieder zwei liebestolle Teenager macht. Beide haben Kinder und werden am zweiten Weihnachtstag ertappt. Seitensprung-Komödie in Gestalt eines szenischen Protokolls, das sich jeder moralischen oder psychologischen Deutung enthält, aber geduldig eine kleinstädtische Mikrowelt porträtiert.
Österreich 1994 **P** SK-Film & Fernsehprod. **V** Wild Okay **Pd** Josef Koschier **R+B+K** Wolfram Paulus **M** Peter Valentin **S** Wolfram Paulus **D** August Zirner (Simon Halm), Gabriela Benesch (Annette Halm), Katja Flint (Helga Thaler), Edd Stevjanik (Schuldirektor), Herbert Fux (Künstler) **L** 97 **FSK** ab 12; f **E** 7.12.1995 **fd** 31 687

Du gehörst zu mir
YOU BELONG TO ME
Die Ehe zwischen einem reichen Playboy und einer Ärztin gerät in eine Krise, weil der Nichtstuer auf alle männlichen Patienten eifersüchtig reagiert. Er kauft ein hochverschuldetes Krankenhaus, um seine Frau als Chefärztin einsetzen zu können. Der Versuch, den Erfolg des Preston-Sturges-Films «Die Falschspielerin» zu kopieren, scheitert weitgehend am mangelnden Geschick des Regisseurs. Nicht mehr als eine hüb-

sche Geschichte, die von zwei guten Darstellern getragen wird. – Ab 14.
Schwarz-weiß. USA 1941 **P** Columbia **V** offen **Pd+R** Wesley Ruggles **B** Claude Binyon **K** Joseph Walker **M** Frederick Hollander (= Friedrich Hollaender) **S** Viola Lawrence **D** Barbara Stanwyck (Helen Hunt), Henry Fonda (Peter Kirk), Edgar Buchanan (Billings), Roger Clark (Vandemer), Ruth Donnelly (Emma), Melville Cooper (Moody), Ralph Peters (Joseph) **L** 94 **E** 3.9.1995 Super RTL **fd** –

Das Duell der Schwertkämpfer
SHUANQIZHEN DAOKE
In der «Stadt der zwei Flaggen», einer einsam in der Wüste gelegenen Festung, terrorisieren zwei für ihre Kampfkünste berühmte Brüder die Bewohner. Ein jugendlicher Schwertkämpfer, der die ihm versprochene Braut aus der Stadt holen will, tötet im Zweikampf um das Mädchen den jüngeren Bruder und muß sich der Rache des älteren erwehren. Gelungene Hommage an den US-Western, dessen Themen, Ikonografie und Bildsprache überzeugend in ein fernöstliches Ambiente transponiert sind. Mit Witz und Genauigkeit kreiert der Regisseur chinesische Entsprechungen zu den Schlüsselelementen des ur-amerikanischen Genres.
VR China 1990 / 91 **P** X'ian Filmstudio **V** offen **R** He Ping **B** Yang Zhengguang, He Ping **K** Ma Delin **M** Tao Long **S** Yuan Hong **D** Gao Wei (Hai Ge), Zhao Mana (seine Verlobte), Chang Jiang (der Lahme), Sun Haying (der ältere Bruder), Wang Gang (der jüngere Bruder) **L** 95 **E** 27.2.1995 mdr **fd** –

Duell mit dem Schicksal
MILES TO GO
Ein krebskranke Frau, bei der nach einer erfolgreichen Operation eine neue Geschwulst entdeckt wird, nimmt die Nachricht mit Sarkasmus hin. Später verfällt sie der fixen Idee, ihren Mann mit der besten Freundin zu verkuppeln, damit das Glück der Familie gesichert ist. Ein mittelmäßiges Melodram, dem nur die gute Hauptdarstellerin einige Höhepunkte sichert. – Ab 16.
USA 1986 **P** CBS **V** offen **Pd** Murray Shostak **R** David Greene **B** Beverly Levitt, Stuart Fishoff **D** Jill Clayburgh (Moira Browning), Tom Skerritt (Stuart Browning), Mimi Kuzyk (Suzanne James), Rosemary Dunsmore (Cynthia), Peter Dvorsky (Dr. Michael Kosberg), Cyndy Preston (Jani) **L** 90 **E** 14.2.1995 RTL 2 **fd** –

Dumm und dümmer
DUMB AND DUMBER
Idioten-Komödie um zwei Trottel, die unwissentlich in eine Erpressungsaffäre hineinstolpern und dabei einen Nobel-Ferienort ins Chaos stürzen. Ein Klamaukfilm, der sich vor allem auf die Grimassen-Komik seiner Hauptdarsteller verläßt und ansonsten eine Aneinanderreihung reichlich infantiler Gags bietet, die bewußt die Grenzen des guten Geschmacks ausreizen. Einige blutige Details machen den Film darüber hinaus als Familienunterhaltung fragwürdig. – Ab 16 möglich.
USA 1994 **P** New Line **V** CI (Kino) / VMP (Video) **Pd** Charles B. Wessler, Steven Stabler, Brad Krevoy **R** Peter Farrelly **B** Bob Farrelly, Bennett Yellin **K** Mark Irwin **M** Todd Rundgren **S** Christopher Greenbury **D** Jim Carrey (Lloyd Christmas), Jeff Daniels (Harry Dunne), Lauren Holly (Mary Swanson), Victoria Rowell (FBI Agentin), Charles Rokket (Nicholas Andre) **L** 101 **FSK** ab 12; f **E** 6.4.1995 / 31.10.1995 Video **fd** 31 275

Der Durchstarter
ROOKIE OF THE YEAR
Ein zwölf Jahre altes Baseball-Wunderkind, das den Ball mit Überschallgeschwindigkeit schlagen kann, begeistert die Massen. Die Sportkomödie erzählt die Vorgeschichte dieses «Wunders», zeigt den kleinen Helden in der Männerwelt des amerikanischen Berufssports, verliert jedoch rasch die ironischen Möglichkeiten des Themas aus den Augen. Sie bietet insgesamt durchaus sympathische, wenn auch recht oberflächliche und gelegentlich gar belanglose Unterhaltung. – Ab etwa 10.
USA 1993 **P** 20th Century Fox / Robert Harper Prod. **V** 20th Century Fox (Kino) / Fox (Video) **Pd** Robert Harper, Joan Aguado **R** Daniel Stern **B** Sam Harper **K** Jack N. Green **M** Bill Conti **S** Donn Cambern, Raja Gosnell **D** Thomas Ian Nicholas (Henry Rowengartner), Gary Busey (Chet), Albert Hall (Martinella), Amy Morton (Mary Rowengartner), Daniel Stern (Britkma) **L** 99 **FSK** ab 6; f **FBW** w **E** 19.1.1995 Video / 10.1.1996 premiere **fd** 31 211

E

Earth 2 – Aufbruch ins Unendliche
EARTH 2: FIRST CONTACT
Im Jahr 2184 hat sich die Erdbevölkerung auf künstliche Raumstationen zurückgezogen. Als sich dort eine geheimnisvolle Krankheit ausbreitet, bricht eine Wissenschaftlerin mit Hunderten von Kindern zu einem weit entfernten Planeten mit erdähnlicher Atmosphäre auf. Aber der Neuanfang erweist sich als gefährliches Abenteuer. Aufwendig produzierter Pilotfilm zu einer Science-fiction-Serie.
USA 1994 **P** Amblin Entertainment / NBC **V** offen **Pd** Michael Duggan, Carol Flint, Mark Levin **R** Scott Winant **B** Michael Duggan, Carol Flint, Mark Levin **D** Debrah Farentino (Devon Adair), Antonio Sabàto jr. (Alonzo Solace), Clancy Brown (John Danzinger), Rebecca Gayheart (Bess Martin), Jessica Steen (Dr. Julia Heller) **L** 90 **E** 29.10.1995 RTL **fd** –

Eclipse – Begegnungen
ECLIPSE
Kommerziell aufgebauschte Vorbereitungen in Toronto auf das Naturschauspiel einer Sonnenfinsternis steigern sich zum touristischen Rummel. Bis zum Eintritt des Ereignisses demonstrieren zehn Menschen nacheinander bei ihren sexuellen, meist gleichgeschlechtlichen Kurzkontakten trostlose Verlassenheit an Stelle von partnerschaftlicher Bindung. Ein intellektuell kühl erklügeltes Spielfilmdebüt von einigem formalem Reiz, das jedoch mit unstimmigen Metaphern überfrachtet ist.
Scope, teils schwarz-weiß. Kanada / Deutschland 1994 **P** Fire Dog Films / TiMe **V** TiMe **Pd** Camelia Frieberg, Jeremy Podeswa **R + B** Jeremy Podeswa **K** Miroslaw Baszak **M** Ernie Tollar **D** John Gilbert (Brian), Von Flores (Henry), Pascale Monpetit (Sylvie), Manuel Aranguiz (Gabriel), Greg Ellwand (Norman), Maria Del Mar (Sarah) **L** 97 **FSK** 16; f **E** 27.4.1995 **fd** 31 344

Ed Wood
ED WOOD
Ein verspielter Film über Ed Wood, den «schlechtesten Regisseur der Filmgeschichte», in seiner produktivsten Zeit zwischen 1953 und 1956. Entlang der Freundschaft mit dem «Dracula»-Darsteller Bela Lugosi wird die skurrile Arbeit Woods geschildert, der ohne ernstzunehmende Produktionsmittel und umgeben von einer bizarren Crew in den Hinterhöfen Hollywoods seine Spleens und Ideen unbeirrt zu verwirklichen versucht. Die etwas holprige Dramaturgie wird durch viel Liebe zum Detail, bewußte Stilisierungen, spielfreudige Darsteller und visuelle Fantasie mehr als wettgemacht. Eine Tragikomödie, die bei aller Absurdität tiefe Sympathie für ihre Figuren verrät. (Vgl. auch die Filme von Ed Wood: «Glen or Glenda», «Plan 9 aus dem Weltall», «Die Rache des Würgers») – Ab 14.
Schwarz-weiß. USA 1994 **P** Touchstone Pictures **V** Buena Vista (Kino) / Buena Vista (Video) **Pd** Denise DiNovi, Tim Burton **R** Tim Burton **B** Scott Alexander, Larry Karaszewski **K** Stefan Czapsky **M** Howard Shore **S** Chris Lebenzon **D** Johnny Depp (Ed Wood), Martin Landau (Bela Lugosi), Sarah Jessica Parker (Dolores Fuller), Patricia Arquette (Kathy O'Hara), Jeffrey Jones (Criswell), Bill Murray (John «Bunny» Breckinridge), Vincent D'Onofrio (Orson Welles), Lisa Marie (Vampira) **L** 126 **FSK** ab 12; f **FBW** w **E** 13.7.1995 / 18.1.1996 Video **fd** 31 408

Eden Valley
EDEN VALLEY
Ein ehemaliger Grubenarbeiter hat sich nach dem Zechensterben in England von Frau und Sohn getrennt, um im Nordosten der Insel Rennpferde zu züchten. Sein beschauliches Leben gerät aus den Fugen, als nach zehn Jahren plötzlich sein Sohn auftaucht, der in der Großstadt nach den «Gesetzen der Straße» aufgewachsen ist. Ein Film in der Tradition des britischen Arbeiterkinos. – Ab 14.
England 1994 **P** Amber / Channel Four / N.D.R. / arte / Northern Arts **V** offen **R** Murray Martin **B+K** Richard Grassick, Ellen Hare, Sirkka Liisa Konttinen, Murray Martin, Pat McCarthy, Lorna Powell, Pete Roberts **D** Brian Hogg (Hoggy), Darren Bell (Billy), Laidler Family, Mike Elliott **L** (TV) 90 **E** 1.5.1995 arte **fd** –

Die Eheleute Orlow
SUPRUGI ORLOWY
Eine Cholera-Epedemie reißt den Schuhmacher Grigori Orlow und seine Frau aus ihrem dumpfen Dasein. Die Ereignisse stellen alles bisher erfahrene Leid in den Schatten und mobilisieren in den beiden noch einmal alle Kräfte. Motiviert werden sie auch durch den Arzt Waschtschenko, der sich aufopfernd um die Menschen der betroffenen Regionen kümmert. (Fernsehtitel auch: «Das Ehepaar Orlow»)
UdSSR 1978 **P** Gorki-Studio **V** offen **R** Mark Donskoi **B** Michail Asow, Mark Donskoi, nach Frühwerken von Maxim Gorki **K** Wjatscheslaw Jegorow **M** Roman Chosak **D** Nina Ruslanowa (Matrona), Anatoli Semjonow (Grigori), Serjosha Tegin (Sjonka), Daniil Sagal (Dr. Waschtschenko), Pjotr Merkurjew (Student) **L** 85 **E** 29.3.1979 DFF 2 / 22.8.1995 mdr **fd** –

Das Ehepaar Orlow
siehe: Die Eheleute Orlow

Einer meiner ältesten Freunde
Zwei charakterlich sehr verschiedene unzertrennliche Freunde kommen zum Studium nach München und begehren bald dieselbe Frau. Der Zuverlässig-Bodenständigere heiratet sie und gründet mit ihr eine Familie, doch auch der «aufregend» Charmantere erweckt ihre Gefühle, so daß alle im Lauf der Jahre an ihren Begehrlichkeiten und «Entbehrungen» leiden. Eine hervorragend gespielte, inszenatorisch recht elegante Dreieckskomödie, die mit subtiler Aufmerksamkeit und melancholischem Charme die Gefühle der Personen auslotet.
Deutschland 1994 **P** Claussen & Wöbke **V** Zorro **Pd** Jakob Claussen, Thomas Wöbke **R** Rainer Kaufmann **B** Kathrin Richter, Ralf Hertwig, nach einer Erzählung von F. Scott Fitzgerald **K** Klaus Eichhammer **M** Joachim J. Gerndt **S** Luti Dadon **D** Maria Schrader (Marion Kramer), Richy Müller (Michael Kramer), Peter Lohmeyer (Charley Hart), Dani Levy (Zeto), Jochen Nickel (Manuel), Wolfgang Hinze (Herr Hauser), Karl Kaufmann, Jürgen Vogel **L** 81 **FSK** – **E** 13.11.1994 ARD / 4.5.1995 Kino **fd** 31 346

Einsatz im Nordatlantik
ACTION IN THE NORTH ATLANTIC
Die Geschichte eines bewaffneten amerikanischen Frachters, der im Zweiten Weltkrieg für die Sowjets Nachschub nach Murmansk bringen soll. Nach einem U-Boot-Angriff wird das Schiff vom Geleitzug abgeschnitten. Spannender Kriegsfilm; die propagandistisch-pathetische Beschwörung der amerikanisch-russischen Freundschaft wirkt in der Rückschau leicht grotesk und lächerlich. – Ab 14.
Schwarz-weiß. USA 1943 **P** Warner Bros. **V** offen **Pd** Jerry Wald **R** Lloyd Bacon **B** John Howard Lawson, nach einem Roman von Guy Gilpatric **K** Ted McCord **M** Adolph Deutsch **S** Thomas Pratt, George Amy **D** Humphrey Bogart (Joe Rossi), Raymond Massey (Capt. Steve Jarvis), Alan Hale (Boats O'Hara), Julie Bishop (Pearl), Ruth Gordon (Sarah Jarvis), Sam Levene (Chips Abrams), Dane Clark (Johnnie Pulaski) **L** 126 **E** 24.5.1995 ARD **fd** –

Einsteins Baby
Zwei Freundinnen auf der erfolglosen Suche nach Männern, deren einzige Bestimmung die Zeugung eines Kindes sein soll. Eine dilettantische Billigproduktion voll dümmlicher Pointen, die den Unterhaltungswert dieser vorgeblichen Gesellschaftskomödie mehr als zweifelhaft erscheinen lassen.
Deutschland 1995 **P** Rudolf Steiner **V** W.I.L.D. Okay **Pd** Rudolf Steiner **R + B** Rudolf Steiner, Ted Tetzke **K** Claus Neumann, Ingo Barr **M** René Decker, Pascal von Wroblewsky **S** Hans H. Selinski **D** Theresa Hübchen (Nadja), Marie Gruber (Melissa), Thomas Rühmann (Eisfeld), Kurt Neumann (Houter), Christian Kuchenbuch (Daktari) **L** Ca. 90 **fd** 31 579

71 Fragmente einer Chronologie des Zufalls
Momentaufnahmen einer nicht vorhersehbaren Katastrophe: Am 23. Dezember 1993 betritt ein Student die Zweigstelle einer Wiener Bank, ermordet drei Menschen, tötet sich anschließend selbst. Eine überaus sachlich angelegte Chronologie der Ereignisse, die das Leben der einzelnen Beteiligten vorstellt, die auf Grund einer unglückseligen Verkettung in den Amoklauf einbezogen werden. Ein sehr kühler Film, der keine psychologische Erklärung liefert und durch seine distanzierte Betrachtungsweise für nachhaltige Verunsicherung sorgt. – Sehenswert.
Österreich / Deutschland 1993 / 94 **P** Veit Heiduschka / Wege Filmproduktionsges. **V** Sputnik **Pd** Veit Heiduschka **R + B** Michael Haneke **K** Christian Berger **S** Marie Homolkova **D** Gabriel Cosmin Urdes, Lukas Miko, Otto Grünmandl, Anne Bennent, Udo Samel, Branko Samarovski **L** 99 **FSK** ab 12; f **E** Nov. 1995 **fd** 31 597

Die einzige Zeugin
Die blinde Geliebte eines Staatsanwalts wird «Ohrenzeugin» eines Mordes. Der ermittelnde Kommissar muß die Zeugin vor Killern schützen. Betont effektvoller Thriller, der fürs Fernsehen produziert wurde und sich in der Imitation vermeintlich spannender Kinoelemente erschöpft.
Deutschland 1995 **P** Frankfurter Filmproduktion **V** offen **R** Mario Azzopardi **B** Susan Rogers, Tom Kinninmont, Mario Azzopardi **D** Nina Kronjäger (Mascha Reinhard), Heio von Stetten (Harry Weihmann), Hans Schenker (Peter Beyer), Max Herbrechter (Franz Bauer), Antje Schmidt (Katharina Berlau) **L** 92 **E** 16.10.1995 Pro Sieben **fd** –

Eiserne Engel
Dokumentarfilm, der mit Mitteln des «cinéma vérité» die Arbeit des Luftrettungsdienstes beschreibt. Zwei Wochen lang begleitete der Autor einen in Siegen stationierten Rettungshubschrauber bei Notfalleinsätzen.
Deutschland 1995 **P** SWF **V** offen **R + B** Thomas Schadt **L** 90 **E** 27.8.1995 ARD **fd** –

Der eisige Atem des Todes
COLD SWEAT
Ein surreal «angehauchter» Thriller um einen drogenabhängigen Immobilienmakler, der seinen Geschäftspartner loswerden will. So engagiert er einen Profikiller, der des Mordens jedoch überdrüssig ist und in seinen Träumen von seinem letzten Opfer verfolgt wird.
Kanada 1993 **P** Norstar Entertainment **V** Concorde (Video) **R** Gail Harvey **D** Ben Cross (Mark Cahill), Adam Baldwin (Mitch Simmons), Shannon Tweed (Brenda Moore), Dave Thomas (Larry Moore), Henry Czerny (Sean Mathieson) **L** 93 **FSK** ab 16 **E** 1995 Video / 27. 2. 1996 RTL 2 **fd** –

Eiskalt und besessen
siehe: Deadly Obsession

Eiskaltes Duell
FRAMED
Beim Urlaub in Spanien stößt ein englischer Polizeibeamter auf einen totgeglaubten Meister-Verbrecher, der vor Jahresfrist die Behörden genarrt hatte und mit einer Millionenbeute ins Ausland geflohen war. Nach der Verhaftung und der Überführung nach England kann sich auch der Polizist nicht dem korrumpierenden Einfluß des Verbrechers entziehen. Kriminalfilm nach einem authentischen Fall.
England 1992 **V** offen **R** Geoffrey Sax **B** Lynda La Plante **K** Barry McCann **D** Timothy Dalton (Eddie Myers), David Morrissey (Sgt. Larry Jackson), Annabelle Apsion (Susan Jackson), Timothy West (Chefinsepktor McKinnes), Penelope Cruz (Lola del Moreno), Glyn Grimstead **L** 108 **E** 9. 10. 1995 ZDF **fd** –

Eisprinzessin
Seichter Märchenfilm nach Motiven des Märchens «Aschenputtel». Die Handlung wurde auf das Eis eines zugefrorenen Sees verlegt, um der Eiskunstläuferin Katarina Witt eine angemessene Umgebung zu liefern. – Ab 10.
Deutschland 1995 **V** offen **R** Danny Huston **B** Diether Dehm, Katarina Witt, John Goldsmith **D** Katarina Witt (Ella), Christopher Barker (Prinz), Ivan Desny (Graf), Vernon Dobtcheff (Kanzler) **L** 60 **E** 24. 12. 1995 ARD **fd** –

Die Eisprinzessin und das Biest – Die wahre Geschichte von Tonya und Nancy
TONYA AND NANCY: THE INSIDE STORY
Die Konflikte zwischen der US-Eisläuferin Tonya Harding und ihrer Rivalin Nancy Kerrigan im Vorfeld der Olympischen Winterspiele 1994 in Lillehammer dienen als Vorlage des Films: Tonya Harding war mitverantwortlich für ein Attentat, das die Konkurrentin ausschalten sollte. Sie mußte sich vor Gericht verantworten, war die «Hexe» von Lillehammer und rangierte bei den Spielen weit abgeschlagen hinter Nancy Kerrigan. Ein lohnender Stoff für einen filmischen Schnellschuß, der das unsportliche Ereignis vermarktet und im Stil einer «Soap Opera» als stets an der Oberfläche verweilendes Pseudo-Drama verarbeitet. – Ab 14.
USA 1994 **V** offen **R** Larry Shaw **B** Philip Penningroth **D** Alexandra Powers (Tonya Harding), Heather Langenkamp (Nancy Kerrigan), James Wilder (Jeff Gillooly), Daniel Schneider (Shawn Eckhardt), Susan Clark (LaVona Harding) **L** 82 **E** 11. 2. 1995 RTL **fd** –

Ekmek Parasi – Geld für's Brot
Ein unaufdringlich, in genau beobachteten Details berichtender Dokumentarfilm, der den Alltag türkischer und mecklenburgischer Arbeiterinnen in einer Fischfabrik in Lübeck einfängt. Einfühlsam werden die individuellen Schicksale, die Träume, Sorgen und Wünsche der porträtierten Frauen eingefangen. – Ab 14.
Deutschland 1994 **P** Berrakkarasu-Film **V** Freunde der Dt. Kinemathek (16 mm) **Pd+R+B** Serap Berrakkarasu **K** Gisela Tuchtenhagen **S** Gisela Tuchtenhagen **L** 104 **FSK** o. A.; f **FBW** w **E** 1995 Kino **fd** –

Elisa
ELISA
Ein 17jähriges Mädchen sieht in seinem Vater, der die Familie schon vor Jahren verlassen hat, den Schuldigen für den Selbstmord der Mutter und seine Heim-Kindheit und will ihn erschießen. Als es ihn nach langer Suche findet und kennenlernt, weicht ihr Haß langsam der Liebe. Ein einfühlsam inszeniertes Porträt einer verlorenen Jugend, getragen von Humor und einem liebevollen Blick auf die Personen. Ausgezeichnet fotografiert und eindrucksvoll gespielt, bietet der Film großes europäisches Gefühlskino zum Lachen, Weinen und Nachdenken. – Sehenswert ab 16.
Scope. Frankreich 1994 **P** Films Christian Fechner / Solo / TF I / Canal / BNP Images 2 **V** Neue Constantin **Pd** Christian Fechner **R** Jean Becker **B** Fabrice Carazo, Jean Becker **K** Etienne Becker **M** Zbigniew Preisner, Serge Gainsbourg, Michel Colombier **D** Vanessa Paradis (Marie), Gérard Depardieu (Jacques Lebovitch), Clotilde Courau (Solange), Sekkou Sall (Ahmed), Florence Thomassin (Elisa), Michel Bouquet (Samuel) **L** 115 **FSK** ab 16; f **FBW** bw **E** 7. 12. 1995 **fd** 31 640

Elissa Rhaïs
LE SECRET D'ELISSA RHAÏS
Der Film enthüllt die authentische Geschichte hinter dem lite-

rarischen Pseudonym «Elissa Rhaïs»: Eine algerische Witwe, halb Araberin, halb Jüdin, macht mit dem schriftstellerischen Talent ihres 20jährigen Cousins, der ihr als Sekretär und Liebhaber dient, Karriere in den literarischen Zirkeln Frankreichs. Erst als sie einer Ehrung wegen nach Paris fahren und der junge Mann, den sie als ihren Sohn ausgibt, sich nicht mehr mit seiner Rolle zufriedengeben will, kommt die Wahrheit ans Licht.
Frankreich 1992 **P** France 2 / Cameras Continentales / La Sept-arte / TSR **V** offen **R** Jacques Otmezguine **B** Françoise Verny, Isabelle Brault, Yves Dangerfield, nach dem Roman von Paul Tabet **K** Romain Winding **S** Pascale Chavance **D** Anne Canovas (Leila), Emmanuel Salinger (Raoul), Jean-Pierre Cassel (Lucien Rameau), Frédérique Tiremont (Comtesse de Sacy) **L** 97 **E** 17.3.1995 arte **fd** –

Emanuelle und Lolita
EMANUELLE E LOLITA
Sexfilm um eine Geschäftsfrau, die auf einer thailändischen Insel ein Ferienzentrum errichten will und dabei sexuelle Abenteuer erlebt. – Wir raten ab.
Italien 1991 **V** offen **R** Henri Sala **D** Susan Scott (Geschäftsfrau), Thiwa Yporn **L** 83 **E** 6.5.1995 SAT 1 **fd** –

Emergency Room: Der erste Tag
ER
Pilotfilm zu einer Fernsehserie: Die beruflichen Herausforderungen und privaten Ängste und Sorgen des Teams einer Notaufnahmestation in einem Krankenhaus von Chicago.
USA 1994 **V** offen **R** Rod Holcomb **B** Michael Crichton **M** James Newton Howard **D** Anthony Edwards (Dr. Mark Greene), George Clooney (Dr. Douglas Ross), Sherry Stringfield (Dr. Susan Lewis), Noah Wyle (John Carter), Eriq LaSalle (Dr. Peter Benton) **L** 87 **E** 30.10.1995 Pro Sieben **fd** –

Emil und der kleine Skundi
SKYJAHÖLLIN
Ein achtjähriger Junge wünscht sich sehnlich einen Hund. Da die Eltern wegen eines Hausbaus kein Geld erübrigen wollen, nimmt er kleine Jobs an, um sich den Hund kaufen zu können. Als er dennoch nicht die Erlaubnis erhält, reißt er aus. Der humorvolle, stilsicher inszenierte und sehr schön fotografierte Film nach einem isländischen Roman verbindet poetische Elemente mit Themen wie Arbeitslosigkeit und sinkenden Löhnen auf eine Weise, die auch für Kinder verständlich ist. – Ab 8.
Island / Deutschland / Dänemark 1994 **P** Kvykmynd / Trans Film / Videal Per Holst / Nordisk Film- & TV Fond **V** Amazonas **Pd+R+B** Thorsteinn Jónsson, nach einem Roman von Gudmundur Olafsson **K** Sigurdur Sverrir Pálsson **M** Christoph Oertel **S** Valdis Oskarsdóttir **D** Kari Gunnarsson (Emil), Gudrún Gisladóttir (Mutter), Hjalti Rögnvaldsson (Vater), Olafia Hrönn Jónsdottir (Inga), Sigurdur Sigurjónsson (Alfur) **L** 86 **FSK** o. A.; f **FBW** bw **E** 17.9.1995 premiere / 28.9.1995 Kino **fd** 31 549

Enak
ENAK
Die Ankündigung eines Astronauten, nicht mehr aus dem Weltraum zurückkehren zu wollen, sorgt für Aufsehen. Während Reporter das Leben des Polen recherchieren, der in die USA emigrierte und dort mit seinen übersinnlichen Fähigkeiten schnell für politisch-militärische Zwecke ausgenutzt wurde, löst das Schweigen des Astronauten unter der Jugend eine Welle des Protestes und der Gewalt aus. Der Film verschmilzt dokumentarisches Material mit Spielszenen.
Polen / Frankreich / Deutschland 1992 **V** offen **R+B** Slawomir Idziak **K** Andrzej Jaroszewicz **M** Jacek Ostaszewski **D** Edward Zentara (Charles Enak), Irène Jacob (Lucille Spaak), Joanna Szczepkowska (Ann Müller), Jerzy Binczyski (Fernsehmoderator), Piotr Machalica (Steve Good) **L** 84 **E** 20.9.1995 West 3 **fd** –

Das Ende des Schweigens
END OF SILENCE
Justizdrama um die Rassendiskriminierung in den Südstaaten der USA. Der Bruder eines 14jährigen schwarzen Jungen, der 1934 in South Carolina wegen des Mordes an zwei weißen Mädchen zu Unrecht verurteilt und hingerichtet wurde, rollt den Justizskandal 33 Jahre später noch einmal auf. Doch der hochdekorierte Offizier stößt auf eine Mauer der Ablehnung und sieht sich schließlich gar vom Ku-Klux-Klan bedroht.
USA 1991 **V** offen **R** John Erman **B** Tracy Keenan Wynn **D** Louis Gossett jr., Bruce Dern, Melissa Chessington-Leo, Paul Robeling **L** 93 **E** 23.2.1995 RTL 2 **fd** –

Das Ende ist bekannt
LA FINE E NOTA
Thriller. Ein erfolgreicher Rechtsanwalt untersucht den Tod eines jungen Mannes, der, während er auf ihn wartete, aus dem Fenster sprang. Bei seinen Nachforschungen findet er heraus, daß der Unbekannte 1976 als Terrorist verurteilt wurde, dann aber aus der Haft fliehen konnte. Außerdem stößt er auf ein Doppelspiel, das auch mit ihm betrieben wird.
Italien / Frankreich 1992 **P** Cineritmo / Rai 2 / Les Films Alain Sarde **V** offen **R** Cristina Comencini **B** Suso Cecchi d'Amico, Cristina Comencini, nach einem Ro-

man von Geoffrey Hall **K** Dante Spinotti **D** Fabrizio Bentivoglio (Bernardo), Valérie Kaprisky (Maria / Mia), Mariangela Melato (Elena Malva), Carlo Cecchi (Cervello), Massimo Wertmüller (Carlo Piane) **L** 110 **E** 11.4.1995 premiere **fd** –

Endstation Mord
LE AMICHE DEL CUORE
Eine 16jährige, die wie ihre beiden gleichaltrigen Freundinnen in einer tristen Trabantenstadt am Rande Roms lebt, wird von ihrem Vater sexuell mißbraucht. Als sie ihren Freundinnen die Wahrheit erzählt, glauben diese ihr nicht. In seiner Wut und Verzweiflung ersticht das Mädchen schließlich den Vater. Das sensible Drama über ein Tabuthema gewinnt seine Eindringlichkeit durch die Fundierung in der sozialen Wirklichkeit und durch das unprätentiöse Spiel der jungen Hauptdarstellerinnen.
Italien 1992 **P** Pladi Audiovisivi / Clesi Cinematografica / Rai 2 **V** offen **Pd** Giovanni di Clemente **R** Michele Placido **B** Angelo Pasquini, Michele Placido, Roberto Nobile **K** Giuseppe Lanci **M** Nicola Piovani **S** Ruggero Mastroianni **D** Asia Argento (Sabrina), Carlotta Natoli (Morena), Claudia Pandolfi (Claudia), Michele Placido (Sabrinas Vater), Simonetta Stefanelli (Sabrinas Mutter), Enrico Lo Verso (Lucio) **L** 104 **E** 20.7.1995 premiere **fd** –

Die Enkel von Nanuk, dem Eskimo
Ein französisches Filmteam besuchte 1988 den Ort, an dem Robert Flaherty 1921 seinen Film «Nanuk, der Eskimo» gedreht hat. Es zeigte den Eingeborenen den alten Film und war überrascht, wie tief sich die Erinnerung an den Mann im Film und an die Dreharbeiten in das kollektive Gedächtnis des Volkes eingegraben hat. Im zweiten Teil des Films besuchte das Team einen von Flahertys Eskimo-Söhnen und beschreibt die heutigen Lebensbedingungen der Inuit.
Frankreich 1988 **V** offen **R** Claude Massot **L** 63 **E** 10.11.1995 arte **fd** –

Ente gut – alles gut!
EVERYTHING'S DUCKY
Zwei trottelige Angehörige fer US Navy erhalten den Auftrag, eine sprechende Ente wiederzufinden, die die Formel für ein neues Raketenlenksystem gespeichert hat. Bald finden sich die Männer und das Federvieh in einer Mondrakete wieder. Ein selten dummer Film, an dem nichts stimmt und der Witz und Tempo in jeder Einstellung vermissen läßt. – Ab 14 möglich.
Schwarz-weiß. USA 1961 **P** Columbia **V** offen **Pd** Red Doff **R** Don Taylor **B** John Fenton Murray, Benedict Freedman **K** Carl Guthrie **M** Bernard Green **S** Richard Brockway **D** Mickey Rooney (Bettle McKay), Buddy Hackett (John Paul Jones), Jackie Cooper (Lt. Parmell), Joanie Sommers (Nina Lloyd), Roland Winters (Capt. Lewis Bollinger) **L** 80 **E** 4.11.1995 Super RTL **fd** –

Entführt: Sieben Tage Angst
MEMPHIS
Kriminalfilm. Drei weiße Herumtreiber entführen in den 50er Jahren in Memphis den Enkel des reichsten schwarzen Geschäftsmannes der Stadt. Bald sorgen interne Querelen für Probleme; zudem ruft ihre Tat die schwarze Mafia auf den Plan.
USA 1991 **P** Propaganda Films / River Siren Production **V** offen **Pd** Jay Roewe **R** Yves Simoneau **B** Larry McMurty, Cybill Shepherd, Susan Rhinehart, nach dem Roman «September, September» von Shelby Foote **D** Cybill Shepherd (Reeny), John Laughlin (Rufus), J.E. Freeman (Podjo), Richard Brooks (Eben Kinship), Vanessa Bell Calloway (Martha) **L** 88 **E** 12.10.1995 Kabel 1 **fd** –

Entführung aus Liebe
AUX YEUX DU MONDE
Die psychologisch unterfütterte Geschichte einer dramatischen Geiselnahme. Eine aus Imponiergehabe begangene Schulbusentführung beginnt als romantisches Abenteuer und verwandelt sich im Laufe der sinnlosen Irrfahrt in eine menschliche Reifeprüfung für den jungen Täter.
Frankreich 1991 **P** Lazennec / FR 3 / SGGC / Générale D'Images **V** offen **R** + **B** Eric Rochant **K** Pierre Novion **M** Gérard Torikian **S** Catherine Quesemand **D** Yvan Attal (Bruno), Kristin Scott Thomas (Lehrerin), Marc Berman (Busfahrer), Charlotte Gainsbourg (Juliette), Renan Mazeas (Brunos Bruder), Francine Olivier (Brunos Mutter) **L** 95 **E** 4.1.1995 ZDF **fd** –

Entscheidung des Herzens
SEASONS OF THE HEART
Bereits kurz nach der Heirat gerät das Leben einer erfolgreichen Verlegerin und ihres Ehemannes durcheinander. Die Frau muß ihren sechsjährigen Enkel bei sich aufnehmen, der von seiner drogenabhängigen Mutter im Stich gelassen wurde. Melodramatischer Spielfilm, produziert fürs Fernsehen.
USA 1994 **V** offen **R** Lee Grant **B** Robbyn Burger **D** Carol Burnett (Vivian Levinson), George Segal (Ezra), Eric Lloyd (David), Malcolm McDowell (Alfred McGinnis), Jill Teed (Ellen) **L** 92 **E** 16.5.1995 Pro Sieben **fd** –

Entscheidung in Kenia
BUSH DOCTOR
Dramatischer Abenteuerfilm. Weil er seine Tochter nach einem

Verkehrsunfall nicht mehr retten konnte, ist ein einst berühmter Chirurg zum Trinker geworden. Erst bei einem Aufenthalt in Kenia macht ihm eine engagierte Missionsarbeiterin klar, daß er noch immer gebraucht wird.
USA 1981 **V** offen **R** Ron Satlof **D** Hugh O'Brian (Dr. Robert Marshall), Katherine Justice (Samantha), Jack Hedley (Dr. James Stone), Mildred Awiti (Rebecca) **L** 65 **E** 11. 11. 1995 Super RTL **fd** –

Entstellt – Die Geschichte der Marla Hanson
FACE VALUE
Drama. Vom unverschämten Vermieter bedrängt, beschließt ein New Yorker Model, sich eine andere Wohnung zu suchen. Als die Frau den abgewiesenen Mann ein letztes Mal aufsucht, um ihre Kaution zurückzuverlangen, lauern ihr seine Komplizen auf. Sie zerschneiden ihr das Gesicht mit einer Rasierklinge und zerstören damit ihre Karriere.
USA 1991 **V** offen **R+B** John Gray **D** Cheryl Pollack (Marla Hanson), Kirk Baltz (Steve Roth), Dale Midkiff (Eric), Jack Blessing, Juanita Jennings, Madison Mason **L** 91 **E** 5. 1. 1995 RTL 2 **fd** –

Erinnerst Du Dich an Dolly Bell?
SJECAS LI SE DOLLY BELL
Ein 16jähriger Bosnier lebt mit seiner Familie unter ärmlichen Verhältnissen in einem Vorort von Sarajevo. An seinem Zufluchtsort, dem Dachboden einer Scheune, übt er, den Sozialismus durch Massenhypnose zu realisieren, da die marxistischen Parolen seines todkranken Vaters offenbar nicht funktionieren. Er erlebt seine erste Liebe mit einem ihm anvertrauten älteren Mädchen, das sich zu seiner Enttäuschung als Prostituierte herausstellt, hält aber dennoch zu ihm. Das autobiografisch gefärbte, tragikomische Spielfilmdebüt Kusturicas handelt vom schwierigen Abschied von der Kindheit im «real existierenden Sozialismus» der 60er Jahre, dessen Widersprüche sich im Alltag der jugoslawischen Familien bemerkbar machen. – Ab 16.
Jugoslawien 1981 **P** Sutjeska Film / T.V. Sarajevo **V** offen **R** Emir Kusturica **B** Emir Kusturica, Abdulah Sidran **K** Vilko Filac **M** Zoran Simjanovic **S** Senija Ticic **D** Slavko Stimac (Dino), Slobodan Aligrudic (Vater), Mira Banjac (Mutter), Ljiljana Blagojevic (Dolly Bell), Pavle Vujisic (Onkel), Nada Pani (Tante) **L** 110 **E** 17. 1. 1995 ZDF **fd** –

Erinnerung an Freiheit
siehe: Unsere Stimme aus Erde, Erinnerung und Zukunft

Die Erinnerung bringt den Tod
AWAKE TO DANGER
Thriller. Eine 16jährige beobachtet die Ermordung ihrer Mutter. Bei ihrer Flucht vor dem Mörder stürzt sie über ein Geländer und fällt zwei Stockwerke tief. Als sie Monate später aus dem Koma erwacht, kann sie sich an nichts erinnern, doch allmählich setzt auch die Erinnerung wieder ein. Sie erkennt, daß sie selbst in Gefahr ist.
USA 1995 **V** offen **R** Michael Tuchner **B** April Campbell Jones **D** Tori Spelling (Aimee McAdams), Michael Gross (Ben McAdams), John Getz (Steve Murdock), Reed Diamond (Jeff Baker), Laura Johnson (Renee McAdams), Shae D'Lyn (Lorette McAdams) **L** 86 **E** 4. 9. 1995 Pro Sieben **fd** –

Ernesto «Che» Guevara, das bolivianische Tagebuch
ERNESTO «CHE» GUEVARA, DAS BOLIVIANISCHE TAGEBUCH
Dokumentation, die die letzten elf Monate des legendären Revolutionärs rekapituliert. Guevara hatte sich 1966, angewidert von der sich abzeichnenden Bürokratisierung der kubanischen Volksbewegung und der Anbindung an den Ostblock, nach Bolivien abgesetzt. Doch seine Idee von einer aufständischen Initialzündung, die zur sozialen Revolution in diesem bettelarmen Land führen soll, schlägt fehl. Der Regisseur begibt sich an die letzten Stationen dieses tragischen Untergangs, befragt Zeitzeugen und verbindet die Aufnahmen mit Off-Zitaten aus dem berühmten Tagebuch. Durch die unvoreingenommene, scheinbar distanzierte Perspektive weder ein glorifizierendes Heldenepos noch eine schadenfrohe Demontage. Ein Zeugnis politischen Filmemachens ohne vordergründige politische Gesten. (O. m. d. U.) – Sehenswert.
Schweiz / Frankreich 1994 **P** Ciné-Manufacture **V** Verleih der Filmemacher **Pd** Robert Boner, Richard Copans, Bernard Lang **R+B** Richard Dindo **K** Pio Corradi **S** Richard Dindo, Georg Janett, Catherine Poitevin **L** 94 **E** 25. 2. 1995 arte **fd** 31 448

Die Eroberung der Mitte
Eine therapiegeschädigte Frau wird Assistentin ihres einstigen Therapeuten, der sich auf die schamlose Ausbeutung seiner Fälle verlegt hat. Sie versucht, ihn mit allen Mitteln zu bekämpfen. Ein dialoglastiger Film mit guten darstellerischen Leistungen, dessen Versuch einer «ganzheitlichen» Gesellschaftsanalyse jedoch verpufft. Das ambitionierte intellektuelle Puzzle läßt sich im Kopf des Zuschauers nicht so recht zusammensetzen. – Ab 16.
Deutschland 1994 **P** WÜSTE / Robert Bramkampf Prod. / premiere **V** Silver Cine **R+B** Robert Bramkamp **K** Ekkehart Pollack **M** Ulrich Eller, Paul Haubrich **S** Re-

nate Merck, Wolf-Ingo Römer **D** Peter Lohmeyer (Mark Stoemer), Karina Fallenstein (Wolke Donner), John S. Mehnert (Jacoby), Matthias Fuchs (Dr. Konstantin), Fransziska Pinotz (Carolin), Andreas Rädler (Dr. Lang) **L** 79 **FSK** – **E** 10. 8. 1995
fd 31 478

Erotic Tales
EROTIC TALES
Eine fürs Fernsehen produzierte 12teilige Filmreihe mit erotischen Geschichten, die renommierten Filmregisseuren Gelegenheit geben sollte, in jeweils 25minütigen Kurzfilmen ihrer Fantasie freien Lauf zu lassen. Die Ergebnisse spiegeln weitgehend das bisherige Werk der Filmemacher und lassen ihre Vorlieben und Leidenschaften erkennen. Durchweg gediegen produziert, sind die Filme selbst von unterschiedlicher inszenatorischer Qualität: kunstvolle Fingerübungen und Episoden mit sanfter Ironie (z. B. jene von Susan Seidelman) stehen neben arg groben Platitüden (z. B. die Episode von Detlev Buck). Titel der Episoden: 1. «Der Elefant vergißt nie» («Elephant Never Forget»), 2. «Der Wartesaal» («The Waiting Room»), 3. «Sambólico», 4. «Hotel Paradies» («Hotel Paradise»), 5. «Die unersättliche Mrs. Kirsch» («The Insatiable Mrs. Kirsch»), 6. «Berührungen» («Touch Me»), 7. «Feucht» («Wet»), 8. «Vroom Vroom Vroom!», 9. «Die Himmelspforte» («The Cloud Door»), 10. «Der flämische Meister» («The Dutch Master»), 11. «Der Teufel und die Jungfrau» («Devilish Education»), 12. «Zuckerschnute» («Sweeties»).
Deutschland / USA 1994 **P** Regina Ziegler Filmproduktion / WDR **V** offen **Pd** Regina Ziegler **R** Detlev Buck (1), Jos Stelling (2), Mika Kaurismäki (3), Nicolas Roeg (4), Ken Russell (5), Paul Cox (6), Bob Rafelson (7), Melvin Van Peebles (8), Mani Kaul (9), Susan Seidelman (10), Janusz Majewski (11), Cincia Th. Torrini (12) **B** Detlef Blettenberg (1), Jos Stelling (2), Mika Kaurismäki (3), Michael Allin (4), Ken Russell (5), Hetty Baynes (5), Paul Cox (6), Barry Dickens (6), Margot Wiburd (6), Bob Rafelson (7), Melvin Van Peebles (8), Mani Kaul (9), Jonathan Brett (10), Susan Seidelman (10), Janusz Majewski (11), Cincia Th. Torrini (12) **K** Martin Peglau (1), Goert Giltay (2), Jacques Cheuiche (3), Witold Stock (4), Hong Manley (5), Nino Martinetti (6), Theo van de Sande (7), Igor Sunara (8), Anil Metha (9), Maryse Alberti (10), Witold Adamek (11), Alessio Geslini (12) **M** Maurits Overdulve (2), Gabriel Moura (3), Harry Gregson-Williams (4), Ranjit Saha (6), David McHugh (7), Melvin Van Peebles (8), Usted Zio Foriduddin Dagar (9), Wendy Blackstone (10), Jerzy Satanowski (11), Gabriele Ducros (12) **S** Mona Bräuer (1), Bert Rijkelijkhuizen (2), Mika Kaurismäki (3), Tony Palmer (4), Xavier Russell (5), Paul Cox (6), Michael Eliott (7), Melvin Van Peebles (8), Lalitha Krishna (9), Mona Davis (10), Elzbieta Kurkowaka (11), Anna Napoli (12) **D** Peter Luppa (1) Ramon, Natalia Wörner (1) Lily von Terltow, Bianca Koedam (2) Frau in Blau, Eugeñe Bervoets (2) Der Mann, Kari Väänänen (3) Eric, Andrea Bloom (3) Girl , Theresa Russell (4) Sie, Vincent D'Onofrio (4) Er, Hetty Baynes (5) Mrs. Kirsch, Simon Shepard (5) Mann, Gosia Dobrowolska (6), Claudia Karvan (6) Christine, Cynda Williams (7) Davida, Arliss Howard (7) Bruce, Richard Barboza (8) Leroy, Laura Lane (8) Die Hexe, Any Arya Aggarwal (9) Kurangi, Murad Ali (9) Ratnasen, Mira Sorvina (10) Teresa, Aida Turturro (10) Kim, Renata Dançewicz (11) Cosia, Maurek Kondrau (11), Stefania Sandrelli (12) Anna, Roberto Citran (12) Philip **L** 300 **fd** –

Erotikon
EROTIKON
Klassisches tschechisches Filmkunstwerk. In einer stürmischen Regennacht in der Provinz findet ein feiner Herr aus der Großstadt gastfreundliche Aufnahme in einer Bahnstation. Während der alte Eisenbahner zum Dienst muß, entwickelt sich zwischen seiner Tochter und dem Fremden eine erotisch aufgeladene Beziehung. Zurück in der Stadt, hat der Mann das Abenteuer schnell vergessen – bis eines Tages das Mädchen vor seiner Tür steht.
Schwarz-weiß. Tschechoslowakei 1929 **V** offen **R + B** Gustav Machaty **K** Vaclav Vich **D** Ita Rina (Andrea), Josef Sleichert (ihr Vater), Theodor Pietek (Herr Hilbert), Charlotte Suza (seine Frau), Olaf Fjord (George) **L** 115 **E** 18. 6. 1995 N 3 **fd** –

Die Erschaffung der Welt
STVORENI SVETA
Die Entstehung der Welt als Gegenstand eines humoristischen Zeichentrickfilms, dem es vor allem darum geht, den christlichen Schöpfungsglauben lächerlich zu machen. – Ab 14.
ČSR 1957 **P** Studio für Zeichentrick- und Puppentrickfilme «Die Trickbrüder» **V** Progress **R + B** Eduard Hofmann **K** Zdena Hojdova **M** Jan Rychlik **L** 84 **E** 29. 5. 1959 Kino DDR / 30. 8. 1959 DFF 1 / 31. 12. 1995 ARD **fd** –

Der erste Ritter
THE FIRST KNIGHT
Die alte Sage um Lancelot, der die Liebe der Königin Ginevra gewinnt und damit König Arthur und sein idyllisches Reich Camelot in Not und Verzweiflung stürzt. Farbenprächtig inszeniert,

aber ohne Gefühl für die psychologische Tiefe des Konflikts. Eine unbefriedigende Variante. – Ab 14.
Scope. USA 1995 **P** Columbia **V** Columbia TriStar **Pd** Jerry Zucker, Hunt Lowry **R** Jerry Zucker **B** William Nicholson **K** Adam Greenberg **M** Jerry Goldsmith **S** Walter Murch **D** Sean Connery (König Arthur), Richard Gere (Lancelot), Julia Ormond (Lady Guinevra), Ben Cross (Malagant), John Gielgud (Oswald), Liam Cunningham (Sir Agravaine) **L** 133 **FSK** ab 12; f **FBW** w **E** 7.9.1995 **fd** 31 513

Es begann in Eberswalde
Dokumentarfilm über zwei Journalisten, deren Lebenswege im brandenburgischen Eberswalde beginnen und durch 80 Jahre deutscher Geschichte führen. Nach dem Zweiten Weltkrieg wurden sie zu politischen Gegnern, der eine im Westen, der andere im Osten Deutschlands. Ihre ersten Begegnungen nach dem Fall der Mauer hat Gitta Nickel bereits in dem Film «Jahrgang 1914» (1994) geschildert; «Es begann in Eberswalde» führt die Auseinandersetzung und Annäherung als Reise in die Vergangenheit fort.
Deutschland 1995 **V** offen **R+B** Gitta Nickel, Wolfgang Schwarze **L** 90 **E** 26.11.1995 ARD **fd** –

Es gibt nur ein Leben
LA VIDA ES UNA SOLA
Peru 1983. Auf einem Dorffest in einer kleinen Anden-Gemeinde lernt eine Frau drei Studenten kennen, die zu der verbotenen Unabhängigkeitsbewegung «Leuchtender Pfad» gehören, und verliebt sich in einen von ihnen. Als der Dorfvorsteher wegen Verrats von ihnen exekutiert wird, muß die Frau mit ihnen in die Berge fliehen, um bei ihrem Geliebten bleiben zu können. In der Folgezeit lernt sie Kaltblütigkeit und den Zwang zur Gewalt sowohl auf seiten der Terroristen als auch bei den Militärs kennen. (O.m.d.U.)
Peru 1992 **P** Kusi **V** offen **Pd+R+B** Marianne Eyde **K** César Pérez **M** Esteban Ttupa **S** Michele André **D** Milagros Del Carpio (Florinda), Aristoteles Picho (El Tigre), Rosa Mara Olortegui (Meche), Jiliat Zambrano (Marcelino) **L** 84 **E** 24.3.1995 3sat **fd** –

Es lebe unsere DDR
Bilder aus Wochenschauen, Dokumentarfilmen und fernsehpublizistischen Sendungen der DDR werden zu einem ebenso unterhaltsamen wie informativen Streifzug durch 40 Jahre ostdeutschen Realsozialismus gemixt, wobei der Schwerpunkt des chronologisch geordneten Materials auf den Nachkriegsjahren mit der Gründung der DDR bis Mitte der 50er Jahre liegt. Die amüsante, intelligent in Szene gesetzte Realsatire kommentiert lediglich mit Mitteln der Montage, wobei sie vor allem die Skurrilität der alten Aufnahmen und die oft unfreiwillige Komik der Propaganda herausstellt. Differenziertere Einsichten in die Wirkungsweise staatlich gelenkter Agitation werden freilich dabei nicht geboten. – Ab 14.
Teils schwarz-weiß. Deutschland 1994 **P** Stallion Film / Gerhard Schmidt Filmprod. **V** Stallion **Pd** Oliver Hengst **R+B** Thomas Hausner **S** Andrea Kößlinger **L** 85 **FSK** o. A.; f **FBW** w **E** 16.3.1995 **fd** 31 279

Etwas ist immer
Als ein Fußballverein in Abstiegsnot gerät, macht sich ein jugendlicher Fan auf die Suche nach den wahren Hintergründen dafür. Er gerät an einen korrupten Schiedsrichter, einen Toten und eine junge Frau, die Schauspielerin werden will und in die er sich kopfüber verliebt. Eine als «No-Budget-Produktion» realisierte Mischung aus Roadmovie, Fußballkrimi und Liebesgeschichte.
Deutschland 1993 **P** Cut Cologne **V** Eigenverleih **R+B** Zekko Weber **D** Kilian Kissling (Kilian), Iris Fois (Iris), Pierre Littbarski (Litti) **L** Ca. 85 **FSK** – **E** 6.4.1995 **fd** –

Evil Date – Verabredung mit dem Teufel
THE GRANNY
Die lüsternen, feigen und feisten Verwandten einer Schloßherrin warten auf den Tod der reichen Alten. Da trinkt die rauhherzige alte Frau ein Lebenselixier, das ihr ewige Jugend und die Kraft des Guten verleihen soll, mutiert aber zur mörderischen Hexe, die einen grausamen Rachefeldzug startet. Blutrünstiger Horrorfilm. Skurril-makabre, fast schon surreale Einfälle und Ansätze zur bissigen Karikatur des Bürgertums werden einer billigen Schock-Dramaturgie geopfert, die dem Zuschauer einiges zumutet. – Wir raten ab.
USA 1995 **P** Warner Vision Entertainment / Tapestry Films **V** VCL / Carolco (Video) **Pd** Natan Zahavi **R** Luca Bercovici **B** Sam Bernard, Luca Bercovici **K** Wally Pfister **M** Kendall Schmidt **S** Sherwood Jones **D** Stella Stevens (Granny), Sandy Helberg (Albert), Brant von Hoffmann (David), Ryan Bollman (Junior), Heather Elizabeth Parkhurst (Antoinette) **L** 85 **FSK** ab 18 **E** 23.10.1995 Video **fd** 31 627

Evolver
EVOLVER
Ein Spielzeugroboter wird durch ein fürs Militär entwickelte Programm zur Kampfmaschine, die sich von Stufe zu Stufe «entwikkelt», bis es zum Kampf auf Leben und Tod mit seinem compu-

terbegeisterten Besitzer kommt. Ein biederer Science-fiction-Thriller, dessen gepriesene Effekte (3-D-Technik, Roboter-Animation) sich als enttäuschend erweisen. Statt das gar nicht so realitätsferne Thema zu vertiefen, flüchtet sich der Film in einige brutale Szenen, die den Gesamteindruck trüben.
USA 1994 **P** Blue Rider / Trimark **V** Marketing (Video) **Pd** Jeff Geoffray, Walter Josten, Henry Steggeman **R+B** Mark Rosman **K** Jacques Haitkin **M** Christopher Tyng **S** Brent Schoenfeld **D** Ethan Randall (Kyle Baxter), John de Lancie (Russell Bennet), Cindy Pickett (Melanie Baxter), Cassidy Raie (Jamie Sanders) **L** 89 **FSK** ab 16 **E** 28.2.1995 Video **fd** 31 357

Ex

Jugendliche Autodiebe in Berlin geraten nach dem Unfalltod eines Bandenmitglieds immer tiefer in den Kreislauf von Drogen, Kriminalität und Gewalt. Unfähig, mit seinen Gefühlen umzugehen, vor allem aber durch rasende Eifersucht führt ihr Anführer eine Katastrophe herbei. Ein deutscher Genrefilm, der die Haltlosigkeit, aber auch die Sehnsüchte junger Menschen im Rahmen einer ebenso rasanten wie verzweifelten Endzeit-Geschichte erzählt. Hervorragend gespielt, reizvoll als in überwiegend dichte Bilder verpackter «Stimmungsbericht». – Ab 16 möglich.
Deutschland 1995 **P** Jost Hering Filmprod. / dffb / ZDF / arte **V** Zorro **Pd** Jost Hering **R** Mark Schlichter **B** Mark Schlichter, Oskar Roehler, Robert Sauer **K** Carl F. Koschnick **M** Klaus Wagner **S** Monika Kappl-Smith **D** Robert Viktor Minich (Mario), Christiane Paul (Sarah), Florian Lukas (Klaus), Andreas Dinah Drakité (Robert), Heinz Hoenig (Vater), Burkhard Driest (Priester), Wolfram Berger (Vladimir) **L** 84 **FSK** ab 16; f **E** 21.7.1995 arte / 11.1.1996 Kino **fd** 31 793

Excessive Force II

EXCESSIVE FORCE II

Eine Marine-Soldatin stellt sich gegen die Killer eines Ex-Söldners, die einen Ganoven zum Schweigen bringen sollen, der bereit ist, gegen einen Mafia-Paten auszusagen. Der Auftrag verschafft ihr Gelegenheit, eine alte Rechnung zu begleichen. Actionfilm, der die Klischees seines Genres kaum merklich abwandelt.
USA 1994 **P** New Line Cinema **V** VMP (Video) **R** Jonathan Winfrey **D** Stacie Randall, Dan Gauthier, Jay Patterson **L** 82 **FSK** ab 18 **E** 28.11.1995 Video **fd** –

Expect no Mercy

EXPECT NO MERCY

Die Polizei schleust einen Spezialagenten in eine Organisation ein, die sich als Kampfsportschule tarnt, in Wahrheit aber Mordaufträge ausführt. Action-Dutzendware, die zahlreiche Kung-Fu-Einlagen aneinanderreiht. Werbewirksam wird auf die Einbeziehung von Computersimulationen gesetzt, die sich aber als erbärmliche Grafik-Demonstrationen entpuppen. Ein weitgehend überraschungsloser Actionfilm, der durch seine antisemitischen Untertöne verärgert.
USA 1995 **P** Film One **V** Ascot (Video) **Pd** Jalal Merhi **R** Zale Dalen **B** J. Stephen Maunder **K** Curtis Peterson **M** VaRouje **S** Kevin Schjerning **D** Billy Blanks (Justin), Jalal Merhi (Eric), Wolf Larson (Warbeck), Laurie Holden (Vicki), Anthony De Longis (Damian) **L** 80 **FSK** ab 18 **E** 22.8.1995 Video / 5.4.1996 premiere **fd** 31 629

Experiment des Grauens

THE BREAKTHROUGH

In einem abgelegenen Labor in Neufundland kommt eine Agentin des CIA mit Experimenten eines Wissenschaftlers in Berührung, welche die Grenzen zwischen Leben und Tod aufheben könnten. Als die junge Frau widerstrebend an einem entscheidenden Versuch teilnimmt, erlebt sie erschreckende Dinge. Der Science-fiction-Thriller stellt die Frage nach den Grenzen der Wissenschaft und der Verantwortung des Forschers. – Ab 16.
USA 1993 **V** E.A.T. (Video) **R** Piers Haggard **B** Mike Hodges, Gerard MacDonald, nach einer Erzählung von Daphne Du Maurier **K** Peter Benison **M** Osvaldo Montes **D** Donald Sutherland (Dr. «Mac» MacLean), Mimi Kuzyk (Jessica Saunders), Vlasta Vrana (Dr. Robbie Allman), Corin Nemec (Ken Ryan), Hayley Reynolds (Niki Janus) **L** 88 **FSK** ab 16 **E** 11.2.1995 ARD / 1995 Video **fd** –

Exquisite Tenderness

EXQUISITE TENDERNESS

Eine Ärztin vermutet, daß skrupellose Kollegen unerlaubte operative Experimente durchführen, an deren Folgen ein Patient gestorben ist. Doch die Wirklichkeit ist noch grausiger: Ein vor Jahren entlassener Mediziner und Freund der Ärztin hat den Verstand verloren und braucht immer frische Gehirnflüssigkeit, um sein Hirn funktionstüchtig zu halten. Ein abstruser Thriller, dem zwar einige dichte Momente gelingen, der jedoch zunehmend in brutale und blutige Szenen abrutscht.
USA 1994 **P** Capella International / Lollipop **V** VMP (Video) **Pd** Alan Beattie **R** Carl Schenkel **B** Patrick Cirillo **K** Thomas Burstyn **M** Christopher Franke **S** Jimmy B. Frazier **D** James Remar (Dr. Benjamin Hendricks),

Malcolm McDowell (Dr. Stein), Isabel Glasser (Dr. Clarissa McCann), Sean Haberle (Dr. Julian Matar), Peter Boyle (Lt. McEllwaine), Beverly Todd (Schwester Burns) **L** 96 (gek. 85) **FSK** ab 18 (gek. ab 16) **E** 5.12.1995 Video **fd** 31 706

F

F.T.W. – Tiefer als Haß
F.T.W.
Die in einer Mischung aus Gangster- und Cowboy-Drama erzählte «amour fou» zwischen einem soeben aus dem Gefängnis entlassenen Rodeo-Reiter und einer chronischen Bankräuberin auf der Flucht. Beide sterben im Kugelhagel der Polizei. Ein im Stil eines B-Movies inszenierter Actionfilm, spekulativ, ideologisch fragwürdig und sich selbst allzu ernst nehmend.
USA 1993 **P** NU Image **V** 20th Century Fox (Kino) / VMP (Video) **Pd** Tim Mickel **R** Michael Karbelnikoff **B** Mari Kornhausser **K** James L. Carter **M** Gary Chang **S** Joe d'Augustine **D** Mickey Rourke (Frank T. Wells), Lori Singer (Scarlett Stuart), Rodney A. Grant (Bucky Miller), Brion James (Sheriff Rudy Morgan), Peter Berg (Clem Stuart) **L** 105 (Video 96) **FSK** ab 18; f (Video 16) **E** 6.4.1995 / 14.11.1995 Video **fd** 31 276

Die Fabel von Reineke Fuchs
LE ROMAN DU RENARD
Die Fabel vom schlauen Reineke Fuchs, der mit seinen Listen einen mittelalterlichen Königshof auf den Kopf stellt. Eine frühe Stummfilmfassung des bekannten Märchens, die als erste mit bewegten Puppen arbeitete. Der Film wurde erst 11 Jahre nach seiner Fertigstellung uraufgeführt, 1989 ließ La Sept eine rekonstruierte Fassung erstellen. – Ab 10.
Schwarz-weiß. Frankreich 1928 **V** offen **R** Ladislaus Starewitsch **B** Irène Starewitsch, Jean Nohain, Antoinette Nordmann **M** Vincent Scotto **L** 63 **E** 9.6.1995 arte **fd** –

Der Falke des Schreckens
THE HAWK
Thriller. Im nordenglischen Lancashire treibt ein Frauenmörder sein Unwesen, der es nur auf bestimmte Opfer abgesehen hat: Alle ermordeten Frauen haben zwei Kinder. Für eine Ehefrau und Mutter, die in der Nähe von Manchester lebt, erhärtet sich allmählich der furchtbare Verdacht, daß ihr Mann der Mörder ist.
England 1993 **V** offen **R** David Hayman **B** Peter Hansey, nach seinem Roman **D** Helen Mirren (Anne Marsh), George Costigan (Stephen), Rosemary Leach (Mum), Owen Teale (Ken) **L** 83 **E** 13.4.1995 premiere **fd** –

Der Fall Cap Arcona
Am 3. Mai 1945 flog die englische Luftwaffe den letzten großen Angriff gegen das Deutsche Reich. Ziel war die Kieler Bucht, die dort ankernden Schiffe Cap Arcona und Thielbeck. Beide Schiffe wurden versenkt, 7000 KZ-Häftlinge starben, die die SS vom Lager Neuengamme dorthin verschleppt hatte. Der Dokumentarfilm geht den Fragen nach, wieso der englischen Aufklärung dies verborgen blieb, warum sich die Gefangenen auf den Schiffen befanden und warum nach dem Krieg keine ausführliche Untersuchung angeordnet wurde. Gleichzeitig wird die Vergangenheit der Cap Arcona beleuchtet, die vor dem Krieg als Luxus-Liner fungierte und an deren Bord die Außenaufnahmen zu dem antibritischen Ufa-Film «Der Untergang der Titanic» gedreht wurden. Ein filmisches Puzzle, das durch die Aussagen überlebender Augenzeugen komplettiert wird. – Ab 16.
Teils schwarz-weiß. Deutschland 1995 **P** Cinetick / NDR **V** offen **R + B** Günter Klaucke, Karl Hermann **K** Matthias Seldte **L** 90 **E** 18.12.1995 N 3 **fd** –

Ein Fall für die Inselkinder
LES ENFANTS DU NAUFRAGEUR
Abenteuerfilm für Kinder. Nach dem Tod ihrer Lehrerin, die ihnen immer Geschichten vom Widerstand gegen die deutsche Besatzung erzählte, sind die Kinder einer bretonischen Insel untröstlich. Mit ihrer Nachfolgerin können sie sich zunächst nicht anfreunden, doch als sie gemeinsam entdecken, daß der Held aus den Erzählungen der Vorgängerin noch auf der Insel lebt, ändert sich ihr Verhalten. Gemeinsam recherchieren sie weiter. – Ab 12.
Frankreich 1991 **V** offen **R** Jérôme Foulon **B** Jérôme Foulon, François Cellier **K** William Lubtchansky **D** Jenny Clève (Marthe), Brigitte Fossey (Hélène), Jean Marais (Marc-Antoine), Jacques Dufilho (Narr), Michel Robin (Paul) **L** 99 **E** 2.4.1995 premiere **fd** –

Der Fall Nixon
THE FINAL DAYS
Szenen aus dem letzten Jahr der Präsidentschaft von Richard Nixon, in dem er versucht, seine maßgebliche Beteiligung am Watergate-Skandal zu vertuschen. Als das Ausmaß der Affäre ans Tageslicht kommt, wird er seines Amtes enthoben, und der Kongreß beraumt eine Gerichtsverhandlung an. Ein Fernsehfilm nach den Ereignissen, die 1973 die Vereinigten Staaten erschütterten; die Originallänge von drei Stunden wurde für die deutsche Fernsehausstrahlung stark gekürzt. – Ab 16.
USA 1989 **P** The Samuels Film **V** offen **Pd** Richard L. O'Connor **R** Richard Pearce **B** Hugh Whitemore **D** Lane Smith (Richard Nixon), David Odgen Stiers (Alexander Haig), Ed Flanders (Leonard Garment), Theodore Bikel (Henry Kissinger), Graham Beckel (Roland Ziegler) **L** 103 **E** 16.12.1995 Super RTL **fd** –

Fall Time
FALL TIME
Drei Freunde wollen ihren Start ins Erwachsenenleben mit einem makabren Scherz beginnen: Vor

der Bankfiliale eines Provinzkaffs soll einer von ihnen auf offener Straße «erschossen» werden. Unverhofft kommen ihnen zwei Bankräuber in die Quere, der Scherz wird zu blutigem Ernst. Eine düstere und zynische Revolvergeschichte ohne Unterhaltungswert. Anzumerken ist allenfalls, wie sehr die homoerotische Komponente von genretypischen Männerfreundschaften in den Vordergrund gestellt wird.
USA 1994 **P** Bates Entertainment **V** Ascot (Video) **Pd** Edward Bates **R** Paul Warner **B** Steve Alden, Paul Skemp **K** Mark J. Gordon **M** Hummie Mann **S** Steve Nevius **D** Mickey Rourke (Florence), Stephen Baldwin (Leon), Jason London (Tim), David Arquette (David), Jonah Blechman (Joe) **L** 81 **FSK** ab 16 **E** 5. 9. 1995 Video
fd 31 654

Die falsche Spur
PRIME SUSPECT
Durch Übereifer und Fahrlässigkeit auf seiten der Regenbogenpresse gerät ein unbescholtener Bürger in den Verdacht, der landesweit gesuchte Mörder junger Frauen zu sein. Unter dem Druck der öffentlichen Vorverurteilung versucht er, sich zu rehabilitieren. Mäßig spannender, durchschnittlich inszenierter Fernsehkrimi mit unübersehbaren Anleihen bei Sydney Pollacks medienkritischem Thriller «Die Sensationsreporterin» (1981).
USA 1983 **P** CBS / Tisch-Avnet **V** offen **R** Noel Black **B** Douglas Graham **K** Reynaldo Villalobos **M** Charles Gross **D** Mike Farrell (Frank Staplin), Teri Garr (Amy McCleary), Veronica Cartwright (Janice Staplin), Lane Smith (Tom Keating), Barry Corbin (Bob Austin), James Sloyan (Malloy) **L** 92 **E** 16. 5. 1995 RTL2
fd –

Familie Feuerstein: Die Stars von Hollyrock
FLINTSTONES: HOLLYROCK A BYE BYE
Fred Feuerstein und Freund Barnie Geröllheimer stellen das Leben ihrer verheirateten Kinder auf den Kopf, als sie erfahren, daß sie Großväter werden. Für zusätzliche Verwirrung sorgen Gangster, denen Fred versehentlich eine kostbare Perle abgejagt hat. Im Film- und Steinzeitmilieu spielende Zeichentrick-Episoden um die berühmten «Flintstones», hergestellt in Computeranimation. – Ab 10.
USA 1993 **P** Hanna-Barbera **V** offen **R** William Hanna **B** Rich Fogel, Mark Seidenberg **M** William Hanna, Joseph Barbera, Hoyt Curtin, John Debney **L** 91 **E** 26. 12. 1995 Pro Sieben **fd** –

Familie Feuerstein – Yabba Dabba Doo
THE FLINTSTONES: I YABBA DABBA DOO!
Zeichentrickfilm um die Steinzeit-Familien Feuerstein und Geröllheimer. Als Pebbles Feuerstein und Bamm Bamm Geröllheimer heiraten wollen, ist die Freude bei den Eltern natürlich groß – nur bringt die geplante kostspielige Vermählung Fred Feuerstein, der bei einer Wette all seine Ersparnisse verloren hat, in eine Zwickmühle. – Ab 10.
USA 1993 **P** Hanna-Barbera **V** offen **R** William Hanna, Roy Patterson, Joanna Romersa **B** Mark Seidenberg, Rich Fogel **M** John Debney, Hoyt Curtin, William Hanna, Joseph Barbera **L** 95 **E** 1. 11. 1995 Pro Sieben **fd** –

Fantasy
FANTASY
Eine in ihrer Ehe unerfüllte junge Frau lernt einen Psychiater kennen, dessen Foto sie schon seit Jahren zu sexuellen Fantasien anregt. Sie beginnt eine Affäre mit ihm, ohne zu ahnen, daß er sie nur für die Überprüfung seiner Theorien benutzt. Erotischer Psychothriller.
Australien 1990 **V** offen **R** Geoffrey Brown **D** Claire Chilton (Jenny Lindström), Colin Borgonon (Dr. Quentin Doland), Jane Darley-Jones (Linda Chambers), Campbell MacPherson (Rod Lindström), Brendan Strahan (Dr. Hagan) **L** 77 **E** 25. 8. 1995 SAT 1 **fd** –

Die Farbe des Blutes
UNDER INVESTIGATION
Kriminalfilm. In der Wohnung eines spurlos verschwundenen Malers wird die Leiche einer jungen Frau gefunden. Der Tatverdacht fällt auf einen seit langem psychisch gestörten Mann, dessen Frau sich von ihm getrennt hat und sich seit einiger Zeit verfolgt fühlt. Ein junger Polizeibeamter nimmt sich des Falls an und kann schon bald seine beruflichen und privaten Interessen nicht mehr trennen. Ein weiterer Mord spitzt die Lage zu.
USA 1993 **V** offen **R + B** Kevin Meyer **K** Doyle Smith **M** Shuki Levy **D** Harry Hamlin (Keaton), Joanna Pacula (Abbey Jane Strong), Ed Lauter (Captain McGuire), Richard Beymer (Dr. Parsons), John Mese (Detektiv Channing), Lydie Denier (Madeleine) **L** 96 **E** 5. 8. 1995 ARD **fd** –

Farben des Todes
siehe: Colors of Crime

Farinelli
FARINELLI – IL CASTRATO / FARINELLI
Eine freie Nacherzählung des Lebens von Carlo Broschi (1705–1782), genannt «Farinelli», einem der berühmtesten Kastratensänger der barocken Opernszene Europas im 18. Jahrhundert. Ein farbenprächtiger Musikfilm, dessen synthetisch hergestellte Kastratenstimme eine Ahnung von der magischen

Faszination dieses Gesangs vermittelt. Filmisch bleibt die Annäherung an das Phänomen allerdings weit hinter dem Soundtrack zurück. – Ab 16.
Frankreich / Belgien / Italien 1995 **P** Stephan Films / Alinea Films / Canal + / TRL TVI **V** NIL **Pd** Véra Belmont **R** Gérard Corbiau **B** Marcel Beaulieu, Andrée Corbiau, Gérard Corbiau **K** Walther Vanden Ende **M** Riccardo Broschi, Georg Friedrich Händel, Giovanni Battista Pergolesi **S** Joëlle Hache **D** Stefano Dionesi (Farinelli), Enrico Lo Verso (Ricardo Broschi), Elsa Zyberstein (Alexandra Leyris), Jeroen Krabbé (Händel), Caroline Cellier (Margareth Hunter), Omero Antonutti (Porpora) **L** 116 **FSK** ab 12; f **FBW** w **E** 27.7.1995
fd 31 454

Faszination Natur – Die schönsten Landschaften der Erde

Ein dokumentarischer Film, der 25 Landschaften der Erde in abgeschlossenen Sequenzen porträtiert, um die schönsten, von der Natur gestalteten Landschaften der Erde darzustellen. Er verzichtet auf gesprochenen Kommentar und vermittelt die Eindrücke mittels Bildern, Musik und Naturgeräuschen. Porträtiert werden: Neuseeland, Bryce Canyon, Great Berrier Reef, Kappadokien, Bora Bora / Tahiti / Moorea, Afrikanische Savanne, Virunga Berggorillas, Monument Valley, Iguacu-Wasserfälle, Churchill / Manitoba, Yellowstone Park, Pamukkale, Antelope Canyon, Lake Powell, Antarktis, Patagonien, Neufundland, Namib-Wüste, Niagarafälle, Rocky Mountains, Grand Canyon, Guilin, Mono Lake, La Digue, Paria Sandhills. – Ab 10.
Deutschland 1995 **P** FilmProduktion Gogol Lobmayr München **V** Eigenverleih **Pd+R+B** Gogol Lobmayr **K** Gogol Lobmayr, Franz-Josef Recktenwald **M** Michael Hofmann de Boer **S** Gogol Lobmayr, Franz-Josef Recktenwald **L** 92 **FSK** o. A.; f **E** 23.11.1995 **fd** –

Fatal Past

FATAL PAST
Eine Prostituierte, die in der Villa eines reichen Drogenhändlers lebt, hat angst- und ahnungsvolle Träume, sucht Rat bei einer Psychologin und erinnert sich in Tiefenanalyse an ihr vergangenes Leben als Kurtisane im Japan des 17. Jahrhunderts. Als der Drogenboß sie in flagranti mit einem Leibwächter erwischt, scheint sich die Liebestragödie aus dem feudalistischen Japan zu wiederholen. Ein in ruhigem Erzähl-duktus entwickelter Parapsycho-Erotik-Thriller mit arg strapazierter esoterischer Handlung, der aber durchaus spannend unterhält.
USA 1993 **P** Phillip Emanuel Prod. **V** Ufa (Video) **Pd** Phillip Emanuel **R** Clive Fleury **B** Richard Ryan **K** Andrew Lesnie **M** Garry Hardman **S** Ted Otton, John Scott **D** Costas Mandylor (Costello), Kashia Figura (Jennifer Laurence), Terence Cooper (David Preston), Steven Grives (Peter Rossi), Gennie Nevinson (Helen Moore) **L** 83 **FSK** ab 18 **E** 16.1.1995 Video **fd** 31 265

Faustrecht des Westens

GUNSMOKE III: TO THE LAST MAN
Weiterer konfektionierter Fernseh-Western um die Serien-Figur des Marshals von Dodge City, Matt Dillon, die in den 50er Jahren in Fernsehen populär («Rauchende Colts», 1955–75) und in den 90er Jahren wiederbelebt wurde. Als er in Arizona hinter Pferdedieben her ist, gerät Dillon, inzwischen Vater einer erwachsenen Tochter, Ruheständler und Farmbesitzer, in eine blutige Familienfehde und muß der Lynchjustiz selbstherrlicher Rancher ein Ende setzen. – Ab 14 möglich.
USA 1991 **P** CBS **V** offen **R** Jerry Jameson **B** Earl W. Wallace **K** Ross A. Maehl **M** Artie Kane **D** James Arness (Matt Dillon), Pat Hingle (Col. Tucker), Amy Stock-Poynton (Beth), Matt Lively (Rusty Dover), Joseph Bottoms (Tommy Graham), Morgan Woodward (Abel Rose) **L** 89 **E** 7.1.1995 ARD **fd** –

Felony – Die CIA-Verschwörung

FELONY
Ein Reporter wird Zeuge eines polizeilichen Fahndungsdesasters in New Orleans, bei dem zwölf Polizisten ihr Leben lassen. Fortan sind Gangster und Polizisten, die im Rauschgiftgeschäft mitmischen, hinter ihm her. Ein Kriminalfilm, dessen ungehemmte Gewalt Ausdruck fehlender Fantasie ist.
USA 1994 **P** Southern Star **V** Warner Home (Video) **Pd** Robert Willoughby, Ted Prior **R+B** David A. Prior **K** Don E. Fauntleroy **M** Jan A.P. Kaczmarek **S** Tony Malanowski **D** Jeffrey Combs (Bill Knight), David Warner (Cooper), Ashley Laurence (Laura Bryant), Lance Henriksen (Tafit), John Don Baker (Donovan) **L** 89 **FSK** ab 16 **E** 18.8.1995 Video **fd** 31 501

Femmes

FEMMES
Das unerwartete Auftauchen eines Mannes auf einer von vier Frauen bewohnten Insel sorgt für erotische Abenteuer. Eine wirre Männerfantasie, ohne besonderes Geschick inszeniert; angesiedelt in einem ausgesucht edlen Ambiente.
Frankreich / Spanien 1982 **P** Accord / Orphée Arts / Transcontinental / Balcazar **V** offen **R+B** Tana Kaleya **K** Edmond Séchan **M** Yves Desca, Marc Hillman **S** Ca-

therine Debeau, Catherine Duval **D** Alexandra Stewart (Alexandra), Eva Cobo (Léa), Dirke Altevogt (Chloé), Martine Sportolaro (Claire), Helmut Berger (Helmut) **L** 92 **E** 7. 7. 1995 ORF 1 **fd** –

Die Ferien des Mr. Bartlett
CANCEL MY RESERVATION
Ein alternder Fernseh-Talkmaster, der sich von ehelichen und beruflichen Problemen erholen will, findet in seinem Hotelzimmer eine junge Indianerin ermordet auf. Der Tat verdächtigt, versucht er, den Mörder auf eigene Faust zu finden. Verworrene, lahme Kriminalkomödie, die weder durch Bob Hopes flaue Witzchen noch durch die Gastauftritte seiner Freunde (u. a. Bing Crosby, John Wayne, Flip Wilson) erträglich wird. – Ab 16.
USA 1972 **P** Warner Bros. **V** offen **R** Paul Bogart **B** Arthur Marx, Robert Fisher **D** Bob Hope (Dan Bartlett), Eva Marie Saint (Sheila Bartlett), Ralph Bellamy (John Ed), Anne Archer (Crazy), Keenan Wynn (Sheriff Riley), Forrest Tucker (Reese) **L** 99 **E** 7. 1. 1995 Kabel 1 **fd** –

Fesseln
Um über seine Ehekrise zu reden, fährt ein Paar in die Berge. Als die Frau bei der Wanderung abstürzt und nur schwerverletzt überlebt, ist sie ihrem krankhaft eifersüchtigen Mann ausgeliefert, der ihr nun, zwischen liebevoller Fürsorge und haßerfüllten Quälereien schwankend, das Leben zur Hölle macht. Ein thematisch verquaster Thriller, den auch die routinierte Inszenierung nicht zu retten vermag.
Deutschland 1995 **P** OLGA-Film **V** offen **R** Xaver Schwarzenberger **B** Orkun Ertener **K** Xaver Schwarzenberger **D** Jürgen Prochnow (Günther Reinders), Katharina Böhm (Hanna Reinders), Cornelia Froboess (Hannas Mutter), Harald Krassnitzer (Albert Mahler) **L** 93 **E** 28. 11. 1995 Pro Sieben **fd** –

Final Approach
FINAL APPROACH
Nach dem Absturz über der Wüste wacht ein Testpilot in der Klinik eines dubiosen Psychiaters auf. Er hat seine Erinnerung verloren. Eine Reihe von Tests nähren in ihm den Verdacht, er solle einer Gehirnwäsche unterzogen werden. Science-fiction-Film mit guten Effekten, die jedoch die Löcher in der Story und das unbefriedigende Ende nicht verdekken können. (Fernsehtitel: «Flug ins Dunkel») – Ab 16.
USA 1991 **P** Trimark **V** VIPRO (Video) **R** Eric Steven Stahl **B** Eric Steven Stahl, Gerald Laurence **K** Eric Goldstein **M** Kirt Hunter **D** James B. Sikking (Jason Halsey), Hector Elizondo (Dr. Gottlieb), Madolyn Smith (Mrs. Halsey), Kevin McCarthy (General Geller), Cameo Kneuer (Brooke Halsey) **L** 97 **FSK** ab 12 **E** 1995 Video / 7. 8. 1995 premiere **fd** –

Final Judgement
FINAL JUDGEMENT
Kriminalfilm. Nach einer Reihe von mysteriösen Morden entdeckt der Sheriff einer Kleinstadt Zusammenhänge mit einer furchtbaren, scheinbar sinnlosen Bluttat, die 30 Jahre zurückliegt.
USA 1989 **V** offen **R** David M. Robertson **B** Brian Dick, Jeff Woolnough **D** Michael Beck, Catherine Colvey **L** 88 **E** 5. 5. 1995 Kabel 1 **fd** –

Final Round
FINAL ROUND
In einem verlassenen Industriegelände werden ausgesuchte Todeskandidaten ausgesetzt, um in einem von vornherein aussichtslosen Kampf bewaffneten Söldnern ausgeliefert zu sein. Das makabre Spiel wird via Satellit in die Wohnungen von Sadisten übertragen, bis ein moderner Herkules die Szene betritt, der sich als unbesiegbar herausstellt. Ein menschenverachtender Actionfilm voller grauenhafter Szenen, der ein durch und durch sadistisches Publikum voraussetzt. – Wir raten ab.
USA 1993 **P** DEN Pictures **V** Ufa (Video) **Pd** Robert Vince **R** George Erschbamer **B** Arne Olsen **K** Rick Maguire **M** Graeme Coleman **S** David Richardson **D** Lorenzo Lamas (Tyler), Anthony De Longis, Kathleen Kinmont, Clark Johnson, Stephen Mendel **L** 78 **FSK** ab 18 **E** 20. 3. 1995 Video **fd** 31 267

Firehawk
FIREHAWK
Die Tochter eines in den USA arbeitenden russischen Wissenschaftlers, der scheinbar vom US-Geheimdienst ermordet wurde, rächt sich, in dem sie mittels elektromagnetischer Schwingungen amerikanische Flugzeuge abstürzen läßt. Eine unausgegorene, immerhin recht routiniert inszenierte Mischung aus Science-fiction, Action und aufdringlich «patriotischer» Kalter-Krieg-Gesinnung. Die visuellen Effekte sind teils gelungen, teils erbärmlich stümperhaft.
USA 1994 **P** Kallberg / Hess Associates **V** VPS (Video) **Pd** Kevin M. Kallberg, Oliver G. Hess **R + B** Paul Levine **K** John Newby **M** Richard Marvin **S** Barry Ketlin **D** Bruce Payne (Gordon Pruett), Natasha Andreichenko (Francesca), Lance Henriksen (Stenghel), John Stockwell (Andy Aldrich), Curt Lowens (Dr. Zaborszin) **L** 90 **FSK** ab 18 **E** 3. 3. 1995 Video **fd** 31 337

Firezone
DEADLY TARGET
Ein in Hongkong gefürchteter Gangster will seinem Ruf auch in Kalifornien gerecht werden und metzelt seine Konkurrenten brutal nieder. Ein Hongkonger Polizist heftet sich an seine Fersen. Stumpfsinniger Actionfilm mit der üblichen Aneinanderreihung ebenso roher wie spekulativer Szenen.
USA 1995 **P** PM Entertainment **V** Marketing (Video) **Pd** Richard Pepin, Joseph Merhi **R** Charla Driver **B** Michael January, James Adelstein **K** Richard Pepin **M** Michael J. Lewis **S** Fred Roth **D** Gary Daniels (Charlie), Byron Mann (Chang), Max Gail (Captain Peters), Ken McLeod (Jenson), Susan Byun (Diana) **L** 95 (gek. 83) **FSK** ab 18 (gek. ab 16) **E** 1.11.1995 Video / 10.2.1996 RTL **fd** 31 657

Fist of Justice
FIST OF JUSTICE
Eine junge Polizistin, deren Vater, ebenfalls Polizist, unschuldig im Gefängnis steckt, tritt einer Undercover-Spezialeinheit bei. Bald stellt sich heraus, daß die Kollegen mit jenem Gangsterboß gemeinsame Sache machen, der ihren Vater ins Gefängnis brachte. Harter Thriller mit zahlreichen Martial-arts-Effekten, in dem die Hauptdarstellerin ihre «starke Frau» zu stehen hat.
USA 1993 **P** Platinic Films **V** EuroVideo / NGP (Video) **R** Kim Bass **D** Marjean Holden, Cory Everson, Sam Jones, Richard Roundtree, Charles Napier **L** 92 **FSK** ab 18 **E** 17.5.1995 Video **fd** –

Fist of the North Star
FIST OF THE NORTH STAR
Ölglänzende Muskelprotze kämpfen vor einer Endzeit-Kulisse um die Gunst einer schönen Frau und die Herrschaft der Welt. Unverfrorener Genre-Mix, der einschläge Vorbilder uninspiriert kopiert. Drastische Brutalitäten, Schwulst und Albernheiten wechseln sich übergangslos ab. Vollends ungenießbar durch den fahrlässigen Umgang mit faschistischen und stalinistischen Symbolen und Parolen.
USA 1994 **P** Overseas **V** VCL / Carolco (Video) **Pd** Mark Yellen, Aki Kouine **R** Tony Randel **B** Peter Atkins, Tony Randel **K** Jacques Haitkin **M** Christopher L. Stone **S** Sonny Baskin **D** Gary Daniels (Ken), Costas Mandylor (Lord Shin), Isako Washio (Julia), Melvin van Peebles (Asher), Downtown Julie Brown (Charlie) **L** 79 **FSK** ab 18 **E** 21.8.1995 Video **fd** 31 585

Flammen des Widerstands – Der Kampf des Chico Mendes
BURNING SEASON
Eine auf der Biografie des Gewerkschaftlers Chico Mendes basierende Geschichte über fast 40 Jahre der Unterdrückung brasilianischer Kautschukpflücker durch wenige Unternehmer, Spekulanten und korrupte Politiker. Im Kampf gegen die Rodung des tropischen Regenwaldes und die neue Siedlungspolitik in der brasilianischen Provinz Cashoeira bezahlt Mendes einen hohen Preis für seinen Mut, doch sein Engagement bewirkt, daß 1990 Cashoeira als erste Provinz Brasiliens Staatseigentum und der Regenwald geschützt wird. Ein in der Hauptrolle eindringlich gespielter Film, der sich nie mit einer klischeehaften Märtyrergeschichte begnügt, sondern differenzierte Charaktere und deren Konflikte im Rahmen eines konkreten politischen Umfeldes entwickelt. – Ab 16.
USA 1994 **P** Home Box Office **V** Warner Home (Video) **R** John Frankenheimer **B** William Mastrosimone, Michael Tolkin, Ron Hutchinson, nach dem Roman «The Burning Season» von Andrew Revkin **K** John R. Leonetti **M** Gary Chang **S** Françoise Bonnot, Paul Rubell **D** Raul Julia (Chico Mendes), Carmen Argenziano, Sonia Braga, Kamala Dawson, Edward James Olmos **L** 118 **FSK** ab 16 **E** 10.3.1995 Video **fd** 31 268

Flashfire
FLASHFIRE
Im Zuge der Ermittlungen in einer Serie von Brandstiftungen wird der Kollege eines jungen Polizisten ermordet. Dessen Freundin meint, einen anderen Cop als Mörder erkannt zu haben. Bald sehen sich beide einem weitreichenden Komplott ausgesetzt. Thriller.
USA 1994 **P** Silver Lion / Avondale Pictures **V** Ascot (Video) **Pd** Lance Hool **R** Elliot Silverstein **B** John Warren, Dan York **K** Bert Dunk **M** Sylvester Levay **S** Mark Conte **D** Louis Gossett jr. (Ben Durand), Billy Zane (Jack Flinder), Tom Mason (Contreil), Kristin Minter (Lisa Cates), Louis Giambalvo (Al Sherman) **L** 85 **FSK** ab 16 **E** 7.11.1994 Video / 6.5.1995 premiere **fd** 31 237

Die Fledermaus
YARASA
Eine mit Humor und Fantasie gesponnene Allegorie auf das Kino, Kinotraditionen sowie das Verhältnis von Kino und Wirklichkeit: Ein Kunstwissenschaftler, leidenschaftlicher Kinogänger und im Alltag «blind wie eine Fledermaus», verliebt sich in eine Kinokartenverkäuferin, ohne sich darüber klar zu werden, daß die junge Frau, die «das Leben» an sich verkörpert, noch andere (Liebes-)Beziehungen pflegt. Geschockt vom Aufkommen des Tonfilms, erblindet er und wird von der Geliebten gepflegt, ohne den Betrug zu begreifen, dem er als «blindlings Liebender» ausgeliefert ist. (O.m.d.U.)

Teils schwarz-weiß. Aserbaidshan 1995 **P** Inter-Turan **V** Freunde der Deutschen Kinemathek **R** Ajas Salajew **B** Kamal Aslandu, Ajas Salajew **K** Bagir Rafijew **M** Nazim Mirishly **S** Rafiga Ibragimowa **D** Maria Lipkina, Rasim Balajew, Tolib Chamidow **L** 81 **FSK** – **E** 1995 Kino **fd** –

Fleshtone

FLESHTONE

Inspiriert durch die Telefonate mit einer Fremden, läßt ein einsamer Kunstmaler seine Sex- und Gewaltfantasien in ein neues Bild einfließen. Seine anonyme Telefonpartnerin liefert das Gemälde in die Hände Krimineller, die nach dieser Vorlage eine junge Frau ermorden und den Verdacht auf den Maler lenken. Spannungsarmer «Sex & Crime»-Thriller, chic gestylt, aber unsicher und wirr inszeniert.

USA 1993 **P** Prism / IMI **V** Highlight (Video) **Pd** David Sheldon **R+B** Harry Hurwitz **K** Paul Michelson **M** Zane Cronier **S** Emily Paine **D** Martin Kemp (Matthew), Lise Cutter (Jennifer), Tim Thomerson (Buddy), Graham Armitage (Dr. Frye), Susanne Brown (Wendy) **L** 86 **FSK** ab 16 **E** 25. 9. 1995 Video **fd** 31 656

Flight of the Dove

FLIGHT OF THE DOVE

Ein Spezialagentin der «National Security Agency», die den Vereinigten Staaten als Domina diente, will den Dienst quittieren. Da sie zu viel über die Machenschaften des Geheimdienstes weiß, wollen ihre Vorgesetzten sie umbringen lassen. Doch mit Hilfe eines suspendierten Sprengmeisters gelingen Flucht und Rettung. Banaler Actionfilm voller Ungereimtheiten, der bestenfalls eine oberflächliche Spannung zu erzeugen versteht. Interesse an den finsteren Geheimdienst-Machenschaften weiß der unbeholfen inszenierte Film nicht zu wekken.

USA 1994 **P** New Horizons / Hillwood Entertainment **V** Ascot (Video) **Pd** Mike Elliott **R** Steve Railsback **B** Lewis Green **K** Anghel Decca **M** David Wurst, Eric Wurst **S** Roderick Davis **D** Scott Glenn (Will Rickman), Theresa Russell (Alex Canis), Lane Smith (Stephen Hahn), Terence Knox («J. B.»), Katherine Helmond (Dr. Pamela Schilling) **L** 88 **FSK** ab 16 **E** 4. 10. 1995 Video **fd** –

Flinch – A Killing Phantom

FLINCH

Zwei als lebende Schaufensterpuppen agierende Studenten beobachten, wie ein psychopathischer Bildhauer seine Geliebte umbringt, und schweben als Tatzeugen in höchster Gefahr, bis sie den Mörder unschädlich machen können. Ein zurückhaltend erzählter Thriller, der aber nur wenige Spannungsmomente vorzuweisen hat. – Ab 16.

USA / Kanada 1994 **P** G.E.L. / Ulyssee Entertainment **V** NGP (Video) **R** George Erschbamer **K** Glen MacPherson **M** Hal Beckett **D** Judd Nelson, Gina Gershon, Nick Mancuso **L** 89 **FSK** ab 16 **E** 20. 2. 1995 Video / 12. 3. 1996 premiere **fd** –

Flirt

FLIRT

An Hand dreier fast identischer Episoden werden die Beziehungsängste und Zukunftshoffnungen von drei Paaren in New York, Berlin und Tokio durchleuchtet. Ein weitgehend minimalistischer Film, dessen Gleichheit Universalität signalisieren soll, der jedoch zu sehr auf der Stelle tritt, um überzeugen zu können. Nur in einigen kurzen Momenten blitzen Witz und Fabulierlust auf. (Titel der Episoden: 1. «New York», 2. «Berlin», 3. «Tokio»)

USA / Deutschland / Japan 1993–95 **P** True Fiction / Pandora / Nippon Film **V** Pandora **Pd** Ted Hope, Jerome Brownstein, Reinhard Brundig, Satoru Iseki **R+B** Hal Hartley **K** Michael Spiller **M** Ned Rifle, Jeffrey Taylor **D** Bill Sage (1) (Bill), Parker Posey (1) (Emily), Dwight Ewell (2) (Dwight), Geno Lechner (2) (Greta), Miho Nikaidoh (3) (Miho), Toshizo Fujisawa (3) (Ozu) **L** 83 **FSK** ab 12; f **E** 23. 11. 1995 **fd** 31 664

Das Flittchen und der Totengräber

Ein geschiedenes Paar läuft sich in Las Vegas nach elf Jahren zufällig wieder über den Weg. Die gegenseitigen Annäherungsversuche scheitern, ohne daß die beiden voneinander lassen können. Skurrile Beziehungskomödie, die eine Kino-Paar-Konstellation aus den späten 70er Jahren wiederbelebt. Eine bewußt «altmodische» Reflexion über die Anarchie der Gefühle und den Zufall, die sich gängigen Erzählstrukturen verweigert. – Ab 16.

Deutschland 1995 **P** Klaus Lemke Filmprod. **V** Senator **Pd** Klaus Lemke, Norbert Gruner **R+B** Klaus Lemke **K** Bernd Fiedler **M** Manuel Karpinski, Lukas Worm **S** Inez Regnier **D** Wolfgang Fierek (Wolfgang), Cleo Kretschmer (Cleo), Anthony Iorio (Mechaniker), Michael Daly (Pfarrer), Nicole Grunwald (Mrs. Riffen Raffen), Jimmy Braker (Kapitän), Marisa Sterz (Braut) **L** 82 **FSK** ab 6; f **E** 31. 8. 1995 **fd** 31 529

Flitterwochen auf Hawaii

PARENT TRAP: HAWAIIAN HONEYMOON / HAWAIIAN HONEYMOON

Ein Vater von Drillingen reist mit seiner Verlobten und den Kindern nach Hawaii, um eine Erbschaft anzutreten. Vierte Fortsetzung der «Parent Trap»-Komö-

dien, die das Rezept ihrer Vorgänger, Verwechslungen von Kindern sowie amouröse Verwicklungen der Eltern, ein weiteres Mal variiert. (Titel der übrigen Filme: «Die Vermählung ihrer Eltern geben bekannt», «Nikki und Mary – Die 5-Minuten-Ehe», «Ein Zwilling kommt selten allein») – Ab 8.
USA 1989 **P** Walt Disney **V** offen **R** Mollie Miller **B** John McNamara **K** Michel Hugo **D** Hayley Mills (Susan / Sharon), Barry Bostwick (Jeffrey Wyatt), John M. Jackson (Ray), Leanna Creel (Lisa), Monica Creel (Jessie), Joy Creel (Megan) **L** 90 **E** 18. 4. 1995 ARD
fd –

Flodder Forever – Eine Familie zum Knutschen
FLODDER III
Nach «Eine Familie zum Knutschen» und «Ein Familie zum Knutschen in Manhattan» der dritte Film um die asozial-chaotische Familie Flodder. Erneut sind die Mitglieder der Familie den spießbürgerlichen Nachbarn in ihrer idyllischen Wohnsiedlung ein Dorn im Auge, weil bereits die Vorbereitungen zu einer Jubiläumsfeier ins Chaotische entgleisen. Lediglich in einigen Details treffsicher, erweist sich die zynische Satire als müder Aufguß des bekannten infantil-groben Humors seiner Vorgänger. Auch einige märchenhafte Handlungselemente schaffen keine menschlich-sympathischen Momente.
Niederlande 1995 **P** First Floor Features **V** CI **Pd** Laurens Geels, Dick Maas **R** Dick Maas **B** Dick Maas, Wijo Koek **K** Philip Hering **M** Dick Maas **D** Nelly Frijda, Coen van Vrijberghe de Coningh, Stefan de Walle, Tatjana Simic, Scarlett Heuer, Sander Swart **L** 124 **FSK** ab 12; f **E** 28. 9. 1995 **fd** –

Der Fluch des Hauses Dain
siehe: Der Privatdetektiv

Der Fluch des Magiers
SEDUCED BY EVIL
Ein Wunderheiler und Zauberer bedrängt mit seinen okkulten Fähigkeiten eine von ihm begehrte Journalistin und verfolgt sie nicht nur im Traum. Als er ihre Tochter entführt, ergreift die Frau die Initiative. Eine einfallslose Variante einschlägig bekannter Erzählmuster, die an der Grenze zur Lächerlichkeit die Ereignisse durch okkulte Überhöhung interessant zu machen versucht. – Ab 16.
USA 1994 **P** Cinestage / Wilshire Court **V** CIC (Video) **Pd** Bob Roe **R** Tony Wharmby **B** Bill Svanoe **K** Joao Fernandes **M** George S. Clinton **S** Louise Innes **D** Suzanne Samers (Lee Lindsay), James B. Sikking (Nick Lindsay), John Vargas (Sero), Julie Carmen (Rayna) **L** 85 **FSK** ab 12 **E** 15. 5. 1995 Video
fd 31 419

Der Fluch des Wahnsinns
CRY WOLF
Statischer melodramatischer Thriller in der Machart von Hitchcocks «Rebecca»: Nach dem Tod ihres heimlich angetrauten Mannes taucht die Witwe auf dessen Familiensitz auf, einem düsteren viktorianischen Landsitz, wo sie einem furchtbaren Geheimnis auf die Spur kommt. – Ab 16.
Schwarz-weiß. USA 1947 **P** Warner Bros. **V** offen **Pd** Henry Blanke **R** Peter Godfrey **B** Catherine Turney, nach dem Roman von Marjorie Carleton **K** Carl Guthrie **M** Franz Waxman **S** Folmar Blangsted **D** Errol Flynn (Mark Caldwell), Barbara Stanwyck (Sandra Marshall), Richard Basehart (James Demarest), Jerome Cowan (Senator Caldwell), Geraldine Brooks (Julie Demarest) **L** 83 **E** 26. 11. 1995 West 3
fd –

Flucht aus dem Eis
MAP OF THE HUMAN HEART
Durch die Ankunft eines englischen Forschers ändert sich das Leben eines Eskimo-Jungen im arktischen Eis. Er erkrankt an Tuberkulose, kommt nach Montreal und lernt Sprache und Lebensweise der «Weißen» kennen, wodurch sein Leben entscheidend geprägt wird. Ein ebenso aufwendiger wie einfühlsamer Versuch, mittels traumartig-poetischer Bilder die Vorstellungskraft des Eskimos, seine Erinnerungen und mythischen Visionen auf seine neue Wirklichkeit zu projizieren. Konsequent subjektiv in seinem Blickwinkel, spannt der Film den Bogen bis zum Feuersturm bei der Zerstörung Dresdens, ohne das Thema der Fremdheit und Entfremdung aus den Augen zu verlieren. – Ab 16.
Australien / Kanada / Frankreich / England 1992 **P** Working Title / Vincent Ward Films / Les Films Ariane / Sunrise / Map **V** Columbia TriStar (Video) **Pd** Tim Bevan, Vincent Ward **R** Vincent Ward **B** Louis Nowra **K** Eduardo Serra **M** Gabriel Yared **S** John Scott, George Akers **D** Patrick Bergin (Walter Russell), Anne Parillaud (Albertine), Jason Scott Lee (Avik), Ben Mendelsohn (Farmboy), Jeanne Moreau (Sister Banville) **L** 104 **FSK** ab 12 **E** 11. 4. 1995 Video
fd 31 375

Flucht aus dem Kino «Freiheit»
UCIECZKA Z KINA «WOLNOSC»
Während einer Vorführung im Kino «Freiheit» fallen die Schauspieler eines Spielfilms buchstäblich aus ihren Rollen: Sie beschweren sich über das Drehbuch und diskutieren mit den Zuschauern. Der Vertreter der strengen Zensurbehörde, von Haus aus Schriftsteller und Literaturkritiker, kann die Rebellen

ebensowenig zur Raison bringen wie eine Regierungskommission. Bald steigt der Zensor, der zunehmend Gefallen an dem Chaos findet, selbst ins Filmgeschehen ein, wo er mit all jenen Personen konfrontiert wird, die er aus politischen Gründen aus früheren Filmen hat entfernen lassen. Schließlich kehrt er geläutert an seinen Arbeitsplatz zurück. Die Satire auf die Zensur vergangener Jahrzehnte ist ein wichtiges Zeugnis des polnischen Kinos unmittelbar nach der politischen Wende, auch wenn in der wilden Mischung von Genrelementen, die sich vor allem bei Woody Allens «The Purple Rose of Cairo» bedient, der Ernst des Anliegens zeitweise unterzugehen droht.
Polen 1990 **P** Film Studio «TOR» **V** offen **R+B** Wojciech Marczewski **K** Jerzy Zielinski **M** Zygmunt Konieczny **S** Elzbieta Kurkowska **D** Janusz Gajos (Zensor), Wladyslaw Kowalski (Professor), Zbigniew Zamachowski (Waclaw), Teresa Marczewska (Malgorzata), Krzysztof Wakulinski (Dozent), Piotr Fronczewski (Sekretär), Michal Bajor (Kritiker) **L** 86 **E** 15.8.1995 ZDF **fd** –

Flucht durch die Wolken
LA FILLE DE L'AIR
Die Frau eines Verbrechers befreit, nachdem sie selbst aus der Haft entlassen worden ist, ihren Mann durch eine spektakuläre Aktion aus dem Gefängnis. Thriller nach einem authentischen Fall, der nur darum bemüht ist, die Fakten möglichst effektvoll aufzubereiten, und sich an der Motivation der Personen wenig interessiert zeigt. – Ab 16.
Frankreich 1992 **P** CiBy 2000 **V** offen **R** Maroun Bagdadi **B** Florence Quentin, Dan Franck, Maroun Bagdadi **K** Thierry Arbogast **M** Gabriel Yared **S** Luc Barnier **D** Béatrice Dalle (Brigitte), Thierry Fortineau (Daniel), Hippolyte Girardot (Philippe), Roland Bertin (Maître), Jean-Claude Dreyfus (Marcel) **L** 106 **E** 3.4.1995 ZDF **fd** –

Die Flucht zum Hexenberg
ESCAPE TO WITCH MOUNTAIN
Zwei Waisenkinder mit übernatürlichen Kräften, die sich ihrer außerirdischen Abstammung nicht bewußt sind, werden von den Häschern eines Industriemagnaten gejagt, der sie für seine finsteren Absichten einspannen will. Ihre Flucht führt zu einem entlegenen Berg, der auch das Geheimnis ihrer Herkunft birgt. Erfolgreiche, überaus sentimentale Familiengeschichte nach Disney-Routine im Gewand eines Science-fiction-Films für Jugendliche. – Ab 14.
USA 1975 **P** Disney / Buena Vista **V** offen **Pd** Jerome Courtland **R** John Hough **B** Robert Malcolm Young, nach dem Buch von Alexander Key **K** Frank Phillips **M** Johnny Mandell **S** Robert Stafford **D** Eddie Albert (Jason), Ray Milland (Aristotle Bolt), Donald Pleasence (Deranian), Kim Richards (Tia), Ike Eisenmann (Tony), Denver Pyle (Onkel) **L** 90 **E** 19.2.1995 RTL **fd** –

Fluchtpunkt Todesfalle
siehe: Niemandsland

Flug ins Dunkel
siehe: Final Approach

Flying Toys
PLANE FEAR
Ein 16jähriger entdeckt im Haus seines geschiedenen Vaters das Spielzeug seines Opas: zwei ferngesteuerte Doppeldecker-Modellflugzeuge. Damit zeigt der rüstige 93jährige seinem Enkel, wie er im Ersten Weltkrieg den «Roten Baron», den berühmten Kampfflieger Manfred von Richthofen, besiegte. Da erwacht die Puppe des «Roten Barons» zum Leben und sinnt auf eine mörderische Revanche. Eine luftige Teenie-Horrorkomödie, die sich und ihr Thema nie ganz ernst nimmt. Tricktechnisch auf bescheidenem Niveau und in den Luftkämpfen etwas zu grausam inszeniert. – Ab 16.
USA 1993 **P** Pacific Trust **V** Highlight (Video) **Pd** Mike Elliott, Roger Corman **R** Robert Gordon **B** Michael James McDonald **K** Christian Sebaldt **M** Nigel Holton, John Graham **S** Kagan Erturan, Robert Gordon **D** Mickey Rooney (Großvater Spencer), Tobey Maguire (Jimmy), Laraine Newman (Carol), Cliff De Young (Richard), Ronnie Schell (Lou) **L** 84 **FSK** ab 16 **E** 21.2.1995 Video **fd** 31 358

Forbidden Love – The Unashamed Stories of Lesbian Love
FORBIDDEN LOVE – THE UNASHAMED STORIES OF LESBIAN LOVE
Zehn lesbische Frauen berichten über ihr «Coming-out» in den 50er und 60er Jahren und beschreiben, auf welche Weise einschlägige Groschenromane zu ihrer Selbstfindung beigetragen haben. Eine interessante Dokumentation mit Spielszenen, deren Interviews und Archivaufnahmen sich zu einem vielschichtigen Zeit- und Gesellschaftsbild der lesbischen Szene verdichten. (O.m.d.U.)
Kanada 1993 **P** Studio D / National Film Board of Canada **V** Salzgeber & Co. **Pd** Margret Pettgrew, Ginny Stikeman **R+B** Aerlyn Weissman, Lynne Fernie **K** Zoe Dirse **M** Kathryn Moses **S** Cathy Gulkin, Denise Beaudoin **D** Stephanie Morgenstern (Laura), Lynne Adams (Mitch), Maria-Jo Therio (Beth), George Thomas (Bill), Lory Wainberg (Bertender) **L** 84 **FSK** – **E** 29.6.1995 **fd** 31 452

Forget Paris
FORGET PARIS
Ein amerikanischer Basketball-Schiedsrichter verliebt sich in Paris in eine Air-France-Angestellte. Beschwingte Beziehungskomödie, die dort erst richtig anfängt, wo sonst der Vorhang fällt. Zugunsten einer effektvollen Inszenierung werden allerdings Zwischentöne schnell an den Rand gedrängt und allzu beliebige Gags aneinandergereiht. – Ab 16.
USA 1994 **P** Face / Castle Rock Entertainment **V** Concorde – Castle Rock / Turner **Pd+R** Billy Crystal **B** Billy Crystal, Lowell Ganz, Babaloo Mandel **K** Don Burgess **M** Marc Shalman **S** Kent Beyda **D** Billy Crystal (Mickey Gordon), Debra Winger (Ellen Andrews), Joe Mantegna (Andy), Cynthia Stevenson (Liz), Richard Masur (Craig), Julie Kavner (Lucy), Robert Costanzo (Kellner) **L** 101 **FSK** ab 6; f **FBW** bw **E** 31. 8. 1995 **fd** 31 494

Das Fort der Hoffnung
CALIFORNIA GOLD RUSH
Western. Ein junger Schriftsteller kommt nach Kalifornien und wird in einem Fort heimisch, mit dem ein Captain für Frieden zwischen den Menschen sorgen will. Der Offizier scheint jedoch mit seinen redlichen Absichten zu scheitern, als in der Nähe der Befestigungsanlage Gold gefunden wird.
USA 1979 **V** offen **R** Jack Hively **D** Robert Hays (Bret Harte), John Dehner (Captain Sutter), Henry Jones (Joe Gillis), Gene Evans (Sam Brennan), Ken Curtis (Ken Tuck) **L** 94 **E** 18. 11. 1995 Super RTL **fd** –

Fortunes of War
FORTUNES OF WAR
Ein australischer Entwicklungshelfer läßt sich anheuern, Waffen und Medikamente von Thailand nach Kambodscha zu bringen, um sie dort an Guerillas zu verkaufen. Er gerät in die Hände von Kinder-Söldnern der Roten Khmer, rettet ein Kloster vor sadistisch-korrupten Grenzpolizisten und erringt die Liebe einer aufopferungsvollen Frau. Ein routiniert inszenierter Film, der effektvoll Spannung und Action verbindet, das Elend im bürgerkriegserschütterten Kambodscha aber zugunsten einer verlogen-sentimentalen «Mitleids-Dramaturgie» einsetzt. Die guten Taten des kämpferischen Entwicklungshelfers sind nur vordergründige pseudo-«humanistische» Versatzstücke.
USA 1993 **P** New Moon **V** Warner Home (Video) **Pd** Matt Salinger **R** Thierry Notz **B** Mark Lee **K** Bruce Dorfman **M** Kennard Ramsey **S** Brent Schoenfeld **D** Matt Salinger (Peter Vernon), Sam Jenkins (Johanna Pimmler), Haing S. Ngor (Khoy Tuon), Martin Sheen (Francis), Michael Ironside (Carl Pimmler) **L** 102 **FSK** ab 16 **E** 1995 Video **fd** 31 263

Der Franc
LE FRANC
Ein Musiker im Senegal hofft auf einen Losgewinn, um sein geliebtes Musikinstrument, das seine Vermieterin konfisziert hat, einlösen zu können. Als der Tag der Gewinnziehung naht, kann er das sorgfältig an seine Wohnungstür geklebte Los nicht lösen, so daß er die Tür Huckepack nimmt und mit ihr durch ganz Dakar zieht. Eine mit behutsamer Slapstick-Komik entwickelte Allegorie über die senegalesische Wirklichkeit. Musik als fundamentaler Bestandteil des Lebens wird in der Erzählung verankert: Klänge, Geräusche und Rufe verweben sich mit ihr zu einer Rhythmus- und Klangraumkomposition des städtischen Lebens von Dakar. (O. m. d. U.) – Sehenswert ab 14.
Senegal / Schweiz / Frankreich 1994 **P** Waka Films / Scolopendra / Maag Daan **V** Freunde der Deutschen Kinemathek **R+B** Djibril Diop Mambéty **K** Stéphan Oriach **M** Dieye Ma Dieye, Aminta Fall, Demba Bâ **S** Stéphan Oriach **D** Dieye Ma Dieye, Aminta Fall, Demba Bâ **L** 46 **FSK** – **E** 1995 Kino **fd** –

Frankenstein
siehe: Dr. Frankenstein

Eine französische Frau
UNE FEMME FRANCAISE
Die Ehe eines französischen Offiziers wird durch die zwanghaften Seitensprünge seiner Frau während seiner vielen Abwesenheiten (Zweiter Weltkrieg, Indochina-Konflikt, Algerien) gestört. In der Affäre zu einem Deutschen eskaliert der Konflikt. Ein Melodram, das die Motivation der Protagonisten nicht überzeugend vermittelt. Nicht mehr als ein halbherziger Versuch über die Probleme von Einsamkeit und Treue, der Intensaität allenfalls durch die präzisen schauspielerischen Leistungen erzielt.
Frankreich / Deutschland / England 1995 **P** UGC / TF 1 Films / Studio Babelsberg / D.A. / Recorded Pictures **V** prokino **Pd** Yves Marmion **R** Régis Wargnier **B** Alain Le Henry, Régis Wargnier **K** François Catonné, Patrick de Ranter **M** Patrick Doyle **S** Geneviève Winding, Agnès Schwab, Stephanie Small **D** Emmanuelle Béart (Jeanne), Daniel Auteuil (Louis), Gabriel Barylli (Mathias), Jean-Claude Brialy (Arnoult), Geneviève Casile (Solange, Jeannes Mutter) **L** 98 **FSK** ab 12; f **E** 24. 8. 1995 **fd** 31 496

Eine Frau besiegt die Angst
THE BETTY FORD STORY
Der Kampf von Betty Ford, der Frau des amerikanischen Präsidenten, gegen Alkohol- und Ta-

blettensucht. Ein weitgehend gelungenes autobiografisches (Fernseh-)Drama, das ganz von der intensiven Darstellung Gena Rowlands lebt.
– Ab 16.
USA 1987 **P** David L. Wolper Prod. **V** offen **Pd** Mark M. Wolper **R** David Greene **B** Karen Hall, nach der Autobiografie von Betty Ford und Chris Chase **D** Gena Rowlands (Betty Ford), Josef Sommer (Jerry Ford), Nan Woods (Susan), Concetta Tomei (Jan), Jack Radar (Arzt) **L** 90 **E** 6.10.1995 ZDF **fd** –

Eine Frau für zwei
GAZON MAUDIT
Das scheinbar glückliche Familienleben eines Immobilienmaklers gerät durch eine lesbische Frau aus den Fugen. Eine Dreieckskomödie, die die Konventionen des Genres bemüht und das Bild der lesbischen Frau lediglich als stereotypes Versatzstück einbaut. Die sexuelle Unordnung dient der platten Bestätigung der gesellschaftlichen Ordnung, die sich ansonsten in dummen Herrenwitzen erschöpft.
Frankreich 1994 **P** Renn / TF1 Films / Les Films Flam **V** Tobis **Pd** Claude Berri **R + B** Josiane Balasko **K** Gérard de Battista **M** Manuel Malou **S** Claudine Merlin **D** Victoria Abril (Loli), Josiane Balasko (Marijo), Alain Chabat (Laurent), Ticky Holgado (Antoine) **L** 107 **FSK** ab 12; f **E** 5.10.1995 **fd** 31 551

Eine Frau mit Erfolg
PERFECT PROFILE
Per Computer sucht ein erfolgreicher Jungunternehmer den perfekten Spieler für seine Basketball-Mannschaft. Nach Vertragsabschluß entpuppt sich die «Wunderwaffe» jedoch als Frau. Konventionelle Komödie um den Kampf der Geschlechter.
USA 1989 **V** offen **R** Jim C. Harris **B** Mike O'Dell, Joseph Sterling **D** Nancy Lieberman (Terry Williams), Tom Campitelli (Brad Johnson), Mike O'Dell (Doc Alvins), Bruce Anderson (Vern Grant), Ray Lepere (Coach Bexler) **L** 83 **E** 16.9.1995 RTL **fd** –

Die Frau vor mir
DIE FRAU VOR MIR
Eine Mutter versucht, in sich selbst die Spuren ihrer eigenen Mutter zu finden. Der essayistische Film fordert zur Aufarbeitung der persönlichen Geschichte auf, weil er dies als die Voraussetzung zum Verständnis der Weltgeschichte versteht.
Österreich 1991 **P** Extrafilm **V** offen **R** Henriette Fischer **B** Henriette Fischer, Peter Berecz **K** Tamás Ujlaki, Elke Harder **M** Zdenek Merta **D** Dorottya Udvaros (die Frau), Agnes Fischer (das Kind), William Mang (der Mann), Maria Bell (die Stimme), Kitty Speiser, Karl Zemanek **L** 75 (gek. 60) **E** 14.5.1995 3sat **fd** –

Die Frauen vom See der unschuldigen Seelen
XIAN HUNNÜ
Die erfolgreiche Betreiberin einer Sesam-Ölmühle ist unglücklich, da ihr Ehemann ein gewalttätiger Alkoholiker und ihr erwachsener Sohn geistig behindert ist. Sie stößt immer wieder an die Grenzen, die gesellschaftliche Rollenzwänge ihr auferlegen; sie bleibt «Eigentum» ihres Mannes. Ihrem Sohn kauft sie für viel Geld eine Ehefrau, doch das (Familien-)Leben der Schwiegertochter bleibt so unerfüllt wie ihr eigenes. Es dauert lange, bis die beiden Frauen sich als Opfer derselben Umstände begreifen. In unspektakulärem Stil erzählt, legt der Film besonderen Wert auf nuancierte Charakterzeichnungen und wird von einer hervorragenden Hauptdarstellerin getragen.
VR China 1992 **P** Tian Jin Filmstudio / Chang Chun Filmstudio **V** offen **R + B** Xie Fei **K** Bao Xiaoran **M** Wang Liping **D** Siquin Gaowa (Xiang Ersao), Wu Yujuan (Huan Huan), Lei Luosheng (Que Ershu), Chen Baoguo (Ren Zhongshi) **L** 106 **E** 20.2.1995 mdr **fd** –

Frauen wie Samt und Seide
VELVET
Vier Top-Agentinnen sollen einen berühmten Waffenexperten aus der Hand von Kidnappern befreien. Müder Agenten-Ulk. – Ab 16.
USA 1984 **P** ABC / Warner / Aaron Spelling **V** offen **Pd+R** Richard Lang **B** Ned Wynn **D** Leah Ayres (Cass), Shari Belafonte-Harper (Julie), Mary-Margaret Humes (Boots), Sheree J. Wilson (Ellen), Michael Ensign (Stefan) **L** 93 **E** 11.11.1995 Kabel 1 **fd** –

Freddy's New Nightmare
WES CRAVEN'S NEW NIGHTMARE
Eine ehemalige Darstellerin der Filmserie «Freddy's Nightmare» wird im Alltag vom vermeintlich verstorbenen Alptraum-Monster Freddy Krueger belästigt und soll einen neuen Film drehen, um das Böse zu bezwingen. Dies gelingt aber erst, als sie ihrem Sohn in einen Alptraum folgt. Durch die umständliche Erzählkonstruktion kommt Spannung kaum auf. Da die psychologische und ästhetische Tiefe mancher früheren Filme fehlt, mangelt dem Film auch der Reiz seiner Vorgänger.
USA 1994 **P** New Line **V** Connexion (Kino) / VMP (Video) **Pd** Marianne Maddalena, Jay Roewe **R + B** Wes Craven **K** Mark Irwin **M** J. Peter Robinson **S** Patrick Lussier **D** Heather Langenkamp (sie selbst), Miko Hughes (Dylan), David Newson (Chase Porter), Robert Englund (er selbst), Wes Craven (er selbst) **L** 112 **FSK** ab 16; nf **E** 19.1.1995 / 27.6.1995 Video **fd** 31 161

Free Willy 2 – Freiheit in Gefahr
FREE WILLY 2
Ein 14jähriger Waisenjunge rettet mit Hilfe seines kleinen Halbbruders und ihrer gemeinsamen Pflegeeltern einen befreundeten Orca-Wal und dessen Herde vor Tod und Gefangenschaft. Ein inszenatorisch und schauspielerisch annehmbarer, inhaltlich aber dürftiger Aufguß des das Ideal der Familie und den Schutz der Natur beschwörenden Erfolgsfilms «Free Willy – Ruf der Freiheit» (1993). – Ab 10.
Scope. USA 1995 **P** Warner / Canal + / Regency Enterprises / Alcor Films **V** Warner Bros. (Kino) / Warner Home (Video) **Pd** Lauren Shuler-Donner, Jennie Lew Tugend **R** Dwight H. Little **B** Karen Janszen, Corey Blechman, John Mattson **K** Laszlo Kovacs **M** Basil Poledouris **S** Robert Brown, Dallas Puett **D** Jason James Richter (Jesse), Francis Capra (Elvis), Mary Kate Schellhardt (Nadine), August Schellenberg (Randolph), Michael Madsen (Glen) **L** 98 **FSK** ab 6; f **FBW** w **E** 28.9.1995 / 21.3.1996 Video
fd 31 538

Das fremde Gesicht
FACE OF A STRANGER
Ein inszenatorisch und darstellerisch überdurchschnittliches Fernsehdrama: Eine wohlhabende Frau freundet sich mit einer Obdachlosen an, die aber jede Unterstützung ablehnt. Nach dem Tod ihres Mannes plötzlich mittellos geworden, lernt sie, die Situation ihrer Freundin besser zu verstehen.
USA 1991 **P** Linda Gottlieb Prod. **V** offen **Pd** George Perkins **R** Claudia Weill **B** Marsha Norman, nach einem Artikel von Mary Stuart **D** Gena Rowlands (Pat), Tyne Daly (Dollie), Cynthia Nixon (Tina), Harris Yulin (David), Seymour Cassel (Ralph) **L** 90 **E** 16.9.1995 Super RTL **fd** –

Der fremde Sohn
BROKEN LULLABY / THE MAN I KILLED
1919: Der Franzose Paul reist nach Deutschland, um sich bei der Familie des Soldaten zu entschuldigen, den er im Ersten Weltkrieg getötet hat. Er gibt allerdings vor, mit dem Toten befreundet gewesen zu sein. Ein für seine Entstehungszeit ungewöhnlicher Film, trotz der dramatischen Geschichte voller komödiantischer Untertöne und unverhohlen antimilitaristischer Tendenz. Es ist der einzige dramatische Tonfilm von Ernst Lubitsch. – Sehenswert ab 14.
Schwarz-weiß. USA 1931 **P** Paramount **V** offen **R** Ernst Lubitsch **B** Ernest Vajda, Samson Raphaelson, nach dem Theaterstück «L'Homme qui j'ai tué» von Maurice Rostand **K** Victor Milner **S** W. Franke Harling **D** Lionel Barrymore (Dr. Holderlin), Nancy Carroll (Elsa), Phillips Holmes (Paul), Tom Douglas (Walter Holderlin), ZaSu Pitts (Anna) **L** 77 **E** 24.10.1995 WDR **fd** –

Der fremde Vetter
LE MOUCHOIR DE JOSEPH
Bei polnischen Einwanderern, die in der französischen Provinz ein kleines Lebensmittelgeschäft betreiben, nistet sich ein Vetter aus Polen ein. Die Anfeindungen der Dorfbewohner nehmen dadurch noch zu. Als eine junge Frau ermordet wird, fällt der Verdacht auf die Fremden. Kriminalfilm, in dessen Mittelpunkt Fremdenhaß und die Schwierigkeiten der Integration stehen.
Frankreich 1988 **P** TF 1 / Hamster / TSR / Sofica Images Investissement / Sofigenerie **V** offen **R** Jacques Fansten **B** Jacques Fansten, Emmanuelle Bernheim, nach einer Erzählung von Georges Simenon **K** Eduardo Serra **M** Jean-Marie Sénia **S** Marie Robert **D** Piotr Shivak (Viktor), Isabelle Sadoyan (Maria), Catherine Frot (Anna), Coraly Zahonoro (Lisbeth), Laurent Arnal (Joseph), Jan Biczycki (Cornelius) **L** 93 **E** 15.9.1995 arte **fd** –

Fremder
STRANGER
Debütfilm, der sich mit den chaotischen Verhältnissen in der in einzelne Staaten zerfallenen und von Kriegen erschütterten ehemaligen Sowjetunion auseinandersetzt. Ein Amerikaner besucht seinen Freund in Kasachstan und wird mit rätselhaften Ereignissen konfrontiert, bei denen Gangster, Wodka, ein undurchschaubares Kind und ein mysteriöser Todesfall die entscheidenden Rollen spielen.
Kasachstan 1993 **V** offen **R** Timur Suleimenov **B** Timur Suleimenov, Jonathan Goldstein **K** Talgat Taishanov **M** Kuat Shildebaev **D** Kanat Yesentaev, Jonathan Goldstein **L** 75 **E** 14.2.1995 WDR **fd** –

Ein Fremder in unserer Mitte
STRANGER IN THE FAMILY
Ein angeblich nach Tatsachen gestaltetes Drama um einen 16jährigen, der durch einen Autounfall das Gedächtnis verliert. Die Anstrengungen, die seine Genesung mit sich bringt, belasten die Familie ebenso wie ihn selbst.
USA 1991 **P** Polongo **V** offen **Pd** Russell Vreeland **R** Donald Wrye **B** Rene Balger, Hal Sitowitz **D** Teri Garr (Randi), Neil Patrick Harris (Steve), Randle Mell, Sierra Samuel, Kathryn Dowling **L** 91 **E** 16.5.1995 RTL 2 **fd** –

Der Fremdgeher: Eine Ehefrau rechnet ab
A HOUSE OF SECRETS AND LIES
Liebesdrama: Nachdem eine Frau zum wiederholten Mal von ihrem Ehemann betrogen worden ist, zieht sie die Konsequenzen.

USA 1993 **V** offen **R** Paul Schneider **D** Connie Sellecca (Susan Cooper), Kevin Dobson (Jack Evans), Georgann Johnson (Anita Cooper), Geoffrey Nauffts (Brian), Grace Zabriskie (Ruby Briant) **L** 94 **E** 18. 6. 1995 SAT 1 **fd** –

French Kiss
FRENCH KISS
Die Heiratspläne eines kanadischen Paares werden durchkreuzt, als der Mann in Paris einer attraktiven Französin verfällt, seine aufgebrachte Verlobte ihm nachreist und im Flugzeug einen Franzosen kennenlernt, der sich als Dieb entpuppt. Eine romantische Komödie auf den Spuren klassischer Vorbilder, aber ohne deren Charme und zu sehr amerikanischen Klischee-Figuren verpflichtet. – Ab 14.
Scope. USA 1995 **P** Working Title / PolyGram **V** CI **Pd** Tim Bevan, Eric Fellner, Meg Ryan, Kathryn F. Galan **R** Lawrence Kasdan **B** Adam Brooks **K** Owen Roizman **M** James Newton Howard **S** Joe Hutshing **D** Meg Ryan (Kate), Kevin Kline (Luc), Timothy Hutton (Charlie), Jean Reno (Jean-Paul), François Cluzet (Bob), Susan Anbeh **L** 111 **FSK** ab 6; f **FBW** bw **E** 14. 9. 1995 **fd** 31 510

Die Freuden der Familie
IL MARITO
Der einfallsreiche, jedoch finanzschwache Teilhaber einer Baufirma wird von seiner weitläufigen Verwandtschaft bedrängt. Diese befindet sich im Glauben, daß er als Unternehmer sehr wohlhabend sein müsse. Eine turbulente Komödie. – Ab 16.
Schwarz-weiß. Italien / Spanien 1957 **P** Fortunia Film / Chamartin **V** offen **R** Nanni Loy, Gianni Puccini **B** Rodolfo Sonego, Alberto Sordi, Gianni Puccini, Nanni Loy, Ruggero Maccari, Ettore Scola **K** Roberto Gerardi **M** Carlo Innocenzi **D** Alberto Sordi, Aurora Batista, Luigi Tosi, Alberto De Amicis, Carlo Ninchi **L** 80 **E** 28. 1. 1984 DFF 2 / 16. 9. 1995 mdr **fd** –

Freundinnen
Liebeskomödie um die Freundschaft zwischen zwei jungen Frauen, die besonders durch ihre Unterschiede auffallen: still und zurückhaltend die eine, hartgesottener, zupackender, lebenserfahrener die andere. Im Lauf der Zeit lernen die beiden, einander in schwierigen Lebenslagen zu unterstützen. Probleme stellen sich notgedrungen ein, als die eine der anderen den Geliebten ausspannt.
Deutschland 1994 **V** offen **R+B** Heiko Schier **K** Hans-Günther Bücking **M** Piet Klocke **D** Meret Becker (Sophia), Nina Kronjäger (Olga), Sebastian Koch (Marcel), Heino Ferch (Peter), Andreja Schneider (Jazzsängerin) **L** 91 **E** 6. 2. 1995 ZDF **fd** –

Eine Freundschaft
FRIENDS
Die Geschichte der Freundschaft zwischen drei verschiedenen Frauen im Südafrika der 80er Jahre. Die Burin Aninka, ein begeisterte Archäologin, die von den Zulus abstammende Thoko und die Engländerin Sophie, engagierte Aktivistin im Kampf gegen die Apartheid, haben sich während des Studiums in Johannesburg kennengelernt. Der Zusammenhalt der drei scheint zu zerbrechen, als bei einem Anschlag, für den Sophie verantwortlich ist, zwei Menschen ums Leben kommen. Schließlich geht ihre Freundschaft jedoch gestärkt aus der Belastungsprobe hervor. Das trotz einiger Längen überzeugende Spielfilmdebüt einer Dokumentaristin bettet die Problematik der Rassentrennung in ein psychologisches Porträt ein und führt ihre Auswirkungen im Alltagsleben vor Augen. (O. m. d. U.)
England / Frankreich 1993 **P** Friends Productions / Chrysalide / Rio / Channel 4 / British Screen **V** offen **Pd** Judith Hunt **R+B** Elaine Proctor **K** Dominique Chapuis **M** Rachel Portman **S** Tony Lawson **D** Kerry Fox (Sophie), Michele Burgers (Aninka), Dambisa Kente (Thoko), Marius Weyers (Johan), Tertius Meintjes (Jeremy) **L** 103 **E** 28. 8. 1995 3sat **fd** –

Fun – Mordsspaß
FUN
Zwei Mädchen im Teenager-Alter werden von Gefängnispsychologen über eine von ihnen verübte Gewalttat befragt, die in farbigen Rückblenden zu sehen ist. Scheinbar unmotiviert haben sie eine alte Frau brutal ermordet. Der filmsprachlich zwar wenig ambitionierte, thematisch aber seriöse und bemerkenswert unspekulative Versuch einer psychologischen Studie über von Jugendlichen verübte Gewalt. – Ab 16.
Teils schwarz-weiß. USA 1994 **P** Neo Modern Entertainment **V** Atlas **Pd+R** Rafal Zielinski **B** James Bosley, nach seinem Drama **K** Jens Sturup **M** Marc Tschanz **S** Monika Lightstone **D** Alicia Witt (Bonnie), Renée Humphrey (Hillary), William R. Moses (John), Leslie Hope (Jane), Ania Suli (Mrs. Farmer) **L** 103 **FSK** ab 12; f **E** 20. 7. 1995 / 8. 2. 1996 premiere **fd** 31 446

Fünf Jahre – Ein Leben
Dokumentarfilm über zwei Menschen, die den Terror von Auschwitz überlebten: einen politischen Häftling, der als Schreiber im Aufnahmekommando des Konzentrationslagers arbeitete und später am Aufbau der Gedenkstätte Auschwitz-Birkenau mitwirkte, und eine jüdische Pia-

nistin, die der Gaskammer nur entkam, weil das Frauenorchester des Lagers Musikerinnen brauchte.
Deutschland 1994 **V** offen **R** Andreas Pflügler, Pim Richter **L** 70 **E** 26.1.1995 B 1 **fd** –

Fünf Klumpen Gold
TUTTI FRATELLI NEL WEST.../ PER PARTE DI PADRE
Fünf Klumpen Gold enthalten zusammengesetzt den Lageplan einer Goldmine. Die Jagd nach den Goldklumpen beginnt, weil nur der, der alle hat, in den Besitz des Plans gelangen kann. Parodistischer Western.
Italien 1972 **P** D.C. 7 Produzione **V** offen **R** Sergio Grieco **B** Romano Migliorini, Gianbattista Mussetto, Sergio Grieco **K** Aldo de Robertis **M** Riz Ortolani **D** Antonio Sabàto, Marisa Mell, Peter Carsten, Brigitte Skay, Lionel Stander **L** 80 **E** 7.4.1984 DFF 1 / 17.6.1995 mdr **fd** –

Funny Bones
FUNNY BONES
Ein krisengeschüttelter Nachwuchskomiker flieht vor den Erwartungen seiner Umgebung, die ihn an der legendären Popularität seines Vaters und Vorgängers mißt, aus dem heimischen Las Vegas ins britische Blackpool, wo er die ersten Lebensjahre verbrachte. Dort findet er nicht nur den ersehnten Abstand, sondern auch unerwartete Wahrheiten über das Leben, seinen Beruf und seinen Vater. Mit feinem Gespür und sicherer Hand inszenierte intelligente Tragikomödie, die trotz ihrer ebenso komplexen wie originellen Geschichte mit kriminalistischen und märchenhaften Zügen nie unübersichtlich wird. Kino-Unterhaltung, bei der sich – trotz einiger übertrieben drastischer Szenen – Witz und Weisheit die Waage halten. – Sehenswert ab 16.
England / USA 1994 **P** Suntrust Films / Hollywood Pictures **V** Buena Vista (Kino) / Buena Vista (Video) **Pd** Simon Fields, Peter Chelsom **R** Peter Chelsom **B** Peter Flannery, Peter Chelsom **K** Eduardo Serra **M** John Altman **S** Martin Walsh **D** Oliver Platt (Tommy Fawkes), Lee Evans (Jackie Parker), Richard Griffiths (Jim Minty), Oliver Reed (Dolly Hopkins), Ian McNeice (Stanley Sharkey), George Carl, Freddie Davis **L** 128 **FSK** ab 12; f **FBW** bw **E** 22.6.1995 / 8.2.1996 Video **fd** 31 368

Funny Fat Farm
ROUND NUMBERS
Eine von ihrem Ehemann vernachlässigte Frau sucht eine Schönheitsfarm auf, wo sie ihre Nebenbuhlerin, ein Playmate, vermutet. Nach kurzer Zeit freundet sie sich mit einigen Leidensgefährtinnen an. Gemeinsam untergraben sie die Moral des Sanatoriums und torpedieren gängige Schönheitsideale. Eine Komödie gegen den Körperkult, bestimmt von der überzeugenden Hauptdarstellerin. – Ab 16.
USA 1992 **P** Filumthropix **V** Highlight (Video) **R** Nancy Zala **D** Kate Mulgrew, Marty Ingels, Shani Wallis **L** 94 **FSK** ab 12 **E** 6.6.1995 Video **fd** –

Funny Man
FUNNY MAN
Horror-Komödie um ein altes Schloß, das ein Musikproduzent beim Pokern von einem geheimnisvollen Mitspieler gewinnt. Als der neue Besitzer mit seiner Familie und diversen Rockmusikern das alte Gemäuer bezieht, werden sie bald von einigen blutrünstigen Horrorgestalten nachhaltig belästigt.
England 1994 **V** offen **R+B** Simon Sprackling **K** Tom Ingle jr. **M** Parson / Haines **D** Benny Young (Max Taylor), Christopher Lee (Callum Chance), Tim James (Funny Man), Pauline Black (Psychic Commando) **L** 89 **E** 18.8.1995 premiere **fd** –

Für Gesetz und Mord
SHADOW FORCE
Kriminalfilm: Ein Detektiv der Mordkommission von Los Angeles kommt gemeinsam mit einer engagierten Journalistin einem Mordkomplott auf die Spur, dem Gesetzeshüter in Schlüsselstellungen zum Opfer fallen sollen. Konventionnelle Genrekost nach gängigen Fernsehmustern.
USA 1992 **V** offen **R** Darrell Davenport **B** Wayne Wynne **D** Dirk Benedict (Rick Kelly), Lise Cutter (Mary Denton), Lance LeGault (Chief Thorpe), Bob Hastings (Major Talbert), Dixie King-Wade (Maggie) **L** 77 **E** 18.11.1995 RTL 2 **fd** –

Für mich soll's rote Rosen regnen
Eine Hommage an die Schauspielerin, Sängerin und Autorin Hildegard Knef anläßlich ihres 70. Geburtstages. Im Mittelpunkt der essayistischen Collage aus alten Filmausschnitten, Wochenschau-Material, zeitgenössischen Fotos sowie aktuellen Äußerungen wird ihre zur Drehzeit ungebrochene Kreativität als Chanson-Interpretin porträtiert. Kein allzu tiefschürfendes Dokument, aber eine liebenswürdig-unterhaltsame Ehrerbietung. – Ab 12.
Deutschland 1995 **P** Diwa film / MDR / SFB **V** Wild Okay **Pd** Danuta Harrich-Zandberg **R** Walter Harrich **B** Danuta Harrich-Zandberg, Walter Harrich **K** Rudi Koch, Walter Harrich **M** Hans Hammerschmid **S** Rainer Standke, Raimund Vienken **L** 92 **FSK** o.A.; f **FBW** w **E** 5.10.1995 / 28.12.1995 B 1 **fd** 31 557

Für Molly durch die Hölle
siehe: Die Unschuld der Molly

Future Lover
THE COMPANION
In naher Zukunft entdeckt eine Erfolgsautorin die Untreue ihres Ehemannes und zieht sich enttäuscht in ein abgelegenes Landhaus zurück, um dort zu arbeiten. Begleitet wird sie von einem menschenähnlichen Roboter, in den sie sich verliebt, als sie sein Programm manipuliert und er menschengleich realistische Charakterzüge entwickelt. Doch der selbstgeschaffene Traummann wird zur handfesten Bedrohung. Kammerspielartig inszenierter Fernsehfilm, der sich weniger für die Science-fiction-Elemente als für grundsätzliche menschliche Fragestellungen interessiert. Solide gespielt, aber konventionell inszeniert und kaum spannend.
USA 1994 **P** MTE (für Universal TV) **V** CIC (Video) **Pd** Richard Brams **R** Gary Fleder **B** Ian Seeberg **K** Rick Bota **M** David Shire **S** John Carnochan **D** Kathryn Harrold (Gillian), Bruce Greenwood (Geoffrey), Talia Balsam (Charlene), Brion James (Ron), Joely Fisher (Stacy) **L** 89 **FSK** ab 16 **E** 23. 2. 1995 Video
fd 31 317

15 Straßen zum Glück
THE FIFTEEN STREETS
Verfilmung des sozialkritisch-melodramatischen, am Beginn des 20. Jahrhunderts angesiedelten Romans von Catherine Cookson: die dramatische, von Standesunterschieden geprägte Liebe zwischen einer Lehrerin und einem jungen Mann aus dem Arbeiterviertel der nordenglischen Hafenstadt Tyneside.
England 1989 **V** offen **R** David Wheatley **B** Rob Bettinson, nach einem Roman von Catherine Cookson **K** Ken Morgan **D** Owen Teale (John O'Brien), Sean Bean (Dominic O'Brien), Faye Dannell (Katie O'Brien), Clare Holman (Mary Llewellyn), Billie Whitelaw (Beatrice Llewellyn), Ian Bannen (Peter Bracken) **L** 104 **E** 12. 11. 1995 ZDF **fd** –

15000 Pengö Belohnung
Satire auf das Beamtentum Mitte der 20er Jahre: Ein Rechtsanwalt, der einen wichtigen Transport abzuwickeln hat, verzweifelt bei dem Versuch, beim zuständigen Amt die entscheidende Unterschrift zu erhalten.
Ungarn 1994 **V** offen **R** Eva Zsurzs **B** Béla Zsolt **D** Deszö Garas, András Kozák, Eva Almási, Ilona Béres, András Kern **L** 70 **E** 11. 12. 1995 S 3 **fd** –

G

Galiläa, im Namen der Steine
GALILEE, AU NOM DES PIERRES
Dokumentarfilm über die Rolle der Archäologie in Israel, einem Land, wo Dörfer auf den Überresten palästinensischer Siedlungen errichtet wurden, die ihrerseits auf noch älteren Ruinen gebaut sind – wo Archäologie mithin zur politischen Wissenschaft wird.
Frankreich 1995 **V** offen **R** Bernard Mangiante **L** 60 **E** 13.11.1995 West 3 **fd** –

Der Galiläer
Szenen aus dem Leben und Sterben Jesu Christi, in enger Anlehnung an die Oberammergauer Passionsspiele. Im Mittelpunkt stehen die Abschnitte Einzug in Jerusalem, Abendmahl, Gefangennahme im Garten Gethsemane, Verurteilung und Kreuzigung. Der farbige (viragierte) Stummfilm zählt zu den frühesten religiösen Filmstoffen überhaupt; er liegt nur noch in einem Fragment vor, das vom Bundesarchiv / Filmarchiv 1995 / 96 restauriert wird. Dabei handelt es sich um kein bloßes Abfilmen der Passionsspiele, sondern um den Versuch einer filmischen Gestaltung, die vor allem durch die eindrucksvoll arrangierten Massenszenen beachtliche Wirkung erzielt. – Ab 12 möglich.
Schwarz-weiß. Deutschland 1921 **P** Express-Film **V** Bundesarchiv / Filmarchiv **R** Dimitri Buchowetzki **B** Dimitri Buchowetzki, Stats Hagen **K** Arpad Viragh **D** Adolf Faßnacht (Jesus), Georg Faßnacht (Judas), Eva Gühne (Maria), Else Dietler (Magdalena), Ernst Hellbach-Kühn (Pilatus) **L** 45 **fd** –

Ganesh
GANESH
Nach dem Tod seines Vaters, der nach Indien gegangen war, um dort seine Ideale zu realisieren, kehrt der 15jährige Ganesh nach Kanada zurück. Im Heimatort des Vaters sorgt er für Unruhe, als er mit den in Indien erlernten Techniken gewaltfreier Aktion ein Großprojekt verhindert, dem auch das Haus seiner Tante zum Opfer fallen sollte. Ein gelungener, exzellent gespielter Kinder-Abenteuerfilm, der nicht nur in seinem aktuellen ökologischen Bezug überzeugt, sondern einfühlsam die Probleme eines Außenseiters schildert, der sich in einer neuen Welt zurechtfinden muß. – Ab 12.
Kanada 1992 **V** offen **R** Giles Walker **D** Ryan Reynolds (Ganesh / Jeffrey), Glenne Headly (Charlotte), David Fox (Vater), Joey Dean (Paul Anka), Paul Anka (Joey Dean) **L** 103 **E** 9.12.1995 Super RTL **fd** –

Die Gaspards
LES GASPARDS
Ein Buchhändler aus dem Pariser Quartier Latin stößt bei der Suche nach seiner verschwundenen Tochter in den Katakomben von Paris auf eine kauzige Gesellschaft, die hier ein friedliches, wenn auch leicht dekadentes Leben führt. Die Beschaulichkeit hat ein Ende, als mit dem Abriß des Hallenviertels begonnen wird. Eine fantastische Komödie mit satirischen Spitzen gegen das urbane Leben, die von großartigen Darstellern getragen wird. Auch der poesievolle Stil und die verhaltene Komik tragen zum Gelingen des Films bei. – Ab 14.
Frankreich / Belgien 1973 **P** Films de la Seine / Albina / O.R.T.F. / Leblanc **V** offen **R+B** Pierre Tchernia **K** Jean Tournier **M** Gérard Calvi **D** Michel Serrault, Philippe Noiret, Charles Denner, Michel Galabru, Prudence Harrington, Chantal Goya, Gérard Depardieu **L** 94 **E** 3.9.1995 arte **fd** –

Geboren in Queens
QUEENS LOGIC
Eine Hochzeit führt eine Freundesclique, die sich weitgehend aus den Augen verloren hatte, im New Yorker Stadtteil Queens zusammen. Man läßt die gute alte Zeit noch einmal auferstehen, doch bald wird deutlich, daß jeder seine «Leiche im Keller» und sich nur notdürftig in seiner Lebenslüge eingerichtet hat. Vom Thema her nicht sonderlich originell, aber hochklassig besetzt.
USA 1991 **V** offen **R** Steve Rash **B** Tony Spiridakis **K** Amir Mokri **M** Joe Jackson **D** Kevin Bacon (Dennis), Linda Fiorentino (Carla), John Malkovich (Elliot), Joe Mantegna (Al), Ken Olin (Ray) **L** 112 **E** 31.5.1995 premiere **fd** –

Gedächtnisschwund
AMNESIA
Ein ehemaliger Soldat, der in einem chilenischen Straflager von einem sadistischen Sergeanten unmenschlichen Qualen ausgesetzt wurde, weil er sich weigerte, aufsässige Gefangene zu erschießen, begegnet nach Jahren seinem Peiniger wieder. Dieser kann sich an nichts mehr erinnern: Er hat Gedächtnisschwund. Losgelöst von der konkreten politischen Aussage, handelt der teils mit spröder Polemik inszenierte Film von der grundsätzlichen Neigung, vergessen zu wollen, vom Vorwärtsgehen, ohne sich umzuschauen. (O.m.d.U.)
Chile 1994 **P** Arca / Cine Chile **V** Freunde der Deutschen Kinemathek **Pd** Carlos Bettín, Luis Justiniano **R** Gonzalo Justiniano **B** Gustavo Frías, Gonzalo Justiniano **K** Hans Burmann **M** Miguel Miranda, José Miguel Tobar **S** Danielle Fillios **D** Julio Jung (Zúñiga), Pedro Vicuña (Ramírez), Nelson Villagra (Capitán Mandiola), Marcela Osorio (Marta), Myriam Palacios (Yolanda), José Martin (Alvear) **L** 90 **FSK** – **E** 1995 Kino **fd** –

Gefährliche Begierde
siehe: Animal Instinct

Eine gefährliche Frau
LA FEMME DANGEREUSE
Kriminalfilm. Eine kühl-sinnliche Femme fatale macht einen Einbrecher, der sich in sie verliebt, zu ihrem Komplizen in einem teuflischen Spiel.
Frankreich 1994 **V** offen **R** Gilles Behat **D** Christine Boisson (Mélanie), Bernard Yerles (Ricco), Didier Bezace (Fontana), Jean-Claude Drouot (Franck), Maurice Barrier (Mandoloni) **L** (TV) 90 **E** 15. 12. 1995 Vox **fd** –

Gefährliche Reise zum Mittelpunkt der Erde
JOURNEY TO THE CENTER OF THE EARTH
Verfilmung der klassischen Science-fiction-Geschichte von Jules Verne: Sieben Wissenschaftler dringen durch die Wand eines noch tätigen Vulkans in das Innere der Erde vor, wo sie viele Gefahren und Abenteuer erwarten.
USA 1993 **V** offen **R** William Dear **D** F. Murray Abraham (Professor Harlech), David Dundara (Tony La Strella), Kim Miyori (Dr. Tesue Ishikawa), John Neville (Dr. Cecil Chalmers), Jeffrey Nordling (Christopher Turner) **L** 91 **E** 1. 5. 1995 RTL **fd** –

Gefährliche Wildnis
FAR FROM HOME: THE ADVENTURES OF YELLOW DOG
Nachdem er mit seinem Vater in Seenot geraten ist, strandet ein Junge allein mit seinem Hund an der menschenleeren Westküste Kanadas. Der Marsch durch die Wildnis wird zum Überlebenskampf und zur Bewährungsprobe für die Freundschaft der Gefährten. Von den Landschaftsaufnahmen abgesehen ein farbloser Familienabenteuerfilm, der weniger um Dramatik als um das Austeilen von Überlebenstips bemüht ist. – Ab 10 möglich.
USA 1994 **P** 20th Century Fox **V** 20th Century Fox (Kino) / Fox (Video) **Pd** Peter O'Brian **R + B** Philip Borsos **K** James Gardner **M** John Scott **S** John Scott **D** Mimi Rogers (Katherine McCormick), Bruce Davison (John McCormick), Jesse Bradford (Angus McCormick), Tom Bower (John Gale), Joel Palmer (Silas McCormick) **L** 81 **FSK** ab 6; f **E** 6. 4. 1995 / 12. 10. 1995 Video **fd** 31 324

Gefangen im All
TRAPPED IN SPACE
Nach einer Havarie mit einem Kometen entbrennt unter den wenigen überlebenden Besatzungsmitgliedern eines Frachtraumschiffs ein dramatischer Kampf um den verbleibenden Sauerstoff. Nur zwei charakterlich entgegengesetzte Männer überleben und verwickeln sich in ein Psychoduell. Ein unterhaltsamer, auch psychologisch spannender Science-fiction-Film in ausdrucksstarker Inszenierung, die durch solide Tricks, eine ausdrucksstarke Kamera und überzeugendes Design unterstützt wird. – Ab 16.
USA / Australien 1994 **P** Village Roadshow / Whilshire Court **V** CIC (Video) **Pd** Michael Lake **R** Arthur Allan Seidelman **B** John Vincent Curtis, Melinda M. Snodgrass, nach einer Kurzgeschichte von Arthur C. Clarke **K** Nino Martinetti **M** Jay Gruska **S** Bert Glatstein **D** Jack Wagner, Jack Coleman, Craig Wasson, Sigrid Thornton, Kay Lenz (Gillings) **L** 84 **FSK** ab 12 **E** 15. 2. 1995 Video / 11. 2. 1996 premiere **fd** 31 315

Gefangen im ewigen Eis
A CAPTIVE IN THE LAND
Ein amerikanischer Meteorologe kommt einem sowjetischen Flugzeugpiloten zu Hilfe, der über der Arktis abgestürzt ist. Gemeinsam müssen sie sich aus einer scheinbar ausweglosen Lage retten. Abgesehen von der versöhnlichen politischen Botschaft ein flacher Abenteuerfilm mit vielen Klischees und Unwahrscheinlichkeiten. – Ab 16.
USA / UdSSR 1990 **P** The Walt Disney Company **V** offen **R** John Berry **B** Lee Gold **D** Sam Waterston (Meteorologe), Alexander Potapov (Averianov, Flieger) **L** 93 **E** 25. 1. 1995 RTL 2 **fd** –

Gefangen in der Kasbah
PRISONERS OF THE CASBAH
Ein verbrecherischer Großwesir läßt den Emir von Algier ermorden und dessen Tochter entführen, um durch die Heirat mit ihr den Thron besteigen zu können. Ein Hauptmann der Wache jedoch flieht mit der Prinzessin in die Kasbah, ehe er den Kampf mit dem Bösewicht aufnimmt. Lächerlicher Abenteuerfilm mit allenfalls mittelmäßigen Darstellerleistungen. – Ab 16.
USA 1953 **P** Columbia **V** offen **Pd** Sam Katzman **R** Richard L. Bare **B** DeVallon Scott **K** Henry Freulich **M** Mischa Bakaleinikoff **S** Charles Nelson **D** Gloria Grahame (Prinzessin Nadja), Turhan Bey (Ahmed), Cesar Romero (Großwesir Firouz), Nestor Paiva (Marouf) **L** 78 **E** 28. 10. 1995 Super RTL **fd** –

Die Gefangene der Wüste
LA CAPTIVE DU DESERT
1974 wird eine französische Lehrerin in der Sahara von Rebellen der Toubous im Tschad verschleppt. Erst nach 33 Monaten wird die junge Frau wieder freigelassen. Raymond Depardon, der damals als Reporter und Fotograf über die Ereignisse berichtete, läßt bewußt die psychologischen und politischen Implikationen der Gefangenschaft außer acht. Ohne Chronologie, ohne Handlung im eigentlichen Sinne rückt

er das Martyrium einer Gefangenschaft ins Bewußtsein – mit atemberaubenden Bildern, die das Nichtverstreichen der Zeit, die sengende Hitze, das grelle Licht der Wüste sinnfällig machen; mit der endlosen Wiederholung kleinster Vorgänge und Gesten, vor allem mit dem frappierenden Spiel Sandrine Bonnaires. – Sehenswert.
Frankreich 1989 **P** La Sept / Films St-André-des-Arts / SGGC / Titane **V** offen **R+B+K** Raymond Depardon **M** Jean-Jacques Lemètre **S** Roger Ikhlef **D** Sandrine Bonnaire (Catherine Lemercier), Dobi Koré, Dobi Wachinké, Atchi Wahi-Li, Fadi Taha, Badei Barka **L** 96 **E** 14. 3. 1995 ZDF
fd –

Gefangene Liebe
INMATES: A LOVE STORY
Ein zu Unrecht inhaftierter Geschäftsmann verliebt sich in eine zunächst unnahbare Diebin. Gemeinsam decken sie auf, daß die staatlichen Gelder für die Häftlinge veruntreut werden. Ein herkömmlicher Gefängnisfilm, der allenfalls durch die schönfärberische Zeichnung des Alltags und schwärmerische Effekthascherei auffällt.
USA 1981 **P** ABC / Finnegan Associates **V** offen **R** Guy Green **B** James G. Hirsch, Delia Jordan **K** Al Francis **M** Dana Kaproff **D** Perry King (Roy Matson), Kate Jackson (Jane Mount), Tony Curtis (Flanagan), Shirley Jones (Elizabeth Crown), Norma Donaldson (Lila) **L** 96 **E** 5. 9. 1995 Kabel 1 **fd** –

Gegen ihren Willen
WITHOUT HER CONSENT
(Fernseh-)Drama nach einem authentischen Fall. Eine junge Frau, die aus der Provinz in die Großstadt gezogen ist, wird von einem flüchtigen Bekannten vergewaltigt. Sie zeigt den Mann an, kann das Verbrechen jedoch nicht beweisen. Als auch der Versuch ihres Freundes scheitert, den Täter in Selbstjustiz zu bestrafen, verbündet sie sich mit anderen Vergewaltigungsopfern, um den Täter vor Gericht zu bringen.
USA 1990 **V** offen **R** Sandor Stern **D** Melissa Gilbert (Emily Briggs), Scott Valentine, Barry Tubb (Trey), Bebe Neuwirth, Crystal Bernard, Brooke Bundy **L** 100 **E** 28. 2. 1995 RTL 2 **fd** –

Gegen ihren Willen
AGAINST THEIR WILL
Nach der Verbüßung einer vierjährigen Haftstrafe kommt eine Frau durch unglückliche Umstände erneut ins Gefängnis. Wie alle Frauen der sexuellen Nötigung durch die Aufseher ausgesetzt, setzt sie sich zur Wehr. Vorzeitig entlassen, kämpft sie von außen weiter. Ein Anwalt unterstützt sie. Ein nach angeblich wahren Begebenheiten inszenierter Film, der Machtmißbrauch anprangern möchte.
USA 1994 **V** offen **R** Karen Arthur **B** Linda Bergman **D** Judith Light (Alice Needham), Stacy Keach (Jack Devlin), Kay Lenz (Lisa), Michael Woods (Tandy), Giuliana Santini (Carrie), Tonya Pinkins (Sondra) **L** 91 **E** 22. 4. 1995 RTL **fd** –

Das Geheimnis
Die komplizierten Beziehungskonflikte einiger junger Frauen und Männer verlagern sich aufs Land, wo sie einen unbeschwerten Tag verbringen, der für eine der Frauen mit einer wundersamen Begegnung endet: Ein Mann namens Jesus verbringt ein Nacht mit ihr, stirbt während der Liebesnacht und verschwindet. Eine leichtgewichtig-unterhaltsame Komödie über die Banalitäten von Alltag und Beziehungen, mit der Thome seinen Zyklus «Formen der Liebe» fortsetzt. Auf Dauer plätschert der Film jedoch allzu unverbindlich dahin und teilt vor allem nichts von dem spielerisch angedeuteten Umgang mit dem Wunderbaren und Geheimnisvollen mit. – Ab 16 möglich.
Deutschland 1994 **P** Moana **V** Filmverlag der Autoren **Pd+R+B** Rudolf Thome **K** Reinhold Vorschneider **M** Uli Beckerhoff **S** Bernd Euscher **D** Adriana Altaras (Lydia), Idil Üner (Sarah), Johannes Herrschmann (Walter), Wolfgang Böhmer (Karlheinz), Christiane Radlach (Anita), Marquard Bohm (Mann mit dem Kreuz) **L** 80 **FSK** ab 12; f **E** 13. 7. 1995
fd 31 477

Das Geheimnis der spanischen Rose
siehe: Spanish Rose

Das Geheimnis des Seehund-Babys
THE SECRET OF ROAN INISH
Ein kleines Mädchen erfährt in Irland von sagenumworbenen Seehund-Menschen und entdeckt so ihren verschollenen Bruder. Ein in eindrucksvoller Stilisierung gestaltetes folkloristisches Kunstmärchen, das insbesondere die Fantasie von Kindern und Jugendlichen anregen dürfte. – Sehenswert ab 8.
USA / Irland 1994 **P** First Look / Jones Entertainment / Skerry Movies / Peter Newman Prod. **V** Columbia Tristar **Pd** Sarah Green, Maggie Renzi **R+B** John Sayles, nach einem Roman von Rosalie F. Fry **K** Haskell Wexler **M** Mason Daring **S** John Sayles **D** Jeni Courtney (Fiona), Susan Lynch (Selkie), Gerard Rooney (Liam), Richard Sheridan (Eamon), John Lynch (Tadhg) **L** 102 **FSK** o. A.; f **E** 21. 12. 1995
fd 31 694

Das Geheimnis um Castle House
MYSTERY AT CASTLE HOUSE
Abenteuerfilm für Kinder. Ein zwölfjähriger Junge und seine Freunde entdecken in einem verlassenen Haus, das einer exzentrischen alten Dame gehört, einen unterirdischen Tunnel und ein Kellerverlies. Hier kommen sie Kidnappern auf die Spur, die sie mit einem gewagten Plan dingfest machen wollen. – Ab 12.
Australien 1981 **V** offen **R** Peter Maxwell **D** Jeremy Shadlow (Spider), Simone Buchanan (Kate), Scott Nicholas (Ben), Aileen Britton (Miß Markham), Henri Szeps (Wilberforce), John Cobley (Morris) **L** 76 **E** 17.4.1995 ZDF **fd** –

Das Geheimnis von Seacliff Inn
THE HAUNTING OF SEACLIFF INN
Ein junges Ehepaar aus San Francisco will wieder zueinanderfinden und kauft in einem abgelegenen Küstendorf eine alte Villa. Während die Frau spürt, daß in der stattlichen Villa nicht alles mit rechten Dingen zugeht, ist für den Mann zunächst alles nur Einbildung und Zufall. Der Aufguß einer altbekannten Gruselmär, der weder die Abgründe der Ehe noch die mörderische Spuk-Geschichte der Villa zu vertiefen, geschweige denn beides einigermaßen dicht zu verbinden versteht. – Ab 16.
USA 1994 **P** MTE **V** CIC (Video) **Pd** Michael M. Scott, Timothy Marx **R** Walter Klenhard **B** Walter Klenhard, Tom Walla **K** Ronn Schmidt **M** Shirley Walker **S** Scott Smith **D** Ally Sheedy (Susan Enright), William R. Moses (Mark Enright), Lucinda Weist (Sara Warner), Tom McCleister (John), Maxine Stuart (Lorraine Adler), Shannon Cochran (Sheriff Tomizack), Louise Fletcher (Dorothy O'Hara) **L** 90 **FSK** ab 12 **E** 22.5.1995 Video **fd** 31 466

Das Geheimnis von Twin Sister
STREET CORNER KIDS
Kriminalfilm um einige Jungen und Mädchen, die als Hobby-Detektive versuchen, einen geistig leicht behinderten Mann vom Mordverdacht zu befreien.
USA 1993 **V** offen **R + B** Margaret Raphael **D** Alex Karras, The Street Corner Kids **L** 92 **E** 23.7.1995 Pro Sieben **fd** –

Geheimnisse
UNCOVERED
Eine junge Restauratorin kommt bei der Arbeit an einem flämischen Meisterwerk einem Mordfall im 15. Jahrhundert auf die Spur und initiiert ungewollt dessen Fortsetzung in der Gegenwart. Ein teilweise überkonstruierter Schachkrimi, der seine guten Ideen zugunsten einer allzu geglätteten Geschichte verschenkt. Neben der glaubwürdigen Hauptdarstellerin überzeugt der Schauplatz Barcelona, der dem Film einen eigenwilligen, faszinierenden Reiz verleiht. – Ab 16.
England / Spanien 1994 **P** Ciby 2000 / filmania **V** NIL (Kino) / DVR Deutscher Videoring (Video) **Pd** Enrique Posner **R** Jim McBride **B** Michael Hirst, Jim McBride, Jack Baran **K** Affonso Beato **M** Philippe Sarde **S** Eva Gardos **D** Kate Beckinsale (Julia Darro), Paudge Behan (Domenec), John Wood (Cesar), Sinéad Cusack (Menchu), Art Malik (Alvaro Ortega) **L** 106 **FSK** ab 12; f **E** 5.1.1995 **fd** 31 133

Die geheimnisvolle Blonde
LA BIONDA
Ein schüchterner junger Süditaliener fährt in Mailand mit seinem Auto eine Blondine an, die ihr Gedächtnis verliert. Er hilft ihr bei der Suche nach ihrer Identität und verliebt sich dabei in sie. Als die Frau jedoch ihr Erinnerungsvermögen wiedererlangt, verschwindet sie. Der verzweifelte Mann findet heraus, daß sie in dunkle Geschäfte verwickelt ist.
Italien 1994 **P** Fandango **V** offen **Pd** Domenico Procacci **R** Sergio Rubini **B** Filippo Ascione **K** Alessio Gelsini **M** Jürgen Knieper **D** Nastassja Kinski (Christine), Sergio Rubini (Tommaso), Ennio Fantastichini (Alberto), Luca Barbareschi (Annibaldi) **L** 98 **E** 28.11.1995 Vox **fd** –

Der geheimnisvolle Hügel
HIN HELGU VE
Ein siebenjähriger Junge, der in Reykjavik mit allen technischen Errungenschaften des ausgehenden 20. Jahrhunderts aufgewachsen ist, wird von seiner Mutter zu Verwandten auf eine abgelegene Insel im Westen Islands geschickt. Hier, wo die Zeit stehengeblieben zu sein scheint, verliebt er sich in eine 20jährige Frau und wird sich erstmals seiner Sexualität bewußt.
Island 1993 **P** F.I.L.M. **V** offen **R** Hrafn Gunnlaugsson **B** Hrafn Gunnlaugsson, Bo Johnsson **D** Steinthór Rafn Matthíasson (Gestur), Alda Sigurdardóttir (Helga), Tinna Finnbogadóttir, Helgi Skúlasson (Helgas Vater), Edda Björgvinsdóttir **L** 90 **E** 9.2.1995 Bayern 3 **fd** –

Geisel der Leidenschaft
DANGER OF LOVE
Kriminalfilm. Als seine Ehefrau ermordet wird, gerät ein Lehrer unter Tatverdacht, weil er eine Geliebte hat. Seine von der Unschuld des Vaters überzeugte Tochter schaltet einen Privatdetektiv ein.
USA 1992 **V** offen **R** Joyce Chopra **B** Ara Watson, Sam Blackwell **D** Joe Penny (Michael), Jenny Robertson (Carolyn), Joseph Bologna (Polina), Richard Lewis (Eddie), Fairuza Balk (Lisa) **L** 95 **E** 28.9.1995 Kabel 1 **fd** –

Geister
siehe: The Kingdom – Hospital der Geister

Die Geisterjäger
SCOOBY DOO MEETS THE BOO BROTHERS
Serieller Zeichentrickfilm. Der Erbe einer alten Plantage und seine beiden Freunde werden von Geistern heimgesucht. Der zwielichtige Butler scheint in die Ereignisse verwickelt zu sein. – Ab 10.
USA 1978 **P** Hanna-Barbera **V** offen **R** Joseph Barbera, William Hanna **L** 87 **E** 25. 12. 1995 RTL
fd –

Generation X – Don't do it
siehe: Don't do it

George Romero's Golden Tales 3
TALES FROM THE DARKSIDE VOL. 3
Weitere Episoden einer Grusel-Fernsehserie. 1. «Trick or Treat»: Ein Geizhals findet sein bitteres Ende, nachdem er zu Halloween Kinder schikaniert hat. 2. «Inside the Closet»: Der Wandschrank eines Professors birgt für seine Untermieterin Angst und Schrecken. 3. «The Last Car»: Der letzte Wagen eines Zuges fährt in einen ewigen Tunnel. 4. «The Grave Robber»: Ein Archäologen-Pärchen spielt mit einer Mumie Strip-Poker. 5. «Halloween Candy»: Abermals zu Halloween wird ein Rentner Opfer seines Geizes. Sparsam und mit einfachsten Mitteln produziert, besitzen die Folgen einen spröden Charme, der Freunde des kleinen B-Films durchaus fesseln kann. In den besten Momenten entwickelt die Zusammenstellung eine erfindungsreiche Bildsprache.
USA 1994 **P** Laurel Productions **V** Madison (Video) **Pd** David E. Vogel (1), William Teitler (2, 5), T.J. Castronova (3), Jan Saunders (4) **R** Bob Balaban (1), Tom Savini (2+5), John Strysik (3), Jeff Schiro (4) **B** George A. Romero (1), Michael McDowell (2,3,5), Harvey Jacobs (4), Donald Wollner (4) **D** Bernard Hughes (1), Fritz Weaver (2), Begonia Plaza (3), Mary Carver (3), Arnold Stang (4), Roy Poole (5) **L** 103 **FSK** ab 12 **E** 30. 8. 1995 Video **fd** –

Die Gerechten
THE TOWN BULLY
Vier angesehene Bürger einer amerikanischen Kleinstadt erschießen einen berüchtigten Rowdy auf offener Straße, damit die Gemeinde endlich Ruhe vor ihm hat. Als der Staatsanwalt die Ermittlungen aufnimmt, stößt er auf eine Mauer des Schweigens. Nur der Zufall kann der Gerechtigkeit zum Sieg verhelfen. Als Mischung aus Western und Kriminalfilm angelegte Inszenierung, die schließlich in ein Gerichtsdrama einmündet. Stereotype, in der Entwicklung vorhersehbare Fernsehkost.
USA 1988 **P** ABC **V** offen **Pd** Ian Sander **R** Noel Black **B** Jonathan Rintels **D** Bruce Boxleitner (Bobby Doniger), David Graf (Raymond West), Pat Hingle (Charlie King), Isabella Hofman (Ronnie Doniger), Jerry Hardin (Artie Lyons), Timothy Scott (Sonny Moran) **L** 94 **E** 3. 7. 1995 Kabel 1
fd –

Die Geschichte des Jungen, der geküßt werden wollte
L'HISTOIRE DU GARCON QUI VOULAIT QUE L'ON L'EMBRASSE
Der Kampf eines jungen Mannes aus der Provinz, der in Paris Kunstgeschichte studiert, mit seiner Schüchternheit. Der 20jährige sucht keinen Sex, er möchte nur umarmt und geküßt werden. Als er eine etwas ältere Frau kennenlernt, läßt er allerdings jegliche Gefühlsregung vermissen. Zu Beginn wird der Protagonist, ein «Mann ohne Eigenschaften», über banalste, mit peinlicher Sorgfalt aufgezeichnete Gesten charakterisiert. Nachdem der Film jedoch vorzeitig die primäre Fragestellung der Geschichte aufgelöst hat, verflacht er zu einer konventionellen Liebesgeschichte.
Frankreich 1993 **P** Les Films Pelleas / GLEM / France 3 Cinéma **V** offen **R + B** Philippe Harel **K** Olivier Raffet **M** Philippe Eidel **D** Julien Collet (Raoul), Hélène Medique (Isabelle), Marion Cotillard (Mathilde), Marie Pailhes (Virginie), Marie-Christine Laurent (Cathy) **L** 95 **E** 1. 8. 1995 Vox **fd** –

Geschichten aus der Gruft: Tödlicher Hinterhalt
TALES FROM THE CRYPT: DEAD WAIT
Horrorgeschichte. Während es ein Betrüger auf eine schwarze Perle abgesehen hat, die im Besitz eines Plantagenbesitzer ist, interessiert sich die Voodoo-Priesterin der Karibik-Insel für den Kopf des Betrügers.
USA 1989 **V** offen **R** Tobe Hooper **D** James Remar (Red Buckley), John Rhys-Davies (Duval), Vanity (Katrine), Whoopi Goldberg (Peligre) **E** 17. 12. 1995 SAT 1
fd –

Geschichten vom Leben
LECON DE VIE
Ein dokumentarischer Essay, der sich mosaikartig aus kleinen Geschichten um authentische Personen zusammensetzt, die jede auf ihre Weise versuchen, ihrem Alltag ein Stück Poesie abzuringen. Ein Film über die Gegensätze von Kunst und Natur, Leben und Tod; zugleich ein Dokument der Sehnsucht nach dem verlorenen Paradies. – Ab 16.
Belgien 1993 **V** offen **R + B** Boris

Lehman **K** Antoine Marie Meert **D** Marie Cordoba, Henri Colpi, Antoine Bonfanti, Marcel Piqueray, Georges Miedzianagora, Paule Pozner **L** 80 **E** 24.4.1995 ZDF **fd** –

Das Geschlecht der Sterne

LE SEXE DES ETOILES

Eine Zwölfjährige wartet sehnsüchtig auf die Rückkehr ihres vor Jahren verschwundenen Vaters. Als er eines Tages kommt, ist aus ihm eine Frau geworden. Gegen den Willen der Mutter nähern sich die beiden an, gehen aber nach einem schmerzlichen Reifeprozeß schließlich ihre eigenen Wege. Mit einem poetisch-nachdenklichen Grundton inszeniert und von einem überragenden Hauptdarsteller getragen, läßt der Film das problemüberfrachtete Drehbuch teilweise vergessen; er setzt aber der allzu dialoglastigen Vorlage wenig Filmisches entgegen. Sehr störend ist die aufdringliche Synchronisation. – Ab 16.

Kanada 1993 **P** Les Productions Constellation / L'Office National du Film du Canada **V** Atlas **Pd** Jean-Roch Marcotte, Pierre Gendron **R** Paule Baillargeon **B** Monique Proulx, nach ihrem gleichnamigen Roman **K** Eric Cayla **M** Yves Lafferriere **S** Hélène Girard **D** Denis Mercier (Marie Pierre), Marianne-Coquelicot Mercier (Camille), Tobie Pelletier (Lucky), Sylvie Drapeau (Michele) **L** 104 **FSK** ab 12; f **FBW** bw **E** 23.2.1995 **fd** 31 207

Das Geschöpf der Zerstörung

CREATURE OF DESTRUCTION

Ein furchtloser Air-Force-Psychologe klärt die Mordserie auf, die nach den Auftritten eines mysteriösen Hypnotiseurs und seiner schönen Assistentin in einer Feriensiedlung beginnt. Remake des Horror-Klassikers «Geschöpf des Schreckens» (USA 1956, Regie: Edward L. Cahn), das sich mit schlechten Darstellern, unlogischer Handlung und unmotivierten Musikeinlagen lächerlich macht. – Ab 16.

USA 1968 **V** offen **Pd+R** Larry Buchanan **B** Enrique Touceeda **D** Les Tremayne (Dr. John Basso), Aron Kincaid (Ted Dell), Pat Delaney (Dorina), Scotty McKay **L** 72 **E** 28.1.1995 Kabel 1 **fd** –

Die Geschworene – Verurteilt zur Angst

TRIAL BY JURY

Eine junge Frau, die als Jury-Mitglied im Prozeß gegen einen notorischen Gangster verpflichtet wurde, sieht sich von dem Angeklagten unter Druck gesetzt, die Geschworenen im Sinne eines Freispruchs zu beeinflussen. An inneren Konflikten interessierter Film, der durch gute Schauspieler Anteilnahme weckt, aber zu wenig Hintergrund vermittelt. Eine konventionelle Action-Lösung enttäuscht die geweckten Erwartungen. – Ab 16.

Kanada / USA 1994 **P** Morgan Creek Produktion **V** Warner (Video) **Pd** James G. Robinson, Christopher Meledandri, Mark Gordon **R** Heywood Gould **B** Jordan Katz, Heywood Gould **K** Frederick Elmes **M** Terence Blanchard **S** Joel Goodman **D** Joanne Whalley-Kilmer (Valerie Alston), Armand Assante (Rusty Pirone), Gabriel Byrne (Graham), William Hurt (Tommy Vesey), Kathleen Quinlan (Wanda) **L** 102 **FSK** ab 16 **E** 14.7.1995 Video **fd** 31 522

Gesetz der Macht

UCHU NO HOSOKU

Ein in Episodenform angelegtes Familiendrama um einen erfolgreichen Modezeichner, der nach dem Tod des Vaters aus Tokio in die Provinz zurückkehrt, um die familieneigene Weberei zu übernehmen. Mit seinen Versuchen, sich gegen die Konkurrenz zu behaupten, richtet er jedoch zunächst den Betrieb und schließlich sich selbst zugrunde. Der konfliktreiche Stoff dringt mit großer Sensibilität in die innersten Strukturen der Familie und die Gefühle ihrer Mitglieder vor.

Japan 1989 **V** offen **R** Kazuyuki Izutsu **B** Akira Asai, Kazuyuki Izutsu **K** Noboru Shinoda **D** Masato Furuoya (Yoshiaki Masaki), Kyozo Nagatsuka (Kazuya), Megumi Yokoyama (Miki), Yoshimi Ashikawa (Emiko), Akira Emoto (Nagayama), Naoto Takenaka (Sakuma) **L** 102 **E** 19.9.1995 ZDF **fd** –

Das Gesetz der Wüste

LA REGLE DE L'HOMME

Casablanca 1927: Ein Sergeant der französischen Kolonialarmee, ein junger Heißsporn, wird einem neuen Vorgesetzten unterstellt, der auch den Drogenhandel und den Schwarzmarkt kontrolliert. Als der junge Mann sich in eine Tänzerin verliebt, ist die ohnehin brüchige Kameradschaft zwischen den beiden Männern zusätzlich gefährdet. Eine opulent ausgestattete Romanverfilmung, deren überwältigende Bilder die Pracht des Orients spiegeln sollen. – Ab 16.

Frankreich 1993 **P** Flach Film / France 2 / arte / MPS **V** offen **R** Jean-Daniel Verhaeghe **B** Roger Vrigny, Jean-Daniel Verhaeghe, nach einem Roman von Joseph Kessel **K** Roland Dantigny **M** Henri Agnel **S** Julieta Solis **D** Jean-Pierre Bisson (Hippolyte), Bernard Fresson (Mehmet Pascha), Jean Benguigi (Arthur), Virginie Ledoyen (Violette), Pascal Elso (Almeyda) **L** (TV) 85 **E** 12.5.1995 arte **fd** –

Getrennte Wege

FATHERS & SONS

Ein ehemals alkoholkranker Mann, einst ein gefeierter Regis-

seur, steht vor den Trümmern seines Lebens. Hilflos muß er mitansehen, wie sein Sohn sich von ihm entfremdet und selbst Drogenprobleme bekommt. Nur allmählich finden sie wieder zueinander, doch dann tritt ein psychopathischer Mörder in ihr Leben. Unausgegorene Mischung als Problemfilm und Thriller.
USA 1991 **V** offen **Pd** Jon Kilik **R+B** Paul Mones **K** Ron Fortunato **M** Mason Daring **D** Jeff Goldblum (Max Fish), Rory Cochrane (Eddie), Natasha Gregson Wagner (Lisa), Famke Janssen (Kyle) **L** 96 **E** 6.7.1995 premiere **fd** –

Gettysburg
GETTYSBURG
Die Schlacht von Gettysburg am 1. Juli 1863 sollte nach Strategie des Südstaaten-Generals Robert E. Lee die Entscheidungsschlacht im amerikanischen Bürgerkrieg sein. 150000 Soldaten waren beteiligt, 43000 fanden den Tod – mehr als im gesamten Vietnamkrieg. Zwar steht das Schlachtengetümmel im Mittelpunkt, doch das Hauptinteresse gilt den namenlosen Soldaten, die nach den Befehlen der Generalstäbe sinnlos geopfert wurden. Ein gut fotografierter, bewegender Film, der den Schlachtenverlauf aus dem patriotischen Blickwinkel der damaligen Verlierer darstellt. – Ab 16.
USA 1993 **P** Turner **V** Deutscher Videoring (Video) **Pd** Robert Katz, Moctezuma Esparza **R+B** Ronald F. Maxwell, nach einem Roman von Michael Shaara **K** Kees Van Oostrum **M** Randy Edelman **S** Corky Ehlers **D** Tom Berenger (Lt. James Longstreet), Jeff Daniels (Colonel Joshua Chamberlain), Martin Sheen (General Robert E. Lee), Maxwell Caulfield (Colonel Vincent), Sam Elliott (Brigadegeneral Buford), Richard Jordan, Stephen Lang, C. Thomas Howell **L** 263 (Video 244) **FSK** ab 16 **E** 5.9.1995 premiere **fd** –

Der Geweihte
POSWJASCHTSCHJONNY
Ein junger Schauspieler sucht nach seinem Vater, der sich als machtgieriger Anführer einer rechtsnationalen Organisation entpuppt. In einem überspannten Ritual wird er zur Messias-Figur geweiht und geht am Ende in Flammen auf – Opfer des geweihten Unschuldslamms. Hinter der religiös, mystisch und metaphysisch überhöhten Inszenierung taucht die Handlung nur in vagen Linien auf. Eindrucksvoll in seinen sinnlichen, kraftvollen Bildkompositionen, ist der Film problematisch in seiner mystischen Übersteigerung: Die Auflösung von realen Problemen in eine irrational-religiöse Sphäre kommt der künstlerischen Kapitulation vor der Wirklichkeit gleich. (O.m.d.U.)
UdSSR 1989 **P** Lenfilmstudio, Dritte Künstlerische Arbeitsgruppe **V** Filmkundliches Archiv, Köln **Pd** Georgi Mautkin **R** Oleg Tepzow **B** Juri Arabow **K** Waleri Mulgaut **M** Sergej Kurjochin, Pop mechanik **S** Irina Rudenko **D** Gor Oganissjan (Wolodja), David Oganissjan (Wolodja als Kind), Ljubow Politschuk (Mutter), Alexander Trofimow (Frolow), Jelena Bragina (Vera), Gabriel Worobjow (Kolja) **L** 121 **FSK** – **E** 1995 Kino **fd** 31 183

Ghoulies 4
GHOULIES IV
Weiterer Aufguß des schon in der ersten Folge viertklassigen Fantasy-Films. Es geht um einen Macho-Polizeioffizier, der aus einer anderen Welt eine Aufgabe mitgebracht hat, einen für den Fürsten der Finsternis mordenden Vamp, eine andere Frau, die das Positive verkörpert, sowie einen geheimnisvollen Edelstein. Alles wird zu einem Minimum an Handlung vermischt, wirr und unlogisch, zu Beginn mit einigen brutalen und erotisch angehauchten Szenen.
USA 1993 **P** CineTel / Ghoulies Four **V** Warner Home (Video) **Pd** Gary Schmoeller **R** Jim Wynorski **B** Mark Seri **K** J. E. Bash **M** Chuck Cerino **S** Richard Gentner **D** Peter Liapis (Jonathan Graves), Barbara Alyn Woods (Kate), Stacie Randall (Alexandra), Raquell Kvelle (Jeanine), Bobby di Cicco (Scotty) **L** 78 **FSK** ab 16 **E** 24.2.1995 Video **fd** 31 359

Gino & Elvira – Alte Liebe rostet nicht
BUON NATALE... BUON ANNO
Weil sie die Miete für ihre Wohnung nicht mehr zahlen können, trennen sich ein Herrenfriseur und seine Frau nach 40 Jahren Ehe. Sie ziehen zu ihren erwachsenen Töchtern. Obwohl sie gut aufgenommen werden, fühlen sie sich schnell überflüssig und unfrei. Heimlich nehmen die Eheleute wieder Kontakt miteinander auf, was zu einem aufregenden Doppelleben führt. Dramatische Liebeskomödie des 1916 geborenen Spezialisten für behutsame Unterhaltungsstoffe.
Italien / Frankreich 1989 **P** Titanus **V** offen **Pd** Fabio Cristudo, Luigi Patrizi **R** Luigi Comencini **B** Raffaele Festa Campanile, Luigi Comencini, Cristina Comencini, nach einem Roman von Pasquale Festa Campanile **K** Armando Carpi **M** Fiorenzo Carpi **D** Michel Serrault (Gino), Virna Lisi (Elvira), Consuelo Ferrara (Patrizia), Tiziana Pini (Giannina) **L** 101 **E** 18.9.1995 premiere **fd** –

Girls in Prison
GIRLS IN PRISON
Wegen eines Mordes verurteilt, den sie nicht begangen hat, und unschuldig ins Gefängnis ge-

steckt, beginnt für die junge Aggie ein Leidensweg, der sie sadistischen Wärtern und dem Terror von Gefängnisbanden ausliefert. Ein engagierter Detektiv kann jedoch ihre Unschuld beweisen. Remake eines B-Pictures der 50er Jahre, das sich zwar um die entsprechende Atmosphäre und ein zeitgemäßes Ambiente bemüht, seiner fadenscheinigen Geschichte jedoch kein Leben einzuhauchen versteht.
USA 1994 **P** Spelling Entertainment **V** VCL / Carolco (Video) **Pd** Aaron Spelling **R** John McNaughton **D** Bahni Turpin, Ione Skye, Missy Crider **L** 82 **FSK** ab 16 **E** 20.3.1995 Video **fd** –

Gladiator Cop
GLADIATOR COP
Ein Museumsbesitzer will sich die magische Kraft des antiken Schwertes von Alexander dem Großen zunutze machen, um in geheim organisierten Gladiatorenkämpfen das große Geld zu verdienen. Ein von heftigen Träumen geplagter Ex-Polizist kommt ihm auf die Spur und erweist sich dabei gar als Reinkarnation des mazedonischen Königs. Ein vordergründiges Actionspektakel, das historische Mystik und Thriller-Plot nie zu verknüpfen versteht. Die Handlung dient nur als Vorwand für die spekulative Ausbeutung zunehmend blutrünstigerer Gewaltszenen. – Wir raten ab.
Kanada 1994 **P** SC Entertainment **V** VPS (Video) **Pd** Nicolas Stiliadis, Paco Alvarez **R** Nick Rotundo **B** Nick Rotundo, Paco Alvarez, Nicolas Stiliadis **K** Edgar Egger **M** Guy Zerafa, Alun Davies **D** Lorenzo Lamas (Andrew), James Hong (Parmenion), Nicholas Pasco (Nick), Claire Stansfield (Julie), George Touliatos (Chris Kilos) **L** 87 **FSK** ab 18 **E** 11.5.1995 Video **fd** 31 403

Glen or Glenda
GLEN OR GLENDA / I LED TWO LIVES / I CHANGED MY SEX / HE OR SHE / THE TRANSVESTITE
Szenen aus dem Doppelleben eines bürgerlichen Mannes und Transvestiten werden mit rätselhaften Bildern eines diabolischen Wissenschaftlers und «Menschheitslenkers» sowie den Erklärungsversuchen eines Psychiaters zu einem bizarr-kuriosen Appell an mehr Toleranz und Verständnis verbunden. Ein billig und aufreizend schlecht «inszenierter» Film, der sich gelegentlich zu einer surrealen Eigendynamik aufschwingt und immerhin einige zeitgenössische (Vor-)Urteile über Transvestiten und Geschlechtsumwandlungen offenbart. (O.m.d.U.)
Schwarz-weiß. USA 1953 **P** Screen Classics **V** Salzgeber **Pd** George G. Weiss **R+B** Edward D. Wood jr. **K** William C. Thompson **S** Bud Schelling **D** Bela Lugosi (The Spirit), Lyle Talbot (Warren), Daniel Davis (= Edward Wood jr.) (Glen / Glenda), Dolores Fuller (Barbara), «Tommy» Haines (Alan / Ann) **L** 67 **FSK** – **E** 11.7.1995 premiere / 13.7.1995 **fd** 31 456

Golden Gate
GOLDEN GATE
Ein Chinese, der nach zehnjähriger Haft wegen unamerikanischer Umtriebe ein gebrochener Mann ist, nimmt sich 1962 das Leben, indem er von der Golden-Gate-Brücke springt. Dem mittlerweile geläuterten FBI-Agenten, der ihn damals hinter Gitter brachte, gelingt weder die Annäherung an den Mann noch an dessen Tochter. Er läßt sich für die Gegenseite aktivieren und sucht schließlich selbst den Tod. Geschickt verbindet der Film poetische und kritische Elemente und tritt in mitunter bewegenden Dialogen für asiatische Tugenden gegenüber amerikanischem Lebensgefühl ein. – Sehenswert ab 16.
USA 1993 **P** American Playhouse Theatrical **V** Columbia TriStar (Video) **Pd** Michael Brandman, Stan Wlodkowski, Lindsay Law **R** John Madden **B** David Henry Hwang **K** Bobby Bukowski **M** Elliot Godenthal **S** Sean Barton **D** Matt Dillon (Kevin Walker), Joan Chen (Marilyn Song), Bruno Kirby (Ron Pirelli), Teri Polo (Cynthia), Tzi Ma (Chen Jung Song) **L** 87 **FSK** ab 12 **E** 17.1.1995 Video / 18.2.1996 premiere **fd** 31 141

Die goldenen Jungs
CITY SLICKERS II
Drei New Yorker Freunde reisen in den Westen, um an Hand einer gefundenen Karte einen Goldschatz aus «Cowboy»-Zeiten zu heben. Langweilig inszenierte Fortsetzung einer Erfolgskomödie, die den dünnen Witz des ersten Teils noch unterbietet und auch vor diskriminierenden Zoten nicht zurückschreckt. Banal in der Handlung, mit unerträglich platten Dialogen. (Videotitel: «City Slickers 2») – Ab 16.
USA 1993 **P** Castle Rock **V** Columbia TriStar (Kino) / Columbia TriStar (Video) **Pd** Billy Crystal **R** Paul Weiland **B** Billy Crystal, Lowell Ganz, Babaloo Mandel **K** Adrian Biddle **M** Marc Shaiman **S** William M. Anderson **D** Billy Crystal (Mitch Robbins), Daniel Stern (Phil Berquist), Jon Lovitz (Glen Robbine), Jack Palance (Duke / Curly Washburn), Patricia Wettig (Barbara Robbins), Pruitt Taylor Vince (Bud) **L** 115 **FSK** ab 12; f **E** 3.11.1994 / 9.5.1995 Video **fd** 31 039

Goldeneye
siehe: James Bond 007 – Goldeneye

Goldhochzeit – 50 Jahre Ehe in Deutschland
Vier deutsche Ehepaare, die 1945 geheiratet haben, lassen ihr Leben Revue passieren. Der Dokumentarfilm, der von der Beobachtung seiner Protagonisten lebt, zeichnet die Entwicklung eines Landes am Beispiel von «Ehegeschichten» nach.
Deutschland 1995 **V** offen **R** Stefan Tolz **L** 89 **E** 23. 9. 1995 arte
fd –

Der Goldtropfen
LA GOUTTE D'OR
Eine französische Touristin fotografiert einen jugendlichen Schafhüter in einem westafrikanischen Dorf. Als das versprochene Foto nicht eintrifft, macht sich der Junge auf die Suche nach der Fotografin und seinem Abbild. Doch Paris ist voller blonder Frauen. Der Film versucht, die unterschiedlichen Lebensformen gegeneinander aufzuwiegen: afrikanische Geruhsamkeit gegen die Hektik der europäischen Metropole.
Frankreich / Tunesien 1988 **V** offen **R** Marcel Bluwal **D** Lila Dadi (Idriss), Farid Chopel (Ibrahim), Jean-Pierre Bisson (Marge), Nathalie Mann (die blonde Frau), Rufus **L** 115 **E** 4. 9. 1995 mdr **fd** –

Goodbye, New York
GOODBYE NEW YORK
Um ihrem eintönigen Leben in New York zu entfliehen, setzt sich eine Versicherungsmaklerin in ein Flugzeug nach Paris. Der Zufall will es, daß sie am Ende in Israel landet, wo sie sich in einen Zeitsoldaten verliebt und in einem Kibbuz das Landleben genießen lernt. Eine ebenso temporeiche wie leichte Liebeskomödie mit einigen Derbheiten im Dialog. – Ab 16.
Israel 1985 **P** Kole-Hill **V** offen **Pd+R+B** Amos Kollek **K** Amnon Salomon **M** Michael Abene, Gretchen Hoffman Abene **S** Alan Heim **D** Julie Hagerty (Nancy Callaghan), Amos Kollek (David), Shmuel Shiloh (Moishe), Aviva Ger (Ilana), David Topaz (Albert) **L** 90 **E** 11. 6. 1995 Vox
fd –

... Gott für gewisse Gelegenheiten
PART TIME GOD
Ein Dokumentarfilm, der zu klären versucht, ob das Leben durch Zufall, Vorsehung oder einen Schöpfungsplan bestimmt wird. Neben Wissenschaftlern, die sich zu Naturgesetzen und Wahrscheinlichkeitstheorien äußern, kommen Laien zu Wort, die deren Darlegungen ergänzen oder in Frage stellen.
England 1994 **V** offen **R** Paul Cohen **L** 80 **E** 24. 12. 1995 Südwest 3
fd –

Das Grauen aus der Tiefe
IT CAME FROM BENEATH THE SEA
Ein riesiger Oktopus wird durch Wasserstoffbombenversuche aus der Tiefe des Meeres aufgescheucht und bedroht die Küste Kaliforniens. Ein trivialer Science-fiction-Film mit für die Entstehungszeit imponierenden Spezialeffekten von Ray Harryhausen. – Ab 16.
Schwarz-weiß. USA 1955 **P** Clover **V** offen **Pd** Charles H. Schneer **R** Robert Gordon **B** George Worthing Yates, Hal Smith **K** Henry Freulich **M** Mischa Bakaleinikoff (Ltg.) **S** Jerome Thoms **D** Kenneth Tobey (Pete Mathews), Faith Domergue (Lesley Joyce), Ian Keith (Admiral Burns), Donald Curtis (John Carter), Dean Maddox jr. (Adam Norman) **L** 79 **E** 14. 10. 1995 Super RTL **fd** –

Greedy
GREEDY
In der Villa eines alten Millionärs versammeln sich dessen Nichten und Neffen, um mit geheuchelter Zuneigung und Ränkespielen um sein Erbe zu buhlen. Als der alte Herr durchblicken läßt, daß er sich seine propere Krankenschwester als Erbin vorstellen könnte, wird flugs der verschollene Lieblingsneffe präsentiert. Eine in leerem Getöse untergehende Komödie, die systematisch alle Gags um die Intrigen und das gleich doppelt aufgedeckte Doppelspiel verschenkt. Auch die Stars ziehen lediglich ihr Repertoire ab, ohne die Geschichte zu bereichern. – Ab 14.
USA 1994 **P** Imagine Entertainment **V** CIC (Video) **Pd** Brian Grazer **R** Jonathan Lynn **B** Lowell Ganz, Babaloo Mandel **K** Gabriel Beristain **M** Randy Edelman **D** Michael J. Fox (Daniel), Kirk Douglas (Onkel Joe), Nancy Travis (Robin), Olivia D'Abo (Molly), Phil Hartman (Frank) **L** 107 **FSK** ab 12 **E** 22. 5. 1995 Video **fd** 31 441

Grenzenloses Leid einer Mutter
WHERE ARE THE CHILDREN?
Ein nach authentischen Ereignissen gestaltetes Melodram. Als eine alleinerziehende Frau wegen einer Lappalie für drei Monate ins Gefängnis muß, werden ihre drei kleinen Kinder zur Adoption freigegeben. Nach der Haftzeit fehlt jede Spur von ihnen. Erst viele Jahre später kann die Mutter die nun erwachsenen Kinder mit Hilfe einer Fernsehjournalistin aufspüren. – Ab 16.
USA 1982 **V** offen **R** George Kaczender **B** Michael Zagor **K** Craig Safan **D** Marg Helgenberger (Vanessa), Christopher Noth, Cynthia Martells, Jerry Hardin, Angela Paton, Bonnie Bartlett **L** 95 **E** 4. 7. 1995 Pro Sieben **fd** –

Greyfriars Bobby
GREYFRIARS BOBBY
Ein kleiner Skyeterrier gewinnt mit seiner unerschütterlichen Treue das Herz der Kinder im

Edinburgh der Jahrhundertwende. Sein legendärer Ruf dringt schließlich bis an den Hof der Königin. Gefühlvoller Tier- und Kinderfilm aus der Disney-Produktion, gestaltet nach einer wahren Begebenheit. – Ab 8 möglich.
England 1961 **P** Buena Vista **V** offen **Pd** Walt Disney **R** Don Chaffey **B** Robert Westerby **K** Paul Beeson **M** Francis Chagrin **S** Peter Tanner **D** Donald Crisp (John Brown), Laurence Naismith (Mr. Traill), Alexander Mackenzie (Old Jock), Kay Walsh (Mrs. Brown), Andrew Cruickshank (Lord Provost) **L** 91 **E** 26.11.1995 RTL **fd** –

Greyhounds – Schnüffler gehen nie in Rente
GREYHOUNDS
Als er in den Ruhestand gehen muß, muß ein Sheriff den ungeklärten Mordfall an einer Studentin abgeben. Er denkt aber nicht daran, die Ermittlungen einzustellen, sondern schart einige altgediente Männer um sich und setzt sie fort. Stereotyper (Fernseh-)Kriminalfilm, der das Hohelied auf Berufs- und Lebenserfahrung anstimmt. – Ab 16.
USA 1994 **V** offen **R** Kim Manners **B** Stephen J. Cannell **D** Dennis Weaver (Chance Wayne), Robert Guillaume (Robert «Maximim Bob» Smith), James Coburn (John Dolan), Pat Morita (Akira «Moch» Mochizuki), Roxann Biggs (JoJo Golina) **L** 92 **E** 22.12.1995 RTL **fd** –

Grid Runners
GRID RUNNERS
Lernfähige Computerprogramme sollen die Gewinne einer Cyber-Fabrik steigern. Doch die auf Unterwürfigkeit programmierten Traumfrauen entwickeln eigene Programme und widersetzen sich. Zugleich gerät ein virtueller Kickboxer auf die Wirklichkeitsebene und dort mit einem Polizisten aneinander. Ein in naher Zukunft angesiedelter Kampfsportfilm mit Hi-Tech-Atmosphäre, oft unlogisch und utopistisch-plakativ.
USA 1995 **P** Amritraj / Stevens Entertainment **V** Starlight (Video) **Pd** Ashok Amritraj **R** Andrew Stevens **B** William C. Martell **K** David Miller **M** Claude Gandette **S** Mark Speer, Wayne Schmidt, Tony Mark **D** Don «The Dragon» Wilson (David Quarry), Michael Bernardo (Dante), Ken McLeod (John Gibson), Dawn Ann Billings (Greta), Carrie Mitchum (Cathy) **L** 86 **FSK** ab 16 **E** 26.7.1995 Video **fd** 31 518

Grief
GRIEF
Der erfolgreiche Drehbuchautor einer trivialen Fernseh-Seifenoper gerät in mannigfaltige Turbulenzen, als er als Nachfolger der Produzentin vorgeschlagen wird und sich zugleich mit den erotischen Avancen eines Kollegen konfrontiert sieht. Eine mit sparsamen filmischen Mitteln liebevoll gestaltete Mischung aus Komödie und sensibler Studie aus dem Homosexuellen-Milieu, die mit Geschick auf kuriose Verwicklungen Szenen voller Tragik und Zärtlichkeit folgen läßt. (O.m.d.U.)
USA 1994 **P** Grief Prod. **V** Salzgeber & Co. (16 mm) **Pd** Ruth Carny, Yoram Mandel, Marcus Hu **R+B** Richard Glatzer **K** David Dechant **M** Tom Judson **S** Robin Katz, William W. Williams **D** Craig Chester (Mark), Jackie Beat (Jo), Illeana Douglas (Leslie), Alexis Arquette (Bill), Carlton Wilborn (Jeremy), Robin Swid (Kelly) **L** 90 **FSK** – **E** 7.12.1995 **fd** 31 787

Der große Kürbis
IL GRANDE COCOMERO
Ein 13jähriges Mädchen leidet unter epileptischen Anfällen und kommt in ein Krankenhaus, auch, um vor den chaotischen Verhältnissen zu Haus geschützt zu werden. Dort freundet sich das schüchterne Kind mit einem Arzt und einer todkranken Patientin an und erkennt, daß auch es den Menschen Mut und Hoffnung machen kann. So wird seine Hinwendung zu den beiden Freunden auch eine sanfte Form der Eigentherapie. Eine einfühlsam inszenierte Studie über Isolation und Einsamkeit und deren Überwindung durch den Glauben an die Menschen, die in ihren leisen Momenten beinahe poetische Töne anschlägt. – Ab 14.
Italien / Frankreich / Niederlande 1993 **P** Ellipi / Chrysalide / Moonlight **V** offen **Pd** Claudio Gaeta **R+B** Francesca Archibugi **K** Paolo Carnera **M** Roberto Gatto, Battista Lena **S** Roberto Missiroli **D** Sergio Castellitto (Arturo), Anna Galiena (Cinthya), Alessia Fugardi (Pippi), Armando de Razza (Marcello), Victor Cavallo (Don Annibale) **L** 98 **E** 26.1.1995 premiere **fd** –

Eine große Liebesgeschichte
UNA GRANDE STORIA D'AMORE
Zweiteilige Literaturverfilmung. Eine junge Römerin verliebt sich in einen Mann, der ins Drogenmilieu abgerutscht ist. Als sie nach Marokko reist, wo sie an einem Fotoroman mitarbeiten soll, stellt sie fest, daß sie schwanger ist.
Italien 1989 **V** offen **R** Duccio Tessari **B** Gianfranco Clerici, Vincenzo Mannino, Duccio Tessari, nach dem Roman «Una Storia D'Amore» von Maria Venturi **D** François-Eric Gendron, Margherita Buy, John Phillip Law, Massimo Wertmüller, Beatrice Palme, Claudine Auger **L** 183 (90 + 93) **E** 7./8.1.1995 RTL 2 **fd** –

Großmutters Fluch
THE WITCHING OF BEN WAGNER
Zwei Kinder sind mit ihren Eltern in einen anderen Stadtteil umgezogen. Als der Junge, der sich mit einem gleichaltrigen Mädchen angefreundet hat, das über geheimnisvolle Kräfte zu verfügen scheint, deren seltsame Großmutter kennenlernt, ist er überzeugt, es mit einer kleinen Hexe zu tun zu haben. Ein ganz aus der Sicht der Kinder erzähltes Filmabenteuer. – Ab 12.
USA 1990 **V** offen **R** Paul Annett **B** Malcolm Marmorstein, nach dem Roman von Mary Jane Auch **K** Gordon C. Lonsdale **M** Kurt Bestor **D** Sam Bottoms (George Wagner), Harriet Hall (Kathy Wagner), Elizabeth Shumway (Susan), Justin Gocke (Ben), Bettina Rae (Regina) **L** 96 **E** 15. 10. 1995 premiere **fd** –

Gullivers Reisen
Jonathan Swifts klassische Geschichte in einer spanischen Zeichentrickadaption. – Ab 10.
Spanien 1983 **P** Estudios Cruz Delgado S.A. **V** offen **R+B** Cruz Delgado **L** 77 **E** 16. 9. 1995 RTL 2 **fd** –

Gut drauf, schlecht dran
Unerträglich platte Episoden aus dem Berlin von heute. 1. «Mitten auf dem Kurfürstendamm»: Zwei Klatschweiber haben zu allem eine Meinung, verstehen aber einen frauenfeindlichen Witz nicht. 2. «Versuch macht klug»: Über die Vereinigungsversuche eines drallen Mädchens bei einem gehemmten Jungen. 3. «Die letzte Verabredung»: Die Verzweiflungstat einer telefoniersüchtigen Single-Dame. 4. «Mann kennt sich», argwöhnen ein ältlicher Junggeselle und ein strammer junger Ausländer. 5. «Jagdgründe»: Eine rätselhafte Vergewaltigung auf einem verwahrlosten Bahnhofsgelände. 6. «Übers Ohr gehauen»: Abwehr eines aufdringlichen Zeitschriftenwerbers. 7. «Grabgesang»: An der Ruhestätte Marlene Dietrichs erlebt ein Sohn eine Überraschung, als er mit einer Polaroid-Kamera seine Mutter fotografiert. 8. «Die Schmetterlingssammlerin»: Eine seelisch verwirrte Frau und ihre Probleme mit Bindungen.
Deutschland 1993 **P** Lothar Lambert Prod. **V** Salzgeber & Co. (16 mm) **Pd+R+B** Lothar Lambert **K+M** Albert Kittler **S** Lothar Lambert **D** Dagmar Beiersdorf (1), Dorothea Moritz (1), Stephanie Hofmeister (2), Klaus Redlich (2), Renate Soleymany (3), Lothar Lambert (4), Baduri (4), Doreen Heins (5), Stefan Menche (5), Bernd Lubowski (6), Erika Rabau (6), Beate Kliebenstein (7), Guido Kliebenstein (7), Nilgün Taifun (8), Manni Weller (8), Doris Densow (8) **L** 70 **FSK** – **E** 8. 6. 1995 **fd** –

Gut gezielt ist halb getroffen
FOUR EYES AND SIX-GUNS
Ein als Greenhorn in den Westen gekommener Optiker kommt dem trunk- und kurzsichtigen Wyatt Earp in Tombstone zu Hilfe. Schrullige, fürs Fernsehen produzierte Westernkomödie mit guter Besetzung und einem schwungvollen Drehbuch. – Ab 14 möglich.
USA 1991 **V** offen **R** Piers Haggard **B** Leon Prochnik **D** Judge Reinhold (Ernest Albright), Patricia Clarkson (Miss Laughton), Fred Ward (Wyatt Earp), M. Emmet Walsh (Thornbush), Shane McCabe (Doc Wilson) **L** 88 **E** 7. 10. 1995 Super RTL **fd** –

H

H. P. Lovecrafts Necronomicon
NECRONOMICON
Der Autor H.P. Lovecraft nimmt Einblick in das wohlverwahrte Buch «Necronomicon», das angeblich alle Geheimnisse der Welt enthält. Was der Film darüber mitteilt, sind drei banale Gruselgeschichten: 1. «The Drowned»: Scheinbar ins Leben zurückgerufene Ertrunkene verwandeln sich in unappetitliche Monster. 2. «The Cold»: Ein Forscher bringt für sein Rezept gegen das Altern und den Tod von Zeit zu Zeit Menschen um. 3. «Whispers»: Ein schwangere Polizistin wird in eine düstere Unterwelt entführt, wo ihr Ungeborenes dem Fortbestand einer mysteriösen Spezies dienen soll. In den erzählerischen Mitteln allzu armselig, setzen Rahmenhandlung und Episoden auf tricktechnisch geschickt erzeugte, aber abstoßende Ekeleffekte, ohne wirklich spannend oder gruselig zu sein. (Titel auch: «Necronomicon») – Wir raten ab.
USA 1993 **P** Necronomicon Films **V** Warner (Video) **Pd** Samuel Hadida, Brian Yuzna **R** Brian Yuzna (Rahmenhandlung / 3.), Christopher Gans (1.), Shusuke Kaneko (2.) **B** Brent V. Friedman (Rahmenhandlung / 1. / 2. / 3.), Christopher Gans (1.), Kazumoki Ito (2.) **K** Gerry Lively, Russ Brandt **M** Joseph LoDuca (Rahmenhandlung / 1.), Daniel Licht (2. + 3.) **S** Christopher Roth, Keith Sauter **D** Jeffrey Combs (H.P. Lovecraft), Bruce Payne (Edward De Lapoer), David Warner (Dr. Maden), Signy Coleman (Sarah) **L** 90 **FSK** ab 18 **E** 9. 6. 1995 Video **fd** 31 465

Hades
Die Geschichte des jüdischen Bestattungsunternehmers Hades, der das Warschauer Ghetto überlebte und nun in München Neonazis massakriert, bis er von einem Pflasterstein zu Tode getroffen wird. Eine Mischung aus Fantasieblasen, Assoziationsketten, Kalauern und willkürlichen Einfällen, die sich in unergründlichen Metaphern erschöpft. Authentizität vorspiegelnde Dokumentaraufnahmen aus dem Ghetto sind lediglich Transportmittel für eine Betroffenheitsgeste, die historisch verbürgtes Leid zum Ausdruck der eigenen Introvertiertheit nutzt.
Deutschland 1994 **P** Kuchenreuther Film GmbH **V** Kuchenreuther **Pd** Thomas und Steffen Kuchenreuther **R + B** Herbert Achternbusch **K** Adam Olech **S** Micki Joanni **D** Herbert Achternbusch (Hades / Sargfabrikant), Rosel Zech, Irm Hermann, Thomas Holtzmann, Barbara Gass, Simone Katz, Laura Olivi, Dagmar Sachse **L** 90 **FSK** ab 12; f **E** 16. 3. 1995 **fd** 31 249

Halbe Welt
HALBE WELT
In einer vollautomatisierten Welt, in der Sonnenlicht tödlich ist, beherrscht eine Macht von Weißuniformierten eine genau umgekehrt lebende Gesellschaft, die mit dem Sonnenlicht nicht nur der Natur, sondern auch des Zugangs zur eigenen und kollektiven Vergangenheit beraubt ist. «Schwarze» Widerständler machen ihnen das Monopol auf die Bilder der Vergangenheit streitig. Eine Mischung aus Sciencefiction- und Öko-Thriller. Beeindruckend in der filmästhetischen Gestaltung, eigentümlich spröde und unstimmig in der mangelhaften erzählerischen Verknüpfung der Momentaufnahmen und Eindrücke.
Österreich 1992 / 93 **P** Allegro **V** Silver Cine **Pd** Helmut Grasser **R + B** Florian Flicker **K** Jerzy Palacz **M** Lonesome Andi Haller Band **S** Bernhard Weirather **D** Rainer Egger (Herzog), Dany Levy (Katz), Maria Schrader (Sunny), Mercedes Echerer (Sina), Goran Rebic (Repro) **L** 83 **FSK – E** 25. 5. 1995 **fd** 31 386

Halgato
HALGATO
Romanverfilmung über den Zigeuneralltag im Slowenien der Tito-Ära, über Vorurteile und Rassendiskriminierung im Vielvölkerstaat Jugoslawien. In Pannonien, der Heimat von Sinti und Roma, wachsen zwei Zigeunerjungen als Stiefbrüder auf. Der verträumte Halgato verschafft mit seinem wunderschönen Violinspiel das nötige Geld, damit Pisti in der Stadt auf die Schule gehen kann. Doch der hochintelligente Junge entfremdet sich immer mehr seiner Herkunft. Als er unschuldig ins Gefängnis kommt, versucht sein Stiefbruder, die Wahrheit ans Licht zu bringen. (O. m. d. U.)
Slowenien 1994 **V** offen **R + B** Andrej Mlakar **K** Andrej Mlakar, Janez Kalisnik **D** Kristijan Borovsak (Halgato), Jernej Kuntner (Pisti), Joze Kramberger (Bumbas), Tanja Ribic (Iza), Mirjam Korbar (Tereza) **L** 100 **E** 17. 10. 1995 Bayern 3 **fd** –

Halle 4, Straße 13
Im Juli 1994 beginnt Thomas Heise, seit 1990 Mitglied des Berliner Ensembles, Heiner Müllers Stück «Zement» auf eigenes Risiko, ohne finanzielle Absicherung und mit Schauspielern, die auf ihre Gage verzichten, in einer stillgelegten Kabelfabrik in Berlin zu inszenieren. Der Dokumentarfilm beobachtet drei Monate lang die tägliche Arbeit der Gruppe, vom Herrichten der Fabrik bis zu den Aufführungen im Herbst 1994. Der Filmemacher drehte mit seiner Hi-8-Kamera 42 Stunden Material auf eigene Kosten, bevor 3sat die Fertigstellung finanzierte.
Deutschland 1995 **P** Tanner / 3sat

V offen **Pd+R+B+K** Ronny Tanner **L** 105 **E** 8. 12. 1995 3sat **fd** –

Hallo, Mr. President

THE AMERICAN PRESIDENT

Der amerikanische Präsident verliebt sich in eine Umweltschutz-Aktivistin und versucht, sein Glück vor der Öffentlichkeit zu schützen, bis er in einer bewegenden Rede sein Schweigen bricht. Eine vorzüglich inszenierte und gespielte Komödie, die zwar kein wirkliches politisches Engagement zeigt, ihre Idee aber intelligent und pointiert entwickelt. – Sehenswert ab 12.

Scope. USA 1995 **P** Wildwood Enterprises **V** UIP **Pd+R** Rob Reiner **B** Aaron Sorkin **K** John Seale **M** Marc Shaiman **S** Bob Leighton **D** Michael Douglas (Präsident), Annette Bening (Sydney Wade), Martin Sheen (A.J. MacInerney), Michael J. Fox (Lewis Rothschild), Richard Dreyfuss (Senator Rumson), Samantha Mathis (Janie) **L** 114 **FSK** ab 6; f **E** 14. 12. 1995 **fd** 31 685

Halt mich, küß mich, lieb mich

HOLD ME, KISS ME, THRILL ME

Nachdem er seine Braut, eine exzentrische Millionärstochter, erschossen hat, schlüpft der Täter bei einer Striptease-Tänzerin unter, die mit ihrer jüngeren Schwester, einem naiven Mauerblümchen, in einer Wohnwagensiedlung lebt. Temporeiche Komödie, die in der Art John Waters' den schlechten Geschmack kultiviert.

USA 1992 **P** Thrill Me Productions **V** offen **Pd** Travis Swords **R+B** Joel Hershman **K** Kent Wakeford **M** Gerald Gouriet **S** Kathryn Himoff **D** Adrienne Shelly (Dannie), Max Parrish (Eli / Bud / Fritz), Sean Young (Twinkle), Diane Ladd (Lucille), Andrea Naschak (Sabra), Timothy Leary (Mr. Jones) **L** 89 **E** 21. 7. 1995 ZDF **fd** –

Das Handbuch des jungen Giftmischers

THE YOUNG POISONER'S HANDBOOK

Anfang der 60er Jahre in einem Londoner Vorort: Ein 14jähriger Hobby-Chemiker entdeckt seine Liebe zur Giftmischerei und benutzt Freunde und Familie als Versuchskaninchen. Als seine Stiefmutter Opfer seiner Experimente wird, wird er wegen Mordes verurteilt und in die Psychiatrie eingeliefert. Nach Jahren auf Bewährung entlassen, verfällt er schon bald wieder seiner Passion. Ein auf einer wahren Begebenheit beruhender Film, der seine makabre Geschichte mit schwarzem Humor und bissigen Seitenhieben auf das englische Spießbürgertum erzählt. Besonders in der Hauptrolle eindrucksvoll gespielt, besticht der Film auch durch einen außergewöhnlichen Soundtrack, der an klassische amerikanische Thriller erinnert, ohne sie zu kopieren.

England / Deutschland / Frankreich 1994 **P** Mass / Kinowelt / Haut et Court **V** Kinowelt **Pd** Sam Taylor, Rainer Kölmel, Carole Scottea **R** Benjamin Ross **B** Jeff Rawle, Benjamin Ross **K** Hubert Taczanowski **M** Robert Lane, Frank Strobel **S** Anne Sopel **D** Hugh O'Connor (Graham), Tobias Arnold (Graham als Kind), Ruth Sheen (Molly Graham), Roger Lloyd Pack (Fred Young), Charlotte Coleman (Winnie) **L** 99 **FSK** ab 16; f **E** 7. 12. 1995 **fd** 31 665

Handgun – Hetzjagd durch New York

HAND GUN

Ein alternder Gangster erbeutet eine halbe Million Dollar, wird jedoch im Streit um die Beute tödlich verletzt. Er vertraut seinen Söhnen das Versteck des Geldes an, aber so, daß sie es nur gemeinsam finden können. Im Kampf mit den Gangstern verlieren alle Beteiligten das Leben. Ein mit pausenlosen Schießereien angefüllter Kriminalfilm, weder spannend noch, wie angestrebt, komisch.

USA 1993 **P** Odessa **V** Fox (Video) **Pd** Bob Gosse, Larry Meistich **R+B** Whitney Rausick **K** Michael Spiller **M** Douglas J. Cuomo **S** Tom McAdoo **D** Treat Williams (George), Seymour Cassel (Jack McCallister), Paul Schulze (Michael), Anna Thomson (Laura), Frank Vincent (Earl) **L** 86 **E** 10. 8. 1995 Video **fd** 31 521

Handlanger des Todes – Die Geschichte der Helene M.

A WOMAN AT WAR

Brüssel im Zweiten Weltkrieg: Die deutschen Besatzer beginnen mit der Deportation der jüdischen Bürger. Eine junge Jüdin schleust sich in den Verwaltungsapparat der Gestapo ein und versucht, so viele Menschen wie möglich zu retten. Als sie sich in einen Kollaborateur verliebt, gerät sie in höchste Gefahr. Der Film basiert auf den Lebenserinnerungen von Helene Moskiewicz. – Ab 14.

England / Frankreich 1991 **V** offen **R** Edward Bennett **B** Edward Bennett, Reg Gadney **D** Martha Plimpton (Helene Moskiewicz), Eric Stoltz (Franz Boehler), Jack Shepherd (Tobias Moskiewicz), Kika Markham (Regine Moskiewicz), Claire Hackett (Lily), John Bowler (Albert), Sean Chapman (Jean) **L** 113 **E** 30. 5. 1995 RTL 2 **fd** –

Happy End

HAPPY END

Um die bereits vor fünf Jahren erfolgte Trennung vor dem Schwiegervater zu verbergen, zieht ein Mann wieder bei seiner einstigen Ehefrau ein. Zunächst kann dem

Gast ein Familienidyll vorgegaukelt werden, doch als die Tochter versucht, die Ehe zu kitten, kommt es zu Komplikationen, weil beide inzwischen mit anderen Partnern liiert sind. Leichtgewichtige Komödie, die anspruchslos und oberflächlich unterhält. – Ab 16.
Frankreich 1992 **V** offen **R** Franz Antel **D** Benoît Régent (Vincent), Fanny Atlan (Marianne), Mireille Perrier (Mélo), Olivia Capeta (Juliette), Paul Crochet (Pierre Ange) **L** 78 **E** 19. 8. 1995 Super RTL **fd** –

Hard Business
ART DECO DETECTIVE
Ein Privatdetektiv aus Los Angeles wird vom CIA als Lockvogel für einen größenwahnsinnigen Psychopathen mißbraucht, der die Stadt mit einer Atombombe dem Erdboden gleichmachen will, um die Tat den Arabern in die Schuhe zu schieben. Ein Filmproduzent, eine Schauspielerin und ihre Zwillingsschwester – ein Callgirl – erschweren zusätzlich die Mission. Als Parodie auf Kriminalfilme und Thriller angelegt, bietet der Film weitgehend vergnügliche Unterhaltung.
USA 1994 **V** Highlight (Video) **R** Philippe Mora **K** Walter Bal **D** John Dennis Johnston, Stephen McHattie, Brion James **L** 97 **FSK** ab 18 **E** 1. 8. 1995 Video **fd** –

Hard to Die
CRIME STORY
Ein Inspektor in Hongkong wird Zeuge der Entführung eines skrupellosen Bauunternehmers und muß miterleben, wie ein junger Kollege dabei ums Leben kommt. Geplagt von Schuldgefühlen, befreit er den Entführten im Alleingang und entlarvt einen geldversessenen Detective als Drahtzieher. Ein grob gestrickter, von zahllosen brutalen Schlägereien, Schießereien und Verfolgungsjagden geprägter Action-Krimi, der sich nur wenig Freiraum für Logik und Charaktere zubilligt. Erwähnenswert, daß er dennoch etwas von den Ängsten und Hoffnungen einfängt, die mit der bevorstehenden Rückgabe Hongkongs an China verbunden sind.
USA / Hongkong 1993 **P** Paragon Film United **V** Ascot (Video) **Pd** Chua Lam **R** Kink Wong **B** Chun Tin Nam **K** Lau Wai Keung, Ardy Lam, Poon Hang Seng, Arthur Wong, Chan Kwong Hung **M** James Wong, Mark Lui **S** Cheung Yiu Chung **D** Jackie Chan (Inspector Chan), Kent Cheng (Detective Hunt), Christine Ng (Lara), Law Hang Kang (Wong), Au-Yeung Pui Shan (Wongs Ehefrau), Phua Leng Leng (Psychologin) **L** 100 (gek. 94) **FSK** ab 18 (gek. ab 16) **fd** 31 244

Harrys größter Coup
SWEET TALKER
Ein Trickbetrüger setzt nach seiner Haftentlassung einen genialen Plan in die Tat um: Er überzeugt die Bewohner eines australischen Küstendörfchens, daß irgendwo an ihrem Strand ein portugiesischer Schatz begraben ist. Sofort findet er Geldanleger, die sich an der Schatzsuche beteiligen wollen, und das Dorf wird zur Touristenattraktion. Bald ist er ein gemachter Mann, und auch die Liebe lacht, doch letztlich hat er die Rechnung ohne diverse Wirte gemacht. Eine beschwingte Komödie in der Tradition von Frank Capra, nach der jeder seines Glückes Schmied ist. – Ab 16.
Australien 1991 **P** New Town **V** offen **Pd** Ben Gannon **R** Michael Jenkins **B** Tony Morphett, nach einer Geschichte von Bryan Brown **K** Russell Boyd **M** Peter Filleul, Richard Thompson **D** Bryan Brown (Harry Reynolds), Karen Allen (Julie McGuire), Justin Rosniak (David), Chris Haywood (Bostock), Bill Kerr (Cec) **L** 84 **E** 6. 7. 1995 premiere **fd** –

Hart aber herzlich – Die Rückkehr
HART TO HART RETURNS
Pilotfilm zur Neuauflage einer in den 80er Jahren erfolgreichen Fernsehserie: Ein Millionär und seine attraktive Frau werden wieder als Amateurdetektive tätig. Der Brand ihres Anwesens und der Mord an einem Privatdetektiv sorgen für Aufregung. Amüsant-oberflächliche Fernsehkost ohne jegliche Substanz. – Ab 14 möglich.
USA 1993 **V** offen **R** Peter Hunt **B** E. Jack Kaplan, Richard Chapman, James G. Hirsch **D** Robert Wagner (Jonathan Hart), Stefanie Powers (Jennifer Hart), Lionel Stander (Max), Mike Connors (Bill McDowell), Ken Howard (Dr. Paul Menard) **L** 86 **E** 24. 1. 1995 RTL **fd** –

Harte Jungs – Bad Boys
BAD BOYS
Zwei Drogenfander sollen eine große Menge Heroin wiederbeschaffen, das aus dem Polizeipräsidium in Miami gestohlen wurde. «Actionkomödie» um zwei US-Comedy-Stars, die harten Thrill und wortlastige Verwechslungskomödie vereinen soll. Ein mißglückter Versuch, der das Dilemma eines ganzen Genres offenbart, zwischen irrwitzig schnellen Action-Teilen viel Handlungszeit überbrücken zu müssen.
USA 1994 **P** Columbia **V** Columbia TriStar (Kino) / Columbia TriStar (Video) **Pd** Jerry Bruckheimer, Don Simpson **R** Michael Bay **B** Michael Barrie, Jim Mulholland, Doug Richardson **K** Howard Atherton **M** Mark Mancina **S** Christian Adam Wagner **D** Martin Lawrence (Marcus Burnett), William Smith (Mike Lowrey), Tea Leoni (Julie Mott), Tchéky Karyo (Fouchet), There-

sa Randie (Teresa Burnett), Joe Pantoliano (Captain Howard), Saverio Guerra (Chet) **L** 119 **FSK** ab 18; f **E** 1.6.1995 / 5.2.1996 Video **fd** 31 367

Harter Mann in Uniform
I LOVE A MAN IN UNIFORM
Ein erfolgloser Schauspieler erhält in einer Fernsehserie den Part eines Polizisten. Allmählich zeigt sich der neurotische Einzelgänger derart von seiner Rolle fasziniert, daß er sie in die Wirklichkeit überträgt und in Uniform durch die Straßen patrouilliert. Schließlich nimmt er sogar illegal an einer Rauschgiftrazzia teil. Der Thriller bietet die psychologische Studie eines von der Umwelt isolierten einsamen Menschen und attackiert zugleich die Verfremdungsmechanismen eines Mediums, das die Grenzen zwischen Fiktion und Realität auflöst. Äußerst hart inszeniert, zynisch im Dialog.
Kanada 1993 **P** Miracle Pictures **V** offen **R+B** David Wellington **K** David Franco **M** Tragically Hip u.a. **D** Tom McCamus (Henry Adler), Brigitte Bako (Charlie), David Hemblen (Henrys Vater), Kevin Tighe (Frank) **L** 94 **E** 15.5.1995 ZDF **fd** –

Hasenjagd
Winter 1945: Russische Offiziere aus dem Konzentrationslager Mauthausen wagen die Flucht. Während die meisten von ihnen bereits zu Beginn den Tod finden und andere bei einer gnadenlosen Treibjagd sterben, gelangen einige in die Freiheit und überleben dank der Hilfe der einheimischen Bevölkerung. Ein nach authentischen Fakten gestalteter Spielfilm, der für das Grauen augenfällige Bilder findet, ohne sich in Gewaltorgien zu ergehen. Ein respektabler Versuch der Vergangenheitsbewältigung, der zum Nachdenken und zur Diskussion anregt. (OCIC-Preis in Amiens 1994) – Ab 16.
Deutschland 1994 **P** Provinzfilm International / Daniel Zuta Film / Rattlesnake / SWF / arte **V** Endfilm **Pd** Axel Unbescheid, Stefan Rota **R+B** Andreas Gruber **K** Hermann Dunzendorfer **M** Peter Androsch **S** Eva Schneider **D** Elfriede Irrall, Ulrike Grochowiak, Oliver Broumis, Merab Ninidze, Kirsten Nehberg, Thierry van Werveke, Rüdiger Vogler **L** 106 **FSK** ab 12; f **fd** 31 366

Haß
LA HAINE
Straßenschlachten in einer Pariser Trabantenstadt. Nachdem ein 16jähriger im Verhör lebensbedrohlich zugerichtet wurde, schwört ein anderer Jugendlicher, einen Polizisten zu töten, falls sein Freund stirbt. Eine bedrängende Exkursion in das Leben der «Banlieue» (Vorstädte), in denen die Jugendlichen einer hoffnungslosen Zukunft entgegengehen. Die präzise Inszenierung analysiert schonungslos die soziale Zeitbombe und verdichtet dabei ihre zentralen Themen von Gewalt und ihren Folgen, Solidarität und Ohnmacht in eindringlichen Bildern. – Sehenswert.
Scope, schwarz-weiß. Frankreich 1994 **P** Lazennec / Canal + / Le Sept Cinéma / Kasso **V** Concorde-Castle Rock / Turner **Pd** Christophe Rossignon **R+B** Mathieu Kassovitz **K** Pierre Aïm **M** div. Songs **S** Mathieu Kassovitz, Scott Stevenson **D** Vincent Cassel (Vinz), Hubert Koundé (Hubert), Saïd Taghmaoui (Saïd), Karim Belkhadra (Samir), François Levantal (Asterix), Marc Duret (Inspektor «Notre Dame»), Solo Dicko (Santo) **L** 98 **FSK** ab 12; f **FBW** bw **E** 26.10.1995 **fd** 31 571

Hat Squad
HAT SQUAD
Drei ungleiche Brüder, die für eine Spezialeinheit der Polizei von Los Angeles tätig sind, versuchen durch ihre Kleidung, die legendäre Elitetruppe «The Hat Squad» der 30er Jahre zu imitieren. In diesem Pilotfilm der Fernsehserie sind sie hinter einem berüchtigten Bankräuber her. – Ab 16.
USA 1992 **V** offen **R** Rob Bowman **B** Stephen J. Cannell **D** Nestor Serrano (Rafael), Don Michael Paul (Buddy), Billy Warlock (Matt), James Tolkan (Mike Ragland), Shirley Douglas (Kitty Ragland), Bruce Robbins (Darnell) **L** 85 **E** 2.5.1995 RTL 2 **fd** –

Hätt' ich dich bloß niemals kennengelernt
MALEDETTO IL GIORNO CHE T'HO INCONTRATO
In berufliche und private Nöte geraten, sucht ein Musikjournalist einen Therapeuten auf, wo er eine Patientin kennenlernt, die sein Leben mit ihrem quirligen Wesen im Handumdrehen durcheinanderbringt. Turbulente Liebeskomödie ohne sonderlichen Anspruch. – Ab 16.
Italien 1991 **P** Cecchi Gori Group Tiger / Penta **V** offen **R** Carlo Verdone **B** Carlo Verdone, Francesca Marciano **K** Danilo Desideri **M** Fabio Liberatori, Jimi Hendrix **D** Carlo Verdone (Bernardo), Margherita Buy (Carmen), Giancarlo Dettori (Attilio), Elisabetta Pozzi (Adriana), Alexis Meneloff (Altieri) **L** 115 **E** 8.6.1995 premiere **fd** –

Der Haudegen
LE CRABE-TAMBOUR
An Bord eines französischen Zerstörers, der eine Fischerei-Flotte nach Neufundland begleitet, erinnern sich einige Besatzungsmitglieder eines alten Waffenbruders, der unter dem Namen «Crabe-Tambour» bekannt und legen-

där war; jeder von ihnen war auf seine Weise einmal mit ihm verknüpft. Das komplexe Spiel mit verschiedenen Zeitebenen porträtiert Männer, deren Schicksal geprägt ist von der Situation Frankreichs am Ende der Kolonialzeit. Ein nostalgischer Rückblick auf eine Epoche, perfekt gespielt, mit Bildern von epischer Wucht und Schönheit inszeniert. (O. m. d. U.) – Ab 14 möglich.
Frankreich 1977 **P** A.M.L.F. / Bela / Lira **V** offen **R** Pierre Schoendoerffer **B** Pierre Schoendoerffer, Jean-François Chauvel, nach dem Roman «Le Crabe-Tambour» von Schoendoerffer **K** Raoul Coutard **M** Philippe Sarde **S** Nguyen Long **D** Jean Rochefort (der Kommandant), Claude Rich (der Arzt), Jacques Perrin (Crabe-Tambour), Jacques Dufilho (der Chefmechaniker), Odile Versois (Madame), Aurore Clément (Aurore) **L** 119 **E** 16. 1. 1995 arte **fd** –

Haunted – Haus der Geister
HAUNTED
Ein junger amerikanischer Parapsychologe soll 1925 in einem englischen Schloß spukende Geister austreiben, wird dort aber durch die geheimnisvollen Bewohner in einen Strudel unerklärlicher Vorkommnisse hineingezogen. Der Versuch, den schrillen Effekten heutiger Horrorfilme den verhaltenen Grusel morbider Gespenstergeschichten entge-genzusetzen, scheitert weitgehend an der zwar handwerklich sauberen, aber uninspirierten Regie und einem nicht überzeugenden Hauptdarsteller. Die Schwächen werden teilweise durch die stimmungsvolle Fotografie und die detailverliebte Ausstattung aufgehoben. – Ab 16.
USA 1994 **P** Double «A» Pictures / American Zoetrope / Lumiera **V** Jugendfilm **Pd** Anthony Andrews, Lewis Gilbert **R** Lewis Gilbert **B** Tim Prager, Robert Kellet, Lewis Gilbert, nach einem Roman von James Herbert **K** Tony Pierce Roberts **M** Debbie Wishman **S** John Jympson **D** Aidan Quinn (David Ash), Kate Beckinsale (Christine), Anthony Andrews (Robert), Alex Lowe (Simon), Anna Massay (Tess), John Gielgud (Dr. Doyle) **L** 108 **FSK** ab 12; f **E** 30. 11. 1995 **fd** 31 639

Das Haus der anderen
JANE'S HOUSE
Familiendrama. Zwei Jahre nach dem Tod der geliebten Ehefrau und Mutter hat es eine New Yorker Familie noch immer nicht geschafft, über den Verlust hinwegzukommen. Auch eine neue Beziehung und Heirat des Vaters steht unter dem Einfluß der Verstorbenen, bis man sich entschließt, das Haus der Toten zu verlassen und anderswo einen Neubeginn zu wagen.
USA / Kanada 1993 **V** offen **R** Glenn Jordan **B** Eric Roth **D** Anne Archer (Mary Cole), James Woods (Paul Moore), Missy Crider, Graham Beckel, Diane D'Aquila, Keegan MacIntosh **L** 91 **E** 2. 3. 1995 RTL 2 **fd** –

Haus der Geister
siehe: Haunted – Haus der Geister

Heart of Darkness
HEART OF DARKNESS
Ein junger Seemann wird um die Jahrhundertwende von einer Elfenbeingesellschaft angeheuert, um den Leiter einer Station am Kongo mitten im afrikanischen Dschungel abzulösen. Der Film hält sich eng an die literarische Vorlage von Joseph Conrad. Die unspektakuläre und zugleich spannende Erzählweise stellt die subjektive Beobachtung der Hauptfigur in den Vordergrund und entlarvt dadurch überzeugend Anmaßung und Machtgier. – Sehenswert ab 16.
USA 1993 **P** Turner Pictures **V** VMP (Video) **Pd** Bob Christiansen, Rick Rosenberg **R** Nicolas Roeg **B** Benedict Fitzgerald, nach einem Roman von Joseph Conrad **K** Anthony B. Richmond **M** Stanley Myers **S** Louise Rubacky **D** Tim Roth (Marlow), John Malkovich (Kurtz), Isaach de Bankolé (Mfumo), James Fox (Gosse), Morten Faldaas (Harlequin) **L** 101 **FSK** ab 16 **E** 21. 3. 1995 Video **fd** 31 330

Heart to Kill
MURDER IN THE HEARTLAND
Ein überlanger Fernsehfilm über die Untaten von Charlie Starkweather, der in den 50er Jahren als 19jähriger zahlreiche Morde beging und als letzter Strafgefangener im US-Staat Nebraska hingerichtet wurde. Nach der breiten Schilderung der Gewalttaten wendet sich der Film den Strafverfahren zu, die gegen Starkweather und seine Geliebte, die an den Verbrechen beteiligt war, geführt wurden. Er versucht, die inneren Konflikte des Gangsterpärchens auszuloten und – zumindest im zweiten Teil – für Verständnis für die Deliquenten zu werben. Doch angesichts der zuvor breit ausgespielten Greueltaten muß dieser Versuch scheitern.
USA 1993 **P** O'Hara-Horowitz Prod. **V** VCL / Carolco (Video) **Pd** S. Bryan Hickox **R** Robert Markowitz **B** Michael O'Hara **K** Ron Garcia **M** Patrick Williams **S** Scott Vickrey, David Beatty **D** Tim Roth (Charles Starkweather), Fairuza Balk (Caril), Kate Reid, Milo O'Shea, Randy Quaid **L** 150 **FSK** ab 18 **E** 19. 12. 1994 Video **fd** 31 311

Heartbreak Kid
HEARTBREAK KID
Eine junge Lehrerin unterstützt einen Schüler in seinen Bestrebungen, gegen die Tradition der Schule eine Fußballmannschaft

aufzubauen. Doch der junge Mann verliebt sich in sie. Ein im Milieu griechischer Einwanderer angesiedelter australischer Spielfilm. – Ab 16.
Australien 1993 **V** offen **R** Michael Jenkins **B** Richard Barrett, Michael Jenkins **D** Claudia Karvan (Christina Papadopoulos), Alex Dimitriades (Nick Polides), Nicolas Lathouris (George Polides), Steve Bastoni (Dimitri), Doris Younane (Evdokia) **L** 95 **E** 22. 10. 1995 ZDF **fd** –

Heatseeker
HEATSEEKER
Ein menschlicher Kickboxer ist der einzige seiner Zunft ohne kybernetische Implantate. Nun soll er gegen einen vermeintlich unbesiegbaren Cyborg-Kämpfer antreten. Zunächst weigert er sich, doch als seine Verlobte entführt wird, stellt er sich der Herausforderung. Ein äußerst harter Actionfilm aus dem Kickbox-Milieu mit zynischem Unterton.
USA 1995 **P** Trimark Pictures **V** Highlight (Video) **R** Albert Pyun **B** Albert Pyun, David Yorkin **K** George Mooradian **D** Keith Cooke, Thom Mathews, Norbert Weisser, Gary Daniels, Tim Thomerson **L** 88 **FSK** ab 18 **E** 15. 5. 1995 Video **fd** –

Heavenly Creatures
HEAVENLY CREATURES
Anfang der 50er Jahre lernen sich in einer neuseeländischen Kleinstadt zwei musisch begabte 14jährige Mädchen kennen, die sich in der Schule und von den Eltern unverstanden fühlen. Sie fliehen in eine Traumwelt und reagieren aggressiv auf jede Kritik an ihrer Beziehung. Als ihre Eltern sie trennen wollen, entlädt sich ihr Haß in einem Verbrechen. Ein formvollendeter poetisch-psychologischer Thriller über die banalen Ursprünge des Bösen und, in gestalterischer Hinsicht, über die wechselseitige Bedingtheit von Horror und Idylle. Frei nach Aufzeichnungen der Täterinnen versucht der Film, die individuellen und gesellschaftlichen Hintergründe der Tat aufzuzeigen. Dabei enthält er sich jeder moralischen Wertung. – Ab 16.
Scope. Neuseeland / Deutschland 1994 **P** Wingnut / Fontana **V** Senator (Kino) / UFA (Video) **Pd** Jim Booth **R+B** Peter Jackson **K** Alun Bollinger **M** Peter Dasent **S** Jamie Selkirk **D** Melanie Lynskey (Pauline Parker), Kate Winslet (Juliet Hulme), Sarah Peirse (Honora Parker), Diana Kent (Hilda Hulme), Clive Merrison (Henry Hulme), Herbert Rieper (Simon O'Connor) **L** 109 **FSK** ab 16; f **E** 12. 1. 1995 / 31. 7. 1995 Video **fd** 31 127

Heimaturlaub
BRYSGI SCHAMPANSKOGO
Ein junger Frontsoldat, der fast alle Kameraden verlor, kommt 1942 auf Heimaturlaub nach Moskau. Dort versucht er, seine Freundin davon abzubringen, sich freiwillig in die Armee zu melden. Gleichzeitig macht er die Erfahrung, daß es den Moskowitern trotz des Krieges an nichts mangelt und sie kaum zu solidarischem Handeln fähig sind. Enttäuscht schlägt er seine Versetzung in die Etappe aus und meldet sich an die Front zurück. Eine überzeugende und spannende Charakterstudie, in deren Mittelpunkt nicht der früher übliche, strahlende Held des großen Vaterländischen Krieges steht, sondern ein von Alpträumen geplagter und von Enttäuschung geprägter junger Mensch. (Kino O. m. d. U.; Fernsehtitel: «Champagnerperlen») – Ab 16.
UdSSR 1989 **P** Mosfilm **V** Filmverlag der Autoren **R** Stanislaw Goworuchin **B** Stanislaw Goworuchin, Wjatscheslaw Kondratjew **K** Gennadi Engstrem **M** Nikolai Korndorf **D** Antonina Wenediktowa (Tonja), Alexej Burykin (Leutnant Wolodka), Natalja Schtschukina (Julja), Oleg Menschow (Sergej), Ljudmila Krylowa (Mutter) **L** 100 **FSK** – **E** 12. 7. 1990 / 16. 5. 1995 ZDF (dt. Synchronfassung) **fd** –

Das heimliche Auge
ANIMAL INSTINCTS 2
Ein in eine triviale Krimihandlung eingebetteter Erotikfilm. Eine Frau läßt sich bei ihren sexuellen Eskapaden von ihrem voyeuristischen Nachbarn beobachten. Als sie sich eines Tages ernsthaft verliebt, möchte sie den Spanner loswerden. Der jedoch erhebt plötzlich Besitzansprüche.
USA 1993 **V** offen **R** Alexander Gregory Hippolyte **B** Daryl Haney **M** Ashley Irwin **D** Shannon Whirry, Woody Brown, Elizabeth Sandifer, Al Sapienza **L** 85 **E** 29. 11. 1995 Pro Sieben **fd** –

Heirate mich noch mal
MARRY ME AGAIN
Weitgehend amüsante Situationskomödie um einen Luftwaffenpiloten, der bei der Rückkehr aus dem Korea-Krieg feststellen muß, daß seine Braut eine Millionenerbschaft gemacht hat. Ihr plötzlicher Reichtum ist mit seinem Stolz nicht vereinbar, also meldet er sich zum Militär zurück, wo man ihn auf Grund seines Entschlusses für geistesgestört hält und psychiatrischen Tests unterzieht. – Ab 14.
Schwarz-weiß. USA 1953 **P** RKO **V** offen **Pd** Alex Gottlieb **R+B** Frank Tashlin **K** Robert de Grasse **M** Raoul Kraushaar **S** Edward Mann **D** Robert Cummings (Bill), Marie Wilson (Doris), Ray Walker (Mac), Mary Costa (Joan), Jess Barker (Jenkins) **L** 70 **E** 11. 6. 1995 West 3 **fd** –

Heiraten wir morgen
THE THIRD GIRL FROM THE LEFT
Altmodisches Melodram mit peinlich klischeehaften Dialogen. Schwierige Arbeitsbedingungen belasten eine Künstler-Beziehung: Während sie als Tänzerin engagiert ist, reist er als gefragter Entertainer kreuz und quer durch die USA. Der Gedanke an eine Heirat rückt in immer weitere Ferne.
USA 1973 **V** offen **R** Peter Medak **B + M** Dory Previn **D** Kim Novak (Gloria), Tony Curtis (Joey), Michael Brandon (David), George Furth (Zimmy), Larry Bishop (Bedford) **L** 73 **E** 26.8.1995 Super RTL **fd** –

Helden der Lüfte
CAPTAINS OF THE CLOUDS
Beim Ausbruch des Zweiten Weltkrieges melden sich drei amerikanische Buschpiloten freiwillig zur Air Force. Der Älteste ist jedoch nicht mehr für Kampfeinsätze tauglich, und da seine Disziplin zu wünschen übrigläßt, wird er auch als Ausbilder ausgemustert. Seine große Stunde schlägt, als er sich bei der Überführung von Bombern nach England opfern kann. Ein ausgesprochen patriotischer Flieger- und Abenteuerfilm, rund um den Draufgänger James Cagney aufgebaut. Überzeugend sind immer noch die akrobatischen Flugkunststücke. – Ab 14.
USA 1942 **P** Warner Bros. **V** offen **Pd** Hall B. Wallis **R** Michael Curtiz **B** Arthur T. Horman, Richard Macaulay, Norman Reilly Raine **K** Sol Polito, Wilfred M. Cline **M** Max Steiner **S** George Amy **D** James Cagney (Brian MacLean), Dennis Morgan (Johnny Dutton), Brenda Marshall (Emily Foster), Alan Hale (Tiny Murphy), George Tobias (Blimp Lebec) **L** 113 **E** 13.10.1995 ARD **fd** –

Hell's Passion
PAYBACK
Ein Ex-Häftling und ein erblindeter sadistischer Gefängniswärter, der nun mit seiner schönen Frau eine Kneipe betreibt, kämpfen um die Beute aus einem Bankraub. Zwischen den Männern und der Frau entwickelt sich ein Dreiecksverhältnis. Ein spannender, doppelbödiger Thriller, der intelligent um die Konstellationen von Geld, Macht und Erotik kreist.
USA 1994 **P** Payback / Tapestry **V** VPS (Video) **Pd** Sam Bernard, Natan Zahavi **R** Anthony Hickox **B** Sam Bernard **K** David Bridges **M** Anthony Marinelli **S** Anita Brandt-Burgoyne **D** C. Thomas Howell (Oscar Bonsetter), Joan Severance (Rose), Marshall Bell (Gully), Richard Burgi (Keegan), John Toles-Bey (Jackson) **L** 89 **FSK** ab 16 **E** 30.3.1995 Video / 25.1.1996 premiere **fd** 31 381

Hercules und der flammende Ring
HERCULES AND THE CIRCLE OF FIRE
Nachdem die Göttin Hera der Menschheit das ewige Licht gestohlen hat, um diese zu zerstören, begibt sich Göttersohn Hercules auf eine gefährliche Reise, um die Menschen zu retten. Sein Weg führt zum höchsten Berg der Erde. Ein modernes Fantasy-Abenteuer als Neuauflage altbekannter Themen und Abenteuer. Triviale Fernsehkost, inszenatorisch wie tricktechnisch äußerst bieder; der Film entstand im Rahmen einer Fernsehserie. – Ab 14.
USA 1994 **V** CIC (Video) **Pd** Sam Raimi **R** Dough Lefler **D** Kevin Sorbo (Hercules), Anthony Quinn (Zeus), Christopher Brougham (Janus), Kevin Atkinson (Cheiron), Tawny Kitaen (Deianeira) **L** 87 **FSK** ab 12 **E** 4.11.1995 RTL **fd** –

Der Herr Präsident
EL SENOR PRESIDENTE
Intrigen und Ausschaltung der politischen Gegner sind an der Tagesordnung in einem lateinamerikanischen Land, in dem ein US-höriger Diktator die Macht an sich gerissen hat. Um einen Militär, der demokratische Verhältnisse anstrebt, zu beseitigen, bedient sich der Präsident seines vermeintlich hörigen Günstlings Cara de Angel. Dieser jedoch verspürt noch einen Rest von Skrupel und menschlichem Verantwortungsgefühl.
Kuba / Frankreich / Nicaragua 1983 **P** ICAIC / SFP / TFL / Ministère **V** offen **R** Manuel Octavio Gómez **B** André Camp, Hugo Carrillo, Manuel Octavio Gómez, nach dem gleichnamigen Roman von Miguel Angel Asturias **K** Bernard Giraud, Rodolfo López **M** Rembert Egües **D** Michel Auclair (Präsident), Reynaldo Miravalles (Cara de Angel), Bruno Garcin, Florence Jaugey, René de la Cruz **L** 100 **E** 24.5.1985 DFF2 / 30.9.1995 mdr **fd** –

Ein Herz aus Gold
LE COEUR SUR LA MAIN
Traurige Komödie über einen musikbegeisterten Akkordeonspieler und ehemaligen Priester, der aus dem Gemeindedienst entlassen wird, als er beim Auftritt einer Chansonette als Ersatzmusiker einspringt. Er folgt der Sängerin nach Paris, wo er ihr Musiklehrer wird, ein Nachtlokal leitet und mit seinen Auftritten viel Erfolg hat – außer bei seiner Angebeteten, die ihn nur auslacht.
Schwarz-weiß. Frankreich 1948 **V** offen **R** André Berthomieu **B** Lolita Da Silva **D** Bourvil (Priester), Michèle Philippe, Robert Berri, Louvigny, Charles Bouillaud, Lolita da Silva **L** 95 **E** 9.4.1995 arte **fd** –

Herz aus Stein

Der Zufall bringt einen seit einem Jahr auf der Straße lebenden 13jährigen in das schöne Haus einer alten todkranken Frau, die von ihrem Sohn und einer polnischen Krankenpflegerin betreut wird. Seine Rechnung, sich hier auf die faule Haut legen zu können, geht nicht auf: Die Frau gibt ihm über seltsame Zeichen zu verstehen, daß sie etwas von ihm will. Ein Film über eine Welt, aus der Egoismus und Herzlosigkeit alle Formen menschlicher Zuwendung verdrängt haben.

Deutschland 1994 **V** offen **R+B** Nicos Ligouris **K** Patrick Lindenmaier **M** Michael Rodach **D** Marcus Fleischer (Wolfgang), Mathieu Carrière (Reuter), Helga Göring (Davida), Dorota Zienska (Krystyna) **L** 81 **E** 30.7.1995 ZDF **fd** –

Ein Herz für mein Baby

HEART OF A CHILD

Die authentische Geschichte einer Herztransplantation bei einem Neugeborenen. Ein junges amerikanisches Ehepaar, dessen Baby wegen Hirnschäden nicht lebensfähig ist, willigt in eine Organspende ein. So kann ein anderes Neugeborenes, das wegen eines Herzfehlers keine Überlebenschance hätte, gerettet werden. Ein mit informativen gynäkologischen Details und ernsthaft gestellten ethischen Problemfragen interessant und ermutigend aufbereitetes Drama. Trotz fernsehüblicher melodramatischer Effekte ein diskussionswerter Film. – Ab 14.

USA 1993 **V** offen **R** Sandor Stern **B** Susan Nanus **K** Laszlo George **M** Mark Snow **D** Ann Jillian (Alice Holc), Michele Greene (Karen Schouten), Terry O'Quinn (Gordon Holc), Bruce Greenwood (Fred Schouten), Malcolm Stewart (Dr. Garland) **L** 98 **E** 10.2.1995 ARD **fd** –

Herzdame

UNE FEMME DANS MON COEUR

Nach Jahr und Tag trifft ein Mann seine frühere Geliebte wieder, die durchaus bereit ist, die Beziehung erneut zu beleben. Doch er verliebt sich in ihre 17jährige Tochter, die ihrerseits die Verbindung zu ihm in bezug auf ihre Schauspielambitionen nutzen möchte.

Frankreich 1995 **V** offen **R** Gérard Marx **B** Sylvie Chauvet, Marie-Françoise Egret **K** Jimmy Glasberg **M** Ramon Pipin, Hervé Lavandier **D** Pierre Arditi (Christian), Michèle Laroque (Alice), Sarah-Laure Estragnat (Laura), Sam Karman (Gilles), Julie Legendre (Emmanuelle) **L** 92 **E** 14.11.1995 premiere **fd** –

Herzog Ernst

Die mittelalterliche Legende eines Ritters, der vom Kaiser in die Ferne getrieben wird, um einen sagenumwobenen Karfunkelstein zu holen. Er findet nicht nur exotische Welten und Wesen, sondern auch neue Ideale. Ein sorgfältig komponierter poetischer Zeichentrickfilm über das Ende des Ritterstandes und die utopische Hoffnung auf eine tolerantere Welt der Friedfertigkeit und Fantasie. Aus der kindgerechten, schlichten Fabel entwikkelt sich mit fantasiereichen Bildern großes Welttheater, das ebenso amüsiert wie nachdenklich stimmt und belehrt. (Im Vorprogramm wird der Zeichentrickfilm «Als die Igel größer wurden» von Franz Winzentsen eingesetzt.) – Sehenswert ab 8.

Deutschland 1993 **P** Lutz Dammbeck Filmprod. / La Sept / arte / WDR **V** Silver Cine **Pd+R+B** Lutz Dammbeck, nach Motiven einer mittelalterlichen Sage **K** Ernst Hammes, Katrin Magnitz **M** Manfred Schoof, J.U. Lensing **S** Margot Neubert-Marie **D** Wolf-Dietrich Sprenger (Sprecher) **L** 45 **FSK** o. A.f **E** 22.6.1995 **fd** 31 428

Herzzerreißend

HARTVERSCHEUREND

Die leidenschaftliche, aber komplizierte Liebe einer Frau aus der Amsterdamer Alternativszene zu einem eher unpolitischen Anwalt. Dramaturgische und handwerkliche Schwächen des Films werden teilweise ausbalanciert durch das intensive Spiel der Hauptdarstellerin und dokumentarische Qualitäten in der Schilderung einer an gesellschaftlichem Einfluß verlierenden Gegenkultur. (O.m.d.U.)

Niederlande 1993 **P** Studio Nieuwe Gronden **V** Kairos **Pd** René Scholten **R+B** Mijke de Jong **K** Joost van Starrenburg **S** Benno Morema **D** Marieke Heebink (Lou), Mark Rietman (Bob), André-Arend van Noord, Mientje Kleijer, Tanar Ctalpiner **L** 85 **FSK** – **E** 4.5.1995 **fd** 31 304

High Lonesome

HIGH LONESOME

Der letzte schwarze Bewohner eines ansonsten nur von Weißen bewohnten Gebietes muß sich den rassistischen Anfeindungen seiner Nachbarn erwehren. Als er seinen ärgsten Peiniger in Notwehr erschießt, droht der Mob, ihn zu lynchen. Nur das beherzte Eingreifen eines Jungen, der in dem Schwarzen einen väterlichen Freund gefunden hat, kann das Schlimmste abwenden. Rassendrama um einen Hoffnungsschimmer in einer Welt voller Gewalt, Arglist und Vorurteile. – Ab 16.

USA 1994 **V** Allround (Video) **R** Jeff Bleckner **D** Louis Gossett jr., Joseph Mazzello, Don Swayze **L** 95 **FSK** ab 12 **E** 30.5.1995 Video **fd** –

Highlander III – Die Legende
HIGHLANDER III – THE SORCERER
Der unsterbliche Connor MacLeod muß seinen Kopf verteidigen, der ihm in der dritten Version der «Highlander»-Geschichte zunächst im Japan des 16. Jahrhunderts und dann 400 Jahre später im New York der Gegenwart von einem mongolischen Zauberer streitig gemacht wird. Fantasy-Actionspektakel mit viel pyrotechnischem Schnickschnack. Das Kinodebüt eines Videoclip-Spezialisten, der über weite Strecken die Originalversion einfach nur kopiert und dabei in der filmischen Gestaltung kein Profil entfaltet. Nur einige Tricksequenzen verraten eine eigene Handschrift. – Ab 16.
England / Frankreich / Kanada 1995 **P** Transfilm / Lumière / Fallingcloud **V** Highlight (Kino) / Highlight (Video) **Pd** Claude Léger **R** Andy Morahan **B** William Panzer, Brad Mirman, Paul Ohl **K** Steven Chivers **M** J. Peter Robinson **S** Yves Langlois **D** Christopher Lambert (Connor MacLeod), Mario Van Peebles (Kane), Deborah Unger (Sarah / Alex Smith), Mako (Nakano), Martin Neufeld (Stenn) **L** 99 **FSK** ab 16; f **E** 2.3.1995 / 12.9.1995 Video **fd** 31 253

Der Himmel küßt die Berge – Maria & Margot Hellwig
Dokumentarfilm über das Gesangsduo Mario und Margot Hellwig, Mutter und Tochter, die mit ihren Harmonie, Glück und Wirklichkeitsferne beschwörenden Heimatliedern immense Erfolge feiern. Die wohl populärsten Vertreterinnen der Volksmusikoperette werden u.a. während einer generalstabsmäßig geplanten Tournee durch Nord-, West- und Ostdeutschland begleitet und in ihrem von den Fans hochverehrten Lokal «Der Kuhstall» beobachtet und befragt. – Ab 12.
Deutschland 1995 **P** Kick Film / Bayerischer Rundfunk **V** Eigenverleih Kick Film **Pd** Jörg Bundschuh **R+B** Pascale Schmidt **K** Johann Feindt **S** Frank Behnke **L** 82 **FSK** o.A.; f **FBW** bw **E** 21.12.1995 **fd** –

Die Hindenburg
THE HINDENBURG
Explosion und Absturz des deutschen Luftschiffes «Hindenburg» am 6. Mai 1937 in Lakehurst (USA) nach einer Atlantiküberquerung, wobei 36 Menschen ums Leben kamen. Ein mit großem Aufwand routiniert inszenierter Katastrophenfilm, der unter Einbindung zeitverhafteter Schicksale das bis heute nicht aufgeklärte Unglück als Folge eines antinazistischen Sabotageaktes erscheinen läßt und ein aktuelles Schlaglicht auf den Stellenwert einer hochentwickelten Technik innerhalb von Ideologie und politischem Gegenkampf wirft. – Ab 14.
Scope, teils schwarz-weiß. USA 1974 **P** Filmmakers Group **V** CIC **Pd** Ernest Wehmeyer **R** Robert Wise **B** Nelson Gidding, nach einem Roman von Michael M. Mooney **K** Robert Surtees **M** Robert Shire **D** George C. Scott (Franz Ritter), Anne Bancroft (Van Scharnwitz), William Atherton (Rigger Boerth), Roy Thinnes (Agent Vogel), Gig Young (Edward Douglas), Burgess Meredith (Pajetta), Charles Durning (Kapitän Pruss) **L** 125 (Kino 115) **FSK** ab 12; f **E** 16.4.1976 / 13.8.1995 West 3 (ungekürzt) **fd** 19 759

Hit Lady
HIT LADY
Kriminalfilm um das Doppelleben einer Künstlerin, die in der Nacht Mordaufträge für die CIA ausführt. Die Suche nach dem Mörder eines ehemaligen CIA-Agenten führt sie auf die Spur einer Geldwaschanlage im Fernen Osten, die als Mönchsorden getarnt ist.
USA 199? **V** offen **R** Margot Hope **B** Yvette Mimieux **D** Margot Hope (Drew Fontaine), Arthur Roberts (Max Hagen), James Hong (Master Sun), David Shark (Basher), Catherine Dao (Madam Lee) **L** 74 **E** 22.7.1995 Vox **fd** –

Ein Hoch auf die Familie
CELEBRATION FAMILY
Familiendrama mit einigen sozialen Ambitionen: Ein Ehepaar, dessen Wunsch nach einem dritten Kind nicht in Erfüllung geht, adoptiert im Lauf der Zeit zehn Waisenkinder aus verschiedenen Ländern. Als eines der Kinder verunglückt, bezweifeln die Nachbarn, daß das Paar seiner Aufsichtspflicht gerecht werden kann. In Wirklichkeit wollen sie sich aber nur gegen den Kinderlärm wehren.
USA 1987 **P** ABC **V** offen **Pd** Robert M. Sertner **R** Robert Day **B** Richard Lees **D** Stephanie Zimbalist (Janet Marston), James Read (James Marston), Olivia Burnette (Ellie), Vaughn Tyree Jelks (Ricky), Diane Ladd (Mrs. Heflin), Ed Begley jr. **L** 95 **E** 5.8.1995 Super RTL **fd** –

Hochzeit wider Willen
THE DOCTOR TAKES A WIFE
Unglückliche Umstände zwingen eine alleinstehende Bestsellerautorin, die absolut nichts von der Ehe hält, und einen Mediziner, der nichts für Karrierefrauen übrig hat, zu einer Scheinehe. Hinter den Kulissen tobt ein erbitterter Kleinkrieg – bis die «Ehefrau» beginnt, Gefallen am Eheleben zu finden. Lebendige Liebeskomödie mit temporeichen Dialogen und gut aufgelegten Darstellern. – Ab 14.
Schwarz-weiß. USA 1940 **P** Columbia **V** offen **Pd** William Perlberg **R** Alexander Hall **B** George Seaton, Ken Englund **K** Sid

Hickox **S** Viola Lawrence **D** Loretta Young (June Cameron), Ray Milland (Timothy Sterling), Reginald Gardiner (John Pierce), Gail Patrick (Marilyn Thomas), Edmund Gwenn (Dr. Lionel Sterling) **L** 89 **E** 26. 11. 1995 Super RTL **fd** –

Das Hochzeitsboot
LE BATEAU DE MARIAGE
Frankreich 1940: Die Vichy-Regierung startet eine Kampagne der moralischen Erneuerung. Dabei geraten auch Lehrer ins Schußfeld. Einer, der scheue Pierre, verliebt sich in eine Rückkehrerin aus Paris. Sie heiraten Hals über Kopf. Doch bald stellt sich Pierres Durchschnittlichkeit heraus, und seine Frau versucht, ihn aus der Reserve zu locken. Ein hervorragender Erstlingsfilm, der durch gute Schauspieler und die exquisite Kameraarbeit für sich einnimmt. Die Geschichte vom bürgerlichen Duckmäusertum wird als intensive Tragikomödie erzählt. – Ab 16.
Frankreich 1993 **P** Campagnie Lyonnaise du Cinéma / Centre Européen Cinémathographique Rhones-Alpes / CNC / La Sept / Zagora Films **V** offen **Pd** Bernard Lorain **R** Jean-Pierre Améris **B** Jean-Pierre Améris, Caroline Bottaro, Jean Gruault, nach dem gleichnamigen Roman von Michel Besnier **K** Giorgos Arvanitis **M** Pierre Adenot **S** Yves Deschamps **D** Florence Pernel (Mauve), Laurent Grevill (Pierre), Marie Bunel (Béatrice), Noémie Churlet (Julie), Thibault Vallat (Charles) **L** 94 **E** 24. 12. 1995 arte **fd** –

Höhenangst
HÖHENANGST
Ein auf Bewährung haftentlassener junger Mann entflieht seinem tristen Wiener Milieu, um auf dem Land einen Neuanfang zu wagen. Behutsam nähert er sich einer älteren verhärmten Bäuerin an. Gemeinsam gelingt es ihnen, die selbstgewählte Isolation aufzubrechen und Lebensglück zu finden. Der Film konzentriert sich weitgehend auf die Stimmungen seiner Hauptpersonen, die er glaubhaft vermittelt. Trotz einiger Klischees und Zuspitzungen überzeugt er durch seinen Appell für die Annahme von Nähe und Geborgenheit und den Abbau von Vorurteilen und Isolation. – Ab 16.
Österreich 1994 **P** EPO / Österreichisches Filminstitut / ORF **V** Knipp **R** Houchang Allahyari **B** Tom D. Allahyari, Reinhard Jud **K** Helmut Pirnat **M** Martin Lichtenwallner **S** Charlotte Müllner **D** Karl Fritz (Mario), Dolores Schmidinger (Frau Gusenleitner), Leon Askin (Vater Gusenleitner), Hanno Pöschl (Marios Vater), Michael Niavarani, Petra Alahyari **L** 105 **FSK** – **E** 20. 4. 1995 **fd** 31 347

Hol' die Mama aus dem Sarg
BON APPETIT MAMA
Ein umsorgtes Muttersöhnchen wird vom Tode seiner Mutter in Schwierigkeiten gestürzt. Daher nimmt er dankbar das Angebot eines dubiosen Geschäftemachers an, die Verstorbene für 1000 Dollar wieder ins Leben zurückzuholen. Doch als sie eines Tages tatsächlich vor der Tür steht, erkennt er die einstmals gutmütige Dame kaum wieder, zumal sie Heißhunger auf Lebendiges entwickelt. Ein satirisches Grusical um falsch verstandene Mutterliebe, das durch seine ideen- und pointenreiche Inszenierung für sich einnimmt. Überzeugende Darsteller und sarkastische Seitenhiebe auf die Auswüchse des amerikanischen Traums sorgen für vergnügliche Unterhaltung. – Ab 16.
USA 1992 **P** ITC **V** VCL / Carolco (Video) **Pd** Christopher Gorog, Nancy Rae Stone **R** Jonathan Wacks **B** Chuck Hughes **K** Francis Kenny **M** Mason Daring **S** Lisa Day **D** Steve Buscemi (Ed), John Glover (A.J. Pattle), Ned Beatty (Onkel Benny), Miriam Margolyes (Mutter), Sam Jenkins (Storm Reynolds) **L** 86 **FSK** ab 16 **E** 19. 12. 1994 Video **fd** 31 294

Hölle auf Erden – Der Fall Laurie Kellogg
LIES TO THE HEART: THE STORY OF LAURIE KELLOGG
Anspruchslose Kolportage: Der Fall Laurie Kelloggs, die von ihrem Vater für 500 Dollar an ihren Ehemann verkauft wurde und alle erdenklichen Erniedrigungen erleiden muß.
USA 1994 **V** offen **R** Michael Toshiyuki Uno **B** Judith Paige Mitchell **M** Kim Scharnberg **D** Gregory Harrison (Bruce Kellogg), Jennie Garth (Laurie Kellogg), Steven Keats (Orville), Francis Guinan (Bender), T.C. Warner (Nicole), Alexis Arquette (Denver McDowell), Robin Frates (Marlene) **L** 91 **E** 13. 2. 1995 Pro Sieben **fd** –

Hölle einer Ehe
LIFE WITH BILLY
Ehedrama. Eine Ehefrau erschießt ihren Mann, nachdem sie jahrelang seinen brutalen Ausfällen ausgeliefert war. Die Geschichte wird in Rückblenden erzählt.
Kanada 1993 **V** offen **R** Paul Donovan **B** John Frizzell, Judith Thompson **D** Nancy Beatty (Jane Hurshman), Stephen McHattie (Billy Stafford), Deb Allen (Mary Thurston), Glenn Wadman (Ronnie Wamboldt), Matthew Ferguson (Allan Whynot) **L** 93 **E** 29. 8. 1995 RTL 2 **fd** –

Hollywood – Intim und indiskret
HOLLYWOOD WIVES
Ein Blick hinter die Kulissen des amerikanischen Filmgeschäfts, in dem abgehalfterte Stars versuchen, erneut Tritt zu fassen, klei-

ne Komparsen auf den großen Erfolg hoffen und Starlets um einer Filmrolle willen zu allem entschlossen sind. Ein wahnsinniger Mörder komplettiert die Anhäufung von Klischees in dieser in die Breite gängiger Fernsehkost getretene Bestseller-Verfilmung. – Ab 16.
USA 1985 **P** ABC **V** offen **Pd** Howard W. Koch **R** Robert Day **B** Robert McCullough, nach dem Roman «Hollywood Wives» von Jackie Collins **D** Candice Bergen (Elaine), Joanna Cassidy (Maralee), Mary Crosby (Karen), Angie Dickinson (Sadie), Anthony Hopkins (Neil), Steve Forrest (Ross), Andrew Stevens (Buddy) **L** 90 / 91 / 78 **E** 6. / 8. / 9.7.1995 SAT 1 (drei Teile) **fd** –

Hollywood in Südafrika: Apartheid und Film
IN DARKEST HOLLYWOOD: CINEMA & APARTHEID
Eine besondere Sozialgeschichte Südafrikas. Der Dokumentarfilm untersucht die Rolle des Kinos im Kampf der Schwarzen gegen die Apartheid, indem er aus Spiel- und Dokumentarausschnitten sowie Kommentaren von Filmemachern, Schauspielern und Kritikern ein historisches Mosaik zusammensetzt, das ein halbes Jahrhundert umfaßt. (O. m. d. U.)
USA / Kanada 1993 **P** Nightingale / McKinnon Associates **V** offen **R** Peter Davies, Daniel Riesenfeld **B** Peter Davis, Daniel Riesenfeld **K** Daniel Riesenfeld **S** Daniel Riesenfeld **L** 111 (Orig. 120) **E** 1.9.1995 3sat **fd** –

Homerun
COBB
Ein Porträt der letzten Lebensphase des Baseball-Stars Ty Cobb. Aber es geht nicht um Sport, sondern um die Legitimierung reaktionärer, frauenfeindlicher und rassistischer Haltungen als liebenswerte Schrullen. Ein fragwürdiges «Psychogramm», das auch durch den brillanten Hauptdarsteller nicht vielschichtiger wird.
Scope. USA 1994 **P** Warner Bros. **V** Warner Bros. **Pd** David Lester **R+B** Ron Shelton **K** Russell Boyd **M** Elliot Goldenthal **S** Paul Sydor, Kimberly Ray **D** Tommy Lee Jones (Ty Cobb), Robert Wuhl (Al Stump), Lolita Davidovich (Ramona), Ned Bellamy (Ray), Scott Burkholder (Jimmy) **L** 121 **FSK** ab 12; f **FBW** w **E** 24.8.1995 **fd** 31 495

Horde des Schreckens
KILL CRAZY
Brutaler Actionfilm. Eine Gruppe Vietnam-Veteranen wird bei einem therapeutischen Campingausflug von Neonazis angegriffen. Der einzige Überlebende wird von zwei Frauen gepflegt. Als die Mörderbande auch hier zuschlägt und der Veteran abermals davonkommt, gelingt es ihm, sein Angsttrauma zu überwinden.
USA 1988 **V** offen **R+B+M** David Heavener **D** David Heavener (Puckett), Bruce Glover (Mallerd), James Emery (Luther), Rachelle Carson (Rachel), Burt Ward (Michael) **L** 94 **E** 9.11.1995 SAT 1 **fd** –

Hostile Witness – Im Netz gefangen
HOSTILE WITNESS
Nachdem seine Tochter bei einem Autounfall getötet wurde, steigert sich ein Rechtsanwalt auf der Suche nach dem Unfallfahrer in eine Besessenheit, die bis zum Nervenzusammenbruch führt. Kaum hat er wieder Fuß gefaßt, muß er sich des Verdachts erwehren, seinen Nachbarn ermordet zu haben. Dialoglastiges, glanzlos inszeniertes und gespieltes Psychodrama mit verwirrender Handlungsführung.
England 1968 **P** Caralan / Dador **V** offen **Pd** David E. Rose **R** Ray Milland **B** Jack Roffey, nach seinem Bühnenstück **K** Gerald Gibbs **M** Wilfred Josephs **S** Bernard Gribble **D** Ray Milland (Simon Crawford), Sylvia Sims (Sheila Larkin), Felix Aylmer (Mr. Justice Osborne), Raymond Huntley (John Naylor), Geoffrey Lumsden (Hugh Maitland) **L** 101 **E** 29.10.1995 RTL 2 **fd** –

Hôtel du Parc
HOTEL DU PARC
Eine dokumentarische Rekonstruktion der Hintergründe des Vichy-Regimes, das sich am 1. Juli 1940 im Hôtel du Parc einrichtete. Die provisorische Regierung des «Französischen Staates» dauerte vier Jahre, wirkt jedoch noch heute in der Mentalität der Franzosen nach. Da niemand der Zeitzeugen mehr lebt, werden ihre Aussagen von Schauspielern gesprochen. Der Dokumentarfilm sorgte in Frankreich für Aufregung, da er auch das Erbe des Regimes und das Fortdauern seiner Ideologie thematisiert.
Frankreich 1991 **V** offen **R** Pierre Beuchot **B** Pierre Beuchot, Daniel Lindenberg, Jérôme Prieur **D** Marylène Dagouat (die Journalistin), André Wilms (der Journalist), Georges Goubert (Marcel Déat), Michel Chaigneau (Yves Bouthillier), Robert Delarue (Angelo Tasca) **L** 204 (100 + 104) **E** 25. / 26.8.1995 arte (zwei Teile) **fd** –

Hotel Eden
Die Kleinstadt La Falda in Argentinien. Am Ortsrand steht das Hotel Eden, in den 20er Jahren ein Anziehungspunkt für Künstler und Wissenschaftler. Während einer Deutschlandreise lernen die Besitzer Adolf Hitler kennen und unterstützen fortan die NSDAP. Nach 1945 werden Nazi-Verbrecher im Hotel versteckt. Der Dokumentarfilm

schildert die Geschichte des Hotels und der Stadt an Hand von Archivmaterial, wobei eine Gratwanderung zwischen Legendenbildung und Realität angestrebt wird. Dabei werden Spuren deutscher Geschichte im fernen Argentinien sichtbar.
Teils schwarz-weiß. Deutschland 1995 **P** ZDF / 3sat / Mdr **V** offen **R + B** Cuini Amelio-Ortiz, Osvaldo Bayer **L** 90 **E** 17. 12. 1995 3sat **fd** –

Hotel Sorrento
HOTEL SORRENTO
Ein pensionierter Witwer, der mit seiner jüngsten Tochter in einem australischen Küstennest lebt, bekommt Besuch von den beiden älteren Töchtern. Eines Morgens kehrt der Vater vom Schwimmen im Meer nicht zurück. Unter der Oberfläche schwelende Konflikte zwischen den Schwestern brechen nun auf. Verfilmung eines Bühnenstücks, das sich mit Fragen nach der kulturellen Identität Australiens beschäftigt.
Australien 1994 **V** offen **R** Richard Franklin **B** Richard Franklin, Peter Fitzpatrick, nach einem Bühnenstück von Hannie Rayson **D** Caroline Goodall (Meg Moynihan), Caroline Gillmer (Hilary Moynihan), Tara Morice (Pippa Moynihan), Joan Plowright (Marga Morrisey), Ray Barrett (Wal Moynihan) **L** (TV) 105 **E** 5. 12. 1995 Vox **fd** –

House Call
DE FLAT / HOUSE CALL
Bei einem Mord in einer modernen Wohnanlage holt der Nachbar des Opfers eine im selben Komplex wohnende Ärztin zu Hilfe. Obwohl der Mann zunehmend in Tatverdacht gerät, beginnt die allein mit ihrem Sohn lebende attraktive Frau eine Affäre mit dem Fremden. Thriller auf den Spuren von «Basic Instinct». Er setzt auf hölzern-spekulative Sex-Szenen, wobei er uninspiriert und ohne innere Logik bleibt. – Ab 16.
Niederlande 1994 **P** Meteor **V** VMP (Video) **Pd** Chris Brouwer, Haig Balian **R** Ben Verbong **B** Jan van de Velde **K** Theo Bierkens **M** Patrick Seymour **S** Chris Brouwer, Ben Verbong, Bert Rijkelijkhuizen **D** Renée Soutendijk (Roos), Victor Low (Eric), Hans Hoes (Jacques), Jamy Siebel (Davy), Mirjam de Rooy (Lidy) **L** 101 **FSK** ab 16 **E** 13. 6. 1995 Video **fd** 31 592

House of the Creeping Death
TALES FROM THE DARKSIDE
Fünf okkulte Abenteuer von der «Schattenseite der Welt», die das Gruseln lehren wollen. 1. «Beetles»: Die Aufarbeitung des Uralt-Motivs vom Fluch der ägyptischen Mumie, der einen Grabräuber ums Leben bringt; 2. «Baker's Dozen»: Eine Hexe backt in New Orleans mörderische Zauber-Cookies; 3. «Mookie and Pookie»: Ein verstorbener junger Mann lebt im Netz seines Computers weiter und kommuniziert mit seiner Zwillingsschwester; 4. «The Deal»: Der Teufel handelt einem Hollywood-Autor für Ruhm und Erfolg seine Seele ab; 5. «Miss May Dusa»: Eine moderne Medusa schweift durch New York und verbreitet Angst und Schrecken. Eine langweilige Fernsehproduktion, stocksteif gespielt, steril und banal inszeniert. – Ab 16.
USA 1986 **P** Laurel TV **V** Allround (Video) **R** Frank de Palma (1), John Sutherland (2,3), T.J. Castronova (4), Richard Blackburn (5) **B** Robert Bloch (1), George A. Romero (2), Dan Kleinman (3), Granville Burges (4), Richard Blackburn (5), nach Erzählungen von Robert Bloch (1.), Scott Edelman (2.), Marc Marc Fields und Dan Kleinman (3.) **K** Robert Draper **S** Bill Pankow **D** Rod McCary (1), Sirri Murad (1), Mabel King (2), Larry Manetti (2), Tippi Hedren (3), Allen Garfield (4), Bradley Whitford (4), Sofia Landon (5), Gary Majchrzak (5) **L** 103 **FSK** ab 16 **E** 16. 1. 1995 Video **fd** 31 334

House Party 3
HOUSE PARTY 3
Zweite Fortsetzung der «House Party»-Reihe, in der es um die Hochzeitsvorbereitungen und die Junggesellenparty des Rappers Kid geht. Ein nervös inszenierter Musikfilm, der seine komödiantische Grundidee nicht nutzt und nur zahllose Musiktitel aneinanderreiht. Ärgerlich durch die einseitige Verzeichnung der Schwarzen, die nur an Sex interessiert zu sein scheinen. – Ab 16 möglich.
USA 1993 **P** New Line Cinema **V** VMP (Video) **Pd** Carl Craig **R** Eric Meza **B** Takashi Bufford **K** Anghel Decca **M** David Allen Jones **S** Tom Walls **D** Christopher Reid (Kid), Christopher Martin (Play), David Edwards (Stinky), Angela Means (Veda), Tisha Campbell (Sydney), Bernie Mac (Onkel Vesta) **L** 93 **FSK** ab 16 **E** 11. 7. 1995 Video **fd** 31 499

Hubi, der Pinguin
THE PEBBLE AND THE PENGUIN
Ein Pinguin legt beachtliche Entfernungen zurück und meistert allerlei Gefahren, um seiner Geliebten einen Kieselstein als Verlobungssymbol überreichen zu können. Altbacken in Form und Inhalt, langweilt dieser unambitionierte Zeichentrickfilm jung und alt. – Ab 6 möglich.
USA 1995 **P** Don Bluth Ireland **V** Warner Bros. (Kino) / Warner Home (Video) **Pd** Russell Boland **R** Don Bluth **B** Rachel Koretsky, Steve Whitestone **M** Mark Watters **L** 74 **FSK** o. A.; f **E** 31. 8. 1995 / 15. 2. 1996 Video **fd** 31 534

Hübsch, jung und verliebt
RICH, YOUNG AND PRETTY
Gefühlvolles Musical um die Tochter eines texanischen Ranchers. Ohne es zu wissen, begegnet sie in Paris zum erstenmal ihrer französischen Mutter, die bald nach der Geburt der Tochter in die Heimat zurückkehrte und Karriere als Sängerin machte. Routinierte Unterhaltung ohne sonderliche formale Höhepunkte. – Ab 14.
USA 1951 **P** MGM **V** offen **Pd** Joe Pasternak **R** Norman Taurog **B** Sidney Sheldon, Dorothy Cooper **K** Robert Planck **M** David Rose (Ltg.), Sammy Cahn, Nicholas Brodszky (Songs) **S** Gene Ruggero **D** Jane Powell (Elizabeth Rogers), Danielle Darrieux (Marie Devarone), Wendell Corey (Jim Stauton Rogers), Vic Damone (Andre Milan), Fernando Lamas (Paul Sarnac) **L** 91 **E** 15.7.1995 ARD **fd** –

Huck & the King of Hearts
HUCK & THE KING OF HEARTS
Jugendfilm frei nach Mark Twains «Die Abenteuer des Huckleberry Finn», die Geschichte eines Jungen, der sich mit seinem besten Freund auf die Suche nach dem lange vermißten Großvater macht. Die abenteuerliche Reise führt die Freunde bis nach Las Vegas. (Fernsehtitel auch: «Hucks unglaubliche Reise») – Ab 14.
USA 1993 **V** offen **R** Michael Keusch **B** Christopher Sturgeon **M** Chris Saranac **D** Chauncey Leopardi (Billy «Huck» Thomas), Joe Piscopo (Max), Dee Wallace Stone (Darlene), John Astin (Zack), Graham Greene (Jim) **L** 94 **E** 5.5.1995 Pro Sieben **fd** –

Hucks unglaubliche Reise
siehe: Huck & the King of Hearts

Hunde
PSY
Kriminalfilm. Ein harter, ehrgeiziger Polizeileutnant versucht mit seiner disziplinlosen Einheit vergeblich, gegen das organisierte Verbrechen vorzugehen. Rückschläge können ihn zunächst nicht entmutigen; erst als sich sein bester Freund als Doppelagent entpuppt, der ihn in einen Hinterhalt locken will, läuft er Amok.
Polen 1992 **P** Film Studio ZEBRA / Silesia-Film **V** offen **R+B** Wladyslaw Pasikowski **K** Pawel Edelman **D** Boguslaw Linda (Franz), Marek Kondrat (Olo), Cezary Pazura (Der Neue), Janusz Gajos (Gross), Agnieszka Jasolka (Angela) **L** 100 **E** 23.6.1995 mdr **fd** –

100 Tage bis zum Einsatzbefehl
siehe: 100 Tage, Genosse Soldat!

100 Tage, Genosse Soldat!
STO DNEJ DO PRIKAZA
Eine Kaserne irgendwo in der ehemaligen Sowjetunion: Die jungen Rekruten werden für ihren Kriegseinsatz gedrillt, einige von ihnen werden die Tortur nicht überleben. Eine schonungslose Anklage der militärischen Ausbildung, die auf die Zerstörung der Persönlichkeit und soldatische Konditionierung abgestellt ist; ebenso irritierend wie faszinierend. Die ausgeklügelte Farbdramaturgie korrespondiert mit dem Geschehen auf der Leinwand. (Früherer Titel: «100 Tage bis zum Einsatzbefehl») – Sehenswert.
UdSSR 1990 **P** Gorki Studio **V** Salzgeber & Co. **R** Hussein Erkenow **B** Jurij Poljakow, Wladimir Cholodow, inspiriert von einer Erzählung von Kuri Poljakov **K** Wladislaw Menschikow **M** Jogan Bak **S** Ljubow Kusina **D** Armen Dshigarchanjan, Oleg Vasilkow, Jelena Kondulaeinen, Aleksandr Tschislow, Wladimir Samanski, Oleg Chusainow **L** 70 **FSK** – **E** 20.4.1995 **fd** 31 299

Hundert und eine Nacht
siehe: 101 Nacht – Die Träume des M. Cinéma

101 Nacht – Die Träume des M. Cinéma
LES CENT ET UNE NUITS
Eine Hommage auf das 100jährige Kino, im Mittelpunkt ein exzentrischer alter Herr, der einer jungen Frau sein Leben erzählt, um seine nachlassende Erinnerung wachzuhalten. Zahllose Filmausschnitte, Gastauftritte von Filmstars sowie verbale, musikalische und visuelle Anspielungen auf die Filmgeschichte beschwören das Kino als Ort der Verwandlung, Verzauberung sowie der Überlistung des Realen. Ein Film wie eine Wunderkerze, der durch den Zitaten- und Anspielungsberg bei allem Reiz die Fantasie des Betrachters zu ersticken droht. – Ab 14.
Frankreich / England 1994 **P** Ciné-Tamaris / Recorded Pictures **V** Arsenal **Pd** Dominique Vignet **R+B** Agnès Varda **K** Eric Gautier **M** Gérard Presgurvic **S** Hugues Darmois **D** Michel Piccoli (Simon Cinéma), Julie Gayet (Camille), Marcello Mastroianni (ein Freund aus Italien), Mathieu Demy (Mica), Henri Garcin (Firmin), Anouk Aimée, Fanny Ardent, Jean-Paul Belmondo, Romane Bohringer, Sandrine Bonnaire, Jean-Claude Brialy, Alain Delon, Catherine Deneuve, Robert De Niro, Gérard Depardieu, Harrison Ford, Gina Lollobrigida, Jeanne Moreau, Hanna Schygulla, Sabine Azéma, Jane Birkin, Arielle Dombasle, Andréa Ferréol, Daryl Hannah, Jean-Pierre Léaud, Martin Sheen, Harry Dean Stanton **L** 125 **FSK** – **E** 14.9.1995 / 5.11.1995 WDR **fd** 31 554

Hunter – Die Augen des Bösen
HUNTER – DEADLY ENCOUNTERS
Abendfüllender (Fernseh-)Krimi um den Seriendetektiv Hunter: Diesmal kommt er durch einen Raubüberfall einem rumänischen Agenten auf die Spur, der mit allen Mitteln nach dem Geld sucht, das er als Auftragskiller für den KGB verdient hat und das sein Bruder in die USA schmuggelte.
USA 1990 **P** NBC / Lorimar **V** offen **R** Winrich Kolbe **D** Fred Dryer (Rick Hunter), Darlanne Fluegel (Joanne Molinsky), Charles Hallahan (Capt. Devane), Bill McKinney (Harlan), Cyril O'Reilly (Sacchio) **L** 89 **E** 13. 8. 1995 SAT 1 **fd** –

Die Hure und die Flößer
BEILIE PAIBANG
Historischer Abenteuerfilm. Nach Abzug der japanischen Armee aus China bleiben viele Wasserminen im Bo-Yang-See zurück, die man «Geister des Todes» nennt. Immer wieder werden Leichen getöteter Flößer angespült. Ein Überlebender baut ein neues Floß und nimmt eine als Seegottheit verehrte Wasserschildkröte mit an Bord. Eines Tages fischen er und sein magische Rituale beherrschender Navigator eine junge Frau aus dem Wasser, die von den Besatzern verschleppt und zur Prostitution gezwungen worden war.
VR China 1993 **V** offen **R** Huang Jun **D** Wang Gan (Shan Yu), Shi Ke (Lian Hu), Yuan Yuan (Mu Sheng), Liu Zhong (Yuan) **L** 89 **E** 6. 3. 1995 mdr **fd** –

Huren
WHORE 2
Ein Möchtegern-Schriftsteller schreibt ein Buch über Prostituierte und baut zu zweien von ihnen eine romantisch verklärte Beziehung auf, die aber durch die Wirklichkeit auf der Straße zerstört wird. Ein sich authentisch gebender, insgesamt aber vordergründiger und langweiliger Film voller Stereotypen. Die spekulative Schlußszene entlarvt vollends sein vermeintliches Interesse an den Schicksalen «gefallener Mädchen».
USA 1993 **P** Trimark Pictures **V** VCL / Carolco (Video) **Pd** Julian Schlossberg **R + B** Amos Kollek **K** Ed Talavera **S** Dana Congdon **D** Amos Kollek (Jack), Maria Sucharetza (Lori), Mari Nelson (Marie), Gilbert Giles (Vernon), Jessica Sager (Susan) **L** 81 **FSK** ab 18 **E** 19. 6. 1995 Video **fd** 31 558

Husaren, heraus!
Die versunkene Welt der Manöverzeit mit schneidigen Husarenleutnants und ihren selbstredend standesgemäßen Mädchen als Rahmen für ein anspruchslos unterhaltendes Lustspiel mit Musik. (Gemäß Entscheidung der Alliierten Militärregierungen war die Vorführung des Films in Deutschland nach dem Krieg zunächst verboten.) – Ab 16.
Schwarz-weiß. Deutschland 1937 **P** Pallas-Film **V** Filmhaus Frankfurt (Erstverleih: Siegel Monopolfilm) **R** Georg Jacoby **B** Wolf Neumeister **K** Carl Drews **M** Robert Stolz, Paul Hühn **D** Maria Andergast, Hans Holt, Mady Rahl, Rudolf Platte, Ida Wüst, Leo Slezak, Jupp Hussels **L** 87 **FSK** an 16; nf **E** 22. 7. 1937 / 1954 Neustart **fd** –

I.N.R.I.
Adaption des Erfolgsromans von Peter Rosegger (1905), der die Jesus-Geschichte mit einer Rahmenhandlung um einen militanten atheistischen Kommunisten verschränkt. Dieser ist für seine Ideale zum Attentäter geworden, erkennt in der Todeszelle in Besinnung auf das Leben Jesu seine Verirrung und bekehrt sich. Bereits früh wurde die Rahmenhandlung weggelassen, so daß heute nur noch die Jesus-Geschichte gewürdigt werden kann. Zwar driftet der weihevolle Ton der Inszenierung oft in Pathos oder süßlichen Devotionalienkitsch ab, dennoch ist der Film unter religionspsychologischem und -soziologischem Aspekt ein bedeutsames Dokument des religiösen Films, das für Gewaltlosigkeit, Opferbereitschaft und Nächstenliebe plädiert. – Ab 14.
Schwarz-weiß. Deutschland 1923 **P** Neumann-Prod. **V** Bundesarchiv / Filmarchiv **R+B** Robert Wiene **K** Axel Graatkjaer, Ludwig Lippert, Reimar Kuntze **D** Gregori Chmara (Christus), Henny Porten (Maria), Asta Nielsen (Maria von Magdala), Werner Krauss (Pontius Pilatus), Emanuel Reicher (Kaiphas), Alexander Granach (Judas), Bruno Ziener (Petrus) **L** 56 (Orig. 126) **FSK** – **E** 25.12.1923 **fd** –

I.Q. – Liebe ist relativ
I.Q.
Die etwas lebensunerfahrene Nichte Albert Einsteins wird von ihrem weisen Onkel vor der Ehe mit einem langweiligen Verhaltensforscher bewahrt, indem der Professor und seine alten Freunde einen hochgradig in die Nichte verliebten Automechaniker zum verkannten Genie hochstapeln. Eine amüsante, durchgehend gut gespielte romantische Komödie. Zwar werden Situationen und Scherze auf Dauer allzuoft wiederholt, so daß sich bisweilen Leerlauf einstellt, doch die entspannt-unverkrampfte Atmosphäre des Films überdeckt auf sympathische Weise so manche Untiefe. – Ab 12.
Scope. USA 1994 **P** UIP / Paramount **V** UIP (Kino) / CIC (Video) **Pd** Carol Baum **R** Fred Schepisi **B** Andy Breckman, Michael Leeson **K** Ian Baker **M** Jerry Goldsmith **S** Jill Bilcock **D** Tim Robbins (Ed Walters), Meg Ryan (Catherine Boyd), Walter Matthau (Albert Einstein), Lou Jacobi (Kurt Godel), Gene Saks (Boris Podolsky), Joseph Maher (Nathan Liebknecht) **L** 95 **FSK** ab 6; f **FBW** w **E** 6.4.1995 / 25.10.1995 Video **fd** 31 284

Ich bin nicht Gott, aber wie Gott
Dokumentation über den berühmt-berüchtigten «Miethai» Günter Kaußen, der aus dem Nichts heraus eines der größten bundesdeutschen Immobilien-Unternehmen aufbaute. Sein Geschäftsgebaren entsprach dabei allen negativen Vorurteilen, die mit dieser Branche verbunden werden. 1985 nahm sich Kaußen das Leben. Ein aufregendes Zeitbild der 60er bis 80er Jahre, das auch als Lehrstück über den real existierenden Kapitalismus funktioniert und deshalb hochaktuell ist. Dabei wird hinter dem Egomanen und Ekel auch ein Mensch sichtbar, ohne daß dessen Tun gutgeheißen würde. – Sehenswert ab 16.
Deutschland 1994 **P** Studio Hamburg / WDR / NDR **V** Atlas **Pd** Richard Schöps **R+B** Claus Strobel **K** Dragan Roguij **M** Achim Hagemann, Betti Hagemann **S** Ariane Traub **D** Hermann Lause (Günter Kaußen) **L** 90 **FSK** o. A.; f **fd** 31 450

Ich bin unschuldig
CAUGHT IN THE CROSSFIRE
Ein angeblich nach authentischen Ereignissen gestaltetes Drama: Ein Reporter ist auf einen Korruptionsfall gestoßen. Vom FBI wird er gebeten, verdeckt weiter zu ermitteln, findet sich aber plötzlich auf der Anklagebank wieder – der Erpressung beschuldigt und von der Bundespolizei verleugnet.
USA 1994 **V** offen **R** Chuck Bowman **D** Dennis Franz (Gus Payne), Alley Mills (Royce Payne), Daniel Roebuck (Randy Wood), Anna Gunn (Alex King), Ray McKinnon (Buddy Rivers) **L** 86 **E** 21.4.1995 RTL **fd** –

Ich bin's, Jasper
DET SKALDEDE SPOGELSE
Ambitionierter Kinderfilm über die erste Begegnung eines Jungen mit dem Tod. Nachdem sein bester Freund Aron, ein etwas verschrobener alter Fischer, gestorben ist, nimmt der 12jährige Jasper den Kater des Toten in seine Obhut. In der Auseinandersetzung mit dem eingebildeten Moritz erhält er unversehens Unterstützung durch ein Gespenst. – Ab 14.
Dänemark 1992 **P** Crone Film / Det Danske Filminstitutet **V** offen **Pd** Nina Crone **R** Brita Wielopolska **B** Bent Rasmussen, nach seinem Roman **K** Jeppe Jeppesen **D** Benjamin Rothenborg Vibe (Jasper), Ove Sprogöe (Innocens), Patrick Ytting (Moritz), Jannie Faurschou (Mutter), Soren Ostergaard (Vater) **L** 75 **E** 25.5.1995 ARD **fd** –

Ich bitte um Vollmacht
Das Faktotum einer Anwaltskanzlei übernimmt einen Fall, den der korrekte junge Chef abgelehnt hat, und löst dadurch in einem Dorf eine Prozeßwelle aus, die sich bald verselbständigt. Handfester bayrischer Schwank mit satirischen Qualitäten. (Fernsehtitel: «Der Dorfadvokat») – Ab 14.
Schwarz-weiß. Deutschland 1944 **P** Bavaria **V** Südwest **R** Karl Hans Leiter **B** Lilian Belmont, Fritz

Koselka **K** Heinz Schnackertz **M** Leo Leux **D** Josef Eichheim (Ferdinand Gamperl, Kanzlist), Hilde Hildebrand (Daniela Dannberg, Sängerin), Ernst Fritz Fürbringer (Rechtsanwalt Dr. Norbert Hartg), Sabine Peters (Helly, seine Frau), Hannes Keppler (Loils Ferch) **L** 74 **E** 21.7.1944 / 23.7.1995 Bayern 3 **fd** –

Ich kämpfe um mein Kind
BECAUSE MOMMY WORKS
In das glückliche Leben einer alleinerziehenden Krankenschwester platzt plötzlich der Ex-Ehemann. Er hat wieder geheiratet und will den Kontakt zu seinem Sohn wieder aufnehmen. Zunächst geht es nur um Besuchszeiten, doch eines Tages wird der Frau ein Antrag auf Sorgerecht zugestellt.
USA 1988 **V** offen **R** Robert Markowitz **B** Lynn Mamet, Marjorie David **M** Patrick Williams **D** Anne Archer (Abbey Forman), John Heard (Ted), Casey Moses Wurzbach (Willie) **L** 86 **E** 5.9.1995 Pro Sieben **fd** –

Ich kann nicht schlafen
J'AI PAS SOMMEIL
Eine junge Litauerin hofft, in Paris ihre Zukunft zu finden. Junge Schwarze, die in der Stadt leben, haben alle Hoffnung längst aufgegeben. Nur die Alten, die das Schicksal nach Paris verschlagen hat, haben sich mit ihrem Leben arrangieren können. Überschattet wird dieses Szenario von einer Serie von Morden an alten Damen. Ein beiläufig erzählter, leise dahinfließender Film, der eine Reihe kleiner Geschichten aneinanderreiht, die erst nach einiger Zeit eine komplexe Großstadtgeschichte ergeben. Hintergründige Unterhaltung zu den Themen Hoffnungslosigkeit und Sinnsuche. – Ab 16 möglich.
Frankreich / Schweiz 1994 **P** Aréna / Pyramide **V** MFA **Pd** Catherine Chouridis **R** Claire Denis **B** Claire Denis, Jean-Pol Fargeaux **K** Agnès Godard **S** Nelly Quettier **D** Richard Courcet (Camille), Alex Descas (Théo), Katerina Golubeva (Daiga), Line Renaud (Ninon), Béatrice Dalle (Mona), Vincent Dupont (Raphael) **L** 112 **FSK** ab 16; f **E** 4.5.1995 **fd** 31 329

Ich liebe den Mann meiner Tochter
In der U-Bahn verliebt sich eine Bildhauerin in einen Fremden, ohne zu ahnen, daß es sich bei dem Mann um den Geliebten ihrer Tochter handelt. Für die Frau beginnt ein Kampf gegen die eigenen Gefühle. Gefühlsdrama, produziert als SAT-1-Fernsehfilm auf «kinotauglichem» Niveau.
Deutschland 1995 **P** SAT 1 **V** offen **R** Vivian Naefe **D** Gudrun Landgrebe (Julia Struck), Friedrich von Thun (Stefan Struck), Muriel Baumeister (Hanna Haenning), Thomas Kretschmann (Michael Haenning), Michael von Au (Christian Merkl) **L** 92 **E** 25.6.1995 SAT 1 **fd** –

Ich lüge nie…
SMOOTH TALKER
Schlecht geschriebener und gespielter Kriminalfilm. Eine Serie von Frauenmorden sorgt bei der Mordkommission von Los Angeles für hektische Aktivitäten. Der Täter sucht seine Opfer unter Frauen, die «Telefon-Sex» anbieten.
USA 1990 **V** offen **R** Tom Milo **B** Eduardo Montes, nach der Erzählung von Darrah Whitaker **D** Joe Guzaldo (Carl Waters), Paul Raci (Perry), Blair Weickgenant (Lisa Charles), Stuart Whitman (Gallagher), Juli Austin (Miss Weston) **L** 85 **E** 12.10.1995 Bayern 3 **fd** –

Ich tanze in dein Herz
LADIES OF THE CHORUS
Eine ambitionierte Revuetänzerin bekommt Ärger mit ihrer ebenfalls bühnenerfahrenen Mutter, als sie sich in einen wohlhabenden Salonlöwen verliebt. Die Mutter hatte in jüngeren Jahren mit einer ähnlichen Romanze leidvolle Erfahrungen gemacht. Kleines Musical, bemerkenswert allein durch Marilyn Monroe in ihrer ersten größeren Rolle. – Ab 14.
Schwarz-weiß. USA 1948 **P** Columbia **V** offen **Pd** Harry Romm **R** Phil Karlson **B** Harry Sauber, Joseph Carol **K** Frank Redman **M** Allan Roberts (Songs), Lester Lee (Songs), Mischa Bakaleinikoff **S** Richard Fantl **D** Adele Jergens (May Martin), Marilyn Monroe (Peggy Martin), Rand Brooks (Randy Carroll), Nana Bryant (Mrs. Carroll), Eddie Carr (Billy Mackay) **L** 59 **E** 31.12.1995 Super RTL **fd** –

Ich war ein Playmate
I POSED FOR PLAYBOY
Drei Frauen unterschiedlichen Alters und unterschiedlicher Herkunft lassen sich für den «Playboy» fotografieren. Sie beschwören damit zwar Konflikte herauf, finden jedoch auch zu einem neuen Selbstwertgefühl. Fernsehfilm um Körperkult und Libertinage um jeden Preis.
USA 1991 **V** offen **R** Stephen Stafford **D** Michele Greene (Janet Janeway), Amanda Peterson (Abigail Stewart), Lynda Carter (Meredith Lanahan), Josie Bissett (Claire), John Finn (Jimmy) **L** 96 **E** 16.12.1995 SAT 1 **fd** –

Ich war seine Frau – und wurde sein Opfer
DANGEROUS INTENTIONS
Nach Jahren ständiger Mißhandlung entschließt sich eine Frau, mit ihrer kleinen Tochter den gewalttätigen Ehemann zu verlassen. Der Mann will mit allen Mitteln ihre Rückkehr erreichen.
USA 1994 **V** offen **R** Michael Tohiyuki Uno **D** Donna Mills

(Beth), Corbin Bernsen (Tim), Allison Hossack (Terri), Sheila Larken (Nancy Boyle), Ken Pogue (Andrew Madden) **L** 89 **E** 11.10.1995 RTL **fd** –

Ich will mein Kind!
DESPERATE RESCUE: THE CATHY MAHONE STORY
Dramatische Familiengeschichte, nach der Konstellation von «Nicht ohne meine Tochter». Nach der Scheidung von einer Amerikanerin nimmt der aus Jordanien stammende Mann das gemeinsame Kind mit in seine Heimat. Als der Versuch der Frau scheitert, ihre Tochter mit behördlicher Hilfe zurückzubekommen, wendet sie sich an frühere Angehörige einer Spezialeinheit der US-Army, die das Kind entführen sollen. (Alternativer Titel: «Nicht ohne mein Kind»)
USA 1992 **V** offen **R** Richard A. Colla **B** Guerdon Trueblood **K** Rick Bota **M** Fred Karlin **D** Mariel Hemingway, Jeff Kober, James Russo, Clancy Brown, Lindsey Haun **L** 90 **E** 6.1.1995 ARD **fd** –

I'll Do Anything oder: Geht's hier nach Hollywood?
I'LL DO ANYTHING
Ein erfolgloser Schauspieler bemüht sich um Engagements, erlebt eine glücklose Liebesaffäre und gerät mit seiner verzogenen sechsjährigen Tochter aneinander, auf die er aufpassen muß, nachdem die Mutter zu einer Haftstrafe verurteilt wurde. Parallel dazu bemüht sich ein Produzent, der ebenfalls Probleme mit der Liebe hat, um seinen wenig erfolgversprechenden jüngsten Film. Ein verspielter Unterhaltungsfilm, der die vielen Handlungselemente mit einem sympathisch unbeschwerten Erzählduktus verbindet. Reizvoll auch die Mischung aus skurrilen Charakteren und ernsthaften, anrührenden Szenen. – Ab 14.
USA 1994 **P** Columbia Pictures **V** Columbia TriStar (Video) **Pd** James L. Brooks, Polly Blatt **R+B** James L. Brooks **K** Michael Ballhaus **M** Hans Zimmer **S** Richard Marks **D** Nick Nolte (Matt Hobbs), Whittni Wright (Jeannie), Joely Richardson (Cathy), Albert Brooks (Burke Adler), Julie Kavner (Nan Mulhamney), Tracey Ullman (Beth Hobbs) **L** 111 **FSK** ab 6 **E** 16.3.1995 Video / 1.4.1996premiere **fd** 31 319

Die illegitimen Kinder von Anton Webern
LES ENFANTS ILLEGITIMES D'ANTON WEBERN
Dokumentarfilm, ursprünglich konzipiert als ein Porträt der beiden Avantgarde-Komponisten Valentin Silvestrow und Sofia Gubaidulina. Gespräche mit den beiden werden mit Konzertprobeaufnahmen, aber auch mit Ausschnitten aus Wochenschauen, Spiel- und Erziehungsfilmen verbunden, wobei sich der Porträtfilm zu einer grundlegenden Beschäftigung mit der Rolle unabhängiger Musik in der Geschichte der Sowjetunion entwikkelt. Ein interessanter Beitrag über das im Westen weitgehend unbekannte Verhältnis von Politik und Kunst, das geprägt war von Gewalt und Schweigen. (O.m.d.U.) – Ab 16.
Frankreich 1993 **P** La Sept / arte / Les films d'ici / CDN **V** Freunde der dt. Kinemathek (16 mm) **Pd** Richard Copans **R+B** Lilia Ollivier **K** Richard Copans, Alexandre Koval, John Jackson, Edouard Timlin, Olivier Cocaul, Philippe Peter **S** Catherine Poitevin **L** 120 **FSK** – **E** 8. / 15.9.1993 arte (zwei Teile) / 1995 Kino **fd** –

Im Angesicht der Wahrheit
THE LADY FROM YESTERDAY
Routiniert inszenierte und gespielte Hochglanz-Seifenoper. Das Familienleben eines beruflich erfolgreichen und glücklich verheirateten Vietnam-Veteranen wird aus den Angeln gehoben, als eine inzwischen todkranke Liebschaft aus Vietnam bei ihm auftaucht und den gemeinsamen Sohn in seine Obhut gibt. Die Familie reagiert verständnislos, Vater und Sohn brechen gemeinsam in ein neues Leben auf.
USA 1984 **P** The Houston Lady Co. **V** offen **Pd** Barry Weitz **R** Robert Day **B** Tim Maschler, Ken Pettus **K** R. Michael Stringer **D** Wayne Rogers (Craig Weston), Bonnie Bedelia (Janet Weston), Pat Hingle (Jim (J.C.) Bartlett), Tina Chen (Lien van Huyen), Bryan Price (Quan) **L** 92 **E** 9.5.1995 RTL 2 **fd** –

Im Garten des Mondes
GARDEN OF THE MOON
Der cholerische Besitzer eines Nachtclubs und der junge Leiter seiner Band liefern sich im Werben um die Gunst einer Presseagentin einen heftigen Kleinkrieg. Ein relativ unaufwendig inszeniertes Musical; recht unterhaltsam, obwohl die dünne Handlung gerade als Vorwand reicht, eine Reihe von Gesangs- und Tanznummern einzubauen. – Ab 16.
Schwarz-weiß. USA 1938 **P** Warner Bros. **V** offen **Pd** Louis F. Edelman **R** Busby Berkeley **B** Jerry Wald, Richard Macaulay **K** Tony Gaudio **M** Leo F. Forbstein (Ltg.), Harry Warren, Al Dubin, Johnny Mercer (Songs) **S** George Amy **D** Pat O'Brien (John Quinn), Margaret Lindsay (Toni Blake), John Payne (Don Vincente), Johnnie Davis (Slappy Harris), Melville Cooper (Maurice) **L** 94 **E** 27.11.1995 ARD **fd** –

Im Labyrinth der Leidenschaft
INEVITABLE GRACE
Routine-Thriller. Eine Psychiaterin nimmt sich einer jungen Frau an, die panische Angst vor

ihrem Ehemann zu haben scheint.
USA 1993 **V** offen **R+B** Alex Canavati **D** Stephanie Knights (Veronica), Maxwell Caulfield (Adam), Jennifer Nicholson, Tippi Hedren, Taylor Negron **L** 100 **E** 8.5.1995 RTL 2 **fd** –

Im Namen meiner Tochter
OVERRULED – IN MY DAUGHTER'S NAME
Drama. Nachdem die an ihrer älteren Tochter begangenen Verbrechen Vergewaltigung und Mord ungesühnt zu bleiben scheinen, beschließt eine Mutter, den Täter selbst zur Rechenschaft zu ziehen. Durch die geschickte Taktik seiner Anwälte wird der verwöhnte junge Mann aus gutsituiertem Elternhaus nur für kurze Zeit in eine psychiatrische Anstalt eingewiesen. Die Mutter seines ersten Opfers bewaffnet sich und beschattet den Mann auf eigene Faust.
USA 1992 **V** offen **R** Jud Taylor **B** Mimi Rothman Schapiro, Bill Wells **M** Charles Fox **D** Donna Mills (Laura Elias), John Getz (Michael Elias), Ari Meyers (Carly Elias), Ellen Blain (Lissa Elias), Ron Frazier (Wahl), Lee Grant (Maureen Leeds) **L** 93 **E** 11.6.1995 SAT 1 **fd** –

Im Netz des Syndikats
WHAT SHE DOESN'T KNOW
Eine gegen das organisierte Verbrechen kämpfende New Yorker Staatsanwältin entdeckt, daß die meisten Polizisten der Stadt auf der Gehaltsliste der Mafia stehen. Auch ihr Vater gehört zu den korrupten Beamten, schlägt sich jedoch schließlich auf ihre Seite. Kriminalfilm und Familiendrama, in dessen Mittelpunkt der Vater-Tochter-Konflikt steht.
USA 1992 **P** NBC / Two Short / IAW Republic **V** offen **Pd** Jay Benson **R** Kevin James Dobson **B** Andy Tennant **M** Billy Goldenberg **D** Valerie Bertinelli (Molly), George Dzundza (Jack), Ron Thomas (Nash), Mark Joy (Sonny), Jerry Lyden (Tucci) **L** 92 **E** 7.11.1995 Pro Sieben **fd** –

Im Netz des Wahnsinns
WEB OF DECEIT: I KNOW MY SON IS ALIVE
Eine junge, psychisch labile Frau gerät in Verdacht, ihren Sohn umgebracht und sich der Leiche entledigt zu haben. Alles spricht gegen sie. Als sie ein Gespräch zwischen ihrem Mann und dem Kindermädchen mit anhört, keimt in ihr der Verdacht, daß das Kind entführt worden ist.
USA 1993 **V** offen **R** Bill Corcoran **B** Raymond Hartung **D** Corbin Bernsen (Mark), Amanda Pays (Catherine), Al Waxman (Herb), Mimi Kuzyk (Laura), Neve Campbell (Beth), Kim Coates (Detective Grippi) **L** 88 **E** 5.8.1995 RTL 2 **fd** –

Im Schatten des Verfolgers
SHADOW OF OBSESSION
Thriller um eine attraktive College-Professorin, die von einem verliebten Studenten bedrängt wird. Nachdem der junge Mann fast zwei Jahre spurlos verschwunden war, beginnt er seinen Psychoterror erneut, als er von der Verlobung seiner Angebeteten erfährt. – Ab 16.
USA 1994 **V** offen **R** Kevin Connor **D** Veronica Hamel (Rebecca Kendall), Jack Scalia (Michael Carvella), Page Moseley (Benjamin Nash), Sam Behrens (Philip Parrish), Jonathan Banks (Trevor Keegan) **L** (TV) 85 **E** 20.1.1995 RTL **fd** –

Im Schatten eines Mörders
IN THE SHADOW OF A KILLER
(Fernseh-)Thriller nach authentischen Ereignissen aus dem Jahr 1968: Ein engagierter Polizeibeamter gerät in Schwierigkeiten, weil er seine belastende Aussage in einem Mordprozeß nicht als Propaganda für die Todesstrafe benutzen lassen will.
USA 1992 **P** NBC **V** offen **Pd** Bob Markell **R** Alan Metzger **B** Philip Rosenberg **D** Scott Bakula (David Mitchell), Lindsay Frost (Stacy Mitchell), Miguel Ferrer (Steven Walzer), J.T. Walsh (Leo Kemeny), Tony Lo Bianco (Frederick Berger) **L** 93 **E** 23.7.1995 SAT 1 **fd** –

Im Scheinwerferlicht
BRIGHT LIGHTS
Der exzentrische Chef einer tingelnden Komikertruppe bekommt unversehens die Chance, am Broadway groß herauszukommen, muß dafür allerdings eine extravagante Millionenerbin als Partnerin akzeptieren. Als er sich auch noch in sie verliebt, hat das um ein Haar fatale Folgen. Ausgelassen unterhaltende Komödie, die trotz ihres flotten Tempos Sinn für Details beweist. – Ab 14 möglich.
Schwarz-weiß. USA 1935 **P** Warner Bros. **V** offen **R** Busby Berkeley **B** Bert Kalmar, Harry Ruby, Ben Markson, Benny Rubin **K** Sid Hickox **M** Bert Kalmar, Benny Ruby, Mort Dixon, Allie Wrubel **D** Joe E. Brown (Joe Wilson), Ann Dvorak (Fay Wilson), Patricia Ellis (Claire Whitmore), William Gargan (Don Wheeler), Joseph Cawthorn (Oscar Schlemmer) **L** 82 **E** 20.11.1995 ARD **fd** –

Im Strudel mysteriöser Morde
BAY CITY STORY DEADLINE
Ein Fernsehreporter recherchiert mit seinem Team die Umstände zweier mysteriöser Morde in San Francisco. Seine Nachforschungen, bei denen sich die Mafia-Kontakte des Journalisten als hilfreich erweisen, bringen das Team in Gefahr.
USA 1993 **V** offen **R** Robert Butler **B** Stephen Zito **D** William Russ (James Malone), Cheryl Pollak (Sarah Parker), Esai Mo-

rales (Jim Duran), Squire Fidell (Douglas Turner), Kimberly Foster (Ellen) **L** 84 **E** 17.7.1995 Kabel 1 **fd** –

Im Sumpf des Verbrechens
JUST CAUSE
Ein alternder Rechtsprofessor läßt sich darauf ein, die Indizien aufzurollen, die acht Jahre vorher zur Verurteilung eines Schwarzen geführt haben, der ein elfjähriges weißes Mädchen vergewaltigt und ermordet haben soll. In der Hauptrolle prominent und betont sympathieheischend besetzt, verspielt der Film Glaubwürdigkeit und scheinbares ideologiekritisches Engagement durch seine klischeehaft überzogene letzte halbe Stunde. – Ab 16 möglich.
USA 1995 **P** A Lee Rich Prod. / Fountainbridge **V** Warner Bros. (Kino) / Warner Home (Video) **Pd** Lee Rich, Arne Glimcher, Steve Perry, Gary Forster, Anna Reinhardt **R** Arne Glimcher **B** Jeb Stuart, Peter Stone, nach einem Roman von John Katzenbach **K** Lajos Koltai **M** James Newton Howard **S** William M. Anderson **D** Sean Connery (Paul Armstrong), Laurence Fishburne (Tanny Brown), Kate Capshaw (Laurie Armstrong), Blair Underwood (Bobby Earl Ferguson), Ruby Dee (Großmutter Ferguson) **L** 115 **FSK** ab 16; f **FBW** w **E** 27.4.1995 / 27.10.1995 Video **fd** 31 222

Im Teufelskreis von Haß und Lüge
CIRCLE OF DECEIT
Polit-Thriller. Zwei Jahre, nachdem seine Frau und sein Sohn von der IRA getötet wurden, soll ein Agent verdeckt in Belfast gegen die Terroristen arbeiten. Das Unternehmen entwickelt sich nach Plan, ehe sich der Offizier in die Tochter eines IRA-Führers verliebt. – Ab 16.
England 1993 **V** offen **R** Geoffrey Sax **B** Wesley Burrowes **D** Dennis Waterman (John Neil), Ian McElhinney (Vater Fergal), Derek Jacobi (Randal), Tony Doyle (Major Graham), Peter Vaughan (Liam McAuley) **L** 98 **E** 30.3.1995 RTL 2 **fd** –

Imaginäre Architektur – Der Baumeister Hans Scharoun
An Hand ausgewählter architektonischer Beispiele werden Leben und Werk Hans Scharouns (1893–1972) nachgezeichnet. Der Film macht die Faszination einer von Transparenz geprägten Architektur nachvollziehbar, die noch immer durch bauliche Überraschungen verblüfft. Gerade durch die übergreifende Integration differenzierter Lebensbereiche versuchte diese bauliche Utopie, dem Menschen selbst gerecht zu werden – und nicht dessen beliebiger Vervielfältigung. Mit seiner konzentrierten, sehr funktionalen Filmsprache gibt sich Hartmut Bitomsky als Verwandter im Geiste Scharouns zu erkennen. – Ab 14.
Deutschland 1995 **P** Big Sky / Ventura / ZDF / arte **V** Basis **Pd** Theo Bromin **R + B** Hartmut Bitomsky **K** Arthur Ahrweiler **S** Ingo Ehrlich, Ingo Ehrlich **L** 65 **FSK** – **E** 1995 Kino **fd** 31 535

Der imaginäre Freund
L'AMICO IMMAGINARIO
Ein 50jähriger Mann in Rom, liebender Vater, leicht zerstreuter Ehemann und ehemaliger Kommunist, leidet zunehmend an Depressionen, die seine Lebenssubstanz angreifen. Trost findet er in den Worten eines verstorbenen Priesters, der sich zu seinem «imaginären Freund» materialisiert. Eine bittere Abrechnung mit einer wenig freudvollen Gegenwart, für die der Film nach dem Verlust von Idealen und Lebensprinzipien allenfalls noch in einer metaphysisch-jenseitigen Dimension ein Stück Hoffnung sieht. (O.m.d.U.)
Italien 1994 **P** Prod. Domenico D'Alessandria **V** Freunde der Deutschen Kinemathek **Pd** Domenico D'Alessandria **R + B** Nico D'Alessandria **K** Bruno di Virgilio **M** Riccardo Fassi **S** Maurizio Baglivo **D** Victor Cavallo (Dino), Valeria D'Obici (Luce), Rocco D'Alessandria (Mario), Giancarlo Parodi (Dr. Periodi), Emiliano Vitolo (Dino als Junge), Fulvia Mosconi (Mariarosa) **L** 85 **FSK** – **E** 1995 Kino **fd** –

Immer Ärger mit Mama
BURY ME IN NIAGARA
Komödie mit Krimi- und Fantasy-Elementen. Nach dem Tod seiner nervtötenden Mutter wird ein erfolgreicher Arzt unversehens vom Geist der Verblichenen aufgeschreckt – sie will an den Niagara-Fällen begraben werden, um den Sohn mit seinem ihm unbekannten Vater zusammenzubringen, der dort lebt. Das Vorhaben wird jedoch von japanischen Gangstern gestört, die einen geheimnisvollen Edelstein suchen, welcher der alten Dame kurz vor ihrem Tode versehentlich in die Hände geraten war. – Ab 16.
USA 1993 **V** offen **R** Dave Thomas **B** Daniel Harris, Constantino Magnatta, Dave Thomas **K** François Protat **D** Jean Stapleton (Mildred), Geraint Wyn Davies (Martin), Shae D'Lyn (Jean), Ed Sahely (Whippet), Denis Akiyama (Yamato) **L** 88 **E** 18.8.1995 ZDF **fd** –

Immer Ärger um Dojo
MONKEY TROUBLE
Ein kleptomanischer Affe und ein neunjähriges Mädchen geraten in turbulente Situationen, weil weder der kriminelle Affenbesitzer noch die Eltern des Kindes das Tier namens «Dojo» zu Gesicht bekommen sollen. Turbulenter Familienfilm, der mit seiner Situationskomik auch klei-

neren Kindern gefallen dürfte. Die hervorragende Besetzung und die gelungene Tierdressur machen gewisse Inszenierungsschwächen wett. – Ab 6.
USA 1994 **P** New Line / Ridley Scott Prod. / Percy Main Prod. **V** Connexion (Kino) / VMP (Video) **Pd** Mimi Polk, Heidi Rufus Isaacs, Ridley Scott **R+B** Franco Amurri **K** Luciano Tavoli **M** Mark Mancina **S** Ray Lovejoy, Chris Peppe **D** Thoja Birch (Eva), Harvey Keitel (Shorty Kohn), Mimi Rogers (Amy), Christopher McDonald (Tom), Kevin Scannell (Peter) **L** 96 **FSK** o. A.; f **FBW** w **E** 2. 2. 1995 / 25. 7. 1995 Video **fd** 31 187

In den Armen des Todes
DEADLY PAST
Thriller um einen Ex-Häftling, der durch seine Leidenschaft für eine ehemalige Geliebte erneut in ein Verbrechen hineingezogen wird.
USA 1995 **V** offen **R** Tibor Takacs **B** Steven Iyama **D** Carol Alt (Saundra Morgan), Dedee Pfeiffer (Kirsten), Ronny Marquette (Luke), Vinnie Curto (Nick), Mark Dacascos (Leo) **L** 87 **E** 19. 10. 1995 RTL 2 **fd** –

In der Gewalt einer Fremden
IN A STRANGER'S HAND
Ein Mann entdeckt in der U-Bahn zufällig ein als verschwunden geltendes Mädchen, das sich in Begleitung einer unbekannten Frau befindet. Er verliert beide aus den Augen und setzt in der Folgezeit alles daran, die Fährte wiederaufzunehmen. Seine Ermittlungen decken ein haarsträubendes Komplott auf. Fürs Fernsehen produzierter Krimi.
USA 1991 **V** offen **R** David Greene **B** Matthew Bombeck, nach dem Roman «The Last Stop» von Matt Benjamin **K** Peter Manning Robinson **D** Robert Urich (Jack), Megan Gallagher (Laura), Isabella Hofman (Kate), Maria O'Brien (Paula), Walter Addison (Surmanak), Vondie Curtis-Hall (Hopkins) **L** 88 **E** 22. 8. 1995 Pro Sieben **fd** –

In einem Land vor unserer Zeit 2
THE LAND BEFORE TIME II: THE GREAT VALLEY ADVENTURE
In einem vergessenen Tal haben vegetarische Dinosaurier vor ihren fleischfressenden Artgenossen Zuflucht gefunden. Unruhe entsteht, als einige kleine Dinos von einem Ausflug ein Saurier-Ei mitbringen. Ein schlicht produzierter Zeichentrickfilm, der sich ganz auf seine pädagogisch-harmonische Botschaft der friedlichen Koexistenz konzentriert. Possierlich, mit einigen Liedern; nur für Kinder unterhaltsam. – Ab 6 möglich.
USA 1994 **P** Universal Cartoon Studio **V** CIC (Video) **Pd+R** Roy Allen Smith **B** Dev Ross, John Loy, John Ludin **M** Michael Tavera, James Horner, The Roches **S** Jay Bixsen, Jay Bixsen **L** 70 **FSK** o. A. **E** 3. 4. 1995 Video **fd** 31 524

In einem Land vor unserer Zeit 3
LAND BEFORE TIME 3
Weitere Zeichentrick-Abenteuer mit den Dinosauriern des «Großen Tals». Nachdem Meteore auf die Erde gefallen sind, versiegt das Wasser; eine Feuersbrunst zerstört die Idylle vollends. Ein Dinokind und seine Spielgefährten machen sich auf, um Wasser zu suchen. Sie werden fündig, müssen sich aber mit den gefährlichen «Scharfzähnen» arrangieren, die auch zur Wasserstelle gekommen sind. Eine naiv-abenteuerliche Geschichte, die Kinder durchaus unterhält und ihnen solidarisches Handeln nahebringt. Für Kleinere sind einige Szenen zu schreckhaft. – Ab 10.
USA 1994 **P** Universal **V** CIC (Video) **Pd** Zarah Dowlatabadi, Roy Allen Smith **R** Roy Allen Smith **B** Dev Ross **M** Michael Tavera, James Horner, Michele Brourman **S** Jay Bixsen **L** 68 **FSK** ab 6 **E** 15. 11. 1995 Video **fd** 31 703

In Haßliebe Lola
Ein junger Türke, der von einer Gesangskarriere träumt, bandelt mit einem abgehalfterten Travestie-Star an. Der öffnet ihm beruflich und privat Tür und Tor und stürzt seinen Freundeskreis in nachhaltige Verwirrung ob seiner Eroberung, die auch bei anderen Neugier erweckt. Nach einiger Zeit bemerkt der Künstler, daß er Opfer einer Verschwörung wurde und sinnt auf Rache. Im Berliner Tingeltangel-Milieu angesiedelte «amour fou», inszeniert als «Low-budget»-Produktion.
Deutschland 1994 **P** F.M.T. / NDR **V** offen **Pd+R** Lothar Lambert **B** Lothar Lambert, Dagmar Beiersdorf **K+M** Albert Kittler **S** Lothar Lambert **D** Lothar Lambert (Lola L.), Baduri (Hasim), Nilgün Taifun (Fatima), Erika Rabau (Urschel), Dagmar Beiersdorf (Karla) **L** 87 **E** 19. 12. 1995 N 3 **fd** –

In the Army Now
IN THE ARMY NOW
Zwei Einfaltspinsel heuern als Reservisten bei der US-Armee an. Sie werden gleich nach der Grundausbildung in ein afrikanisches Kriegsgebiet beordert, wo sie mit einigen Kameraden eine libysche Raketenstellung in die Luft sprengen. Eine Militär-Klamotte, die ohne ironische Brechung Krieg als sportliches Abenteuer verharmlost und ungeniert Reklame für den (US-)Militärdienst macht. Da auch die Hauptdarsteller keinerlei komödiantisches Talent entwickeln und Kamera, Schnitt und Musik sich dem niveaulosen Gesamtkonzept unterordnen, wird dieser «Werbe-

film» zum Ärgernis. – Ab 16 möglich.
USA 1994 **P** Hollywood Pictures **V** Buena Vista (Kino) / Buena Vista (Video) **Pd** Michael Rotenberg **R** Daniel Petrie jr. **B** Ken Kaufman, Stu Krieger, Daniel Petrie jr., Fox Bahr, Adam Small **K** William Wages **M** Robert Folk **S** D. Nicholas Brown **D** Pauly Shore (Bones Conway), Andy Dick (Jack Kaufman), Lori Petty (Christine Jones), David Alan Grier (Fred Ostroff), Esai Morales (Sergeant Stern) **L** 92 **FSK** ab 12; f **E** 11.5.1995/16.11.1995 Video **fd** 31 373

In the Living Years
IN THE LIVING YEARS
Kurz vor der Hochzeit wird ein junger Mann depressiv und nimmt Reißaus. Er läßt sein Leben Revue passieren und erinnert sich an seinen lieblosen Vater. Als er ein Treffen mit ihm herbeiführen kann, muß er feststellen, daß der Vater noch immer von den alten Fehlern beherrscht wird. Dialoglastiges (Fernseh-) Melodram, das auf der Stelle tritt; wenig überzeugend in seiner Botschaft vom bescheidenen Leben. – Ab 16 möglich.
USA 1994 **P** Tanglewood Entertainment **V** Highlight (Video) **R** John Harwood **D** John Ashton, Corin Nemec, Paul Gleason **L** 83 **FSK** ab 12 **E** 11.4.1995 Video **fd** –

In the Name of Blood
IN THE NAME OF BLOOD
Der Traumurlaub in Kenia wird für einen amerikanischen Polizisten nebst Familie zum Alptraum. Zunächst fällt seine Frau einem Mörder zum Opfer, dann finden immer mehr Touristen den Tod. Da sich auch die Reihen der Verdächtigen lichten, scheint der Täter bald eingekreist. Kriminalfilm, der seine Kritik am Massentourismus mit den Mitteln des Genres vorträgt. – Ab 16.
USA 1991 **V** offen **R** Robert Davies **B** Ben Taylor, John Burch **D** Darren McGavin (Fergus), Ted Leplat (Matt), Sandra Prinsloo (Laura), André Jacobs (Tommy), Henry Cele (Captain Pheto), Jamie Bartlett (Scott) **L** 81 **E** 27.5.1995 Pro Sieben **fd** –

In uns die Hölle
Drogenkrimi um einen Mann, der von Freund und Feind in die Falle gelockt wird. Ein deutscher Drogenfahnder im Auslandseinsatz muß sich vor der spanischen Polizei verstecken, weil sie glaubt, er stecke mit den Dealern unter einer Decke. Auf einer kleinen Insel gewährt eine Frau ihm Unterkunft. Im Gegenzug soll er ihr beim Ausbau ihres Hauses helfen. Der an den Rollstuhl gefesselte Hausherr beobachtet ihn mit Argwohn. Und auch der Kriminalkonflikt muß gelöst werden.
Deutschland 1995 **P** SAT 1 **V** offen **R** Urs Egger **D** Max Tidof (Joachim Hoffmann), Katja Flint (Ines Nielsen), Karl-Heinz Hackl (Vincent Nielsen), Claude Oliver Rudolph (George Pappas), Dieter Okras (Kurt Stockert) **L** 95 **E** 3.9.1995 SAT 1 **fd** –

Der Indianer im Küchenschrank
THE INDIAN IN THE CUPBOARD
Im Kinderzimmer eines amerikanischen Jungen erfüllt sich der Traum vieler Kinder: Omris Lieblingsfigur, der Indianer «Kleiner Bär», wird lebendig, und zwischen den beiden entsteht eine Freundschaft, in der beide viel über die «Kultur» des anderen lernen. Als ein Klassenkamerad den Zauber entdeckt und neue Figuren zum Leben erweckt, kippt das Spiel in blutigen Ernst um, ehe es doch noch versöhnlich endet. Ein zauberhafter Kinderfilm, dessen Warnung vor übermäßiger Fernsehgewalt zwar etwas aufgesetzt ist, der aber die Kinder zu Toleranz gegenüber fremden Menschen und Kulturen anhält. Tricktechnisch hervorragend gestaltet, versagt sich der Film jeder effekthascherischen Ausbeutung seiner Spezialeffekte und bleibt durch seinen ruhigen Erzählrhythmus auch für Kleinere nachvollziehbar. – Sehenswert ab 8.
Scope. USA 1995 **P** Paramount / Columbia **V** Columbia TriStar **Pd** Kathleen Kennedy, Frank Marshall, Jane Startz **R** Frank Oz **B** Melissa Mathison, nach einer Kinderbuch-Serie von Lynne Reid Banks **K** Russell Carpenter **M** Randy Edelman **S** Jan Crafford **D** Hal Scardino (Omri), David Keith (der Cowboy), Rishi Bhat (Patrick) **L** 96 **FSK** ab 6; f **E** 7.12.1995 **fd** 31 674

Indien
INDIEN
Zwei extrem verschiedene, für das österreichische Gast- und Hotelgewerbe zuständige Inspektoren müssen sich während einer Dienstreise durch die Provinz zusammenraufen, wobei sich eine unerwartete Freundschaft entwickelt. Als einer erfährt, daß er sehr bald an Krebs sterben wird, muß sich ihre Zuneigung auch angesichts des nahen Todes bewähren. Eine auf einem kabarettistischen Theaterprogramm basierende Komödie, die von hinreißend komischen Dialog-Attakken geprägt ist, aber auch den Umschwung zum ernst-melancholischen Melodram mit Fabulierfreude, bissigem Witz, präziser Beobachtungsgabe und vor allem einer lebensbejahenden Heiterkeit meistert. (Kinotip der katholischen Filmkritik) – Sehenswert ab 16.
Österreich 1993 **P** DOR FILM / Österreichisches Filminstitut / ORF **V** Sputnik (Kino) / Arthaus (Video) **Pd** Milian Dor, Danny Krausz **R** Paul Harather **B** Paul Harather, Josef Hader, nach dem

gleichnamigen Theaterstück von Josef Hader und Alfred Dorfer **K** Hans Selikovsky **M** Elrich Sinn **S** Andreas Kopriva **D** Alfred Dorfer (Kurt Fellner), Josef Hader (Heinzi Bösel), Maria Hofstätter (Kirchnerwirtin), Roger Murbach (Kirchbergwirt), Proschat Madani (Krankenschwester), Ranjeet Singh (Inder) **L** 90 **FSK** ab 6; f **FBW** w **E** 26.1.1995 / 4.9.1995 Video **fd** 31 157

Infernal Fighter
INFERNAL FIGHTER
Der Anführer einer streng abgeschotteten militärischen Einheit setzt sich in der Nacht ab, um seinem sterbenden Vater einen letzten Dienst zu erweisen. Seine Vorgesetzten setzen einen Kameraden auf ihn an, dessen Auftrag klar umrissen ist. Ein gewalttätiger Soldatenfilm, in dem viel von Ehre gesprochen wird, während die Bilder von der Verlogenheit zeugen, die hinter dieser Art von Geschichten steht. Eine in die (Spielfilm-)Länge gezogene Heuchelei. (Früherer Titel: «Warriors») – Wir raten ab.
Kanada / Israel 1994 **P** Cinequest / Arama Filmprod. **V** Vipro (Video) **Pd** Shimon Arama, Shimon Dotan **R** Shimon Dotan **B** Alexander Epstein, Benjamin Gold **K** Avi (= Avraham) Karpick **M** Walter Rothe **S** Netaya Anbar **D** Gary Busey (Vail), Michael Paré (Collin), Wendii Fulford (Judy), Catherine MacKenzie (Janice), Liz Macrae (Loretta) **L** 96 (gek. 93) **FSK** ab 18 (gek. ab 16) **E** 24.1.1995 Video **fd** 31 232

Innocence lost – The Verdict
INNOCENCE LOST – THE VERDICT
Dokumentarfilm über sexuellen Mißbrauch in amerikanischen Kindertagesstätten. Die gekürzte und bearbeitete Neufassung eines Films aus dem Jahr 1991, der den Prozeß gegen den Leiter einer Tagesstätte nachzeichnet.
USA 1994 **V** offen **R**+**B** Ofra Bikel **L** 90 **E** 10.6.1995 arte **fd** –

Innocent Babysitter
THE BABYSITTER
Eine junge Babysitterin, die für einen Abend die Kinder eines in die Jahre gekommenen Ehepaares hütet, erregt die sexuelle Aufmerksamkeit mehrerer Männer. Als zwei Jugendliche in das Haus eindringen und der Herr des Hauses, der unter einem Vorwand eine Party frühzeitig verlassen hat, heimkehrt, eskalieren die Ereignisse. Ein recht geschickt aufgebauter Thriller, der seine Spannung ständig zu steigern versteht. Gute schauspielerische Leistungen und die Musik tragen den Film über einige Schwächen hinweg.
USA 1995 **P** Spelling Films / Joe Schumacher Prod. / Steve Perry Prod. **V** VCL (Video) **Pd** Kevin J. Messick, Steve Perry **R**+**B** Guy Ferland **K** Rick Bota **M** Loek Dikker **S** Jim Prior **D** George Segal (Mr. Holsten), Alicia Silverstone (Babysitterin), J.T. Walsh (Mr. Tucker), Lee Garlington (Mr. Tucker), Nicky Katt (Mark), Lois Chiles (Mrs. Holsten) **L** 85 **FSK** ab 16 **E** 23.10.1995 Video **fd** 31 759

Ins Gesicht geschlagen – Tränen einer Ehefrau
GOING UNDERGROUND
Familiendrama. Unter neuem Namen und mit gefälschten Papieren flieht eine Mutter mit ihren Kindern vor dem gewalttätigen Mann und Vater. Dann soll sie in einem Musterverfahren aussagen, das zu einem neuen Gesetz führen soll.
USA 1993 **V** offen **R** David Carson **B** Stephanie Liss **D** Joanna Kerns (Maryanne Walker-Tate), Tim Matheson (Daniel Walker-Tate), Latanya Richardson (Louise Levy), Katherine Cortez (Ella), Elizabeth Franz (Eleanor) **L** 92 **E** 15.11.1995 Pro Sieben **fd** –

Die Insel
DIE INSEL
Ein Tag aus dem Leben von Leuten, die im appenzellischen Alpsteingebiet Vieh auf einer Alm hüten. Das aus präziser Beobachtung geschilderte Miteinander von Natur, Tier und Menschen in einer noch intakten Bergwelt erscheint wie eine friedliche Daseinsinsel inmitten der Hektik unserer Zeit. Stimmungsvolle Bilder und Musik und die Distanz schaffende Erzählung erzeugen einen Erlebnisraum, in den die Zuschauer eigene Erfahrungen, Gedanken und (Gegen-)Bilder einbringen können.
Schweiz 1993 **P** Martin Schaub Prod. **V** offen **Pd**+**R**+**B** Martin Schaub **K** Hansueli Schenkel **M** Paul Giger **S** Rainer Maria Trinkler **L** 90 (gek. 75) **E** 30.7.1995 3sat **fd** –

Insel der verlorenen Seelen
ANGEL IN GREEN
Drama um die Liebe zwischen einer Nonne auf einer von Rebellen bedrohten Südseeinsel und dem Offizier, der den Aufstand mit seiner Einheit niederschlagen soll.
USA 1987 **P** Taft Entertainment **V** offen **Pd** Harry R. Sherman **R** Marvin J. Chomsky **B** Michael Patrick Goodman **D** Susan Dey (Ann McKeon), Bruce Boxleitner (William Wickler), Milo O'Shea (Vater Mahon), Pete Smith (Ramon), Dan Laurie (Kobalzki) **L** 86 **E** 29.4.1995 Super RTL **fd** –

Inspektor Janek und der Broadwaymörder
A SILENT BETRAYAL
Fürs Fernsehen produzierter abendfüllender Kriminalfilm. Nachdem alle Mieter eines Wohnhauses ermordet worden sind, gerät der Besitzer des Ge-

bäudes, ein selbstherrlicher Broadway-Produzent, unter Tatverdacht. Ein Polizeiinspektor findet heraus, daß der Schlüssel zu den Verbrechen in der Vergangenheit des Hauses liegt. (Weiterer Film der Serie: «Inspektor Janek und der Psychokiller»)
USA 1994 **V** offen **R** Robert Iscove **B** Edward Deblasio **D** Richard Crenna (Frank Janek), William Shatner (Alex Bodosh), Helen Shaver (Monique Dessier), Cliff Gorman (Sgt. Aaron Greenberg), Philip Bosco (Wycoff) **L** 87 **E** 25.9.1995 RTL 2 **fd** –

Inspektor Janek und der Psychokiller
THE FORGET-ME-NOT-MURDERS
Abendfüllender Fernseh-Kriminalfilm um einen Serienhelden (vgl. «Inspektor Janek und der Broadwaykiller»). Nach der brutalen Ermordung seiner Nichte stößt ein Polizeiinspektor auf die Spur eines Serienkillers. Die Therapeutin der Toten scheint in die Mordserie verwickelt ist.
USA 1994 **V** offen **R** Robert Iscove **B** Gerald DiPego **D** Richard Crenna (Lt. Frank Janek), Tyne Daly (Dr. Beverly Archer), Cliff Gorman (Sgt. Aaron Greenberg), Helen Shaver (Monique Dressler), Philip Bosco (Wycoff) **L** 89 **E** 18.9.1995 RTL 2 **fd** –

Intimate Blue
INTIMATE BLUE
Ein desillusionierter Ex-Polizist, der sich als Taxifahrer durchs Leben schlägt, trifft auf eine dunkelhäutige Schönheit, die ihm gesteht, ihren Mann ermordet zu haben. Als die Leiche tatsächlich auftaucht, nimmt er die Ermittlungen auf, sieht sich aber schon bald einem heftigen Gewissenskonflikt ausgesetzt, da er sich in die mutmaßliche Täterin verliebt hat. Eine Synthese vertrauter Krimi-Versatzstücke, die nur einen Hauch von Spannung entfaltet und unverhohlen Selbstjustiz propagiert.
USA 1995 **P** Stu Segall Prod. **V** Splendid (Video) **Pd** Stuart Segall, Martin W. Greenwald **R** Stuart Segall **B** Noel Hynd **K** Ernest P. Roebuck **M** Steve Edwards **S** John W. Carr **D** Stacey Dash (Kari Truitt), Dan Gauthier (Chris Morgan), Louis Gaimbalvo (Lt. Cavanaugh), Trevor Goddard (Mickey Fuller), Sandra Reinhardt (Joanne), Francis X. McCarthy (Sterling Justice) **L** 86 **FSK** ab 16 **E** 19.12.1995 Video **fd** 31 779

Die Intrige der Lily Scarlett
DUEL ON THE MISSISSIPPI
Melodramatischer Abenteuerfilm. Flußpiraten verwüsten Plantagen im Süden der USA. Ein Heißsporn aus aristokratischem Haus nimmt den Kampf mit ihnen auf und gewinnt das Herz einer hübschen Kreolin. – Ab 14 möglich.
USA 1955 **P** Clover **V** offen **R** William Castle **B** Gerald Drayson Adams **K** Henry Freulich **M** Mischa Bakaleinikoff (Ltg.) **S** Edwin Bryant **D** Lex Barker (Andre Tulane), Patricia Medina (Lily Scarlett), Warren Stevens (Hugo Marat), Craig Stevens (Rene LaFarge), John Dehner (Jules Tulane) **L** 72 **E** 11.11.1995 Super RTL **fd** –

Irgendwie Power machen
Filmische Langzeitbeobachtung über einen Heranwachsenden von seinem 14. Lebensjahr an. Der Film dokumentiert Stationen im Leben des jungen Mannes, der zunächst orientierungslos zwischen totaler Verweigerung und Aussteigermentalität pendelt. Über den konkreten «Fall» hinaus ein Stück Zeit- und Sozialgeschichte. Die Langzeitbeobachtung erstreckte sich ursprünglich über sieben Jahre; die 1994 erweiterte Fassung des Films umfaßt 15 Jahre.
BR Deutschland 1981–87 / 1994 **P** MGS (Mediengruppe Schwabing) / ZDF / WDR **V** MGS (Video) / Verleih der Filmemacher / MGS (16 mm) **R+B** Wolfgang Ettlich **K** Klaus Lautenbacher, Henry Hauck, Hans-Albrecht Lusznat, Michael Wulfes **S** Monika Abspacher **D** Oliver Neumann, Nicola Bell, Johanna Collier **L** 88 (Neufassung) **E** Januar 1991 (erste Fassung) / 17.1.1995 B3 **fd** –

Iron Tiger
THE LEGEND OF FONG SAI YUK 2
Die Mandschus beherrschen China, die Vereinigung des Roten Lotus wehrt sich gegen die Unterdrückung. Ihr Anführer ist kaiserlichen Geblüts, was er aber nur durch den Diebstahl einer Schatulle mit dem entsprechenden Dokument beweisen kann. Historisierender Actionfilm mit austauschbarer Handlung, der vornehmlich auf Kampfsequenzen setzt, die trotz handwerklichem Könnens nie überzeugen.
Hongkong 1993 **P** Eastern Productions Ltd. **V** Splendid (Video) **Pd** Chui Po Chu **R** Corey Yuen **B** Jay On, Chankin Chung **K** Mark Li **M** Lowell Lo **S** Angie Lam **D** Jet Lee (Fong Sai Yuk), Josephine Siao (Fongs Mutter), Michelle Reis (Ting Ting), Adam Chung (Chan Ka Lok), Amy Kwok (Man Yin) **L** 88 **FSK** ab 16 **E** 25.4.1995 Video **fd** 31 632

Der Irrgarten
Der unspektakuläre Alltag dreier Freunde im Prenzlauer Berg. Clochards, die einst im Schatten der Mauer lebten und in der neuen Gesellschaft nur das kultivieren, was sie schon immer taten. Ein schön fotografierter, gestalterisch aber hilfloser Fortsetzungsfilm von «Komm in den Garten» (1990). Was sich in Bil-

dern offenbaren müßte, wird in arrangierten Szenen vorgeführt. Auf der Strecke bleiben die Poesie, der Humor und die Doppelbödigkeit des ersten Teils. – Ab 16.
Deutschland 1994 **P** Brandenburger Filmbetrieb **V** CON-Film **Pd** Rainer Ackermann **R+B** Heinz Brinkmann **K** Michael Lösche **M** Tötsch, Kiro de Niro **S** Karin Schöning **L** 75 **FSK** – **E** 11. 5. 1995
fd 31 392

Islandic Warrior
THE VIKING SAGAS / ICELANDIC SAGA
Da der ein Krieger den Vater töten will, flieht der Sohn das isländischen Königs und macht sich auf die Suche nach einem legendären Krieger, dessen Künste er erlernen möchte. Unterwegs verliebt er sich in eine Schönheit, die jedoch mit einem Mitglied des gegnerischen Clans vermählt ist. Der wackere Kämpfer hat also gleich zweifachen Grund, sich der Auseinandersetzung zu stellen. Im Mittelalter spielender martialischer Film, der weniger Wert auf eine schlüssige Story als auf muskelbepackte Darsteller legt.
USA 1994 **V** VMP (Video) **R** Michael Chapman **D** Ralph Moeller, Raimund Harmstorf, Sven-Ole Thorsen **L** 80 (gek. 78) **FSK** ab 18 (gek. ab 16) **E** 17. 10. 1995 Video
fd –

It was a wonderful life
IT WAS A WONDERFUL LIFE
Dokumentarfilm über die Situation von Frauen in Los Angeles, denen unverschuldet der Absturz aus der Mittelklasse ins soziale Nichts droht – durch Verlust der Arbeit, Scheidung, zahlungsunwillige Väter. 7000 sind inzwischen obdachlos gemeldet, die Dunkelziffer liegt erheblich höher. Die Autorin befragte betroffene Frauen und beobachtete sie bei ihrem täglichen Kampf ums Überleben. (O. m. d. U.)
USA 1992 **V** offen **R** Michèle Ohayon **D** Jodie Foster (Sprecherin) **L** 84 **E** 14. 3. 1995 Bayern 3
fd –

Ivana Trump: Liebe kann man nicht kaufen
FOR LOVE ALONE
Melodramatische Lebensgeschichte nach einem autobiografisch gefärbten Roman. Auf der Feier nach ihrem World-Cup-Sieg 1968 lernt eine junge Skiläuferin einen berühmten Regisseur kennen. Als sie schwanger wird und der verheiratete Mann eine Abtreibung verlangt, trennt sie sich von ihm. Erst 20 Jahre später, nach einer Karriere als Model und einer gescheiterten Ehe mit einem Reeder, sucht sie nach ihrem damals zur Adoption freigegebenen Sohn.
USA 1994 **V** offen **R** Michael Lindsay-Hogg **B** Claire Labine, nach einem autobiografischen Roman von Ivana Trump **M** Don Davis **D** Sanna Vraa (Katinka), Stephen Collins (Adam), Brigitte Pacquette (Natalie), Trevor Eve (Mark), Paul Hopkins (Tom Rack), Bernard Ranger (Zeiss) **L** 92 **E** 13. 3. 1995 Pro Sieben **fd** –

Iwan und Marja
IWAN DA MARJA
Im alten Rußland: Der Zar, fortlaufend von Räubern bedroht, verspricht seine Tochter demjenigen, der die Räuber vertreibt. Der Soldat Iwan schlägt sie in die Flucht und die Zarentochter aus, weil er eine andere liebt. Der erzürnte Zar läßt ihn einkerkern. Ein Gespenst, die Geliebte und die Zarentochter sorgen für ein glückliches Ende. Ein Märchen mit grotesken Anklängen und kritischen Verweisen auf die gesellschaftliche Realität. Auch in der Figurenzeichnung mit ironischen Zügen, wendet der Film sich eher an Ältere und Kenner russischer Märchen. – Ab 12.
Scope. UdSSR 1974 **P** Gorki-Studio **V** Progress (Kino) / EuroVideo (Video) **R** Boris Ryzarew **B** Alexander Chmelik **K** Alexej Tschardynin **M** Alexander Tschaikowski **D** Iwan Bortnik (Iwan), Tatjana Piskunowa (Marja), Iwan Ryshow (Zar), Lija Achedshakowa (Agrafena), Nikolai Burlajew (Markisett) **L** 84 **FSK** o. A. **E** 13. 2. 1976 Kino DDR / 14. 5. 1977 DFF 1 / 1994 Video **fd** 31 316

J

Ja, so warn's die alten Rittersleut
THE AMOROUS ADVENTURES OF DON QUIXOTE AND SANCHO PANSA
Cervantes' Klassiker als Vorwand für amouröse Eskapaden im Spanien des 17. Jahrhunderts. («Bereinigte» Fernsehfassung eines bereits in den 70er Jahren im Kino vertriebenen Sexfilms, der seinerseits gegenüber der Originalversion um 46 Minuten gekürzt war.)
USA 1976 **P** Dalia **V** Diamant-Film **R** Raphael Nussbaum **D** Corey Fischer (Don Quixote), Hy Pyke (Sancho Pansa), Samuel Livneh (Pedro), Adriana Van Hemert (Maria), Roberta Reeves (Pilar) **L** 68 (Kino 80) **FSK** ab 18; nf (Kino) **E** 14. 10. 1995 SAT 1
fd –

James Bond 007 – Goldeneye
GOLDENEYE
Ein russisches Syndikat will die Finanzmacht der Welt an sich reißen. Agent James Bond macht die Drahtzieher ausfindig und verhindert in letzter Sekunde den Weltenbrand durch eine im All plazierte atomare Geheimwaffe. Weiteres James-Bond-Abenteuer, dem alles fehlt, was Sean Connery einst in die Rolle des englischen Geheimagenten 007 einbrachte: Autorität, Geschicklichkeit, Charme und Selbstironie. Statt dessen hantiert ein steifer Pierce Brosnan mit den vertrauten Attributen des Genres und sieht sich von einer Komparserie starker Frauen umstellt. – Ab 14 möglich.
Scope. USA 1995 **P** United Artists **V** UIP (Kino) / Warner Home (Video) **Pd** Michael G. Wilson, Barbara Broccoli **R** Martin Campbell **B** Jeffrey Caine, Bruce Feirstein **K** Phil Meheux **M** Eric Serra **S** Terry Rawlings **D** Pierce Brosnan (James Bond), Sean Bean (Alec Trevelyan), Izabella Scorupco (Natalya Simonova), Famke Janssen (Yenia Onatopp), Gottfred John (General Ourumov) **L** 130 **FSK** ab 12; f **E** 28. 12. 1995 **fd** 31 697

Japaner sind die besseren Liebhaber
Zwei bislang erfolgreiche Jungmanager, eine Frau und ein Mann, kommen sich bei einem Millionengeschäft mit einem japanischen Investor in die Quere. Das geplante Geschäft und eine unbefriedigende Ehe platzen zwar, aber am Ende finden sich die richtigen Paare. Der gescheiterte Versuch einer deutschen Komödie, in der das Komische zum Hochnotpeinlichen gerät. Der Film läßt jede filmische Konzeption vermissen, sein Soundtrack ist eine Zumutung. – Ab 16.
Deutschland 1994 **P** Hager Moss Film / PRO 7 **V** NIL (Kino) / VCL (Video) **Pd** Kirsten Hager, Eric Moss **R** Philipp Weinges **B** Günter Knarr, Philipp Weinges **K** Klaus Eichhammer **M** Joe Mubare & One Tongue **S** Raimund Barthelmes **D** Thomas Heinze (Peter Merz), Katharina Müller-Elmau (Theamarianne Höderbach), Katharina Schubert (Anna Merz), Akihiro Hamano (Michio Takahashi), Michael Schreiner (Blaschke), Saskia Vester (Katja) **L** 88 **FSK** ab 6; f **FBW** w **E** 30. 3. 1995 / 23. 10. 1995 Video
fd 31 278

Je länger je lieber
Dokumentarischer Essay-Film über die Liebe. Die Filmemacherin ist auf verblüffende, manchmal komische Bezüge gestoßen.
Deutschland 1994 **V** offen **R+B** Roswitha Ziegler **K** Roswitha Ziegler, Gerhard Ziegler, Niels Bolbrincker **M** Christine Weghoff **L** 108 **E** 3. 12. 1995 ZDF **fd** –

Jefferson in Paris
JEFFERSON IN PARIS
Ein nach historischen Quellen frei gestalteter, aufwendig ausgestatteter Kostümfilm über die Amtsperiode des amerikanischen Karrierediplomaten und späteren Präsidenten der USA Thomas Jefferson als Botschafter in Paris. Im Mittelpunkt stehen weniger berufliche und politische als seine privaten Probleme. Spannungslos, überlang und uneindeutig im Verhältnis zu seinem Protagonisten, überzeugt der Film weder als unterhaltsamer Historienfilm noch als eindringliches Porträt eines widersprüchlichen Geistes. – Ab 16.
USA 1994 / 95 **P** Touchstone / Merchant Ivory **V** Buena Vista **Pd** Ismael Merchant **R** James Ivory **B** Prawer Jhabwala **K** Pierre Lhomme **M** Richard Robbins **S** Andrew Marcus, Isabel Lorente **D** Nick Nolte (Thomas Jefferson), Greta Scacchi (Maria Cosway), Thandie Newton (Sally Heming), Lambert Wilson (Marquis de Lafayette), Michael Lonsdale (Louis XVI.) **L** 139 **FSK** ab 12; f **FBW** bw **E** 7. 9. 1995 **fd** 31 512

Jenseits der Brandung
Ein Pressefotograf, bei dem die Erlebnisse im jugoslawischen Kriegsgebiet äußerlich wie innerlich Wunden hinterlassen haben, will sich mit seiner Geliebten an der französischen Atlantikküste erholen, doch die Begegnung mit einer geheimnisvollen Fremden sorgt erneut für Unruhe. Als sie auf mysteriöse Weise verschwindet, macht er sich auf die Suche und stößt schnell auf eine Reihe von Merkwürdigkeiten.
Deutschland / Frankreich 1994 **P** Artus-Film / WDR **V** offen **R** Peter Patzak **B** Dorothée Dahn, Knut Boeser **K** Martin Stingl **M** Christian Kolonovits, Peter Ponger, Peter Moorlampen **S** Michou Hutter **D** Thomas Kretschmann (Paul), Claudia Michelsen

(Morgane), Maria de Medeiros (Thérèse), Juraj Kukura (Baluschek), Claus Eberth (Professor Schneider) **L** 88 **E** 28.7.1995 arte **fd** –

Jenseits der Wolken
AL DI LA DELLE NUVOLE / PAR DELA LES NUAGES
Vier durch eine Rahmenhandlung verbundene und durch Prolog und Epilog erweiterte Erzählungen nach Kurzgeschichten Michelangelo Antonionis. Die Geschichten kreisen um seltsame und schicksalhafte Begegnungen, im Mittelpunkt stehen stets emanzipierte Frauengestalten. Der 83jährige Regisseur erweist sich als ewiger Flaneur der femininen Topografie von Verlangen, Verlassen und Verlieren. Doch die betont pittoresken Szenen seines Films verlieren sich zu häufig in vagen Andeutungen und Symbolismen, wobei ihr akribischer Stilwille allzu oft in Sterilität, spannungsarme Transzendenz in Trivialität umschlägt. Am faszinierendsten ist der Film als beharrliche Suche nach der Poesie von Orten und ihren Stimmungen: Ferrara im Nebel, Portofino im Sturm, Aix-en-Provence im Regen.
Deutschland / Frankreich / Italien 1995 **P** Road Movies / Sunshine Cine B / France 3 Cinéma / Cecchi Gori Group Tiger **V** Kinowelt **Pd** Stéphane Tchalgadjieff, Philippe Carcassonne, Ulrich Felsberg, Vittorio Cecchi Gori **R** Michelangelo Antonioni, Wim Wenders (Prolog, Intermezzo und Epilog) **B** Tonino Guerra, Michelangelo Antonioni, Wim Wenders, nach Erzählungen von Michelangelo Antonioni **K** Alfio Contini (für Antonioni), Robby Müller (für Wenders) **M** Lucio Dalla, Laurent Petitgrand, Van Morrison «U2» **S** Michelangelo Antonioni, Claudio di Mauro (für Antonioni), Peter Przygodda, Lucian Segura (für Wenders) **D** Fanny Ardent (Patrizia), Chiara Caselli (Olga), Irène Jacob (junge Frau), John Malkovich (Regisseur), Sophie Marceau (junge Frau), Vincent Perez (Niccolo), Peter Weller (Roberto) **L** 113 **FSK** – **E** 9.11.1995 / 17.12.1995 ARD **fd** 31 615

Jericó
JERICO
Ein Dominikanerpater erhält zu Beginn des 16. Jahrhunderts von seinem Bischof den Auftrag, deutsche Conquistadoren auf der Suche nach dem geheimnisvollen Mar del Sur als Seelsorger zu begleiten. Die hehre Aufgabe wird zum Alptraum, als der Pater begreifen muß, daß nicht Missionierung das Ziel der Expedition ist, sondern Unterwerfung und Ausrottung, daß Verschlagenheit, Brutalität, Habgier und Größenwahn die Männer leiten. Eine bildgewaltige und intelligente Auseinandersetzung mit der «Wunde Conquista», die die Fülle der Probleme meisterlich darzustellen versteht. Auch in der Entwicklung des Dominikaners zu unmittelbarer Gottesnähe überzeugend. – Sehenswert ab 16.
Venezuela 1990 **P** Thalia Producciones FONCINE **V** CON-Film **Pd+R+B** Luis Alberto Lamata **K** Andrés Agustí, Carlos Tovar **M** Federico Gattorno **S** Mario Nazoa, Uta Schmidt **D** Cosme Cortázar (Priester), Francis Rueda, Doris Díaz, Alexander Milic, Luís Pardi, Yajaira Salazar, Amilcar Marcano, Wilfredo Cisneros, Luis Alberto de Mozos **L** 90 **FSK** – **E** 9.8.1992 **fd** 31 695

Jerusalem(s), das Borderline-Syndrom
Essayistisch-dokumentarischer Spielfilm, der das «Borderline-Syndrom», eine psychische Krankheit, als Metapher nimmt und versucht, die Heilige Stadt Jerusalem in einem neuen Blickwinkel zu sehen. Die Kamera bewegt sich kreuz und quer durch Jerusalem und folgt einem Jungen, der nachts in den Straßen umherirrt. (O.m.d.U.)
Israel / Frankreich 1994 **P** arte / Découpage / Amythos **V** offen **R+B** Eyal Sivan **K** Nurith Aviv **S** Sylvie Pontoizeau **D** Dan Dulberger, Armalia Sand **L** 65 **E** 25.5.1995 arte **fd** –

Jim Carroll – In den Straßen von New York
THE BASKETBALL DIARIES
Drei Sport-Stipendiaten einer katholischen Eliteschule in New York werden heroinsüchtig und stürzen in den Abgrund von Selbstzerstörung, Gewalt und Kriminalität. Eine eindringlich inszenierte und hervorragend gespielte Verfilmung der Tagebücher des Schriftstellers und Musikers Jim Carroll, die gleichwohl der komplexen episodenhaften Vorlage nur bedingt gerecht wird. Durch die eher halbherzige Verlegung der Handlung aus den 60er Jahren in die Gegenwart verliert der Film manches an Authentizität. – Ab 16.
USA 1994 **P** Island Pictures / B.D. Pictures **V** NIL **Pd** Liz Heller, John Bard Manulis **R** Scott Kalvert **B** Bryan Goluboff, nach dem Buch von Jim Carroll **K** David Phillips **M** Graeme Revell **S** Dana Congdon **D** Leonardo DiCaprio (Jim Carroll), James Madio (Pedro), Patrick McGaw (Neutron), Mark Wahlberg (Mickey), Lorraine Bracco (Jims Mutter), Ernie Hudson (Reggie Porter) **L** 102 **FSK** ab 12; f **FBW** bw **E** 5.10.1995 **fd** 31 545

Jimmy Hollywood
JIMMY HOLLYWOOD
Ein ebenso erfolgloser wie egozentrischer Schauspieler stellt zufällig den Dieb seines Autora-

dios. Mit Hilfe eines leicht debilen Freundes entwickelt er sich zum selbsternannten Rächer. Er liefert zahlreiche Ganoven der Polizei aus, läßt seine Aktionen auf Video festhalten und sich als Kopf einer angeblichen Schutztruppe feiern. Eine Liebeserklärung an die Kinomythen als interessantes Wechselspiel zwischen Sein und Schein, Hoffnungen und Enttäuschungen, Wünschen und Realitäten. Der von hervorragenden Darstellern getragene Film feiert die Figur des ewigen Verlierers und liebenswerten Träumers, der sich nicht unterkriegen läßt. – Ab 14.
USA 1994 **P** Paramount **V** CIC (Video) **Pd** Mark Johnson, Barry Levinson **R + B** Barry Levinson **K** Peter Sova **M** Robbie Robertson **S** Jay Rabinowitz **D** Joe Pesci (Jimmy Alto), Christian Slater (William), Victoria Abril (Lorraine), Jason Beghe, John Cothran jr. (Detektiv) **L** 113 **FSK** ab 6 **E** 12.7.1995 Video **fd** 31 526

Ein Job ohne Moral
HARD EVIDENCE
Thriller. Gemeinsam mit einem Kollegen versucht eine Sekretärin, Beweismaterial gegen ihren Chef zu sammeln, der in Wirklichkeit ein rücksichtsloser Verbrecher ist. Dabei bringt sie sich und ihre Familie in größte Gefahr.
USA 1994 **V** offen **R** Jan Egleson **B** Richard Rashke **D** Kate Jackson (Sandra Clayton), John Shea (Tommy Marchant), Dean Stockwell (Sam Caldwell), Jennifer Guthrie (Beth Tyler), Gustave Johnson (FBI-Agent Curtis) **L** 91 **E** 26.5.1995 RTL **fd** –

Joey und Emily
TO MY DAUGHTER WITH LOVE
Drama um einen Mann, für den nach dem Tod seiner Ehefrau eine Welt zusammenbricht. Er ist der Verantwortung für seine Arbeit, den Haushalt und die kleine Tochter nicht gewachsen und gibt das Kind schließlich zu den Großeltern. Das Mädchen haßt jedoch die betuliche Zuwendung seiner Oma und will unbedingt wieder zum Vater zurück.
USA 1993 **V** offen **R** Kevin Hooks **B** Michael De Guzman **K** Christopher Taylor **M** Branford Marsalis **D** Megan Gallivan (Alice), Rick Schroder (Joey), Linda Gray (Eleanor), Lawrence Pressman (Arthur), Khandi Alexander (Harriet) **L** 88 **E** 2.5.1995 premiere **fd** –

Jonathan, der tapfere Frosch
THE BRAVE FROG'S GREATEST ADVENTURE
Abenteuerlicher Zeichentrickfilm für Kinder. Die Frösche eines Teiches werden von einem gefräßigen Wels erpreßt, der versteckt in der Tiefe lebt und Abgaben erzwingt. Eines Tages macht Jonathan sich mutig zur Höhle des Erpressers auf. – Ab 10.
USA 1985 **V** offen **R** Michael Reynolds **L** 95 **E** 25.12.1995 Vox **fd** –

Jonny kommt – Ich geh' nicht mehr ins Heim
Die Familie eines jungen Landarztes übernimmt eine Art Patenschaft für einen 13jährigen scheuen Waisenjungen, der fortan die Wochenenden und Ferien mit ihr verbringt. Bald kommt es zu Spannungen und Eifersüchteleien zwischen ihm und den drei Kindern der Familie, doch am Ende siegt der neue Familiensinn. Feinfühliger Versuch einer Beschreibung des Familienalltags in der DDR, der nachdenklich stimmend unterhält. Zwar ist der Hang zur Harmonisierung unübersehbar, dennoch überzeugt der Film durch sein Wertebewußtsein. In der Titelrolle faszinierend gespielt. – Sehenswert ab 8.
DDR 1988 **P** DEFA **V** Matthias (Video) **R** Richard Engel **B** Gabriele Gottschall, Richard Engel **K** Helmut Grewald **M** Alfons Förster, Gerhard Gundermann, Brigade Feuerstein **S** Helga Krause, Helga Emmrich **D** Petra Kelling (Johanna), Joachim Siebenschuh (Dr. Rolf Koberg), Sebastian Hattop (Jonny), Benjamin Burkhard (Sascha), Silke Natzke (Julia), Marius Schönefeld (Thomas), Susanne Saewert (Silke), Dirk Müller (Stefan) **L** 105 **FSK** ab 6 **E** 25.12.1988 DFF 1 / 1.11.1990 ZDF / 1995 Video **fd** 31 588

Josh and S.A.M.
JOSH AND S.A.M.
Josh, der unter der Scheidung seiner Eltern leidet, redet seinem jüngeren Bruder Sam ein, daß er eine geklonte Kampfmaschine sei, die die Eltern ans Pentagon verkauft hätten, um in den vielen «Kinderkriegen» der Welt zum Einsatz zu kommen. Sam reißt aus und erlebt gemeinsam mit dem Bruder, der ihm nicht von der Seite weicht, atemberaubende Abenteuer, die vom Glauben an seine Unverletzbarkeit gespeist werden. Ein ebenso vergnügliches wie spannendes Roadmovie, das die sehr konstruierte Handlung überaus glaubhaft vermittelt. Überzeugend die jungen Hauptdarsteller, hervorragend die Inszenierung, die den kindlichen Blickwinkel nie außer acht läßt. – Sehenswert ab 12.
USA 1993 **P** Castle Rock / New Line **V** VMP (Video) **Pd** Martin Best **R** Billy Weber **B** Frank Deese **K** Don Burgess **M** Thomas Newman **S** Chris Lebenzon **D** Noah Fleiss (Sam), Martha Plimpton (Alison), Udo Kier (Fitness-Studio-Manager), Chris Penn, Stephen Tobolowsky, Jacob Tierney (Josh) **L** 94 **FSK** ab 12 **E** 4.10.1994 Video **fd** 31 242

Judge Dredd
JUDGE DREDD
Die Comic-Adaption eines englischen Serienhelden, der als postapokalyptischer Gerechtigkeitskrieger in einem rigorosen Rechtssystem Polizist, Richter und Vollstrecker in Personalunion ist. Eine herkömmliche Fantasy-Geschichte mit außergewöhnlichem futuristischem Stadtdesign, deren präfaschistische Führerideologie aber bedenklich ist.
Scope. USA 1995 **P** Edward R. Pressman Prod. / Cinergi **V** Tobis (Kino) / Constantin (VCL) (Video) **Pd** Charles M. Lippincott, Beau E. L. Marks **R** Danny Cannon **B** Steven E. De Souza, William Wisher **K** Adrian Biddle **M** Alan Silvestri **S** Alex Mackie, Harry Keramidas **D** Sylvester Stallone (Judge Dredd), Armand Assante (Rico), Diane Lane (Judge Hersey), Rob Schneider (Fergie), Max von Sydow (Judge Fargo), Jürgen Prochnow (Judge Griffin) **L** 96 **FSK** ab 16; f **E** 24.8.1995/21.2.1996 Video
fd 31 493

Jugend, Liebe und Koran
Dokumentarfilm, der sich mit dem Tragen des Schleiers in Ägypten auseinandersetzt. Auch in dem einst liberalen arabischen Land finden die Forderungen arabischer Fundamentalisten immer mehr Gehör. Der Film versucht aber auch, die Strategien der jungen Leute aufzuzeigen, die sich persönliche Freiräume und Freiheiten verschaffen, und dokumentiert ihre Lebenslust.
Frankreich 1995 **V** offen **R** Yousry Nasrallah **L** 73 **E** 4.11.1995 arte
fd –

Der Junge ohne Ausweg
FAMILY SINS
Für Fernsehen produziertes Familiendrama. Immer wieder kommt es zu Auseinandersetzungen zwischen einem 13jährigen Jungen und seinem Vater. Eigentlich braucht das labile Kind psychiatrische Hilfe, doch der Vater lehnt dies kategorisch ab. So geht die Familie offenen Auges einer Katastrophe entgegen.
USA 1987 **P** CBS **V** offen **Pd** Mel A. Bishop **R** Jerrold Freedman **B** George Rubino **D** Andrew Bednarski (Keith), Thomas Wilson Brown (Bryan), Jill Eikenberry (Kate), James Farentino (Gordon), Michael Durrell (Dr. Hamilton) **L** 93 **E** 24.6.1995 Super RTL
fd –

Der Junge von Andromeda
Abenteuerfilm für Jugendliche. Drei Teenager finden bei einem neuseeländischen Vulkan einen jungen Außerirdischen von Andromeda, den einzigen Überlebenden eines Raumschiffabsturzes. Der Junge bittet die Erdenbewohner, ihn im Kampf gegen einen mächtigen Gegner zu unterstützen. – Ab 14.
Neuseeland 1990 **V** offen **R** Wayne Tourell **B** Jonathan Gunson **D** Katrina Hobbs (Jenny), Jane Cresswell (Drom), Fiona Kay (Tessa), Anthony Samuels (Lloyd), Heather Bolton (Jennys Mutter) **L** (TV) 90 **E** 1.5.1995 ZDF
fd –

Jungle Law
LAW OF THE JUNGLE
Ein aufrechter junger Anwalt, zugleich ein hervorragender Kickboxer, legt sich mit einem reichen Geschäftsmann an, den er eigentlich verteidigen soll. Er landet im Gefängnis, wird aber von einem Jugendfreund und Gangster unter der Bedingung befreit, daß er in einer düsteren Arena für ihn kämpft. Was als billig inszenierte Seifenoper beginnt, entwickelt sich zum nicht minder belanglosen, brutalen Prügelfilm.
Kanada 1994 **P** Moonstone Entertainment **V** Marketing (Video) **Pd** Damian Lee, Jeff Sackman **R+B** Damian Lee **K** Gerald R. Goozee **M** Ronald J. Weiss **S** David Ransley **D** Jeff Wincott (John Ryan), Paco Christian Prieto (Luis Calderone), Christina Cox (Kelly), Richard Yearwood (Michelangelo), Michael Capeman (Joe Baker) **L** 79 **FSK** ab 18 **E** 13.9.1995 Video
fd 31 608

Das jüngste Gericht: John Lists Story
JUDGEMENT DAY: THE JOHN LIST STORY
Kriminalfilm nach dem authentischen Fall eines arbeitslosen Buchhalters, der 1971 in religiösem Wahn seine Mutter, seine Frau und seine drei Kinder ermordete, aber erst 18 Jahre später gefaßt werden konnte.
USA 1993 **V** offen **R** Bobby Roth **B** Dennis Turner **D** Robert Blake (John List), Beverly D'Angelo (Helen), David Caruso (Richland), Melinda Dillon (Eleanor), Carroll Baker (Alma List) **L** 92 **E** 19.9.1995 Kabel 1
fd –

Juwelen des Schicksals
JEWELS
Melodramatische Familiensaga über drei Generationen nach einem Bestseller der Trivialliteratur von Danielle Steel. Nach unbeschwerter Jugend erlebt eine Amerikanerin das Scheitern ihrer Ehe mit einem Trinker, geht nach Europa, wo sie verschiedene Schicksalsschläge und die Wirren des Zweiten Weltkriegs übersteht, und kann schließlich ein Familienimperium als Juwelenhändlerin aufbauen.
USA 1992 **V** offen **R** Roger Young **D** Annette O'Toole (Sarah Thompson), Anthony Andrews (William Whitfield), Jürgen Prochnow (Joachim), Corinne Touzet (Emanuelle), Giuliano Gemma (Lorenzo), Christopher Villiers (Phillip) **L** 240 **E** 25.2.1995 Vox
fd –

K

Kaffee, Milch und Zucker
BOYS ON THE SIDE
Drei sehr unterschiedliche Frauen brechen aus ihrem bisherigen Leben an der US-Ostküste aus. Während die Polizei sie wegen eines Todesfalles sucht, richten sich die drei in Arizona ein neues Leben ein. Aber Konflikte und Krankheit stellen ihre Freundschaft auf die Probe. Ein ebenso einfühlsames wie humorvolles, mit sparsamen Mitteln und kargen Bildern inszeniertes Porträt dreier Frauen als Plädoyer für Menschlichkeit und Freundschaft. – Ab 14 möglich.
USA 1994 **P** New Regency / Hera / Warner Bros. **V** Warner Bros. (Kino) / Warner Home (Video) **Pd** Arnon Milchan, Steven Reuther, Herbert Ross **R** Herbert Ross **B** Don Roos **K** Donald E. Thorin **M** David Newman **S** Michael R. Miller **D** Whoopi Goldberg (Jane), Mary-Louise Parker (Robin), Drew Barrymore (Holly), Matthew McConaughey (Abe), James Remar (Alex) **L** 117 **FSK** ab 12; f **E** 23. 3. 1995 / 29. 9. 1995 Video **fd** 31 254

Das Kainsmal des Todes
DAYBREAK
Eine lebensgefährliche Seuche hat die USA im dritten Jahrtausend in zwei Lager gespalten: Die Diktatur der Gesunden jagt die Kranken mit Zwangstests, Bürgerwehren und Quarantänezentren. Zwei Freundinnen stoßen zu einer illegalen Widerstandsgruppe. Gewalttätiger futuristischer Actionfilm.
USA 1993 **P** John Bard Manulis Foundation Entertainment **V** offen **Pd** John Bard Manulis **R+B** Stephen Tolkin, nach dem Bühnenstück «Beirut» von Alan Bowne **K** Tom Sigel **M** Michel Colombier **S** Brunilda Torres **D** Moira Kelly (Blue), Cuba Gooding jr. (Torch), Martha Plimpton (Laurie), Omar Epps (Hunter), Amir Williams (Willie) **L** 84 (Orig. 92) **E** 17. 7. 1995 Pro Sieben **fd** –

Kalle und die Engel
KALLE OG ENGLENE / KALLE OCH ÄNGLARNA
Ein achtjähriger Junge wartet nach dem Tod seines geliebten Vaters auf dessen Rückkehr und trifft dabei auf einen vom Himmel gefallenen Engel, der seinen Vater in die Wolken «überführen» soll. Durch die Freundschaft mit dem kurzzeitig flugunfähigen Himmelsboten und das Verständnis seiner Umwelt überwindet er seine Trauer. Eine von Poesie und Optimismus getragene kindgerechte Auseinandersetzung mit dem Tod, die trotz ihrer märchenhaften Stimmung nie den Bezug zur Realität verliert. Getragen von überzeugenden Darstellern, spricht der Film auch unaufdringlich Sexualität an, ohne sein Hauptthema zu verwässern. – Sehenswert ab 8.
Norwegen / Schweden 1993 **P** Kjeruben-Film / Oslo-Film / Mekano / Connexion **V** Wild Utopia **Pd** Anders Birkeland, Egil Odegäard **R** Ole Björn Salvesen **B** Kjell Sundstedt, Ole Björn Salvesen **K** Erling Thurmann-Andersen **M** Gunnar Edander **S** Susanne Linnman **D** Tom Beck Letessier (Kalle), Karl Sundby (Michael), Unni Kristin Skagestad (Mutter), Helge Jordal (Vater), Peter Width Kristiansen (Johnny) **L** 85 **FSK** – **E** 7. 12. 1995 **fd** 31 667

Kaltblütig geopfert
PRECIOUS VICTIMS
Thriller nach einem authentischen Fall: Binnen drei Jahren werden die beiden kleinen Töchter eines Ehepaares entführt und ermordet. Der Sheriff bringt schließlich die Mutter vor Gericht; der Prozeß offenbart die tragische Geschichte der Angeklagten.
USA 1993 **V** offen **R** Peter Levin **B** Deborah Dalton **M** Mark Snow **D** Park Overall (Paula Sims), Robby Benson (Robert Sims), Richard Thomas (Don Weber), Frederic Forrest (Frank Yocom), Eileen Brennan (Minnie Gray) **L** 95 **E** 28. 8. 1995 Pro Sieben **fd** –

Kalte Heimat – Leben im nördlichen Ostpreußen
Dokumentarfilm über die Menschen und die Landschaft Ostpreußens, der russischen Enklave zwischen Polen und Litauen, die bis 1945 der östlichste Zipfel Deutschlands war und jahrzehntelang von Ausländern nicht betreten werden durfte. Volker Koepp fragt nach dem Zusammenleben von Menschen unterschiedlicher Nationalität in dieser Region, wobei er die Natur in einer Art Urzustand beschreibt und sie einer «drohenden» Moderne gegenüberstellt. Ein sehr sinnlicher, leiser Film, der zugleich philosophischer Diskurs über Erdgebundenheit, Lebenskraft und -lust ist. – Sehenswert ab 14.
Deutschland 1995 **P** Dokfilm Babelsberg **V** Progress **Pd** Fritz Hartthaler **R** Volker Koepp **B** Volker Koepp, Michael Elle **K** Thomas Plenert **M** Mario Peters **S** Angelika Arnold **L** 158 **FSK** o. A.; f **E** 2. 11. 1995 **fd** 31 619

Kamikaze – Schutzwind der Götter
SOME DIVINE WIND
Der Sohn eines Amerikaners und einer Japanerin muß mit einer großen Belastung fertig werden, als er auf einen dunklen Punkt in der Vergangenheit des Vaters stößt. Das Porträt eines jungen Mannes in der Krise dreht sich zugleich um das Problem der kulturellen Identität und Assimilation. (O. m. d. U.)
USA 1991 **V** offen **R+B** Roddy Bogawa **K** Kathleen Miller **D** Benjamin Tu (Ben), Helen Mo-

lesworth (Helen), Jeffrey Mandrake (Jeffrey) **L** 68 **E** 12.12.1995 West 3 **fd** –

Kampf den Talaren
R.P.M. / REVOLUTIONS PER MINUTE
Während der Studentenunruhen wird ein Professor auf Grund seiner liberalen Anschauungen zum Rektor der Hochschule gewählt. Als zwei besonders aufmüpfige Studenten ihn in der neuen Rolle erpressen wollen und er die Polizei einschaltet, ist es mit seiner Beliebtheit wieder vorbei. Mißlungenes College-Drama voller Klischees; die beiden Hauptrollen sind grandios fehlbesetzt.
USA 1970 **P** Columbia **V** offen **Pd+R** Stanley Kramer **B** Erich Segal **K** Michel Hugo **M** Barry DeVorzon, Perry Botkin, Jr. **S** William A. Lyon **D** Anthony Quinn (Prof. F.W.J. «Paco» Fernandez), Ann-Margret (Rhoda), Gary Lockwood (Rossiter), Paul Winfield (Dempsey), Graham Jarvis (Polizeichef), Alan Hewitt (Hewlett) **L** 92 **E** 23.4.1995 RTL 2 **fd** –

Kampf um Atlantis
IL CONQUISTATORE DI ATLANTIDE
Auf der Suche nach seiner angebeteten Prinzessin entdeckt Herkules das sagenumwobene Atlantis, wo er sich mit einem Nebenbuhler, dem grausamen Großwesir, auseinandersetzen muß. Verschnitt aus Fantasy-Elementen und «Muskel-und-Sandalen»-Film. Trivialunterhaltung auf niedrigstem Niveau. – Ab 16 möglich.
Italien 1965 **P** Royal **V** offen **R** Alfonso Brescia **D** Kirk Morris (Herkules), Luciana Gilli (Virna), Andrea Scotti (Karh), Piero Lulli (Ramir), Hélène Chanel (Ming) **L** 90 **E** 13.5.1995 Vox **fd** –

Der Kampf um den heiligen Baum
Die Probleme einer 30jährigen Frau, die ihren neureichen, dem Alkohol verfallenen Ehemann verlassen hat und mit ihrer Tochter ins Heimatdorf zurückkehrt. Die alten Dorf- und Stammesbewohner bringen wenig Verständnis für ihr aufgeklärtes Denken auf, eine Gruppe «christlicher Frauen» stört sich daran, daß sie wie ihr Vater, der Medizinmann des Dorfes, alte Riten und Gebräuche verehrt. Die Abschlußarbeit der dffb befaßt sich auf komödiantische Weise mit dem Konflikt zwischen archaischer dörflicher Identität und falsch verstandener Modernität.
Deutschland / Frankreich / Kenia 1994 **P** dffb **V** offen **R+B** Wanjiru Kinyanjui **K** François Kotlarski **M** Mamadou Mbaye **D** Margaret Nyacheo (Mumbi), Catherine Kariuki (Immaculate), Roslynn Kimani (Chiku), Titi Wainaina (Chief) **L** 80 **E** 28.10.1995 West 3 **fd** –

Kampf um Georgia
GRASS ROOTS
Zweiteiliges Fernseh-Justizdrama um rassistische (Vor-)Urteile in den Südsaaten der USA und Interessenkonflikte bei Juristen mit Ambitionen auf eine politische Karriere. Ein talentierter junger Anwalt, der für den amerikanischen Senat kandidiert, übernimmt die Verteidigung eines Weißen, der in einer Stadt in Georgia der Vergewaltigung und Ermordung eines schwarzen Mädchens angeklagt ist, und löst damit eine Kette von Intrigen und Machtkämpfen aus.
USA 1991 **V** offen **R** Jerry London **D** Corbin Bernsen (Will Lee), Reginald Veljohnson (Mickey Henderson), John Glover (Perkerson), Mel Harris (Kate Rule), Raymond Burr (Richter Boggs), Claude Akins (Sheriff Cox) **L** 180 (90 + 90) **E** 1. / 2.3.1995 Vox (zwei Teile) **fd** –

Kämpfer
BORZY
1933, die Nationalsozialisten haben die Macht übernommen. Der Mord an seinem Bruder, einem kommunistischen Arbeiter, und die Entschlossenheit, mit der der Angeklagte im Reichstagsbrandprozeß seinen faschistischen Anklägern entgegentritt, bewegen einen jungen Arbeiter zum Kampf gegen das Unrechtssystem. Der erste antifaschistische Spielfilm deutscher Emigranten; eine kämpferische Arbeit mit Einflüssen der Arbeitertheater-Bewegung.
Schwarz-weiß. UdSSR 1936/38 **P** Rot-Front **V** offen **R+B** Gustav von Wangenheim **K** Boris Monastyrskij **M** Hans Hauska **S** Gustav von Wangenheim **D** Alexander Granach (Georgi Dimitroff), Bruno Schmidtsdorf (Fritz Lemke), Lotte Loebinger (Mutter Lemke), Gregor Gog (Peters), Ingeborg Franke (Anna), Heinrich Greif (Eickhoff, Sturmbannführer), Robert Trösch (Otto-Otto), Lothar Wolf (Dr. Hillstedt) **L** 93 (gek. 80) **E** 27.2.1963 DFF/26.9.1995 arte **fd** –

Karate Kid IV – Die nächste Generation
THE NEXT KARATE KID
Ein alter Karatelehrer unterrichtet eine 16jährige Waise, die Enkelin eines Kriegsfreundes, bis das Mädchen schließlich seine Aggressionen sowie die Karatekünste beherrscht. Eine bieder inszenierte, seichte Weiterführung der Kinoserie, die nicht allzu brutale Kampfszenen, etwas Witz und Kitsch, Popmusik und halbbuddhistische Weisheiten vermischt. In seiner demonstrativen Absage an Gewalt nicht immer glaubwürdig, kann der Film immerhin als unkomplizierter di-

daktischer Einstieg dienen, um mit Jugendlichen über Aggressionen und Gewaltfantasien zu diskutieren. – Ab 14.
USA 1994 **P** Columbia Pictures **V** Columbia TriStar (Video) **Pd** Jerry Weintraub **R** Christopher Cain **B** Mark Lee **K** Laszlo Kovacs **M** Bill Conti **S** Ronald Roose **D** Noriyuki «Pat» Morita (Miyagi), Hilary Swank (Julie Pierce), Michael Ironside (Dugan), Constance Towers (Louisa), Arsenio Trinidad (Abbot Monk), Chris Conrad (Eric) **L** 103 **FSK** ab 6 **E** 27.6.1995 Video **fd** 31 484

Karate Tiger 8
FISTS OF IRON
Ein aufstrebender Karatekämpfer rächt seinen tödlich verletzten Bruder, erobert eine hohe Siegprämie und die Geliebte eines dubiosen Millionärs. Ein mit billigsten Kampfszenen vollgestopfter Actionfilm, der in Inszenierung und Besetzung jeden Geschmack vermissen läßt.
USA 1994 **P** Century Film Partners **V** Ascot (Video) **Pd** Aron Schifman, Richard W. Munchkin **R** Richard W. Munchkin **B** Sean Dash **K** Garrett Griffin **M** Louis Febre **S** John Weidner **D** Michael Worth (Dale), Jenilee Harrison (Julia), Marshall Teague (Gallagher), Matthias Hues (Bragg), Sam Jones (Tyler) **L** 87 (gek. 77) **FSK** ab 18 (gek. ab 16) **E** 21.3.1995 Video / 22.3.1996 Pro Sieben **fd** 31 463

(K)ein Vater gesucht
MAN OF THE HOUSE
Ein elfjähriger Junge will den neuen Geliebten seiner geschiedenen Mutter, einen Staatsanwalt, loswerden. Er schleppt ihn in einen Pfadfinderclub, in dem mit albernen Spielen Vater-Sohn-Konflikte behoben werden sollen. Doch seine Rechnung geht nicht auf, und der Geliebte der Mutter lernt, daß er für die Fehler des leiblichen Vaters büßen muß. Gutgemeinte Familienkomödie mit einigen kleinen Gags, die aber zu einfältig konstruiert ist, um auf Alltagskonflikte übertragen werden zu können. Leblos inszeniert, voller Klischees. – Ab 10 möglich.
USA 1994 **P** The Walt Disney Company **V** Buena Vista (Video) **Pd** Bonnie Bruckheimer, Mary Katz **R** James Orr **B** James Orr, Jim Cruickshank **K** Jamie Anderson **M** Mark Mankina **S** Harry Keramidas **D** Chevy Chase (Jack Sturges), Farrah Fawcett (Sandra Archer), Jonathan Taylor Thomas (Benjamin Archer), David Shiner (Lloyd Small), George Wendt (Chet Bronski) **L** 93 **FSK** ab 6 **E** 7.12.1995 Video **fd** 31 701

Keiner liebt mich
Eine 30jährige Flughafenangestellte ist von der fixen Idee besessen, daß sie keiner lieben würde, während sie zugleich stetig einen Partner sucht. Schließlich entwickelt sich eine unerwartete Freundschaft mit einem Homosexuellen, die mit dessen Tod ein Ende findet. Eine heiter erzählte Komödie vor der Kulisse «zeitgeistiger» Szenen, die in ihrer Erzählweise verspielt von Episode zu Episode springt. Intensität erzielt sie vor allem durch die Ausstrahlung der beiden überzeugenden Hauptdarsteller. – Ab 16.
Deutschland 1994 **P** Cobra / ZDF **V** Buena Vista (Kino) / Buena Vista (Video) **Pd** Gerd Huber, Renate Seefeldt **R+B** Doris Dörrie, nach ihrer Kurzgeschichte **K** Helge Weindler **M** Niki Reiser **S** Inez Regnier **D** Maria Schrader (Fanny Fink), Pierre Sanoussi-Bliss (Orfeo de Altamar), Michael von Au (Lothar Sticker), Elisabeth Trissenaar (Madeleine), Ingo Naujoks (Lasse Längsfeld), Joachim Król (Anton), Peggy Parnass (Frau Radebrecht) **L** 104 **FSK** ab 12; f **E** 12.1.1995/20.7.1995 Video **fd** 31 132

Keïta! Das Erbe des Griot
KEITA, L'HERITAGE DU GRIOT
Am Ende seines Lebens möchte ein alter Griot dem kleinen Mabo Keïta von der Herkunft seines Namens erzählen. In der Fantasie des Jungen lebt daraufhin das sagenumwobene Mandingo-Reich des 13. Jahrhunderts wieder auf. Der Film problematisiert die Rolle des traditionellen Geschichtenerzählers, des Griot, in den modernen Gesellschaften Westafrikas; er stellt diesen Konflikt jedoch nicht als Konfrontation der Generationen und Lebensweisen dar, sondern fordert, indem er die Unstimmigkeiten ohne Polemik, dafür mir viel leisem Humor und großer Detailgenauigkeit beschreibt, zum Dialog auf. (Preis der Ökumenischen Jury in Mannheim-Heidelberg 1995)
Burkina Faso / Frankreich 1994 **P** Afix / Les Productions de la Laterne / Sahelis **V** offen **R+B** Dani Kouyaté **K** Robert Millie **M** Sotigui Kouyaté **S** Zoë Dourouchoux **D** Hamed Dicko, Sotigui Kouyaté, Seydou Rouamba, Seydou Boro, Abdoulaye Komboudri **L** 94 **E** 14.11.1995 arte **fd** –

Kickboxer 5
THE REDEMPTION
Der sinoamerikanische Besitzer einer Kampfsportschule in Kalifornien schaltet in Südafrika den verbrecherischen Gründer eines neuen Kickbox-Weltverbandes aus. Unglaubwürdig und vorhersehbar abgespulte Actionkost, die den eingetretenen Pfaden des Genres folgt und die Brutalitäten der Schläger mit allen Mitteln zu ästhetisieren versucht.
USA / Südafrika 1995 **P** Kings Road Entertainment / Moonstone Entertainment **V** Marketing (Starlight) (Video) **Pd** Michael S.

Murphey **R** Kristine Peterson **B** Richard Filon **K** Paul Michelson **M** John Massari **S** Kert Vandermeulen **D** Mark Dacascos (Matt Reeves), James Ryan (Mr. Negaal), Greg Latter (Bollen), Geoff Meed (Paul Croft), Tony Capari (Moon), Denney Pierce (Johnny) **L** 84 (gek. 79) **FSK** ab 18 (gek. ab 16) **E** 3. 5. 1995 Video
fd 31 566

Kids
KIDS
Umstrittener Erstlingsfilm über eine Gruppe von Jugendlichen in New York, die sich bis zum Exzeß an Sex und Drogen berauschen und die Gefahren der Aids-Infektion verdrängen. Die auf oberflächliche Schockwirkungen zielende krasse Naturalistik in der Darstellung des Abstoßenden ist ebenso problematisch wie die Haltung des Regisseurs zu den Figuren. Sie werden als schwachsinnige Monster vorgeführt, so daß das Schreckensbild einer Jugend ohne Verantwortungsgefühl entsteht, das nicht frei von überzogenen Klischees ist.
USA 1995 **P** Independent Pictures / Miramax Films **V** Senator / Central **Pd** Cary Woods, Cathy Konrad, Christine Vachon, Lauren Zalaznick **R** Larry Clark **B** Harmony Korine **K** Eric Alan Edwards **M** Lou Barlow, John Davis **S** Christopher Tellefsen **D** Leo Fitzpatrick (Telly), Chloe Sevigny (Jennie), Justin Pierce (Casper), Yakira Peguero (Darcy), Sajan Bhagat (Paul), Billy Valdes (Stanly) **L** 91 **FSK** ab 16; f **FBW** w **E** 9. 11. 1995 **fd** 31 598

Kids der Tafelrunde
KIDS OF THE ROUND TABLE
Ein elfjähriger Junge, der am liebsten Ritter spielt, entdeckt im Wald das sagenumwobene Schwert Excalibur, das in einem Felsblock steckt. Als er es berührt, erscheint ihm der Zauberer Merlin, der ihm mitteilt, daß er nun über magische Fähigkeiten verfügt. Doch als der Junge diese mißbraucht, schwinden sie. Im Fall einer Geiselnahme kann er jedoch beweisen, daß er Mut besitzt und das Herz auf dem rechten Fleck hat. Kindertümliche Abwandlung der klassischen «Excalibur»-Geschichte.
– Ab 10.
Kanada 1995 **V** Splendid (Video) **R** Robert Tinnell **D** Johnny Morina (Alex), Malcolm McDowell (Merlin), Michael Ironside **L** 85 **FSK** ab 6 **E** 19. 12. 1995 Video
fd –

Der Killer aus dem Schatten
THE MAN IN THE ATTIC
Ein etwa 18jähriger verwaister Lehrling wird der Geliebte der etwa doppelt so alten Frau seines Chefs. Als die Beziehung auffliegt, versteckt die Frau den jungen Mann auf dem Dachboden ihres Haues, von wo aus er fast 20 Jahre lang sein Leben der Liebe und dem Führen des Haushalts widmet. Ein in solider Fernsehspiel-Manier als Rückblende erzähltes Drama, das Distanz zu den Personen wahrt und emotionale Effekte vermeidet. Gut besetzt, fragt der Film, wie weit Menschen für die Liebe zu gehen bereit sind. Ab 16.
Kanada 1994 **P** Atlantis **V** Fox (Video) **Pd** Brian Parker **R** Graeme Campbell **B** Duane Poole, Tom Swale **K** Dick Bush **M** Louis Natale **S** Ralph Brunjes **D** Anne Archer (Krista), Len Cariou (Joe Heldman), Alex Carter (Gary), Neil Patrick Harris (Edward Broder) **L** 92 **E** 13. 7. 1995 Video
fd 31 507

Die Killertomaten schlagen zurück
KILLER TOMATOES STRIKE BACK
Ein Polizist und eine «Tomatologin» kämpfen gegen einen verrückten Professor, der – getarnt als Showmaster – die Weltherrschaft erringen will, indem er seine fleischfressenden Nachtschattengewächse auf die Menschheit losläßt. Völlig überdrehte Nonsens-Komödie, die zwar einige launige Szenen und originelle Parodien klassischer Filmszenen (z. B. die Dusch-Szene aus «Psycho») enthält, letztlich aber den Zuschauer mehr ermüdet als unterhält. – Ab 14 möglich.
USA 1990 **P** 20th Century Fox / Four Square **V** Fox (Video) **Pd** John De Bello, J. Stephen Peace **R** John De Bello **B** Constantine Dillon, Rick Rockwell, John De Bello **K** Stephen F. Andrich **M** Rick Patterson, Neal Fox **S** Beth Accomado **D** John Astin (Prof. Gangreen / Jeronohew), Rick Rockwell (Det. Lance Boyle), Crystal Carson (Dr. Kennedy Johnson), Steve Lundquist (Igor), John Witherspoon **L** 84 **FSK** ab 12 **E** 20. 9. 1994 premiere / 16. 2. 1995 Video **fd** 31 292

Der Killervirus – In deinen Adern fließt der Tod
FORMULA FOR DEATH / ROBIN COOK'S VIRUS
Thriller. In Los Angeles ist ein mysteriöser Virus ausgebrochen, der sich rasend schnell verbreitet. Eine junge Medizinerin, die zunächst mit der Untersuchung der Seuche beauftragt wird, dann aber ihren Posten verliert, forscht auf eigene Faust weiter. Fürs Fernsehen nach gängigen Stereotypen inszeniert.
USA 1995 **V** offen **R** Armand Mastroianni **B** Robert Young, nach dem Roman «Outbreak» von Robin Cook **D** Nicollette Sheridan (Dr. Marissa Blumenthal), William Devane (Dr. Ralph Hempton), Stephen Caffrey (Tad Shockley), Dakin Matthews (Cyrill Dubcheck), William Atherton (Dr. Reginald Holloway) **L** 90 **E** 3. 10. 1995 RTL **fd** –

Killing Annie
A KILLING OBSESSION
Psychothriller. Ein psychisch Gestörter, der einst die Mutter seiner elfjährigen Angebeteten umbrachte, wird nach 21 Jahren aus der Anstalt entlassen. Er macht sich auf die Suche nach seiner Liebe von einst und wird sofort zur Gefahr für seine Umwelt.
USA 1994 **V** offen **R + B** Paul Leder **D** John Savage (Albert), John Saxon (Dr. Sachs), Kimberly Chase (Annie), Bernhard White (Lt. Jackson), Hank Cheyne (Randy) **L** 89 **E** 4. 12. 1995 RTL 2
fd –

Killing Dreams
DREAM MAN
Eine junge Polizistin besitzt seit dem Tod ihrer Eltern seherische Fähigkeiten. Als eine reiche Politikerin ermordet wird, bringen ihre Visionen sie auf eine Spur, doch muß sie feststellen, daß ihre Begabung einer Manipulation zum Opfer gefallen ist. Ein langweiliger Routinekrimi, der diverse Genre-Stereotypen bis zur dramaturgischen Effekthascherei mischt. Die übersinnlichen Elemente werden dabei weder erklärt noch überzeugend ins Geschehen integriert. – Ab 16.
USA 1994 **P** Republic Pictures / Keystone Pictures **V** VCL / Carolco (Video) **Pd** Robert Vince, William Vince **R** René Bonnière **B** Michael Alexander Miller **K** Tobias A. Schliessler **M** Graeme Coleman **D** Patsy Kensit (Kris Anderson), Bruce Greenwood (Tom), Andrew McCarthy (David Mander), Denise Crosby (Barbara), Jim Byrnes (Jim Garrity) **L** 94 **FSK** ab 16 **E** 19. 6. 1995 Video **fd** 31 462

Killing Stranger
DON'T TALK TO STRANGERS
Eine Frau flüchtet mit ihrem neunjährigen Sohn sowie ihrem neuen Lebenspartner vor den vermeintlichen Nachstellungen ihres ehemaligen Mannes. Bald aber stellt sich heraus, daß die eigentliche Gefahr vom neuen Partner ausgeht. Ein recht spannend inszeniertes, weitgehend glaubwürdig gespieltes Drama, das den Zuschauer mit wohldosierten Andeutungen in die Suche nach der verzwickten Lösung einbezieht. – Ab 16.
USA 1994 **P** Universal / MTE **V** CIC (Video) **Pd** Tom Rowe **R** Robert Lewis **B** Neill Hicks, Jon George, Nevin Schreiner **K** Richard Leiterman **M** Joseph Conlan **S** Andrew London **D** Pierce Brosnan (Patrick Brody), Shanna Reed (Jane), Terry O'Quinn (Bonner), Keegan MacIntosh (Eric), Douglas Stewart (Brad) **L** 90 **FSK** ab 12 **E** 12. 4. 1995 Video / 20. 4. 1996 premiere
fd 31 396

Killing Zoe
KILLING ZOE
Ein Tresorspezialist wird in einen chaotischen Bankraub verwikkelt, aus dem nur noch eine Prostituierte einen Ausweg weiß. Meisterhafte Mischung aus Gangsterfilm und komödiantischer Farce, dabei zugleich tragisch und in den zahlreichen Gewaltszenen stets dem Thema gewachsen; das Debüt eines begabten Regisseurs.
USA 1993 **P** Samuel Hadida Prod. / Davis Films **V** Amazonas (Kino) / VMP (Video) **Pd** Samuel Hadida, Becka Boss, Quentin Tarantino, Lawrence Bender **R + B** Roger Avary **K** Tom Richmond **M** Tomandandy **S** Kathryn Himoff **D** Eric Stoltz (Zed), Julie Delpy (Zoe), Jean-Hugues Anglade (Eric), Gary Kemp (Oliver), Bruce Ramsay (Ricardo), Tai Thai (François) **L** 96 **FSK** ab 18 (Video) / gek.16 **E** 2. 2. 1995 / 22. 8. 1995 Video
fd 31 205

Kim
LE NUOVE AVVENTURE DI KIM
Zeichentrickfilm. Die Suche nach einem Schatz stürzt einen Jungen und seine Begleiterin in Indien in die Auseinandersetzung mit dem bösen Lurgan und einer verräterischen Zauberin.
Italien 1992 **P** Scik / Pegaso Intercommunication / Rai Uno **V** Vipro (Video) **R** Gibba **B** Alberto Chimenz **L** 78 **FSK** ab 6 **E** 1995 Video / 25. 5. 1995 RTL 2 **fd** –

Ein Kind um jeden Preis – Die Geschichte der Arlette Schweitzer
LABOR OF LOVE: THE ARLETTE SCHWEITZER STORY
Nach einem authentischen Fall melodramatisch aufbereiteter Fernsehfilm um eine umstrittene Leihmutterschaft: Trotz aller bürokratischen und medizinischen Schwierigkeiten beschließt eine Frau, für ihre Tochter, die keine Gebärmutter hat, Zwillinge auszutragen – ihre eigenen Enkel. Nach der Geburt der gesunden Kinder sind nicht nur die Eltern glücklich, sondern auch die Großeltern, die nun den lange zurückliegenden, traumatischen Verlust eines eigenen Kindes bewältigen lernen.
USA 1993 **V** offen **R** Jerry London **B** Susan Baskin **D** Ann Jillian (Arlette Schweitzer), Tracey Gold (Christa Uchytil), Bill Smitrovich (Dan Schweitzer), Bonal Logue (Kevin Uchytil), Diana Scarwid (Darlene), Frances Sternhagen (Mary Rafferty) **L** 90 **E** 7. 3. 1995 RTL 2 **fd** –

Das Kind und der Präsident
L'ENFANT ET LE PRESIDENT
Beim Ausführen ihrer Hunde auf dem Lande begegnen sich ein 14jähriger Schüler und der französische Staatspräsident. Sie mögen sich, treffen sich gelegentlich und beginnen, wichtige und unwichtige Dinge miteinander zu besprechen. Der Junge rät dem

Politiker, auch im Fernsehen so wie mit ihm zu reden, damit ihn auch die einfachen Leute verstehen können. Bei der nächsten Fernsehansprache des Präsidenten gibt es tatsächlich eine Überraschung. – Ab 12.
Frankreich 1988 **V** offen **R** Regis Milcent **D** Bruno Burtin (Remy), Michel Lonsdale (Präsident), Martine Sarcey, Pascale Petit **L** 95 **E** 27. 3. 1995 ORB **fd** –

Kinder des Zorns III
CHILDREN OF THE CORN III / URBAN HARVEST
Ein Ehepaar, dem eigene Kinder versagt blieben, nimmt sich zweier halbwüchsiger Waisen an. Der jüngere der beiden Knaben, von dem eine unerklärliche Faszination ausgeht, zieht wie ein Racheengel gegen die Umweltvergiftung durch Pestizide zu Felde, bis sein Bruder dem unseligen Treiben ein Ende setzt. Neuerlicher Aufguß der Horrorfilm-Serie, der die unerquicklichen Versatzstücke des Genres mit aktuellen Umweltängsten verquickt. Die Geschichte der gequälten Natur ist abgestanden und selbst für überzeugte Fans allzu fade geraten.
USA 1993 / 94 **P** Park Avenue **V** Marketing (Video) **Pd** Gary Depew **R** James D. R. Hickox, Brad Southwick **B** Dode B. Lebenson **K** Gerry Lively **M** Daniel Licht **D** Daniel Cerny (Elia), Ron Melendez (Joshua), Michael Ensign (Father Frank), Jim Metzler (William Porter), Nancy Lee Grahn (Alice Porter) **L** 86 (gek. 79) **FSK** ab 18 (gek. 16) **E** 28. 2. 1995 Video **fd** 31 307

Die Kinder von Marcaçao
Eine Jurastudentin, die in einem Obdachlosenviertel von Rio de Janeiro arbeitet, begegnet jenem Mann, der die Zeit ihrer Kindheit im Nordosten des Landes nachhaltig mitgeprägt hat. Ein Kloster wird schließlich zum Ausgangspunkt für Aktionen, mit denen die Kinder des Viertels ihre Lebensbedingungen verbessern wollen. Spielfilmdebüt einer Dokumentaristin; die 1987 begonnenen Dreharbeiten konnten erst mit Unterstützung des ZDF sechs Jahre später beendet werden. – Ab 12.
Deutschland / Brasilien 1987–93 **V** offen **R + B** Jussara Queiroz **K** Tuker Marçal **L** 100 **E** 29.7. / 5. / 12. / 19. 8. 1995 ZDF (vier Teile) **fd** –

Kindheit in Ruijin
TONGNIAN ZAI RUIJIN
Gruppenporträt aus dem Süden Chinas, das Aufschluß über den Alltag auf dem Lande gibt. Die Geschichte einer Gruppe von Dorfkindern, deren Lebensträume von der harten Wirklichkeit eingeholt werden: Von sechs Schülern wird nur einer die Mittelschule besuchen, die andern werden von der Armut in die Kinderarbeit gezwungen oder – als Mädchen – früh verheiratet.
VR China 1990 **V** offen **R** Huang Jun **D** Li Zhe, Xiao Yi, Xu Ke, Ai Chanqing **L** 92 **E** 27. 3. 1995 mdr **fd** –

King George – Ein Königreich für mehr Verstand
THE MADNESS OF KING GEORGE
1788 wird der englische König George III. von einer seltsamen Krankheit heimgesucht, die ihn fast in den Wahnsinn und das Königreich in eine Krise stürzt. Eine pointiert geschriebene und einfallsreich inszenierte Tragikomödie. Bis in die Nebenrollen großartig besetzt und opulent ausgestattet, nimmt der Film zwar die Monarchie bissig aufs Korn, betont aber auch das Menschliche seiner Figuren. Ein intelligenter Spaß, der nachdenklich stimmende Unterhaltung bietet. – Sehenswert ab 14.
England / USA 1994 / 95 **P** Samuel Goldwyn Company / Close Call **V** Concorde – Castle Rock / Turner **Pd** Stephen Evans, David Parfitt **R** Nicholas Hytner **B** Alan Bennett, nach seinem Theaterstück **K** Andrew Dunn **M** George Fenton **S** Tariq Anwar **D** Nigel Hawthorne (King George), Helen Mirren (Queen Charlotte), Ian Holm (Willis), Rupert Everett (Prince of Wales), Amanda Donohoe (Lady Pembroke) **L** 110 **FSK** ab 12; f **FBW** w **E** 2. 11. 1995 **fd** 31 593

Kingfish
KINGFISH: A STORY OF HUEY P. LONG
Die Karriere des Huey P. Long jr., der in den 20er Jahren vom Verkäufer zum Gouverneur von Louisiana aufstieg und mit seinem scheinbar sozialistischen Programm dem Parteigenossen und Präsidenten Roosevelt den Kampf ansagte. Der Film zeigt die trickhaften Machenschaften des groben Machtmenschen, der wie ein italienischer Mafia-Pate agierte und seinen Geltungsbereich durch Vetternwirtschaft ausbaute. Unauffällig inszenierte Fernseh-Biografie, die sich auf einen guten Hauptdarsteller verlassen kann, ansonsten ihre Charaktere jedoch nur oberflächlich entwickelt und dadurch schnell uninteressant wird. – Ab 14 möglich.
USA 1994 **P** Chris / Rose Prod. **V** VMP (Video) **Pd** Robert Christiansen, John Goodman, Rick Rosenberg, Daniel Schneider **R** Thomas Schlamme **B** Paul Monash **K** Alexander Gruszynski **M** Patrick Williams **S** Paul Dixon **D** John Goodman (Huey P. Long, jr.), Matt Craven (Seymour Weiss), Anne Heche (Aileen Dumont), Ann Dowd (Rose Long), Jeff Perry (Earl Long) **L** 93 **FSK** ab 12 **E** 19. 12. 1995 Video **fd** 31 738

Kiss of Death
KISS OF DEATH
Ein seit Jahren ehrbar lebender ehemaliger Gangster läßt sich noch einmal zu einem kriminellen Coup überreden, wird verhaftet, verrät aber seine Auftraggeber nicht. Nach seiner Entlassung läßt er sich von der Polizei in die Bande des Gangsterbosses einschleusen und bringt ihn zur Strecke. Neuverfilmung eines «Schwarze-Serie»-Klassikers aus dem Jahr 1947 («Der Todeskuß», Regie: Henry Hathaway), die die romantisierende Vorlage durch einen realistischen Inszenierungsstil und eine differenzierte Charakterzeichnung ersetzt, die die Grenzen zwischen «Gut» und «Böse» verwischt. Hervorragend inszeniert, fotografiert und von brillanten Darstellern getragen, markiert der Film eine interessante Wiederbelebung des «film noir». – Sehenswert ab 16.
USA 1994 **P** Twentieth Century Fox **V** 20th Century Fox (Kino) / Fox (Video) **Pd** Barbet Schroeder, Richard Price, Susan Hoffman **R** Barbet Schroeder **B** Richard Price, nach einem Drehbuch von Ben Hecht und Charles Lederer und einem Roman von Eleazar Lipsky **K** Luciano Tovoli **M** Trevor Jones **S** Lee Percy **D** David Caruso (Jimmy Kilmartin), Nicolas Cage (Little Junior), Samuel L. Jackson (Calvin), Helen Hunt (Bev), Michael Rapaport (Ronnie) **L** 100 **FSK** ab 16; f **FBW** w **E** 8.6.1995 / 18.1.1996 Video **fd** 31 370

Der kleine Coup
LE PACTOLE
Ein miserabel bezahlter Sprengstoffspezialist und seine Frau, eine in ihrem Beruf ebenfalls nicht glückliche Versicherungsangestellte, wollen sich mit einem großen Diebstahl endlich ihre Träume erfüllen. Nach geglücktem Coup machen ihnen jedoch ein unbekannter Erpresser und ein wachsamer Inspektor das Leben schwer. Kriminalkomödie, die nur anfänglich in der satirischen Zeichnung des Durchschnittsfranzosen und seines sozialen Milieus amüsiert, das Interesse jedoch nicht auf Dauer wachhalten kann. – Ab 16.
Frankreich 1985 **P** M. Films / Les Films Jacques Leitienne / Imp.Ex.Ci **V** offen **R** Jean-Pierre Mocky **B** Jean-Pierre Mocky, Patrick Granier **K** Edmond Richard **M** Roger Loubet **S** Catherine Renault **D** Richard Bohringer (Yves Beaulieu), Patrick Sébastien (Inspektor Rousselet), Pauline Lafont (Anne Beaulieu), Marie Laforêt (Greta Rousselet), Bernadette Lafont (Schwiegermutter) **L** 86 **E** 16.6.1995 ARD **fd** –

Der kleine Gigant
BEANSTALK
Das Märchen «Hans und die Bohnenranke» in die amerikanische Gegenwart verlegt: Ein selbstbewußter Junge erlebt im Riesenhaus am Ende der himmelhohen Bohnenranke einige Abenteuer. Er kann dem Riesen Angst einjagen und zusammen mit seiner Mutter sowie einer Hobby-Archäologin einen Kredithai besiegen. Freie Märchenadaption, die auf die Grausamkeiten des Märchens ebenso wie auf eine aufwendige Tricktechnik verzichtet. Mit der viel Platz einnehmenden Nebenhandlung entfernt sich der Film weit vom Märchen und wird zu einer kleinen, mitunter albernen Parodie auf die Erwachsenenwelt. – Ab 10.
USA 1994 **P** Moonstone **V** CIC (Video) **Pd** Charles Band, Debra Dion **R + B** Michael Paul Davis **K** Adolfo Bartoli **M** Kevin Bassinson **S** Charles Simmons **D** J. D. Daniels (Jack Taylor), Amy Stock-Poynton (Rebecca Taylor), Patrick Renna (Danny), Stuart Pankin (Riese), Margot Kidder (Dr. Kate Winston) **L** 78 **FSK** ab 6 **E** 14.6.1995 Video **fd** 31 480

Kleine Giganten
LITTLE GIANTS
Ein ungleiches Brüderpaar trainiert die rivalisierenden Jugend-Football-Mannschaften einer Kleinstadt, wobei die Truppe der vermeintlich Unbegabten schließlich siegt. Ein sympathischer und mitreißender Sportfilm für Kinder, dessen naive Moral durchaus aufbauend ist. – Ab 6.
USA 1994 **P** Amblin Entertainment / Warner Bros. **V** Warner Bros. (Kino) / Warner Home (Video) **Pd** Arne L. Schmidt **R** Dwayne Dunham **B** James Ferguson, Robert Shallcroos, Tommy Swerdlow, Michael Goldberg **K** Janusz Kaminski **M** John Debney **S** Donn Cambern **D** Ed O'Neill (Kevin O'Shea), Rick Moranis (Danny), Shawna Waldron (Becky), Mary Ellen Trainor, Mathew McCurley, Susanna Thompson **L** 106 **FSK** o. A.; f **E** 27.7.1995 / 18.1.1996 Video **fd** 31 479

Der kleine Knirps fürs große Chaos
FUDGE-A-MANIA
Die Ferienerlebnisse eines zehnjährigen Jungen, der unter seinem kleinen Bruder und einer vorwitzigen Göre zu leiden hat. Ferner begegnet er seinem Baseball-Idol, macht erste Liebeserfahrungen und kann die Hochzeit seiner Großmutter feiern. Lose aneinandergereihte Episoden, die jedoch vom Interesse für kindliche Probleme und Verhaltensweisen getragen werden. Eine freundliche und stellenweise skurrile Familienunterhaltung, die vom Geschick des Regisseurs im Umgang mit seinen jugendlichen Darstellern zeugt. – Ab 8.
USA 1994 **P** Kevin Slattery Prod. **V** CIC (Video) **Pd** Kevin C. Slattery **R + B** Bob Clark, nach dem Roman «Fudge-a-Mania» von

Judy Blume **K** Stephen M. Katz **M** Paul Zaza **S** Stan Cole **D** Luke Tarsitano, Eve Plumb, Darren McGavin, Florence Henderson, Jake Richardson, Nassira Nicola **L** 88 **FSK** o. A. **E** 20. 12. 1995 Video **fd** 31 732

Die kleine Meerjungfrau
siehe: Die traurige Nixe

Kleine Morde unter Freunden
SHALLOW GRAVE
Die millionenschwere Hinterlassenschaft ihres an einer Überdosis Drogen gestorbenen Untermieters stürzt eine dreiköpfige schottische Wohngemeinschaft in einen Strudel von Gewalt, Intrigen und Zerstörung. Ein schwarz-humoriger Thriller, der Szenen effektvoll stilisierter Brutalität enthält. Seine Spannung bezieht er aus der ebenso ideen- wie temporeichen Regie, der fantasievollen visuellen Gestaltung und dem nuancierten Spiel.
England 1994 **P** Channel Four / Figment Film / Glasgow Film Fund **V** MFA (Kino) / VMP (Video) **Pd** Andrew MacDonald **R** Danny Boyle **B** John Hodge **K** Brian Tufano **M** Simon Boswell **S** Masahiro Hirakubo **D** Kerry Fox (Juliet Miller), Christopher Eccleston (David Stephens), Ewan McGrogor (Alex Law), Ken Stott (Inspektor McCall), Keith Allen (Hugo), Colin McCredie (Cameron) **L** 93 **FSK** ab 16; f **E** 3. 8. 1995 / 31. 1. 1996 Video **fd** 31 467

Die kleinen Freuden des Lebens
AUX PETITS BONHEURS
Einige Paare um die Vierzig verbringen die Osterfeiertage in einem alten Landhaus. Das verkrustete Beziehungsgeflecht bricht auf, als eine weitere Frau in die Gesellschaft platzt, auf der Suche nach ihrem ersten Liebhaber, den sie vor 25 Jahren in dem Landhaus kennenlernte. Eine in der Anlage sehr theatralische, melancholisch gefärbte Komödie aus dem Milieu saturierter Bürgerlichkeit. Die künstliche, prätentiöse Machart vermag kaum Anteilnahme zu wecken.
Frankreich 1993 **P** Rosalinde Deville Prod. / Eléfilm / France 3 Cinéma / AMLF **V** offen **Pd** Rosalinde Deville **R** Michel Deville **B** Rosalinde Deville **K** Martial Thury **M** Louis Moreau Gottschalk **S** Raymonde Guyot **D** Anémone (Hélène), Nicole Garcia (Ariane), André Dussollier (Pierre), Hanna Schygulla (Lena), Xavier Beauvois (Marc) **L** 103 **E** 12. 11. 1995 B3 **fd** –

Kleptomania – Die Lust am Stehlen
KLEPTOMANIA
Eine frustrierte Frau aus den besseren Kreisen New Yorks lernt eine junge Ladendiebin kennen, deren Geliebter von Schlägern ermordet wurde. Da beide Frauen kleptomanisch veranlagt sind, freunden sie sich an und sinnen gemeinsam auf Rache. Durch ihre Einlassungen auf die Schattenseiten des Leben erhält das Dasein der Wohlstandsbürgerin plötzlich einen Sinn.
USA 1994 **P** Curb **V** Concorde (Video) **R+B** Don Boyd **D** Amy Irving (Diana Allen), Patsy Kensit (Julie), Victor Garber (Morgan Allen), Brett Snell (Ben), Gregg Baker (Pater Mario), Christine Terrell (Jane) **L** 84 **FSK** ab 16 **E** 4. 7. 1995 RTL 2 **fd** –

Klippe des Todes
INCIDENT AT DECEPTION RIDGE
Zwei Gangster entführen eine Frau, um vom Ehemann Geld zu erpressen. Statt seine Frau auszulösen, macht sich dieser jedoch mit dem Lösegeld in einem Reisebus aus dem Staub. Als der Bus in den Bergen verunglückt, retten sich die Insassen zu Fuß, verfolgt von den Gangstern. Ein miserabel inszenierter Krimi, spannungs- und einfallslos und voller Anschlußfehler. – Ab 14.
USA 1994 **P** Gary Hoffman Prod. **V** CIC (Video) **Pd** Matthew O'Connor **R** John McPherson **B** Randy Kornfield, Ken Hixon **K** David Geddes **M** Michel Colombier **S** Virginia Katz **D** Michael O'Keefe (Jack Bolder), Ed Begley jr. (Jack Davis), Linda Purl (Helen Davis), Michelle Johnson (Natalie Harris), Colleen Flynn (Lianne Melrose) **L** 89 **FSK** ab 12 **E** 22. 5. 1995 Video **fd** 31 504

Ein Koffer voller Bargeld
COLIS D'OSEILLE
Kriminalfilm. Nach einem Verkehrsunfall fällt dem biederen Angestellten einer Versicherungsgesellschaft eine Plastiktüte mit einer enormen Geldsumme in den Schoß. Er sichert den Fund in einem Schließfach und ahnt nicht, in welche Gefahr er sich begeben hat. – Ab 16.
Frankreich 1993 **V** offen **R** Yves Lafaye **D** Didier Bezace (Paul), Laurence Côte (Loredane), Isabelle Petit-Jacques (Marion), Daniel Langlet (Beller), Pierre Aussedat (Mango) **L** 90 **E** 28. 12. 1995 Vox **fd** –

Kommissar Beck: Alarm in Sköldgatan
BRANDBILEN SOM FÖRSVANNT
Die spektakuläre Explosion eines von der Polizei observierten Gebäudes führt den Stockholmer Kriminalkommissar Beck und sein Team auf die Spur eines international operierenden Verbrecherrings. Der spannendste Beitrag der sechsteiligen (Fernseh-) Krimireihe nach Romanen von Sjöwall/Wahlöö. Actionelemente, bissige Dialoge und stimmige Charakterzeichnungen der ermittelnden Polizisten gehen eine gelungene Verbindung ein und kommen der Atmosphäre der Vorlage sehr nahe. – Ab 16.

Deutschland / Schweden 1993 **P** Rialto / Victoria **V** offen **Pd** Matthias Wendlandt, Ole Sondberg **R** Hajo Gies **B** Rainer Berg, Beate Langmaack, nach einem Roman von Per Wahlöö und Maj Sjöwall **K** Achim Poulheim **M** Stefan Nilsson **S** Helene Berlin **D** Gösta Ekman (Martin Beck), Kjell Bergqvist (Lennart Kollberg), Rolf Lassgård (Gunvald Larsson), Niklas Hjulström (Benny Skacke), Daniela Ziegler (Nadja Kovacs), Holger Kunkel (Stoiweiler), Bernt Ström (Einar Rönn), Peter Schröder **L** 90 **E** 1995 RTL **fd** –

Kommissar Beck: Der Mann auf dem Dach

Ein Kindermörder hält Stockholm in Atem. Als mutmaßlicher Augenzeuge wird ein flüchtiger Gewaltverbrecher gesucht. Unter dem Druck einer zunehmend hysterischen Öffentlichkeit beginnt für Kommissar Beck und sein Polizistenteam ein Wettlauf mit der Zeit, da weitere Verbrechen erwartet werden. Ein eng an die Romanvorlage angelehnter Kriminalfilm, der aber nicht die Spannung und stilistische Pointiertheit der früheren Verfilmung von Bo Widerberg («Der Mann auf dem Dach», 1976) erreicht. – Ab 16.

Deutschland / Schweden **P** Rialto / Victoria **V** offen **Pd** Matthias Wendlandt, Ole Sondberg **R** Daniel Alfredson **B** Jonas Cornell, Daniel Alfredson, nach dem Roman «Der Mann auf dem Balkon» von Per Wahlöö und Maj Sjöwall **K** Peter Mokrosinski **M** Stefan Nilsson **S** Helene Berlin **D** Gösta Ekman (Martin Beck), Kjell Bergqvist (Lennart Kollberg), Rolf Lassgård (Gunvald Larsson), Niklas Hjulström (Benny Skacke), Magdalena Ritter, Michael Kausch, Udo Schenk **L** 90 **E** 1995 RTL **fd** –

Kommissar Beck: Der Polizistenmörder

Der rätselhafte Mord an einer alleinstehenden Frau führt den Stockholmer Kriminalkommissar Beck in die schwedische Provinz. Als Hauptverdächtiger gilt ein Nachbar der Toten, den Beck vor Jahren wegen eines ähnlichen Verbrechens hinter Gitter gebracht hatte. Ehe er den Fall abschließen kann, wird er überraschend abberufen und mit der Jagd nach einem mutmaßlichen jugendlichen Polizistenmörder betraut. Sorgfältig inszenierter und gespielter Kriminalfilm. Der sozialkritische Anstrich der Vorlage wird weniger über Dialoge als über stimmige atmosphärische Details vermittelt. – Ab 16.

Deutschland / Schweden 1993 **P** Rialto / Victoria **V** offen **Pd** Matthias Wendlandt, Ole Sondberg **R** Peter Keglevic **B** Rainer Berg, Beate Langmaack, nach dem Roman «Der Polizistenmörder» von Per Wahlöö und Maj Sjöwall **K** Wolfgang Dickmann **M** Stefan Nilsson **S** Helene Berlin **D** Gösta Ekman (Martin Beck), Kjell Bergqvist (Lennart Kollberg), Rolf Lassgård (Gunvald Larsson), Anica Dobra (Kia), Heinz Hoenig (Kapitän Mard), Helmut Zierl (Gunnar Danielsson) **L** 90 **E** 1995 RTL **fd** –

Kommissar Beck: Die Tote im Götakanal

Eine an einer Schleusenanlage aufgefundene Frauenleiche stellt die Stockholmer Kripo vor Probleme. In minuziöser Kleinarbeit (und mit Hilfe einiger Zufälle) kann ein Verdächtiger ausfindig gemacht werden. Beim Versuch seiner endgültigen Überführung macht Kommissar Beck allerdings einen schwerwiegenden Fehler. Handwerklich solide, im zweiten Teil recht spannende Verfilmung eines Kriminalromans. Das Hauptaugenmerk liegt dabei auf der Schilderung kriminalistischer Kleinarbeit. – Ab 16.

Deutschland / Schweden 1994 **P** Rialto / Victoria **V** offen **Pd** Matthias Wendlandt, Ole Sondberg **R** Daniel Alfredson **B** Jonas Cornell, nach dem gleichnamigen Roman von Per Wahlöö und Maj Sjöwall **K** Dan Myhrman **M** Stefan Nilsson **S** Helene Berlin **D** Gösta Ekman (Martin Beck), Kjell Bergqvist (Lennart Kollberg), Rolf Lassgård (Gunvald Larsson), Niklas Hjulström (Benny Skacke), Asa Thorell (Lena Nilsson) **L** 90 **E** 1995 RTL **fd** –

Kommissar Beck: Stockholm Marathon

Ein erfolgreicher Geschäftsmann wird im Haus seiner Geliebten brutal ermordet. Obwohl Kommissar Beck und sein Team den falschen Verdächtigen jagen, kommen sie einem Jahre zurückliegenden Verbrechen auf die Spur, in das der Tote verwickelt war. Ein weiterer Anschlag droht ausgerechnet beim Stockholmer Stadtmarathon. Trotz souveräner Darsteller ein eher schleppend inszenierter Kriminalfilm, der sich allzu dialoglastig auf die Erforschung des Verbrechensmotivs konzentriert. – Ab 16.

Deutschland / Schweden 1994 **P** Rialto / Victoria **V** offen **Pd** Matthias Wendlandt, Ole Sondberg **R** Peter Keglevic **B** Rainer Berg, Beate Langmaack, nach Motiven eines Romans von Per Wahlöö und Maj Sjöwall **K** Wolfgang Dickmann **M** Stefan Nilsson **S** Moune Barius **D** Gösta Ekman (Martin Beck), Kjell Bergqvist (Lennart Kollberg), Rolf Lassgård (Gunvald Larsson), Niklas Hjulström (Benny Skacke), Corinna Harfouch, Thomas Anders **L** 90 **E** 1995 RTL **fd** –

Kommissar Beck: Und die Großen läßt man laufen

Ein vor zahlreichen Zeugen begangener kaltblütiger Mord ruft Kommissar Beck und sein Team auf den Plan. Schwächere Verfilmung eines (ebenfalls schwächeren) Sjöwall / Wahlöö-Kriminalromans. Die sozialkritischen Aspekte des Stoffs werden allzu schablonenhaft und dialoglastig entfaltet, Spannung und Atmosphäre kommen zu kurz. – Ab 16.

Deutschland / Schweden 1994 **P** Rialto / Victoria **V** offen **Pd** Matthias Wendlandt, Ole Sondberg **R** Pelle Berglund **B** Jonas Cornell, Pelle Berglund, nach einem Roman von Per Wahlöö und Maj Sjöwall **K** Tony Forsberg **M** Stefan Nilsson **S** Carina Hellberg **D** Gösta Ekman (Martin Beck), Kjell Bergqvist (Lennart Kollberg), Rolf Lassgård (Gunvald Larsson), Niklas Hjulström (Benny Skacke), Andrea Heuer, Arthur Brauss **L** 90 **E** 1995 RTL **fd** –

Kommt Mausi raus?

Eine schüchterne Dorfschönheit entdeckt in der Großstadt ihre lesbische Neigung, es fällt ihr jedoch schwer, eine dauerhafte Beziehung aufzubauen. Störend ist vor allen Dingen, daß sie sich nicht öffentlich zu ihrer Veranlagung bekennt. Schweren Herzens fährt sie in die westfälische Heimat zurück, um im Dorf ihr «Coming-out» zu proben.

Deutschland 1994 **P** NDR / mdr **V** offen **R** Alexander Scherer, Angelika Maccarone **B** Angelika Maccarone **K** Jochen Radermacher **M** Paul Shigihara **S** Birgit Gasser **D** Julia Richter (Mausi), Alexandra Wilcke (Yumiko), Nina Weniger (Sonja), Inga Busch (Jo), Gisela Keiner (Käthe Breuer), Konstantin Graudus (Herbert), Florian Lukas (Wolfgang) **L** 88 **E** 7.6.1995 ARD **fd** –

Das Komplott der Mörder

FRAME UP

Kriminalfilm um einen Mann, der bei einem Freund in Seattle Abstand vom Tod seiner Frau gewinnen will, dort aber unversehens unter Mordverdacht gerät. Seine auf eigene Faust angestellten Ermittlungen decken ein heimtückisches Komplott auf.

USA 1994 **V** offen **R** Michael Switzer **B** Gordon Greisman **M** Jeff Beal **D** Richard Crenna (Jonathan Stone), Beverly D'Angelo (Annie Hayes), Stephen McHattie (Lieutenant Durant), Robert Desiderio (Arnie Ryan), James Handy (Don Moran) **L** 95 **E** 8.5.1995 Pro Sieben **fd** –

Ein König allein

UN ROI SANS DIVERTISSEMENT

Ein Gendarmeriehauptmann ermittelt in einem Bergdorf wegen einer Serie mysteriöser Morde. Auch nach der Hinrichtung des aus Langeweile mordenden Täters kehrt keine Ruhe ein. Der Hauptmann selbst verspürt eine seltsame Langeweile. Preisgekrönter Spielfilm, der besonders durch seine Farbgestaltung auffällt.

Frankreich 1963 **V** offen **R** François Leterrier **B** Jean Giono **D** Claude Giraud (Hauptmann Langlois), Charles Vanel (Staatsanwalt), Colette Renard (Clara), Pierre Repp (Ravanel), Albert Rémy (Bürgermeister), René Biancard (Pfarrer) **L** 85 **E** 5.9.1995 arte **fd** –

Der Kontrolleur

Ein ehemaliger Kontrolleur an der Grenzübergangsstelle Drewitz zwischen Potsdam und Berlin versieht auch nach der Wiedervereinigung seinen sinnlos gewordenen Dienst und bewacht die allmählich vom Gras überwucherte Grenzstelle der DDR. Auf Annäherungen von außen reagiert er zunächst aggressiv und verstört, bevor er sich radikal zurückzieht. Ein lakonisch und präzise beobachtender Erstlingsfilm, verdichtet zu einer intensiven Studie, die ebenso beklemmend wie in der Grundsätzlichkeit der Situation erhellend das Leben eines Mannes beschreibt, das aus den Fugen gerät und Angst, Panik, Orientierungs- und Haltlosigkeit zu erkennen gibt. – Ab 14 möglich.

Deutschland 1994 **P** City Film / HFF «Konrad Wolf» / ORB / mdr **V** Filmkundliches Archiv, Köln (16 mm) **Pd** Robert Ganzke **R** Stefan Trampe **B** Stefan Trampe, Uwe Mann **K** Uwe Mann **M** Thomas Klemm **S**, Karin Geiß **D** Hermann Beyer (Hermann), Ulrike Krumbiegel (Marianne/Inge), Eugen Krößner (Hermann als junger Mann), Hans-Uwe Bauer (Mann im Chevrolet), Michael Gwisdek (Rolf) **L** 61 **E** 13.11.1995 ORB **fd** 31 277

Kreola

KREOLA

Softsexfilm um ein Aktmodell. Als das Model der Liebe zu einem Fischer verfällt, sinnt der Ehemann und Fotograf auf Rache. – Wir raten ab.

Italien 1993 **V** offen **R** Antonio Bonifacio **B** Daniele Stroppa **K** Angelo Lannutti **D** Demetra Hampton (Kreola), Theo Losito, John Armstead **L** 86 **E** 6.10.1995 premiere **fd** –

Der Krieg der Knöpfe

THE WAR OF THE BUTTONS

Neuverfilmung des gleichnamigen Kinderfilm-Klassikers von Yves Robert (1961), die den Rivalitätskampf der Kinder aus zwei französischen Dörfern in die irische Provinz der 70er Jahre verlegt. Die parabelhaften Züge der Erstverfilmung weichen einer nostalgischen Perspektive, die den «Krieg» als sentimentale

Erinnerung an eine ereignisreiche Kindheit zeigt. Weitgehend solide inszeniert, gelingt es dem Film jedoch nicht, einen überzeugenden Bezug zur heutigen Lebenswirklichkeit von Kindern zu schaffen. – Ab 8 möglich.
England / Frankreich 1994 **P** Enigma / Films de la Guéville **V** Warner Home (Video) **Pd** David Puttnam **R** John Roberts **B** Colin Welland, nach einem Roman von Louis Pergaud und dem Film «La Guerre des Buttons» **K** Bruno de Keyzer **M** Rachel Portman **S** David Freeman **D** Liam Cunningham (Lehrer), Gregg Fitzgerald (Fergus, Anführer der Ballys), Colm Meaney (Geronimos Vater), John Coffey (Geronimo, Anführer der Carrics), Eveanna Ryan (Marie) **L** 91 **FSK** ab 6 **E** 18. 8. 1995 Video **fd** 31 559

Die Krise ist vorbei
LA CRISE EST FINIE!
Eine Schauspielertruppe aus der Provinz, ohne Geld und Engagement, ergreift die Flucht nach vorn, besetzt in Paris ein leerstehendes Theater und hat in kürzester Zeit überwältigenden Erfolg. Vom Geist der Solidarität und von Optimismus gekennzeichneter früher «Volksfront»-Film, hergestellt von deutschen Emigranten in Paris. Historisch durchaus interessant, aber arg dialogbetont und optisch nur wenig ergiebig. – Ab 16.
Schwarz-weiß. Frankreich 1934 **P** Néro Films (für Paramount France) **V** offen **Pd** Seymour Nebenzahl **R** Robert Siodmak **B** Max Kolpe (= Max Colpet), Jacques Constant (Dialoge), nach einer Story von Curt Siodmak und Friedrich Kohner **K** Eugen Schüfftan, Maurice Forster **M** Franz Wachsmann (= Franz Waxman), Jean Lenoir **D** Danielle Darrieux (Nicole), Albert Préjean (Marcel, Pianist), Suzanne Dehelly (Olga), Milly Mathis (Gouvernante), Paul Escoffier (Manager) **L** 74 **E** 21. 3. 1995 WDR **fd** –

Krümel – Der Meisterdetektiv
KRUMMERNE 3 – FARS GODE IDE
Für ein dänisches Geschwisterpaar stehen die Ferien, die diesmal zu Hause verbracht werden, unter keinem guten Stern. Dritter Teil der «Krümel»-Reihe (nach «Ein frecher Krümel», 1991, und «Krümel im Glück», 1992). – Ab 10.
Dänemark 1994 **V** offen **R** Sven Methling **B** John Stefan Olsen, nach dem Buch von Thoger Birkeland Boger **K** Peter Roos **M** Michael Hardinger **D** Benjamin Rotheberg Vibe (Krumme), Dick Kaisö (Vater), Line Kruse (Stine), Karen-Lise Mynster (Mutter) **L** 85 **E** 23. 7. 1995 premiere **fd** –

Kühe
VACAS
Ein in vier Kapitel unterteilter Film, der über drei Generationen hinweg von 1875 bis 1936 die konfliktreiche Geschichte zweier baskischer Familien erzählt. «Begleitet» werden sie dabei von ebenfalls drei Generationen von Kühen. Ein Drama über Leidenschaft, Ehre, Feigheit, Irrsinn und den Wahnsinn des (Bruder-) Krieges. Durch die Korrespondenz von alltäglichen Gefühlen, surrealen und mystischen Elementen entsteht ein fast hypnotischer Sog, der durch die beeindruckende Kameraarbeit noch verstärkt wird. Einfallsreich inszeniert und ausgezeichnet gespielt. – Sehenswert ab 16.
Spanien 1992 **P** Sogetel **V** Kinowelt **Pd** Ricardo Garcia Arrojo **R** Julio Medem **B** Michel Gaztombide, Julio Medem **K** Carles Gusi **M** Alberto Iglesias **S** Elena Sainz de Rozas **D** Emma Suarez (Cristina), Carmelo Gomez (Peru), Ana Torrent (Catalina), Manuel Blasco (Manuel), Cadido Uranga (Lucas) **L** 90 **FSK** - **fd** 31 572

Kurz vor Kanaan
GOOD OR BAD – BLACK AND WHITE
Beobachtungen in einem Eingliederungscamp in Israel, in dem sich nach dem Ende des Sowjetreiches Einwanderer aus dem Osten auf Juden aus Äthiopien treffen. Der dokumentarische Videofilm stellt ihre Mentalität vor und zeigt, wie sich zwei völlig unterschiedliche Kulturkreise mit der neuen Situation arrangieren. (Div. Sprachen m.d.U.) – Ab 16.
Israel 1994 **V** offen (Video) **R + B** Amit Goren **K** Eytan Harris **L** 82 **E** 13. 11. 1995 ZDF **fd** –

Küß mich!
Die genau umrissenen Lebenspläne einer jungen Frau werden außer Kraft gesetzt, als sie sich in einen anderen verliebt und lernen muß, ihren Gefühlen zu vertrauen. Eine erzählerisch leichtfüßige, fotografisch präzise Beziehungskomödie mit sympathischen Darstellern, die sich allzu sehr in den Untiefen ihres Stoffes verstrickt: Da, wo sie die Gefühle der Figuren auch formal vertiefen müßte, zieht sie sich auf abgesichertes (Erzähl-)Terrain zurück und bleibt anspruchslos-unverbindlich. – Ab 16.
Deutschland 1995 **P** SPIEL-FILM / Roxy-Film / BR / WDR / mdr **V** NIL **Pd** Mark Gläser, Maris Pfeiffer **R + B** Maris Pfeiffer **K** Sophie Maintigneux **M** Joe Mubare **S** Nina Ergang **D** Caroline Redl (Paula), Tobias Langhoff (Fabian), Kai Scheve (Michael), Katja Riemann (Katharina), Heino Ferch (Johannes) **L** 86 **FSK** ab 6; f **FBW** w **E** 20. 7. 1995 **fd** 31 451

Küsse und Lügen
LIES BEFORE KISSES
Die zweite Ehefrau eines angesehenen Verlagsmagnaten, der sei-

ne Geliebte, eine Luxus-Prostituierte, ermordet haben soll, wendet sich um Hilfe an einen Reporter. Er soll herausfinden, ob der Mann die Tat begangen hat und warum sein Sohn aus erster Ehe ihn belastet. Melodramatischer Psycho-Kriminalfilm, der allenfalls in der männlichen Hauptrolle als das Opfer einer raffinierten Intrige etwas über die aalglatte Routine-Konstruktion hinauskommt. (Weiterer Titel: «Ein verhängnisvoller Seitensprung») – Ab 16 möglich.

USA 1991 **V** offen **R** Lou Antonio **B** Ellen Weston **K** Mike Fash **D** Jaclyn Smith (Elaine Sanders), Ben Gazzara (Grant Sanders), Greg Evigan (Ross Sanders), Nick Mancuso (Sonny Vincent), Sara Rose Sanders (Sarah), Laura Dobbin (Abby) **L** 88 **E** 1.3.1995 ZDF **fd** –

L

L.A. Angel – Deadly Revenge
ANGEL IV: ASSAULT WITH A DEADLY WEAPON
Eine Polizeifotografin gerät auf der Suche nach dem Mörder einer Ex-Prostituierten an eine Hardrock-Gruppe, deren drogenabhängiger, sexbesessener und eitler Lead-Sänger in Tatverdacht steht. Ein haarsträubend konstruierter Billig-Thriller voller Klischees, der allenfalls durch die Identifikation mit der sympathischen Hauptdarstellerin Ansätze von Spannung entwickelt.
USA 1993 **P** Corn Cobb **V** Warner Home (Video) **Pd** Brad Southwick, Gary Depew **R** George Axmith **B** Dode B. Levinson, Frank Chance **K** Gerry Lively **M** Kevin Gilbert **S** Neil Grieve **D** Darlene Vogel (Molly / Angel), Shane Fraser (Piston Jones), Sam Phillips (Jade), Mark DeCarlo (Joel Hemmert), Kerrie Clark (Paula), Roddy McDowall (Geoffrey Kagan) **L** 94 **FSK** ab 18 **E** 28.4.1995 Video **fd** 31 377

La colonna sonora
LA COLONNA SONORA
Dokumentarfilm zum Thema Film und Musik, gleichzeitig eine Auseinandersetzung über Bild und Klang, die den Entstehungsprozeß von fünf verschiedenen Kompositionen zu bisher unveröffentlichtem Filmmaterial aus Wim Wenders' «Der Himmel über Berlin» nachzeichnet. Bei einem Kompositionswettbewerb für Filmmusik diente die sechsminütige stumme Bildmontage als Vorgabe.
Deutschland / Italien 1992 **V** offen **R** Sibylle Tiedemann **L** 70 **E** 20.10.1995 3sat **fd** –

La Leçon de Plaisir – Dreiecksspiele
LA LECON DE PLAISIR
Erotische Dreiecksspiele zwischen einer Karrierfrau in der Werbebranche, ihrem geschiedenen Mann und Chef sowie einem Model, das dieser auf seine Ex-Frau ansetzt. Sex-Film.
Frankreich 1995 **V** offen **R** Servais Mont **B** Anne Degarenne **K** Norbert Marfaing-Sintes **M** Phil Marboef **D** Karina K. (Eléonore), Ken Samuels (Michel), Hugo Baret (Grégoire), Isabelle Alexis (Suzy), Didier Joel (Hervé) **L** 87 **E** 24.11.1995 premiere **fd** –

Labendig
Dokumentarfilm über die Bewohner des Klosters Dobbertin in Mecklenburg, das im 13. Jahrhundert als Nonnenkloster errichtet wurde. Von 1960 bis 1990 fungierte es als «Langzeitbereich» der Bezirksnervenklinik Schwerin (geschlossene Station für hoffnungslose Fälle) und wird seit 1991 vom Diakonischen Werk betreut. Die Filmemacher nähern sich den sogenannten Kranken völlig unbefangen und entwerfen das fast idealisierte Bild einer Parallelwelt, dessen Anderssein die «Gesunden» zu akzeptieren haben. Ein zärtlicher Film, der die Gedanken Michel Foucaults über «Wahnsinn und Gesellschaft» in unprätentiöser Weise aufgreift. – Ab 16.
Deutschland 1995 **P** Der Ochsenkopf **V** Basis **R+B** Hannes Schönemann **K** Thomas Plenert **M** Station 17 **S** Benedikta von Karp **L** 87 **FSK** o.A.; f **FBW** bw **E** 21.10.1995 arte / 25.1.1996 Kino **fd** 31 776

Lakota Moon
LAKOTA MOON
Ein Junge vom Stamm der Lakota wird ermordet. Seine Freunde beschließen, ihn zu rächen, während der Rat des Stammes zwei Männer ausschickt, um den Mörder aufzuspüren. Während dieser dramatischen Aktionen kommt es zur ersten Begegnung mit einem weißen Händler, die das Leben der Indianer nachhaltig verändern wird. Ein im Jahr 1820 spielender Indianerfilm, der das Eindringen der weißen Zivilisation und ihre Problematik zum Thema hat. – Ab 16.
USA 1994 **V** offen **R** Christopher Cain **D** Richard Tyson (Smoke), Barbara Carrera (Still Water), Zahn McClarnon (Sky Walker), Rodney Grant (Kills First), Tailinh Forest Flower (Morning Song) **L** 90 **E** 16.12.1995 Vox **fd** –

Lamerica
LAMERICA
Ein 28jähriger Italiener will mit einem Geschäftspartner offiziell eine Schuhfabrik in Albanien aufbauen, in Wahrheit aber nur Subventionen in die eigene Tasche wirtschaften. Der unbedarft-arrogante junge Mann muß sich auf die Spur eines 80jährigen, geistig verwirrten Mannes, des Präsidenten der Scheinfirma, begeben, wobei er mit den Verhältnissen im Lande konfrontiert wird. Eine mit bitterer Skepsis gezeichnete, eindrucksvolle und zutiefst berührende Bestandsaufnahme, die eine beklemmende Vision über den Verlust von Identität und Würde entwirft, dem der einzelne ebenso wie ein ganzes Volk ausgesetzt ist. (O.m.d.U.; Kinotip der katholischen Filmkritik) – Sehenswert ab 16.
Scope. Italien / Frankreich 1994 **P** C.G.Group Tiger Rai / Uno / Arena / Vega **V** prokino (Kino) / Arthaus (Video) **Pd** Mario Cecchi Gori, Vittorio Cecchi Gori, Bruno Pesery **R** Gianni Amelio **B** Gianni Amelio, Andrea Porporati, Alessandro Sermoneta **K** Luca Bigazzi **M** Franco Piersanti **S** Simona Paggi **D** Enrico Lo Verso (Gino), Carmelo di Mazzarelli («Spiro» Tozaj), Michele Placido (Fiore), Piro Milkani (Selimi), Elida Janushi (Selims Cousin) **L** 115 **FSK** ab 12; f **E** 23.3.1995 / 2.10.1995 Video / 16.11.1995 premiere **fd** 31 247

Land and Freedom
LAND AND FREEDOM
Ein arbeitsloser englischer Kommunist entschließt sich 1936, in Spanien gegen die Faschisten zu kämpfen, verliert aber durch die unter den linken Gruppen ausbrechenden Positionskämpfe seinen Idealismus. Ein im dokumentarischen Stil inszeniertes, von überzeugenden Darstellern getragenes Plädoyer für Demokratie und Freiheit, das die Utopie von einer gerechteren Welt beschwört. (Preis der ökumenischen Jury in Cannes 1995; O. m. d. U.) – Sehenswert ab 16.
Deutschland / England / Spanien 1994 **P** Road Movies / Parallax Pictures / Messidor Film **V** Sputnik (Kino) / Arthaus (Video) **Pd** Rebecca O'Brien **R** Ken Loach **B** Jim Allen **K** Barry Ackroyd **M** George Fenton **S** Jonathan Morris **D** Ian Hart (David), Rosana Pastor (Blanca), Iciar Bollain (Maite), Tom Gilroy (Lawrence), Frederic Pierrot (Bernard) **L** 109 **FSK** ab 12; f **E** 12.10.1995 / 9.4.1996 Video **fd** 31 553

Land der verlorenen Kinder
NOBODY'S CHILDREN
Nach mehreren Fehlgeburten beschließt eine Amerikanerin, ein elternloses rumänisches Kind zu adoptieren. Im nachrevolutionären Bukarest angekommen, muß sie erkennen, daß mit den Kindern, die unter schrecklichen Umständen in Heimen dahinvegetieren, schmutzige Geschäfte gemacht werden. Melodramatische Familiengeschichte nach tatsächlichen Erlebnissen der dargestellten Personen, die in einer Mischung aus Fakten und Erfindungen den Kampf um die jüngsten Opfer des Ceauşescu-Regimes nacherzählt. Zwar werden die rumänischen Verhältnisse intensiv und inszenatorisch zupackend dargestellt, zugleich aber mit allzu vielen melodramatischen US-Fernsehklischees verflochten, so daß das wichtige Thema letztlich vertan wird. – Ab 14 möglich.
USA 1994 **V** offen **R** David Wheatley **B** Petru Popescu, Iris Friedman **K** Franco di Giacomo **M** Jean-Claude Petit **D** Ann-Margret (Carol Stevens), Dominique Sanda (Stephanie Vaugier), Reiner Schöne (Sorin Donescu), Clive Owen (Corneliu Bratu), Jay O. Sanders (Joe Stevens), Allen Corduner (Ion) **L** 91 **E** 3.2.1995 ARD **fd** –

Land hinter dem Regenbogen
NO WORRIES
Kinderfilm über die dramatischen Folgen der wirtschaftlichen Rezession Anfang der 90er Jahre für die australische Landwirtschaft. Weil die Farm der Familie nicht mehr genug abwirft, muß ein Mädchen mit seinen Eltern nach Sydney ziehen. Ein interessanter, ebenso informativer und lehrreicher wie unterhaltsamer Film. – Ab 12.
Australien / England 1993 **P** Palm Beach Pictures **V** offen **Pd** David Elfick, Eric Fellner **R** David Elfick **B** David Holman, nach seinem Bühnenstück **K** Stephen F. Windon **M** David A. Stewart, Patrick Seymour **S** Louise Innes **D** Amy Terelinck (Matilda Bell), Geoff Morrell (Ben Bell), Susan Lyons (Ellen Bell), Geraldine James (Ann Marie O'Dwyer), John Hargreaves (Clive Ryan) **L** 92 (TV 86) **E** 3.6.1995 RTL 2 **fd** –

Der lange Abschied von der DDR
Die Bewohner der Kleinstadt Weißenfels in Sachsen-Anhalt versuchen, ein neues Leben zu lernen – vom Freudenfeuerwerk bis zur Ernüchterung. Dokumentarfilm, der Alltagsbeobachtungen aus den Jahren 1990 bis 1995 zusammenfaßt.
Deutschland 1995 **V** offen **R+B** Dietrich Lehmstedt **L** 115 **E** 1.10.1995 ARD **fd** –

Der lange Weg
THE LONG WALK HOME
Einfühlsam-scharfsinnige, schauspielerisch überzeugende Darstellung des Lebens und der allmählichen sozialen Veränderungen im amerikanischen Süden zur Zeit der Rassentrennung Mitte der 50er Jahre. Eine biedere weiße Hausfrau in Montgomery, Alabama, deren Haushilfe wie die anderen schwarzen Frauen die örtliche Buslinie boykottiert, macht angesichts dieses Verhaltens selbst einen Bewußtwerdungsprozeß durch und solidarisiert sich mehr und mehr mit den Bürgerrechtlern. – Ab 16.
USA 1990 **P** New Visions **V** offen **Pd** Howard W. Koch jr., Dave Bell **R** Richard Pearce **B** John Cork **K** Roger Deakins **M** George Fenton **S** Bill Yahraus **D** Sissy Spacek (Miriam Thompson), Whoopi Goldberg (Odessa Cotter), Dwight Schultz (Norman Thompson), Ving Rhames (Herbert Cotter), Dylan Baker (Tunker Thompson), Erika Alexander (Selma Cotter), Lexi Randall (Mary Catherine), Richard Habersham (Theodore Cotter) **L** 97 **E** 11.5.1995 premiere **fd** –

Ein langer Weg zurück
THE LONG JOURNEY BACK
Durch einen Unfall erleidet ein Mädchen eine Hirnschädigung, doch es findet einen Weg, mit dieser Behinderung würdevoll zu leben. (Fernseh-)Drama, beachtlich gespielt, doch schwermütig und arg sentimental. – Ab 14 möglich.
USA 1979 **P** ABC / Lorimar **V** offen **Pd** Robert Lovenheim **R** Mel Damski **B** Audrey Davis Levin **K** Stevan Larner **M** Fred Karlin **D** Mike Connors (Vic Casella), Stephanie Zimbalist (Celia Casella), Katy Kurtzman (Amy Casella), Cloris Leachman (Laura Casella), Howard McGillin (Steve) **L** 96 **E** 1.7.1995 Super RTL **fd** –

Die Langoliers
THE LANGOLIERS
Während eines Fluges verschwinden fast alle Passagiere spurlos, nur diejenigen, die schliefen, bleiben verschont. Sie müssen nach ihrer Landung feststellen, daß sie einen Zeitsprung in die von der Auslöschung bedrohte Vergangenheit der Erde getan haben. Die Verfilmung einer Kurzgeschichte von Stephen King, die wenig einfallsreich versucht, die eher abstrakte Fantasie über das Wesen der Zeit umzusetzen. Dümmlich in den Dialogen, plump gespielt, aber immerhin handwerklich solide, so daß eine Mindestmaß an Unterhaltung geboten wird. – Ab 14.
USA 1995 **P** Laurel King **V** Highlight (Video) **Pd** David Kappes **R+B** Tom Holland, nach einer Kurzgeschichte von Stephen King **K** Paul Maibaum **M** Vladimir Horunzhy **S** Ned Bastille **D** Patricia Wettig (Laurel Stevenson), Dean Stockwell (Bob Jenkins), David Morse (Brian Engle), Mark Lindsay Chapman (Nick), Frankie Faison (Don) **L** 180 **FSK** ab 12 **E** 6.6.1995 Video **fd** 31 605

Laras schönster Tag
LUCKY DAY
Familiendrama. Unter Vernachlässigung ihres Privatlebens kümmert sich eine Physiotherapeutin um ihre ältere, geistig behinderte Schwester. Als diese in einer Game-Show zwei Millionen Dollar gewinnt, bricht die enge Beziehung auf: Plötzlich nimmt die lange verschwundene, alkoholismusgefährdete Mutter den Kampf um das Sorgerecht für ihre Tochter auf.
USA 1991 **P** Hearst Entertainment **V** offen **Pd** John Lugar **R** Donald Wrye **B** John Axness, Jennifer Miller **K** Jon Kranhouse **D** Amy Madigan (Kari Campbell), Chloe Webb (Lara Campbell), Olympia Dukakis (Katherine Campbell), John Beasley (Tom), Terrence Knox (Nick) **L** 88 **E** 14.8.1995 ZDF **fd** –

Laß mich nicht alleine, Mutter
OUR SONS
Eine Frau, die die Homosexualität ihres Sohnes akzeptiert, macht sich auf die Suche nach der Mutter seines Geliebten. Sie findet die Frau in einem heruntergekommenen Wohnpark und kann sie nach einigen Mühen überreden, ihren an Aids erkrankten Sohn zu besuchen. Ein Familiendrama, das vom Aufeinanderprallen zweier völlig unterschiedlicher Lebens- und Gefühlswelten lebt.
USA 1991 **V** offen **R** John Erman **B** William Hanley **D** Julie Andrews (Audrey Grant), Ann-Margret (Luanne Barnes), Hugh Grant (James Grant), Tony Roberts (Harry Burns), Zeljko Ivanek (Donald Barnes) **L** 89 **E** 15.7.1995 RTL **fd** –

Lassie
LASSIE
Mit Unterstützung einer Collie-Hündin hilft ein Junge seiner aufs Land emigrierten Familie, eine Schafzucht zu gründen und sich nachbarlicher Intrigen zu erwehren. Ein beschaulicher und gemütvoller Familienfilm mit reizvollen Landschafts- und Tieraufnahmen, nicht sonderlich originell, aber ansprechend unterhaltsam. – Ab 6.
USA 1994 **P** Paramount **V** UIP (Kino) / CIC (Video) **Pd** Lorne Michaels, Dinah Minot, Barnaby Thompson **R** Daniel Petrie **B** Matthew Jacobs, Gary Ross, Elizabeth Anderson **K** Kenneth MacMillan **M** Basil Poledouris **S** Steve Mirkovich **D** Thomas Guiry (Matthew Turner), Helen Slater (Laura), Jon Tenney (Steve), Britanny Boyd (Jennifer), Richard Farnsworth (Len Collins), Frederic Forrest (Sam Garland) **L** 95 **FSK** o.A.; f **FBW** w **E** 1.6.1995 **fd** 31 389

Lassie ... und die Goldgräber
THE PAINTED HILLS
Ein Goldgräber, der einen Schatz entdeckt hat, fällt einem betrügerischen Geschäftspartner zum Opfer, der ihn von einer Klippe stürzt. Fortan obliegt es dem treuen Hund des Geretteten, sein Herrchen zu rächen. Letzter Film der Collie-Hündin Lassie für MGM. Eine jugendgerechte Abenteuergeschichte mit guter Fotografie; in manchen Szenen etwas zu sentimental. – Ab 12.
USA 1951 **P** MGM **V** offen **Pd** Chester M. Franklin **R** Harold F. Kress **B** True Boardman, nach dem Roman «Shep of the Painted Hills» von Alexander Hull **K** Alfred Gilks, Harold Lipstein **M** Daniele Amfitheatrof **S** Newell B. Willis **D** Paul Kelly (Jonathan Harvey), Bruce Cowling (Lin Taylor), Gary Gray (Tommy Blake), Art Smith (Pilot Pete), Ann Doran (Martha Blake), Chief Yowlachie (Bald Eagle) **L** 65 **E** 11.8.1995 ARD **fd** –

Last Days of Paradise
THERE GOES MY BABY
Eine Amerikanerin erinnert sich aus dem Abstand von 25 Jahren an ihr Abschlußjahr an der Westwood High School im Los Angeles des Jahres 1965. Die Zeit des Erwachsenwerdens ist geprägt von Musik, Tanz und Flirts, aber auch durch Krawalle mit autoritätssüchtigen Lehrern, Demonstrationen gegen den Vietnam-Krieg und Straßenkämpfen im Schwarzen-Viertel. Kaleidoskopartig verbindet der Film Erinnerungssplitter, wobei die Dramaturgie gelegentlich verwirrt, insgesamt aber doch im Sinne subjektiver Zeit- und Gesellschaftskritik Wirkung erzielt wird. – Ab 16.
USA 1991 **P** Orion / Nelson **V** Columbia TriStar (Video) **Pd** Ro-

bert Shapiro, Barry Springs, Rick Finkelstein **R + B** Floyd Mutrux **K** William A. Fraker **M** Budd Carr **S** Danford B. Greene, Maysie Hoy **D** Dermot Mulroney (Pirate), Rick Schroder (Stick), Kelli Williams (Sunshine), Kristin Minter (Tracy), Noah Wyle (Finnegan) **L** 94 **FSK** ab 12 **E** 9. 5. 1995 Video
fd 31 360

Last Gasp – Der Todesfluch
LAST GASP
Um seinen Traum von einer riesigen Hotelanlage im mexikanischen Dschungel zu verwirklichen, läßt ein Mann einen Indianerstamm, der sich seinen Plänen widersetzt, ausrotten. Dem letzten überlebenden Einheimischen gelingt es, einen Todesfluch auf den Geschäftsmann zu übertragen, der ihn eine Reihe von Ritualmorden begehen läßt. Jahre später stößt ein Privatdetektiv, der auf der Suche nach dem verschollenen Mann ist, auf dessen grausiges Geheimnis. Horrorfilm mit Splatter-Effekten.
USA 1995 **P** Kushner / Locke / Warner Vision / Castle Films **V** Warner Home (Video) **R** Scott McGinnis **D** Robert Patrick, Joanna Pacula, Vyto Ruginois **L** 88 **FSK** ab 18 **E** 8. 12. 1995 Video
fd –

Das Lazarus-Syndrom
THE LAZARUS SYNDROME
Dramatische Konflikte in einem Krankenhaus, im Mittelpunkt ein schwarzer Arzt. Glatt inszenierter Pilotfilm zu einer US-Fernsehserie. – Ab 16.
USA 1978 **P** ABC / Viacom / Blinn-Thorpe **V** offen **Pd** Robert Schlitt **R** Jerry Thorpe **B** William Blinn **K** Jacques Marquette **M** Billy Goldenberg **D** Louis Gossett jr. (MacArthur St. Clair), Ronald Hunter (Joe Hamill), E.G. Marshall (Dr. Mendel), Sheila Frazier (Gloria St. Clair), Lara Parker (Denise) **L** 74 **E** 14. 10. 1995 Super RTL **fd** –

Leben am seidenen Faden
BORN TOO SOON
Eine Journalistin bekommt mit 40 Jahren ihr erstes Kind. Nach einer Frühgeburt beginnt ein nervenaufreibender Kampf um das Leben und die Gesundheit des Neugeborenen.
USA 1992 **V** offen **R** Noel Nosseck **B** Susan Baskin, nach einem Roman von Elisabeth Mehren **D** Michael Moriarty (Fox Butterfield), Pamela Reed (Elisabeth Mehren), Christianne Hirt (Carol), Christine Avila (Mrs. Diaz), Dennis Redfield (Tom) **L** 92 **E** 12. 12. 1995 Kabel 1 **fd** –

Das Leben des Jürgen von Golzow
Hans-Jürgen W. ist eines der Kinder von Golzow, die Winfried und Barbara Junge in ihrer DEFA-Langzeitdokumentation «Lebensläufe» (1981) 20 Jahre beobachteten. 1994 besuchen sie Jürgen noch einmal. Der Dokumentarfilm rekapituliert das Leben eines einzelnen, in dem sich ein Stück deutscher Geschichte widerspiegelt.
Teils schwarz-weiß. Deutschland 1961–94 **P** Journal-Film **V** Freunde der Deutschen Kinemathek **Pd** Klaus Volkenborn **R + B** Barbara Junge, Winfried Junge **K** Hans-Eberhard Leupold, Harald Klix, Hans Dumke, Walfried Labuszewski, Wolfgang Dietzel, Roland Worell, Manfred Gronau **M** Gerhard Rosenfeld, Kurt Grotke **S** Christel Hemmerling, Charlotte Beck **L** 176 **FSK** – **E** 3. 10. 1995 3sat **fd** –

Lebenslänglich
siehe: Verbannt in die Hölle

Die Legende von O. B. Taggart
THE LEGEND OF O. B. TAGGART
Western mit einer Altersrolle für Mickey Rooney. Nach langer Haft kehrt ein Patriarch zu seiner Familie zurück und wird in einen tödlichen Zwist mit seinen Söhnen verwickelt.
USA 1994 **V** offen **R** Rupert Hitzig **B** Mickey Rooney **D** Mickey Rooney (O.B. Taggart), Larry Gatlin (Gale Taggart), Randy Travis (Phoenix Taggart), Nicholas Guest (Slocum Taggart), Ben Johnson (Jack Parris) **L** 96 **E** 13. 12. 1995 RTL 2 **fd** –

Legenden der Leidenschaft
LEGENDS OF THE FALL
Die episch angelegte Geschichte dreier gegensätzlicher Brüder, die dieselbe Frau lieben. Nachdem der Jüngste, ihr Verlobter, im Ersten Weltkrieg gefallen ist, kämpfen die beiden anderen – der eine Politiker, der andere ein ruheloser Abenteurer – um ihre Liebe. Schließlich begegnen sie sich auf unterschiedlichen Seiten des Gesetzes. Ein ambitionierter Film, der sich aber weitgehend im Trivialen verliert. Weder Dramaturgie noch filmische Mittel werden der ausgreifenden Story und ihren tragischen Dimensionen gerecht. Gegen Ende hastet er atemlos, aber ohne eigentlichen Erzählrhythmus und Überzeugungskraft dem Finale entgegen. – Ab 16.
USA 1994 **P** TriStar **V** Columbia TriStar (Kino) / Columbia TriStar (Video) **Pd** Edward Zwick, Bill Wittliff, Marshall Herskovitz **R** Edward Zwick **B** Susan Shilliday, Bill Wittliff, nach einer Erzählung von Jim Harrison **K** John Toll **M** James Horner **S** Steven Rosenblum **D** Brad Pitt (Tristan), Anthony Hopkins (Col. William Ludlow), Aidan Quinn (Alfred), Julia Ormond (Susannah), Henry Thomas (Samuel), Karina Lombard (Isabel II), Gordon Tootoosis (One Stab), Paul Desmond (Decker) **L** 132 **FSK** ab 12; f **FBW** w **E** 30. 3. 1995 / 7. 11. 1995 Video
fd 31 273

Die Lehrjahre des Erfinders Schnecke
UCNA LETA IZUMITELJA POLZA
Ein 14jähriger unsportlicher Schüler, in Mathematik und Physik ein As, hat sich vorgenommen, Erfinder zu werden und nach alternativen Energiequellen zu forschen. Während der Vater an seinen Fähigkeiten zweifelt, findet er bei seiner Mutter volle Unterstützung. Ein weitgehend unterhaltsamer Jugendfilm mit etlichen amüsanten Episoden, aber auch einigen Mängeln in der Dramaturgie. – Ab 14.
Jugoslawien 1982 **P** Viba Film **V** offen **Pd** Pavle Kogoj **R** Jane Kavcic **B** Zeljko Konzinc **K** Valentin Perko **M** Deco Zgur **S** Darinka Persin-Andromako **D** Miha Petrovcic (Jani), Manja Vrenko (Hojka), Tina Subic, Bogdan Zupan, Uros Basta, Matjaz Gruden **L** 90 **E** 1. 7. 1995 Super RTL **fd** –

Das leichte Leben
LA VIE DE PLAISIR
Der Besitzer eines Nachtlokals ist fasziniert von der Tochter eines verarmten Adligen. Obwohl dieser nur Verachtung für ihn übrig hat, stimmt er einer Heirat zu, wenn der Wirt ihn vor dem Ruin rettet. Die Ehe steht unter keinem guten Stern, und erst vor dem Scheidungsrichter erkennt die Frau ihren Dünkel und den guten Charakter ihres Mannes. Eine Komödie voller witziger Einfälle, zugleich eine bissige Satire auf die Aristokratie und ihre Verquickung mit der Geschäftswelt. – Ab 12.
Schwarz-weiß. Frankreich 1943 **V** offen **Pd** Alfred Greven **R** Albert Valentin **B** Charles Spaak **K** Charlie Bauer, Paul Coteret **M** Paul Durand **D** Albert Préjean (Albert Maulette), Aimé Clariond (M. de Lormel), Jean Servais (Roland), Claude Génia (Hélène), Maurice Escande (M. de Boieldieu), Noël Roquevert (Rechtsanwalt Marion) **L** 88 **E** 12. 2. 1995 arte **fd** –

Leidenschaftliche Träume
STEAL THIS HEART 2
Sexfilm um eine treue, aber enttäuschte Ehefrau, die erotischen Tagträumen nachhängt. Als sie mit zwei Einbrechern konfrontiert wird, eskalieren die Ereignisse, zumal ihr Mann ihr Fantasie-Tagebuch für bare Münze nimmt.
USA 1993 **V** offen **R** Paul Thomas **B** Carl Esser **K** Jane Waters **M** Double Vision **D** Deborah Wells (Irena), Rebecca Wilde, Jonathan Morgan, Brittany O'Connel, Tony Tedeschi **L** 63 **E** 8. 9. 1995 premiere **fd** –

Der Leihmann
Da ein Mann nicht zeugungsfähig ist, entschließen sich er und seine junge Frau, einen Leihmann zu engagieren, mit dessen Hilfe man dem Kinderwunsch gerecht werden könnte. Doch keiner der Bewerber findet Gnade in den Augen des trotz aller Modernität eifersüchtigen Mannes. Beziehungskomödie voller frivoler Anspielungen, die sich ohne sonderliche Originalität nur mühsam über die Runden rettet. – Ab 16.
Deutschland 1994 **P** KF Kinofilm / Südwestfunk **V** Scotia **Pd** Dietrich Mack **R** Claus-Michael Rohne **B** Carl Steinberg **K** Johannes Hollmann **M** Jochen Schmidt-Hambrock **S** Bernd Lorbieki **D** Kai Wiesinger (Max Bieber), Chantal de Freitas (Laura Hawn), Michael Schreiner (Mani), Nele Müller-Stöfen (Tanja Willer), Ulrike Folkerts (Vio) **L** 89 **FSK** ab 12; f **E** 29. 6. 1995
fd 31 458

Lemberg – geöffnete Stadt
Das subjektive dokumentarische Porträt einer Stadt, die nach dem Zweiten Weltkrieg eine westukrainische Millionenstadt sowjetischer Prägung war, ehe sie nach der politischen Wende mit Beginn der 90er Jahre eine Hochburg der Nationalisten wurde.
Deutschland 1993 **V** offen **R + B** Walter Mossmann, Didi Danquart **L** (TV) 60 **E** 10. 6. 1995 S 3
fd –

Léon – Der Profi
LEON
Ein einsiedlerhaft lebender Berufskiller gewährt einem 12jährigen Mädchen Schutz, das einem Massaker an seiner Familie entkommen ist. Es lehrt ihn Schreiben und Lesen, er unterrichtet es im Gebrauch von Waffen, weil es sich an den Mördern rächen will. Schließlich entdeckt die Zwölfjährige, daß der Drogenboß auch der Polizeiboß ist. Ein furios geschnittener und stimmungsvoll fotografierter Gangsterfilm, dessen atemberaubender Inszenierungsstil eine geradezu soghafte Spannung erzeugt. Leider halten Charakterzeichnung und Wahrscheinlichkeitsgehalt nicht mit der technischen Aufbereitung Schritt, so daß die Geschichte am Ende allzu selbstverliebt in ein zwiespältiges, martialisches Showdown mündet.
Scope. Frankreich 1994 **P** Gaumont / Les Films du Dauphin **V** Jugendfilm (Kino) / Starlight (Video) **Pd + R + B** Luc Besson **K** Thierry Arbogast **M** Eric Serra **S** Sylvie Landra **D** Jean Reno (Léon), Natalie Portman (Mathilda), Gary Oldman (Stansfield), Danny Aiello (Tony), Peter Appel (Malky) **L** 110 **FSK** ab 16; f **E** 19. 1. 1995 / 26. 7. 1995 Video
fd 31 164

Leonora
LEONORA
Öder Sexfilm um ein Paar, das eine «offene Ehe» vereinbart. Während er sich mit diversen Models vergnügt, läßt sie sich mit einem Filmregisseur und Hobbymaler ein.

Australien 1985 **V** offen **R** Derek Strahan **D** Mandi Miller (Leonora), David Evans (Simon), Leon Marvell (Mark), Angela Menzies-Will (Helena), Ron Beck (Dogon) **L** 85 **E** 9. 6. 1995 SAT 1 **fd** –

Les Enfants jouent à la Russie
LES ENFANTS JOUENT A LA RUSSIE
Film aus einer fünfteiligen Dokumentationsreihe über den Wandel der russischen Gesellschaft. Jean-Luc Godard schafft ein historisches Spannungsfeld: Er greift auf Briefe zurück, in denen der Franzose Marquis de Custine das Rußland in den 40er Jahren des 19. Jahrhunderts beschrieb, spielt mit Versatzstücken aus russischen Filmen, mit Zitaten aus der Literatur, aus der Geschichte und mit historischen Fotografien. Diese Quellen sind durch Szenen und Bilder aus dem modernen Rußland ergänzt. (O.o.U.; Titel der übrigen Filme: «Alice in Russialand», «Bells from the Deep», «Russian Lullaby», «The Nose»)
Frankreich / Rußland 1993 **P** Vega Films / Cecco Films **V** offen **Pd** Alessandro Cecconi, Ira Barmak **R + B** Jean-Luc Godard **L** 60 **E** 28. 8. 1995 premiere **fd** –

Les Femmes Erotiques
LES FEMMES EROTIQUES
Sexfilm: Erotische Vergnügungen eines Damenclubs der «besonderen» Art.
USA 1993 **V** offen **R + B + K** Andrew Blake **D** Julia Ann, Dahlia Grey, Raven, P.J. Sparxx, Sunset Thomas **L** 98 **E** 13. 10. 1995 premiere **fd** –

Das letzte Abenteuer des großen Eroberers
CHARLIE'S GHOST STORY
Abenteuerliche Komödie für ein jüngeres Publikum. Weil sein alleinerziehender Vater, ein Archäologieprofessor, vollauf damit beschäftigt ist, die Grabstätte des legendären spanischen Eroberers Coronado freizulegen, leidet der Sohn unter Mangel an Nestwärme. Da erscheint ihm der Geist des Eroberers und bringt Abwechslung in sein Leben. – Ab 14 möglich.
USA 1994 **V** offen **R** Anthony Edwards **B** Clint Hutchison, Lance W. Dreesen, nach einer Erzählung von Mark Twain **K** Samuel Ameen **M** Jim Kremens **D** Trenton Knight (Charlie), Anthony Edwards (Dave McCammon), Linda Fiorentino (Marta), Richard «Cheech» Marin (Coronado), Charles Rocket (Van Leer) **L** 85 **E** 19. 11. 1995 premiere **fd** –

Die letzte Kriegerin
ONCE WERE WARRIORS
Wegen Arbeitslosigkeit und Alkoholmißbrauch des gewalttätigen Ehemannes bricht eine von den Maori-Ureinwohnern Neuseelands abstammende kinderreiche Familie auseinander. In der Krise erinnert sich die Frau ihrer kulturellen Wurzeln und verläßt ihren Mann, um zu ihrem Stamm zurückzukehren. Eine bestürzend realistische, packend inszenierte und vor allem in der weiblichen Hauptrolle überzeugend gespielte Familientragödie. Der Film sucht die Ursachen für die Katastrophe auch in den gesellschaftlichen Verhältnissen und kritisiert die Verdrängung der einheimischen Kultur durch die (Un-)Sitten der Weißen. (Preis der OCIC in Montreal 1994) – Sehenswert ab 16.
Neuseeland 1994 **P** Communicado / New Zealand Film Commission / Avalon / New Zealand On Air **V** Senator (Kino) / BMG / Ufa (Video) **Pd** Robin Scholes **R** Lee Tamahori **B** Riwia Brown, nach einem Roman von Alan Duff **K** Stuart Dryburgh **M** Murray Grindlay, Murray McNabb **S** Michael Horton **D** Rena Owen (Beth Heke), Temuera Morrison (Jake), Mamaengaroa Kerr Bell (Grace), Julian Arahanga (Nig), Taungaroa Emile (Marc «Boogie»), Clifford Curtis (Bully) **L** 102 **FSK** ab 16; f **E** 14. 9. 1995 / 15. 4. 1996 Video **fd** 31 528

Das letzte Siegel
Der Tod einer jungen Frau in einem abgeschiedenen Dorf in der Eifel verändert über Nacht das bislang beschauliche Leben. Prophezeiungen erfüllen sich, Gläubige pilgern zum Grab der Toten, der Vatikan selbst befaßt sich mit einem angeblichen «Wunder». Ein insgeheim vom Glauben längst abgefallener Priester soll in Hamburg die Spur der Toten aufnehmen und wird auf ihrer Lebensfährte mit seiner eigenen Geschichte konfrontiert. Low-budget-Film, der sich mit Fragen des Glaubens und dessen Einfluß aufs alltägliche Leben beschäftigen will.
Deutschland 1993 **P** Jost Hering / WDR / NDR **V** Eigenverleih **Pd** Jost Hering **R + B** Stefan Dähnert **K** Jürgen Jürges **M** Tassilo Jelde **S** Dagmar Lichius **D** Josef Ostendorf (Josef Wesel), Marion Reuter (Anna Hammes), Evelyn Matzura (Roswitha Kloppenburg), Nikola Weisse (Paula Hammes), Bhasker (Ferin), Marek Jery (Witold) **L** 96 **FSK** – **FBW** w **E** 11. 5. 1995 **fd** –

Letzte Tage im Chez Nous
THE LAST DAYS OF CHEZ NOUS
Im Leben einer Schriftstellerin kriselt es. Ihre Ehe mit einem Franzosen hat schon bessere Tage gesehen, die sie einst bewundernde Schwester zeigt ihr die kalte Schulter. Als sie nach einem Ausflug mit ihrem Vater, der die Beziehung zu ihm klären soll, nach Hause zurückkehrt, sind alle Bindungen zerbrochen. Ein ambitioniert fotografiertes, aber

überkonstruiertes Familiendrama, das alle zwischenmenschlichen Probleme dieser Welt seiner Hauptdarstellerin auflädt. Ein quälerisches Melodram, das sich in einer grüblerischen Nabelschau erschöpft. – Ab 16 möglich.
Australien 1991 **P** Jan Chapman Prod. **V** offen **Pd** Jan Chapman **R** Gillian Armstrong **B** Helen Garner **K** Geoffrey Simpson **M** Paul Grabowsky **S** Nicholas Beauman **D** Lisa Harrow (Beth), Bruno Ganz (JP), Kerry Fox (Vicki), Miranda Otto (Annie), Kiri Paramore (Tim), Bill Hunter (Beths Vater), Lex Marinos (Angelo) **L** 96 **E** 12.4.1994 premiere **fd** –

Die letzte Verführung
THE LAST SEDUCTION
Eine Frau aus New York geht mit dem Geld, das ihr Mann, ein Medizinstudent, aus einem großen Drogendeal mitgebracht hat, auf und davon und taucht in einem Provinznest unter. Um von ihrem Mann loszukommen und das Geld behalten zu können, spannt sie einen Einheimischen für ihre mörderischen Pläne ein. Ein klug erdachter Kriminalfilm, der Motive des «film noir» wiederbelebt und sehr eigenständig variiert. Kühles Kalkül, gelegentlicher spröder Witz und in der Konstruktion angelegter Suspense ersetzen äußere Spannungs- und Gewaltmomente.
USA 1993 **P** ITC Entertainment **V** Kinowelt (Kino) / Splendid (Video) **Pd** Jonathan Shestack **R** John Dahl **B** Steve Barancik **K** Jeff Jur **M** Joseph Vitarelli **S** Eric Beason **D** Linda Fiorentino (Bridget Gregory), Peter Berg (Mike Swale), J.T. Walsh (Frank Griffith), Bill Nunn (Harlan), Bill Pullman (Clay Gregory), Herb Mitchell (Bob Trotter) **L** 106 **FSK** ab 16; f **E** 19.1.1995 / 29.5.1995 Video / 7.12.1995 premiere **fd** 31 155

Der letzte Wunsch
Authentischer Fall einer lebenslustigen 70jährigen Frau, die erfährt, daß sie Krebs hat. Als der Kampf gegen die Krankheit vergeblich ist, bittet sie ihre Tochter um Sterbehilfe. Der Film entstand nach den auch als Buch erfolgreichen Aufzeichnungen der Tochter, einer Nachrichtenkorrespondentin.
USA 1991 **V** offen **R** Jeff Bleckner **B** Jerome Kass, nach einem Buch von Betty Rollin **D** Maureen Stapleton (Ida), Patty Duke (Betty), Dwight Schultz (Ed), Marium Carvell (Belva), Maria Ricossa (Dr. Finlay) **L** 90 **E** 10.5.1995 Vox **fd** –

Die letzten kalten Tage
POSLEDNIYE KHOLODA
Drama um das Schicksal zweier Kinder in einem Dorf in Kasachstan im Jahr 1945: In den letzten Wochen des Zweiten Weltkrieges sind sie zusammen mit vielen anderen Russen evakuiert worden und leben nun unter ärmlichsten Verhältnissen. Die Mutter liegt im Krankenhaus, und die Kinder kämpfen gegen ihren Hunger, wobei sie zu Dieben werden müssen. Nach dem Tod der Mutter droht ihnen der Aufenthalt im Waisenhaus. (O.m.engl.U.)
Schwarz-weiß. Kasachstan 1993 **P** Katharsis Film Studio **V** Freunde der Deutschen Kinemathek **Pd** Maxim Smagulov **R** Bulat Iskakov, Bulat Kalymbetov **B** Bulat Iskakov, Bulat Kalymbetov, Satybaldy Narymbetov, nach einer Vorlage von Albert Likhanov **K** Sergej Osennikov **M** T. Mukhamedjanov **D** K. Baranova, V. Gusev, N. Bekturov, Z. Zhangalieva, V. Galganov **L** 70 **FSK** – **E** 1995 Kino **fd** –

Letzter Applaus für einen Basketballstar
FINAL SHOT: THE HANK GATHERS STORY
Ein Schwarzer aus armen Verhältnissen will sein Leben durch eine Karriere als Basketballspieler verändern. An Talent mangelt es nicht, doch er steht seiner Entwicklung selbst im Wege. Erst als er lernt, sich mit einem Rivalen zu arrangieren, rückt die Erfüllung seiner Träume in greifbare Nähe. Tragisch endende Sportlerbiografie, in der einmal mehr der amerikanische Traum zelebriert wird. – Ab 16.
USA 1992 **V** offen **R** Charles Braverman **D** Victor Love (Hank Gathers), Duane Davis (Bo Kimble), Nell Carter (Lucille Gathers), George Kennedy (Dave Hagen), Kevin White (Derek) **L** 92 **E** 4.11.1995 Super RTL **fd** –

Ein letzter Wille
Eine Zahntechnikerin wird zu ihrer sterbenden Mutter in die Lüneburger Heide gerufen. Gemeinsam mit ihrem Bruder pflegt sie die alte Frau, die nicht sterben kann, bevor nicht ihr letzter Wille erfüllt ist. Sie will nicht auf dem Friedhof im Nachbarort begraben werden, sondern im eigenen Eichenwäldchen. Die beiden Kinder nehmen den Kampf mit der Bürokratie auf und finden Verbündete. Ein moderner Heimatfilm ohne dramaturgische Höhepunkt, der seine Geschichte in den ruhigen Rhythmus der herbstlichen Heidelandschaft einbettet. Ein (fürs Fernsehen produzierter) Film über das Sterben in Würde, die Gegensätze von Tradition und Moderne, über Bewußtsein und Identität. – Ab 16.
Deutschland 1993 **V** offen **R** Kai Wessel **B** Beate Langmaack **K** Achim Poulheim **M** Michael Haase **D** Angela Winkler (Susanne Elling), Gottfried John (Paul El-

ling), Lotte Loebinger (Tine Elling), Kirsten Dene (Ebba Lütjohann), Gerhard Garbers, Dietmar Mues **L** 92 **E** 21.5.1995 ZDF **fd** –

Letztes Abendmahl

LAST SUPPER

Der als Fotograf berühmt gewordene Exilschweizer Robert Frank thematisiert in seinem mittellangen Film seine Schwierigkeiten mit der Kommerzialisierung seines Werks und der Legendenbildung um seine Person: Vertreter des New Yorker Kulturbetriebs feiern in einem Hinterhof in Harlem eine Party zu Ehren eines bekannten Buchautors, der aber auf sich warten läßt. Die leeren Gesten der Gäste werden als Hilflosigkeit einer Konsumwelt entlarvt. Unterbrochen wird die distanzierte Beobachtung des Party-Leerlaufs immer wieder durch Videobilder, Momentaufnahmen aus dem Leben der Schwarzen, der wahren Bewohner des Quartiers, die denn auch, als sich die gelangweilten Partygänger wieder verzogen haben, ihr Terrain mit einem ausgelassenen Fest zurückerobern.

USA / Schweiz 1992 **P** Vega / World Wide Int.TV **V** offen **Pd** Ruth Waldburger, Martin Rosenbaum **R** Robert Frank **B** Robert Frank, Sam North, Michael Rovner **K** Kevin Kerslake, Mustapha Barat (Videokamera), Robert Frank (Videokamera) **S** Jay Rabinowitz **D** Zohra Lampert (Frau), Bill Youmans (Sohn), Bill Rice (Lebensmittellieferant), Taylor Mead (Schauspieler), John Larkin (Jurist) **L** 52 **E** 14.11.1995 West 3 **fd** –

Lianen im Beton

Komödie. Die Liebe zu einem Indiomädchen bringt die rationale Welt eines deutschen Ingenieurs durcheinander, den ein Bauauftrag nach Ecuador gebracht hat. Im Dschungel erliegt er der Faszination von Exotik und Natur, während die Indios sich für jene technischen Errungenschaften interessieren, die er vergessen will.

Deutschland / Ecuador 1995 **V** offen **R+B** Richard Blank **K** Ramiro Bustamente **D** Rosa Poveda (Tamia), Christoph Baumann (Hans Wenker), Rossana Itturalda (Frau Minister), Augusto Garcia (Minister), Eckhard Kupke (Walter Simon) **L** 75 **E** 28.6.1995 ARD **fd** –

Das Licht des Quittenbaums

EL SOL DEL MEMBRILLO

Ein Maler arbeitet mehrere Monate an exakten Skizzen eines Quittenbaums, ehe er sein Vorhaben aufgibt. Je tiefer er in das Problem eindringt und dabei auch anderen, philosophischen Fragen nachspürt, um so klarer erkennt er seine eigene Stellung als Künstler und die Stellung des Menschen in der Welt. Die Beschäftigung mit einem «simplen» Sujet, einem naturalistischen Stilleben, dient dem tief philosophischen Film als Anlaß zu einer leidenschaftlichen Reflexion über die Schöpfung und zu einer faszinierenden Auseinandersetzung mit dem künstlerischen Schaffensprozeß – auch mit seinen ganz prosaischen Seiten. (O.m.d.U.)

Spanien 1992 **P** Martinez / Taillefer **V** offen **Pd** Carmen Martinez, Carlos Taillefer **R** Victor Erice **B** Victor Erice, Antonio López **K** Javier Aguirresarobe, Angel Luis Fernandez, José Luis López-Linares **M** Pascal Gaigne **S** Juan Ignacio San Mateo **D** Antonio López (Antonio), Maria Moreno (Maria), Enrique Gran (Enrique), José Carretero, María López **L** 130 **E** 22.6.1995 Südwest 3 **fd** –

Liebe

LJUBOW

Zwei junge Männer klappern auf der Suche nach der Frau ihres Lebens die Parties der Stadt ab. Sie lernen ein tartarisches und ein jüdisches Mädchen kennen. Die Wege der beiden Paare verlaufen sehr verschieden: Während die einen bald Hochzeit feiern, bereitet die jüdische Familie die Übersiedlung nach Israel vor. Ihr Geliebter versucht, die Herkunft der anonymen Anrufe zu klären, in denen die Auswanderungswilligen bedroht werden. Spielfilmdebüt eines Absolventen der Moskauer Filmhochschule, das realistische Hintergründe hat: die chaotischen Zustände eines Landes mit erschreckend anwachsendem Antisemitismus.

Rußland 1991 **P** TTL Films / Studio Zodiak **V** offen **R+B** Valerij Todorovskij **K** I. Diomin **M** V. Nazarov **S** A. Strelnikova **D** Jevgenij Mironov (Sascha), Natalia Petrova (Mascha), Dimitri Marianiv (Vadim), Tatjana Skorochodova (Marina), Natalja Vilkina (Maschas Mutter) **L** 106 **E** 21.2.1995 WDR **fd** –

Liebe hinter Gittern

LOVE CHILD

Von einem Vollzugsbeamten, der sich jeder Verantwortung entzieht, schwanger geworden, kämpft eine 18jährige Gefängnisinsassin um das Recht, das Kind zur Welt zu bringen. Belangloses (Fernseh-)Melodram nach einem authentischen Fall.

USA 1982 **V** offen **R** Larry Peerce **D** Amy Madigan (Terry Jean Moore), Beau Bridges (Jack Hansen), Mackenzie Phillips (J.J.), Albert Salmi (Captain Ellis), Joanna Merlin (Mrs. Sturgis) **L** 91 (Orig. 96) **E** 20.10.1995 ZDF **fd** –

Eine Liebe in Hollywood

TALES FROM THE HOLLYWOOD HILLS: NATICA JACKSON

Hollywood in den 30er Jahren: Eine junge Filmdiva auf dem Hö-

hepunkt ihrer Karriere fühlt sich einsam und unverstanden. Als sie bei einem Autounfall einen verheirateten Mann kennenlernt, scheint sich ihr Leben zu ändern. Doch die schwangere Frau des Geliebten macht ihr einen Strich durch die Rechnung. Nach einer Geschichte von John O'Hara entwickeltes Melodram vor dem Hintergrund der «goldenen Jahre» Hollywoods, das von der inneren Leere im Showgeschäft berichtet. – Ab 16.
USA 1987 **V** offen **R** Paul Bogart **B** Andy Wolk, nach einer Erzählung von John O'Hara **K** Thomas Sigel **D** Michelle Pfeiffer (Natica Jackson), Hector Elizondo (Morris King), George Murdock (Bud Loring), Holland Taylor (Ernestine King), David Ackroyd (Reginald Broderick) **L** 50 **E** 1.5.1995 ZDF **fd** –

Liebe ist ein Kinderspiel
L'AMOUR EST UN JEU D'ENFANTS
Liebeskomödie. Zwei Dreizehnjährige versuchen, ihre alleinstehenden Elternteile zusammenzubringen, erleben aber zunächst ein Fiasko: Der Vater des Jungen, ein schlampiger Comic-Zeichner, und die Mutter des Mädchens, eine karrierebesessene Anwältin, können sich nicht ausstehen, zumal die Juristin auch noch mit den Übernahmeverhandlungen für die Zeitung des Zeichners betraut wird.
Frankreich 1993 **V** offen **R** Pierre Grimblat **B** Jean-Claude Islert, Pierre Colin-Thibert **K** Jean Monsigny **M** Gérard Presgurvic **D** Richard Bohringer (Didier Ancelot), Isabel Otero (Axelle Aubin-Fournet), Robinson Stevenin (Benjamin Ancelot), Anita Lombard (Olivia Fournet), Samuel Labarthe (Cyril Fournet) **L** (TV) 93 **E** 16.10.1995 premiere **fd** –

Liebe ist kein Beweis
PREUVE D'AMOUR
Während einer Zugfahrt begegnet ein Reporter seiner Traumfrau. Die leidenschaftliche Liebe auf den ersten Blick verwickelt ihn jedoch unversehens in ein Verbrechen: Er gerät unter Mordverdacht und muß den wirklichen Täter finden. Handwerklich saubere, erzählerisch aber wenig überraschende Melange aus Liebes- und Kriminalfilm.
Frankreich 1987 **P** Sara **V** offen **Pd** Alain Sarde **R** Miguel Courtois **B** Philippe Combenègre **K** Yves Dahan **M** Préface **S** Marie Castro-Vazquez **D** Gérard Darmon (Martin), Anaïs Jeanneret (Lou), Philippe Combenègre (Le tueur), Sylvie Orcier (Picard), Jean Rougerie (Berthomieu) **L** 90 **E** 29.9.1995 Vox **fd** –

Liebe ist nicht bloß ein Wort
THIS CAN'T BE LOVE
Nach 50 Jahren steht einer einstigen Hollywood-Diva plötzlich der Mann gegenüber, mit dem sie fünf Tage verheiratet war. (Fernseh-)Komödie aus dem Schauspielermilieu, in der Katharine Hepburn und Anthony Quinn zum erstenmal gemeinsam vor der Kamera stehen. – Ab 12.
USA 1993 **V** offen **R** Anthony Harvey **B** Duane Poole **K** Larry Pizer **M** Peter Matz **D** Katharine Hepburn (Marion Bennett), Anthony Quinn (Michael Raymond), Jason Bateman (Marions Chaffeur Grant), Jamie Getz (Sarah), Maxine Miller (Wilma) **L** 89 **E** 24.12.1995 ARD **fd** –

Liebe kennt kein Warum
THICKER THAN BLOOD
Ein erfolgreicher Geschäftsmann kämpft nach fünf Jahren, als ihn seine zeitweilige Lebensgefährtin verläßt und jemand anderen heiratet, um den von ihm großgezogenen, abgöttisch geliebten kleinen Sohn. Zwar stellt sich heraus, daß er nicht der leibliche Vater ist, aber er kämpft vor Gericht um die Anerkennung der seelischen Bindung in einer psychologischen Vaterschaft und erhält das Sorgerecht zugesprochen. Ein konfektioniertes (Fernseh-) Gerichtsdrama ohne glaubhafte Darstellung. Irritierend auch durch die Beschreibung des amerikanischen Sorge- und Vaterschaftsrechts, das vom hiesigen Familienrecht völlig abweicht. (Weiterer Titel: «Nicht ohne meinen Sohn») – Ab 14 möglich.
USA 1993 **V** offen **R** Michael Dinner **B** Judson Klinger **K** Rene O'Hashi **M** Johnny Harris **D** Peter Strauss (Larry McLinden), Rachel Ticotin (Diane Middleton), Bob Dishy (Glen Schwartz), Brenda Bazinet (Mary), Damir Andrei (Ed Fields) **L** 90 **E** 27.1.1995 ARD **fd** –

Liebe ohne Schranken
MY KIDNAPPER, MY LOVE
Ein behinderter Mann nimmt eine ebenfalls behinderte Frau aus reichem Elternhaus bei sich auf. Sein Bruder will aus der Situation Kapital schlagen. Zerdehntes Drama mit Kriminaleinlagen.
USA 1980 **P** NBC / EMI / Roger Gimbel Prod. **V** offen **Pd** James Stacy **R** Sam Wanamaker **B** Louie Elias, nach einem Roman von Oscar Saul **K** Michael D. Margulies **M** Fred Karlin **D** James Stacy (körperbehinderter Mann), Glynnis O'Connor (behinderte Frau), J.D. Cannon (Bruder), Mickey Rooney, Jan Sterlin **L** 94 **E** 3.8.1995 RTL 2 **fd** –

Liebe und andere Geschäfte
SHE HAD TO SAY YES
Um das Geschäft anzukurbeln, setzt ein Verkaufsleiter seine attraktive Verlobte und Sekretärin zur Kundenbetreuung ein. Als sie einen neuen Verehrer findet,

stellen sich die unvermeidlichen Komplikationen ein. Routinierte Liebeskomödie, die ohne sonderliche inszenatorische Glanzlichter unterhält. – Ab 14 möglich.
Schwarz-weiß. USA 1933 **P** First National / Warner Bros. **V** offen **Pd** Henry Blanke **R** Busby Berkeley, George Amy **B** Rian James, Don Mullally, nach der Erzählung «Customer's Girl» von John Francis Larkin **K** Arthur Todd **M** Leo F. Forbstein **S** Ralph Dawson **D** Loretta Young (Florence Denny), Lyle Talbot (Danny Drew), Regis Toomey (Tommy Nelson), Suzanne Kilborn (Birdie), Winnie Lightner (Maizie) **L** 64 **E** 30. 10. 1995 ARD **fd** –

Liebe und andere Grausamkeiten
LOVE AND HUMAN REMAINS
Eine Gruppe Jugendlicher vor den Problemen des Alltags. Bei allem Ernst mit feinem Sinn für ironische und absurde Zuspitzungen inszeniert. Eine tragisch-brutale Dimension erhält der Film dadurch, daß eine der Figuren jeden Halt verliert und zum Mörder wird. Geschickt werden Verbindungen geknüpft, die in ihrer schnellen Abfolge eine Atmosphäre der Ruhelosigkeit erzeugen. So gelungen die Balance heterogener Momente im Film ist, so gezwungen wirkt jedoch das Ende. (Auch O. m. U.)
Kanada 1993 **P** Max Films / Atlantis **V** TiMe **Pd** Roger Frappier **R** Denys Arcand **B** Brad Fraser, nach seinem Bühnenstück **K** Paul Sarossy **M** John McCarthy **S** Alain Baril **D** Thomas Gibson (David), Ruth Marshall (Candy), Cameron Bancroft (Bernie), Rick Roberts (Robert), Joanne Vannicola (Jerri), Matthew Ferguson (Kane), Mia Kershner (Benita) **L** 100 **FSK** ab 16; f **E** 2. 3. 1995 / 25. 4. 1996 premiere
fd 31 201

Lieber reich und schön
LEPIEJ BYC PIEKNA I BOGATA
Komödie über die Anfangszeit der freien Marktwirtschaft in Polen. Eine Arbeiterin in einer polnischen Textilfabrik erhält von einem Anwalt aus Frankreich die Nachricht, daß sie die Fabrik geerbt hat. Der Jurist spekuliert darauf, daß die Erbin den Betrieb bald heruntergewirtschaftet haben wird und er billig an Grund und Boden kommt, aber die Arbeiterin erweist sich wider Erwarten als gewiefte und erfolgreiche Unternehmerin. – Ab 16.
Polen / Deutschland 1994 **P** SF Dom / Manfred Durniok Film / Ukrtelfilm / Dialog-Studio / Polnisches Fernsehen / Eurimages **V** offen **R + B** Filip Bajon **K** Krzysztof Ptak **M** Michal Lorenc **D** Adriana Biedrzynska (Dorota), Daniel Olbrychski (Anwalt), Marek Kondrat (Moniak), Anna Prucnal (Frau des Anwalts), Ryszard Pietruski (Direktor) **L** 89 **E** 19. 6. 1995 mdr **fd** –

Lies and Crimes
siehe: Unsere Welt war eine schöne Lüge

Life is Trouble
I LIKE IT LIKE THAT
Nachdem ihr Mann wegen eines Diebstahls ins Gefängnis muß, findet die Mutter dreier Kinder im puertorikanischen Viertel der Bronx über die Arbeit Gelegenheit zur Selbstverwirklichung. Als der Mann entlassen wird führt dies zu einer Reihe von Konflikten, die durch eine Affäre seinerseits und einen Seitensprung der Frau noch geschürt werden. Ein pralles Volksstück mit Hang zu deftigen Effekten und turbulenten Verwicklungen, das jedoch nie die sozialen und menschlichen Aspekte der Geschichte aus den Augen verliert und immer wieder anrührende Momente zu bereiten versteht. – Ab 16.
USA 1994 **P** Columbia **V** Columbia TriStar (Video) **Pd** Ann Carli, Lane Janger **R + B** Darnell Martin **K** Alexander Gruszynski **M** Sergio George **S** Peter C. Frank **D** Lauren Vélez (Lisette), Jon Seda (Chino), Rita Moreno (Chinos Mutter), Lisa Vidal (Magdalena), Jesse Borrego (Alexis), Griffin Dunne (Mr. Price) **L** 102 **FSK** ab 12 **E** 7. 11. 1995 Video
fd 31 730

Lifesavers – Die Lebensretter
MIXED NUTS
Drei Menschen betreiben eine Telefonseelsorgre für Selbstmordgefährdete, können jedoch nichts weiter als leere Phrasen bieten. Das ändert sich, als sie nach turbulenten Verwicklungen am Heiligabend ihr eigenes Lebensglück finden. Nun können sie einen verlassenen Ehemann vom Selbstmord abhalten, überzeugend vom Leben reden und die Notentbindung einer Frau betreuen. Trotz des Staraufgebots ein mißratener Weihnachtsfilm, der weder überzeugende Komik noch glaubwürdige Emotionen zu bieten hat. – Ab 14.
USA 1994 **P** TriStar Pictures **V** Columbia TriStar (Video) **Pd** Paul Junger Witt, Tony Thomas, Joseph Hartwick **R** Nora Ephron **B** Nora Ephron, Dela Ephron **K** Sven Nykvist **M** George Fenton **S** Robert Reitano **D** Steve Martin (Philip), Madeline Kahn (Mrs. Muchnik), Anthony LaPaglia (Felix), Juliette Lewis (Gracia), Rob Reiner (Dr. Kinsky), Rita Wilson (Catherine) **L** 93 **FSK** ab 12 **E** 12. 12. 1995 Video **fd** –

Lily
LILY IN WINTER
Als ihr Bruder ins Haus ihres Arbeitgebers einbricht, flieht eine schwarze Kinderfrau zu Mutter und unehelicher Tochter nach Alabama. Heimlich folgt ihr ihr kleiner weißer Schützling, ein

von seinen Eltern vernachlässigter Junge; seine Eltern glauben an eine Entführung und schalten das FBI ein. Ein betulich entwickeltes Melodram in sentimentalem Rahmen und biederer Inszenierung. Bevor sich alles im simplen Happy-End auflöst, zeigt der Film immerhin, wie Kinder unter Vernachlässigungen leiden, und entwirft zudem ein Bild des Rassismus und des schwarzen Selbstbewußtseins im Amerika der 50er Jahre. – Ab 10 möglich.
USA 1994 **P** MTE / Ascato **V** CIC (Video) **Pd** Anthony Santa Croce **R** Delbert Mann **B** Robert Eisele **K** Charles Mills **M** David Shire **S** Ralph E. Winters, Harry Kaye **D** Natalie Cole (Lily Covington), Brian Bonsall (Michael Towier), Cecil Hoffmann (Donna Towier), Dwier Brown (Jim Towier), Monté Russell (Booker Covington), Rae'Ven Kelly (Louetta) **L** 89 **FSK** ab 6 **E** 18. 10. 1995 Video **fd** 31 631

Lion Strike
LION STRIKE
Ein internationales Verbrecher-Kartell will mit schwarzgehandelten Atomwaffen die Weltherrschaft an sich reißen, läßt sich jedoch seine auf Diskette dokumentierten finsteren Pläne stehlen. Die Diskette gerät in die Hände eines zunächst ahnungslosen Krankenhausarztes, der sie sich selbst von einem ehemaligen Killer-Kommando des KGB nicht wieder abjagen läßt und so die Welt rettet. Ein einfältiges Spektakel voller hanebüchener Einfälle, in dem hirnlos herumgeballert wird. Die formalen Defizite sollen durch spekulative Gewaltdarstellungen kompensiert werden. – Wir raten ab.
USA 1994 **P** PM Entertainment **V** Ascot (Video) **Pd** Richard Pepin, Joseph Merhi **R** Rick Jacobson **B** Joseph John Barmettler jr **K** Garrett Griffin **M** John Gonzalez **S** Chris Worland, Fred Roth **D** Don «The Dragon» Wilson (Dr. Wu), Bobbie Phillips (Kelly), Morgan Hunter (Kruskev), John del Regno (Vinnie), Jonathan Wilson (Bobby Wu) **L** 88 (gek. 82) **FSK** ab 18 (gek.ab 16) **E** 8. 2. 1995 Video / 14. 7. 1995 premiere **fd** 31 288

Lionheart
LIONHEART
Ein junger Ritter nimmt sich zweier Kinder an, die sich als Freiwillige für den Kreuzzug des Königs Richard Löwenherz melden wollen. Unterwegs schließen sich ihnen noch weitere obdachlose Kinder sowie Waisenkinder an, die von einem mysteriösen Schwarzen Prinzen bedroht werden. Einfach strukturierter, aber aufwendig ausgestatteter Abenteuerfilm, der sich ohne Anspruch auf historische Genauigkeit an die Ereignisse im Umfeld des «Kinderkreuzzugs» von 1212 anlehnt.
USA 1987 **V** offen **R** Franklin J. Schaffner **M** Jerry Goldsmith **D** Eric Stoltz (Robert Nerra), Gabriel Byrne (der Schwarze Prinz), Nivola Cowper (Blanche), Dexter Fletcher (Michael), Deborah Barrymore (Mathilda), Nicholas Clay (Charles de Montfort) **L** 98 **E** 1. 1. 1995 Pro Sieben **fd** –

Lipstick Camera
THE LIPSTICK CAMERA
Eine junge Frau, die zum Film will, wird in eine Mordgeschichte hineingezogen. Sie verkauft dem Fernsehen eigene Filmaufnahmen vom Mörder, muß ihren sensationellen Dreh aber durch den Tod eines Freundes teuer bezahlen. Konstruierter Psychokrimi, fesselnd allein durch das einigermaßen überraschende Ende. Als ernsthafte Kritik an der Medienbranche zu platt und unglaubwürdig.
USA 1993 **P** Working Man Films **V** Fox (Video) **Pd** Victoria Maxwell **R** Mike Bonifer **B** Mike Bonifer, L. G. Weaver **K** M. David Mullen **M** Jeff Rona **S** Daniel Loewenthal **D** Brian Wimmer (Flynn Daily), Ele Keats (Omy Clark), Terry O'Quinn (Raymond Miller), Sandahl Bergman (Lilly Miller), Corey Feldman (Joule Iverson) **L** 87 **E** 14. 9. 1995 Video **fd** 31 581

Lisbon Story
LISBON STORY
Um einem befreundeten Regisseur bei seinem gescheiterten Stummfilm-Projekt zu helfen, reist ein Toningenieur nach Lissabon. Da der Regisseur zunächst unauffindbar ist, streift er durch die Stadt, sucht die Töne zu den Fragmenten des Stummfilms und verliebt sich in die Musik und die Sängerin einer portugiesischen Gruppe. Schließlich kann er dem zweifelnden Regisseur den Glauben an die Bedeutung traditionellen Kinos zurückgeben. Eine verspielte Hommage an das Kino, die nicht immer die angestrebte Leichtigkeit erreicht, jedoch zur vielfältigen Reflexion über das Kino, seine Vergangenheit, Entwicklung und Zukunft anregt. Ein Film, der von der bedingungslosen Liebe zu seinem Metier zeugt. – Ab 16.
Deutschland / Portugal 1994–95 **P** Road Movies / Madragoa **V** Pandora (Kino) / Filmgalerie 451 (Video) **Pd** Ulrich Felsberg, Paolo Branco **R + B** Wim Wenders **K** Lisa Rinzler **M** Madredeus, Jürgen Knieper **S** Peter Przygodda, Anne Schnee **D** Rüdiger Vogler (Phillip Winter), Patrick Bauchau (Friedrich Monroe), Ricardo Colares (Ricardo), Joel Ferreira (Zé), Vasco Sequeira (Lastwagenfahrer), Manoel de Oliveira **L** 100 **FSK** ab 6; f **FBW** w **E** 18. 5. 1995 / 28. 12. 1995 WDR **fd** 31 343

Little Indian
UN INDIEN DANS LA VILLE
Ein gestreßter Pariser Börsenmakler lernt nach 13 Jahren seinen mit seiner Mutter bei Amazonas-Indianern lebenden Sohn kennen und nimmt ihn mit nach Frankreich. Ein konventionell inszenierter, von sympathischen Hauptdarstellern getragener Komödien-Spaß, der die Konfrontation zwischen Naturkind und Zivilisationskrankheiten für eine Reihe netter Gags nutzt und manchmal sogar satirische Ansätze zeigt. – Ab 16.
Frankreich 1994 **P** Ice Films / T.F.1 / Canal + / Procirep **V** Tobis **Pd** Louis Becker, Edith Colnel **R** Herve Palud **B** Igor Aptekman, Thierry Lhermitte, Philippe Bruneau, Herve Palud **K** Fabio Conversi **M** Manu Katche, Geoffrey Oryema, Tonton David **S** Roland Baubeau **D** Thierry Lhermitte (Stephane), Patrick Timsit (Richard), Ludwig Briand (Mimi Siku), Miou-Miou (Patricia / Palikou), Arielle Dombasle (Charlotte) **L** 90 **FSK** ab 6; f **E** 29.6.1995 **fd** 31 413

Little Jo – Eine Frau unter Wölfen
THE BALLAD OF LITTLE JO
Nach der Geburt eines außerehelichen Kindes wird eine junge Frau von ihrem Vater verstoßen. Das Schicksal verschlägt sie in den Wilden Westen, wo sie sich aus Selbstschutz als Mann ausgibt und dieses Geheimnis bis zu ihrem Tod wahren kann. Balladenhafter Western nach einer wahren Begebenheit, der sich nicht in Goldgräberromantik ergeht, sondern die «schmutzige» Seite des Wilden Westens zur Schau stellt. Ein in langen Einstellungen fotografiertes Frauenschicksal, das bei aller Melancholie auch heitere Noten vorzuweisen hat, jedoch nie die rollenspezifische Gratwanderung der Frau aus den Augen verliert. – Ab 16.
USA 1993 **P** Fine Line Features / New Line Cinema **V** Columbia TriStar (Video) **Pd** Fred Berner, Brenda Goodman **R+B** Maggie Greenwald **K** Declan Quinn **M** David Mansfield **S** Keith Reamer **D** Suzy Amis (Josephine Monehan / «Little Joe»), Bo Hopkins (Frank Bagder), Ian McKellen (Percy Corcocan), David Chang (Tinman Wong), Anthony Heald (Henry Grey), Heather Graham (Mary Addie) **L** 116 **FSK** ab 12 **E** 25.4.1995 Video **fd** 31 750

Little Odessa
LITTLE ODESSA
Ein von Rächern gejagter Auftragsmörder trifft in seinem New Yorker Heimatviertel auf seinen Bruder, der ihm vom bevorstehenden Krebstod der Mutter berichtet. Um die Sterbende noch einmal sehen zu können, erpreßt der Killer seinen Vater, der ihn verstoßen hat. Die beim Besuch gemachten Versprechen kann er jedoch nicht einhalten. Spielfilmdebüt, das in einer wohldosierten Mischung aus stimmig inszenierter Gangster-Story und konsequent entwickelter Familientragödie auch Fragen nach Schuld, Sühne, Vergebung und der Notwendigkeit von Wertbewußtsein stellt. – Sehenswert ab 16.
Scope. USA 1994 **P** New Line Cinema **V** CI (Kino) / VMP (Video) **Pd** Paul Webster **R+B** James Gray **K** Tom Richmond **M** Dana Sano **S** Dorian Harris **D** Tim Roth (Joshua Shapira), Edward Furlong (Reuben Shapira), Maximilian Schell (Arkady Shapira), Vanessa Redgrave (Irina Shapira), Moira Kelly (Alla Shustervich), Natasha Andreichenko-Schell (Natasha) **L** 98 **FSK** ab 16; f **FBW** bw **E** 6.4.1995 / 17.10.1995 Video **fd** 31 296

Little Panda
LITTLE PANDA
Ein zehnjähriger Junge besucht seinen Vater, der in China einen Naturschutzpark für Panda-Bären leitet. Während einer Expedition wird der Vater verletzt. Der Junge und ein chinesisches Mädchen machen sich daraufhin allein auf die Suche nach einem Panda-Jungen, das von Wilderern entführt wurde und für den Fortbestand des Parks notwendig ist. Ein schlichter Abenteuerfilm, der das Problem des Tierschutzes nur am Rande berührt. Die Panda-Bären sind allein als Antriebsmoment und für putzige Tierszenen gut. – Ab 8.
USA 1994 **P** Warner Bros. **V** Warner Bros. **Pd** Lee Rich, John Wilcox, Gary Forster, Dylan Sellers **R** Christopher Cain **B** Jeff Rothberg, Laurice Elehwany **K** Jack N. Green **M** William Ross **S** Jack Hofstra **D** Stephen Lang (Michael), Ryan Slater (Ryan), Yi Ding (Ling), Wang Fei (Chu), Zhou Jian Zhong (Po) **L** 84 **FSK** ab 6; f **FBW** bw **E** 30.11.1995 **fd** 31 672

Little Princess
A LITTLE PRINCESS
Bevor er in den Ersten Weltkrieg zieht, bringt ein Captain seine kleine Tochter von Indien in ein New Yorker Internat, wo das fantasiebegabte Kind unter der Gefühlskälte der Heimleiterin zu leiden hat. Als die Nachricht vom Tod des Vaters eintrifft und das Mädchen mittellos dasteht, wird es vom Unterricht ausgeschlossen und zum Dienstmädchen degradiert. Ein einfallsreich inszeniertes, anrührendes Märchen, das geschickt mit Emotionen spielt, ohne sie zu sehr zu strapazieren, und dabei auch von der Macht poetischer Gegenwelten zu berichten weiß. – Ab 10.
USA 1994 **P** Baltimore Pictures **V** Warner Home (Video) **Pd** Mark Johnson **R** Alfonso Cuarón **B** Ri-

chard LaGravenese, Elizabeth Chandler, nach einem Roman von Frances Hodgson Burnett **K** Emmanuel Lubezki **M** Patrick Doyle **S** Steven Weisberg **D** Eleanor Bron (Miss Minchin), Liesel Matthews (Sara), Liam Cunningham (Captain Crewe / Prinz Rama), Vanessa Lee Chester (Becky), Rusty Schwimmer (Amelia Minchin) **L** 93 **FSK** o. A. **E** 22. 12. 1995 Video **fd** 31 702

Living in Oblivion
LIVING IN OBLIVION
Drei Episoden aus der Arbeit eines New Yorker Filmteams, die sich im nachhinein teilweise als Alp- und Angstträume zu erkennen geben. Auf verschiedenen Bewußtseinsebenen reiht der Film Pannen, Eitelkeiten und Eifersüchteleien aneinander und zählt äußerst lustvoll alle Faktoren auf, die zum Scheitern eines Films führen können. Eine reizvolle Farce, die Einblicke hinter die Kulissen des Filmbetriebes gewährt. – Ab 14.
Teils schwarz-weiß. USA 1995 **P** Lemon Sky / JDI **V** prokino plus **Pd** Marcus Viscidi, Michael Griffith **R + B** Tom DiCillo **K** Frank Prinzi **M** Jim Farmer **S** Camilla Toniolo **D** Steve Buscemi (Nick Reve), Catherine Keener (Nicole / Ellen), Dermot Mulroney (Wolf), Danielle von Zerneck (Wanda), James LeGros (Chad Palomino / Damian), Rica Martens (Cora, Nicks Mutter) **L** 90 **FSK** ab 12; f **E** 7. 9. 1995 **fd** 31 491

Liz Taylor Story
LIZ – THE ELIZABETH TAYLOR STORY PART 1 + 2
Ein als Skandalchronik angelegter zweiteiliger Fernsehfilm, der Lebensweg, Karrierestationen, Eheschließungen und Skandale der Schauspielerin Elizabeth Taylor aneinanderreiht. Ein bunter Bilderbogen, der mit ihrer Entdeckung für den Film «Lassie» (1944) beginnt und nach vielen gescheiterten Ehen mit dem Tod ihres Freundes Rock Hudson und ihrem Aufenthalt in der Betty-Ford-Klinik wegen ihrer Trunksucht endet. – Ab 16.
USA 1995 **V** offen **R** Kevin Connor **D** Sherilyn Fenn (Elizabeth Taylor), John Saxon (Richard Brooks), Angus MacFadyen (Richard Burton), William McNamara (Montgomery Clift), Troy Harris (James Dean) **L** 170 (85 + 85) **E** 25. / 26. 12. 1995 Vox (zwei Teile) **fd** –

Looosers!
Zwei in der Werbebranche arbeitende Freunde verkaufen der Konkurrenz unbrauchbare Ideen zu einer Post-Werbekampagne und werden nach der Entdeckung des Schwindels unter Druck gesetzt. Schließlich gewinnen sie mit ihren Ideen doch noch den Wettbewerb und einer von ihnen die verehrte Frau. Ein Zeitgeist-Film mit Sprüchen statt Dialogen, der nur durch unbeholfene Inszenierung und teilweise dilettantische Schauspielerführung auffällt. – Ab 16.
Deutschland 1994 / 95 **P** Avista / Kinowelt / Neue Sentimental Film / Sparks **V** Kinowelt **Pd** Herbert Rimbach, Tom Gläser, Thomas Häberle **R** Christopher Roth **B** Martin Rauhaus, Christopher Roth **K** Bella Halben **M** Sun Electric **S** Christopher Roth **D** Bernd Michael Lade (Karl), Oliver Korittke (Moritz), Liane Forestieri (Ulrika), Georgia Stahl (Rita), Jed Curtis (Jed Curtis) **L** 86 **FSK** ab 12; f **E** 9. 3. 1995 **fd** 31 224

Lost in Africa
LOST IN AFRICA
Eine Touristengruppe wird von afrikanischen Wilderern überfallen und gefangengenommen. Zwei Teenagern, die sich zunächst nicht sonderlich grün sind, gelingt die Flucht. Sie werden von dem Häuptlingssohn verfolgt, der den Tod seines Vaters rächen möchte, doch ein geheimnisvoller Elefant schützt sie vor allen Gefahren. Ein stimmungsvoll fotografierter Abenteuerfilm mit ausgezeichneten Tieraufnahmen, der allerdings ein wenig an seiner simplen Geschichte krankt. – Ab 14.
England 1994 **P** Hotspur / Archview Films **V** VPS (Video) **R + B** Stewart Raffill **K** Roger Olkowski **S** Peter Zinner **D** Jennifer McComb (Elisabeth), Ashley Hamilton (Michael), Mohammed Nangurai (Rabar), Timothy Ackroyd (Charles) **L** 93 **FSK** ab 12 **E** 23. 11. 1995 Video **fd** –

Lost Souls – Botschaft aus dem Jenseits
THEY WATCH
Ein Architekt, dessen elfjährige Tochter bei einem Verkehrsunfall ums Leben gekommen ist, begegnet einer Frau, die ihren herrschaftlichen Landsitz mit den Geistern «untoter» Kinder teilt, denen die ewige Ruhe versagt blieb. In diesem «Zwischenreich» begegnet er seiner verlorenen Tochter wieder, aber auch einer tödlichen Gefahr, die sein zweites Kind bedroht. Ein nach einer Kurzgeschichte von Rudyard Kipling gediegen inszeniertes fantastisches, stellenweise gar poetisches Traumspiel, das sich trotz einiger formaler Schwächen wohltuend von der Masse modischer Horror-Spektakel abhebt. – Ab 14.
USA 1993 **P** Viacom **V** Columbia TriStar (Video) **Pd** Bridget Terry **R** John Korty **B** Edithe Swensen, nach einer Kurzgeschichte von Rudyard Kipling **K** Hiro Narita **M** Gerald Gouriet **S** Jim Oliver **D** Patrick Bergin (Mark Samuels), Vanessa Redgrave (Florence Latimer), Valerie Mahaffey (Chris

Samuels), Nancy Moore Atchison (Nikki), Brandlyn Whitaker (Kaitlin) **L** 95 **FSK** ab 12 **E** 17.2.1995 Video **fd** 31 238

Lotta zieht um

LOTTA FLYTTAR HEMIFRAN

Weitere Episoden um «Lotta aus der Krachmachergasse»: In der in den 50er Jahren in einem schwedischen Dorf spielenden Geschichte geht es wieder um die Alltagssorgen des pfiffigen fünfjährigen Mädchens, das in einem verständnisvollen Elternhaus aufwächst. Eine die Harmonie betonende Kinderbuchverfilmung, die inszenatorisch wenig Eigenständiges bietet, in ihrer ruhigen, bisweilen auch betulichen Umsetzung aber dem Auffassungsvermögen der kleinsten Kinogänger entgegenkommt. – Ab 6.

Schweden 1993 **P** AB Svensk Filmindustri / Sveriges Television / Astrid Lindgrens Vårld **V** Wild Utopia (Kino) / Taurus (Video) **Pd** Waldemar Bergendahl **R** Johanna Hald **B** Astrid Lindgren, Johanna Hald, nach den gleichnamigen Erzählungen von Astrid Lindgren **K** Olof Johnson **M** Stefan Nilsson **S** Jan Persson, Christer Furubrand, Jean-Frederic Axelsson **D** Grete Havnesköld (Lotta), Linn Gloppestad (Mia), Martin Andersson (Jonas), Beatrice Järas (Mutter), Claes Malmberg (Vater), Margreth Weivers (Tante Berg) **L** 83 **FSK** o. A.; f **E** 26.1.1995 **fd** 31 163

Love is a Gun

LOVE IS A GUN

Ein junger Polizeifotograf verliebt sich in ein attraktives Model, woraufhin ihn bald Alpträume plagen, die etwas mit Zeit und Tod zu tun haben. Die Dinge, die er sieht, wiederholen sich in der Wirklichkeit. Ein doppelbödiger Thriller, der ein die Sinne täuschendes Spiel um Verschwörungs- und männliche Urängste betreibt: Die Welt wird zum fremden und feindlichen Kosmos, alle Frauen haben sich verschworen, die «ideale» Frau ist gar der Teufel.

USA 1994 **P** Krane Group **V** VPS (Video) **Pd** Jonathan D. Krane, Daniel Zelik Berk **R+B** David Hartwell **K** Charlie Lieberman **M** Fred Myrow **S** Marc Grossman **D** Eric Roberts (Jack Hart), Kelly Preston (Jean Starr), Eliza Roberts (Isabel), R. Lee Ermey (Frank Deacon), Joseph Sirola (Al Kinder) **L** 103 **FSK** ab 16 **E** 13.4.1995 Video / 22.12.1995 premiere **fd** 31 384

Love Potion No. 9

LOVE POTION NO. 9

Romantische Komödie. Ein schüchterner Biochemiker bekommt von einer Wahrsagerin einen Liebestrank und probiert ihn zusammen mit seiner unscheinbaren Arbeitskollegin aus, woraufhin beide von Verehrern und Verehrerinnen umschwärmt werden. Als der Mann merkt, daß er sich in seine nunmehr attraktive Kollegin verliebt hat, bedarf es eines weiteren Elixiers, um die Wirkung des ersten rückgängig zu machen.

USA 1992 **V** offen **R+B** Dale Launer **K** William Wages **M** Jed Leiber **D** Tate Donovan (Paul), Sandra Bullock (Diane), Dale Midkiff (Gary), Mary Mara (Marisa), Anne Bancroft (Wahrsagerin), Adrian Paul (Autofabrikant) **L** 97 **E** 6.4.1995 premiere **fd** –

Luce, Wanda, Jelena – Es war nicht ihr Krieg

Eine Italienerin, eine Norwegerin und eine Russin brechen im Zweiten Weltkrieg ihr Studium ab, um nach Deutschland zu gehen. Die Italienerin ist Faschistin, die Russin Kommunistin, die Norwegerin sympathisiert mit dem bürgerlichen antinazistischen Widerstand. 50 Jahre später reisen die drei Frauen noch einmal nach Deutschland, um den Ereignissen nachzuspüren. Aus ihren Erinnerungen und Kommentaren entstand ein Gedächtnisprotokoll des Krieges mit wechselnden Perspektiven, das vor allem auch die Frauen generell als Opfer von Kriegen herausstellt. Leider fügt der Dokumentarfilm der zeitgeschichtlichen Brisanz, die den Lebensläufen innewohnt, nichts hinzu. Das fehlende ästhetische Konzept reproduziert sich im dramaturgischen Unvermögen und erzeugt letztlich Langeweile. – Ab 14.

Deutschland 1994 **P** Renate Stegmüller Filmproduktion **V** Basis (16 mm) **Pd** Renate Stegmüller **R+B** Renate Stegmüller, Raimund Koplin **K** Thomas Plenert **M** Pietro Valente **S** Regina Forstner **D** Luce D'Eramo, Wanda Heger, Jelena Rschewskaja **L** 100 **FSK** – **FBW** w **E** März 1995 Kino / 27.4.1995 B 1 **fd** 31 297

Lucky Break – Leidenschaft in Gips

LUCKY BREAK

Eine Autorin erotischer Geschichten weckt die Aufmerksamkeit eines windigen Juwelenhändlers. Da sie sich ihres gelähmten Beines schämt, kommt ein Beinbruch gerade recht, um das angeborene Leiden zu kaschieren und mit dem Mann anzubandeln. Doch vor dem guten Ende gilt es, das Leben des Mannes gehörig zu ändern und ihn zu der Einsicht zu bringen, daß eine Behinderung einen Menschen nicht weniger liebenswert macht. Eine sich zum Ende hin immer turbulenter entwickelnde Komödie, die weitgehend vergnügliche Unterhaltung bereitet. Bei allem vordergründigen Witz doch von bemerkenswertem Tiefgang. – Ab 14.

Australien 1994 **P** Australian

Film Finance Copr. / Generation Film / Pandora **V** Atlas / Central **Pd** Bob Weis **R+B** Ben Lewin **K** Vincent Morton **M** Paul Grabowsky **S** Peter Carrodus **D** Gia Carides (Sophie), Anthony LaPaglia (Eddie), Rebecca Gibney (Gloria), Jacek Koman (Yuri), Mary-Anne Fahey **L** 91 **FSK** – **E** 7.12.1995 **fd** –

Ludwig 1881
LUDWIG 1881
Im Jahr 1881 unternimmt der Bayernkönig Ludwig II. mit dem Hofschauspieler Josef Kainz eine Reise in die Schweiz, während der der Mime Schillers «Wilhelm Tell» an Originalschauplätzen rezitieren soll. Ein auf den ersten Blick historisch angelegter Film. Seine weitgehend statischen Bilder verweisen aber auch auf die Unmöglichkeit der Gleichheit, und Ludwig II. wird als Medienmensch in modernem Sinne dargestellt. Besonders interessant: der Status der Natur, die zur Kulisse umfunktioniert wird. Intelligente Unterhaltung, die zu Überlegungen über Wahrhaftigkeit und die Macht der Medien anregt. – Ab 16.
Schweiz / Deutschland 1993 **P** Dubini / Tre Valli **V** Salzgeber & Co. **Pd+R** Donatello Dubini, Fosco Dubini **B** Donatello Dubini, Fosco Dubini, Barbara Marx **K** Matthias Kälin **M** Heiner Goebbels, Kronos Quartet **S** Donatello Dubini **D** Helmut Berger (Ludwig II.), Max Tidof (Josef Kainz), Dietmar Mössmer (2. Diener), Michael Schiller (1. Diener), Herbert Leiser (Hesselschwert), Nina Hoger (Sara) **L** 90 **FSK** o.A.; f **E** 11.5.1995 / 20.8.1995 arte **fd** 31 285

Ludwig van B. – Meine unsterbliche Geliebte
IMMORTAL BELOVED
Nach dem Tod des Komponisten Ludwig van Beethoven versucht sein Sekretär Schindler, die Adressatin seines letzten Willens zu finden. Ein gediegenes, aber wenig originelles und zunehmend langatmiges Komponistenporträt, das weit hinter früheren Versionen zurücksteht. (Titel auch «Meine unsterbliche Geliebte») – Ab 14.
Scope. USA 1994 **P** Icon **V** Columbia TriStar **Pd** Bruce Davey **R+B** Bernard Rose **K** Peter Suschitzky **M** Ludwig van Beethoven (Bearbeitung: Georg Solti) **S** Jiri Hlupy **D** Gary Oldman (Ludwig van Beethoven), Jeroen Krabbé (Anton Felix Schindler), Isabella Rossellini (Gräfin Anna Marie Erdödy), Johanna ter Steege (Johanna van Beethoven), Marco Hofschneider (Karl van Beethoven) **L** 121 **FSK** ab 12; f **E** 12.10.1995 **fd** 31 550

Luft
AIR / VAYU
Eine im Spannungsfeld von Unruhe und Meditation angesiedelte poetische Dokumentation, die sehr persönliche Bilder zu einem vielschichtigen Porträt Indiens zusammenstellt. Über die Sinne des Sehens und des Hörens vermittelt der Film seine Landschaftsimpressionen, um auf ganz eigene Weise den Blick auf die Geheimnisse und den Zauber des Landes zu lenken. (Originalfassung)
Frankreich 1994 **P** Le Jour-La Nuit / La Sept / arte / Centre Georges Pompidou **V** Freunde der Deutschen Kinemathek (16 mm) **R+B** Velu Viswanadhan **K** Velu Viswanadhan, Vinod Manakata **S** Philippe Labruyère **L** 60 **FSK** – **E** 1995 Kino **fd** –

Luggi L. ist nicht zu fassen
Annäherungen an die Lebensgeschichte und -stationen Ludwig Lugmeiers, der in den 70er Jahren von Banküberfällen lebte und durch seine spektakuläre Flucht aus einem Frankfurter Gerichtssaal Aufsehen erregte. Seit 1992 ist Lugmeier als Schriftsteller tätig. Der Film versucht, die zentralen Motive im Leben dieses Mannes in den Mittelpunkt zu stellen.
Deutschland 1995 **V** offen **R+B** Hans-Erich Viet **K** Peter van den Reek **L** 74 **E** 10.12.1995 ZDF
fd –

M

M.A.N.T.I.S.
M.A.N.T.I.S.
Verbrechen in Ocean City werden durch eine neue Art von Supermann eingedämmt. Während ein Journalist rechtsradikale Massensuggestion vermutet, kommt eine Krankenschwester hinter das wahre Geheimnis. Eine in den moralischen Intentionen vertretbare, doch erzählerisch abwegige Geschichte, die das Bild eines von Alltagskriminalität gereinigten Amerika aufzubauen versucht, in dem die Vernunft letztlich siegt. Pilotfilm zu einer sozial engagierten Science-fiction-Fernsehserie. – Ab 14.
USA 1993 **P** Universal **V** CIC (Video) **Pd** Steve Ecclesine **R** Eric Laneuville **B** Sam Hamm **K** William Dill **M** Joseph LoDuca **S** Steven Polivka **D** Carl Lumbly (Dr. Miles Hawkins), Bobby Hosea (Yuri), Gina Torres (Amy Ellis), Steve James, Obba Babatunde **L** 85 **FSK** ab 12 **E** 19. 10. 1994 Video / 8. 2. 1996 RTL **fd** 31 241

MacGruder & Loud: Keine Zeit für Flitterwochen
MACGRUDER & LOUD
Die Polizeibeamten Malcolm und Jenny sind nicht nur ein Paar im Streifendienst. Sie haben heimlich geheiratet, weil sonst der gemeinsame Dienst unmöglich wäre. Als sie den Tod eines korrupten Kollegen recherchieren, geraten sie in größte Gefahr. Konventioneller Fernseh-Krimi. – Ab 16.
USA 1985 **V** offen **R** Jerry London **B** Lane Slate **D** John Getz (Malcolm MacGruder), Kathryn Harrold (Jenny Loud), Ted Ross (Sergeant Debbin), Frank McCarthy (Sergeant Myhrum), Lee de Broux (Sergeant Hanson), John Pleshette (Skeat) **L** 90 **E** 29. 5. 1995 Kabel 1 **fd** –

MacGyver: Endstation Hölle
MACGYVER: TRAIL TO DOOMSDAY
Fortsetzung der erfolgreichen (Fernseh-)Serie: Der Agent und Actionheld wird Zeuge des Mordes an einem Freund. Als er auf eigene Faust ermittelt, kommt er einem illegalen Handel mit Uran auf die Spur. – Ab 16.
USA 1993 **V** offen **R** Charles Correll **D** Richard Dean Anderson (MacGyver), Beatie Edney (Natalia Kimm), Peter Egan (Frederick Moran), Alun Armstrong (Henry Capshaw), Nicholas Farrell (Paul Moran) **L** 93 **E** 17. 1. 1995 SAT 1 **fd** –

MacGyver: Jagd nach dem Schatz von Atlantis
MACGYVER: THE LOST TREASURE OF ATLANTIS
(Fernseh-)Actionfilm im Fahrwasser der «Indiana Jones»-Abenteuer. Gemeinsam mit seinem früheren Professor und einer Archäologin sucht MacGyver nach dem sagenhaften Schatz von Atlantis. Allerdings schaltet sich noch ein weiterer Interessent ins Spiel ein – ein zwielichtiger «Kunsthändler». – Ab 16.
USA 1993 **V** offen **R** Mike Vejar **D** Richard Dean Anderson (MacGyver), Brian Blessed (Professor Atticus), Sophie Ward (Kelly Carson), Christian Burgess (Lord Cleeve), Oliver Ford Davies (Carson) **L** 93 **E** 24. 1. 1995 SAT 1 **fd** –

Die Macht der Liebe
TORCH SONG
Nach dem Tod ihres dritten Mannes ist eine Schauspielerin völlig niedergeschlagen, schöpft aber durch die Bekanntschaft mit einem Feuerwehrmann neuen Lebensmut. – Ab 14.
USA 1993 **V** offen **R** Michael Miller **B** Leonora Thuna, Janet Brownell **D** Raquel Welch (Paula Eastman), Jack Scalia (Mike Lanahan), Alicia Silverstone (Delphine Eastman), George Newbern (Greg), Laura Innes (Ronnie) **L** 88 **E** 17. 10. 1995 RTL 2 **fd** –

Die Mächte des Wahnsinns
IN THE MOUTH OF MADNESS
Ein Versicherungsdetektiv wird von einem Verleger mit der Suche nach einem verschwundenen Horror-Schriftsteller beauftragt. Gemeinsam mit der Lektorin macht er sich auf die Reise und entdeckt den Autor als Opfer seiner selbst, beherrscht von den von ihm geschaffenen Romangestalten, an einem Ort, den es ebenfalls nur in seinem Roman gibt. Zwischen Fiktion und Realität angesiedelter Horrorfilm, der seine Kulturkritik an den die Hirne der Menschen manipulierenden Mächten mit auf die Magengrube zielenden Schockeffekten würzt. Für Freunde des Genres. – Sehenswert ab 16.
Scope. USA 1994 **P** New Line Cinema **V** CI-Vertriebsgemeinschaft (Kino) / VMP (Video) **Pd** Sandy King **R** John Carpenter **B** Michael de Luca **K** Gary B. Kibbe **M** John Carpenter, Jim Long **S** Edward A. Warschilka **D** Sam Neill (John Trent), Julie Carmen (Linda Styles), Jürgen Prochnow (Sutter Cane), Charlton Heston (Jackson Harglow), David Warner (Dr. Wren) **L** 95 **FSK** ab 16; f **E** 23. 2. 1995 / 5. 9. 1995 Video **fd** 31 257

Macon County Line
MACON COUNTY LINE
Haßerfüllt verfolgt der Sheriff einer kleinen Stadt in den Südstaaten zwei Brüder, die er für die Mörder seiner Frau hält. Obwohl sein Gehilfe die wahren Täter ermitteln kann, ist die Katastrophe nicht mehr zu verhindern. Blutiger, 1954 in Georgia angesiedelter Thriller nach tatsächlichen Begebenheiten.
USA 1974 **P** AIP **V** offen **Pd** Max

Baer **R** Richard Compton **B** Max Baer, Richard Compton **K** Daniel Lacambre **M** Stu Phillips **S** Tina Hirsch **D** Alan Vint (Chris Dixon), Jesse Vint (Wayne Dixon), Max Baer (Sheriff Morgan), Cheryl Waters (Jenny), Geoffrey Lewis (Hamp) **L** 87 **E** 11.11.1995 Kabel 1 **fd** –

MacShayne: Mord in Vegas

MACSHAYNE: THE FINAL ROLL OF THE DICE

Ein Casino-Detektiv wider Willen soll den Mord an einem Entertainer klären. Alle Indizien sprechen gegen dessen Partnerin, doch als ein Attentat auf ein Senatsmitglied verübt wird, wendet sich das Blatt. Kriminalroutine um den Sänger Kenny Rogers. – Ab 16.

USA 1993 **V** offen **R** E.W. Swackhamer **B** Ernie Wallengren **M** Larry Brown, Edgar Struble, Kenny Rogers jr., Bob DeMarco **D** Kenny Rogers (John J. MacShayne), Maria Conchita Alonso (Cindy Evans), Daniel Hugh-Kelly (Franklin Carter), Chris Young (Bernard Pinsky), Dey Young (Joan Carter) **L** 92 **E** 12.7.1995 Pro Sieben **fd** –

Mad Dogs And Englishmen

MAD DOGS AND ENGLISHMEN

Kriminalfilm. Die leidenschaftliche Liebe zwischen einem Motorrad-Freak und einer Tochter aus adligem Hause gerät durch einen Drogendealer in Gefahr, der auch die junge Frau mit Nachschub versorgte.

USA / England 1994 **V** offen **R** Henry Cole **D** Elizabeth Hurley (Antonia Dryer), C. Thomas Howell (Mike Stone), Jeremy Brett (Tony Vernon-Smith), Joss Ackland (Inspector Stringer), Louise Delamare (Sandy) **L** 115 (TV) **E** 3.12.1995 Vox **fd** –

Mad Love – Volle Leidenschaft

MAD LOVE

Ein Jugendlicher aus Seattle befreit seine unter manischer Depression leidende Freundin aus der Psychiatrie und flüchtet mit ihr Richtung Mexiko. Erst als ihm während der Reise schrittweise bewußt wird, daß ihr unberechenbares Verhalten tatsächlich pathologischer Natur ist, benachrichtigt er ihre Eltern. Ein einfühlsam inszeniertes und stimmungsvoll fotografiertes Psychodrama, das vor allem durch seine herausragende Hauptdarstellerin Intensität und Glaubwürdigkeit gewinnt. Mit seinem Plädoyer für professionelle stationäre Behandlung psychisch Kranker regt er zur Diskussion an. – Ab 16.

USA 1995 **P** Touchstone **V** Buena Vista **Pd** David Manson **R** Antonia Bird **B** Paula Milne **K** Fred Tammes **M** Andy Roberts **S** Jeff Freeman **D** Chris O'Donnell (Matt), Drew Barrymore (Casey), Matthew Lillard (Eric), Richard Chaim (Duncan), Robert Nadir (Coach) **L** 96 **FSK** ab 12; f **E** 21.9.1995 **fd** 31 530

Mad Wedding – Keine Hochzeit und fast ein Todesfall

STAGGERED

Ein eher unscheinbarer Spielzeug-Vorführer wird kurz vor seiner Hochzeit von seinem zu Streichen aufgelegten Freund entführt und splitternackt auf einer schottischen Insel ausgesetzt. Auf seinem Heimweg muß er sich mit zahlreichen Schwierigkeiten auseinandersetzen und zu allem Überfluß feststellen, daß der vermeintliche Streich in Wirklichkeit eine verbrecherische Intrige ist, bei der es um eine Erbschaft geht. Eine chaotische Komödie mit einigen verblüffenden Wendungen. Die Einfälle fallen qualitativ recht unterschiedlich aus und reichen von der skurrilen Pointe bis zur puren Albernheit. – Ab 16.

England 1993 **P** Big Deal Pictures **V** Highlight (Video) **Pd** Philippa Braithwaite **R** Martin Clunes **B** Paul Alexander, Simon Braithwaite **K** Simon Kossoff **M** Peter Brewis **S** Peter Delfgod **D** Martin Clunes (Neil), Michael Praed (Gary), Sarah Winman (Hilary), Sylvia Syms (Margret), Anna Chancellor (Carmen) **L** 95 **FSK** ab 12 **E** 21.2.1995 Video **fd** 31 289

Madagascar

MADAGASCAR

Eine Physiklehrerin und alleinerziehende Mutter in Kuba beklagt sich bei einem Arzt darüber, daß sie nur noch in der Lage ist, vom alltäglichen Leben zu träumen, das sich eintönig dahinschleppt. Ihre Tochter schwankt zwischen pubertärer Schwermut, religiöser Weltverlorenheit und der Sehnsucht nach einem imaginären Ort namens Madagascar. Eine schmerzliche Bestandsaufnahme vom Ende der Träume in Kuba: Der Film beschreibt ein Land zwischen realsozialistischer Tristesse und Wirklichkeitsflucht. (O.m.d.U.)

Kuba 1994 **P** Instituto Cubano de Arte y Indústria Cinematográficos (ICAIC) **V** Freunde der Deutschen Kinemathek **R** Fernando Pérez **B** Manuel Antonio Rodríguez, Fernando Pérez **K** Raúl Pérez Ureta **M** Edisio Alejandro **S** Julia Yip **D** Zaida Castellanos, Laura de la Uz **L** 50 **FSK** – **E** 1995 Kino **fd** –

Mädchen für alle Fälle

MAID FOR EACH OTHER

Nach dem Tode ihres Mannes muß eine ehemals verwöhnte weiße Frau sich als Hausangestellte bei einer spleenigen schwarzen Sängerin verdingen. Während einer Party findet sie den Ehemann ihrer Arbeitgeberin ermordet auf. Gemeinsam machen sich die beiden Frauen auf die Suche nach dem Mörder. Komödiantischer Kriminalfilm

als Vehikel für die Annäherung zweier unterschiedlicher Frauen. – Ab 14.
USA 1992 **P** NBC **V** offen **Pd** Don Enright, Les Alexander **R** Paul Schneider **B** Rob Gilmer, Andrew Smith **D** Nell Carter (Jasmine Jones), Dinah Manoff (Tibby Bloom), Joyce Van Patten, Garrett Morris, Robert Costanzo, Liz Torres **L** 89 **E** 18.3.1995 RTL 2 **fd** –

Das Mädchen mit dem schnellen Colt
BUCKEYE & BLUE
Romantische Westernkomödie um eine junge Frau, die sich nach dem Ende des Sezessionskrieges auf die Suche nach dem Mann begibt, der versprochen hatte, sie zu heiraten. – Ab 14.
USA 1995 **V** offen **R+B** J.C. Compton **D** Robyn Lively (Buckeye), Jeffrey Osterhage (Blue Duck Harris), Rick Gibbs (Frank), Will Hannah (Kane), Kenneth Jensen (Casper) **L** 88 **E** 2.12.1995 RTL 2 **fd** –

Madonna – Verlorene Unschuld
MADONNA – LOST INNOCENCE
Filmische Biografie nach der Lebensgeschichte des Popstars Madonna, die jedoch nichts über das Phänomen «Madonna» aussagt, sondern schlicht ihren Karriere-Willen darstellt und die Stationen ihres Erfolges bilanziert. Bemerkenswert: die guten schauspielerischen Leistungen und gelungenen Musiknummern. – Ab 14 möglich.
USA 1994 **P** Jaffe / Braunstein **V** Fox (Video) **Pd** Christine Sagan **R** Bradford May **B** Michael Murray **K** Bradford May **S** Bernadette Kelly **D** Terumi Matthews (Madonna), Dean Stockwell (Tony Ciccone), Wendie Malick (Camille Barbone), Jeff Yagher (Paul), Diana LeBlanc (Ruth Novak) **L** 86 **FSK** ab 12 **E** 10.8.1995 Video **fd** 31 502

Madra, das achtköpfige Drachenmonster
OROCHI, THE EIGHT-HEADED DRAGON
In einer mittelalterlichen japanischen Fantasy-Welt regiert ein weiser Prinz über ein Volk von ruhmreichen Kampfkünstlern. Längst glaubte man einen gefährlichen achtköpfigen Drachen getötet zu haben. Doch als dieser aus dem Schattenreich zurückkehrt und die Macht an sich reißen will, muß sich der Prinz mit einer Handvoll Gefolgsleute dem Kampf stellen. Ein Fantasy-Abenteuer, das mit einem höchst zerstörerischen Monster und einer Reihe von Trickeffekten aufwartet. – Ab 14 möglich.
Japan 1994 **P** Toho **V** VPS (Video) **R** Takao Okawara **D** Masahiro Takashima, Yasuko Sawaguchi, Sekiji Maro **L** 100 **FSK** ab 12 **E** 29.12.1994 Video **fd** 31 229

Maggie, Maggie
BREATHING LESSONS
Ein älteres Ehepaar setzt alles daran, die gescheiterte Ehe seines Sohnes zu kitten. Die positiven Veränderungen im Leben des jungen Mannes sollen die Grundlage für einen Neuanfang bilden. Doch alle Hoffnungen auf eine gemeinsame Zukunft scheinen Illusion zu sein. – Ab 14 möglich.
USA 1994 **V** offen **R** John Erman **D** James Garner (Ira Moran), Joanne Woodward (Maggie Moran), Kathryn Erbe (Fiona), Joyce Van Patten (Serena), Tim Guinee (Jesse) **L** 98 **E** 12.8.1995 Super RTL **fd** –

Magic Kid II
MAGIC KID II
Abenteuerlicher Jugendfilm. Als sich das Wunderkind Kevin, Karate-Champion und Star einer Ninja-Serie, entschließt, dem Fernsehen den Rücken zu kehren und eine kindgerechte Schul-Karriere zu machen, ziehen die Studio-Bosse alle Register, um seine Pläne zu boykottieren. Sogar das Leben von Kevins Onkel wird von ihnen bedroht. – Ab 12.
USA 1994 **V** offen **R** Stephen Furst **D** Stephen Furst (Onkel Bob), Ted Jan Roberts (Kevin Ryan), Don Gibb (Luther), Howie Mandel, Jennifer Savidge **L** 87 **E** 26.12.1995 RTL **fd** –

Magic Sounds – Musiker in Louisiana
MAGIC SOUNDS
New Orleans gilt als Welthauptstadt der Musik. Der Dokumentarfilm versucht, sich dem Lebensgefühl dieser Stadt, die durch eine Vielzahl unterschiedlicher Kulturen geprägt ist, anzunähern. Er stellt die Musiker in ihren Lebensbereichen vor und versucht, zu ihren musikalischen Wurzeln vorzudringen. Dabei werden die musikalischen Stilrichtungen (Blues, Jazz, Rock 'n' Roll, Cajun-Musik) vorgestellt, die den Rhythmus dieser Stadt beeinflussen. – Ab 16.
Deutschland / USA 1995 **P** NDR **V** offen **R** Boris Penth **L** 96 **E** 30.9.1995 arte **fd** –

Der magische Papagei
THE GOODBYE BIRD
Ein 15jähriger Junge, der immer wieder die Schule schwänzt, wird aus der Lehranstalt verwiesen. Darüber hinaus gerät er in Verdacht, den lateinisch sprechenden Papagei einer Lehrerin entführt zu haben. Als der Teenager einen Strafdienst in einem Tierheim antritt, findet er dort den verletzten Vogel und kann sich rehabilitieren. – Ab 10.
USA 1993 **V** offen **R** William Clark **B** Allen Nevins, Nancy Borgenicht **K** Matthew Williams **M** Gary William Friedman **D** Christopher Pettit (Frank Phillips), Cindy Pickett (Sharon Phillips), Concetta Tomei (Victoria van Borins / Doris), Wayne Rogers (Ray Whitney) **L** 90 **E** 6.8.1995 premiere **fd** –

Maigret in Nöten
MAIGRET ET L'ECLUSE
Auf einen reichen Unternehmer, der sich auf Wassertransporte spezialisiert hat, wird ein Mordanschlag verübt. Kommissar Maigret tappt im dunkeln. Als wenig später der Sohn des Opfers die Tat gesteht und sich aus Reue erhängt, wittert der Kriminalist ein Bauernopfer. Nach der Entdekkung einer zweiten Leiche ahnt Maigret die Zusammenhänge. Kriminalfilm nach einem Stoff von Georges Simenon. – Ab 16.
Frankreich 1993 **V** offen **R** Denys de la Patellière **D** Bruno Cremer (Jules Maigret), Jean Yanne (Emile Ducrau), Georges Staquet (Gassin), Jean-Claude Frissung (Janvier), Edwige Navarro (Aline), Françoise Bertin (Catherine) **L** 85 **E** 7. 8. 1995 VOX **fd** –

Maigret und die alte Dame
MAIGRET ET LA VIELLE DAME
Eine alte Dame glaubt, mit knapper Not einem Mordanschlag entgangen zu sein. Kommissar Maigret nimmt sich des Falles an und ist bald mit einer ganzen Reihe von Verdächtigen konfrontiert, die ein Motiv für die Tat hätten.
Frankreich 1994 **V** offen **R** David Delrieux **D** Bruno Cremer (Maigret), Odette Laure (Valentine), Béatrice Agenin (Arlette), Bernard Freyd (Charles), Olivier Cruveiller (Castaing) **L** 105 **E** 11. 9. 1995 VOX **fd** –

Maigret und die Freuden der Nacht
MAIGRET ET LES PLAISIERS DE LA NUIT
Nachdem eine Gräfin und eine Striptease-Tänzerin ermordet wurden, ermittelt Kommissar Maigret im Pariser Rotlicht-Milieu. Da sein neuer Assistent mit der Tänzerin eng befreundet war, wird der Fall rasch zur Privatsache. Folge einer Krimiserie an der sich namhafte (Film-)Regisseure beteiligten. – Ab 16.
Frankreich 1991 **V** offen **R** José Pinheiro **D** Bruno Cremer (Maigret), Philippe Polet (Lapointe), Marina Golovine (Lili) **L** 80 **E** 4. 9. 1995 VOX **fd** –

Mama
MAMA
Von ihrem Ehemann verlassen, muß sich eine junge Mutter allein um ihren geistig behinderten Sohn kümmern. Sie klammert sich verzweifelt an die Hoffnung, daß der Junge geheilt werden kann, und unternimmt viele vergebliche Versuche, ihn aus seinem Dämmerschlaf zu wecken. Der Kampf gegen die Krankheit bringt sie in soziale Konflikte mit ihrer Umwelt. Ein sehr bewegendes, aber ohne Sentimentalität erzähltes Drama über die Situation geistig behinderter Kinder in China, gestaltet in einer Mischform aus Fiktion und Dokumentation – die Spielhandlung wird mit Reportagen und Interviews verbunden. – Ab 16.
China 1991 **P** Xi'an **V** offen **Pd** Zhang Yuan, Huang King, Yu Shaokong **R** Zhang Yuan **B** Qing Jan **K** Zhang Jian **M** Wang Shi **S** Shuang Yuan **D** Qing Jan (Liang Dan, die Mutter), Huang Haibo (Dong Dong), Yu Shaokang, Pan Shakin **L** 80 (Orig. 89) **E** 13. 3. 1995 mdr **fd** –

Man Hunt
MAN HUNT
Die kambodschanische Mafia schwört blutige Rache, nachdem mehrere ihrer Mitglieder bei einer Schießerei mit der Polizei von Los Angeles getötet wurden. Ein hünenhafter Police-officer wird in die Morde verstrickt, ohne zu wissen, daß er selbst jener alten Kriegerkaste angehört, der auch das Oberhaupt der Mafia entstammt. Ein einfach, aber professionell konstruierter Kickbox-Thriller voller Massenschießereien, mit harten Zweikämpfen, etwas Sex und einigen primitiven Witzen über Kambodschaner und Russen. Rohe Gewalt wird als probates Mittel der Reaktion dargestellt und legitimiert. – Wir raten ab.
USA 1994 **P** ANA **V** Ascot (Video) **Pd** Alan Amiel **R** John Weidner **B** J. B. Lawrence **K** Garrett Griffin **M** Joel Goldsmith, Alex Wilkinson **S** Brian Chambers **D** Lorenzo Lamas (John Kang), James Lew (Prinz Samarki), Makko (Buun Som), Eric Pierpoint (Paddy White), Diane Dilascio (Lilly Kang) **L** 86 **FSK** ab 18 **E** 9. 5. 1995 Video **fd** 31 440

Man nannte ihn Bestie
... PO PROSWITSCHTSCHU «SWER»
Ein 25jähriger Handlanger der russischen Mafia wird in das berüchtigte Straflager STIR eingeliefert. Seine Mitgefangenen begegnen ihm aggressiv. Er zieht sich in seine Erinnerung zurück, um keinen Anlaß zu Strafaktionen zu bieten. Seine Rückbesinnung zeigt die Stationen seiner kriminellen Karriere und sein Verhältnis zur Geliebten eines Mafiabosses. Später gelingt ihm die Flucht. Ein durch seine verschachtelte Erzähltechnik interessanter Film, dessen negativer Held beispielhaft für die Entwicklung in der ehemaligen Sowjetunion steht.
Russland 1990 **V** offen **R** Alexander Muratow **D** Dmitri Pewzow (Saweli Goworkow), Tatjana Skorochodowa (Larissa), Boris Schtscherbakow (Alik), Juri Nasarow (Hauptmann Selinskij), Lew Prigunow (der Düstere), Wladimir Anikin (Viktor Warlamow) **L** 85 **E** 31. 5. 1995 ZDF **fd** –

Der Mann auf der Bettkante
Ein «unmoralisches Angebot» bringt Aufregung in das eintönige Leben einer verheirateten Journalistin: Ein Zuhälter bietet ihr 100 000 Mark für eine Liebes-

nacht. Sich frivol gebende Komödie. – Ab 16.
Deutschland 1995 **V** offen **R** Christoph Eichhorn **B** Evelyn Holst, nach ihrem Roman **D** Götz George (Jack Förnbeisser), Constanze Engelbrecht (Marlene Ellermann), Roland Renner (Hajo Ellermann), Dieter Montag (Michaelsen), Michael Gwisdek (Stachniak) **L** 75 **E** 8.10.1995 RTL **fd** –

Ein Mann für meine Tochter
MAD ABOUT YOU
Auf der Suche nach dem Mann fürs Leben gerät eine Tochter aus gutem Hause an einen erfolglosen Rockmusiker, der als Kellner jobbt und sich von ihrem Geld nicht beeinflussen läßt. Romantische Komödie. – Ab 14.
USA 1987 **V** offen **R+B** Lorenzo Doumani **D** Claudia Christian (Casey), Joseph Gian (Joey), Shari Shattuck (Renee), Adam West (Harris), David Gee (Gee) **L** 89 **E** 16.7.1995 Kabel 1 **fd** –

Man(n) sucht Frau
Ein 30jähriger Redakteur für Leserbriefe, der trotz Geliebter unter Torschlußpanik leidet, gibt eine Heiratsanzeige auf. Unter den 200 Zuschriften, die er erhält, ist auch der Brief einer Anwältin. Sie wird die Frau seiner Wahl, da sie ihm am solidesten erscheint. Bald jedoch erscheint ihm sein Zuhause langweilig und er betrügt seine Frau mit seiner früheren Geliebten. Eine Zeitgeist- und Beziehungskomödie mit eher melancholischem Ausgang, deren ungeschickte Aneinanderreihung von Klischees durch den hervorragenden Hauptdarsteller unterwandert wird: Er allein verleiht der Geschichte Profil und vor allem Witz. – Ab 16.
Deutschland 1994 **V** offen **R** Vivian Naefe **B** Klaus Poche, nach Motiven des Romans «My First Lady» von Christian Nürnberger-Gerster **K** Peter Doettling **M** One Tongue **D** Christoph Waltz (Christoph), Maja Maranow (Renate), Bettina Kupfer (Gesine), Heinrich Schafmeister (Herbert), Tatjana Blacher (Rita), Anika Pages (Julia) **L** 90 **E** 1.2.1995 ZDF **fd** –

Der Männerchor
Komödie, die die Geschichte der Reise eines isländischen Männerchores erzählt. Auf Wunsch des kurz zuvor verstorbenen, deutschstämmigen Chorleiters unternehmen die Sänger eine Reise über die Färöer-Inseln und Hamburg nach Siegburg, wo sie eine Statue des Toten aufstellen wollen. Begleitet werden sie von einer Verkäuferin, die die Fahrt beim Bingo-Spiel gewonnen hat. – Ab 12.
Island / Deutschland 1992 **V** offen **R+B** Gudny Halldórsdóttir **K** Jürgen Lenz **M** Sigurdur R. Jonsson **D** Ragnhjldur Gisladóttir, Garda Cortes, Egill Olafsson, Ulrike Bliefert, Siegfried Kernen **L** 87 (TV) **E** 10.3.1995 ARD **fd** –

Die Männerfalle
KILLER LOOKS
Einem Ehepaar, das sich für seine Sexspiele andere Männer einlädt, entgleitet die Kontrolle, als eines Tages der Kollege des Mannes mitmacht. Er zwingt dem Paar seinen Willen auf.
USA 1993 **V** offen **Pd** David James, Steven Hirsch, Todd Blatt, Toby Philips **R+B** Toby Philips **K** John Dirlam **S** Michael McCulloch **D** Michael Artura (Phil), Sara Suzanna Brown (Diana), Len Donato (Mickey), Dianne Hurley (Cynthia), Lene Hefner **L** 98 **E** 27.10.1995 premiere **fd** –

Die Märchen der Nacht
siehe: Die Märchen, in der Nacht erzählt

Die Märchen, in der Nacht erzählt
SKASKA, RASSKASANNAJA NOTSCHU
Vier Menschen treffen bei ihrer nächtlichen Wanderung durch einen Wald in einem leeren Haus zusammen. Um ihre Furcht vor der Dunkelheit zu vertreiben, erzählen sie sich Märchen. Der Film verbindet auf komplexe Weise die beiden Hauff-Märchen «Das Wirtshaus im Spessart» und «Das kalte Herz» zu einer eigenwilligen Geschichte, die stimmig und fesselnd inszeniert ist. Vergnügliche Unterhaltung nicht nur für Märchenliebhaber. (Westdeutscher Titel: «Die Märchen der Nacht») – Sehenswert ab 8.
Scope. UdSSR 1981 **P** Gorki-Studio **V** Progress (Kino) / EuroVideo (Video) **R** Irma Rausch **B** I. Fjodorow, nach den Märchen «Das Wirtshaus im Spessart» und «Das kalte Herz» von Wilhelm Hauff **K** Alexander Kowaltschuk, Oleg Runuschkin **M** W. Kuprewitsch **S** L. Drosdowa **D** Igor Kostolewski (Student), Alexander Lasarew (Räuber), Alexander Galibin (Peter), Alexander Kaljagin (Michel), Ramses Dshabrailow (Apotheker) **L** 74 **FSK** ab 6 **E** 13.7.1982 Kino DDR / 21.11.1982 DFF 2 / 1994 Video / 1.1.1995 B 1 **fd** 31 314

Maries Lied «Ich war, ich weiß nicht wo»
Die Tochter einer preußischen Landgräfin zu Zeiten der Befreiungskriege gegen Napoleon durchlebt während einer Sommerwoche die schmerzhafte Wandlung vom Mädchen zur Frau. Ein poetisches, traumnahes Kinodebüt mit starkem Formwillen, das durch nuancierte Lichtführung innere Räume und Atmosphären schafft, durch die sich eine historische Epoche ins Bewußtsein hebt. – Sehenswert ab 16.

Schwarz-weiß. Deutschland 1995 **P** Palladio Film / WDR / SWF / arte **V** Sputnik **Pd** Nico Brücher, Ulrich Felsberg **R** Nico Brücher **B** Nico Brücher, Kirstin von Glasgow **K** Jolanta Dylewska **M** Andras Schilling **S** Wanda Zerman **D** Sylvie Testud (Marie), Bastian Trost (Auguste), Veronica Quilligan (Fräulein Bettina), Martin Feifel (Friedrich), Carola Regnier (Gräfin von Kuttnow), Jean-François Perrier (Herr Tümmler) **L** 90 **FSK** ab 12; f **E** 14.9.1995

fd 31 533

Mars braucht Frauen

MARS NEEDS WOMEN

Marsbewohner wollen Frauen von der Erde entführen, um ihren Planeten neu zu besiedeln. Langweiliger Science-fiction-Film; billig gefertigt, dilettantisch inszeniert. Der Film stand lange Zeit auf der Liste der schlechtesten Hollywood-Produktionen. – Ab 16.

USA 1966 **P** Azalea **V** offen **Pd**+**R**+**B** Larry Buchanan **K** Robert Jessup **D** Tommy Kirk (DOP), Yvonne Craig (Dr. Marjorie Bolen), Byron Lord (Colonel Page), Anthony Houston, Larry Tanner **L** 80 **E** 31.10.1995 RTL **fd** –

Martyrium einer Mutter

MY SON JOHNNY

Von seinem drogenabhängigen und gewalttätigen älteren Bruder bedroht, erschießt ein 16jähriger Schüler ihn in Notwehr. Unter Mordanklage gestellt, ist der Junge auf die Aussage seiner Mutter angewiesen. Fürs Fernsehen inszeniertes Familiendrama. – Ab 16.

USA 1993 **V** offen **R** Peter Levin **B** Peter Nelson **D** Michele Lee (Marianne), Rick Schroder (Johnny), Corin Nemec (Anthony), Rip Torn **L** 90 **E** 4.4.1995 RTL 2 **fd** –

Mary Shelley's Frankenstein

MARY SHELLEY'S FRANKENSTEIN

Dem Roman Mary Shelleys nähergebrachte Neuverfilmung des «Frankenstein»-Stoffes. Während der Film in der ersten Hälfte ein dramatisches Bild der Lebensverhältnisse und der Prädispositionen des jungen Frankenstein entwirft, zerfällt er nach der Schaffung des «Monsters» in episodische Beschreibungen des Zwiespalts von Schöpfer und Geschöpf. Dem auch stilistisch zunächst interessanten Entwurf stehen die mangelnde Dämonie der Hauptfigur und die nicht durchgehend überzeugende Charakterisierung der Kreatur als Opfer hinderlich im Wege. – Ab 16.

USA 1994 **P** Tristar Pictures / Japan Broadcasting Satellite / The Indieprod. Company / American Zoetrope **V** Columbia TriStar (Kino) / Col.TriStar (Video) **Pd** Francis Ford Coppola, James V. Hart, John Veitch **R** Kenneth Branagh **B** Steph Lady, Frank Darabont, nach dem Roman «Frankenstein» von Mary Shelley **K** Roger Pratt **M** Patrick Doyle **S** Andrew Marcus **D** Robert de Niro (die Kreatur), Kenneth Branagh (Victor Frankenstein), Tom Hulce (Henry), Helena Bonham Carter (Elizabeth), Ian Holm (Victors Vater), Richard Briers (Großvater), John Cleese (Prof. Waldman), Aidan Quinn (Kapitän Walton) **L** 123 **FSK** ab 16; f **E** 5.1.1995 / 5.9.1995 Video **fd** 31 111

Die Maschine

LA MACHINE

Ein Wissenschaftler will zu Forschungszwecken für einige Augenblicke sein Gehirn mit dem eines Frauenmörders tauschen. Als das Experiment gelingt, weigert sich der Mörder aber, wieder in seinen Körper zurückzukehren. Ein zwischen «Dr. Jekyll und Mr. Hyde» und «Frankenstein» angesiedelter Science-fiction-Thriller, der seine spannende Geschichte durch Unwahrscheinlichkeiten in der Handlungsführung und die teilweise unkonzentrierte Darstellung unnötig beeinträchtigt. – Ab 16.

Frankreich / Deutschland 1994 **P** Hachette Premiere / DD / Prima / M6 Films / France 2 Cinema / Studio Babelsberg **V** Concorde (Kino) / Concorde (VCL) (Video) **Pd** René Cleitman **R**+**B** François Dupeyron, nach einem Roman von René Belletto **K** Dietrich Lohmann **M** Michel Portal **S** Noëlle Boisson **D** Gérard Depardieu (Marc Lacroix), Nathalie Baye (Marie Lacroix), Didier Bourdon (Michel Zyto), Erwan Baynaud (Leonard Lacroix), Natalia Wörner (Marianne) **L** 96 **FSK** ab 16; f **E** 18.5.1995 / 20.11.1995 Video **fd** 31 391

Master der Shaolin

NEW LEGEND OF SHAOLIN

Ein Meister des Kung Fu und sein Sohn kämpfen als die einzigen Überlebenden ihrer Familie gegen die brutale Unterdrückung der Mandschus. Sie retten fünf Kinder, denen man im Tempel der Shaolin, dem Zentrum des Kampfes für die alte Ming-Dynastie, das Geheimnis des Ming-Schatzes anvertraut hat. Historisierender Actionfilm mit technisch perfekten Kampfszenen, die die ohnehin fragmentarische Handlung in den Hintergrund drängen; ein auf Dauer sinnentleertes Spektakel. – Ab 14 möglich.

Hongkong 1994 **P** Upland Films **V** Splendid (Video) **Pd** Yang Teng Kuei **R** Wong Chong **B** Wong Ching **K** Tom Lau **M** Wong Bon **S** Angie Lam **D** Jet Lee (Hong Hey Kwun), Deanie Ip (Chiu Siu Sin), Yau Shuk Ching (Red Beau), Tse Miu (Hung Man Ting) **L** 88 **FSK** ab 12 **E** 15.3.1995 Video

fd 31 503

Masters of Horror Volume 1
VAULT OF HORROR (TALES FROM THE CRYPT) VOLUME 1
Vier recht unterschiedliche Episoden einer aufwendig produzierten Fernseh-Gruselserie, die moralische Geschichten mit makabren Schlußpointen erzählt. 1. «Doppelt genäht hält besser»: Ein Heiratsschwindler heiratet Zwillinge, die ihn am Ende zweiteilen. 2. «Zwischen Müll und Leichenwagen»: Zwei jugendliche Straftäter rächen sich blutig an einem Eisverkäufer, der sich als siamesisches Zwillingspaar entpuppt. 3. «Tödlicher Hinterhalt»: Ein Dieb auf einer vom Voodoo-Zauber beherrschten Pazifik-Insel bezahlt teuer für eine erbeutete schwarze Perle. 4. «Ein Souvenir mit Folgen»: Ein Fotojournalist mit Schaffenskrise tötet seinen Schüler und «erbt» dabei eine grauenvolle Tropenkrankheit. Eine recht blutrünstige, immerhin durch grimmige Ironie gebrochene Unterhaltung von recht unterschiedlicher Qualität. Lediglich die dritte Episode überzeugt als atmosphärisch dichtes, traditionelles Gruselstück und liefert ansprechende Genre-Unterhaltung.
USA 1991–93 **P** New World International **V** VPS (Video) **Pd** Gilbert Adler **R** Joel Silver (1), Russell Mulcahy (2), Tobe Hooper (3), Gary Fleder (4) **B** Fred Dekker (1), Scott Nimmerfro (2), Al Katz (3), Gilbert Adler (3), Scott Rosenberg (4) **K** Jan de Bont (1), Rick Bota (2,4), Levie Isaacks (3) **M** Michael Kamen (1), Brad Fiedel (2), David Mansfield (3), Jay Ferguson (4) **S** Stuart Baird (1), Mark Helfrich (1), Stephen Lovejoy (2), Stanley Wohlberg (3), Lou Angelo (4), **D** Joe Pesci (1), Jacqueline Alexandra (1), Kristen Amber (1), Bill Paxton (2), Lainie Kazan (2), Brad Dourif (2), Whoopi Goldberg (3), John Rhys-Davies (3), Roger Daltrey (4), Steve Buscemi (4), Lysette Anthony (4) **L** 105 **FSK** ab 18 **E** 3.3.1995 Video **fd** 31 395

Masters of Horror Volume 2
VAULT OF HORROR (TALES FROM THE CRYPT) VOLUME 2
Weitere Zusammenstellung mit Episoden einer Fernsehserie, die Kultstatus genießt und die durch die makabren Überleitungen des halbverwesten «crypt keeper» verbunden sind. 1. «Die Falle»: Ein gefeuerter Pizzafahrer läßt sich einen Totenschein ausstellen, um an die Lebensversicherung zu kommen, doch der dafür inszenierte Einbruch-Mord erweist sich als Eigentor. Eine amüsante Groteske, die mit den grellbunten Stereotypen des Comics jongliert. 2. «Aus eins mach' zwei»: Ein junge Kellnerin fordert in einem Holzfällercamp die Eifersucht ihres Mannes heraus, woraus sich eine fast klassische Mini-Tragödie zwischen Fantasy und Trash ergibt. 3. «Brennende Liebe»: Ein Rock-Sänger leidet unter einer Tätowierung auf seiner Brust, die das Innerste seiner Seele darstellt – ausgerechnet die asiatische Braut des Gitarristen seiner Band. Eine mit bitterem Ernst inszenierte Metal-Version der Beatles-Story. 4. «Der verkaufte Tod»: Ein skrupelloser Vertreter für imaginäre Liegeplätze auf einem Luxusfriedhof gerät an eine Familie, die nicht gut auf Vertreter zu sprechen ist. Die wohl amüsanteste Episode, die vom komischen Talent des gleich mehrfach auftretenden Hauptdarstellers lebt.
USA 1992–94 **P** New World **V** VPS (Video) **Pd** Gilbert Adler **R** Michael J. Fox (1), Russell Mulcahy (2), William Friedkin (3), Gilbert Adler (4) **B** Scott Alexander, Richard Christian Matheson, Larry Wilson, Al Katz, Gilbert Adler **K** Robert Draper, Rick Bota, John R. Leonetti **M** Peter Allen, Brian May, Merl Saunders, Michael Kamen **S** Lou Angelo, Robert De Maio, Anthony Adler **D** Teri Garr (1), Bruno Kirby (1), Bruce McGill (1), Brion Lames (2), Michelle Johnson (2), Billy Wirth (2), Yul Vasquez (3), Paul Hipp (3), Tia Carrere (3), Tim Curry (4), Yvonne de Carlo (4) **L** 104 **FSK** ab 18 **E** 30.3.1995 Video **fd** 31 376

Masters of Horror Volume 3
VAULT OF HORROR (TALES FROM THE CRYPT) VOLUME 3
Vier Grusel-Episoden; bei aller Versponnenheit eine erstaunliche Sammlung liebevoll gestalteter, in Inszenierung, Kameraführung und Ausstattung herausragender Kurzfilme. 1. «Abra Kadaver» über den makabren Scherz eines Chirurgen ist eine morbide, aber geistreiche, ohne direkte Schockeffekte nur schwer zu ertragende Reflexion über Leben und Tod; 2. «Der Aasgeier» ein intensives surrealistisches Wüstendrama um einen an einen Polizisten gekettèten Sträfling, der gegen einen Geier kämpft; 3. «Ball der einsamen Herzen» über einen Heiratsschwindler und die Rache seiner Opfer setzt die dünne Vorlage mit viel Sinn für visuellen Humor um; 4. «Der Nachfolger» verdichtet mit formaler Virtuosität einen abstrusen Fall kindlicher Verhaltensstörung. – Sehenswert.
USA 1991–92 **P** Tales from the Crypt Inc. **V** VPS (Video) **Pd** Gilbert Adler **R** Stephen Hopkins (1), Steven E. de Souza (2), Tom Hanks (3), Peter Medak (4) **B** Jim Birge (1), Steven E. de Souza (2), Donald Langtooth (3), Ron Finley (4) **K** Levie Isaacks (1), John R. Leonetti (3,4) **M** Alan Silvestri (1), Bruce Broughton (2), Jay Ferguson (3), Michael Kamen (4) **S** Stanley Wohlberg (1,2,4), Lou Angelo (3), **D** Beau Bridges (1), Tony Goldwyn (1), Tom Wright (1), Kyle MacLachlan (2), George Deloy (2), Treat

Williams (3), Frances Sternhagen (3), Tom Hanks (3), David Warner (4), Joan Severance (4) **L** 98 **FSK** ab 18 **E** 27.4.1995 Video **fd** 31 397

Masters of Horror Volume 4
VAULT OF HORROR (TALES FROM THE CRYPT) VOLUME 4
Weitere Episoden der Fernsehserie «Tales from the Crypt». 1. «Das Werwolf-Konzert»: Ein Werwolf sucht unter den Gästen eines abgeschiedenen Hotels seine Opfer, bis er von einem außergewöhnlichen Jäger überwältigt wird. 2. «Öl ist ein besond'rer Saft»: Eine hübsche Frau rächt sich an den Männern, die sie um ihr Vermögen betrogen haben. 3. «Das Spezialmenü»: Ein Restaurant hat erst Erfolg, als man den Gästen Menschenfleisch serviert. 4. «Wenn die Nacht kommt...»: Ein Geschäftsmann, der eine Anhalterin mitnimmt, kann seine Schizophrenie nicht verbergen. Ein einfallslose Variation von Genre-Stereotypen, selbstzweckhaft auf die kaum logische Schlußpointe zielend. Kaum spannend, allzu sehr auf Ekel-Effekte setzend.
USA 1992 / 94 **P** Tales from the Crypt **V** VPS (Video) **Pd** Gilbert Adler **R** Steve Perry (1), Paul Abascal (2), Gilbert Adler (3), Uli Edel (4) **B** Scott Nimerfro (1 + 2), Al Katz (3), Gilbert Adler (3), Ron Finley (4) **K** Rick Bota (1), Levie Isaacks (2), John R. Leonetti (3), Rick Bota (4) **M** Rick Marotta (1), Frank Becker (2), Nicholas Pike (3), Christopher Franke (4) **S** Stanley Wohlberg (1 + 4), Stephen Lovejoy (2), Robert De Maio (3) **D** Timothy Dalton (1) (Mr. Lokaiy), Beverly D'Angelo (1) (Janice Baird), Dennis Farina (1) (Mr. Antoine), Lou Diamond Phillips (2) (Jerry), Priscilla Presley (2) (Gina), Christopher Reeve (3) (Nick), Bess Armstrong (3) (Edna), Meat Loaf (3) (Chumley), Brooke Shields (4) (Norma), Perry King (4) (Roger), Michael J. Pollard (4) (Verkäufer) **L** 94 **FSK** ab 18 **E** 1.6.1995 Video **fd** 31 483

Masters of Horror Volume 5
VAULT OF HORROR (TALES FROM THE CRYPT) VOLUME 5
Ein weiterer Episodenfilm aus der Reihe «Masters of Horror». 1. «Die böse Seite»: Der Inhaber eines Chemiekonzerns wird von Schuldgefühlen über den Mord an seinem besten Freund buchstäblich zerfressen. 2. «Tote leben länger»: Ein Geschäftsmann wird Opfer eines Komplotts zwischen seiner Frau und seinem Arzt. 3. «Das Totengericht»: Ein Journalist erfährt am eigenen Leibe die fleischlichen Gelüste, die eine Gesellschaft zur würdevollen Bestattung Obdachloser antreibt. 4. «Das Haus des Schreckens»: Die Mutprobe zur Aufnahme in eine Studenten-Verbindung gerät außer Kontrolle. Sorgfältig entwickelte Horrorgeschichten voller grimmiger und grausiger Ironie. Die 2. Episode, an einen klassischen Plot angelehnt und mit subjektiver Kamera gefilmt, sticht durch die Verwendung digitaler Technik hervor. Durch sie konnte der längst verstorbene Humphrey Bogart in die Handlung einbezogen werden.
USA 1991 / 93 / 95 **P** New World Entertainment **V** VPS (Video) **Pd** Gilbert Adler **R** Greg Widen (1), Robert Zemeckis (2), Manny Coto (3), Bob Gale (4) **B** Greg Widen (1), Al Katz (2), Gilbert Adler (2), Manny Coto (3), Bob Gale (4) **K** Levie Isaacks (1), Rick Bota (2 + 4), Robert Draper (3) **M** Donald Markowitz (1), Alan Silvestri (2 + 4), Nicholas Pike (3) **S** Troy Takaki (1), Arthur Schmidt (2), Lou Angelo (3), Stanley Wohlberg (4), **D** Clancy Brown (1), Richard «Cheech» Marin (1), Humphrey Bogart (2), John Lithgow (2), Isabella Rossellini (2), Steven Weber (3), Rita Wilson (3), Keith Coogan (4), Brian Krause (4) **L** 108 **FSK** ab 18 **E** 21.12.1995 Video **fd** 31 752

Matlock: Aus Gier und Eitelkeit
MATLOCK: THE HAUNTED
Um ihre Mutter, die ihr das Leben schwermacht, zu Tode erschrecken zu können, überredet eine reiche Erbin einen Ganoven zu einer Gesichtsoperation, bei der er das Ansehen des toten Vaters annehmen soll. Der Plan gelingt, doch als ein zusätzlicher Mord geschieht, ist Staranwalt Matlock einmal mehr gefragt. Diffuses Abenteuer einer Krimiserie. – Ab 16.
USA 1993 **V** offen **R** Harvey Laidman **B** Gerry Conway **D** Andy Griffith (Ben Matlock), Brynn Thayer (Leanne), Daniel Roebuck (Cliff Lewis), Susan Walters (Melanie Kerns), Arlene Golonka (Mrs. Westmore) **L** 90 **E** 23.12.1995 Kabel 1 **fd** –

Matlock: Mr. Estes Vermögen
MATLOCK: THE FORTUNE
Staranwalt Matlock wird als Vermögensverwalter eines verstorbenen Millionärs eingesetzt. Als sich herausstellt, daß dieser ermordet wurde, fällt der Verdacht zunächst auf dessen Neffen, den Alleinerben. Doch Matlock und seine Mitarbeiter können den Kreis der Verdächtigen rasch erweitern. Serien-Krimi nach Schablone. – Ab 16
USA 1993 **V** offen **R** Leo Penn **B** Anne Collins **M** Dick de Benedictis **D** Andy Griffith (Ben Matlock), Brynn Thayer (Leanne), Daniel Roebuck (Cliff Lewis), Warren Frost (Billy Lewis), Michael Horton (Rick Stafford) **L** 93 **E** 16.12.1995 Kabel 1 **fd** –

Matusalem – Der Fluch des Piraten
MATUSALEM
An seinem Geburtstag hat der kleine Oliver eine unheimliche Begegnung – vor ihm steht ein Pirat, der ihn auf eine Reise in die Vergangenheit mitnimmt. Das Geburtstagskind soll dem Seeräuber dabei helfen, eine Mission zu erfüllen, an der er vor mehr als 250 Jahren gescheitert war. Mit vielen Spezialeffekten garnierter Abenteuerfilm für Kinder. – Ab 8.
Kanada 1993 **P** Claude Bonin Prod. **V** Atlas (Video) **Pd** Claude Bonin **R+B** Roger Cantin, nach seinem Roman **K** Michel Caron **M** Milan Kymlicka **S** Yves Langlois **D** Marc Labreche (Philippe de Beauchene), Emile Proulx-Cloutier (Oliver), Maxime Collin (Benoît), Steve Gendron (Laurent), Marie-France Monette (Hélène) **L** 103 **FSK** ab 6 **E** 22.1.1995 premiere / 1995 Video **fd** –

Die Maulwürfe
siehe: Die Paydirt – Schmutziges Geld

Die Mediocren
Die Liebesbeziehungen und Lebenskrisen zweier Männer und zweier Frauen zwischen 20 und 30, die vorgeben, an der Mittelmäßigkeit des Lebens zu leiden, damit aber nur ihre eigene Perspektivlosigkeit und innere Leere überdecken. Eine inszenatorisch überraschend kurzweilige, betont ausgeflippt-fröhliche «Zeitgeist»-Komödie mit einigen ironischen Spitzen, die sich aber weitgehend eines Kommentars enthält. Sie beschreibt die Personen sowohl in ihrer Lebendigkeit als auch in ihrer Unfähigkeit, einen Sinn in ihrem Dasein zu finden. Dadurch wird der Film zwischen den Zeilen zum ebenso amüsanten wie alarmierenden Seismografen für seelische Erschütterungen und Defizite.
Scope. Deutschland 1994 **P** JACK Filmprod. / NDR **V** Kinowelt **Pd** Bernd Medek, Jürgen Vogel **R+B** Matthias Glaser **K** Sonja Rom **M** Oliver Probst **S** Miles Fender, Marcel Peragine **D** Jürgen Vogel (Leo), Jasmin Tabatabai (Robin), Dani Levy (Jost), Andreja Schneider (Anna), Benjamin Barge (Bob) **L** 84 **FSK** ab 12; nf **FBW** w **E** 8.6.1995 **fd** 31 365

Ein Meer für Sarah
SARAH, PLAIN AND TALL
Eine Lehrerin aus Maine reist um 1910 nach Kansas, wo sie probeweise die Fürsorge für zwei Farmerkinder übernimmt, deren Mutter bei der Geburt des zweiten Kindes gestorben ist. Erst als der Witwer seine Trauer überwindet, können sich auch die beiden Erwachsenen annähern. Gefühlvolle Verfilmung eines Kinderbuches, die auf gediegene Familienunterhaltung abzielt. – Ab 12.
USA 1990 **P** Self Help / Trillium **V** Taurus (Video) **Pd** Glenn Close, William Self **R** Glenn Jordan **B** Patricia MacLachlan, Carol Sobieski, nach einem Roman von Patricia MacLachlan **K** Michael Fash **M** David Shire **D** Glenn Close (Sarah), Christopher Walken (Jacob), Margaret Sophie Stein (Maggie), Christopher Bell (Caleb), Lexi Randall **L** 98 **FSK** ab 6 **E** 11.4.1992 premiere **fd** –

Mega Cop
ONCE A COP
Eine Polizistin aus Peking hilft der Polizei in Hongkong bei der Aufklärung eines spektakulären Bankraubs. Ein technisch zwar aufwendiger, rundherum aber unglaubwürdiger Krimi, dessen Actionszenen man bereits dutzendfach gesehen hat. Grobschlächtig in der Inszenierung, hölzern gespielt.
Hongkong 1993 **P** Paragon Films **V** Splendid (Video) **Pd** So Hau Leung, Barbie Tung **R** Stanley Tong **B** Stanley Tong, Mok Tang Han, Sui Lai Kang **K** Ardy Lam **M** Richard Lo **S** Cheung Yiu Chung, Cheung Ka **D** Fai Michelle Khan (Hua), Yu Rong Guang (Ah Fung), Emil Chau (Martin Lee), Fan Siu Wong (Alan Wang), Chu Yan (Amie Lee), Jackie Chan **L** 99 **FSK** ab 18 **E** 20.2.1995 Video **fd** 31 505

1U04

Mein Freund, der Zombie
MY BOYFRIEND'S BACK
Ein verliebter Schüler inszeniert einen Überfall auf ein Geschäft, in dem seine Angebetete arbeitet, um ihr zu imponieren. Er platzt in einen tatsächlichen Überfall und wird erschossen. Doch die Liebe wirkt über den Tod hinaus, und der Teenager kehrt als Zombie wieder. Makabre Gruselkomödie mit einigen hintersinnigen Seitenhieben auf die amerikanische Kleinstadt-Mentalität.
USA 1993 **V** offen **Pd** Sean S. Cunningham **R** Bob Balaban **B** Dean Lorey **K** Mac Ahlberg **M** Harry Manfredini **D** Andrew Lowery (Johnny), Traci Lind (Missy), Danny Zorn (Eddie), Edward Herrman (Mr. Dingle), Mary Beth Hurt (Mrs. Dingle) **L** 81 **E** 5.9.1995 premiere **fd** –

Mein großer Freund Bigfoot
BIGFOOT – THE UNFORGETTABLE ENCOUNTER
Fernsehunterhaltung im Fahrwasser eines erfolgreichen Familien-Kinofilms. In den Wäldern Nord-Kaliforniens aktiviert ein Bigfoot, ein Wesen aus der Vorzeit, Journalisten, Jäger und Wissenschaftler. Es ist nicht, wie behauptet wird, gemeingefährlich,

sondern hilfsbereit und freundet sich mit einem Jungen, der sich verlaufen hat, an. Sie versuchen, dem Rest der Welt ein Schnippchen zu schlagen. – Ab 14.
USA 1994 **V** offen **R + B** Cory Michael Eubanks **D** Zachary Scott Bryan (Cody), David Rasche (Chaz), Matt McCoy, Rance Howard, Crystal Chappel, Clint Howard **L** 84 **E** 9. 9. 1995 RTL **fd** –

Mein Herz ist eine Flasche
Ein halbokumentarischer Film über Rückkehr und Selbstfindung: Die Co-Regisseurin und freie Künstlerin Hyun-Sook Song, die seit über 20 Jahren in Deutschland lebt, kehrt in ihre südkoreanische Heimat zurück. In einem kleinen Dorf nimmt sie an den religiösen Zeremonien teil, die die dreijährige Trauerzeit für ihren verstorbenen Bruder beenden. Der erste Teil des Films beobachtet das von der Dorfschamanin geleitete Festritual, ein zweiter kurzer Teil reflektiert den entfremdeten Umgang mit Tod und Sterben in Deutschland, bevor sich im abschließenden Teil Hyun-Sook Song selbst einer schamanistischen Initiationszeremonie unterzieht.
Deutschland 1994 **P** Jochen Hiltmann Film **V** Hiltmann Film, Herzhorn **Pd+R + B** Hyun-Sook Song, Jochen Hiltmann **K** Bernd Meiners **S** Andrew Bird, Jörn Steger **L** 85 **FSK** – **E** Juni 1995 **fd** –

Mein Herz will Rache
DESPERATE JUSTICE
(Fernseh-)Drama um einen Fall von Selbstjustiz. Nachdem der mutmaßliche Täter aus Mangel an Beweisen freigesprochen wurde, erschießt eine Mutter den Mann, der angeklagt war, ihre 12jährige Tochter vergewaltigt und mißhandelt zu haben. Daraufhin muß sie sich selbst vor Gericht verantworten. – Ab 16.
USA 1993 **V** offen **R** Armand Mastroianni **B** John Robert Bensink **K** Paul Onorato **M** Laura Karpman **D** Lesley Ann Warren (Carol Sanders), Bruce Davison (Bill Sanders), Annette O'Toole (Ellen Wells), Shirley Knight (Mrs. Warden), Missy Crider (Jill Sanders) **L** 89 **E** 20. 1. 1995 ARD **fd** –

Mein lieber Mann
Auf dem Weg in die Ferien «vergißt» ein Urlauber seine Ehefrau an einer Tankstelle. Die Verzweiflung der Zurückgebliebenen dauert indes nicht lange; sie nutzt die Gelegenheit zu einem Urlaub nach ihren eigenen Vorstellungen. Die Komödie ist die Abschlußarbeit einer dffb-Studentin. – Ab 14.
Deutschland 1994 **P** DFFB **V** offen **R** Eva-Maria Bahlrühs **B** Martin Theo Krüger, Eva-Maria Bahlrühs **K** Hagen Bogdansky **D** Astrid Meyerfeld (Gerlinde Schwarze), Heinz-Werner Kraehkamp (Volker Schwarze), Lisa Bahlrühs (Vanessa Schwarze), Michael Atmann (Bauer), Annett Kruschke (Mona) **L** 90 **E** 4. 10. 1995 N3 **fd** –

Mein lieber Mann und ich
Seiner Arbeit wegen vernachlässigt ein Schauspieler die Familie. Die Frau sucht sich, von ihrem Leben nicht ausgefüllt, eine Arbeit. Die Eheleute haben mehrere Konflikte und Krisen zu bewältigen, bevor sie Beruf und Familie miteinander verbinden können.
DDR 1974 **P** DEFA **V** offen **R + B** Klaus Gendries **K** Eberhard Borkmann **M** Friedhelm Schönfeld **S** Vera Nowark **D** Angelica Domröse (Angelika Minhoff), Klaus Piontek (Gerd Minhoff), Rolf Hoppe (Bellmann), Ernst Kahler (Werner Richter), Michael Gwisdek (Schmidtchen) **L** 105 **E** 5. 1. 1975 DFF 1 / 8. 7. 1995 ORB **fd** –

Mein täglicher Mord
HEADS
Schwarze Komödie um den Korrektor einer Zeitung, der unversehens in eine Mordserie gerät. Weil auch der Chefreporter seines Blattes zu den Opfern zählt, erhält er die Chance, die Berichterstattung über den Serienkiller zu übernehmen. Bald jedoch ist er selbst der Hauptverdächtige.
Kanada 1993 **V** offen **R** Paul Shapiro **B** Jay Stapleton, Adam Brooks **D** Jon Cryer (Guy Franklin), Jennifer Tilly (Tina Abbot), Shawn Alex Thompson (Clay Fox), Edward Asner (Abner Abbot), Barbara Hamilton (Brandice) **L** 96 **E** 16. 8. 1995 RTL 2 **fd** –

Mein Traum, meine Liebe, meine Hoffnung
Das Porträt der 80jährigen Künstlerin Eva Siao, die als überzeugte Sozialistin seit 50 Jahren in China lebt und seit 30 Jahren die chinesische Staatsbürgerschaft besitzt. Ein Dokumentarfilm mit Spielsequenzen über ein ungewöhnliches Leben, das trotz harter Proben und vieler Enttäuschungen von der großen Gelassenheit und Heiterkeit der Protagonistin zeugt. – Ab 16.
Deutschland 1993 **P** Yucca **V** Yucca (Video) / Yucca (16 mm) **R + B** Martina Fluck **K** Jürgen Hoffmann **M** Christopher Mache, Hannes Wienert, Heike Dormeier, Sant **S** Maike Samuels, Martina Fluck **L** 93 **FSK** o. A.; f **fd** 31 281

Mein unbekannter Ehemann
Da ihr Geliebter, ein schwarzafrikanischer Asylbewerber, von der Abschiebung bedroht ist, verheiratet eine lebenslustige junge Frau ihn kurzerhand mit ihrer Freundin. Der frischgebackene Ehemann stürzt das bislang in geordneten Bahnen verlaufene Leben seiner Frau in ein erfrischen-

des Chaos und entfacht ihre Liebe. Ein sympathischer Spielfilm, der mit Vorurteilen aufräumt und Hemmungen abzubauen versucht. – 16.
Deutschland 1994 **P** SWF / arte **V** offen **Pd** Susan Schulte **R** Andreas Dresen **B** Laila Stieler **K** Andreas Höfer **M** Rainer Rohloff **S** Monika Kretschmann **D** Sabine Urig (Britta), Ade Sapara (Farouk), Jeanette Arndt (Claudia), Dirk Glodde (Bernd), Rade Radovic (Mirko) **L** 86 **E** 9.6.1995 arte **fd** –

Mein Vater hatte recht
MON PERE AVAIT RAISON
Autobiografisch gefärbtes, komödiantisches Kino-Debüt Sacha Guitrys um Liebe, Alter, Jugend und die Beziehung zwischen Vater und Sohn. Ein Mann wird von seiner Frau verlassen und zieht seinen Sohn allein auf. Als dieser erwachsen ist, lehnt er eine Heirat mit seiner Verlobten ab, da er den Vater nicht allein lassen will. Doch die junge Frau weiß Rat: Sie stellt dem Schwiegervater in spe eine ihrer Freundinnen vor. (O.m.d.U.) – Ab 14.
Schwarz-weiß. Frankreich 1936 **V** offen **R+B** Sacha Guitry **K** Georges Benoit **M** Adolphe Borchard **D** Sacha Guitry (Charles Bellanger), Paul Bernard (Maurice Bellanger), Jacqueline Deubac (Loulou), Betty Daussmond (Germaine Bellanger), Pauline Carton (Marie Ganion) **L** 87 **E** 10.3.1995 arte **fd** –

Mein wunderbarer Cadillac
VALENTINO RETURNS
Kalifornien in den 50er Jahren: Ein unsicherer junger Landarbeiter hat Schwierigkeiten mit seinem Job und seinen frustrierten Eltern, vor allem aber mit dem anderen Geschlecht. Auf Kredit kauft er sich einen pinkfarbenen Cadillac namens «Valentino Returns», der ihm zu Chancen bei den Mädchen verhelfen soll. Doch das Auto kann seine Probleme nicht lösen: Schon bei seiner ersten Eroberung gerät er in handfesten Streit mit dem Vater des Mädchens. Atmosphärisch zwar stimmiges, aber weitgehend spannungsloses Drama mit brauchbaren Darstellern, das den Zuschauer etwas ratlos läßt, da er sich kaum mit den verschiedenen Situationen und Stimmungswechseln vertraut machen kann. – Ab 16.
USA 1987 **P** Owl / Skouras **V** offen **Pd** Peter Hoffman, David Wisnievitz **R** Peter Hoffman **B** Leonard Gardner **K** Jerzy Zielinski **S** Denine Rowan **D** Frederic Forrest (Sonny), Veronica Cartwright (Pat), Barry Tubb (Wayne Gibbs), Jenny Wright (Sylvia), Miguel Ferrer, Leonard Gardner (Lyle) **L** 88 **E** 27.5.1995 ZDF **fd** –

Meine Bären und ich
THE BEARS AND I
Ein Vietnam-Veteran zieht in der kanadischen Wildnis drei Bärenjunge auf und schlichtet den Streit zwischen Regierungsbeamten und Indianern, die umgesiedelt werden sollen. Gefühlvolle Disney-Abenteuerunterhaltung mit schönen Landschaftsaufnahmen. – Ab 12.
USA 1974 **P** Buena Vista **V** offen **Pd** Winston Hibler **R** Bernard McEveety **B** John Whedon, nach dem Roman von Robert Franklin Leslie **K** Ted D. Landon **M** Buddy Baker **S** Gregg McLaughlin **D** Patrick Wayne (Bob Leslie), Chief Dan George (Häuptling Peter A-Tas-Ka-Nay), Andrew Duggan (Commissioner Gaines), Michael Ansara (Oliver Red Fern), Robert Pine (John McCarten) **L** 89 **E** 3.12.1995 ZDF **fd** –

Meine Freundin Max
MON AMIE MAX
Das Schicksal einer Frau, die mit 17 Jahren ihr neugeborenes Kind zur Adoption weggeben mußte und sich 25 Jahre später auf die Suche nach ihrem Sohn macht. Ein emotional aufwühlender Film mit melodramatischer Akzentuierung. Überzeugend nicht nur die Dichte der Erzählung, sondern auch die beeindruckende Hauptdarstellerin, diese Pluspunkte werden jedoch durch die dem Fernsehen verpflichtete Bildwirkung beeinträchtigt.
Kanada 1994 **P** Les Productions du Verseau **V** offen **R** Michel Brault **B** Jefferson Lewis **K** Sylvain Brault **M** François Dompierre **S** Jacques Gagné **D** Geneviève Bujold (Max), Johanne McKay (Max mit 15), Marthe Keller (Catherine), Marie Guillard (Catherine mit 15), Michel Rivard (Denis) **L** 106 **E** 19.11.1995 B 3 **fd** –

Meine Reise ist nicht zu Ende
OSAKA STORY
Film über die Auflösung überkommener Verhaltensweisen in Japan. Nachdem er drei Jahre auf Filmschulen in den USA und England war, kehrt der Filmemacher Toichi Nakata zu seiner Familie zurück und wird mit deren aktuellen Konflikten konfrontiert. Während die Geschwister versuchen, eigene Wege zu gehen und zwangsläufig mit der Tradition brechen, verharren die Eltern in ihren tradierten Rollen. Der Filmemacher ist nicht nur Chronist dieser Veränderungen, sondern muß sich selbst und seine Homosexualität in diesen Prozeß einbringen.
Japan 19?? **V** offen **R+B** Toichi Nakata **L** 75 **E** 9.12.1995 S 3 **fd** –

Meine unsterbliche Geliebte
siehe: Ludwig van B. – Meine unsterbliche Geliebte

Meine Welt zerbricht
MY NAME IS KATE
Nach einer Entziehungskur muß eine ehemalige Alkoholikerin er-

kennen, daß ihr Mann seit Jahren eine Geliebte und sie verlassen hat. Trotz dieses Schicksalsschlages bleibt der befürchtete Rückfall aus. Melodramatischer Fernsehfilm. – Ab 16.
USA 1993 **V** offen **R** Rod Hardy **B** George Eckstein **D** Donna Mills (Kate Bannister), Daniel J. Travanti (Hal Bannister), Eileen Brennan (Barbara Mannix), Nia Peeples (Annie), Ryan Reynolds (Kevin) **L** 89 **E** 19. 9. 1995 RTL 2
fd –

Memory Run
MEMORY RUN
Ein Gangster gerät in die Mühlen einer High-Tech-Diktatur, die sein Gehirn in den Körper seiner erschossenen Geliebten transplantiert. Am Ende wird er vom Forschungsleiter erlöst, der zuvor seine Ermordung zwecks Spurenbeseitigung verhindert. Genreüblicher Endzeit-Thriller mit teilweise detailiert ausgemalten Gewaltszenen, der aus den Zukunftsängsten seiner Zuschauer Profit zu schlagen versucht.
USA 1994 / 95 **P** Lifenet / Fries-Schultz Film Group **V** VPS (Video) **Pd** Andy Emilio, Dale Hildebrand **R** Allan A. Goldstein **B** Dale Hildebrand, Allan A. Goldstein, nach einer Novelle von Hank Stine **K** Curtis Peterson **M** Fred Brennan **S** Evan Landis **D** Karen Duffy (Josette / André / Celeste), Chris Makepeace, Saul Rubinek (Dr. Munger), Matt McCoy (Gabriel), Lynne Cormack (Dr. Merain), Torri Higginson **L** 90 **FSK** ab 18 **E** 16. 6. 1995 Video **fd** 31 520

Men of War
MEN OF WAR
Ein schwedischer Söldner, der mit seinen Kumpanen im Auftrag zweier smarter Geschäftsleute eine paradiesische Insel im südchinesischen Meer erobern soll, kommt zur Einsicht und wendet sich mit der Bevölkerung gegen die weißen Eindringlinge. Ein fades Söldner-Abenteuer mit verlogener Moral; brutal und mit reichlich pyrotechnischem Zauber in Szene gesetzt. – Wir raten ab.
USA 1993 **P** Pomarance / Grandview Avenue **V** Deutscher Video Ring (Video) **Pd** Arthur Goldblatt, Andrew Pfeffer **R** Perry Lang **B** Stan Rogow, John Sayles, Ethan Reiff, Cyrus Voris **K** Ronn Schmidt **M** Gerald Gouriet **S** Jeffrey Reiner **D** Dolph Lundgren (Nick), Charlotte Lewis (Loki), B.D. Wong (Po), Anthony John Denison (Jimmy D), Trevor Goddard (Keefer), Kevin Tighe (Merrick) **L** 96 (gek. 75) **FSK** ab 18 (gek. ab 16) **E** 1995 Video
fd 31 209

Menmaniacs – The Legacy of Leather
Dokumentation von Veranstaltungen der internationalen Sado-Maso-Homosexuellen-Szene in Chicago, San Francisco und New York, bei denen sie die Schönsten und Originellsten aus ihren Reihen wählt. Das Spektakel wird sensibel und unterhaltsam eingefangen, ohne die Hintergründe zu erhellen. Prominente Vertreter erzählen vom Leben in dieser Szene. Ethische Fragen bleiben ausgespart.
Deutschland 1994 / 95 **P** Galeria Alaska **V** Eigenvertrieb Jochen Hick, Hmbg. **Pd** Jochen Hick, PC Neumann **R + B + K** Jochen Hick **M** Charly Schöppner **S** Micheline Maske **L** 86 **FSK** – **E** 24. 8. 1995 **fd** 31 547

Mercedes mon Amour
MERCEDES MON AMOUR
Ein goldfarbener Mercedes, in drei Jahren vom Munde abgespart, ist der ganze Stolz eines türkischen Straßenkehrers in München. Ihn will er den Verwandten in Anatolien vorstellen, doch die Reise entwickelt sich zum Alptraum. Am Ende ist nicht nur das Auto ein Wrack, sondern auch der Mann steht vor den Trümmern seines Lebens. Eine filmisch simple Groteske in Slapstick-Manier, die grobe Verzeichnungen benutzt, um ein düsteres Bild der türkischen Gesellschaft und des menschlichen Wesens zu entwerfen. (O. m. d. U.) – Ab 16.
Deutschland / Schweiz / Frankreich / Türkei 1995 **P** Manfilm / L'Européan / CNC / DRS / Evren Film **V** Salzgeber & Co. **Pd** Guy Perol **R + B** Bay Okan, nach einem Roman von Adalet Agaoglu **K** Orhan Oguz **M** Vladimir Cosma **S** André Gaultier **D** Ilyas Salman (Bayram), Valérie Lemoine (Kezban), Micky Sebastien (Ayfer), Alexander Gittinger (Bullifahrer), Savas Yurttas (Veli) **L** 97 **FSK** ab 12; f **E** 25. 5. 1995 **fd** 31 449

Merlin Jones – Der Mann, der zuviel wußte
siehe: Die übersinnlichen Abenteuer des Merlin Jones

Metal Beast
METAL BEAST
Der machtbesessene Leiter eines biotechnischen Instituts der US-Army schafft aus einer Leiche, in der ein Werwolf steckt, einen unbesiegbaren Tiermenschen mit künstlicher Haut aus Metall, der grausam mordend durch das Institut zieht. Eine Mischung aus Werwolf-, Frankenstein- und Alien-Filmen, die keine einzige originelle Sequenz aufweist. Das Produkt geschäftstüchtiger Einfallslosigkeit bezieht allenfalls ein Quentchen an Spannung, wenn es sich zwischenzeitlich auch Ängste um die neuen biochemischen Technologien zu eigen macht.
USA 1994 **P** Blue Ridge **V** Highlight (Video) **R** Alessandro De Gaetano **D** Barry Bostwick (Dr. Miller), Kim Delaney (Dr. De

Carlo), Brian Brophy (Dr. Taylor), Mario Burgos (Chef Ramon) **L** 88 **FSK** ab 18 **E** 21.2.1995 Video **fd** 31 291

Metal Skin

METAL SKIN

Zwei Jungen in den Randbezirken von Melbourne lieben frisierte Autos; zwei Mädchen suchen einen Platz im Leben der beiden Jungen. Am Ende ist eines der Mädchen tot, und auch einer der Jungen stirbt hinter dem Lenkrad seines Autos. Dem Film geht es nicht um Realismus und sozialkritische Analysen, vielmehr will er existentielles Unbehagen formulieren. Trotz diskussionwerter Ansätze bleibt er dabei allzu sehr vordergründigen Effekten verhaftet, wobei das Ungewöhnliche und Fremdartige zu demonstrativ ausgestellt wird.

Australien 1994 **P** Australian Film Finance Arrow Investment / Daniel Scharf Prod. **V** Highlight (Video) **Pd** Daniel Scharf **R+B** Geoffrey Wright **K** Ron Hagen **M** John Clifford White **S** Bill Murphy, Jane Usher **D** Aden Young (Joe), Tara Morice (Savina), Nadine Garner (Roslyn), Ben Mendelsohn (Dazey), Petre Gheorghiu (Joes Vater) **L** 109 **FSK** ab 18 **E** 17.10.1995 Video **fd** 31 625

Metamorphosen

«Geschichten über phantastische Gestalten an archetypischen Kreuzpunkten und Orten, über Rituale, über das Lieben, Essen, Töten» (Achim Freyer). Der Film entwickelt aus diesem Anspruch ein surreales, assoziatives Spiel um menschliche Befindlichkeiten und Verhaltensmuster, die er zu einer eigenwilligen poetischen Form überhöht. Stilmittel sind u.a. die des zeitgenössischen Tanztheaters und der Clownerie, wobei der Film dem musikalischen Prinzip von Thema und Variation folgt.

Deutschland 1993 **P** Loft Vertrieb + Verlag **V** Freunde der deutschen Kinemathek **Pd** Manfred Frei **R+B** Achim Freyer, Johannes Grebert (Mitarbeit) **K** Bodo Kessler **M** Olivier Messiaen, Erik Satie, Dieter Schnabel **D** Zorro Babel Fuchs, Ralf Harster, Michael Hirsch, Rainer Homann, Pavel Janicek, Anna Karger **L** 80 **FSK** – **E** 1995 Kino **fd** –

Meteore auf dem Asphalt

BOLIDI SULL ASFALTO

Ein junger Fahrzeugschlosser und begeisterter Motorradfan träumt von einer Karriere als Rennfahrer, zu der ihm aber die finanziellen Mittel fehlen. Gerade als er seine Hoffnungen endgültig aufgeben will, meldet ihn ein Freund kurzerhand für ein Weltmeisterschafts-Rennen an. Komödie, deren dürftige Handlung nur als Beiwerk für die zahlreichen Rennszenen dient. – Ab 16.

Italien 1971 **P** Capricorno Transcontinental Pictures **V** E.A.T. (Video) **R** Bruno Corbucci **B** Mino Guerrini, Luigi De Santis, Marino Onorati **K** Fausto Zuccoli **M** Enrico Polito **S** Ornella Micheli **D** Giacomo Agostini, Sergio Leonardi, Daniela Giordano, Isabella Savona, Armando Francioli **L** 89 **FSK** ab 6 **E** 29.4.1988 DFF 2 / 1995 Video / 6.5.1995 mdr **fd** –

Meyer aus Berlin

Der Berliner Sally Meyer nimmt Urlaub von der Ehe und reist nach Berchtesgaden. Bereits am ersten Tag trifft er die reizende Kitty, die er fortan als Urlaubsflirt auserkoren hat. Als sich seine Frau und Kittys Verlobter vor Ort einstellen, trübt sich die Ferienidylle. Ein erst 1989 in Amsterdam wiederentdeckter, lange Zeit verschollener Lubitsch-Film, in dem er selbst die Hauptrolle des charmanten und schlagfertigen Berliner Juden spielt. Die vorliegende Fassung ist mit neuen Zwischentiteln und einer neuen Filmmusik versehen. – Ab 12.

Schwarz-weiß. Deutschland 1918 **P** Projektions-AG Union **V** offen **R** Ernst Lubitsch **B** Hanns Kräly, Erich Schönfelder, Ernst Lubitsch **K** Alfred Hansen **M** Aljoscha Zimmermann **D** Ernst Lubitsch (Sally Meyer), Ethel Orff (Paula, seine Frau), Heinz Landsmann (Harry), Trude Troll (Kitty) **L** 100 **E** 1.3.1918 / 5.5.1995 arte **fd** –

Die Mia Farrow Story

LOVE AND BETRAYAL: THE MIA FARROW STORY

Ein von Voyeurismus und Sensationsgier geprägter Film, der die «Liebesgeschichte» zwischen Woody Allen und seiner Adoptivtochter Soon Yi aufbereitet. Allen wird als Großstadt-Neurotiker dargestellt; im Leben seiner damaligen Frau, der Schauspielerin Mia Farrow, wird eifrig nach Erklärungen und Beweisen für ihren Rachefeldzug gegen Allen gewühlt. – Ab 16.

USA 1994 **P** Fox Circle **V** Fox (Video) **Pd** Terence A. Donnelly **R** Karen Arthur **B** Cynthia A. Cherbak **K** Tom Neuwirth **M** David Michael Frank **S** Caroline Biggerstaff **D** Patsy Kensit (Mia Farrow), Dennis Boutsikaris (Woody Allen), Grace Una (Soon-Yi Previn), Richard Muenz (Frank Sinatra), Robert LuPone (Andre Previn) **L** 152 **FSK** ab 12 **E** 14.9.1995 Video **fd** 31 613

Miami Rhapsody

MIAMI RHAPSODY

Eine kurz vor der Hochzeit mit einem Tierarzt stehende Werbetexterin entdeckt, daß all ihre Familienmitglieder in außerehelische Affären verwickelt sind. Irritiert in ihren Vorstellungen von einem harmonischen Familienleben, bringt sie die Beziehung zu

ihrem Verlobten auf eine freundschaftliche Ebene, um nach einer Zeit der Trennung vielleicht einen neuen Anfang zu finden. Der Versuch einer Beziehungskomödie mit Tiefgang scheitert vor allem an der einfallslosen Inszenierung, die auch durch gelegentliche Zynismen nicht besser wird. Auch in der Charakterzeichnung weitgehend eindimensional. – Ab 16.
USA 1994 **P** Hollywood Pictures **V** Buena Vista **Pd** Barry Jossen, David Frankel **R + B** David Frankel **K** Jack Wallner **M** Mark Isham **S** Steven Weisberg **D** Sarah Jessica Parker (Gwyn Marcus), Gil Bellows (Matt), Mia Farrow (Nina Marcus), Paul Mazursky (Vic Marcus), Antonio Randeras (Antonio) **L** 95 **FSK** ab 6; f **FBW** w **E** 1.6.1995 **fd** 31 374

Michelle
Ein junger Taxifahrer findet eine Tote und nimmt die Leiche als seine «Braut» mit in seine Wohnung, um der Einsamkeit zu entfliehen. Der in einer langen Rückblende inszenierte Film umschreibt Beziehungslosigkeit, Kontaktarmut und Kommunikationslosigkeit in einer menschenfeindlichen Umwelt. Die weitgehend dichte Inszenierung leidet unter der gewollt symbolischen Ebene, die dem durchaus aussagekräftigen Film aufgezwungen wurde.
Schwarz-weiß. Österreich 1994 **P** Kurt Haspel Prod. **V** Filmkundliches Archiv Köln **Pd+R** Kurt Haspel **B** Kurt Haspel, Anton Preinsack **K** Helmut Wimmer **M** Ines Kargel **S** Kurt Haspel **D** Michael Balaun (Karl), Barbara Demmer (Michelle), Hellmuth Hron (1. Psychiater), Fritz Holy (2. Psychiater), Marta Dangl **L** 66 **fd** 31 573

Middle of the Moment
Artisten des französischen «Cirque O», Tuareg-Nomaden in der südlichen Sahara und der amerikanische Dichter, Clown und Philosoph Robert Lax werden in einem Hohelied auf das Nomadendasein an sich zusammengeführt. In seinen stärksten Augenblicken vereint der Film hohen dokumentarischen bzw. ethnologischen Wert mit höchstmöglicher, fast intimer Nähe zum Alltag der Protagonisten. Er verzichtet auf exotisch-spekulative Motive und auf abgegriffene Dokumentarfilm-Konventionen. Leider haftet ihm durch die konstruierte Gleichsetzung grundverschiedener menschlicher Daseinsformen gelegentlich ein Moment der Koketterie an. – Ab 16.
Schwarz-weiß. Deutschland / Schweiz 1995 **P** Cine Nomad / Balzli & Cie **V** Der andere Blick **Pd** Res Balzli **R + B** Nicolas Humbert, Werner Penzel **K** Chilinski **M** Fred Frith **S** Nicolas Humbert, Werner Penzel, Gisela Castronari **D** Robert Lax, Aghali ag Rhissa, Johann de Guillerm, Sandra M'Bow, Mutu walat Rhabidine, Amoumoun **L** 79 **FSK** o. A.; f **E** 2.11.1995 **fd** 31 620

Midnight Dancers
MIDNIGHT DANCERS
Die triste Geschichte dreier philippinischer Brüder, die ihr Leben zwischen Straßenstrich und Kriminalität einzurichten versuchen und dadurch den unaufhaltsamen Verfall ihrer Familie einleiten. Ein schlichter Film, der es bei der Erzählung beläßt, ohne seine Geschichte zu reflektieren. (O.m.d.U.)
Philippinen 1994 **P** Tangent Films **V** Salzgeber & Co. **Pd** Richard Wong Tang **R** Mel Chionglo **B** Ricardo Lee **K** George Tutanes **M** Nonong Buenoamino **S** Jess Navarro **D** Alexis Del Rosario, Gandong Cervantes, Lawrence David, Luis Cortez, Richard Cassity, Danny Ramos, John Mendoza **L** 110 **FSK** – **E** 14.12.1995 **fd** 31 796

Midnight Kiss
IN THE MIDNIGHT HOUR
Eine Polizeidetektivin fahndet nach dem Mörder von 16 Frauen, deren Leichen seltsame Bißwunden aufweisen. Als auch sie der Täter mit grünen Augen und Vampirzähnen beißt, kämpft sie selbst gegen vampirtypische Neigungen. Immer aggressiver rückt sie Opfern und Täter zuleibe. Eine Mischung aus Genrekrimi und Vampirfilm, die in den herkömmlichen Spannungsaufbau immer drastischere Scheußlichkeiten und abstruse Gewalt einbezieht. Das vermeintlich Emanzipatorische schlägt um in brutale Effekte, die im Grenzbereich von Realität und Fiktion eine eigenartige Faszination entfalten.
USA 1992 **P** In the Midnight Hour Prod. **V** Ufa (Video) **Pd** Marion Zola, Manette Rosen **R** Joel Bender **B** John Weidner, Ken Lamplugh **K** Alan Caso **M** Emilio Kauderer **S** Mark Helfrich, Joel Bender **D** Michell Owens (Carrie), Michael McMillan (Denis), Robert Miano, B. J. Gates, Michael Shawn **L** 81 **FSK** ab 18 **E** 10.4.1995 Video **fd** 31 438

Midnight Run – Abgerechnet wird um Mitternacht
MIDNIGHT RUN: ANOTHER MIDNIGHT RUN
Actionkomödie, die den aus «Midnight Run – Fünf Tage bis Mitternacht» bekannten Kopfgeldjäger Jack Walsh zur Fernsehserien-Gestalt ausbaut. Auf der Jagd nach Kautionsflüchtlingen wird er stets von seinem Konkurrenten verfolgt, wobei er diesmal einem Gaunerpärchen auf den Fersen ist. Was ein amü-

santes Katz-und-Maus-Spiel hätte werden können, erschöpft sich in ermüdenden Wiederholungen und zögerlich ausgespielten Gags. – Ab 14.
USA 1994 **P** Toto / Universal **V** CIC (Video) **Pd** Tony To **R** James Frawley **B** Eric Freiser **K** Robert Draper **M** David Bergeaud **S** Tim Tommasino, Chip Masamitsu **D** Christopher McDonald (Jack Walsh), Dan Hedaya (Eddie Moscone), Ed O'Ross (Marvin Dorfler), Jeffrey Tambor (Bernie Abbott), Cathy Moriarty (Helen Bishop) **L** 88 **FSK** ab 12 **E** 14. 10. 1994 RTL/8. 11. 1995 Video **fd** 31 707

Mike Hammer – Auf falscher Spur
COME DIE WITH ME
Der Auftrag einer jungen Frau, ihren vor 14 Jahren verschwundenen Vater zu finden, bringt Privatdetektiv Mike Hammer alsbald in allergrößte Schwierigkeiten. Er verliebt sich in seine Klientin, die nicht die ist, die sie zu sein vorgibt, und bekommt zudem Ärger mit der Polizei und dem FBI.
USA 1994 **V** offen **R** Armand Mastroianni **D** Robert Estes (Mike Hammer), Pamela Anderson (Velda), Randi Ingerman (Trinity Sinclair), Darlanne Fluegel (Pat), Greg Gault (Felix Sinclair) **L** 85 **E** 14. 12. 1995 Vox **fd** –

Minnie
TENNESSEE NIGHTS
Während einer Geschäftsreise ins «Country-and-Western»-Mekka Nashville glaubt ein junger britischer Anwalt für Musiklizenzen, er sei Zeuge der Ermordung seiner dubiosen Zimmernachbarin im Motel geworden und man werde ihn für den Täter halten. Verfolgt von den mutmaßlichen Killern und der Polizei, flieht der naiv-versnobte Yuppie zusammen mit einer minderjährigen schwarzen Anhalterin, deren Begleitung ihm die Augen über seine Weltfremdheit und seine Unbeholfenheit im ländlichen Süden der USA öffnet. Als Roadmovie angelegter psychologischer Thriller des Schweizers Gessner, der die Geschichte nach Hollywood-Manier perfekt und spannend inszeniert, ohne dabei auf Tiefgang und hintergründige Sozialkritik zu verzichten. Bis in die Nebenrollen glänzend besetzt und gespielt. (TV-Titel auch: «Tennessee Nights») – Sehenswert ab 16.
Schweiz / USA 1989 **P** Condor / Bernd Lang / Allianz / Intermonda **V** offen **Pd** Roger Weil, Jürg Stäubli **R** Nicolas Gessner **B** Nicolas Gessner, Laird Koenig, nach dem Roman «Minnie» von Hans Werner Kettenbach **K** Pio Corradi **M** Gabriel Yared **S** Marie-Thérèse Boiché **D** Julian Sands (Wolfgang Leighton), Stacey Dash (Minnie), Rod Steiger (Richter Prescott), Ned Beatty (Sheriff Kiefer), Denise Crosby (Sally Lomax), Johnny Cash (Johnny Cash) **L** 100 **E** 21. 7. 1991 ARD **fd** –

Miroslava
MIROSLAVA
Die Lebensgeschichte der Schauspielerin Miroslava Stern, die vom Flüchtlingskind aus der Tschechoslowakei zum bewunderten Kinostar im Mexiko der 50er Jahre aufstieg. In zehn Jahren drehte sie 26 Filme, doch der große Erfolg ließ sie nie ihre Heimat und die dort zurückgebliebene Großmutter vergessen. Ihr Leben führte in die seelische Katastrophe, schließlich beging sie Selbstmord. Die Biografie wurde zu einem gefühlvollen Melodram verdichtet, das zwischen Realität und Kino-Illusionen pendelt und vom subtilen Spiel der Hauptdarstellerin getragen wird. – Ab 16.
Mexiko 1992 **V** offen **R** Alejandro Pelayo **B** Vincente Leñero **K** Emmanuel Lubezki **M** José Amozurrutia **D** Arielle Dombasle (Miroslava Stern), Claudio Brook, Arleta Jeziorska, Milos Trnka **L** 90 **E** 24. 8. 1995 arte **fd** –

Mißbraucht und verraten
ONE OF HER OWN
Nach einem authentischen Fall gestaltetes Krimi-Melodram über eine Polizeischülerin. Von einem Kollegen vergewaltigt, informiert sie ihren Vorgesetzten erst, nachdem auch andere Opfer des Mannes Anzeige erstattet haben. Statt gegen den Täter vorzugehen, versucht ihr Chef, den Kollegen zu decken, und entläßt die Polizistin nach Ablauf ihrer Probezeit. Als sie gerichtlich gegen den Täter vorgeht, wird sie von ihren früheren Kollegen bedroht. Ein thematisch gutgemeinter Film, darstellerisch solide. – Ab 16.
USA 1994 **V** offen **R** Armand Mastroianni **B** Valerie West **K** Tom Priestley jr. **M** George S. Clinton **D** Lori Loughlin (Toni Stroud), Martin Sheen (Staatsanwalt Maresca), Greg Evigan (Charlie Lloyd), Michael Genevie (Captain Daley), Valerie Landsburg (Stacy), Jeff Yagher (Heller) **L** 88 **E** 3. 3. 1995 ARD **fd** –

Mission Drop
DROP SQUAD
Immer wieder werden farbige Bürger von einer geheimnisvollen Organisation auf offener Straße entführt. Der Zweck dieser Aktionen: Sie sollen sich in der Gefangenschaft wieder ihrer Herkunft, der Mentalität und der Ziele der Bürgerrechtsbewegung bewußt werden. Der interessante Ansatz des Films geht in gängigen Spannungselementen unter; erzählt wird die ohnehin verwirrende Geschichte recht umständlich, so daß das Interesse rasch zum Erliegen kommt.
USA 1994 **P** Gramery / 40 Acres and a mule filmworks **V** CIC (Video) **Pd** Shelby Stone, Butch Robinson **R** D. Clark Johnson **B**

Butch Robinson **K** Ken Kelsch **M** Michael Bearden **S** Kevin Lee **D** Eriq LaSalle (Bruford Jamison), Vondie Curtis-Hall (Rocky Seavers), Ving Rhames (Garrey), Leonard Thomas (XB), Kasi Lemons (June) **L** 84 **FSK** ab 16 **E** 20.12.1995 Video **fd** 31 733

Mississippi – Fluß der Hoffnung
THE CURE
Eine sich gegen die Vorurteile der Umwelt behauptende Freundschaft zwischen einem Dreizehnjährigen und einem an Aids erkrankten elfjährigen Nachbarsjungen endet nach gemeinsam verbrachten Ferien und einem kurzen Abenteuer mit dem Tod des Infizierten. Ein belangloses Rührstück von naiver Problemsicht und bescheidenem Unterhaltungswert, das auch schauspielerisch weitgehend enttäuscht. – Ab 12.
USA 1994 **P** Island Pictures / Universal **V** Highlight **Pd** Marc Burg, Eric Eisner **R** Peter Horton **B** Robert Kuhn **K** Andrew Dintenfass **M** Dave Grusin **S** Anthony Sherin **D** Joseph Mazzello (Dexter), Brad Renfro (Erik), Annabella Sciorra (Dexters Mutter), Diana Scarwid (Eriks Mutter), Bruce Davison (Arzt) **L** 99 **FSK** ab 6; f **E** 14.12.1995 **fd** 31 802

Mister Cool
A LOW DOWN DIRTY SHAME
Ein schwarzer Privatdetektiv wird in den Diebstahl von Drogen-Millionen verwickelt. Er kann nur unter Aufbietung aller Kräfte sich und einige Schutzbefohlene retten. Ein Film, der keine Charaktere, sondern Typen vorstellt und die simpel entwickelte Geschichte von Prügelei zu Prügelei weitertreibt. Inszenatorisch wie dramaturgisch belanglos, stellenweise an der Grenze zur Peinlichkeit.
USA 1994 **P** Hollywood Pictures / Coraran **V** Buena Vista (Kino) / Hollywood (Buena Vista) (Video) **Pd** Joe Roth, Roger Birnbaum **R+B** Keenen Ivory Wayans **K** Matthew F. Leonetti **M** Marcus Miller **S** John F. Link **D** Keenen Ivory Wayans (Shame), Charles S. Dutton (Rothmiller), Jada Pinkett (Peaches), Salli Richardson (Angela), Andrew Divoff (Mendoza) **L** 100 **FSK** ab 18; f **E** 8.6.1995 / 7.12.1995 Video **fd** 31 372

Mit Blut geschrieben – Zur Geschichte der Mafia
Dokumentarfilm, der mit Hilfe von Archivmaterial die Entwicklung der italienischen Mafia nachzeichnet, die in den letzten 50 Jahren zu einer «Schattenmacht» geworden ist und das Gemeinwesen nachhaltig durchdrungen und zersetzt hat.
Frankreich 1995 **V** offen **R** Jean-Michel Meurice **L** 90 **E** 24.6.1995 arte **fd** –

Mit dem Kopf durch die Wand
HEXAGONE
Die Geschichte einer Handvoll junger Männer nordafrikanischer Herkunft, die vor den Toren von Paris als Grenzgänger zwischen zwei Welten leben – zwischen der Metropole und den Vorstädten, zwischen der Arbeitswelt und der Drogenszene, zwischen der bürgerlichen, angepaßten Welt und jenen, die sich ewig ausgestoßen fühlen. Die Begebenheiten um einen islamischen Feiertag bringen kleine Glückseligkeiten und Liebesgeschichten mit sich, aber auch Tragödien und schließlich das Ende langjähriger Freundschaften. Eine bittersüße Chronik von fast dokumentarischem Zuschnitt; wirklichkeitsnah und couragiert, geprägt vom Engagement des Regisseurs und seiner Darsteller. (O.m.d.U.) – Ab 16.
Frankreich 1993 **P** Malik Chibane Prod. **V** offen **Pd+R+B** Malik Chibane **K** Patrice Guillou **M** Daniel Thirard, Ricardo Serra **S** Alice Lary **D** Jalil Nacri (Slimane), Farid Abdedou (Samy), Hakim Sarahoui (Staf), Karim Chakir (Ali), Faiza Kaddour (Nacera) **L** 82 (TV) **E** 13.8.1995 N3 **fd** –

Mit dem Mut der Verzweiflung
RACE AGAINST THE HARVEST
Die Konkurrenz im Erntegeschäft macht zwei Getreidefarmer in Kansas zu erbitterten Feinden. Nachdem die Auseinandersetzung immer weiter eskaliert ist, stellt sich heraus, daß ihre Gegnerschaft ganz andere Wurzeln hat. – Ab 16.
USA 1986 **V** offen **R** Dick Lowry **B** Bill Stratton **D** Wayne Rogers (Walter Duncan), Earl Holliman (Krab Hogan), Mariclare Costello (Mary Alice), Fredric Lehne (Roger), Jill Carroll (Calla) **L** 89 **E** 24.1.1995 RTL2 **fd** –

Mit verbundenen Augen 1. + 2. Teil
Die Vorbereitungen zur Eiskunstlauf-Weltmeisterschaft und der Wettbewerb selbst werden von Anschlägen überschattet, denen die aussichtsreichste Kandidatin ausgesetzt ist. Die Sportlerin gewinnt zwar den Titel, doch dann schlägt der Attentäter erneut zu. Die junge Frau überlebt, doch eine psychische Blockade läßt sie erblinden. Kolportage aus der Glitzerwelt des Eiskunstlaufs, angereichert mit einer zunächst bitter endenden Liebesgeschichte. – Ab 16 möglich.
Deutschland 1995 **V** offen **R** Marijan Vajda **D** Ursula Buschhorn (Kathrin Bischoff), Herbert Knaup (Alex Ziegler), Tina Engel (Maria Bischoff), Wilfried Baasner (Albert Steiner), Armin Rhode (Kommissar Heiner Prokop) **L** 90 / 90 (2 Teile) **E** 20.12.1995 RTL **fd** –

Mitgefangen – Mitgehangen

JAILBIRDS

Kriminalkomödie um zwei grundverschiedene Frauen – eine weiße Näherin und eine farbige Karrieristin –, die zu Unrecht in einem Gefängnis in Louisiana sitzen. Aneinandergekettet gelingt ihnen die Flucht. Ein Film, der seine Vorlage, Stanley Kramers «Flucht in Ketten», nicht verleugnen kann. – Ab 16.

USA 1991 **P** Spelling Entertainment **V** offen **Pd** James L. Conway **R** Burt Brinckerhoff **B** Craig Heller, Guy Shulman, Marcia Midkiff **D** Dyan Cannon (Rosie Lacroix), Phylicia Rashad (Janice Grant), Dakin Matthews (Sheriff Dobbs), David Knell (Deputy Baxter), Larry Barr (Ahmad Rashad) **L** 90 **E** 29.4.1995 Super RTL **fd** –

Molls Reisen

Ein Lübecker Konditormeister plant eine Weltumseglung. Schwiegersohn und Tochter fiebern seiner Abfahrt entgegen, da sie das gutgehende Geschäft übernehmen wollen. Doch plötzlich taucht die Jugendliebe des Bäckers auf, und alle Pläne stehen mit einem Mal zur Disposition. – Ab 14.

Deutschland 1994 **V** offen **R** Thorsten Näter **B** Rainer Berg **D** Friedrich Schütter (Magnus Moll), Sabine Postel (Maja), Dieter Pfaff (Uwe), Barbara Dittus (Hedwig Butnitz), Susanne Lüning (Elke) **L** 85 **E** 2.9.1995 N 3 **fd** –

Molly & Gina

MOLLY & GINA

Nachdem ihre Freunde ermordet worden sind, finden zwei Frauen – Punkrock-Nymphe die eine, ein Durchschnittstyp die andere – allmählich in einer ungewöhnlichen Freundschaft zueinander. Auf der Suche nach den Mördern treffen sie höchst unterschiedliche Leute, ehe sich zufällig eine Spur ergibt. – Ab 16.

USA 1994 **V** offen **R** Peter Leder **D** Frances Fisher (Molly), Natasha Gregson Wagner (Gina), Peter Fonda (Hafenkommissar), Stella Stevens (Alkoholikerin), Bruce Weitz (Polizeidetektiv) **L** 90 **E** 26.9.1995 Vox **fd** –

Der Mond über Plymouth

PLYMOUTH

Pilotfilm zu einer Science-fiction-Fernsehserie. Nachdem die Stadt Plymouth in Oregon durch einen Chemieunfall verseucht wurde, siedeln die Einwohner auf den Mond um, wo sie bei der Helium-Gewinnung lukrative Arbeitsplätze zu finden hoffen. Bald ergeben sich erste Probleme, doch nach einem überstandenen kosmischen Unwetter finden die Mondbewohner neuen Mut. – Ab 14.

USA / Italien 1990 **P** Touchstone / RAI-Uno / Zlotoff Inc. **V** offen **Pd** Ian Sander **R+B** Lee David Zlotoff **K** Hiro Narita **M** Brad Fiedel **D** Cindy Pickett (Addy), Richard Hamilton (Wendell), Perrey Reeves (Hannah), Matthew Brown (Jed), Dale Midkiff **L** 90 **E** 10.4.1995 premiere **fd** –

Mondhunde

LUNNYJEPSY

Eine erschütternde Bestandsaufnahme vom Umgang mit der Virus-Erkrankung Aids in Rußland. Der Film beschreibt die Isolation eines kleinen Mädchens, das in einem Heim lebt und durch eine nicht desinfizierte Spritze erkrankt. Eingepfercht in eine verkommene Abstellkammer, wird ihm jeder Kontakt zur Außenwelt verwehrt: Das Zimmer wird zum Gefängnis, ja zur Sterbekammer. Ein beklemmend-düsterer Film, der immer dort ein Höchstmaß an Dichte erreicht, wo er die tatsächlichen Verhältnisse im Land ohne Überhöhung einbezieht. (O.m.d.U.)

Rußland 1994 **P** Pelikan Filmstudio / Roskomkino **V** Freunde der Deutschen Kinemathek **Pd+R+B** Wladimir Tumajew, Lidija Polschtschikowa **K** Jon Pippa **M** Dimitri Schostakowitsch, Peter Tschaikowskij, Michal Kleofas Oginski, Raimonds Pauls, I. Taljkow, Duke Ellington, Wladimir Wysotski **S** Tamara Beljajewa **D** Wera Bunjaewa, Ljubow Weselowa, Pim Ajupow, Julija Matrosowa, Viktor Polschtschikow **L** 146 **FSK** – **E** 1995 Kino **fd** –

Das Monster

IL MOSTRO / LE NONSTRE

Ein leicht neurotischer Mann gerät in den Verdacht, der Serienmörder zu sein, der die Frauen einer italienischen Vorstadt in Angst und Schrecken versetzt. Lediglich der Versuch einer Komödie, ganz zugeschnitten auf den Komiker Roberto Benigni, der alle anderen Beteiligten zu Stichwortgebern degradiert. Peinliche Witze und sexistische Anzüglichkeiten ergeben einen Film ohne Charme, Sinn und Timing, der kaum goutierbare Rollenklischees auf die Spitze treibt und sich in einer rückständigen Subjekt-Objekt-Anordnung gefällt. – Ab 16 möglich.

Italien / Frankreich 1994 **P** Iris Film / UGC **V** Tobis **Pd** Yves Attal, Roberto Benigni **R** Roberto Benigni **B** Vincenzo Cerami, Roberto Benigni **K** Carlo Di Palma **M** Evan Lurie **S** Nino Baragli **D** Roberto Benigni (Loris), Michel Blanc (Taccone, Psychiater), Nicoletta Braschi (Jessica), Dominique Lavanant (Frau des Psychiaters), Jean-Claude Brialy (Hauseigentümer) **L** 112 **FSK** ab 12; f **E** 1.6.1995 / 1.3.1996 premiere **fd** 31 364

Moondance

MOONDANCE

Die innige Beziehung zweier Brüder in Irland wird auf eine schwere Belastungsprobe gestellt, als sich die beiden jungen Männer in

dasselbe attraktive Mädchen verlieben. Die selbstbewußte junge Frau und der ältere der Brüder werden ein Paar, worauf der andere mit Eifersucht reagiert, zugleich aber auch mit den ebenso schmerzlichen wie verwirrenden Gefühlen seiner ersten Liebe konfrontiert wird. Ein zeitgenössische romantische Liebesgeschichte, die die beschriebenen Konflikte mit Humor zu erzählen versucht und sie fest in der irischen Landschaft verankert.
Deutschland / Irland / England 1993/94 **P** MFG / BR / Little Bird / Lodge Prod. **V** MFG (Eigenverleih) **Pd** Jonathan Cavendish **R** Dagmar Hirtz **B** Burt Weinshanker, Mark Watters **K** Steven Bernstein **M** Van Morrison, Fiachra Trench **S** Dagmar Hirtz **D** Ruaidhri Conroy, Ian Shaw, Julia Brendler, Marianne Faithful **L** 92 **FSK** ab 12; f **FBW** bw **E** 7.9.1995
fd –

Mord im Sucher
LETHAL EXPOSURE
Eine ehrgeizige junge Fotografin, die ihrem Vater, einen Fotokünstler, imponieren will, wird von ihrer Zeitung zu einem Kongreß nach Paris geschickt. Dort entdeckt sie einen Mann, den sie in New York fotografierte, als sie zufällig Zeugin eines Mordes wurde. Der Mann ist einer der angesehensten Pariser Polizisten. Ehe sie sich versieht, ist sie in ein Komplott verwickelt und als Besitzerin des kompromittierenden Fotos in Gefahr.
USA 1990 **V** offen **R** Kevin Connor **D** Ally Sheedy, François-Eric Gendron, Howard Hessman **L** 85 **E** 13.9.1995 Vox **fd** –

Mord in Mississippi
MURDER IN MISSISSIPPI
Der Ku-Klux-Klan ermordet zwei weiße und einen schwarzen Bürgerrechtler, die 1964 im Bundesstaat Mississippi die schwarze Bevölkerung dazu bringen wollen, sich als Wähler registrieren zu lassen. Fesselndes, ursprünglich zweiteiliges Fernseh-Rassendrama nach dem gleichen authentischen Fall, den Alan Parker 1988 für seinen Film «Mississippi Burning» aufgriff. – Ab 16.
USA 1989 **P** Warner Bros. / Elliot Friedgen & Co. **V** offen **Pd** Mark M. Wolper **R** Roger Young **B** Stanley Weiser **D** Tom Hulce (Mickey Schwerner), Jennifer Grey (Rita Schwerner), Blair Underwood (James Chaney), Josh Charles (Andrew Goodman), CCH Pounder **L** 93 (Orig. 200) **E** 10.10.1995 ARD **fd** –

Mord in San Francisco
CROSSCURRENT / THE CABLE CAR MURDERS
Die Polizei von San Francisco untersucht den Mord an dem Sohn eines stadtbekannten Großreeders, der am hellichten Tag in der Straßenbahn ermordet wurde. Effektvoll inszenierter Polizeithriller. – Ab 16.
USA 1971 **P** Warner **V** offen **Pd** E. Jack Neuman **R** Jerry Thorpe **B** Herman Miller **M** Jerry Goldsmith **D** Robert Hooks (Louis Van Alsdale), Jeremy Slate (Pat Cassady), Robert Wagner (Howard McBride), Carol Lynley (Kathie Cooper), Simon Oakland (Jessie Goodland) **L** 92 **E** 15.7.1995 ZDF **fd** –

Mord in St. Petersburg
Zweiteiliger Kriminalfilm über den Kampf gegen das organisierte Verbrechen in St. Petersburg in den frühen 90er Jahren. Der Chef der viel zu kleinen Sonderkommission steht der Mafia fast machtlos gegenüber, und der Mord an einem prominenten Enthüllungsjournalisten verschärft den Druck auf sein Team. – Ab 16.
England 1994 **V** offen **R** Tony Smith **B** Philip Kerr, Robin Mukherjee, nach dem Roman «Dead Meat» **K** Ernest Vincze **M** Tony Britten **D** Brian Cox (Gruschko), Dave Duffy (Nikolai), Cathy White (Sascha), Stephen McGann (Andrej), Paul Brennen (Stepan) **L** 89 / 75 **E** 29. / 31.3.1995 ARD **fd** –

Der Mörder lauert in der Sauna
THE RITZ
In Cleveland stirbt ein schrulliger Italo-Amerikaner, nicht ohne den Mann seiner Tochter verflucht und der Verfolgung durch seinen Sohn ausgesetzt zu haben. Auf der Flucht nach New York gerät der Gehetzte samt seinen Verfolgern in ein Hotel, das sich als vornehme Absteige für Homosexuelle erweist. Verfilmung eines Broadway-Stücks mit turbulenten Verwicklungen und handfest derber Komik, deren Unterhaltungswert jedoch auf Grund von Späßen auf Kosten einer Minderheit abgemildert wird. – Ab 16.
USA 1976 **P** Courtyard **V** offen **Pd** Denis O'Dell **R** Richard Lester **B** Terrence McNally, nach seinem Bühnenstück **K** Paul Wilson **M** Ken Thorne **S** John Bloom **D** Jack Weston (Proclo), Rita Moreno (Googie), Jerry Stiller (Carmine), F. Murray Abraham (Chris), Kaye Ballard (Vivian) **L** 94 **E** 14.7.1995 ZDF **fd** –

Die Mördergrube
SWEET MURDER
Aus Eifersucht auf ihre Mitbewohnerin und Freundin wird eine zurückhaltende Frau zur Mörderin. Doch der erste Mord zieht weitere nach sich. Kriminalfilm mit psychologischem Einschlag. – Ab 16.
USA 1982 **V** offen **R + B** Percival Rubens **D** Helene Udy (Lisa Smith), Russell Todd (Dell Davis), Embeth Davidtz (Laurie Shannon), Danny Keogh (Jerry Scott), Michael McCabe (John Pearson) **L** 97 **E** 26.6.1995 Kabel 1 **fd** –

Mörderische Affäre
DOUBLE DECEPTION
Mit dem vorgeblichen Auftrag, ihren verschwundenen Mann zu suchen, setzt eine attraktive Blondine einen Privatdetektiv darauf an, die mysteriöse Mordaffäre aufzuklären, der ihre Halbschwester zum Opfer fiel. Thriller, der sich an klassischen Genre-Vorbildern orientiert. – Ab 16.
USA 1993 **V** offen **R** Jan Egleson **B** Richard Rothstein **K** Robert Yeoman **M** Gary Chang **D** James Russo (Jon Kane), Burt Young (Zimmer), Sally Kirkland (Anita Cortez), Luis Guzman (Sharkey), Alice Krige (Pamela Sparrow) **L** 91 **E** 12. 8. 1995 ARD **fd** –

Mörderische Freundschaft
FATAL FRIENDSHIP
Thriller. Ein Mann schöpft Verdacht, daß sein langjähriger Freund und Nachbar Kontakte zur Unterwelt hat und ein Doppelleben als Killer führt. – Ab 16.
USA 1991 **P** Papazian Hirsch Entertainment **V** offen **Pd** Hal Galli **R** Bradford May **B** William Driskill **D** Kevin Dobson (Michael Bradley), Gerald McRaney (Hank Laudrum), Kate Mulgrew (Sue), Patti Yasutake (Ling), Will Nye (Charlie) **L** 90 (TV) **E** 20. 9. 1995 Vox **fd** –

Eine mörderische Liebe
Psychothriller um eine Liebe mit fatalen Folgen. Ein Arzt verliebt sich in eine Polin, die vor Jahren eine Scheinehe einging, um die deutsche Staatsbürgerschaft zu erhalten. Im Laufe der Zeit verdichten sich die Hinweise, daß die Frau ein Doppelleben führt. – Ab 16.
Deutschland 1995 **V** offen **R** Friedemann Fromm **B** Thomas Kirdorf **K** Jürgen Herrmann **D** Stefania O. Garello (Anna Reger), Hannes Jaenicke (Marcel Vandegen), Jürgen Tonkel (Olaf Reger), Ralf Richter (Jan Becker), Marc Rosenberg (Uwe Wolff) **L** 90 **E** 8. 10. 1995 ARD **fd** –

Mörderische Spiele
LETHAL GAMES
Ein gewissenloser Spekulant will mit allen Mitteln widerspenstige Besitzer von ihrem Grund vertreiben. Mit Hilfe des Sheriffs und zweier Totschläger terrorisiert er die Gegend, bis ihm einige junge Frauen entschiedenen Widerstand entgegenbringen. Ein unsäglich langweiliger, inszenatorisch zudem dilettantischer Actionfilm, der gegen jede Regel des filmischen Erzählens verstößt.
USA 1989 **P** Ocean / Summit **V** NGP (Video) **Pd** Joseph R. Donato, Ron Lavery **R** John Bowen **B** John Bowen, Danny King **K** Tom Ingalls **M** Del Casher **S** Tony Malanowski **D** Frank Stallone (Mac Richards), Brenda Vaccaro (Stella Hundson), Dave Adams (Sheriff Parker), Jeff Langton (Huey), Christopher Whalley (Butch) **L** 78 **FSK** ab 18 **E** 16. 1. 1995 Video **fd** 31 309

Mörderische Zwillinge
Die Wege von Zwillingsschwestern trennen sich, als beim gemeinsamen Liebesspiel ein Mann zu Tode kommt und eine sich in einen Architekten verliebt. Der verwaiste Zwilling reagiert mit Eifersucht und macht sich an den Mann der Schwester heran: eine Liebelei mit Todesfolge, die als Unfall getarnt wird. Doch die Schwester durchschaut den Plan. – Ab 16.
Deutschland 1995 **V** offen **R** Dominique Othenin-Girard **B** Christos Yiannopoulos **D** Claudia Michelsen (Michèlle / Theresa Förster), Horst-Günther Marx (Arnold König), Geno Lechner (Corinna), Thomas Balou Martin (Tim), Dirk Heinrichs (Rolf) **L** 93 **E** 21. 10. 1995 RTL **fd** –

Mörderischer Amazonas
800 LEAGUES DOWN THE AMAZON
Ein Plantagenbesitzer, vor 25 Jahren vor seiner Hinrichtung nach Peru geflohen, kehrt zur Hochzeit seiner Tochter nach Brasilien zurück. Während der Reise auf dem Amazonas setzt sich ein Kopfgeldjäger auf seine Fersen. Mitte des 18. Jahrhunderts angesiedelter Abenteuerfilm nach Jules Verne; billig produziert, schwerfällig inszeniert und überladen in der Handlung.
USA 1993 **V** offen **R** Luis Llosa **B** Laura Schiff, Jackson Barr, nach einem Roman von Jules Verne **D** Daphne Zuniga (Minha Garral), Barry Bostwick (Joam Garral / Joam Dacosta), Adam Baldwin (Torres), Tom Verica (Manoel Valdez), E.E. Bell (Fragosa) **L** 87 **E** 2. 8. 1995 RTL 2 **fd** –

Ein mörderischer Seitensprung
WEB OF DECEPTION
Staubtrockener Psychothriller. Eine psychisch labile Stenografin verliebt sich in einen erfolgreichen Gerichtspsychiater, der aber nach einem Seitensprung mit einer Kollegin reumütig zu seiner Frau zurückgekehrt ist und kein Interesse an ihren Avancen hat. Als die Zurückgewiesene sich umbringt und zuvor Indizien arrangiert, die auf die Täterschaft des Psychiaters hinweisen, gerät der Mann unter Mordverdacht. Ein schauspielerisch flaues, thematisch unglaubwürdiges Routineprodukt.
USA 1994 **V** offen **R** Richard A. Colla **B** Nevin Schreiner **K** James L. Carter **D** Powers Boothe (Dr. Philip Benesch), Pam Dawber (Ellen Benesch), Lisa Collins (Corrie Calvin), Rosalind Chao (Sheila), Bradley Whitford (Larry Lake), Paul Ben-Victor (Detective Fracinetti) **L** 89 **E** 8. 3. 1995 ZDF **fd** –

Mörderischer Striptease
BODILY HARM
Eine Polizistin ermittelt in einem Mordfall im Stripper-Milieu von Las Vegas. Obwohl ein ehemaliger Kollege, ihr Ex-Geliebter, als Hauptverdächtiger gilt, will sie den Fall nicht abgeben. Während ihrer Recherchen kommen die beiden sich wieder näher. Brenzlig wird die Situation, als sich die Beweise gegen den Mann verdichten.
USA 1994 **V** offen **R** James Lemmo **D** Linda Fiorentino (Rita Cates), Daniel Baldwin (Sam McKeon), Bill Smitrovich (Lieutenant Stewart), Joe Regalbuto (Stan Geffen), Gregg Henry (J.D.), Troy Evans (Oscar) **L** 88 **E** 11.8.1995 RTL **fd** –

Mörderisches Menü
RAY ALEXANDER: A TASTE FOR JUSTICE
Ein kochbegeisterter Privatdetektiv, der mit seinem Onkel ein Restaurant betreibt, untersucht den Mord an einem prominenten Psychiater; unter Mordverdacht steht dessen Ehefrau. Doch bald tun sich neue Verdachtsmomente auf, und der Kreis der möglichen Täter kann erweitert werden. – Ab 16.
USA 1994 **V** offen **R** Gary Nelson **B** Dean Hargrove **M** Dick de Benedictis **D** Louis Gossett jr. (Ray Alexander), James Coburn (Jeffrey Winslow), Ossie Davis (Onkel Phil), Tracy Nelson (Donna Colla), Boyd Kestner (Brad Dexter) **L** 93 **E** 26.6.1995 Pro Sieben **fd** –

Mörderisches Wochenende
THE LONG WEEKEND
Ein Angel-Wochenende soll dazu dienen, daß sich eine junge Frau mit ihrer zukünftigen Stiefmutter anfreunden kann. Doch der Urlaub auf einer einsam gelegenen Insel wird zum Horrortrip, als sich der geistig zurückgebliebene Vermieter der Wochenendhütte in die Frau verliebt. Psychothriller mit Horrorelementen und einer Prise schwarzen Humors.
Kanada 1994 **V** offen **R + B** David Parker **D** Regan Daley (Christa), Frank Savage (Lyle), Larry Mosicki (Gerry), Heli Kivilaht (Ginny), Christopher Edmondson (Onkel Sam) **L** 82 **E** 9.11.1995 RTL 2 **fd** –

Mordnacht in L. A. – Die O. J. Simpson Story
siehe: Die O. J. Simpson Story – Der Mordfall des Jahrhunderts

Die Morehouse-Männer
THE MOREHOUSE MEN
Dokumentarfilm über das Morehouse College in Atlanta, Georgia; 1867 als Bibelschule für befreite Sklaven gegründet, ist das College heute eine Elite-Schule für Afroamerikaner, die als pädagogische Grundlagen Gottesfurcht, Sendungsbewußtsein und Stolz auf die Hautfarbe hat. Zu ihren Absolventen zählten u.a. Martin Luther King, Spike Lee und der Leichtathlet Edwin Moses. – Ab 16.
England 1994 **V** offen **R** Sabita Kumari-Dass **L** 90 **E** 12.6.1995 West 3 **fd** –

Morgen früh, so Gott will ...
MORNING GLORY
Ein Haftentlassener lernt über eine Heiratsanzeige eine junge Witwe, Mutter zweier Töchter, kennen. Schon nach kurzer Zeit heiraten die beiden. Das gemeinsame Leben entwickelt sich bestens, doch als die Geliebte des Sheriffs ermordet wird, fällt der Tatverdacht auf den frisch verheirateten Mann. Seine Frau hält zu ihm und kann seine Unschuld beweisen. Fernsehdrama mit kriminalistischem Einschlag. – Ab 16.
USA 1993 **V** offen **R** Steven Hillard Stern **D** Christopher Reeve (Will Parker), Deborah Raffin (Elly Dinsmore), Lloyd Bochner (Robert Collins), Nina Foch (Miss Beasley), Helen Shaver (Lula Peak) **L** 92 **E** 16.12.1995 Super RTL **fd** –

Mortal Contact
MORTAL CONTACT
Mit der Entführung seines Ziehsohnes wird ein junger Kampfsportlehrer erpreßt, für einen Gangsterboß in den Ring zu steigen, der sein Geld mit illegalen Wetten auf mordlüsterne «Streetfighters» verdient. Plumper Actionfilm, der zahlreiche blutige Kämpfe aneinanderreiht. Die verrohende Wirkung der zur Schau gestellten Brutalitäten wird allenfalls durch die jämmerliche Inszenierung abgemildert. – Wir raten ab.
USA 1995 **P** Mako **V** VCL (Video) **Pd+R** Carlos Hernandez-Adan **B** Carlos Hernandez-Adan, Oscar Linares **K** Raul Herrera **M** Russ Miller **S** Irv Rudley **D** Herve Guillon (Michael Reeves), Luis Gutierrez (Jimmy), Pat Bend (Marina Stone), Carlos Hernandez-Adan (Lou Pazzaro), Justin Michael Born (Christopher) **L** 77 **FSK** ab 18 **E** 23.10.1995 Video **fd** 31 655

Morty
THE FEAR
Ein Psychologiestudent im fortgeschrittenem Stadium organisiert in seinem einsam gelegenen Elternhaus ein Therapiewochenende. Die Teilnehmer entdecken den alten Spielkameraden des Studenten, eine Holzpuppe, von der eine unheimliche Ausstrahlung ausgeht. Bald entwickelt diese ein bedrohliches Eigenleben. Horrorfilm, der ohne sonderlich blutige Effekte über die Runden kommt und statt dessen einer gut entwickelten Geschichte vertraut.
USA 1994 **P** Devin Entertainment **V** Highlight (Video) **Pd** Richard Brandes **R** Vincent Robert **B** Ron Ford **K** Bernd Heinl **M** Robert O. Ragland **S** Nancy Forner

D Eddie Bowz, Leland Hayward, Erick Weiss, Darin Heams, Anna Karin, Wes Craven **L** 98 **FSK** ab 16 **E** 11.4.1995 Video **fd** –

Mosquito
MOSQUITO
Nachdem der Tümpel eines Ferienparadieses durch außerirdischen Einfluß kontaminiert wurde, mutieren Moskitos zu immenser Größe und produzieren haufenweise Leichen. Erst ein Liebespaar, das sich in einer Hütte verschanzt hat, kann den Flammentod der Insekten herbeiführen. Insektenhorror der besonders dummen Art; die Geschichte bewegt sich mit ihren armseligen Dialogen am Rande der Lächerlichkeit, die Inszenierung spottet jeder Beschreibung.
USA 1994 **P** Acme / Excalibur / Antibes / Hemdale **V** Highlight (Video) **Pd** David Thiry, Eric Pascarelli **R** Gary Jones **B** Steve Hodge, Tom Chaney, Gary Jones **K** Tom Chaney **M** Allen Lynch, Randall Lynch **S** Tom Ludwig, Bill Schaffer **D** Gunnar Hansen (Earl), Ron Asheton (Hendricks), Steve Dixon (Parks), Rachel Loiselle (Megan), Tim Lovelace (Ray) **L** 88 (gek. 87) **FSK** ab 18 (gek. ab 16) **E** 27.1.1995 Video **fd** 31 196

Motorcycle Gang
MOTORCYCLE GANG
Ende der 60er Jahre, zur Zeit der Beatniks, gerät ein hübsches Mädchen während der Fahrt mit seinen Eltern von Texas nach Kalifornien in die Gewalt einer gesetzlosen Motorrad-Bande. Der Vater, der es als Kriegsveteran gelernt hat, sich der Gewalt zu stellen, verfolgt die Entführer und befreit die Tochter in einem blutigen Showdown. Ein spannungsreiches düsteres Roadmovie. Bei allen dramatischen Äußerlichkeiten werden die psychologischen Beziehungen der bedrohten Familie überraschend subtil ausgelotet, wobei reizvoll die Amoral der «Neuen Wilden» der 68er-Ära gegen den familiären Zusammenhalt gesetzt wird.
USA 1994 **P** Spelling Films **V** VCL / Carolco (Video) **Pd** Debra Hill, Lou Arkoff **R** John Milius **B** Kent Anderson **K** Anthony B. Richmond **M** Hummie Mann **S** Mark Helfrich **D** Gerald McRaney (Cal), Jake Busey (Jake), John Cassini (Crab), Richard Edson (Volker), Carla Guqino (Leann) **L** 80 **FSK** ab 18 **E** 23.1.1995 Video **fd** 31 290

Movie Days
BIODAGAR
Rückblicke auf das Island der 60er Jahre: Im Kino der Stadt und bei Verwandten auf dem Land macht ein Junge unterschiedliche Erfahrungen. Ein ruhiger, unspektakulärer Film, der episodenhaft von komischen und tragischen Begebenheiten erzählt und der Faszination Hollywoods andeutungsweise europäische Traditionen entgegensetzt. Den atmosphärisch gelungenen Szenen fehlt allerdings ein Spannungsbogen, der den Ereignissen über die autobiografische Bedeutung und das Zeitkolorit hinaus Substanz geben würde. So bleibt der Film eher ein unvollendetes Mosaik nostalgischer Erinnerungen. (O. m. d. U.) – Ab 14.
Island / Deutschland / Dänemark 1993 **P** Icelandic Film / Peter Rommel Filmprod. / Zentropa **V** NIL **Pd** Fridrik Thor Fridriksson, Peter Rommel, Peter Aalbaek Jensen **R** Fridrik Thór Fridriksson **B** Einar Már Gudmundsson, Fridrik Thór Fridriksson **K** Ari Kristinsson **M** Hilmar Örn Hilmarsson **S** Steingrímur Karlsson **D** Örvar Jens Arnasson (Thomas), Rúrik Haraldsson (Vater), Sigrún Hjálmtysdóttir (Mutter), Orri Helgason (Nicholas), Asta Esper Andersen (Großmutter), Jón Sigurbjörnsson (Toni), Gudrún Asmundsdóttir (Bríet) **L** 85 **FSK** ab 6; f **FBW** bw **E** 9.2.1995 **fd** 31 186

Moving
Die Beziehung eines angehenden Architekten zu einer Mode-Stylistin, beobachtet in einem Zeitraum von zwei Jahren, in denen die Brüche in der Partnerschaft immer deutlicher werden. Die Handlung konzentriert sich auf einen Raum, Bewegungen werden durch Veränderung von Gefühlen und emotionalen Zuständen deutlich gemacht. Ein feinfühlig inszenierter Film, der sich durch erzählerischen Rhythmus, kluge Tempowechsel und Komik auszeichnet und trotz seiner scheinbar belanglosen Handlung für sich einnimmt. – Ab 16.
Deutschland 1991 **P** Liliane Targownik Filmprod. **V** offen (16 mm) **Pd**+**R**+**B** Liliane Targownik **K** Thomas Etzold **M** Peter Ponger **D** Dominique Horwitz, Renate Winkler, Gregor Bloéb, Heikko Deutschmann, Sona Macdonald, Diana Körner **L** 90 **E** 3.8.1995 Bayern 3 **fd** –

Mr. Dodd geht nach Hollywood
STAND-IN
Ein New Yorker Finanzgenie soll im Auftrag seiner Bank die Bücher des Colossol-Filmstudios überprüfen. Dabei begegnet der junge Mann einer Frau, die als Double für den Star der Firma arbeitet. Zusammen mit ihr und einem unglücklich verliebten Produktionsleiter kommt der weltfremde Mathematiker hinter eine Intrige, die die Firma in den Ruin treiben soll. Vor allem in der ersten Hälfte leichtfüßige Satire auf Hollywoods Filmemacher, die einen amüsanten und warmherzigen Blick hinter die Kulissen wirft und nicht zuletzt von der stimmigen Ensemble-Leistung der Darsteller lebt. – Ab 14.

Schwarz-weiß. USA 1937 **P** United Artists **V** offen **Pd** Walter Wanger **R** Tay Garnett **B** Gene Towne, Graham Baker **K** Charles Clarke **M** Heinz Roemheld **S** Otho Lovering, Dorothy Spencer **D** Leslie Howard (Atterbury Dodd), Joan Blondell (Lester Plum), Humphrey Bogart (Douglas Quintain), Alan Mowbray (Koslofski), Marla Shelton (Thelma Sheri), C. Henry Gordon (Ivor Nassau) **L** 90 **E** 5.1.1995 Bayern 3 **fd** –

Mr. Stitch
MR. STITCH
Militärwissenschaftler bauen aus den Organen von 88 Menschen einen Homunculus zusammen. Nach der Lektüre diverser Bücher beschließt dieser, männlich zu sein, doch die rivalisierenden Identitäten in seinem Körper bringen ihn mit einer Psychiaterin in Kontakt, mit deren Hilfe er seine Schöpfer, sein mörderisches Nachfolgemodell und sich selbst vernichtet. Eine konventionelle Genregeschichte, die sich in geschmäcklerischer Pseudo-Bedeutsamkeit ergeht und deren effektvolle Regieeinfälle und die stilsichere Fotografie nicht mehr als Mittel zum Zweck sind. Im Laufe der Handlung weicht der kritisch-parodistische Ansatz routiniertem Actionkino; so bleibt auch der Versuch, den Frankenstein-Topos zeitgemäß umzudeuten, im Ansatz stekken.
USA 1995 **P** Studio Megaboom **V** VCL / Carolco (Video) **Pd** Roger Avary, Rutger Hauer, Morgan Mason **R + B** Roger Avary **K** Tom Richmond **M** Tomandandy **S** Sloane Klevin **D** Rutger Hauer (Dr. Wakman), Wil Wheaton (Lazarus), Nia Peebles (Dr. English), Ron Perlman (Dr. Texarian), Michael Harris (General Hardcastle) **L** 94 **FSK** ab 16 **E** 20.11.1995 Video **fd** 31 729

Mr. Sweet und das Chaos
SWEET AND SHORT
Nachdem er zwei Jahre im Koma gelegen hat, findet ein südafrikanischer Sportreporter bei seinem Erwachen eine völlig veränderte Welt vor – Nelson Mandela ist Präsident und die Apartheid gehört der Vergangenheit an. Dennoch hat er nur eines im Sinn: Er will sich an seinem ewigen Rivalen rächen, der ihm nach dem verhängnisvollen Unfall einen riesigen Spielgewinn abgeluchst hat. Komödie. – Ab 12.
Südafrika 1991 **V** offen **R** Gray Hofmeyr **D** Leon Schuster (Sweet Coetzee), Casper de Vries (George Weedle), Joanna Weinberg (Sandy), Alfred Ntombela (Alfred Short), Gerrit Schoonhoven (Savage) **L** 88 **E** 18.11.1995 Super RTL **fd** –

Mrs. Klein
Fernsehspiel nach dem Theaterstück von Nicholas Wright, in dem der subtile Kampf um Anerkennung, Liebe und Macht dreier Frauen beschrieben wird, deren Metier und Waffe die Psychoanalyse ist. Melanie Klein, die erste große Theoretikerin und Erneuerin der Psychoanalyse nach Freud, ihre Tochter Melitta Schmideberg und Paula Heimann, eine Schülerin von Mrs. Klein sind die Protagonistinnen in der fiktiven, 1934 in London angesiedelten Handlung um einen Brief, den seine Empfängerin nie lesen wird.
Deutschland 1994 **P** ZDF **V** offen **R** Ingemo Engström **B** Nicholas Wright, nach seinem Theaterstück **K** Klaus Günther **D** Erika Pluhar (Melanie Klein), Sibylle Canonica (Paula Heimann), Friederike Kammer (Melitta Schmideberg) **L** 129 **E** 22.1.1995 ZDF **fd** –

Mrs. Parker und ihr lasterhafter Kreis
MRS. PARKER AND THE VICIOUS CIRCLE
Leben, Lieben und Leiden der Schriftstellerin Dorothy Parker in einer mehr als vier Jahrzehnte umspannenden Künstlerbiografie. Mit Einfühlungsvermögen und bestechender formaler Eleganz nähert sich der Film der Tragik seiner widersprüchlichen Hauptfigur. Inszeniert in der für Alan Rudolph charakteristischen romantisch-melancholischen Art, unterstützt von einem außergewöhnlichen Darsteller-Ensemble und herausragenden Einzelleistungen bei Kamera, Ausstattung und Soundtrack, erinnert der Film eindringlich an die persönliche Verantwortung für das eigene Glück. – Sehenswert ab 16.
Scope. USA 1994 **P** Fine Line Features **V** Scotia (Kino) / BMG / Ufa (Video) **Pd** Robert Altman **R** Alan Rudolph **B** Alan Rudolph, Randy Sue Coburn **K** Jan Kiesser **M** Mark Isham **S** Suzy Elmiger **D** Jennifer Jason Leigh (Dorothy Parker), Campbell Scott (Robert Benchley), Matthew Broderick (Charles MacArthur), Andrew McCarthy (Eddie Parker), Tom McGowan (Alexander Woolcott) **L** 135 **FSK** ab 12; f **E** 27.7.1995 / 12.2.1996 Video **fd** 31 444

Mühle
Porträt des 67jährigen Architekten Kurt Mühle, der als Lebenskünstler, Aktzeichner und durch seine münchhausenhaften Einfälle Berühmtheit erlangte.
Deutschland 199? **V** offen **R + B** Jochen Wisotzki, Rainer Ackermann **E** 31.5.1995 mdr **fd** –

Munchie, der witzige Außerirdische
MUNCHIE STRIKES BACK
Ein koboldartiges Wesen, «älter als die Zeit» und eigentlich eine

recht häßliche Erscheinung im Stil einer Bauchredner-Puppe, kommt vor ein himmlisches Tribunal, nachdem er eine Schule in die Luft gesprengt hat. Zur Strafe soll er das Leben einer alleinerziehenden Witwe in Ordnung bringen. Ein sympathischer, routiniert inszenierter Familienfilm mit vielen Turbulenzen und einigen Albernheiten, der propagiert, daß nur das zählt, was man ist. – Ab 12.

USA 1994 **P** New Horizons **V** Highlight (Video) **Pd** Mike Elliott, Jonathan Fernandez **R** Jim Wynorski **B** R.J. Robertson, Jim Wynorski **K** Don E. Fauntleroy **M** Chuck Cirino **S** Brian Katkin **D** Lesley-Ann Down (Linda McClelland), Andrew Stevens (Shelby Carlisle), Trenton Knight (Chris McClelland), Angus Scrimm (Kronas), John Byner (Coach Elkins) **L** 86 **FSK** ab 12 **E** 27.1.1995 Video / 2.3.1996 Pro Sieben **fd** 31 519

Muriel treibt ihre Eltern zur Verzweiflung

MURIEL FAIT LE DESESPOIR DE SES PARENTS

Eine 17jährige Studentin aus der Provinz verliebt sich in Paris in ein gleichaltriges Mädchen. Als sie sich ihrer Mutter anvertraut, stößt sie auf Ablehnung. Aus Angst vor einer Enttäuschung, daß ihre Gefühle nicht erwidert werden könnten, offenbart sie sich dem Mädchen nicht. Auch als die Freundin sich in einen Jungen verliebt, ändern sich die Gefühle der Neu-Pariserin nicht. – Ab 16.

Frankreich 1995 **P** Ognon Pictures **V** offen **Pd** Humbert Balsan **R** Philippe Faucon **B** Catherine Klein, Philippe Faucon **K** Pierre Millon **S** Christian Dior **D** Catherine Klein (Muriel), Dominique Perrier (Nora), Serge Germany (Fred), David Bigiaqui (Antoine), Marie Riviere (Mutter), Jean-Louis Caillat (Vater) **L** 79 **E** 2.6.1995 arte **fd** –

Muriels Hochzeit

MURIEL'S WEDDING

Nur unter Schwierigkeiten wird eine äußerlich unvorteilhafte junge Frau, die unter mannigfaltigen Vorurteilen zu leiden hat, zu einem «schönen» Menschen, der bereit ist, sein Schicksal zu meistern. Eine für ihr Herkunftsland typische Komödie, die zunächst schrill, später immer nachdenklicher von der Verwandlung eines häßlichen Entleins erzählt. Die gute Hauptdarstellerin vermittelt glaubwürdig, daß wahre Schönheit von innen kommen muß. – Ab 16.

Australien 1994 **P** House and Moorehouse **V** Pandora (Kino) / VPS (Video) **Pd** Lynda House, Jocelyn Moorhouse **R+B** P.J. Hogan **K** Martin McGrath **M** Peter Best **S** Jill Bilcock **D** Toni Collette (Muriel Heslop), Bill Hunter (Bill Heslop), Rachael Griffiths (Rhonda), Jeane Dryman (Betty Hesop), Gennie Nevinson (Deidre), Matt Day (Brice), Daniel Lapaine (Davis van Arkle) **L** 105 **FSK** ab 12; f **E** 19.1.1995 / 27.7.1995 Video / 7.2.1996 premiere **fd** 31 136

Music Box Girls

TONIGHT AND EVERY NIGHT

In Rückblenden erzählte Geschichte eines Londoner Musiktheaters, das im Zweiten Weltkrieg, unbeeindruckt von den deutschen Bombenangriffen, sein Programm aufrechterhält. Die amerikanische Startänzerin der Revue verliebt sich in einen englischen Piloten; als dieser stirbt, entschließt sie sich, weiterzumachen. Ausgefallenes Musical mit düsterem zeitgeschichtlichen Hintergrund, vor dem das Happy-End recht aufgesetzt wirkt. – Ab 14.

USA 1945 **P** Columbia **V** offen **Pd+R** Victor Saville **B** Lesser Samuels, Abem Finkel, nach dem Bühnenstück «Heart of the City» von Lesley Storm **K** Rudolph Maté **M** Jule Styne, Sammy Cahn (Songs), Morris W. Stoloff, Jack Cole (Ltg.) **S** Viola Lawrence **D** Rita Hayworth (Rosalind «Roz» Bruce), Lee Bowman (Paul Lundy), Janet Blair (Judy Kane), Marc Platt (Tommy Lawson), Leslie Brooks (Angela) **L** 92 **E** 18.11.1995 RTL 2 **fd** –

Music for the Movies: Toru Takemitsu

MUSIC FOR THE MOVIES: TORU TAKEMITSU

Ein aus Interviews und Filmausschnitten kompiliertes Porträt des Filmkomponisten Toru Takemitsu, der Musiken für Filme von Kurosawa, Oshima, Shinoda und Kobayashi schuf, die zwar konzeptuell avantgardistisch sind, dabei jedoch weit mehr als bei jedem anderen Komponisten in der Tradition der japanischen Musikgeschichte stehen. Im Zentrum des informativen Dokumentarfilms steht ein umfassendes Interview mit Masaki Kobayashi, der aus Verehrung für seinen Tonsetzer entgegen aller Gewohnheit einmal vor der Kamera spricht. (O.m.engl.U.) – Ab 16.

Teils schwarz-weiß. USA 1994 **P** Alternate Current Inc. **V** Freunde der Deutschen Kinemathek **Pd** Margaret Smilow **R+B** Charlotte Zwerin **K** Toyomichi Kurita **M** Toru Takemitsu **S** Charlotte Zwerin, Bernardine Colish **D** Toru Takemitsu, Hiroshi Teshigahara, Masaki Kobayashi, Masahiro Shinoda, Nagisa Oshima **L** 60 **FSK** – **E** 1995 Kino **fd** –

Musik ist unsere Welt

BABES IN ARMS

Ende der 20er Jahre scheinen die Tage des Vaudeville-Theaters in Amerika gezählt zu sein. Während einige alternde Stars gegen

die übermächtige Konkurrenz des Kinos ankämpfen, zeigen ihre heranwachsenden Kinder, daß Talent und Können im Showbusiness noch immer gefragt sind. Erstes Busby-Berkely-Musical mit den Jungstars Rooney und Garland; energievoll, aber leicht veraltet. – Ab 12.
Schwarz-weiß. USA 1939 **P** MGM **V** offen **Pd** Arthur Freed **R** Busby Berkeley **B** Jack McGowan, Kay Van Riper, nach dem Bühnenstück von Richard Rodgers und Lorenz Hart **K** Ray June **M** Richard Rodgers, Lorenz Hart, Arthur Freed, Gus Arnheim, Abe Lyman, E.Y. Harburg, Harold Arlen, Nacio Herb Brown **S** Frank Sullivan **D** Mickey Rooney (Mickey Moran), Judy Garland (Patsy Barton), Charles Winninger (Joe Moran), Guy Kibbee (Richter Black), June Preisser (Rosalie Essex) **L** 93 **E** 11. 12. 1995 ARD **fd** –

Mustang – Das versteckte Königreich
Der Film dokumentiert die zweimonatige Reise des tibetanischen Lama Kamtruel in das Königreich Mustang, wo er den buddhistischen Glauben der Einwohner stärken soll. In den Reisebericht eingeflochten sind durch Archivmaterial beglaubigte Abstecher in die Geschichte Tibets, etwa die Besetzung durch die VR China oder der Widerstandskampf tibetanischer Untergrundkämpfer. In erster Linie versucht der Film jedoch, Verständnis für buddhistische Werte zu wecken.
England 1994 **P** La Sept / arte **V** offen **R** Tony Miller **L** 90 **E** 11. 11. 1995 arte **fd** –

Mutter kommt an Weihnachten
Dokumentarfilm über eine Frau aus Sri Lanka, die in Athen als Hausangestellte arbeitet und nach acht Jahren zum erstenmal in die Heimat zurückkehrt. Für ihre drei Kinder ist sie der «Geldesel», der nun das Brautgeld für die Heirat der erwachsenen Tochter aufbringen soll. Trotz der ernsten Themen wie Trennung und Verzicht wartet der Film auch mit Humor und Ironie auf. (Singhalesisch / englisches Original mit deutschen Untertiteln)
Griechenland 1994 **V** offen **R + B** Nilita Vachani **K** Vangelis Kalambakas **M** Ross Daly **L** 90 **E** 26. 11. 1995 ZDF **fd** –

Mutter, laß mich nicht allein
THE FIGHT FOR BABY JESSE
Eine junge Mutter will ihr mongoloides Kind zur Adoption freigeben und stößt auf den Widerstand ihrer Mutter, die das behinderte Kind im Kreise der Familie behalten möchte. Erst ein Fernseh-Hearing und die Verhandlung vor dem Jugendrichter kann die Angelegenheit klären. Fernseh-Drama nach einer wahren Begebenheit. – Ab 16.
USA 1993 **V** offen **R** Michael Katleman **B** Selma Thompson **D** Patty Duke (Lucille Jenkins), Tracy Nelson (Tammy), G.W. Bailey (Lamar Jenkins), Susan Blakley (Peggy Young), Markus Flanagan (Bob) **L** 93 **E** 14. 11. 1995 Kabel 1 **fd** –

Eine Mutter verkauft ihr Baby
BABY BROKERS
Eine Psychologin fällt auf ein Betrügerpaar herein, das sein noch ungeborenes Baby gleich mehreren kinderlosen Paaren in ganz Amerika zur Adoption anbietet und dafür reichlich Geld kassiert. Die Ärztin sorgt dafür, daß die «Baby Brokers» vor Gericht kommen. – Ab 16.
USA 1994 **V** offen **R** Mimi Leder **B** Susan Nanus **D** Cybill Shepherd (Debbie Freeman), Anna Maria Horsford (Randi Barrow), Nina Siemaszko (Leeanne Dees), Jeffrey Nordling (Det. John Kurdland), Tom O'Brien (Frankie Dees) **L** 88 **E** 22. 3. 1995 RTL **fd** –

My First Name is Maceo
MY FIRST NAME IS MACEO
Porträt- und Konzertfilm über den berühmten amerikanischen Funk-Jazzer Maceo Parker. Gelungene Mischung aus Live-Mitschnitt und Interviews, die nicht nur Biografie und musikalischen Werdegang beleuchten, sondern auch die Persönlichkeit Maceos greifbar werden lassen. Neben Band-Mitgliedern und alten Kollegen kommen auch junge Musiker zu Wort, die mit dem schwarzen Musiker arbeiten. – Ab 12.
Deutschland 1994 **P** Rhythm 'n' Pictures **V** wild okapi **Pd+R** Markus Gruber **B** Markus Gruber, Petra Müller **K** Robert Berghoff **M** Maceo Parker **S** Wolf-Ingo Römer **D** Maceo Parker, Fred Wesley, Pee Wee Ellis, Will Boulware, Bruno Speight **L** 80 **E** 12. 1. 1995 **fd** 31 114

My Vote Is My Secret – Südafrikanische Chroniken
Vier Monate vor den ersten freien Wahlen in Südafrika beschließen drei Regisseure des «Direct Cinema Workshop» in Johannesburg, die Wahlvorbereitungen und die Stimmung in ihrem Lande zu dokumentieren. An fünf Orten beobachten sie fünf verschiedene Bevölkerungsgruppen und tragen durch die ungewöhnliche Sehweise einen authentischen Stimmungsbericht zusammen. – Ab 16.
Frankreich 1994 **V** offen **R** Julie Henderson, Thulani Mokoena, Donne Rundle **L** 94 **E** 22. 4. 1995 arte **fd** –

Mystery Model
TERESA'S TATTOO
Zwei blöde Verbrecher geraten auf der Suche nach einer «Ersatz-Geisel» an ein scheues Mädchen mit genialer Mathematik-Begabung, das schließlich mit Hilfe seiner Freunde entdeckt, daß in seinen Hologramm-Ohrringen

ein Raumfahrtprogramm abgespeichert ist. Eine allenfalls fragmentarisch durch alberne Zwischentitel gegliederte Komödie, die erfolglos versucht, Handlungsmuster und Klischees aus Fernseh-Serienkrimis zu parodieren. Wortlastig, dilettantisch inszeniert, mit billigen Gags schlecht erzählt. – Ab 14 möglich.

USA 1993 **P** Tattoo / Cine Tel **V** Warner Home (Video) **Pd** Lisa M. Hansen, Philip McKeon **R** Julie Cypher **B** George Huntington **K** Sven Kirsten **M** Andrew Keresztes **S** Christopher Rouse **D** C. Thomas Howell (Carl), Nancy McKeon (Sara), Lou Diamond Phillips (Wheeler), Casey Siemaszko (Michael), Adrienne Shelly (Teresa / Gloria), Jonathan Silverman (Rick) **L** 87 **FSK** ab 12 **E** 6. 4. 1995 Video **fd** 31 339

N

Naapet
NAAPET
Nach einem Massaker der Türken 1915, dem seine Familie zum Opfer gefallen ist, kehrt ein Mann in sein armenisches Heimatdorf zurück. Gemeinsam mit einer Frau schöpft er in der Aufbauarbeit neue Lebenskräfte. Ein Film über die Wiedergewinnung einer Identität; von schwerer, trauriger Poesie geprägt, aber nicht hoffnungslos.
UdSSR 1977 **P** Armenfilm **V** offen **R+B** Henrik Malian **K** Sergej Israeljan **M** Alexander Arutunian **D** Sos Sarkisjan (Naapet), Sofik Sargsian (Noubar), Mger Mkrtschjan, Galja Nowenz, Vronir Panoian **L** 92 **E** 20.4.1995 arte **fd** –

Nach dem Tode
POSLE SMERTI
Russischer Stummfilm: Die Zwangsfantasien eines Wissenschaftlers kreisen immer aufs neue um das Leben einer Frau, die Selbstmord begangen hat. In einer Reihe von Rückblenden erweckt der Regisseur die Tote zu flüchtigem Leben – nur um sie wieder verschwinden zu lassen, ganz so, als wolle er damit die Unmöglichkeit der Liebe beweisen. Bauer war einer der prägendsten Regisseure des zaristischen Kinos, seine Filme übten einen entscheidenden Einfluß auf den sowjetischen Avantgarde-Film aus. – Ab 16.
Schwarz-weiß. Rußland 1915 **V** offen **R+B** Jewgenij Bauer **K** Boris Zawelew **D** Vitold Polonskii (Andrej Bagrov), Olga Rakhmanova (Kapitolina Markovna), Vera Karalli (Zoya Kadmina), M. Khalatova (die Mutter), Tamara Gedevanowa (die Schwester) **L** 47 **E** 7.3.1995 West 3 **fd** –

Der Nachlaß
Fernsehspiel um einen Staatsanwalt, dessen Amtsführung in einem aufsehenerregenden Vatermord-Prozeß von seinen Entdeckungen und Empfindungen im Zusammenhang mit den Erinnerungen an den eigenen Vater und dessen Erziehungsmethoden beeinflußt wird. Im Nachlaß des Ermordeten finden sich Aufzeichnungen, die den vorgeblich sinnenfrohen Mann als seelischen Krüppel erscheinen lassen, der seine Lebensunfähigkeit an seinem Sohn abzureagieren versuchte.
Deutschland 1994 **V** offen **R+B** Rüdiger Sünner **K** Michael Bertl **D** Ernst Jacobi (Staatsanwalt Esch), Katrin Saß (Eva), Manfred Steffen (Vater), Joachim Schönfeld (Angeklagter), Ute Hallant (Mutter des Angeklagten) **L** 94 **E** 29.1.1995 ZDF **fd** –

Der nächste Schritt
THE NEXT STEP
Dokumentarfilm über sechs junge Tänzer – im Alter von Anfang bis Ende Zwanzig – und die sehr unterschiedlichen Erfahrungen, die sie während ihrer beruflichen Laufbahn gesammelt haben. Dabei handelt es sich um jene Tanzschüler, die von derselben Regisseurin 1980 in «Step by Step» porträtiert wurden.
Niederlande 1992 **P** Lagestee Film **V** offen **R** Marijke Jongbloed **L** 59 **E** 25.1.1995 arte **fd** –

Die Nacht der Nächte
DIE NACHT DER NÄCHTE
Eine frustrierte Ehe- und Geschäftsfrau mittleren Alters bricht aus ihrem luxuriösen, aber grauen Alltag aus. Sie verläßt ihr Zuhause, schnappt sich den teuren Wagen eines Zuhälters und dessen Geld und fährt ins Ungewisse. – Ab 16.
Österreich / Deutschland 1994 **P** ORF / ZDF **V** offen **R** Xaver Schwarzenberger **D** Senta Berger (Teresa), Frank Hoffmann (Adam), Harald Pichlhöfer (Lorenz), Roswitha Szyszkowitz (Valerie), Susi Nicoletti (Teresas Mutter), Maria Perschy (Eva) **L** 90 **E** 15.10.1995 ZDF **fd** –

Die Nacht der Regisseure
siehe: Die Bilder in Bewegung – Das Jahrhundert des Kinos (4)

Die Nacht und der Augenblick
THE NIGHT AND THE MOMENT
Verfilmung eines in den 30er Jahren des 18. Jahrhunderts spielenden Romans von Crébillon. Gerade aus dem Kerker entlassen, in den ihn seine frivolen Schriften gebracht hatten, findet sich ein schriftstellernder Baron beim Dinner einer Marquise wieder, umgeben von lauter Frauen, mit denen er eine Affäre hatte. Im Bemühen, nun auch die Gastgeberin zu verführen, schildert er ihr seine amourösen Eskapaden; dabei wird im Laufe der Nacht aus dem Begehren echte Zuneigung. – Ab 16.
Frankreich / England / Italien 1994 **P** Arthur Pictures / SFP / Cecchi Gori / Canal + **V** offen **Pd** Pierre Novat, Boudjemâa Dahmane **R** Anna Maria Tatò **B** Jean-Claude Carrière, Anna Maria Tató, nach dem Roman «La Nuit et le Moment» von Claude-Prosper de Jolyot Crébillon **K** Giuseppe Rotunno **M** Ennio Morricone **S** Ruggero Mastroianni **D** Willem Dafoe (der Schriftsteller), Lena Olin (die Marquise), Miranda Richardson (Julie), Jean-Claude Carrière (der Gouverneur), Carole Richert (Armande) **L** 106 **E** 4.12.1995 premiere **fd** –

Nachts kommt Charlie
THE NIGHT BRINGS CHARLIE
Horrorfilm nach Schema. Blutige, mit einer Säge begangene Morde an Teenagern stören die Ruhe in einem verschlafenen Städtchen. Der Verdacht fällt schnell auf einen entstellten, geistesgestörten Mann.
USA 1990 **P** Quest Entertainment **V** New Vision (Video) **R**

Tom Logan **B** Bruce Carson **D** Kerry Knight (Carl), Joe Fishback (Walt), Aimee Tenalia (Jenny), Monica Simmons (Tonya), George Carter (Detective Lareby) **L** 76 **FSK** ab 18 **E** 30.9.1995 Pro Sieben **fd** –

Nah am Wasser

Ein Möbelpacker gefällt sich in der Rolle des rassistischen Spießers, die ihn ebenso unsympathisch wie erbarmungswürdig erscheinen läßt. Durch eine unglücklich verlaufende Liebe wird bei ihm der Prozeß der Menschwerdung in Gang gesetzt. Ein genau beobachtender Film über die Banalitäten des deutschen Alltags, mit Gespür für die Sensation des Unscheinbaren und der Kunst, diese Banalitäten spannend darzustellen. – Ab 16.
Deutschland 1995 **P** Jost Hering Prod. **V** offen **R + B** Marc Ottiker **K** Michael Bertl **M** Nikko Weidenmann, Iwa Sanjek **S** Andreas Herder **D** Sven Pippig (Günther Schmidt), Barbara Philipp (Franziska Bäcker), Christoph Krix (Heiner Baumann), Heinz-Werner Kraehkamp (Mausi), Veronika Nowag-Jones (Schnuggelchen) **L** 90 **E** 18.6.1995 ZDF **fd** –

Necronomicon

siehe: H.P. Lovecrafts Necronomicon

Nell

NELL

Ein Landarzt entdeckt in den Wäldern North Carolinas ein fern der Zivilisation aufgewachsenes Mädchen, dessen Sprache er kaum verstehen kann. Im ständigen Streit mit Wissenschaftlern, die das Mädchen zum klinischen Studienobjekt machen wollen, versucht er, Zugang zu dem scheuen und verängstigten Wesen zu finden. Bemühter, aber klischeehafter Versuch, den Konflikt zwischen Zivilisation und Natur darzustellen, der nicht zuletzt an der Besetzung des «wilden Kindes» mit einem Hollywood-Star scheitert. – Ab 12.
Scope. USA 1994 **P** Polygram Filmed Entertainment / EGG Pictures **V** Concorde (Kino) / Concorde (VCL / Carolco) (Video) **Pd** Renée Missel, Jodie Foster **R** Michael Apted **B** William Nicholson, Mark Handley, nach dem Theaterstück «Idioglossia» von Mark Handley **K** Dante Spinotti **M** Mark Isham **S** Jim Clark **D** Jodie Foster (Nell), Liam Neeson (Jerome Lovell), Natasha Richardson (Paula Olsen), Richard Libertini (Alexander Paley), Nick Searcy (Todd Peterson) **L** 112 **FSK** ab 12; f **FBW** w **E** 23.2.1995/21.8.1995 Video
fd 31 208

Nemesis 2

NEMESIS 2

Im Jahr 2077 beherrschen Roboter die Welt. Wissenschaftler manipulieren die Gene eines Kindes, das zum Übermenschen «gezüchtet» werden soll, der den Kampf gegen die Maschinen aufnimmt. Gemeinsam mit seiner Mutter flüchtet es in die Vergangenheit, verfolgt von einer Killermaschine. Armseliger Actionfilm im Gefolge von «Terminator», der in eine Folge mangelhaft inszenierter Kampf-Sequenzen zerfällt.
USA 1995 **P** Toga **V** New Vision (Video) **Pd** Gary Schmoeller, Thomas Karnowski **R + B** Albert Pyun **K** George Mooradian **M** Tony Riparetti **S** Ken Morrissey **D** Sue Price (Alex), Tina Cote (Emily), Earl White (Po), Jahi J. J. Zari (Zumi), Traci Davis (Sam) **L** 81 **FSK** ab 16 **E** 17.10.1995 Video **fd** 31 610

Eine Nervensäge

HIGH STRUNG

Ein Kinderbuchautor leidet an heftigen Anfällen von Welt- und Menschenekel und wünscht sich in einem Anflug depressiver Stimmung den Tod herbei. Als dieser wirklich kommt, muß der Schriftsteller versuchen, sein Leben zu ändern, um ihm noch einmal von der Schippe zu springen. Die filmische Umsetzung einer Stand-up-Comedy erzielt ihre Spannung durch die pointenreich-sarkastischen Monologe des Hauptdarstellers, durch Running Gags und Slapstick-Einlagen. Die Inszenierung ist auf Dauer etwas zäh, die Geschichte wirkt gelegentlich aufgesetzt. – Ab 16.
USA 1994 **P** Film Brigade **V** New Vision / Highlight (Video) **Pd** Rubin M. Mendoza **R** Roger Nygard **B** Steve Oedekerk, Robert Kuhn **K** Alan Oltman **M** Vladimir Horunzhy **S** Tom Süter **D** Thomas F. Wilson (Al), Denise Crosby (Melanie), Fred Willard (Versicherungsagent), Steve Oedekerk (Thane Furrows) **L** 89 **FSK** ab 12 **E** 12.9.1995 Video
fd 31 658

Nestor Burmas Abenteuer in Paris: Schweigen ist Gold

PAS DE BAVARDS A LA MUETTE

Die Suche nach einem wertvollen Schmuck konfrontiert Privatdetektiv Nestor Burma schon bald mit einem Toten und läßt ihn Skandale in den allerhöchsten gesellschaftlichen Kreisen aufspüren. Serienkrimi um einen außergewöhnlichen Privatermittler, dessen Leidenschaften der Alkohol und die Jazzmusik sind. – Ab 16.
Frankreich 1991 **V** offen **R** Henri Helman **D** Guy Marchand (Nestor Burma), Sophie Broustal (Hélène), Pierre Tornade (Kommissar Faroux), Patrick Guillemin (Inspektor Fabre), Claude Brosset (Zavatter) **L** 82 **E** 17.3.1995 mdr **fd** –

Das Netz
THE NET
Eine Computerspezialistin kommt einer Organisation auf die Spur, die sich über ein manipuliertes Sicherheitsprogramm Daten geschützter Großrechner für kriminelle Zwecke erschließt. Plötzlich ihrer Identität beraubt, kämpft sie einsam gegen einen schier allmächtigen Gegner. Der thematisch reizvolle Hight-Tech-Thriller baut eher auf aktionsreiche Verwicklungen, statt auch die spannungsvolle psychologische Situation auszuloten. Gezielte Effekte erhöhen spekulativ die Faszination der Datenwelt, ohne ihre problematischen Seiten ernstlich in den Blick zu nehmen.
USA 1995 **P** Columbia Pictures **V** Columbia TriStar **Pd** Irwin Winkler, Rob Cowan **R** Irwin Winkler **B** John Brancato **K** Jack N. Green **M** Mark Isham **S** Richard Halsey **D** Sandra Bullock (Angela Bennett), Jeremy Northam (Jack Devlin), Dennis Miller (Dr. Alan Champion), Diane Baker (Mrs. Bennett), Ken Howard (Bergstrom), Wendy Gazelle (Ruth Marx) **L** 114 **FSK** ab 12; f **E** 28.9.1995 **fd** 31 544

Ein neues Leben
UNE NOUVELLE VIE
Durch den Tod der Mutter verliert eine in der Monotonie ihres Alltags gefangene 20jährige Lagerverwalterin den Halt. Auf der Suche nach dem Vater, den sie nicht kennt, begegnet sie zunächst ihrer Halbschwester. Die Begegnung mit ihr wie mit dem Vater verändert ihr Leben schließlich von Grund auf. Ein intimer, in seinem Realismus zuweilen sehr rauher Film über Emotionen und innere Entwicklungen; exzellent gespielt. (O.m. d.U.) – Ab 16.
Frankreich 1993 **P** Arena / La Sept Cinéma / Lumière / Vega / Télévision Suisse / Alia **V** offen **R+B** Olivier Assayas **K** Denis Lenoir **S** Luc Barnier **D** Sophie Aubry (Tina), Judith Godrèche (Lise), Bernard Giraudeau (Constantin), Christine Boisson (Laurence), Philippe Torreton (Fred), Bernard Verley (Ludovic), Nelly Borgeaud (Nadine), Antoine Basler (Kleber) **L** 118 **E** 25.9.1995 arte **fd** –

Die 9-Meter-Braut
30 FOOT BRIDE OF CANDY ROCK
Ein Müllarbeiter, der seinen langweiligen Job durch technische Erfindungen auszugleichen versucht, verwandelt seine Geliebte in eine neun Meter große Riesin, er selbst nimmt die Gestalt einer Rakete an. Kein Wunder, daß so viel Erfindungsgeist die Militärs auf den Plan ruft. Eine überdrehte Komödie; der erste Film, den Lou Costello nach der Trennung von seinem Partner Bud Abbott drehte und der letzte vor seinem Tod. – Ab 12.
Schwarz-weiß. USA 1959 **V** offen **R** Sidney Miller **D** Lou Costello (Artie Pinsetter), Dorothy Provine (Emmy Lou) **L** 71 **E** 21.10.1995 Super RTL **fd** –

Neun Monate
NINE MONTHS
Ein Kinderpsychologe erfährt von seiner Lebensgefährtin, daß er Vater wird. Da er eine kinderlose Zukunft plante, wird er fortan von Alpträumen geplagt und entfernt sich immer mehr von seiner Geliebten. Erst die «Begegnung» mit seinem werdenden Kind per Ultraschall-Video bringt ihn zur Vernunft. Die auf platte Gefühligkeit und oft geschmacklosen Klamauk setzende Inszenierung vermeidet eine Auseinandersetzung mit existentiellen Fragen und beraubt sich durch ihre Einfallslosigkeit jeden Humors. Recht verlogen stimmt der Film ein «Hohelied» auf die Familie an. – Ab 12 möglich.
Scope. USA 1995 **P** Twentieth Century Fox **V** 20th Century Fox **Pd** Anne François, Chris Columbus, Mak Radcliffe, Michael Barnathan **R+B** Chris Columbus **K** Donald McAlpine **M** Hans Zimmer **S** Roja Gosnell **D** Hugh Grant (Samuel Faulkner), Julianne Moore (Rebecca Taylor), Tom Arnold (Marty Dwyer), Joan Cusack (Gail Dwyer), Jeff Goldblum (Sean Fletscher), Robin Williams (Dr. Kosevich) **L** 103 **FSK** ab 6; f **E** 30.11.1995 **fd** 31 636

Neurosia – 50 Jahre pervers
Autobiografischer, aus Dokumentar- und Spielszenen zusammengesetzter Film von Rosa von Praunheim, der zwischen Eitelkeit und Selbstironie schwankend Stationen aus seinem Leben und seine Bedeutung für die Homosexuellen-Szene aufzeigt. Eingebettet in eine Krimihandlung um seine vermeintliche Ermordung, recherchiert eine Fernsehreporterin seine Biografie. Gewohnt und gewollt dilettantisch in den Spielszenen und manchmal von einer geradezu schamlosen Selbstgefälligkeit.
Deutschland 1994 / 95 **P** Rosa von Praunheim **Pd** Renée Gundelach **R** Rosa von Praunheim **B** Valentin Passoni **K** Lorenz Haarmann **M** Alexander Kraut **S** Mike Shepard **D** Desiree Nick, Eva Ebner, Volker Eschke, Ichgola Androgyn, Carsten Hädler **L** 90 **FSK** ab 16; f **E** 2.11.1995 **fd** 31 617

Never Say Die
NEVER SAY DIE
Mord und Totschlag um einen Sektenführer, der gegen ihn angesetzte FBI-Agenten, einen US-Senator und seine schwangere Geliebte umbringt. Erst ein ehemaliger Kampfgefährte, mit dem er in einer Eliteeinheit diente, kann ihn zur Strecke bringen. Eine Abfolge von widerwärtigen

Grausamkeiten, die auch in einer katholischen Kirche zelebriert werden. – Wir raten ab.
USA / Südafrika 1994 **P** Nu World **V** NGP (Video) **Pd** Danny Lerner **R + B** Joseph Wein **D** Frank Zagarino, Billy Drago, Jennifer Miller **L** 95 (gek. 86) **FSK** ab 18 (gek. ab 16) **E** 20. 2. 1995 Video **fd** –

New Age
THE NEW AGE
Ausgerechnet in dem Augenblick, als ein Mann seinen lukrativen Job kündigt, verliert auch seine Frau ihren, so daß die Ehepartner unvermittelt vor einem finanziellen Problem stehen. Die wirtschaftliche Krise offenbart den ruinösen Zustand ihrer Ehe. Versuche, in anderen Bereichen Fuß zu fassen, erweisen sich als Flops. Am Ende scheint der Doppelselbstmord die einzige Lösung. Ein kammerspielartig entwickeltes Melodram, mit schwarzem Humor inszeniert, das konsequent schildert, wie Menschen ihre geistige und emotionale Leere im Konsumrausch zu vergessen versuchen. Die Kälte der Inszenierung entspricht der Scheinwelt der Oberflächenreize, verweigert aber zugleich auch menschliche Dimensionen. – Ab 14.
USA 1994 **P** Regency / Alcor **V** Warner Home (Video) **Pd** Nick Wechsler, Keith Addis **R + B** Michael Tolkin **K** John Campbell **M** Mark Mothersbaugh **S** Suzanne Fenn, **D** Peter Weller (Peter Wilner), Judy Davis (Catherine Wilner), Patrick Bauchau (Jean Levy), Adam West (Jeff Wilner), Samuel L. Jackson (Dale Deveaux) **L** 116 **FSK** ab 16 **E** 27. 10. 1995 Video **fd** 31 606

New Crime City
NEW CRIME CITY
Im Los Angeles des Jahres 2020 bekommt ein zum Tode verurteilter Mann eine Bewährungschance. Er wird beauftragt, einen Bandenführer zur Strecke zu bringen, der mit Hilfe eines tödlichen Virus versucht, die Macht über die Stadt zu erringen. In einer Art Gefängnisghetto muß er sich an der Seite einer schönen Insassin gegen Mord und Totschlag behaupten. Der hanebüchene Actionfilm überzeichnet seine Charaktere bis ins Groteske und schreckt nicht vor der Geschmacklosigkeit zurück, Bilder vom Erdbeben in Los Angeles und den dortigen Rassenunruhen für die Schaffung einer Endzeitatmosphäre zu mißbrauchen.
USA 1994 **P** New Horizons **V** New Vision (Video) **Pd** Luis Llosa **R** Jonathan Winfrey **B** Charles Philip Moore **K** John Duran **M** Michael Elliot **S** Gwyneth Gibby **D** Rick Rossovich (Ricks), Sherrie Rose (Darla), Rick Dean (Ironhead), Stacy Keach (Wynorski), Denis Forest (Wizard) **L** 82 **FSK** ab 18 **E** 16. 12. 1994 Video **fd** 31 261

New Orleans – City of Jazz
Dokumentarfilm über die Musikszene in New Orleans. Abseits der einschlägigen Zentren existieren kleine Clubs, in denen auch heute noch nur um des Spaßes willen Musik gemacht wird. Der Film dokumentiert die 100jährige Geschichte des Jazz und der vielen anderen Musikrichtungen, die aus ihm hervorgegangen sind. – Ab 14.
Deutschland 1995 **V** offen **R** Wolfgang Ettlich **L** 90 **E** 16. 11. 1995 3sat **fd** –

New York Killer – Die Kunst des Tötens
NEW YORK KILLER
Ein Berufskiller in New York soll eine Frau töten und muß feststellen, daß sie ihn erwartet und sich nicht wehren wird. Der eiskalte Mörder reagiert zusehends verwirrter, und im Lauf einer gemeinsamen Nacht werden seine Gefühle immer subtiler. Hin- und hergerissen zwischen Auftrag und Gefühl, gelangt er mit seinem Opfer zum Endpunkt der nächtlichen Reise: Er «versagt» und reift so zum Menschen. Ein ebenso spannender wie anspruchsvoller Film, der ohne Brutalität auskommt und in eindrucksvollen Bildern den Personen, ihren Charakteren und Empfindungen Profil verleiht.
USA / Kanada 1994 **P** Invincible Films **V** Warner Home (Video) **Pd** Robert Vince, William Vince **R** Mark Malone **B** Gordon Melboune, Mark Malone **K** Tobias A. Schliessler **M** Graeme Coleman **S** Robin Russell, **D** Anthony La Paglia (Mick), Mimi Rogers (Fiona), Matt Craven (Archie), Peter Boyle (George), Joseph Maher (Dr. Alstricht) **L** 94 **FSK** ab 16 **E** 30. 6. 1995 Video **fd** 31 435

New York Noises
LITTLE NOISES
Ein erfolgloser New Yorker Schriftsteller gibt den Gedichtband seines taubstummen Freundes als eigenes Werk aus und erntet Erfolg. Doch die Strafe folgt auf den Fuß, das Privatleben des Möchtegern-Dichters gerät aus den Fugen. Eine leise Komödie ohne sonderliche Höhepunkte, die bestenfalls durch ihr Lokalkolorit überzeugt. – Ab 12.
USA 1991 **P** Monument Pictures **V** Highlight (Video) **R** Jane Spencer **D** Crispin Glover, Tatum O'Neal, Rik Mayall **L** 80 **FSK** ab 6 **E** 28. 3. 1995 Video **fd** –

Next Door – Zur Hölle mit den Nachbarn
NEXT DOOR
Über die wasserscheuen Azaleen einer College-Professoren-Gattin, die vom neu gewonnenen Metzgers-Nachbarn stets unter Wasser gesetzt werden, bricht der nachbarliche Streit aus. Zunächst beharken sich die beiden Männer

nur mit Worten, doch dann eskaliert der Konflikt und artet in blutigen Psychoterror aus. Eine merkwürdige Melange aus Komödie und Psychothriller, die letztlich die Freunde beider Genres enttäuscht und zum Ende hin unnötig gewalttätig ausfällt.
USA 1994 **P** TriStar Television / Showtime **V** Columbia TriStar (Video) **Pd** Jay Benons **R** Tony Bill **B** Barney Cohen **K** Thomas Del Ruth **M** Van Dyke Parks **S** Axel Hubert **D** James Woods (Matt Coler), Randy Quaid (Lenny Benedetti), Kate Capshaw, Lucinda Jenney, Miles Fuelner **L** 91 **FSK** ab 16 **E** 17.1.1995 Video **fd** 31 175

Nich' mit Leo
Ein aus Afrika zurückgekehrter Missionar wird von seinem Zwillingsbruder, einem Bordellbesitzer, gekidnappt und mit Sex-Videos erpreßt, weil er dessen «Geschäft» schließen will. Schließlich schlüpft der Bordellchef in die Soutane und schockiert mit unkonventionellen Methoden und Sprüchen die Gemeinde. Als noch ein aus der Fremdenlegion entflohener Halbbruder der beiden auftaucht, der sich als «Seitensprung» des Bischofs während seiner Studentenzeit entpuppt, gibt es ein turbulentes Finale im Bordell. Ein auf Spielfilmlänge gestreckter «Herrenwitz». Der zotige Klamauk wird nur selten von originellen (Bild-)Einfällen durchbrochen, und dem Hauptdarsteller fehlt jedes Talent. Ein ebenso öder wie ärgerlicher Film.
Deutschland 1994 **P** UFA **V** Senator (Kino) / Ufa (Video) **Pd** Wolf Bauer, Michael B. Müller **R** Ralf Gregan **B** Jürgen von der Lippe **K** Michael Steinke **M** Günther Fischer **S** Susanne Schett **D** Jürgen von der Lippe (Charly / Wilhelm / Leo), Cornelia Corba (Rosi), Christiane Brammer (Elisabeth), Karsten Speck (Fred) **L** 93 **FSK** ab 12; nf **E** 16.2.1995 / 21.8.1995 Video **fd** 31 181

Nicht ohne mein Kind
siehe: Ich will mein Kind!

Nicht ohne meine Großmutter
BATTLING FOR BABY
Eine Konzertpianistin und eine Hausfrau, deren Freundschaft einst zerbrach, weil sie um denselben Mann konkurrierten, müssen ihre langjährige Fehde begraben, als ihre Kinder heiraten und Nachwuchs erwarten. Sentimentale Familiengeschichte nach dem üblichen Schema.
– Ab 14.
USA 1991 **P** Brummel **V** offen **Pd** Steve McGlothen, Julie Anne Weitz **R** Art Wolff **B** Walter Lockwood, Nancey Silvers **D** Suzanne Pleshette (Marie), Debbie Reynolds (Helen), Courteney Cox (Katherine), John Terlesky (Philip), Leigh Lawson (Allen) **L** 92 **E** 19.11.1995 Kabel 1 **fd** –

Nicht ohne meinen Sohn
siehe: Liebe kennt kein Warum

Nichts wie weg
ALMOST YOU
Das von Langeweile geprägte Leben eines Ehepaares ändert sich jäh, als die Frau von einem Auto angefahren wird. Die mit der Aufsicht betraute Krankenschwester kümmert sich bald mehr um den Ehemann als um die Kranke. Trotz Kürzungen eine überlange, konfuse Liebeskomödie ohne Charme. – Ab 16.
USA 1984 **P** Wescom **V** offen **Pd** Mark Lipson **R** Adam Brooks **B** Mark Horowitz **K** Alexander Gruszynski **M** Jonathan Elias **S** Mark Burns **D** Brooke Adams (Erica Boyer), Griffin Dunne (Alex Boyer), Karen Young (Lisa Willoughby), Marty Watt (Kevin Danzig), Christine Estabrook (Maggie) **L** 96 **E** 15.6.1995 RTL 2 **fd** –

Nico-Icon
Ein Porträt der Schauspielerin und Sängerin Nico (Christa Päffgen). An Hand von Aussagen von Mitarbeitern und Wegbegleitern wird die Persönlichkeit einer faszinierenden Frau transparent, die trotz ihrer Präsenz in der Öffentlichkeit ein zurückgezogenes, von Todessehnsucht geprägtes Leben führte. Ein einerseits aufschlußreicher und informativer, andererseits sehr sinnlicher Dokumentarfilm, überzeugend durch Detailfülle und Recherchearbeit. Die vielfältigen gestalterischen Mittel wirken nie selbstzweckhaft und machen ihn zu einem gelungenen Zeitdokument. (O.m.d.U.) – Sehenswert ab 16.
Deutschland 1995 **P** CIAK **V** Salzgeber & Co. Medien **Pd** Thomas Maertens, Annette Piscane, Ulla Zwickler **R+B** Susanne Ofteringer **K** Judith Kaufmann, Katharzyna Remin, Martin Baer, Sibylle Stürmer, Susanne Ofteringer **M** Nico **S** Elfe Brandenburger, Guido Krajewski **L** 72 **FSK** – **E** 16.11.1995 **fd** 31 570

Niemand hört den Schrei
TOUCH OF TRUTH
Drama um ein autistisches Kind, das lernt, sich über einen Computer verständlich zu machen, und seinen Eltern auf diesem Wege mitteilt, von einem Betreuer sexuell mißbraucht worden zu sein. In der nachfolgenden Gerichtsverhandlung tritt der stumme Junge mit Hilfe seiner engagierten Lehrerin als Zeuge auf. – Ab 16.
USA 1994 **V** offen **R** Michael Switzer **B** Robert Inman **K** Robert Draper **M** James McVay **D** Melissa Gilbert (Karen Barth), Patty Duke (Terry Walser), Bradley Pierce (Michael Barth), Markus Flanagan (Roger Barth), Lisa Banes (Marla) **L** 90 **E** 17.2.1995 ARD **fd** –

Niemandsland
NO MAN'S LAND
Dresden im Jahr 2000: Ein Kriminalkommissar stößt bei seinen Ermittlungen in einem Mordfall auf eine illegale osteuropäische Einwanderin, die ihm Informationen über die Kriminalitätsrate in der für Flüchtlinge geschaffenen Pufferzone an der deutschen Ostgrenze zuspielt. Bald erhärtet sich der Verdacht, daß die russische Schlepper-Mafia mit einer neu gegründeten Euro-Polizei gemeinsame Sache macht. Ein Kriminalfilm vor dem bedrückenden Hintergrund der Flüchtlingsproblematik in den Ländern Osteuropas. (Alternativtitel: «Fluchtpunkt Todesfalle») – Ab 16.
England / Deutschland 1994 **P** BBC / One World / Studio Sirotek / NDR / arte / WDR **V** offen **R** Ben Bolt **B** David Pirie **K** Karen Wakefield **M** Daemion Barry **D** Trevor Eve (Alex Fischer), Amanda Ooms (Anna), Bruce Myers (Walter Dix), Peter Stormare (Byrd), Murray Ewan (Mann), Shaun Dingwall (Schuster) **L** 90 **E** 11.8.1995 arte **fd** –

Night of the Running Man
NIGHT OF THE RUNNING MAN
Ein Taxifahrer findet eine Million Dollar und hat fortan einen Mafia-Killer auf den Fersen. Er flieht mit einer Krankenschwester von Las Vegas nach Los Angeles und zurück und kann seinen Verfolger am Ende der Flucht erschlagen. Ein mit billigsten Mitteln zusammengesetzter Film, der sich in blutrünstigen Mordszenen ergeht, gewaltsam Spannung herbeizuführen versucht und das Ganze mit Sex garniert. – Wir raten ab.
USA 1994 **P** Trimark / American World **V** VPS (Video) **Pd** Mark L. Lester, Dana Dubovsky, George W. Perkins **R** Mark L. Lester **K** Mark Irwin **M** Christopher Franke **S** David Berlatsky **D** Andrew McCarthy (Taxifahrer Jerry), Scott Glenn (Killer David Eckhart), Janet Gunn (Schwester Chris), Wayne Newton (Gurino), John Glover (Derek Mills) **L** 88 (gek.79) **FSK** ab 18 (ab 16) **E** 26.1.1995 Video / 19.1.1996 premiere **fd** 31 195

Nightmare Lover
DREAM LOVER
Ein geschiedener junger Millionär verliebt sich in eine hinreißende Fremde und heiratet sie vom Fleck weg. Schnell entdeckt er, daß er einer gefährlichen Intrigantin aufgesessen ist. Doch niemand aus seinen Bekanntenkreis schenkt ihm Glauben, und schließlich gelingt es seiner Frau sogar, ihn in eine psychiatrische Klinik einweisen zu lassen. Psychothriller als Folie für einen Geschlechterkampf bis aufs Messer.
USA 1993 **P** Gramercy Pictures **V** Columbia TriStar (Video) **R** Nicholas Kazan **D** James Spader, Madchen Amick, Bess Armstrong **L** 100 **FSK** ab 16 **E** 22.8.1995 Video **fd** –

Nightwatch – Nachtwache
NATTEVAGTEN
Ein junger Mann, der sein Jura-Studium als Nachtwächter in der gerichtsmedizinischen Abteilung eines Krankenhauses finanziert, gerät, auch provoziert durch die kindischen Streiche seines besten Freundes, in den Verdacht, ein Serienmörder zu sein. Stimmungsvoll und stilsicher inszenierter Horrorfilm mit einem alptraumhaften Showdown, der seine Spannung weniger aus vordergründigen Schockeffekten als aus der Entwicklung der Charaktere und ihrem Verhalten aufbaut. Für Freunde des Genres. – Sehenswert.
Dänemark 1994 **P** Thura **V** Atlas (Kino) / VPS (Video) **Pd** Michael Obel **R + B** Ole Bornedal **K** Dan Laustsen **M** Joakim Holbek **S** Camilla Skousen **D** Nikolaj Coster Waldau (Martin), Sofie Crabol (Kalinka), Kim Bodnia (Jens), Ulf Pilgaard (Inspektor Wormer), Hikke Louise Andersson (Joyce), Lotte Andersen (Lotte) **L** 107 **FSK** ab 16; f **E** 2.2.1995 / 14.9.1995 Video **fd** 31 178

Nikolaikirche
Ein atmosphärisches Gesellschaftspanorama der letzten beiden Jahre der DDR. Der Film konzentriert sich auf eine zerrissene Leipziger Funktionärsfamilie, den Überwachungsapparat der Stasi und zwei Kirchengemeinden, Refugien in einem Meer aus Lethargie und Zynismus. Er bemüht sich um historische Wahrheit und Stimmigkeit im Detail, gerät aber mitunter in die Nähe der Kolportage. Frank Beyer montierte aus seinem zweiteiligen, hervorragend besetzten Fernsehfilm eine kürzere Kinofassung. – Ab 14.
Deutschland 1995 **P** Provobis / WDR / mdr / arte / ORF **V** Progress (Kinofassung) (Kino) / EuroVideo (Fernsehfassung) (Video) **Pd** Jürgen Haase **R** Frank Beyer **B** Frank Beyer, Eberhard Görner, Erich Loest, nach dem gleichnamigen Roman von Erich Loest **K** Thomas Plenert **S** Rita Hiller **D** Barbara Auer (Astrid Protter), Ulrich Matthes (Alexander Bacher), Annemone Haase-Wolf (Marianne Bacher), Günter Naumann (Albert Bacher), Daniel Minetti (Harald Protter), Alfred Müller (Linus Bornowski), Ulrich Mühe (Pfarrer Ohlbaum), Otto Sander (Superintendent), Rolf Ludwig (Pfarrer Reichenbork), Ulrich Tukur (Rechtsanwalt Schnuck), Peter Sodann (MfS-General) **L** 167 (Kino 138) **FSK** ab 6; f **E** 17.10.1995 arte / 8.2.1996 Kinofassung **fd** 31 788

Nina's Lover
NINA TAKES A LOVER
Eine verheiratete Frau erzählt einem Journalisten die Geschichte einer Liebesaffäre, wobei sich herausstellt, daß ihr Geliebter ihr eigener Ehemann ist und das Paar seiner Beziehung neues Leben einhauchen wollte. Doch die «Affäre» entwickelt sich anders als geplant. Ein in drei Akte gegliederter, kammerspielartig erzählter Film, entwickelt in einem langsamen Erzählrhythmus, der die Ereignisse zu einer eindrucksvollen Reflexion über Liebe, Ehe und Affären verdichtet. Die Themen Sex und Erotik werden nicht ausgespart, aber nie spekulativ ausgeschlachtet.
USA 1994 **P** Sharona Prod. **V** Columbia TriStar (Video) **Pd** Jane Hernandez **R+B** Alan Jacobs **K** Phil Parmet **M** Todd Bockelheide **S** John Nutt **D** Laura San Giacomo (Nina), Paul Rhys (Fotograf), Michael O'Keefe (Journalist), Christi Conaway (Freundin), Fisher Stevens (Paulie) **L** 94 **FSK** ab 12 **E** 28. 11. 1995 Video **fd** 31 708

Nine Months
siehe: Neun Monate (1995)

Nixons rechte Hand: Der Fall G. Gordon Liddy
WILL: G. GORDON LIDDY
Fernseh-Biografie des Nixon-Beraters G. Gordon Liddy, der zu den Hauptverantwortlichen der Watergate-Affäre gehörte. Eine zähe und wenig aufschlußreiche Inszenierung. – Ab 16.
USA 1981 **P** NBC / A. Shane / Joan Conrad **V** offen **Pd** John Ashley **R** Robert Lieberman **B** Frank Abatemarco **D** Robert Conrad (G. Gordon Liddy), Katherine Cannon (Frances Liddy), Gary Bayer (Magruder), Peter Ratray (John Dean), James Rebhorn (Peter Maroulis) **L** 91 (Orig. 96) **E** 13. 11. 1995 RTL 2 **fd** –

No Way Back – Die ultimative Menschenjagd
LATINO ENCOUNTER
Auf seiner Reise durch die mexikanische Provinz wird ein Chinese aus Hongkong mit einem gnadenlosen Killer verwechselt. Fortan wird er nicht nur von der Polizei, sondern auch von einem erbitterten Feind des Killers gejagt. Ein bleihaltiger Actionfilm, der seine dünne, krude Geschichte mit der grausigen Ausmalung der Kämpfe, einigen albern-witzigen Einlagen, einer Liebesgeschichte und handelsüblichen Mexiko-Klischees «würzt».
Hongkong 1994 **P** Golden Harvest **V** Splendid (Video) **Pd** Chua Lam **R** Derek Chang **B** Au Pui Ying **K** John Leung **M** Leo Chan Vili Chen, Denise Tam **S** Peter Cheung **D** Leon Lai (Hall), Veronica Yip (Elena), Chin Siu Ho, Eric Kot, Jan Lamb, Yun Fat (Charles) **L** 93 **FSK** ab 18 **E** 26. 9. 1995 Video **fd** 31 680

Nobody's Fool – Auf Dauer unwiderstehlich
NOBODY'S FOOL
Ein Sechzigjähriger, der seine Familie verlassen hat, als sein Sohn kaum ein Jahr alt war, beginnt durch die unerwartete Konfrontation mit dem nun 30jährigen Sohn, der selbst in einer Ehekrise steckt, sein Leben und seine «selbstverständlichen» Ansichten zu überprüfen. Eine vor dem lebendig einbezogenen Hintergrund einer amerikanischen Kleinstadt angesiedelte Beschreibung alltäglicher Menschen und Schicksale. Ohne die Bürde dramatischer Bedeutungslast werden menschliche und gesellschaftliche Veränderungen aus komischen, nachdenklichen und anrührenden Situationen sichtbar. Dank behutsamer Regie und einfühlsamer Darsteller ein reines Vergnügen und ein bewegendes Kinoerlebnis. – Sehenswert ab 14.
USA 1994 **P** Paramount / Capella International **V** CI **Pd** Scott Rudin, Arlene Donivan **R+B** Robert Benton, nach einem Roman von Richard Russo **K** John Bailey **M** Howard Shore **S** John Bloom **D** Paul Newman (Sully), Jessica Tandy (Miss Beryl), Melanie Griffith (Toby Roebuck), Bruce Willis (Carl Roebuck), Dylan Walsh (Peter), Gene Saks (Wirf), Josef Sommer (Clive Peoples jr.) **L** 110 **FSK** ab 6; f **FBW** bw **E** 23. 11. 1995 **fd** 31 618

Die Nonne von Monza
LA MONACA DI MONZA
Um die Wende zum 17. Jahrhundert setzt im Nonnenkloster von Monza ein erotisches Treiben ein. Ausgelöst werden die Exzesse, als die Priorin dem Werben eines Edelmanns erliegt. Als sie ein Kind zur Welt bringt und eine Mitschwester ermordet wird, muß die Ordensfrau vor ein geistliches Gericht und wird in eine Bußzelle eingemauert; ihr Liebhaber wird hingerichtet. Die zweite Verfilmung des historisch verbürgten Falles, dessen spekulative Handlung innerhin von guten Darstellern getragen wird.
Italien 1986 **V** offen **R** Luciano Odorisio **B** Gino Capone, Luciano Odorisio, Piero Chiara, Carlo Lizzani **K** Romano Albani **M** Pino Donaggio **D** Myriem Roussel, Alessandro Gassman, Renato de Carmine, Alina de Simone, Augusto Zucchi, Flaminia Lizzani **L** 98 **E** 1. 7. 1995 Pro Sieben **fd** –

Nonstop nach Glasgow
SOFT TOP HARD SHOLDER
Turbulente Mischung aus Komödie und Roadmovie. Ein arbeitsloser Kinderbuchillustrator soll binnen weniger Stunden sein Erbe, ein riesiges Speise-Eis-Imperium in Glasgow, antreten. Die Reise von London nach Schottland ist eine Aneinanderreihung

von mittelschweren Katastrophen, in deren Verlauf der Erbe die merkwürdigsten Menschen, aber auch die Liebe seines Lebens kennenlernt. – Ab 14.
England 1992 **V** offen **R** Stefan Schwartz **B** Peter Capaldi **K** Henry Braham **M** Chris Rea **D** Peter Capaldi (Gavin), Elaine Collins (Yvonne), Richard Wilson (Onkel Sal), Frances Barber (Miss Trimble), Simon Callow (Eddie Cherdowski) **L** 95 **FSK** ab 12 **E** 19.12.1995 premiere **fd** –

Noorderlingen
DE NOORDERLINGEN
Eine niederländische Mustersiedlung Anfang der 60er Jahre: Die scheinbar glücklichen Bewohner offenbaren einen Mikrokosmos an Neid, Verschlagenheit, sexueller Frustration und bigotter Doppelmoral. Im Mittelpunkt der episodischen Handlung die Frau eines Metzgers, die nach einer Heiligenerscheinung ein Hungergelübde ablegt und dadurch ihr Haus in einen Wallfahrtsort verwandelt. Eine bissige Realsatire auf eine sorglose Mittelstandsgesellschaft am Rande des moralischen Ruins, die bei aller Schärfe nie boshaft wird. (O.m.d.U.) – Ab 16.
Niederlande 1992 **P** First Floor Features **V** Kairos **Pd** Laurens Geels, Dick Maas **R+B** Alex van Warmerdam **K** Max Felperlaan **M** Vincent van Warmerdam **S** René Wiegmans **D** Leonard Lucieer (Thomas), Jack Wouterse (Jacob / Metzger), Rudolf Lucieer (Anton), Alex van Warmerdam (Simon / Briefträger), Annet Malherbe (Martha), Loes Louterson (Elisabeth) **L** 108 **E** 30.11.1995 **fd** 31 717

North
NORTH
Ein hochtalentierter zehnjähriger Musterknabe leidet am Desinteresse seiner Eltern und setzt in einem Musterprozeß durch, daß er sich binnen drei Monaten passende neue Eltern suchen darf. Keines der zahlreichen Bewerberpaare findet jedoch seine Zustimmung, nirgendwo in der Welt fühlt er sich zu Hause. Eine streckenweise sehr amüsante Satire um die Sehnsucht eines Kindes nach Geborgenheit und Anerkennung, die bei aller Intelligenz letztlich aber zu unentschlossen bleibt: Junge Zuschauer werden durch Ironie und comichafte Inszenierung überfordert, Erwachsene von der kindlichen Erzählperspektive kaum gefesselt. – Ab 12.
USA 1994 **P** Columbia / Castle Rock Entertainment **V** VMP (Video) **Pd** Rob Reiner, Alan Zweibel **R** Rob Reiner **B** Andrew Scheinman, Alan Zweibel, nach einem Roman von Alan Zweibel **K** Adam Greenberg **M** Marc Shaiman **S** Robert Leighton **D** Elijah Wood (North), Jason Alexander (Dad), Julia Louis-Dreyfus (Mom), Bruce Willis (Erzähler), Mathew McCurley (Winchell) **L** 82 **FSK** ab 6 **E** 18.4.1995 Video **fd** 31 431

Not Angels But Angels
NOT ANGELS BUT ANGELS
Dokumentation über die Stricher-Szene in Prag. Der Film entwirft zunächst sehr plastisch das Bild einer Gruppe von Jungen, die nach dem Zusammenbruch des Sozialismus in der Hoffnung auf das schnelle Geld zu Objekten der Marktwirtschaft wurden. Anstatt das aus homosexueller Sicht gern umgangene Thema der Prostitution jedoch differenziert aufzuschlüsseln, stilisiert der Film die Strichjungen mehr und mehr zu Opfern, die der westlichen Dekadenz dargebracht werden. Sakrale Musik wird zur vordergründigen Kommentierung dieser These aufgebrochen. Ein fragwürdiger Ansatz, der Vorurteilen eher zuarbeitet als für Toleranz zu plädieren.
Tschechien / Frankreich 1994 **P** Mirofilm **V** Salzgeber & Co. Medien **Pd** Michel Klein, Frank Beauvais **R+B** Wiktor Grodecki **K** Vladimir Holomek **M** Johann Sebastian Bach, Wolfgang Amadeus Mozart, Villa-Lobos **S** Wiktor Grodecki **L** 80 **FSK** – **E** 16.3.1995 **fd** 31 283

Novalis – Die blaue Blume
An Hand der Biografie des Dichters Novalis, Friedrich von Hardenberg, versucht der Film nicht nur eine Auseinandersetzung mit der deutschen Romantik, sondern mit dem deutschen Wesen schlechtin. Ein verquaster, kunstgewerblicher Film, schwankend zwischen Bedeutungsschwere und Albernheiten. Auch schauspielerisch ohne Konturen. – Ab 16.
Deutschland 1993 **P** DEFA / Thomas Wilkening Film **V** Basis **Pd** Barbara Christian-Kropp **R+B** Herwig Kipping **K** Matthias Tschiedel **M** Johann Sebastian Bach, Ludwig van Beethoven, Wolf Biermann, Wolfgang Amadeus Mozart, Claude Debussy **S** Bettina Böhler **D** Agathe de la Fontaine (Sophie), Christoph Schiller (Friedrich / Novalis), Hansjürgen Hürig (Vater Hardenberg), Eva-Maria Hagen (Mutter Hardenberg), Marijam Agischewa (Mutter Sophie), Eberhard Esche (Großkreuz), Sophie von Kühn **L** 97 **FSK** ab 16; f **FBW** w **E** 24.8.1995 **fd** 31 509

Number One
NUMBER ONE
Das Leben eines erfolgsgewohnten Footballspielers gerät aus den Fugen, als seine Ehe zerbricht und eine Knieverletzung seine Karriere bedroht. Erst am Tiefpunkt seines Lebens wird er einsichtig und kann die entscheidende Wende einleiten. Lächerliches Sportlerdrama, das letztlich den Durchsetzungswillen des Profisportlers beschwört. – Ab 14.

USA 1969 **P** United Artists **V** offen **Pd** Walter Seltzer **R** Tom Gries **B** David Moessinger **K** Michel Hugo, Kirk Wooster **M** Dominic Frontiere **S** Richard Brockway **D** Charlton Heston (Ron «Cat» Catlan), Jessica Walter (Julie Catlan), Bruce Dern (Richie Fowler), John Randolph (Trainer Jim Southerd), Diana Muldaur (Ann Marley), G. D. Spradlin (Dr. Tristler) **L** 105 **E** 15. 10. 1995 RTL 2 **fd** –

Nur die Angst
TYLKO STRACH
Fernsehfilm über den Kampf einer Frau gegen die Alkoholabhängigkeit. Für eine Fernsehjournalistin war der Griff zum Glas zur Gewohnheit geworden – bis zum Zusammenbruch. Nach einem Jahr in einer Selbsthilfegruppe glaubt sie ihre Sucht überwunden zu haben, aber Arbeitsstreß und private Konflikte treiben sie erneut zum Alkohol. – Ab 16.
Polen 1993 **V** offen **R** Barbara Sass **D** Anna Dymna, Dorota Segada, Dorota Pomykala, Jerzy Trela **L** 90 **E** 22. 6. 1995 mdr **fd** –

Nur für Dich – Only You
ONLY YOU
Eine Frau sucht einen Mann, der einen bestimmten Namen trägt, weil er ihr als Ehemann prophezeit wurde. Sie gerät an den Falschen, der natürlich doch der Richtige ist. Romantische Komödie vor italienischer Kulisse. Vorhersehbar und steif inszeniert, ausgestattet mit abgeschmacktem Touristen-Kitsch, helfen nur einige Darsteller dem Film über die Runden. – Ab 14.
USA 1994 **P** TriStar **V** Columbia (Kino) / Col.TriStar (Video) **Pd** Norman Jewison, Cary Woods, Robert N. Fried, Charles Mulvehil **R** Norman Jewison **B** Diane Drake **K** Sven Nykvist **M** Rachel Portman **S** Stephen Rivkin **D** Marisa Tomei (Faith), Robert Downey jr. (Peter Wright), Bonnie Hunt (Kate), Joaquim de Almeida (Giovanni), Fisher Stevens (Larry) **L** 108 **FSK** ab 6; f **E** 9. 2. 1995 / 8. 8. 1995 Video **fd** 31 184

Nur in Familienangelegenheiten
JEN O RODINNYCH ZALEZITOSTECH
Verfilmung einer Novelle, in der die Autorin einen authentischen Fall und eigene Erinnerungen verarbeitete. Anfang der 50er Jahre fällt der stellvertretende Außenhandelsminister der ČSSR einer rigorosen «Säuberungsaktion» zum Opfer. Er wird als angeblicher Westspion verhaftet und zu einer langen Zuchthausstrafe verurteilt, gefolgt von einem Freund, der sich für ihn verwendet hatte. Erst nach Monaten endlosen Wartens erhalten die Ehefrauen die Erlaubnis, mit den Inhaftierten zu sprechen – unter entwürdigenden Umständen und «nur in Familienangelegenheiten». – Ab 16.
ČSSR 1990 **V** offen **R** Jirí Svoboda **B** Václav Sasek, Jirí Svoboda, nach der Novelle von Jaromíra Kolárová **K** Vladimír Smutny **M** Jirí Chlumecky, Jirí Vesely **D** Jirí Bartoska (Kamenicky), Jaromír Hanzlík (Mrázek), Marta Vancurová (Míla), Magda Reifová (Alenka), Milan Knazko (Major) **L** 114 **E** 15. 6. 1995 B 3 **fd** –

Nur über meine Leiche
Ein zynisch-rücksichtsloser Frauenheld stirbt, erhält aber die Chance, ins Leben zurückzukehren, wenn es ihm innerhalb von drei Tagen gelingt, drei Frauen zu retten, denen er den Glauben an die Liebe genommen hat. Eine überdrehte schwarze Komödie mit einem überbordenden Maß an ineinandergeflochtenen Handlungsfäden, skurril und makaber, ausgelassen und albern, dabei stets bemerkenswert einfallsreich. Dem Aufwand an Ausstattung und technischen Effekten stehen hervorragende schauspielerische Leistungen gegenüber, die das groteske Spiel auffangen. – Ab 14 möglich.
Deutschland 1995 **P** Engram Pictures / TiMe / Arnold & Richter Cine Technik / BR **V** TiMe (Kino) / Vipro (Video) **Pd** Jürgen Hebstreit, Wolfram Tichy, Ira von Gienanth **R** Rainer Matsutani **B** Rainer Matsutani, Sebastian Niemann **K** Gerhard Schirlo **M** Nikos Platyrachos **S** Hana Müllner **D** Katja Riemann (Rita), Christoph M. Ohrt (Fred), Ulrike Folkerts (Charlotte), Julia Brendler (Lisa), Felix Eitner (Frosch), Udo Kier (Killer) **L** 104 **FSK** 12; f **FBW** bw **E** 31. 8. 1995 **fd** 31 490

O

Oben geblieben ist noch keiner
Die Geschichte eines jungen Draufgängers, der im Abenteuer Fallschirmsport seine Erfüllung sucht. Statt jedoch die graue Theorie der Ausbildung folgsam in die Praxis umzusetzen, bringt er einigen Spaß in den knochentrockenen Sportbetrieb. Komödie des DDR-Fernsehens. – Ab 12.
DDR 1979 / 80 **P** DEFA **V** offen **R** Eberhard Schäfer **B** Eberhard Schäfer, Hans Heinrich **K** Hans Heinrich, Michael Göthe **M** Helmut Nier **S** Christa Helwig **D** Heinz Rennhack (Willi Zubrodt), Solveig Müller (Christine Linde), Alfred Struwe (Flugplatzleiter Behrens), Jürgen Zartmann (Sprunglehrer Kunkel), Gisbert-Peter Terhorst **L** 84 **E** 26. 5. 1980 DFF 1 / 26. 8. 1995 ORB **fd** –

Oben – Unten
Der 30jährige Lektor eines maroden Berliner Verlages tappt in jede Falle, die ihm der Alltag stellt. In Beruf und Privatleben geht alles schief, bis er eines Tages entdeckt, daß der Kerl, der lautstark die Wohnung unter der seinen renoviert, gar kein Mann ist, sondern die schöne Unbekannte aus der Straßenbahn. Doch kaum haben sich die beiden gefunden, bekommt die Frau, eine Bau-Ingenieurin, einen Auftrag im fernen Kirgisien. Die leidlich amüsante Komödie ist das Debüt eines Babelsberger Filmhochschulabsolventen; sympathisch gespielt, aber ebenso vorhersehbar inszeniert wie geschrieben und untermalt mit musikalischer «Lärmbelästigung». – Ab 14.
Deutschland 1994 **P** ö-film / mdr **V** offen **R + B** Joseph Orr **K** Stefan Wachner **M** Bert Wrede **S** Bärbel Hohenwaldt **D** Marco Bahr (Franz), Nadja Schulz (Lisa), Sophie Rois (Sarah), Eva Weißenborn (Iris), Bärbel Bolle (Frau Jeczkowitz), Gundula Köster (Beate) **L** 82 **E** 6. 1. 1995 arte **fd** –

Oh, what a Night
OH, WHAT A NIGHT
Einfühlsam inszenierte Komödie um die Nöte eines 17jährigen Teenagers auf einer Hühnerfarm in Ontario, wo der Junge nach dem Tod der Mutter mit seinem Vater und dessen Geliebter lebt. In seinen öden Alltag kommt schlagartig Leben, als er sich in eine Frau in den Dreißigern verliebt, die offenbar auch an ihm Gefallen findet. – Ab 16.
Kanada 1992 **P** Northstar **V** offen **R** Eric Till **B** Richard Nielson **K** Brian R. R. Hebb **M** Ian Thomas **D** Corey Haim (Eric), Robbie Coltrane (Todd), Barbara Williams (Vera), Andrew Miller (Donald), Keir Dullea, Geneviève Bujold **L** 88 **FSK** ab 12 **E** 19. 6. 1995 premiere **fd** –

Ohne Haut
SENZA PELLE
Das Zusammenleben eines Paares gerät durcheinander, als sich ein psychotischer Junge unsterblich in die Postangestellte verliebt und sie mit Briefen, Blumen und Telefonaten bombardiert. Während der Lebensgefährte einen Nebenbuhler wittert, entsteht zwischen ihr und dem Kranken eine zarte Freundschaft. Ein berührendes Drama, in dem das alltägliche Leben plötzlich in Frage gestellt wird; zugleich eine sensible Reflexion über die gesellschaftliche Definition der Begriffe «gesund» und «krank». – Ab 16.
Italien 1994 **P** Rodeo Drive / RAI / Istituto Luce **V** offen **R + B** Alessandro D'Alatri **K** Claudio Collepiccolo **M** Moni Ovadia, Alfredo La Consegliaz **D** Anna Galiena (Gina), Kim Rossi-Stuart (Saverio), Massimo Ghini (Riccardo), Maria Grazia Grassini (Saverios Mutter), Paola Tiziana Cruciani **L** 90 **E** 18. 10. 1995 Bayern 3 **fd** –

Die O. J. Simpson Story – Der Mordfall des Jahrhunderts
THE O. J. SIMPSON STORY
Der Prozeß um den Ex-Football-Profi O. J. Simpson, der im Sommer 1994 in Verdacht gerät, seine einstige Frau und deren Geliebten ermordet zu haben, als Aufhänger für Rückblenden aus dem bewegten Leben des einstigen Sportidols. Ein pseudodokumentarisches Familiendrama mit seichter Psychologisierung, das der Logik einer Fernsehkultur folgt, der die Wirklichkeit nur als verwertbares Spektakel dient. Schmalzig in den Dialogen, begleitet von weinerlicher Musik, bleibt die Fiktionalisierung des ohnehin medienwirksam aufbereiteten Prozesses weit hinter der zynischen Wirklichkeit zurück. (Fernsehtitel: «Mordnacht in L. A.: Die O. J. Simpson Story») Ab 16.
USA 1994 **P** Twentieth Television Corp. **V** Fox (Video) **Pd** Bob Lemchen **R** Alan Smithee **B** Stephen Harrigan **K** Jeff Jur **M** Harald Kloser **D** Bobby Hosea (O. J. Simpson), Jessica Tuck (Nicole Simpson), David Robertson (A. C. Cowlings), James Handy (Detective Vannatter), Kimberly Russell (Marguerite), Harvey Jason (Howard Weitzman) **L** 90 **FSK** ab 12 **E** 15. 6. 1995 Video / 2. 7. 1995 SAT 1 **fd** 31 487

Old Scores – Die Revanche
OLD SCORES
25 Jahre, nachdem das Finale einer Rugby-Weltmeisterschaft durch eine umstrittene Entscheidung des Linienrichters entschieden wurde, beschließen die Mannschaften – aus Wales bzw. Neuseeland –, das Spiel von einst mit denselben Spielern zu wiederholen. Komödie, die die unterschiedlichsten Lebensentwürfe und -wege vorstellt. – Ab 12.
Wales / Neuseeland 1992 **P** HTV / South Pacific TV **V** offen **R** Alan

Clayton **B** Dean Parker, Greg McGee **K** Allan Guilford **D** Windsor Davies, Martyn Sanderson, John Bach, Roy Billing **L** 96 **E** 21.5.1995 arte **fd** –

Oleanna

OLEANNA

Ein unbescholtener Dozent wird von einer Studentin der sexuellen Belästigung bezichtigt, wodurch ihm nach und nach der Boden unter den Füßen entzogen wird. Der Konflikt entlädt sich in einer Gewalttat. Die eindringliche Verfilmung eines Theaterstücks, das sich mit Machtmißbrauch und Machtstrukturen sowie der Ohnmacht auseinandersetzt und den Prozeß beschreibt, wie sich Machtverhältnisse ins Gegenteil verkehren können. Der dichte Film lebt ganz von der Präsenz der beiden vorzüglichen Darsteller. – Sehenswert ab 16.

USA 1993 **P** Bay Kinescope **V** Ascot Elite **Pd** Patricia Wolff, Sarah Green **R + B** David Mamet, nach seinem gleichnamigen Theaterstück **K** Andrzej Sekula **M** Rebecca Pidgeon **S** Barbara Tuliver **D** William H. Macy (John), Debra Eisenstadt (Carol) **L** 90 **FSK** ab 12; f **E** 3.8.1995 / 18.4.1996 premiere **fd** 31 473

Omar Daf – Fußballer-Transfer aus Afrika

Dokumentarfilm über ballgewandte afrikanische Jungen, die im Senegal, an der Elfenbeinküste und in Kamerun von einer Karriere als Fußballspieler in Europa träumen. Am Beispiel eines Jungen und eines belgischen Talentsuchers werden Etappen und Methoden der Anwerbung beschrieben. – Ab 12.

Frankreich 1995 **V** offen **R** Mounir Dridi, Pascal Henry **L** 75 **E** 16.9.1995 arte **fd** –

One more Mountain – der letzte Paß

ONE MORE MOUNTAIN

Western über eine wahre Begebenheit während der Besiedlung Kaliforniens. 1846 startet der Treck «Donner Party», dessen Anführer George Donner dem Wintereinbruch durch eine Abkürzung zuvorkommen will. Dem Weg durch die Berge der Sierra fallen schließlich 47 der 86 Siedler zum Opfer. – Ab 14.

USA 1994 **V** offen **R** Dick Lowry **B** Gerald DiPego **K** Frank Tidy **M** J. A. C. Redford **D** Meredith Baxter (Margaret Reed), Chris Cooper (James Reed), Jean Simmons (Sarah Keyes), Matthew Walker (George Donner) **L** 87 **E** 25.6.1995 premiere **fd** –

Ein Opa zu Weihnachten

HOME FOR CHRISTMAS

Gefühlsseliger Familienfilm. Ein alter Herumtreiber, der einen von ihm verursachten Schaden am Haus einer Familie beheben muß, wird von der 6jährigen Tochter des Hauses mit offenen Armen als Großvater anerkannt. Der Vater hat mit dieser Beziehung seine Schwierigkeiten, doch auch er wird Weihnachten eine Überraschung erleben. – Ab 10.

USA 1990 **V** offen **R** Peter McCubbin **D** Mickey Rooney (Elmer), Simon Richards (Reg Spencer), Leslie Kelly (Barb Spencer), Chantellese Kent (Amanda Spencer), Noah Plener (Justin Spencer) **L** 96 **E** 23.12.1995 Super RTL **fd** –

Operation Blue Sky

BLUE SKY

Fort Matthews, Alabama, 1962: Während eines unterirdischen Atomtests werden zwei Rancher verstrahlt. Ein geradliniger Militärwissenschaftler will die Öffentlichkeit alarmieren, wird jedoch von seinem Vorgesetzen, der mit seiner Frau ein Verhältnis hat, in eine psychiatrische Klinik eingewiesen. Ein knallbuntes Melodram im Stile der 60er Jahre, in dessen Mittelpunkt das Drama fehlgeleiteter Gefühle steht. Überflüssige Spannungselemente und das teilweise hemmungslos übertriebene Spiel der Hauptdarstellerin unterlaufen die ernsten Absichten des Films. – Ab 16.

USA 1991 **P** Orion **V** Columbia TriStar (Video) **Pd** Robert H. Solo **R** Tony Richardson **B** Rama Laurie Stagner, Arlene Sarner, Jerry Leichtling **K** Steve Yaconelli **M** Jack Nitzsche **S** Robert K. Lambert **D** Jessica Lange (Carly Marshall), Tommy Lee Jones (Hank Marshall), Powers Boothe (Vince Johnson), Carrie Snodgress, Amy Locane, Chris O'Donnell **L** 101 **FSK** ab 12 **E** 11.7.1995 Video **fd** 31 760

Opfer der Schönheit

VICTIM OF BEAUTY

Kriminalfilm. Nach der Entführung und Ermordung einer jungen Frau läßt sich ein Provinz-Sheriff widerwillig auf den Vorschlag ihrer Schwester ein, die den Lockvogel für den mörderischen Kidnapper spielen will.

USA 1991 **V** offen **R** Roger Young **D** William Devane (Sheriff), Jerri Lynn Ryan (Dawn Smith), Michele Abrams (Shari Smith), Nick Searcy (Hardy), Linda Pierce (Hilda), J. Don Ferguson (Bob) **L** 90 **E** 22.3.1995 ZDF **fd** –

Opfer seiner Wut

VICTIM OF RAGE

Erst nach ihrer Hochzeit mit einem Polizisten bemerkt eine junge Frau, daß die übermäßige Einnahme von muskelaufbauenden Mitteln den fanatischen Bodybuilder zunehmend aggressiv und unberechenbar gemacht hat. Nachdem sie mehrfach Opfer seiner unkontrollierten Gewaltausbrüche geworden ist, beschließt sie, ihren Mann umbringen zu lassen. Kriminalfilm mit melodramatischen Akzenten. – Ab 16.

USA 1993 **V** offen **R** Armand Mastroianni **B** Christopher Canaan **K** Paul Onorato **M** Harry Manfredini **D** Jaclyn Smith (Donna Yaklich), Brad Johnson (Dennis Yaklich), Hilary Swank (Patty mit 17), David Lascher (Denny mit 18), Carolyn McCormick (Susie), Andrew Lawrence (Denny mit 5) **L** 91 **E** 10. 3. 1995 ARD **fd** –

Orange Westen
ORANZEWYE ZILETE
Ein dokumentarischer Filmbrief und Reisebericht über die Geschichte und den Alltag von Frauen in der zerfallenden Sowjetunion. Entstanden während einer zweijährigen Reise durch verschiedene Republiken, ist der eindringliche Film soziografische Untersuchung und zugleich eine sehr persönliche Reflexion mit Tönen und Bildern. Gelegentlich ein wenig pathetisch, insgesamt aber ein eindrucksvolles Plädoyer dafür, das Leben in die eigenen Hände zu nehmen. – Ab 16.
Teils schwarz-weiß. Weißrußland / Deutschland 1993 **P** ABC Studio / Studio Tatjana / Bremer Institut Film-Fernsehen **V** Salzgeber & Co. **R** Jurij Chascewatskij **B** Ella Milova, Irina Pismennaja **K** Semen Fridland **S** Vera Antipowa **L** 73 **FSK** – **E** 4. 5. 1995 **fd** 31 422

Orson Welles – Genial und geächtet
ORSON WELLES – WHAT WENT WRONG?
Der Lebensweg des genialen Regisseurs und Schauspielers Orson Welles mit all seinen Licht- und Schattenseiten. Neben den triumphalen Erfolgen wird die tiefe Verbitterung deutlich, die die letzten Jahre des Künstlers überschattete. – Ab 14.
Teils schwarz-weiß. USA 1992 **V** offen **R** Robert Guenette **L** 58 (TV) **E** 3. 5. 1995 ZDF **fd** –

Orson Welles: The One-Man-Band
ORSON WELLES: THE ONE-MAN-BAND
Porträt Orson Welles', der in seinen letzten Lebensjahren viele Projekte anfing, jedoch keines abschloß. Der Film enthält bislang unveröffentlichtes Archivmaterial aus diesen Werken und gibt dem Künstler Welles die Möglichkeit zur Selbstdarstellung. Dabei entsteht das Bild eines Menschen, der auch in der Niederlage noch voller Begeisterung und Tatendrang ist. – Ab 16.
Deutschland / Frankreich / Schweiz 1995 **P** Medias Res / Eural-MFP / BOA **V** Medias Res **Pd** Pit Riethmüller **R** Vassili Silovic, Oja Kodar **B** Roland Zag, Vassili Silovic **K** Thomas Mauch **M** Simon Cloquet **S** Marie-Josèphe Yoyotte **L** 90 **E** 8. 10. 1995 arte **fd** –

Ostpreußenland
Dokumentarfilm über Schicksale und Lebensumstände von Menschen in Ostpreußen. Ein Streifzug durch eine «terra incognita», in der sich deutsche, polnische und russische Geschichte treffen und deren Zukunft ungewiß ist. Trotz einzelner interessanter Begegnungen wirken die Auswahl der Gesprächspartner und die Montage oft zufällig. Ein eher schwächeres Werk des Dokumentaristen Andreas Voigt. – Ab 16.
Deutschland 1995 **P** Ö-Film **V** Basis **Pd** Frank Löprich, Katrin Schlösser **R + B** Andreas Voigt **K** Sebastian Richter **S** Angela Wendt **L** 88 **E** Dezember 1995 **fd** 31 691

Otto John – Eine deutsche Geschichte
Dokumentarfilm über Otto John, der 1954 für Aufsehen sorgte, als er – damals noch Präsident des Bundesamtes für Verfassungsschutz – über Nacht verschwand und kurz darauf in der DDR auftauchte, um die Wiederaufrüstung der Bundesrepublik Deutschland zu kritisieren. In den Westen zurückgekehrt, wurde er zu vier Jahren Zuchthaus verurteilt. Seit seiner Freilassung hat John um die Aufhebung des Urteils gekämpft. Ob er seinerzeit freiwillig oder unter Zwang in die sowjetische Zone ging, ist nach wie vor ungeklärt. Erwin Leiser läßt John weitgehend selbst aus seinem Leben erzählen.
Deutschland / Schweiz 1995 **P** E. M. L. / Erwin Leiser Filmprod. / ZDF / arte / Schwedisches Fernsehen **V** Freunde der Dt. Kinemathek (16mm) **Pd** Erwin Leiser, Renée Gundelach **R** Erwin Leiser, Vera Leiser (Mitarbeit) **B** Erwin Leiser **K** Peter Warneke **S** Thea Eymèsz **L** 93 **FSK** – **E** 1995 Kino / 16. 2. 1996 arte **fd** –

Out: Geschichten lesbischer und schwuler Jugendlicher
siehe: Out: Stories of Lesbian and Gay Youth

Out of America
Eine Dokumentation über vier schwarze Ex-GIs, die sich nach dem Rückzug ihrer Truppen in Berlin und Umgebung mit Gelegenheitsjobs durchzuschlagen versuchen, während sie davon träumen, als Rap-Musiker Karriere zu machen. Ein auf Kommentar und Erläuterungen verzichtender Film, dessen Rhythmus von der identitätsstiftenden Kraft schwarzer Musik geprägt ist. Ein interessanter Versuch über die Heimatlosigkeit, der jedoch kein schlüssiges Porträt seiner Protagonisten liefert. – Ab 16.
Deutschland 1994 **P** Klier und Hering Filmprod. / ZDF / arte **V** Sputnik **Pd** Michael Klier, Jost Hering **R + B** Michael Klier **K** Elfi Mikesch **M** Ghuan Featherstone,

Kirk Smith, Derek Smith, Ramona Valentin **S** Bettina Böhler **D** Ghuan Featherstone, Kirk Smith, Preston McNeal, Denek Smith, Ramona Valentine **L** 62 **FSK** – **E** 1. 6. 1995 / 6. 7. 1995 arte **fd** 31 469

Out: Stories of Lesbian and Gay Youth
OUT: STORIES OF LESBIAN AND GAY YOUTH
Dokumentarfilm, der sich mit den emotionalen, gesellschaftlichen und familiären Konflikten befaßt, die homosexuelle Jugendliche zu bewältigen haben. Er will dazu herausfordern, die gängigen Vorurteile und stereotypen Meinungen gegenüber Homosexualität zu überdenken, und bemüht sich überdies um ein positives Bild der Jugendlichen, die sich ungeschützt und angegriffen fühlen. (Fernsehtitel: «Out: Geschichten lesbischer und schwuler Jugendlicher»)
Kanada 1993 **P** Office National du Film du Canada **V** Salzgeber & Co.(16mm) **Pd** Silva Basmajian **R+B** David Adkin **K** Joan Hutton, John Walker **M** Aaron Davis **S** Steve Weslak **L** 79 **FSK** – **E** 30. 5. 1994 3sat / 23. 3. 1995 **fd** –

Outbreak – Lautlose Killer
OUTBREAK
Ein aus Afrika eingeschleppter Virus befällt ein idyllisches kalifornisches Küstenstädtchen. Ärzte und Militärs verfolgen im Wettlauf mit der Zeit gegensätzliche Ziele, um eine Ausbreitung des tödlichen Bazillus über den ganzen Kontinent zu verhindern. Langatmige, unoriginelle Aufarbeitung von Genre-Klischees, in deren computerhafter Schematik äußerliche Effekte die innere Spannung des Themas überwuchern. – Ab 16.
USA 1995 **P** Warner Bros. **V** Warner Bros. (Kino) / Warner Home (Video) **Pd** Arnold Kopelson, Wolfgang Petersen, Gail Katz **R** Wolfgang Petersen **B** Laurence Dworet, Robert Roy Pool **K** Michael Ballhaus **M** James Newton Howard **S** Neil Travis, Lynzee Klingman, William Hoy **D** Dustin Hoffman (Sam Daniels), René Russo (Robby Keough), Morgan Freeman (General Billy Ford), Kevin Spacey (Casey Schuler), Cuba Gooding jr. (Major Salt), Gordon Tootoosis (One Stab), Paul Desmond (Decker) **L** 128 **FSK** ab 12; f **FBW** w **E** 30. 3. 1995 / 2. 11. 1995 Video **fd** 31 272

P

P.C.U.
P.C.U.
Ein provinzieller Musterknabe kommt an ein renommiertes College und gerät zwischen die Fronten der Vertreter der neuen politischen Korrektheit und den Anhängern der Generation X, die sich unversöhnlich gegenüberstehen. Irgendwo zwischen Vegetarismus und Ökologie auf der einen, alten Hippie-Tugenden auf der anderen Seite, muß er sich zugleich noch mit einer ultrakonservativen Verbindung herumschlagen. In witzig-satirischer Form nimmt der Film die moralische Verkrampfung der PC-Generation aufs Korn, wobei Klamauk und gelungene Dialog-Pointen manche Flachheit der Handlung übertünchen. – Ab 12.
USA 1994 **P** 20th Century Fox **V** Fox (Video) **Pd** Paul Schiff **R** Hart Bochner **B** Adam Leff, Zak Penn **K** Reynaldo Villalobos **M** Ralph Sall **S** Nicholas C. Smith **D** Jeremy Pivea (Droz), Chris Young (Tom Lawrence), David Spade (Rand McPherson), Megan Ward (Katy), Sarah Trigger (Samatha) **L** 78 **FSK** ab 12 **E** 15.6.1995 Video **fd** 31 459

Der Pagemaster – Richies fantastische Reise
THE PAGEMASTER
Ein Junge lernt mit Hilfe lebendiger Bücher einer Bibliothek, seine Ängste zu überwinden. Sparsam produzierter Halb-Trickfilm, der vorgibt, für das Lesen zu werben, dabei aber nicht die geringste Beziehung zur Literatur vermittelt. – Ab 10.
USA 1994 **P** Twenty Century Fox / Turner Pictures **V** 20th Century Fox (Kino) / Col.TriStar (Video) **Pd** David Kirschner, Paul Getz **R** Maurice Hunt (Zeichentrick), Joe Johnston (Realfilm) **B** David Casci, David Kirschner **K** Alexander Gruszynski **M** James Horner **S** Dan Molina, Kaja Fehr **D** Macaulay Culkin (Richard Tyler), Christopher Lloyd (Mr. Dewey / Der Pagemaster), Whoopi Goldberg (Fantasy), Leonard Nimoy (Dr. Jekyll & Mr. Hyde [Stimme]), Patrick Stewart (Adventure [Stimme]), Ed Begley jr. (Alan Tyler) **L** 76 **FSK** ab 6; f **FBW** w **E** 2.2.1995/22.8.1995 Video **fd** 31 185

Pakt mit dem Tod
COLPO DI CODA
Zweiteiliger Agentenfilm. Im Pariser Zoo wird ein Informant des französischen Geheimdienstes ermordet. Der Verdacht fällt auf einen ehemaligen italienischen Terroristen, der sich nach Frankreich abgesetzt hat. Bei dem Versuch, herauszubekommen, wer ihn erneut in das gefährliche Spiel verwickelt hat, gerät der Aussteiger zwischen die Fronten. – Ab 16.
Italien 1991 **V** offen **R** José Maria Sánchez **B** Graziano Diana, John Howlett, José Maria Sánchez **K** Carlo Tafani **M** Pino Donaggio **D** Giancarlo Giannini («Professor»), Barbara Sukowa (Regina), Jean-Claude Brialy (Piantoni), Christophe Malavoy (Artaud), Gottfried John (Pierre), Alessandra Martines (Paola) **L** 160 **E** 18. / 20.8.1995 ARD (zwei Teile) **fd** –

Palast der tausend Träume 1. – 3. Teil
THE MAHARAJAH'S DAUGHTER
Abenteuerserie vor exotischer Kulisse. Die Tochter eines Maharadschas, die in Montreal als Assistenzärztin arbeitet, ist mit einem Polizisten verlobt, der sie für das Kind armer Leute hält. Als die Frau sich nach einem Zerwürfnis mit ihrem Vater aussöhnt und seine Nachfolge antreten soll, wird sie entführt. Der kanadische Polizist macht sich auf die gefahrvolle Suche nach seiner Geliebten. – Ab 16.
USA 1994 **V** offen **R** Burt Brinckerhoff **B** Luciano Donati, Luigi Montefiori, Marco Tocchi, Franco Verucci **K** Giancarlo Ferrando **M** Renato Serio **D** Bruce Boxleitner (Patrick O'Riley), Hunter Tylo (Messua Shandar), Burt Young (Milai), Kabir Bedi (Chandragupta), Tony Lo Bianco (Vito Capece) **L** 270 (3 Teile) **E** 24. / 25. / 26.12.1995 ARD **fd** –

Papaschka & Mom
Zwei Halbwüchsige, die im rauhen Klima einer Moskauer Satellitenstadt aufwachsen, erfahren, daß die Mutter des einen und der Vater des anderen ein heimliches Liebespaar sind. Sie versuchen alles, um die späte Liebe der beiden Mittvierziger zu hintertreiben. Neben der individuellen Geschichte zeichnet der Film ein schonungsloses Bild der gesellschaftlichen Zustände in Moskau, die durch Gewalt, Kriminalität und Bandenunwesen geprägt sind. (O.m.d.U.) – Ab 16.
Rußland 1990 **V** offen **R+B** Alexander Marjamow **D** Ljubow Polischtschuk (Mom), Georgi Taratorkin (Papaschka), Marina Majlo (Tanja), Ilja Klimenkow (Igor) **L** 70 **E** 21.8.1995 ORB **fd** –

Papierlöwe
PAPER LION
Der Reporter eines angesehenen Sportmagazins beschließt, sich zur Vorbereitung seiner neuen Artikelserie von einem professionellen Football-Team als Quarterback anheuern zu lassen. Seine ungewohnte Rolle bringt sowohl für ihn selbst als auch für die nicht eingeweihte Mannschaft allerlei Turbulenzen mit sich. Vergnüglich-hintergründige Komödie über die Welt des Profi-Sports nach den Aufzeichnungen des tatsächlichen Journalisten, garniert mit Gastauftritten berühmter amerikanischer Sportler. – Ab 12.
Scope. USA 1968 **P** United Ar-

tists **V** offen **Pd** Stuart Millar **R** Alex March **B** Lawrence Roman, nach der gleichnamigen Vorlage von George Plimpton **K** Morris Hartzband, Peter Garbarini, Steve Sabol, Fred Hoffman, Al Taffet, Jack Schatz, Joseph R. Wheeler, Eugene Friedman, David Marx, Richard Pollister, Fred Porrett, Morris Kellman **M** Roger Kellaway **S** Sidney Katz, John Carter, Louis San Andres **D** Alan Alda (George Plimpton), Lauren Hutton (Kate), David Doyle (Oscar), Ann Turkel (Susan), Sugar Ray Robinson (Sugar Ray Robinson), Frank Gifford (Frank Gifford) **L** 105 **E** 29. 1. 1995 arte **fd** –

Der Pariser Walzer
LA VALSE DE PARIS
Die leidenschaftliche Beziehung zwischen dem Komponisten Jacques Offenbach und der Sängerin Hortense Schneider zur Zeit des prunkvollen II. Kaiserreichs. Weitschweifiges, schwerfällig konstruiertes Musikdrama, dessen Schnitt den Fluß der Handlung immer wieder unterbricht. – Ab 14.
Frankreich 1949 **P** Lux **V** offen **R+B** Marcel Achard **M** Jacques Offenbach **D** Yvonne Printemps (Hortense Schneider), Pierre Fresnay (Jacques Offenbach) **L** 92 **E** 31. 12. 1995 arte **fd** –

Pasolinis Asche
Ein mit Ausschnitten aus Fernsehsendungen montierter Dokumentarfilm, der den Künstler und Menschen Pasolini nahezubringen versucht. Pasolini spricht über seine Familie, die ersten literarischen Anfänge und den Wechsel von der Literatur zum Film. Seine Ausführungen sind mit Ausschnitten aus seinen Filmen unterlegt. Der Film beginnt und endet am Strand von Ostia bei Rom, wo Pasolini erschlagen wurde.
Italien 1993 / 94 **P** La Sept / arte **V** offen **R** Pasquale Misuraca **L** 86 **E** 6. 11. 1995 arte **fd** –

Past Tense
PAST TENSE
Ein Polizist, der nach einer Gehirnverletzung im Krankenhaus aus dem Koma erwacht, weiß nicht, ob er die Ermordung einer Frau geträumt oder vor seinem Unfall erlebt hat. Er macht sich auf eine gefahrvolle Suche. Ein recht geschickt verschachtelter Thriller, der in einigen Szenen überzeugende Traumstrukturen beschreibt, in seiner Inszenierung und Typenzeichnung jedoch nicht über gängiges Fernseh-Niveau hinauskommt. – Ab 16.
USA 1995 **P** Viacom **V** VCL / Carolco (Video) **Pd** Stephen Brown, Nana Greenwald **R** Graeme Clifford **B** Scott Frost, Miguel Tejada-Flores **K** Charles Minsky **M** Stephen Graziano **S** Paul Rubell **D** Scott Glenn (Gene Ralston), Lara Flynn Boyle (Tory Bass / Sabrina James), Anthony LaPaglia (Larry Talbert), David Odgen Stiers (Dr. Bert Jones), Sheree J. Wilson (Emily Talbert) **L** 87 **FSK** ab 16 **E** 18. 9. 1995 Video **fd** 31 757

Pasteur
PASTEUR
Biografischer Spielfilm über den französischen Arzt und Wissenschaftler Louis Pasteur, der mit seinen Entdeckungen über die am Gärungsprozeß beteiligten Organismen, über die Asymmetrie der Moleküle und die Entwicklung eines Tollwut-Impfstoffes zu Weltruhm gelangte. In seinem Debüt versuchte Regisseur, Autor und Hauptdarsteller Guitry, das Leben des Forschers aus bruchstückhaften Episoden zu rekonstruieren; das Ergebnis ist jedoch wenig spannend und aufschlußreich ausgefallen. – Ab 14.
Schwarz-weiß. Frankreich 1935 **V** offen **Pd** Maurice Lehman, Fernand Rivers **R** Sacha Guitry, Fernand Rivers **B** Sacha Guitry **K** Jean Bachelet, Ribault **D** Sacha Guitry (Louis Pasteur), Jean Perrier (der Arzt), José Squinquel (der Schüler), Bonvallet (der Präsident), Schutz (Großvater), Master Rodon (Josef Meister) **L** 65 **E** 17. 1. 1995 arte **fd** –

Patricias Geheimnis
Zwei befreundete Studentinnen verdienen ihren Lebensunterhalt im Dienste einer Begleitagentur. Als eine von ihnen sich in einen verheirateten Mann verliebt, der verspricht, sie nach seiner Scheidung zu heiraten, und kurze Zeit später auf einer Nordseeinsel ermordet aufgefunden wird, stellt die andere Nachforschungen über den ihr unbekannten Mann an. Ihre Bemühungen bringen sie selbst in die größte Gefahr. Eigenproduzierter Kriminal-Fernsehfilm. – Ab 16.
Deutschland 1995 **P** Tele München **V** Concorde (Video) **R** Hans Liechti **B** Michael Juncker **D** Petra Kleinert (Patricia), Katharina Müller-Elmau (Ellen), Herbert Knaup (Henning), Jörg Richter (Sven), Rainer Goernemann (Ron) **L** 96 **FSK** ab 12 **E** 16. 11. 1995 RTL 2 **fd** –

Paul Bowles – Halbmond
Episodenfilm nach drei (teilweise autobiografischen) Erzählungen von Paul Bowles, der als lebender Zeuge der vergangenen Ära eines exotisch getönten Existentialismus gilt. Bowles selbst verbindet mit knappen, lakonischen Kommentaren die Geschichten, die um Männerfreundschaft und verführerische Frauen, Beziehungskälte, Sinnesglut und zivilisatorische Verlorenheit kreisen. So kühl und zurückhaltend der Film einerseits in Szene gesetzt ist, so eindrucksvoll vermittelt er andererseits vor farbintensiv-fotogener Kulisse ein Gespür für Atmo-

sphären und Landschaften. Gelegentlich leidet er aber an seiner allzu spröden Statik und hinterläßt auch einen Beigeschmack synthetischer Folklore. (Titel der Episoden: «Am Strand von Merkala», «Zwischenhalt in Corazón», «Allal»)
Deutschland 1994 **P** Filmgalerie 451 **V** MFA (Kino) / Filmgalerie 451 (Video) **Pd+R+B** Irene von Alberti, Frieder Schlaich, nach Erzählungen von Paul Bowles **K** Volker Tittel **M** Roman Bunka **S** Magdolna Rokob, Margarete Rose **D** Paul Bowles (der Erzähler), Samir Guesmi (Lahcen), Khaled Ksouri (Idir), Veronica Quilligan (die Frau), Sam Cox (der Mann), Said Zakir (Allal), Mohammed Belf quih (alter Mann) **L** 91 **FSK** ab 12; f **FBW** w **E** 9.11.1995 **fd** 31 621

Paula Paulinka

Dokumentation über die 1897 geborene jüdische Sängerin Paula Lindberg-Salomon, die seit ihrer Flucht vor den Nazis 1939 in Holland lebt. Die Filmemacherinnen haben die Künstlerin ein Jahr lang begleitet und folgen den Spuren einer außergewöhnlichen Lebensgeschichte. (Die Sängerin ist die Mutter von Charlotte Salomon, deren Leben und Werk Richard Dindo 1992 in dem Film-Essay «Charlotte – Leben oder Theater» nachzeichnete.) – Ab 16.
Deutschland 1995 **P** Goldie Film **V** offen **R+B** Christine Fischer-Defoy, Daniela Schmidt **K** Norbert Kleiner **L** 61 **E** 15.11.1995 arte **fd** –

Die Paydirt – Schmutziges Geld

PAYDIRT

Kriminalkomödie. Ein Gefängnispsychologe und ein Ganoven-Trio auf der Suche nach einem Schatz, den ein Bankräuber vor Jahren im Keller eines Hauses vergrub. Während die drei Gangster das falsche Haus demolieren, hat der Psychologe mehr Erfolg, doch sein Treiben bleibt der Hausbesitzerin natürlich nicht verborgen. (Videotitel: «Die Maulwürfe») – Ab 14.
USA 1992 **P** Kings Road **V** VCL / Carolco (Video) **R+B** Bill Phillips **K** Walt Lloyd **M** David Bell **D** Jeff Daniels (Willis Embry), Catherine O'Hara (Jessica Lodge), Chazz Palminteri (Lyle Cofrente), Hector Elizondo (Norm Rutledge), Judith Ivey (Peedi Rutledge) **L** 85 **FSK** ab 12 **E** 9.8.1995 premiere / 1995 Video **fd** –

Ein Pechvogel namens Otley

OTLEY

Auf der Suche nach einem Obdach gerät ein junger Herumtreiber in die Auseinandersetzungen rivalisierender Agenten. Eine gelungene, mit trockenem britischem Humor durchsetzte Agentenparodie, die mit vielen Seitenhieben auf engliche Lebensgewohnheiten und mit dem «Swinging London» ihrer Entstehungszeit als Hintergrund unbeschwerte Unterhaltung bietet. – Ab 16.
England 1968 **P** Curtis / Foreman **V** offen **Pd** Bruce Cohn Curtis, Carl Foreman **R** Dick Clement **B** Ian La Frenais, Dick Clement, nach dem gleichnamigen Roman von M. Waddell **K** Austin Dempster **M** Stanley Myers **D** Tom Courtenay (Gerald Arthur Otley), Romy Schneider (Imogen), Alan Badel (Sir Alex Hadrian), James Villiers (Hendrickson), Leonard Rossiter (Johnston), James Bolam (Albert), Edward Hardwicke (Eric Lambert) **L** 89 **E** 7.7.1995 Kabel 1 **fd** –

Perfect Love Affair

LOVE AFFAIR

Ein ehemaliger Football-Star und notorischer Playboy steht kurz vor der Hochzeit. Während einer Schiffsreise lernt er eine ebenfalls verlobte Sängerin kennen. Beide verlieben sich ineinander und vereinbaren, sich in drei Monaten wiederzusehen, falls sie dazu bereit sind, füreinander alles aufzugeben. Ein zurückhaltend inszeniertes, verträumt-nostalgisches Remake der Komödie «Die große Liebe meines Lebens» (1957) von Leo McCarey (die eine Neuauflage von «Ruhelose Liebe», 1939, vom selben Regisseur ist). Die Handlung erweist sich als immer noch tragfähig, zumal die Romantik des Stoffs durch eine gute Profilierung der Figuren abgestützt wird. – Ab 12.
USA 1994 **P** Mulholland (für Warner Bros.) **V** Warner Home (Video) **Pd** Warren Beatty **R** Glenn Gordon Caron **B** Robert Towne, Warren Beatty, nach dem Film «Ruhelose Liebe» von Leo McCarey **K** Conrad L. Hall **M** Ennio Morricone **D** Warren Beatty (Mike Gambril), Annette Bening (Terry McKay), Katharine Hepburn (Ginny), Pierce Brosnan (Ken Allen), Kate Capshaw (Lynn Weaver) **L** 103 **FSK** ab 6 **E** 14.7.1995 Video **fd** 31 485

Das perfekte Alibi

PERFECT ALIBI

Kriminalfilm. Ein französisches Au-pair-Mädchen stört nachhaltig das Familienleben seiner amerikanischen Gastfamilie. Nachdem zwei Tote zu beklagen sind, schaltet die Frau des Hauses einen Polizisten ein, der zwar das Schlimmste verhindern kann, aber auch die schreckliche Wahrheit an den Tag bringt.
USA 1994 **V** offen **R+B** Kevin Meyer **K** Doyle Smith **D** Lydie Denier (Janine), Kathleen Quinlan (Melanie Bauers), Alex McArthur (Keith Bauers), Teri Garr (Laney Tolbert), Hector Elizondo (Ryker) **L** 94 **E** 7.11.1995 premiere **fd** –

Perry Mason und der Kuß des Todes
PERRY MASON: THE CASE OF THE KILLER KISS
Fernseh-Serienkrimi: Ein arroganter Fernsehstar wird ermordet, seine junge Kollegin gerät unter Tatverdacht. Bei ihrer Verteidigung findet Staranwalt Mason heraus, daß der Tote ein übler Erpresser war. – Ab 14.
USA 1993 **V** offen **R** Christian I. Nyby II **B** Gerry Conway **D** Raymond Burr (Perry Mason), Barbara Hale (Della Street), William R. Moses (Ken Malansky), Arleen Sorkin (Peg Ferman), Genie Francis (Kris Bruckner) **L** 90 **E** 17. 6. 1995 Kabel 1 **fd** –

Perry Mason und der Tote am Telefon
PERRY MASON: THE CASE OF THE TELLTALE TALK SHOW HOST
Serienkriminalfilm. Perry Mason verteidigt eine Radiomoderatorin, die den Chef ihres Senders ermordet haben soll. Er entdeckt, daß auch Kollegen von ihr einen guten Grund hatten, den skrupellosen Medienmann zu töten. – Ab 14.
USA 1993 **V** offen **R** Christian I. Nyby II. **B** Joyce Burditt **D** Raymond Burr (Perry Mason), Barbara Hale (Della Street), William R. Moses (Ken Malansky), Mariette Hartley (Dr. Sheila Carlin), Regis Philbin (Winslow Keane) **L** 91 **E** 10. 6. 1995 Kabel 1 **fd** –

Perry Mason und die Formel ewiger Jugend
PERRY MASON: THE CASE OF THE SKIN DEEP SCANDAL
Serienkrimi. Perry Mason untersucht den Mord an einer 62jährigen Frau. Sie wurde offenbar von jemandem ermordet, der hinter der Formel ihrer sensationellen Schönheitscreme her war. – Ab 14.
USA 1992 **V** offen **R** Christian I. Nyby II. **B** Robert Schlitt **D** Raymond Burr (Perry Mason), Barbara Hale (Della Street), William R. Moses (Ken Malansky), Patrick O'Neal (Arthur Westbrook), Morgan Fairchild (Alana Westbrook), Tippi Hedren (Beverly) **L** 92 **E** 3. 6. 1995 Kabel 1 **fd** –

Phantom Seven
PHANTOM SEVEN
Sieben Elite-Soldaten der chinesischen Armee sollen einem Waffenschmugglerring das Handwerk legen und zwei Codekarten für Schließfächer in der Schweiz sicherstellen, wobei sie gegen das doppelte Spiel ihres Vorgesetzten ankämpfen müssen. Ein aus Handlungsfetzen ohne Sinn und Verstand zusammengesetzter Actionfilm, dem die Akteure lediglich als Menschenmaterial für miserabel inszenierte Kampfszenen dienen.
Hongkong 1994 **P** China Entertainment Films **V** Splendid (Video) **Pd** Yeung Kwok Fai **R** Ching Siu Tung **B** Elsa Tan, Charcoal Tan, Ching Siu Tung **K** Poon Hang Sang **M** Lo Tayu, Fabio Carli, Barry Chung **S** Poon Hung **D** Michelle Khan (Ellen), Li Ning (Jeffrey), Kent Cheng (Fatty), Andy Hui (Superman), Vincent Lau (Dragon) **L** 84 **FSK** ab 18 **E** 27. 7. 1995 Video / 29. 12. 1995 premiere **fd** 31 565

Das Photo
I PHOTOGRAPHIA / LA PHOTO
1971, zur Zeit des griechischen Obristen-Regimes, zwingt die Diktatur den 26jährigen Sohn eines Kommunisten, nach Paris zu seinem älteren Cousin zu gehen. Die Beziehung zwischen den Männern ist von Beginn von Lügen bestimmt: Der Neuankömmling hat das Foto einer Sängerin mitgebracht, gibt sie dem anderen jedoch als seine Schwester aus. Dieser verliebt sich in die Unbekannte. Die Traumstadt Paris wird für die beiden nach und nach zu einem Gefängnis. Ein bewegendes Drama, das am Beispiel einer einfachen Geschichte die politische Tragödie eines ganzen Volkes sinnfällig macht. (O. m. d. U.) – Ab 16.
Griechenland / Frankreich 1986 **P** Zentrum des griechischen Films / Ikones **V** offen **R** + **B** Nico Papatakis **K** Aris Stavrou **M** Christodoulos Halaris **S** Delphine Desfons **D** Christos Tsangas (Gerassimos), Aris Retsos (Ilyas), Zozo Zarpa (Mutter), Despina Tomazani (Adonis), Christos Valavinidis (Fofi) **L** 100 **E** 24. 7. 1995 arte **fd** –

Pinky und Curly
ONCE UPON A TIME
Ein Theatermanager kurz vor der Pleite nimmt einen jungen Burschen unter Vertrag, in dessen Besitz eine Raupe ist, die zu einem bestimmten Lied tanzen kann. Durch eine Radiomeldung werden die drei über Nacht zu Berühmtheiten. Doch wenig später ist die Raupe verschwunden, der Traum vom großen Geld ausgeträumt. Einige Zeit später flattert dem Manager ein Schmetterling zu, der im Rhythmus des Liedes die Flügel bewegt. Ein Nichts an Geschichte, getragen von sympathischen Darstellern; dennoch verkauft sich Cary Grant weit unter Wert. – Ab 12.
Schwarz-weiß. USA 1944 **P** Columbia **V** offen **Pd** Louis F. Edelman **R** Alexander Hall **B** Lewis Meltzer, Oscar Saul, Irving Fletcher, nach dem Hörspiel «My Client Curly» von Norman Corwin und Lucille Fletcher **K** Franz Planer **M** Frederick Hollander (= Friedrich Hollaender) **S** Gene Havlick **D** Cary Grant (Jerry Flynn), Janet Blair (Jeannie Thompson), James Gleason (der «Esel»), Ted Donaldson (Pinky Thompson), Howard Freeman (McKenzie), William Demarest (Brandt) **L** 89 **E** 10. 9. 1995 Super RTL **fd** –

Pipin, der Kurze
Weil ein größerer Betrag in seiner Kasse fehlt, irrt der Kassierer eines Kaufhauses mit Selbstmordabsichten durch die Straßen. Das nutzt eine schlagzeilenhungrige Tänzerin aus, die ihn zum Selbstmörder aus Liebeskummer hochstilisiert – mit weitreichenden Folgen. Erst nach vielen Wirrungen kommt die unbedeutende Komödie aus Rühmanns Frühzeit zum glücklichen Ende. – Ab 12.
Schwarz-weiß. Deutschland 1934 **P** Alpha **V** offen **R** Carl Heinz Wolff **B** Georg Zoch **K** Willy Hameister **M** Franz Doelle **D** Heinz Rühmann (Pipin), Charlotte Serda (Adele), Paul Heidemann (Naumann), Hans Junkermann (Generaldirektor Borchardt), Hilde Hildebrand (Rita) **L** 80 **E** 31.3.1934/3.10.1995 B1 **fd** –

Piraten auf der Pferdeinsel
Kinderfilm. Ein Junge aus Berlin, der die Ferien bei einem Freund im Dorf verbringt, schlichtet den Streit zwischen den kleinen «Piraten» auf der Pferdeinsel. – Ab 8.
Schwarz-weiß. DDR 1963 **P** DEFA **V** offen **R** Michael Englberger **B** Werner Wendt, Michael Englberger **K** Peter Brand **M** Joachim Thurm **S** Charlotte Peschlow **D** Robert Bollmann (Großvater), Adolf Rakow (Bauer), Klaus Adamski (Atze), Günter Barkow (Benno), Edeltraud Mienert (Gudrun), Eberhard Schaletzky (Horst), Horst Weber (Ole) **L** 59 **E** 7.6.1995 ORB **fd** –

Plan 9 aus dem Weltall
PLAN 9 FROM OUTER SPACE / GRAVE ROBBERS FROM OUTER SPACE
Außerirdische versuchen mittels elektrischer Wiederbelebung Toter eine Invasion der Erde. Ein Pilot verhindert die Katastrophe. Science-fiction-Film, der als schlechtester Film aller Zeiten gilt und diesem Titel inhaltlich und formal alle Ehre macht. Hauptdarsteller Bela Lugosi war zu Beginn der Dreharbeiten gestorben. Um die zwei Minuten (!) Material zu retten, drehte Wood mit einem Double weiter, das dauernd ein Cape vors Gesicht halten mußte. (TV-Titel: «Plan 9 from Outer Space»; Neustart: O.m.d.U.)
Schwarz-weiß. USA 1956–58 **P** Distributors Corporation of America **V** Salzgeber & Co. **Pd+R+B** Edward D. Wood jr. **K** William C. Thompson **M** Gordon Zahler **S** Edward D. Wood jr. **D** Bela Lugosi (Ghoul Man), Vampira (Ghoul Woman), Lyle Talbot (General Roberts), Tor Johnson (Inspektor Clay), Gregory Walcott (Jeff Trent), Dudley Manlove (Eros) **L** 79 **E** 1984 Kino / 11.7.1995 premiere/13.7.1995 Neustart
fd 24 133

Plan 9 from Outer Space
siehe: Plan 9 aus dem Weltall

Playmaker – Masken der Begierde
siehe: Death Date

Pleasure of Flesh
INNER SANCTUM 2
Thriller um eine Frau, die nicht nur vom Geist ihres verstorbenen bösartigen Ehemanns verfolgt wird, sondern auch von habgierigen Zeitgenossen, die sich das Vermögen des Verblichenen unter den Nagel reißen wollen.
USA 1994 **P** MDP Worldwide **V** Vipro (Video) **R** Fred Olen Ray **B** Sherman Scott, Steve Armogida **K** Hanania Baer **M** Chuck Cirino **D** Tracy Brooks Swope (Jennifer Reed), David Warner (Dr. Lamont), Margaux Hemingway (Anna Rollins), Michael Nouri (Bill), Sandahl Bergman (Sharon) **L** 82 (Video 79) **FSK** ab 16 **E** 1995 Video / 16.3.1996 premiere **fd** –

Pocahontas
POCAHONTAS
Die romantische Liebesgeschichte um eine indianische Häuptlingstochter und einen britischen Kolonialisten zu Beginn des 17. Jahrhunderts. Ein Zeichentrickfilm aus der Disney-Werkstatt, der den typischen Charme seiner Vorgänger vermissen läßt. Er scheitert weniger durch seinen fragwürdigen Naturmystizimus als durch seine einfallslose visuelle Gestaltung. Gerade Kinder kommen kaum auf ihre Kosten. – Ab 6 möglich.
USA 1994 **P** Walt Disney Pictures **V** Buena Vista (Video) **Pd** James Pentecost **R** Mike Gabriel, Eric Goldberg **B** Carl Binder, Susannah Grant, Philip La Zebnik **M** Alan Menken **S** H. Lee Peterson **L** 81 **FSK** o.A.; f **FBW** w **E** 16.11.1995 **fd** 31 616

Pocahontas – Die Legende
POCAHONTAS – THE LEGEND
Die historische Romanze von Pocahontas, der schönen Indianer-Prinzessin, und dem englischen Abenteurer John Smith im Jahr 1607, die recht fantasievoll die Fakten ausdeutet: Das Paar wird als leidenschaftlich Liebende und als besonnene Vorkämpfer für die Verständigung zwischen indianischen Ureinwohnern und den weißen Eindringlingen gezeichnet. Naiv im Erzählduktus, brutal in einigen blutigen Effekten, schludrig im Drehbuch, sprunghaft und verwirrend in der Inszenierung. (Das Disney-Studio schuf etwa zur selben Zeit mit «Pocahontas» eine Zeichentrickversion.) – Ab 12.
Kanada 1995 **P** Diversified Media Ventures **V** Arcade / Highlight (Video) **Pd** Steve Levitan, Daniele J. Suissa, Donald Martin **R** Daniele J. Suissa **B** Donald Martin, Daniele J. Suissa **K** Richard Leiterman **M** Jack Lenz **S** Brett C. Sullivan **D** Sandrine Holt (Pocahontas), Tony Gold-

wyn (Sir Edwin Wingfield), Gordon Tootoosis (Häuptling Powhatan), Miles O'Keeffe (John Smith), Billy Merasty (Kocoum), David Hemblen (Captain Newport) **L** 99 **FSK** ab 12 **E** 17. 10. 1995 Video **fd** 31 649

Poker
POKER
Die Geschichte einer Fremdenführerin und leidenschaftlichen Pokerspielerin, die zu spüren bekommt, daß in dem reinen Männergeschäft mit harten Bandagen gekämpft wird. Als sie eine riesige Summe verliert, hat sie einen Tag und eine Nacht Zeit, das Geld aufzubringen. Atmosphärisch stimmiges Spieler-Drama, dessen Geschichte sich jedoch zwischen «film noir»-Anleihen und Unwahrscheinlichkeiten verliert. – Ab 16.
Frankreich 1987 **P** Sara Films / Canal+ / Sofica **V** offen **R**+**B** Catherine Corsini **K** Yves Dahan **M** Hubert Rostaing **S** Maureen Mazurek **D** Caroline Cellier (Hélène), Pierre Arditi (Duke), Jean-Philippe Ecoffey (Stéphane), Jacques Mathou (Tonio), André Julien (Louis) **L** 80 **E** 28. 2. 1995 RTL 2 **fd** –

Police Rescue – Profis unter Verdacht
POLICE RESCUE – THE MOVIE
Kriminalfilm, der auf einer Fernsehserie basiert. Der Leiter einer Polizeieinheit und eine neue Beamtin werden trotz aller Widrigkeiten nicht nur beruflich Partner, sondern kommen sich auch privat näher. – Ab 16.
Australien 1994 **P** Southern Star **V** Concorde (Video) **R** Michael Carson **B** Debra Oswald **D** Gary Sweet (Sgt. McLintock), Zoe Carides (Const. Lorrie Gordon), Steve Bastoni (Const. «Angel»), Jeremy Sims (Terry), John Clayton (Inspector Adams) **L** 88 **FSK** ab 12 **E** Januar 1995 Video / 27. 7. 1995 RTL 2 **fd** –

Police Story: Ein altgedienter Profi
POLICE STORY: THE WATCH COMMANDER
Abendfüllende Folge aus einer TV-Polizeifilmserie: Ein älterer Sergeant, der mit seinen 42 Dienstjahren längst zu einer Vaterfigur im Revier geworden ist, kümmert sich auch um die privaten Probleme der jüngeren Kollegen. – Ab 16.
USA 1988 **V** offen **R** Gary Nelson **B** Mark Rodgers **D** Jack Warden (Sergeant Joe Wilson), Bonnie Bartlett (Margaret Wilson), Gregg Henry (Officer Don Carpenter), John Diaquino (Lieutenant Carl Corelli), Ben Marley (Officer Lee Morgan) **L** 92 **E** 3. 12. 1995 Kabel 1 **fd** –

Politessen-Akademie
VICE ACADEMY PART 3
Zwei unfähige Polizistinnen lassen sich in ein Frauengefängnis einschleusen, um den Ausbruch einer gefürchteten Verbrecherin zu verhindern. Als diese dennoch bei einem Sackhüpf-Wettbewerb entkommen kann, bricht in Los Angeles das Chaos aus. Überdrehte Komödie im Stil der «Polizei-Akademie-Serie»; inszeniert für anspruchslose Gemüter. – Ab 16.
USA 1993 **V** Highlight (Video) **R** Rick Sloane **D** Ginger Lynn Allen, Elizabeth Kaitan, Julia Parton **L** 89 **E** 5. 5. 1995 Video **fd** –

Polizei
POLIZEI
Ein türkischer Straßenkehrer in Berlin-Kreuzberg, der wegen seiner Naivität oft gehänselt wird, erhält in einem kleinen Theater eine Nebenrolle als Polizist. Weil man ihm in Uniform auch abseits der Bühne mit Respekt begegnet, patrouilliert er fortan auch in der wirklichen Welt durch die Straßen seines Wohnblocks und versucht, zwischen Landsleuten und Deutschen zu vermitteln. Die türkische «Köpenickiade» versteht sich als Plädoyer für die Völkerverständigung, vertut viele Chancen jedoch durch die fahrige Inszenierung. – Ab 12.
Türkei 1988 **P** Penta Film **V** offen **Pd** Turgay Aksoy **R** Serif Gören **B** Hüseyin Kuzu **K** Erdal Kahraman **M** Timur Selcuk **S** Mevlut Kocak **D** Kemal Sunal (Ali Ekber), Babett Jutte (Babett), Yalcin Güzelce, Kaya Gurel, Nilufer Usku **L** 88 (Orig. 96) **E** 18. 11. 1995 ZDF **fd** –

Der Polizeichef: Der Polizistenmörder
THE COMMISH: A MATTER OF LIFE AND DEATH
Pilotfilm zu einer Fernsehserie: Ein Polizeichef muß sich neben seiner Kandidatur für das Amt des Polizeipräsidenten mit einer Serie von Polizistenmorden, einem Hungerstreik unter Häftlingen und einer Millionenklage auseinandersetzen. – Ab 16.
USA 1991 **V** offen **R** Mark Sobel **B** Stephen J. Cannell, Stephen Kronish **D** Michael Chiklis (Tony Scall), Theresa Saldana (Rachel Scali), John H. Brennan (Leutnant Randazzo), Geoffrey Nauffts (Stan Kelly), David Paymer (Manager) **L** 90 **E** 9. 10. 1995 Kabel 1 **fd** –

Ein Porträt mit Freunden
Der russische Regisseur Mitta porträtiert den 1934 geborenen Komponisten Alfred Schnittke. In der Kultur der Sowjetunion war der Avantgardist bald isoliert, seine Werke wurden so weit wie möglich verboten. Seine einzige Arbeitsmöglichkeit bestand in der Komposition von Filmmusiken («Onkel Wanja», «Die Kommissarin»).
Deutschland 1995 **P** Hamburger Kino Kompanie **V** offen **R** Alexander Mitta **L** 64 **E** 19. 7. 1995 arte **fd** –

Postcards from America
POSTCARDS FROM AMERICA
Auf drei Zeitebenen zeichnet der Film Stationen aus dem Leben eines homosexuellen jungen Mannes nach, wobei Spielfilm und Dokudrama miteinander verknüpft werden. Er bemüht sich um ein «anderes», ehrlicheres Bild von der Homosexualität, als es Hollywood-Produktionen tun, und thematisiert auch die homosexuellen Gefühle des Kindes des Mannes. Unter Verzicht auf jede moralische Wertung wird das Verhalten des Mannes ebenso geschildert wie die Gewalttätigkeit seines Vaters. (O. m. d. U.)
USA 1994 **P** Normal Films / Ilset / Channel Four **V** Freunde der Deutschen Kinemathek **Pd** Craig Paull, Christine Vachon **R+B** Steve McLean, nach Werken von David Wojnarowicz **K** Ellen Kuras **M** Stephen Endelman **S** Elisabeth Gazzara **D** James Lyons (David), Michael Tighe, Olmo Tighe, Michael Imperioli, Michael Ringer, Maggie Low **L** 91 **FSK** – **E** 1995 Kino **fd** –

Der Postmann
IL POSTINO
Auf einer italienischen Insel schließt der exilierte chilenische Dichter Pablo Neruda Freundschaft mit seinem Postboten. Inspiriert von dem Schriftsteller, entdeckt der schüchterne junge Mann die Poesie (auch die des einfachen Insellebens) und gewinnt so die Liebe einer Frau. Mit leiser Komik und die Unschuld seines Helden stilistisch spiegelnd, zeichnet der Film einfühlsam das Bild einer Männerfreundschaft abseits der Klischees. Politische Anklänge bleiben in der melancholischen Grundstimmung jedoch vage. – Ab 16.
Italien 1994 **P** Penta Film **V** Buena Vista **Pd** Mario Gori, Vittorio Cecchi Gori, Alberto Passone **R** Michael Radford **B** Anna Pavignano, Michael Radford, Furio Scarpelli, Giacomo Scarpelli, Massimo Troisi, nach einer Erzählung von Antonio Skarmeta **K** Franco Di Giacomo **M** Luis Enrique Bacalov **S** Roberto Perpignani **D** Massimo Troisi (Mario), Philippe Noiret (Pablo Neruda), Maria Grazia Cucinotta (Beatrice), Linda Moretti (Rosa), Renato Scarpa (Postbeamter), Anna Bonaiuto (Matilde), Mariano Rigillo (Di Cosmo) **L** 109 **FSK** o. A.; f **E** 7. 12. 1995 **fd** 31 668

Power of Love
SOMETHING TO TALK ABOUT
Als eine junge Frau dahinterkommt, daß ihr Mann fremdgeht, wirft sie ihn hinaus. Sie sucht zusammen mit ihrer kleinen Tochter Trost bei den wohlhabenden Eltern, die aber wenig Verständnis aufbringen. Am Ende siegt die Macht der Liebe. Trotz der hochkarätigen Besetzung ein triviales, in seiner Moral rückständiges Rührstück in beschaulicher Südstaaten-Kulisse, aber ohne jegliche Attraktivität. – Ab 16.
USA 1995 **P** Warner Bros. / Spring Creek Prod. **V** Warner Bros. (Kino) / Warner Home (Video) **Pd** Paula Weinstein, Anthea Sylbert **R** Lasse Hallström **B** Callie Khouri **K** Sven Nykvist **M** Hans Zimmer, Graham Preskett **S** Mel Bourne **D** Julia Roberts (Grace), Dennis Quaid (Eddie), Robert Duvall (Wyly King), Gena Rowlands (Georgia King), Kyra Sedgwick (Emma Rae) **L** 105 **FSK** ab 6; f **E** 9. 11. 1995 **fd** 31 602

Power Rangers – Der Film
POWER RANGERS
Die Kinoversion der erfolgreichen Fernsehserie um sechs Super-Teenager, die im Auftrag eines Weisen für das Gute streiten. Als ein böser Magier die Macht an sich reißt, bewahren sie die Erde vor Unheil, indem sie auf einem fremden Planeten in den Besitz geheimnisvoller Kräfte gelangen. Ein belangloses Fantasy-Märchen mit eindimensionalen Charakteren und der offensichtlichen Absicht, zu Kauf und Konsum anzuregen.
– Ab 14 möglich.
USA 1995 **P** 20th Century Fox / Saban **V** Fox (Kino) / Fox (Video) **Pd** Haim Saban, Shuki Levy, Suzanne Todd **R** Bryan Spicer **B** Arne Olsen **K** Paul Murphy **M** Graeme Revell **S** Wayne Wahrman **D** Karan Ashley (Aisha), Johnny Yong Bosch (Adam), Steve Cardenas (Rocky), Jason David Frank (Tommy), Amy Jo Johnson (Kimberly), David Yost (Billy), David Freeman (Ivan Ooze) **L** 95 **FSK** ab 12; f **E** 13. 7. 1995 / 7. 12. 1995 Video **fd** 31 475

Der Preis der Leidenschaft
SPARKS: THE PRICE OF PASSION
Kriminalfilm; Pilotfilm zu einer Fernsehserie. Die Karriere einer Bürgermeisterin ist gleich doppelt bedroht: Grundstücksspekulanten wollen sie mit kompromittierenden Fotos erpressen, und ein Serienkiller trachtet ihr nach dem Leben. Mit Hilfe eines FBI-Agenten setzt sich die Politikerin zur Wehr. – Ab 16.
USA 1990 **P** Shadowplay / Victoria Principal Prods. / King Phoenix Ent. **V** offen **Pd** Bill Svanoe, Richard A. Colla **R** Richard A. Colla **B** John Robert Bensink, Bill Svanoe **D** Victoria Principal (Pat Sparks), Ted Wass (Steve), Elaine Stritch (Marti), Gary Farmer (Pete), Ralph Waite (Orville) **L** 95 **E** 25. 1. 1995 ZDF **fd** –

Der Preis der Rache
IN THE LINE OF DUTY: THE PRICE OF VENGEANCE
Kriminalfilm. Ein Detektiv wird von dem Gangster, den er vor Gericht gebracht hatte, auf offe-

ner Straße erschossen. Daraufhin setzen der Freund und die Kollegen des Toten alles daran, den Mörder zu fassen. – Ab 16.
USA 1993 **V** offen **R** Dick Lowry **B** Keith Ross Leckie **K** Daniel McKinny **M** Mark Snow **D** Dean Stockwell (Jack Lowe), Michael Gross (Tom Williams), Mary Kay Place (Norma Williams), Justin Garms (Ryan Williams), Kathleen Robertson (Susan Williams) **L** 88 **E** 21. 1. 1995 ARD **fd** –

Premier Convoi (Der erste Transport)

PREMIER CONVOI

Dokumentarfilm über den ersten Transport französischer Juden ins Vernichtungslager Auschwitz am 27. März 1942. Von den 1112 Menschen dieses Transports kehrten nach der Befreiung des Lagers nur etwa 20 zurück. Fünfzig Jahre später legen zwölf Überlebende am Ort des grauenhaften Geschehens Zeugnis ab. – Ab 16.
Frankreich 1992 **V** offen **R** Pierre Oscar Lévy **L** 106 **E** 14. 1. 1995 arte **fd** –

Prêt-à-Porter

PRET-A-PORTER

Die Vorbereitungen der herbstlichen Prêt-à-porter-Modeschauen in Paris laufen auf vollen Touren; Journalisten sind auf der fiebrigen Suche nach einem Interview-Partner. Die hektische Situation wird durch einen Todesfall, die Suche nach einem vermeintlichen Mörder und zahlreiche Verwechslungen noch komplizierter. Eine Filmkomödie aus der Welt der Mode, in deren brillanter Inszenierung eine Vielzahl von Handlungsfäden parallel laufen und die trotz mancher Griffe in die Klamottenkiste der Boulevard-Komödie die Souveränität ihres Regisseurs bezeugt. Ein auch darstellerisch überzeugendes Kinovergnügen. – Sehenswert ab 16.
Scope. USA 1995 **P** Miramax **V** Senator (Kino) / BMG / Ufa (Video) **Pd** Robert Altman, Scott Bushnell, Jon Kilik **R** Robert Altman **B** Robert Altman, Barbara Schulgasser **K** Pierre Mignot, Jean Lépine **M** Michel Legrand **S** Geraldine Peroni **D** Kim Basinger (Kitty Potter), Jean-Pierre Cassel (Olivier de la Fontaine), Anouk Aimée (Simone), Sophia Loren (Isabella de la Fontaine), Marcello Mastroianni (Sergej), Tim Robbins (Joe Flynn), Julia Roberts (Ann Eisenhower), Stephen Rea (Milo O'Brannigan), Lauren Bacall (Slim Chrysler), Danny Aiello (Major Hamilton) **L** 134 **FSK** ab 6; f **FBW** bw **E** 30. 3. 1995 **fd** 31 286

Die Preußen kommen

Das Kurfürstentum Sachsen auf dem Höhepunkt seiner feudalen Entwicklung: Manufakturwesen, Handel und Finanzwesen sind auf hohem Niveau erblüht. Dresden wird preußische Garnison, die kurz vor dem Hungertod stehenden Truppen werden in die preußische Armee gepreßt. Die Königin hofft auf das Eintreffen der Europäischen Koalition. Der Film ist ein Teil einer vierteiligen Serie, die sich in einer detailgetreuen Inszenierung mit Größe und Glanz, aber auch mit dem Untergang Preußens auseinandersetzt. – Ab 16.
DDR 1982–85 **P** DEFA **V** offen **R** Hans-Joachim Kasprzik **B** Albrecht Börner **D** Rolf Hoppe, Arno Wysniewski, Ezard Haußmann, Gunther Schoß, Irma Münch, Ernst Meinek, Monika Woytowicz **L** 88 **E** 16. 2. 1995 arte **fd** –

Der Priester

THE PRIEST

Ein emotional packender und um differenzierte Behandlung bemühter Film über einen jungen Priester in einer englischen Arbeiterstadt, der mit seiner Homosexualität in Konflikt gerät und durch seine Unfähigkeit, in eine ihm in der Beichte anvertraute inzestuöse Beziehung einzugreifen. Der von einem vielschichtig angelegten Drehbuch getragene Film verbindet eine realistische Milieuschilderung mit dramatisch zugespitzten Höhepunkten, behält dabei eine notwendige Offenheit, die Anstöße bietet, nicht nur zur Diskussion der Rolle des Priesters, sondern auch von allgemein christlichen Themen wie die Suche nach Gott, Sakramente, Schuld, Versöhnung.
England 1994 **P** BBC **V** Concorde / Castle Rock / Turner (Kino) / Concorde / VCL (Video) **Pd** George Faber, Josephine Ward **R** Antonia Bird **B** Jimmy McGovern **K** Fred Tammes **M** Andy Roberts **S** Sue Spivey **D** Linus Roache (Greg Pilkington), Tom Wilkinson (Matthew Thomas), Cathy Tyson (Maria Kerrigan), Robert Carlyle (Graham), Lesley Sharp (Mrs. Unsworth), Christine Tremarco (Lisa) **L** 109 **FSK** ab 12; f **FBW** w **E** 25. 5. 1995 / 23. 1. 1996 Video **fd** 31 345

Der Prinz und der Prügelknabe

THE WHIPPING BOY

Ein mit seiner kleinen Schwester zusammenlebender Waisenjunge wird im 18. Jahrhundert an den Königshof verschleppt, um dem eingebildeten Thronfolger als Prügelknaben für dessen Streiche zu dienen. Während einer eher unfreiwilligen gemeinsamen Flucht entwickelt sich zwischen dem ungleichen Paar nach vielen Abenteuern eine Freundschaft. Ein zwischen Märchen und Sozialkritik angelegter, von unaufdringlicher Spannung und zurückhaltendem Humor getragener Kinderfilm, der seine «Botschaften» unterhaltsam vermittelt. Hervorragend inszeniert und fotografiert, erfrischend gespielt. – Sehenswert ab 8.

Deutschland / England 1994 **P** Gemini Films **V** Central **Pd** Gerhard Schmidt, Georges Campana, Siggi Grewenig **R** Syd Macartney **B** Max Brindle, nach einem Kinderbuch von Sid Fleischman **K** Clive Tickner **M** Lee Holdridge **S** Sean Barton **D** Truan Munro (Tommi), Nic Knight (Prinz Boris), Karen Salt (Annerose), Andrew Bicknell (König), Kevin Conway (der stinkende Billy), Vincent Schiavelli (Hals-ab-Karl) **L** 96 **FSK** o. A.; f **E** 6. 4. 1995 **fd** 31 271

Die Prinzessin auf der Erbse
PRINZESSA NA GOROSCHINGE
Ein Königspaar sucht per Anzeige am Schloßtor eine Prinzessin. Als bei einem Unwetter ein Mädchen Einlaß begehrt und sagt, es sei eine Prinzessin, glaubt man ihm nicht. So zieht der Sohn auf Brautschau durch die Lande, doch die Prinzessinnen sind entweder hochmütig oder dumm oder lieben einen anderen. Am Ende werden der Prinz und das Mädchen ein glückliches Paar. Motive aus verschiedenen Andersen-Märchen werden zu einem unterhaltsamen, zuweilen komischen, zuweilen ernst-düsteren Märchenfilm verbunden. Intelligente Unterhaltung mit Witz und einigen sozialkritischen Spitzen.
(Fernsehtitel: «Prinzessin gesucht!») – Sehenswert ab 8.
Scope. UdSSR 1976 **P** Gorki-Studio **V** Progress (Kino) / EuroVideo (Video) **R** Boris Ryzarew **B** Felix Mironer, nach einem Märchen von Hans Christian Andersen und Motiven anderer Märchen **K** Wjatscheslaw Jegorow, Alexander Matschilski **M** Antonio Vivaldi **D** Andrej Podoschian (Prinz), Irina Jurewitsch (Prinzessin), Irina Malyschewa (zweite Prinzessin), Marina Liwanowa (dritte Prinzessin), Alissa Frejndlich (Königin), Innokenti Smoktunowski (König) **L** 87 **FSK** o. A. **E** 14. 8. 1977 DFF 2 / 10. 2. 1978 Kino DDR / 19. 9. 1989 ZDF / 1994 Video **fd** 31 332

Prinzessin Caraboo
PRINCESS CARABOO
Eine rätselhafte Frau in exotischer Kleidung hält im Jahr 1817 die englische Gesellschaft zum Narren, die unbedingt eine Prinzessin in ihr sehen möchte. Freundliche, aber auch belanglose Komödie, die Reiz und Geheimnis ihres Gegenstandes verschenkt. – Ab 14.
England 1994 **P** J & M Entertainment **V** Concorde-Castlerock / Turner (Kino) / Concorde / VCL (Video) **Pd** Andrew Karsch, Simon Bosanquet **R** Michael Austin **B** Michael Austin, John Wells **K** Freddie Francis **M** Richard Hartley **S** George Askers **D** Phoebe Cates (Prinzessin Caraboo), Stephen Rea (Gutch), Jim Broadbent (Mr. Worall), Wendy Hughes (Mrs. Worall), Kevin Kline (Frixos), John Lithgow (Prof. Wilkinson) **L** 104 **FSK** o. A.; f **FBW** w **E** 27. 7. 1995 / 23. 1. 1996 Video **fd** 31 447

Prinzessin Fantaghirò 1. – 6. Teil
FANTAGHIRO PERSONA BELLA
In einem Königreich, in dem seit Menschengedenken Krieg herrscht, wächst eine junge Prinzessin heran, die dazu auserkoren ist, ihrem Volk den Frieden zu bringen. Zuvor muß jedoch der starrsinnige König zur Räson gebracht werden, und es gilt viele Abenteuer zu bestehen, bevor die junge Frau ihren Herzensritter kennenlernt. Doch nun tritt eine böse Königin auf den Plan, die das junge Glück mit allen Mitteln vereiteln will. Mehrteilige Verfilmung eines toskanischen Volksmärchens, die besondern Wert auf eine opulente Ausstattung legt. (Im Fernsehen wurde der Film als Vierteiler gesendet, als Video sind 6 Teile erhältlich. Längen: 90 / 89 / 94 / 90 / 92 / 94 Min.) – Ab 12 möglich.
Italien 1991–94 **P** Anfri / Reteitalia **V** Taurus (Video) **Pd** Lamberto Bava, Andrea Piazzesi **R** Lamberto Bava **B** Gianni Romoli, Francesca Melandri **K** Romano Albani, Gianlorenzo Battaglia **M** Amedeo Minghi **S** Pietro Bozza **D** Alessandra Martines (Fantaghirò), Mario Adorf (König), Kim Rossi Stuart (Romualdo), Angela Molina (weiße Hexe / weißer Ritter), Jean-Pierre Cassel (General) **L** 549 (6 Teile) **FSK** ab 6 **E** 25. / 26. 12. 1993 / 1. 1. / 2. 1. 1994 SAT 1 / 1995 Video **fd** –

Der Privatdetektiv
THE DAIN CURSE / PRIVATE EYE
Ein Detektiv klärt die mysteriösen Morde, in die seine junge Schutzbefohlene verwickelt scheint, und heilt sie von ihrer Rauschgiftsucht und der Neurose, ein Familienfluch belaste ihr Leben. Dreiteilige Fernseh-Miniserie nach einem klassischen Kriminalroman von Dashiell Hammett, atmosphärisch stimmig, aber überlang; die rüde gekürzte Videofassung wiederum bleibt weitgehend unverständlich und verworren. (Titel der längeren Fernsehfassung: «Der Fluch des Hauses Dain») – Ab 16 möglich.
USA 1978 **P** CBS / Martin Poll Prod. **V** Embassy (Video) **R** E. W. Swackhamer **B** Robert W. Lenski, nach einem Roman von Dashiell Hammett **K** Andrew Laszlo **M** Charles Gross **D** James Coburn (Hamilton Nash), Hector Elizondo, Jason Miller (Owen Fitzstephan), Jean Simmons, Paul Stewart (der Alte) **L** 288 (Video 118) **E** 20. 1. 1985 Video / 25. / 26. / 27. 8. 1995 ZDF (drei Teile) **fd** 25 317

Private Lessons

PRIVATE LESSONS 2

Eine von ihrem Eheleben enttäuschte Modefotografin verliebt sich während der Arbeit auf einer Karibik-Insel in einen attraktiven Kubaner. Eine leidenschaftliche Affäre, die die jungen Frau vor eine schwere Entscheidung stellt. Erotik-Thriller vor exotischer und luxuriöser Kulisse, der mangelnde Spannung durch das Vorführen zahlreicher Fotomodelle auszugleichen sucht.

USA 199? **P** Nu Image **V** VMP (Video) **R** Dominique Othenin-Girard **D** Mariana Morgan, Ray Garaza, Theresa Morris **L** 83 **FSK** ab 16 **E** 25. 7. 1995 Video **fd** –

Probezeit

SECOND BEST

Die Bemühungen eines unverheirateten Vierzigjährigen um die Adoption eines elfjährigen Jungen, der die Erinnerung an seinen inhaftierten Vater nicht verdrängen kann, erleiden durch Ausbrüche des Jungen und die unvorhersehbare Entlassung des totkranken Vaters Rückschläge. Eine bis in Einzelheiten präzise gestaltete Geschichte nach einer literarischen Vorlage, die durch tiefe Menschlichkeit bewegt. (Kinotip der katholischen Filmkritik; Preis der OCIC in San Sebastián 1994.) – Sehenswert ab 16.

England / USA 1994 **P** Warner Bros. / Regency Enterprises / Alcor / Fron Film **V** Warner Bros. (Kino) / Warner Home (Video) **Pd** Sarah Radclyffe **R** Chris Menges **B** David Cook, nach seinem Roman **K** Ashley Rowe **M** Simon Boswell **S** George Akers **D** William Hurt (Graham), Jane Horrocks (Debbie), Chris Cleary Miles (James), Alan Cumming (Bernard), Prunella Scales (Margery) **L** 105 **FSK** ab 12; f **FBW** w **E** 27. 4. 1995 / 24. 11. 1995 Video **fd** 31 322

Professional Affair

PROFESSIONAL AFFAIR

Eine Prostituierte tötet den Handlanger eines Unterweltbosses und verschwindet mit Millionen aus einem Drogendeal. Der Pate setzt einen Ex-Polizisten auf sie an, doch der Mann verliebt sich in die Mörderin und wird zu einem risikoreichen Doppelspiel gezwungen. Leicht durchschaubarer Thriller mit einigen erotischen Zwischenspielen.

USA 1994 **P** TCI Communications / Pan Asia America **V** NGP (Video) **R + B** Paul Wynne **M** David Aul **D** Robert Z'Dar, Kim Stetz, Robert Allen Silva **L** 90 **FSK** ab 18 **E** 29. 3. 1995 Video / 21. 2. 1996 Pro Sieben **fd** –

Der Psychopath

THE MADDENING

Ein geisteskranker Tankstellenpächter kidnappt eine Frau, die auf der Flucht vor ihrem Mann ist, und deren Tochter und setzt beide massivem Psychoterror aus, um ihnen seinen Willen aufzuzwingen. Der verlassene Ehemann macht sich auf die Suche nach den beiden Verschwundenen. Psychothriller mit einer hochkarätigen Besetzung, aber einer löchrigen Story.

USA 1994 **P** Trimark Pictures **V** VCL / Carolco (Video) **R** Danny Huston **D** Burt Reynolds, Angie Dickinson, Mia Sara **L** 93 **FSK** ab 16 **E** 21. 8. 1995 Video **fd** –

Pumpkinhead II

PUMPKINHEAD II

Ein alternder Sheriff läßt sich von New York in die Provinz versetzen. Doch die stillen Tage sind gezählt, als die Freundesclique seiner Tochter durch okkulte Beschwörungen ein Monster zum Leben erweckt, das mordend durch den ehemals friedliebenden Ort zieht. Ein streckenweise recht blutiger Horrorfilm, der sich um eine überzeugende Atmosphäre bemüht.

USA 1993 **P** Motion Pivture Corp. of America **V** IMV (Video) **R** Jeff Burr **D** Ami Dolenz, Andrew Robinson, Steve Kanaly **L** 84 (gek. 81) **FSK** ab 18 (gek. ab 16) **E** 27. 9. 1995 Video **fd** –

Puppet Master V

PUPPET MASTER V

Der junge Angestellte einer Roboter-Firma gerät in den Verdacht, seine Forscher-Kollegen umgebracht zu haben. In einem stillgelegten Motel sucht er nach den beseelten Puppen eines weisen Wissenschaftlers, die das «Gute» unterstützen und ihm helfen sollen, die wahren Täter, alienartige Inkarnationen des «Bösen», zu entlarven. Neuerliche Fortsetzung der mit billigen Animationssequenzen garnierten Horror-Serie («Puppetmaster»), tricktechnisch wie inhaltlich auf einem erschreckend niedrigen Niveau.

USA 1994 **P** Full Moon **V** CIC (Video) **Pd** Charles Band **R** Jeff Burr **B** Steven E. Carr, Jo Duffy, Todd Henschell, Doug Aarniokoski, Keith Payson **K** Michael Wetherwax **M** Adolfo Bartoli **S** Margaret-Anne Smith **D** Gordon Currie (Rick Myers), Chandra West (Susie), Ian Ogilvy (Dr. Jennings), Teresa Hull (Lauren), Guy Rolfe (Dr. Toulon) **L** 78 **FSK** ab 16 **E** 15. 3. 1995 Video **fd** 31 383

Puppet Masters

PUPPET MASTERS

Außerirdische landen in einer amerikanischen Kleinstadt und manipulieren ihre Bewohner. Geheim operierenden UFO-Jägern gelingt es mit knapper Not, eine Machtübernahme im Staat zu verhindern. Reines Effekt-Kino, das nicht an die zahlreichen Genre-Vorbilder heranreicht und

zudem durch die unreflektierte Adaption der Vorlage Fremdenfeindlichkeit schürt.
Scope. USA 1994 **P** Hollywood Pictures **V** Buena Vista / Hollywood (Kino) / Buena Vista (Video) **Pd** Ralph Winter **R** Stuart Orme **B** Ted Elliott, Terry Rosso, David S. Goyer, nach einem Roman von Robert A. Heinlein **K** Clive Tickner **M** Colin Towns **S** William Goldenberg **D** Donald Sutherland (Andrew Nivens), Eric Thal (Sam Nivens), Julie Warner (Mary Sefton), Keith David (Holland), Yaphet Kotto (Ressler) **L** 109 **FSK** ab 16; f **E** 18.5.1995 **fd** 31 348

Pure Country

PURE COUNTRY

Ein gefeierter Country & Western-Star verläßt eines Tages seine bombastische Show, um zu seinen Wurzeln zurückzukehren. Er beschließt, in seiner Heimat wieder unter seinen Verwandten zu leben und einfache Lieder zur akustischen Gitarre zu singen. Seine erfolgsgewöhnte Managerin will den Sänger auf die Bühne zurückbringen. – Ab 14.
USA 1992 **V** offen **R** Christopher Cain **B** Rex McGee **M** Steve Dorff **D** George Strait (Dusty Wyatt Chandler), Lesley Ann Warren (Lula Rogers), Isabel Glasser (Harley Tucker), Kyle Chandler (Buddy Jackson), Rory Calhoun (Ernest Tucker), John Doe (Earl Blackstock) **L** 112 **E** 28.1.1995 Pro Sieben **fd** –

Q

Quer durch den Olivenhain
ZIR E DARAKHTAN E ZEYTON
Ein junger Iraner wird bei seiner Werbung um die einer höheren sozialen Klasse angehörende Geliebte von deren Eltern abgewiesen. Auch nach einer Erdbebenkatastrophe, die die sozialen Unterschiede «einebnet», bleibt seine Liebe chancenlos. Dritter Teil einer Trilogie (nach «Wo ist das Haus meines Freundes?» und «Und das Leben geht weiter»), die Personen und Handlungsmomente der vorhergehenden Teile aufgreift und kunstvoll verknüpft. Trotz der Komplexität der Geschichte und des wirkungsvollen Kunstgriffes «Film im Film» ein schlichter Film, der das Hohelied der Liebe anstimmt. Geprägt von tiefempfundener Humanität, mit hervorragender Kameraarbeit, nicht ganz frei von Schwachstellen in der Personenzeichnung. – Sehenswert ab 16.
Iran 1994 **P** Abbas Kiarostami Prod. **V** Pandora **Pd+R+B** Abbas Kiarostami **K** Hossein Djafarian, Farhad Saba **S** Abbas Kiarostami **D** Hossein Rezai (Hossein), Mohamed Ali Keshavarz (Regisseur), Tahereh Ladania (Tahereh), Farhad Kheradmand (Farhad), Zarifeh Shiva, Mahbanou Darabin, Ahmad Ahmadpour **L** 104 **FSK** ab 6; f **E** 31.8.1995 **fd** 31 517

Quiz Show
QUIZ SHOW
Der Skandal um eine beliebte Fernseh-Quiz-Show, von der 1958 bekannt wurde, daß den Kandidaten Fragen und Antworten vorher zugesteckt worden waren. Ein als animierendes (negatives) Exempel einer Zeit des geistigen und moralischen Umbruchs angelegter Film, der gleichermaßen unterhält und zur Reflexion auffordert. (Kinotip der katholischen Filmkritik) – Sehenswert ab 14.
USA 1993 **P** Wildwood Enterprises / Baltimore Pictures (für Hollywood Pictures Company) **V** Buena Vista (Kino) / Buena Vista (Video) **Pd** Robert Redford, Michael Jacobs, Julian Krainin, Michael Nozik **R** Robert Redford **B** Paul Attanasio, nach dem Buch «Remembering America: A Voice from the Sexties» **K** Michael Ballhaus **M** Mark Isham **S** Stu Linder **D** John Turturro (Herbie Stempel), Rob Morrow (Dick Goodwin), Ralph Fiennes (Charles van Doren), Paul Scofield (Mark van Doren), David Paymer (Dan Enright), Hank Azaria (Albert Freedman) **L** 132 **FSK** ab 6; f **FBW** w **E** 16.2.1995 / 26.10.1995 Video **fd** 31 182

R

Der Rabe von London
THE BLACK BIRD
Stummer Kriminalfilm um einen Meisterdieb in London, der eine bürgerliche Doppelexistenz als angeblich verkrüppelter Leiter einer Sozialmission führt. Als er sich wie sein Gegenspieler in eine Frau verliebt, überstürzen sich die Ereignisse. – Ab 12.
Schwarz-weiß. USA 1925 **P** MGM **V** offen **R** Tod Browning **B** Waldemar Young, nach «The Mockingbird» von Browning **K** Percy Hilburn **M** H.-J. Brandenburg **D** Lon Chaney (Der Rabe / Der Bischof), Owen Moore (West End Bertie), Renée Adorée (Fifi), Doris Lloyd (Limehouse Polly), Andy MacLennan (Der Schatten) **L** 79 **E** 12. 3. 1995 N 3
fd –

Rache aus dem Jenseits
J. D.'S REVENGE
Die allmähliche Persönlichkeitsveränderung eines Jura-Studenten in New Orleans. Immer häufiger wird der junge Mann aus den 70er Jahren ins Jahr 1942 zurückversetzt, wo er sich in der Identität eines Gangsters wiederfindet. Einigermaßen gut gestalteter Horrorfilm mit schwarzer Besetzung. Die Filmmusik steuerte der spätere Pop-Star Prince bei. – Ab 16.
USA 1976 **P** AIP **V** offen **Pd+R** Arthur Marks **B** Jaison Starkes **K** Harry J. May **M** Robert Prince **S** George Folsey jr. **D** Glynn Turman (Ike), Joan Pringle (Christella), Louis Gossett jr. (Reverend Bliss), Carl Crudup (Tony), James Louis Watkins (Carl) **L** 92 **E** 27. 1. 1995
fd –

Die Rache der Eule
THE OWL
Action-Film. Seit der Ermordung seiner Frau und seiner kleinen Tochter ist ein Mann unter dem Namen «Die Eule» als ruheloser Rächer mit sagenhaften Fähigkeiten unterwegs, um die Täter zu stellen. Bei seiner Verfolgungsjagd trifft er ein kleines Mädchen, dessen Vater, ein Chemiker, von den Verbrechern entführt wurde, damit er Rauschgift für sie herstellt. – Ab 16.
USA 1992 **V** offen **R** Alan Smithee **B** Tom Holland **M** Sylvester Levay **D** Adrian Paul (Alex / «die Eule»), Patricia Charbonneau (Danny Santerre), Brian Thompson (Norbert), Erika Flores (Lisa), Jacques Apollo (Cool Ice), David Anthony Marshall (Bobby B.) **L** 89 **E** 12. 1. 1995 Pro Sieben
fd –

Die Rache des Würgers
BRIDE OF THE MONSTER / BRIDE OF THE ATOM
Im unterirdischen Laboratorium eines verfallenen Hauses widmet sich ein Professor der «Erschaffung einer Rasse von Atommenschen». Ein Monstrum von Diener schafft ihm verschiedene Menschen als Versuchskaninchen herbei, die die «atomare Aufladung» aber nicht überleben. Ein Polizeileutnant und eine Reporterin entgehen dem Tod nur, weil der Würgediener dem Liebreiz der Frau erliegt und sich gegen seinen Meister richtet. Ein höchst dilettantischer Gruselfilm der B-Kategorie mit dem einstigen Gänsehaut-König Bela Lugosi. Das Vergnügen an Ed Woods miserablen Inszenierungskünsten reibt sich permanent mit der zunehmenden Langeweile. (TV-Titel: «Bride of the Monster»; Neustart: O. m. d. U.)
Schwarz-weiß. USA 1955 **P** Banner **V** Salzgeber & Co. (Erstverleih: Atlantic) **Pd** Edward D. Wood **R** Edward D. Wood jr. **B** Alex Gordon **K** William C. Thompson, Ted Allan **M** Frank Worth **S** Warren Adams **D** Bela Lugosi (Dr. Eric Vornoff), Tor Johnson (Lobo), Tony McCoy (Lt. Dick Craig), Loretta King (Janet Lawton), Harvey Dunn (Capt. Robbins), George Becwar (Prof. Strowski) **L** 68 **FSK** ab 16; nf **E** 25. 3. 1960 / 11. 7. 1995 premiere / 13. 7. 1995 Neustart
fd 9 037

Die Rache einer Frau
A WOMAN SCORNED
Thriller um eine Frau, die nach dem Selbstmord ihres beruflich erfolglosen Mannes finstere Rachepläne schmiedet. Für den Mann, der in der Firma die Nachfolge des Toten angetreten hat, und seine Familie beginnt ein Alptraum. – Ab 16.
USA 1993 **V** offen **R** Andrew Stevens **B** Barry Avrich **D** Andrew Stevens (Alex Weston), Shannon Tweed (Patricia / Amanda), Kim Morgan Greene (Marina Weston), Dan McVicar (Truman Langley), Michael D. Arenz (Robey Weston) **L** 88 **E** 14. 7. 1995 RTL
fd –

Die Rache einer Mutter
A MOTHER'S JUSTICE
Kriminalfilm nach einem authentischen Fall: Nach der Vergewaltigung ihrer Tochter stellt eine Mutter, unzufrieden mit den stockenden Ermittlungen der Polizei, selbst gefahrvolle Nachforschungen an. – Ab 16.
USA 1991 **P** Longbow / Green-Epstein **V** offen **Pd** Mark Bacino **R** Noel Nosseck **B** James S. Henerson **M** Richard Bellis **D** Meredith Baxter (Lilah Comminger), G. W. Bailey (Joe Comminger), Carrie Hamilton (Debbie Lacey) **L** 90 **E** 14. 8. 1995 Pro Sieben **fd** –

Rache ohne Hoffnung
FAR NORTH
Das Regiedebüt des Schauspielers und (Drehbuch-)Autors Sam Shepard ist eine überraschend leichtgewichtige, insgesamt aber zu ziellose Mischung aus Komödie und Familiendrama. Nachdem ihr Vater, ein alter Patriarch, bei einem Unfall mit dem Pferdefuhrwerk verletzt worden ist, kehrt die älteste Tochter in

das ländliche Elternhaus in Minnesota zurück und wird in die Konflikte der chaotischen Familie hineingezogen. Darstellerisch hervorragend.
USA 1988 **P** Alive-Nelson / Alive **V** offen **Pd** Carolyn Pfeiffer, Malcolm R. Harding **R + B** Sam Shepard **K** Robbie Greenberg **M** Red Clay Ramblers **S** Bill Yahraus **D** Jessica Lange (Kate), Charles Durning (Bertrum), Tess Harper (Rita), Donald Moffat (Onkel Dane), Ann Wedgeworth (Amy), Patricia Arquette (Jillie) **L** 90 **E** 27.8.1991 premiere / 3.1.1995 ZDF **fd** –

Radio Star – Die AFN Story
Dokumentarfilm über die Geschichte des ursprünglich in Berlin, Frankfurt und München angesiedelten Soldaten-Radiosenders AFN (American Forces Network), der nach dem Zweiten Weltkrieg mit Jazz und Rock 'n' Roll erfolgreich amerikanisches Lebensgefühl vermittelte. Aus Originalaufnahmen, Interviews mit Zeitzeugen und vielen Hits aus den 50er und 60er Jahren entsteht ein dichtes Gewebe zeitgeschichtlicher Verweise, die wichtige gesellschaftliche Entwicklungen der frühen Bundesrepublik Deutschland illustrieren. Leider endet die Rekonstruktion mit dem Beginn des Vietnam-Krieges. – Ab 14.
Deutschland 1994 **P** Docfilm **V** Zorro **Pd+R+B** Hannes Karnick, Wolfgang Richter **K** Wolfgang Richter **M** AFN-Hits von 1944–1968 **S** Wolfgang Richter **L** 94 **FSK** – **FBW** w **E** 16.11.1995 **fd** 31 614

Radioland Murders – Wahnsinn auf Sendung
RADIOLAND MURDERS
1939 geht vor geladenem Publikum eine neue Radiostation live auf Sendung. Während die Produktionsleiterin damit beschäftigt ist, die Pannen zu meistern, werden hinter den Kulissen führende Mitarbeiter des Senders ermordet. Noch während der Live-Sendung ermittelt die Polizei und verdächtigt den Ehemann der Produktionsleiterin, der als genialer Autor für den Sender arbeitet. Eine rasant inszenierte, unterhaltsame Kriminalkomödie mit witzigen Dialogen und Slapstick-Einlagen, die ein ironisches Bild der «goldenen Radio Days» beschwört. – Ab 14.
USA 1994 **P** Universal / Lucasfilm **V** CIC (Video) **Pd** Rick McCallum, Fred Roos **R** Mel Smith **B** Willard Huyck, Gloria Katz, Jeff Reno, Ron Osborn **K** David Tattersall **M** Joel McNeely **S** Paul Trejo **D** Mary Stuart Masterson (Penny), Brian Benben (Roger), Ned Beatty (General Whalen), George Burns (Milt Lackey), Scott Michael Campbell (Billy) **L** 98 **FSK** ab 12 **E** 13.9.1995 Video **fd** 31 630

Ein raffinierter Coup
SOFT DECEIT
Eine Undercover-Agentin wird auf einen inhaftierten Meisterdieb angesetzt, um nach einer fingierten Flucht das Versteck einer Millionenbeute zu finden. Der Plan geht jedoch nicht auf. – Ab 16.
Kanada 1994 **V** offen **R** Jorge Montesi **D** Patrick Bergin (Adam Trent), Kate Vernon (Anne Fowler), John Wesley Shipp (John Hobart), Gwynyth Walsh (Captain Brock), Nigel Bennett (Ed McCullough) **L** 90 **E** 10.12.1995 Vox **fd** –

Raging Angels
RAGING ANGELS
Die Geliebte eines jungen, kompromißlosen Rockmusikers gerät in Lebensgefahr, als ihr eine Karriere als Sängerin angeboten wird: Der Musikagent gehört einer Sekte an, die mit leibhaftigen Dämonen im Bunde steht. Was als kleine Rockballade mit einfühlsamen und stimmungsvollen Songs beginnt, wandelt sich zu einer dünnen Schauergeschichte mit tricktechnisch primitivem Teufelsspuk. – Ab 16.
USA 1994 **P** Chako Film International **V** VMP (Video) **Pd** Chako van Leeuwen **R** Chris Christiansen **B** Kevin Rock, David Markov, Chris Bittle **K** Bryan England **M** Terry Plumeri **S** Neil Grieve **D** Sean Patrick Flanery (Chris), Diane Ladd (Schwester Kate), Monet Mazur (Lila), Michael Paré (Colin), Arielle Dombasle (Megan), Shelley Winters (Großmutter) **L** 93 **FSK** ab 16 **E** 19.9.1995 Video **fd** 31 539

Rangoon
BEYOND RANGOON
Eine junge amerikanische Ärztin will während einer Reise durch den Nahen Osten die Ermordung ihres Mannes und ihres Kindes vergessen. In Burma wird sie mit der Wirklichkeit in dem totalitär beherrschten Staat konfrontiert, gerät in Lebensgefahr und findet angesichts des Leidens der Bevölkerung neue Lebenskraft. Ein Abenteuerfilm, der redlich und engagiert die politische Situation in Burma einzufangen versucht, sich dabei aber zu plakativ griffiger Chiffren bedient. Spannung und Intensität bezieht er aus der emotionalen Kraft, mit der er individuelles wie kollektives Leid vermittelt. – Ab 16.
Scope. USA 1995 **P** Castle Rock Entertainment **V** Concorde / Castle Rock-Turner (Kino) / Columbia TriStar (Video) **Pd** Barry Spikings, Eric Pleskow, John Boorman **R** John Boorman **B** Alex Lasker, Bill Rubenstein **K** John Seale **M** Hans Zimmer **S** Ron Davis **D** Patricia Arquette (Laura Bowman), U Aung Ko (U Aung Ko), Frances McDormand (Andy), Spalding Gray (Jeremy Watt), Adelle Lutz (Aung San

Suu Kyi) **L** 97 **FSK** ab 12; f **FBW** w **E** 6. 7. 1995 / 10. 1. 1996 Video **fd** 31 406

Das Rätsel eines Puzzles

Ein abenteuerlicher Jugendfilm voller fantastischer Elemente. Fünf Jungen eines benachbarten Stadtteils dringen in das labyrinthische Stadtviertel der «Wonts» ein, um sich eines geheimnisvollen Puzzles zu bemächtigen. Im Laufe ihrer dramatischen Suche kommen sie hinter das Geheimnis dieses Spiels. – Ab 14.

Tschechien 1993 **V** offen **R** Petr Kotek **B** Ivan Arsenjev, Petr Kotek, nach einem Roman von Jaroslav Foglar **K** Miro Gabor **M** Petr Malasek **D** Ondrej Host (Mirek Dusin), Martin Voldrich (Jarka Metelka), David Divis (Jindra Hojer), Martin Vlasak (Schnellfüßiger), Jaroslav Richter (Erröter) **L** 87 **E** 7. 7. 1995 ARD **fd** –

Rauliens Revier

Dokumentarfilm über einen Polizeioberkommissar in einem Duisburger Stadtteil, der mit seinen ganz eigenen Methoden den Menschen und Problemen in seinem Revier begegnet. Intensiv und spontan nähert sich der Film seinem Gegenstand, wobei die Kamera einen zwar ungewöhnlichen, aber nie unmotivierten Blickwinkel einnimmt. Eine wie beiläufig erzählte, selten heitere und spannende Beobachtung in der Tradition des «Direct Cinema». – Sehenswert ab 14.

Deutschland 1994 **P** Hochschule für Film und Fernsehen «Konrad Wolf» **V** Salzgeber & Co. **R+B** Alice Agneskirchner **K** Marcus Winterbauer **S** Tina Hillmann **L** 85 **FSK** – **E** 12. 10. 1995 **fd** 31 556

Rebecca

REBECCA

Sexfilm. Eifersüchteleien zwischen einem todkranken Herzog und seiner Frau.

Italien 1994 **V** offen **R** Alex Perry **B** Alex Perry, Ron Williams **K** Scotty Fox **M** Mirnes **D** Jennifer Jones, Christopher Clark, Simon Sullivan, Gerry Pike **L** 85 **E** 15. 12. 1995 premiere **fd** –

Rebellion der Rechtlosen

COMRADES

Südengland 1834: Sechs Landarbeiter wehren sich mit ihren Familien gegen Unterdrückung und Ausbeutung und schließen sich in einem Geheimbund zusammen. Ihre Gruppe wird verhaftet und nach kurzem Prozeß als Zwangsarbeiter nach Australien deportiert. Erzählt wird das in eindrucksvolle Bilder eingebettete Drama aus der Sicht eines umherziehenden Schattenspielers, eines Vorläufers der Kinematografie. Ein auf authentischen Ereignissen beruhender Film, der recht kämpferisch die Anfänge der britischen Arbeiterbewegung beschreibt. Durch seine epische Breite entstehen jedoch immer wieder inhaltliche Längen. – Ab 16.

England 1986 **P** Skreba **V** offen **Pd** Simon Rclph **R+B** Bill Douglas **K** Gale Tattersall **M** Hans Werner Henze **S** Mick Audsley **D** Robin Soans (George Loveless), William Gaminara (James Loveless), Stephen Bateman (Alter Stanfield), Philip Davis (Junger Stanfield), Keith Allen (James Hammett) **L** 170 **E** 30. 4. 1995 ZDF **fd** –

Recht für eine Ewigkeit

THE GOOD FIGHT

Gut durchdachtes, geschliffen geschriebenes (Fernseh-)Drama um eine ehemalige Wall-Street-Anwältin, die, als ein junger Freund ihrer Familie an Mundkrebs erkrankt, gegen eine Kautabakfirma tätig wird und dafür sogar ihren Ex-Mann mobilisieren kann. – Ab 16.

USA 1992 **V** offen **R** John David Coles **B** Beth Gutcheon **D** Christine Lahti (Grace Cragin), Terry O'Quinn (Henry Cragin), Adam Trese (Tony Tabor), Liisa Repo Martell (Sandra), Victor Ermanis (Ned) **L** 87 (Orig. 100) **E** 5. 12. 1995 RTL 2 **fd** –

Red Line

RED LINE

Ein kleiner Ganove stiehlt im Auftrag eines Unterweltbosses die Autos von dessen mächtigstem Rivalen. Als er dahinterkommt, daß nicht die noblen Autos, sondern ihr Inhalt gefragt sind, will er in das lukrative Geschäft einsteigen, setzt sich damit jedoch zwischen alle Stühle. Verquaster Actionfilm, der pausenlos Verfolgungsjagden aneinanderreiht; eine Billigproduktion ohne den geringsten Charme.

USA 1995 **P** Caroli Pictures **V** VPS (Video) **Pd** Scott Ziehl, Chad McQueen, John Sjogren **R** John Sjogren **B** John Sjogren, Scott Ziehl, Rolfe Kanefsky **K** Kevin McKay **M** Jim Walker, Craig Carothers **S** John Sjogren, Scott Ziehl **D** Chad McQueen (Jim), Jan-Michael Vincent (Keller), Michael Madsen (Mr. Lawrence), Dom DeLouise (Jerry), Rosana Zal (Gem), Corey Feldman, Robert Z'Dar **L** 93 **FSK** ab 16 **E** 7. 12. 1995 Video **fd** 31 805

Red Sun Rising

RED SUN RISING

Ein japanisch-amerikanischer Polizist und seine amerikanische Kollegin sind zwei Yakuza auf den Fersen, die in Los Angeles Waffen an Streetgangs verkaufen wollen, und werden in brutale Bandenkriegs verwickelt. Der Auftrag, in den sich auch private Rachegefühle mischen, ist besonders gefährlich, da einer der Verbrecher über eine tödliche Kampftechnik verfügt. Erst ein Spezialtraining bei seinem alten Meister bringt den Polizisten auf die Siegerstraße. Ein brutaler Ac-

tionfilm, der einmal mehr durch zahlreiche Kampfsporteinlagen für Abwechslung sorgen will.
USA 1993 **P** Platinic Films **V** EuroVideo / NGP (Video) **Pd** Ashok Amritraj **R** Francis Megahy **D** Don «The Dragon» Wilson (Thomas Hoshino), Terry Farrell (Karen Ryder), James Lew, Mako, Michael Ironside **L** 95 **FSK** ab 18 **E** 26.4.1995 Video **fd** –

Reefer Madness – Kiffen macht crazy
REEFER MADNESS
Teeanger feiern wilde Parties und gebärden sich im Marihuana-Rausch wie tollwütig. Ein im Auftrag der US-Regierung entstandener Antidrogenfilm; propagandistisch, voller Verfälschungen und Falschinformationen, wirkt der Film heute eher lächerlich. – Ab 16.
Schwarz-weiß. USA 1936 **P** Ventures **V** offen **R** Louis Gasnier **B** Arthur Hoerl **K** Jack Greenhalgh **M** Abe Meyer **D** Dorothy Short, Ken Craig, Thelma White, Lillian Miles **L** 64 **E** 6.6.1995 arte **fd** –

Regina Blues
Dokumentarfilm über das Kino «Regina» in Kiel und seine wechselvolle Geschichte seit den 50er Jahren. Eine Collage aus Interviews und Erinnerungen, die auch ein Stück deutscher Kulturgeschichte darstellt. – Ab 14.
Deutschland 1994 **P** Helmut Schulzeck Prod. **V** Schulzeck, Kiel **Pd**+**R**+**B** Helmut Schulzeck **K** Peter Bartelt, Bernd Fiedler, Torben Müller, Hans-Joachim Thull, Thomas Plöger, Jürgen Haacks **M** Second Life, This Train **S** Yvonne Michalik **L** 60 **FSK** – **E** Januar 1995 **fd** –

Reise in eine andere Zeit
SPLIT INFINITY
Familienfilm. Nach einem Sturz vom Heuboden findet sich ein 14jähriges Mädchen plötzlich im Jahr 1929 wieder, als der Großvater auf Grund der wirtschaftlichen Depression seine Farm verlor. Als dessen kleine Schwester lernt es nun einiges über sein fehlendes Mitgefühl für die Mitmenschen. – Ab 12.
USA 1992 **V** offen **R** Stan Ferguson **B** Leo D. Paur **D** Melora Slover («AJ» Knowlton), Trevor Black (Frank), Barta Heiner (Ruth), Sean Neves (James), Marcia Dangerfield (Mary Ellen) **L** 86 **E** 1.11.1995 RTL 2 **fd** –

Reise nach Italien
Jugendfilm um die Probleme der Selbstbestimmung und -findung. Gegen seine Veranlagung soll ein junger Mann zum Eishockeyspieler geformt werden. Als Belohnung winkt eine Reise nach Italien. Allein der Großvater steht dem Jungen in seinem Konflikt bei. – Ab 14.
ČSSR / BR Deutschland 1985 **V** offen **R** Milos Bobek **B** Jana Dobiasova **D** Vlastimil Kristl (Großvater), Karel Houska (Martin), Katerina Machacková (Mutter), Miroslav Nohynek (Vater), Václav Sloup (Trainer), Miroslav Masopust (Dr. Merta) **L** 85 **E** 14.9.1995 3sat **fd** –

Reise nach Mostar
Hans Koschnick, ehemaliger Bremer Bürgermeister, übernimmt im Sommer 1994 als EU-Administrator die Verwaltung der bosnischen Stadt Mostar. Das filmische Tagebuch, das die Arbeit des SPD-Politikers protokolliert, ist aus dem gleichen Material wie der Dokumentarfilm «Die dritte Brücke» entstanden, konzentriert sich aber auf scheinbare Nebensächlichkeiten und zufällige Begegnungen. – Ab 16.
Deutschland 1995 **P** NDR **V** offen (Video) **Pd** Dagmar Voss **R**+**B** Klaus Wildenhahn **K** Frank Groth **L** 98 **E** 7.6.1995 N 3 **fd** –

Rendezvous in Paris
LES RENDEZ-VOUS DE PARIS
Liebe, Lügen, Seitensprünge, die Suche nach einem beständigen Partner, das sind die großen Themen in Rohmers dreiteiligem Episodenfilm. Wie immer in seinen Filmen setzt der Zufall die Handlungen in Gang und liefert die jungen Protagonisten einer nüchternen, aber feinfühligen Versuchsanordnung aus. Ein kluger Film mit einfühlsamen Dialogen, der die Stadt Paris sehr reizvoll als «Darsteller» in die Handlung einbezieht. – Sehenswert ab 16.
Frankreich 1995 **P** Les Films du Losange **V** FPV **Pd** Françoise Etchegaray, Eric Rohmer **R**+**B** Eric Rohmer **K** Diane Baratier **S** Mary Stephen **D** Clara Bellar (1) (Esther), Antoine Basler (1) (Horace), Aurore Rauscher (2) (sie), Serge Renko (2) (er), Michael Kraft (3) (der Maler), Bénédicte Loyen (3) (die junge Frau) **L** 100 **FSK** o.A.; f **E** 13.7.1995 **fd** 31 425

Rennschwein Rudi Rüssel
Ein putziges Ferkel bringt den Haushalt und das Leben einer fünfköpfigen Großstadtfamilie gehörig durcheinander. Ein mit viel Komik und Charme episodisch inszenierter Familienfilm, der Fantasie und vergnügter Fabulierlust den Vorrang vor der Vernunft des wirklichen Daseins einräumt. Zwar mangelt es gelegentlich an Dichte, insgesamt aber bietet der Film vor allem dank der ausgezeichneten Besetzung der liebenswerten Familie sympathische Unterhaltung. – Ab 8.
Deutschland 1994 **P** Royal Film / Günter Rohrbach-Senator Film Prod. **V** Senator (Kino) / BMG / Ufa (Video) **Pd** Günter Rohrbach **R** Peter Timm **B** Uwe Timm, Ulrich Limmer, nach einem Roman von Uwe Timm **K** Fritz Seemann **M** Detlef Petersen **S** Chri

stel Suckow **D** Ulrich Mühe (Dr. Gützkow), Iris Berben (Almut), Cora Sabrina Grimm (Betty), Kristina Pauls (Zuppi), Constantin von Jascheroff (Tobi), Nikolaus Paryla (Campingwärter), Edgar Selge (Walter), Karl Lieffen (Buselmeier) **L** 101 **FSK** o. A.; f **FBW** w **E** 16.3.1995 / 13.9.1995 Video **fd** 31 269

Rent-A-Kid
RENT-A-KID
Der stellvertretende Leiter eines Waisenhauses zieht einen schwunghaften Kinder-Verleih-Service auf und stiftet, als er drei Geschwister an ein mondänes Ehepaar ausleiht, auf Dauer sogar eine Familie. Ein gutgemeintes Familien-Lustspiel, das niemandem weh tun will, dem es jedoch an Tempo und Witz mangelt. Die skurrile Ausgangsidee wird nur unzureichend genutzt und die Komik des Hauptdarstellers auf Wortwitze reduziert. – Ab 10.
USA 1995 **P** Paragon Entertainment **V** Ascot (Video) **Pd** Dan Howard **R** Fred Gerber **B** Paul Bernbaum **K** Rene Ohashic **M** Ron Ramin **S** George Roulston **D** Leslie Nielsen (Harry Haber), Christopher Lloyd (Larry), Matt McCoy (Russ Syracuse), Sherry Miller (Valerie Syracuse), Amos Crawley (Brandon), Cody Jones (Kyle), Tabitha Lupien (Molly) **L** 86 **FSK** o. A. **E** 14.12.1995 Video **fd** 31 780

Repubblica Nostra
REPUBBLICA NOSTRA
Dokumentarfilm über eine entscheidende Epoche der italienischen Politik, vom März 1994 bis zum Rücktritt des Medienzars Silvio Berlusconi vom Vorsitz des Ministerrates im Dezember desselben Jahres. Der Film reflektiert die Beziehungen zwischen Politik, Gesetz und Medien.
Italien 1995 **P** La Sept / arte **V** offen **R** Daniele Incalcaterra **L** 90 **E** 25.11.1995 arte **fd** –

Requiem der Ratten
BRAM STOKER'S BURIAL OF THE RATS
Der junge Autor Bram Stoker wird während einer Kutschfahrt überwältigt und entführt und muß um sein Leben fürchten, weil ihm ein Heer von Amazonen nach dem Leben trachtet. Ohne sonderliche Spannung inszenierte Gruselgeschichte aus jener Zeit, als Dracula und Frankenstein das Licht ihres literarischen Lebens erblickten. Übertrieben und unbeholfen werden die sexualpathologischen Bezüge der Handlung in den Vordergrund gerückt.
USA / Rußland 1994 **P** New Horizons / Mosfilm **V** CIC (Video) **Pd** Anatoly Fradis **R** Dan Golden **B** S. P. Somtow, Tara McCann, Adrien Hein, nach einer Erzählung von Bram Stoker **K** Wladimir Klimov **M** Eduard Artemjew **S** John Gilbert, Lorne Morris **D** Adrienne Barbeau (Königin), Maria Ford (Madeleine), Kevin Alber (Bram Stoker), Olga Kabo (Anna) **L** 82 **FSK** ab 18 **E** 23.8.1995 Video **fd** 31 508

Respect!
OUTRAGED FUGITIVE
Ein muskelbepackter UN-Soldat wird in Somalia von Guerilleros gefangengenommen und gefoltert, was aus dem Helden einen Schlägertyp macht. Wieder in den USA, wird er in die Machenschaften eines Drogenkartells verwickelt. Gequälter Action-Thriller mit extrem dünner und durchsichtiger Handlung, miserabel inszeniert.
USA 1994 **P** PT Rapi Film **V** Starlight (Video) **Pd** Gope T. Samtani **R+B** Robert Anthony **K** Gerry Lively **M** Steve Edwards **S** Rob Kobrin **D** Frank Zagarino (John Carter), Ayu Azhari (Tanya), Frans Tumbuam (Captain Karho), Martin Kove (Wolf Larsen) **L** 82 **FSK** ab 18 **E** 27.9.1995 Video **fd** 31 647

Rettet das Tal der Zauberbären!
GOLDILOCKS AND THE THREE BEARS
Fantastischer Kinderfilm. Ein Waisenmädchen, das bei seinem Onkel in den Wäldern aufwächst, freundet sich mit einer Bärenfamilie an. Die Tiere können nicht nur sprechen, sie verfügen auch über Zauberkräfte, doch sie nützen ihnen nichts im Kampf gegen ein Wirtschaftsunternehmen, das den Naturschutzpark in ein Wintersportgebiet umwandeln will. Gemeinsam nehmen sie den Kampf auf. – Ab 10.
USA 1995 **V** offen **R** Brent Loefke **B** Mike Snyder **D** Hanna Hall (Gabrielle Lockner), Dwier Brown (Hal), Staci Greason (Samantha), Leon Russom (Crane), Diane Robin (Stark) **L** 87 **E** 23.12.1995 RTL 2 **fd** –

Revanche in Rio
VENGEANCES
Kriminalfilm. Nachdem seine schwangere Frau bei einer Schießerei unter Drogenhändlern umgekommen ist, beschließt ein hochdekorierter Pilot, die Schuldigen zur Verantwortung zu ziehen. – Ab 16.
Frankreich 1994 **V** offen **R** Christophe Desencla **D** Bernard Le Coq (Vincent), Luna Sentz (Anna), Didier Flanand (Matthieu), Jean-Noël Brouté (Clément), Chico Diaz (Perejra) **L** 90 **E** 23.11.1995 Vox **fd** –

Rhesus-Romeo
RHESUS ROMEO
Eine junge Friseuse kommt der Bitte eines Medizinprofessors nach und stellt sich als Knochenmark-Spenderin zur Verfügung. Auf Grund ihrer Neugier bricht sie jedoch die Vereinbarung, die

Identität des Empfängers nicht erfahren zu wollen. Sie dringt heimlich in sein Krankenzimmer ein, um einen Blick auf ihren «Rhesus-Romeo» zu werfen, und verliebt sich in den hübschen jungen Mann. Melodramatischer Liebesfilm. – Ab 16.
Frankreich 1992 **P** Canal + / Flach / La Sept-arte **V** offen **R** Philippe Le Guay **B** Lou Jeunet, Philippe Le Guay **K** Pierre Novion **M** Jorge Arriagada **D** Isabelle Pasco (Joèlle), Anthony Delon (Arnaud), Philippe Clévenot (Prof. Thibaud), Judith Magre (Arnauds Mutter), Philippe Laudenbach (Arnauds Vater), Karin Viard (Anne-Victoire) **L** 99 **E** 13. 1. 1995 arte **fd** –

Rift – Abgrund der Seele
RIFT
Das ungezügelte Verlangen nach der Frau seines besten Freundes beschert einem in sich zurückgezogenen Songschreiber Schuldgefühle und Alpträume, in denen er von dem Freund ermordet wird. Nach dem Gespräch mit einem Psychiater, der ihm erklärt, die Träume könnten durchaus Realität sein, verschwimmt für ihn die Grenze zwischen Vision und Wirklichkeit. (Fernsehtitel: «Abgrund der Seele»)
USA 1993 **P** Curb Entertainment / Off-Screen **V** Concorde (Video **R+B** Edward S. Barkin **D** William Sage (Tom), Timothy Cavanaugh (Bill), Jennifer Bransford (Lisa), Alan Davidson (Dr. Myron Messers) **L** 82 **FSK** ab 12 **E** 27. 6. 1995 RTL 2 **fd** –

Rigoletto
RIGOLETTO
Musikfilm nach der Oper von Verdi: Der neue Bewohner eines geheimnisumwobenen Schlosses, ein hochbegabter Gesangslehrer, zieht trotz seiner körperlichen Entstellung mit seiner wunderbaren Stimme die Kinder des Ortes an. Damit schürt er jedoch die Vorurteile im Dorf und ruft Neider auf den Plan. – Ab 14.
USA 1993 **V** offen **R+B** Leo D. Paur **M** Giuseppe Verdi **D** Josef Paur (Ribaldi), Ivey Lloyd (Bonnie), Cynthia Jump (Margie), John Huntington (Hans), Mason Ben (Nicky) **L** 93 **E** 23. 9. 1995 RTL 2 **fd** –

Ring of Steel
RING OF STEEL
Ein junger Fechter, der unabsichtlich seinen Konkurrenten bei einem Turnier getötet hat, läßt sich auf einen zwielichtigen Geschäftsmann ein und kämpft für viel Geld in einer zylindrischen Arena aus Stahl. Zwar befallen ihn Skrupel, doch da man seine Geliebte gefangensetzt, kämpft er sich bis zum Finale durch. Actionfilm nach simplen Strickmustern. Zahlreiche Fechtszenen sind zwar teilweise virtuos inszeniert, insgesamt kommt der Film aber nicht ohne spekulative Anleihen beim brutalen Kickboxen aus.
USA 1994 **P** Shapiro Glickenhaus Entertainment **V** UFA (Video) **Pd** David Speaker, Alan M. Solomon **R** David Frost **B** Robert Chapin **K** Mackenzie Waggaman **M** Jeff Beal **S** Norman Buckley **D** Joe Don Baker (Mann in Schwarz), Carol Alt (Tanya), Robert Chapin (Alex Freyer), Darlene Vogel (Elena Carter), Gary Kasper (Jack) **L** 89 **FSK** ab 16 **E** 2. 5. 1995 Video **fd** 31 398

Rio de la Plata, einfach
An Hand der Lebensgeschichten dreier Personen (von denen zwei erfunden sind) zwischen 1850 und 1930 erforscht der Dokumentarfilm das Kollektivabenteuer von sechs Millionen Einwanderern, die aus dem Land am Rio de la Plata in Argentinien und Uruguay die europäischste Gegend Lateinamerikas gemacht haben. – Ab 16.
Frankreich 1994 **V** offen **R** Noël Burch, Nadine Fischer, Nelson Scartaccini **L** 90 **E** 13. 5. 1995 arte **fd** –

Ripper Man
RIPPER MAN
Ein desillusionierter Ex-Polizist, der sich als Hypnotiseur durchschlägt, macht die Bekanntschaft eines geheimnisvollen Mannes. Bei einer Hypnosesitzung stellt sich heraus, daß der Fremde ein Serienkiller und die Reinkarnation von Jack the Ripper ist. Da die Polizei dem Ex-Kollegen keinen Glauben schenkt, ermittelt er auf eigene Faust. Recht spannender Thriller mit klassischen Gruselelementen.
USA 1994 **P** Tanglewood Entertainment **V** Highlight (Video) **Pd** Aaron Norris **R** Phil Sears **D** Mike Norris, Timothy Bottoms, Sofia Shinas **L** 89 **FSK** ab 18 **E** 28. 3. 1995 Video **fd** –

Risiko Null – Der Tod steht auf dem Speiseplan
Thriller vor dem Hintergrund eines hochbrisanten Themas: Ein Journalist recherchiert für einen Artikel über Rinderwahnsinn. Er stellt fest, daß die Seuche auch in Deutschland grassiert, auf dem Hof seines zukünftigen Schwiegervaters. Die Entdeckung führt nicht nur zu persönlichen Schwierigkeiten, sondern bringt den Journalisten auch in tödliche Gefahr. – Ab 16.
Deutschland 1995 **V** offen **R** Roland Suso Richter **D** Maria Schrader (Ute Böning), August Zirner (Moritz Nestler), Adolf Laimböck (Wilhelm Böning), Rudolf Kowalski (Dr. Dornbusch), Barbara Focke (Frau Schadow) **L** 94 **E** 5. 11. 1995 SAT 1 **fd** –

Der Ritt ins Todestal
RIDER OF DEATH VALLEY
Goldfieber im Death Valley: Zwei Schurken versuchen, in den Besitz einer gewinnträchtigen

Goldader zu gelangen, doch ein aufrechter Cowboy wacht darüber, daß der Schatz seinen rechtmäßigen Erben zukommt. In Kampf gegeneinander müssen alle erkennen, daß Wasser wertvoller als Gold sein kann. Ein vergessener Klassiker des Western-Genres, der als bester Tonfilm des Hauptdarstellers Tom Mix angesehen wird. Neben der exzellenten Fotografie machen die «schauspielerischen» Leistungen des Pferdes Tony einen Reiz des Films aus. – Ab 12.
Schwarz-weiß. USA 1932 **P** Universal **V** offen **Pd** Carl Laemmle jr. **R** Albert S. Rogell **B** Jack Cunningham, Al Martin **K** Daniel B. Clark **D** Tom Mix (Tom Rigby), Louis Wilson (Helen Joyce), Fred Kohler sr. (Lew Grant), Forrest Stanley (Doc Larribe), Willard Robertson (Bill Joyce), Edith Fellowes (Betty Joyce) **L** 76 **E** 3.9.1995 WDR **fd** –

Ritt über die Grenze
RIT OVER DE GREENS / CROSSING BORDERS
Dokumentarischer Spielfilm über eine 22jährige Frau ohne festen Wohnsitz, die mit ihrem Hund durch Deutschland trampt, auf der Suche nach einer ihr angemessenen Art zu leben. Die Geschichte beruht auf persönlichen Erlebnissen der aus Dresden stammenden Hauptdarstellerin und Co-Autorin des Films, die noch vor Maueröffnung die DDR verlassen hat und nach Amsterdam gegangen ist. Ein filmisch schlichtes und sprödes Roadmovie, das eindringlich die Schattenseiten unserer Gesellschaft dokumentiert. (O.m.d.U.) – Ab 16.
Schwarz-weiß. Deutschland / Niederlande 1994 **P** Casa Film / Wüste / ZDF **V** Freunde der Deutschen Kinemathek **Pd** Stefan Schubert **R** Rosemarie Blank **B** Christien Vroegop, Rosemarie Blank **K** Martin Gressmann **S** Mara Loyted-Hardegg, Rosemarie Blank **D** Christien Vroegop (Nele), Ursula Geyer-Hopfe (Großmutter) **L** 94 **FSK** – **E** 19.3.1995 ZDF **fd** –

Ritter der Dämonen
TALES FROM THE CRYPT – DEMON KNIGHTS
Ein teuflischer Gesandter versucht, einen blutgefüllten Schlüssel, dessen Träger bald sterben wird, in seinen Besitz zu bringen, was eine tapfere Frau verhindert. Damit ist ihr die Bürde gewiß, fortan den Schlüssel zu behüten. Ein lächerlicher, einfallsloser «Gruselfilm», der nicht einmal den bescheidenen Humor der Fernsehvorlage («Masters of Horror») besitzt. Sein einziger Pluspunkt ist die Hauptdarstellerin.
USA 1994 **P** Universal **V** UIP (Kino) / CIC (Video) **Pd** Gilbert Adler, Alan Katz, Scott Nimerfro, Wendy Wanderman **R** Ernest Dickerson **B** Ethan Reiff, Cyrus Voris, Mark Bishop **K** Rick Bota **M** Ed Shearmur **S** Stephen Lovejoy **D** Billy Zane (Collector), William Sadler (Brayker), Jada Pinkett (Jeryline), Branda Bakke (Cordelia), CCH Pounder (Irene) **L** 92 (gekürzt 81) **FSK** ab 18; nf (gek. 16) **E** 16.3.1995 / 18.10.1995 Video **fd** 31 252

Rob Roy
ROB ROY
Filmische Adaption einer schottischen Volkssage um Robert Roy MacGregor, der am Beginn des 18. Jahrhunderts als aufrechter Clan-Chef von sich reden machte. Der Film verzichtet fast vollständig auf die Erhellung der historischen Umstände und rückt statt dessen die Beziehung des Ehepaares MacGregor als rührselige Love-Story in den Mittelpunkt. Trotz guter schauspielerischer Leistungen und sehenswerter Landschaftsaufnahmen aus den schottischen Highlands ein eher belangloser Unterhaltungsfilm. – Ab 16.
Scope. USA / England 1994 **P** United Artists / Talisman Films **V** UIP (Kino) / Warner Home (Video) **Pd** Peter Broughan, Richard Jackson **R** Michael Caton-Jones **B** Alan Sharp, nach einer Volkssage von Robert Roy MacGregor **K** Karl Walter Lindenlaub **M** Cater Burwell **S** Peter Honess **D** Liam Neeson (Robert Roy MacGregor), Jessica Lange (Mary MacGregor), John Hurt (Marquis von Montrose), Tim Roth (Archibald Cunningham), Eric Stoltz (Alan McDonald), Brian Cox (Killearn) **L** 139 **FSK** ab 16; f **E** 25.5.1995 / 24.11.1995 Video **fd** 31 341

Robert A. Heinleins Puppet Masters
siehe: Puppet Masters

Robin Hood Junior
RECKLESS KELLY
Das letzte aktive Mitglied einer legendären australischen Bankräuber-Sektion, der wie weiland Robin Hood seine Beute an die Armen verteilt, weicht vor seinem Gegenspieler, einem reichen Bankier, in die USA aus. Da dort durch das Kreditkarten-Geschäft das traditionsreiche Bankräuber-Gewerbe ruiniert ist, wird er Filmstar und verdient genügend Geld, um sein heimatliches Quartier, eine idyllische Insel, vor dem Zugriff des Bankiers zu retten. Eine schrill-schräge Komödie mit lauter Musik, polternden Gags und kalkuliertem Unsinn, bei der allenfalls Freunde solcher Chaos-Kost einigermaßen unterhalten werden. – Ab 14.
Australien 1993 **P** Serious Entertainment **V** Warner Home (Video) **Pd** Yahoo Serious, Warwick Ross **R** Yahoo Serious **B** Yahoo Serious, David Roach, Warwick Ross, Lulu Serious **K** Kevin Hayward **M** Yahoo Serious, Anthony

Marinelli, Tommy Tycho, Maurice Sheldon **S** Yahoo Serious **D** Yahoo Serious (Ned Kelly), Melora Hardin (Robin Banks), Hugo Weaving (Sir John), Alexei Sayle (Major Wip), John Pinette (Sam Delance) **L** 77 **FSK** ab 6 **E** 10.2.1995 Video / 15.2.1996 premiere **fd** 31 262

Robocop 4 – For Law and Order
ROBOCOP – THE FUTURE OF LAW ENFORCEMENT
Ein größenwahnsinniger Wissenschaftler strebt mit der Hilfe eines Supercomputers diktatorische Macht an. Damit das elektronische System funktioniert, pflanzt er ihm das Gehirn einer hübschen Sekretärin ein. So wird ihr Geist zur Maschine, und nur ein gutmütiger Android kann Freiheit und Menschlichkeit retten. Eine futuristische, als Pilotfilm zu einer Fernsehserie produzierte Komödie, die den Frankenstein- und Metropolis-Stoff reizvoll fortspinnt und zugleich Genre-Klischees und Reality-TV parodiert. Entertainment-Nachrichten und Werbeclips unterbrechen ironisch die Action-Szenen und entlarven die Scheinkultur des Fernsehens. – Ab 16.
Kanada 1994 **P** SkyVision **V** VCL / Carolco (Video) **Pd** J. Miles Dale **R** Paul Lynch **B** Michael Miner, Edward Neumeier **K** William Gereghty **M** Jon Stroll, Kevin Gillis **S** Gary L. Smith **D** Richard Eden (Robocop), Yvette Nipar (Lisa Madigan), Blu Mankuma (Sgt. Parks), Sarah Campbell (Gadget), Andrea Roth (Diana Powers) **L** 85 **FSK** ab 16 **E** 20.3.1995 Video / 15.12.1995 RTL **fd** 31 355

Die römische Kanone
S. P. Q. R. – 2000 E 1 / 2 ANNI FA
Italien im Jahre 71: Ein Mailänder Staatsanwalt kommt zwei korrupten römischen Senatoren auf die Schliche, ist aber nach einigen Intrigen und einem Mordversuch letztlich selbst der Dumme. Hinter den durch die zotige deutsche Synchronisation noch geschmackloser wirkenden Blödel-Dialogen ist die beabsichtigte Parodie auf aktuelle politische Verhältnisse nur noch zu ahnen. Besonders ärgerlich sind die frauen- und ausländerfeindlichen Kalauer des Films, dessen niedriges Niveau sich auch in den übel chargierenden Darstellern und einer einfallslosen Inszenierung spiegelt.
Italien 1994 **P** Filmauro **V** Highlight **Pd** Aurelio de Laurentiis, Stefano Bolenoni **R** Carlo Vanzina **B** Enrico Vanzina, Carlo Vanzina **K** Gianlorenzo Battaglia **M** Federico De Robertis **S** Enrico Fiorentini, Tonino Zerva **D** Christian De Sica (Cesare Atticus), Massimo Boldi (Antonius Servilio), Leslie Nielsen (Lucius Cynicus), Anna Falchi (Poppea) **L** 102 **FSK** ab 12; f **E** 16.11.1995 **fd** 31 675

Rooftops – Dächer des Todes
ROOFTOPS
In der Lower Eastside von Manhattan herrscht die Gewalt, Crack-Dealer haben sich das Gebiet aufgeteilt. An einen von ihnen gerät der Obdachlose T. In der Folgezeit spitzt sich die Gewalt zu, und als T.s Freund den Tod findet, scheint die Konfrontation unvermeidlich. Mit viel Musik unterlegter Film über urbane Gewalt, Drogenkriminalität und Rassenkonflikte. In Struktur und Aussage und durch seine unmöglich erscheinende Liebesgeschichte erinnert der Film an die «West Side Story», die Robert Wise 1961 verfilmte. – Ab 16.
USA 1989 **P** New Vision **V** offen **Pd** Howard W. Koch jr. **R** Robert Wise **B** Terence Brennan **K** Theo van de Sande **M** David A. Stewart, Michael Kamen **S** William H. Reynolds **D** Jason Gedrick (T), Troy Beyer (Elana), Eddie Velez (Lobo), Alexis Cruz (Squeak), Tisha Campbell (Amber), Allen Payne (Kadim), Steve Love (Jackie) **L** 95 **E** 30.5.1995 premiere **fd** –

Roommates – Bis ans Ende des Weges
ROOMMATES
Drama über einen verlotterten Ex-Sträfling und einen homosexuellen Harvard-Absolventen, die einander als unfreiwillige Zimmergenossen in einem Wohnheim der Aids-Hilfe kennen- und respektieren lernen. – Ab 16.
USA 1994 **V** offen **R** Alan Metzger **B** Robert W. Lenski **K** Geoffrey Erb **M** Lee Holdridge **D** Eric Stoltz (Bill Thomas), Randy Quaid (Jim Riley), Elizabeth Pena (Lisa Elliott), Charles Durning (Barney Riley) **L** 93 **E** 2.2.1995 premiere **fd** –

Roots – Das Geschenk der Freiheit
ROOTS: THE GIFT
Durchschnittliche Fernsehverfilmung der Vorgeschichte zu Alex Haleys Südstaatendrama, das die Geschichte der schwarzen Sklaven Amerikas von ihrer Verschleppung bis zur Befreiung durch den Bürgerkrieg erzählt. Auf der Farm, auf der er 1775 als Zwangsarbeiter eingesetzt wird, freundet sich der gekidnappte Mandinka-Krieger Kunta Kinte mit einem erfahrenen Sklaven an. Im Gegensatz zu dem älteren rebelliert der junge Mann gegen die Machtverhältnisse auf der Farm. – Ab 16.
USA 1988 **P** David L. Wolper Prod. / IAW Warner **V** offen **Pd** Mark M. Wolper **R** Kevin Hooks **B** David M. Eyre jr., nach dem Roman von Alex Haley **D** Louis Gossett jr. (Fiddler), LeVar Burton (Kunta Kinte), Avery Brooks (Cletus), Kate Mulgrew (Hattie Carraway), Shaun Cassidy (Ed-

mund Parker, Jr.), John McMartin (Edmund Parker, Sr.) **L** 90 **E** 14.3.1995 RTL 2 **fd** –

Rosamunde Pilcher: Das Ende eines Sommers
Fernsehfilm nach einem Pilcher-Roman: Eine junge Schottin, die mit ihrem Vater zurückgezogen an der kalifornischen Küste lebt, entschließt sich, nach Schottland zur Großmutter zurückzukehren. Dort trifft sie ihren Cousin wieder, der alles daransetzt, an das Familienerbe zu kommen, um seine Spielschulden begleichen zu können. Als sie seinen Heiratsantrag ablehnt, sieht er nur noch die Möglichkeit, seine Cousine zu beseitigen. Der Familien-Anwalt weiß die Situation auf seine Weise zu bereinigen. Gediegene Fernsehunterhaltung; schön fotografierte Landschaften, aber vorhersehbar und ohne dramaturgische Akzente inszeniert. – Ab 14.
Deutschland / Österreich 1994 **P** ZDF / ORF **V** offen **R** Hans-Jürgen Tögel **B** Barbara Engelke, nach dem Roman von Rosamunde Pilcher **K** Michael Steinke **M** Richard Blackford **D** Iris Junik (Jane Marsh), Diego Wallraff (Sinclair Bailey), Ralf Lindermann (David Stewart), Lola Müthel (Mrs. Bailey), Inka Calvi (Tessa Faraday) **L** 90 **E** 5.2.1995 ZDF **fd** –

Rosamunde Pilcher: Sommer am Meer
Eine junge Frau verliebt sich während der Ferien in Cornwall in einen Farmer, muß aber den von der Mutter erwählten adeligen Gutsbesitzer heiraten. Nach zehn unglücklichen Ehejahren und dem Unfalltod ihres betrügerischen Mannes steht sie unversehens wieder dem Geliebten von einst gegenüber. Rosamunde-Pilcher-Verfilmung. – Ab 14.
Deutschland 1995 **P** Frankfurter Filmproduktion **V** Universum (Video) **R** Hans-Jürgen Tögel **B** Barbara Engelke, nach dem Roman von Rosamunde Pilcher **K** Otto Kirchhoff **M** Richard Blackford **D** Kerstin Draeger (Virginia), Heikko Deutschmann (Eustace), Ruth-Maria Kubitschek (Lady Kelle), Burkhard Heyl (Anthony Kelle), Claudia Wedekind (Alice) **L** 90 **FSK** ab 6 **E** 1995 Video / 15.10.1995 ZDF **fd** –

Rosamunde Pilcher: Wolken am Horizont
Ein anonymer Brief zerstört beinahe des Lebensglück eines frisch verheirateten Paares. Erst die Initiative des erwachsenen Sohnes aus der ersten Ehe des Mannes kann die Intrige stoppen. Verfilmung eines Romans, die sich durch Melodramatik, Sentimentalität und Klischees auszeichnet. – Ab 16 möglich.
Deutschland / Österreich 1995 **P** Frankfurter Filmproduktion **V** Universum Film (Video) **R** Rolf von Sydow **B** Barbara Engelke, nach einem Roman von Rosamunde Pilcher **K** Mike Gast **M** Richard Blackford **D** Marijam Agischewa (Laura Haverstock), Klaus Wildbolz (Alec Haverstock), Manou Lubowski (Ivan), Lisa Kreuzer (Sylvia), Klausjürgen Wussow (Gerald), Monika Woytowicz (Eve) **L** 89 **FSK** ab 6 **E** 10.12.1995 ZDF **fd** –

Rosamunde Pilchers September
ROSAMUNDE PILCHER'S SEPTEMBER
Rosamunde-Pilcher-Verfilmung. Nach zwanzig Jahren kommt eine energiegeladene Frau in ihren idyllischen Heimatort zurück, um das Leben unter der wohlanständigen Oberfläche durcheinanderzuwirbeln.
England 1995 **P** Portman Hannibal Prods. **V** Concorde (Video) **R** Colin Bucksey **B** Lee Langley, nach dem Roman «September» von Rosamunde Pilcher **K** Peter Sinclair **M** Richard Hartley **D** Jacqueline Bisset (Pandora), Mariel Hemingway (Virginia), Edward Fox (Archie), Michael York (Edmond), Virginia McKenna (Violet) **L** 176 **FSK** ab 6 **E** 1995 Video / 7., 8.4.1996 ZDF (zwei Teile) **fd** –

Das rote Eichhörnchen
LA ARDILLA ROJA
Eine junge Frau verliert bei einem Motorradunfall ihr Gedächtnis und wird von ihrem Retter als seine langjährige Freundin ausgegeben. Auf dieser Lüge baut sich eine Beziehung auf, die der Film in ein irritierendes Puzzle aus Alltäglichem, Mysteriösem, Poesievollem und Surrealistischem verwandelt. Ein von einer überragenden Hauptdarstellerin getragenes, mit verstörenden Bildern von großer Schönheit und Tiefe inszeniertes Schicksalsdrama. (O.m.d.U.) – Sehenswert ab 16.
Spanien 1993 **P** Sogetel **V** Kinowelt **Pd** Ricardo Garcia Arrojo **R+B** Julio Medem **K** Gonzalo Berridi **M** Alberto Iglesias **S** Elena Sainz de Rozas **D** Emma Suarez (Lisa), Nancho Novo (Jota), María Barranco (Carmen), Karra Elejalde (Anton), Carmelo Gomez (Felix) **L** 110 **E** Januar 1995 **fd** 31 274

Der rote Ibis
L'IBIS ROUGE
Ein biederer Pariser Angestellter verwandelt sich nach Dienstschluß in einen Frauenmörder, der seine Opfer mit Fliegen dekoriert, weil er durch ein Kindheitserlebnis traumatisiert ist. Als ihm eines Tages ein verschuldeter Spirituosenhändler auf die Schliche kommt, hat das ungeahnte Folgen. Skurrile Kriminalkomödie, die ihren schrägen Humor auf viele kleine Gags verteilt, ohne zu dramaturgischer Geschlossenheit zu finden. – Ab 16.
Frankreich 1975 **P** Jean C. Roblin **V** offen **Pd** Jean C. Roblin **R** Jean-

Pierre Mocky **B** André Ruellan, Jean-Pierre Mocky, nach einem Roman von Frederic Brown **K** Marcel Weiss **M** Eric de Marsan **D** Michel Simon (Zizi), Michel Serrault (Killer Jeremie), Michel Galabru (Raymond Villiers), Evelyne Buyle (Evelyne Villiers), Jean Le Poulain (Restaurateur) **L** 78 (Orig. 85) **E** 31.3.1995 ARD **fd** –

Ruby Cairo
RUBY CAIRO
Ein cleverer Mechaniker, der in eine brisante, von Ost-Berlin in den Nahen Osten steuernde Giftgas-Schmuggelei verwickelt ist, kommt vorgeblich bei einer Flugzeug-Explosion in Mexiko ums Leben. Seine junge Frau folgt jedoch seinen Spuren über Veracruz, Berlin und Athen nach Kairo und muß abenteuerliche Erfahrungen machen. Ein reichlich romanhaft entwickelter Unterhaltungsfilm, dramaturgisch nachlässig, oberflächlich im Spiel der Darsteller, unglaubwürdig in der Handlung. Für die fehlende Krimispannung entschädigen allenfalls die betont schönen Bilder aus Kairo. – Ab 16.
USA 1992 **P** Majestic **V** VMP (Video) **Pd** Lloyd Phillips, Hiroshi Sugawara, Haruki Kadokawa, David Nichols **R** Graeme Clifford **B** Robert Dillon, Michael Thomas **K** Laszlo Kovacs **M** John Barry **S** Caroline Biggerstaff **D** Andie MacDowell (Bessie Faro), Liam Neeson (Dr. Fergus Lamb), Viggo Mortensen (Johnny Faro), Jack Thompson (Ed), Luis Cortes (Hermes) **L** 106 **FSK** ab 12 **E** 1995 Video / 8.3.1996 premiere **fd** 31 338

Rückkehr der Party-Killer
ASSAULT OF THE PARTY NERDS
Eine Studentenverbindung mit nur vier Mitgliedern veranstaltet zu Werbezwecken eine Party, zu der sie die Mädchen der Konkurrenzverbindung einlädt. Ungeladen erscheinen ihre muskelbepackten Freunde. Dämliche College-Komödie, die die üblichen Zutaten des Genres – dumme Sprüche, laute Musik, nackte Haut – zu einer wenig bekömmlichen Mischung zusammenrührt. (Früherer Titel: «Assault of the Party Nerds») – Ab 16 möglich.
USA 1989 **P** Check Entertainment **V** Ufa (Video) **R+B** Richard Gabai **M** L. Berlinger, M. Horrell **D** Linnea Quigley, Troy Donahue, Richard Gabai, C. Paul Demsey **L** 81 **FSK** ab 16 **E** 12.4.1995 Pro Sieben **fd** –

Die Rückkehr des Sherlock Holmes
SHERLOCK HOLMES RETURNS
Sherlock Holmes, der sich vor 100 Jahren einfrieren ließ, wird durch ein Erdbeben erweckt und geht im San Francisco der Gegenwart erneut auf Verbrecherjagd. Dabei trifft er auch auf einen Nachkommen seines Erzfeindes Moriarty. Kriminalfilm, der die Geschichten von Arthur Canon Doyle weiterspinnt. – Ab 14.
USA 1993 **V** offen **R+B** Kenneth Johnson **D** Anthony Higgins (Sherlock Holmes), Debrah Farentino (Dr. Amy Winslow), Mark Adair Rios (Zapper), Joy Coghill (Mrs. Hudson), Daniel Chambers (Mr. Hudson) **L** 95 **E** 5.6.1995 RTL 2 **fd** –

Rückkehr eines Toten
NETCHAIEV EST DE RETOUR
Einige Jahre nachdem er seinen «Tod» inszenierte, taucht ein Terrorist wieder auf. Er wird von allen gejagt: Ehemalige, jetzt systemkonforme Mitstreiter setzen Killerkommandos auf ihn an, staatliche Sicherheitskräfte wollen ihn als Mitwisser eines illegalen Waffengeschäfts der Regierung zum Schweigen bringen. Sein Vater, Chef des Geheimdienstes, bemüht sich, eine Eskalation der Ereignisse zu verhindern. An die Biografie des Terroristen Carlos angelehnter Polit-Thriller, der unentschlossen zwischen der Kriminalhandlung, der Erhellung politischer Hintergründe und einem bis zur Karikatur vereinfachten psychologischen Drama schwankt. – Ab 16.
Frankreich / Italien 1991 **P** Les Films de l'Ecluse / TF1 / Italmedia **V** offen **R** Jacques Deray **B** Dan Franck, Jacques Deray, nach einem Roman von Jorge Semprun **K** Yves Angelo **M** Claude Bolling **S** Henri Lanoë **D** Yves Montand (Marroux), Vincent Lindon (Netchaïev), Miou-Miou (Brigitte), Carolina Rosi (Sonsoles), Patrick Chesnais (Leloy) **L** 101 (Orig. 112) **E** 25.5.1995 premiere **fd** –

Der Ruf der Wildnis
CALL OF THE WILD
Neuverfilmung der Abenteuergeschichte von Jack London: Goldsucher stoßen in Alaska auf eine Mine, verzichten jedoch darauf, sie auszubeuten, um die Natur nicht zu zerstören. Auf dem Rückweg müssen sie sich gegen brutale Hundefänger und kriegerische Indianer zur Wehr setzen. – Ab 14.
USA / Italien 1992 **V** offen **R** Michael Toshiyuki Uno **B** Christopher Lofton, nach dem Roman von Jack London **D** Rick Schroder (John Thornton), Mia Sara (Jessie Gosseling), Gordon Tootoosis (Charlie), Duncan Fraser (Red Fiske), Richard Newman (Perrault) **L** 93 **E** 18.6.1995 RTL 2 **fd** –

Der Ruf des Todes
REUNION
Nach dem Tod ihres vierjährigen Sohnes, für den sie sich verantwortlich glaubt, leidet eine Hausfrau unter Depressionen und vernachlässigt ihre Familie. Mit der Zwillingsschwester des Jungen

unternimmt sie einen Selbstmordversuch. Psychothriller über die Folgen von nicht bewältigtem Alltagsleid. – Ab 16.
USA 1994 **V** offen **R** Lee Grant **B** Ronald Bass, John Pielmeier, nach einem Roman von Linda Gray Sexton **D** Marlo Thomas (Jessie Yates), Peter Strauss (Sam Yates), Frances Sternhagen (Tobie Yates), Courtney Chase (Meggie Yates), Matthew Kelly (Jamie Yates) **L** 91 **E** 9.11.1995 Kabel 1 **fd** –

Rules of the Road
Dokumentarfilm über die jahrhundertealte Geschichte der irischen Landfahrer. Die «Tinker» zogen durchs bäuerliche Irland und leisteten der seßhaften Bevölkerung willkommene Dienste als Kesselflicker, Erntehelfer, Pferdehändler, aber auch als Wahrsager und Geschichtenerzähler. Mit der jüngsten Generation aber ist die Reise der Tinker beendet: Sie fristen ihr Dasein an der Peripherie der Städte und sind für den Sozialstaat zum Problemfall geworden. Der Film versucht, die nur mündlich überlieferte Kultur der Landfahrer festzuhalten und dem kollektiven Gedächtnis einzuschreiben. (O.m.d.U.)
Deutschland 1993 **P** Oliver Herbrich Filmprod. / Hans W. Geissendörfer Prod. / arte / BR / WDR **V** Oliver Herbrich **Pd**+**R**+**B** Oliver Herbrich **K** Jan Betke **M** Mary Donovan (Songs), Larry Donovan (Songs), John Donovan (Songs), Johnny Collins (Songs), Mikeen McCarty (Songs) **S** Uwe Klimmeck, Uwe Klimmeck **L** 87 **E** 22.6.1995 **fd** –

Running Out – Countdown des Todes
NO CONTEST
Ein skrupelloser Gangster und seine Kumpane nehmen in einem Nobelhotel junge Frauen als Geiseln, die an einem Schönheitswettbewerb teilgenommen haben. Während ein ehemaliger CIA-Agent den Einsatzleiter der Polizei berät und diese das Gebäude umstellt, unternehmen die Geiseln unter Leitung einer karatekundigen Schönheit einen eigenen Befreiungsversuch. Schlecht inszenierter Thriller mit aufgesetzten High-Tech-Effekten, unglaubwürdig in der Handlung, miserabel gespielt.
USA 1994 **P** Norstar **V** Warner Home (Video) **Pd** Peter Simpson **R** Paul Lynch **B** Robert C. Cooper **K** Curtis Peterson **M** Paul Zaza **S** Nick Rotundo **D** Robert Davi, Andrew Clay, Shannon Tweed, Roddy Piper **L** 94 **FSK** ab 18 **E** 31.8.1995 Video **fd** 31 561

Russian Lullaby
RUSSIAN LULLABY
Film aus einer Dokumentationsreihe über die russische Gesellschaft. Der japanische Regisseur Ohbayashi bat drei Familien, ihr Alltagsleben auf Video festzuhalten, und montierte daraus eine Art Collage, die eine Kluft zwischen Jung und Alt ebenso dokumentiert wie einen Gegensatz von Stadt und Land. (O.o.U.; Titel der übrigen Teile: «Alice in Russialand», «Bells from the Deep», «Les Enfants jouent à la Russie», «The Nose»)
Rußland / Japan 1993 **P** Cecco Films **V** offen **Pd** Alessandro Cecconi, Ira Barmak **R**+**B** Nobuhiko Ohbayashi **L** 60 **E** 28.8.1995 **fd** –

Die russische Symphonie
RUSSKAJA SIMFONIJA
Eine in surrealen Bildern und einer ironisch-kritischen Bildsprache inszenierte apokalyptische Katastrophe, die den Zustand der russischen Gesellschaft in der Nach-Perestroika-Zeit umschreibt, bei dem alle überkommenen kulturellen Deutungsversuche versagen. «Die bedrängende Kraft des endzeitlichen Geschehens stellt radikal die Frage nach Gott.» (Preis der Ökumenischen Jury in Berlin 1995; Text nach der Jury-Begründung; O.m.d.U.)
Rußland / Frankreich 1994 **P** Lenfilm / 2 P & Co. Studio / Orient Express **V** Freunde der Deutschen Kinemathek **Pd** Alexander Golutwa, R. Proskuriakow **R**+**B** Konstantin Lopuschanski **K** Nikolai Pokopzew **M** Andrej Sigle **D** Wiktor Michajlow, Alexander Ilijn **L** 135 **FSK** – **E** 1995 Kino **fd** –

Die Rußland-Affäre
DEN RUSSISKE SANGERINDE
In Moskau werden eine dänische Diplomatin und eine Prostituierte tot aufgefunden. Während die russischen Behörden das Geschehen als Mord mit anschließendem Selbstmord der dänischen Täterin deuten, kommt ein nachforschender Kollege der Diplomatin zu anderen Ergebnissen. Ein Kriminalfilm, der sich weitgehend geschickt die verworrene politische Lage im gegenwärtigen Rußland zunutze macht. Dabei mangelt es ihm jedoch an Vielschichtigkeit und einer überzeugenden Einbeziehung der komplexen Machtverhältnisse in die Genregeschichte, so daß letztlich nur die Charaktere die Handlung tragen. – Ab 16.
Dänemark / Rußland / Schweden 1993 **P** Nordisk Film / Starlight Svensk Filmindustri **V** VMP (Video) **Pd** Erik Grone **R** Morten Arnfred **B** William Aldridge, Morten Arnfred, Leif Davidson, nach einem Roman von Leif Davidson **K** Alexander Gruszynski **M** Ole Arnfred **S** Lizzi Weischenfeldt **D** Ole Lemmeke, Eleana Butenko, Wsewolod Larionow, Igor Wolkow, Igor Wasulowich **L** 92 **FSK** ab 16 **E** 27.6.1995 Video **fd** 31 436

S

Die Saat des Bösen
THE BAD SEED
Die neunjährige Tochter einer jungen Witwe zieht auf übernatürliche Weise das Unglück an: Wie sich herausstellt, ist sie nicht nur Zeugin, sondern Ursache einer Reihe von unerklärlichen Todesfällen. Annehmbares Fernseh-Remake des Thrillers «Böse Saat». – Ab 16.
USA 1985 **P** Hajeno Prod. / IAW Warner **V** offen **Pd** George Eckstein **R** Paul Wendkos **B** George Eckstein **D** Carrie Wells (Rachel), Blair Brown (Christine Penmark), David Carradine (Leroy Jessup), David Ogden Stiers (Emory Breedlove), Lynn Redgrave (Monica Breedlove), Richard Kiley (Richard Bravo) **L** 91 **E** 2.4.1995 RTL 2 **fd** –

Eine sachliche Romanze
AN AWFULLY BIG ADVENTURE
Im Liverpool der Nachkriegszeit erhält ein 16jähriges Mädchen aus kleinen Verhältnissen, das Schauspielerin werden will, eine Anstellung am Theater, allerdings zunächst hinter den Kulissen. Es verliebt sich in den arroganten Leiter der Theatergruppe, beginnt aber eine Romanze mit einem zurückkehrenden Mitglied des Ensembles. Romanverfilmung, die ein düsteres Bild der von der übrigen Gesellschaft gemiedenen und unter finanziellen Nöten leidenden Theaterwelt zeichnet. Indem er die Schicksale seiner Figuren in der Schwebe hält, verfällt er nicht in Pessimismus. Dynamisch, aber zurückhaltend inszeniert und schauspielerisch beeindruckend. – Ab 16.
England 1994 **P** Portman **V** 20th Century Fox (Kino) / Fox (Video) **Pd** Hilary Heath, Philip Hinchcliffe **R** Mike Newell **B** Charles Wood, nach einem Roman von Beryl Bainbridge **K** Dick Pope **M** Richard Hartley **S** Jon Gregory **D** Alan Rickman (PL O'Hara), Hugh Grant (Meredith Potter), Georgina Cates (Stella), Alun Armstrong (Onkel Vernon), Peter Firth (Bunny) **L** 110 **FSK** ab 12; f **FBW** bw **E** 11.5.1995 / 15.11.1995 Video **fd** 31 323

Safe
Bericht über den täglichen Überlebenskampf im London der 90er Jahre. In einer Notunterkunft kommen die unterschiedlichsten Schicksale zusammen, darunter ein 18jähriger Schwarzer, der Kindheit und Jugend in Heimen verbracht hat, und eine 16jährige aus Nordengland, die vom Geliebten ihrer Mutter sexuell mißbraucht wurde.
Deutschland 1995 **V** offen **R** Antonia Bird **L** 65 **E** 15.10.1995 arte **fd** –

Safe Passage
SAFE PASSAGE
Eine 43jährige Mutter von sieben Kindern erfährt, daß auf die Militärbasis, wo einer ihrer Söhne stationiert ist, ein Sprengstoff-Attentat verübt worden ist. Während der bangen Zeit der Ungewißheit beginnt für sie, ihren Mann sowie die übrigen sechs Söhne eine Zeit der intensiven Wiederbegegnung. Ein vor allem in der Hauptrolle hervorragend gespieltes Drama von hoher innerer Spannung, das behut- und einfühlsam die Sehnsüchte, Ängste und Zweifel der Personen herausarbeitet. – Ab 12.
USA 1994 **P** Pacific Western **V** VMP (Video) **Pd** Gale Anne Hurd **R** Robert Allan Ackerman **B** Deena Goldstone, nach einem Roman von Ellyn Bache **K** Ralf D. Bode **M** Marc Isham **S** Rick Shaine **D** Susan Sarandon (Meg), Sam Shepard (Patrick), Robert Sean Leonard (Alfred), Nick Stahl (Simon), Jason London (Gideon) **L** 94 **FSK** ab 6 **E** 8.8.1995 Video **fd** 31 560

Sandino
SANDINO
Nicaragua 1928: Amerikanische Truppen kämpfen auf Regierungsseite gegen die Rebellen. Ein US-Reporter findet im Dschungel den Freiheitskämpfer Augusto C. Sandino, der offiziellen Verlautbarungen zufolge längst getötet tot sein soll. Schließlich begleitet der Amerikaner den Guerillaführer auf seinem Marsch in die Hauptstadt. Aufwendig produzierter Kriegsfilm mit großer Besetzung, der eindeutig Stellung für die Widerstandskämpfer bezieht. – Ab 16.
Spanien / Chile 1990 **V** offen **R** Miguel Littin **D** Kris Kristoffersen (Tom Holte), Joaquim de Almeida (Augusto C. Sandino), Dean Stockwell (Hatfield), Angela Molina (Teresa Villator), Victoria Abril (Blanca Arauz) **L** 135 **E** 21.11.1995 SAT 1 **fd** –

Der Sandmann
Thriller um eine Fernsehredakteurin, die für eine Sendung über einen Kriminalschriftsteller recherchiert und dabei Verdacht schöpft, daß der Autor selbst einige Morde begangen hat. Eine (auch zynische) Auseinandersetzung mit der Medienkonsumgesellschaft, getragen von guten Darstellern und inszeniert in der Absicht, Kinoqualität zu erzielen. – Ab 16.
Deutschland 1995 **P** Westdeutsche Universum Film **V** Concorde (Video) **R** Nico Hofmann **B** Matthias Seelig **D** Götz George (Henry Kupfer), Karoline Eichhorn (Ina Littmann), Barbara Rudnik (Sabine Amman), Martin Armknecht (Volker Lommel), Michael Brandner (Hermann Krieger) **L** 94 **FSK** ab 16 **E** 5.10.1995 RTL 2 **fd** –

Der sanfte Kuß des Todes
EDGE OF DECEPTION
Ein Polizist will einer attraktiven jungen Frau beistehen, die offen-

bar unter der Gewalttätigkeit ihres Mannes leidet. Schließlich stürmt er die Wohnung der Frau und tötet in Notwehr den Mann. Allmählich aber kommen Zweifel am Tathergang auf. Ein solide inszenierter, ansprechend gespielter Thriller um des vertraute Genre-Motiv des Voyeurismus. Neben einigen Spannungsmomenten häufen sich aber plumpe Effekte in der zunehmend konstruierteren Handlung.
Kanada 1994 **P** Libra Pictures / Sharick Entertainment **V** VMP (Video) **Pd** James Sharick **R** George Mihalka **B** Miguel Tejada-Flores **K** Bruce Worrall **M** Barron Abramovitch **S** Judy Andreson **D** Mariel Hemingway (Joan Branson), Stephen Shellen (Nick Gentry), Jennifer Rubin (Irene Sadler), Vladimir Kulich (Alan Sadler) **L** 96 **FSK** ab 16 **E** 21.3.1995 Video **fd** 31 380

Sankofa
SANKOFA
Bei Aufnahmen in Ghana wird ein schwarzes Fotomodell aus den USA durch einen Trommler in Ekstase versetzt. Eine Zeitreise führt sie in die Sklaverei zurück, auf eine Zuckerrohrplantage auf Jamaika, wo die Anführer der Sklaven eine Rebellion planen. Der Film findet für die Frühgeschichte der afro-amerikanischen Gemeinschaft Bilder einer afrikanischen Sensibilität. Die sich daraus entwickelnde Perspektive lautet: sich auflehnen gegen die Unterdrückung, kämpfen für die eigene Würde, die auch die Würde der eigenen Bilder und Töne ist. In seiner religiösen Thematik versteigt sich der Film zu bitterbösen antikirchlichen und antireligiösen Tendenzen, wobei u.a. der Marienkult als Psychopathie, die Mission als Sklavenhalter-Korrelat dargestellt wird. (O.m.d.U.)
USA / Deutschland / Ghana / Burkina Faso 1993 **P** Negod Gwad **V** offen **Pd+R+B** Haile Gerima **K** Agustin Cubano **M** David J. White **S** Haile Gerima **D** Oyafunmike Ogunlano (Mona / Shola), Alexandra Duah (Nunu), Kofi Ghanaba (Joe), Nick Medley (Plantagenbesitzer), Mutabaraku (Shango) **L** 125 **E** 13.7.1995 3sat **fd** –

Sans Soleil – Unsichtbare Sonne
SANS SOLEIL
Ein Filmessay über das menschliche Erinnerungsvermögen und zugleich eine Reisedokumentation mit einer Flut von Eindrükken aus Afrika und vor allem aus Japan. Interessant nicht nur wegen seines in Briefform gehaltenen Kommentars, der von der Adressatin verlesen wird und der das aus verschiedensten Quellen stammende Bildmaterial zusammenhält. Ein fesselndes intellektuelles Abenteuer des Sehens und des Hörens. – Sehenswert.
Frankreich 1982 **P** Argos **V** Silver Cine (Erstverleih FiFiGe) **R+B** Chris Marker **K** Sandor Krasna, Chris Marker u.a. **M** Modest Mussorgski, Jean Sibelius **S** Chris Marker **L** 100 **FSK** – **E** 28.10.1983 / 1995 Neustart **fd** 24 435

Santa Clause – Eine schöne Bescherung
SANTA CLAUSE
Die unfreiwillige langsame Verwandlung in den leibhaftigen Weihnachtsmann macht einen lieblosen Geschäftsmann zu einem sympathischen Querulanten, der von der Gesellschaft schikaniert wird. Eine gelungene fantastische Komödie, die durch ihren bissigen Humor aufkommende Sentimentalitäten im Zaum hält und Kinder wie Erwachsene vorzüglich unterhält. – Ab 10.
USA 1994 **P** The Walt Disney Company **V** Buena Vista **Pd** Brian Reilly, Jeffrey Silver, Robert Newmyer **R** John Pasquin **B** Leo Benvenuti, Steve Rudnick **K** James Miller **M** Michael Convertino **S** Larry Bock **D** Timm Allen (Scott Calvin), Judge Reinhold (Neal), Wendy Crewson (Laura), Eric Lloyd (Charlie), David Krumholtz (Bernard) **L** 97 **FSK** o. A.; f **FBW** bw **E** 2.11.1995 **fd** 31 599

Satans Braut
MIDNIGHT'S CHILD
Fantasyfilm. Mit seinem schwedischen Au-pair-Mädchen holt sich ein ahnungsloses Ehepaar aus Los Angeles eine Satansanbeterin ins Haus, die die sechsjährige Tochter dem Teufel als Braut darbringen will. – Ab 16.
USA 1992 **P** The Polone Company **V** offen **Pd** Kimberly Myers **R** Colin Bucksey **B** David Chaskin **D** Marcy Walker (Kate Cowan), Cotter Smith (Nick Cowan), Olivia D'Abo (Christina Cowan), Elizabeth Moss (Anna / Kirstin Grossband), Jim Norton (Dr. Grossband) **L** 89 **E** 28.8.1995 Kabel 1 **fd** –

Scanner Cop 2
SCANNER COP 2 – VOLKIN'S REVENGE
Ein entflohener Sträfling will sich an dem Polizisten rächen, der ihn ins Gefängnis gebracht hat. Beide sind «Scanner» und können den Willen anderer beeinflussen, aber auch ständig ihre Gedanken hören, so daß es zum bestialischen Zweikampf kommt, zumal der Böse zur Stärkung auf telepathischem Wege die Körpersäfte anderer «Scanner» aussaugt. Horrorfilm, der sich auf schlecht gemachte Ekeleffekte verläßt, wobei er sich auf Grund seiner miserablen Inszenierung stets am Rande der Lächerlichkeit bewegt. – Wir raten ab.
USA 1994 **P** Image Organisation / Republic Pictures **V** Starlight (Video) **Pd** Pierre David **R** Steve Barnett **B** Mark Sevi **K** Thomas Jewett **M** Richard Bowers **S** Pa-

trick Rand **D** Daniel Quinn (Samuel Staziak), Patrick Kilpatrick (Karl Volkin), Khrystyne Haje (Carrie Goodart), Stephen Mendel (Jim Mullins), Robert Forster (Captain Jack Bitters) **L** 91 **FSK** ab 16 **E** 25.1.1995 Video / 6.2.1996 Pro Sieben **fd** 31 333

Schacko Klak
SCHACKO KLAK
Im Sommer 1942 erlebt ein zwölfjähriger Bauernjunge die Besetzung seines Heimatlandes Luxemburg durch die «Preußen». Die heimlich beobachtete Erschießung eines deutschen Gendarmen durch Dorfbewohner und Fluchthelfer mißversteht er zunächst als ein spannendes Abenteuer, doch der Krieg ist eine ernste Sache – nicht nur für die Deutschen. Elegisches Familiendrama in nostalgischer Stimmung, das in seinen lose aneinandergereihten Episoden keine rechte Spannung aufkommen läßt. Nicht nur in der übertrieben pathetischen Musikbegleitung und im holprigen Schnitt zeigt sich die geringe Erfahrung der Regisseure; als in Landessprache für den winzigen heimischen Markt realisierte Kino-Produktion ist ihr zweiter Film dennoch beachtlich. (O.m.d.U.) – Ab 14.
Luxemburg 1990 **P** Samsa **V** offen **R** Paul Kieffer, Frank Hoffmann **B** Frank Feitler, Paul Kieffer, nach einem Roman von Roger Manderscheid **K** Jean-Louis Sonzogni, Jos Andries **M** Marcel Wengler **S** Nathalie Bosson **D** Claude Wagner (Chrescht), André Jung (Vater), Michéle Clees (Mutter), Ulrich Eichenberger (Onkel), Steve Karier (Nic), Myriam Muller (Nell) **L** 85 **E** 12.1.1995 Südwest 3 **fd** –

Die Scharfschützen
SHARPE'S RIFLES / SHARPE'S EAGLES / SHARPE'S COMPANY
Mehrteilige Abenteuerfilmreihe um einen Offizier, der mit seiner Truppe Anfang des 19. Jahrhunderts auf der Iberischen Halbinsel gegen Napoleon kämpft und zum Leutnant befördert wird, nachdem er dem späteren Duke of Wellington das Leben gerettet hat. (1. Teil: «Das Banner des Blutes»; 2.Teil: «Der Adler des Kaisers»; 3. Teil: «Kommando ohne Wiederkehr») – Ab 16.
England 1992 **V** offen **R** Tom Clegg **B** Eoghan Harris **D** Sean Bean (Richard Sharpe), Assumpta Serna (Teresa), Brian Cox (Major Hogan), David Troughton (Wellesley [Wellington]), Simón Andreu (Vivar) **L** 101 / 101 / 102 **E** 12. / 19. / 26.4.1995 RTL 2 (3 Teile) **fd** –

Schatten des Verdachts
FATHER
50 Jahre nach Kriegsende wird ein inzwischen in Australien lebender Mann von der Vergangenheit eingeholt: Eine jüdische Überlebende des Holocaust glaubt, in ihm den Mörder ihrer Familie erkannt zu haben. Die öffentlichen Anfeindungen als Kriegsverbrecher gestalten das nur an der Oberfläche intakte Verhältnis des alten Mannes zu seiner Tochter noch problematischer. Ein thematisch an Costa-Gavras' «Music Box» angelehntes Drama. Der Film gewinnt durch die zunehmend vielschichtiger werdende Charakterisierung der Hauptfigur an Faszination und Substanz.
– Sehenswert ab 16.
USA 1990 **P** Transcontinental **V** offen **Pd** Damien Parer, Paul Barron **R** John Power **B** Tony Cavanaugh, Graham Hartley **K** Dan Burstall **D** Max von Sydow (Joe Muller), Carol Drinkwater (Anne Winton), Julia Blake (Iya Zetnick), Steve Jacobs (Bobby Winton), Simone Robertson (Rebecca Winton), Kahli Sneddon (Amy Winton), Nicholas Bell (Paul Jamieson) **L** 100 **E** 11.4.1995 ZDF **fd** –

Schatten des Verrats
FELLOW TRAVELLER
In den frühen 50er Jahren macht der «Ausschuß für unamerikanische Umtriebe» Jagd auf Liberale und (angebliche) Kommunisten in Hollywood. Ein Drehbuchautor verzichtet auf seine Karriere und kommt in England beim Fernsehen unter; ein Schauspieler begeht Selbstmord. Der Autor stößt bei seinen Nachforschungen auf den Psychoanalytiker, der beide behandelt und beider Vertrauen ausgenutzt hat, um sie beim Ausschuß anzuschwärzen. Eine gedankenvolle Auseinandersetzung mit einem dunklen Kapitel der Filmgeschichte. – Ab 16.
England / USA 1989 **P** BBC / British Film Institute / HBO **V** offen **R** Philip Saville **B** Michael Eaton **K** John Kenway **S** Greg Miller **D** Ron Silver (Asa Kaufman), Hart Bochner (Clifford Byrne), Imogen Stubbs (Sarah Aitchinson), Daniel J. Travanti (Jerry Leavy), Katherine Borowitz, Julian Fellowes **L** 88 **E** 21.9.1995 ZDF **fd** –

Der Schatztaucher
Der Sohn eines Marineoffiziers, der im Zweiten Weltkrieg am Tod von Zwangsarbeitern Schuld trug, wird von Regierungsbehörden gezwungen, in einer selbstmörderischen Tauchaktion Kunstschätze zu bergen, die sein Vater nach Kriegsende in einem später überfluteten Bergwerk deponiert hatte. Das Wagnis fördert über den Schatz wie über den Vater überraschende Erkenntnisse zu Tage. – Ab 16.
Deutschland 1995 **V** offen **R + B** Stephan Köster **D** Uli Bree (Kai

Jungblut), Karina Ben Driss (Carine), Ingrid van Bergen (Jungbluts Mutter), Wookie Mayer (Lore), Leonard Lansink (Möhlenbruch) **L** 80 **E** 11. 6. 1995 ZDF **fd** –

Scheidung auf französisch
BONJOUR LA GALERE
Komödie um ein Ehepaar, das sich nach 15 Jahren scheiden läßt. Um die Kinder nicht unter der Trennung leiden zu lassen und das gemeinsame Haus nicht opfern zu müssen, verfällt man auf eine pragmatische Lösung: Der Mann bezieht das Erdgeschoß, die Frau lebt mit Sohn und Tochter im Obergeschoß. Die Kinder versuchen derweil, die neuen Partner der Eltern zu vergraulen und diese wieder zusammenzubringen. – Ab 14.
Frankreich 1991 **V** offen **R** Caroline Huppert **D** Guy Marchand (Antoine), Nancy Brilli (Marie), Eva Grimaldi (Michele), Jacques Spiesser (Jean-Pierre), Laura Betti (Mamita) **L** 80 / 85 **E** 6. / 7. 6. 1995 Vox (2 Teile) **fd** –

Die Schelme von Schelm
THE REAL SCHEMIEL / LE MONDE EST UN GRAND CHELM
Ein jüdischer Waisenjunge kommt in die Familie seines Onkels, der ihn als Gemeindediener in die liebenswert-verrückte Welt seines Dorfes einführt, das von der Dummheit reich «gesegnet» wurde. Schließlich rettet er die Bewohner vor einem machtbesessenen Zauberer. Ein nach Isaac B. Singers Kindergeschichten entstandener Zeichentrickfilm, halb Musical, halb Fantasy-Abenteuer, aufbereitet als sorgfältig gestaltete Familienunterhaltung. Zwar werden Tiefe und Hintergründigkeit der Vorlagen nicht ausgeschöpft, deren Charme und Liebenswürdigkeit aber durchaus einbezogen. – Ab 8.
Frankreich / Deutschland / Ungarn 1995 **P** TMO Film / Les Films de l'Arlequin / Project Images Films / Videobox Studio / C2A / Media Investment Club **V** Beaufilm **Pd** Peter Völkle, Dora Benousilio, Gilbert Hus **R** Albert Hanan Kaminski **B** Galia Benousilio, Albert Hanan Kaminski, nach Geschichten von Isaac Bashevis Singer **M** Michel Legrand **L** 79 **FSK** o. A.; f **FBW** w **E** 12. 10. 1995 **fd** 31 580

Schirme
siehe: Umbrellas

Schlafes Bruder
Zu Beginn des 19. Jahrhunderts wächst in einem abgeschiedenen Alpendorf ein junger Mann mit genialischer musikalischer Begabung auf. Durch Mißtrauen und Mißgunst ohnehin zum Außenseiter gestempelt, scheitert er letztlich an seiner unerfüllten Herzensliebe. Eine Verfilmung des Erfolgsromans von Robert Schneider, die für die subtile und komplexe Erzählstruktur der Vorlage nie eine filmische Entsprechung findet. Mit außergewöhnlichem äußerem Aufwand entstand eine protzige Großproduktion, die die Fabel unangemessen vereinfacht und auf eine doppelt scheiternde Liebesgeschichte reduziert. – Ab 16.
Scope. Deutschland 1995 **P** Perathon / B. A. / Kuchenreuther / Iduna / DOR / Österr. Filminstitut / ORF **V** Senator / Central (Kino) / Starlight (Video) **Pd+R** Joseph Vilsmaier **B** Robert Schneider, frei nach seinem Roman **K** Joseph Vilsmaier **M** Norbert Jürgen Schneider, Hubert von Goisern **S** Alex Berner **D** André Eisermann (Elias), Dana Vávrová (Elsbeth), Ben Becker (Peter), Detlef Bothe (Lukas), Paulus Manker (Oskar), Jochen Nickel (Köhler Michel) **L** 127 **FSK** ab 12; f **FBW** bw **E** 5. 10. 1995 **fd** 31 546

Die Schlange in meinem Bett
Eine in Ghana geborene schwangere Nigerianerin reist nach Deutschland, weil ihr deutscher Ehemann – der ihr verschwiegen hatte, daß er bereits in der Heimat verheiratet ist – das gemeinsame Kind nicht anerkennt. Da der Sohn gemäß den Bräuchen ihres Stammes damit recht- und heimatlos würde, tritt die Frau den Gang zu den deutschen Ämtern an. Nach jahrelanger Odyssee haben ihre Bemühungen schließlich Erfolg. Ein afrikanischer Erzähltradition verhafteter Film über einen juristischen Präzedenzfall und ein Beispiel von Zivilcourage. – Ab 16.
Deutschland 1992 **V** offen **R+B** Omah Diegu **K** Petra Buda, Berthold Schweiz **L** 87 **FBW** w **E** 29. 5. 1995 ZDF **fd** –

Schlesien
siehe: Slask / Schlesien

Das Schloß gehört mir
JE SUIS LE SEIGNEUR DU CHATEAU
Frankreich 1954: Um das Überleben der Familie zu sichern, nimmt eine Frau, deren Mann in Indochina vermißt wird, eine Stellung als Gouvernante bei einem verwitweten Mann an. Zunächst scheint alles in Ordnung zu sein, doch bald spürt ihr Sohn, wie der Sohn des Witwers alles daransetzt, seine Vormachtstellung zu unterstreichen. Ein um atmosphärische Dichte bemühter Film, der jedoch einige Entwicklungen seiner Geschichte zu sehr auf die Spitze treibt. – Ab 16.
Frankreich 1988 **P** Odessa **V** offen **R** Régis Wargnier **B** Régis Wargnier, Alain Le Henry, nach dem Roman «I am the King of the Castle» von Susan Hill **K** François Catonne **M** Sergej Prokofiew **S** Geneviève Winding **D** Jean Rochefort (M. Bréaud), Dominique Blanc (Mme Vernet), Régis Arpin

(Thomas Bréaud), David Béhar (Charles Vernet) **L** 88 **E** 5.6.1995 arte **fd** –

Schlußkonzert

GOLEM BA'MAAGAL

Das einfühlsame Porträt einer jungen Frau, die darum kämpft, zu sich selbst zu finden. Die introvertierte Pianistin löst nach und nach die Bande, die sie in der isolierten und behüteten Welt ihrer Kindheit festhalten – zu ihrer Mutter, einer Überlebenden des Holocaust, zu ihrem passiven Vater und dem senilen Großvater. Zugleich muß sie sich mit ihrem früheren Geliebten auseinandersetzen und die enttäuschende Liebesbeziehung zu einem Nachbarn verarbeiten.

Israel 1993 **V** offen **R** Aner Preminger **B** Tal Zilberstein, Aner Preminger, nach dem Roman von Lilly Perry Amitai **D** Hagit Dasberg (Miki Stav), Nicole Casel, Gedalia Besser, Anat Waxman, Dani Litani **L** 95 **E** 14.12.1995 Bayern 3 **fd** –

Schneller als der Tod

THE QUICK AND THE DEAD

In einer finsteren Westernstadt ist der tyrannische Sheriff nur durch ein tödliches Duell-Spiel zu attackieren, das er selbst veranstaltet. Eine Revolverheldin und ein Prediger nehmen das Gesetz in die eigene Hand. Ein leidlich unterhaltsamer, in seiner Beschränkung auf das Wettkampfmotiv aber zusehends vorhersehbarer Actionfilm im Western-Milieu.

Scope. USA 1995 **P** TriStar Pictures **V** Columbia TriStar **Pd** Joshua Donen, Allen Shapiro, Patrick Markey **R** Sam Raimi **B** Simon Moore **K** Dante Spinotti **M** Alan Silvestri **S** Pietro Scalia **D** Sharon Stone (Ellen), Gene Hackman (Herod), Russell Crowe (Cort), Leonardo DiCaprio (Kid), Tobin Bell (Dog Kelly), Roberts Blossom (Doc Wallace) **L** 111 **FSK** ab 16; f **E** 9.11.1995 **fd** 31 595

Die Schöne und das Biest

BEAUTY AND THE BEAST

Zeichentrickfilm in Anlehnung an den klassischen Märchenstoff: Die Tochter eines Juweliers zieht nach einem Austauschgeschäft ihres Vaters in das Schloß des schrecklich häßlichen Ungeheuers und entwickelt wider Erwarten zärtliche Gefühle für das Biest. – Ab 10.

England 1992 **V** offen **R** David Thwaytes **B** Paul Levinson, Nathalie Harrison, nach einem Märchen von Madame Leprince de Beaumont **M** Danny Schogger **L** 68 **E** 21.5.1995 premiere **fd** –

Die schönste Geschichte der Welt

LA BELLE HISTOIRE

Geschichten und Episoden über Reinkarnation und Liebe auf den ersten Blick, rund um einen Zigeuner und eine Ladendiebin, die sich schon zu Lebzeiten Christi gekannt haben. Man braucht mehrere Leben, um jemanden zu lieben, und was man verpaßt hat, kann in einem nächsten Leben nachgeholt werden – eine naivschöne Idee, aber etwas zu mager, um einen Film (besonders wenn er drei Stunden dauert) zu tragen. Er überzeugt vor allem dort, wo er subtil den Alltag beobachtet. – Ab 14.

Frankreich 1991 **P** Les Films 13 / TF1 Films Productions **V** offen **R+B** Claude Lelouch **K** Jean-Yves Le Mener **M** Francis Lai, Philippe Servain **S** Hélène de Luze **D** Gérard Lanvin (Jésus), Béatrice Dalle (Odona), Patrick Chesnais (Pierre), Marie-Sophie L. (Sophie), Vincent Lindon (Simon) **L** 179 (Orig. 210) **E** 27.7.1995 premiere **fd** –

Der schönste Mann der Welt

Die Freundschaft zweier Berliner Groschenroman-Autoren, die sich nach Key West zurückgezogen haben, um einen großen literarischen Roman zu schreiben, wird auf eine harte Bewährungsprobe gestellt, als der Geliebte des einen mit seinem Freund auftaucht.

Deutschland 1995 **P** ZDF **V** offen **R** Wolfgang B. Heine **B** Wolfgang B. Heine, Thomas Nennstiel **K** Klaus Günther, Wolfgang Hilser, Arnold Reidelhuber, Werner Schwanninger **D** Peter Eder (Otto), Rainer Philippi (Kelli), Thomas Morris (Ignatz), Matthias Eberth (Michael), Dinka Mrkowatschki (Marianne) **L** 80 **E** 22.10.1995 ZDF **fd** –

Schrecken aus dem Jenseits

THE TWILIGHT ZONE: ROD SERLING'S LOST CLASSICS

Fernsehverfilmung zweier Grusel-Drehbücher aus dem Nachlaß des «Twilight Zone»-Schöpfers Rod Serling. 1. «Kino des Grauens»: Eine junge Frau sieht im Kino statt des Films Szenen aus ihrem Leben. Was sie zunächst für einen Scherz hält, entpuppt sich als Ankündigung ihres nahen Todes. 2. «Insel der Toten»: Kurz nach dem amerikanischen Bürgerkrieg trifft ein ehrgeiziger Chirurg einen mysteriösen Apotheker, der ein Mittel gefunden hat, Tote wieder zum Leben zu erwecken.

USA 1993 **P** Universal / Amblin **V** E.A.T. (Video) **R** Robert Markowitz **B** Richard Matheson, Rod Serling **K** Jacek Laskus **M** Patrick Williams **D** Gary Cole (1) (Dr. James), Amy Irving (1) (Melissa Sanders), Jack Palance (2) (Jeremy Wheaton), Patrick Bergin (2) (Ben Ramsey), Jenna Stern (2) (Susan) **L** 87 **FSK** ab 16 **E** 11.3.1995 ARD / 1995 Video **fd** –

Schrecken der Vergangenheit
OUT OF ANNIE'S PAST
Eine glücklich verheiratete Frau wird von ihrer Vergangenheit eingeholt, als sie ein Fremder mit dem Wissen erpreßt, daß sie seit zehn Jahren in New York wegen Mordverdachts gesucht wird. Ein erbärmlich inszenierter, fantasieloser Krimi, in dem Marionetten ohne menschliche Züge agieren. Spielfilmlänge erhält die Produktion erst durch zahlreiche Brüche in der hanebüchenden Handlung. – Ab 16.
USA 1994 **P** Point of View (für Universal) **V** CIC (Video) **Pd** Harvey Frand **R** Stuart Cooper **B** Pablo F. Fenjves **K** Reed Smoot **M** Charles Bernstein **S** Cari Coughlin **D** Catherine Mary Stuart (Annie), Scott Valentine (Michael), Dennis Farina (Charlie), Carsten Norgaard (Lev), Carlos Gomez (Mendoza) **L** 87 **FSK** ab 16 **E** 20. 9. 1995 Video **fd** 31 568

Der Schreckensflug der Boeing 767
FREEFALL: FLIGHT 614
Fernsehdramatisierung einer Begebenheit aus dem Jahr 1983: Beim Flug eines Passagierflugzeuges von Montreal nach Edmonton stellt der Pilot fest, daß die Maschine kein Benzin mehr hat und sich im Gleitflug auf den Boden zubewegt. Schließlich versucht die Crew, auf einer schon lange nicht mehr benutzten Landebahn notzulanden. – Ab 14.
USA 1995 **V** offen **R** Jorge Montesi **B** Lionel Chetwynd, nach dem Buch «Freefall» von William und Marilyn Hoffer **D** William Devane (Captain Bob Pearson), Hack Shelley (Lynn Brown), Mariette Hartley (Beth Pearson), Nicholas Turturro (Al Williams), Winston Reckert (Rick Dion) **L** 96 **E** 27. 8. 1995 RTL **fd** –

Schrecklicher Verdacht
CROSSFIRE
Eine Agentin schleust den Chef des deutschen Geheimdienstes in eine Terrororganisation ein. Als der erste Auftrag – ein Bombenanschlag auf einen Staatssekretär – mißlingt, wird ihre Identität aufgedeckt, und sie gerät in Lebensgefahr.
Deutschland 1995 **V** offen **R** Jeannot Szwarc **B** Brian Finch **D** Susanne Schäfer (Anna Schilling), Sebastian Koch (Ernst Hoffmann), Michael Greiling (Helmut Mueller), Reiner Schöne (Vogel), Mark Kuhn (Kurt Brecht) **L** 91 **E** 25. 9. 1995 Pro Sieben **fd** –

Der Schrei des Todes
SCREAM BLACULA SCREAM
Aus Eifersucht erweckt ein Voodoo-Priester einen schwarzen Vampir zum Leben, der sofort und zunächst unaufhaltsam mit seiner Blutsaugertätigkeit beginnt. Teilweise blutrünstiger Horrorfilm mit einigen Unappetitlichkeiten, der jedoch in erster Linie zum Lachen reizt.
USA 1973 **P** AIP **V** offen **Pd** Joseph T. Naar **R** Bob Kelljan **B** Joan Torres, Raymond Koenig, Maurice Jules **K** Isidore Mankofsky **M** Bill Marx **S** Fabian D. Tordjmann **D** William Marshall (Blacula), Pam Grier (Lisa), Don Mitchell (Justin), Richard Lawson (Willis), Lynn Moddy (Denny) **L** 95 **E** 27. 10. 1995 Kabel 1 **fd** –

Schrei in die Vergangenheit
THE BROWNING VERSION
Neuverfilmung von Terence Rattigans Bühnenstück. Die Demütigung und Vereinzelung eines Lehrers der klassischen Sprachen spiegelt psychologische und gesellschaftliche Auswirkungen einer auf strikte äußere Haltung und Konventionen bedachten Epoche. Ein zutiefst bewegendes Porträt langsamer seelischer Zerstörung, mit sorgfältiger, unsensationeller Genauigkeit inszeniert und von Albert Finney eindringlich dargestellt. – Sehenswert ab 14.
England 1994 **P** Paramount Pictures **V** CIC (Video) **Pd** Percy Main, Garth Thomas **R** Mike Figgis **B** Richard Harwood, nach einem Bühnenstück von Terence Rattigan **K** Jean-François Robin **M** Mark Isham **S** Hervé Schneid **D** Albert Finney (Andrew Crocker-Harris), Greta Scacchi (Laura Crocker-Harris), Matthew Modine (Frank Hunter), Julian Sands (Tom Gilbert) **L** 93 **FSK** ab 6 **E** 23. 11. 1995 Video **fd** 31 651

Schrei, wenn du kannst
IN THE EYES OF A STRANGER
Eine junge Frau, die auf einem Bahnsteig den Selbstmord eines bekannten Millionenräubers mitangesehen hat, wird als Zeugin unter Polizeischutz gestellt. Sie verliebt sich in ihren Bewacher und überredet ihn, auf der Suche nach der Beute des Gangsters gemeinsame Sache mit ihr zu machen. Nach Vorbildern des «film noir» angelegter, mit überraschenden Handlungsumschwüngen entwickelter (Fernseh-)Thriller. – Ab 16.
USA 1992 **V** offen **R** Michael Toshiyuki Uno **D** Richard Dean Anderson (Jack Rourke), Justine Bateman (Lynn Carlson), Gordon Pinsent (Lt. Ted Burk), Cynthia Dale (Nancy), Denis Akiyama (Nelson) **L** 94 **E** 31. 1. 1995 SAT 1 **fd** –

Schriftsteller mit Leib und Seele
ZENSHIN SHOSETSUKA / A DEDICATED LIFE
Dokumentarisches Porträt des umstrittenen japanischen Schriftstellers Mitsuharu Inoue. Ursprünglich als Studie über einen Zeitraum von zehn Jahren konzipiert, wurde der Film schließlich von der Krebserkrankung des

Autors diktiert und folgt nun dem Verlauf der Krankheit. Nach dem Tod Inoues suchte der Regisseur Verwandte, Schüler und Freunde Inoues auf und verbindet die Gespräche mit ihnen mit (schwarzweißen) fiktiven Sequenzen zu einem Bild des Dichters und seiner Zeit. (O. m. d. U.)
Teils schwarz-weiß. Japan 1994 **P** Shisso Prod. **V** Freunde der Deutschen Kinemathek **Pd** Sachiko Kobayashi **R + B + K** Kazuo Hara **M** Takashi Sekiguchi **S** Jun Nabeshima **L** 160 **FSK** – **E** 1995 Kino **fd** –

Schuldlos schuldig
COUPABLE D'INNOCENCE
Im Jahre 1791 darf ein junger, naiver Uhrmacher im Schloß eines verstorbenen Erfinders die Uhren reparieren. In seiner Hoffnung, auf diese Weise Zugang zur Welt der Adligen zu finden, sieht er sich allerdings schnell getrogen – er wird zum idealen Opfer für die Spiele der dekadenten Aristokraten, sein Aufenthalt zur grausamen Lehrzeit des Lebens. Schwerfälliges, in seiner Rätselhaftigkeit ermüdendes historisches Drama eines Regiedebütanten. (Alternativer TV-Titel: «Unschuld macht schuldig») – Ab 16.
Frankreich / Polen 1992 **P** Atria / MS / La Sept Cinéma **V** offen **R** Marcin Ziebinski **B** Andrzej Rychcik, Wojciech Ziminski **K** Dariusz Kuc **M** Jean-Claude Petit **S** Grazyna Jasinska-Wisniarowska **D** Jonathan Zaccai (Bardo), Aleksander Bardini (Professor Mock), Michal Pawlicki (Alexandre Plant), Jan Peszek (Jacques Kaltfish), André Wilms (Henri Bicken), Philippine Leroy-Beaulieu (Jeanne Eberlen), Janusz Gajos (Giacomo Cinquedea), Ute Lemper (Catherine Gless) **L** 110 **E** 16. 1. 1995 mdr **fd** –

Schüler, Shakespeare und Karibik
CLASS CRUISE
Teenagerkomödie um eine Studienkreuzfahrt, auf der es zu Reibereien zwischen den Schülern einer öffentlichen High-School und den Snobs einer privaten Eliteschule kommt. – Ab 12.
USA 1989 **P** Portoangelo **V** offen **Pd** Ervin Zavada **R** Oz Scott **B** Craig W. van Sickle, Steven Long Mitchell **D** Michael De Luise (Boz Crenshaw), Billy Warlock (Sam McBride), Brooke Theiss (Kim), Patrick Petersen (Evan Prescoll), McLean Stevenson (Miles Gimrich) **L** 94 **E** 4. 6. 1995 Kabel 1 **fd** –

Der Schutz der Flügel
CHARACHAR
Nach dem Tod seines Sohnes verliert ein Vogelhändler den Bezug zur Realität. Er übt seinen Beruf nicht mehr aus und unternimmt auch nichts, als seine Frau sich einem anderen zuwendet. Schließlich findet er unter den Flügeln eines riesigen Vogelschwarms für immer Schutz. Ein eindrucksvoll gestalteter Film, der sich metaphorisch mit dem Sinn des Lebens aus dem Blickwinkel des Hinduismus befaßt. (O. m. d. U.) – Ab 16.
Indien 1993 **P** Gope Movies (PVT) **V** Freunde der Deutschen Kinemathek **Pd** Shankar Gope, Gita Gope **R + B** Buddhadeb Dasgupta, nach einer Kurzgeschichte von Prafulla Roy **K** Soumendu Roy **M** Biswadeb Dasgupta **S** Ujjal Nandi **D** Rajit Kapoor (Lakhinder), Laboni Sarkar (Sari), Sadhu Meher, Shankar Chakraborty, Monoj Mitra **L** 84 **E** 1994 Kino **fd** 31 515

Die schwarze Angustias
LA NEGRA ANGUSTIAS
Verfilmung des Lebens der Banditin Angustias, die während der mexikanischen Revolution von 1911 bis 1917 gegen das Regime von Porfirio Diaz kämpfte und als erste Frau den Rang eines Colonels erreichte. Erst als sie sich in den bürgerlichen Manolo verliebt, gibt sie ihren revolutionären Anspruch auf und versucht, dem Frauenideal ihres Geliebten zu entsprechen. (O. m. d. U.) – Ab 16.
Mexiko 1949 **V** offen **R** Matilde Landeta **D** Maria Elena Marqués, Augustin Isunza, Eduardo Arozamena, Ramon Gay **L** 82 **E** 10. 3. 1995 3sat **fd** –

Der schwarze Fluch
Nachdem Einbrecher ihr Haus angezündet haben und ihr Mann in den Flammen umgekommen ist, sucht eine Journalistin Vergessen in der Arbeit. Zwei Jahre später führt sie ein Auftrag auf eine südamerikanische Insel, auf der grauenhafte Ritualmorde geschehen. Sie lernt einen Richter kennen, der ihrem verstorbenen Mann zum Verwechseln ähnlich sieht. Beide verlieben sich ineinander. Doch die Frau des Richters spinnt eine teuflische Intrige, der bald Menschen zum Opfer fallen. – Ab 16.
Deutschland 1994 **P** Lisa-Film **V** offen **R** Otto W. Retzer **B** Julia Kent **D** Julia Kent (Jenny Levinski), James Brolin (David Levinski / Charles Marlowe), Deborah Shelton (Inka Marlowe), Brent Huff (Rick Hudson), Wilfried Baasner (Tomas Winston), Chuck Peytun (Juang Homes) **L** 93 (gek. 90) **FSK** ab 16; f (gek. 12;f) **E** 2. 6. 1995 RTL **fd** –

Ein schwarzer Engel
L'ANGE NOIR
Die respektierte Frau eines prominenten Richters gerät in Verdacht, einen Gangster umgebracht zu haben. Ein von ihrem Mann engagierter Anwalt bringt

die fragwürdige Vergangenheit der aus bescheidenen Verhältnissen stammenden Frau ans Licht: sie war Komplizin und Geliebte des Ermordeten. Das zuweilen überstilisierte Kriminaldrama droht der Faszination des bürgerlichen Milieus zu erliegen, das es kritisieren will. – Ab 16.
Frankreich 1994 **P** Alain Sarde Prod. **V** offen **Pd** Alain Sarde **R+B** Jean-Claude Brisseau **K** Romain Winding **M** Jean Musy **S** Maria Luisa Garcia **D** Sylvie Vartan (Stéphane Feuvrier), Michel Piccoli (Georges), Lisa Heredia (Madeleine), Tchéky Karyo (Paul Delorme), Alexandra Winisky (Cécile) **L** 99 **E** 27.9.1995 premiere **fd** –

Schweigemauer
WALL OF SILENCE
Zwei Morde und das Auftauchen eines ehemaligen Offiziers der israelischen Armee bringen Unruhe in eine jüdische Gemeinde in London. In der jüdischen Diaspora spielender Kriminalfilm. – Ab 16.
England 1993 **P** BBC **V** offen **R** Philip Saville **B** Laurence Marks, Maurice Gran **K** John Kenway **M** Barrington Pheloung **D** Shmuel Singer (Warren Mitchell), Howard Mullen (Bill Paterson), Percy Reynolds (John Bowe), Rosa Klein (Suzanne Bertish), Rifka Klein (Juliette Caton) **L** 90 **E** 2.12.1995 West 3 **fd** –

Ein Schweinchen namens Babe
BABE, THE GALANT PIG
In liebevoller Detailtreue entführt diese Kinderbuchverfilmung in eine ländliche Idylle. Ein kleines Schwein lernt, angeregt durch die anderen Tiere, sein Leben unbeschadet einer Verwertung im Kochtopf sinnvoll zu gestalten und erwirbt sich als neuer «Schäferhund» die Gunst seines Besitzers. In geschickter Kombination von Real- und Puppentrickszenen (Trickfiguren: Jim Henson's Creature Shop) gelingt eine stilvolle Überzeichnung zwischen Verklärung und Abgründigkeit; dabei entsteht ein wirkliches Vergnügen für jung und alt. – Sehenswert ab 8.
USA 1995 **P** Universal **V** UIP **Pd** George Miller, Doug Mitchell, Bill Miller **R** Chris Noonan **B** George Miller, Chris Noonan, nach einem Roman von Dick King-Smith **K** Andrew Lesnie **M** Nigel Westlake **S** Marcus D'Arcy, Jay Friedkin **D** James Cromwell (Farmer Hoggett), Magda Szubanski (Emse Hoggett), David Webb (Tierarzt) **L** 92 **FSK** o. A.; f **FBW** bw **E** 7.12.1995 **fd** 31 670

Der Scout
THE SCOUT
Der Talentsucher eines New Yorker Baseball-Teams findet in der mexikanischen Provinz in einem elternlosen Jungen einen erstaunlichen Spieler und führt ihn nach einer Folge von psychologisch bedingten Hemmnissen zum Triumph auf der Basis eines millionenschweren Vertrages. Herkömmliche amerikanische Aufsteiger-Saga mit dem obligatorischen Happy-End. Verglichen mit früheren Baseball-Balladen weist der Film immerhin genügend inszenatorische Kompetenz auf, um Sportfreunde solide zu unterhalten. – Ab 12.
USA 1994 **P** 20th Century Fox **V** Fox (Video) **Pd** A. A. Ruddy Morgan, Andre E. Morgan, Herbert S. Nanas, Jack Cummins **R** Michael Ritchie **B** Andrew Bergman, Albert Brooks, Monica Johnson **K** Laszlo Kovacs **M** Bill Conti **S** Don Zimmerman, Pembroke J. Herring **D** Albert Brooks (Al Percalo), Brendan Fraser (Steve Nebraska), Dianne Wiest (Dr. Aaron), Anne Twomey (Jennifer), Michael Rapaport (Tommy Lacy) **L** 98 **FSK** ab 12 **E** 16.11.1995 Video **fd** 31 659

Sechs Weihnachten
Ein konventionell gemachter Dokumentarfilm, der vom Schicksal 38 Jugendlicher berichtet, die im Oktober 1945 als angebliche Mitglieder der SS-Untergrundorganisation «Werwolf» denunziert und von der sowjetischen Besatzungsmacht inhaftiert wurden. Vier Überlebende berichten über ihre Vergangenheit, beschreiben Folter und Rechtsbeugungen, denen sie ausgesetzt waren. Ein düsteres Kapitel deutsch-deutscher Geschichte, das zu Zeiten der DDR totgeschwiegen wurde.
Deutschland 1994 **P** Ostfilm / Hoffmann & Loeser **V** Salzgeber & Co. (16 mm) **Pd** Tony Loeser, Andrea Hoffmann **R+B** Juliane Geick **K** Eberhard Geick **S** Siegrid Halvensleben-Gaul, Birgit Berndt, Barbara Gebler **L** 110 **FSK** – **E** 2.1.1995 ORB / 23.3.1995 **fd** 31 282

Das sechste Gebot
THE LAUGHTER OF GOD
Hinter der Fassade eines glücklichen Familienlebens vergnügen sich ein Architekt und seine Frau mit Liebhaber respektive Liebhaberin. Als letztere sich ebenfalls kennenlernen und zudem ein wichtiges Bauprojekt des Architekten in Gefahr gerät, dominieren mörderische Aggressionen das Vierecksverhältnis.
England 1991 **P** BBC **V** offen **R+B** Tony Bicât **M** Nick Bicât **D** Peter Firth (Steve Clemant), Amanda Donohoe (Jane Clemant), Sylvia Syms (Diana), Neil Duncan (Jonathon Parker), Sharon Cheyne (Rose Delgardo) **L** 88 **E** 4.12.1995 RTL 2 **fd** –

Secret Games 2 – Heiße Hostessen
SECRET GAMES 2: THE ESCORT
Sexfilm um einen von seiner Ehe sexuell gelangweilten renommierten Kunstkritiker, der Lust und Liebe bei anderen Frauen sucht. (TV-Titel auch: «Secret Games – Verbotene Reize») – Wir raten ab.
USA 1993 **V** offen **R** Alexander Gregory Hippolyte **B** Russell Lavalle **K** Glenn Kershaw **M** Ashley Irwin **D** Martin Hewitt (Kyle Lake), Maria Leroux (Heather), Amy Rochelle (Stacey), Sara Suzanna Brown (Irene), Mark T. Paladini (Bill) **L** 87 **E** 16.6.1995 premiere **fd** –

Secret Games 3
SECRET GAMES 3
Eine von ihrem Mann vernachlässigte Frau flüchtet sich zunächst in ihre Fantasien. Als sie ein als Club getarntes Bordell aufsucht, lernt sie einen Mann kennen, der ihr bester Kunde, aber auch immer besitzergreifender wird. Schließlich stellt sie fest, daß ihr Liebhaber ein Killer ist. Sexfilm von ermüdender Einfallslosigkeit, dem auch die Thriller-Elemente nicht über die Runden helfen. – Wir raten ab.
USA 1994 **P** Axis / Davis Joint Venture **V** Splendid (Video) **Pd** Andrew Garroni **R** Alexander Gregory Hippolyte **B** Dan Simmons, Tucker Johnston **K** Wally Pfister **M** Ashley Irwin **S** Kent Smith **D** Woody Brown (Terrell Baxter), Rochelle Swanson (Diane Larson), May Karasun (Gwen), Dean Scofield (Alex Larson), Bob Delegall (Louis) **L** 87 (gek. 79) **FSK** ab 18 (gek. 16) **E** 20.2.1995 Video **fd** 31 525

Seeschlacht vor Virginia
IRONCLADS
1862 im amerikanischen Bürgerkrieg: Als sich der Bundesstaat Virginia dazu entscheidet, aus der Union auszutreten, verlieren die Nordstaaten ihren wichtigsten Marinestützpunkt. Ein Marinesoldat der Union erhält den Auftrag, die Werftanlagen zu sprengen, bekommt aber Skrupel und wird verhaftet. Um seine Hinrichtung zu verhindern, muß er sich als Spion bei den Konföderierten einschleichen. Dort trifft er auf eine Frau, die gegen den Sklavenhandel in den Südstaaten kämpft. Langatmiger historischer Kriegsfilm, an dem nur die Seeschlacht der beiden Panzerkreuzer «Merrimack» und «Monitor» fesselt. – Ab 16.
USA 1991 **V** offen **R** Delbert Mann **B** Harold Gast **K** William Wages **M** Allyn Ferguson **D** Virginia Madsen (Betty Stuart), Reed Diamond (Leslie Harmon), Alex Hyde-White (Catesby), Beatrice Bush (Opal), Philip Casnoff (Guilford) **L** 90 **E** 18.3.1995 premiere **fd** –

Der Seewolf
THE SEA WOLF
Jack Londons Abenteuergeschichte vom tyrannischen Robbenfänger-Kapitän in einer Fernseh-Adaption, die keinen Vergleich mit der Verfilmung durch Michael Curtiz (1941) aushält, obwohl einige (nachkolorierte) Seeaufnahmen des Kinoklassikers eingearbeitet wurden. – Ab 16.
USA 1993 **V** offen **R** Michael Anderson **B** Andrew J. Fenady, nach dem Roman von Jack London **M** Charles Bernstein **D** Charles Bronson (Wolf Larson), Christopher Reeve (Humphrey Van Weyden), Clive Revill (Cookie), Len Cariou (Doc Picard), Catherine Mary Stewart (Flaxen Brewster) **L** 92 **E** 20.10.1995 Pro Sieben **fd** –

Segeln nach Uist
Optisch faszinierender Dokumentarfilm, der den Spuren des amerikanischen Fotografen Paul Strand folgt, der vor Jahrzehnten auf den Äußeren Hebriden, einer Inselgruppe im Norden Schottlands, die Motive für seinen Bildband «Land der Gräser» gefunden hatte. Der Film zeigt den Alltag der Bewohner und beleuchtet Hintergründe sozialer Konflikte, wobei die Natürlichkeit der Menschen, die das Recht auf ein eigenes, ehrliches Leben behaupten, als Metapher für den Lebenssinn überhaupt steht. Der Kommentar, der Parallelen zum Leben in der DDR herstellt, wirkt etwas gesucht und schwergewichtig. – Ab 16.
Deutschland 1995 **P** Brandenburger Filmbetrieb **V** Brandenburger Filmbetrieb **Pd** Jutta Garbas, Rainer Ackermann **R + B + K** Rainer M. Schulz **M** Henry Mex **S** Karin Schöning **L** 80 **FBW** w **E** Herbst 1995 **fd** 31 638

Segeltour des Grauens
SURVIVE THE SAVAGE SEA
Abenteuerfilm nach einer wahren Begebenheit. Eine Bostoner Familie, die von Australien aus einen Pazifik-Segeltörn macht, muß in einem kleinen Schlauchboot auf hoher See um ihr Überleben kämpfen, nachdem ein Wal ihr Schiff gerammt und versenkt hat. Als sie nach Tagen noch nichts von ihrer Familie gehört hat, löst die an Land gebliebene ältere Tochter eine Rettungsaktion aus. – Ab 14.
USA 1992 **V** offen **R** Kevin Dobson **B** Scott Swanton, Fred Haines **K** David Eggby **D** Robert Urich (Jack Carpenter), Ali MacGraw (Claire Carpenter), Mark Ballou (Gary Carpenter), Ryan Urich (Brian Carpenter), David Franklin (Wally Hudson), Danielle von Zerneck (Susan Carpenter) **L** 88 **E** 15.3.1995 ZDF **fd** –

Sehnsucht der Herzen
DUE MADRI PER ROCCO
Melodram um die Liebe zwischen einer in Berlin lebenden Italienerin und einem verheirateten Geschäftsmann. Als sie schwanger wird, zerbricht die Beziehung, weil er sich nicht zwischen Ehefrau und Geliebter entscheiden kann. Die Italienerin verliert das Kind und kehrt nach Rom zurück, wo die beiden wieder zusammenfinden, aber erneut auf eine harte Bewährungsprobe gestellt werden. – Ab 16.
Italien / Deutschland / Frankreich 1993 **V** offen **R** Andrea Frizzi, Antonio Frizzi **B** Lidia Ravera, Mimmo Rafele **K** Gianlorenzo Battaglia **M** Eugenio Bennato **D** Eleonora Brigliadori (Marta Valentini), August Zirner (Thomas Wagner), Pietra Montecorvino (Rosaria Sorrentino), Davide Gadaleta (Rocco), Franca D'Amato (Irene) **L** 92 / 93 **E** 22 / 24. 3. 1995 ARD (2 Teile) **fd** –

Sei stark, Cassie
NOBODY'S FOOL
Eine Kellnerin in einer amerikanischen Kleinstadt versucht, ihrem trostlosen Leben für einige Stunden zu entfliehen, indem sie den Workshop einer durchreisenden Theatertruppe besucht. Sie erregt das Interesse des Bühnentechnikers, der ihr bald eine Lebensalternative anbietet. Eine romantische Komödie, die sich ganz auf ihre Hauptdarstellerin konzentriert und versäumt, ein Spannungsfeld zu den anderen Personen aufzubauen. Während die Nebencharaktere gut geführt werden, droht die eigentliche Handlung zu versiegen. – Ab 16.
Scope. USA 1986 **P** Katz-Denny / Island **V** offen **Pd** James C. Katz, Jon S. Denny **R** Evelyn Purcell **B** Beth Henley **K** Mikhail Suslow **M** James Newton Howard **S** Dennis Virkler **D** Rosanna Arquette (Cassie), Eric Roberts (Riley), Mare Winningham (Pat), Jim Youngs (Billy), Louise Fletcher (Pearl), Gwen Welles (Shirley) **L** 107 **E** 5. 9. 1995 RTL 2 **fd** –

Separate Lives – Tödliches Doppelleben
SEPARATE LIVES
Leidlich spannender Psychothriller um Persönlichkeitsspaltung und daraus erwachsende Verbrechen: Eine Psychologie-Dozentin sieht sich jäh in einen mysteriösen Kriminalfall verwickelt, als ihr eigenes unterbewußtes Ich sie dazu treibt, nächtens durch üble Kneipen zu tingeln. Ein ehemaliger Polizist entlarvt den Täter und findet den Grund für ihre Doppelexistenz. Nur mäßig gestalteter und gespielter Film mit arg konstruierter Handlung, der beim Zuschauer viel Gutgläubigkeit voraussetzt. – Ab 16.
USA 1994 **P** Trimark **V** Warner Home (Video) **Pd** Mark Amin, Diane Nabatoff, Guy Riedel **R** David Madden **B** Steven Pressfield **K** Kees Van Oostrum **M** William Olvis **S** Janice Hampton **D** James Belushi (Tom Beckwith), Linda Hamilton (Lauren Porter / Lena), Vera Miles (Ruth Goldin), Elizabeth Moss (Ronni Beckwith), Drew Snyder (Robert Porter) **L** 102 **FSK** ab 16 **E** 15. 9. 1995 Video **fd** 31 563

Das Serum des Grauens
INVISIBLE MANIAC
Ein wahnsinniger Wissenschaftler entwickelt ein Serum, das unsichtbar macht, und terrorisiert mit Hilfe dieser Erfindung seine Umwelt. Mißlungene Parodie des Horrorklassikers «Der Unsichtbare» (1933), stümperhaft inszeniert, unfreiwillig komisch. – Ab 16.
USA 1990 **V** offen **R** Riff Coogan (= Adam Rifkin) **D** Noel Peters (Kevin Dornwinkle), Melissa Moore (Bunny), Shannon Wilson (Savannah), Robert Ross jr. (Chet), Rod Sweiter (Gordon) **L** 82 **E** 4. 8. 1995 RTL **fd** –

Sex
SEX
Sexfilm: Ein Tankwart verläßt seine große Liebe für eine Star-Agentin und läßt sich vom Glamour verführen.
USA 1994 **V** offen **R + B** Michael Ninn **K** Bill Smith **M** Dino Ninn **D** Sunset Thomas, Tiffany Million, Debi Diamond, Gerry Pike **L** 87 **E** 8. 12. 1995 premiere **fd** –

Sexual Outlaws
SEXUAL OUTLAWS
Sexfilm. Der Kunde einer Prostituierten macht pornografische Fotos von ihr und schickt sie zusammen mit selbstverfaßten Texten an einen Verlag. Als die Frau kurz darauf ermordet aufgefunden wird, gerät er unter Mordverdacht.
USA 1993 **V** offen **R** Edwin Brown **B** Summer Brown, Edwin Brown **K** John Dirlam **D** Mitch Gaylord (Francis), Kim Dawson (Jeannie), Nicole Grey (Rita), Mike McCollow (John), Erika West (Lisa) **L** 93 **E** 21. 4. 1995 premiere **fd** –

Sexy Sheryl
siehe: Zauber eines Sommers

Shadow Killer
SERIAL KILLER
Eine Psychologin beim FBI und ihr Kollege machen einen Serienkiller dingfest. Doch dem krebskranken, paranoid-schizophrenen Mörder gelingt die Flucht. Bestialisch mordend, setzt er sich auf die Spur der Psychologin und umgarnt sie mit einem teuflischen Plan. Billig gemachter Grusel-Thriller um ein intelligentes Monster in Menschengestalt. Fragwürdig ebenso durch die dünne Psychologie wie die effekthascherische, plakative Dramaturgie, vor allem aber durch die Dämonisierung des Mörders, die für die

Abschaffung eines humanen Strafvollzugs plädiert.
USA 1994 **P** Image / Republic Pictures **V** Starlight (Video) **Pd+R** Pierre David **B** Mark Sevi **K** Thomas Jewett **M** Louis Febré **S** Julian Semilian **D** Kim Delaney (Selby Younger), Gary Hudson (Cole Grayson), Tobin Bell (Morrano), Pam Grier, Marco Rodriguez **L** 91 **FSK** ab 16 **E** 1.11.1995 Video **fd** 31 809

Shadowchaser III
PROJECT SHADOWCHASER 3
Die Besatzung eines zum Routinedienst auf einer Umlaufbahn um den Mars verdammten Raumschiffes kollidiert mit einem zweiten Raumschiff, das seit 25 Jahren als verschollen gilt. Dessen Besatzung besteht aus einem Androiden, der Menschen tötet, indem er in ihre äußere Hülle schlüpft. Ein nach einschlägigen Vorbildern des Horror-Sciencefiction-Genres zusammengeflickter Schundfilm; brutal, aufgemotzt mit billigsten pyrotechnischen und dramaturgischen Tricks.
USA 1994 **P** FGM Film International **V** VPS (Video) **Pd** John E. Eyres, Gregory Vanger, Shari Lane Bowles, Paul Eyres **R** John E. Eyres **B** Nick Davis **K** Mark Morris **M** Steve Edwards **S** Amanda Kirpaul **D** Sam Bottoms (Kody), Musetta Vander (Rea), Christopher Atkins (Snake), Frank Zagarino (Android), Christopher Neame (Renko) **L** 86 **FSK** ab 16 **E** 31.8.1995 Video **fd** 31 590

Shame
SHAME
Sex-and-Crime-Film. Eine Indianerin, deren Stammesmitglieder ermordet wurden, und ein Weißer, dessen Frau von brutalen Kidnappern entführt wurde, lernen sich bei der Suche nach den Tätern kennen und kommen sich schnell in jeder Beziehung näher.
USA 1995 **V** offen **R** Philip Christian **B** Raven Touchstone **K** Philip Christian **M** Saint **D** Leena, Kaitlyn Ashley, Isis Nile, Mike Horner **L** 88 **E** 1.12.1995 premiere **fd** –

Shanghai Serenade
YAO A YAO, YAO DAO WAIPO QIAO / SHANGAI TRIAD
Die aus dem «unschuldigen» Blickwinkel ihres 14jährigen Dieners geschilderten letzten sieben Tage einer unnahbaren Sängerin und Tänzerin, die sich 1930 für eine Intrige gegen ihren Liebhaber, einen mächtigen Triaden-Boß, einspannen läßt. Hinter der spannenden, prunkvoll und routiniert inszenierten Fabel um Verrat und Sühne offenbaren sich allegorische Bezüge zum China der 90er Jahre. Zeichen der Hoffnung auf eine bessere Zukunft reiben sich dabei am Bild des ewigen Kreislaufs von Macht, Verführung und Unterdrückung und umschreiben die Austauschbarkeit des einzelnen in der chinesischen Gesellschaft. – Sehenswert ab 16.
VR China / Frankreich 1995 **P** Shanghai Films Studio / Alpha / UGC Images / La Sept Cinéma **V** Kinowelt **Pd** Wu Yigong **R** Zhang Yimou **B** Bi Fei Yu **K** Lu Yue **M** Zhang Guangtian **S** Du Yuan **D** Gong Li (Xiao Jinbao), Li BaoTian (der Pate), Wang Xiao Xiao (Shuisheng), Sun Chun (Song Er Ye), Li Xui Jian (Liu Shu) **L** 109 **FSK** – **E** 23.11.1995 **fd** 31 646

Sheba Baby
SHEBA BABY
Nachdem ihr Vater von einem vierköpfigen Killerkommando ermordet wurde, versucht eine Chicagoer Privatdetektivin, an die Hintermänner der Aktion heranzukommen und die Mörder zu liquidieren. Ein einfältiger Actionfilm, geprägt durch ein schwaches Drehbuch und amateurhafte Darsteller.
USA 1975 **P** AIP **V** offen **R+B** William Girdler **K** William Asman **M** Monk Higgins, Alex Brown **D** Pamela Grier (Sheba Shayne), Austin Stoker (Brick Williams), D'Urville Martin (Pilot), Rudy Challenger (Andy Shayne), Richard Merrifield (Shark), Christopher Joy (Walker) **L** 90 **E** 7.5.1995 Kabel 1 **fd** –

Sherlock Holmes und die sieben Zwerge
Ein pensionierter Kriminalbeamter bekommt Besuch von den sieben Zwergen, denen man Schneewittchen entführt hat. So macht sich der Pensionär mit seinen beiden Enkelkindern auf ins Märchenreich, um die durch einen bösen Magier aus den Fugen geratene Ordnung wiederherzustellen. Kinofassung einer achtteiligen Fernsehserie. Sie läßt die Tradition der DEFA-Märchenfilme mit ihren zauberhaften Tricks wiederaufleben und bürstet altbekannte Geschichten ein wenig gegen den Strich. Trotz einiger inszenatorischer Schwächen unterhält der Film sein junges Publikum spannend, humorvoll und auch ein wenig gruselig, vor allem aber beflügelt er die Fantasie. – Sehenswert ab 6.
Deutschland 1994 **P** ORB / mdr / SFB / NDR **V** Progress **Pd** Ralph Retzlaff **R** Günter Meyer **B** Andreas Pöschel, Günter Meyer **K** Wolfgang Braumann **M** Thomas Natschinski **S** Helga Wardeck **D** Alfred Müller (Hans Holms), Ellen Schwiers (Helene), Ulrike Haase (Anne), Stefan Limprecht (Martin), Rainer Heise (Schwarzer Magier), Heike Jonca (Hexe) **L** 91 **FSK** o. A.; f **E** 2.3.1995 / 26.12.1995 ARD **fd** 31 302

Shigatse – Eine Spritze kommt selten allein
SHIGATSE – EINE SPRITZE KOMMT SELTEN ALLEIN
Am Beispiel der tibetanischen Region Shigatse beschreibt der Film die Folgen der chinesischen Besetzung. Das traditionelle medizinische Wissen Tibets wird durch Schnellkurse in westlicher Schulmedizin ersetzt. Dies führt zu einer medizinischen Unterversorgung der Bevölkerung und dem fortschreitenden Verlust der kulturellen Identität. Ein formal schlichter Film, der sein Anliegen ohne großes Engagement vorträgt und unverbindlich bleibt. – Ab 14 möglich.
Schweiz 1989 **P** Limbo / Container TV **V** offen **R** Jürg Neuenschwander **B** Jürg Neuenschwander, Alex Sutter **K** Manfred Neuwirth **M** Volksgruppe Shigatse, Tsering Tenzing, David Gattiker **S** Jürg Neuenschwander **L** 90 **E** 15.10.1995 3sat **fd** –

Shotgun Wedding
SHOTGUN WEDDING
Ein junger Autodieb in Sidney wird aus der Haft entlassen, als er gegen einen korrupten Polizisten aussagt. Als der mit ihm abrechnen will, nimmt er seine schwangere Lebensgefährtin als Geisel und verschanzt sich in einem Farmhaus. Während der Belagerung werden er und die junge Frau, die das Kind zur Welt bringt, getraut, der Fall wird zum Medienereignis. Ein auf einer wahren Begebenheit des Jahres 1968 basierender Film. Er verbindet Thriller und Melodram zu einem unausgegorenen Konglomerat aus Gesellschaftskritik, Rührstück und spannungsreichem Krimi, das psychologisch wie soziologisch unzureichend bleibt. (Fernsehtitel: «Shotgun Wedding – Hochzeit auf australisch») – Ab 16.
Australien 1992 **P** Beyond Films **V** Delta (Video) **Pd** David Hannah, Charles Hannah **R** Paul Harmon **B** David O'Brien **K** Kim Battenham **M** Allan Zavod **S** Wayne LeClos **D** Aden Young (Jimmy Becker), Zoe Carides (Helen Llewellyn), Bill Hunter (Godfrey Andrews), John Walton (Det. Frank Taylor), Marshall Napier (Det. Dave Green), John Clayton (Church) **L** 84 **FSK** ab 12 **E** 4.12.1994 RTL 2 / 7.2.1995 Video **fd** –

Sie hatte keine Chance
BETTER OFF DEAD
Wegen des Mordes an einem Polizisten wird eine junge Kriminelle zum Tode verurteilt. Nach sieben Jahren in der Todeszelle bringt eine engagierte Anwältin Licht in die erschütternde Kindheit der Todeskandidatin; ein Justizbeamter, von dem sie schwanger ist, will ihre Begnadigung erreichen. Überdurchschnittliches Fernsehdrama. – Ab 16.
USA 1993 **V** offen **R** Neema Burnette **B** Marlane X. Meyers **M** John Barnes **D** Mare Winningham (Kit Kellner), Tyra Ferrell (Cutter Dubuque), Robert Nadir (Daniel Davis), Jan D'Arcy (Nola), Kevin Tighe (John Byron) **L** 86 **E** 18.9.1995 Pro Sieben **fd** –

Sie kannte ihren Killer
SOMEONE SHE KNOWS
Nach dem Mord an einem sechsjährigen Mädchen hat die Polizei zunächst keine konkrete Spur; die verzweifelte Mutter vermutet jedoch in dem Streifenpolizisten ihres Viertels den Täter und verfolgt ihn hartnäckig. – Ab 16.
USA 1994 **V** offen **R** Eric Laneuville **B** Carol Monpere **M** Wendy Blackstone **D** Markie Post (Laurie), Gerald McRaney (Frank), Jeffrey Nordling (Greg), Spencer Garrett (Lieutenant Harry Kramer), Sharon Lawrence (Sharon) **L** 89 **E** 31.10.1995 Pro Sieben **fd** –

Sie können's nicht lassen
SIDEKICKS
Zwei kleine Ganoven werden versehentlich von der Tochter des Sheriffs verhaftet. Als handfeste Gangster sie aus der Haft befreien, weil sie mit ihnen eine Bank überfallen wollen, geht so ziemlich alles daneben, doch die Gauner haben noch andere Eisen im Feuer. Eine ziemlich langweilige Western-Komödie. – Ab 14 möglich.
USA 1974 **P** Warner / Cherokee **V** offen **R** Burt Kennedy **B** William Bowers **D** Lou Gossett jr. (Jason), Larry Hagman (Quince), Harry Morgan (Sheriff Jenkins), Blythe Danner (Prudy Jenkins), Jack Elam (Boss), Hal Williams (Max) **L** 75 **E** 13.9.1995 Vox **fd** –

Sieben
SEVEN
Ein Psychopath begeht eine Serie krankhafter Morde nach der Reihenfolge der sieben Todsünden. Zwei Ermittler sollen diesen Wahnsinn aufklären. Ein ebenso artifiziell wie effektvoll inszenierter Detektivfilm, der mit außergewöhnlich dunklen und düsteren Bildern eine beklemmende Atmosphäre der Ausweglosigkeit und des abgrundtiefen Pessimismus schafft. Dabei interessiert er sich letztlich aber mehr für die pathologischen Ergebnisse der Mordkette als für eine Handlung, die Hand und Fuß hätte, so daß auch die effektvolle Machart letztlich die arg geschmacklose Story nicht genießbarer machen kann.
Scope. USA 1995 **P** New Line Cinema **V** Neue Constantin **Pd** Arnold Kopelson, Phyllis Carlyle, Stephen Brown **R** David Fincher **B** Andrew Kevin Walker **K** Darius Khondji **M** Howard Shore **S** Richard Francis-Bruce **D** Morgan Freeman (William Somerset), Brad Pitt (David Mills), Kevin Spacey (John Doe), Gwyneth Paltrow (Tracy

Mills), John C. McGinley (California), Richard Roundtree (Talbot) **L** 126 **FSK** ab 16; nf **E** 23.11.1995 **fd** 31 642

Die sieben Raben
Märchenfilm nach den Gebrüdern Grimm: Um ihre sieben Brüder zu retten, die von der Mutter in Raben verwandelt wurden, muß Bohdanka neue Hemden nähen, ohne ein Wort zu sprechen. Das ist nicht einfach, zumal sich ein Prinz in das Mädchen verliebt. – Ab 8.
Tschechien 1993 **V** offen **R** Ludvík Ráza **D** Mária Podhrdská (Bohdanka), Michael Dlovhy (Vratislav), Ivana Chylková (Milada), Boris Rösner (Tasso) **L** 80 **E** 1.5.1995 ARD **fd** –

Sieben Tage – da unten am Indian River
Während an Bord einer US-Raumfähre amerikanische und russische Astronauten gemeinsam wissenschaftliche Experimente durchführen, hält sich ein Filmteam sieben Tage lang in einem verschlafenen Städtchen zwölf Meilen von den Startrampen von Cape Canaveral entfernt auf. Der Dokumentarfilm schließt nahtlos an die Beobachtungen von «Am siebten Tag über den Syr Darja» an.
Deutschland 1995 **V** offen **R** Joachim Tschirner **L** 90 **E** 29.11.1995 mdr **fd** –

Die siebente Münze
THE SEVENTH COIN
Ein ehemaliger Leutnant der britischen Armee sucht verbissen nach der letzten von sieben Herodes-Münzen. In seinem Wahn schreckt er auch vor Morden nicht zurück. In Jerusalem kreuzt er den Weg einer Gruppe amerikanischer Girl Scouts, die durch unglückliche Umstände in den Besitz der Münze gelangten. Eine dramatische Hetzjagd beginnt, bei der auch ein jugendlicher Taschendieb eine Rolle spielt. – Ab 16.
USA / Israel 1993 **V** offen **R** Dror Soref **B** Dror Soref, Michael Lewis **K** Avi (= Avraham) Karpick **M** Misha Segal **D** Peter O'Toole (Emil Saber), Navin Chowdhry (Salim), Alexandra Powers (Ronnie Segal), John Rhys-Davies (Galil), Ally Walker (Lisa) **L** 89 **E** 20.8.1995 premiere **fd** –

Der Sieg der Sternenkinder
RETURN FROM WITCH MOUNTAIN
Zwei junge Außerirdische, die mit ihrem Onkel auf der Erde landen, sollen mit ihren übersinnlichen Fähigkeiten einem machtgierigen Wissenschaftler und dessen Komplizin zur Weltherrschaft verhelfen. Disney-Unterhaltung im Science-fiction-Gewand; Fortsetzung der «Flucht zum Hexenberg» (1975). – Ab 12.
USA 1978 **P** Disney **V** offen **R** John Hough **B** Malcolm Marmorstein **K** Frank Phillips **M** Lalo Schifrin **D** Bette Davis (Letha Wedge), Kim Richards (Tia), Ike Eisenmann (Tony), Christopher Lee (Dr. Gannon), Anthony James (Sickle) **L** 93 **E** 18.6.1995 premiere **fd** –

Der silberne Hengst – König der Wildpferde
THE SILVER BRUMBY
Im australischen Hochland erzählt eine Schriftstellerin in den 50er Jahren ihrer Tochter die Geschichte von einem sagenhaften Wildpferd. Auf Bitten des Mädchens setzt sie die Legende in eine Erzählung um, die für den Zuschauer als Film im Film sichtbar wird. In solider Inszenierung und mit beachtlichen Schauspiel- und Dressurleistungen vertritt der Film einen ökologischen Ansatz, redet aber in seiner Gleichsetzung von Tierreich und Menschenwelt unterschwellig überholten Hierarchie- und Rollenbildern das Wort. – Ab 8.
Australien 1993 **P** Media World **V** CI (Kino) / NGP (Video) **Pd** John Tatoulis, Colin J. South **R** John Tatoulis **B** John Tatoulis, Jon Stephens, Elyne Mitchell, nach einem Roman von Elyne Mitchell **K** Mark Gilfedder **M** Tassos Ionanides **S** Peter Burgess **D** Caroline Goodall (Elyne Mitchell), Ami Daemion (Indi), Russell Crowe (der Mann), Johnny Raaen (Jock), Buddy Tyson (Darcy) **L** 95 **FSK** o.A.; f **E** 16.3.1995 / 23.8.1995 Video **fd** 31 226

Single sucht Single
SINGLE BARS, SINGLE WOMEN
Als Nummernrevue angelegte Komödie um eine Bar, die als Treffpunkt für Singles auf der Suche nach einem neuen Partner dient. – Ab 14.
USA 1984 **P** Carsey-Werner **V** offen **Pd** Stuart Cohen **R** Harry Winer **B** Michael Bortman **K** Juan Ruiz-Anchia **M** Basil Poledouris **D** Tony Danza (Dennis), Paul Michael Glaser (Gabe), Keith Gordon (Lionel), Shelley Hack (Frankie), Christine Lahti (Else) **L** 91 **E** 15.6.1995 Kabel 1 **fd** –

Skandal in der Notaufnahme
STATE OF EMERGENCY
Den skandalösen Zuständen am städtischen «East End»-Krankenhaus, das für die Grundversorgung der einkommensschwächeren Bevölkerungsschichten zuständig ist, fällt ein Geschäftsmann zum Opfer, der innere Verletzungen erlitt. Um den Vorfall zu vertuschen, legt die Leitung des Krankenhauses, das kurz vor der Privatisierung steht, dem behandelnden Arzt den Rücktritt nahe. Doch der setzt sich zur Wehr. – Ab 16.
USA 1994 **V** offen **R** Lesli Linka Glatter **B** Susan Black, Lance Gentile **M** Robert Folk **D** Joe Mantegna (John), Lynn Whitfield (Dehlia), Melinda Dillon

(Betty), Paul Dooley (Jim), Dean Cameron (Roger), Deborah Unger (Sue) **L** 91 **E** 18.7.1995 Pro Sieben **fd** –

Skandal um Patsy
SCANDAL AT SCOURIE
Nach dem Brand des Waisenhaus findet ein katholisches Mädchen eine neue Bleibe bei einem evangelischen Paar in Ontario, das sich verpflichtet, das Kind katholisch zu erziehen. Der Mann, der als Stadtratsvorsitzender für das Parlament kandidiert, sieht sich daraufhin mit Vorwürfen seiner politischen Gegner konfrontiert, daß er die Adoption des Mädchens zum Stimmenfang mißbrauchen wolle. Ein zurückhaltender, rührseliger Versuch, Konflikte zwischen Protestantismus und Katholizismus zu behandeln. – Ab 14.
USA 1953 **P** MGM **V** offen **Pd** Edwin H. Knopf **R** Jean Negulesco **B** Norman Corwin, Leonard Spigelgass, Karl Tunberg **K** Robert Planck **M** Daniele Amfitheatrof **S** Ferris Webster **D** Greer Garson (Vicky), Walter Pidgeon (Patrick McChesney), Agnes Moorehead (Schwester Josephine), Donna Corcoran (Patsy), Arthur Shields (Vater Reilly) **L** 86 **E** 2.5.1995 ARD **fd** –

Skateboard Kid 2
THE SKATEBOARD KID 2
Ein 13jähriger Junge träumt vom Fliegen und glaubt, einen Weg gefunden zu haben, die Schwerkraft zu überwinden: Er bestellt aus einem mysteriösen Katalog ein Skateboard, dessen wundersame Fähigkeiten es ihm ermöglichen, gegen die Konkurrenz anzutreten. Die stromlinienförmig entwickelte Geschichte mündet in die typisch amerikanische Schlußmoral, daß allein der Glaube an sich selbst zum Sieg verhilft. Einfalls- und hilflos entwickelt, lächerlich in den übersinnlichen Elementen. – Ab 10.
USA 1994 **P** Sunset / Concorde / New Horizon **V** Columbia TriStar (Video) **Pd+R** Andrew Stevens **B** Karen Kelly **K** Adam Kane **M** Claude Gaudette **S** Tony Mark **D** Dee Wallace Stone (Lois Curtis), Bruce Davison (Burt Squires), Andrew Stevens (Ken Fields), Trenton Knight (Sammy Curtis), Andrea Barber (Tilly Curtis) **L** 88 **FSK** ab 6 **E** 10.10.1995 Video **fd** 31 589

Skeeter – Invasion des Grauens
SKEETER
Nachdem zahlreiche Todesopfer völlig blutleer aufgefunden wurden, kommen ein Sheriff und sein Assistent hinter das schreckliche Geheimnis. Durch radioaktiven Müll in einer alten Mine sind Moskitos zu gigantischen Monstern mutiert. Ein lächerlicher Horrorfilm mit einer Reihe von Spezialeffekten.
USA 1991 **P** August Entertainment **V** Splendid (Video) **R** Clark Brandon **B** Clark Brandon, Lanny Horn **D** William MacNamara, Tracy Griffith, Kevin Tighe, Michael J. Pollard, Rip Torn, Sarah Douglas, Charles Napier **L** 91 **FSK** ab 16 **E** 25.10.1994 Video / 12.5.1995 Pro Sieben **fd** –

Skippy und die Schatzsucher
SKIPPY AND THE INTRUDERS
Abenteuerfilm für Kinder. Der Ranger eines australischen Nationalparks erteilt zwei Männern eine Taucherlaubnis, die angeblich nach Schalentieren tauchen wollen. In Wirklichkeit sind sie jedoch im Auftrag eines skrupellosen Gauners hinter einem Schatz her. Als der Sohn des Rangers und seine Freundin hinter das Geheimnis kommen, werden sie zusammen mit einem Buschkänguruh festgesetzt und haben einige Abenteuer zu bestehen. – Ab 12.
Australien 1964 **V** offen **R + B** Lee Robinson **M** Eric Jupp **D** Ed Devereaux (Matt Hammond), Gary Pankhurst (Sonny Hammond), Ron Graham (Peter Yordan), Liza Goddard (Clancy Merrick), Jack Hume (Cirtus) **L** 96 **E** 29.12.1995 Pro Sieben **fd** –

Skrupellos und tödlich
TALL, DARK AND DEADLY
Nach der Trennung von ihrem Geliebten lernt eine junge Frau ihren Traummann kennen. Doch der entpuppt sich rasch als Psychopath, der sie ganz für sich besitzen will und auch vor Morden an ihren Freundinnen nicht zurückschreckt. Die Frau sitzt in der Falle, da ihr neuer Partner Polizist ist und ihre Anzeigen unterschlägt. Spannungsloser Psychothriller mit einem vorhersehbaren Ende, der mit einer äußerst biederen moralischen Botschaft aufwartet.
USA 1995 **P** Fast Track Films / Wilshire Court Prod. **V** CIC (Video) **Pd** Bob Roe **R** Kenneth Fink **B** Mavyanne Kasica, Michael Scheff **K** Alex Nepomniaschy **M** Joseph Vitarelly **S** Louise Innes **D** Jack Scalia (Ray), Kim Delaney (Maggie), Todd Allen (Sam) **L** 85 **FSK** ab 16 **E** 20.12.1995 Video **fd** 31 736

Slask / Schlesien
Dokumentarfilm über Schlesien als ein Land, das auf der Suche nach einer neuen regionalen Identität ist. In dem Dorf Milkow äußern sich Menschen, die es entweder nach dem Zweiten Weltkrieg hierhin verschlagen hat oder die damals nicht von hier fortgegangen waren. Der Film versteht sich weniger als politischer Beitrag denn als eine «Variation zum Thema, über ein vernachlässigtes Gebiet im Wartezustand zwischen den Ordnungen». (O. m. d. U.)
Deutschland 1994 **P** Viola Stephan Filmprod. / SWF **V** Freunde der Deutschen Kinemathek **Pd+R+B** Viola Stephan **K** Bog-

dan Dziworski **M** Peter Gordon **S** Yvonne Loquens **L** 80 **FSK** – **E** 1995 Kino **fd** –

Sleep with me
SLEEP WITH ME
Nachdem sie ihren Lebensgefährten in einer «Hochzeitsperformance» geehelicht hat, wird eine Frau mit einer Liebeserklärung ihres besten Freundes konfrontiert. Die Gefühlsverwirrungen drohen bald ihren ganzen Freundeskreis zu sprengen. Zunehmend werden die Spannungen und Selbsttäuschungen offenbar, die hinter der «aufgeklärten» Fassade lauern. Charmant-witziges, ganz auf Dialoge abgestelltes Regiedebüt, das sich seiner Thematik mit Einfühlungsvermögen annimmt, ohne allzu tief zu schürfen. – Ab 16.
USA 1994 **P** Castleberg Prod. **V** offen **Pd** Michael Steinberg, Eric Stoltz, Roger Hedden **R** Rory Kelly **B** Duane Dell'Amico, Roger Hedden, Neal Jimenez, Joe Keenan, Rory Kelly, Michael Steinberg **K** Andrzej Sekula **M** David Lawrence **S** David Moritz **D** Craig Sheffer (Frank), Eric Stoltz (Joseph), Meg Tilly (Sarah), Todd Field (Duane), Susan Traylor (Deborah), Tegan West (Rory), Dean Cameron (Leo), Thomas Gibson (Nigel) **L** 86 **E** 17. 10. 1995 premiere **fd** –

Sleepstalker
SLEEPSTALKER – THE SANDMAN'S LAST RITES
Ein Serienmörder, der seinen Opfern Sand in die Augen zu streuen pflegte und von einem Polizisten niedergeschossen wurde, erwacht nach 17 Jahren zu neuem Leben, um jenes Kind zu ermorden, das ihm einst entkommen konnte. Das auserkorene Opfer ist längst erwachsen und arbeitet als Journalist, der sich seiner Haut zu wehren weiß. Ein ausgesprochen dummer Thriller, billig produziert und weit entfernt von solider Glaubwürdigkeit. – Ab 16.
USA 1994 **P** Prism / Intrazone / P. G. Entertainment **V** Highlight / Arkade (Video) **Pd** Luigi G. Cingolani, Barry Collier, Harmon Kaslow, Al Septien **R** Turi Meyer **B** Al Septien, Turi Meyer **K** Michael G. Wojchiechowski **M** Jim Manzie **S** Fred Wardell **D** Michael Harris (Sandman), Jay Underwood (Griffin), Kathryn Morris (Megan), William Lucking (Detektiv Worth), Kathleen McMartin (Dana) **L** 98 **FSK** ab 16 **E** 13. 11. 1995 Video **fd** 31 709

Smoke
SMOKE
Der Verkäufer eines Tabakwarenladens in Brooklyn ist Dreh- und Angelpunkt einer Vielzahl von Geschichten über Freundschaften, Güte und solidarisches Handeln. Keine große Filmerzählung, sondern wundervoll gereihte Miniaturen, die sich in einem entspannten Rhythmus zur Einheit fügen. Das fabelhafte Buch, die kongeniale Inszenierung und die exzellenten Darsteller lassen den zauberhaften Film zu einem selten gewordenen Erlebnis werden, das lange nachhallt. (Kinotip der katholischen Filmkritik; vgl. auch «Blue in the Face») – Sehenswert ab 14.
USA 1994 **P** Miramax **V** Kinowelt **Pd** Greg Johnson, Peter Newman, Hisami Kuroiwa, Kenzo Horikoshi **R** Wayne Wang, Paul Auster **B** Paul Auster, basierend auf einer Kurzgeschichte von Paul Auster **K** Adam Holender **M** Rachel Portman **S** Maysie Hoy **D** Harvey Keitel (Auggie Wren), William Hurt (Paul Benjamin), Harold Perrineau jr. (Rashid Cole), Forest Whitaker (Cyrus Cole), Stockard Channing (Ruby McNutt) **L** 112 **FSK** ab 12; f **E** 19. 10. 1995 **fd** 31 577

Snooky – mein allerbester Freund
SNOVSEN
Kinderfilm. Ein kleiner Junge findet im Wald einen «Snook», ein karottenförmiges, einbeiniges Wesen. Die beiden freunden sich an und haben bald viele Abenteuer zu bestehen. – Ab 8.
Dänemark 1992 **V** offen **R** Jorgen Vestergaard **D** Bjerke Smitt Vestermark (Eigil), Amalie Alstrup (Pernile), Nadi Mecovski (Tamjeed), Jannie Faurschou (Mutter), Soren Setter-Lassen (Vater) **L** 80 **E** 2. 9. 1995 Super RTL **fd** –

Soft Kill
SOFT KILL
Nach klassischen Mustern aufgebauter Kriminalfilm. Ein Privatdetektiv wird in einen Mordfall verwickelt, nachdem er die Nacht mit der Frau eines Staatsanwaltes verbracht hat und diese erwürgt aufgefunden wurde. Sein ehemaliger Partner bei der Polizei leitet die Ermittlungen, während der Detektiv von der Schwester der Toten engagiert wird. Schon bald tauchen die ersten Indizien auf, die den Ex-Polizisten belasten. – Ab 16.
USA 1994 **V** offen **R** Eli Cohen **D** Michael Harris (Jack Ramsey), Corbin Bensen (Martin Lewis), Kim Morgan Greene (Kim Lewis), Brion James (Ben McCarthy), Matt McCoy (Vinnie), Carrie-Ann Moss (Jane Tanner), Annie James (Allison) **L** 90 **E** 2. 6. 1995 Vox **fd** –

Soldier Boyz
SOLDIER BOYZ
Eine vietnamesische Terrortruppe, die die Tochter eines amerikanischen Geschäftsmanns entführt und ein UN-Flugzeug abgeschossen hat, stellt die konfliktscheue US-Regierung vor arge Probleme. Ein Ex-Marine, der kriminelle Jugendliche betreut, formt die Kids zu einer schlagkräftigen Einheit und holt mit ih-

nen für seine Regierung die Kastanien aus dem Feuer. Actionfilm voller Klischees, der einmal mehr das amerikanische Vietnam-Trauma beschwört und das Hohelied von Kameradschaft anstimmt.
USA 1994 **P** Motion Pictures Corporation of America **V** VPS (Video) **R** Louis Morneau **D** Michael Dudikoff, Cary-Hiroyuki Tagawa, Tyrin Turner **L** 84 (gek. 77) **FSK** ab 18 (gek. ab 16) **E** 26.10.1995 Video **fd** –

Sommer des Erwachens
HAMMERS OVER THE ANVIL
Australien 1910: Für den lebensbejahenden 14jährigen Alan bricht eine Welt zusammen, als er erfährt, daß er an Kinderlähmung erkrankt ist. Sein Traum, ein großartiger Reiter zu werden, zerplatzt. Gegen Ende des Sommers hat sich Alan weitgehend gefangen und seine eigentliche Begabung entdeckt, die Schriftstellerei. Verfilmung autobiografisch gefärbter Geschichten des australischen Autors Alan Marshall, die sich nicht nur für Lebensmut ausspricht, sondern gleichzeitig die gesellschaftlichen Tabus der damaligen Zeit anprangert. – Ab 16.
Australien 1992 **P** Harvest / South Australian Film Corporation **V** offen **Pd** Peter Gawler, Gus Howard **R** Ann Turner **B** Ann Turner, Peter Hepworth, nach Kurzgeschichten von Alan Marshall **K** James Bartle **M** Alan John, Not Drowning, Waving **S** Ken Sallows **D** Charlotte Rampling (Grace McAlister), Russell Crowe (East Driscoll), Alexander Outhred (Alan Marshall), Frankie J. Holden (Vater Marshall), Jake Frost (Joe Carmichael), Peter Osborn (Pater Finnegan), Alethea McGrath (Mrs. Bilson) **L** 106 **E** 4.7.1995 Vox **fd** –

Sommerblüten
HIGAN BANA
Die Schwierigkeiten eines Vaters mit einer seiner beiden unverheirateten Töchter: Die dickköpfige junge Frau will unbedingt ihren Freund heiraten, den der Vater weder gesehen noch ausgesucht hat. Nur durch äußerst geschickte Vorgehensweisen kann das nicht minder dickköpfige Familienoberhaupt zum Einlenken bewegt werden. Eine detaillierte, ausgefeilte psychologische Studie über Generationskonflikte. (O. m. d. U.) – Ab 14.
Japan 1958 **P** Shokiku **V** offen **R** Yasujiro Ozu **B** Kogo Noda, Yasujiro Ozu, nach einem Roman von Satomi Ton **K** Akira Aomatsu **S** Yoshiyasu Hamamura **D** Shin Saburi, Tanaka Kinayo, Ineko Arima, Keiji Sada, Teiju Takahashi, Miyuki Kuwano, Chishu Ryu **L** 100 **E** 10.2.1995 arte **fd** –

Eine Sommergeschichte
COMEDIE D'ETE
Ein unehrenhaft aus der Offiziersschule Entlassener kehrt auf den herrschaftlichen Besitz seiner Eltern heim. Er gibt vor, ein Offizierspatent zu besitzen. Im Laufe der Zeit entwickelt sich eine Liebesbeziehung zu einer attraktiven Besucherin des Hauses, die jedoch durch den Freitod des Hauslehrers überschattet wird. Ein am Vorabend des Ersten Weltkrieges spielender Film; im Mittelpunkt: die Frage nach brüchig gewordenen Idealen der französischen Gesellschaft. – Ab 16.
Frankreich 1988 **V** offen **R** Daniel Vigne **B** Colo Tavernier O'Hagan **K** André Neau **M** Jean-Claude Vannier **D** Maruschka Detmers (Vicky), Rémi Martin (Adrien), Jean-Claude Brialy (Gaston), Nelly Borgeaud (Louise) **L** 99 **E** 9.11.1995 premiere **fd** –

Die Sonne, die uns täuscht
OUTOMLIONNYE SOLNTESM / SOLEIL TROMPEUR
Sowjetunion 1936: Ein heiterer Sommertag findet ein jähes, dramatisches Ende, als sich der Besucher der Familie eines hochdekorierten Soldaten, ein Bekannter aus früheren Tagen, als Agent des KGB und Verräter zu erkennen gibt. Ein undramatisch inszeniertes Kammerspiel, das von Beginn der stalinistischen «Säuberungsaktionen» berichtet. Angelegt zwischen Drama, wehmütiger Komödie und politischer Auseinandersetzung, scheitert der Film letztlich auf allen Ebenen. (Preis der OCIC in Cannes 1994) – Ab 16.
Rußland / Frankreich 1994 **P** Trite Studio / Camera One **V** MFA **Pd** Armand Barbault **R** Nikita Michalkow **B** Nikita Michalkow, Roustam Ibraguibekow **K** Wilen Kaluta **M** Eduard Artemjew **S** Enzo Miniconi **D** Oleg Menschikow (Dimitri, genannt Mitia), Ingeborga Dapkounaite (Maroussia), Nikita Michalkow (Sergej Petrowitsch Kotow), Nadia Michalkow (Nadia), André Oumansky (Philippe) **L** 135 **FSK** ab 12; f **E** 28.12.1995 **fd** 31 688

SOS über dem Pazifik
MERCY MISSION: THE RESCUE OF FLIGHT 771
Drama über die Situation eines Piloten, in dessen klappriger Propellermaschine bei einem Überführungsflug von Amerika nach Australien die Navigationsinstrumente ausfallen. Weit vom Kurs abgekommen, ist er auf die Hilfe eines Kollegen in einer Linienmaschine angewiesen, der durch den Rettungsversuch seine Passagiere in Gefahr bringt. – Ab 14.
USA 1993 **V** offen **R** Robert M. Young **D** Scott Bakula (Jay), Alan Fletcher (Frank), Robert Loggia (Gordon), Rebecca Rigg (Ellen), David Clendinning (Oakley) **L** 89 **E** 3.1.1995 SAT 1 **fd** –

South Beach Academy
SOUTH BEACH ACADEMY
Drei Animateure am Strand von Florida geraten vorübergehend in eine Zwickmühle, als ein zwielichtiger Ganove Geld von ihnen fordert. Ein in allen Belangen billiger Film, der seine dünne Geschichte mit viel Musik und Voyeurismus über die Runden zu bringen versucht. Die fadenscheinige Handlung ist am Rande eines Softpornos angesiedelt.
USA 1995 **P** Future Films **V** Highlight / Arcade (Video) **Pd** Bob Gallagher, Suzanne Miodall, Grant Saldiner **R** Joe Espoito **B** William P. Milling **K** Wes Llewellyn **M** Grant Saldiner **S** Matt Eberlein **D** Keith Colouris (Harry Spencer), Elizabeth Kaitan (Shannon McSothey), Corey Feldman (Billy Spencer), Al Lewis (Uncle Gene), James Hong (Johnny Staccato) **L** 86 **FSK** ab 16 **E** 27. 12. 1995 Video **fd** 31 710

Spanish Rose
SPANISH ROSE
Ein entlassener Zollfahnder im Kampf mit seinem korrupten ehemaligen Chef und einem sadistischen Drogen- und Waffenschmuggler, der ihm später den Mord an dem kriminellen Zollbeamten anhängen will. Billiger, blaß gespielter Kriminalfilm, ärgerlich in seinem Frauenbild und in einigen Szenen überflüssig brutal. (Fernsehtitel: «Das Geheimnis der Spanischen Rose»)
USA 1993 **P** NU Images **V** VMP (Video) **Pd** Danny Lerner **R** Bob Misiorowski **B** David Zito, Les Welden, George Fernandez **K** Joseph Wein **M** Vladimir Horunzhy **S** C. Timothy O'Meara **D** Michael Paré (Jack), Barbara Carrera (Eva), Michael Ironside (Largo), Lehua Reid (Sandra), Ian Yule (Cullen) **L** 93 (gek. 90) **FSK** ab 18 (gek. 16) **E** 20. 12. 1993 Video / 14. 5. 1995 RTL 2 **fd** 30 592

Species
SPECIES
Drei Wissenschaftler, ein Hellseher und ein Spezialagent jagen eine weibliche Kreatur, die aus dem kombinierten Erbgut von Menschen und Außerirdischen entstand. Eine anfangs spannende, dann jedoch immer kalkulierbarer werdende und im Finale mißratene Kreuzung aus bekannten Horror-, Science-fiction- und Kriegsfilmmotiven. Die mit guten Darstellern und sparsamen Effekten zunächst aufgebaute Atmosphäre einer universalen Bedrohung verliert im Finale durch technischen Firlefanz und aufgesetzte Moral erheblich an Wirkung.
Scope. USA 1995 **P** Metro-Goldwyn-Mayer **V** UIP **Pd** Frank Mancuso jr., Dennis Feldman **R** Roger Donaldson **B** Dennis Feldman **K** Andrzej Bartkowiak **M** Christopher Young **S** Conrad Buff **D** Natasha Henstridge (Sil), Michelle Williams (die junge Sil), Ben Kingsley (Xavier Fitch), Forest Whitaker (Dan Smithson), Michael Madsen (Press Lennox), Marg Helgenberger (Laura Baker) **L** 108 **FSK** ab 16; f **FBW** w **E** 9. 11. 1995 **fd** 31 623

Speed Rage
RAGE
Ein bisher unbescholtener Grundschullehrer flüchtet quer durch Kalifornien. Bei einem geheimen Experiment der Rüstungsindustrie wurde ihm ein Mittel injiziert, das ihn zu einer Kampfmaschine ohne Hemmungen gemacht hat. Rettung naht in Gestalt eines Reporters, der die Öffentlichkeit informiert. Spekulativer Actionfilm mit einer Anhäufung von Schieß- und Gewaltszenen.
USA 1995 **P** PM Entertainment **V** Ascot (Video) **Pd** Joseph Merhi, Richard Pepin, Marta Merrifield, Scott McAboy **R** Joseph Merhi **B** Joseph John Barmettler, Jacobsen Hart **K** Ken Blakey **M** Louis Febre **S** Chris Worland **D** Gary Daniels (Alex), Kenneth Tigar (Harry), Fiona Hutchinson (Mary), Jillian McWhirter (Bobby), Peter Jason (Grigg) **L** 91 **FSK** ab 18 **E** 7. 11. 1995 Video **fd** 31 704

Spider and Rose
SPIDER AND ROSE
Ein Film über das Erwachsenwerden und die Liebe zum Leben. An seinem letzten Arbeitstag bekommt der Fahrer einer Ambulanz den Auftrag, eine 70jährige Frau zu einer Geburtstagsfeier im abgelegenen Süden Australiens zu chauffieren. Für den Mann, der mit den Gedanken bereits bei seiner Abschiedsfeier ist, geht es nur darum, den Auftrag so schnell wie möglich zu erledigen. Aber nach diversen Zwischenfällen bahnt sich zwischen ihm und der alten Dame eine ungewöhnliche Freundschaft an. – Ab 12.
Australien 1993 **V** offen **R** Bill Bennett **D** Simon Bossell (Spider), Ruth Cracknell (Rose), Harry Tritton (Paddy), Heidi Lapaine (Schwester Maguire), Max Cullen (Jack) **L** 95 (TV) **E** 2. 8. 1995 Vox **fd** –

Spiegel
MIRRORS
Liebesgeschichte zwischen einer blutjungen Ballett-Tänzerin und einem zehn Jahre älteren Journalisten, dessen Reportage sie ihr erstes Engagement verdankt. – Ab 14.
USA 1985 **P** Leonard Hill Films **V** offen **Pd** James Lipton **R** Harry Winer **B** James Lipton **D** Marguerite Hickey (Karin Bradley), Timothy Daly (Chris Phillips), Shanna Reed (Diana Davis), Nicolas Gunn (Terry), Anthony Hamilton (Geno Ray) **L** 100 **E** 6. 2. 1994 ORB **fd** –

Spitfire
SPITFIRE / SPITFIRE
Zwischen Training, Wettkämpfen und Sabotageakten der osteuropäischen Konkurrenz findet eine amerikanische Kunstturnerin noch Zeit, sich von ihrem ihr bislang unbekannten Vater in ein verworrenes Agentendrama verwickeln zu lassen. Die junge Frau erledigt alle Gegner kickboxend und gewinnt die Weltmeisterschaft. Ein überaus naives Abenteuerspektakel voller Klischees, das von Unglaubwürdigkeiten und Zufällen strotzt. – Ab 16.
USA 1994 **P** Trimark **V** VPS (Video) **Pd** Gary Schmoeller, Thomas Karnowski **R** Albert Pyun **B** Albert Pyun, David Korkin, Christopher Borkgren **K** George Mooradian **M** Tony Riparetti **S** Dennis O'Connor **D** Kristie Phillips (Charlie Case), Sarah Douglas (Carla Davis), Tim Thomerson (Rex Beecham), Lance Henriksen (Richard Charles), Simon Poland, David Wu **L** 90 **FSK** ab 16 **E** 1.6.1995 Video **fd** 31 420

Sprache der Vögel
Ein etwa siebenjähriger, auf dem Lande lebender Junge wird durch den plötzlichen Tod seines Großvaters in eine Folge für ihn unerklärlicher Beobachtungen gestürzt. Angesichts der Verlegenheit der Erwachsenen ist er darauf angewiesen, seine eigene kindgemäße Antwort auf die Frage nach dem Tod zu finden. Ein bis auf das poetische Schlußbild realistisch inszenierter, thematisch wie darstellerisch hervorragender (Fernseh-)Film, der selbst mehr Fragen stellt als Antworten gibt, wobei allerdings religiöse Einsprengsel nur Emotionsmaterial bleiben. Aber gerade in dieser Offenheit bestens geeignet für weiterführende Gespräche. – Sehenswert ab 8.
Deutschland 1991 **P** DFF **V** Matthias (Video) **R+B** Fred Noczynski **K** Ralf Neubert **M** Ludwig van Beethoven u.a. **S** Juliane Gemmecke **D** René Kretschmann (Thomas), Kurt Böwe (Opa), Ursula Karusseit (Oma), Katharina Tomaschewski (Uroma) **L** 59 **FSK** ab 6 **E** 1995 Video **fd** 31 609

Sprachlos
SPEECHLESS
Kurz vor Beginn eines Wahlkampfes für den US-Senat in New Mexiko verlieben sich eine Journalistin und ein Sitcom-Autor ineinander, ohne zu ahnen, daß sie sich wenig später als konkurrierende Redenschreiber gegenüberstehen werden. Nach dramatischer Stimmenjagd, bei der sie sich gegenseitig sabotieren, siegt die Liebe über die politische Moral. Anspruchslose, nur mäßig unterhaltende Geschlechter-Komödie im Stil der klassischen Screwball-Comedies; allein auf ihre Beziehungsgeschichte konzentriert, leidet sie unter einer allzu unausgewogenen schauspielerischen Leistung. – Ab 16.
USA 1994 **P** UIP / MGM **V** UIP (Kino) / Warner Home (Video) **Pd** Renny Harlin, Geena Davis **R** Ron Underwood **B** Robert King **K** Don Peterman **M** Marc Shaiman **S** Richard Francis-Bruce **D** Michael Keaton (Kevin Vallick), Geena Davis (Julia Mann), Christopher Reeve (Bob Freed), Bonnie Bedelia (Annette), Ernie Hudson (Ventura), Charles Martin Smith (Kratz) **L** 99 **FSK** ab 6; f **FBW** w **E** 23.2.1995 / 25.8.1995 Video **fd** 31 202

Der Sprung nach oben
THE AIR UP THERE
Der Talentsucher eines erfolgsverwöhnten Baskettballvereins entdeckt einen überragenden Spieler in Kenia. Vergeblich versucht er, den Häuptlingssohn zu überreden, bis er sich auf seine Kultur einläßt und versteht, daß er geben muß, wenn er nehmen will. Trotz eines farblosen Hauptdarstellers und einiger Klischees eine gelungene Mischung aus Sportler- und Abenteuerfilm, in der Humor und Musik wichtige Bestandteile sind. Geschickt inszeniert und geschnitten, ist das spannende Endspiel eine virtuose Einheit aus Basketball, Musik, Tanz und dem übrigen Filmgeschehen. – Ab 12.
USA 1993 **P** Hollywood Pictures / Inerscope / Nomura Babcock & Brown Unit One Film Partners **V** Buena Vista (Video) **Pd** Ted Field, Rosalie Swedlin, Robert W. Cort **R** Paul Michael Glaser **B** Max Apple **K** Dick Pope **M** David Newman **S** Michael Polakow **D** Kevin Bacon (Jimmy Dolan), Charles Gitonga Maina (Saleh), Yolanda Vazquez (Schwester Susan), Winston Ntshona (Urudu), Mabutho «Kid» Sidhole (Nyaga) **L** 103 **FSK** ab 6 **E** 20.7.1995 Video **fd** 31 489

Spuk am Lagerfeuer
GRIM PRAIRIE TALES
Gruselgeschichten, die sich ein Kopfgeldjäger und ein Intellektueller aus dem Osten am Lagerfeuer erzählen: Ein Cowboy wird von Indianern lebendig begraben; ein Handelsreisender verfällt den Verführungskünsten einer Fremden mit übernatürlichen Kräften; ein Siedler frönt dem «Hobby», Schwarze zu lynchen; ein Revolverheld wird von einem seiner Opfer verfolgt. Billig hergestellter Fernseh-Horrorfilm, dessen Episoden in Inhalt wie Ausführung weit auseinanderklaffen. – Ab 16.
USA 1990 **V** offen **R+B** Wayne Coe **D** James Earl Jones (Morrison), Brad Dourif (Farley), Will Hare (Lee), Marc McClure (Tom), Michelle Joyner (Jenny) **L** 80 **E** 25.9.1995 RTL 2 **fd** –

Spur eines Zweifels
Thriller. Als die von ihm getrennt lebende Frau eines Fernsehredakteurs tot aufgefunden wird, deutet alles auf Selbstmord hin. Doch der Ehemann vermutet Mord und stellt auf eigene Faust Ermittlungen an. – Ab 16.
Deutschland 1995 **V** offen **R** Hartmut Griesmayr **B** Eike Barmeyer **K** Charly Steinberger **M** Roland Baumgartner **D** Uwe Ochsenknecht (Gregor Kolberg), Marita Marschall (Eva Kolberg), Jennifer Nitsch (Irene Simon), Michael Mendl (Carlos Grimm), Hans-Georg Panczak (Landmann), Christian Berkel (Jens Kolberg) **L** 90 **E** 9. 9. 1995 ZDF **fd** –

Spurlos verschwunden – Wo ist meine Schwester?
THE DISAPPEARANCE OF VONNIE
Als ihre Schwester spurlos verschwindet, stellt eine Frau Nachforschungen an und stößt dabei auf dunkle Flecken in der Vergangenheit ihres Schwagers. Sie entdeckt, daß er einige Jahre in einer psychiatrischen Klinik verbrachte, weil er zwei Menschen umbrachte. Ohne Beweise gelingt es der Frau, Anklage gegen ihn zu erheben. Ein Film nach einer wahren Begebenheit; der Prozeß ging als Präzedenzfall in die amerikanische Justizgeschichte ein. – Ab 16.
USA 1994 **V** offen **R** Graeme Campbell **B** Ellen Weston **D** Ann Jillian (Corinne Kaczmarek), Joe Penny (Ron Rickman), Kim Zimmer (Vonnie Rickman), Alexandra Purvis (Amy Rickman), Graham Beckel (Ken Brodhagen) **L** 101 **E** 19. 8. 1995 RTL **fd** –

Spürnase Sherlock
SHERLOCK: UNDERCOVER DOG
Auf einer idyllischen Ferieninsel vor Los Angeles erleben ein zehnjähriger Junge und seine etwa gleichaltrige neue Freundin aufregende Abenteuer mit einem sprechenden Polizeihund, der Drogenschmugglern auf die Schliche kommt. Eine handfeste Detektivgeschichte für Kinder, in der Abenteuerlichkeit und amüsante Slapstick-Komik unaufdringlich verbunden werden. Der Kinderwunsch nach selbstbestimmter Detektivarbeit und verständnisvollen Erwachsenen wird als Idylle entwickelt, in der das Unmögliche wirklich wird. – Ab 10.
USA 1994 **P** Westwind / MDP **V** Columbia TriStar (Video) **Pd** Monica Webb **R + B** Richard Harding Gardner **K** John Huneck **M** Lou Forestieri **S** Jack Tucker **D** Benjamin Erden (Billy), Brynne Cameron (Emma), Anthony Simmons (William), Barry Philips (Mike), Sally Johnson (Margy Moore) **L** 75 **FSK** ab 6 **E** 8. 8. 1995 Video **fd** 31 826

Eine Stadt der Traurigkeit
BEIQING CHENGSI
Die Söhne einer taiwanesischen Großfamilie, eine junge Krankenschwester, die den taubstummen jüngsten Sohn liebt, sowie ihr Bruder werden zwischen 1945 und 1949 in die Unruhen und Wirrnisse im Land verwikkelt, als Taiwan zum Spielball im Machtkampf zwischen Nationalchinesen und Kommunisten wird und unter Korruption und wirtschaftlicher Ausblutung leidet. Ein ebenso behutsam wie souverän entwickelter, facettenreicher «Heimatfilm», der weniger daran interessiert ist, die historischen Zusammenhänge zu rekonstruieren, als auf einfühlsame Weise deren Auswirkungen auf die Menschen und ihre Empfindungen bis in die Gegenwart darzustellen. (Teils O. m. d. U.) – Sehenswert.
Taiwan 1989 **P** 3-H Film / Era International **V** Pandora **Pd** Hou Hsiao-hsien **R** Hou Hsiao-Hsien **B** Wu Nien-Jen, Chu Tien-Wen **K** Chen Hwa-En **M** Naoki Tachikawa, Chang Hong-Yi **S** Liao Ching-Sung **D** Chen Sown-Yun (Wen-heung), Tony Leung (Wen-ching), Hsju Shu-Fen (Hinomi), Wu Yi-Fang (Hinoei), Kao Jai (Wenleung) **L** 158 **FSK** – **E** 26. 3. 1992 / 17. 10. 1995 3sat **fd** 29 708

Die Stadt der verlorenen Kinder
LA CITE DES ENFANTS PERDUS
Den monströsen Bewohnern einer Plattform im Meer werden regelmäßig Kinder zugeführt, damit einer ihrer Anführer durch ihre Träume seinen rasanten Alterungsprozeß stoppen kann. Ein gutmütiger Riese unternimmt einen Befreiungsversuch, als sein dreijähriger Bruder entführt wird. Ein von überbordenden Einfällen, Fabulierlust und grotesken Gestalten geprägtes grausiges Märchen, das mit rabenschwarzem Humor ein furioses Feuerwerk abbrennt. Letztlich setzt der Film aber zu sehr auf Effekte, wodurch er zunehmend Leerlauf produziert. – Ab 16.
Frankreich / Spanien / Deutschland 1994 **P** Claudie Ossard Prod. / Constellation / Lumière / Studio Canal plus / France 3 Cinéma / Elias Querejeta / Tele München **V** Concorde / CR / T (Kino) / Concorde (VCL) (Video) **Pd** Claudie Ossard **R** Jean-Pierre Jeunet, Marc Caro **B** Jean-Pierre Jeunet, Marc Caro, Gilles Adrien **K** Darius Khondji **M** Angelo Badalementi **S** Hervé Schneid **D** Ron Perlman (One), Daniel Emilfork (Krank), Judith Vittet (Miette), Dominique Pinon (Der Taucher / Die Klone), Jean-Claude Dreyfus (Marcello, der Flohdompteur) **L** 112 **FSK** ab 12; f **E** 17. 8. 1995 / 21. 2. 1996 Video **fd** 31 468

Stadt des Grauens
THE BROTHERHOOD OF SATAN
Zufällig stoßen Reisende auf einen kleinen, von der Außenwelt abgeschnittenen Ort, in dem innerhalb von drei Tagen 26 Menschen ums Leben gekommen und viele Kinder verschwunden sind. Ein Priester vermutet, daß Satansanbeter am Werk sind, die sich auf diese Weise mit «Nachwuchs» versorgen wollen. Primitiver, langweiliger Horrorfilm, der mit sattsam bekannten Mitteln Nervenkitzel zu erzeugen versucht.
USA 1971 **P** Columbia **V** offen **Pd** L. Q. Jones, Alvy Moore **R** Bernard McEveety **B** William Welch **K** John Arthur Morrill **M** Jaime Mendoza-Nava **S** Marvin Walowitz **D** Strother Martin (Don Duncan), L. Q. Jones (Sheriff), Charles Bateman (Ben), Anna Capri (Nicky), Charles Robinson (Priester), Alvy Moore (Tobey) **L** 92 **E** 24. 3. 1995 RTL **fd** –

Stadtgespräch
Eine selbstbewußte, aber unglückliche Radiomoderatorin lernt ihren Traummann kennen. Als dieser sich als Ehemann ihrer besten Freundin entpuppt, ergeben sich einige Verwicklungen. Eine nur in wenigen Momenten wirklich geistvolle Komödie, die zumeist klischeehaften Typisierungen aufsitzt. Prominent besetzt, inhaltlich und inszenatorisch aber wenig einfallsreich. – Ab 16.
Deutschland 1995 **P** Studio Hamburg **V** Buena Vista International (Kino) / Buena Vista (Video) **Pd** Henrik Meyer **R** Rainer Kaufmann **B** Ben Taylor **K** Klaus Eichhammer **M** Stefan Traub **S** Ursula Mai **D** Katja Riemann (Monika), August Zirner (Erik), Martina Gedeck (Sabine), Kai Wiesinger (René), Moritz J. Bleibtreu (Karl), Karin Rasenacker (Frau Krauss) **L** 93 **FSK** ab 12; f **FBW** w **E** 26. 10. 1995 / 9. 5. 1996 Video **fd** 31 578

Der stählerne Adler IV
IRON EAGLE IV
Ein waghalsiger Pilot und ein Brigadegeneral, die beide ihren Militärdienst quittierten, werden vom Schicksal erneut zusammengeführt, als letzterer für seine Flugschule für straffällige Jugendliche einen Lehrer sucht. Gemeinsam ziehen sie gegen einen amerikanischen General zu Felde, der einen biologischen Krieg gegen Kuba führen will. Uninteressanter dritter Aufguß der Flieger-Serie, der militärische Aktionen zu einem Abenteuerspiel verharmlost. – Ab 16.
USA 1994 **P** Trimark **V** Highlight (Video) **Pd** Peter Simpson **R** Sidney J. Furie **B** Michael Stokes **K** Curtis Peterson **M** Paul Zaza **S** Jeff Warren **D** Louis Gossett jr. (Chappy Sinclair), Jason Cadieux (Doug Masters), Al Waxman (General Kettle), Joanne Vannicola (Wheeler), Marilyn Lightstone (Dr. Francis Gully) **L** 91 **FSK** ab 16 **E** 13. 11. 1995 Video **fd** 31 653

Star Trek – Treffen der Generationen
STAR TREK – GENERATIONS
Im Jahr 2265 sind Captain Kirk und einige seiner Crew Ehrengäste des Jungfernflugs der «Enterprise B». Bei dem Versuch, einem Raumschiff Hilfe zu leisten, kommt es zu einer Katastrophe. 78 Jahre später wird Kirk von einer neuen «Enterprise» auf dem paradiesischen Planeten Nexus entdeckt. Gemeinsam gelingt es ihnen, einen skrupellosen Wissenschaftler auszuschalten. Siebter Film der Star-Trek-Serie; ein psychologisch oberflächlicher Science-fiction-Film, ganz auf technische Effekte ausgerichtet, hölzern gespielt. – Ab 14.
Scope. USA 1994 **P** Paramount **V** UIP (Kino) / CIC (Video) **Pd** Rick Berman **R** David Carson **B** Ronald D. Moore, Brannon Braga **K** John A. Alonzo **M** Dennis McCarthy **S** Peter E. Berger **D** Patrick Stewart (Capt. Jean-Luc Picard), William Shatner (Capt. Kirk), Jonathan Frakes (Commander William Riker), Brent Spiner (Lieutenant Commander Data), Malcolm McDowell (Dr. Soran), Whoopi Goldberg (Guinan) **L** 118 **FSK** ab 12; f **FBW** w **E** 9. 2. 1995 / 23. 10. 1995 Video **fd** 31 177

Star Trek – Voyager: Der Fürsorger
STAR TREK – VOYAGER: CARETAKER
Die Besatzung des Raumschiffes Voyager macht sich auf die Suche nach einem verschollenen Raumkreuzer und stößt auf die Bewohner eines Planeten, die nach einer Klimakatastrophe unter der Oberfläche leben, da diese von Barbaren beherrscht wird. Ein Wissenschaftler, der die Katastrophe verursacht hat, sorgt für die Leute, doch da er nicht mehr lange zu leben hat, muß ein Nachfolger gefunden werden. Nach kurzem Eingreifen kehrt die Voyager zur Erde zurück. Naives Science-fiction-Abenteuer, das den politischen Kurs der USA spiegelt; tricktechnisch ein nicht gerade berauschender Film. – Ab 14.
USA 1994 **P** Paramount **V** CIC (Video) **Pd** Merri Howard, Peter Cauritson **R** Winrich Kolbe **B** Rick Berman, Michael Piller, Jeri Taylor **K** Marvin V. Rush **M** Jay Chattaway **S** J. P. Farrell, Daryl Baskin **D** Jennifer Lieu (Kes), Robert Beltran (Chekoter), Roxann Biggs-Dawson (B'Elanna Torres), Robert Duncan McNeill (Tom Paris), Ethan Phillips (Neelix) **L** 92 **FSK** ab 12 **E** 15. 11. 1995 Video **fd** 31 758

Star Voyager
TERMINAL VOYAGE
Als der Kapitän eines Raumkreuzers nicht mehr aus seinem 100jährigen Kälteschlaf aufwacht, entbrennen unter den aufgetauten Besatzungsmitgliedern Positionskämpfe um die Führung an Bord. Auch die Nachricht, daß die Menschheit durch einen Atomkrieg vernichtet wurde, kann die Kampfhandlungen auf dem Raumschiff zunächst nicht eindämmen. Science-Fiction-Abenteuer, das in erster Linie auf gediegene Ausstattung und Spezialeffekte setzt.
USA 1994 **V** Highlight (Video) **Pd** Mike Elliott **R** Rick Jacobson **B** Mark Evan Schwartz **D** Steven Bauer, Branda Bakke, Alan Rachins, Emma Samms **L** 91 **FSK** ab 16 **E** 3.7.1995 Video **fd** –

Stargate
STARGATE
Ein wegen seiner ungewöhnlichen Theorien über die Ursprünge der ägyptischen Kultur belächelter junger Wissenschaftler löst das Rätsel eines «Sternentors» und läßt sich mit einer US-Spezialeinheit auf einen fernen Planeten transformieren. Dort besiegen sie einen despotischen Herrscher, und er findet die große Liebe. Ein mit großem technischem Aufwand und bestaunenswerten Spezialeffekten inszeniertes Science-fiction-Abenteuer, dessen dünne Geschichte das Interesse aber bald erlahmen läßt. – Ab 14.
Scope. USA 1994 **P** Hexagon / Centropolis / Carolco / Le Studio Canal + **V** Scotia (Kino) / BMG / Ufa (Video) **Pd** Joel B. Michaels, Oliver Eberle, Dean Devlin, Marc Frydman, Ute Emmerich **R** Roland Emmerich **B** Dean Devlin, Roland Emmerich **K** Karl Walter Lindenlaub **M** David Arnold **S** Michael Duthie, Derek Brechin **D** Kurt Russell (Colonel O'Neill), James Spader (Daniel Jackson), Jaye Davidson (Ra), Mili Avital (Sari), John Diehl (Kawalsky), Viveca Lindfors (Catherine), Alexis Cruz (Skaara) **L** 121 **FSK** ab 6; f **E** 9.3.1995 / 13.11.1995 Video **fd** 31 223

Steel Frontier
STEEL FRONTIER
Einige Jahre nach dem großen atomaren Knall gründen die Überlebenden neue Städte, um dem Kampf aller gegen alle zu entgehen, andere aber bilden neue Armeen. Ein Einzelgänger gerät zwischen brave Bürger und professionelle Totschläger und sorgt in postapokalyptischer Wüstenlandschaft für Gerechtigkeit. Der wiederholte Aufguß der «Mad Max»-Thematik, der ebenso gedankenlos wie langweilig in die bekannte Tötungsmaschinerie mündet.
USA 1995 **P** PM Entertainment **V** Ascot (Video) **Pd** Joseph Merhi, Richard Pepin **R** Paul G. Volk, Jacobsen Hart **B** Jacobsen Hart **K** Richard Pepin **M** John Gonzales **S** Chris Warland **D** Joe Lara (Yuma), Bo Svenson (Roy Achett), Stacie Foster (Sarah), Brion James (General J. W. Quantrell), James C. Victor (Julius), Brian Huckeba (Chickenboy) **L** 99 **FSK** ab 18 **E** 20.6.1995 Video **fd** 31 460

Steffi
STEFFI
Liebesdrama zwischen einem Drehbuchautor und seiner Wohnungsnachbarin, einer in der Modebranche tätigen Argentinierin. Auf Grund ihrer Eifersucht gibt er all seine Affären auf, dennoch kann er ihr Vertrauen nur schwer gewinnen. – Ab 16.
Frankreich 1988 **V** offen **R+B** Joël Séria **K** Alain Derobe **D** Jeanne Goupil (Steffi), Patrick Bouchitey (Christophe) **L** 89 **E** 18.11.1995 ORB **fd** –

Der steinige Weg zur Gerechtigkeit
ASSAULT AT WEST POINT: THE COURT MARTIAL OF JOHNSON WHITTAKER
Durchschnittliche Fernseh-Adaption eines Bestsellers. Die authentische Geschichte des ersten Schwarzen, der Ende des 19. Jahrhunderts in der Elite-Militärakademie West Point aufgenommen wurde, aber Schikanen durch Kameraden wie Offiziere ausgesetzt war. Kurz vor Abschluß der Ausbildung wurde er tätlich angegriffen. In der nachfolgenden Verhandlung wurden jedoch nicht die weißen Übeltäter schuldig gesprochen, sondern das schwarze Opfer, das den Anschlag vorgetäuscht haben sollte, um dem Ansehen der Akademie zu schaden. – Ab 16.
USA 1994 **V** offen **R+B** Harry Moses **D** Samuel L. Jackson (Richard Greener), Sam Waterston (Daniel Chamberlain), John Glover (Major Asa Bird Gardiner), Seth Gilliam (Johnson C. Whittaker, jung), Al Freeman jr. (Johnson C. Whittaker, alt) **L** 90 **E** 29.6.1995 RTL 2 **fd** –

Stephen King – Die Verurteilten
siehe: Die Verurteilten

Stephen King's Schöne neue Zeit
STEPHEN KING'S GOLDEN YEARS
Bei geheimen Versuchen, die sich mit der Umkehrung von Alterungsprozessen befassen, ereignet sich eine Explosion. Zwei Mitarbeiter werden verletzt. Als der Sicherheitsexperte des Versuchsgeländes eine Untersuchung einleitet, stößt er auf eine Mauer des Schweigens, später ist sein Leben nachhaltig bedroht. Verfilmung eines Stephen-King-Stoffes, die sich mit den fragwürdigen Errungenschaften der Technik auseinanderzusetzen versucht. – Ab 16.

USA 1991 **V** offen **R+B** Stephen King **D** Keith Szarabajka (Harlan Williams), Frances Sternhagen (Gina Williams), Felicity Huffman (Terry Spann), R.D. Call (Jude Andrews), Ed Lauter (General Louis Crewes) **L** 105 (TV) **E** 23.12.1995 RTL **fd** –

Sternstunde

A HORA DE ESTRELA

Eine unerfahrene 19jährige aus dem Nordosten Brasiliens versucht, in Sao Paulo ihr Glück zu machen. Als ihr alles mißlingt, wendet sie sich an eine Wahrsagerin, die ihr eine Sternstunde verheißt; aber die junge Frau wird um Glück und Leben betrogen. Eindringliches Regiedebüt, das in bedrückend realistischen Bildern ein Problem behandelt, das universelle Gültigkeit hat: die Schwierigkeit, sich in einer kulturell fremden Umgebung zu behaupten. – Ab 16.

Brasilien 1985 **P** Raiz / Spectrus-Skylight **V** offen **R** Suzana Amaral **B** Suzana Amaral, Alfredo Oroz, nach dem Roman von Clarice Lispector **K** Edgar Moura **M** Marcus Vinicius **S** Ide Lacreta **D** Marcélia Cartaxo (Macabéa), José Dumont (Olimpico), Tamara Taxman (Gloria), Fernanda Montenegro, Umberto Magnani **L** 93 **E** 8.2.1995 3sat **fd** –

Stille Wasser

LES EAUX DORMANTES

Nach dreijährigem Einsatz aus Kambodscha zurückgekehrt, erfährt ein französischer Arzt, daß sein Vater vermißt wird. Er geht dem Verschwinden auf eigene Faust nach und stößt auf eine tragische familiäre Verstrickung. Etwas schwerfälliger Kriminalfilm ohne große Überraschungsmomente. – Ab 16.

Frankreich 1992 **P** Film Jean Alexandre Molière **V** offen **R** Jacques Trefouel **B** Yves Ellena, nach einem Roman von Boileau / Narcejac **K** Elso Roque **M** Alain Jomy **S** Jean-François Gire **D** Philippe Caroit (Denis de Lespinière), Ludmila Mikael (Eva), Danièle Delorme (die Mutter), Tsilla Chelton (die Tante), Michel Galabru (Fouchard) **L** 95 **E** 16.3.1995 mdr **fd** –

Die Stimme des Igels

Zweiteilige Zusammenstellung der skurrilen Filmerzählungen des Künstlers Jochen Kuhn, die mit Witz und Lakonie Elemente der bildenden Kunst und Erzählformen des Kinos verschmelzen. Kuhn, geboren 1954, bezeichnet seine Filme als poetisches Erzählkino, bei dem seine Schauspieler aus Acrylfarben sind. Alles wird auf die Leinwand gemalt, um anschließend wieder übermalt zu werden. «So entsteht ein Bilderfluß, der den Fluß der Erzählung begleitet.» Die Zusammenstellung enthält die Titel «Brief an die Produzentin», «Hotel Acapulco», «Höllenfranz», «Lob des Anrufbeantworters», «Die Beichte» (alle Teil I), «Der lautlose Makubra», «Robert Langner, Biographie», «Jo-Jo» und «Silvester» (alle Teil II).

Deutschland 1994 **P** Studio 1 **Pd** Werner Grassmann **R+B+K+M** Jochen Kuhn **S** Olaf Meltzer **L** 121 (61 + 60) **FSK** ab 12; f **E** 13.4.1995 **fd** –

Stirb für mich

Ein deutscher Unternehmerssohn verliebt sich im Urlaub hoffnungslos in eine junge Spanierin. Das unbeschwerte Leben der beiden erfährt eine Veränderung, als die Geldzufuhr aus Deutschland abgeschnitten wird. Gemeinsam mit dem angeblichen Bruder der Frau plant man einen Versicherungsbetrug, doch der Geliebte weiß nicht, daß sein Leben auf dem Spiel steht. Eigenproduzierter Fernseh-Krimi. – Ab 16.

Deutschland 1995 **V** offen **R** Michael Gutmann **B** Nick Evans **M** Toby Gad, Jaqueline Nemorin **D** Kai Wiesinger (Christian Schäfer), Ana Alvarez (Paloma), Antonio Valero (Ramon), Felix Eitner (Stefan), August Schmölzer (Reiner Dömling) **L** 92 **E** 14.11.1995 Pro Sieben **fd** –

Stirb langsam: Jetzt erst recht

DIE HARD WITH A VENGEANCE

Ein Polizeidetektiv legt einem deutschen Gangster und seiner privaten Armee in New York das Handwerk. Zweite Fortsetzung des Films «Stirb langsam». Ein anfangs ironischer, rasch jedoch eindimensionaler Actionfilm, der Spannung mit der Anhäufung von Explosionen und Effekten verwechselt. Reizvoll allenfalls das lakonische Spiel der Darsteller, das in beabsichtigtem Kontrast zur Dramatik des Geschehens steht.

Scope. USA 1994 **P** Cinergi Pictures / 20th Century Fox **V** Buena Vista (Kino) / Touchstone (Buena Vista) (Video) **Pd** Michael Tadross, Carmine Zozzora **R** John McTiernam **B** Jonathan Hensleigh **K** Peter Menzies **M** Michael Kamen **S** John Wright **D** Bruce Willis (John McClane), Samuel L. Jackson (Zeus), Jeremy Irons (Simon), Graham Greene (Joe Lambert), Colleen Camp (Connie Kowalski), Larry Bryggman (Cobb) **L** 128 **FSK** ab 16; f **E** 22.6.1995 / 21.12.1995 Video **fd** 31 410

Story Stripper – Schmutzige Zeilen

THE LAST WORD

Ein Autor, dessen «Geschichten aus der Unterwelt» verfilmt werden sollen, steht vor der Wahl zwischen Ruhm und Liebe. Seine Auftraggeber verlangen, daß die Geschichte einer Stripperin, die mittlerweile seine Geliebte ist, in das Drehbuch eingebaut werden soll. Ein Film voller Klischees, der zwar mit einigen ungewöhnlichen Kameraperspektiven und

Schnittfolgen aufwartet, ansonsten jedoch nur altbekannte Standards reproduziert. – Ab 14.
USA 1994 **P** NU Image **V** VMP (Video) **Pd** Randy Lippert, Tony Spiridakis **R+B** Tony Spiridakis **K** Zoltan David **M** Paul Buckmaster **S** Andy Blumenthal **D** Timothy Hutton (Martin), Joe Pantoliano (Doc), Michelle Burke (Sarah), Chazz Palminteri (Ricky), Richard Dreyfuss (Larry) **L** 90 **FSK** ab 12 **E** 8.8.1995 Video **fd** 31 527

Strangers
A STRANGER AMONG US
Eine New Yorker Polizeidetektivin soll den Raubmord an einem jüdischen Diamantenhändler aufklären. Sie wird in der chassidischen Gemeinde von Brooklyn in der Familie des Rabbis untergebracht. Ihre Distanz gegenüber der ihr fremden, exotischen Welt wandelt sich zunehmend in Verständnis und Sehnsucht nach den Werten der Tradition, Gemeinschaft, Solidarität und Gottesfurcht. Ein hervorragend inszenierter und besetzter Thriller, der seinen Reiz aus der Begegnung mit der fremden Welt der religiösen Gemeinde der Chassidim bezieht. Weniger an äußerer Spannung als an der Entfaltung der verschiedenen Aspekte der chassidischen Kultur interessiert. – Ab 16.
USA 1992 **P** Propaganda / Sandollar / Isis / PolyGram / Hollywood Pictures / Touchwood Pacific Partners **V** VCL / Carolco (Video) **Pd** Steve Golin, Sigurjon Sighvatsson, Howard Rosenman **R** Sidney Lumet **B** Robert J. Avrech **K** Andrzej Bartkowiak **M** Jerry Bock **S** Andrew Mondshein **D** Melanie Griffith (Emily Eden), Eric Thal (Ariel), Mia Sara (Leah), Tracy Pollan (Mara), Lee Richardson (Rabbi), John Pankow (Lewin), Jamey Sheridan (Nick) **L** 116 (Video 105) **FSK** ab 12 **E** 13.9.1995 premiere / 18.9.1995 Video **fd** 31 540

Stranglehold
STRANGLEHOLD
Während eine US-Kongreßabgeordnete eine Chemie-Fabrik in Malaysia besichtigt, bringt eine Verbrecherbande die Anlage in ihre Gewalt. Die Gangster drohen mit der Erschießung der Geiseln und dem Einsatz von Giftgas, doch der kampfgewandte Leibwächter der Politikerin vereitelt ihre Pläne. Eine stumpfsinnige, ideenarme Kopie des Actionfilms «Stirb langsam», abstoßend und zugleich ermüdend durch die Abfolge von Gewaltakten.
USA 1994 **P** Concorde / New Horizon **V** VPS (Video) **Pd+R** Cirio H. Santiago **B** Mark Evan Schwartz, Brendan Broderick, Rob Kerchner **K** Joe Batac **M** Dionisio Buencamino **S** Joseph Zucchero **D** Jerry Trimble (Ryan Cooper), Jillian McWhirter (Helen Filmore), Vernon Wells (Gerald Richter), James Paolelli (Lt. Jackson), Bob McFarland (William Atkin) **L** 85 **FSK** ab 18 **E** 27.4.1995 Video **fd** 31 379

Die Straße des Friedens
PEACE STREET
Auf Befehl unbekannter Machthaber besetzen in den 30er Jahren Soldaten die Häuser der «Straße des Friedens». Das beschauliche nachbarschaftliche Leben im Ort ist nachhaltig gestört; die Bürger passen sich bereitwillig an, und die Soldaten nisten sich auf Dauer in ihren Häusern ein. Eine kafkaeske, zuweilen groteske Parabel über Macht und Unterwerfung, Bürgerlichkeit und Anpassung. (O. m. d. U.) – Ab 16.
Estland 1991 **P** Tallinnfilm **V** offen **R** Roman Baskin **B** Toomas Kall **K** Ago Ruus **M** Erkki-Sven Tüür **S** Kai-Ene Rääk **D** Mikk Mikiver, Katrin Karisma, Juri Järvet, Kaljo Kiisk, Maria Avdyushko, Arvo Kukumägi, Sulev Luik, Tonu Kilgas **L** 110 **E** 17.11.1995 3sat **fd** –

Straße nach nirgendwo
DESTINATION AMERICA
Durchschnittlicher Kriminalfilm um den Sohn eines Milliardärs, der von einem zweijährigen Weltenbummel widerstrebend zur Familie zurückkehrt und unter Verdacht gerät, seinen Vater ermordet zu haben. Pilotfilm zu einer nicht realisierten Fernsehserie. – Ab 16.
USA 1987 **P** Stephen J. Cannell Prod. **V** offen **Pd** Steve Beers **R** Corey Allen **B** Patrick Hasburgh **K** Robert E. Collins **M** Mike Post **D** Bruce Greenwood (Corbet St. James), Rip Torn (Corbet St. James IV.), Corinne Bohrer (Tricia), Alan Autry (Larry), Joe Pantoliano **L** 94 **E** 14.1.1995 ARD **fd** –

Straße zum Paradies
Bei den Weltjugendspielen 1957 in Moskau verlieben sich ein russischer Saxophonist und eine französische Studentin ineinander. Ihre Liebe überdauert auch das Ränkespiel der Geheimdienste – bis beide scheinbar einem Attentat des KGB zum Opfer fallen. Jahrzehnte später, nach dem politischen Tauwetter, glaubt der damals verantwortliche KGB-Offizier die vermeintlich Toten als Inhaber eines Cafés auf der Karibik-Insel Barbados wiederzuerkennen. – Ab 16.
Rußland / Deutschland 1994 **P** First Film Company / Jonas Film **V** offen **R+B** Vitalij Moskalenko **K** Sergej Matschilskij, Oleg Lagodinskij **D** Natalia Petrowa (Michelle), Iwan Wolkow (Igor), Bogdan Stupka (Professor Lermer), Alexej Guskow (KGB-Mann), Alexej Kortnew (Oskar) **L** 90 **E** 20.11.1995 Nord 3 **fd** –

Die Straßen von Berlin: Die Akte Stalin

Die Berliner Soko ermittelt in einem Bombenattentat, bei dem eine Kunsthändlerin ums Leben gekommen ist. Zunächst deutet alles auf die Mafia hin, doch nach einem zweiten Anschlag häufen sich die Beweise für die Beteiligung ehemaliger Stasi-Mitglieder. Die Spur führt in eine Zeit zurück, als die DDR noch ein mächtiges Spionagenetz unterhielt, und belastet auch den ehemaligen italienischen Wirtschaftsattaché. Eigenproduzierter Film. – Ab 16.

Deutschland 1995 **P** novafilm / Pro Sieben **V** offen **R** Werner Masten **B** Peter Zingler **M** Pino Donaggio **D** Jennifer Nitsch (Irene Starnow), Uwe Ochsenknecht (Hajo Kroll), Hannes Jaenicke (Tom Geiger), Martin Semmelrogge (Jockel Pietsch), Dietrich Mattausch (Dr. Maas) **L** 100 **E** 27. 12. 1995 Pro Sieben **fd** –

Die Straßen von Berlin: Dunkelrote Rosen

Kriminalfilm. Eine Berliner Staatsanwältin ermittelt gegen einen korrupten Senator und kann feststellen, daß er großzügige Geschenke eines China-Großhändlers entgegennimmt. Als die Tarnung eines in die Organisation des Händlers eingeschleusten Ermittlers auffliegt, hängt sein Leben am seidenen Faden. – Ab 16.

Deutschland 1995 **P** novafilm / Pro Sieben **V** offen **R** Werner Masten **B** Wolfgang Limmer **M** Pino Donaggio, Günther Fischer **D** Jennifer Nitsch (Irene Starnow), Uwe Ochsenknecht (Hajo Kroll), Hannes Jaenicke (Tom Geiger), Martin Semmelrogge (Jockel Pietsch), Dietrich Mattausch (Dr. Maas) **L** 104 **E** 20. 12. 1995 Pro Sieben **fd** –

Eine Straßenbekanntschaft

LA CONTRE-ALLEE

Ein zwölfjähriges Mädchen aus einem Pariser Nobelviertel, das weitgehend sich selbst überlassen ist, findet Anschluß bei einer Prostituierten, die dem Kind vorübergehend das Gefühl von Verlassenheit nehmen kann. Die Geschichte einer ungewöhnlichen Freundschaft. Zwar überzeugend gespielt, läßt die Geschichte aber innere Entwicklung vermissen und verhindert tiefere Anteilnahme durch die betont unsentimentale Gestaltung. – Ab 16.

Frankreich 1990 **P** Baccara / Films Ariane / TF 1 Films **V** offen **R+B** Isabel Sebastian **K** Willy Kurant **S** Raymonde Guyot **D** Caroline Cellier (Lilas), Jennifer Covillault (Marie), Jacqueline Maillan (Yvette), Jacques Perrin (Daniel), Massimo Ghini (Pierre) **L** 83 **E** 1. 5. 1995 mdr **fd** –

Street Queen & Killer

UNDEFEATABLE

Eine kampferprobte Kellnerin verdient das Geld zum Studium ihrer Schwester durch brutale Straßenkämpfe. Als diese ermordet wird, macht sich die Frau auf die Suche nach dem Täter und stößt auf einen Straßenkämpfer, mit dem sie sich einen blutigen Showdown zu liefern hat. Prügelunterhaltung wie gehabt, in der einmal mehr nicht die Geschichte, sondern die Kämpfe im Mittelpunkt stehen.

USA 1993 **P** Filmswell International **V** NGP (Video) **Pd+R** Godfrey Hall **D** Cynthia Rothrock, Don Niam, John Miller **L** 83 **FSK** ab 18 **E** 21. 6. 1995 Video **fd** –

Streetfighter – Die entscheidende Schlacht

STREETFIGHTER

Ein nach einem populären Action-Videospiel inszenierter Film über den Kampf einer Friedenstruppe der Vereinten Nationen gegen einen sadistischen Diktator in einem südostasiatischen Fantasiestaat. Ein eindimensionaler, ins Groteske überzeichneter Actionfilm mit vorhersehbarer Handlung, der Gewalt mit scheinheiliger Legitimation zu begründen versucht. Aus schablonenhaften Versatzstücken aus Horror-, Action- und Kriegsfilmen zusammengesetzt.

USA 1994 **P** Columbia Tristar / Capcom **V** Columbia TriStar (Kino) / Columbia TriStar (Video) **Pd** Edward R. Pressman, Kenzo Tsujimoto **R+B** Steven E. de Souza **K** William A. Fraker **M** Graeme Revell **S** Dov Hoenig, Anthony Redman, Robert F. Shugrue **D** Jean-Claude Van Damme (Colonel William Guile), Raul Julia (General Bison), Ming-Na Wen (Chun-Li Zang), Damian Chapa (Ken Masters), Kylie Minogue (Cammy) **L** 100 **FSK** ab 16; f **E** 27. 4. 1995 / 28. 11. 1995 Video **fd** 31 327

Streets of New York

THE SAINT OF FORT WASHINGTON

In einem Obdachlosenasyl in New York begegnen sich ein von geschäftlichem Pech verfolgter älterer Schwarzer und ein junger Weißer, der nach langem Aufenthalt in der Psychiatrie ohne Wohnung ist. Während sie von einem Neubeginn träumen, versuchen sie, im Großstadt-Dschungel zu überleben, doch schließlich fällt der jüngere dem gewalttätigen Milieu zum Opfer. Eine einfühlsam entwickelte, wirklichkeitsnahe Geschichte fern jeder spektakulären oder gar spekulativen Ereignisse. Um so aufmerksamer blickt er auf die Menschen und das deprimierende Milieu, wobei der Film auf bewegende Weise an die menschliche Würde appelliert. – Ab 14.

USA 1992 **P** Fort Washington **V**

VPS (Video) **Pd** David V. Picker, Nessa Hyams **R** Tim Hunter **B** Lyle Kessler **K** Frederick Elmes **M** James Newton Howard **S** Howard Smith **D** Danny Glover (Jerry), Matt Dillon (Matthew), Rick Aviles (Rosario), Nina Siemaszko (Tamsen), Ving Rhames (Little Leroy) **L** 99 **FSK** ab 12 **E** 26.1.1995 Video / 18.10.1995 premiere **fd** 31 230

Stumme Zeugen

NEMYE SVIDETELI

Stummfilmdrama über Herren und Knechte im aristokratischen Milieu des zaristischen Rußlands. Ein Hausmädchen wird vom kranken Sohn der reichen Familie betrogen, der Vater des Mädchens ist der stoische Portier des Hauses – alle, Reiche wie Arme, sind Opfer ihrer gesellschaftlichen Rollen. Der Regisseur arbeitete als Schauspieler, Karikaturist, Journalist, Theatermanager und Fotograf. – Ab 14.

Schwarz-weiß. Rußland 1914 **V** offen **R** Jewgenij Bauer **B** Alexander Woznesenskij **M** William Davis **D** Dora Chitorina (Nastya), Aleksandr Kheruvimow (Großvater), Aleksandr Chargonin (Pavel Kostritsyn), Elsa Kryuger (Ellen), Andreij Gromov (Nastyas Bräutigam), Viktor Petipa (Baron von Rehren) **L** 65 **E** 7.2.1995 WDR **fd** –

Stumme Zeugin

MUTE WITNESS

Die stumme Maskenbildnerin einer amerikanischen Low-budget-Filmproduktion wird Zeugin eines «Snuff»-Films, bei dem die Pornodarstellerin vor laufender Kamera ermordet wird. Bei ihrem Fluchtversuch verrät sie sich und wird zur Gejagten. Ein spannungsreicher Thriller, der raffiniert mit Wahrnehmungen und Erwartungen spielt und dafür geschickt das Cinemascope-Format nutzt. Viel dramaturgisches Potential schlägt der Film aus dem Schwebezustand zwischen Wirklichkeit und Illusion; dabei bleibt die Auseinandersetzung mit dem Thema «Tod im Film» zwar an der dem Genre verhafteten Oberfläche, doch die beklemmende Atmosphäre ist durchaus bestechend.

Scope. Deutschland / England / Rußland 1995 **P** Cobblestone Pictures / Patmos / Comet / Avrora Media **V** Columbia TriStar **Pd** Alexander Buchmann, Norbert Soentgen, Anthony Waller, Richard Claus **R+B** Anthony Waller **K** Egon Werdin **M** Wilbert Hirsch **S** Peter R. Adam **D** Marina Sudina (Billy), Fay Ripley (Karen), Oleg Jankowskij (Larsen), Evan Richards (Andy), Igor Wolkow (Arkadi), Sergej Karlenkow (Lyosha), Alec Guinness («The Reaper») **L** 96 **FSK** ab 16; f **E** 28.9.1995 **fd** 31 548

Stummer Schrei

SILENT FALL

Einziger Zeuge des Doppelmords an seinen Eltern ist ein autistisches Kind, dem ein zurückgezogen lebender ehemaliger Kinderpsychologe mit viel Geduld die Erinnerung an den Täter zu entlocken versucht. Das anfängliche Interesse des Films an den Rätseln der menschlichen Psyche wird im Verlauf der Handlung von den Effekten einer plakativen Trivialgeschichte erschlagen.

USA 1994 **P** Morgan Creek **V** Warner Bros. (Kino) / Warner Home (Video) **Pd** Gary Barber, Penelope L. Foster, Jim Kouf, Lynn Bigelow **R** Bruce Beresford **B** Akiva Goldman **K** Peter James **M** Stewart Copeland **S** Ian Crafford **D** Richard Dreyfuss (Jake Rainer), Linda Hamilton (Karen Rainer), John Lithgow (Dr. Harlinger), J.T. Walsh (Sheriff Rivers), Ben Faulkner (Tim Warden), Liv Tyler (Sylvie Warden) **L** 101 **FSK** ab 16; f **E** 11.5.1995 / 10.11.1995 Video **fd** 31 326

Sturz ins Dunkel: Die Geschichte einer Mutter

CONVICTED: A MOTHER'S STORY

Drama um eine wegen Unterschlagung inhaftierte Mutter, die um den Zusammenhalt ihrer Familie kämpft, nachdem die beiden Kinder von ihrer Schwester aufgenommen worden sind. – Ab 14.

USA 1987 **P** NBC **V** offen **Pd** Ervin Zavada **R** Richard T. Heffron **B** Ellen Kesend, Elizabeth Gill, Katherine Specktor **D** Ann Jillian (Billie Nickerson), Christa Denton (Tiffany Nickerson), Kiel Martin (Van), Gloria Loring (Janice Huggins), Fred Savage (Mathew Nickerson) **L** 94 **E** 15.8.1995 RTL 2 **fd** –

Die Sturzflieger

Ein etwas chaotischer Weltraum-Desperado, der sich im Jahr 2417 seinen Unterhalt mit kleinen Schmuggeleien in seinem abgewrackten Shuttle verdient, will mit zwei Replikanten die wertvolle Ladung einer gestrandeten Weltraumfähre «bergen». Ein mißlungener Versuch, das Genre des Science-fiction-Films mit dem des Roadmovies zu kombinieren. Ohne Überraschungen erzählt und uninspiriert inszeniert, leidet der Film vor allem an seiner dilettantischen technischen Gestaltung und dem überfordert wirkenden Hauptdarsteller. – Ab 14.

Deutschland 1995 **P** Bavaria Film / WDR **V** Senator / Central **Pd** Günter Rohrbach **R** Peter F. Bringmann **B** Matthias Seelig **K** Frank Brühne **S** Annette Dorn **D** Ingo Naujoks (Rio Kowalski), Götz George (Max), Anja Kling (Angie), Michael Markfort (Spike), Paulus Manker (Garcia) **L** 117 **FSK** ab 12; f **E** 14.12.1995 **fd** 31 669

Der Süden
EL SUR
Verfilmung einer Erzählung von Borges. Ein deutschstämmiger Bibliothekar in den Vierzigern, der sich in die Welt der Bücher geflüchtet hat, reist, von der Vision seines eigenen Todes fasziniert, auf den Spuren des Vaters in den Süden Argentiniens, um sich seinem Schicksal zu stellen.
Spanien 1991 **P** Televisión Española / Iberoamericana Films **V** offen **R + B** Carlos Saura **K** José Luis Alcaine **S** Pablo G. del Amo **D** Oscar Martínez (Juan Dahlmann), Gerardo Romano (Carlos Manchón / Matón), Nini Gambier (Donña Rosario Flores), Villanueva Cosse (Don Alejandro) **L** 57 **E** 29.4.1995 arte **fd** –

Sudie und Simpson
SUDIE AND SIMPSON
Während des Zweiten Weltkrieges freundet sich in einer Kleinstadt in Georgia eine 13jährige Weiße mit einem Farbigen an, der sich wegen rassistischer Anfeindungen im Wald versteckt hält und unter Verdacht gerät, Kinder sexuell zu mißbrauchen. Überdurchschnittliches autobiografisches Drama, hervorragend fotografiert. – Ab 16.
USA 1990 **P** Freed / Laufer Prods. **V** offen **Pd** Richard Freed, Ira Laufer **R** Joan Tewkesbury **B** Sara Flanigan, Ken Koser, nach einem Roman von Sara Flanigan **K** Mario Di Leo **D** Louis Gossett jr. (Simpson), Sara Gilbert (Sudie), Frances Fisher (Marge), Paige Danahy (Mary), Larry Black (Ethridge) **L** 91 **E** 29.7.1995 Super RTL **fd** –

Suite 18
SUITE 18
Sexfilm. Eine junge Frau besucht ihre Freundin, die einen Erotik-Club betreibt, und erlebt eine Reihe von sexuellen Begegnungen mit Männern und Frauen.
USA 1994 **V** offen **R** Bud Lee **B** Neil Wexler **K** Ralph Parfait **D** Janine (Kimberley), Asia Carrera (Julie), Tony Tedeschi (Tom), Marc Wallice (Walter), P. J. Sparxx (Walters Frau) **L** 72 **E** 10.3.1995 premiere **fd** –

Summer Magic
SUMMER MAGIC
Disney-Familienunterhaltung. Ein gutmütiger Ladenbesitzer überläßt einer mittellosen Witwe und ihren drei Kindern ein altes Haus, ohne den wirklichen Vermieter davon in Kenntnis zu setzen. Dieser verliebt sich bei seiner Rückkehr aus China in seine neue «Mieterin». – Ab 10.
USA 1963 **P** Disney **V** offen **Pd** Walt Disney, Ron Miller **R** James Neilson **B** Sally Benson, nach dem Roman «Mother Carey's Chickens» von Kate Douglas Wiggin **K** William Snyder **M** Buddy Baker **S** Robert Stafford **D** Hayley Mills (Nancy Carey), Burl Ives (Osh Popham), Dorothy McGuire (Margaret Carey), Deborah Walley (Julie), Eddie Hodges (Gilly Carey) **L** 109 **E** 8.10.1995 RTL **fd** –

Der Sunset-Killer 4
RELENTLESS 4
Ein Kommissar und seine Assistentin ermitteln in einer Serie von Ritualmorden. Die Spur führt rasch zu einer auf Todesrituale spezialisierten Psychiaterin und dann ist auch bereits die Spannung aus dem Film, da man den Mörder schon erahnt. Ein billig zusammengestümperter Film, schlecht montiert und unmotiviert fotografiert. Nur die Zankereien der Hauptbeteiligten über Ermittlungs- und Erziehungsmethoden haben einigen amüsanten Reiz.
USA 1994 **P** CineTel **V** Warner Home (Video) **Pd** Russell D. Markowitz **R** Oley Sassone **B** Mark Sevi **K** Russ Brandt **M** Terry Plumeri **S** Glenn Garland **D** Leo Rossi (Sam Dietz), Famke Janssen (Sara Lee Jaffee), Colleen Coffey (Jessica Paretti), John Scott Glough (Martin Trainer), Christopher Pettiet (Cory Dietz) **L** 91 (gek. 90) **FSK** ab 18 (gek. ab 16) **E** 13.1.1995 Video **fd** 31 165

Superhirn in Tennisschuhen
THE COMPUTER WORE TENNIS SHOES
Durch einen Stromschlag geht das gesamte Wissen eines Universitätscomputers auf einen Studenten über. Mit diesem enormen Wissen versucht er, Geld für die Schule zu beschaffen, und nimmt an einem Fernsehquiz teil. Als der Quizmaster unwissentlich ein Losungswort sagt, wird ein Teil seines Computerhirns aktiviert, in dem die illegalen Wetten einer Gangsterorganisation gespeichert sind. Zwar nicht tiefschürfende, aber sehr vergnügliche Disney-Komödie. – Ab 14.
USA 1970 **P** Disney **V** offen **Pd** Bill Anderson **R** Robert Butler **B** Joseph L. McEveety **K** Frank Phillips **M** Robert F. Brunner **S** Cotton Warburton **D** Cesar Romero (A. J. Arno), Kurt Russell (Dexter), Joe Flynn (Dean Higgins), William Schallert (Prof. Quigley), Alan Hewitt (Dean Collingsgood) **L** 90 **E** 21.10.1995 RTL **fd** –

Surviving The Game
SURVIVING THE GAME
Eine Gruppe wohlhabender Männer engagiert einen Obdachlosen für einen vermeintlichen Job als Jagdhelfer. Im freien Gelände entpuppen sich die Männer als skrupellose Killer, die sich den «Penner» als Beute einer perversen Menschenjagd auserkoren haben. Doch der clevere Mann kann den Spieß umdrehen. Actionfilm, der sich im wesentlichen auf seine martialische Handlung

beschränkt und die psychologischen Prozesse vernachlässigt.
USA 1993 **P** New Line Cinema **V** VMP (Video) **Pd** David Permut, Fred Caruso **R** Ernest Dickerson **B** Eric Bernt **K** Bojan Bazelli **M** Stewart Copeland **S** Sam Pollard **D** Rutger Hauer (Barns), Charles S. Dutton (Cole), John C. McGinley (Griffin), Gary Busey (Hawkins), F. Murray Abraham (Wolfe sr.) **L** 92 (gek. 85) **FSK** ab 18 (gek. ab 16) **E** 16.12.1994 Video / 9.3.1996 RTL 2 **fd** 31 295

Der süße Duft des Todes
THOSE BEDROOM EYES
Thriller. Ein Psychologe riskiert Karriere, Ruf und sogar sein Leben, um seiner Frau zu helfen, die ein mörderisches Doppelleben führt.
USA 1992 **V** offen **R** Leon Ichaso **B** Deborah Dalton **D** Tim Matheson (William Tauber), Mimi Rogers (Ali Broussard), William Forsythe (Mike Stoller), Carlos Gomez (Hector Morales), Carroll Baker (Mrs. Graham) **L** 87 **E** 5.5.1995 RTL **fd** –

Süßer Vogel Jugend
SWEET BIRD OF YOUTH
Eine alternde Filmdiva versucht, um jeden Preis ihre schwindende Jugend festzuhalten. Sie klammert sich an ihren wesentlich jüngeren Liebhaber, der großen Ehrgeiz und eine dunkle Vergangenheit hat. Trotz prominenter Regie und Besetzung nur durchschnittliche Wiederverfilmung von Tennessee Williams' gleichnamigem Theaterstück für das Fernsehen, die allenfalls oberflächliche Unterhaltung bietet. – Ab 16.
USA 1989 **P** Atlantic / Kushner-Locke **V** offen **Pd** Fred Whitehead **R** Nicolas Roeg **B** Gavin Lambert, nach einem Theaterstück von Tennessee Williams **D** Elizabeth Taylor, Mark Harmon, Rip Torn, Valerie Perrine, Michael Wilding jr., Ruta Lee **L** 100 **E** 12.5.1995 ZDF **fd** –

Svens Geheimnis
Ein 12jähriger Taschendieb, der mit seinen Stehlereien ein wenig Anerkennung bei einer Schülergang erhalten will, raubt unwissentlich seine neue Klassenlehrerin aus. Damit weckt er den Helfertrieb der noch jungen Pädagogin, die sich seiner annehmen möchte, aber durch Unkenntnis der Verhältnisse die Situation noch komplizierter macht. Jugendfilm um das Problem der Verwahrlosung und das Versagen von Elternhaus und Schule. – Ab 16.
Deutschland 1995 **V** offen **R** Roland Suso Richter **B** Klaus-Peter Wolf **K** Achim Poulheim **M** Jens Langbein **D** Katharina Meinecke (Vera Loewe), Richy Müller (Wolfgang Fischer), Christopher Erbslöh (Sven Röder), Katharina Schüttler (Swetlana Wokowitsch), Anna Schmidt (Julia Wokowitsch) **L** 89 **E** 27.9.1995 ARD **fd** –

Sweet Killing
SWEET KILLING
Schwarze Komödie um einen Mann, der sich durch einen perfekten Mord seiner Ehefrau entledigen will. Nach vollbrachter Tat scheint der frischgebackene Witwer jedoch vom Pech verfolgt: Er wird von einem Kriminellen verfolgt, den der vom Alibi unbeeindruckte Polizei-Leutnant auf ihn angesetzt hat, und die Frau, in die er sich Hals über Kopf verliebt, gibt ihm einen Korb. – Ab 16.
Kanada / Frankreich / England 1993 **P** Girad / Maki / Burrill **V** offen **R** Eddy Matalon **B** Dominique Roulet, Eddy Matalon, nach dem Roman «Qualthrough» von Angus Hall **K** Hugues de Haeck **M** Jean Musy **D** Anthony Higgins (Adam Cross), Leslie Hope (Eva Bishop), F. Murray Abraham (Zargo), Michael Ironside (Garcia), Andréa Ferréol (Louise), Aron Tager (Lipsky) **L** 86 (Orig. 100) **E** 15.5.1995 premiere **fd** –

Swingers
QUANDO ERAVAMO REPRESSI
Ein frustriertes Pärchen will sein Liebesleben durch Partnertausch auffrischen, findet auch Gleichgesinnte, schreckt aber im letzten Augenblick vor dem entscheidenen Schritt zurück. Sexkomödie mit einer durchdachten Story, in der der italienische Altstar Vittorio Gassman eine Gastrolle als Sextherapeut gibt. (Früherer Titel: «Swoppers»)
Italien 1991 **P** Numero Uno International **V** EuroVideo (Video) **R** Pino Quartullo **D** Francesca D'Aloia, Alessandro Gassman, Vittorio Gassman **L** 94 **FSK** ab 18 **E** 26.7.1995 Video **fd** –

Swoppers
siehe: Swingers

Symphony des Bösen
THE HAUNTED SYMPHONY
Ein frustrierter adeliger Komponist in einem französischen Dorf des 19. Jahrhunderts arbeitet an einer «Symphonie des Teufels», ermordet unter Einfluß des Bösen eine Prostituierte und wird von einem aufgebrachten Mob gelyncht. Als Jahre später seine Großnichte auf die unvollständige Partitur stößt, beschwört sie seinen Geist herauf. Eine krude Mischung aus «Gothic Horror»-Klischees, haarsträubend schludrig inszeniert. Leblos huschen die Figuren durch eine knallbunt ausgeleuchtete Kulisse, wobei durch dubiose Traumsequenzen und spekulative Sex-Szenen mühsam die abendfüllende Länge erreicht wird.
USA / Rußland 1994 **P** New Horizon / Mosfilm **V** CIC (Video) **Pd** Roger Corman **R** David Tausik **B** Tara McCann, Beverly Gray,

David Hartwell **K** Yivgeny Korzhenkov **M** Vladimir Komorov, Bruno Louchouarn **S** Mick Jackson, Brian Chambers **D** Ben Cross (Marius), Jennifer Burns (Gabrielle), Beverly Garland (Carlotta), Doug Wert (Julien), Lew Prigunow (Octavie) **L** 95 **FSK** ab 18 **E** 23. 1. 1995 Video **fd** 31 234

T

Der Tag, an dem die Heuschrecken kamen
LOCUSTS
Ein im Zweiten Weltkrieg unehrenhaft aus der Armee entlassener Pilot kehrt in seinen Heimatort zurück, wo er sich in der Bekämpfung einer Heuschreckenplage rehabilitiert. Dramatischer (Fernseh-)Abenteuerfilm, in dem die persönlichen Konflikte ebensowenig ausgereift sind wie die Special Effects. – Ab 16.
USA 1974 **P** Paramount **V** offen **R** Richard T. Heffron **B** Robert Malcolm Young **M** Mike Post, Peter Carpenter **D** Ben Johnson (Amos), Ron Howard (Donny), Lisa Gerritsen (Cissy), Katherine Helmond (Claire), Belinda Balaski (Janet) **L** 74 **E** 26.11.1995 Kabel 1 **fd** –

Der Tag der Vergebung
SIRNA NEDELJA
Anfang der 50er Jahre gerät ein junger Bulgare in die Fänge der Staatssicherheit. Er wird Spitzel, verrät mazedonische Freischärler und fristet ein einsames Leben. Die Lebensgeschichte eines etwas tumben bulgarischen Don Quijote, gradlinig und emotional erzählt, aber mit einem nebelwallend-mystischen Finale. – Ab 16.
Bulgarien 1993 **V** offen **R+B** Radoslav Spassov **K** Ivan Toner **M** Boshidar Petkow **D** Alexander Morfov (Angel), Anna-Maria Sekoulov (Stojka), Stojan Alexijew (Tetimov), Iwan Grigorow (Der Vater) **L** 107 (TV) **E** 20.11.1995 ORB **fd** –

Ein Tag in Paris
SUIVEZ MON REGARD
Ein Mann führt einem Kind skurrile und banale Szenen aus dem Pariser Alltagsleben vor: Ein Bauer macht Werbung für Hundefutter, bis ihm der Schaum vor dem Mund steht, ein populärer Filmagent gleitet vor laufenden Kameras glücklich ins Jenseits und dergleichen mehr. Eigentümlicherweise ist dem Drehbuchautor Curtelin für sein Regiedebüt keine durchdachte Geschichte eingefallen; trotz prominenter Besetzung kann die episodische Komödie, die – durch einen Off-Kommentar akzentuiert – etwas bösartig Schlaglichter auf Figuren und Begebenheiten des Alltags wirft, kaum das Interesse wachhalten. – Ab 14.
Frankreich 1985 **P** Protecrea **V** offen **R+B** Jean Curtelin **K** Michel Genet **M** Tom Novembre, Charlélie Couture **S** Martine Barraqué **D** Claude Chabrol (der Fernseher), Stéphane Audran (die Fernseherin), Jean-Claude Brialy (der Filmagent), Pierre Arditi (der Werbefachmann), Jean Carmet (der Bauer), Michel Galabru (der Professor), Tom Novembre (der Pfarrer), Andréa Ferréol (die Bäckersfrau) **L** 85 **E** 18.8.1995 ZDF **fd** –

Der Tag Jupiters
THURSDAY'S CHILD
Von guten Darstellern getragenes Drama um einen Jungen, der sich wegen eines Herzfehlers einer riskanten Transplantation unterziehen muß. – Ab 16.
USA 1983 **P** CBS / Viacom / Catalina **V** offen **Pd** Peter Katz **R** David Lowell Rich **B** Gwen Bagni-Dubov, nach einem Buch von Victoria Poole **K** Charles F. Wheeler **M** Lee Holdridge **D** Gena Rowlands (Victoria Alden), Don Murray (Parker Allen), Jessica Walter (Rosy Richardson), Rob Lowe (Sam), Glenn Morrissey (Pokie) **L** 96 **E** 15.7.1995 Super RTL **fd** –

Tagebuch der Liebe
HIDDEN AGENDA
Sexfilm um erotische Konkurrenzkämpfe im Verlagsgeschäft.
USA 1992 **V** offen **R** Michael Craig **B** Leslie Black **K** Michael Craig, Will Lee **D** Leanna Foxx (Janet), Tiffany Million (Lila), Alex Jordan (Candice), Marc Wallice (Bobby) **L** 64 **E** 23.6.1995 premiere **fd** –

Tagebuch einer Leidenschaft
BROGLIACCIO D'AMORE
Ein erfolgreicher Ingenieur will seine Identitätskrise überwinden, indem er ein Buch schreibt. Das Ergebnis ist jedoch anders, als er selbst erwartet. – Ab 16.
Italien 1976 **V** offen **R** Decio Silla **D** Enrico Maria Salerno (Giacomo), Senta Berger (Roberta), Paolo Carlini, Marisa Valenti **L** 89 **E** 11.4.1995 RTL 2 **fd** –

Tai-Chi
TAI-CHI
Zwei Kung-Fu-Kämpfer, die in einem buddhistischen Kloster aufgewachsen sind, aber aus der Mönchsgemeinschaft ausgestoßen wurden, kämpfen an verschiedenen Fronten: Der zurückhaltende Rebell und der draufgängerische Offizier werden zu erbitterten Feinden. Ein perfekt choreografierter Actionfilm, angesiedelt in der Zeit der Ming-Dynastie. Zwar ganz auf die relativ unblutigen «Martial-arts»-Sequenzen ausgerichtet, erweist sich die Handlung immerhin auch dramaturgisch als weitgehend tragfähig. – Ab 16.
Hongkong 1993 **P** Eastern Prod. **V** Splendid (Video) **Pd** Jet Lee **R** Yuen Wo-Ping **B** Ip Kwong Kim **K** Tom Lau **M** Wi Wai Lap **D** Jet Lee (Jumbao), Michelle Khan (Siu Lin), Chin Siu-Ho (Tsianbao), Yuen Cheang Yan (Rev. Ling), Lau Shun (Meister) **L** 90 **FSK** ab 16 **E** 23.1.1995 Video **fd** 31 481

Das Tal der Frauen
DAS TAL DER FRAUEN
Dokumentarfilm über die Erlebnisse einer Schweizer Bäuerin, die nach Bhutan reist. In einem Hochtal des Himalaja-Königreiches besitzen die Frauen Haus

und Hof und vererben den Besitz an ihre Töchter weiter. Aus dieser Begegnung entwickelt sich eine Freundschaft, die alle kulturellen Schranken überwindet. – Ab 14.
Schweiz 1994 **V** offen **R** Marianne Pletscher **L** 60 **E** 15.3.1995 3sat **fd** –

Tank Girl
TANK GIRL
In einer durch einen Meteoritenabsturz weitgehend entvölkerten und ökologisch verwüsteten Welt kämpft eine junge Frau erfolgreich gegen einen skrupellosen Despoten, der die letzten Wasserreserven kontrolliert. Ein nach einem Underground-Comic gestalteter Actionfilm mit aufwendigen Kulissen und raffinierten Spezialeffekten. Die Vorlage wird dabei allenfalls in ihrem Brutalitätsgehalt übertroffen und büßt ihren satirisch-subversiven Charme zugunsten genre-stereotyper Breitenwirksamkeit ein.
USA 1994 **P** Trilogy Entertainment **V** UIP (Kino) / Warner Home (Video) **Pd** Richard Barton Lewis, Pen Densham, John Watson **R** Rachel Talalay **B** Tedi Sarafian, nach einem Comic-Strip von Alan Martin und Jamie Hewlett **K** Gale Tattersall **M** Graeme Revell **S** James Symons **D** Lori Petty (Tank Girl), Malcolm McDowell (Kesslee), Naomi Watts (Jet Girl), Ice-T (Ripper T-Saint), Don Harvey (Sergeant Small), Jeff Kober (Booga) **L** 104 **FSK** ab 16; f **FBW** w **E** 22.6.1995 / 22.12.1995 Video **fd** 31 412

Der Tanz des Dschinghis Cohn
GENGHIS COHN
Verfilmung eines Romans von Romain Gary. Der Geist eines 1933 von der SS ermordeten jüdischen Kabarettisten sucht nach dem Krieg den damaligen befehlshabenden Offizier – nun Polizeichef in einer bayrischen Kleinstadt – heim und bringt ihn dazu, seinen Posten zu quittieren und jiddisch zu lernen. Nach dieser erfolgreichen «Umerziehung» versucht der Geist sein Glück bei einem Schützen des Hinrichtungskommandos. – Ab 16.
England 199? **V** offen **R** Elijah Moshinsky **B** Stanley Price, nach dem Roman von Romain Gary **K** John Daly **M** Carl Davis **D** Antony Sher (Dschinghis Cohn), Robert Lindsay (Otto Schatz), Diana Rigg (Frieda von Stangl), Daniel Craig (Hauptwachtmeister Guth), Matthew Marsh (Herr Krüger) **L** 80 **E** 28.11.1995 West 3 **fd** –

Taschengeld
MILK MONEY
Ein Zwölfjähriger verkuppelt seinen verwitweten Vater mit einer sympathischen Prostituierten, die er und seine Freunde bei einem selbstorganisierten «Aufklärungsausflug» kennengelernt haben. Nachdem Nachbarn und Zuhälter versucht haben, das aufkeimende Glück zu zerstören, gibt es schließlich ein Happy-End. Verlogenes «Märchen» von der Sehnsucht einer Prostituierten nach dem bürgerlichen Leben, das vor allem die Probleme der pubertierenden Jungen nur als Vorwand für allzu voraussehbare Gags benutzt. Ein seelenloses Fließbandprodukt, in dem Technik und Darsteller allenfalls Routine abliefern. – Ab 14 möglich.
USA 1994 **P** Paramount **V** UIP (Kino) / CIC (Video) **Pd** Kathleen Kennedy, Frank Marshall **R** Richard Benjamin **B** John Maitson **K** David Watkin **M** Michael Convertino **S** Jacqueline Cambas **D** Melanie Griffith (V), Ed Harris (Dari), Michael Patrick Carter (Frank), Malcolm McDowell (Waltzer), Anne Heche (Detty), Adam LaVorgna (Brad) **L** 109 **FSK** ab 6; f **E** 19.1.1995 / 12.7.1995 Video **fd** 31 128

Tatis Schützenfest
JOUR DE FETE
Ein staksiger Dorfbriefträger wird durch Filmberichte dazu verführt, amerikanische Zustände in seinen Zustellungsbereich zu bringen. Das kleine Dorf, das sich in seiner typisch französischen Gemütlichkeit auf eine Kirmes mit Schützenfest vorbereitet, sieht dem guten Mann belustigt zu. Eine unendlich liebevoll gezeichnete Dorfchronik voller witziger Beobachtungen, mit der Tati ein ebenso zärtliches wie poetisches Meisterwerk geschaffen hat. Für den zweiten Kinostart (1961) veränderte er den Film durch Einfärbungen (Virage), wie sie zu Stummfilmzeiten praktiziert wurden, und verlieh ihm damit noch eine weitere reizvolle Pointe. 1995 kam schließlich die von Tati in einem damals neuen französischen Farbverfahren hergestellte Version ins Kino, von der seinerzeit noch keine Kopien gezogen werden konnten. (Rekonstruktion: Sophie Tatischeff und François Edé; frühere Titel: «Tempo – Tempo!!», «Schützenfest») – Sehenswert ab 6.
Frankreich 1947 / 1961 / 1995 **P** Cady **V** MFA (Farbige Originalversion) / Atlas (Erstverleih: Trans Cont **Pd** Fred Orain **R** Jacques Tati **B** Jacques Tati, René Wheeler, Henri Marquet **K** Jacques Mercanton, Jacques Sauvageot **M** Jean Yatove **S** Marcel Moreau **D** Jacques Tati (Briefträger François), Guy Decomble (Roger), Paul Frankeur (Marcel), Santa Relli (Rogers Frau), Maine Vallé (Jeanette), die Einwohner von Sainte-Sévère **L** 79 **FSK** ab 6; nf **FBW** w **E** 31.12.1949 / 29.12.1971 ARD / 10.9.1995 Farbfassung **fd** 12 552

Tausche Wohnung!
SE PERMUTA
Komödie über ein in Kuba aktuelles Problem: den aus der Wohnungsknappheit erwachsenden

schwungvollen Tausch von Wohnungen. In den Reigen sind eine unternehmungslustige Frau und ihre Tochter verwickelt, die im Zuge der Umzüge und damit verbundener Heiratsränke mit einem Automechaniker, einem Funktionär und einem Bauingenieur in Berührung kommen. (O. m. d. U.) – Ab 16.
Kuba 1983 **P** Kubanisches Filminstitut ICAIC **V** offen **R** Juan Carlos Tabío **B** Juan Carlos Tabío, Raúl García **K** Julio Valdés **M** Juan Márquez **S** Roberto Bravo **D** Rosita Fornés (Gloria), Isabel Santos (Yolanda), Ramoncito Veloz (Guillermo), Mario Balmaseda (Pepe) **L** 91 **E** 17. 4. 1995 arte **fd** –

1000 Rosen
Ein vermögender Verwandter aus Amerika und ein Computer-Fachmann, der als Buchhalter eingestellt wird, stürzen eine Familie und ihr Geschäft ins Verderben. Ein apokalyptisch endendes Drama, angesiedelt um 1960 in einer holländischen Kleinstadt. (Plattdeutsches Original mit deutschen Untertiteln)
Niederlande 1994 **V** offen **R** Theu Boermans **B** Gustav Ernst **D** Marieke Heebink (Gina), Bert Geurkink (Harry), Jaap Spijkers (Kernstock), Marisa van Eyle (Rita), Marianne Rogée (Mutter Gina) **L** 90 **E** 14. 10. 1995 N 3 **fd** –

Die 1003. Nacht
Komödie um Verliebte: Zwei deutsche Urlauber finden in Tunesien Gefallen aneinander, doch ihre beiden konkurrierenden Touristik-Unternehmen verhindern, daß sie zusammenkommen. In der Not besinnen sie sich auf ein altes arabisches Märchen und überwinden mit List und Ausdauer alle Hindernisse. – Ab 16.
Deutschland 1992 **V** offen **R+B** Richard Blank **D** Gabi Herz, Axel Millberg, Dietmar Mössmer **L** 75 **E** 15. 11. 1995 3sat **fd** –

Taxi Boy
TAXI BOY
Ein sehr auf seinen Habitus bedachter Adliger, der in Paris als Taxifahrer und Eintänzer arbeitet, nimmt eines Tages einen von Gangstern zusammengeschlagenen Kleinganoven bei sich auf. Aus der Zufallsbegegnung entwickelt sich eine Freundschaft, die durch die unerwartet auftauchende Tochter des Ganoven noch enger wird. Komödie im Halbweltmilieu, die mit prominenten Darstellern und bewährten Handlungselementen aufwartet, letztlich jedoch durch ihren Mangel an Schauspielerführung und inszenatorischem Geschick langweilt. – Ab 16.
Frankreich 1985 **P** UGC / Président / TF 1 / Marie Coline Films / Cinedeal / Conil / Top No. 1 **V** offen **R+B** Alain Page **K** Renato Berta **M** Charlélie Couture **S** Sophie Schmitt **D** Claude Brasseur (Petrus), Richard Berry (Manuel), Charlotte Valandrey (Corinne), Evelyne Didi (Marthe), Isaach de Bankolé (Touré) **L** 89 **E** 4. 4. 1995 ZDF **fd** –

Taxi in den Tod
A PASSION FOR MURDER
Auf der Flucht von Detroit nach Seattle kommen sich ein Taxifahrer, im Hauptberuf Krimischriftsteller, und eine junge Frau nicht nur näher, der Mann kommt auch hinter das Geheimnis der Fremden. Sie hat den Tod eines Politikers verschuldet, auf den sie als Undercover-Agentin des CIA angesetzt war. Da sie nun zuviel weiß, ist ihr eigenes Leben in Gefahr. Ein aufwendig produzierter Thriller mit überzeugenden Charakteren, der seine unübersehbaren Längen mit Sex- und Gewaltszenen zu überbrücken versucht.
USA 1993 **P** Entertainment Securities **V** EuroVideo (Video) **Pd** Robert Vince **R** Neil Fearnley **B** Arne Olsen, John Alan Schwartz **K** David Geddes **M** Amin Bhatia **S** Allan Lee **D** Michael Nouri (Ben Shorr), Joanna Pacula (Vanessa), Michael Ironside (Quinn), Mickey Jones (Lloyd), Lee J. Campbell (Sheriff), Arne Olsen (Eric) **L** 88 **FSK** ab 16 **E** 12. 4. 1994 Video / 10. 9. 1994 ARD **fd** 31 400

Taxi ins Glück
SOGNO D'AMORE
Im Urlaub verliebt sich eine Frau in einen Mann, den sie für einen Taxifahrer hält. Als sie dahinterkommt, daß er in Wirklichkeit ein erfolgreicher Geschäftsmann ist, kehrt sie, enttäuscht über seine Lügen, nach New York zurück. Der Verlassene setzt einen Privatdetektiv ein. – Ab 14.
USA 1994 **V** offen **R** Larry Ludman **D** Nicole Amar (Donna Updike), Ron Cobert (Michael Forrester), Irene O'Connor (Mrs. Forrester), William Rothnell (der Professor), Saadioa Persad (Patricia) **L** 80 **E** 3. 10. 1995 Vox **fd** –

Taxi nach Soweto
TAXI TO SOWETO
Komödie: Durch Zufall landet eine vom Luxus verwöhnte Weiße an der Seite eines schwarzen Taxifahrers mitten in Soweto. Sie steigt in Windeseile zur ebenso glühenden wie übereifrigen Kämpferin für die Rechte der Schwarzen auf. – Ab 14.
Südafrika 1991 **V** offen **R** Manie van Rensburg **D** Elize Cawood (Jessica), Patrick Shai (Richard), Marius Weyers (Horace), Ramalao Makhene (Nimrod), Mara Louw (Dolly) **L** 87 **E** 25. 11. 1995 Super RTL **fd** –

Techno-Fear
TECHNO-FEAR
Ein genialer Paranoiker konstruiert in der Sicherheitsabteilung eines Investmentskonzerns in Los

Angeles aus Leichen gefühl- und erinnerungslose «Killermaschinen». Durch einen Programmierfehler verwandelt sich ein gutmütiger Hüne aus der Ukraine in einen Massenmörder, der erst auf dem Djnepr bei Kiew sein Ende findet. Ein geschmackloser Actionfilm mit dümmlicher Handlung und einem extremen Hang zu spektakulärer Brutalität. – Wir raten ab.
USA 1994 **P** S. A. K. **V** VPS (Video) **Pd** Rached Assouma, Nicolas T. Kimaz, Alex Strelkov, John Reed, Steven A. Finly **R** Lamar Card **B** Steven A. Finly **K** M. David Mullen **M** Daniel Loewenthal **S** Daniel Loewenthal **D** Terry O'Quinn (Dr. Connors), Timothy Cavanaugh (Barkley), Evan Lucie (Taylor), Ashley Anne Graham (Natalie), Russ Tertyask **L** 86 **FSK** ab 18 **E** 16.3.1995 Video **fd** 31 354

Der Teddybär
L'ORSO DI PELUCHE
Thriller. Ein gefühlskalter, selbstgefälliger Gynäkologe bekommt eines Tages per Post ein mysteriöses Geschenk: einen Teddybären. Kurze Zeit später meldet sich ein anonymer Anrufer mit dem Hinweis, der Doktor werde sich bald für den Tod eines Menschen verantworten müssen. Als der Arzt daraufhin beginnt, seine Vergangenheit Revue passieren zu lassen, schlägt ihm überall nur oberflächliche Verklärung und Bewunderung entgegen. – Ab 16.
Frankreich / Italien 1994 **V** offen **R** Jacques Deray **B** Jean Curtelin, Jacques Deray **M** Romano Musamara **D** Alain Delon (Dr. Jean Rivière), Laure Killing (Christine Rivière), Regina Blanchi (Claudia), Francesca Dellera (Carla), Paolo Bonacelli (Novacek) **L** 89 **E** 22.3.1995 premiere **fd** –

Teen Vamp
TEEN VAMP
Komödie. Der Biß einer Vampir-Dame macht einen unscheinbaren Jungen von der High-School zum Supertypen, der nicht nur die Aufmerksamkeit einer schönen Blondine erregt, sondern auch zum Ziel einer wilden Verfolgungsjagd wird.
USA 1988 **P** Indie Prod. **V** New Vision (Video) **R+B** Samuel Bradford **M** Robert Sprayberry **D** Clu Gulager (Reverend), Karen Carlson (Martha), Angie Brown (Connie), Beau Bishop (Murphy), Mick Lane (Delbert Haney) **L** 86 **FSK** ab 18 **E** 11.11.1995 Pro Sieben **fd** –

Teenage Lolita – Verlockende Unschuld
CASUALTIES OF LOVE: THE LONG ISLAND LOLITA STORY
Fernsehdrama um eine 16jährige, die von Liebe zu einem viel älteren Familienvater besessen ist und seine Ehefrau zu ermorden versucht. Als sie der Polizei zu Protokoll gibt, der Mann habe sie zu der Tat angestiftet, bringt sie eine Medienkampagne ins Rollen. – Ab 16.
USA 1993 **V** offen **R+B** John Herzfeld **D** Jack Scalia (Joey Buttafuoco), Alyssa Milano (Amy Fisher), Phyllis Lyons (Mary Jo Buttafuoco), Leo Rossi (Bobby Buttafuoco), J. E. Freeman (Det. Marty Alger) **L** 90 **E** 9.6.1995 RTL **fd** –

TekWar – Kampf um die verlorene Vergangenheit
TEKWAR
Ein unschuldig verurteilter Polizist wird im Jahr 2044 aus dem Kälteschlaf geweckt, um den Kampf gegen eine Zukunftsdroge aufzunehmen und um sich auf diese Weise zu rehabilitieren. Science-fiction-Thriller aus einer vierteiligen Reihe, die zeitgenössische Genre-Konzepte wie Cyberspace und virtuelle Computer-Realität zum bestimmenden Element einer Detektiv-Story macht. Ein spannungsloses Abenteuer, fürs Fernsehen in belanglose Bilder umgesetzt. – Ab 14.
USA 1994 **P** Atlantis **V** CIC (Video) **Pd** Jamie Paul Rock, Stephen Boloff **R** William Shatner **B** Alfonse Ruggiero jr., Wes Claridge, nach einem Roman von William Shatner **K** Rodney Charters **M** David Michael Frank **S** Bill Goddard **D** Greg Evigan (Jake Cardigan), Eugene Clark (Sid Gomez), Torri Higginson (Beth Kittridge), William Shatner (Walter H. Boscom), Von Flores (Sonny Hokori), Sheena Easton (Warbridge) **L** 88 **FSK** ab 12 **E** 24.9.1994 RTL / 18.10.1995 Video **fd** 31 706

Tempel der Sinnlichkeit
SENSUAL EXPOSURE
Sexfilm. Von ihrem unzufriedenen Geliebten wird eine Frau in einen «Tempel der Sinnlichkeit» geschickt, um ihre Liebeskünste zu vervollkommnen.
USA 1993 **V** offen **R** Andrew Blake **B** Andrew Blake, Raven Touchstone **K** Andrew Blake **D** Kelly O'Dell, Raven, P.J. Sparxx, Debi Diamond, Christine Tyler **L** 69 **E** 3.11.1995 premiere **fd** –

Terminal Force
TERMINAL FORCE
Zwischen einem intergalaktischen Diktator und einer jungen Frau, die auf die Erde flüchten konnten, entbrennt der Kampf um einen machtspendenden Kristall. Unfreiwillig mit von der Partie ist ein kleiner irdischer Ganove, den die Kämpferin als Gehilfen auserkoren hat. An gängigen Genrevorbildern orientiertes Fantasyspektakel, das einschlägige Filmideen für seine Zwecke ausschlachtet.
USA 1994 **P** Inter Light Pictures **V** Marketing (Starlight) (Video) **R**

William Mesa **D** Brigitte Nielsen, Richard Moll, John H. Brennan **L** 87 **FSK** ab 16 **E** 12. 7. 1995 Video **fd** –

Terror in the Towers
WITHOUT WARNING: TERROR IN THE TOWERS
Am 26. Februar 1993 zündeten Terroristen im New Yorker World Trade Center eine Bombe. Es gab Tote, Tausende Menschen waren in dem Gebäude eingeschlossen. Der fürs amerikanische Fernsehen entstandene Film schildert die Rettungsaktionen und die erfolgreiche Täterfahndung der Polizei. – Ab 16.
USA 1993 **P** Paramount **V** CIC (Video) **R** Alan J. Levi **D** James Avery, André Braugher, George Clooney **L** 93 **FSK** ab 16 **E** 16. 8. 1995 Video **fd** –

Tess und ihr Bodyguard
GUARDING TESS
Die ehemalige First Lady im Zank mit dem ihr zugeteilten Secret-Service-Agenten. Von langen Durststrecken unterbrochene milde Späßchen, die das Niveau einer vergeblich gutgespielten Groschenroman-Story nicht verlassen. – Ab 12.
USA 1994 **P** Tri Star Pictures **V** Columbia Tristar (Video) **Pd** Ned Tanen, Nancy Graham Tanen **R** Hugh Wilson **B** Hugh Wilson, Peter Torokvei **K** Brian Reynolds **M** Michael Convertino **S** Sidney Levin **D** Shirley MacLaine (Tess Carlisle), Nicolas Cage (Doug Chesnic), Austin Pendleton (Earl), Edward Albert (Barry Carlisle), James Rebhorn (Howard) **L** 92 **FSK** ab 6 **E** 19. 9. 1995 Video **fd** 31 523

Teufel im Paradies
SHORTCUT TO PARADISE ·
Psychothriller um einen Killer, der sich als Hausmeister in eine heruntergekommene, aber friedliche Wohnanlage auf der Antillen-Insel Puerto Rico einschleicht und die Besessenheiten und intimen Geheimnisse der Bewohner für seine mörderischen Gelüste ausnutzt.
Spanien / Puerto Rico 1994 **V** offen **R** Gerardo Herrero **D** Charles Dance (Quinn), Assumpta Serna (Maria), Morgan Weisser (Gus), Katrina Gibson (Sara), Gladys Rodriguez (Lona) **L** 93 **E** 18. 9. 1995 ZDF **fd** –

Der Teufel tanzt um Mitternacht
THE DEVIL'S OWN / THE WITCHES
Mit dem Voodoo-Kult konfrontiert, erleidet eine Lehrerin einer Missionsschule in Afrika einen Nervenzusammenbruch. Sie kehrt nach England zurück und wird Leiterin einer idyllisch gelegenen Landschule. Doch auch hier sind übernatürliche Kräfte am Werk. Ein atmosphärisch dichter Gruselfilm, gut besetzt und in stimmigen Farben fotografiert. Joan Fontaine ist in ihrer letzten Filmrolle zu sehen. – Ab 16.
England 1967 **P** Seven Arts / Hammer **V** offen **Pd** Anthony Nelson Keys **R** Cyril Frankel **B** Nigel Kneale, nach einem Roman von Peter Curtis **K** Arthur Grant **M** Richard Rodney Bennett **S** Chris Barnes, James Needs **D** Joan Fontaine (Gwen Mayfield), Kay Walsh (Stephanie Bax), Alec McCowen (Alan Bax), Annie Belle (Sally), Ingrid Brett (Linda), John Collin (Dowsett), Michele Dotrice (Valerie) **L** 91 **E** 27. 5. 1995 ZDF **fd** –

Texas
TEXAS
In einem weit ausladenden erzählerischen Bogen wird die Entstehung des Staates Texas geschildert. Im Mittelpunkt steht ein Pionier, der 1821 den Auftrag erhält, das kaum bewohnte Land zu besiedeln. Konflikte mit amerikanischen Siedlern, kriegerische Auseinandersetzungen mit Mexiko sowie der Kampf um das Fort Alamo sind Eckdaten der Literaturverfilmung, die das historische Geschehen mit rasch charakterisierbaren Protagonisten verbindet. Der überlange (Fernseh-) Film verbindet Pioniergeist, Liebe, Schlachtengetümmel und relativierbare Ehre mit heroisierendem Pathos, wobei er Heldentum und Besonnenheit gleichermaßen befördern möchte. – Ab 16.
USA 1994 **P** Republic Pictures **V** Splendid (Video) **Pd** Aaron Spelling **R** Richard Lang **B** Sean Meredith, nach einem Roman von James A. Mitchener **K** Neil Roach **M** Lee Haldridge **S** John A. Martinger **D** Patrick Duffy (Stephen Austin), Chelsea Field (Mattie Quimper), David Keith (Jim Bowie), Stacy Keach (Sam Houston), Rick Schroder («Otto») **L** 180 **FSK** ab 16 **E** 27. 3. 1995 Video / 16., 17. 4. 1996 RTL 2 (zwei Teile) **fd** 31 439

The Babysitters
THE BABYSITTERS
Ein hemdsärmliges, muskelbepacktes Zwillingsbruder-Paar soll auf die beiden Neffen eines reichen Spediteurs aufpassen, der als Kronzeuge einem mörderischen Giftmüllhändler das Handwerk legen will. Die beiden Kinder, ebenfalls Zwillinge, machen ihren Aufpassern das Leben schwer. Eine grobschlächtige Ansammlung von altbekannten Gags, Albernheiten und müden Slapstick-Einlagen. Ein Film, in dem nichts zusammenpaßt, weder der düstere Kriminalfilm als Rahmenhandlung noch die äußerst dürftige Komödie. – Ab 12.
USA 1994 **P** Global Pictures / Surge Prod. **V** VMP (Video) **Pd** Yoram Pelman **R+B** John Paragon **K** Irek Hartowicz **M** Paul Sabu **S** Sebastian Serell-Watts, Gerard Jakubowicz **D** Peter Paul (Peter Falcone), Da-

vid Paul (David Falcone), Christian Cousins (Bradley), Joseph Cousins (Steven), Rena Sofer (Judy), Jared Martin (Frank Hillhurst) **L** 89 **FSK** ab 12 **E** 19. 9. 1995 Video **fd** 31 562

The Beast
CRUEL JAWS
Der Konflikt zwischen einem verschuldeten Delphinarium-Betreiber und einem Hotelbesitzer, der dessen Grundstück mit allen Mitteln erwerben will, erhält zusätzliche Brisanz, als ein Killerhai sein Unwesen treibt. Da der Bürgermeister dessen Existenz totschweigen will, wird eine fröhliche Surfregatta zum Blutbad. Horrorfilm, der sich eng an den Filmerfolg «Der weiße Hai» anlehnt, nie Eigenständigkeit gewinnt und kaum überraschende Einfälle vorzuweisen hat.
USA 1995 **V** VPS (Video) **Pd** William Snyder, John Kent **R** William Snyder **B** Robert Fern, Linda Morrison **K** Ben Jackson **S** Andy Lamar **D** David Luther, George Barnes, Scott Silveria, Kirsten Urso **L** 91 **FSK** ab 16 **E** 21. 12. 1995 Video **fd** –

The Big Pink
THE BIG PINK
Dokumentarfilm über die Geschichte einer Hippie-Familie – eine Frau, drei Männer und ihre sechs Kinder –, die mehr als zwei Jahrzehnte zusammenblieben. Der Regisseur, der als Siebenjähriger mit ihnen in Portugal gelebt hatte, zeichnet die Stationen ihres Lebensweges nach, der sie von Deutschland über Kalifornien, Thailand, Portugal und Tansania schließlich auf eine kleine Insel vor der Küste Senegals führte. – Ab 16.
Deutschland 1994 **V** offen **R + B** Kolin Schult **L** 72 **E** 7. 1. 1995 arte **fd** –

The Bitch
THE SECRETARY
Eine ehrgeizige und karrieresüchtige junge Sekretärin verfolgt mit rigoroser Verbissenheit ihren beruflichen Aufstieg, wobei sie schließlich auch nicht davor zurückschreckt, das Vertrauen ihrer Vorgesetzten zu mißbrauchen. Eine von sehenswerten Schauspielerleistungen geprägte Charakterstudie, die ihre Qualitäten jedoch zunehmend im Gestrüpp einer überkonstruierten Kriminalhandlung und in hilflosen psychologischen Erklärungsversuchen einbüßt.
USA 1994 **P** Image Organisation / Republic Pictures **V** Starlight (Video) **Pd** Pierre David, Lawrence Goebel, Meyer Shwarzstein **R** Andrew Lane **B** Ken Segal, Randy Kornfield, Graham Flashner **K** Steven Bernstein **M** Louis Febre **S** Julian Semilian **D** Mel Harris (Ellen Bradford), Sheila Kelley (Daidre Bosnell), Barry Bostwick (Eric Bradford), James Russo (Ted Burke), Raymond Baker (Lester Holland), Rod McCary (George Matthias) **L** 90 **FSK** ab 16 **E** 25. 1. 1995 Video / 15. 4. 1996 premiere **fd** 31 417

The Cisco Kid
THE CISCO KID
Ein amerikanischer Abenteurer und Geschäftemacher gerät im Mexiko des Jahres 1867 zwischen die Fronten von Freiheitskämpfern unter der Führung von Benito Juarez und Royalisten unter dem von Napoleon eingesetzten König Maximilian. Bald findet er sich auf der Seite der «Juaristas» und verbündet sich mit einem der Freiheitskämpfer. Leichtgewichtig unterhaltender Western mit den üblichen Versatzstücken des Genres, der die familienfreundliche Nische zwischen handfestem Italo-Western und dessen Klamaukversion besetzt. (Fernsehtitel: «Cisco Kid – Auf der Jagd nach dem Goldjungen») – Ab 16.
USA 1994 **P** Turner Pictures **V** VMP (Video) **Pd** Gary M. Goodman, Barry Rosen **R** Luis Valdez **B** Michael Kane, Luis Valdez, nach einer Erzählung von O'Henry **K** Guillermo Navarro **M** Joseph Julian Gonzalez **S** Zach Staenberg **D** Jimmy Smits (Cisco), Richard «Cheech» Marin (Pancho), Sadie Frost (Dominique), Bruce Payne (St. Martin Dupre), Ron Perlman (Delacroix) **L** 91 **FSK** ab 12 **E** 21. 2. 1995 Video / 20. 2. 1996 Pro Sieben **fd** 31 308

The Club
THE CLUB
Ein Schulklasse veranstaltet eine mittelalterliche Party in einem Schloß und erlebt grausige Überraschungen mit einem «Gast», der zu einem «Club» von Geistern gehört, der aus Mördern und Selbstmördern besteht. Die Geister können die Zeit anhalten und in dem «Freiraum» über die Zukunft entscheiden. Aus den Elementen von Schülerfilm, Gruselfilm und einer aufgesetzten Moral zusammengeflickt, kann der Film nur anfänglich durch einige reizvolle Bilder Atmosphäre erzeugen, bevor er in einem recht häßlichen Brei aus Spezialeffekten und Schocksequenzen versinkt.
USA 1993 **P** Devil **V** Highlight (Video) **Pd** Peter Simpson **R** Brenton Spencer **B** Robert C. Cooper **K** Curtis Peterson **M** Paul Zaza **S** Michael McMahou **D** Joel Wyner (John), Andrea Roth (Amy), Jack Ward (Kyle), Kelli Taylor (Lisa) **L** 93 **FSK** ab 18 **E** 29. 12. 1995 premiere **fd** 31 260

The Crew – Die Fahrt ins Ungewisse
THE CREW
Ein Wochenende auf dem Boot eines Anwalts wird zum Drama, als die fünf Ausflügler zwei in Seenot Geratene an Bord neh-

men: einen launenhaften Transsexuellen und seine illegal in die USA eingewanderte Begleiterin. Sie kidnappen das Boot und bringen ihre Geiseln auf eine Insel. – Ab 16.
USA 1994 **V** offen **R** Carl Colpaert **D** Donal Logue (Bill), Pamela Gidley (Jennifer), Viggo Mortensen (Philip), Sam Jenkins (Cathrine), John Philbins (Alex) **L** 95 **E** 1.10.1995 Vox **fd** –

The Cult on Todville
THE HOUSE ON TODVILLE ROAD
Ein Arzt wird ins Haus seines Jugendfreundes gerufen, um dessen todkranker Schwester, seiner früheren Geliebten, beizustehen. Unversehens sieht er sich mit einer kriminellen Sekte konfrontiert, die auf dem Anwesen ihr Unwesen treibt. Psychothriller mit okkulten Ritualen, der die Klischees der Gattung weidlich ausnutzt, ohne überzeugen zu können.
USA 1994 **P** Third Coast Entertainment **V** Highlight (Video) **R** Bob Burge **D** David Harrod, Terri Harrel, Rodney Scot **L** 92 **FSK** ab 16 **E** 15.5.1995 Video **fd** –

The Diamond Killing
ICE
Ein Einbrecher-Ehepaar erleichtert einen Mafiaboß um Diamanten im Wert von 60 Millionen Dollar. Bei der anschließenden Hetzjagd findet der Mann den Tod, doch die Frau weiß sich ihrer Haut zu wehren. Eine mit einem Maximum an billigen Spannungseffekten inszenierte schlichte Geschichte. (Fernsehtitel: «Diamanten kalt wie Eis»)
USA 1993 **P** PM Entertainment **V** VMP (Video) **Pd** Richard Pepin, Joseph Merhi **R** Brook Yeaton **B** Sean Dash, John Gonzales **K** Ken Blakey **S** Geraint Bell, Fred Roth **D** Zach Galligan (Rich Corbett), Traci Lords (Ellen Corbett), Philip Troy (Charly Read), Michael B. Smith (Vito Malta), Jamie Alba (Det. Alan Little), Floyd Levine (Steven Borrows) **L** 91 (gekürzt 80) **FSK** ab 18 (gekürzt 16) **E** 23.8.1994 Video / 7.7.1995 RTL **fd** 31 137

The Donor – Out of Law
THE DONOR
Einem Stuntman wird von Organräubern eine Niere entnommen. Danach lassen sie ihn in Pflege jener Ärztin, in deren Sexfalle er bereits tappte. Erst als sie auch seine zweite Niere will, werden dem liebeskranken Mann die Augen geöffnet, und es kommt zum Showdown. Eine einfältige Sex-and-Crime Geschichte voller Ungereimtheiten und rüder Entgleisungen.
Kanada 1994 **P** Donor Film **V** Splendid (Video) **Pd+R** Damian Lee **B** Neal Dobrofsky, Tippi Dobrofsky **K** Gerald Grooze **M** Ronald J. Weiss **S** David Ransley **D** Jeff Wincott (Billy Castle), Michelle Johnson (Dr. Lucy Flynn), Gordon Thomson (Dr. Jonathan Cross), Amanda Tapping (Cassie), Richard Zeppieri (Eric Anderson) **L** 90 **FSK** ab 16 **E** 28.11.1995 Video **fd** 31 728

The Favor – Hilfe, meine Frau ist verliebt
THE FAVOR
Nach zehn Jahren Ehe vermißt eine Frau Leidenschaft und Liebeszauber und träumt von einem alten Schulfreund, den sie seit 16 Jahren nicht mehr gesehen hat. Als sie aus Angst und Skrupel vor einem Seitensprung ihre leichtlebige Freundin zu ihm schickt, damit sie Wirklichkeit und Traumbild vergleiche, setzt sie ein Karussell der Gefühle und Verwechslungen in Gang, bis endlich die Richtigen (wieder) zueinanderfinden. Eine kurzweilige Ehekomödie ohne sonderliche Ansprüche, die aber liebevoll-witzig und etwas satirisch (zwischen-) menschliche Schwächen beleuchtet. In der Hauptrolle hervorragend gespielt. – Ab 16.
USA 1991 **P** Orion Pictures **V** Columbia TriStar (Video) **Pd** Lauren Shuler-Donner **R** Donald Petrie **B** Sara Pariott, Josann McGibbon **K** Timothy Suhrstedt **M** Thomas Newman **S** Harry Keramidas **D** Harley Jane Kozak (Kathy), Elizabeth McGovern (Emily), Bill Pullman (Peter), Brad Pitt (Elliot), Larry Miller (Joe Dubin), Ken Wabl (Tom) **L** 93 **FSK** ab 12 **E** 17.2.1995 Video / 21.2.1996 premiere **fd** 31 264

The Fence
THE FENCE
Thriller um einen jungen Strafgefangenen, der nach seiner Entlassung auf schmerzliche Weise die Erfahrung macht, daß er sich gegen eine korrupte und ungerechte Umwelt behaupten muß. – Ab 16.
USA 1994 **V** offen **R** Peter Pistor **B** Peter Fedorenko **K** John Newby **M** Jeff Beal **D** Billy Wirth (Terry Griff), Paul Benjamin (Del), Erica Gimpel (Jackie), Lorenzo Clemons (Arthur Price) **L** 98 **E** 7.6.1995 premiere **fd** –

The Final Option
FEIHU XIONGXIN / THE FINAL OPTION
Private und politische Komplikationen unter den Mitgliedern einer Sondereinheit, die von der Royal Hongkong Police für Spezialeinsätze gegen die zunehmende Kriminalität in der Kronkolonie zusammengestellt und unter menschenunwürdigem Training ausgebildet wird. Ein unkritischer, mit Unterwerfungsmentalität und harten Szenen operierender Actionfilm.
Hongkong 1994 **P** Golden Harvest **V** Splendid (Video) **Pd** Ip Kwong Jim **R** Gordon Chan **M** Richard Yuen **S** Chan Ki Hop

D Michael Wong, Peter Yung, Carman Lee, Vindy Chan, Chank Kwok Ponk **L** 99 **FSK** ab 16 **E** 15.3.1995 Video **fd** 31 382

The Five Heartbeats
THE FIVE HEARTBEATS
Der Weg fünf junger Farbiger im New York der 60er Jahre zu einer erfolgreichen Gesangsgruppe ist auch gekennzeichnet durch Streitereien, Eifersüchteleien und kriminelle Machenschaften. Ein sympathisches, nicht sonderlich tiefschürfendes Stimmungsbild, das trotz einiger Holprigkeiten von Erzähltalent zeugt. Auch die reichlich dargebotene Musik sorgt für angemessene Unterhaltung. – Ab 16.
USA 1991 **P** 20th Century Fox **V** Fox (Video) **Pd** Loretha C. Jones **R** Robert Townsend **B** Robert Townsend, Keenen Ivory Wayans **K** William Dill **M** Stanley Clarke **S** John Carter **D** Robert Townsend (Duck), Michael Wright (Eddie), Leon (J.T.), Harry J. Lennix (Dresser), Tico Wells (Chor-Boy), Diahann Carroll (Eleanor) **L** 117 **FSK** ab 12 **E** 19.1.1995 Video / 13.6.1995 premiere **fd** 31 193

The Hollywood Sound
THE HOLLYWOOD SOUND
Die Dokumentation beleuchtet das «goldene Zeitalter» Hollywoods, die 30er und 40er Jahre, an Hand der Filmmusiken dieser Zeit. Sie versteht sich als Hommage an Komponisten wie Max Steiner, Dimitri Tiomkin, Franz Waxman und David Raskin. Filmausschnitte, Archivaufnahmen, Probendokumente und Standfotos ergänzen sich zu einem eindrucksvollen Gesamtbild, das den einstigen Glanz Hollywoods auferstehen läßt. – Ab 16.
Teils schwarz-weiß. Frankreich 1995 **P** La Sept / arte / Les Films d'Ici / Altemate Current / NHK / France Supervision **V** offen **R** Josh Waletzky **L** 85 **E** 4.10.1995 arte **fd** –

The Innocent – Jagd auf ein unschuldiges Kind
THE INNOCENT
In der Thematik an «Der einzige Zeuge» angelehnter Fernseh-Kriminalfilm: Ein fünfjähriger autistischer Junge ist der einzige Augenzeuge eines brutalen Raubüberfalles. Während die Gangster das Kind aus dem Weg räumen wollen, wird es von einem Polizeibeamten und einer Psychotherapeutin in Obhut genommen. – Ab 16.
USA 1994 **V** offen **R** Mimi Leder **B** David Venable **M** Anthony Marinelli **D** Kelsey Grammer (Leutnant Frank Barlow), Polly Draper (Pamela Sutton), Carlos Gomez (Ramirez), Keegan MacIntosh (Gregory White), Dean Stockwell (Jason Flaboe) **L** 88 **E** 2.10.1995 Pro Sieben **fd** –

The James Gang
FRANK & JESSE
Nach dem amerikanischen Bürgerkrieg müssen die Brüder Jesse und Frank James mit ansehen, wie Agenten der Chicago-Eisenbahngesellschaft ihr Land rauben und den Vater und den kleinen Bruder ermorden. Sie tun sich mit den Younger-Brüdern und einigen Desperados zusammen und ziehen plündernd durchs Land, wobei ihre bevorzugten Opfer unter den Nordstaatlern zu finden sind. Erneute Verfilmung des sattsam bekannnten Western-Mythos, die an patriotische Gefühle appelliert und den Wahrheitsgehalt der Geschichte zugunsten einer Robin-Hood-Mär beugt. – Ab 16 möglich.
USA 1995 **P** Trimark Pictures **V** VCL / Carolco (Video) **R** Robert Boris **D** Rob Lowe, Bill Paxton, Randy Travis **L** 102 **FSK** ab 16 **E** 20.11.1995 Video **fd** –

The Kingdom – Hospital der Geister
RIGET / KINGDOM
Im Reichskrankenhaus von Kopenhagen findet der Geist eines 1919 ermordeten Mädchens erst seine Ruhe, als sich eine simulierende Patientin seiner annimmt. Doch damit ist das Böse noch längst nicht aus der Welt verbannt. Eine kuriose und manchmal erschreckende Horrorgroteske, die eine spirituelle Welt gegen die der wissenschaftlichen Erklärungen abgrenzt. In einer Vielzahl von ironisch-parodistischen Episoden beleuchtet der intelligente Gruselspaß ebenso beiläufig wie treffend das Arbeits-, Gesellschafts- und Gefühlsleben der verschiedenen Patienten und Mitarbeiter der Großklinik. Inszenatorisch werden die Stilmittel des Reality-TV genutzt, um diese Form der Fernsehunterhaltung als einen Weg in eine Unterhaltungssackgasse ad absurdum zu führen. (O.m.d.U.; Fernsehtitel: «Geister»; Titel der fünf Fernsehteile: 1. «Die höllischen Heerscharen», 2. «Dein Reich komme», 3. «Horcht und Ihr werdet hören», 4. «Ein fremder Leib», 5. «Der lebende Tote») – Sehenswert.
Dänemark / Schweden / Deutschland 1994 **P** Zentropa / Denmark Radio / Swedish Television / WDR / arte / The CoProduction Office **V** Sputnik **Pd** Ole Reim **R** Lars von Trier **B** Lars von Trier, Niels Vorsel, Tomas Gislason **K** Eric Kress **M** Joakim Holbek **S** Jacob Thuesen, Molly Marlene Stensgaard **D** Ernst Hugo Järegard (Stig Helmer), Kirsten Rolffes (Sigrid Drusse), Ghita Norby (Rigmor), Sören Pilmark (Dr. Krogen), Annevig Schelde Ebbe (Mary), Udo Kier (Dr. Aage Krüger), Otto Brandenburg (Hansen), Jens Okking (Bulder) **L** 278 **FSK** ab 16; f **E** 11. / 18. / 25.3. / 1. / 8.4.1995 arte (5 Teile) / 15.6.1995 **fd** 31 390

The Last Chance – Die Nacht der Entscheidung
HONG KONG '97
Hongkong, 30. Juni 1997, der letzte Tag vor der Eingliederung der britischen Kronkolonie in die VR China: Ein Killer des britischen Geheimdienstes erfüllt einen getürkten Befehl und erschießt einen korrupten Minister der Volksrepublik, womit er in die lebensgefährlichen Intrigen eines Bösewichts aus den eigenen Reihen gerät. Ein dünner, inszenatorisch auf unterstem Fernseh-Niveau angesiedelter Actionfilm, der den Hintergrund sowie die damit verbundenen existentiellen und politischen Ängste nur oberflächlich einbezieht. Zwiespältig in der menschelnden Beschreibung des Auftragskillers.
USA 1994 **P** Trimark **V** VPS (Video) **Pd** Thomas Karnowski, Gary Schmoeller **R** Albert Pyun **B** Randall Fontana **K** George Mooradian **M** Michael McCarty **S** Kenneth Morrisey **D** Robert Patrick (Reginald Cameron), Brion James (Simon Alexander), Tim Thomerson (Jack McGraw), Ming-Na Wen (Katie Chun), Michael Lee (Chun) **L** 87 **FSK** ab 18 **E** 16.2.1995 Video / 15.11.1995 premiere **fd** 31 320

The Last Tattoo
TAKING LIBERTIES
Neuseeland 1943: Die Beauftragte für Geschlechtskrankheiten findet auf der Suche nach einer Meldepflichtigen heraus, daß sich hinter einem Mord an einem US-Marineoffizier ein machtpolitisches Intrigenspiel verbirgt. Abgesehen vom schwachen und harten Beginn ein solide inszenierter, spannender Thriller, zugleich ein glaubwürdiges Frauenporträt vor dem Hintergrund des Zweiten Weltkrieges. – Ab 16 möglich.
Neuseeland 1993 **P** Plumb / Capella International **V** VMP (Video) **Pd** Neville Carson, Bill Gavin **R** John Reid **B** Keith Aberdein **K** John Blick **M** John Charles **S** John Scott **D** Terry Goldwyn (Mike Starwood), Kerry Fox (Kelly Towne), Robert Loggia (Conrad Dart), John Bach (Austin Leech), Rod Steiger (Frank) **L** 108 **FSK** ab 16 **E** 11.7.1995 Video **fd** 31 500

The Mangler
THE MANGLER
Eine vom Bösen besessene Wäschemangel fordert laufend neue Jungfrauenopfer, bis ein widerwillig ermittelnder Kommissar und sein mit übersinnlichen Phänomenen vertrauter Schwager dem Spuk ein Ende setzen können. Lächerliche Verfilmung einer Stephen-King-Kurzgeschichte mit einer hanebüchenen Dramaturgie und dem Hang zu unfreiwillig komischen Stereotypen.
USA 1994 **P** Distant Horizon / Filmex / Allied Film Prod. **V** Jugendfilm (Kino) / Starlight (Video) **Pd** Anant Singh **R** Tobe Hooper **B** Tobe Hooper, Stephen Brooks, Peter Welbeck, nach einer Kurzgeschichte von Stephen King **K** Ammon Salomon **M** Barrington Pheloung **S** David Heitner **D** Robert Englund (Bill Gartley), Ted Levine (John Hunton), Daniel Matmor (Mark Jackson), Jeremy Crutchley (Picture-Man), Vanessa Pike (Sherry Ouelette), Demetre Phillips (Stanner) **L** 104 **FSK** ab 18; nf **E** 29.6.1995 / 15.11.1995 Video **fd** 31 445

The Moviemaker
SEARCH AND DESTROY
Ein von den Steuerbehörden bedrängter Mann will Großes schaffen. Er plant die Verfilmung eines Lebenshilfe-Bestsellers, dessen geschäftstüchtiger Autor aber ein immenses Honorar verlangt. Es beginnt eine abenteuerliche, gegen Ende brutale Irrfahrt. Eine mit schwarzem Humor und bitterer Ironie erzählte Satire auf Geschäftspraktiken und die (Un-)Moral des Filmgeschäfts, die sich im Grunde aber auf allzu simple Erkenntnisse reduziert. Knallige Farben, ungewöhnliche Einstellungen und kuriose Achsensprünge machen die Geschichte allenfalls oberflächlich interessant.
USA 1995 **P** Nu Image / October / Autumn Pictures **V** VMP (Video) **Pd** Ruth Charny, Dan Lupowitz, Elie Cohn **R** David Salle **B** Michael Almereyda, nach einem Theaterstück von Howard Korder **K** Bobby Bukowski, Michael Spiller **M** Elmer Bernstein **S** Michelle Gorchow **D** Griffin Dunne (Martin Mirkheim), Illeana Douglas (Marie), Dennis Hopper (Dr. Waxling), Rosanna Arquette (Lauren Mirkheim), Christopher Walken (Kim Ulander), Ethan Hawke (Roger), John Turturro (Ron), Martin Scorsese (Steuerbeamter) **L** 87 **FSK** ab 16 **E** 14.11.1995 Video **fd** 31 683

The Nose
THE NOSE
Ein kurioser filmischer Streifzug durch die russische Hauptstadt: Lina Wertmüller befragt Moskauer Bürger nach der Geschichte («Wer waren Marx und Stalin?») sowie nach den kleinen Problemen des Alltags («Wo bekomme ich was, und wieviel kostet es?») und findet ein Volk von Realisten, das der historischen Wechselfälle seines Landes überdrüssig geworden ist und sich ins Private zurückgezogen hat. Teil einer Dokumentationsreihe über den Wandel der russischen Gesellschaft. (O.o.U.; Titel der übrigen Filme: «Alice in Russialand», «Bells from the Deep», «Les Enfants jouent à Russie», «Russian Lullaby»)
Italien / Rußland 1993 **P** Cecco

Films **V** offen **Pd** Alessandro Cecconi, Ira Barmak **R+B** Lina Wertmüller **K** Valentin Piganow, Alexej Matiuschkin **L** 60 **E** 28.8.1995 premiere **fd** –

The Rutles – All you need is Cash
THE RUTLES – ALL YOU NEED IS CASH
Ein emsiger Reporter rollt die Geschichte der «Rutles» auf, die mit ihren Songs die Welt der Popmusik auf den Kopf gestellt haben – von ihrer Jugend im Arbeiterviertel über die Anfänge in Hamburg und die Pilzkopf-Frisuren bis zur Hysterie der Fans und zu den Affären ihres Privatlebens. Ebenso witzige wie liebevolle Parodie auf die Beatles, aber auch auf gängige Musikdokumentationen, die den Witz von Monty Python in geordnetere Bahnen zwingt, ohne ihm die anarchische Kraft zu nehmen. Neil Innes' kongeniale Songkompositionen kommen den Vorbildern verblüffend nahe. In Gastauftritten sind unter anderem Mick Jagger, Paul Simon und George Harrison zu sehen. – Sehenswert ab 12.
England 1978 **V** offen **R** Gary Weis, Eric Idle **B** Eric Idle **K** Gary Weis **M** Neil Innes **D** Eric Idle (Dirk), Neil Innes (Nasty), Rikki Fataar (Stig), John Halsey (Barry), Michael Palin (Eric Manchester), John Belushi (Ron Decline), Dan Aykroyd (Brian Thigh) **L** 70 **E** 26.11.1995 premiere **fd** –

The Troubles We've Seen – Die Geschichte der Kriegsberichterstattung
VEILLEES D'ARMES – HISTOIRE DU JOURNALISME EN TEMPS DE GUERRE / THE TROUBLES WE'VE SEEN
Eine Reise in die bosnische Hauptstadt Sarajevo dient Marcel Ophüls dazu, Notwendigkeiten und Doppelbödigkeiten der Kriegsberichterstattung aufzuarbeiten. Unter wiederholtem Bezug auf die Geschichte der Berichterstattung, durch Rückbezüge auf den Spanischen Bürgerkrieg, den Zweiten Weltkrieg und den Vietnamkrieg stellt die Dokumentation die Frage: «Haben Katastrophenbilder die Macht, Kriege und Elend zu verhindern?» Der zweite Teil des Films beschäftigt sich unter anderem mit den Risiken der Arbeit und der zwiespältigen Entwicklung zum spektakulären «Infotainment». Ophüls gelingt trotz der ernsten Thematik eine im Dokumentarfilm kaum gekannte Gratwanderung zwischen Moral und Unterhaltung. Er ist nie der distanzierte Beobachter, sondern verarbeitet das Gesehene und Gehörte stets auf subjektive Weise. Die Art, in der er sich selbst in den Film einbringt, treibt das Genre mitunter an seine Grenzen, sie ist ebenso Selbstinszenierung wie -befragung – aus der Einsicht heraus, daß ein Dokumentarist, der kritisch die Medien hinterfragt, auch sein eigenes Tun überprüfen muß. (O.m.d.U.) – Sehenswert.
Teils schwarz-weiß. Frankreich / Deutschland / England 1994 **P** Little Bear / Premiere Medien / Canal + / Sofiarp 2 / Sofinergie 3 / Centre National de la Cinématographie **V** Freunde der Deutschen Kinemathek **Pd** Bertrand Tavernier, Frédéric Bourboulon **R+B** Marcel Ophüls **K** Pierre Boffety, Pierre Milon **S** Sophie Brunet **L** 234 **FSK** – **E** 3.4.1995 premiere (zwei Teile) **fd** –

The Unknown
THE UNKNOWN
Ein gesuchter Verbrecher schlüpft als armloser Messerwerfer – er arbeitet mit den Zehen – bei einem Zirkus unter. Er verliebt sich in die Tochter des Direktors, die panische Angst vor Umarmungen hat. Aus Liebe läßt er sich die nur vorgetäuschte Behinderung operativ beibringen. Als er merkt, daß sie einen anderen liebt, sinnt er auf grausame Rache. Ein Meisterwerk des skurrilen Horrorfilms, das lange Zeit als verschollen galt. Die morbide Atmosphäre, sein Metier und Sujet verweisen bereits auf Brownings legendären Film «Freaks» (1932). – Ab 14.
Schwarz-weiß. USA 1927 **P** MGM **V** offen **R** Tod Browning **B** Waldemar Young **K** Merritt Gestard **S** Harry Reynolds, Errol Taggart **D** Lon Chaney (Alonzo), Norman Kerry (Malabor), Joan Crawford (Estrellita), Nick De Ruiz (Zanzi), John George (Cojo), Frank Lanning (Costra), Billy Seay **L** 50 (Orig. 70) **E** 27.5.1995 B 1 **fd** –

The Whispering
THE WHISPERING
Ein Versicherungsdetektiv lernt bei den Nachforschungen in einem Mordfall eine attraktive junge Frau kennen, die ihm rät, neue Ermittlungswege einzuschlagen. Unter Hypnose entdeckt er die schreckliche Wahrheit: Ursache für einige unaufgeklärte Morde ist ein Wesen in Frauengestalt, das psychisch kranke Menschen in den Selbstmord treibt. Mischung aus Psychothriller und Horrorfilm, die sich jedoch mit sanften Schocks begnügt.
USA 1995 **P** Prodigee Films **V** Highlight (Video) **R** Gregory Gieras **D** Leif Garrett, Leslie Danon, Tom Patton **L** 88 **FSK** ab 16 **E** 3.7.1995 Video **fd** –

Tiger Kid II
DANGEROUS PLACE
Da er nicht an den Selbstmord seines älteren Bruders glaubt, schleicht sich ein junger Karate-Schüler in die Kampfsport-Clique ein, in der der Bruder Mitglied werden wollte. Schnell ist seine

Absicht durchschaut, und beim nächsten Wettkampf soll er getötet werden. Ein zwar relativ unblutiger, aber extrem spannungsarmer Kampfsport-Film ohne Dynamik.
USA 1995 **P** P / M Entertainment **V** Starlight (Video) **Pd** Richard Pepin, Joseph Merhi **R** Jerry P. Jacobs **B** Sean Dash **K** Ken Blakey **M** Jim Halfpenny **S** Geraint Bell, Ron Cabreros, Fred Roth **D** Ted Jan Roberts (Ethan), Corey Feldman (Taylor), Erin Gray (Audrey), Marshall Teague (Gavin), Mako (Sensei) **L** 93 **FSK** ab 16 **E** 1.11.1995 Video **fd** 31 810

Tinto Brass Voyeur
L'UOMO CHE GUARDA
Ein mit einer attraktiven Frau verheirateter Philosophieprofessor kann sich nicht den Reizen anderer Frauen erwehren und beginnt gleichzeitig eine Affäre mit einer Studentin und der Haushälterin seines ans Bett gefesselten Vaters, der auch sexuelle Gelüste anmeldet. Ein in betont gestylten Bildern erzählter Erotikfilm, der sich zwar um Atmosphäre bemüht, dabei aber einen extrem voyeuristischen Blickwinkel einnimmt und dabei des öfteren die Grenzen zur Pornografie überschreitet. Der Bezug auf Alberto Moravias Gedanken über die gesellschaftliche Unterdrückung des Eros ist ausschließlich spekulativ. – Wir raten ab.
Italien 1994 **P** Rodeo Drive / Erre Cinematografica **V** Splendid (Video) **Pd** Marco Poccioni, Marco Valsania, Angelo Rizzoli **R+B** Tinto Brass, nach Motiven eines Romans von Alberto Moravia **K** Massimo di Venanzo **M** Riz Ortolani **S** Tinto Brass **D** Francesco Casale (Professor), Katarina Vasilissa (Silvia), Cristina Garavaglia (Fausta), Raffaella Offidani, Franco Branciaroli **L** 94 **FSK** ab 18 **E** 24.10.1995 Video **fd** –

To Die For
TO DIE FOR
Eine naiv-durchtriebene Provinzschönheit, die bei einer lokalen Fernsehstation arbeitet, wünscht sich nichts sehnlicher als nationale Bildschirmpräsenz. Ihr Wunsch geht in Erfüllung, als man sie der Anstiftung zum Mord an ihrem Ehemann beschuldigt. Eine grelle Mediensatire, die die Auswüchse des Fernsehens mit den Mitteln des Fernsehens entlarven will. Im inszenatorischen Detail gelungener als im dramaturgischen Ganzen, kontrastiert der stark überzeichnende Film in Rückblenden den tatsüchlichen Sachverhalt mit seiner Aufbereitung in fernsehtypischen Sendeformen. Das Ergebnis ist ein weniger beunruhigend als vielmehr amüsant angelegtes Bild von Realitätsverlust und verzerrter Wahrnehmung bei Fernsehmachern und -konsumenten. – Ab 16.
USA 1995 **P** Columbia **V** CI-Vertriebsgemeinschaft **Pd** Laura Ziskin **R** Gus Van Sant **B** Buck Henry, nach dem Buch von Joyce Maynard **K** Eric Edwards **M** Danny Elfman, Pop-Songs **S** Curtiss Clayton **D** Nicole Kidman (Suzanne Stone), Matt Dillon (Larry), Joaquin Phoenix (Jimmy), Alison Folland (Lydia), Casey Affleck (Russell) **L** 106 **FSK** ab 12; f **E** 14.12.1995 **fd** 31 673

To The Limit
TO THE LIMIT
Eine attraktive Polizeiagentin kommt gemeinsam mit ihrem Partner einem Drogensyndikat auf die Spur. Dadurch wird das Duo in gefährliche Intrigen und eine geheimnisvolle Mordserie verwickelt, bei der auch ein Chef des CIA eine zwielichtige Rolle spielt. Trivialer Action-Krimi, der einschlägige Sex & Crime-Vorbilder kopiert und dabei auf die kurzzeitige Popularität eines Fotomodells als Hauptdarstellerin setzt.
USA 1995 **P** PM Entertainment **V** Highlight (Kino) / Highlight / Arcade (Video) **Pd** Richard Pepin, Joseph Merhi **R** Raymond Martino **D** Anne Nicole Smith (Colette DuBois), Joey Travolta (China Smith), John Aprea **L** 97 **FSK** ab 18; nf **E** 19.10.1995 / 8.1.1996 Video **fd** –

Tochter der Finsternis
DAUGHTER OF DARKNESS
Ein äußerst zurückhaltend bebildertes Kriminalmelodram um eine mörderische junge Nymphomanin, die als Haushälterin des Pfarrers in einem kleinem irischen Dorf lebt. Nach der Verführung und Ermordung einiger Männer stellt eine Dorfbewohnerin der Täterin eine Falle. Elegant inszeniert, bemerkenswert vor allem durch die Darstellung der psychotischen Femme fatale. (O.m.d.U.)
Schwarz-weiß. England 1948 **P** Paramount **V** offen **Pd** Victor Hanbury **R** Lance Comfort **B** Max Catto, nach seinem Bühnenstück «They walk alone» **K** Stanley Pavey **M** Clifton Parker **S** Lito Carruthers **D** Anne Crawford (Bess Stanforth), Maxwell Reed (Dan), Siobhan McKenna (Emily Beaudine), George Thorpe (Mr. Tallent), Barry Morse (Robert Stanforth), Honor Blackman (Julie Tallent) **L** 91 **E** 31.3.1995 WDR **fd** –

Die Tochter des Puma
PUMAENS DATTER
Vom mexikanischen Exil aus macht sich ein Mädchen auf, um seinen Bruder zu suchen, der in den Wirren des Bürgerkrieges in Guatemala verschollen ist. Ein politisch gutgemeinter, inszenatorisch jedoch recht bescheidener Film, der seine auf Emotionalisierung angelegte Geschichte

durch eine Reihe von Rückblenden erzählt. – Ab 14 möglich.
Dänemark / Schweden 1994 **P** Domino Film / TV-Produktion / Ulf Hultberg Film **V** Atlas **Pd** Peter Ringgaard, Tom Winther **R** Ulf Hultberg, Asa Faringer **B** Bob Foss, Ulf Hultberg, Asa Faringer, nach dem gleichnamigen Roman von Monica Zak **K** Dirk Brüel **M** Jacob Groth **S** Leif A. Kjeldsen **D** Angeles Cruz (Aschlop), Gerardo Taracena (Mateo), Elpidia Carrillo (Maria), Dolores Heredia (Katharina), Nora Aguirre (Juana) **L** 85 **FSK** – **E** 1995 Kino **fd** 31 690

Tochter des Satans – Dark Angel
DARK ANGEL – THE ASCENT
Ein weiblicher schwarzer Engel kann aus der Pein der ewigen Verdammnis ins Reich der Irdischen gelangen und verliebt sich dort in einen Arzt. Dieser muß feststellen, daß in der Nähe der Frau seltsame Morde geschehen. Ein blutiges Horrormärchen, das durch seine grellen Effekte mehr Ekel und Abscheu als Furcht erzeugt. Eine unausgegorene Mischung aus gewalttätiger Genrekost, naiver Liebesgeschichte und unfreiwilliger Klamotte. – Wir raten ab.
USA 1994 **P** Full Moon Entertainment **V** CIC (Video) **Pd** Vlad Paunescu, Oana Paunescu **R** L. Hassani **B** Matthew Bright **K** Vivi Dragan **M** Fuzzbee Morse **S** Mark Manos **D** Daniel Markel (Dr. Max Barrin), Angela Featherstone (Veronica), Mike Genovese (Detective Harper), Charlotte Stewart, Nicholas Worth **L** 82 **FSK** ab 18 **E** 16. 1. 1995 Video **fd** 31 335

Tod auf Trauschein
A VOW TO KILL
Ein verheirateter Betrüger umgarnt eine reiche Erbin, heiratet sie und schenkt ihr eine «Überraschungsreise». Während sie Abenteuer-Flitterwochen auf einer einsamen Insel verbringen, erpreßt seine eigentliche Frau den Vater der Betrogenen mit der angeblichen Entführung des Paares. Ein vom Thema effektvoller Kriminalfilm, der aber allzu sprunghaft entwickelt wird. Die Charaktere bleiben blaß, Spannung gewinnt der Film lediglich in kurzlebigen Aktionen.
USA 1994 **P** Wilshire Court **V** CIC (Video) **Pd** Renee Longstreet **R** Harry Longstreet **B** Sean Silas, Renee Longstreet, Harry Longstreet **K** François Protat **M** John Keane **S** Lauren Schaffer **D** Richard Grieco, Julianne Phillips, Gordon Pinsent, Peter MacNeill, Tom Cavanagh **L** 87 **FSK** ab 16 **E** 14. 6. 1995 Video **fd** 31 432

Tod im seichten Wasser
Spionagethriller: 1987 wird in Ungarn ein Chemiker, der an einem Mittel gegen militärische Kampfgase arbeitete, vom sowjetischen Geheimdienst unter Druck gesetzt und wenig später tot aufgefunden. Vier Jahre später erleidet der Sohn des Wissenschaftlers ein ähnliches Schicksal, als er Nachforschungen über den Vater anstellt. Da entdeckt seine Mutter auf einer Videokassette eine Spur. – Ab 16.
Deutschland 1993 **V** offen **R** Imre Gyöngyössy, Barna Kabay **B** Katalin Petényi, Imre Gyöngyössy **K** Péter Jankura **D** Anna Romantowska (Maria), Michael Marwitz (Tibor), Daniele Legler (Hans), Katarzyna Walter (Martha), Pavel Delon (Peter) **L** 100 **E** 15. 3. 1994 WDR **fd** –

Tod im Zwielicht
SILHOUETTE
Psychothriller: Nach der Ermordung ihrer Schwester erfährt eine junge Pianistin, daß die Tote ein mysteriöses Doppelleben führte, zu dem ein verschwundenes Tagebuch der Schlüssel sein soll. Mit Hilfe eines Polizeipsychologen nimmt sie Nachforschungen auf, die für sie sehr gefährlich werden. – Ab 16.
USA 1994 **V** offen **R** Eric Till **B** Karol Ann Hoeffner **K** Glen MacPherson **M** Cynthia Millar **D** JoBeth Williams (Nancy Parkhurst), Corbin Bernsen (Mark Reichard), Stephanie Zimbalist (Ann Parkhurst), Winston Rekert (Paul Gatlin), Charles Boswell (Riley Rawlings) **L** 87 **E** 22. 7. 1995 ARD **fd** –

Der Tod und das Mädchen
DEATH AND THE MAIDEN / LA JEUNE FILLE ET LA MORT
Eine ehemalige Widerständlerin gegen eine lateinamerikanische Militärdiktatur, die 1977 zwei Monate inhaftiert und gefoltert wurde, glaubt in einem Arzt jenen Peiniger wiederzuerkennen, der sie jeweils zu Schuberts «Der Tod und das Mädchen» vergewaltigte. Sie überwältigt ihn und veranstaltet gegen den Willen ihres Mannes, eines als Justizminister designierten Anwalts, ein Privattribunal gegen ihren mutmaßlichen Peiniger. Ein nach einem Kammerspiel spannend inszenierter Psychothriller mit großartiger Besetzung und glänzenden Dialogen. Der Film vermittelt ein konkretes, eindringliches Bild von den unendlichen Qualen der (meist auch sexuell) mißhandelten (weiblichen) Opfer sowie der unauffälligen «Beschaffenheit» des Tätertyps und verdichtet sich zudem zur Auseinandersetzung mit Rache und (möglicher) Vergebung. – Sehenswert ab 16.
England / Frankreich 1994 **P** Mount / Kramer / Channel Four / Flach Films / Canal + / TF 1 **V** Concorde (Kino) / Concorde (VCL) (Video) **Pd** Thom Mount, Josh Kramer **R** Roman Polanski **B** Rafael Yglesias, Ariel Dorfman, nach dem gleichnamigen Theaterstück von Ariel Dorfman **K** Tonino Delli Colli **M** Wojciech

Kilar **S** Hervé de Luze **D** Sigourney Weaver (Paulina Escobar), Ben Kingsley (Dr. Roberto Miranda), Stuart Wilson (Gerardo Escobar), Krystia Mova (Mirandas Ehefrau), Jonathan Vega (Mirandas Sohn), Rodolphe Vega (Mirandas Sohn) **L** 105 **FSK** ab 12; f **FBW** bw **E** 4.5.1995 / 20.11.1995 Video **fd** 31 328

Todeskampf auf hoher See
DESPERATE JOURNEY
Verfilmung einer wahren Begebenheit: Der zehntägige Überlebenskampf einer Hochschwangeren auf einem Rettungsfloß, nachdem das Segelboot, auf dem sie zur Crew gehörte, in einem Hurrikan gesunken ist. – Ab 14.
USA 1993 **V** offen **R** Dan Lerner **B** Jonathan Rintels **D** Mel Harris (Allison Wilcox), John Schneider (Eddie Provost), Dana Ashbrook (Marc DuPavillon), Cotter Smith (Steve Vorhies) **L** 92 **E** 19.1.1995 Pro Sieben **fd** –

Tödliche Bilder
DARK SIDE OF GENIUS
Thriller aus dem Kunstmilieu. Eine Kunstkritikerin verliebt sich, wider alle Warnungen, in einen Maler, der vor kurzem aus einer geschlossenen Anstalt entlassen wurde, in der er wegen eines Ritualmords an seinem Modell einsaß. Seine Vorgeschichte treibt die Preise seiner Bilder zwar in die Höhe, doch als er ein Modell trifft, das der Ermordeten bis aufs Haar gleicht, drohen sich die Ereignisse zu wiederholen.
USA 1993 **V** offen **R** Phedon Papamichael **B** Frederic J. Stroppel **K** Phedon Papamichael **M** Tom Hiel **D** Finola Hughes (Jennifer Cole), Brent Fraser (Julien Jones), Tina Cote (Ana / Kristi), Glenn Shadix (Leo Bennini), Patrick Bauchau (Sherman McPhee), Seymour Cassel (Samuel Rourke) **L** 83 **E** 5.7.1995 premiere **fd** –

Tödliche Fantasien
THE SPIDER AND THE FLY
Ein Krimi-Autor schließt mit einer erfolgreicheren, jüngeren Kollegin eine Wette ab: Wer denkt sich den perfekten Mord aus? Das Spiel wird blutiger Ernst, als wenige Tage später der Verleger der beiden aufgefunden wird – ermordet unter genau den Umständen, wie es die Autorin beschrieben hatte. Solide inszenierter Krimi, der zwar wenig Überraschendes zu bieten hat, sein Rätsel jedoch bis zum Schluß zu wahren weiß. – Ab 16.
USA 1994 **P** Wilshire Court **V** CIC (Video) **R** Michael Katleman **B** Alanna Hamill, Robert Pucci **K** Brian R. P. Herb **M** Richard Bellis **D** Mel Harris (Dianna Taylor), Kenneth Welsh (Irwin Stroud), Ted Shackelford (Michael Moore), Cynthia Belliveau (Blair Delaney), Peggy Lipton (Helen Stroud) **L** 84 **FSK** ab 16 **E** 16.1.1995 Video / 3.1.1996 premiere **fd** –

Tödliche Geschwindigkeit
TERMINAL VELOCITY
Die geheimnisvolle Schülerin eines Fallschirmlehrers entpuppt sich als Agentin des KGB. Auf der turbulenten Jagd nach goldschmuggelnden russischen Mafiosi kommt ihr seine Hilfe gerade recht. Rasanter Actionfilm, der seine abstruse Story geistreich ironisiert und mit einer Portion Romantik garniert. Obendrein bietet der Film das Comeback der hervorragend spielenden Nastassja Kinski. – Ab 16.
Scope. USA 1994 **P** Hollywood Pictures / Interscope / Polygram **V** Buena Vista (Kino) / Buena Vista (Video) **Pd** Scott Kroopf, Tom Engelman **R** Deran Sarafian **B** David Twohy **K** Oliver Wood **M** Joel MecNeely **S** Frank J. Urioste, Peck Prior **D** Charlie Sheen (Ditch Brody), Nastassja Kinski (Chris Morrow), James Gandolfini (Ben Pinkwater), Christopher McDonald (Kerr), Gary Bullock (Lex) **L** 102 **FSK** ab 12; f **E** 26.1.1995 / 14.9.1995 Video **fd** 31 159

Tödliche Intrigen
SCHEMES
Kurz nach dem Unfalltod seiner Frau bekommt ein erfolgreicher Architekt Besuch von einer ihm unbekannten Frau, die sich als Freundin seiner Frau vorstellt, in Wirklichkeit aber gemeinsam mit einem zwielichtigen Partner den Plan ausgeheckt hat, an das Geld aus der Lebensversicherung zu kommen. Wider Erwarten verliebt sie sich in ihr Opfer. – Ab 16.
USA 1995 **V** offen **R** Derek Westervelt **D** James McCaffrey (Paul Stewart), Polly Draper (Evelyn Hayes), John Glover (Victor Kraft), Leslie Hope (Laura Pierce), Allison Mackie (Beth Stewart) **L** 92 **E** 10.1.1996 RTL **fd** –

Tödliche Recherche
THE CORPSE HAD A FAMILIAR FACE
Thriller nach Begebenheiten aus dem Leben der Pulitzer-Preisträgerin Edna Buchanan. Während sich zwischen der langjährigen Polizeireporterin und einem Detektiv eine seltsame Haßliebe entwickelt, interessiert sie sich zunehmend für den Fall einer 18jährigen, die von ihrem Vater jahrelang sexuell mißbraucht wurde und nun verschwunden ist. Ihre Recherchen decken eine Familientragödie auf, die auch das Leben der Journalistin verändert. – Ab 16.
USA 1994 **V** offen **R** Joyce Chopra **B** Derek Marlowe, Dennis Turner **K** James Glennon **M** Patrick Williams **D** Elizabeth Montgomery (Edna Buchanan), Yaphet Kotto (Martin Talbot), Dennis Farina (Harry Lindstrom), Lee Horsley (Ben), Luanne Ponce (Jennifer Nicholson) **L** 89 **E** 30.4.1995 premiere **fd** –

Tödliche Sucht
BLIND SPOT
(Fernseh-)Drama um eine Kongreßabgeordnete, die auf schmerzhafte Weise mit Familienproblemen konfrontiert wird, die sie durch beruflichen Ehrgeiz zum großen Teil selbst verschuldet hat: Ihre schwangere Tochter wird bei einem Autounfall verletzt, das Baby kommt zu früh zur Welt. Zudem erfährt die Mutter, daß die junge Frau drogenabhängig ist. – Ab 16.
USA 1993 **V** offen **R** Michael Toshiyuki Uno **B** Michael McTaggart, Ellen M. Violett **M** Patrick Williams **D** Joanne Woodward (Nell Herrington), Laura Linney (Phoebe), Fritz Weaver (Simon), Reed Diamond (Charlie), Cynthia Martells (Holly) **L** 98 **E** 23.5.1995 Pro Sieben **fd** –

Tödliche Weite
UNLAWFUL PASSAGE
Die vielbeschäftigte Hauptdarstellerin einer berühmten Fernseh-Seifenoper möchte ein paar Tage ausspannen und macht mit ihrem Mann eine Kreuzfahrt auf einer Segelyacht. Als sie mit ihrem Schiff Drogenschmugglern in die Hände fallen, die den Mann auf offener See im Rettungsboot aussetzen und die Frau entführen, verwandelt sich der geplante Traumurlaub in einen Alptraum. Fernseh-Thriller mit deutlichen Anleihen bei dem Kino-Erfolg «Todesstille» von 1988. – Ab 16.
USA 1994 **V** offen **R** Camilo Vila **B** Peter Dixon **D** Lee Horsley (Peter Browning), Felicity Waterman (Gale Browning), William Zabka (Howie), Les Ming (Patrick), René Pereira (Paco) **L** 88 **E** 3.3.1995 RTL **fd** –

Tödlicher Schwur
DEADLY VOWS
Thriller. Ein 40jähriger Fernfahrer beschließt, aus seinem Leben auszubrechen. Als er eine College-Absolventin kennenlernt, greift er die Gelegenheit beim Schopf und heiratet sie. Fatal ist allerdings, daß er bereits verheiratet ist. Eine Zeitlang kann er sein Doppelleben geheimhalten, doch dann faßt er den Entschluß, sich einer Frau zu entledigen.
USA 1994 **V** offen **R** Alan Metzger **B** Philip Rosenberg **D** Gerald McRaney (Tom Weston), Peggy Lipton (Nancy Weston), Josie Bisset (Bobbi Gilbert), Ric Reid, P. Lynn Johnson **L** 86 **E** 18.12.1995 RTL 2 **fd** –

Tödliches Komplott
THE FIFTH CORNER: TRIO
Ein Mann, der neben der Leiche einer jungen Frau aufwacht, muß feststellen, daß er sein Gedächtnis verloren hat. Nur bruchstückhaft kehrt seine Erinnerung wieder. Er wohnt in einem prächtigen Haus, besitzt mehrere Pässe und scheint für einen zwielichtigen Geschäftsmann zu arbeiten. Zusammen mit seinem Chauffeur und einer Journalistin will er Licht in die Angelegenheit bringen. – Ab 16.
USA 1991 **V** offen **R + B** John Herzfeld **D** Alex McArthur (Richard), J.E. Freeman (Boone), Kim Delaney (Erica), James Coburn (Dr. Grandwell) **L** 88 / 89 **E** 11./18.9.1995 Kabel 1 (2 Teile) **fd** –

Todorov – ein Gangsterfilm
1971 fand in München beim Überfall auf eine Filiale der Deutschen Bank die erste Geiselnahme der deutschen Nachkriegsgeschichte statt. Bei der Befreiungsaktion starb eine Geisel und einer der Geiselnehmer. Der andere Gangster wurde zu lebenslanger Freiheitstrafe verurteilt. Nach seiner Haftentlassung 1993 begleitete ihn der Dokumentarfilmer Uli Kick ein Jahr lang. Ein ungemein spannender Dokumentarfilm, der sich durch intensive Beobachtungen und Gespräche auszeichnet und durch eine Kameraarbeit, die Nähe vermittelt, ohne aufdringlich zu wirken. Das ehrliche Dokument eines verpfuschten Lebens. – Ab 16.
Deutschland 1995 **P** filmworks **V** offen **Pd + R + B** Uli Kick **K** Franz König **S** Christine Hafner, Jan Redepenning **L** 90 **E** 10.9.1995 WDR **fd** –

Tokyo Drifter – Der Mann aus Tokio
TOKYO NAGAREMONO
Ein ehemaliger Yakuza wird daran gehindert, aus dem Gangster-Milieu auszusteigen, und muß sich mit den Killern einer verfeindeten Bande herumschlagen. Am Ende ist er der einzige Überlebende und geht einsam seines Weges. Eine triviale Gangster-Ballade über das Töten und die Einsamkeit, erzählt in knallbunten Farben, die sich zu einer grellen Symbolik verdichten. Sie spielt durchaus geschickt mit den eigenen filmischen Mitteln und steckt voller Verweise auf den Gangsterfilm – speziell den «existentialistischen» französischen der 60er Jahre. (Kino: O.m.d.U.; Fernsehtitel: «Abrechnung in Tokio») – Ab 16.
Japan 1966 **P** Nikkatsu Corporation **V** Kinowelt **Pd** Tetsuo Nakagawa **R** Seijun Suzuki **B** Yasunori Kawauchi, nach seinem Roman **K** Shigeyoshi Mine **M** Sô Kaburagi **S** So Isuburagi **D** Tetsuya Watari (Tetsu), Chieko Matsubara (Chiharu), Hideaki Nitani (Kenji), Eiji Go (Tanaka), Tamio Kawaji (Tatsuzo), Tomoko Hamakawa (Mutsuko) **L** 83 **FSK** – **E** 11.10.1990 / 7.10.1995 ZDF (deutsche Synchronfassung) **fd** 28 628

Ein Tolpatsch auf Abwegen
ON AURA TOUT VU!
Ein Werbefotograf, der von einem seriösen Filmprojekt träumt, entwickelt mit einem Freund ein

Drehbuch. Nach Anlaufschwierigkeiten finden sie sogar einen Produzenten, doch der läßt das Buch kurzerhand umschreiben. Nun haben die Freunde einen Pornofilm zu verantworten. Als Parodie auf die Porno-Industrie angelegt, verteilt der Film einige treffsichere Seitenhiebe, wirkt aber nicht sehr überzeugend, da er zu häufig bekannte Klischees aneinanderreiht. – Ab 16.
Frankreich 1976 **P** Gaumont International **V** offen **R** Georges Lautner **B** Francis Veber **K** Maurice Fellous **M** Philippe Sarde **D** Pierre Richard (François Perrin), Miou-Miou (Christine), Jean-Pierre Marielle (Morlock), Henri Guybet (Mercier), Renée Saint-Cyr (Madame Ferroni), Arlette Emmery (Marie-France) **L** 95 **E** 1.5.1995 RTL 2 **fd** –

Tommy Boy – Durch Dick und Dünn
TOMMY BOY
Ein dümmlich-infantiler Unternehmerssohn übernimmt nach dem Tod seines Vaters die Leitung der von Konkurs und Intrige bedrohten Autoteile-Firma. Um sie zu retten, geht er gemeinsam mit dem Buchhalter erfolgreich Klinkenputzen. Eine aktionsreiche, aber wenig witzige Klamauk-Komödie, die sich fast ausschließlich auf die sich schnell abnutzende Körperkomik ihres bildfüllenden Hauptdarstellers verläßt. (Videotitel: «Tommy Boy durch dick und dünn») – Ab 14.
USA 1995 **P** Paramount **V** UIP (Kino) / CIC (Video) **Pd** Lorne Michaels **R** Peter Segal **B** Bonnie und Terry Turner, Fred Wolf **K** Victor J. Kemper **M** David Newman **S** William Kerr **D** Chris Farley (Tommy Callahan), David Spade (Richard Hayden), Rob Lowe (Paul), Bo Derek (Beverly), Brian Dennehy (Big Tom Calahan), Julie Warner (Michelle) **L** 97 **FSK** ab 6; f **E** 6.7.1995 **fd** 31 426

Tommy Boy durch dick und dünn
siehe: Tommy Boy – Durch Dick und Dünn

Tommy Tricker – Die Rückkehr
THE RETURN OF TOMMY TRICKER
Fortsetzung des Kinderfilms «Tommy Tricker und die Briefmarkenbande» von 1988. Nachdem Tommy den kleinen Charles aus dem «Zeitgefängnis» befreit hat, soll dieser nun König auf der Briefmarkeninsel in der Südsee werden. Doch statt seiner erscheint seine Schwester Molly, die berichtet, daß Charles und sie rapide zu altern beginnen, da eine geheimnisvolle Krankheit sie die «übersprungenen» Jahre nachholen läßt. Wieder muß Tommy Tricker helfen. – Ab 10.
Kanada 1994 **V** offen **R+B** Michael Rubbo **K** Thomas Vamos **D** Michael Stevens (Tommy Tricker), Andrew Bauer-Gabor (Ralph), Joshawa Mathers (Cass), Heather Goodsell (Nancy), Oliver Morgan Varlow (Charles Merryweather) **L** 100 **E** 5.3.1995 premiere **fd** –

Top Dog
TOP DOG
Ein reaktivierter Polizist wird auf eine Gruppe faschistischer Terroristen angesetzt, die mit Sprengstoffanschlägen ethnische Minderheiten bekämpfen wollen. Der Film setzt ganz auf das humoristische Potential des Hundes, der die Hauptfigur bei ihren Einsätzen begleitet. Die Gags sind nicht immer neu, lockern aber die eher schlichte Handlung und mäßige Inszenierung auch der Kampfszenen auf. Die Darstellung des Rassismus dagegen bleibt schlicht und karikaturhaft. – Ab 16.
USA 1995 **P** Tanglewood **V** Highlight (Kino) / Highlight / Arcade (Video) **Pd** Andy Howard **R** Aaron Norris **B** Ron Swanson **K** Joao Fernandez **M** George S. Clinton **S** Peter Schrink **D** Chuck Norris (Jake Wilder), Michelle Lamar Richards (Savannah Boyette), Carmine Casidi (Lou Swanson), Clyde Kusatsu (Ken Callahan) **L** 93 **FSK** ab 12; f **E** 6.7.1995 / 17.10.1995 Video **fd** 31 457

Torben – Der Satansbraten
VILDBASSEN
Ein Leichtfuß stellt Mitte der 30er Jahre sein dänisches Heimatstädtchen auf den Kopf und kann auch durch den Zwangsaufenthalt in einem Ferienlager nicht gebändigt werden. Im Gegenteil: vereint mit seinen Freunden und einem jugendlichen Aufschneider, kann er nun erst richtig loslegen. So zettelt er die größte Kneipenschlägerei der Dorfgeschichte an, kann aber auch einen Bankräuber entlarven. Turbulente Jugendkomödie. – Ab 12.
Dänemark 1993 **V** offen **R** Sven Methling **B** Peter Bay, Jorgen Kastrup **K** Peter Roos **M** Michael Hardinger, Rasmus Fenger **D** Robert Hansen (Torben), Dick Kayso (Harry), Viggo Sommer (Carl Martin) **L** 80 **E** 20.8.1995 premiere **fd** –

Die total verrückte Büroparty
THE WILD AFFAIR
Bei der Weihnachtsfeier ihrer Firma will eine Büroangestellte vor ihrer Hochzeit noch ein letztes Mal ausgiebig flirten. Ihr Chef und ein Handelsvertreter springen auf ihre aufreizende Aufmachung an, doch angesichts der allseitigen plumpen Vertraulichkeiten ihrer alkoholisierten Kollegen läßt sie beide abblitzen, zumal auch ihr zukünftiger Ehemann auf der Feier erscheint. In der Hauptrolle fehlbesetzte, gesellschaftskritische Komödie nach einer satirischen Romanvorlage. – Ab 14.
Schwarz-weiß. England 1966 **P**

Seven Arts / Bryanston **V** offen **Pd** Richard L. Patterson **R+B** John Krish, nach dem Roman «The last hours of Sandra Lee» von William Sansom **K** Arthur Ibbetson **M** Martin Slavin **S** Russell Lloyd, Norman Savage **D** Nancy Kwan (Marjorie Lee), Jimmy Logan (Craig), Terry-Thomas (Godfrey Deane), Bud Flanagan (Sgt. Bletch), Gladys Morgan (Mrs. Tovey), Betty Marsden (Mavis Cook) **L** 88 **E** 15.4.1995 ZDF **fd** –

Totally Fed Up

15 Fragmente aus dem Leben homosexueller junger Erwachsener in San Francisco. Der Film spiegelt die Ängste einer Subkultur, die sich vor dem Hintergrund von Aids, Lustfeindlichkeit und Entfremdung aufgegeben zu haben scheint und haltlos zwischen überaktiver Lebenslust und Depressionen pendelt. Der Film liefert keine neuen Einsichten zum Thema, doch sein radikaler Ansatz und seine stilistischen Mittel, die an Experimentalfilme der 70er Jahre erinnern, ergeben eine interessante Außenseiterstudie.

USA 1993 **P** Desperate Pictures / National Endowment for the Arts / J. Paul Getty Foundation / The Funding Exchange / Paul Robeson Fund / Sundance Institute **V** Lesbisches und Schwules Büro Film **Pd** Andrea Sperling, Gregg Araki **R+B+K** Gregg Araki **S** Gregg Araki **D** James Duval (Andy), Roko Belic (Tommy), Lance May (Deric), Susan Behsid (Michele), Jenee Gill (Patricia), Gilbert Luna (Steven) **L** 85 **FSK**–**E** 14.9.1995 **fd** –

Tote Babys weinen nicht

DEADLY MEDICINE

Melodramatischer Psycho-Thriller über eine idealistische junge Ärztin, die in einer texanischen Kleinstadt ihre erste Praxis eröffnet. Als eine kleine Patientin unter mysteriösen Umständen stirbt, wird sie vom Staatsanwalt des Mordes angeklagt. – Ab 16.

USA 1991 **V** offen **R** Richard A. Colla **B** Vicki Polon, L. Virginia Brown, Andrew Laskos, nach einem Roman von Kelly Moore und Dan Reed **K** Rick Bota **M** Bob Alcivar **D** Veronica Hamel (Kathleen Holland), Susan Ruttan (Genene Jones), Stephen Tobolowsky (Ron Sutton), Scott Paulin (Charleigh Holland), Marnie McPhail (Helen McKay), Kin Shriner (Ray McKay) **L** 90 **E** 13.1.1995 ARD **fd** –

Tote Killer morden nicht

THE MASK OF ALEXANDER CROSS

Thriller. Nachdem ein skrupelloser Verbrecher selbst Opfer eines Mordanschlags geworden ist, übernimmt ein Doppelgänger auf Betreiben der Regierungsbehörden die Rolle des Toten, um dessen kriminelle Machenschaften aufzudecken und einen Massenmord zu verhindern. – Ab 16.

USA 1977 **V** offen **R** Bernard McEveety **B** Paul Playdon **K** Ted Voigtlander **M** Richard Markowitz **D** Paul Shenar (Alexander Cross / Jim Munroe), Barbara Bach (Judson), Lance Le Gault (Peter Davis), Karen Carlson (Samantha), Fred Beir (Harry Keller) **L** 69 **E** 5.5.1995 ARD **fd** –

Die Tote von Amelung 1. – 3. Teil

Der Mord an einer Pastorenwitwe auf einer kleinen Insel ruft Ermittlungsbeamte vom Festland auf den Plan. Von den Inselbewohnern mißtrauisch beobachtet, decken sie nach und nach Verdachtsmomente auf, die für jeden Einheimischen ein Tatmotiv sein könnten. Dreiteiliger Fernsehfilm, der durch die Überkonstruktion seiner Geschichte auffällt: Die 36 Bewohner der Insel scheinen in jede mögliche Kriminaltat verwickelt zu sein: Drogen- und Jugendkriminalität gehören ebenso zum Inselalltag wie Mord, Unterschlagung und illegaler Aufenthalt. – Ab 16.

Deutschland 1995 **V** offen **R** Hajo Gies **B** Rainer Berg, Beate Langmaack **D** Paul Herwig (Jan Mendel), Heinz Meier (Sigurd Flotow), Andrea Heuer (Maria Albrecht), Romy Kühnert (Florentine), Michael Gwisdek (Ohm Weber) **L** 78 / 78 / 78 **E** 27. / 28. / 29.12.1995 RTL (3 Teile) **fd** –

Der Totmacher

An Hand der Vernehmungsprotokolle wird das Psychogramm des Massenmörders Fritz Haarmann aus den 20er Jahren nachgezeichnet. Der Zuschauer schwankt im Verlauf der Gespräche zwischen Mörder und Gutachter, zwischen Abscheu und Faszination. Der Film ist als ungemein dichtes Kammerspiel inszeniert, das nicht auf Emotionalisierung angelegt ist, sondern als nüchterne Fallstudie. Der glänzende Hauptdarsteller vermittelt in der Rolle des Haarmann das eigentlich Unfaßliche. – Sehenswert.

Deutschland 1995 **P** Pantera / WDR / SWF **V** Warner Bros. **Pd** Thomas Schüly **R** Romuald Karmakar **B** Romuald Karmakar, Michael Farin, nach Protokollen der gerichtspsychiatrischen Untersuchung **K** Fred Schuler **S** Peter Przygodda **D** Götz George (Fritz Haarmann), Jürgen Hentsch (Prof. Ernst Schultze), Pierre Franckh (Stenograf), Hans-Michael Rehberg (Kommissar Rätz), Matthias Fuchs (Dr. Machnik), Marek Harloff (Kress) **L** 115 **FSK** ab 12; f **E** 23.11.1995 **fd** 31 645

Totschweigen

TOTSCHWEIGEN

Im März 1945 wurden nahe dem burgenländischen Grenzort Rechnitz 180 jüdische Zwangs-

arbeiter von SS-Schergen erschossen. Die Suche nach dem Massengrab blieb erfolglos. Auch vor den Filmemachern tat sich während ihrer fünfjährigen Recherche eine Mauer des Schweigens auf. Ein eindrucksvolles Dokument über Antisemitismus in Vergangenheit und Gegenwart, sachlich und distanziert inszeniert. Der Film wurde nach dem überraschenden Tod Margareta Heinrichs im Februar 1994 von Eduard Erne fertiggestellt.
Österreich / Deutschland / Niederlande 1994 **P** Extrafilm / Strandfilm / Netherlands Film Institute **V** Freunde der deutschen Kinemathek **R+B** Margareta Heinrich, Eduard Erne **K** Hermann Dunzendorfer **S** Paul Michael Sedlacek, Regina Turkuu-Schubert **L** 90 (gek. 60) **FSK** – **E** 23.7.1995 West 3 / 1996 Kino **fd** –

Tough and Deadly
TOUGH AND DEADLY
Ein Kopfgeldjäger und Ex-Polizist nimmt sich eines Schwerverletzten an, der unter Gedächtnisverlust leidet. Als dessen Erinnerung zurückkehrt, werden die beiden in einen Drogenfall verwickelt und müssen feststellen, daß die örtlichen Drogenkartelle mit dem CIA gemeinsame Sache machen. Drogenkrimi voller logischer Schwachpunkte, die durch «Martial-arts»-Orgien überdeckt werden sollen.
USA 1994 **P** Shapiro Glickenhaus Entertainment **V** NGP (Video) **R** Steve E. Cohen **D** Billy Blanks, Roddy Piper, Richard Norton **L** 78 **FSK** ab 18 **E** 26.4.1995 Video **fd** –

Touki Bouki
TOUKI BOUKI
Ein senegalesisches Paar träumt von einem Leben in Paris, muß seinen Alltag jedoch zunächst mit der Jagd nach Geld und der Suche nach der eigenen Identität verbringen. Ein Kultfilm des afrikanischen Kinos, der einen satirischen Blick auf die europäisch beeinflußten Eliten des Landes wirft. Er besticht durch seine üppigen Bilder und die überraschenden Wendungen der Geschichte, ist witzig und politisch zugleich. – Ab 16.
Senegal 1973 **V** offen **R+B** Djibril Diop Mambéty **L** 87 (TV) **E** 5.10.1995 arte **fd** –

Toxic Affair
TOXIC AFFAIR
Nachdem sie ihrem Geliebten den Laufpaß gegeben hat, gerät eine 30jährige Pariserin seelisch aus dem Lot. Zweimal versucht sie, sich das Leben zu nehmen. Erst die Bekanntschaft mit einem Italiener bringt ihr Leben in ruhigere Bahnen. Dann aber verliebt sich ihre beste Freundin in den Beau. Der erste Leinwandauftritt von Isabelle Adjani nach fünf Jahren ist eine herbe Enttäuschung. Die Tragikomödie einer «emotionalen Entwöhnung» bleibt ohne Witz und Tiefe, der Star grimassiert am Rande der Selbstparodie. (Fernsehtitel: «Toxic Affair – Die Fesseln der Liebe»)
Frankreich 1992 / 93 **P** Caméra One / France 2 Cinéma / Gaumont / Lilith Films **V** Concorde (Video) **R+B** Philomène Esposito **K** Pierre Lhomme **M** Goran Bregovic **S** Noëlle Boisson **D** Isabelle Adjani (Pénélope), Clémentine Célarié (Sophie), Sergio Castellitto (Mister Ray-Ban), Hippolyte Girardot (Georges), Michel Blanc (Mann am Diktaphon), Fabrice Luchini (Psychiater) **L** 85 **FSK** ab 12 **E** 1995 Video / 23.11.1995 premiere **fd** –

Toxic Affair – Die Fesseln der Liebe
siehe: Toxic Affair

Trancers 5
TRANCERS 5: SUDDEN DEATH
Ein Macho-Polizist aus Los Angeles, der durch einen Fehler in der Zeitmaschine in ein Land der Zukunft geraten ist, kämpft dort gegen die tyrannischen Trancers und kann mit Hilfe eines großen Diamanten, der in der «Festung der erbarmungslosen Angst» aufbewahrt wird, in sein Land und seine Zeit zurückkehren. Die ideenlos weitergesponnene Fortsetzung der Fantasy-Film-Serie verliert sich überwiegend in quälenden Rückblenden. Auch Anleihen bei Shakespeare machen die Handlung nicht besser, so daß allenfalls einige Bilder von rumänischen Burgen haftenbleiben.
USA 1994 **P** Full Moon **V** CIC (Video) **Pd** Vlad Paunescu, Oana Paunescu **R** David Nutter **B** Peter David **K** Adolfo Bartoli **M** Gary Fry **S** Lisa Bromwell **D** Tim Thanerson (Jack Deth), Stacie Randall (Lyra), Ty Miller (Prospero), Terri Ivens (Shaleen), Clabe Hartly (Caliban) **L** 71 **FSK** ab 16 **E** 26.4.1995 Video **fd** 31 363

Transatlantis
Nach dem Tod seiner Mutter und angeregt durch die Aufzeichnungen seines Großvaters beginnt ein Kernphysiker, nach der mythologischen Insel Atlantis zu suchen, die er auf dem Dach der Welt, im Himalaja, vermutet. Vielschichtige Parabel über die Kraft des Utopischen, deren bildmächtige Chiffren und zurückgenommener Inszenierungsstil den Zuschauer zur eigenen Interpretation zwingen. – Sehenswert ab 16.
Deutschland 1994 **P** Christian Wagner Filmproduktion **V** Zorro **Pd+R+B** Christian Wagner **K** Thomas Mauch **M** Florian Ernst Müller **S** Peter Przygodda **D** Daniel Olbrychski (Neuffer), Birgit Aurell (Nele), Jörg Hube (Brack), Otto Grünmandl (Rubacher), Fritz Rothdach (Groß-

vater), Eleonore Zetzsche (Mutter Neuffer) **L** 116 **FSK** ab 6; f **E** 14.9.1995 **fd** 31 411

Der Traum von Apollo XI
PONTIAC MOON
Im August 1969, als die Landung der ersten Menschen auf dem Mond bevorsteht, bricht ein spleeniger Lehrer aus dem Alltag aus: Während der vier Tage, die Apollo 11 für seine Reise braucht, will er zusammen mit seinem Sohn den Kilometerstand seines Autos der Entfernung zum Mond angleichen, wofür ihm noch etwa 1000 Meilen fehlen. Aus einem Roadmovie voller Entdeckungen und Einsichten entwickelt sich eine skurrile Parabel über die Einheit der (amerikanischen) Familie, die zwar plakativ und irreal ist wie ein Märchen, gerade daraus aber einen gewissen Reiz bezieht. – Ab 10.
USA 1994 **P** Paramount **V** CIC (Video) **Pd** Robert Schaffel, Youssef Vahabzadeh **R** Peter Medak **B** Tim Taylor, Jeffrey Brown **K** Thomas Kloss **M** Randy Edelman **S** Anne V. Coates **D** Ted Danson (Washington Bellamy), Mary Steenburgen (Katherine), Ryan Todd (Andy), Eric Schweig (Ernest Ironplume) **L** 102 **FSK** ab 6 **E** 25.10.1995 Video **fd** 31 663

Traumauto
Der Botenjunge einer Hamburger Werbeagentur verliebt sich in die Sängerin einer Rockband. Um ihr zu imponieren, bringt er – mit nicht immer nützlicher Hilfestellung eines Schrotthändlers und seiner Nichte – einen alten Straßenkreuzer auf Vordermann. – Ab 14.
BR Deutschland 1987 **V** offen **R** Hajo Gies **B** Urs Eplinius **K** Henning Zick **M** Caro José Tollenaar **D** Ralf Komorr (Pit), Caro José Tollenaar (Caro), Maria Ketikidou (Susi), Klaus Herm (Schorsch), Elisabeth Volkmann (Lilo) **L** 80 **E** 18.11.1995 West 3 **fd** –

Träume
Drei deutsche Dokumentarfilmemacher, die in der DDR aufwuchsen bzw. arbeiteten, porträtieren im Rahmen einer Trilogie Menschen, deren Leben sich durch einschneidende Erlebnisse sehr verändert hat. «Leben ein Traum» besucht das 380-Seelen-Dorf Kausche am Rande des Tagebaus Welzow / Süd, das bis zum Jahr 2000 dem Braunkohleabbau zum Opfer gefallen und von der Landkarte verschwunden sein wird. «Die Träume danach» begleitet eine 26jährige Invalidenrentnerin aus Berlin nach vier Jahren an den Ort, wo ihr ein schwerer Autounfall die Erinnerung an den politischen Umbruch des Jahres 1990 nahm. Die dritte Episode «Geliebte Carmencha» beschreibt das Leben einer Frau aus der DDR, die ihrem Mann aus Liebe in seine südamerikanische Heimat folgte und trotz schwerer Schicksalsschläge nicht ins jetzige Deutschland zurückkehren möchte. – Ab 16.
Deutschland 1995 **P** Marco Mundt Prod. (für ORB) **V** offen **Pd** Lew Hohmann (1,2) **R + B** Helke Misselwitz (1), Jens Becker (2), Petra Tschörtner (3) **K** Thomas Plenert (1), Jörg Petzold (2), Thomas Bach (2), Ciro Cappellari (3) **S** Barbara Metselaar (1), Ines Bluhm (2) **L** 30 / 30 / 30 **E** 15.(1) / 22.(2) / 29.(3)5.1995 ORB **fd** –

Traumland
Seit ihrer Kindheit sind der 17jährige Fidschianer Lagani und die 15jährige indischstämmige Niru unzertrennlich. Als die verliebten Jugendlichen beschließen zusammenzuleben, stoßen sie auf die von unerbittlichen gesellschaftlichen Normen gespeiste Ablehnung ihrer Eltern. Dokumentarischer Spielfilm, der in einer tragischen Liebesgeschichte die Zwangsläufigkeit solcher «Romeo-und-Julia-Dramen» in der südpazifischen Inselwelt anprangert, die der historische Zwist der beiden größten Volksgruppen Fidschis bereits mehrfach an den Rand des Bürgerkriegs gebracht hat. (Alternativtitel: «Dreamland of the Moonless Nights») – Ab 14.
Deutschland 1993 **P** Mana Movie **V** Globus **R + B** Ellen Umlauf **K** Horst Schier **M** Jacques Pineau **S** Charly Fugunt, Gudrun Brand **D** Ashwini Singh (Niru), Alexander Soqosoqo (Lagani), Ratu Manoa Rasigatele (Laganis Vater), Ledua Tuivaga (Laganis Mutter), Anandi Lal Amin (Nirus Vater), Nutan Sagar (Nirus Mutter) **L** 95 **E** 10.1.1995 Bayern 3 **fd** –

Die traurige Nixe
RUSALKA / RUSSALOTSCHKA
Unterwegs in einer Postkutsche erzählt ein Mann einem Mädchen das Märchen von der Meerjungfrau: Die Nixe verliebt sich in einen Menschen-Prinzen, der aber ihrer Liebe nicht wert ist; schließlich bewahrt sie ein väterlicher Beschützer durch seinen eigenen Tod vor dem Sterben. Ein vielschichtiger, poetischer Märchenfilm, der die Kaltherzigkeit und Habgier der Menschen-Welt anklagt und für Liebe und Verständnis plädiert. Sein Reiz wird durch die kitschige Musik etwas beeinträchtigt. (Fernsehtitel auch: «Die kleine Nixe»; Videotitel: «Die kleine Meerjungfrau») – Sehenswert ab 8.
Bulgarien / UdSSR 1976 **P** Filmstudio Sofia / Zentrales Studio für Kinder- und Jugendfilme «Maxim Gorki» **V** Progress (Kino) / EuroVideo (Video) **R** Wladimir Bytschkow **B** Wiktor Witkowitsch, Grigori Jagdfeld, nach

dem Märchen «Die kleine Seejungfrau» von Hans Christian Andersen **K** Emil Wagenstein **M** Jewgeni Krylatow **S** G. Sadownikowa **D** Vika Nowikowa (Nixe), Valentin Nikulin (Sulpitius), Galina Artjomowa (Prinzessin), Juri Senkewitsch (Prinz), Galina Woitschek (Wirtin) **L** 76 **FSK** ab 6 **E** 18.11.1977 Kino DDR / 12.6.1977 DFF 2 / 1994 Video **fd** 31 293

Triaden des Kusses
LES BAISERS DE SECOURS
Ein mit einer Schauspielerin liierter Filmemacher will die Geschichte ihrer Beziehung verfilmen. Sein Entschluß, den Part der Frau einer anderen Schauspielerin zu übertragen, führt zur Trennung. Ein intellektueller, sehr persönlicher Film, der die Befindlichkeit seiner Hauptpersonen nüchtern analysiert. (O.m. d.U.) – Ab 16.
Frankreich 1989 **P** Les Films de l'Atalante / La Sept / Planete et Compagnie **V** offen **R+B** Philippe Garrel **K** Jacques Loiseleux **M** Barney Wilen **S** Sophie Coussein **D** Brigitte Sy (Jeanne), Philippe Garrel (Mathieu), Anémone (Minouchette), Maurice Garrel (Mathieus Vater), Yvette Etievant (Mathieus Mutter), Jacques Kebadian (Paul), Valérie Dréville (Josette) **L** 83 **E** 4.9.1995 arte **fd** –

Der Triebtäter – Eine Stadt in Angst
THE MAN NEXT DOOR
Thriller. In einer friedlichen Kleinstadt steigert sich die Angst, als im Nachbarort eine Frau vergewaltigt wird. Die Tatumstände lenken den Verdacht auf einen Neuankömmling, der gerade eine Haftstrafe wegen dreifacher Vergewaltigung verbüßt hat. – Ab 16.
USA 1995 **V** offen **R** Lamont Johnson **B** Susan Baskin **D** Michael Ontkean (Eli Cooley), Pamela Reed (Wanda Gilmore), Annette O'Toole (Annie Hopkins) **L** 90 **E** 29.11.1995 RTL **fd** –

Triumph des Herzens
A TIME TO TRIUMPH
Familiendrama nach einem authentischen Fall. Nachdem ihr Ehemann einen Herzinfarkt erlitten hat, muß eine Hausfrau und Mutter von drei Kindern die Familie ernähren. Sie tritt in die Army ein und wird Helikopter-Pilotin. – Ab 14.
USA 1985 **P** Billos / Kauffman Prods. **V** offen **Pd** Fran Billos, Judy Kauffman **R** Noel Black **B** George Yanok, Lavina Dawson **D** Patty Duke (Concetta Hassan), Joseph Bologna (Chuck Hassan), Julie Bovasso (Momma), Denise B. Micklebury, Dara Modglin **L** 91 **E** 23.5.1995 RTL 2 **fd** –

Die Troublemaker
Zwei ungleiche Brüder machen sich im Wilden Westen auf den Weg zu ihrer Mutter, verfolgen nebenbei einen gesuchten Banditen und begraben schließlich ihre Feindseligkeiten. Der Wiederbelebungsversuch des mit den Hauptdarstellern Hill und Spencer begründeten Genres des Klamaukwesterns; er scheitert an seinem trägen, einfallslosen Drehbuch und seinen hausbackenen Bildern. – Ab 12.
Deutschland 1994 **P** Rialto Film **V** Tobis (Kino) / New Vision (Video) **Pd** Matthias Wendlandt, Giuseppe Pedersoli **R** Terence Hill **B** Jess Hill **K** Carlo Tafani **M** Pino Donaggio **S** Eugenio Alabiso **D** Terence Hill (Travis), Bud Spencer (Moses), Anne Kasprzik (Bridget), Eva Haßmann (Melie), Rahda Delamarter (Janie) **L** 104 **FSK** ab 6; f **E** 16.3.1995 / 25.9.1995 Video **fd** 31 258

Tryst
TRYST
Eine von ihrem Gatten gequälte Ehefrau beschließt, den reichen Ehemann zu ermorden. Als das erste Komplott fehlschlägt, bietet sich eine zweite Chance, als ein junger Mann in das Haus einzieht, der den Reizen der Frau erliegt und für sie die Tat durchführen soll. Etwas verwirrender Thriller, der seine Spannung immerhin bis zum Ende aufrechterhalten kann.
USA 1994 **P** MCEG Sterling Entertainment **V** NGP (Video) **R** Peter Foldy **D** Barbara Carrera, Louise Fletcher, David Warner **L** 97 **FSK** ab 16 **E** 27.9.1995 Video **fd** –

Tschernobyl – Die letzte Warnung
CHERNOBYL: THE FINAL WARNING
Schwerfälliges Dokumentar-Drama um die Reaktorkatastrophe von Tschernobyl 1986. Auf Vermittlung eines Ölmilliardärs fliegt ein amerikanischer Knochenmark-Spezialist in die UdSSR, um in Zusammenarbeit mit einer russischen Ärztin die Opfer zu behandeln. – Ab 16.
USA 1991 **P** Roger Gimbel Prod. **V** offen **Pd** Philip Bary **R** Anthony Page **B** Ernest Kinoy **D** Jon Voight (Dr. Robert Gale), Jason Robards (Dr. Armand Hammer), Sammi Davis (Elena Mashenko), Annette Crosbie (Galina Petrovna), Ian McDiarmid (Dr. Vatisenko) **L** 94 **E** 24.9.1995 Kabel 1 **fd** –

Two Moon
A RETURN TO TWO MOON JUNCTION
Nach der Trennung von ihrem Geliebten zieht sich eine junge Frau, die in New York als Topmodel arbeitet, zu ihrer Großmutter in die Südstaaten zurück. Dort verliebt sie sich in einen jungen Bildhauer, der im Ferienhaus

der Familie lebt. Schwülstiger Sexfilm, der zwar pausenlos große Gefühle beschwört, in erster Linie jedoch an der Zurschaustellung nackter Haut interessiert ist. Auf Hochglanz poliert, aber ohne Innenleben und Tiefe. (Eine Art Fortsetzung von «Two Moon Junction»)
USA 1994 **P** Trimark Pictures **V** VCL / Carolco (Video) **Pd** Mel Pearl, Don Levin **R** Farhad Mann **B** Dyanne Asimow **K** Frank Byers **M** Joseph Conlan **S** Dianne Ryder-Rennolds **D** Melinda Clarke (Savannah), John Clayton Schafer (Jack), Louise Fletcher (Belle), Yorgo Constantine (Robert), Molly Shannon (Traci) **L** 94 **FSK** ab 12 **E** 1995 Video **fd** 31 700

Two Small Bodies
TWO SMALL BODIES
Experimentelles Zweipersonen-Stück um eine außergewöhnliche Lebenssituation, inszeniert von einer New Yorker Filmregisseurin («Vortex», 1982; «Salvation», 1986) und Video-Künstlerin. Eine in Scheidung lebende Frau bekommt dienstlichen Besuch von einem Detektiv, der sie verdächtigt, ihre beiden verschwundenen Kinder getötet zu haben. Beim Verhör ist er in der Wahl seiner Mittel nicht gerade zimperlich. (Fernsehtitel: «Zwei Körper»)
Deutschland 1993 **P** Daniel Zuta Filmprod. / Samsa / ZDF / arte **V** Eigenverleih **Pd** Daniel Zuta **R** Beth B. **B** Neal Bell, Beth B., nach einem Bühnenstück von Neal Bell **K** Phil Parmet **M** Swans, Michael Gira, Jarboe **S** Andrea Feige, Melody London **D** Fred Ward (Leutnant Brann), Suzy Amis (Eileen Maloney) **L** 88 (TV 80) **FSK** – **E** 21.8.1993 arte / 22.5.1995 **fd** –

Tyson
TYSON
Die Lebensgeschichte des amerikanischer Box-Stars Mike Tyson bis zu jenem Abend, der den Ex-Weltmeister wegen Vergewaltigung für vier Jahre hinter Gitter bringt. Ein solide inszenierter, durchaus diskutabler Film, der den boxerischen Werdegang Tysons darstellt, ohne die Geschichte des Menschen Tyson zu vernachlässigen. Dabei zeigt er ihn nicht als «Lichtgestalt», sondern zeichnet die kindliche Unsicherheit des Kraftmenschen als möglichen Schlüssel für seine Tat. – Ab 16.
USA 1994 **P** Warner Bros. / Home Box Office **V** Warner Home (Video) **Pd** David Blocker **R** Uli Edel **B** Robert Johnson **K** Jack Conroy **M** Stewart Copeland **S** Seth Flaum **D** George C. Scott (Cus d'Amato), Michael J. White (Tyson), Paul Winfield (Don King), James Shinning (Bill Cayton), Kristen Wilson (Robin Givens) **L** 105 **FSK** ab 12 **E** 10.11.1995 Video **fd** 31 662

U

Überdreht und durchgeknallt
PERSONNE NE M'AIME
Eine Reise im Campingbus durch Nordfrankreich führt vier Frauen unterschiedlichen Alters zusammen, von denen jede auf ihre Art mit dem Leben kämpft. Das Roadmovie schildert aus weiblicher Sicht die Tücken der Liebe ebenso wie Mutter-Tochter-Beziehungen, ferner werden emotionale Freuden und Leiden angesprochen. Ein innovatives Filmvergnügen, reizvoll aufgebrochen in den Zeitebenen und bestechend in der stimmigen Farbdramaturgie. – Ab 16.
Frankreich 1993 **P** Bloody Mary / France 2 Cinéma / Cinémanufacture / TSR **V** offen **Pd** Didier Haudepin **R+B** Marion Vernoux **K** Eric Gautier **M** Arno **S** Patricia Ardouin **D** Bernadette Lafont (Annie), Bulle Ogier (Françoise), Michèle Laroque (Cricri), Maaike Jansen (Dizou), Jean-Pierre Léaud (Lucien) **L** 94 **E** 23.7.1995 N 3 **fd** –

Überleben in Malaysia
TURTLE BEACH
Eine Fotoreporterin macht im malaysischen Kuala Lumpur eine Reportage über das Schicksal der vietnamesischen Boat People und wird schließlich Zeugin eines unermeßlichen Dramas: Die Einheimischen metzeln die völlig entkräfteten Flüchtlinge gnadenlos nieder. Völlig mißlungene Romanverfilmung, schlecht gespielt, miserabel fotografiert und geschnitten.
Australien 1992 **P** Roadshow Coote & Carroll **V** offen **Pd** Matt Carroll **R** Stephen Wallace **B** Ann Turner, nach einem Roman von Blanche d'Alpuget **K** Russell Boyd **M** Chris Neal **D** Greta Scacchi (Judith Wilkes), Joan Chen (Lady Minou Hobday), Jack Thompson (Ralph Hamilton), Art Malik (Kanan) **L** 81 **E** 20.7.1995 premiere **fd** –

Die übersinnlichen Abenteuer des Merlin Jones
THE MISADVENTURES OF MERLIN JONES
Als ein genialer Student einen Apparat entwickelt, der ihn die Gedanken anderer lesen läßt, beginnt für ihn und seine Freundin eine Zeit aufregender Abenteuer. Die Entlarvung eines kriminellen Richters ist der Höhepunkt des turbulenten Treibens. Weitgehend witzlose Komödie, die sich um saubere Familienunterhaltung bemüht. (TV-Titel auch: «Merlin Jones – Der Mann, der zuviel wußte») – Ab 6.
USA 1964 **P** Disney **V** offen **Pd** Ron Miller **R** Robert Stevenson **B** Tom August, Helen August **K** Edward Colman **M** Buddy Baker **S** Cotton Warburton **D** Tommy Kirk (Merlin Jones), Annette Funicello (Jennifer), Leon Ames (Richter Holmsby), Stuart Erwin (Captain Loomis), Alan Hewitt (Professor Shattuck) **L** 88 **E** 5.2.1995 RTL **fd** –

Umbrellas
UMBRELLAS
Dokumentation über die Vorbereitung und von großen Problemen begleitete Realisierung von Christos Projekt «Umbrellas / Joint Project for Japan and USA», in dem der Verhüllungskünstler drei Wochen lang in ausgewählten Landschaften der beiden Länder 3000 riesige Schirme installierte. (Alternativtitel: «Schirme») – Ab 12.
USA 1994 **P** Maysles Film **V** offen **R** Henry Corra, Grahame Weinbren, Albert Maysles **K** Albert Maysles, Robert Richman, Robert Leacock, Gary Stelle, Don Lenzer, Richard Pearce **M** Philip Johnston **S** Grahame Weinbren **L** 81 (Orig. 92) **E** 8.7.1995 arte **fd** –

Ein unabhängiges Leben
SAMOSTOIATELNAJA JIZN
Fortsetzung des Films «Halte still – stirb – erwache». Der zweite Teil der Mini-Saga über den Stalinismus im Rußland der 50er Jahre erzählt die Geschichte des jungen Valerka weiter, der seinen Geburtsort verläßt und alle Verbindungen zur Heimat kappt. In der Ferne sucht er Arbeit, lernt nicht nur einen Beruf, sondern auch sich den gesellschaftlichen Gegebenheiten anzupassen und unterzuordnen. Ein metaphorisch angelegter Film, der Erinnerungsbruchstücke bebildert. – Ab 16.
Frankreich / Rußland 1991 **P** PXP / PCC / La sept / DAR **V** offen **Pd** Philippe Godeau **R+B** Vitali Kanevski **K** Wladimir Bryljakow **M** Boris Rytschkow **S** Hélène Gagarine **D** Pawel Nazarow (Valerka), Dinara Droukarowa (Valka), Toshiro Watanabe (Yamamoto), Jelena Popowa (Valerkas Mutter), Liana Ivania (Soifia Arkadiewna) **L** 95 **E** 22.5.1995 arte **fd** –

Das unbesiegbare Schwert
JIANG HU – BETWEEN LOVE AND GLORY
Ein junger Kung-Fu-Kämpfer soll über ein Reich von acht vereinigten Clans regieren. Zwei Herrscher über die Mächte des Schattenreichs, Zwillingsbrüder, schikken sich an, dieses Reich an sich zu reißen. Der junge Mann und eine «Wolfsfrau» mit übernatürlichen Kräften, in die er sich verliebt, müssen im Kampf von Gut und Böse Stellung beziehen. Ein märchenhaftes Action-Melodram in farbenprächtigen Bildern, üppiger, traumhafter Ausstattung und ausufernder Inszenierung. Seine visuelle Wirkung wird durch die Beschneidung des Cinemascope-Formats gemindert.
Scope. Hongkong 1994 **P** Mandarin Films **V** Splendid (Video) **Pd** Ronny Yu, Clifton Ko **R** Ronny Yu **B** David Wu, Kei To Lam,

Pik-Yin Tang, Ronny Yu **K** Peter Pau **M** Richard Yuen **S** David Wu **D** Leslie Cheung, Brigitte Lin, Chun Yu, Elaine Lui **L** 85 **FSK** ab 18 **E** 27.7.1995 Video **fd** 31 607

Und plötzlich war Weihnachten
CHRISTMAS COMES TO WILLOW CREEK
Ein Roadmovie, angesiedelt zwischen Drama und Actionfilm. Zwei ungleiche Brüder übernehmen eine Lastwagenladung Weihnachtsgeschenke, die von Kalifornien in ein kleines Dorf in Alaska überführt werden soll. Mit von der Partie ist der Sohn des einen. Als unterwegs auch noch seine Ex-Frau einsteigt, die jetzt vom Bruder schwanger ist, kommt es zu turbulenten Situationen. – Ab 16.
USA 1987 **P** CBS **V** offen **Pd** Blue Andre **R** Richard Lang **B** Michael Norell **D** John Schneider (Ray), Tom Wopat (Pete), Kim Delaney (Jessie), Zachary Ansley (Mike), Hoyt Axton (Al) **L** 90 **E** 23.12.1995 RTL 2 **fd** –

Under Lock – Hölle hinter Gittern
UNDER LOCK
Eine FBI-Agentin wird in ein Frauengefängnis eingeschleust, um einer Inhaftierten ein Notizbuch abzuluchsen, das deren Geliebten, einen Drogenboß, belasten würde. Ein abstrus erzählter, stocksteif und schematisch arrangierter Krimi, der von einem Klischee ins nächste stolpert.
USA 1994 **P** Prototype **V** Splendid (Video) **Pd** Jess Mancilla **R** Henri Charr **B** John B. Pfeifer, Taesung Yim **K** Richard Jones **M** Larry Wolff **S** Taesung Yim **D** Wendi Westbrook (Danielle), Barbara Niven (Tina), Stephanie Ann Smith (Sarah), John Asher (Jerry), K. Phillip Anthony (Carlos Vega) **L** 90 **FSK** ab 16 **E** 23.1.1995 Video **fd** 31 488

Undercover Heat
UNDERCOVER HEAT
Eine unerfahrene Polizistin schleust sich als Undercover-Agentin in ein Edel-Bordell ein, um den Mord an einer Prostituierten aufzuklären. Dabei findet sie mehr und mehr Gefallen am Sex mit ihren Kunden. Sexfilm, der die Prostitution verharmlost und als ausgefallene Betätigung zum Erleben der eigenen Sexualität beschreibt. – Wir raten ab.
USA 1994 **P** Axis / Davis Joint Venture **V** Splendid (Video) **Pd** Andrew Garroni **R** Alexander Gregory Hippolyte **B** Lalo Wolf **K** Philip Hurn **M** Ashley Irwin **S** Kent Smith **D** Meg Foster (Mrs. V), Athena Massey (Cindy Hanen), Tom Tayback (Sgt. Gold), Anthony Guidera (Hunt), Rena Riffel (Rain) **L** 95 **FSK** ab 18 **E** 29.8.1995 Video **fd** 31 652

Undercover Sarah
DECONSTRUCTION SARAH
Ein erfolgreiche Werbetexterin führt heimlich ein Doppelleben und rockt nachts durch eine Heavy-Metal-Disco. Nach ihrer Ermordung begibt sich ihre beste Freundin auf ihre Spuren und muß die tiefschürfende Erkenntnis machen, daß das Leben und die Menschen nur sehr schwer zu verstehen sind. Ein oberflächlicher, mit konventionellen Mitteln umgesetzter Thriller auf Serien-Niveau, der sich in wohlfeilen Klischees ergeht. – Ab 16 möglich.
USA 1994 **P** MTE **V** CIC (Video) **Pd** Sally Young, Lee Rose, Carla Singer **R** Craig R. Baxley **B** Lee Rose, Carla Singer **K** Joao Fernandes **M** Tom Scott **S** Jeff Freeman **D** Rachel Ticotin (Elizabeth), Sheila Kelly (Sarah Vincent), A. Martinez (Kenny), David Andrews (Paul), Jenifer Lewis (Betty) **L** 87 **FSK** ab 12 **E** 23.2.1995 Video / 21.2.1996 premiere **fd** 31 321

Underground
UNDERGROUND
50 Jahre einer Freundschaft in Jugoslawien zwischen einem eher draufgängerischen und einem zum Opportunismus neigenden Mann, die dieselbe Frau lieben. Als sich der eine von den deutschen Okkupanten verstecken muß, bringt ihn der Freund mit anderen in einem Keller unter, verschweigt ihm aber schließlich das Kriegsende. Nach dem Zusammenbruch Jugoslawiens kommt es im slawonischen Bürgerkrieg zur tödlichen Wiederbegegnung. Der ausufernde Film versucht, dem Bruderkrieg im ehemaligen Jugoslawien beizukommen, wobei er von zahlreichen genialen Bildeinfällen lebt. Dennoch gelingt es ihm nicht, ein dramaturgisch abgerundetes Bild zu entwerfen: Die visuellen Sensationen und die aberwitzigen, grotesken Wendungen wiegen die oberflächliche Personenzeichnung und die mangelhafte Stoffentwicklung letztlich nicht auf.
Scope. Frankreich / Deutschland / Ungarn 1995 **P** Ciby 2000 / Pandora / Novo **V** Pandora **Pd** Pierre Spengler, Karl Baumgartner **R** Emir Kusturica **B** Dusan Kovacevic, Emir Kusturica **K** Vilko Filac **M** Goran Bregovic **S** Branca Ceperac **D** Miki Manojlovic (Marko), Lazar Ristovski (Blacky), Mirjana Jokovic (Natalija), Slavko Stimac (Ivan), Ernst Stötzner, Srdan Todorovic, Hark Bohm, Emir Kusturica, Pierre Spengler **L** 170 **FSK** ab 16; f **E** 23.11.1995 **fd** 31 644

Ungeklärte Verhältnisse
STATE OF AFFAIRS
Berufsausbildung, Studium und Partnerwahl haben drei Männer, die seit frühester Jugend die besten Freunde sind, nicht trennen

können; nach wie vor haben sie und ihre Frauen regen Kontakt. Aber hinter den gutbürgerlichen Fassaden bahnen sich verhängnisvolle Konflikte an, die den Alltag aller Beteiligten erschüttern werden. – Ab 16.
England 1993 **V** offen **R** Colin Gregg **D** Lesley Manville (Carol), Frances Barber (Pip), Rosalind Bennett (Sue), Adrian Dunbar (Robert), David Threllfall (Alan), Dorian Healey (Steve) **L** 105 **E** 20. 6. 1995 Vox **fd** –

Die Unmenschliche
L'INHUMAINE
Die 1972 restaurierte Fassung eines Art-déco-Dramas. Die Selbstkontrolle einer egozentrischen, nur für ihre Kunst lebenden Sängerin gerät ins Wanken, als ein schwedischer Ingenieur ihretwegen Selbstmord begeht. Anstoß für den Film gab die Sängerin Georgette Leblanc. – Ab 14.
Schwarz-weiß. Frankreich 1923 **V** offen **R** Marcel L'Herbier **B** Marcel L'Herbier, Pierre Mac Orlan **K** Georges Specht **M** Darius Milhaud **D** Georgette Leblanc (Claire Lescot), Marcelle Pradot (die Unschuldige), Philippe Hériat (Djorah de Manilha), Jacques Catelain (Lorsen), Léonid Walter (Kranine) **L** 122 (TV) **E** 1. 12. 1995 arte **fd** –

Die Unschuld der Molly
ILLEGALLY YOURS
Nur sehr unwillig nimmt ein junger Mann seine Geschworenenpflicht wahr. Das ändert sich, als er in der Angeklagten jenes Mädchen wiedererkennt, das er schon als kleiner Junge anhimmelte. Der Unglücksrabe, dem alles mißlingt, was er anfaßt, macht sich auf eigene Faust an die Ermittlungen, und tatsächlich gelingt es ihm, die Unschuld der jungen Frau zu beweisen. Was als Hommage an die Screwball-Komödien gedacht ist, mißlingt, weil die Story sich in ihren eigenen Wirrungen verzettelt und die unsichere Regie über weite Strekken Slapstick mit Klamauk, Wortwitz mit Geschwätzigkeit verwechselt. – Ab 14.
USA 1987 **P** De Laurentiis Entertainment Group **V** Concorde (Video) **Pd+R** Peter Bogdanovich **B** M. A. Stewart, Max Dickens **K** Dante Spinotti **M** Phil Marshall, Ken Johnson **S** Richard Fields, Ronald Krehel **D** Rob Lowe (Richard Dice), Colleen Camp (Molly Gilbert), Kenneth Mars (Hal B. Keeler), Ruth Harrison (Linda McEwan), Kim Myers (Suzanne Keeler) **L** 102 **FSK** ab 12 **E** 17. 12. 1990 Video / 12. 8. 1995 ZDF **fd** 28 831

Die Unschuldig hinter Gittern: Das Schicksal der Annie Gallagher
THE OTHER SIDE OF LOVE
Krimi, dem eine wahre Begebenheit zugrunde liegt. Eine gutgläubige Frau und Mutter dreier Kinder, die für einen ihr unbekannten Mann aus Gefälligkeit den Transport eines Päckchens übernommen hat, wird bald darauf wegen Rauschgiftschmuggels festgenommen und zu 15 Jahren Haft verurteilt. Mit Hilfe einer Sozialarbeiterin entwickelt sich die ehemals naive Frau im Gefängnis zu einer selbstbewußten Persönlichkeit, die um ihre Rechte kämpft und ihre Schuldlosigkeit zu beweisen versucht. (Titel auch: «Die andere Seite der Liebe») – Ab 14.
USA 1991 **V** offen **R** Bethany Rooney **B** Selma Thompson, Robert L. Freedman **M** J. A. C. Redford **D** Cheryl Ladd (Annie Gallagher), Jean Smart (Cathy), Diana Muldaur (Frances), Sarah Martineck (Lisa Gallagher), Joshua Harris **L** 90 **E** 9. 5. 1995 Pro Sieben **fd** –

Unschuldige im Ausland
Am Beispiel einer Gruppe amerikanischer Touristen, die in 14 Tagen zehn europäische Länder besucht, nähert sich der Dokumentarfilm kritisch und humorvoll dem Thema «Massentourismus». Der Titel des Films erinnert nicht von ungefähr an Mark Twains satirischen Reisebericht «Die Arglosen im Ausland». – Ab 14.
USA 1992 **P** La Sept / arte **V** offen **R** Les Blank, Miel van Hoogenbemt **L** 80 **E** 15. 7. 1995 arte **fd** –

Unschuldiges Blut
LE SANG DES INNOCENTS
Der Angestellte einer Baufirma nimmt seine Ehefrau auf eine Dienstreise nach Athen mit. Weil er sie auch dort vernachlässigt, entschließt sich die Frau verärgert zu einem Schiffsausflug. Das Schiff explodiert. Der Film dramatisiert tatsächliche Ereignisse: Im Juli 1988 zündeten arabische Terroristen an Bord eines Kreuzfahrtschiffes eine Bombe. – Ab 16.
Frankreich 1993 **V** offen **R** Miguel Courtois **D** Gérard Dammon (Vincent Millau), Anaïs Jeanneret (Sophie Millau), Luna Sente (Théonia Kanas), Teco Celio (Constantin Zinacos), Marc de Jonge (französischer Konsul) **L** 90 **E** 21. 9. 1995 Vox **fd** –

Unsere bösen Kinder
Dokumentarfilm über «Straßenkinder», die Konflikte mit den Eltern von zu Hause fortgetrieben haben und die sich nun bei Krawallen oder im Frauenhaus wiederfinden. Entstanden ist ein Dokument der Beziehungslosigkeit zwischen den Generationen.
Deutschland 1992 **V** offen **R** Karl Heinz Lotz **B** Karl Heinz Lotz, Egbert Lipowski **K** Jürgen Hoffmann **M** Andreas Aigmüller **L** 83 **E** 4. 12. 1995 ORB **fd** –

Unsere Stimme aus Erde, Erinnerung und Zukunft
NUESTRA VOZ DE TIERRA, MEMORIA Y FUTURO
Dokumentarischer Spielfilm, der in einer virtuosen Vermischung von Geschichte und Gegenwart die politische Bewußtseinsbildung und den kulturellen Hintergrund einer Indio-Gemeinde in Kolumbien darstellt. Ideologie und Mythen, Politik und Tradition werden dabei in einen sinnstiftenden, inhaltlich überbordenden Zusammenhang gebracht. Der Film besticht durch seine souveräne filmische Gestaltung, die Agitation und Poesie miteinander «versöhnt»; er zeigt damit einen neuen Weg, die soziale Realität zu analysieren und die Hoffnungen und Werte des Volkes zum Ausdruck zu bringen. (O.m.d.U.; OCIC-Preis 1982 in Berlin; TV-Titel: «Erinnerung an Freiheit») – Sehenswert ab 16.
Schwarz-weiß. Kolumbien 1981 **P** Rodriguez-Silva / Kubanisches Filminstitut ICAIC **V** Freunde der Deutschen Kinemathek (16mm) **Pd+R+B** Martha Rodriguez, Jorge Silva **K** Jorge Silva **M** Jorge Lopez **S** Martha Rodriguez, Jorge Silva, Caita Villalon **D** Fernando Velez, Eulogio Gurrute, Julian Avirama **L** 100 **FSK** – **E** 1982 Kino / 3. 3. 1995 3sat **fd** –

Unsere Welt war eine schöne Lüge
IMAGINARY CRIMES
Ein Mädchen erlebt, wie sein Vater durch sein verantwortungsloses Verhalten die Existenz der Familie gefährdet. Es lernt, sich trotz der Gefühle für den vom (Selbst-)Betrug lebenden Vater und gegen alle Widerstände einen eigenen Weg in die Zukunft zu erkämpfen. Ohne übermäßige Gefühlsausbrüche zu bemühen, beschreibt der Film (teils in Rückblenden) die schwierige Emanzipation eines Kindes vom Vater. Getragen wird er von einem behutsamen Erzählrhythmus, einem feinen Gespür für die Psychologie der Figuren und von großartigen Darstellern bis in die Nebenrollen. (Videotitel: «Lies and Crimes») – Sehenswert ab 16.
USA 1994 **P** Morgan Creek **V** Warner Bros. (Kino) / Warner Home (Video) **Pd** James G. Robinson **R** Anthony Drazan **B** Kristine Johnson, Davia Nelson, nach einem Roman von Sheila Ballantyne **K** John F. Campbell **M** Stephen Endelman **S** Elizabeth Kling **D** Harvey Keitel (Ray Weiler), Fairuza Balk (Sonya), Kelly Lynch (Valery), Vincent D'Onofrio (Mr. Webster), Elizabeth Moss (Greta) **L** 105 **FSK** ab 6; f **E** 25. 5. 1995 / 8. 12. 1995 Video
fd 31 203

Unter Druck
Ein erfolgreicher Hörfunkmoderator wird von einer ehrgeizigen Kollegin bedrängt. Sie hat sich in den Kopf gesetzt, ihn zu heiraten, und schreckt vor keinem Mittel zurück. Ein für das Fernsehen produzierter Spielfilm aus der Reihe «Die jungen Wilden». – Ab 16.
Deutschland 1995 **P** RTL **V** Concorde (Video) **R** Peter Pistor **B** Fiona Howe, Gareth Jones **D** Kai Wiesinger (Jan), Nicolette Krebitz (Judith), Natalia Wörner (Nina), Carin C. Tietze (Sandra), Ralf Herforth **L** 84 **FSK** ab 16 **E** 26. 10. 1995 RTL 2 **fd** –

Unter freiem Himmel
A LA BELLE ETOILE
Ein 16jähriger sehnt sich nach der großen Liebe. Gleich vier Frauen begleiten seine «education sentimentale» und stellen ihn vor eine zunächst unlösbare Aufgabe, bis er begreift, daß er für sein Leben allein verantwortlich ist. Eine leichtgewichtige romantische Liebeskomödie, die nicht nur in der Fabel und durch den Inszenierungsstil filmischen Traditionen folgt (Truffaut, Capra), sondern deren Besetzung schon eine cineastische Hommage darstellt; alle Hauptrollen werden von den Kindern berühmter Filmschaffender dargestellt (Demy, Varda, Deneuve, Mastroianni, Reggiani). – Ab 16.
Scope. Frankreich 1993 **P** F. R. P. Frédéric Robbes Production **V** offen **Pd** Frédéric Robbes **R+B** Antoine Desrosières **K** Georges Le Chaptois **M** Bojan Zulfikarpasic, Julien Lourau **S** Catherine Bonétat **D** Mathieu Demy (Thomas), Julie Gayet (Hannah), Aurélia Thierrée (Marion), Chiara Mastroianni (Claire), Camila Mora (Rebecca), Melvil Poupaud (Mathieu) **L** 86 **E** 5. 9. 1995 WDR
fd –

Unter Freunden
AMONG FRIENDS
Drama um drei verwöhnte Sprößlinge wohlhabender Eltern auf Long Island. Die Freunde schlagen ihre Zeit mit Affären, Drogen und kleinen Gaunereien tot, ehe einer von ihnen für zwei Jahre ins Gefängnis muß. Nach seiner Entlassung zeigt sich auf drastische Weise, daß die Freundschaft von einst zerbrochen ist. – Ab 16.
USA 1993 **V** offen **R+B** Rob Weiss **K** Michael Bonvillain **M** Mick Jones **D** Joseph Lindsey (Billy), Patrick McGaw (Trevor), Steve Parlavecchio (Andy), Mira Sorvino (Laura), Brett Lambson **L** 82 **E** 18. 1. 1995 premiere **fd** –

Unter guten Freunden
A SMALL CIRCLE OF FRIENDS
Die Freundschaft zwischen zwei jungen Männern und einer Frau in einem College in den 60er Jahren, vor dem Hintergrund des Vietnam-Krieges. Ein Drama, das den Wertewandel in bezug auf Politik, Sexualität und die

Rolle der Frau zu verdeutlichen versucht. Den guten Schauspielerleistungen steht eine eher unsichere Regie gegenüber. – Ab 16.

USA 1980 **P** United Artists **V** offen **Pd** Tim Zinnemann **R** Rob Cohen **B** Ezra Sacks **K** Michael Butler **M** Jim Steinman **S** Randy Roberts **D** Brad Davis (Leo DaVinci), Karen Allen (Jessica), Jameson Parker (Nick Baxter), Shelley Long (Alice), John Friedrich (Haddox) **L** 113 **E** 12.11.1995 RTL 2 **fd** –

Unter ungeklärten Umständen

CIRCUMSTANCES UNKNOWN

Ein Goldschmied hat als Kind seine ungeliebte Mutter beim Baden im See ertränkt. Auch als sich solche «Unfälle» wiederholen, glaubt die Polizei nicht an Verbrechen. Erst die junge Frau eines der Ertrunkenen findet die schreckliche Wahrheit heraus. Leidlich spannender, dabei völlig anspruchsloser Fernsehkrimi, der sich in schönen Bildern und gefühliger Musik auf einschlägige Vorbilder beruft, ohne Wert auf psychologische Glaubwürdigkeit zu legen.

USA 1995 **P** Wilshire Court **V** CIC (Video) **Pd** Mary Eilts **R** Robert Lewis **B** Emily Shoemaker, Thomas Hood, nach einer Erzählung von Jonellen Heckler **K** Bruce Worrall **M** Joseph Conlan **S** Claudia Finkle **D** Judd Nelson (Paul Kinsey), Isabel Glasser (Tina), William R. Moses (Tim), Rhys Huber (Martin), Pat Armstrong (Mimi Trakas) **L** 88 **FSK** ab 16 **E** 25.10.1995 Video **fd** 31 626

Unverstanden

MISUNDERSTOOD

Ein in Tunesien lebender Geschäftsmann hat Schwierigkeiten, mit seinen beiden Söhnen über den Tod der Mutter zu reden. Die Kommunikationsprobleme führen zu schmerzhaften Mißverständnissen zwischen dem Vater und dem älteren Sohn. Stimmiges, mit fast dokumentarischer Genauigkeit inszeniertes Drama; das Remake einer Romanverfilmung von Luigi Comencini («Incompreso», 1966). – Ab 14 möglich.

USA 1983 **P** MGM **V** offen **Pd** Tarak Ben Ammar **R** Jerry Schatzberg **B** Barra Grant, nach einem Roman von Florence Montgomery **K** Pasqualino de Santis **M** Michael Hoppe **S** Marc Laub **D** Gene Hackman (Ned), Henry Thomas (Andrew), Rip Torn (Will), Huckleberry Fox (Miles), Maureen Kerwin (Kate) **L** 91 **E** 13.5.1995 SAT 1 **fd** –

V

Vanya – 42. Straße
VANYA ON 42ND STREET
Die filmische Festschreibung eines Theaterexperiments, das der New Yorker Theater-Exzentriker André Gregory seit vier Jahren zelebriert: den Durchlauf zu Anton Tschechows «Onkel Wanja» vor einer erlesenen Zuschauerschar. Ein Stück über ein verschwendetes Leben, voller Weltschmerz, angesiedelt in der Tiefe der russischen Seele. Überragende Darsteller, ein kluges filmisches Konzept und eine exzellente Kameraarbeit machen den Film zu einem Erlebnis, auf das die Zuschauer sich allerdings einlassen müssen. – Sehenswert ab 14.
USA / England 1994 **P** The Vanya Company (für Mayfair / Channel 4 / Sony Pictures Classics) **V** Concorde **Pd** Fred Berner **R** Louis Malle, André Gregory (Bühnenregie) **B** David Mamet, nach dem Bühnenstück «Onkel Wanja» von Anton Tschechow **K** Declan Quinn **M** Joshua Redman **S** Nancy Baker **D** Wallace Shawn (Vanja), Brooke Smith (Sonya), Julianne Moore (Yelena), George Gaynes (Prof. Alexander Ceraiakov), Lynn Cohen (Mutter), Larry Pine (Dr. Astrov), André Gregory (André Gregory), Louis Malle (Louis Malle) **L** 120 **FSK** ab 6; f **FBW** w **E** 13. 4. 1995
fd 31 303

Die Väter des Nardino
Ein eben verstorbener sizilianischer Bürgermeister findet keine Ruhe, weil er vor 30 Jahren seinen besten Freund verraten hat. Eine poetische, liebevoll in Rückblenden erzählte Geschichte einer Männerfreundschaft, die mit einer Mischung aus neorealistischen und surrealen Elementen die Kraft der Versöhnung beschwört. Neben einem unspektakulären Porträt mediterraner Mentalität berührt der Film vor allem durch seinen unbefangenen Umgang mit Sterben und Tod. – Ab 16.
BR Deutschland 1988 **P** Solofilm / Duofilm / BR **V** WAL-Film **Pd** Thomas Wommer, Wolf Gaudlitz **R + B** Wolf Gaudlitz **K** Claus Langer **M** Sergio Mirabelli **S** Alexander Rupp **D** Turi Ferro (Virgilio), Hilmar Thate (Pasquale), Massimo Bonetti (der junge Virgilio), Peter von Strombeck (der junge Pasquale), Andréa Ferréol (Concetta) **L** 94 **FSK** – **E** 10. 4. 1991 BR / 2. 11. 1995 Kino **fd** 31 692

Vater, Sohn und Heiliger Krieg
PITRA, PUTRA AUR DHARAMYUDDHA
Ein ambitionierter Dokumentarfilm, der aus einer Fülle von Eigen- und Fremdmaterial eine ebenso verstörende wie provokative Auseinandersetzung mit der Bedeutung von Gewalt in Indien seit seiner Unabhängigkeit wagt. Szenen von Massenveranstaltungen, despotischen Rednern und fanatisierten Zuhörern, Bilder von erschütternden Ausschreitungen zwischen Hindus und Moslems, die sich Straßenschlachten liefern, verbinden sich mit Interviews und Aussagen zu einer Art «Theorie der Gewalt». (O. m. d. U.; der Film besteht aus den zwei gleich langen Teilen «Trial by Fire» und «Hero Pharmacy»)
Indien 1994 **P** Patwardhan Prod. **V** Freunde der Deutschen Kinemathek (16 mm) **Pd + R + B + K** Anand Patwardhan **M** Vinay Mahajan, Nav Nirman **S** Anand Patwardhan **L** 120 **FSK** – **E** 1995 Kino **fd** –

Vater wider Willen 1. – 3. Teil
Dreiteilige Komödie. Turbulenzen im Hause einer Paläontologin mit drei Töchtern, einer erwachsenen und zwei minderjährigen. Für die Zeit einer Expeditionsreise der Mutter soll der Ex-Mann und Vater der Kinder sich um sie kümmern. Die neuen Pflichten lassen das Privatleben des Stardirigenten nicht unbeeinträchtigt. – Ab 14.
Deutschland 1995 **V** offen **R** Peter F. Bringmann **B** Herbert Lichtenfeld **K** Frank Brühne **M** Norbert Jürgen Schneider **D** Christian Quadflieg (Max Oldendorf), Suzanne von Borsody (Ingrid Bach), Ulrike Panse (Beatrice), Silvie Gerold (Marlene), Anna Schmidt (Gitti) **L** 84 / 89 / 85 **E** 27. / 28. / 29. 12. 1995 ARD (3 Teile) **fd** –

Vaterland
FATHERLAND
Verfilmung des umstrittenen Bestsellers von Robert Harris (1992), der davon ausgeht, daß Hitler den Zweiten Weltkrieg gewonnen und das «groß-germanische» Reich befriedet hat. 1965, als ein Treffen zwischen Hitler und Kennedy bevorsteht, gerät ein Berliner Kriminalist, SS-Mitglied und Obersturmbannführer, in eine Mordserie, der mehrere Parteigrößen zum Opfer fallen. Er entdeckt, daß es sich bei den Opfern um Mitglieder der Wannsee-Konferenz handelt, bei der die «Endlösung der Judenfrage» beschlossen wurde, und gerät selbst in Abseits. Trotz guter Darsteller ein eindimensionaler, sprunghaft und kompromißlerisch inszenierter Film, der die bedrohliche Atmosphäre der Vorlage, das System der allgegenwärtigen Überwachung, nicht zu vermitteln weiß. Eine schwache Geschichtsspekulation, die vor allem darunter leidet, daß die Wirklichkeit viel grauenhafter geworden wäre.
USA 1994 **P** HBO **V** Warner Home (Video) **Pd** Frederick Muller, Ilene Kahn **R** Christopher Menaul **B** Stanley Weiser, Ron Hutchinson, nach einem Roman von Robert Harris **K** Peter Sova **S** Tariq Anwar **D** Rutger Hauer (Xaver Marck), Miranda Richardson (Charlie), Peter

Vaughan (Nebe), Michael Kitchen (Jaeger), John Woodvine (Lutter), John Shrapnel (General Globus) **L** 106 **FSK** ab 16 **E** 27.1.1995 Video **fd** 31 402

Vegas Heat
BEYOND DESIRE
Ein Mann, der 20 Jahre für einen Mord, den er nicht begangen hatte, im Gefängnis war, macht sich nach seiner Entlassung auf die Suche nach dem wahren Täter. Ein in der Glitzerwelt von Las Vegas angesiedelter banaler Krimi ohne jeden Reiz und mit peinlichen Versuchen in Sachen Komik. – Ab 16 möglich.
USA 1994 **P** Beyond Pictures **V** VPS (Video) **Pd** Frank Cinelli **R** Dominique Othenin-Girard **B** Dale Trevillion **K** Sven Kirsten **M** Mark Holden **S** Daniel Duncan **D** William Forsythe (Ray), Kari Wuhrer (Rita), Leo Rossi (Frank), Sharon Farrell (Shirley), Billy Bastiani (Leo), Dennis Hayden (Lt. Davis) **L** 84 **FSK** ab 16 **E** 13.7.1995 Video **fd** 31 542

Verabredung mit einem Killer
APPOINTMENT FOR A KILLING
Thriller. Ein unschuldig wegen Mordes verurteilter Sträfling überfällt nach seiner Flucht aus dem Polizeigewahrsam ein junges Ehepaar. Aus seiner Entscheidung, die beiden als Geiseln mit sich zu nehmen, ergibt sich eine Dreier-Konstellation, in der es binnen kurzem zu Leidenschaft, Verrat und Gier kommt.
USA 1993 **V** offen **R** William A. Graham **D** Corbin Bernsen (Stan Benderman), Markie Post (Joyce Benderman), Kelsey Grammer (Ron McNally), Don Swayze (Duke Curran), Jeanne Cooper (Renate), Suzanne Barnes (Gloria Shaw) **L** 88 **E** 27.1.1995 RTL **fd** –

Verbannt in die Hölle
FOR THE TERMS OF HIS NATURAL LIFE
Unschuldig wegen des Mordes an seinem Vater verurteilt, wird ein Mann auf eine Gefängnisinsel verbannt. An Bord des Schiffes soll eine Gefangenenmeuterei angezettelt werden, die er jedoch verhindern kann. Dies bringt ihm den Haß der Mitgefangenen und – wegen einer Denunziation – zusätzliche Strafen ein. Am Ziel ist der Leidensweg keineswegs zu Ende. Zweiteiliger Spielfilm, der Versatzstücke des Abenteuerfilms und des Melodrams zu mischen versucht. (Alternativtitel: «Lebenslänglich») – Ab 16.
Australien 1982 **V** offen **R** Rob Stewart **B** Patricia Payne, Wilton Schiller **D** Colin Friels (Rufus Dawes), Rod Mullinar (Lieutenant Frere), Robert Coleby (John Rex), Susan Lyons (Sarah Purfoy), Penelope Stewart (Sylvia Vickers), Anthony Perkins (Reverend North) **L** 115 / 122 **E** 23./24.8.1995 RTL 2 (2 Teile) **fd** –

Der verblüffte König
EL REY PASMADO / LE ROI EBAHI
Im Spanien des Jahres 1620: Der frisch vermählte König erwacht neben einer Prostituierten und erblickt zum erstenmal eine nackte Frau. Prompt gelüstet es ihn, auch seine Gemahlin unbekleidet zu sehen: Der Monarch entdeckt die Sünde zu einer Zeit, da die Tagespolitik seine volle Aufmerksamkeit verlangt, und löst damit einen heftigen Streit unter den Theologen aus. Eine Schelmenkomödie, die Heuchelei und moralischen Fanatismus lächerlich machen will, aber über weite Strecken Rhythmus und Tempo vermissen läßt. (O.m.d.U.)
Spanien / Frankreich / Portugal 1991 **P** Aiete Films / Arion / Infor filmes / TVE / La Sept-arte **V** offen **R** Imanol Uribe **B** Juan Potau, Gonzalo Torrente Malvido, nach dem Roman «Crónica de un rey pasmado» von Gonzalo Ballester **K** Hans Burmann **M** José Nieto **S** Teresa Font **D** Joaquim Almeida (Pére Almeida), Laura Del Sol (Marfisa), Gabino Diego (der König), María Barranco (Lucrecia), Juan Diego (Villaescusa) **L** 104 **E** 27.2.1995 arte **fd** –

Verborgene Gefühle
ELEMENTS OF DESIRE
Sex-Abenteuer zwischen einer frustrierten Ehefrau, ihrem Mann und dessen Geliebter.
USA 1994 **V** offen **R+B+K** Cameron Grant **S** Cameron Grant **D** Julia Ann, Celeste, Shayla Laveaux, Deidre Holland, P.J. Sparxx **L** 61 **E** 10.11.1995 premiere **fd** –

Verborgene Seiten
TICHIE STRANICY
In erdigen, an alte Daguerreotypien erinnernden Bildern und mit einer von Gustav Mahlers «Kindertotenliedern» dominierten Toncollage beschwört der Film eine Vision des Verfalls und Untergangs. Motive russischer Literatur des 19. Jahrhunderts, vornehmlich aus Dostojewskis «Schuld und Sühne», dienen als Eckpunkte innerhalb einer eher assoziativ angelegten Filmsprache. Konsequent gegen gängige Kino-Konventionen inszeniert, haftet dem bemerkenswerten Film jedoch mitunter ein Zuviel an Leidensbewußtsein an, das nicht ganz frei von Koketterie ist. (O.m.d.U.)
Teils schwarz-weiß. Rußland / Deutschland 1993 **P** North Foundation / Eskofilm / Zero **V** Salzgeber **Pd** Wladimir Fotiew **R+B** Alexander Sokurow, nach Motiven russischer Prosa des 19. Jahrhunderts **K** Alexander Burow **M** Gustav Mahler («Kindertotenlieder») **S** Leda Semjonowa **D** Aleksandr Tcherednik (Held),

Elizaweta Korolewa (Mädchen), Sergej Barkowskij (Beamter) **L** 77 **FSK** ab 12; f **E** 26. 1. 1995 **fd** 31 160

Verbotene Experimente
PORTION D'ETERNITE
Ein Ehepaar verunglückt bei einem Autounfall tödlich. Die Ehefrau war mit Vierlingen schwanger; drei der Kinder werden gerettet und in embryonalem Zustand eingefroren. Der Vater des Ehemanns kämpft daraufhin mit Hilfe einer Anwältin darum, die Embryos sterben zu lassen. Das Drama zeigt die Gefahren auf, die wissenschaftliche Forschung, wirtschaftliche Interessen und staatliche Gesetzgebung heraufbeschwören, wenn sie sich nicht von einer humanen und ethischen Grundhaltung leiten lassen. Ein überzeugendes Drama, hervorragend in Kameraarbeit und schauspielerischen Leistungen. – Ab 16.
Kanada 1989 **P** Prima Films **V** offen **R+B** Robert Favreau **D** Danielle Proulx, Marc Messier, Patricia Nolin, Paul Savoie, Gilles Pelletier **L** 92 **E** 31. 10. 1995 RTL 2 **fd** –

Verbotene Nächte
FORBIDDEN NIGHTS
1979: Eine amerikanische Literaturdozentin an der Univeristät der chinesischen Stadt Hunan verliebt sich in einen Studenten und Wortführer der Demokratie-Bewegung. Nachdem ihre brisante Beziehung von staatlicher Stelle mit einer Heiratserlaubnis sanktioniert worden ist, reist das Paar in die USA aus. Daß dieser Schritt dem jungen Chinesen das Leben gerettet hat, wird zehn Jahre später klar, als die chinesische Opposition auf dem Platz des Himmlischen Friedens niedergeknüppelt wird. Liebesdrama nach einer autobiografischen Artikelserie. – Ab 16.
USA 1990 **P** Tristine Rainer Prod. **V** offen **Pd** Charles Jennings **R** Waris Hussein **B** Tristine Rainer, nach Artikeln von Judith Shapiro **D** Melissa Gilbert (Judith Shapiro), Robin Shou (Liang Hong), Victor Wong (Ho), Twi Ma (Li Dao), Beulah Quo (Yin) **L** 89 **E** 22. 9. 1995 ZDF **fd** –

Verbotene Zone
Ein Team von Journalisten kommt den illegalen Machenschaften eines Industrie-Unternehmens auf die Spur, das in den Handel mit atomwaffenfähigem Material verstrickt ist. Als es eines Nachts in den Betrieb eindringt, um Beweise zu sichern, wird es vom Werkschutz gestellt. Um einer strafrechtlichen Verfolgung zu entgehen, wird ein Kompromiß ausgehandelt, dessen Weisungen niemand einschätzen kann. Ein Öko-Thriller vor durchaus denkbarem Hintergrund.
Deutschland 1995 **P** Westdeutsche Universum-Film / ZDF / arte **V** offen **R** Markus Fischer **B** Gareth Jones **K** Jörg Schmidt-Reitwein **M** Markus Fritzsche **D** Barbara Auer (Larissa Brunner), Ernst Sigrist (Juan Schumacher), Christian Tasche (Wim), Ueli Jäggi (Jochen Mettmann), Lauretta Hickman (Marion), Dieter Pfaff (Keller) **L** 88 **E** 25. 8. 1995 arte / 23. 10. 1995 ZDF **fd** –

Das Verbrechen des Monsieur Stil
LE CRIME DE MONSIEUR STIL
Nordafrika gegen Ende der Kolonialzeit: Ein französischer Geschäftsmann schließt mit einer ihm weitgehend unbekannten Frau einen Gesellschaftsvertrag. Sie heiraten pro forma, damit sein Ansehen in den Augen der afrikanischen Geschäftspartner steigt, ihr ist der gesellschaftliche Aufstieg zugesichert. Als sie sich in einen Afrikaner verliebt, heckt er einen teuflischen Plan aus. Verfilmung einer Erzählung von Georges Simenon über die Abgründe im scheinbar wohlgeordneten Bürgerleben. – Ab 16.
Frankreich 1995 **P** La Sept / arte / Le Sabre / Southern Star Organisation **V** offen **R** Claire Devers **B** Claire Devers, Alain Adues, nach einer Erzählung von Georges Simenon **K** Buster Reynolds **S** Marie Castro **D** Jeanne Ballbar (Charlotte), Bernard Verley (Stil), Jean-Michel Martial (Dialo), Michael Richard (Bédavent), Peter Sepuma (Hi) **L** 99 **E** 6. 10. 1995 arte **fd** –

Der Verehrer
INVASION OF PRIVACY
Kriminalfilm. Die Verehrung eines jungen Ex-Häftlings für eine Journalistin nimmt, als sie nicht erwidert wird, psychopathische Züge an. Er beginnt ein Verhältnis mit der Tochter und ermordet einen Vorgesetzten, der seine Angebetete sexuell belästigt.
USA 1992 **V** offen **R+B** Kevin Meyer **M** Alan Dermarderosian **D** Robby Benson (Alex), Jennifer O'Neill (Hillary Wayne), Lydie Denier (Vicky), Ian Ogilvy (Brian), Patricia Barry (Schauspiellehrerin) **L** 92 **E** 6. 2. 1995 Pro Sieben **fd** –

Verführerisches Flüstern
WHISPERED LIES
Sexfilm. Der Geist einer schönen Frau, die vor 150 Jahren von ihrem eifersüchtigen Ehemann getötet wurde, spukt im Gemäuer ihres ehemaligen Wohnsitzes herum und verführt die dort anwesenden Gäste einer Party zu sexuellen Begegnungen.
USA 1994 **V** offen **R** Jean-Pierre Ferrand, Peter Davy **B** Edward Marks, Jean-Pierre Ferrand **K** Jack Remy **D** Leena, Keisha, Rebecca Bardoux, Mike Horner, Colt Steele, Isis Nile **L** 90 **E** 20. 1. 1995 premiere **fd** –

Vergewaltigt – Eine Stadt unter Anklage
SHAME
Eine junge Anwältin strandet wegen einer Motorradpanne in einen Provinzstädtchen in Oregon. Dort lernt sie zwei Opfer einer Vergewaltigung kennen, die aus Angst vor Repressalien schweigen. Sie versucht, deren Widerstand zu organisieren und sticht damit in ein Wespennest, da alle Bewohner der Stadt die Verbrechen zu vertuschen versuchen. Drohungen und Gewalttaten sind die Folge. Neuverfilmung eines australischen Films, der an die Zivilcourage des einzelnen appelliert. – Ab 16.
USA 1992 **P** Lifetime / Viacom **V** offen **Pd** Joseph Plager, Michele MacLaren **R** Dan Lerner **B** Rebecca Soladay **M** David McHugh **D** Amanda Donohue (Diana Cadell), Dean Stockwell (Tim Curtis), Fairuza Balk (Lizzie Curtis), Dan Gauthier (Danny), Lee Garlington (Tina), Larry Brandenberg (Captain Cuddy) **L** 94 **E** 21.8.1995 Pro Sieben **fd** –

Vergewaltigt – Jung und schuldig
THE LIAR'S CLUB
Dramatische Auseinandersetzungen innerhalb einer Clique von Jugendlichen, nachdem ein Mädchen einen bisherigen Liebhaber beschuldigt, sie vergewaltigt zu haben. Als das Mädchen bei einem Handgemenge zu Tode kommt, schaltet sich die Polizei ein. – Ab 16.
USA 1993 **V** offen **R** Jeffrey Porter **B** Jeff Yonis **D** Wil Wheaton (David), Brian Krause (Pat), Michael Cudlitz (Jimbo), Soleil Moon Frye (Gigi), Jennifer Burns (Kim) **L** 95 **E** 12.5.1995 RTL **fd** –

Verhängnisvolle Liebe
FATAL LOVE / SOMETHING TO LIVE FOR: THE ALISON GERTZ STORY
Nach Tatsachen gestaltetes Drama um eine 22jährige Frau, die an Aids erkrankt. Mit Unterstützung ihrer Familie bekämpft sie nicht nur die Auswirkungen der Immunschwäche, sondern auch die Ignoranz, mit der ihre Umwelt ihr begegnet. – Ab 16.
USA 1992 **P** Grossbart / Barnett Prod. **V** offen **R** Tom McLoughlin **B** Deborah Joy LeVine **D** Molly Ringwald (Ali), Lee Grant (Carol), Martin Landau (Jerry), Perry King (Mark), Peter Gregory (Michael) **L** 88 **E** 14.5.1995 SAT 1 **fd** –

Ein verhängnisvoller Seitensprung
siehe: Küsse und Lügen

Verhaßtes Blut
BLOOD CLAN
Gruselthriller nach einem historischen Fall. 1895 wird eine schottische Familie hingerichtet, deren mörderischem, kannibalistischem Kult mehr als 1000 Menschen zum Opfer gefallen waren. Das einzige überlebende Familienmitglied, die vierjährige Katy, wird von einer kanadischen Familie adoptiert. Als 13 Jahre später ihre neue kanadische Heimatstadt von einer Mordserie heimgesucht wird, gerät die junge Frau sofort unter Verdacht. – Ab 16.
Kanada 1991 **V** offen **R** Charles Wilkinson **B** Glynis Whiting **D** Michelle Little (Katy Bane), Robert Wisden (Stuart Ross), Gordon Pinsent (William McKay), Anne Mansfield (Margaret McKay), Jacqueline Dandeneau (Mary McKay) **L** 85 **E** 31.10.1995 RTL 2 **fd** –

Verkauft und gedemütigt
FIGHTING FOR MY DAUGHTER
Eine 16jährige Schülerin, die Schwierigkeiten in der Schule und mit ihrer Mutter hat, lernt falsche Freunde kennen und gerät auf die schiefe Bahn. – Ab 16.
USA 1994 **V** offen **R** Peter Levin **B** Eric Blakeney **D** Lindsay Wagner (Kate Kerner), Renée Humphrey (Jesse), Piper Laurie (Edna), Deidre O'Connell (Peggy), Chad Lowe (Eric), Kirk Baltz (Russell) **L** 86 **E** 11.9.1995 Pro Sieben **fd** –

Verlaß mich nicht, Daddy!
THOSE SHE LEFT BEHIND
Nach dem Tod seiner Frau bei der Geburt eines Kindes muß ein junger Familienvater versuchen, mit diesem Schicksalsschlag und seiner neuen Rolle als alleinerziehender Vater fertig zu werden. Trotz Unterstützung durch seine Schwiegermutter, ein Kindermädchen und eine Freundin hält er den seelischen Druck nicht aus und spielt mit dem Gedanken, sein Baby zur Adoption freizugeben. Durchschnittlich inszeniertes, sehr rührseliges Familiendrama des US-Fernsehens mit guten Darstellern. – Ab 16.
USA 1989 **P** NBC **V** offen **Pd** R. W. Goodwin **R** Waris Hussein **B** Michael O'Hara **D** Gary Cole (Scott Grimes), Joanna Kerns (Diane Pappas), Mary Page Keller (Sue Grimes), Colleen Dewhurst (Margaret Page), Maryedith Burrell (Ann Hobson) **L** 95 **E** 16.11.1995 Kabel 1 **fd** –

Die Verlorenen
MISFITS TO YUPPIES
Abschließender Teil einer dokumentarischen Trilogie über eine Gruppe von Menschen am Rande des schwedischen Wohlfahrtstaates, die der renommierte Dokumentarfilmer Jarl 1968 mit «Dom kallar oss mods» («Die nennen uns Mods») begann und 1979 mit

«Et andständigt liv» («Ein anständiges Leben») fortführte. Nach der Rebellion im ersten und der Betäubung der Rebellion durch Heroin und Narkotika im zweiten Teil folgt nunmehr das Überleben der Protagonisten in der Konsumgesellschaft: Die inzwischen erwachsenen Personen haben sich mit der Gesellschaft arrangiert. – Ab 16.
Schweden 1993 **V** offen **R** Stefan Jarl **L** 86 **E** 11. 3. 1995 arte **fd** –

Vermißte Kinder
MISSING CHILDREN: A MOTHER'S STORY
Familienmelodram. Als eine überforderte Mutter ihre drei Kinder vorübergehend ins Fürsorgeheim gibt, muß sie feststellen, daß man dort mit den Zöglingen lukrative Geschäfte mit adoptionswilligen Ehepaaren plant. Unterstützt von einer engagierten Anwältin, nimmt sie den Kampf um ihr Sorgerecht auf. – Ab 14.
USA 1982 **P** CBS / Warner / Kayden-Gleason **V** offen **Pd** Jay Benson **R** Dick Lowry **B** Nancy Sackett, Jim Lawrence **D** Mare Winningham (Katie), Polly Holliday (Mary Gertrude), Kate Capshaw (Elaine), Peter Scolari (Woody), John Anderson (Willard), Scatman Crothers (Mose) **L** 96 **E** 25. 4. 1995 RTL 2 **fd** –

Vernetzt – Johnny Mnemonic
JOHNNY MNEMONIC
Science-fiction um einen Datenkurier mit implantiertem Speicherchip im Gehirn. Der letzte Auftrag bringt ihn zwischen die Fronten im Kampf der Megakonzerne, Yakuza und «guten» Untergrund-Kämpfer. Ein eklektischer, passagenweise harter Thriller im Cyberspace-Ambiente mit ungewöhnlicher Besetzung, einem Künstler-Regisseur und beeindruckenden Special-Effects. Aus Versatzstücken des Genres und mit eindimensionaler B-Movie-Dramaturgie versehen, aber spannend und durch seine Mixtur schon wieder originell. – Ab 16.
USA / Kanada 1995 **P** Alliance (für Tristar Pictures) **V** Columbia TriStar **Pd** Don Carmody **R** Robert Longo **B** William Gibson, nach seiner Kurzgeschichte **K** François Protat **M** Brad Fiedel **S** Ronald Sanders **D** Keanu Reeves (Johnny Mnemonic), Dina Meyer (Jane), Ice-T (J-Bone), Takeshi Kitano (Takahashi), Dolph Lundgren (Street Precher), Henry Rollins (Spider), Barbara Sukowa (Anna K.), Udo Kier (Ralfi) **L** 96 **FSK** ab 16; f **E** 12. 10. 1995 **fd** 31 594

Der Verräter
In einer thüringischen Kleinstadt wird ein bosnischer Asylbewerber zu Tode geprügelt. Ein labiler 18jähriger Zeuge, der Anschluß an die beschuldigte Jugendbande sucht, entlastet die Täter vor Gericht. Nach einer Reihe von Enttäuschungen findet er Unterstützung durch den neuen Freund seiner Mutter, einen Polizisten. – Ab 16.
Deutschland 1995 **V** offen **R+B** Diethard Klante **K** Franz Rath **M** Uli Harmssen **D** Frank Giering (Paul), Peter Lohmeyer (Hans Lauscha), Renate Krößner (Christl), Stefan Kowalski (Steffen), Peter Fitz (Richter) **L** 88 **E** 27. 3. 1995 ZDF **fd** –

Verräterische Bilder
FREEZE FRAME
Kriminalfilm. Die junge Reporterin eines High-School-Fernsehsenders jagt zusammen mit einem Rocker und einem leicht vertrottelten Genie einen kriminellen Biotechnik-Geschäftsmann mit Ambitionen auf das Amt des Gouverneurs. – Ab 16.
USA 1992 **V** offen **R+B** William Bindley **D** Shannen Doherty (Lindsay Crott), Charles Haid (Dr. Scott), Robyn Douglass (Victoria Case), Seth Michaels (Harris Reinhardt), Ryan Lambert (Tripp), Adam Carl (Brandon) **L** 78 **E** 27. 4. 1995 RTL 2 **fd** –

Verschollen auf hoher See
LOST
Überlebensdrama nach einer authentischen Begebenheit aus dem Jahr 1973. Im Sturm kentert ein Segelschiff auf der Fahrt von Vancouver nach Costa Rica. Während die Rettungsmannschaften nach dem Wrack suchen, beginnt für die dreiköpfige Besatzung – zwei Männer und eine Frau – ein Überlebenskampf, der mehr als zwei Monate andauern wird – eingeschlossen in einer kleinen Luftblase unter dem Rumpf des Bootes. – Ab 16.
Kanada 1985 **V** offen **R+B** Peter Rowe **M** Micky Erbe, Maribeth Solomon **D** Kenneth Walsh (Jim), Helen Shaver (Linda), Michael Hogan (Bob), Linda Goranson (Wilma), Charles Joliffe (Nick) **L** 92 **E** 21. 6. 1995 Pro Sieben **fd** –

Verschwörung der Patrioten
THE SHAMROCK CONSPIRACY
Ein pensionierter Scotland-Yard-Ermittler reist nach New York, um sich von seiner dort lebenden Tochter zu verabschieden, bevor er in Australien seinen Ruhestand als Schafzüchter beginnt. Dort wird er jedoch mit dem Lebensgefährten seiner Tochter, einem Ex-Cop, der inzwischen für die Presseabteilung der Polizei arbeitet, in einen komplizierten Kriminalfall verwickelt. – Ab 16.
USA 1994 **V** offen **R** James Frawley **B** Michael Gleason **M** Ken Harrison **D** Edward Woodward (Ted Harrison), Jeffrey Nordling (Frank Jeffries), Elizabeth Hurley (Cecilia Harrison), Mike Starr (Tierney), Molly Price (Myrtle) **L** 91 **E** 24. 4. 1995 Pro Sieben **fd** –

Das Versprechen
LES ANNEES DU MUR
Bei einem Fluchtversuch im Herbst 1961 bleibt ein junger Mann im Osten Berlins zurück, während die Frau, die er liebt, den Westen der Stadt erreicht. In den folgenden 28 Jahren sehen sich die Liebenden nur wenige Male. Beim Fall der Mauer im November 1989 sind sie eigentlich nur noch durch ihre Erinnerungen miteinander verbunden. Ein eindringlich gespieltes «politisches Melodram», das das Scheitern einer Liebe mit einer zeitgeschichtlichen Bestandsaufnahme des geteilten Deutschlands verbindet. In einigen Szenen zwar übertrieben konstruiert und gelegentlich vereinfachend in seinen allzu griffigen Geschichtsbildern, beeindruckt der Film insgesamt aber durch sein Bemühen, über die Gefühle der Menschen zu vermitteln, wie sehr sich politische und private Ereignisse durchdringen. (Kinotip der katholischen Filmkritik) – Sehenswert ab 14.
Deutschland / Frankreich 1994 **P** Bioskop / WDR / Studio Babelsberg / Odessa / Les Productions J. M. H. **V** Concorde **Pd** Eberhard Junkersdorf **R** Margarethe von Trotta **B** Peter Schneider, Margarethe von Trotta **K** Franz Rath **M** Jürgen Knieper **S** Suzanne Baron **D** Corinna Harfouch (Sophie), Meret Becker (Sophie als junge Frau), August Zirner (Konrad), Anian Zollner (Konrad als junger Mann), Jean-Yves Gaultier (Gerard), Eva Mattes (Barbara), Susanne Ugé (Barbara als junge Frau), Tina Engel (Sophies Tante), Otto Sander (Prof. Lorenz), Hark Bohm (Müller) **L** 115 **FSK** ab 6; f **FBW** bw **E** 16. 2. 1995 **fd** 31 206

Verurteilt Anna Leschek
Eine arbeitslose Vierzigjährige begeht mit ihrer 13jährigen Tochter einen Banküberfall. Beide werden kurz nach der Tat verhaftet. Als Pflichtverteidiger wird ihnen ein alkoholkranker Rechtsanwalt zugewiesen. Der Mann nimmt seine Aufgabe ernst, und bald gelingt es ihm, das Vertrauen seiner Mandantin zu gewinnen. Er recherchiert die Vorgeschichten der Tat und wird mit einer Reihe von «Schicksalsschlägen» konfrontiert. – Ab 16.
Deutschland 1991 **V** offen **R** Bernd Schadewald **D** Ulrike Kriener (Anna Leschek), Sandy Schmitz (Ines Leschek), Willi Herren (Frank Leschek), Angelina Donst (Sylvia Leschek), Michael Prelle (Willi Leschek) **L** 95 **E** 11. 4. 1995 3sat **fd** –

Die Verurteilten
THE SHAWSHANK REDEMPTION
Gewalt und Korruption in einem Gefängnis setzen ein unschuldig Verurteilter und ein Mitgefangener Kameradschaft und Hoffnung entgegen. In betulichem Rhythmus führt der Film die Eintönigkeit und die Härte des Lebens hinter Gittern vor. 19 Jahre vergehen ohne spürbare Wandlungen der Figuren, ohne äußere Effekte, aber auch ohne prägnante Zuspitzungen jenseits der üblichen Konfrontationen. Ein durch seine unspektakuläre Erzählweise beachtlicher Film; in der Konzentration auf die Schlußpointe aber über weite Strecken zu lässig. (Videotitel: «Stephen King – Die Verurteilten») – Ab 16 möglich.
USA 1994 **P** Castle Rock Entertainment **V** CI (Kino) / VMP (Video) **Pd** Niki Marvin **R + B** Frank Darabont, nach einer Erzählung von Stephen King **K** Roger Deakins **M** Thomas Newman **S** Richard Francis-Bruce **D** Tim Robbins (Andy Dufresne), Morgan Freeman (Ellis Boyd «Red» Redding), Bob Gunton (Gefängnisdirektor), William Sadler (Heywood), Clancy Brown (Captain Hadley) **L** 142 **FSK** ab 12; f **E** 9. 3. 1995 / 4. 10. 1995 Video **fd** 31 221

Verwirrspiel auf Solomon Gundy
BURIED ON SUNDAY
Komödie. Als ein russisches Atom-U-Boot an der Küste von Solomon Gundy strandet, sollen der kleinen neufundländischen Insel die Fischereirechte aberkannt werden. Mit Hilfe einer als Hexe verschrieenen Frau wehren sich die Bürger, indem sie das U-Boot annektieren, eine Unabhängige Republik ausrufen und einen Kleinkrieg gegen die ferne Zentralregierung starten. – Ab 14.
Kanada 1992 **V** offen **Pd** Michael Donovan, Steve de Nure **R** Paul Donovan **B** Bill Fleming, Paul Donovan **K** Les Kriszan **M** Marty Simon **S** Stephan Fanfara **D** Maury Chaykin (Dexter Lexcanon), Paul Gross (Augustus Knickle), Denise Virieux (Noelle Desnoyers), Henry Czerny, Jeff Leder **L** 90 **E** 13. 3. 1995 premiere **fd** –

Die verzauberte Anicka
Märchenfilm. Als sich der König nicht in ihre leibliche, sondern in die Stieftochter verliebt, verzaubert die Hexe das Mädchen in ein Schaf. Nur der verliebte König kann den Bann brechen. Bis zum guten Ende haben die beiden Mädchen auf der Flucht vor der Zauberin noch einige gefährliche Abenteuer zu bestehen. – Ab 10.
Tschechien 1993 **V** offen **R** Ales V. Horal **D** Jana Brechová, Linda Rybová, Kristina Jelinková, Jan Chinsky **L** 85 **E** 23. 12. 1995 B 1 **fd** –

Verzweiflungsschrei aus der Kinderklinik
A CHILD'S CRY FOR HELP
Drama. Nachdem ein fünfjähriger Junge mehrfach an Infektionen erkrankte, kommt eine Kinderärztin der Verdacht, daß die Mutter des Jungen die Krankheiten absichtlich herbeiführt, um Aufmerksamkeit für sich selbst zu gewinnen. – Ab 16.
USA 1994 **V** offen **R** Sandor Stern **B** Sandor Stern, Jan Jaffe Kahn **M** Joseph DoLuca **D** Veronica Hamel (Paula Spencer), Pam Dawber (Monica Shaw), Zachary Charles (Eric Shaw), Jeff Williams (Dr. Alec Jefferson), Daniel Hugh-Kelly (Donald Prescott) **L** 92 **E** 19.9.1995 Pro Sieben **fd** –

Vibrations
VIBRATIONS
Ein junger Musiker verliert bei einem brutalen Überfall beide Hände. Er verfällt in Depressionen und dem Alkohol. Als junge Leute aus der Techno-Szene sich seiner annehmen, wendet sich sein Schicksal erneut. Schließlich kann er sogar bei einem Konzert auftreten und erkennt in den Mitgliedern des Sicherheitsdienstes seine ehemaligen Peiniger. Nun sinnt der Musiker auf eine ganz besondere Rache. Ohne sich um Motivationen seiner Figuren zu kümmern, räumt der zäh und sprunghaft inszenierte Film der Techno-Musik breiten Raum ein. – Ab 14.
USA 1994 **P** Tanglewood **V** VPS (Video) **Pd** John Dunning, Dan Lieberstein **R+B** Michael Paseornek **K** Mike Sloris **M** Bob Christianson **S** Pamela Scott Arnold **D** James Marshall (T. J.), Christina Applegate (Anamika), Faye Grant (Zina), Paige Tunco (Lisa), Scott Cohen (Simeon) **L** 100 **FSK** ab 12 **E** 1994 Video **fd** 31 336

Viel Glück, meine Herren
UDATSCHI WAM, GOSPODA
Ein Ex-Soldat der in Ostdeutschland stationierten Sowjetarmee versucht trotz der widrigen Verhältnisse, in St. Petersburg Fuß zu fassen. Als kommunistischer Patriot fällt es ihm nicht leicht, sich an kapitalistischen Spielregeln zu orientieren, doch er setzt alles daran, sich und seinem Land zum Aufschwung zu verhelfen. Komödie, die die marode Situation Rußlands in Erinnerung bringt, gleichzeitig jedoch auf den Tatendrang der Menschen setzt. – Ab 16.
Rußland 199? **V** offen **R** Wladimir Bortko **D** Wladimir Bortko, Arkadi Inin **L** 95 **E** 15.2.1995 WDR **fd** –

Viel Wirbel um die Kuschelmonster
THE PET SHOP
In einem abgelegenen Wüstenstädtchen kommen zeitgleich mit einer Familie zwei Außerirdische an, die mit Hilfe possierlicher Mini-Monster Kinder anlokken, um sie auf ihren Heimatplaneten zu entführen. Ein alles andere als kindgerecht, dafür um so kindischer geratener Unterhaltungsfilm, in der Handlung entnervend schlicht, in der Darstellung hart an der Schmerzgrenze. Einige mittelprächtige Spezialeffekte sollen den Mangel an Fantasie und Einfallsreichtum wettmachen. – Ab 10 möglich.
USA 1994 **P** Moonbeam Entertainment **V** CIC (Video) **Pd** Albert Band, Peter von Sholly, Debra Dion **R** Hope Perello **B** Mark Goldstein, Greg Suddeth, Brent Friedman **K** Karen Grossman **M** Reg Powell **S** Lauren Schaffer **D** Terry Kiser (Joe Yeagher), Leigh Ann Orsi (Dena), Spencer Vrooman (Mike), Jane Morris (Mrs. Zimm), Jeff Michalski (Mr. Zimm) **L** 85 **FSK** ab 6 **E** 16.1.1995 Video **fd** 31 239

Viel zu schön, um zu sterben
DEATH OF A CHEERLEADER
Eine neue Schülerin aus ärmlichen Verhältnissen versucht, sich mit einer privilegierten Klassenkameradin anzufreunden. Nur allmählich merkt sie, daß hinter der hübschen Fassade der Wunschfreundin eine häßliche Seele steckt. Als sie die Erniedrigungen nicht mehr ertragen kann, ersticht sie das Mädchen im Affekt. Im Rückblenden erzähltes Psychodrama. – Ab 16.
USA 1994 **V** offen **R** William A. Graham **B** Dan Bronson **D** Kellie Martin (Angela Delvecchio), Tori Spelling (Stacy Lockwood), Valerie Harper (Mrs. Delvecchio), Terry O'Quinn (Ed Saxe), James Avery (Agent Gilwood), Eugene Roche (Priester) **L** 88 **E** 26.4.1995 RTL **fd** –

Vielleicht bin ich ein Don Quichotte – Winfried Junge und die Kinder von Golzow
Porträt des Dokumentarfilmers Winfried Junge, der 1961 – zunächst im staatlichen Auftrag der DDR – damit begann, Schüler einer Dorfschule im Oderbruch zu beobachten. Die Filme, die seit 1961 auf diese Weise entstanden sind («Lebensläufe» u.a.), fügen sich inzwischen zur Entwicklungschronik einer Generation von Menschen zusammen; die Fortsetzung dieser Arbeit ist jedoch zunehmend Hindernissen ausgesetzt. – Ab 14.
Deutschland 1995 **V** offen **R** Randi Crott, Peter Sommer **L** 60 **E** 1.11.1995 West 3 **fd** –

Vier auf der Flucht
GONE ARE THE DAYS
Als Kronzeugen im Prozeß gegen Mitglieder der Mafia wird eine brave Familie von Killern gejagt. Selbst auf einem Kreuzfahrtschiff findet sie keine Ruhe. Kriminalkomödie aus der Disney-Werkstatt, die Unterhaltung für die ganze Familie bietet. – Ab 10.

USA 1984 **P** Disney **V** offen **R** Gabrielle Beaumont **B** Bill Bleich, Jim Brecher **K** Richard N. Hannah **M** Jerrold Immel **D** Harvey Korman (Charlie Mitchell), Susan Anspach (Phyllis Daye), Robert Hogan (Harry Daye), Nate Esformes (Papa Delgado), Joe Cortese (Frank Delgado) **L** 86 **E** 29.4.1995 ARD **fd** –

Vietnam nach dem Bombenhagel

Eine kritische Bestandsaufnahme: Ein Amerikaner besucht Vietnam und dokumentiert die Langzeitwirkung, die 72 Millionen Kilo des Entlaubungs- und Kontaktgiftes «Agent Orange» und 26 Millionen Bomben auch heute noch für Land und Leute haben.

USA 1993 **V** offen **R** J. Edward Milner **L** 93 **E** 11.2.1995 arte **fd** –

Viper

Verbrecherjagd im 21. Jahrhundert: Die Polizei setzt ein neues High-Tech-Auto ein und versucht, den besten Fahrer der Unterwelt für ihr Projekt zu gewinnen. Nachdem der einer Gehirnwäsche unterzogen wurde, muß sich der Mann für eine Partei entscheiden. Pilotfilm einer Actionserie. – Ab 16.

USA 1993 **V** offen **R** Danny Bilson **B** Paul DeMeo **M** Eddie Jobson **D** James MacCaffrey (Michael Payton / Joe Astor), Dorian Harewood (Wilkes), Joe Nipote (Frankie), Jason Carter (Conner), Sydney Walsh (Elizabeth) **L** 91 **E** 2.2.1995 Pro Sieben **fd** –

Viper – Ein Ex-Cop räumt auf

VIPER

Ein Anwalt unterschlägt einer Gangsterbande fünf Millionen Dollar und sieht sich bald deren Nachstellungen ausgesetzt. Er überredet seinen Bruder zum Eingreifen, einen ehemaligen Polizisten, der schon einmal wegen eines Vergehens des Anwalts ins Gefängnis gegangen ist. Rüder Karate- und Kugelhagel-Film mit überholten Figuren-Klischees, der sich durch besondere Brutalitäten hervorzutun versucht.

USA 1993 **P** MDP Unlimited / Spark Film **V** NGP (Video) **Pd** Alan Amiel **R** Tibor Takacs **B** Neil Ruttenberg **K** Bernard Salzman **M** Joel Goldsmith, Alex Wilkinson **S** Steve Nielson, Stephen Eckelberry **D** Lorenzo Lamas (Travis Blackstone), Hank Cheyne (Franklin Blackstone), Kimberley Kates (Lindee), Joe Son (Chang), Frankie Thorn (Rhonda) **L** 85 **FSK** ab 18 **E** 16.1.1995 Video **fd** 31 259

Virtual Sex

VIRTUAL SEX

Sexfilm, in dem zunächst ein Gerät für die erotische Stimulanz zweier Frauen und eines Mannes sorgt. Wenig später gesellt sich eine verführerische Frau zu dem Trio.

USA 1993 **V** offen **R + B** Nicholas Orleans **K** Johnnie English **M** Wesley Evans **D** Kelly O'Dell, Tiffany Minx, Tina Tedeschi, Deborah Wells **L** 85 **E** 25.8.1995 premiere **fd** –

Viva Castro!

VIVA CASTRO!

Ein zwischen Farce und Tragödie angesiedelter Film, in dem sich der Regisseur und Autor an seine Jugend erinnert. Das Leben eines Jungen Mitte der 60er Jahre in einer russischen Kleinstadt wird bestimmt von ersten Liebesgefühlen und politischer Verfolgung, die den Vater zur Flucht zwingt und die Mutter an seiner Stelle ins Lager bringt. Während sich die Stadt auf den Besuch des kubanischen Revolutionsführers Fidel Castro vorbereitet, versucht der Junge verzweifelt, ein Wiedersehen zwischen dem todkrank zurückgekehrten Vater und der internierten Mutter herbeizuführen. – Ab 16.

Rußland / USA 1993 **V** offen **R + B** Boris Frumin **K** Sergej Jurisdizki **M** Viktor Lebedew **D** Pavel Sharkow, Julia Sobolewskaja, Sergej Dontsow **L** 78 **E** 14.5.1995 N3 **fd** –

Vokzal – Bahnhof Brest

Geschichte und Geschichten vom Bahnhof Brest an der Grenze zwischen Polen und Weißrußland, 1941 Ausgangspunkt des Krieges der Nationalsozialisten gegen die Sowjetunion. Eine beklemmende, mit Archivmaterial angereicherte Studie, die mit teils skurrilen, teils bewegenden Momentaufnahmen vom Zerfall einer Gesellschaft berichtet. Privates und Historie werden geschickt zu einem faszinierenden Kaleidoskop verwebt. (Russisch m.d.U.) – Sehenswert ab 16.

Schwarz-weiß. Deutschland 1994 **P** Ö-Film Löprich-Schlösser / WDR **V** Salzgeber & Co. **Pd** Frank Löprich, Katrin Schlösser **R + B** Gerd Kroske **K** Dieter Chill **S** Karin Schöning **L** 90 **FSK** – **E** 20.4.1995 **fd** 31 306

Ein Volk im Alleingang

Ein in Frankreich lebender korsischer Fernsehregisseur kehrt auf seine Heimatinsel zurück und erkundet Land und Menschen. Im Mittelpunkt des Dokumentarfilms steht der Künstler Toni Casalonga, der als eine der Hauptfiguren der Bewegung für die kulturelle Wiederbelebung Korsikas gilt. (O.m.d.U.)

Frankreich 1994 **V** offen **R + B** Ange Casta **L** 122 **E** 29.6.1995 arte **fd** –

Völlig durchgedreht

THE CRACKER FACTORY

Eine alkoholkranke, unter Depressionen leidende Hausfrau und Mutter dreier Kinder wird nach einem Selbstmordversuch in eine psychiatrische Klinik eingeliefert. In einer Mitpatientin fin-

det sie eine Freundin, und beide lernen auch die komischen Seiten ihres Klinikaufenthalts kennen. Ein mit viel Gefühl und Humor inszeniertes Melodram, das ausführlich auf die Therapie der «Anynomen Alkoholiker» hinweist. Getragen wird der Film von der ausgezeichneten Hauptdarstellerin – Ab 16.
USA 1980 **P** ABC / EMI **V** offen **Pd** Richard Shapiro, Roger Gimbel **R** Burt Brinckerhoff **B** Richard Shapiro, nach einem Roman von Joyce Rebeta-Burditt **K** Michael Hugo **M** Billy Goldenberg **D** Natalie Wood (Cassie), Peter Haskell (Charlie), Perry King (Dr. Alexander), Vivian Blaine (Mutter), Juliet Mills (Schwester), Shelley Long **L** 96 **E** 27.10.1995 ZDF **fd** –

Vom Fluß – River Colors
Ein impressionistisches Filmgedicht, das dokumentarische Aufnahmen aus dem thailändischen Ort Nonthabiuri, seiner Bewohner und ihrer Häuser sowie der Flüsse und Kanäle als bedeutende Lebensadern zu einem assoziativen Bildergeflecht verbindet. Gegenstände des täglichen Lebens, Handgriffe und Gesichter werden als bedeutungstragende Details herausgehoben. Aus diesen Bildern, den synchronen Original-Tönen sowie den Klängen der Filmkomposition entsteht eine Film-Ton-Montage, die sich kontemplativ der Thematik nähert.
Deutschland 1994 **P** Christoph Janetzko Prod. **V** Freunde der Deutschen Kinemathek (16 mm) **Pd+R+B+K** Christoph Janetzko **M** Makin Fung Bing Fai **S** Christoph Janetzko **L** 62 **FSK** – **E** 1995 Kino **fd** –

Von Begierde getrieben
LES VEUFS
Ein in Paris lebender amerikanischer Schriftsteller verliebt sich in ein attraktives Fotomodell. Als sein anonym eingereichter erster Roman ein Erfolg wird, scheint das Glück perfekt, doch dann entdeckt der Mann, daß seine Geliebte auch für Pornofotos posiert. Als der Fotograf durch einen Unglücksfall ums Leben kommt, wird der Autor zum Spielball eines mächtigen Drahtziehers. Langatmig entwickelter Kriminalfilm, dessen Darsteller sich zwar redlich mühen, ihren stereotypen Charakteren jedoch kaum Leben einhauchen können.
Frankreich / Kanada 1993 **P** Les Films Annabelle / Eiffel Prod. **V** offen **Pd+R** Max Fischer **B** Max Fischer, Michel Tureau, nach einem Roman von Pierre Boileau und Thomas Narcejac **K** Ennio Guarnieri **M** Jean-François Fabiano **S** Marie-Sophie Dubus **D** Judd Nelson (David), Laurence Treil (Annabelle), Pierce Brosnan (Garavan), Roy Dupuis (Max), Lorenzo Caccialanza (Mark Meryle) **L** 94 **E** 29.12.1995 Pro Sieben **fd** –

Von Eifersucht besessen
BEYOND BETRAYAL
Thriller um einen Sadisten, der seine Ehefrau jagt, die ihn aus Angst verlassen hat. In ihrer Not fordert sie ihren Verfolger schließlich zu einem mörderischen Spiel heraus. – Ab 16.
USA 1994 **V** offen **R** Carl Schenkel **B** Shelley Evans **M** Joanna George **D** Susan Dey (Emma / Joanna), Richard Dean Anderson (Bradley), Dennis Boutsikaris (Sam), Michael O'Neill (Ray) **L** 92 **E** 31.7.1995 Pro Sieben **fd** –

Von Grund auf wär' ich ein Mensch zum Leben
VON GRUND AUF WÄR' ICH EIN MENSCH ZUM LEBEN
Das Video konzentriert sich auf Jugend, Erziehung, Elternhaus und Sucht eines wohl typisch schweizerischen, wohlstandsverwahrlosten Junkies aus Luzern. Der Umgang der Eltern und Großeltern mit der Sucht ihres Sprößlings ist ebenso Thema wie dessen Schicksal selbst. Ein wichtiger, einfühlsamer Beitrag zur Drogendiskussion, weil er diese von der gesellschaftlichen auf eine ganz persönliche Ebene der Betroffenen verlagert.
Schweiz 1992 **P** Jäger Prod. **V** offen **Pd+R+B+K** Stefan Jäger **S** Marion Friedrich **L** 61 (gek. 45) **E** 29.11.1995 3sat **fd** –

Vor dem Regen
BEFORE THE RAIN
Ausgehend von den ethnischen Konflikten auf dem Balkan, werden drei in Albanien, England und Mazedonien angesiedelte Episoden zu einer blutigen Tragödie um einen Kriegsberichterstatter verbunden. Zwar sichtlich konstruiert und gelegentlich unsicher in der Dosierung der Effekte, bezieht der dennoch bemerkenswerte Erstlingsfilm eindeutig Stellung gegen Gewalt als Mittel der Konfliktlösung. Er zeugt ebenso vom erzählerischen wie vom inszenatorischen Talent seines jungen Regisseurs. (O.m. d.U.) – Sehenswert.
England / Frankreich / Mazedonien 1994 **P** Ami / Noé / Vardar **V** Pandora **Pd** Judy Counihan, Cedomir Kolar, Sam Taylor, Cat Villiers **R+B** Milcho Manchevski **K** Manuel Teran **M** Anastasia **S** Nicolas Gaster **D** Katrin Cartlidge (Anne), Rade Serbedzija (Aleksander), Grégoire Colin (Kiril), Labina Mitevska (Zamira), Jay Villiers (Nick) **L** 113 **FSK** ab 12; f **E** 28.9.1995 **fd** 31 531

Vorsicht Nachbarn
MY SUMMER STORY / IT RUNS IN THE FAMILY
Ein humorvoll, gelassen und mit ironischer Distanz erzählter Rückblick auf die Kindheit eines

kleinen Jungen in den 30er Jahren in Indiana. Erzählt wird von kleinen Alltagskonflikten der Familie, dem skurrilen Kleinkrieg mit den Nachbarn, dem ersten Ausflug mit dem Vater, einem Besuch der Weltausstellung in Chicago. Formal bescheiden, besticht der unterhaltsame Film durch die liebevolle Schilderung alltäglicher Erlebnisse und die Sympathie für seine Figuren. – Ab 8.

USA 1993 **P** MGM **V** Warner Home (Video) **Pd** René Dupont **R** Bob Clark **B** Jean Shepherd, Leigh Brown, Bob Clark, nach zwei Romanen von Jean Shepherd **K** Stephen M. Katz **M** Paul Zaza **S** Stan Cole **D** Charles Grodin (der Vater), Kieran Culkin (Ralph Parker), Mary Steenburgen (die Mutter), Christian Culkin (Randy Parker), Al Mancini (Zudoc) **L** 82 **FSK** ab 6 **E** 9. 6. 1995 Video

fd 31 734

Voyeur

siehe: Tinto Brass Voyeur

W

Wagons East!
WAGONS EST!
Eine Gruppe pioniermüder Menschen ist den Wilden Westen leid und will zurück an die Ostküste. Da die Eisenbahngesellschaft nur Regierungsgelder erhält, wenn die Bevölkerung im Westen ständig zunimmt, heuert sie einen Killer an, der die Rückzugswilligen dezimieren soll. Der glücklose Mann wird von einer Kavallerie-Einheit abgelöst, die dem Treck ein Standard-Massaker «verspricht». Eine originelle, böse Persiflage auf amerikanische Tugenden, den Pioniermythos und Westernmotive, die durch einfallsreiche Gags, originelle Figuren und viel schwarzen Humor vergnügliche Unterhaltung bietet. – Ab 12.
USA 1994 **P** Outlaw **V** VCL (Video) **Pd** Gary Goodman, Barry Rosen, Robert Newmyer, Jeffrey Silver **R** Peter Markle **B** Matthew Carlson **K** Frank Tidy **M** Michael Small **S** Scott Conrad **D** John Candy (James Harlow), Richard Lewis (Phil Taylor), John C. McGinlcy (Julian), Ellen Greene (Belle), Robert Picardo (Ben Wheeler) **L** 104 **FSK** ab 6 **E** 19.12.1995 Video **fd** 31 749

Die Wahl
Angesichts der Not im Dorf bricht eine Familie auf und verkauft Esel und Wagen in der Stadt, um anderswo ihr Glück zu versuchen. Ein ruhiger und intimer Film, der sich mit universellen menschlichen Problemen auseinandersetzt, das Thema der wirtschaftlichen Entwicklung jedoch nur am Rande berührt und sich auf die Schönheit des ländlichen Afrika und die Ausdruckskraft seiner Bewohner konzentriert.
Burkina Faso 1986 **V** offen **R** Idrissa Ouedraogo **L** 75 **E** 20.7.1995 arte **fd** –

Wahn der süßen Jugend
THE SMASHING BIRD I USED TO KNOW / SCHOOL FOR UNCLAIMED GIRLS
Eine junge Frau, die sich für den Tod ihres Vaters verantwortlich fühlt, wird in ein Heim eingewiesen, als sie den Liebhaber ihrer Mutter, der sich an ihr vergehen wollte, schwer verletzt. Auch nach ihrer Entlassung findet sie keine Ruhe. Psychologisches Drama als sanfte Variante des Frauengefängnisfilms; von überzeugenden Darstellern getragen. – Ab 16.
England 1969 **V** offen **R** Robert Hartford-Davis **B** John Peacock **D** Madeleine Hinde (Nicki Johnson), Renée Asherson (Anne Johnson), Dennis Waterman (Peter), Patrick Mower (Harry Spenton), Faith Brook (Dr. Sands), Janina Faye (Susan), David Lodge (Richard Johnson) **L** 95 **E** 30.4.1995 RTL 2 **fd** –

Die wahre Geschichte der Menendez-Brüder
MENENDEZ: A KILLING IN BEVERLY HILLS
Zweiteiliger Film über ein Brüderpaar, das im August 1989 aus ungeklärten Motiven seine Eltern in Beverly Hills ermordete.
USA 1994 **V** offen **R** Larry Elikann **B** Philip Rosenberg **D** Edward James Olmos (Jose Menendez), Beverly D'Angelo (Kitty Menendez), Damian Chapa (Lyle Menendez), Travis Fine (Erik Menendez), Julio Oscar Mechoso (Lieutenant Ramon Arguello) **L** 88 / 97 **E** 26.,28.7.1995 RTL (zwei Teile) **fd** –

Das wahre Sexualleben der Belgier
LA VIE SEXUELLE DES BELGES 1950–1978
Ein junger Belgier versucht in den «sexuell befreiten» 60er und 70er Jahren, durch wechselhafte Liebschaften seine triste Kindheit zu vergessen, doch seine Affären werden stets von Katzenjammer begleitet. Jan Bucquoy, das «enfant terrible» der belgischen Kulturszene, hält seiner Generation einen bewußt verzerrenden Spiegel vor, in dem sich politische und gesellschaftliche Entwicklungen und Hoffnungen als unwirkliche Wunschfantasien brechen. Die spröde inszenierte Tragikomödie stellt eine Welt ohne Wünsche und Wärme vor, ohne Rückzugsmöglichkeiten in die Idylle; auf die Spitze getrieben ehrlich.
Belgien 1994 **P** Transatlantic **V** Atlas **Pd+R+B** Jan Bucquoy **K** Michel Baudour **M** Francis de Smet **S** Matyas Veress **D** Jean-Henri Compere (Jan Bucquoy), Noe Francq (Jan als Kind), Isabelle Legros (Noella Bucquoy, Mutter), Sophie Schneider (Thérèse, Jans Frau), Jacques Druaux (Jérôme Bucquoy, Vater) **L** 84 **FSK** ab 16; f **E** 23.3.1995 / 27.3.1996 premiere **fd** 31 248

Während du schliefst...
WHILE YOU WERE SLEEPING
Eine junge Chicagoer Bahnangestellte rettet am Weihnachtstag das Leben des Mannes, in den sie heimlich verliebt ist. Als sie für seine Verlobte gehalten wird, klärt sie die Verwechslung nicht auf, sondern wird als Schwiegertochter in spe in dessen Familie integriert. Eine amüsante Verwechslungs- und Liebeskomödie, die ganz vom bezaubernden Spiel ihrer Hauptdarstellerin lebt. Einen zwiespältigen Eindruck hinterläßt die völlig unkritisch vermittelte Familienideologie des Films. – Ab 14.
USA 1995 **P** Hollywood Pictures / Caravan Pictures **V** Buena Vista (Kino) / Buena Vista (Video) **Pd** Roger Birnbaum, Joe Roth **R** John Turteltaub **B** Daniel G. Sullivan, Fredric Lebow **K** Phedon Papamichael **M** Randy Edelman **S** Bruce Green **D** Sandra Bullock (Lucy), Bill Pullmann (Jack

Callaghan), Peter Gallagher (Peter Callaghan), Jack Warden (Saul), Michael Rispoli (Joe Jr. Fusco), Peter Boyle (Ox), Glynis Johns (Elsie) **L** 103 **FSK** o. A.; f **FBW** bw **E** 27.7.1995 / 8.2.1996 Video **fd** 31 453

Walker, Texas Ranger: Schwarze Spinne
WALKER, TEXAS RANGER
Pilotfilm einer 25teiligen Serie über einen Texas Ranger. Assistiert von einem jungen schwarzen Kollegen, löst er knifflige Fälle mit unorthodoxen Methoden. In der Auftaktfolge geht es um eine Reihe von Banküberfällen und eine junge Frau, die von Gangstern bedroht wird, weil sie als Zeugin aussagen will. – Ab 14.
USA 1994 **P** CBS **V** offen **R** Virgil W. Vogel **D** Chuck Norris (Emmet Walker), Gailard Sartain (C. D. Parker), Clarence Gilyard jr. (Daniel Trivette), Sheree J. Wilson (Leona «Lee» Campbell) **L** 110 **E** 16.4.1995 RTL 2 **fd** –

Walking Thunder
WALKING THUNDER
Abenteuerfilm: Eine Siedlerfamilie erlebt um 1850 in den Rocky Mountains den ersten Winter und lernt dabei, sich der unbezwingbaren Natur anzupassen. (Fernsehtitel: «Auf der Spur des großen Bären») – Ab 12.
USA 1994 **V** Splendid (Video) **R** Craig Clyde **D** John Denver (John McKay), Irene Miracle (Emma McKay), David Tom (Jacob McKay), Kevin Connors (Toby McKay), James Read (Abner Murdock) **L** 94 **FSK** ab 6 **E** 1995 Video / 3.2.1996 VOX **fd** –

Warriors
siehe: Infernal Fighter

Warschauer Leben
Eine Arbeitsgruppe unter Leitung des Würzburger Architekten Hubert Gross war damit beschäftigt, der polnischen Hauptstadt Warschau ein «nationalsozialistisches Gesicht» zu geben. Die ehemalige 1,3-Millionen-Metropole sollte deshalb auf das Maß einer Kleinstadt von 120000 Einwohnern schrumpfen. Neben einem Gespräch mit Gross dokumentiert der Film auch Aussagen polnischer Zeitzeugen, die sich im Untergrund mit Visionen eines neuen Warschaus beschäftigten. Nicht immer ist die Brisanz der Thematik adäquat umgesetzt, doch ist der dokumentarische Wert des Materials hoch einzuschätzen. – Ab 16.
Teils schwarz-weiß. Deutschland 1994 **P** Alfred Jungraithmayr Filmprod. / SR **V** Basis (16mm) **Pd** Alfred Jungraithmayr, Andreas Frowein, Jörg Geißler, Christiane Weber **R+B** Alfred Jungraithmayr **K** Pio Corradi **S** Alfred Jungraithmayr **L** 72 **FSK** – **E** März 1995 **fd** 31 325

Was geschah wirklich mit Baby Jane?
WHAT EVER HAPPENED TO BABY JANE?
Überflüssiges, durchschnittliches (Fernseh-)Remake des Psycho-Thrillers von 1962: Eine frühere Filmdiva, nun invalide, muß sich der sadistischen Attacken ihrer jüngeren, eifersüchtigen Schwester erwehren. – Ab 16.
USA 1991 **P** Steve White Prod. **V** offen **Pd** Barry Bernardi **R** David Greene **B** Brian Taggert, nach einem Film von Robert Aldrich und einem Roman von Henry Farrell **D** Vanessa Redgrave (Blanche Hudson), Lynn Redgrave (Jane Hudson), John Glover (Billy Cork), Bruce A. Young **L** 95 **E** 27.1.1995 ARD **fd** –

Watchers – The Chase is on
WATCHERS III – THE CHASE IS ON
Ein einst angesehener Soldat wird aus einem amerikanischen Militärgefängnis entlassen, um einen gefährlichen Auftrag im Dschungel Mittelamerikas auszuführen, wo Soldaten grausam hingemeuchelt werden. Während er erkennt, daß sein Einsatz nur der Schachzug skrupelloser Vorgesetzter ist, bekommt er es mit einem mißgestalteten Unwesen zu tun, daß den Sümpfen entsteigt. Ein ebenso einfallsloser wie unappetitlicher Action-Grusel-Film um vorgeblich harte Männer und ihre unglaublichen Abenteuer in feindlicher Umgebung. Der soziale wie politische Hintergrund ist nur Staffage zweifelhafter Genre-Unterhaltung.
USA 1994 **P** The Pazific Trust **V** VPS (Video) **Pd** Luis Llosa **R** Jeremy Stanford **B** Michael Palmer **K** Juan Duran **M** Nigel Holton **S** Gwyneth Gibby **D** Wings Hauser (Ferguson), Gregory Scott (Bonetti), Daryl Roach (Nat), John K. Linton (MacCreedy), Lolita Ronalds (Gomez) **L** 80 **FSK** ab 18 **E** 26.1.1995 Video **fd** 31 231

Waterworld
WATERWORLD
Der teuerste Film aller Zeiten entpuppt sich als eine Art «Mad Max» auf dem Wasser: Nachdem alles Land lange zuvor in den Fluten versunken ist, sehnen sich die paar Überlebenden nach einem trockenen Fleckchen Erde. Die Tätowierung auf dem Rücken eines Kindes soll ihnen den Weg weisen. Ein paar Auserwählte gelangen ans Ziel. Ziemlich fantasielos in Charakteren und Story, erreicht der Film seine Höhepunkte bei der Beschreibung der bizarren Szenerie und den artistischen Stunts der Kampfszenen. Stilistisch ein gigantisches Recycling-Unternehmen. – Ab 16.

USA 1994 / 95 **P** Universal **V** UIP **Pd** Charles Gordon, John Davis, Kevin Costner **R** Kevin Reynolds **B** Peter Rader, David Twohy **K** Dean Semler **M** James Newton Howard **S** Peter Boyle **D** Kevin Costner (Mariner), Dennis Hopper (Deacon), Jeanne Tripplehorn (Helen), Tina Majorino (Enola), Michael Jeter (Gregor), Gerard Murphy (Nord) **L** 135 **FSK** ab 12; f **E** 21. 9. 1995 **fd** 31 536

Ein wechselhafter Sommer
HJÄLTEN
Sommer 1965 in Schweden: Die Jugendlichen tanzen nach den Songs der Beatles und der Byrds, die Mini-Röcke sind kürzer denn je. Für eine 17jährige aus wohlhabendem Haus, deren privilegierte Zukunft vorgezeichnet scheint, wird die Begegnung mit einem jungen Arbeiter, der gegen alles und jeden rebelliert, zum Wendepunkt in ihrem Leben. – Ab 16.
Schweden 1989 **P** Svensk Filmindustri **V** offen **Pd** Waldemar Bergendahl **R+B** Agneta Fagerström-Olsson **K** John Olsson **S** Christin Loman **D** Lena Carlsson (Rita), Helge Jordal (Gerhard), Marianne Mörk (Edit), Ulf Friberg (Jimmi), Brigitta Ahlgren (Margit) **L** 108 **E** 21. 5. 1995 mdr **fd** –

Wege aus dem Nichts
MILES FROM NOWHERE
Familiendrama. Nach einem Autounfall liegt ein junger Mann im Koma. Der ältere Bruder, der sich schuldig fühlt, opfert sich für die Gesundung des Schwerverletzten auf, beschwört damit aber in der ohnehin von Spannungen belasteten Familie Konflikte herauf. – Ab 16.
USA 1991 **P** Sokolow Prod. / Fast Car Prod. / New World Television **V** offen **Pd** Hugh Spencer-Phillips **R** Buzz Kulik **B** Steve McGraw, Janet Ward, Jeff Andrus **D** James Farentino (John Reilly), Marlyn Mason (Barbara Reilly), Rick Schroder (Frank Reilly), Shawn Phelan (Emmett Reilly), Melora Hardin (Teresa) **L** 87 **E** 26. 9. 1995 Kabel 1 **fd** –

Wege der Liebe
MY ANTONIA
Ein naiver Waisenjunge wird von seinen Großeltern auf einer Farm in Nebraska aufgenommen, soll dort zur Schule gehen und Anwalt werden. Als er sich in ein hübsches Mädchen aus Europa verliebt, kommt es zu Konflikten. Ein lyrisches Melodram mit schwülstigen Monologen: Heimatkitsch auf amerikanisch. – Ab 12.
USA 1994 **P** Paramount **V** CIC (Video) **Pd** David W. Rintels **R** Joseph Sargent **B** Victoria Riskin, nach einem Roman von Willa Cather **K** Robert Primes **M** David Shire **S** Debra Karen **D** Jason Robards jr. (Großvater), Eva Marie Saint (Großmutter), Neil Patrick Harris (Jim), Elina Löwensohn (Antonia) **L** 93 **FSK** ab 6 **E** 16. 8. 1995 Video **fd** 31 543

Weihnachten komm' ich nach Hause
I'LL BE HOME FOR CHRISTMAS
Gutgespieltes Fernsehdrama um eine Familie in Neu-England, die am Weihnachtsabend auf den ältesten Sohn wartet, der auf Heimaturlaub von der Front in Europa kommen soll. Doch seine Maschine verunglückt während des Heimfluges. – Ab 14.
USA 1988 **P** NBC **V** offen **Pd+R** Marvin J. Chomsky **B** Blanche Hanalis **D** Hal Holbrook (Joseph Bundy), Eva Marie Saint (Martha Bundy), Courtney Cox (Nora Bundy), Peter Gallagher (Aaron Cupler), Nancy Travis (Leah Bundy) **L** 91 (Orig. 100) **E** 5. 12. 1995 Kabel 1 **fd** –

Weiße Wände
Eine Recherchereise entlang der ehemaligen deutsch-deutschen Grenze, auf den Spuren von Wim Wenders' 1975 gedrehtem Roadmovie «Im Lauf der Zeit»: Wie haben sich die Region, ihre Menschen, ihre Kinokultur in der Zwischenzeit verändert? Im Gespräch äußert sich Wenders zudem über die Zukunft des Kinos. Ein spannender Dokumentarfilm, der Aufschluß über deutsche Befindlichkeiten und den Wandel der Zeiten gibt. – Ab 14.
Deutschland 1994 / 95 **V** offen **R** Mike Schlömer **B** Mike Schlömer, Heinz Schink **K** Mike Schlömer **S** Mike Schlömer **L** 57 **E** 16. 7. 1995 arte **fd** –

Weiße Westen für Ganoven
UNO SCACCO TUTTO MATTO
Kriminalkomödie um einen raffinierten Bankraub, für den die Gangster gründlich die Lebensgewohnheiten einiger Bankangestellter auskundschaften, um später als deren «Doubles» unbemerkt in den Besitz eines Vermögens zu gelangen. – Ab 14.
Italien / Spanien 1968 **P** Miniter / Kineses / Tecisa **V** offen **R** Robert Fiz **B** Robert Fiz, Massimiliano Capriccioli **K** Antonio Nacasoli **D** Edward G. Robinson, Adolfo Celi, Maria Grazia Buccella, Terry-Thomas, Georges Rigaud **L** 90 **E** 19. 5. 1984 DFF 2 / 26. 8. 1995 mdr **fd** –

Der weiße Wolf
AURORA NO SHITADE
Die Abenteuer eines Japaners und eines Russen in Ostsibirien vor und nach der russischen Revolution. Der Russe dressiert einen gefährlichen weißen Wolf zum aufmerksamen Schlittenhund. Der japanische Pelztierjäger übernimmt nach dem Tod des Freundes dessen Aufgabe und bringt mit Hilfe des Wolfshundes Medikamente durch die winter-

liche Tundra in ein von einer Epidemie bedrohtes, abgeschiedenes Dorf. Ein Abenteuer-Drama vor ausdrucksstarker Naturkulisse um die Freundschaft von Mensch und Tier; gelegentlich zu sentimental und in seinem geschichtlichen Hintergrund für jüngere Kinder unverständlich. – Ab 10.
UdSSR / Japan 1990 **P** Toei / TV Asahi / Mosfilm Studio **V** Progress (Kino) / EuroVideo (Video) **Pd** Tan Takawa, Hisashi Yabe, Kyuemon Oda **R** Toshio Gotoh **B** Atsushi Yamatoya, Walentin Jeshow **K** Yuji Okumura **M** Reijiro Koroku **D** Koji Yakusho (Genzo), Andrej Boltnew (Arsenii), Marina Sudina (Anna), Nikita Michalkow (Reginev), Maxim Munsuk **L** 99 **FSK** ab 12; f **E** 3.12.1992 / 7.12.1994 Video **fd** 31 313

Welt voller Wunder
WONDERWALL
Ein Schmetterlingssammler, der sich hermetisch in seiner geordneten Welt abgeriegelt hat, entdeckt durch einen Spalt in der Wand die eigene Jugend wieder – er beobachtet ein benachbarte junge Frau. Der voyeuristische Einblick in ein anderes, buntes Leben wird für ihn schnell zur Obsession. Psychedelisch getönte Farce mit ausgefallener Kameraarbeit und Musik von Beatle George Harrison, aber weitgehend ohne gelungene Einfälle. – Ab 16.
England 1969 **P** Alan Clore Films **V** offen **Pd** Andrew Braunsberg **R** Joe Massot **B** G. Cain, nach einer Erzählung von Gérard Brach **K** Harry Waxman **M** George Harrison **S** Rusty Coppleman **D** Jack MacGowran (Oscar Collins), Jane Birkin (Penny), Irene Handl (Mrs. Peurofoy), Richard Wattis (Perkins), Iain Quarrier (Junger Mann) **L** 87 **E** 11.2.1995 RTL 2 **fd** –

Wenn den Flaschen Flügel wachsen
Zwei kleine Schwestern wünschen sich einen Vater zu Weihnachten und beschließen, der Mutter den passenden Mann zu suchen. Heiter-besinnliche Familiengeschichte. – Ab 10.
ČSFR 1989 **V** offen **R** Josef Platz **D** Barbara Hodkova, Jana Pechova, Daniela Kolarova **L** 73 **E** 22.12.1995 ORB **fd** –

Wenn die Liebe den Tod besiegt
MAX / MAX
Das Glück einer jungen Familie droht zu zerbrechen, als der kleine Sohn an einer scheinbar unheilbaren Krankheit erkrankt. Der Vater verkauft das Haus in der Stadt und zieht mit der Familie in eine morsche Hütte auf dem Land. Nun setzt er alles daran, die Heilung seines Sohnes in die Wege zu leiten. – Ab 14.
Kanada 1994 **V** offen **R + B** Charles Wilkinson **D** R. H. Thomson (Andy Blake), Denise Crosby (Jayne Blake), Fabio Wilkinson (Max Blake), Don Davis (Earl), Wally Dalton (Ian), Colleen Rennison (Sophie Blake) **L** 90 **E** 18.7.1995 RTL 2 **fd** –

Wenn die Liebe lockt
SCUSI, FACCIAMO L'AMORE?
Nach zahlreichen Affären im Mailänder Geldadel landet ein neapolitanischer Gigolo aus Enttäuschung darüber, daß das Mädchen, das er heiraten möchte, seine Halbschwester sein soll, in den Armen eines reichen Homosexuellen. Eine oberflächliche Satire, die sich nur zäh entwickelt und im Unverbindlichen steckenbleibt.
Italien 1968 **P** PEA **V** offen **Pd** Alberto Grimaldi **R** Vittorio Caprioli **B** Vittorio Caprioli, Enrico Medioli, Franca Valeri **K** Pasquale de Santis **M** Ennio Morricone **S** Ruggero Mastroianni **D** Pierre Clementi (Lallo), Claudine Auger (Ida Bernasconi), Beba Loncar (Tante Lydia), Carlo Caprioli (Onkel Carlo), Edwige Feuillère (Guiditta Passani) **L** 88 **E** 5.11.1995 RTL 2 **fd** –

Wenn Engel reisen...
WHERE ANGELS GO... TROUBLES FOLLOW / WHERE ANGELS GO... TROUBLES FOLLOW
Klosterschülerinnen reisen zu einem Treffen nach Santa Barbara. Die Fahrt bringt den Konflikt zwischen der konservativen Oberin und einer jungen Nonne mit progressiven Ansichten ans Licht. Eine wenig überzeugende Auseinandersetzung mit der Situation der katholischen Kirche in den liberalen 60er Jahren; die hochkarätige Besetzung kann die seichte Geschichte nicht aufwiegen. – Ab 16.
USA 1968 **P** Columbia **V** offen **Pd** William Frye **R** James Neilson **B** Blanche Hanalis **K** Sam Leavitt **M** Lalo Schifrin **S** Adrienne Fazan **D** Rosalind Russell (Mutter Oberin Simplicia), Stella Stevens (Schwester George), Binnie Barnes (Schwester Celestine), Mary Wickes (Schwester Clarissa), Dolores Sutton (Schwester Rose Marie) **L** 88 **E** 16.7.1995 RTL 2 **fd** –

Wenn es Wirklichkeitssinn gibt, muß es auch Möglichkeitssinn geben
ALS WERKELIJKHEIDSZIN BESTAAT MOET MOGELIJKHEIDSZIN OOK BESTAAN
Eine auf Robert Musils 1908 erschienenem Theaterstück «Die Schwärmer» fußende Komödie um Irrungen, Enthüllungen und Bekenntnisse. Sieben Personen tragen innerhalb eines Zeitraums von zwei Tagen ihre Ideen über das Leben vor, machen Krisen durch und treffen Entscheidungen, für die sie sich rechtfertigen müssen. Der Film will keine eindeutigen «Wahrheiten» postulie-

ren; vielmehr wägt er mit gelegentlich experimentellen Stilmitteln die Bedeutung und Eigenschaft des gesprochenen Textes ab. (O. m. d. U.)
Schwarz-weiß. Belgien 1995 **P** kunstencentrum STUC / KunstenFESTIVALdes Arts **V** Freunde der Dt. Kinemathek (16mm) **Pd** Dirk De Wit **R** Francisca Lambrechts **B** Francisca Lambrechts, Jolente De Keersmaeker, Willy Thomas, nach dem Theaterstück «Die Schwärmer» von Robert Musil **K** Patrick Otten **S** Boris Van der Avoort, Isabelle Boyer **D** Jolente De Keersmaeker (Regine), Sara De Roo (Maria), Willy Thomas (Thomas), Guy Dermul (Josef), Jean-Luc Ducourt (Anselm), Francisca Lambrechts (Fräulein Mertens) **L** 87 **FSK**–**E** 1995 Kino **fd** –

Wenn Liebe tötet
BEYOND SUSPICION
Psycho-Thriller. Seit einem Schlag auf den Kopf leidet eine attraktive Fotojournalistin an Gedächtnisverlust. So kann sie sich nicht daran erinnern, daß sie bei ihren Recherchen Zeugin eines Polizistenmordes durch einen Kollegen wurde. Während sie sich nichtsahnend auf eine Affäre mit dem Täter einläßt, führen die geheimen Ermittlungen einer Sonderkommission auf seine Spur. – Ab 16.
USA 1994 **V** offen **R** Paul Ziller **D** Stepfanie Kramer (Karen Reikhart), Jack Scalia (Detective Vince Morgan), Lily Shavick (Sara), Howard G. H. Dell, Francesco Ferrucci, Roger R. Cross **L** 94 **E** 13. 1. 1995 RTL **fd** –

Wer die Wahl hat
PRIMARY MOTIVE
Thriller um den Sohn eines Politikers, der Pressesekretär bei einem republikanischen Gouverneurskandidaten wird. Er verfängt sich im Intrigenspiel, mit dem das Wahlkampfteam den konservativen Konkurrenten aus der eigenen Partei aus dem Rennen werfen will. – Ab 14.
USA 1991 **V** offen **R** Daniel Adams **B** Daniel Adams, William Snowden **M** John Cale **D** Judd Nelson (Andrews Blumenthal), Richard Jordan (Chris Poulas), Sally Kirkland (Helen Poulas), Justine Bateman (Darcy Lincoln), John Savage (Wallace) **L** 86 **E** 28. 9. 1995 Pro Sieben **fd** –

Werbung für die Liebe
MR. WRITE
Ein erfolgloser Schriftsteller findet eine Stelle bei einer Fernseh-Werbefirma und verliebt sich in deren Produzentin. Doch sie ist bereits vergeben, und so muß sich der junge Mann gehörig ins Zeug legen, um sein Traumziel zu erreichen. Als er zum erfolgreichen Werbetexter avanciert, steigen seine Chancen, doch nun will ihn der Vater der Angebeteten und Chef der Firma für seine Zwecke einspannen. Liebeskomödie, die sich mit Hintersinn über das kommerzielle Fernsehen, die Quotenfixierung und den amerikanischen Theaterbetrieb lustig macht. – Ab 12.
USA 1993 **V** offen **R** Charlie Loventhal **D** Paul Reiser (Charlie), Jessica Tuck (Nicole), Martin Mull (Dan Barnes), Doug Davidson (Roger) **L** 86 **E** 23. 8. 1995 Bayern 3 **fd** –

When Night is Falling
WHEN NIGHT IS FALLING
Eine Dozentin an einem protestantischen College, die mit ihrem Kollegen und Geliebten vor der Beförderung steht, lernt eine sinnliche Zirkusartistin kennen. Nach und nach erliegt sie deren Verführungskünsten. Etwas manieriert erzählt der Film seine fast schon klassische Geschichte vom Erwachen der Sinnlichkeit. Kein Film der «ernsten» Fragen, sondern eine leichte, etwas zu routiniert inszenierte Variation zum Thema Homosexualität.
Kanada 1995 **P** Crucial Pictures / Telefilm Canada / Ontarion Film Development **V** TiMe **Pd** Barbara Tranter **R + B** Patricia Rozema **K** Douglas Koch **M** Lesley Barber **S** Susan Shipton **D** Pascale Bussières (Camille), Rachael Crawford (Petra), Henry Czerny (Martin), Don McKellar (Timothy), Tracy Wright (Tory), David Fox (Reverend de Boer) **L** 95 **FSK** ab 12; f **E** 29. 6. 1995 / 11. 4. 1996 premiere **fd** 31 387

Whispers of White
WHISPERS OF WHITE
Die Auseinandersetzungen zwischen Drogenbanden und der Polizei, der eine paramilitärische Einheit beisteht. Sehr gewalttätiger Actionfilm, der Selbstjustiz bejaht.
USA 1991 **P** Nightstar **V** VMP (Video) **Pd** Ron Gorton jr. **R + B** Ron Gorton sr. **K** Anghel Decca **M** Georges Garvarentz **D** Nicolette Coulet, Anthony DeSando, Tony Craig, April Bransome, Ron Gorton sr. **L** 87 (gek. 85) **FSK** ab 18 (gek. 16) **E** 7. 3. 1995 Video **fd** 31 318

Who's the Man?
WHO'S THE MAN
Musikalische Komödie um zwei chaotische Rap-Musiker, die als Streifenpolizisten in das New Yorker Police Department eintreten, um in ihrem heimischen Viertel Recht und (schwarze) Ordnung wiederherzustellen. Nur vordergründig ein Krimi, ist der amüsante Film mit seinem ernsten Hintergrund eher als Demonstration schwarzen Selbstbewußtseins zu verstehen. Die farbige «Abbott und Costello»-Variante der 90er Jahre präsentiert Rap- und Hiphop-Musik von allen, die in der Szene Rang und Namen haben. – Ab 16.
USA 1993 **P** New Line Cinema / Tin Pan / De Passe / Thomas **V**

VMP (Video) **Pd** Charles Stettler, Maynell Thomas **R** Ted Demme **B** Seth Greenland **K** Adam Kimmel **M** Michael Wolff **S** Jeffrey Wolf **D** Dr. Dre (Doctor Dre), Ed Lover (Ed Lover), Ice-T (Night Train), Badja Djola (Lionel Douglas), Cheryl «Salt» James (Teesha Braxton) **L** 89 **FSK** ab 16 **E** 16. 5. 1995 Video **fd** 31 591

Wia die Zeit vergeht

Der Film zeigt das Abschlußkonzert der österreichischen Band «Hubert von Goisern und die Alpinkatzen», die Volksmusik, Rock und politische Botschaften zu verbinden versuchte. Joseph Vilsmaier ist vorwiegend bemüht, der hektischen Ästhetik von Musikvideos nahezukommen, verbindet das Konzert aber auch mit Aufnahmen aus der Bergwelt und suggeriert damit deren alpine Authentizität. – Ab 12.

Scope. Deutschland 1995 **P** Perathon / ZDF **V** Senator **Pd+R** Joseph Vilsmaier **K** Peter V. Haller **M** Hubert von Goisern, Alpinkatzen **S** Alexander Berner **D** Hubert von Goisern (Hubert Achleitner), Sabine Kapfinger, Stefan Engel, Wolfgang Maier, Reinhard Stranzinger **L** 83 **FSK** ab 6; f **E** Oktober 1995 **fd** 31 537

Wie du mich willst

AS YOU DESIRE ME

Die Liebe zu einem italienischen Grafen scheint einer unglücklichen Nachtclub-Sängerin wieder Halt im Leben zu geben. Der Adelige vermutet in ihr seine verschollene Frau, bis der Verdacht entsteht, es mit einer raffinierten Betrügerin zu tun zu haben. Bizarres Melodram nach Pirandello, in dem sich Erich von Stroheim und Greta Garbo in hochtheatralischer Weise befehden. – Ab 14.

Schwarz-weiß. USA 1932 **P** MGM **V** offen **R** George Fitzmaurice **B** Gene Markey, nach dem Bühnenstück «Come tu mi vuoi» von Luigi Pirandello **K** William Daniels **M** Herbert Stothart **S** George Hively **D** Greta Garbo (Zana / Maria), Melvyn Douglas (Graf Bruno Varelli), Erich von Stroheim (Carl Salter), Owen Moore (Tony Boffie), Hedda Hopper (Madame Mantari) **L** 71 **E** 28. 11. 1995 ARD **fd** –

Wie Du mir, so ich Dir

THE CROOKED HEARTS

Prominent besetzte, aber weitgehend mißlungene Kriminalkomödie: eine Polizistin auf der Spur eines Mörders, der sich an die wohlhabenden Frauen eines Clubs für einsame Herzen heranmacht. – Ab 14.

USA 1972 **P** Lorimar **V** offen **R** Jay Sandrich **B** A. J. Russell, nach «Miss Lonelyhearts 4122» von Colin Watson **M** Billy Goldenberg **D** Rosalind Russell (Laurita Dorsey), Douglas Fairbanks jr. (Rex Willoughby), Ross Martin (Daniel Shane), Michael Murphy (Frank Adamic), Maureen O'Sullivan (Lillian Stanton) **L** 74 **E** 6. 5. 1995 Super RTL **fd** –

Wie ein Blatt im Wind

VADON

Zehn Jahre nach der Niederhlagung der ungarischen Revolution regt sich erneuter Widerstand gegen die Habsburger. Lajos Kossuth und andere ungarische Emigranten bilden 1859 auf italienischem Territorium eine Legion, die den Kampf der Ungarn unterstützen soll. Mit einem Teil dieser Truppe gelangt auch Kristof Batiszy wieder in seine Heimat. Doch er wird von den Österreichern gefangengenommen und, als er eine Zusammenarbeit mit ihnen ablehnt, hingerichtet.

Ungarn 1988 **P** Dialóg Film Studio **V** offen **R+B** Ferenc András **K** Gábor Szabó **M** István Márta **D** Maria Gladkowska, Sándor Oszter, Gábor Reviczky, Anatol Konstantin, Balász Galkó **L** 115 **E** 24. 9. 1990 DFF 2 / 10. 6. 1995 mdr **fd** –

Wie ein Boot ohne Wasser

COMME UN BATEAU, LA MER EN MOINS

Ein von seinen Altersgenossen verspotteter neunjähriger Junge ist dem unfreiwilligen Nomadenleben seiner Eltern ausgeliefert, die im Wohnwagen von Job zu Job ziehen. Bei den echten Zigeunern in der neblig-kalten Industrieregion im französischen Norden erhält er schließlich die Wärme und Anerkennung, die er braucht, um seinen Weg zu finden. Ein liebevoll inszeniertes, sensibles Melodram über die Schwierigkeiten des Erwachsenwerdens, konsequent aus der Sicht des jungen Protagonisten erzählt. – Ab 14.

Frankreich 1992 **P** Belbo Films **V** offen **Pd** Ludi Boeken, Jacques Fansten **R** Dominique Ladoge **B** Dominique Ladoge, Claude Gutman **K** Etienne Fauduet **M** Michel Coeuriot **S** Didier Ranz **D** Mathias Le Ny (Fabien), Patrick Fierry (Serge), Alexandra Vandernoot (Marie), Jean-Pierre Bisson (Lehrer Burgère), Liliane Ledun (Chefin) **L** 95 **E** 1. 12. 1995 arte **fd** –

Wie man den Vater in die Besserungsanstalt bekommt

JAK DOSTAT TATINKA DO POLEPSOVNY

Kindertümlicher Familienfilm. Statt des süßen Nichtstuns wird der erste gemeinsame Urlaub für eine Mutter mit zwei Kindern zur ausgesprochenen Strapaze, die sie ins Erzgebirge verschlägt und an den Herd zwingt. Als die Kinder sich auch noch in Gefahr begeben, zieht sie ihre Konsequenzen. – Ab 10.

ČSSR 1979 **V** offen **R** Marie Polednáková **D** Tomás Holy (Vasek), Jana Preissová (Anna), Frantisek Némec (Lubosch), Josef Karlik (Großvater) **L** 90 **E** 27.12.1995 mdr **fd** –

Wie man sich bettet

THE BED YOU SLEEP IN

Ein Sägewerk beherrscht Toledo, einen kleinen Ort in Oregon. Doch plötzlich kommt Sand ins Getriebe des eingespielten Gemeinwesens. Sägewerksbesitzer Ray liest seiner Frau einen Brief der Tochter vor, in dem er beschuldigt wird, sie als Kind sexuell mißbraucht zu haben. Nichts ist mehr wie vorher, die scheinbar intakten Beziehungen geraten in Unordnung. Der präzis beobachtende Film skizziert ein Klima voller Mißtrauen, beschreibt die Unfähigkeit zur Kommunikation. In getragenem Rhythmus, mit ausgeklügelter Bildsprache inszeniert, nutzt er hintergründige Metaphern für seine Kritik am soziopolitischen Klima Amerikas. Die Vereinsamung der Menschen wird als (auch selbstverschuldete) Zivilisationskrankheit angeprangert. – Sehenswert.

USA 1993 **P** Complex **V** offen **Pd** Henry S. Rosenthal **R+B+K** Jon Jost **M** Erling Wold **S** Jon Jost **D** Tom Blair (Ray), Ellen McLaughlin (Jean), Kathryn Sannella (Beth), Marshall Gaddis (Doug), Thomas Morris (Zealot), Brad Shelton (Scott), Glea Humphreys (Glea Humphreys) **L** 112 **E** 11.4.1995 WDR **fd** –

Wie schön, dich lebend zu sehen

QUE BOM TE VER VIVA

Acht Frauen, ehemalige politische Gefangene, die die Folter der brasilianischen Militärjunta überlebt haben, berichten 20 Jahre später von den Qualen und der Schwierigkeit, mit den Erinnerungen daran zu leben. Ein Dokumentarfilm, der Zeugnis von der lateinamerikanischen Wirklichkeit und der ständigen Verletzung der Menschenrechte ablegt. Wie die Frauen, die in ihrem Film zu Wort kommen, wurde auch die Regisseurin ein Opfer der Folter. (O.m.d.U.)

Brasilien 1989 **V** offen **R** Lucia Murat **L** 100 **E** 10.2.1995 3sat **fd** –

Wiege des Terrors

RELATIVE FEAR

Nachdem viele Bekannte im Umfeld eines autistischen Kindes auf mysteriöse Weise ums Leben gekommen sind, ziehen sich auch die Eltern von ihm zurück. Nur der Hauslehrer hält zu dem Jungen. Bald stellt sich heraus, daß er der Mörder und – schlimmer noch – das Kind sein eigener Sohn ist. Eine wüste Geschichte, die nicht dazu angetan ist, Vorurteile im Umgang mit Behinderten abzubauen.

Kanada 1994 **P** Allegro Film **V** Concorde (Video) **R** George Mihalka **B** Kurt Wimmer **D** Darlanne Fluegel (Linda Pratman), Martin Neufeld (Peter Pratman), M. Emmet Walsh (Earl McLean), Matthew Dupuis (Adam), James Brolin (Detective Dan Atwater) **L** 90 **FSK** ab 16 **E** 1995 Video / 4.11.1995 RTL 2 **fd** –

Wiegenlied des Schreckens

EMPTY CRADLE

Kriminalfilm nach einer tatsächlichen Begebenheit. Eine Krankenschwester unterschlägt ein Neugeborenes und gibt vor, es sei tot geboren worden. In Wahrheit will sie das Kind als ihr eigenes ausgeben, um ihren Geliebten zur Heirat zu erpressen. Die leibliche Mutter glaubt nicht an diese Version und stellt Ermittlungen an. – Ab 16.

USA 1994 **V** offen **R** Paul Schneider **B** Rebecca Soladay **K** Geoff Schaaf **M** Jan A. P. Kaczmarek **D** Kate Jackson (Rita Donahue), Lori Loughlin (Jane Morgan), Eriq LaSalle (Detective Rick Knoll), David Lansbury (Bob Morgan), Jonah Blechman (Patrick Donahue) **L** 87 **E** 13.10.1995 ARD **fd** –

Wiegenlied des Todes

HUSH LITTLE BABY

Völlig überraschend erhält eine junge Frau, die bei Pflegeeltern aufgewachsen ist, die Nachricht, daß ihre leibliche Mutter noch lebt. Schnell findet die (Schwieger-)Mutter Zugang zur glücklichen, wohlhabenden Familie der Tochter; ebenso schnell aber fallen ihre merkwürdigen Verhaltensweisen auf. Als der Schwiegersohn herausfindet, daß sie jahrelang in einer geschlossenen Anstalt war und einst versucht hatte, ihre Tochter zu ertränken, ist es fast zu spät. Mit einigen grellen Brutaleffekten aufbereiteter Psychothriller mit handelsüblichem Happy End. – Ab 16 möglich.

USA 1993 **V** offen **R** Jorge Montesi **D** Diane Ladd (Edie), Wendel Meldrum (Susan Nolan), Geraint Wyn Davies (Martin Nolan), Illya Woloshyn (Dylan), Ingrid Veninger (Meg) **L** 88 **E** 16.1.1995 ZDF **fd** –

Wiener Lust

Dokumentarfilm über Lebenslust und Todessehnsucht der Wiener. In Gesprächen mit Bewohnern der österreichischen Hauptstadt versucht der Autor, die typische Mentalität des Wieners zu beleuchten, die von einer gewissen Freude an der Melancholie gekennzeichnet ist. – Ab 16.

Deutschland 199? **V** offen **R** Christian Rischert **L** 90 **E** 2.3.1995 B 1 **fd** –

Wild at Love

DRAGSTRIP GIRL

In den 50er Jahren verliebt sich ein armer Mexikaner in Los Angeles in ein weißes Mädchen aus reichem Haus. Um es zu erobern, geht er manches Risiko ein. Eine thematisch gängige Fernsehware, die ihre eigene Farbe durch ungewohnte Zutaten erzielt; vor allem dank der präzisen Zeichnung attraktiver Nebenrollen gewinnt der Film Konturen. – Ab 14 möglich.

USA 1994 **P** Spelling Films **V** VCL / Carolco (Video) **Pd** Lou Arkoff, Debra Hill, David Giler, Willie Kutner **R** Mary Lambert **B** Jerome Gary **K** Sandi Sissel **M** Hummie Mann **S** Gordon Antell **D** Maria Celedonio (Pearl), Christopher Crabb (Alex), Raymond Cruz (Doogie), Mark Dacascos (Johnny), Natasha Gregson Wagner (Laura) **L** 82 **FSK** ab 12 **E** 24.7.1995 Video **fd** 31 482

Wilde Herzen

LES ROSEAUX SAUVAGES

Vor dem Hintergrund des französisch-algerischen Krieges erleben 1962 vier Jugendliche aus der südwestlichen Provinz Frankreichs die schmerzliche Suche nach politischer, sexueller und beruflicher Identität an der Schwelle zum Erwachsenwerden. Ein autobiografisch-authentisches Zeit-, Milieu- und Generationsporträt, das sich jeder Sentimentalität enthält. Der Film überzeugt durch seine sparsame, aber eindringliche Inszenierung, seine präzisen Charakterzeichnungen und die intensive schauspielerische Interpretation.

Frankreich 1994 **P** IMA / Les Films Alain Sarde **V** prokino (Kino) / Arthaus (Video) **Pd** Alain Sarde, Georges Benayoun **R+B** André Téchiné **K** Jeanne Lapoirie **S** Martine Giordano, Martine Giordano **D** Gaël Morel (François), Elodie Bouchez (Maité), Frédéric Gorny (Henri), Stéphane Rideau (Serge), Michèle Moretti (Madame Alvarez) **L** 114 **FSK** ab 12; f **E** 9.2.1995 / 4.9.1995 Video / 14.12.1995 premiere **fd** 31 180

Wilde Kastanien

A HOME OF OUR OWN

Da sie in Los Angeles weder eine Arbeit noch eine annehmbare Wohnung findet, zieht eine Frau mit ihren fünf Kindern nach Idaho, wo sie in einem winzigen Ort den hölzernen Rohbau eines Hauses in ein Heim zu verwandeln beginnt. Es kommt zu zahlreichen Konflikten, vor allem mit dem ältesten Sohn, bis alle Katastrophen gemeistert und neue Solidargemeinschaften gegründet sind. Ein typisch amerikanisches Drama um Haus, Familie und Heimat, das aber nie aufgesetzt wirkt und vor allem dank der ausgezeichneten Darsteller gut unterhält. – Ab 10.

USA 1993 **P** Gramercy Pictures **V** Highlight (Video) **Pd** Dale Pollock, Bill Borden **R** Tony Bill **B** Patrick Duncan **K** Jean Lepine **M** Michael Convertino **S** Axel Herbert **D** Kathy Bates (Frances Lacy), Edward Furlong (Shayne Lacy), Soou-Teck On (Mr. Munimura) **L** 100 **FSK** ab 6 **E** 13.11.1995 Video **fd** 31 650

Wilder Herbst

L'AUTOMNE SAUVAGE

Ein arbeitsloser Pilot will seinen indianischen Freund vom Verdacht befreien, zwei Forstarbeiter bestialisch ermordet zu haben. Gleichzeitig wird er in eine private Erbschaftsangelegenheit verwickelt. – Ab 14.

Kanada 1992 **V** offen **R** Gabriel Pelletier **B** Gabriel Pelletier, Bob Girardi **D** Serge Dupire (Charlie Minton), Anne Letourneau (Eve Duchesneau), Raymond Bouchard (Gaston Laviolette), Leslie Yeo (Eddie Minton), Raoul Trujillo (Régis Santerre) **L** 96 **E** 27.11.1995 RTL 2 **fd** –

Wilder Westerwald

Ein Mann Anfang Dreißig, der den kleinen elterlichen Bauernhof in einem verschlafenen Dorf im Westerwald übernommen hat, sucht über ein Institut eine Ehefrau. Er findet eine bulgarische Friseuse, deren Optimismus auch durch die Verhältnisse in der rückständigen Region nicht zu brechen ist. Zwischen ihr und einer Einheimischen, die Rocksängerin in Berlin wurde und sich im Heimatdorf von einer Beziehungskrise erholen will, entwikkelt sich eine Freundschaft. Ein moderner Heimatfilm als Abschlußarbeit des Studiums an der Berliner Film- und Fernsehakademie. – Ab 16.

Deutschland 1994 **V** offen **R** Bernd Löhr **B** Bernd Löhr, Khyana el Bitar, Barbara Philipp **K** Carl F. Koschnik **M** Joerg Leitenberger **D** Claudia Michelsen (Lisa), Ellen ten Damme (Verena), Christian Dürst (Hartmut), Tana Schanzara (Hedwig), Julia Weden (Monika) **L** 60 **E** 9.7.1995 ZDF **fd** –

Wilder Zauber

ROUGH MAGIC

Eine Zauberkünstlerin erlebt auf der Flucht in Mexiko eine Reihe von Abenteuern. Schließlich hat sie sich nicht nur als wirkliche Zauberin ausgewiesen, sondern auch den Mann fürs Leben gefunden. Eine mißlungene Persiflage auf die Kriminalfilme der 50er Jahre, deren mangelhaftes Drehbuch durch Mummenschanz kaschiert werden soll. Gelungen sind nur Atmosphäre und Ausstattung; die vielversprechenden Schauspieler agieren chancenlos. – Ab 16.

USA 1995 **P** UGC Images **V** Jugendfilm (Kino) / VCL (Video) **Pd** Laurie Parker, Declan Baldwin **R** Clare Peploe **B** Robert Mundy, William Brookfield, Clare Peploe, nach einem Roman von James Hadley Chase **K** John J. Campbell **M** Richard Hartley **S** Suzanne Fenn **D** Bridget Fonda (Myra), Russell Crowe

(Alex Ross), Jim Broadbent (Doc Ansell), D.W. Moffett (Cliff Wyatt), Euva Anderson (Tojola) **L** 104 **FSK** ab 12; f **E** 7.9.1995 / 23.4.1996 Video **fd** 31 514

Wildes Land: Die Vision / Zwischen den Fronten / Das Erbe / Tod in Montana
RETURN TO LONESOME DOVE – THE VISION / RETURN TO LONESOME DOVE – THE FORGE / RETURN TO LONESOME DOVE – THE LEGACY / RETURN TO LONESOME DOVE – THE PASSING
Ein ehemaliger Texas-Ranger will eine Herde Mustangs von Texas nach Montana treiben. Als er dem Treck vorausreitet, fällt er einem mit den Indianern verbündeten Banditen in die Hände. Vierteilige Fernseh-Mini-Serie, die an die abenteuerlichen Geschichten des Westerns «Lonesome Dove» anschließt. – Ab 14.
USA 1993 **V** offen **R** Mike Robe **B** John Wilder **D** Jon Voight (Woodrow F. Call), Barbara Hershey (Clara), Louis Gossett jr. (Isom), William Petersen (Gideon), Rick Schroder (Newt Dobbs), Oliver Reed (Gregor) **L** 91 / 90 / 83 / 78 **E** 14. / 15. / 16. / 17.4.1995 SAT 1 (4 Teile) **fd** –

Wildes Sibirien
Vier Frauen aus der sibirischen Stadt Magadan planen, während des Urlaubs am Schwarzen Meer auf Männerfang zu gehen. Der Dokumentarfilm beschreibt die Reisevorbereitungen der Freundinnen und verknüpft sie mit der Schilderung ihrer Lebensbedingungen. Dabei bemüht sich der Regisseur, die gängigen Sibirien-Klischees zu vermeiden und das Land objektiv darzustellen.
Polen 1994 **V** offen **R+B** Jurek Sladkowski **L** 52 / 52 **E** 9. / 16.6.1995 arte **fd** –

Willkommen im Paradies
WELCOME TO PARADISE
Drei Freundinnen, die über Jahre und räumliche Trennungen hinweg in Kontakt geblieben sind, verabreden einen gemeinsamen Urlaub in jenem Badeort, den sie vor 20 Jahren schon einmal besucht haben. Es gilt die Devise: sich einen Mann zu angeln. An Bewerbern ist kein Mangel, doch bald trüben die ersten Wolken die Urlaubsfreuden. – Ab 16.
USA 1991 **V** offen **R** Bill Norton **D** Shelley Long (Anne Winger), Mel Harris (Claire Donowski), Delane Matthews (Denise Donovan), Ian Ziering (George), Francois-Eric Gendron (Jean-Luc Perron) **L** 90 **E** 3.9.1995 Vox **fd** –

Willkommen in Babylon
Ein Baustatiker, der sich mit seiner Fahrlehrerin einen Kleinkrieg liefert, macht in einem Datennetz die Bekanntschaft einer anscheinend hinreißenden Frau. Er ahnt nicht, daß er mit seiner Fahrlehrerin kommuniziert. Eine digitale Liebesgeschichte bahnt sich an, doch es muß sich zeigen, ob die im Computer geschönten Daten auch im wirklichen Leben Bestand haben. – Ab 14.
Deutschland 1995 **V** offen **R** Rolf Silber **B** Rolf Silber, Rudi Bergmann **K** Jürgen Herrmann **D** Oliver Stokowski (Norbert Prechtel), Nina Hoger (Angelika Romberg), Christoph Ohrt (Rainer Zeissler), Karina Marmann (Christine Zeissler), Lil von Essen (Carola Thadden) **L** 89 **E** 13.9.1995 ARD **fd** –

Windige Stadt
WINDY CITY
Als einer aus ihrer Mitte dem Tod geweiht ist, erfüllen sich die Männer, die schon als Jugendliche in Chicago eine Clique bildeten, einen großen gemeinsamen Traum: Sie segeln als Piraten nach Tortuga.
USA 1984 **P** Alan Greisman **V** offen **R+B** Armyan Bernstein **K** Reynaldo Villalobos **M** Jack Nitzsche **D** John Shea (Danny Morgan), Kate Capshaw (Emily Reubens), Josh Mostel (Sol), Jim Borrelli (Mickey), Jeffrey DeMunn (Bobby) **L** 105 **E** 3.11.1990 DFF 1 / 11.9.1995 ORB **fd** –

Wing Chun – Gefährlich wie eine Pantherkatze
WING CHUN
Eine kampfgewandte junge Frau stemmt sich im fernen China gegen eine Räuberbande, die das Land durchstreift und Kaufleute und Bauern in Angst versetzt. Sie, die viele für einen Mann halten, führt schließlich den Anführer auf den Pfad der Tugend zurück. In herkömmlichem Stil inszenierter Action-Eastern mit zahlreichen Kampfszenen und dem Hang zu Prügelklamauk.
Hongkong 1994 **P** Wo Ping Films **V** Splendid (Video) **Pd+R** Yuen Wo Ping **B** Anthony Wong, Elsa Tang **K** Mark Lee **D** Michelle Khan, Yen Chi Tan, Chui Sui Keung, Yuen King Tan, Lee Chi Hung **L** 91 **FSK** ab 16 **E** 26.6.1995 Video **fd** 31 486

Ein Winternachtstraum
IN THE BLEAK MIDWINTER
Ein von Selbstzweifeln geplagter arbeitsloser Schauspieler beschließt, sich selbst als Hamlet zu inszenieren, und stellt für dieses Unterfangen eine Truppe ebenfalls enttäuschter Kollegen zusammen. In einer ausgedienten Kirche soll dann nach drei Wochen Proben zu Weihnachten die Premiere stattfinden. Eine von einem ausgelassen aufspielenden Darsteller-Ensemble vorgetragene «Liebeserklärung an das Theater», die trotz ihrer komödiantischen Grundstimmung auch die ernsten Seiten des Schauspielerdaseins beleuchtet. Präzise in der Charakterzeichnung, stilsicher inszeniert und ausgezeichnet

fotografiert, gestattet der Film einen nachdenklich-ironischen Blick hinter die Kulissen. – Sehenswert ab 14.
Schwarz-weiß. England 1994 **P** Castle Rock / Turner **V** Concorde-CR / Turner **Pd** David Barron, Iona Price, Tamar Thomas **R+B** Kenneth Branagh **K** Roger Lanser **M** Jimmy Yuill **S** Neil Farrell **D** Michael Maloney (Joe Harper), Joan Collins (Margaretta D'Arcy), Julia Sawalha (Nina Raymond), Richard Briers (Henry Wakefield), John Sessions (Terry Du Bois) **L** 98 **FSK** ab 12; f **E** 21.12.1995 **fd** 31 686

Witchboard – Gate to Hell
WITCHBOARD – THE POSSESSION
Ein arbeitsloser junger Börsenmakler bessert mit Hilfe eines «Witchboards», das die Zukunft vorhersehen kann, seine finanzielle Lage auf. Dann aber ergreift der Dämon des «Hexenbretts» von ihm Besitz und verbannt seinen Geist in die Schattenwelt. Thematisch wenig originelle Gruselmär mit Anleihen bei «Rosemaries Baby», aber immerhin gut durchdacht und schlüssig erzählt. Für den Einbruch der irrationalen dunklen Mächte in die aufgeklärte Welt werden dabei adäquate bildliche Entsprechungen gefunden.
USA / Kanada 1995 **P** Telescene Communications **V** VPS (Video) **Pd** Robin Spry **R** Peter Svatek **B** Kevin S. Tenney, Joe Ezrine **K** Barry Gravelle **M** Richard Grégoire **S** Denis Papillon **D** David Nerman (Brian), Locky Lambert (Julie), Cedric Smith (Francis Redman), Donna Sarrasin (Lisa), Danette Mackay (Dora) **L** 90 **FSK** ab 18 **E** 2.11.1995 Video **fd** 31 660

Die Witwen von Widows Peak
WIDOWS PEAK
In ein von einer verschworenen Witwengemeinschaft «beherrschtes» irisches Dorf dringt Ende der 20er Jahre eine junge amerikanische Kriegerwitwe ein. Sie verzaubert die Dorfbewohner mit Charme und Weltläufigkeit, bis sich herausstellt, daß sie die zur Adoption freigegebene Tochter einer im Ort nur geduldeten «Jungfer» ist. Eine mit leichter Hand inszenierte und schauspielerisch hervorragend interpretierte Variante des Dürrenmatt-Themas vom «Besuch der alten Dame»; sie zielt weniger auf die Entlarvung einer bigotten Gesellschaft, sondern betont die komödiantisch-kriminalistischen Elemente der Geschichte. – Ab 14.
Irland 1994 **P** Rank **V** CI (Kino) / VMP (Video) **Pd** Jo Manuel, Tracey Seaward **R** John Irvin **B** Hugh Leonard **K** Ashley Rowe **M** Carl Davis **S**, Peter Tanner **D** Mia Farrow (Catherine O'Hare), Natasha Richardson (Edwina Broome), Joan Plowright (Mrs. Doyle Counihan), Adrian Dunbar (Godfrey), Jim Broadbent (Clancy) **L** 101 **FSK** ab 6; f **FBW** bw **E** 23.3.1995 / 19.9.1995 Video **fd** 31 255

Wo die Sonne kalt ist
Während des Camping-Urlaubs an der Schwarzmeerküste verläßt eine junge Frau ihren Geliebten. Sie kommt bei einem Leuchtturmwärter unter, doch auch die neue Liebe hat keine Zukunft. Der vergebliche Versuch zweier Menschen, im Niemandsland des rumänischen Nordens zueinander zu finden; entworfen als universelle, zeitlose Parabel menschlichen Daseins, ohne zeitgeschichtliche Bezüge, in kargen Schwarzweiß-Bildern mit wenig Dialog inszeniert.
Schwarz-weiß. Rumänien / Deutschland 1991 **V** offen **R+B** Bogdan Dumitrescu **D** Oana Pellea, Gheorghe Visu, Gheorghe Negoescu, Simona Maiconescu, Dan Paduraru **L** 91 (TV) **E** 23.11.1995 Bayern 3 **fd** –

Wo du auch bist
OU QUE TU SOIS
Auf der Fahrt nach Italien lernt ein Mann, der glaubt, von seiner Frau betrogen zu werden, eine andere Frau kennen, die Paris aus Angst vor ihrem früheren Geliebten ebenfalls überstürzt verlassen hat. Ihre Flucht läßt die beiden für kurze Zeit zusammenfinden. Ambitioniertes psychologisches Drama über Wechselwirkungen von Zufall und Bestimmung, das seine Protagonisten dem in drei Episoden gegliederten dramaturgischen Gerüst unterordnet.
Frankreich 1986 **P** Les Films de l'Atalante / la Sept **V** offen **R** Alain Bergala **B** Alain Bergala, Philippe Arnaud **K** William Lubtchansky **M** Paolo Conte **S** Nicole Lubtchansky **D** Serge Maggiani (Emmanuel), Mireille Perrier (Judith), Daniela Silverio (Irène), Elsa Lunghini (Anne), Rosette (Elisabeth) **L** 97 **E** 26.3.1995 mdr **fd** –

Die Wolfspfote
OBEROTJEN TOM
Ein leibeigener Bauer, dessen Gutsherr seinen Vater tötete und seine Frau vergewaltigte, flieht und sinnt auf Rache. Im Gewand eines Werwolfs kehrt er nachts zurück und verbreitet panische Angst. Ein im Lettland des ausgehenden Mittelalters angesiedelter Abenteuerfilm, der den verbreiteten Aberglauben der damaligen Zeit geschickt in seine Geschichte einbezieht. (TV-Titel DDR: «Tom, der Werwolf») – Ab 16.
UdSSR 1983 **P** Filmstudio Riga **V** offen **R+B** Erik Lazis **K** Dawis Simanis **M** Paul Dambis **D** Gunar Zilinski (Tom), Uldis Wasdiks (Mikelis), Olga Drege (Made), Helmut Kalnins (Anders), Juris Lejaskalns (Felsberg) **L** 83 **E** 27.5.1995 mdr **fd** –

Wounded Faces
Nach vielen vergeblichen Versuchen wird einer jungen Frau be-

wußt, daß sie den geliebten Mann nie ganz für sich gewinnen kann, da er zu sehr in seinem Freundeskreis aufgeht. Als er sich mit einem enttäuscht von einer Amerika-Reise zurückgekehrten Freund zusammenschließt, trennt sie sich endgültig und versucht, neue Beziehungen aufzubauen. Dies mißlingt; auch der alte Freundeskreis bricht allmählich durch eine Verkettung von Liebesabenteuern auseinander. Ein Film über die vermeintliche Unmöglichkeit von Freundschaft und Liebe und das Zerplatzen des entsprechenden Traums. – Ab 16 möglich.

Deutschland 1991 **P** Kevin Lee Filmgesellschaft / Maran Film **V** Verleih der Filmemacher (16 mm) **Pd** Dieter Horres **R** Norbert Lechner **B** Norbert Lechner, Peter Schuppler **K** Thomas Frantzen **M** Markus Lonardoni **S** Katja Dringenberg, Vera Gebhard **D** Karin Moser (Eva), Sualk Zeugner (Rudi), Steffen Wink (Stefan), Robert Aldini (Franz), Tilman Schaich (Werner) **L** 82 **FSK** ab 12; f **E** 19.11.1992 / 24.8.1995 Neustart **fd** –

Das Wunder des Papu

LE MIRACULE

Ein Aufschneider und Gauner simuliert nach einem Verkehrsunfall Gehunfähigkeit, um von den Versicherungen eine Entschädigung zu kassieren. Seine Geliebte, die den Betrug nicht merkt, kann den «Rekonvaleszenten» gemeinsam mit einem Abbé dazu überreden, eine Fahrt nach Lourdes anzutreten. Im Pilgerzug sitzen auch der Chef der Versicherungsgesellschaft und eine Taschendiebin. Der Abbé, den die Reize der Gaunerin nicht unberührt lassen, wird wiederum zum Objekt der Begierde eines Monsignore. Der derbe Witz der nachlässig inszenierten Farce ist dazu angetan, religiöse Gefühle zu verletzen.

Frankreich 1986 **P** Initial / Koala / FR3 / Cofimage **V** offen **Pd** Jean Cazes, Denis Freyd **R** Jean-Pierre Mocky **B** Jean-Pierre Mocky, Jean-Claude Romer, Patrick Granier **K** Marcel Combes **M** Jorge Arriagada, Michael Nyman **S** Jean-Pierre Mocky, Bénédicte Teiger **D** Michel Serrault (Ronald Fox Terrier), Jean Poiret (Papu), Jeanne Moreau (Sabine), Sophie Moyse (Angelica), Jean Rougerie (Monseigneur) **L** 85 **E** 21.7.1995 ARD **fd** –

Der Wunderapostel

Ein mit seinem Leben und mit Gott hadernder Mann zieht 1890 aus, um jenen «Wunderapostel» zu suchen, der auf den Pfaden Jesu wandelt, Tote zum Leben erweckt, Blinde sehend macht und die frohe Botschaft verkündet. Die Begegnung mit diesem Mann ändert das Leben des Suchenden grundlegend. Ein weitgehend von Laien produzierter Thesenfilm. Die relativ aufwendige Machart kann nicht über den fragwürdigen Inhalt hinwegtäuschen.

Deutschland 1993 **P** Grete Häusler-Film / Wilfried Venedey **V** Grete Häusler-Film / Wilfried Venedey **R** Thomas Busse **L** 128 **FSK** o. A.; f **E** 1995 Kino **fd** –

Wut im Herzen

LA RAGE AU COEUR

Actionthriller. Eine wohlsituierte Frau wird von ihrer dunklen Vergangenheit eingeholt, als der Komplize eines früher begangenen Banküberfalls die Beute von damals fordert. Mit ihrer Tochter flieht sie vor dem Killer und einer Kommissarin quer durch Südfrankreich. – Ab 16.

Frankreich 1993 **V** offen **R** Robin Davis **B** Jean-Marie Guilleaume, David Kodsi **K** Emmanuel Tercen **D** Clémentine Célarié (Jeanne Angeli), Christine Boisson (Sonia), Sarah-Laure Estragat (Marie Angeli), Johan Leysen (Franck), Roberto Alpi (Michel Angeli) **L** 91 **E** 20.3.1995 ZDF **fd** –

X

XTRO-3

XTRO 3 – WATCH THE SKY

Ein Leutnant der US-Armee erhält den Auftrag, mit einem kleinen Stoßtrupp eine abgeschiedene Insel nach Bomben zu durchsuchen. Zu spät entdeckt er, daß er in eine tödliche Falle geschickt wurde, da ihn auf der Insel außerirdische Lebewesen erwarten, die blutigen Experimenten unterzogen wurden. Mit Hilfe einer Journalistin gelingt es ihm, die Öffentlichkeit zu informieren. Ein Horrorfilm, der sein Heil gleichzeitig in mehreren anderen Genres sucht. Trotz seiner moralisch ausgewiesenen Botschaft besitzt er kaum Überzeugungskraft. – Ab 16.

USA 1995 **P** Showcase **V** Highlight (Video) **Pd** Harry Bromley-Davenport, Michael Biber **R** Harry Bromley Davenport **B** Daryl Haney **K** Irv Goodnoff **M** Van Rieben **S** Krish Mani **D** Sal Landi (Kirn), Andrew Divoff (Fetterman), Karen Moncrieff (Watkins), David M. Parker (Reilly), Robert Culp (Guardino) **L** 92 **FSK** ab 16 **E** 27.12.1995 Video **fd** 31 822

Y

Yankee Zulu

YANKEE ZULU

Ein nach gemeinsam verbrachter Kindheit lange getrenntes schwarz-weißes Freundespaar trifft sich wieder und gerät wegen eines gestohlenen Schecks in eine wilde Verfolgungsjagd mit einem rassistischen Polizisten. Eine Jerry-Lewis-Filme, Tom-und-Jerry-Cartoons und die «Kevin»-Filme schamlos ausbeutende Komödie, die sich den Anstrich einer Apartheidssatire gibt, mit ihren überwiegend billigen Gags aber nur rassistische Vorurteile bestätigt. – Ab 16.

Südafrika 1993 **P** Toron Screen / Koukus Troika **V** Columbia TriStar (Kino) / Col.TriStar (Video) **Pd** Andre Scholtz, Leon Schuster, Carl Fischer **R** Gray Hofmeyr **B** Leon Schuster, Gray Hofmeyr **K** James Rob Sasc **M** Stanislas Syrewicz **S** Johan Lategan **D** Leon Schuster (Rhino), John Matshikiza (Zulu), Wilson Dunster (Diehard), Terri Treas (Rowena), Michelle Bowes (Tienkie), Skye Svormic **L** 90 **FSK** ab 12; f **E** 6.7.1995 / 10.1.1996 Video **fd** 31 405

Yeshayahou Leibowitz

ITGABER

Dokumentarfilm über den (im August 1994 verstorbenen) Philosophen und Wissenschaftler Yeshayahou Leibowitz, einen streitbaren Querdenker, der sich mit allen israelischen Regierungen, mit den Linken und den Orthodoxen seines Heimatlandes, angelegt hat.

Israel / Frankreich 1992 **V** offen **R** Eyal Sivan **L** 85 / 90 **E** 4./11.12.1995 West 3 (2 Teile) **fd** –

Z

Die Zärtlichkeit des Tigers
WONDERBOY
Ein junger schwarzer Boxer, von Vater und Trainer zu dieser Karriere gedrängt, wird in ein Totschlagsdelikt verwickelt und so entgegen seiner Neigung zum Weitermachen gezwungen. Ein abenteuerlich konstruierter Film mit hanebüchenen Dialogen, der mit seinen künstlichen Leidenschaften an den Rand der Lächerlichkeit gerät.
Frankreich / Deutschland 1994 **P** Kristian Kühn Filmprod. / Ultramarine / Diagonale / La SFP Cinéma / Canal + / Projekt ITRA **V** Jugendfilm **Pd** Philippe Goldfain **R** Paul Vecchiali **B** Paul Vecchiali, Brigitte Hantke, nach einem Roman von Frédérick Leroy **K** Georges Strouvé **M** Roland Vincent, Eddie Barclay **S** Patricia Rommel, Cathy Chamorey, Paul Vecchiali **D** Sam Djob (Maurice Maieux), Fabienne Babe (Nora), Rüdiger Vogler (Faragus), Jacques Martial (Marcel Maieux), Jean-Marc Thibault (Jacky) **L** 105 **FSK** ab 12; f **E** 23.3.1995 / 11.1.1996 premiere **fd** 31 014

Zauber eines Sommers
THAT NIGHT
Ein junges Liebespaar im Kampf gegen eine feindselige Erwachsenenwelt, aber begünstigt von der Sympathie einer Zehnjährigen, aus deren Sicht die Geschichte erzählt wird. Ein unscheinbarer, auf einen vermuteten Publikumsgeschmack ausgerichteter Dutzendfilm mit einigen vorzüglichen Songs der 60er Jahre. (Videotitel: «Sexy Sheryl») – Ab 14.
USA 1992 **P** Le Studio Canal Plus / Regency Enterprises / Alcor **V** Warner (Kino) / Warner Home (Video) **Pd** Arnon Milchan, Steven Reuther **R + B** Craig Bolotin, nach der Novelle «That Night» von Alice McDermott **K** Bruce Surtees **M** David Newman **S** Priscilla Nedd-Friendly **D** C. Thomas Howell (Rick), Juliette Lewis (Sheryl O'Connor), Helen Shaver (Ann O'Conner), Eliza Sushku (Alice Bloom), J. Smith-Cameron (Carol), John Dossett (Larry) **L** 89 **FSK** ab 12; f **E** 29.6.1995 / 8.12.1995 Video **fd** 31 407

Zaubergirl
Der Geschäftsführer einer Diskothek, der sich nach der Trennung von seiner Frau aufopferungsvoll um seine 17jährige Tochter kümmert, schlittert in eine Liebesaffäre mit einer jungen Frau, die beiden rasch über den Kopf zu wachsen droht. Es scheint, als bleibe durch die Beziehung für die Tochter keine Zeit mehr. Psychodrama um eine verhängnisvolle Beziehung.
Deutschland 1995 **V** offen **R** Vivian Naefe **B** Fred Breinersdorf **K** Peter Döttling **M** Ulli Kümpfel **D** Herbert Knaup (Horst), Sandra Speichert (Jenny), Ulrike Panse (Désirée), Ulrich Wiggers (Lehmann), Steffen Wink (Kurt) **L** 89 **E** 20.9.1995 ARD **fd** –

Der Zaubertroll
A TROLL IN CENTRAL PARK
Ein friedliebender Troll hat einige Mühe, gegen seine finsteren Artgenossen anzutreten, die ein kleines Mädchen aus dem New Yorker Central Park entführt haben. Ein geist- und einfallsloser Zeichentrickfilm, der jeden Anflug von kindlicher Fantasie in den grellen Modefarben der Spielzeugindustrie ertränkt. – Ab 6 möglich.
USA 1994 **P** Warner Bros. / Don Bluth Ltd. **V** Warner (Kino) / Warner Home (Video) **Pd** Don Bluth, Gary Goldman, John Pomeroy **R** Don Bluth, Gary Goldman **B** Stu Krieger **M** Robert Folk **L** 75 **FSK** o. A.; f **E** 29.6.1995 / 30.11.1995 Video **fd** 31 430

Die zehnte Symphonie
LA DIXIEME SYMPHONIE
Die Geschichte eines genialen Musikers, der um seine Anerkennung ringen muß. Der Regisseur Abel Gance ließ für diesen Film eine eigene Partitur komponieren, doch aus Kostengründen waren nur wenige Kinos in der Lage, diese Komposition aufzuführen. Der anspruchsvolle Film blieb dadurch relativ unbekannt. Heute wird das Meisterwerk in der Pariser Cinémathek aufbewahrt. – Ab 14.
Schwarz-weiß. Frankreich 1918 **V** offen **R + B** Abel Gance **K** L.-H. Barel **M** Michel-Maurice Lévy **D** Séverin Mars, Emmy Lyan, Jean Toulost, André Lafaar **L** 100 **E** 7.7.1995 arte **fd** –

Zeit der Angst
THE DOZIER CASE
Thriller, der die Entführung des amerikanischen Generals Dozier durch die Roten Brigaden im Dezember 1981 nachzeichnet. Dozier wurde sechs Wochen später von einer Spezialeinheit der italienischen Polizei befreit. – Ab 16.
Italien 1992 / 93 **V** offen **R** Carlo Lizzani **B** Andrea Poporati, Alessandro Sermoneta **K** Nino Celeste **M** Carlo Siliotto **D** Ennio Fantastichini (Vicenzo Masci), F. Murray Abraham (Goldstein), Lloyd Bochner (General Dozier), Francesca De Sapio (Mrs. Dozier), Massimo Wertmüller (Roberto) **L** 89 **E** 13.2.1995 ZDF **fd** –

Zeitsprung in die Tafelrunde
A CONNECTICUT YANKEE IN KING ARTHUR'S COURT
Nach einem Sturz vom Pferd findet sich ein Schulmädchen aus Connecticut am Hof des sagenumwobenen Königs Arthur wieder. Mit seiner Polaroid-Kamera sorgt es für einige Aufregung und kann den Hofmagier Merlin ausstechen. Eine weitere Verfilmung der klassischen Satire von Mark

Twain, die wiederum durch eine Vielzahl von Anachronismen – diesmal in die 80er Jahre übertragen – unterhält. – Ab 12.
USA 1989 **P** NBC **V** offen **Pd** Graham Ford, James Pulliam **R** Mel Damski **B** Paul Zindel, nach einem Roman von Mark Twain **M** William Goldstein **D** Keshia Knight Pulliam (Karen Jones), Michael Gross (König Arthur), Whip Hubley (Sir Lancelot), Emma Samms (Königin Guenevere), René Auberjonois (Merlin), Jean Marsh (Morgana) **L** 94 **E** 22.10.1995 Pro Sieben **fd** –

Zerbrochenes Vertrauen
SHATTERED TRUST
Fernsehdrama nach der Biografie der ausführenden Produzentin. Eine erfolgreiche, normalerweise beherrschte Juristin verliert während eines Vergewaltigungsprozesses die Kontrolle über sich und attackiert in blinder Wut den Angeklagten. Mit ihrer Psychiaterin forscht sie nach der Ursache für das Vorkommnis und muß erkennen, daß sie als Kind mehrfach von ihrem Vater mißbraucht wurde. – Ab 16.
USA 1993 **V** offen **Pd** Shari Karney **R** Bill Corcoran **B** Susan Nanus **D** Melissa Gilbert (Shari Karney), Kate Nelligan (Stephanie Chadford), Ellen Burstyn (Joan Delvecchio), Patricia Kalember (Linda Karney), Rosemary Dunsmore (Rose Beckman), Shirley Douglas (Vivian Karney) **L** 89 **E** 10.3.1995 RTL **fd** –

Zero Control
BLOODFIST 6 – GROUND ZERO
Die Terroristen-Bande «Brüder der Partei Allahs» überfällt eine Abschußbasis für Atomrakten in einer Wüste Nordamerikas. Ein ahnungsloser Militär-Kurier erledigt nach und nach die Gegner, just bevor übereifrige Militärs das ganze Gelände in die Luft jagen können. Schematisch gefertigte Action-Dutzendware nach jederzeit vorhersehbaren Versatzstükken des Genres. Film als billiges Vehikel für einen Kickbox-Weltmeister.
USA 1994 **P** The Pacific Trust **V** Highlight (Video) **Pd** Mike Elliott, Minard Hamilton **R** Rick Jacobson **B** Rob Kerchner, Brendan Broderick **K** Mike Gallagher **M** John Graham, J. Eric Schmidt **S** John Gilbert **D** Don «The Dragon» Wilson (Nick Corrigan), Cat Sassoon (Tori), Robin Curtis (Major Marin), Jonathan Fuller (Fawkes), Leonard O. Turner (Col. Briggs) **L** 85 **FSK** ab 18 **E** 27.1.1995 / 16.2.1996 Pro Sieben **fd** 31 340

Zero Patience
ZERO PATIENCE
Ein durch einen Jungbrunnen zu ewigem Leben gelangter Forscher des 19. Jahrhunderts trifft den Geist des vermeintlich an der Ausbreitung von Aids in Nordamerika verantwortlichen «Patienten Zero». Dieser und weitere Betroffene zeigen ihm die wahren Schuldigen: ignorante Forscher, Politiker und Geschäftemacher. Eine ebenso humorvolle wie bittere und polemische Auseinandersetzung mit der Aids-Problematik, überspitzt mittels grotesker Bildeinfälle und kraftvoller Rockmusik.
Kanada 1993 **P** Zero Patience Prod. **V** MFA **Pd** Louise Garfield, Anna Stratton **R+B** John Greyson **K** Miroslaw Baszak **M** Glenn Schellenberg **S** Miume Jan **D** John Robinson (Sir Burton), Normand Fauteux (Zero), Dianne Heatherington (Mary), Richardo Keens-Douglas (George), Bernard Behrens (Dr. Placebo) **L** 100 **FSK** – **E** 5.1.1995 **fd** 31 256

Zerstörte Zeit – Briefe aus dem Krieg 1939–40
An Hand von Liebesbriefen, die drei Männer 1939 aus dem Feld an ihre Frauen schickten, wird das Leben der drei mit seinen Hoffnungen und Ängsten rekonstruiert. Obwohl sich ihre Stile, sie sind Maler, Schriftsteller und Arbeiter, grundlegend unterscheiden, verdichten sich ihre Botschaften zu einer Auflehnung gegen den Krieg, gegen ihre zerstörte (Lebens-)Zeit. – Ab 16.
Teils schwarz-weiß. Frankreich 1985 **P** La Sept / arte **V** offen **R+B** Pierre Beuchot **L** 90 **E** 2.9.1995 arte **fd** –

Der Zeuge am Fenster
BLOOD BROTHERS
Kriminalfilm vor dem Hintergrund eines Rassenkonflikts. Eine Staatsanwältin soll den Mord an drei Koreanern untersuchen. Das Geständnis des schwarzen Hauptverdächtigen wurde nach Angaben seines Bewährungshelfers erpreßt. Die Juristin, selbst koreanischer Abstammung, stößt bei ihren Nachforschungen auf einen Jungen, der die Tat beobachtet hat, aber beharrlich schweigt. – Ab 16.
USA 1993 **V** offen **R** Bruce Pittman **B** Paris Qualles **K** Brian R.R. Hebb **D** Mia Korf (Carol Rembrandt), Amir Williams (Darryl Crawford), Richard Chevolleau (Sly Crawford), Richard Yearwood (T-Bear), Ndehru Roberts (Little Puppet) **L** 80 **E** 10.4.1995 ZDF **fd** –

Z-man's Kinder
Nach einer Schießerei mit der Polizei taucht eine nach langjähriger Abwesenheit nach Berlin zurückgekehrte ehemalige Terroristin bei einem alten Freund unter, der sie aus einem Gefühl vager Solidarität im Kellergeschoß versteckt. Während die Fahndung läuft, stellt sich die Frau in ihrem Versteck Fragen nach ihrer Entwicklung.
Deutschland 1994 **V** offen **R+B** Heidi Specogna **K** Rainer Hoffmann, Thomas Keller **M** Michael

Schwerd **D** Dominik Bender (Fred), Suzanne von Borsody (Frau), Nadja Engel (Franzi), Helle Harnisch (Laura), Irene Rindje (Ingrid) **L** 86 **E** 17.9.1995 ZDF **fd** –

Zone 99 – The Nuclear Target

THE ZONE 99

Ein Ex-Fighter-Pilot wird von der CIA erpreßt und als Agent für eine gefährliche Mission rekrutiert. Er soll einen Mafia-Verbrecher ausschalten, der einen diktatorischen Staat mit waffenfähigem Uran beliefert. Die dünne Story dient als Folie für eine Reihe der handelsüblichen Verfolgungsjagden und Schießereien, die Dialoge und Logik in den Hintergrund drängen. Der verklemmte Machismo des Films wird in seinen voyeuristischen Blicken auf duschende Frauen überdeutlich.

USA 1995 **P** Hess / Kallberg Prod. **V** VPS (Video) **Pd** Kevin M. Kallberg, Oliver G. Hess **R** Barry Zetlin **B** Anthony Stark, Sean Smith **K** Levie Isaacks **M** Jimmie Haskell **S** Dick Barry **D** Robert Davi (Rowdy Welles), Alexander Godunow (Lothar Krasna), Ben Gazzara, Lara Harris, David Gautreaux **L** 92 **FSK** ab 18 **E** 16.11.1995 Video **fd** 31 727

Zu treuen Händen

In einem Dorf im Erzgebirge soll eine Nähmaschinenfabrik stillgelegt werden. Eine Beauftragte der «abwickelnden» Treuhand-Anstalt, die ein Wirtschaftlichkeitsgutachten erstellen soll, fällt auf den Trick des Betriebsleiters herein, der mit Hilfe eines Theaterrequisiteurs hektische Betriebsamkeit vortäuscht. Als die Firma dennoch an einen bayerischen Unternehmer verkauft werden soll, erfindet man einen koreanischen Investor, der angeblich an der Übernahme des Kombinats interessiert ist.

Deutschland 1995 **P** Universum / ZDF / arte **V** offen **R** Konrad Sabrautzky **B** Sascha Arango **K** Michael Steinke **M** Johannes Schmölling **D** Sophie von Kessel (Nina Lensky), Peter Roggisch (Dr. Messerschmitt), Rolf Hoppe (Theo Krautinger), Andreas Rüdiger (Justus Blache), Tilo Prückner (Finke), Irm Hermann (Isolde Krautinger) **L** 90 **E** 21.4.1995 arte **fd** –

Der Zufalls-Dad

A SIMPLE TWIST OF FATE

Ein eigenbrötlerischer Kunsttischler, der seine Frau verließ, als sie von einem anderen Mann ein Kind erwartete, wird mit einem dreijährigen Mädchen konfrontiert, dessen Mutter, eine Fixerin, tot vor seiner Haustür liegt. Er schlüpft in die ungewohnte Vaterrolle und kämpft schließlich in einem Vormundschaftsprozeß gegen den leiblichen Vater. Ein bieder und schematisch konstruierter Unterhaltungsfilm auf dem Niveau eines verstaubten Groschenromans, lebensfern in wichtigen Szenen und unglaubwürdig in der Charakterzeichnunung. – Ab 14 möglich.

USA 1994 **P** Touchstone Pictures **V** Buena Vista (Video) **Pd** Ric Kidney **R** Gillies MacKinnon **B** Steve Martin **K** Andrew Dunn **M** Cliff Eidelman **S** Humphrey Dixon **D** Steve Martin (Michael McCann), Gabriel Byrne (John Newland), Laura Linney (Nancy Newland), Catherine O'Hara (Mrs. Simon), Stephen Baldwin (Tanny Newland) **L** 102 **FSK** ab 6 **E** 1.6.1995 Video **fd** 31 567

Der Zug aus Wien

LE TRAIN DE VIENNE

Der Sohn des französischen Botschafters in Wien entwendet seinem Vater einen für den Freikauf einer Geisel bestimmten Geldkoffer. Die Geisel stirbt, der Vater begeht Selbstmord. Auf der Zugfahrt nach Paris trifft der junge Mann seinen ehemaligen Lehrer, der ihn nicht erkennt und dem er den Koffer unterschiebt. Erst in Paris ahnt der alte Mann die Zusammenhänge und rüstet sich für einen psychologischen Zweikampf, bei dem auch noch eine alte Rechnung zu begleichen ist. Um psychologische Stimmigkeit und Atmosphäre bemühter Kriminalfilm. – Ab 16.

Frankreich 1989 **P** La Sept / arte **V** offen **R** Caroline Huppert **B** Jean-Pierre Sinapi, Daniel Tonachella, Caroline Huppert, nach einer Erzählung von Georges Simenon **K** Gérard de Battista, Philippe Chazal **M** Michel Portal **S** Martine Giordano, Catherine Schwartz **D** Roland Blanche (Vincent), Thérèse Llotard (Suzanne), Christophe Odent (Fabrice), Jean-Yves Berteloot (Camille), Marie Matheron (Odile), André Oumansky (Louis Lemoine) **L** 88 **E** 8.9.1995 arte **fd** –

Ein Zuhause für Joey

THE FATHER CLEMENTS STORY

Ein schwarzer Pfarrer in Chicago mit recht unorthodoxen seelsorgerischen Methoden, geht endgültig auf Kollisionskurs mit der Hierarchie, als er einen siebenjährigen Straßenjungen adoptieren will. Ein gut durchdachtes und – insbesondere von Louis Gossett – gut gespieltes Fernsehdrama nach authentischen Geschehnissen. – Ab 14.

USA 1987 **P** Zev Braun Prod. **V** offen **Pd** Phil Parslow **R** Ed Sherin **B** Arthur Heinemann, Ted Tally **D** Louis Gossett jr. (George Clements), Malcolm-Jamal Warner (Joey), Carroll O'Connor (Kardinal Cody), Ron McLarty (George O'Hare), Irv Kupcinet **L** 91 **E** 1.10.1995 Kabel 1 **fd** –

Zum Töten freigegeben
MARKED FOR MURDER
Actionfilm. Auf Grund eines ungewöhnlichen Resozialisierungsprogramms stößt ein Strafgefangener zur Polizei. Die Beamten verfolgen die Erfolge des neuen Kollegen mit Argwohn und geben ihn, als er Bestechungsfälle in ihren Reihen aufdeckt, «zum Abschuß frei». – Ab 16.
USA 1993 **V** offen **R** Mimi Leder **B** Dennis Hackin **D** Powers Boothe (Mace Moutron), Billy Dee Williams (Jack Reilly), Laura Johnson (Dr. Jean Horton), Michael Ironside (Bats O'Bannion), Jay Acovone (Minelli) **L** 89 **E** 14.7.1995 RTL **fd** –

Zum Vergnügen
ZHAO LE
Der pensionierte Hausmeister einer Peking-Oper-Truppe organisiert mit einigen alten Männern ein Kollektiv, das sich der Peking-Oper verschrieben hat. Zuerst belächelt, finden sie doch bald Anerkennung. Als es zu Konflikten in den eigenen Reihen kommt, wird der Zusammenhalt auf eine Bewährungsprobe gestellt. – Ab 14.
VR China 1993 **V** offen **R** Ning Ying **B** Ning Dai, Ning Ying, nach dem gleichnamigen Roman von Chen Jiangong **K** Xiao Feng, Wu Di **M** Meng Weidong **D** Huang Zong-Luo (der alte Han), Huang Wenjie (Qiao Wanyou), Han Shanxu (der alte Dong) **L** 94 **E** 30.7.1995 N 3 **fd** –

Zur Stütze verdammt
BLOOD ON THE DOYLE
Ende der 80er Jahre fristet eine Generation arbeitsloser Jugendlicher ihr kümmerliches Dasein in der ehemaligen Industriestadt Liverpool. Im Unterschied zu den meisten anderen wollen vier junge Leute ihr Schicksal nicht ohne Widerspruch hinnehmen. Die beiden Jungen verweigern die Anpassung und suchen ihr Heil in einer Fantasiewelt, die beiden Mädchen suchen das Glück in Gestalt des für sie richtigen Mannes. – Ab 16.
England 1994 **V** offen **R** Jim Morris, Pip Broughton, Keith Thompson, Alan Bleasdale **D** Stephen Walters (Joey), Suzanne Maddock (Cathy), Rachel Coldwell (Jean), Philip Dowd Ricky), Ann Margarete Hughes (David) **L** 91 **E** 3.1.1995 arte **fd** –

Zwei Asse schlagen zu
PAIR OF ACES
Auf die auch als Country-Sänger populären Hauptdarsteller zugeschnittener Kriminalfilm. Ein erfahrener Texas Ranger muß ausgerechnet bei der Suche nach einem Mädchenmörder auf einen Safeknacker aufpassen, für den im Gefängnis kein Platz mehr war. Als der Polizist jedoch merkt, daß der schlitzohrige Gauner ihm eine wertvolle Hilfe ist, erwächst aus der Not eine schlagkräftige Partnerschaft. – Ab 14.
USA 1990 **P** Pedernales Films **V** offen **Pd+R** Aaron Lipstadt **B** Bud Shrake, Gary Cartwright **D** Willie Nelson (Billy Roy Baker), Kris Kristofferson (Rip Metcalf), Rip Torn (Capt. Jack Parsons), Helen Shaver (Rose), Jane Cameron (Jewel Metcalf) **L** 94 **E** 8.4.1995 ZDF **fd** –

Zwei Freunde reißen aus
THE YOUNG ADVENTURERS
Abenteuerfilm für Jugendliche. Ein 14jähriger Kanadier, der zweisprachig aufwachsen soll, kommt in ein Internat, um Französisch zu lernen. Dort muß er sich, der Sprache kaum mächtig, mit dem Lehrstoff und den aufsässigen Klassenkameraden herumschlagen. Als er sich in ein Mädchen verliebt, das bereits einen Freund hat, nehmen seine Probleme noch zu, und er beschließt, mit einem Freund auszureißen. – Ab 12.
Kanada 1992 **V** offen **R** Peter Pearson **B** Terence Hefferman **K** Michel Caron **D** Marc Marut (Harry Connor), Sébastien Tougas (Philippe), Lisa-Marie Gervais (Chantal), Matthieu Kermoyan (Mario), Jessica Barker (Sylvie) **L** 92 **E** 19.3.1995 premiere **fd** –

Zwei glorreiche Halunken
IL BUONO, IL BRUTTO, IL CATTIVO
Die abenteuerliche Schatzsuche inmitten des amerikanischen Bürgerkrieges: Ein mysteriöser Fremder, ein mexikanischer Revolvermann und ein sadistischer Krimineller kämpfen um 200000 Dollar. Dritter, nicht ohne Ironie inszenierter Film der berühmten «Dollar»-Trilogie von Sergio Leone (nach «Für eine Handvoll Dollar», 1964, und «Für ein paar Dollar mehr», 1965). 1995 wurde im Fernsehen eine rekonstruierte und vervollständigte deutsche Fassung ausgestrahlt.
Scope. Italien 1966 **P** P.E.A. **V** United Artists (Kino) / Warner Home (Video) **Pd** Alberto Grimaldi **R** Sergio Leone **B** Furio Scarpelli, Luciano Vincenzoni, Sergio Leone, Age (= Agenore Incorocci) **K** Tonino Delli Colli **M** Ennio Morricone **S** Nino Baragli **D** Clint Eastwood (Joe, der Gute), Eli Wallach (Tuco), Lee Van Cleef (Setenza), Aldo Ciuffre (Nordstaaten-Offizier), Luigi Pistilli (Pater Ramirez), Mario Brega (Hauptmann Wallace) **L** 159 (Orig. 180) **FSK** ab 16; nf (fr. 18) **FBW** w **E** 15.12.1967 / 1.1.1983 ZDF / 1.11.1995 Pro Sieben (rekonstruierte Fassung) **fd** 15 133

Zwei Körper
siehe: Two Small Bodies

Zwei Männer in Manhattan
DEUX HOMMES DANS MANHATTAN
Zwei Freunde, Reporter und Fotograf, erhalten den Auftrag,

einen in New York verschwundenen französischen Diplomaten zu suchen. Sie stoßen immer wieder auf Frauen, die Auskunft über den Gesuchten geben können. Schließlich finden sie den an einem Herzanfall Gestorbenen im Zimmer seiner Geliebten. Ein düsterer Film mit einer semidokumentarischen Kamera und guten darstellerischen Leistungen, der zwar auch den Zynismus der Presse anspricht, in erster Linie jedoch an einer atmosphärisch dichten Beschreibung der nächtlichen Millionenstadt New York interessiert ist. – Ab 16.
Schwarz-weiß. Frankreich 1959 **P** Belfort / Alter / Columbia **V** offen **Pd+R+B** Jean-Pierre Melville **K** Nicolas Hayer, Jean-Pierre Melville **M** Christian Chevalier, Martial Solal **D** Pierre Grasset (Delmas), Jean-Pierre Melville (Moreau), Christiane Eudès (Anne), Ginger Hall (Judith), Monique Hennessy (Gloria), Colette Fleury (Françoise) **L** 84 **E** 30.5.1995 WDR **fd** –

Zwei Männer und drei Babies
AND BABY MAKES THREE
Ihrer Entstehungszeit verhaftete «Screwball»-Komödie. Kurz nach der Scheidung stellt eine Frau fest, daß sie schwanger ist. Da sie die Trennung mittlerweile bereut, der Ex-Mann jedoch das Sorgerecht für den Nachwuchs erstreiten will, greift sie zu einer List und macht seiner neuen Geliebten weis, sie erwarte Drillinge. – Ab 12.
Schwarz-weiß. USA 1949 **P** Columbia **V** offen **Pd** Robert Lord **R** Henry Levin **B** Lou Breslow, Joseph Hoffman **K** Burnett Guffey **S** Viola Lawrence **D** Barbara Hale (Jackie Walsh), Robert Young (Vernon Walsh), Janis Carter (Wanda York), Robert Hutton (Herbert Fletcher), Billie Burke (Mrs. Fletcher) **L** 83 **E** 19.11.1995 Super RTL **fd** –

Zweischneidig
DOUBLE EDGE
Eine FBI-Agentin wird zusammen mit ihrem ehemaligen Mann auf die Fährte einer Profi-Killerin gesetzt, die ihr zum Verwechseln ähnlich sieht. – Ab 16.
USA 1992 **P** Konigsberg / Sanitsky **V** offen **Pd** Jayne Bieber, Carole Bloom **R** Stephen Stafford **B** Joe Reb Moffly, Otis Jones **D** Robert Urich (Harry Carter), Susan Lucci (Maggie Dutton / Carmen Moore), Robert Prosky (Wes), Kevin Dunn (Ben Webber), Michael Woods (Paul) **L** 92 **E** 31.7.1995 Kabel 1 **fd** –

Das zweite Leben des Mr. Soames
THE MIND OF MR. SOAMES
Science-fiction-Drama. Ein Mann, der seit seiner Geburt im Koma gelegen hat, wird als Dreißigjähriger ins Leben geholt. Nun muß er, auf dem geistigen Stand eines Kindes, einen unvorstellbaren Lernprozeß bewältigen. – Ab 14.
England 1969 **P** Amicus **V** offen **Pd** Max J. Rosenberg, Milton Subotsky **R** Alan Cooke **B** John Hale, Edward Simpson, nach einem Roman von Charles Eric Maine **K** Billy Williams **M** Michael Dress **S** Bill Blunden **D** Terence Stamp (John Soames), Robert Vaughn (Dr. Michael Bergen), Nigel Davenport (Dr. Maitland), Donald Donnelly (Dr. Joe Allen), Christian Roberts (Thomas Fleming) **L** 97 **E** 24.6.1995 Kabel 1 **fd** –

Der zweite Tod des Gregor Z.
UN CHIEN SUR LA ROUTE / NEKHAI
Ein ehemaliger jugoslawischer Widerstandskämpfer, der in Deutschland lebt, kommt 1986 als Fernfahrer in das Dorf, wo er im Juni 1944 etwa 20 Geiseln vor den deutschen Gewehren gerettet hat. Eisige Ablehnung schlägt ihm entgegen: Die Bewohner haben den Helden 40 Jahre lang für tot gehalten. Während er in einem provisorischen Gefängnis sitzt, entfaltet der mächtige Mann im Ort, diktiert von einer rätselhaften Furcht, hektische Aktivität. Ein Drama über die Vergangenheit eines Volkes, über menschliche Feigheit und falsches Heldentum, über Manipulierbarkeit und Opportunismus. – Ab 16.
Deutschland / Schweiz / Jugoslawien 1992 **P** Delfilm / Journal Film / Art Film '80 / TSR / BR **V** offen **R** Jean Jeanneret **B** Louis-Charles Sirjacq, Jean Jeanneret **K** Boris Zlatanov **M** Zoran Eric, Djordje Petrovic **S** Albena Katerinska **D** Roger Jendly (Gregor), Dusan Janicijevic (Wirt), Tanja Kecojevic (Sophie), Rade Markovic (Savitsch), Azra Gengic (Frau Savitsch) **L** 91 **E** 24.1.1995 Bayern 3 **fd** –

Ein Zwilling kommt selten allein
PARENT TRAP III
Fortsetzung der «Parent Trap»-Serie: Familienkomödie um einen Witwer, der seinen Drillingstöchtern seine Wiederverheiratung schmackhaft machen will. Die Mädchen verbünden sich jedoch mit der Innenarchitektin, die das Haus umgestalten soll, und deren Zwillingsschwester, um die Hochzeit des Vaters mit der ungeliebten Frau zu verhindern. (Titel der übrigen Teile: «Die Vermählung ihrer Eltern geben bekannt», «Nikki und Mary – Die 5-Minuten-Ehe», «Flitterwochen auf Hawaii») – Ab 8.
USA 1990 **P** Walt Disney **V** offen **R** Mollie Miller **B** Jill Donner **K** Isidore Mankofsky **M** Joel McNeely **D** Hayley Mills (Susan / Sharon), Barry Bostwick (Jeffrey Watt), Patricia Richardson (Cassie), Joy Creel (Megan), Leanna Creel (Lisa), Monica Creel (Jessie) **L** 90 **E** 3.4.1995 ARD **fd** –

Lexikon der Originaltitel

Das Verzeichnis nennt die ausländischen Filmtitel, wobei die direkten und indirekten Artikel nachgestellt sind, falls diese eindeutig als solche zu erkennen sind.

A

A LA BELLE ETOILE. Unter freiem Himmel
ABOVE THE RIM. Above the Rim
ABRAMO – PARTE 1 / PARTE 2. Bibel – Abraham, Die
ACE VENTURA – WHEN NATURE CALLS. Ace Ventura – Jetzt wird's wild
ACTION IN THE NORTH ATLANTIC. Einsatz im Nordatlantik
AFRIQUE, MON AFRIQUE. Afrique, mon Afrique
AGAINST THEIR WILL. Gegen ihren Willen
AIR. Luft
AIR UP THERE, THE. Sprung nach oben, Der
AL DI LA DELLE NUVOLE. Jenseits der Wolken
ALADDIN. Aladin
ALAMO: 13 DAYS TO GLORY. Alamo – 13 Tage bis zum Sieg
ALBERT SAVARUS. Albert Savarus
ALICE IN RUSSIALAND. Alice in Russialand
ALICIA EN EL PUEBLO DE MARAVILLAS. Alicia im Ort der Wunder
ALIEN WITHIN, THE. Alien in Dir, Das
ALISTAIR MACLEAN'S NIGHT WATCH. Alistair MacLean – Der Rembrandt-Deal
ALLIGATOR NAMED DAISY, AN. Alligator namens Daisy, Ein
ALMOST DEAD. Almost Dead – Am Rande des Wahnsinns
ALMOST YOU. Nichts wie weg
ALS WERKELIJKHEIDSZIN BESTAAT MOET MOGELIJKHEIDSZIN OOK BESTAAN. Wenn es Wirklichkeitssinn gibt, muß es auch Möglichkeitssinn geben
ALTRA VITA, UN'. anderes Leben, Ein
AMERICAN HEART. American Heart – Die zweite Chance
AMERICAN PRESIDENT, THE. Hallo, Mr. President
AMICHE DEL CUORE, LE. Endstation Mord
AMICO IMMAGINARIO, L'. imaginäre Freund, Der
AMIGOMIO. Amigomio
AMNESIA. Gedächtnisschwund
AMONG FRIENDS. Unter Freunden
AMOROUS ADVENTURES OF DON QUIXOTE AND SANCHO PANSA, THE. Ja, so warn's die alten Rittersleut
AMOUR EST UN JEU D'ENFANTS, L'. Liebe ist ein Kinderspiel
AND BABY MAKES THREE. Zwei Männer und drei Babies
ANDRE. André
ANDROID AFFAIR, THE. Android 2000
ANGE NOIR, L'. schwarzer Engel, Ein
ANGEL IN GREEN. Insel der verlorenen Seelen
ANGEL IV: ASSAULT WITH A DEADLY WEAPON. L.A. Angel – Deadly Revenge
ANGEL OF DESIRE. Angel of Desire
ANGEL OF DESTRUCTION. Angel of Destruction
ANGELS IN THE OUTFIELD. Angels – Engel gibt es wirklich!
ANIMAL INSTINCTS 2. heimliche Auge, Das
ANKOR. Da Capo – Noch einmal mit Gefühl
ANNA PAWLOWA. Anna Pawlowa – Ein Leben für den Tanz
ANNEES DU MUR, LES. Versprechen, Das
ANTONIO AND THE MAYOR. Antonio schlägt sie alle
AP' TO HIONI. Aus dem Schnee gekommen
APEX. Apex
APOLLO 13. Apollo 13
APPOINTMENT FOR A KILLING. Verabredung mit einem Killer
ARAYA. Araya
ARCTIC BLUE. Arctic Blue
ARDILLA ROJA, LA. rote Eichhörnchen, Das
ART DECO DETECTIVE. Hard Business
ART OF DESIRE. Art of Desire
AS GOOD AS DEAD. Blutschwestern
AS YOU DESIRE ME. Wie du mich willst
ASSASSINS. Assassins – Die Killer
ASSAULT AT WEST POINT: THE COURT MARTIAL OF JOHNSON WHITTAKER. steinige Weg zur Gerechtigkeit, Der
ASSAULT OF THE PARTY NERDS. Rückkehr der Party-Killer
ATTACK OF THE 50 FOOT WOMAN. Angriff der 20 Meter Frau
AURORA NO SHITADE. weiße Wolf, Der
AUTOMATIC. Automatic
AUTOMNE SAUVAGE, L'. Wilder Herbst
AUX PETITS BONHEURS. kleinen Freuden des Lebens, Die
AUX YEUX DU MONDE. Entführung aus Liebe
AWAKE TO DANGER. Erinnerung bringt den Tod, Die

AWFULLY BIG ADVENTURE, AN. sachliche Romanze, Eine

B

BAB EL-OUED CITY. Bab el-Oued City
BABE, THE GALANT PIG. Schweinchen namens Babe, Ein
BABE RUTH. Babe Ruth – Die Baseball-Legende
BABES IN ARMS. Musik ist unsere Welt
BABY BROKERS. Mutter verkauft ihr Baby, Eine
BABYSITTER, THE. Innocent Babysitter
BABYSITTERS, THE. The Babysitters
BABYSNATCHER. Biancas Baby
BACK IN THE USSR. Back in the USSR
BAD BOYS. Harte Jungs – Bad Boys
BAD COMPANY. Bad Company
BAD SEED, THE. Saat des Bösen, Die
BAISERS DE SECOURS, LES. Triaden des Kusses
BALLAD OF LITTLE JO, THE. Little Jo – Eine Frau unter Wölfen
BANDIT AND THE SILVER ANGEL. Bandit – Ein ausgekochtes Schlitzohr gibt Gas
BANDIT: BANDIT, BANDIT. Bandit – Ein ausgekochtes Schlitzohr kommt selten allein
BANDIT: BANDIT GOES COUNTRY. Bandit – Ein ausgekochtes Schlitzohr startet durch
BANDIT: BEAUTY AND THE BANDIT. Bandit – Ein ausgekochtes Schlitzohr und eine kühle Blonde
BANDIT QUEEN. Bandit Queen
BAR DE LA FOURCHE, LE. charmanter Gauner, Ein
BARCELONA. Barcelona
BARON BLOOD. Baron Blood
BASKETBALL DIARIES, THE. Jim Carroll – In den Straßen von New York
BATEAU DE MARIAGE, LE. Hochzeitsboot, Das
BATMAN FOREVER. Batman Forever
BATTLING FOR BABY. Nicht ohne meine Großmutter
BAUERNSCHACH. Bauernschach
BAY CITY STORY DEADLINE. Im Strudel mysteriöser Morde
BEANS OF EGYPT, MAINE, THE. Aussichtslos
BEANSTALK. kleine Gigant, Der
BEARS AND I, THE. Meine Bären und ich
BEAUTY AND THE BEAST. Schöne und das Biest, Die
BECAUSE MOMMY WORKS. Ich kämpfe um mein Kind
BED YOU SLEEP IN, THE. Wie man sich bettet
BEFORE SUNRISE. Before Sunrise
BEFORE THE RAIN. Vor dem Regen
BEHIND CLOSED DOORS. Doppelspiel mit dem Tod
BEILIE PAIBANG. Hure und die Flößer, Die
BEIQING CHENGSI. Stadt der Traurigkeit, Eine
BELLE HISTOIRE, LA. schönste Geschichte der Welt, Die
BELLE SOMMERS. Belle Sommers
BELLS FROM THE DEEP. Bells from the Deep
BERGERAC: RETIREMENT PLAN. Bergerac: Unter der Sonne des Südens
BEST OF FAMILIES: MARRIAGE, PRIDE AND MADNESS, THE. Bitteres Blut
BEST OF THE BEST 3 – NO TURNING BACK. Best of the Best 3 – No Turning Back
BEST SHOTS. Best Shots
BETTER OFF DEAD. Sie hatte keine Chance
BETTY FORD STORY, THE. Frau besiegt die Angst, Eine
BEURS. Beurs – Kinder nordafrikanischer Immigranten
BEYOND BETRAYAL. Von Eifersucht besessen
BEYOND DESIRE. Vegas Heat
BEYOND FORGIVINESS. Death Connection
BEYOND RANGOON. Rangoon
BEYOND SUSPICION. Wenn Liebe tötet
BIG PINK, THE. The Big Pink
BIGFOOT – THE UNFORGETTABLE ENCOUNTER. Mein großer Freund Bigfoot
BILL COSBY MYSTERIES. Detektiv Hanks – Großes Herz und coole Schnauze
BIO-FORCE I. Bio-Force I
BIODAGAR. Movie Days
BIONDA, LA. geheimnisvolle Blonde, Die
BITTER VENGEANCE. Bittersüße Vergeltung
BLACK BEAUTY. Black Beauty
BLACK BEAUTY. Black Beauty
BLACK BIRD, THE. Rabe von London, Der
BLACK DEMONS. Black Zombies
BLACK FOX. Black Fox: Black Fox / Kampf auf Leben und Tod / Die Rache ist mein
BLACK FOX TRILOGY, THE. Black Fox: Black Fox / Kampf auf Leben und Tod / Die Rache ist mein
BLANCHE EST LA NUIT. Blanche ist die Nacht
BLANKMAN. Blankman
BLIND SPOT. Tödliche Sucht
BLINDFOLD – ACTS OF OBSESSION. Blindfold
BLOOD BROTHERS. Zeuge am Fenster, Der
BLOOD CLAN. Verhaßtes Blut
BLOOD ON THE DOYLE. Zur Stütze verdammt
BLOODFIST 6 – GROUND ZERO. Zero Control
BLOSSOM IN FRANCE. Blossom – Der Film
BLUE IN THE FACE. Blue in the Face
BLUE SKY. Operation Blue Sky
BODILY HARM. Mörderischer Striptease
BODYGUARD FROM BEYING. Bodyguard von Peking
BOLIDI SULL ASFALTO. Meteore auf dem Asphalt
BON APPETIT MAMA. Hol' die Mama aus dem Sarg

BONJOUR LA GALERE. Scheidung auf französisch
BORN TO BE WILD. Born to be wild
BORN TOO SOON. Leben am seidenen Faden
BORZY. Kämpfer
BOY MEETS GIRL. Boy meets Girl – Liebe mit Hindernissen
BOYS ON THE SIDE. Kaffee, Milch und Zucker
BRADY BUNCH, THE. Brady Familie, Die
BRAINSCAN. Brainscan
BRAM STOKER'S BURIAL OF THE RATS. Requiem der Ratten
BRANDBILEN SOM FÖRSVANNT. Kommissar Beck: Alarm in Sköldgatan
BRAVE FROG'S GREATEST ADVENTURE, THE. Jonathan, der tapfere Frosch
BRAVEHEART. Braveheart
BREACH OF CONDUCT. Besessene der Macht
BREAKTHROUGH, THE. Experiment des Grauens
BREATHING LESSONS. Maggie, Maggie
BRIDE OF THE ATOM. Die Rache des Würgers
BRIDE OF THE MONSTER. Die Rache des Würgers
BRIDGE TO SILENCE. Brücke zum Schweigen
BRIDGES OF MADISON COUNTY, THE. Brücken am Fluß, Die
BRIGHT LIGHTS. Im Scheinwerferlicht
BRIGITTA. Brigitta
BROGLIACCIO D'AMORE. Tagebuch einer Leidenschaft
BROKEN LULLABY. fremde Sohn, Der
BROTHERHOOD OF SATAN, THE. Stadt des Grauens
BROWNING VERSION, THE. Schrei in die Vergangenheit
BRYSGI SCHAMPANSKOGO. Heimaturlaub
BUCKEYE & BLUE. Mädchen mit dem schnellen Colt, Das
BUFFALO GIRLS. Buffalo Girls
BULLETS OVER BROADWAY. Bullets over Broadway
BUNKER, LE. Bunker, Der
BUON NATALE... BUON ANNO. Gino & Elvira – Alte Liebe rostet nicht
BUONO, IL BRUTTO, IL CATTIVO, IL. Zwei glorreiche Halunken
BURIED ON SUNDAY. Verwirrspiel auf Solomon Gundy
BURNING SEASON. Flammen des Widerstands – Der Kampf des Chico Mendes
BURY ME IN NIAGARA. Immer Ärger mit Mama
BUSH DOCTOR. Entscheidung in Kenia
BUTTERFLY KISS. Butterfly Kiss

C

CABLE CAR MURDERS, THE. Mord in San Francisco
CABLE CAR MURDERS, THE. Mord in San Francisco
CACHE CASH. Clémentine und die kleinen Gauner
CAGE 2. Cage 2 – The Arena of Death
CALIFORNIA GOLD RUSH. Fort der Hoffnung, Das
CALL OF THE WILD. Ruf der Wildnis, Der
CAMILLA. Camilla
CANCEL MY RESERVATION. Ferien des Mr. Bartlett, Die
CAPONE BEHIND BARS. Death Lord
CAPTAINS OF THE CLOUDS. Helden der Lüfte
CAPTIVA ISLAND. Captiva Island – Ein verrückter Sommer
CAPTIVE DU DESERT, LA. Gefangene der Wüste, Die
CAPTIVE IN THE LAND, A. Gefangen im ewigen Eis
CARELESS. Careless
CARNAL CRIMES. Animal Instinct
CARNOSAURUS II. Carnosaurus II – Attack of the Raptors
CAROLINE?. Caroline – Im Dunkel der Vergangenheit
CARRINGTON. Carrington
CARRY ON UP THE KHYBER. Alles unter Kontrolle – keiner blickt durch
CASPER. Casper
CASTLE FREAK. Castle Freak
CASUALTIES OF LOVE: THE LONG ISLAND LOLITA STORY. Teenage Lolita – Verlockende Unschuld
CAUGHT IN THE CROSSFIRE. Ich bin unschuldig
CELEBRATION FAMILY. Hoch auf die Familie, Ein
CENT ET UNE NUITS, LES. 101 Nacht – Die Träume des M. Cinéma
CENTERFOLD. Centerfold
CEREMONIE, LA. Biester
CHARACHAR. Schutz der Flügel, Der
CHARLES BUKOWSKI TAPES, THE. Charles-Bukowski-Tapes, Die
CHARLIE'S GHOST STORY. letzte Abenteuer des großen Eroberers, Das
CHEATING. Cheating
CHERNOBYL: THE FINAL WARNING. Tschernobyl – Die letzte Warnung
CHI TOCCA MOURE. Bei Berührung Lebensgefahr
CHIEN SUR LA ROUTE, UN. zweite Tod des Gregor Z., Der
CHILD'S CRY FOR HELP, A. Verzweiflungsschrei aus der Kinderklinik
CHILDREN OF THE CORN III. Kinder des Zorns III
CHILDREN OF THE DARK. Children of the Dark – Ein Leben in Dunkelheit
CHINA MOON. China Moon
CHIPS, THE WAR DOG. Auf allen Vieren – Stillgestanden!
CHOICE AND DESTINY. Choice and Destiny
CHRISTMAS COMES TO WILLOW CREEK. Und plötzlich war Weihnachten
CHUNUK BAIR. Chunuk Bair – Hügel des Todes
CINEMA OF VENGEANCE. Cinema of Vengeance
CIRCLE OF DECEIT. Im Teufelskreis von Haß und Lüge

CIRCUMSTANCES UNKNOWN. Unter ungeklärten Umständen
CISCO KID, THE. The Cisco Kid
CITE DES ENFANTS PERDUS, LA. Stadt der verlorenen Kinder, Die
CITIZEN COHN. Citizen Cohn – Handlanger des Todes
CITY BOY. City Boy
CITY ON FIRE. Cover Hard II
CITY SLICKERS II. Die goldenen Jungs
CLARA ET LES CHICS TYPES. Clara und die tollen Typen
CLASS CRUISE. Schüler, Shakespeare und Karibik
CLEAN SLATE. Blackout – Ein Detektiv sucht sich selbst
CLEOPATRA JONES AND THE CASINO OF GOLD. Cleopatra Jones gegen die Drachenlady
CLERKS. Clerks – Die Ladenhüter
CLIFFORD. Clifford – Das kleine Scheusal
CLUB, THE. The Club
CLUELESS. Clueless – Was sonst?
COBB. Homerun
COEUR SUR LA MAIN, LE. Herz aus Gold, Ein
COLD BLOODED. Cold Blooded
COLD FEVER. Cold Fever
COLD SWEAT. eisige Atem des Todes, Der
COLIS D'OSEILLE. Koffer voller Bargeld, Ein
COLOMBA. Colomba
COLONNA SONORA, LA. La colonna sonora
COLOR OF NIGHT. Color of Night
COLPO DI CODA. Pakt mit dem Tod
COLUMBO: STRANGE BEDFELLOWS. Columbo: Seltsame Bettgenossen
COLUMBO: UNDERCOVER. Columbo Undercover
COME DIE WITH ME. Mike Hammer – Auf falscher Spur
COMEDIE D'ETE. Sommergeschichte, Eine
COMFORT GIRLS. Comfort Girls: Die Zwangsprostituierten der japanischen Armee
COMICS. Comics
COMME UN BATEAU, LA MER EN MOINS. Wie ein Boot ohne Wasser
COMMISH: A MATTER OF LIFE AND DEATH, THE. Polizeichef: Der Polizistenmörder, Der
COMPANION, THE. Future Lover
COMPUTER WORE TENNIS SHOES, THE. Superhirn in Tennisschuhen
COMRADES. Rebellion der Rechtlosen
CONFESSIONAL. Beichte des roten Agenten, Die
CONFESSIONS OF A SORORITY GIRL. Deadly Red Corvette
CONGO. Congo
CONNECTICUT YANKEE IN KING ARTHUR'S COURT, A. Zeitsprung in die Tafelrunde
CONQUISTATORE DI ATLANTIDE, IL. Kampf um Atlantis
CONTRE-ALLEE, LA. Straßenbekanntschaft, Eine
CONVICTED: A MOTHER'S STORY. Sturz ins Dunkel: Die Geschichte einer Mutter
COOL EYES. Cool Eyes
COPS AND ROBBERSONS. Cops & Robbersons – Das haut den stärksten Bullen um
CORPSE HAD A FAMILIAR FACE, THE. Tödliche Recherche
COUPABLE D'INNOCENCE. Schuldlos schuldig
COUVRE FEU. Ausgangssperre
CRABE-TAMBOUR, LE. Haudegen, Der
CRACKER FACTORY, THE. Völlig durchgedreht
CRACKER JACK. Cracker Jack
CRASH. Crash Point
CREATURE OF DESTRUCTION. Geschöpf der Zerstörung, Das
CREW, THE. The Crew – Die Fahrt ins Ungewisse
CRIME DE MONSIEUR STIL, LE. Verbrechen des Monsieur Stil, Das
CRIME STORY. Hard to Die
CRIMSON TIDE. Crimson Tide – In tiefster Gefahr
CRISE EST FINIE!, LA. Krise ist vorbei, Die
CROOKED HEARTS, THE. Wie Du mir, so ich Dir
CROOKLYN. Crooklyn
CROSSCURRENT. Mord in San Francisco
CROSSCURRENT. Mord in San Francisco
CROSSFIRE. Schrecklicher Verdacht
CROSSING BORDERS. Ritt über die Grenze
CRUEL JAWS. The Beast
CRUMB. Crumb
CRY OF THE WEREWOLF. Cry of the Werewolf
CRY WOLF. Fluch des Wahnsinns, Der
CUBAGUA. Cubagua
CURE, THE. Mississippi – Fluß der Hoffnung
CURFEW. Ausgangssperre
CYBERJACK. Cyber Jack
CYCLO. Cyclo

D

D 2 – THE MIGHTY DUCKS. D 2 – The Mighty Ducks
DAIN CURSE, THE. Privatdetektiv, Der
DANCE ME OUTSIDE. Dance me outside
DANGER OF LOVE. Geisel der Leidenschaft
DANGER SIGN. Danger Sign – Achtung: Gefahr
DANGEROUS INTENTIONS. Ich war seine Frau – und wurde sein Opfer
DANGEROUS MINDS. Dangerous Minds
DANGEROUS PLACE. Tiger Kid II
DANZON. Danzón
DARK ANGEL – THE ASCENT. Tochter des Satans – Dark Angel
DARK DESIRES: ANNA. Dark Desires: Anna
DARK DESIRES: DIANA. Dark Desires: Diana
DARK DESIRES: EVA. Dark Desires: Eva
DARK DESIRES: THELMA. Dark Desires: Thelma

DARK SIDE OF GENIUS. Tödliche Bilder
DARKMAN II – THE RETURN OF DURANT. Darkman II – Durants Rückkehr
DAUGHTER OF DARKNESS. Tochter der Finsternis
DAYBREAK. Kainsmal des Todes, Das
DAZED AND CONFUSED. Dazed and Confused
DEAD AIR. Deadphone
DEAD BADGE. Dead Badge – Im Fadenkreuz der Killer-Cops
DEAD MAN'S REVENGE. Blutige Vergeltung
DEAD ON. Cool Eyes
DEAD ON SIGHT. Dead on Sight
DEAD SLEEP. Arzt unter Verdacht
DEAD STOP. Dead Stop
DEADLY. Deadly
DEADLY INVASION. Deadly Invasion
DEADLY MEDICINE. Tote Babys weinen nicht
DEADLY OBSESSION. Deadly Obsession
DEADLY PAST. In den Armen des Todes
DEADLY TARGET. Firezone
DEADLY VOWS. Tödlicher Schwur
DEATH AND THE MAIDEN. Tod und das Mädchen, Der
DEATH MACHINE. Death Machine
DEATH OF A CHEERLEADER. Viel zu schön, um zu sterben
DECONSTRUCTION SARAH. Undercover Sarah
DEDICATED LIFE, A. Schriftsteller mit Leib und Seele
DEEP DOWN. Deep Down
DELITS FLAGRANTS. Auf frischer Tat
DELTA OF VENUS. Delta of Venus
DEMOISELLES ONT EU 25 ANS, LES. Demoiselles sind 25 Jahre alt geworden, Die
DEPENDANCE. Dépendance – Duft der Leidenschaft
DERNIER JOUR DE LA VICTIME. Countdown für einen Killer
DESPERADO. Desperado
DESPERATE JOURNEY. Todeskampf auf hoher See
DESPERATE JUSTICE. Mein Herz will Rache
DESPERATE RESCUE: THE CATHY MAHONE STORY. Ich will mein Kind!
DESTINATION AMERICA. Straße nach nirgendwo
DESTINY TURNS ON THE RADIO. Destiny
DEUX HOMMES DANS MANHATTAN. Zwei Männer in Manhattan
DEUX TIMIDES, LES. beiden Schüchternen, Die
DEVIL'S OWN, THE. Teufel tanzt um Mitternacht, Der
DIALOGUES WITH MADWOMEN. Dialogues with Madwomen
DIAMOND FLEECE. Diamantenfeuer
DIAS CONTADOS. Deine Zeit läuft ab, Killer
DIE HARD WITH A VENGEANCE. Stirb langsam: Jetzt erst recht
DIGITAL MAN. Digital Man
DISAPPEARANCE OF VONNIE, THE. Spurlos verschwunden – Wo ist meine Schwester?
DIXIEME SYMPHONIE, LA. zehnte Symphonie, Die
DOCTOR TAKES A WIFE, THE. Hochzeit wider Willen
DOLLAR MAMBO. Dollar Mambo
DOLORES CLAIBORNE. Dolores
DON JUAN DE MARCO. Don Juan de Marco
DON'T DO IT. Don't do it
DON'T TALK TO STRANGERS. Killing Stranger
DONOR, THE. The Donor – Out of Law
DOUBLE DECEPTION. Mörderische Affäre
DOUBLE DRAGON. Double Dragon – Die 5. Dimension
DOUBLE EDGE. Zweischneidig
DOUBLE EXPOSURE. Double Exposure: Blutige Enthüllung
DOZIER CASE, THE. Zeit der Angst
DRAGON FURY. Dragon Fury
DRAGSTRIP GIRL. Wild at Love
DREAM LOVER. Nightmare Lover
DREAM MAN. Killing Dreams
DROP SQUAD. Mission Drop
DROP ZONE. Drop Zone
DU BRINGST MICH NOCH UM. Du bringst mich noch um
DUE MADRI PER ROCCO. Sehnsucht der Herzen
DUEL ON THE MISSISSIPPI. Intrige der Lily Scarlett, Die
DUMB AND DUMBER. Dumm und dümmer
DVA LIDI V ZOO. Chaos im Zoo

E

EARTH 2: FIRST CONTACT. Earth 2 – Aufbruch ins Unendliche
EAUX DORMANTES, LES. Stille Wasser
EBBTIDE. Broken Law – Das gefährliche Spiel mit dem Tod
ECLIPSE. Eclipse – Begegnungen
ED WOOD. Ed Wood
EDEN VALLEY. Eden Valley
EDGE OF DECEPTION. sanfte Kuß des Todes, Der
800 LEAGUES DOWN THE AMAZON. Mörderischer Amazonas
ELEMENTS OF DESIRE. Verborgene Gefühle
ELISA. Elisa
ELLES N'OUBLIENT JAMAIS. Angelas Rache
EMANUELLE E LOLITA. Emanuelle und Lolita
EMPTY CRADLE. Wiegenlied des Schreckens
ENAK. Enak
END OF SILENCE. Ende des Schweigens, Das
ENFANT ET LE PRESIDENT, L'. Kind und der Präsident, Das
ENFANTS DU NAUFRAGEUR, LES. Fall für die Inselkinder, Ein
ENFANTS ILLEGITIMES D'AN-

TON WEBERN, LES. illegitimen Kinder von Anton Webern, Die
ENFANTS JOUENT A LA RUSSIE, LES. Les Enfants jouent à la Russie
ER. Emergency Room: Der erste Tag
ERNEST GOES TO SCHOOL. Chaos in der Schule
ERNEST RIDES AGAIN. Chaos-Kanone, Die
ERNESTO «CHE» GUEVARA, DAS BOLIVIANISCHE TAGEBUCH. Ernesto «Che» Guevara, das bolivianische Tagebuch
EROTIKON. Erotikon
ESCAPE TO WITCH MOUNTAIN. Flucht zum Hexenberg, Die
EVERYTHING'S DUCKY. Ente gut – alles gut!
EVOLVER. Evolver
EXCESSIVE FORCE II. Excessive Force II
EXPECT NO MERCY. Expect no Mercy
EXQUISITE TENDERNESS. Exquisite Tenderness

F

F. T. W. F. T. W. – Tiefer als Haß
FACE OF A STRANGER. fremde Gesicht, Das
FACE VALUE. Entstellt – Die Geschichte der Marla Hanson
FALL TIME. Fall Time
FAMILY SINS. Junge ohne Ausweg, Der
FANTAGHIRO PERSONA BELLA. Prinzessin Fantaghirò 1. – 6. Teil
FANTASY. Fantasy
FAR FROM HOME: THE ADVENTURES OF YELLOW DOG. Gefährliche Wildnis
FAR NORTH. Rache ohne Hoffnung
FARINELLI. Farinelli
FARINELLI – IL CASTRATO. Farinelli
FATAL FRIENDSHIP. Mörderische Freundschaft
FATAL LOVE. Verhängnisvolle Liebe
FATAL PAST. Fatal Past
FATHER. Schatten des Verdachts
FATHER CLEMENTS STORY, THE. Zuhause für Joey, Ein
FATHERLAND. Vaterland
FATHERS & SONS. Getrennte Wege
FAVOR, THE. The Favor – Hilfe, meine Frau ist verliebt
FEAR, THE. Morty
FEARMAKERS, THE. Angstmacher, Die
FEIHU XIONGXIN. The Final Option
FELLOW TRAVELLER. Schatten des Verrats
FELONY. Felony – Die CIA-Verschwörung
FEMME DANGEREUSE, LA. gefährliche Frau, Eine
FEMME DANS LA TOURMENTE, UNE. Diplomatin, Die
FEMME DANS MON COEUR, UNE. Herzdame
FEMME FRANCAISE, UNE. französische Frau, Eine
FEMMES. Femmes
FEMMES EROTIQUES, LES. Les Femmes Erotiques
FENCE, THE. The Fence
FIFTEEN STREETS, THE. 15 Straßen zum Glück
FIFTH CORNER: TRIO, THE. Tödliches Komplott
FIGHT FOR BABY JESSE, THE. Mutter, laß mich nicht allein
FIGHTING FOR MY DAUGHTER. Verkauft und gedemütigt
FILLE D'ARTAGNAN, LA. D'Artagnans Tochter
FILLE DE L'AIR, LA. Flucht durch die Wolken
FINAL APPROACH. Final Approach
FINAL DAYS, THE. Fall Nixon, Der
FINAL JUDGEMENT. Final Judgement
FINAL JUSTICE. Blutende Herzen – Eine Familie zerbricht
FINAL OPTION, THE. The Final Option
FINAL ROUND. Final Round
FINAL SHOT: THE HANK GATHERS STORY. Letzter Applaus für einen Basketballstar
FINE E NOTA, LA. Ende ist bekannt, Das
FIREHAWK. Firehawk
FIRST KNIGHT, THE. erste Ritter, Der
FIRST TIME, THE. Baby kommt selten allein, Ein
FIST OF JUSTICE. Fist of Justice
FIST OF THE NORTH STAR. Fist of the North Star
FISTS OF IRON. Karate Tiger 8
FIVE HEARTBEATS, THE. The Five Heartbeats
FLASHFIRE. Flashfire
FLAT, DE. House Call
FLESHTONE. Fleshtone
FLIGHT OF THE DOVE. Flight of the Dove
FLINCH. Flinch – A Killing Phantom
FLINTSTONES: HOLLYROCK A BYE BYE. Familie Feuerstein: Die Stars von Hollyrock
FLINTSTONES: I YABBA DABBA DOO!, THE. Familie Feuerstein – Yabba Dabba Doo
FLIRT. Flirt
FLODDER III. Flodder Forever – Eine Familie zum Knutschen
FOR LOVE ALONE. Ivana Trump: Liebe kann man nicht kaufen
FOR THE TERMS OF HIS NATURAL LIFE. Verbannt in die Hölle
FORBIDDEN LOVE – THE UNASHAMED STORIES OF LESBIAN LOVE. Forbidden Love – The Unashamed Stories of Lesbian Love
FORBIDDEN NIGHTS. Verbotene Nächte
FORGET-ME-NOT-MURDERS, THE. Inspektor Janek und der Psychokiller
FORGET PARIS. Forget Paris
FORMULA FOR DEATH. Killervirus – In deinen Adern fließt der Tod, Der
FORTUNES OF WAR. Fortunes of War
FOUR EYES AND SIX-GUNS. Gut gezielt ist halb getroffen
FRACCHIA, LA BELVA UMANA. doppelte Held, Der

FRAEKKE FRIDA – OG DE FRYGTLOSE SPIONER. Bund der furchtlosen Spione, Der
FRAME UP. Komplott der Mörder, Das
FRAMED. Eiskaltes Duell
FRANC, LE. Franc, Der
FRANK & JESSE. The James Gang
FRANKENSTEIN. Dr. Frankenstein
FRAU VOR MIR, DIE. Frau vor mir, Die
FREE WILLY 2. Free Willy 2 – Freiheit in Gefahr
FREEFALL: FLIGHT 614. Schreckensflug der Boeing 767, Der
FREEZE FRAME. Verräterische Bilder
FRENCH KISS. French Kiss
FRENCH SILK. Blut auf schwarzer Seide
FRIENDS. Freundschaft, Eine
FUDGE-A-MANIA. kleine Knirps fürs große Chaos, Der
FUN. Fun – Mordsspaß
FUNNY BONES. Funny Bones
FUNNY MAN. Funny Man

G

GALILEE, AU NOM DES PIERRES. Galiläa, im Namen der Steine
GANESH. Ganesh
GARDEN OF THE MOON. Im Garten des Mondes
GASPARDS, LES. Gaspards, Die
GAZON MAUDIT. Frau für zwei, Eine
GENESI: LA CREAZIONE E IL DILUVIO. Bibel – Genesis, Die
GENGHIS COHN. Tanz des Dschinghis Cohn, Der
GERONIMO. Blutrache des Geronimo, Die
GETTING GOTTI. Allein gegen die Unterwelt
GETTYSBURG. Gettysburg
GHOULIES IV. Ghoulies 4
GIRLS IN PRISON. Girls in Prison
GLADIATOR COP. Gladiator Cop
GLASS SHIELD, THE. Auf Ehre und Gewissen
GLEN OR GLENDA. Glen or Glenda
GOING UNDERGROUND. Ins Gesicht geschlagen – Tränen einer Ehefrau
GOLDEN GATE. Golden Gate
GOLDENEYE. James Bond 007 – Goldeneye
GOLDILOCKS AND THE THREE BEARS. Rettet das Tal der Zauberbären!
GOLEM BA'MAAGAL. Schlußkonzert
GONE ARE THE DAYS. Vier auf der Flucht
GOOD FIGHT, THE. Recht für eine Ewigkeit
GOOD GIRLS DON'T. Angel on the Run
GOOD OR BAD – BLACK AND WHITE. Kurz vor Kanaan
GOODBYE BIRD, THE. magische Papagei, Der
GOODBYE NEW YORK. Goodbye, New York
GORZKA MILOSC. Bittere Liebe
GOUTTE D'OR, LA. Goldtropfen, Der
GRANDE COCOMERO, IL. große Kürbis, Der
GRANDE FROUSSE, LA. Angst in der Stadt
GRANDE STORIA D'AMORE, UNA. große Liebesgeschichte, Eine
GRANNY, THE. Evil Date – Verabredung mit dem Teufel
GRASS ROOTS. Kampf um Georgia
GRAVE ROBBERS FROM OUTER SPACE. Plan 9 aus dem Weltall
GREEDY. Greedy
GREYFRIARS BOBBY. Greyfriars Bobby
GREYHOUNDS. Greyhounds – Schnüffler gehen nie in Rente
GRID RUNNERS. Grid Runners
GRIEF. Grief
GRIM PRAIRIE TALES. Spuk am Lagerfeuer
GUARDING TESS. Tess und ihr Bodyguard
GUNSMOKE III: TO THE LAST MAN. Faustrecht des Westens
GUY HANKS I. Detektiv Hanks – Großes Herz und coole Schnauze
GYPSY. Bette Midler's Gypsy

H

HAINE, LA. Haß
HALBE WELT. Halbe Welt
HALGATO. Halgato
HAMMERS OVER THE ANVIL. Sommer des Erwachens
HAND GUN. Handgun – Hetzjagd durch New York
HAPPY END. Happy End
HARD EVIDENCE. Job ohne Moral, Ein
HART TO HART RETURNS. Hart aber herzlich – Die Rückkehr
HARTVERSCHEUREND. Herzzerreißend
HAT SQUAD. Hat Squad
HATTA ISHAAR AKHAR. Ausgangssperre
HAUNTED. Haunted – Haus der Geister
HAUNTED SYMPHONY, THE. Symphony des Bösen
HAUNTING OF SEACLIFF INN, THE. Geheimnis von Seacliff Inn, Das
HAWAIIAN HONEYMOON. Flitterwochen auf Hawaii
HAWK, THE. Falke des Schreckens, Der
HE LAUGHED LAST. Big Dans Vermächtnis
HE OR SHE. Glen or Glenda
HEADS. Mein täglicher Mord
HEAR NO EVIL. Danger Sign – Achtung: Gefahr
HEART OF A CHILD. Herz für mein Baby, Ein
HEART OF DARKNESS. Heart of Darkness
HEARTBREAK KID. Heartbreak Kid
HEATSEEKER. Heatseeker
HEAVENLY CREATURES. Heavenly Creatures
HERCULES AND THE CIRCLE OF FIRE. Hercules und der flammende Ring

HEXAGONE. Mit dem Kopf durch die Wand
HIDDEN AGENDA. Tagebuch der Liebe
HIGAN BANA. Sommerblüten
HIGH LONESOME. High Lonesome
HIGH STRUNG. Nervensäge, Eine
HIGHLANDER III – THE SORCERER. Highlander III – Die Legende
HIN HELGU VE. geheimnisvolle Hügel, Der
HINDENBURG, THE. Hindenburg, Die
HISTOIRE DU GARCON QUI VOULAIT QUE L'ON L'EMBRASSE, L'. Geschichte des Jungen, der geküßt werden wollte, Die
HIT LADY. Hit Lady
HJÄLTEN. wechselhafter Sommer, Ein
HÖHENANGST. Höhenangst
HOLD ME, KISS ME, THRILL ME. Halt mich, küß mich, lieb mich
HOLLYWOOD SOUND, THE. The Hollywood Sound
HOLLYWOOD WIVES. Hollywood – Intim und indiskret
HOME FOR CHRISTMAS. Opa zu Weihnachten, Ein
HOME OF OUR OWN, A. Wilde Kastanien
HONG KONG '97. The Last Chance – Die Nacht der Entscheidung
HORA DE ESTRELA, A. Sternstunde
HOSTILE WITNESS. Hostile Witness – Im Netz gefangen
HOTEL DU PARC. Hôtel du Parc
HOTEL SORRENTO. Hotel Sorrento
HOUSE CALL. House Call
HOUSE OF SECRETS AND LIES, A. Fremdgeher: Eine Ehefrau rechnet ab, Der
HOUSE ON TODVILLE ROAD, THE. The Cult on Todville
HOUSE PARTY 3. House Party 3
HOW THE WEST WAS FUN. Abenteuer auf der Wildwasser-Ranch
HOW TO PICK UP GIRLS. Achtung, Schürzenjäger!
HUCK & THE KING OF HEARTS. Huck & the King of Hearts
HUNTER – DEADLY ENCOUNTERS. Hunter – Die Augen des Bösen
HUNTERS OF THE REEF. Abenteuer in Key West
HUSH LITTLE BABY. Wiegenlied des Todes

I

I CHANGED MY SEX. Glen or Glenda
I LED TWO LIVES. Glen or Glenda
I LIKE IT LIKE THAT. Life is Trouble
I'LL BE HOME FOR CHRISTMAS. Weihnachten komm' ich nach Hause
I'LL DO ANYTHING. I'll Do Anything oder: Geht's hier nach Hollywood?
I LOVE A MAN IN UNIFORM. Harter Mann in Uniform
I POSED FOR PLAYBOY. Ich war ein Playmate
IBIS ROUGE, L'. rote Ibis, Der
ICE. The Diamond Killing
ICELANDIC SAGA. Islandic Warrior
IL ETAIT UNE FOIS BEYROUTH. Beirut – Es war einmal
ILLEGALLY YOURS. Die Unschuld der Molly
IMAGINARY CRIMES. Unsere Welt war eine schöne Lüge
IMMORTAL BELOVED. Ludwig van B. – Meine unsterbliche Geliebte
IN A STRANGER'S HAND. In der Gewalt einer Fremden
IN DARKEST HOLLYWOOD: CINEMA & APARTHEID. Hollywood in Südafrika: Apartheid und Film
IN THE ARMY NOW. In the Army Now
IN THE BLEAK MIDWINTER. Winternachtstraum, Ein
IN THE EYES OF A STRANGER. Schrei, wenn du kannst
IN THE LINE OF DUTY: STREET WAR. Bandenkrieg
IN THE LINE OF DUTY: THE PRICE OF VENGEANCE. Preis der Rache, Der
IN THE LIVING YEARS. In the Living Years
IN THE MIDNIGHT HOUR. Midnight Kiss
IN THE MOUTH OF MADNESS. Mächte des Wahnsinns, Die
IN THE NAME OF BLOOD. In the Name of Blood
IN THE SHADOW OF A KILLER. Im Schatten eines Mörders
INCIDENT AT DECEPTION RIDGE. Klippe des Todes
INDIAN IN THE CUPBOARD, THE. Indianer im Küchenschrank, Der
INDIEN. Indien
INDIEN DANS LA VILLE, UN. Little Indian
INEVITABLE GRACE. Im Labyrinth der Leidenschaft
INFERNAL FIGHTER. Infernal Fighter
INHUMAINE, L'. Unmenschliche, Die
INMATES: A LOVE STORY. Gefangene Liebe
INNER SANCTUM 2. Pleasure of Flesh
INNOCENCE LOST – THE VERDICT. Innocence lost – The Verdict
INNOCENT, THE. The Innocent – Jagd auf ein unschuldiges Kind
INSEL, DIE. Insel, Die
INSIDE EDGE. Cashfire
INTERDIT D'AMOUR. Drei Kubikmeter Liebe
INTIMATE BLUE. Intimate Blue
INVASION OF PRIVACY. Verehrer, Der
INVISIBLE MANIAC. Serum des Grauens, Das
I. Q. I. Q. – Liebe ist relativ
IRON EAGLE IV. stählerne Adler IV, Der
IRONCLADS. Seeschlacht vor Virginia
IT CAME FROM BENEATH THE SEA. Grauen aus der Tiefe, Das

IT RUNS IN THE FAMILY. Vorsicht Nachbarn
IT WAS A WONDERFUL LIFE. It was a wonderful life
ITGABER. Yeshayahou Leibowitz
IWAN DA MARJA. Iwan und Marja

J

J'AI PAS SOMMEIL. Ich kann nicht schlafen
J. D.'S REVENGE. Rache aus dem Jenseits
JACOB. Bibel – Jakob, Die
JAILBIRDS. Mitgefangen – Mitgehangen
JAK DOSTAT TATINKA DO POLEPSOVNY. Wie man den Vater in die Besserungsanstalt bekommt
JANE'S HOUSE. Haus der anderen, Das
JE SUIS LE SEIGNEUR DU CHATEAU. Schloß gehört mir, Das
JEFFERSON IN PARIS. Jefferson in Paris
JEN O RODINNYCH ZALEZITOSTECH. Nur in Familienangelegenheiten
JERICO. Jericó
JEUNE FILLE ET LA MORT, LA. Tod und das Mädchen, Der
JEWELS. Juwelen des Schicksals
JIANG HU – BETWEEN LOVE AND GLORY. unbesiegbare Schwert, Das
JIMMY HOLLYWOOD. Jimmy Hollywood
JOHNNY MNEMONIC. Vernetzt – Johnny Mnemonic
JOSEPH – PART I & PART II. Bibel – Josef, Die
JOSH AND S. A. M. Josh and S. A. M.
JOUR DE FETE. Tatis Schützenfest
JOURNEY TO THE CENTER OF THE EARTH. Gefährliche Reise zum Mittelpunkt der Erde
JUDGE DREDD. Judge Dredd
JUDGEMENT DAY: THE JOHN LIST STORY. jüngste Gericht: John Lists Story, Das
JUNGLE BOOK, THE. Dschungelbuch, Das
JUST ANOTHER GIRL ON THE I. R. T. Brooklyn Girl
JUST CAUSE. Im Sumpf des Verbrechens

K

KALLE OCH ÄNGLARNA. Kalle und die Engel
KALLE OG ENGLENE. Kalle und die Engel
KEITA, L'HERITAGE DU GRIOT. Keïta! Das Erbe des Griot
KIDS. Kids
KIDS OF THE ROUND TABLE. Kids der Tafelrunde
KILL CRAZY. Horde des Schrekkens
KILLER LOOKS. Männerfalle, Die
KILLER TOMATOES STRIKE BACK. Killertomaten schlagen zurück, Die
KILLING OBSESSION, A. Killing Annie
KILLING ZOE. Killing Zoe
KINGDOM. The Kingdom – Hospital der Geister
KINGFISH: A STORY OF HUEY P. LONG. Kingfish
KISS OF DEATH. Kiss of Death
KLEPTOMANIA. Kleptomania – Die Lust am Stehlen
KREOLA. Kreola
KRUMMERNE 3 – FARS GODE IDE. Krümel – Der Meisterdetektiv

L

LABOR OF LOVE: THE ARLETTE SCHWEITZER STORY. Kind um jeden Preis – Die Geschichte der Arlette Schweitzer, Ein
LADIES OF THE CHORUS. Ich tanze in dein Herz
LADY FROM YESTERDAY, THE. Im Angesicht der Wahrheit
LAKOTA MOON. Lakota Moon
LAMERICA. Lamerica
LAND AND FREEDOM. Land and Freedom
LAND BEFORE TIME 3. In einem Land vor unserer Zeit 3
LAND BEFORE TIME II: THE GREAT VALLEY ADVENTURE, THE. In einem Land vor unserer Zeit 2
LANGOLIERS, THE. Langoliers, Die
LASSIE. Lassie
LAST DAYS OF CHEZ NOUS, THE. Letzte Tage im Chez Nous
LAST GASP. Last Gasp – Der Todesfluch
LAST SEDUCTION, THE. letzte Verführung, Die
LAST SUPPER. Letztes Abendmahl
LAST WORD, THE. Story Stripper – Schmutzige Zeilen
LATINO ENCOUNTER. No Way Back – Die ultimative Menschenjagd
LAUGHTER OF GOD, THE. sechste Gebot, Das
LAW OF THE JUNGLE. Jungle Law
LAZARUS SYNDROME, THE. Lazarus-Syndrom, Das
LECON DE PLAISIR, LA. La Leçon de plaisir – Dreiecksspiele
LECON DE VIE. Geschichten vom Leben
LEGEND OF FONG SAI YUK 2, THE. Iron Tiger
LEGEND OF GRIZZLY ADAMS, THE. Abenteuer des Grizzly Adams, Die
LEGEND OF O. B. TAGGART, THE. Legende von O. B. Taggart, Die
LEGENDS OF THE FALL. Legenden der Leidenschaft
LEON. Léon – Der Profi
LEONORA. Leonora
LEPIEJ BYC PIEKNA I BOGATA. Lieber reich und schön
LETHAL EXPOSURE. Mord im Sucher
LETHAL GAMES. Mörderische Spiele
LIAR'S CLUB, THE. Vergewaltigt – Jung und schuldig

LIARS CLUB. Club der Lügner
LIES BEFORE KISSES. Küsse und Lügen
LIES TO THE HEART: THE STORY OF LAURIE KELLOGG. Hölle auf Erden – Der Fall Laurie Kellogg
LIFE WITH BILLY. Hölle einer Ehe
LILY IN WINTER. Lily
LION STRIKE. Lion Strike
LIONHEART. Lionheart
LIPSTICK CAMERA, THE. Lipstick Camera
LISBON STORY. Lisbon Story
LITTLE GIANTS. Kleine Giganten
LITTLE NOISES. New York Noises
LITTLE ODESSA. Little Odessa
LITTLE PANDA. Little Panda
LITTLE PRINCESS, A. Little Princess
LITTLE WOMEN. Betty und ihre Schwestern
LIVING IN OBLIVION. Living in Oblivion
LIZ – THE ELIZABETH TAYLOR STORY PART 1 + 2. Liz Taylor Story
LJUBOW. Liebe
LOCUSTS. Tag, an dem die Heuschrecken kamen, Der
LONG JOURNEY BACK, THE. langer Weg zurück, Ein
LONG WALK HOME, THE. lange Weg, Der
LONG WEEKEND, THE. Mörderisches Wochenende
LOST. Verschollen auf hoher See
LOST IN AFRICA. Lost in Africa
LOTTA FLYTTAR HEMIFRAN. Lotta zieht um
LOVE AFFAIR. Perfect Love Affair
LOVE AND BETRAYAL: THE MIA FARROW STORY. Mia Farrow Story, Die
LOVE AND HUMAN REMAINS. Liebe und andere Grausamkeiten
LOVE CHILD. Liebe hinter Gittern
LOVE IS A GUN. Love is a Gun
LOVE ON THE RUN. Abenteurer und das Biest, Der
LOVE POTION NO. 9. Love Potion No. 9
LOW DOWN DIRTY SHAME, A. Mister Cool
LUCKY BREAK. Lucky Break – Leidenschaft in Gips
LUCKY DAY. Laras schönster Tag
LUDWIG 1881. Ludwig 1881
LUNAR COP. Astrocop
LUNNYJEPSY. Mondhunde

M

MACGRUDER & LOUD. MacGruder & Loud: Keine Zeit für Flitterwochen
MACGYVER: THE LOST TREASURE OF ATLANTIS. MacGyver: Jagd nach dem Schatz von Atlantis
MACGYVER: TRAIL TO DOOMSDAY. MacGyver: Endstation Hölle
MACHINE, LA. Maschine, Die
MACON COUNTY LINE. Macon County Line
MACSHAYNE: THE FINAL ROLL OF THE DICE. MacShayne: Mord in Vegas
MAD ABOUT YOU. Mann für meine Tochter, Ein
MAD DOGS AND ENGLISHMEN. Mad Dogs And Englishmen
MAD LOVE. Mad Love – Volle Leidenschaft
MADAGASCAR. Madagascar
MADDENING, THE. Psychopath, Der
MADNESS OF KING GEORGE, THE. King George – Ein Königreich für mehr Verstand
MADONNA – LOST INNOCENCE. Madonna – Verlorene Unschuld
MAGIC KID II. Magic Kid II
MAGIC SOUNDS. Magic Sounds – Musiker in Louisiana
MAHARAJAH'S DAUGHTER, THE. Palast der tausend Träume 1. – 3. Teil
MAID FOR EACH OTHER. Mädchen für alle Fälle
MAIGRET ET L'ECLUSE. Maigret in Nöten
MAIGRET ET LA VIELLE DAME. Maigret und die alte Dame
MAIGRET ET LES PLAISIERS DE LA NUIT. Maigret und die Freuden der Nacht
MALEDETTO IL GIORNO CHE T'HO INCONTRATO. Hätt' ich dich bloß niemals kennengelernt
MAMA. Mama
MAN HUNT. Man Hunt
MAN I KILLED, THE. fremde Sohn, Der
MAN IN THE ATTIC, THE. Killer aus dem Schatten, Der
MAN NEXT DOOR, THE. Triebtäter – Eine Stadt in Angst, Der
MAN OF THE HOUSE. (K)ein Vater gesucht
MANGLER, THE. The Mangler
M. A. N. T. I. S. M. A. N. T. I. S.
MAP OF THE HUMAN HEART. Flucht aus dem Eis
MARITO, IL. Freuden der Familie, Die
MARKED FOR MURDER. Zum Töten freigegeben
MARRY ME AGAIN. Heirate mich noch mal
MARS NEEDS WOMEN. Mars braucht Frauen
MARY SHELLEY'S FRANKENSTEIN. Mary Shelley's Frankenstein
MASK OF ALEXANDER CROSS, THE. Tote Killer morden nicht
MATLOCK: THE FORTUNE. Matlock: Mr. Estes Vermögen
MATLOCK: THE HAUNTED. Matlock: Aus Gier und Eitelkeit
MATUSALEM. Matusalem – Der Fluch des Piraten
MAX. Wenn die Liebe den Tod besiegt
MEMORY RUN. Memory Run
MEMPHIS. Entführt: Sieben Tage Angst
MEN OF WAR. Men of War
MENENDEZ: A KILLING IN BEVERLY HILLS. wahre Geschichte der Menendez-Brüder, Die
MENSONGE. Bittere Wahrheit
MERCEDES MON AMOUR. Mercedes mon Amour
MERCY MISSION: THE RES-

CUE OF FLIGHT 771. SOS über dem Pazifik
METAL BEAST. Metal Beast
METAL SKIN. Metal Skin
METECHMIO. Borderline
MIAMI RHAPSODY. Miami Rhapsody
MIDNIGHT DANCERS. Midnight Dancers
MIDNIGHT RUN: ANOTHER
MIDNIGHT RUN. Midnight Run – Abgerechnet wird um Mitternacht
MIDNIGHT'S CHILD. Satans Braut
MILES FROM NOWHERE. Wege aus dem Nichts
MILES TO GO. Duell mit dem Schicksal
MILK MONEY. Taschengeld
MILLION DOLLAR BABIES. Mutter entrissen, Der
MIND OF MR. SOAMES, THE. zweite Leben des Mr. Soames, Das
MIRACULE, LE. Wunder des Papu, Das
MIROSLAVA. Miroslava
MIRRORS. Spiegel
MISADVENTURES OF MERLIN JONES, THE. Die übersinnlichen Abenteuer des Merlin Jones
MISFITS TO YUPPIES. Verlorenen, Die
MISSING CHILDREN: A MOTHER'S STORY. Vermißte Kinder
MISSING PARENTS. Cool! – Endlich sind die Eltern weg
MISUNDERSTOOD. Unverstanden
MIXED NUTS. Lifesavers – Die Lebensretter
MOLLY & GINA. Molly & Gina
MON AMIE MAX. Meine Freundin Max
MON PERE AVAIT RAISON. Mein Vater hatte recht
MONACA DI MONZA, LA. Nonne von Monza, Die
MONDE EST UN GRAND CHELM, LE. Schelme von Schelm, Die
MONKEY TROUBLE. Immer Ärger um Dojo
MOONDANCE. Moondance
MOREHOUSE MEN, THE. Morehouse-Männer, Die
MORNING GLORY. Morgen früh, so Gott will...
MORTAL CONTACT. Mortal Contact
MOSQUITO. Mosquito
MOSTRO, IL. Monster, Das
MOTHER'S JUSTICE, A. Rache einer Mutter, Die
MOTORCYCLE GANG. Motorcycle Gang
MOUCHOIR DE JOSEPH, LE. fremde Vetter, Der
MR. STITCH. Mr. Stitch
MR. WRITE. Werbung für die Liebe
MRS. PARKER AND THE VICIOUS CIRCLE. Mrs. Parker und ihr lasterhafter Kreis
MUNCHIE STRIKES BACK. Munchie, der witzige Außerirdische
MURDER IN MISSISSIPPI. Mord in Mississippi
MURDER IN THE HEARTLAND. Heart to Kill
MURIEL FAIT LE DESESPOIR DE SES PARENTS. Muriel treibt ihre Eltern zur Verzweiflung
MURIEL'S WEDDING. Muriels Hochzeit
MUSIC FOR THE MOVIES: TORU TAKEMITSU. Music for the Movies: Toru Takemitsu
MUTE WITNESS. Stumme Zeugin
MY ANTONIA. Wege der Liebe
MY BOYFRIEND'S BACK. Mein Freund, der Zombie
MY FIRST NAME IS MACEO. My First Name is Maceo
MY KIDNAPPER, MY LOVE. Liebe ohne Schranken
MY NAME IS KATE. Meine Welt zerbricht
MY SON JOHNNY. Martyrium einer Mutter
MY SUMMER STORY. Vorsicht Nachbarn
MYSTERY AT CASTLE HOUSE. Geheimnis um Castle House, Das

N

NAAPET. Naapet
NACHT DER NÄCHTE, DIE. Nacht der Nächte, Die
NATTEVAGTEN. Nightwatch – Nachtwache
NATURAL LIES. Diagnose Rinderwahn: Muß meine Familie sterben?
NECRONOMICON. H. P. Lovecrafts Necronomicon
NEGRA ANGUSTIAS, LA. schwarze Angustias, Die
NEKHAI. zweite Tod des Gregor Z., Der
NELL. Nell
NEMESIS 2. Nemesis 2
NEMYE SVIDETELI. Stumme Zeugen
NET, THE. Netz, Das
NETCHAIEV EST DE RETOUR. Rückkehr eines Toten
NEVER SAY DIE. Never Say Die
NEW AGE, THE. New Age
NEW CRIME CITY. New Crime City
NEW LEGEND OF SHAOLIN. Master der Shaolin
NEW YORK KILLER. New York Killer – Die Kunst des Tötens
NEXT DOOR. Next Door – Zur Hölle mit den Nachbarn
NEXT KARATE KID, THE. Karate Kid IV – Die nächste Generation
NEXT STEP, THE. nächste Schritt, Der
NIGHT AND THE MOMENT, THE. Nacht und der Augenblick, Die
NIGHT BRINGS CHARLIE, THE. Nachts kommt Charlie
NIGHT EYES. Augen der Nacht
NIGHT OF THE RUNNING MAN. Night of the Running Man
NINA TAKES A LOVER. Nina's Lover
NINE MONTHS. Neun Monate (1995)
NO CONTEST. Running Out – Countdown des Todes
NO MAN'S LAND. Niemandsland (1994)
NO WORRIES. Land hinter dem Regenbogen

NOBODY'S CHILDREN. Land der verlorenen Kinder
NOBODY'S FOOL. Sei stark, Cassie
NOBODY'S FOOL. Nobody's Fool – Auf Dauer unwiderstehlich
NONSTRE, LE. Monster, Das
NOORDERLINGEN, DE. Noorderlingen
NORTH. North
NOSE, THE. The Nose
NOT ANGELS BUT ANGELS. Not Angels But Angels
NOT QUITE HUMAN II. Chip wird erwachsen
NOUNOU PAS COMME LES AUTRES, UNE. Alle lieben Julie
NOUVELLE VIE, UNE. neues Leben, Ein
NUESTRA VOZ DE TIERRA, MEMORIA Y FUTURO. Unsere Stimme aus Erde, Erinnerung und Zukunft
NUMBER ONE. Number One
NUOVE AVVENTURE DI KIM, LE. Kim
NURSES ON THE LINE. Abgestürzt im Dschungel

O

O. J. SIMPSON STORY, THE. Die O. J. Simpson Story – Der Mordfall des Jahrhunderts
OBEROTJEN TOM. Wolfspfote, Die
OH, WHAT A NIGHT. Oh, what a Night
OLD SCORES. Old Scores – Die Revanche
OLEANNA. Oleanna
ON AURA TOUT VU!. Tolpatsch auf Abwegen, Ein
ON THE STREETS OF L. A. Auf den Straßen von L. A.
ONCE A COP. Mega Cop
ONCE UPON A TIME. Pinky und Curly
ONCE WERE WARRIORS. letzte Kriegerin, Die
ONE MORE MOUNTAIN. One more Mountain – der letzte Paß
ONE OF HER OWN. Mißbraucht und verraten
ONLY YOU. Nur für Dich – Only You
ORANZEWYE ZILETE. Orange Westen
OROCHI, THE EIGHT-HEADED DRAGON. Madra, das achtköpfige Drachenmonster
ORRORI DEL CASTELO DI NORIMBERGA, GLI. Baron Blood
ORSO DI PELUCHE, L'. Teddybär, Der
ORSON WELLES: THE ONE-MAN-BAND. Orson Welles: The One-Man-Band
ORSON WELLES – WHAT WENT WRONG?. Orson Welles – Genial und geächtet
OSAKA STORY. Meine Reise ist nicht zu Ende
OTHER SIDE OF LOVE, THE. Unschuldig hinter Gittern: Das Schicksal der Annie Gallagher, Die
OTLEY. Pechvogel namens Otley, Ein
OU QUE TU SOIS. Wo du auch bist
OUR SONS. Laß mich nicht alleine, Mutter
OUT OF ANNIE'S PAST. Schrekken der Vergangenheit
OUT: STORIES OF LESBIAN AND GAY YOUTH. Out: Stories of Lesbian and Gay Youth
OUTBREAK. Outbreak – Lautlose Killer
OUTOMLIONNYE SOLNTESM. Sonne, die uns täuscht, Die
OUTRAGED FUGITIVE. Respect!
OVERKILL – THE AILEEN WUORNOS STORY. Auf dem Todesstrich
OVERRULED – IN MY DAUGHTER'S NAME. Im Namen meiner Tochter
OWL, THE. Rache der Eule, Die

P

PACKIN' IT IN. Auf und davon
PACTOLE, LE. kleine Coup, Der
PAGEMASTER, THE. Pagemaster – Richies fantastische Reise, Der
PAINTED HILLS, THE. Lassie ... und die Goldgräber
PAIR OF ACES. Zwei Asse schlagen zu
PAPER LION. Papierlöwe
PAR DELA LES NUAGES. Jenseits der Wolken
PARADISE FOR THREE. Drei Männer im Paradies
PARENT TRAP: HAWAIIAN HONEYMOON. Flitterwochen auf Hawaii
PARENT TRAP III. Zwilling kommt selten allein, Ein
PART TIME GOD. Gott für gewisse Gelegenheiten, ...
PAS DE BAVARDS A LA MUETTE. Nestor Burmas Abenteuer in Paris: Schweigen ist Gold
PAS TRES CATHOLIQUE. Detektivin, Die
PASSAGER CLANDESTIN, LE. blinde Passagier, Der
PASSION FOR MURDER, A. Taxi in den Tod
PAST TENSE. Past Tense
PASTEUR. Pasteur
PATRIOTES, LES. Ariel, der Patriot
PAYBACK. Hell's Passion
PAYDIRT. Paydirt – Schmutziges Geld, Die
P. C. U. P. C. U.
PEACE STREET. Straße des Friedens, Die
PEBBLE AND THE PENGUIN, THE. Hubi, der Pinguin
PER PARTE DI PADRE. Fünf Klumpen Gold
PERFECT ALIBI. perfekte Alibi, Das
PERFECT PROFILE. Frau mit Erfolg, Eine
PERRY MASON: THE CASE OF THE KILLER KISS. Perry Mason und der Kuß des Todes
PERRY MASON: THE CASE OF THE SKIN DEEP SCANDAL. Perry Mason und die Formel ewiger Jugend
PERRY MASON: THE CASE OF THE TELLTALE TALK SHOW HOST. Perry Mason und der Tote am Telefon
PERSONNE NE M'AIME. Überdreht und durchgeknallt

PET SHOP, THE. Viel Wirbel um die Kuschelmonster
PETITE AMIE D'ANTONIO, LA. Antonios Freundin
PHANTASM III. Böse III, Das
PHANTOM SEVEN. Phantom Seven
PHOENIX AND THE MAGIC CARPET. Abenteuer mit dem Zauberteppich
PHOTO, LA. Photo, Das
PHOTOGRAPHIA, I. Photo, Das
PITRA, PUTRA AUR DHARAMYUDDHA. Vater, Sohn und Heiliger Krieg
PLAN 9 FROM OUTER SPACE. Plan 9 aus dem Weltall
PLANE FEAR. Flying Toys
PLAYMAKER. Death Date
PLYMOUTH. Mond über Plymouth, Der
PO PROSWITSCHTSCHU «SWER», ... Man nannte ihn Bestie
POCAHONTAS. Pocahontas
POCAHONTAS – THE LEGEND. Pocahontas – Die Legende
POKER. Poker
POLICE RESCUE – THE MOVIE. Police Rescue – Profis unter Verdacht
POLICE STORY: THE WATCH COMMANDER. Police Story: Ein altgedienter Profi
POLIZEI. Polizei
PONTIAC MOON. Traum von Apollo XI, Der
PORTION D'ETERNITE. Verbotene Experimente
POSLE SMERTI. Nach dem Tode
POSLEDNIYE KHOLODA. letzten kalten Tage, Die
POSTCARDS FROM AMERICA. Postcards from America
POSTINO, IL. Postmann, Der
POSWJASCHTSCHJONNY. Geweihte, Der
POWER RANGERS. Power Rangers – Der Film
PRECIOUS VICTIMS. Kaltblütig geopfert
PREMIER CONVOI. Premier Convoi (Der erste Transport)
PRET-A-PORTER. Prêt-à-Porter
PREUVE D'AMOUR. Liebe ist kein Beweis
PRICE OF PEACE, THE. Black Fox: Black Fox / Kampf auf Leben und Tod / Die Rache ist mein
PRIEST, THE. Priester, Der
PRIMARY MOTIVE. Wer die Wahl hat
PRIME SUSPECT. falsche Spur, Die
PRINCESS CARABOO. Prinzessin Caraboo
PRINZESSA NA GOROSCHINGE. Prinzessin auf der Erbse, Die
PRISONERS OF THE CASBAH. Gefangen in der Kasbah
PRIVATE EYE. Privatdetektiv, Der
PRIVATE LESSONS 2. Private Lessons
PROFESSIONAL AFFAIR. Professional Affair
PROGRAM, THE. Challenge – Die Herausforderung
PROJECT SHADOWCHASER 3. Shadowchaser III
PSY. Hunde
PUMAENS DATTER. Tochter des Puma, Die
PUMPKINHEAD II. Pumpkinhead II
PUPPET MASTER V. Puppet Master V
PUPPET MASTERS. Puppet Masters
PURE COUNTRY. Pure Country

Q

QUANDO ERAVAMO REPRESSI. Swingers
QUE BOM TE VER VIVA. Wie schön, dich lebend zu sehen
QUEENS LOGIC. Geboren in Queens
QUICK AND THE DEAD, THE. Schneller als der Tod
QUIZ SHOW. Quiz Show

R

R. P. M. Kampf den Talaren
RACE AGAINST THE HARVEST. Mit dem Mut der Verzweiflung
RADIOLAND MURDERS. Radioland Murders – Wahnsinn auf Sendung
RAGE. Speed Rage
RAGE AU COEUR, LA. Wut im Herzen
RAGING ANGELS. Raging Angels
RAPT A CREDIT. Bastard, Der
RAY ALEXANDER: A TASTE FOR JUSTICE. Mörderisches Menü
REAL SCHEMIEL, THE. Schelme von Schelm, Die
REBECCA. Rebecca
RECKLESS KELLY. Robin Hood Junior
RED LINE. Red Line
RED SUN RISING. Red Sun Rising
REDEMPTION, THE. Kickboxer 5
REEFER MADNESS. Reefer Madness – Kiffen macht crazy
REGARD D'ULYSSE, LE. Blick des Odysseus, Der
REGLE DE L'HOMME, LA. Gesetz der Wüste, Das
RELATIVE FEAR. Wiege des Terrors
RELENTLESS 4. Sunset-Killer 4, Der
RELICS – EINSTEIN'S BRAIN. Auf der Suche nach Albert Einsteins Gehirn
RENDEZ-VOUS DE PARIS, LES. Rendezvous in Paris
RENT-A-KID. Rent-A-Kid
REPUBBLICA NOSTRA. Repubblica Nostra
RETURN FROM WITCH MOUNTAIN. Sieg der Sternenkinder, Der
RETURN OF JAFAR. Dschafars Rückkehr
RETURN OF TOMMY TRICKER, THE. Tommy Tricker – Die Rückkehr
RETURN TO LONESOME DOVE – THE FORGE. Wildes Land:

Die Vision / Zwischen den Fronten / Das Erbe / Tod in Montana
RETURN TO LONESOME DOVE – THE LEGACY. Wildes Land: Die Vision / Zwischen den Fronten / Das Erbe / Tod in Montana
RETURN TO LONESOME DOVE – THE PASSING. Wildes Land: Die Vision / Zwischen den Fronten / Das Erbe / Tod in Montana
RETURN TO LONESOME DOVE – THE VISION. Wildes Land: Die Vision / Zwischen den Fronten / Das Erbe / Tod in Montana
RETURN TO TWO MOON JUNCTION, A. Two Moon
REUNION. Ruf des Todes, Der
REVENGE OF AL CAPONE, THE. Death Lord
REVOLUTIONS PER MINUTE. Kampf den Talaren
REY PASMADO, EL. verblüffte König, Der
RHESUS ROMEO. Rhesus-Romeo
RICH, YOUNG AND PRETTY. Hübsch, jung und verliebt
RIDER OF DEATH VALLEY. Ritt ins Todestal, Der
RIFT. Rift – Abgrund der Seele
RIGET. The Kingdom – Hospital der Geister
RIGOLETTO. Rigoletto
RING OF STEEL. Ring of Steel
RIPPER MAN. Ripper Man
RIT OVER DE GREENS. Ritt über die Grenze
RITZ, THE. Mörder lauert in der Sauna, Der
RIVER WILD, THE. Am wilden Fluß
ROB ROY. Rob Roy
ROBIN COOK'S MORTAL FEAR. Ärztin und der Mörder, Die
ROBIN COOK'S VIRUS. Killervirus – In deinen Adern fließt der Tod, Der
ROBOCOP – THE FUTURE OF LAW ENFORCEMENT. Robocop 4 – For Law and Order
ROI EBAHI, LE. verblüffte König, Der
ROI SANS DIVERTISSEMENT, UN. König allein, Ein
ROMAN DU RENARD, LE. Fabel von Reineke Fuchs, Die
ROOFTOPS. Rooftops – Dächer des Todes
ROOKIE OF THE YEAR. Durchstarter, Der
ROOMMATES. Roommates – Bis ans Ende des Weges
ROOTS: THE GIFT. Roots – Das Geschenk der Freiheit
ROSAMUNDE PILCHER'S SEPTEMBER. Rosamunde Pilchers September
ROSEAUX SAUVAGES, LES. Wilde Herzen
ROUGH MAGIC. Wilder Zauber
ROUND NUMBERS. Funny Fat Farm
RUBY CAIRO. Ruby Cairo
RUSALKA. Die traurige Nixe, Die
RUSSALOTSCHKA. Die traurige Nixe, Die
RUSSIAN LULLABY. Russian Lullaby
RUSSISKE SANGERINDE, DEN. Rußland-Affäre, Die
RUSSKAJA SIMFONIJA. russische Symphonie, Die
RUTLES – ALL YOU NEED IS CASH, THE. The Rutles – All you need is Cash

S

SAFE PASSAGE. Safe Passage
SAINT OF FORT WASHINGTON, THE. Streets of New York
SAMOSTOIATELNAJA JIZN. unabhängiges Leben, Ein
SANDINO. Sandino
SANG DES INNOCENTS, LE. Unschuldiges Blut
SANKOFA. Sankofa
SANS SOLEIL. Sans Soleil – Unsichtbare Sonne
SANTA CLAUSE. Santa Clause – Eine schöne Bescherung
SARAH, PLAIN AND TALL. Meer für Sarah, Ein
SAVED BY THE BELL – WEDDING IN LAS VEGAS. California College: Hochzeit in Las Vegas
SCACCO TUTTO MATTO, UNO. Weiße Westen für Ganoven
SCANDAL AT SCOURIE. Skandal um Patsy
SCANNER COP 2 – VOLKIN'S REVENGE. Scanner Cop 2
SCHACKO KLAK. Schacko Klak
SCHEMES. Tödliche Intrigen
SCHOOL FOR UNCLAIMED GIRLS. Wahn der süßen Jugend
SCOOBY DOO MEETS THE BOO BROTHERS. Geisterjäger, Die
SCOUT, THE. Scout, Der
SCREAM BLACULA SCREAM. Schrei des Todes, Der
SCRUPLES. Die keine Skrupel kennen
SCUSI, FACCIAMO L'AMORE?. Wenn die Liebe lockt
SE PERMUTA. Tausche Wohnung!
SEA WOLF, THE. Seewolf, Der
SEARCH AND DESTROY. The Moviemaker
SEASONS OF THE HEART. Entscheidung des Herzens
SECOND BEST. Probezeit
SECRET D'ELISSA RHAÏS, LE. Elissa Rhaïs
SECRET GAMES 2: THE ESCORT. Secret Games 2 – Heiße Hostessen
SECRET GAMES 3. Secret Games 3
SECRET OF ROAN INISH, THE. Geheimnis des Seehund-Babys, Das
SECRETARY, THE. The Bitch
SECTION ANDERSON, LA. Abteilung Anderson
SEDUCED BY EVIL. Fluch des Magiers, Der
SENOR PRESIDENTE, EL. Herr Präsident, Der
SENSATION. Deadly Sensation
SENSUAL EXPOSURE. Tempel der Sinnlichkeit
SENZA PELLE. Ohne Haut
SEPARATE LIVES. Separate Lives – Tödliches Doppelleben
SEPARATED BY MURDER. Blutsbande
SERIAL KILLER. Shadow Killer
SEVEN. Sieben
SEVENTH COIN, THE. siebente Münze, Die
SEX. Sex

SEXE DES ETOILES, LE. Geschlecht der Sterne, Das
SEXUAL OUTLAWS. Sexual Outlaws
SHADOW FORCE. Für Gesetz und Mord
SHADOW OF OBSESSION. Im Schatten des Verfolgers
SHALLOW GRAVE. Kleine Morde unter Freunden
SHAME. Vergewaltigt – Eine Stadt unter Anklage
SHAME. Shame
SHAMROCK CONSPIRACY, THE. Verschwörung der Patrioten
SHANGAI TRIAD. Shanghai Serenade
SHARPE'S COMPANY. Scharfschützen, Die
SHARPE'S EAGLES. Scharfschützen, Die
SHARPE'S RIFLES. Scharfschützen, Die
SHATTERED IMAGE. Blondes Gift – Die zwei Gesichter einer Frau
SHATTERED TRUST. Zerbrochenes Vertrauen
SHAWSHANK REDEMPTION, THE. Die Verurteilten
SHE HAD TO SAY YES. Liebe und andere Geschäfte
SHEBA BABY. Sheba Baby
SHERLOCK HOLMES RETURNS. Rückkehr des Sherlock Holmes, Die
SHERLOCK: UNDERCOVER DOG. Spürnase Sherlock
SHERWOOD'S TRAVELS. Diebe unter sich
SHIGATSE – EINE SPRITZE KOMMT SELTEN ALLEIN. Shigatse – Eine Spritze kommt selten allein
SHORTCUT TO PARADISE. Teufel im Paradies
SHOTGUN WEDDING. Shotgun Wedding
SHUANQIZHEN DAOKE. Duell der Schwertkämpfer, Das
SIDEKICKS. Sie können's nicht lassen
SIKI. Battling Siki
SILENCER, THE. Codename: Silencer
SILENT BETRAYAL, A. Inspektor Janek und der Broadwaymörder
SILENT FALL. Stummer Schrei
SILHOUETTE. Tod im Zwielicht
SILVER BRUMBY, THE. silberne Hengst – König der Wildpferde, Der
SIMPLE TWIST OF FATE, A. Zufalls-Dad, Der
SINGLE BARS, SINGLE WOMEN. Single sucht Single
SIRNA NEDELJA. Tag der Vergebung, Der
SJECAS LI SE DOLLY BELL. Erinnerst Du Dich an Dolly Bell?
SKALDEDE SPOGELSE, DET. Ich bin's, Jasper
SKASKA, RASSKASANNAJA NOTSCHU. Märchen, in der Nacht erzählt, Die
SKATEBOARD KID 2, THE. Skateboard Kid 2
SKEETER. Skeeter – Invasion des Grauens
SKETCH ARTIST, THE. Colors of Crime
SKIPPY AND THE INTRUDERS. Skippy und die Schatzsucher
SKYJAHÖLLIN. Emil und der kleine Skundi
SLEEP WITH ME. Sleep with me
SLEEPSTALKER – THE SANDMAN'S LAST RITES. Sleepstalker
SMALL CIRCLE OF FRIENDS, A. Unter guten Freunden
SMASHING BIRD I USED TO KNOW, THE. Wahn der süßen Jugend
SMOKE. Smoke
SMOOTH TALKER. Ich lüge nie...
SNOOKS IN THE LIMELIGHT. Alle reden über Snooky
SNOVSEN. Snooky – mein allerbester Freund
SOCIAL SUICIDE. Chili con carne
SOFT DECEIT. raffinierter Coup, Ein
SOFT KILL. Soft Kill
SOFT TOP HARD SHOLDER. Nonstop nach Glasgow
SOGNO D'AMORE. Taxi ins Glück
SOL DEL MEMBRILLO, EL. Licht des Quittenbaums, Das
SOLDIER BOYZ. Soldier Boyz
SOLEIL TROMPEUR. Sonne, die uns täuscht, Die
SOME DIVINE WIND. Kamikaze – Schutzwind der Götter
SOMEBODY'S DAUGHTER. Bulle und die Stripperin, Der
SOMEONE SHE KNOWS. Sie kannte ihren Killer
SOMETHING TO LIVE FOR: THE ALISON GERTZ STORY. Verhängnisvolle Liebe
SOMETHING TO TALK ABOUT. Power of Love
SOUTH BEACH ACADEMY. South Beach Academy
SPANISH ROSE. Spanish Rose, Das
SPARKS: THE PRICE OF PASSION. Preis der Leidenschaft, Der
SPECIES. Species
SPEECHLESS. Sprachlos
SPENSER: CEREMONY. Combat Zone
SPIDER AND ROSE. Spider and Rose
SPIDER AND THE FLY, THE. Tödliche Fantasien
SPITFIRE. Spitfire
SPLIT INFINITY. Reise in eine andere Zeit
S.P.Q.R. – 2000 E 1 / 2 ANNI FA. römische Kanone, Die
STAGGERED. Mad Wedding – Keine Hochzeit und fast ein Todesfall
STAND-IN. Mr. Dodd geht nach Hollywood
STAR TREK – GENERATIONS. Star Trek – Treffen der Generationen
STAR TREK – VOYAGER: CARETAKER. Star Trek – Voyager: Der Fürsorger
STARGATE. Stargate
STATE OF AFFAIRS. Ungeklärte Verhältnisse
STATE OF EMERGENCY. Skandal in der Notaufnahme
STAYING AFLOAT. Alex III –

Der Schnüffler mit der goldenen Nase
STEAL THIS HEART 2. Leidenschaftliche Träume
STEEL FRONTIER. Steel Frontier
STEFFI. Steffi
STEPHEN KING'S GOLDEN YEARS. Stephen King's Schöne neue Zeit
STILL NOT QUITE HUMAN. Chip schafft alle
STO DNEJ DO PRIKAZA. 100 Tage, Genosse Soldat!
STONED AGE. Chicks – Total bekifft und wild auf Girls
STRANGER. Fremder
STRANGER AMONG US, A. Strangers
STRANGER BY NIGHT. Blackout
STRANGER IN THE FAMILY. Fremder in unserer Mitte, Ein
STRANGLEHOLD. Stranglehold
STREET CORNER KIDS. Geheimnis von Twin Sister, Das
STREET WAR. Bandenkrieg
STREETFIGHTER. Streetfighter – Die entscheidende Schlacht
STVORENI SVETA. Erschaffung der Welt, Die
SUDIE AND SIMPSON. Sudie und Simpson
SUITE 18. Suite 18
SUIVEZ MON REGARD. Tag in Paris, Ein
SUMMER MAGIC. Summer Magic
SUNES SOMMAR. Cooler Sommer
SUPRUGI ORLOWY. Eheleute Orlow, Die
SUR, EL. Süden, Der
SURVIVE THE SAVAGE SEA. Segeltour des Grauens
SURVIVING THE GAME. Surviving The Game
SUSPICIOUS AGENDA. Crossing Line
SVAMPE. Abenteuer im Zauberland
SWEET AND SHORT. Mr. Sweet und das Chaos
SWEET BIRD OF YOUTH. Süßer Vogel Jugend
SWEET KILLING. Sweet Killing
SWEET MURDER. Mördergrube, Die
SWEET TALKER. Harrys größter Coup
SWORDSMAN III. China Swordsman 2

T

TAI-CHI. Tai-Chi
TAINTED BLOOD. Böses Blut
TAKING LIBERTIES. The Last Tattoo
TAL DER FRAUEN, DAS. Tal der Frauen, Das
TALES FROM THE CRYPT: DEAD WAIT. Geschichten aus der Gruft: Tödlicher Hinterhalt
TALES FROM THE CRYPT – DEMON KNIGHTS. Ritter der Dämonen
TALES FROM THE DARKSIDE. House of the Creeping Death
TALES FROM THE DARKSIDE VOL. 3. George Romero's Golden Tales 3
TALES FROM THE HOLLYWOOD HILLS: NATICA JACKSON. Liebe in Hollywood, Eine
TALL, DARK AND DEADLY. Skrupellos und tödlich
TANK GIRL. Tank Girl
TAXI BOY. Taxi Boy
TAXI TO SOWETO. Taxi nach Soweto
TECHNO-FEAR. Techno-Fear
TEEN VAMP. Teen Vamp
TEKWAR. TekWar – Kampf um die verlorene Vergangenheit
TENNESSEE NIGHTS. Minnie
TERCEIRA MARGEM DO RIO, A. dritte Ufer des Flusses, Das
TERESA'S TATTOO. Mystery Model
TERMINAL FORCE. Terminal Force
TERMINAL VELOCITY. Tödliche Geschwindigkeit
TERMINAL VOYAGE. Star Voyager
TEXAS. Texas
THAT NIGHT. Zauber eines Sommers
THERE GOES MY BABY. Last Days of Paradise
THEY WATCH. Lost Souls – Botschaft aus dem Jenseits
THICKER THAN BLOOD. Liebe kennt kein Warum
THIRD GIRL FROM THE LEFT, THE. Heiraten wir morgen
THIS CAN'T BE LOVE. Liebe ist nicht bloß ein Wort
THOSE BEDROOM EYES. süße Duft des Todes, Der
THOSE SHE LEFT BEHIND. Verlaß mich nicht, Daddy!
3 NINJAS KICK BACK. 3 Ninjas Kick Back
3 NINJAS KNUCKLE UP. 3 Ninjas – Fight & Fury
30 FOOT BRIDE OF CANDY ROCK. 9-Meter-Braut, Die
THURSDAY'S CHILD. Tag Jupiters, Der
TICHIE STRANICY. Verborgene Seiten
TILL THE END OF THE NIGHT. Bis der Tod uns scheidet
TIME TO TRIUMPH, A. Triumph des Herzens
TO DIE FOR. To Die For
TO MY DAUGHTER WITH LOVE. Joey und Emily
TO THE LIMIT. To The Limit
TOKYO NAGAREMONO. Tokyo Drifter – Der Mann aus Tokio
TOMMY BOY. Tommy Boy – Durch Dick und Dünn
TONGNIAN ZAI RUIJIN. Kindheit in Ruijin
TONIGHT AND EVERY NIGHT. Music Box Girls
TONYA AND NANCY: THE INSIDE STORY. Eisprinzessin und das Biest – Die wahre Geschichte von Tonya und Nancy, Die
TOP DOG. Top Dog
TORCH SONG. Macht der Liebe, Die
TOTSCHWEIGEN. Totschweigen
TOUCH AND DIE. Bei Berührung Lebensgefahr
TOUCH OF TRUTH. Niemand hört den Schrei
TOUGH AND DEADLY. Tough and Deadly
TOUKI BOUKI. Touki Bouki

TOWN BULLY, THE. Gerechten, Die
TOXIC AFFAIR. Toxic Affair
TRAIN DE VIENNE, LE. Zug aus Wien, Der
TRANCERS 5: SUDDEN DEATH. Trancers 5
TRANSVESTITE, THE. Glen or Glenda
TRAPPED IN SPACE. Gefangen im All
TRAPS. Dschungel der Gefühle
TRIAL BY JURY. Geschworene – Verurteilt zur Angst, Die
TROLL IN CENTRAL PARK, A. Zaubertroll, Der
TROUBLES WE'VE SEEN, THE. The Troubles We've Seen – Die Geschichte der Kriegsberichterstattung
TRUE CRIME. Deception – Tödliche Täuschung
TRYST. Tryst
TSCHEGEMSKIJ DETEKTIV. Detektiv von Tschegem, Der
TUNG FONG BAT BAI III. China Swordsman 2
TURTLE BEACH. Überleben in Malaysia
TUTTI FRATELLI NEL WEST.... Fünf Klumpen Gold
TWILIGHT ZONE: ROD SERLING'S LOST CLASSICS, THE. Schrecken aus dem Jenseits
TWO SMALL BODIES. Two Small Bodies
TYLKO STRACH. Nur die Angst
TYSON. Tyson

U

UCHU NO HOSOKU. Gesetz der Macht
UCIECZKA Z KINA «WOLNOSC». Flucht aus dem Kino «Freiheit»
UCNA LETA IZUMITELJA POLZA. Lehrjahre des Erfinders Schnecke, Die
UDATSCHI WAM, GOSPODA. Viel Glück, meine Herren
UMBRELLAS. Umbrellas
UNBORN II: BORN AGAIN, THE. Baby Blood II
UNCOVERED. Geheimnisse
UNDEFEATABLE. Street Queen & Killer
UNDER INVESTIGATION. Farbe des Blutes, Die
UNDER LOCK. Under Lock – Hölle hinter Gittern
UNDER SIEGE 2: DARK TERRITORY. Alarmstufe: Rot 2
UNDERCOVER HEAT. Undercover Heat
UNDERGROUND. Underground
UNKNOWN, THE. The Unknown
UNLAWFUL PASSAGE. Tödliche Weite
UOMO CHE GUARDA, L'. Tinto Brass Voyeur
URBAN HARVEST. Kinder des Zorns III

V

VACAS. Kühe
VADON. Wie ein Blatt im Wind
VALENTINO RETURNS. Mein wunderbarer Cadillac
VALSE DE PARIS, LA. Pariser Walzer, Der
VANYA ON 42ND STREET. Vanya – 42. Straße
VAULT OF HORROR (TALES FROM THE CRYPT) VOLUME 1. Masters of Horror Volume 1
VAULT OF HORROR (TALES FROM THE CRYPT) VOLUME 2. Masters of Horror Volume 2
VAULT OF HORROR (TALES FROM THE CRYPT) VOLUME 3. Masters of Horror Volume 3
VAULT OF HORROR (TALES FROM THE CRYPT) VOLUME 4. Masters of Horror Volume 4
VAULT OF HORROR (TALES FROM THE CRYPT) VOLUME 5. Masters of Horror Volume 5
VAYU. Luft
VEILLEES D'ARMES – HISTOIRE DU JOURNALISME EN TEMPS DE GUERRE. The Troubles We've Seen – Die Geschichte der Kriegsberichterstattung
VELVET. Frauen wie Samt und Seide
VENGEANCE D'UNE BLONDE, LA. Blonde Vergeltung
VENGEANCES. Revanche in Rio
VERNON JOHNS STORY, THE. Aufruhr in Alabama – Die Geschichte des Vernon Johns
VEUFS, LES. Von Begierde getrieben
VIBRATIONS. Vibrations
VICE ACADEMY PART 3. Politessen-Akademie
VICTIM OF BEAUTY. Opfer der Schönheit
VICTIM OF RAGE. Opfer seiner Wut
VIDA ES UNA SOLA, LA. Es gibt nur ein Leben
VIE DE PLAISIR, LA. leichte Leben, Das
VIE SEXUELLE DES BELGES 1950–1978, LA. wahre Sexualleben der Belgier, Das
VIKING SAGAS, THE. Islandic Warrior
VILDBASSEN. Torben – Der Satansbraten
VIPER. Viper – Ein Ex-Cop räumt auf
VIRTUAL SEX. Virtual Sex
VISION OF TERROR. Augen des Schreckens
VIVA CASTRO!. Viva Castro!
VLEMMA TOU ODYSSEA, TO. Blick des Odysseus, Der
VON GRUND AUF WÄR' ICH EIN MENSCH ZUM LEBEN. Von Grund auf wär' ich ein Mensch zum Leben
VOW TO KILL, A. Tod auf Trauschein

W

WAGONS EST!. Wagons East!
WALK IN THE CLOUDS, A. Dem Himmel so nah
WALKER, TEXAS RANGER. Walker, Texas Ranger: Schwarze Spinne
WALKER – TEXAS RANGER. Black Bayou
WALKING THUNDER. Walking Thunder
WALL OF SILENCE. Schweigemauer
WAR OF THE BUTTONS, THE. Krieg der Knöpfe, Der

WATCHERS III – THE CHASE IS ON. Watchers – The Chase is on
WATERWORLD. Waterworld
WEB OF DECEIT: I KNOW MY SON IS ALIVE. Im Netz des Wahnsinns
WEB OF DECEPTION. mörderischer Seitensprung, Ein
WELCOME TO PARADISE. Willkommen im Paradies
WES CRAVEN'S NEW NIGHTMARE. Freddy's New Nightmare
WHAT EVER HAPPENED TO BABY JANE?. Was geschah wirklich mit Baby Jane?
WHAT SHE DOESN'T KNOW. Im Netz des Syndikats
WHEN NIGHT IS FALLING. When Night is Falling
WHERE ANGELS GO... TROUBLES FOLLOW. Wenn Engel reisen...
WHERE ARE THE CHILDREN?. Grenzenloses Leid einer Mutter
WHILE JUSTICE SLEEPS. Blut an ihren Händen
WHILE YOU WERE SLEEPING. Während du schliefst...
WHIPPING BOY, THE. Prinz und der Prügelknabe, Der
WHISPERED LIES. Verführerisches Flüstern
WHISPERING, THE. The Whispering
WHISPERS OF WHITE. Whispers of White
WHO'S THE MAN. Who's the Man?
WHORE 2. Huren
WIDOWS PEAK. Witwen von Widows Peak, Die
WILD AFFAIR, THE. total verrückte Büroparty, Die
WILL: G. GORDON LIDDY. Nixons rechte Hand: Der Fall G. Gordon Liddy
WINDY CITY. Windige Stadt
WING CHUN. Wing Chun – Gefährlich wie eine Pantherkatze
WITCHBOARD – THE POSSESSION. Witchboard – Gate to Hell
WITCHES, THE. Teufel tanzt um Mitternacht, Der
WITCHING OF BEN WAGNER, THE. Großmutters Fluch
WITHOUT HER CONSENT. Gegen ihren Willen
WITHOUT WARNING: TERROR IN THE TOWERS. Terror in the Towers
WOLSCHEBNAJA LAMPA ALADDINA. Aladins Wunderlampe
WOMAN AT WAR, A. Handlanger des Todes – Die Geschichte der Helene M.
WOMAN'S GUIDE TO ADULTERY, A. Anleitung zum Ehebruch
WOMAN SCORNED, A. Rache einer Frau, Die
WONDERBOY. Zärtlichkeit des Tigers, Die
WONDERWALL. Welt voller Wunder
WRONG WOMAN, THE. Chased
WU KUI. Braut des hölzernen Mannes, Die

X

XIAN HUNNÜ. Frauen vom See der unschuldigen Seelen, Die
XTRO 3 – WATCH THE SKY. XTRO-3
XUESE QING CHEN. Blutiger Morgen

Y

YANKEE ZULU. Yankee Zulu
YAO A YAO, YAO DAO WAIPO QIAO. Shanghai Serenade
YARASA. Fledermaus, Die
YOU BELONG TO ME. Du gehörst zu mir
YOUNG ADVENTURERS, THE. Zwei Freunde reißen aus
YOUNG POISONER'S HANDBOOK, THE. Handbuch des jungen Giftmischers, Das

Z

ZENSHIN SHOSETSUKA. Schriftsteller mit Leib und Seele
ZERO PATIENCE. Zero Patience
ZHAO LE. Zum Vergnügen
ZIR E DARAKHTAN E ZEYTON. Quer durch den Olivenhain
ZONE 99, THE. Zone 99 – The Nuclear Target

Lexikon der Regisseure 1995

Dieses Verzeichnis der Regisseure umfaßt alle 1995 in den deutschen Filmtheatern aufgeführten und in diesem Jahrbuch erfaßten Filme. Die Zahl hinter dem Filmtitel bezeichnet das Entstehungsjahr des Films, nicht das Jahr der deutschen Erstaufführung. Widersprüche in der Angabe der Produktionsjahres konnten nicht immer ausgrräumt werden. Wir haben nach sorgfältiger Prüfung der uns zur Verfügung stehenden Unterlagen entschieden.

A

Abascal, Paul
Masters of Horror Volume 4
Achard, Marcel
Der Pariser Walzer, 1949
Achternbusch, Herbert
Hades, 1994
Ackerman, Robert Allan
Safe Passage, 1994
Ackermann, Rainer
Mühle, 199?
Adams, Daniel
Wer die Wahl hat, 1991
Adkin, David
Out: Stories of Lesbian and Gay Youth, 1993
Adler, Gilbert
Masters of Horror Volume 2, 1992–94
Masters of Horror Volume 4, 1992/94
Agneskirchner, Alice
Rauliens Reer, 1994
Alfredson, Daniel
Kommissar Beck: Der Mann auf dem Dach
Kommissar Beck: Die Tote im Götakanal, 1994
Allahyari, Houchang
Höhenangst, 1994
Allen, Corey
Straße nach nirgendwo, 1987
Allen, Woody
Bullets over Broadway, 1994
Allouache, Merzak
Bab el-Oued City, 1994
Altman, Robert
Prêt-à-Porter, 1995
Amaral, Suzana
Sternstunde, 1985
Amelio, Gianni
Lamerica, 1994
Amelio-Ortiz, Cuini
Hotel Eden, 1995
Amurri, Franco
Immer Ärger um Dojo, 1994
Amy, George
Liebe und andere Geschäfte, 1933
Améris, Jean-Pierre
Das Hochzeitsboot, 1993
Anderson, Michael
Der Seewolf, 1993
András, Ferenc
Wie ein Blatt im Wind, 1988
Angelopoulos, Theo
Der Blick des Odysseus, 1995
Annett, Paul
Großmutters Fluch, 1990
Antel, Franz
Happy End, 1992
Anthony, Robert
Respect!, 1994
Antonio, Lou
Küsse und Lügen, 1991
Antonioni, Michelangelo
Jenseits der Wolken, 1995
Apelgren, Stephan
Cooler Sommer, 1993
Apted, Michael
Nell, 1994
Araki, Gregg
Totally Fed Up, 1993
Arau, Alfonso
Dem Himmel so nah, 1995
Arcand, Denys
Liebe und andere Grausamkeiten, 1993
Archibugi, Francesca
Der große Kürbis, 1993
Ardolino, Emile
Bette Midler's Gypsy, 1993
Armstrong, Gillian
Letzte Tage im Chez Nous, 1991
Betty und ihre Schwestern, 1994
Arnfred, Morten
Die Rußland-Affäre, 1993
Arthur, Karen
Brücke zum Schweigen, 1989
Gegen ihren Willen, 1994
Die Mia Farrow Story, 1994
Askarjan, Don
Der Bär, 1984
Asphaug, Martin
Abenteuer im Zauberland, 1990
Assayas, Olivier
Ein neues Leben, 1993
Astruc, Alexandre
Albert Savarus, 1992
Auster, Paul
Blue in the Face, 1994
Smoke, 1994
Austin, Michael
Prinzessin Caraboo, 1994
Avary, Roger
Killing Zoe, 1993
Mr. Stitch, 1995
Axmith, George
L.A. Angel – Deadly Revenge, 1993
Azzopardi, Mario
Die einzige Zeugin, 1995

B

B., Beth
Two Small Bodies, 1993
Bacon, Lloyd
Einsatz im Nordatlantik, 1943
Badham, John
Drop Zone, 1994
Bagdadi, Maroun
Flucht durch die Wolken, 1992
Bahlrühs, Eva-Maria

Mein lieber Mann, 1994
Bail, Chuck
Cleopatra Jones gegen die Drachenlady, 1975
Bailey, John
China Moon, 1991
Baillargeon, Paule
Das Geschlecht der Sterne, 1993
Bajon, Filip
Lieber reich und schön, 1994
Balaban, Bob
Mein Freund, der Zombie, 1993
George Romero's Golden Tales 3, 1994
Balasko, Josiane
Eine Frau für zwei, 1994
Baran, Jack
Destiny, 1994
Barbera, Joseph
Die Geisterjäger, 1978
Bare, Richard L.
Gefangen in der Kasbah, 1953
Barkin, Edward S.
Rift – Abgrund der Seele, 1993
Barnett, Steve
Scanner Cop 2, 1994
Barnhart, Don
California College: Hochzeit in Las Vegas, 1994
Barr, Douglas
Dead Badge – Im Fadenkreuz der Killer-Cops, 1994
Baskin, Roman
Die Straße des Friedens, 1991
Bass, Kim
Fist of Justice, 1993
Bauer, Jewgenij
Stumme Zeugen, 1914
Nach dem Tode, 1915
Bava, Lamberto
Prinzessin Fantaghirò 1.–6. Teil, 1991–94
Bava, Mario
Baron Blood, 1969
Baxley, Craig R.
Undercover Sarah, 1994
Bay, Michael
Harte Jungs – Bad Boys, 1994
Bayer, Osvaldo
Hotel Eden, 1995
Beaumont, Gabrielle
Vier auf der Flucht, 1984
Becker, Jean
Elisa, 1994
Becker, Jens
Träume, 1995
Becker, Lars
Bunte Hunde, 1995
Behat, Gilles
Eine gefährliche Frau, 1994
Bell, Martin
American Heart – Die zweite Chance, 1991
Benacerraf, Margot
Araya, 1959
Bender, Joel
Midnight Kiss, 1992
Benigni, Roberto
Das Monster, 1994
Benjamin, Richard
Taschengeld, 1994
Bennett, Bill
Spider and Rose, 1993
Bennett, Edward
Bergerac: Unter der Sonne des Südens, 1987
Handlanger des Todes – Die Geschichte der Helene M., 1991
Benton, Robert
Nobody's Fool – Auf Dauer unwiderstehlich, 1994
Bercovici, Luca
Evil Date – Verabredung mit dem Teufel, 1995
Beresford, Bruce
Stummer Schrei, 1994
Bergala, Alain
Wo du auch bist, 1986
Berger, Helmut
Bauernschach, 1993
Berglund, Pelle
Kommissar Beck: Und die Großen läßt man laufen, 1994
Berkeley, Busby
Liebe und andere Geschäfte, 1933
Im Scheinwerferlicht, 1935
Im Garten des Mondes, 1938
Musik ist unsere Welt, 1939
Bernstein, Armyan
Windige Stadt, 1984
Berrakkarasu, Serap
Ekmek Parasi – Geld für's Brot, 1994
Berry, John
Gefangen im ewigen Eis, 1990
Berthomieu, André
Ein Herz aus Gold, 1948
Besson, Luc
Léon – Der Profi, 1994
Beuchot, Pierre
Zerstörte Zeit – Briefe aus dem Krieg 1939–40, 1985
Hôtel du Parc, 1991
Beyer, Frank
Nikolaikirche, 1995
Bicât, Tony
Das sechste Gebot, 1991
Biffar, John
Captiva Island – Ein verrückter Sommer, 1994
Bikel, Ofra
Innocence lost – The Verdict, 1994
Bill, Tony
Wilde Kastanien, 1993
Next Door – Zur Hölle mit den Nachbarn, 1994
Bilson, Danny
Viper, 1993
Binder, Konstanze
Berlin, Bahnhof Friedrichstraße, 1990, 1990
Binder, Mike
Blankman, 1994
Bindley, William
Verräterische Bilder, 1992
Bird, Antonia
Der Priester, 1994
Mad Love – Volle Leidenschaft, 1995
Safe, 1995
Bitomsky, Hartmut
Imaginäre Architektur – Der Baumeister Hans Scharoun, 1995
Black, Noel
Die falsche Spur, 1983
Triumph des Herzens, 1985
Die Gerechten, 1988
Blackburn, Richard
House of the Creeping Death, 1986
Blake, Andrew
Les Femmes Erotiques, 1993
Tempel der Sinnlichkeit, 1993
Art of Desire, 1994
Blank, Les
Unschuldige im Ausland, 1992
Blank, Richard
Die 1003. Nacht, 1992
Lianen im Beton, 1995
Blank, Rosemarie
Ritt über die Grenze, 1994
Bleasdale, Alan
Zur Stütze verdammt, 1994

Bleckner, Jeff
Der letzte Wunsch, 1991
Bitteres Blut, 1994
High Lonesome, 1994
Bluth, Don
Der Zaubertroll, 1994
Hubi, der Pinguin, 1995
Bluwal, Marcel
Der Goldtropfen, 1988
Bobek, Milos
Reise nach Italien, 1985
Bochner, Hart
P. C. U., 1994
Boermans, Theu
1000 Rosen, 1994
Bogart, Paul
Die Ferien des Mr. Bartlett, 1972
Eine Liebe in Hollywood, 1987
Bogawa, Roddy
Kamikaze – Schutzwind der Götter, 1991
Bogdanovich, Peter
Die Unschuld der Molly, 1987
Boisset, Yves
Affäre Dreyfus, 1994
Bolotin, Craig
Zauber eines Sommers, 1992
Bolt, Ben
Diagnose Rinderwahn: Muß meine Familie sterben?, 1992
Niemandsland, 1994
Bonifacio, Antonio
Kreola, 1993
Bonifer, Mike
Lipstick Camera, 1993
Bonnière, René
Killing Dreams, 1994
Boorman, John
Rangoon, 1995
Boris, Robert
The James Gang, 1995
Bornedal, Ole
Nightwatch – Nachtwache, 1994
Borris, Clay
Crossing Line, 1994
Borsos, Philip
Gefährliche Wildnis, 1994
Bortko, Wladimir
Viel Glück, meine Herren, 199?
Boutron, Pierre
Der Bastard, 1993
Bowen, John
Mörderische Spiele, 1989
Bowman, Chuck
Ich bin unschuldig, 1994
Bowman, Rob
Hat Squad, 1992
Boyd, Don
Kleptomania – Die Lust am Stehlen, 1994
Boyle, Danny
Kleine Morde unter Freunden, 1994
Bozzi, Robert
Barackenmenschen – 25 Jahre danach, 1995
Bradford, Samuel
Teen Vamp, 1988
Bradley, Dale G.
Chunuk Bair – Hügel des Todes, 1992
Bramkamp, Robert
Die Eroberung der Mitte, 1994
Branagh, Kenneth
Mary Shelley's Frankenstein, 1994
Ein Winternachtstraum, 1994
Brand, Larry
Bis der Tod uns scheidet, 1994
Brandauer, Karin
Aschenputtel, 1989
Brandon, Clark
Skeeter – Invasion des Grauens, 1991
Brass, Tinto
Tinto Brass Voyeur, 1994
Brault, Michel
Meine Freundin Max, 1994
Braverman, Charles
Letzter Applaus für einen Basketballstar, 1992
Brecht, Hans
Besiegt, befreit, besetzt, 1995
Brescia, Alfonso
Kampf um Atlantis, 1965
Brinckerhoff, Burt
Völlig durchgedreht, 1980
Mitgefangen – Mitgehangen, 1991
Palast der tausend Träume 1. – 3. Teil, 1994
Bringmann, Peter F.
Die Sturzflieger, 1995
Vater wider Willen 1. – 3. Teil, 1995
Brinkmann, Heinz
Der Irrgarten, 1994
Brisseau, Jean-Claude
Ein schwarzer Engel, 1994
Brooks, Adam
Nichts wie weg, 1984
Brooks, James L.
I'll Do Anything oder: Geht's hier nach Hollywood?, 1994
Broughton, Pip
Zur Stütze verdammt, 1994
Brown, Edwin
Sexual Outlaws, 1993
Brown, Geoffrey
Fantasy, 1990
Brown, Georg Stanford
Auf den Straßen von L. A., 1992
Brown, Gregory H.
Blackout, 1994
Browning, Tod
Der Rabe von London, 1925
The Unknown, 1927
Brücher, Nico
Maries Lied «Ich war, ich weiß nicht wo», 1995
Buchanan, Larry
Mars braucht Frauen, 1966
Das Geschöpf der Zerstörung, 1968
Buchowetzki, Dimitri
Der Galiläer, 1921
Buck, Detlev
Erotic Tales
Bucksey, Colin
Satans Braut, 1992
Rosamunde Pilchers September, 1995
Bucquoy, Jan
Das wahre Sexualleben der Belgier, 1994
Burch, Noël
Rio de la Plata, einfach, 1994
Burge, Bob
The Cult on Todville, 1994
Burnett, Charles
Auf Ehre und Gewissen, 1994
Burnette, Neema
Sie hatte keine Chance, 1993
Burr, Jeff
Pumpkinhead II, 1993
Puppet Master V, 1994
Burton, Tim
Ed Wood, 1994
Busse, Thomas
Der Wunderapostel, 1993
Butler, Robert
Superhirn in Tennisschuhen, 1970
Im Strudel mysteriöser Morde, 1993

Neun Monate, 1995
Comencini, Cristina
Das Ende ist bekannt, 1992
Comencini, Luigi
Gino & Elvira – Alte Liebe rostet nicht, 1989
Comfort, Lance
Tochter der Finsternis, 1948
Compton, J. C.
Das Mädchen mit dem schnellen Colt, 1995
Compton, Richard
Macon County Line, 1974
Connor, Kevin
Mord im Sucher, 1990
Im Schatten des Verfolgers, 1994
Liz Taylor Story, 1995
Coogan, Riff
Das Serum des Grauens, 1990
Cooke, Alan
Das zweite Leben des Mr. Soames, 1969
Cooper, Stuart
Bittersüße Vergeltung, 1994
Schrecken der Vergangenheit, 1994
Corbiau, Gérard
Farinelli, 1995
Corbucci, Bruno
Meteore auf dem Asphalt, 1971
Corcoran, Bill
Im Netz des Wahnsinns, 1993
Zerbrochenes Vertrauen, 1993
Corra, Henry
Umbrellas, 1994
Correll, Charles
MacGyver: Endstation Hölle, 1993
Corsini, Catherine
Poker, 1987
Drei Kubikmeter Liebe, 1992
Coscarelli, Don
Das Böse III, 1993
Coto, Manny
Masters of Horror Volume 5, 1991 / 93 / 95
Courtois, Miguel
Liebe ist kein Beweis, 1987
Unschuldiges Blut, 1993
Cox, Paul
Erotic Tales
Craig, Michael
Tagebuch der Liebe, 1992
Craven, Wes
Freddy's New Nightmare, 1994
Crott, Randi
Vielleicht bin ich ein Don Quichotte – Winfried Junge und die Kinder von Golzow, 1995
Crystal, Billy
Forget Paris, 1994
Cuarón, Alfonso
Little Princess, 1994
Curtelin, Jean
Ein Tag in Paris, 1985
Curtiz, Michael
Helden der Lüfte, 1942
Cypher, Julie
Mystery Model, 1993
Cyran, Catherine
Doppelspiel mit dem Tod, 1994

D

D'Alatri, Alessandro
Ohne Haut, 1994
D'Alessandria, Nico
Der imaginäre Freund, 1994
Dahl, John
Die letzte Verführung, 1993
Dalen, Zale
Expect no Mercy, 1995
Dammbeck, Lutz
Herzog Ernst, 1993
Damski, Mel
Ein langer Weg zurück, 1979
Zeitsprung in die Tafelrunde, 1989
Daniel, Jean-Louis
Dark Desires: Diana, 1994
Dark Desires: Thelma, 1994
Danquart, Didi
Lemberg – geöffnete Stadt, 1993
Darabont, Frank
Die Verurteilten, 1994
Dasgupta, Buddhadeb
Der Schutz der Flügel, 1993
Davenport, Darrell
Für Gesetz und Mord, 1992
Davenport, Harry Bromley
XTRO-3, 1995
David, Pierre
Shadow Killer, 1994
Davidson, Boaz
Astrocop, 1994
Davies, Peter
Hollywood in Südafrika: Apartheid und Film, 1993
Davies, Robert
In the Name of Blood, 1991
Davis, Michael Paul
Der kleine Gigant, 1994
Davis, Robin
Wut im Herzen, 1993
Davy, Peter
Verführerisches Flüstern, 1994
Day, Robert
Im Angesicht der Wahrheit, 1984
Hollywood – Intim und indiskret, 1985
Ein Hoch auf die Familie, 1987
Dähnert, Stefan
Das letzte Siegel, 1993
De Bello, John
Die Killertomaten schlagen zurück, 1990
De Gaetano, Alessandro
Metal Beast, 1994
de Jong, Mijke
Herzzerreißend, 1993
de la Patellière, Denys
Maigret in Nöten, 1993
de Palma, Frank
House of the Creeping Death, 1986
de Roche, Axel
Daniel, Philipp und das Wunder des Liebe, 1995
de Souza, Steven E.
Masters of Horror Volume 3, 1991–92
Streetfighter – Die entscheidende Schlacht, 1994
Dear, William
Gefährliche Reise zum Mittelpunkt der Erde, 1993
Angels – Engel gibt es wirklich!, 1994
Deitch, Donna
Angel of Desire, 1993
Delgado, Cruz
Gullivers Reisen, 1983
Delrieux, David
Maigret und die alte Dame, 1994
Demme, Ted
Who's the Man?, 1993
Denis, Claire
Ich kann nicht schlafen, 1994
Depardon, Raymond
Die Gefangene der Wüste, 1989
Auf frischer Tat, 1994
Deray, Jacques
Rückkehr eines Toten, 1991
Der Teddybär, 1994

Desencla, Christophe
Revanche in Rio, 1994
Desrosières, Antoine
Unter freiem Himmel, 1993
Devers, Claire
Das Verbrechen des Monsieur Stil, 1995
Deville, Michel
Die kleinen Freuden des Lebens, 1993
Diaz Torres, Daniel
Alicia im Ort der Wunder, 1991
DiCillo, Tom
Living in Oblivion, 1995
Dickerson, Ernest
Surviving The Game, 1993
Ritter der Dämonen, 1994
Diegu, Omah
Die Schlange in meinem Bett, 1992
Dindo, Richard
Ernesto «Che» Guevara, das bolivianische Tagebuch, 1994
Dinner, Michael
Liebe kennt kein Warum, 1993
Dobson, Kevin
Segeltour des Grauens, 1992
Dobson, Kevin James
Im Netz des Syndikats, 1992
Donaldson, Roger
Species, 1995
Donner, Richard
Assassins – Die Killer, 1995
Donovan, Paul
Verwirrspiel auf Solomon Gundy, 1992
Hölle einer Ehe, 1993
Donskoi, Mark
Die Eheleute Orlow, 1978
Dotan, Shimon
Infernal Fighter, 1994
Douglas, Bill
Rebellion der Rechtlosen, 1986
Doumani, Lorenzo
Ein Mann für meine Tochter, 1987
Dörrie, Doris
Keiner liebt mich, 1994
Drazan, Anthony
Unsere Welt war eine schöne Lüge, 1994
Dresen, Andreas
Mein unbekannter Ehemann, 1994
Dridi, Mounir
Omar Daf – Fußballer-Transfer aus Afrika, 1995
Driver, Charla
Firezone, 1995
Dubini, Donatello
Ludwig 1881, 1993
Dubini, Fosco
Ludwig 1881, 1993
Duguay, Christian
Der Mutter entrissen, 1994
Dumitrescu, Bogdan
Wo die Sonne kalt ist, 1991
Dunham, Dwayne
Kleine Giganten, 1994
Dupeyron, François
Die Maschine, 1994

E

Eastwood, Clint
Die Brücken am Fluß, 1995
Edel, Uli
Masters of Horror Volume 4, 1992 / 94
Deadly Red Corvette, 1994
Tyson, 1994
Edwards, Anthony
Das letzte Abenteuer des großen Eroberers, 1994
Edwards, Blake
Big Dans Vermächtnis, 1956
Egger, Urs
In uns die Hölle, 1995
Egleson, Jan
Mörderische Affäre, 1993
Ein Job ohne Moral, 1994
Eichhorn, Christoph
Der Mann auf der Bettkante, 1995
Elfick, David
Land hinter dem Regenbogen, 1993
Elikann, Larry
Die wahre Geschichte der Menendez-Brüder, 1994
Elliott, Lang
Cage 2 – The Arena of Death, 1994
Emmerich, Roland
Stargate, 1994
Engel, Richard
Jonny kommt – Ich geh' nicht mehr ins Heim, 1988
Englberger, Michael
Piraten auf der Pferdeinsel, 1963
Engström, Ingemo
Mrs. Klein, 1994
Ephron, Nora
Lifesavers – Die Lebensretter, 1994
Erice, Victor
Das Licht des Quittenbaums, 1992
Erkenow, Hussein
100 Tage, Genosse Soldat!, 1990
Erlingsson, Gisli Snaer
Benjamin der Taube, 1995
Erman, John
Das Ende des Schweigens, 1991
Laß mich nicht alleine, Mutter, 1991
Maggie, Maggie, 1994
Erne, Eduard
Totschweigen, 1994
Erschbamer, George
Final Round, 1993
Flinch – A Killing Phantom, 1994
Espoito, Joe
South Beach Academy, 1995
Esposito, Philomène
Toxic Affair, 1992 / 93
Ettlich, Wolfgang
Irgendwie Power machen, 1981–87 / 1994
New Orleans – City of Jazz, 1995
Eubanks, Cory Michael
Mein großer Freund Bigfoot, 1994
Eyde, Marianne
Es gibt nur ein Leben, 1992
Eyres, John E.
Shadowchaser III, 1994

F

Fagerström-Olsson, Agneta
Ein wechselhafter Sommer, 1989
Fansten, Jacques
Der fremde Vetter, 1988
Faringer, Asa
Die Tochter des Puma, 1994
Farrelly, Peter
Dumm und dümmer, 1994
Faucon, Philippe
Muriel treibt ihre Eltern zur Verzweiflung, 1995
Favreau, Robert
Verbotene Experimente, 1989

Fearnley, Neil
Taxi in den Tod, 1993
Fei, Xie
Die Frauen vom See der unschuldigen Seelen, 1992
Ferguson, Stan
Reise in eine andere Zeit, 1992
Ferland, Guy
Innocent Babysitter, 1995
Fernie, Lynne
Forbidden Love – The Unashamed Stories of Lesbian Love, 1993
Ferrand, Jean-Pierre
Verführerisches Flüstern, 1994
Figgis, Mike
Schrei in die Vergangenheit, 1994
Fincher, David
Sieben, 1995
Fink, Kenneth
Aufruhr in Alabama – Die Geschichte des Vernon Johns, 1993
Skrupellos und tödlich, 1995
Fischer, Henriette
Die Frau vor mir, 1991
Fischer, Markus
Blut an der Wiege, 1994
Verbotene Zone, 1995
Fischer, Max
Von Begierde getrieben, 1993
Fischer, Nadine
Rio de la Plata, einfach, 1994
Fischer-Defoy, Christine
Paula Paulinka, 1995
Fitzmaurice, George
Wie du mich willst, 1932
Fiz, Robert
Weiße Westen für Ganoven, 1968
Flaherty, Paul
Clifford – Das kleine Scheusal, 1991
Fleder, Gary
Masters of Horror Volume 1, 1991–93
Future Lover, 1994
Flemyng, Gordon
Die Beichte des roten Agenten, 1989
Fleury, Clive
Fatal Past, 1993
Flicker, Florian
Halbe Welt, 1992 / 93
Fluck, Martina
Mein Traum, meine Liebe, meine Hoffnung, 1993
Flügge, Manfred
Der Diplomat, 1994
Flynn, John
Brainscan, 1994
Foldes, Lawrence D.
Chili con carne, 1993
Foldy, Peter
Tryst, 1994
Foulon, Jérôme
Ein Fall für die Inselkinder, 1991
Fox, Michael J.
Masters of Horror Volume 2, 1992–94
Franck, Christopher
Angelas Rache, 1994
Frank, Robert
Letztes Abendmahl, 1992
Frankel, Cyril
Der Teufel tanzt um Mitternacht, 1967
Frankel, David
Miami Rhapsody, 1994
Frankenheimer, John
Flammen des Widerstands – Der Kampf des Chico Mendes, 1994
Franklin, Richard
Hotel Sorrento, 1994
Frawley, James
Midnight Run – Abgerechnet wird um Mitternacht, 1994
Verschwörung der Patrioten, 1994
Frears, Stephen
Bilder in Bewegung – Das Jahrhundert des Kinos (5), 1994
Freedman, Jerrold
Der Junge ohne Ausweg, 1987
Freyer, Achim
Metamorphosen, 1993
Fridriksson, Fridrik Thór
Movie Days, 1993
Cold Fever, 1995
Friedkin, William
Masters of Horror Volume 2, 1992–94
Friessner, Uwe
Abgefahren, 1994 / 95
Frizzi, Andrea
Sehnsucht der Herzen, 1993
Frizzi, Antonio
Sehnsucht der Herzen, 1993
Fromm, Friedemann
Eine mörderische Liebe, 1995
Frost, David
Ring of Steel, 1994
Frumin, Boris
Viva Castro!, 1993
Furie, Sidney J.
Der stählerne Adler IV, 1994
Furst, Stephen
Magic Kid II, 1994

G

Gabai, Richard
Rückkehr der Party-Killer, 1989
Gabriel, Mike
Pocahontas, 1994
Gale, Bob
Masters of Horror Volume 5, 1991 / 93 / 95
Gance, Abel
Die zehnte Symphonie, 1918
Gans, Christopher
H. P. Lovecrafts Necronomicon, 1993
Gardner, Richard Harding
Spürnase Sherlock, 1994
Garnett, Tay
Mr. Dodd geht nach Hollywood, 1937
Garrel, Philippe
Triaden des Kusses, 1989
Gasnier, Louis
Reefer Madness – Kiffen macht crazy, 1936
Gaudlitz, Wolf
Die Väter des Nardino, 1988
Geick, Juliane
Sechs Weihnachten, 1994
Gendries, Klaus
Mein lieber Mann und ich, 1974
Gentillon, Bruno
Countdown für einen Killer, 1994
Gerber, Fred
Rent-A-Kid, 1995
Gerima, Haile
Sankofa, 1993
Gessner, Nicolas
Minnie, 1989
Gibba
Kim, 1992
Gibson, Mel
Braveheart, 1994
Gieras, Gregory
The Whispering, 1995

Gies, Hajo
Traumauto, 1987
Kommissar Beck: Alarm in Sköldgatan, 1993
Die Tote von Amelung 1. – 3. Teil, 1995
Gilbert, Lewis
Haunted – Haus der Geister, 1994
Girdler, William
Sheba Baby, 1975
Glaser, Matthias
Die Mediocren, 1994
Glaser, Paul Michael
Der Sprung nach oben, 1993
Glatter, Lesli Linka
Skandal in der Notaufnahme, 1994
Glatzer, Richard
Grief, 1994
Glimcher, Arne
Im Sumpf des Verbrechens, 1995
Godard, Jean-Luc
Les Enfants jouent à la Russie, 1993
Godfrey, Peter
Der Fluch des Wahnsinns, 1947
Goldberg, Eric
Pocahontas, 1994
Golden, Dan
Requiem der Ratten, 1994
Goldman, Gary
Der Zaubertroll, 1994
Goldstein, Allan A.
Memory Run, 1994 / 95
Gómez, Manuel Octavio
Der Herr Präsident, 1983
Gordon, Robert
Das Grauen aus der Tiefe, 1955
Flying Toys, 1993
Gordon, Stuart
Castle Freak, 1995
Goren, Amit
Kurz vor Kanaan, 1994
Goritsas, Sotiris
Aus dem Schnee gekommen, 1993
Gorton sr., Ron
Whispers of White, 1991
Gotoh, Toshio
Der weiße Wolf, 1990
Gould, Heywood
Die Geschworene – Verurteilt zur Angst, 1994
Goworuchin, Stanislaw
Heimaturlaub, 1989
Gören, Serif
Polizei, 1988
Graham, William A.
Verabredung mit einem Killer, 1993
Viel zu schön, um zu sterben, 1994
Grant, Brian
Deadly Sensation, 1994
Grant, Cameron
Verborgene Gefühle, 1994
Grant, Lee
Entscheidung des Herzens, 1994
Der Ruf des Todes, 1994
Gray, James
Little Odessa, 1994
Gray, John
Entstellt – Die Geschichte der Marla Hanson, 1991
Born to be wild, 1995
Grebert, Johannes
Metamorphosen, 1993
Green, Guy
Gefangene Liebe, 1981
Greene, David
Duell mit dem Schicksal, 1986
Eine Frau besiegt die Angst, 1987
In der Gewalt einer Fremden, 1991
Was geschah wirklich mit Baby Jane?, 1991
Greenwald, Maggie
Little Jo – Eine Frau unter Wölfen, 1993
Greenwald, Robert
Danger Sign – Achtung: Gefahr, 1993
Gregan, Ralf
Nich' mit Leo, 1994
Gregg, Colin
Ungeklärte Verhältnisse, 1993
Gregory, André
Vanya – 42. Straße, 1994
Greyson, John
Zero Patience, 1993
Grieco, Sergio
Fünf Klumpen Gold, 1972
Gries, Tom
Number One, 1969
Griesmayr, Hartmut
Spur eines Zweifels, 1995
Grimblat, Pierre
Liebe ist ein Kinderspiel, 1993
Grodecki, Wiktor
Not Angels But Angels, 1994
Grote, Lilly
Berlin, Bahnhof Friedrichstraße, 1990, 1990
Grotjahn, Hans-Helmut
Der Diplomat, 1994
Gruber, Andreas
Hasenjagd, 1994
Gruber, Markus
My First Name is Maceo, 1994
Guenette, Robert
Orson Welles – Genial und geächtet, 1992
Guest, Christopher
Angriff der 20 Meter Frau, 1994
Guitry, Sacha
Pasteur, 1935
Mein Vater hatte recht, 1936
Gumm, Detlef
Berlin – Ecke Bundesplatz (3), 1995
Gunnlaugsson, Hrafn
Der geheimnisvolle Hügel, 1993
Gutmann, Michael
Stirb für mich, 1995
Gwisdek, Michael
Abschied von Agnes, 1994
Gyöngyössy, Imre
Tod im seichten Wasser, 1993

H

Hackford, Taylor
Dolores, 1995
Haggard, Piers
Gut gezielt ist halb getroffen, 1991
Experiment des Grauens, 1993
Hald, Johanna
Lotta zieht um, 1993
Hall, Alexander
Hochzeit wider Willen, 1940
Pinky und Curly, 1944
Hall, Godfrey
Street Queen & Killer, 1993
Hall, Peter
Die Bibel – Jakob, 1994
Halldórsdóttir, Gudny
Der Männerchor, 1992
Hallström, Lasse
Power of Love, 1995
Hampton, Christopher
Carrington, 1994

Haneke, Michael
71 Fragmente einer Chronologie des Zufalls, 1993 / 94
Hanks, Tom
Masters of Horror Volume 3, 1991–92
Hanna, William
Die Geisterjäger, 1978
Familie Feuerstein – Yabba Dabba Doo, 1993
Familie Feuerstein: Die Stars von Hollyrock, 1993
Hanson, Curtis
Am wilden Fluß, 1994
Hara, Kazuo
Schriftsteller mit Leib und Seele, 1994
Harather, Paul
Indien, 1993
Hardy, Rod
Meine Welt zerbricht, 1993
Buffalo Girls, 1995
Harel, Philippe
Die Geschichte des Jungen, der geküßt werden wollte, 1993
Harmon, Paul
Shotgun Wedding, 1992
Harrich, Walter
Für mich soll's rote Rosen regnen, 1995
Harris, Damian
Bad Company, 1994
Harris, Jim C.
Eine Frau mit Erfolg, 1989
Harris, Leslie
Brooklyn Girl, 1992
Harrison, John Kent
City Boy, 1994
Hart, Jacobsen
Steel Frontier, 1995
Hartford-Davis, Robert
Wahn der süßen Jugend, 1969
Hartley, Hal
Flirt, 1993–95
Hartwell, David
Love is a Gun, 1994
Harvey, Anthony
Liebe ist nicht bloß ein Wort, 1993
Harvey, Gail
Der eisige Atem des Todes, 1993
Harwood, John
In the Living Years, 1994
Haspel, Kurt
Michelle, 1994
Hassani, L.
Tochter des Satans – Dark Angel, 1994
Hausner, Thomas
Es lebe unsere DDR, 1994
Hayman, David
Anleitung zum Ehebruch, 1993
Der Falke des Schreckens, 1993
Heavener, David
Horde des Schreckens, 1988
Dragon Fury, 1994
Heckerling, Amy
Clueless – Was sonst?, 1995
Heffron, Richard T.
Der Tag, an dem die Heuschrekken kamen, 1974
Sturz ins Dunkel: Die Geschichte einer Mutter, 1987
Hein, Birgit
Baby I will make you sweat, 1994
Heine, Wolfgang B.
Der schönste Mann der Welt, 1995
Heinrich, Margareta
Totschweigen, 1994
Helman, Henri
Nestor Burmas Abenteuer in Paris: Schweigen ist Gold, 1991
Henderson, Julie
My Vote Is My Secret – Südafrikanische Chroniken, 1994
Hennecker, Ralph
Cool Eyes, 1993
Henry, Pascal
Omar Daf – Fußballer-Transfer aus Afrika, 1995
Herbrich, Oliver
Rules of the Road, 1993
Herdin, Ulrike
Berlin, Bahnhof Friedrichstraße, 1990, 1990
Hermann, Karl
Der Fall Cap Arcona, 1995
Hernadi, Tibor
Bobo und die Hasenbande, 1995
Hernandez-Adan, Carlos
Mortal Contact, 1995
Herrero, Gerardo
Teufel im Paradies, 1994
Hershman, Joel
Halt mich, küß mich, lieb mich, 1992
Herzfeld, John
Tödliches Komplott, 1991
Teenage Lolita – Verlockende Unschuld, 1993
Herzog, Werner
Bells from the Deep, 1993
Hess, Eugene
Don't do it, 1993
Hick, Jochen
Menmaniacs – The Legacy of Leather, 1994 / 95
Hickox, Anthony
Hell's Passion, 1994
Hickox, James D. R.
Kinder des Zorns III, 1993 / 94
Hill, Terence
Die Troublemaker, 1994
Hiltmann, Jochen
Mein Herz ist eine Flasche, 1994
Hippolyte, Alexander Gregory
Animal Instinct, 1992
Das heimliche Auge, 1993
Secret Games 2 – Heiße Hostessen, 1993
Secret Games 3, 1994
Undercover Heat, 1994
Hirtz, Dagmar
Moondance, 1993 / 94
Hitzig, Rupert
Die Legende von O. B. Taggart, 1994
Hively, Jack
Das Fort der Hoffnung, 1979
Hodi, Jeno
Deadly Obsession, 1987
Hoffman, Peter
Mein wunderbarer Cadillac, 1987
Hoffmann, Frank
Schacko Klak, 1990
Hofmann, Eduard
Die Erschaffung der Welt, 1957
Hofmann, Nico
Der Sandmann, 1995
Hofmeyr, Gray
Mr. Sweet und das Chaos, 1991
Yankee Zulu, 1993
Hogan, P. J.
Muriels Hochzeit, 1994
Holcomb, Rod
Emergency Room: Der erste Tag, 1994
Holland, Tom
Die Langoliers, 1995
Hooks, Kevin
Roots – Das Geschenk der Freiheit, 1988
Joey und Emily, 1993
Hooper, Tobe

Geschichten aus der Gruft: Tödlicher Hinterhalt, 1989
Masters of Horror Volume 1, 1991–93
The Mangler, 1994
Hoover, Claudia
Double Exposure: Blutige Enthüllung, 1992
Hope, Margot
Hit Lady, 199?
Hopkins, Stephen
Masters of Horror Volume 3, 1991–92
Horal, Ales V.
Die verzauberte Anicka, 1993
Horton, Peter
Mississippi – Fluß der Hoffnung, 1994
Hough, John
Die Flucht zum Hexenberg, 1975
Der Sieg der Sternenkinder, 1978
Howard, Ron
Apollo 13, 1994
Hsiao-Hsien, Hou
Eine Stadt der Traurigkeit, 1989
Hsu, Talun
Codename: Silencer, 1994
Hull, Kevin
Auf der Suche nach Albert Einsteins Gehirn, 1994
Hultberg, Ulf
Die Tochter des Puma, 1994
Humbert, Nicolas
Middle of the Moment, 1995
Hung, Tran Anh
Cyclo, 1994 / 95
Hunt, Maurice
Der Pagemaster – Richies fantastische Reise, 1994
Hunt, Peter
Hart aber herzlich – Die Rückkehr, 1993
Hunter, Tim
Streets of New York, 1992
Huppert, Caroline
Der Zug aus Wien, 1989
Scheidung auf französisch, 1991
Hurwitz, Harry
Fleshtone, 1993
Hussein, Waris
Verlaß mich nicht, Daddy!, 1989
Verbotene Nächte, 1990
Huston, Danny
Der Psychopath, 1994
Eisprinzessin, 1995
Hübner, Christoph
Anna, Zeit, Land, 1989–93
Hytner, Nicholas
King George – Ein Königreich für mehr Verstand, 1994 / 95

I

Ichaso, Leon
Der süße Duft des Todes, 1992
Idle, Eric
The Rutles – All you need is Cash, 1978
Idziak, Slawomir
Enak, 1992
Incalcaterra, Daniele
Repubblica Nostra, 1995
Irvin, John
Die Witwen von Widows Peak, 1994
Isar, Ricardo
Badu – Geschichten aus der Negev-Wüste, 1995
Iscove, Robert
Inspektor Janek und der Broadwaymörder, 1994
Inspektor Janek und der Psychokiller, 1994
Iskakov, Bulat
Die letzten kalten Tage, 1993
Ivory, James
Jefferson in Paris, 1994 / 95
Izutsu, Kazuyuki
Gesetz der Macht, 1989

J

Jackson, David S.
Alistair MacLean – Der Rembrandt-Deal, 1995
Jackson, Douglas
Chased, 1994
Jackson, Mick
Blackout – Ein Detektiv sucht sich selbst, 1994
Jackson, Peter
Heavenly Creatures, 1994
Jacobs, Alan
Nina's Lover, 1994
Jacobs, Jerry P.
Tiger Kid II, 1995
Jacobson, Rick
Baby Blood II, 1993
Lion Strike, 1994
Star Voyager, 1994
Zero Control, 1994
Jacoby, Georg
Husaren, heraus!, 1937
Jameson, Jerry
Faustrecht des Westens, 1991
Janetzko, Christoph
Vom Fluß – River Colors, 1994
Janowitz, Lih
Das schafft die nie!, 1994
Jarl, Stefan
Die Verlorenen, 1993
Jäger, Stefan
Von Grund auf wär' ich ein Mensch zum Leben, 1992
Jeanneret, Jean
Der zweite Tod des Gregor Z., 1992
Jenkins, Michael
Harrys größter Coup, 1991
Heartbreak Kid, 1993
Jeunet, Jean-Pierre
Die Stadt der verlorenen Kinder, 1994
Jewison, Norman
Nur für Dich – Only You, 1994
Jian-Ya, Zhang
Dreihaar zieht in den Krieg, 1993
Jianxin, Huang
Die Braut des hölzernen Mannes, 1993
Johnson, D. Clark
Mission Drop, 1994
Johnson, Kenneth
Die Rückkehr des Sherlock Holmes, 1993
Alien Nation – Dark Horizon, 1994
Johnson, Lamont
Der Triebtäter – Eine Stadt in Angst, 1995
Johnston, Joe
Der Pagemaster – Richies fantastische Reise, 1994
Jones, Gary
Mosquito, 1994
Jongbloed, Marijke
Der nächste Schritt, 1992
Jónsson, Thorsteinn
Emil und der kleine Skundi, 1994
Jordan, Glenn
Ein Meer für Sarah, 1990
Das Haus der anderen, 1993

Jost, Jon
Wie man sich bettet, 1993
Jun, Huang
Kindheit in Ruijin, 1990
Die Hure und die Flößer, 1993
Junge, Barbara
Das Leben des Jürgen von Golzow, 1961–94
Junge, Winfried
Das Leben des Jürgen von Golzow, 1961–94
Jungraithmayr, Alfred
Warschauer Leben, 1994
Justiniano, Gonzalo
Gedächtnisschwund, 1994

K

Kabay, Barna
Tod im seichten Wasser, 1993
Kaczender, George
Grenzenloses Leid einer Mutter, 1982
Kaleya, Tana
Femmes, 1982
Kalvert, Scott
Jim Carroll – In den Straßen von New York, 1994
Kalymbetov, Bulat
Die letzten kalten Tage, 1993
Kaminski, Albert Hanan
Die Schelme von Schelm, 1995
Kaneko, Shusuke
H. P. Lovecrafts Necronomicon, 1993
Kanevski, Vitali
Ein unabhängiges Leben, 1991
Kanganis, Charles T.
3 Ninjas – Fight & Fury, 1992
3 Ninjas Kick Back, 1994
Kaplan, Ed
Auf allen Vieren – Stillgestanden!, 1989
Kapur, Shekhar
Bandit Queen, 1994
Karbelnikoff, Michael
F. T. W. – Tiefer als Haß, 1993
Karkanevatos, Panos
Borderline, 1993
Karlson, Phil
Ich tanze in dein Herz, 1948
Karmakar, Romuald
Der Totmacher, 1995
Karnick, Hannes
Radio Star – Die AFN Story, 1994
Kasdan, Lawrence
French Kiss, 1995
Kasprzik, Hans-Joachim
Die Preußen kommen, 1982–85
Kassovitz, Mathieu
Haß, 1994
Katleman, Michael
Mutter, laß mich nicht allein, 1993
Tödliche Fantasien, 1994
Kaufmann, Rainer
Einer meiner ältesten Freunde, 1994
Stadtgespräch, 1995
Kaul, Manni
Erotic Tales
Kaurismäki, Mika
Erotic Tales
Kavcic, Jane
Die Lehrjahre des Erfinders Schnecke, 1982
Kazan, Nicholas
Nightmare Lover, 1993
Keglevic, Peter
Kommissar Beck: Der Polizistenmörder, 1993
Kommissar Beck: Stockholm Marathon, 1994
Kelljan, Bob
Der Schrei des Todes, 1973
Kelly, Rory
Sleep with me, 1994
Kennedy, Burt
Sie können's nicht lassen, 1974
Alamo – 13 Tage bis zum Sieg, 1987
Kennedy, Ken
Die Abenteuer des Grizzly Adams, 1989
Keusch, Michael
Huck & the King of Hearts, 1993
Kiarostami, Abbas
Quer durch den Olivenhain, 1994
Kick, Uli
Todorov – ein Gangsterfilm, 1995
Kieffer, Paul
Schacko Klak, 1990
Kiersch, Fritz
Blondes Gift – Die zwei Gesichter einer Frau, 1994
King, Stephen
Stephen King's Schöne neue Zeit, 1991
King, Zalman
Delta of Venus, 1994
Kinyanjui, Wanjiru
Der Kampf um den heiligen Baum, 1994
Kipping, Herwig
Novalis – Die blaue Blume, 1993
Klante, Diethard
Der Verräter, 1995
Klaucke, Günter
Der Fall Cap Arcona, 1995
Klenhard, Walter
Das Geheimnis von Seacliff Inn, 1994
Kletter, Richard
Android 2000, 1995
Klier, Michael
Out of America, 1994
Knöpfel, Dagmar
Brigitta, 1993
Kodar, Oja
Orson Welles: The One-Man-Band, 1995
Koepp, Volker
Kalte Heimat – Leben im nördlichen Ostpreußen, 1995
Kolbe, Winrich
Hunter – Die Augen des Bösen, 1990
Star Trek – Voyager: Der Fürsorger, 1994
Kollek, Amos
Goodbye, New York, 1985
Huren, 1993
Koltai, Jenö
Bobo und die Hasenbande, 1995
Koplin, Raimund
Luce, Wanda, Jelena – Es war nicht ihr Krieg, 1994
Koppen, Niek
Battling Siki, 1992
Korty, John
Lost Souls – Botschaft aus dem Jenseits, 1993
Köster, Stephan
Der Schatztaucher, 1995
Kotcheff, Ted
Der Abenteurer und das Biest, 1994
Kotek, Petr
Das Rätsel eines Puzzles, 1993
Kouyaté, Dani
Keïta! Das Erbe des Griot, 1994

Levy, Scott
Das Alien in Dir, 1994
Lewin, Ben
Lucky Break – Leidenschaft in Gips, 1994
Lewis, Robert
Killing Stranger, 1994
Unter ungeklärten Umständen, 1995
Lieberman, Robert
Nixons rechte Hand: Der Fall G. Gordon Liddy, 1981
Liechti, Hans
Patricias Geheimnis, 1995
Light, Allie
Dialogues with Madwomen, 1993
Ligouris, Nicos
Herz aus Stein, 1994
Lindsay-Hogg, Michael
Ivana Trump: Liebe kann man nicht kaufen, 1994
Linklater, Richard
Dazed and Confused, 1993
Before Sunrise, 1994
Lipstadt, Aaron
Zwei Asse schlagen zu, 1990
Littin, Miguel
Sandino, 1990
Little, Dwight H.
Free Willy 2 – Freiheit in Gefahr, 1995
Lizzani, Carlo
Zeit der Angst, 1992 / 93
Llosa, Luis
Mörderischer Amazonas, 1993
Loach, Ken
Land and Freedom, 1994
Lobmayr, Gogol
Faszination Natur – Die schönsten Landschaften der Erde, 1995
Lodato, Doug
Best Shots, 1990
Loefke, Brent
Rettet das Tal der Zauberbären!, 1995
Logan, Tom
Nachts kommt Charlie, 1990
Löhr, Bernd
Wilder Westerwald, 1994
London, Jerry
MacGruder & Loud: Keine Zeit für Flitterwochen, 1985
Kampf um Georgia, 1991
Ein Kind um jeden Preis – Die Geschichte der Arlette Schweitzer, 1993
Detektiv Hanks – Großes Herz und coole Schnauze, 1994
Longo, Robert
Vernetzt – Johnny Mnemonic, 1995
Longstreet, Harry
Tod auf Trauschein, 1994
Lopuschanski, Konstantin
Die russische Symphonie, 1994
Lotjanu, Emil
Anna Pawlowa – Ein Leben für den Tanz, 1983
Lotz, Karl Heinz
Unsere bösen Kinder, 1992
Loventhal, Charlie
Werbung für die Liebe, 1993
Lowry, Dick
Vermißte Kinder, 1982
Mit dem Mut der Verzweiflung, 1986
Bandenkrieg, 1992
Der Preis der Rache, 1993
One more Mountain – der letzte Paß, 1994
Loy, Nanni
Die Freuden der Familie, 1957
Lubitsch, Ernst
Meyer aus Berlin, 1918
Der fremde Sohn, 1931
Ludman, Larry
Taxi ins Glück, 1994
Luke, Eric
Chip wird erwachsen, 1989
Chip schafft alle, 1992
Lumet, Sidney
Strangers, 1992
Lynch, Paul
Robocop 4 – For Law and Order, 1994
Running Out – Countdown des Todes, 1994
Lynn, Jonathan
Greedy, 1994

M

Maas, Dick
Flodder Forever – Eine Familie zum Knutschen, 1995
Macartney, Syd
Der Prinz und der Prügelknabe, 1994
Maccarone, Angelika
Kommt Mausi raus?, 1994
Machaty, Gustav
Erotikon, 1929
MacKinnon, Gillies
Der Zufalls-Dad, 1994
Madden, David
Separate Lives – Tödliches Doppelleben, 1994
Madden, John
Golden Gate, 1993
Majewski, Janusz
Erotic Tales
Malian, Henrik
Naapet, 1977
Malle, Louis
Vanya – 42. Straße, 1994
Malone, Mark
New York Killer – Die Kunst des Tötens, 1994
Mambéty, Djibril Diop
Touki Bouki, 1973
Der Franc, 1994
Mamet, David
Oleanna, 1993
Manchevski, Milcho
Vor dem Regen, 1994
Mangiante, Bernard
Galiläa, im Namen der Steine, 1995
Mann, Delbert
Seeschlacht vor Virginia, 1991
Lily, 1994
Mann, Farhad
Two Moon, 1994
Manners, Kim
Greyhounds – Schnüffler gehen nie in Rente, 1994
March, Alex
Papierlöwe, 1968
Marczewski, Wojciech
Flucht aus dem Kino «Freiheit», 1990
Margolin, François
Bittere Wahrheit, 1991
Margolin, Stuart
Abenteuer auf der Wildwasser-Ranch, 1994
Marjamow, Alexander
Papaschka & Mom, 1990
Marker, Chris
Sans Soleil – Unsichtbare Sonne, 1982
Markle, Peter
Wagons East!, 1994

Markowitz, Robert
Ich kämpfe um mein Kind, 1988
Heart to Kill, 1993
Schrecken aus dem Jenseits, 1993
Marks, Arthur
Rache aus dem Jenseits, 1976
Marshall, Frank
Congo, 1995
Marshall, Tonie
Die Detektivin, 1993
Martin, Darnell
Life is Trouble, 1994
Martin, Murray
Eden Valley, 1994
Martino, Raymond
To The Limit, 1995
Marx, Gérard
Herzdame, 1995
Masharawi, Rashid
Ausgangssperre, 1993
Massot, Claude
Die Enkel von Nanuk, dem Eskimo, 1988
Massot, Joe
Welt voller Wunder, 1969
Masten, Werner
Die Straßen von Berlin: Die Akte Stalin, 1995
Die Straßen von Berlin: Dunkelrote Rosen, 1995
Masterson, Peter
Arctic Blue, 1993
Mastroianni, Armand
Mein Herz will Rache, 1993
Opfer seiner Wut, 1993
Mike Hammer – Auf falscher Spur, 1994
Mißbraucht und verraten, 1994
Der Killervirus – In deinen Adern fließt der Tod, 1995
Matalon, Eddy
Sweet Killing, 1993
Matheson, Tim
Besessene der Macht, 1994
Matsutani, Rainer
Nur über meine Leiche, 1995
Maxwell, Peter
Das Geheimnis um Castle House, 1981
Maxwell, Ronald F.
Gettysburg, 1993
May, Bradford
Mörderische Freundschaft, 1991
Darkman II – Durants Rückkehr, 1994
Madonna – Verlorene Unschuld, 1994
Maysles, Albert
Umbrellas, 1994
Mazo, Michael
Cracker Jack, 1994
Mazzacurati, Carlo
Ein anderes Leben, 1992
McBride, Jim
Geheimnisse, 1994
McCubbin, Peter
Ein Opa zu Weihnachten, 1990
McEveety, Bernard
Stadt des Grauens, 1971
Meine Bären und ich, 1974
Tote Killer morden nicht, 1977
McEveety, Vincent
Columbo Undercover, 1994
Columbo: Seltsame Bettgenossen, 1995
McGinnis, Scott
Last Gasp – Der Todesfluch, 1995
McLean, Steve
Postcards from America, 1994
McLoughlin, Tom
Verhängnisvolle Liebe, 1992
McNaughton, John
Girls in Prison, 1994
McPherson, John
Klippe des Todes, 1994
McTiernam, John
Stirb langsam: Jetzt erst recht, 1994
McWilliams, Bernard
Club der Lügner, 1990
Medak, Peter
Heiraten wir morgen, 1973
Masters of Horror Volume 3, 1991–92
Der Traum von Apollo XI, 1994
Medem, Julio
Kühe, 1992
Das rote Eichhörnchen, 1993
Meerapfel, Jeanine
Amigomio, 1993 / 94
Megahy, Francis
Red Sun Rising, 1993
Mehta, Deepa
Camilla, 1993
Melkonian, James
Chicks – Total bekifft und wild auf Girls, 1993
Melville, Jean-Pierre
Zwei Männer in Manhattan, 1959
Menaul, Christopher
Vaterland, 1994
Menges, Chris
Probezeit, 1994
Merhi, Joseph
Speed Rage, 1995
Mesa, William
Terminal Force, 1994
Methling, Sven
Torben – Der Satansbraten, 1993
Krümel – Der Meisterdetektiv, 1994
Metzger, Alan
Im Schatten eines Mörders, 1992
Roommates – Bis ans Ende des Weges, 1994
Tödlicher Schwur, 1994
Meurice, Jean-Michel
Mit Blut geschrieben – Zur Geschichte der Mafia, 1995
Meyer, Günter
Sherlock Holmes und die sieben Zwerge, 1994
Meyer, Kevin
Der Verehrer, 1992
Die Farbe des Blutes, 1993
Das perfekte Alibi, 1994
Meyer, Turi
Sleepstalker, 1994
Meza, Eric
House Party 3, 1993
Michalkow, Nikita
Die Sonne, die uns täuscht, 1994
Mihalka, George
Der sanfte Kuß des Todes, 1994
Wiege des Terrors, 1994
Milcent, Regis
Das Kind und der Präsident, 1988
Milius, John
Motorcycle Gang, 1994
Milland, Ray
Hostile Witness – Im Netz gefangen, 1968
Miller, George
André, 1994
Miller, Michael
Die Macht der Liebe, 1993
Miller, Mollie
Flitterwochen auf Hawaii, 1989
Ein Zwilling kommt selten allein, 1990
Miller, Sidney
Die 9-Meter-Braut, 1959

Miller, Tony
Mustang – Das versteckte Königreich, 1994
Mills, Alec
Arzt unter Verdacht, 1992
Milner, J. Edward
Vietnam nach dem Bombenhagel, 1993
Milo, Tom
Ich lüge nie…, 1990
Miner, Steve
Diebe unter sich, 1994
Misiorowski, Bob
Das Spanish Rose, 1993
Death Connection, 1994
Misselwitz, Helke
Träume, 1995
Misuraca, Pasquale
Pasolinis Asche, 1993 / 94
Mitta, Alexander
Ein Porträt mit Freunden, 1995
Mlakar, Andrej
Halgato, 1994
Moati, Serge
Die Diplomatin, 1994
Mocky, Jean-Pierre
Angst in der Stadt, 1964
Der rote Ibis, 1975
Der kleine Coup, 1985
Das Wunder des Papu, 1986
Mokoena, Thulani
My Vote Is My Secret – Südafrikanische Chroniken, 1994
Mones, Paul
Getrennte Wege, 1991
Monnet, Jacques
Clara und die tollen Typen, 1980
Mont, Servais
Dépendance – Duft der Leidenschaft, 1995
La Leçon de plaisir – Dreiecksspiele, 1995
Montesi, Jorge
Wiegenlied des Todes, 1993
Ein raffinierter Coup, 1994
Der Schreckensflug der Boeing 767, 1995
Moore, Charles Philip
Angel of Destruction, 1994
Mora, Philippe
Hard Business, 1994
Morahan, Andy
Highlander III – Die Legende, 1995
Morneau, Louis
Carnosaurus II – Attack of the Raptors, 1994
Soldier Boyz, 1994
Morris, Jim
Zur Stütze verdammt, 1994
Moses, Harry
Der steinige Weg zur Gerechtigkeit, 1994
Moshinsky, Elijah
Der Tanz des Dschinghis Cohn, 199?
Moskalenko, Vitalij
Straße zum Paradies, 1994
Mossmann, Walter
Lemberg – geöffnete Stadt, 1993
Mulcahy, Russell
Masters of Horror Volume 1, 1991–93
Masters of Horror Volume 2, 1992–94
Munchkin, Richard W.
Karate Tiger 8, 1994
Mundhra, Jag
Augen der Nacht, 1990
Murat, Lucia
Wie schön, dich lebend zu sehen, 1989
Muratow, Alexander
Man nannte ihn Bestie, 1990
Murlowski, John
Automatic, 1994
Murphy, Geoff
Alarmstufe: Rot 2, 1995
Muschner, Michael
Befreiung aus der Rosenstraße, 1994
Mutrux, Floyd
Last Days of Paradise, 1991

N

Naefe, Vivian
Man(n) sucht Frau, 1994
Ich liebe den Mann meiner Tochter, 1995
Zaubergirl, 1995
Nakata, Toichi
Meine Reise ist nicht zu Ende, 19??
Nasrallah, Yousry
Jugend, Liebe und Koran, 1995
Näter, Thorsten
Molls Reisen, 1994
Needham, Hal
Bandit – Ein ausgekochtes Schlitzohr gibt Gas, 1993
Bandit – Ein ausgekochtes Schlitzohr und eine kühle Blonde, 1993
Bandit – Ein ausgekochtes Schlitzohr kommt selten allein, 1994
Bandit – Ein ausgekochtes Schlitzohr startet durch, 1994
Negulesco, Jean
Skandal um Patsy, 1953
Neilson, James
Summer Magic, 1963
Wenn Engel reisen…, 1968
Nelson, Gary
Police Story: Ein altgedienter Profi, 1988
Mörderisches Menü, 1994
Neuenschwander, Jürg
Shigatse – Eine Spritze kommt selten allein, 1989
McDonald, Bruce
Dance me outside, 1994
New, Michael
Cubagua, 1986
Newell, Mike
Eine sachliche Romanze, 1994
Nicholson, Martin
Cool! – Endlich sind die Eltern weg, 1993
Nickel, Gitta
Es begann in Eberswalde, 1995
Ninn, Michael
Sex, 1994
Noczynski, Fred
Sprache der Vögel, 1991
Noonan, Chris
Ein Schweinchen namens Babe, 1995
Norrington, Stephen
Death Machine, 1993
Norris, Aaron
Top Dog, 1995
Norton, Bill
Willkommen im Paradies, 1991
Nosseck, Max
Black Beauty, 1946
Nosseck, Noel
Die Rache einer Mutter, 1991
Leben am seidenen Faden, 1992
Blut auf schwarzer Seide, 1994
Notz, Thierry
Fortunes of War, 1993
Novarro, Maria

Danzón, 1991
Nussbaum, Raphael
Ja, so warn's die alten Ritters-leut, 1976
Nutter, David
Trancers 5, 1994
Nyby II., Christian I.
Perry Mason und die Formel ewiger Jugend, 1992
Perry Mason und der Kuß des Todes, 1993
Perry Mason und der Tote am Telefon, 1993
Nygard, Roger
Eine Nervensäge, 1994

O

O'Bannon, Rockne S.
Deadly Invasion, 1994
Odorisio, Luciano
Die Nonne von Monza, 1986
Oedekerk, Steve
Ace Ventura – Jetzt wird's wild, 1995
Ofteringer, Susanne
Nico-Icon, 1995
Ohayon, Michèle
It was a wonderful life, 1992
Ohbayashi, Nobuhiko
Russian Lullaby, 1993
Okan, Bay
Mercedes mon Amour, 1995
Okawara, Takao
Madra, das achtköpfige Drachenmonster, 1994
Ollivier, Lilia
Die illegitimen Kinder von Anton Webern, 1993
Olmi, Ermanno
Die Bibel – Genesis, 1993
Ophüls, Marcel
The Troubles We've Seen – Die Geschichte der Kriegsberichterstattung, 1994
Orleans, Nicholas
Virtual Sex, 1993
Orme, Stuart
Puppet Masters, 1994
Orr, James
(K)ein Vater gesucht, 1994
Orr, Joseph
Oben – Unten, 1994
Oshima, Nagisa
Bilder in Bewegung – Das Jahrhundert des Kinos (6), 1994
Othenin-Girard, Dominique
Vegas Heat, 1994
Mörderische Zwillinge, 1995
Private Lessons, 199?
Otmezguine, Jacques
Elissa Rhaïs, 1992
Ottiker, Marc
Nah am Wasser, 1995
Ouedraogo, Idrissa
Die Wahl, 1986
Afrique, mon Afrique, 1993
Oz, Frank
Der Indianer im Küchenschrank, 1995
Ozu, Yasujiro
Sommerblüten, 1958

P

Pabst, Georg Wilhelm
Die Dreigroschenoper, 1931
Page, Alain
Taxi Boy, 1985
Page, Anthony
Tschernobyl – Die letzte Warnung, 1991
Palud, Herve
Little Indian, 1994
Papamichael, Phedon
Colors of Crime, 1992
Tödliche Bilder, 1993
Papatakis, Nico
Das Photo, 1986
Paragon, John
The Babysitters, 1994
Parenti, Neri
Der doppelte Held, 1981
Parker, David
Mörderisches Wochenende, 1994
Paseornek, Michael
Vibrations, 1994
Pasikowski, Wladyslaw
Hunde, 1992
Pasquin, John
Santa Clause – Eine schöne Bescherung, 1994
Patrick, Matthew
Böses Blut, 1993
Patterson, Roy
Familie Feuerstein – Yabba Dabba Doo, 1993
Patwardhan, Anand
Vater, Sohn und Heiliger Krieg, 1994
Patzak, Peter
Jenseits der Brandung, 1994
Paulus, Wolfram
Du bringst mich noch um, 1994
Paur, Leo D.
Rigoletto, 1993
Pearce, Richard
Der Fall Nixon, 1989
Der lange Weg, 1990
Pearson, Peter
Zwei Freunde reißen aus, 1992
Peerce, Larry
Liebe hinter Gittern, 1982
Pelayo, Alejandro
Miroslava, 1992
Pelletier, Gabriel
Wilder Herbst, 1992
Penn, Leo
Matlock: Mr. Estes Vermögen, 1993
Penth, Boris
Magic Sounds – Musiker in Louisiana, 1995
Penzel, Werner
Middle of the Moment, 1995
Peploe, Clare
Wilder Zauber, 1995
Pereira dos Santos, Nelson
Das dritte Ufer des Flusses, 1993/94
Perello, Hope
Viel Wirbel um die Kuschelmonster, 1994
Pérez, Fernando
Madagascar, 1994
Perisic, Zoran
Abenteuer mit dem Zaubertep-pich, 1994
Perry, Alex
Rebecca, 1994
Perry, Steve
Masters of Horror Volume 4, 1992/94
Persky, Bill
Achtung, Schürzenjäger!, 1978
Petelski, Czeslaw
Bittere Liebe, 1994
Petersen, Wolfgang
Outbreak – Lautlose Killer, 1995
Peterson, Kristine
Kickboxer 5, 1995
Petrie, Daniel
Lassie, 1994

Petrie jr., Daniel
In the Army Now, 1994
Petrie, Donald
The Favor – Hilfe, meine Frau ist verliebt, 1991
Pfeiffer, Maris
Küß mich!, 1995
Pflügler, Andreas
Fünf Jahre – Ein Leben, 1994
Philips, Toby
Die Männerfalle, 1993
Phillips, Bill
Die Paydirt – Schmutziges Geld, 1992
Pierson, Frank
Citizen Cohn – Handlanger des Todes, 1992
Pillsbury, Sam
Augen des Schreckens, 1994
Ping, He
Das Duell der Schwertkämpfer, 1990 / 91
Ping, Yuen Wo
Wing Chun – Gefährlich wie eine Pantherkatze, 1994
Pinheiro, José
Maigret und die Freuden der Nacht, 1991
Pinoteau, Claude
Clémentine und die kleinen Gauner, 1993
Pistor, Peter
The Fence, 1994
Unter Druck, 1995
Pittman, Bruce
Der Zeuge am Fenster, 1993
Placido, Michele
Endstation Mord, 1992
Platz, Josef
Wenn den Flaschen Flügel wachsen, 1989
Pletscher, Marianne
Das Tal der Frauen, 1994
Podeswa, Jeremy
Eclipse – Begegnungen, 1994
Poirier, Manuel
Antonios Freundin, 1992
Polanski, Roman
Der Tod und das Mädchen, 1994
Polednáková, Marie
Wie man den Vater in die Besserungsanstalt bekommt, 1979
Chaos im Zoo, 1990
Pollack, Jeff
Above the Rim, 1994
Polschtschikowa, Lidija
Mondhunde, 1994
Porter, Jeffrey
Vergewaltigt – Jung und schuldig, 1993
Power, John
Schatten des Verdachts, 1990
Preece, Michael
Black Bayou, 1994
Prégent, Johanne
Blanche ist die Nacht, 1989
Preminger, Aner
Schlußkonzert, 1993
Pressman, Michael
Death Lord, 1988
Preuss, Ruben
Almost Dead – Am Rande des Wahnsinns, 1994
Dead on Sight, 1994
Prior, David A.
Felony – Die CIA-Verschwörung, 1994
Bio-Force I, 1995
Proctor, Elaine
Eine Freundschaft, 1993
Puccini, Gianni
Die Freuden der Familie, 1957
Purcell, Evelyn
Sei stark, Cassie, 1986
Pyun, Albert
Spitfire, 1994
The Last Chance – Die Nacht der Entscheidung, 1994
Heatseeker, 1995
Nemesis 2, 1995

Q

Quartullo, Pino
Swingers, 1991
Queiroz, Jussara
Die Kinder von Marcaçao, 1987–93

R

Radford, Michael
Der Postmann, 1994
Rafelson, Bob
Erotic Tales
Raffill, Stewart
Lost in Africa, 1994
Railsback, Steve
Flight of the Dove, 1994
Raimi, Sam
Schneller als der Tod, 1995
Randel, Tony
Fist of the North Star, 1994
Raphael, Margaret
Das Geheimnis von Twin Sister, 1993
Rash, Steve
Geboren in Queens, 1991
Rausch, Irma
Die Märchen, in der Nacht erzählt, 1981
Rausick, Whitney
Handgun – Hetzjagd durch New York, 1993
Ray, Fred Olen
Pleasure of Flesh, 1994
Ráza, Ludvík
Die sieben Raben, 1993
Redford, Robert
Quiz Show, 1993
Reibenbach, Tsipi
Choice and Destiny, 1993
Reid, John
The Last Tattoo, 1993
Reiner, Rob
North, 1994
Hallo, Mr. President, 1995
Reitz, Edgar
Bilder in Bewegung – Das Jahrhundert des Kinos (4), 1994
Retzer, Otto W.
Der schwarze Fluch, 1994
Reynolds, Kevin
Waterworld, 1994 / 95
Reynolds, Michael
Jonathan, der tapfere Frosch, 1985
Rhee, Phillip
Best of the Best 3 – No Turning Back, 1994
Rich, David Lowell
Der Tag Jupiters, 1983
Richardson, Tony
Operation Blue Sky, 1991
Richter, Pim
Fünf Jahre – Ein Leben, 1994
Richter, Roland Suso
Risiko Null – Der Tod steht auf dem Speiseplan, 1995
Svens Geheimnis, 1995
Richter, Wolfgang
Radio Star – Die AFN Story, 1994

Riesenfeld, Daniel
Hollywood in Südafrika: Apartheid und Film, 1993
Rifkin, Adam
Das Serum des Grauens, 1990
Rischert, Christian
Wiener Lust, 199?
Ritchie, Michael
Cops & Robbersons – Das haut den stärksten Bullen um, 1994
Der Scout, 1994
Rivers, Fernand
Pasteur, 1935
Robe, Mike
Wildes Land: Die Vision / Zwischen den Fronten / Das Erbe / Tod in Montana, 1993
Robert, Vincent
Morty, 1994
Roberts, John
Der Krieg der Knöpfe, 1994
Robertson, David M.
Final Judgement, 1989
Robinson, Lee
Skippy und die Schatzsucher, 1964
Rochant, Eric
Entführung aus Liebe, 1991
Ariel, der Patriot, 1994
Rodriguez, Martha
Unsere Stimme aus Erde, Erinnerung und Zukunft, 1981
Rodriguez, Robert
Desperado, 1995
Roeg, Nicholas
Erotic Tales
Roeg, Nicolas
Süßer Vogel Jugend, 1989
Heart of Darkness, 1993
Rogell, Albert S.
Der Ritt ins Todestal, 1932
Rohmer, Eric
Rendezvous in Paris, 1995
Rohne, Claus-Michael
Der Leihmann, 1994
Rola, Carlo
Blutige Spur, 1995
Romersa, Joanna
Familie Feuerstein – Yabba Dabba Doo, 1993
Rooney, Bethany
Die Unschuldig hinter Gittern: Das Schicksal der Annie Gallagher, 1991
Rose, Bernard
Ludwig van B. – Meine unsterbliche Geliebte, 1994
Rosman, Mark
Evolver, 1994
Ross, Benjamin
Das Handbuch des jungen Giftmischers, 1994
Ross, Herbert
Kaffee, Milch und Zucker, 1994
Roth, Bobby
Das jüngste Gericht: John Lists Story, 1993
Roth, Christopher
Looosers!, 1994 / 95
Roth, Phillip J.
Apex, 1993
Digital Man, 1994
Rotundo, Nick
Gladiator Cop, 1994
Rowe, Peter
Verschollen auf hoher See, 1985
Rozema, Patricia
When Night is Falling, 1995
Rubbo, Michael
Tommy Tricker – Die Rückkehr, 1994
Rubens, Percival
Die Mördergrube, 1982
Rubini, Sergio
Die geheimnisvolle Blonde, 1994
Rudolph, Alan
Mrs. Parker und ihr lasterhafter Kreis, 1994
Ruggles, Wesley
Du gehörst zu mir, 1941
Rundle, Donne
My Vote Is My Secret – Südafrikanische Chroniken, 1994
Rush, Richard
Color of Night, 1994
Russell, Ken
Erotic Tales
Alice in Russialand, 1993
Russell, Toby
Cinema of Vengeance, 1993
Ryzarew, Boris
Aladins Wunderlampe, 1966
Iwan und Marja, 1974
Die Prinzessin auf der Erbse, 1976

S

Saab, Jocelyne
Beirut – Es war einmal, 1994
Sabrautzky, Konrad
Zu treuen Händen, 1995
Sala, Henri
Emanuelle und Lolita, 1991
Salajew, Ajas
Die Fledermaus, 1995
Salle, David
The Moviemaker, 1995
Salvesen, Ole Björn
Kalle und die Engel, 1993
Sams, Coke
Chaos in der Schule, 1993
Sánchez, José Maria
Pakt mit dem Tod, 1991
Sandrich, Jay
Wie Du mir, so ich Dir, 1972
Santiago, Cirio H.
Stranglehold, 1994
Sarafian, Deran
Tödliche Geschwindigkeit, 1994
Sargent, Joseph
Caroline – Im Dunkel der Vergangenheit, 1989
Der Bulle und die Stripperin, 1992
Die Bibel – Abraham, 1993
Wege der Liebe, 1994
Sass, Barbara
Nur die Angst, 1993
Sassone, Oley
Der Sunset-Killer 4, 1994
Satlof, Ron
Entscheidung in Kenia, 1981
Saura, Carlos
Der Süden, 1991
Saville, Philip
Schatten des Verrats, 1989
Schweigemauer, 1993
Saville, Victor
Music Box Girls, 1945
Savini, Tom
George Romero's Golden Tales 3, 1994
Sax, Geoffrey
Eiskaltes Duell, 1992
Im Teufelskreis von Haß und Lüge, 1993
Sayles, John
Das Geheimnis des Seehund-Babys, 1994
Scartaccini, Nelson

Rio de la Plata, einfach, 1994
Schadewald, Bernd
Verurteilt Anna Leschek, 1991
Schadt, Thomas
Eiserne Engel, 1995
Schaefer, Georges
Der Bunker, 1980
Schäfer, Eberhard
Oben geblieben ist noch keiner, 1979 / 80
Schaffner, Franklin J.
Lionheart, 1987
Schatzberg, Jerry
Unverstanden, 1983
Schaub, Martin
Die Insel, 1993
Schenkel, Carl
Exquisite Tenderness, 1994
Von Eifersucht besessen, 1994
Schepisi, Fred
I.Q. – Liebe ist relativ, 1994
Scherer, Alexander
Kommt Mausi raus?, 1994
Schier, Heiko
Freundinnen, 1994
Schiro, Jeff
George Romero's Golden Tales 3, 1994
Schlaich, Frieder
Paul Bowles – Halbmond, 1994
Schlamme, Thomas
Kingfish, 1994
Schlichter, Mark
Ex, 1995
Schlömer, Mike
Weiße Wände, 1994 / 95
Schmidt, Daniela
Paula Paulinka, 1995
Schmidt, Pascale
Der Himmel küßt die Berge – Maria & Margot Hellwig, 1995
Schmidt-Garre, Jan
Bruckners Entscheidung, 1995
Schneider, Paul
Mädchen für alle Fälle, 1992
Der Fremdgeher: Eine Ehefrau rechnet ab, 1993
Wiegenlied des Schreckens, 1994
Schoendoerffer, Pierre
Abteilung Anderson, 1966
Der Haudegen, 1977
Schönemann, Hannes
Labendig, 1995
Schroeder, Barbet
Die Charles-Bukowski-Tapes, 1985

Kiss of Death, 1994
Schult, Kolin
The Big Pink, 1994
Schulz, Rainer M.
Segeln nach Uist, 1995
Schulzeck, Helmut
Regina Blues, 1994
Schumacher, Joel
Batman Forever, 1995
Schwartz, Stefan
Nonstop nach Glasgow, 1992
Schwarze, Wolfgang
Es begann in Eberswalde, 1995
Schwarzenberger, Xaver
Die Nacht der Nächte, 1994
Fesseln, 1995
Scorsese, Martin
Bilder in Bewegung – Das Jahrhundert des Kinos (1–3), 1994
Scott, Oz
Schüler, Shakespeare und Karibik, 1989
Scott, Tony
Crimson Tide – In tiefster Gefahr, 1995
Sears, Phil
Ripper Man, 1994
Sebastian, Isabel
Eine Straßenbekanntschaft, 1990
Segal, Peter
Tommy Boy – Durch Dick und Dünn, 1995
Segall, Stuart
Intimate Blue, 1995
Seidelman, Arthur Allan
Gefangen im All, 1994
Seidelman, Susan
Erotic Tales
Serafian, Deran
Back in the USSR, 1991
Séria, Joel
Steffi, 1988
Serious, Yahoo
Robin Hood Junior, 1993
Shaohong, Li
Blutiger Morgen, 1990
Shapiro, Paul
Mein täglicher Mord, 1993
Shatner, William
TekWar – Kampf um die verlorene Vergangenheit, 1994
Shaw, Larry
Abgestürzt im Dschungel, 1993
Die Ärztin und der Mörder, 1994
Die Eisprinzessin und das Biest –

Die wahre Geschichte von Tonya und Nancy, 1994
Shelton, Ron
Homerun, 1994
Shelton, Toby
Dschafars Rückkehr, 1994
Shepard, Sam
Rache ohne Hoffnung, 1988
Sherin, Ed
Ein Zuhause für Joey, 1987
Silber, Rolf
Willkommen in Babylon, 1995
Silberling, Brad
Casper, 1995
Silla, Decio
Tagebuch einer Leidenschaft, 1976
Silovic, Vassili
Orson Welles: The One-Man-Band, 1995
Silva, Jorge
Unsere Stimme aus Erde, Erinnerung und Zukunft, 1981
Silver, Joel
Masters of Horror Volume 1, 1991–93
Silverstein, Elliot
Belle Sommers, 1962
Flashfire, 1994
Simeone, Lawrence L.
Blindfold, 1993
Simoneau, Yves
Entführt: Sieben Tage Angst, 1991
Singer, Alexander
Abenteuer in Key West, 1978
Siodmak, Robert
Die Krise ist vorbei, 1934
Siu-Tung, Ching
China Swordsman 2, 1994
Sivan, Eyal
Yeshayahou Leibowitz, 1992
Jerusalem(s), das Borderline-Syndrom, 1994
Aqabat Jaber, unwiderruflicher Friede?, 1995
Sjogren, John
Red Line, 1995
Sladkowski, Jurek
Wildes Sibirien, 1994
Sloane, Rick
Angel on the Run, 1993
Politessen-Akademie, 1993
Smith, John N.
Dangerous Minds, 1995

Blonde Vergeltung, 1994
Schrecklicher Verdacht, 1995

T

Tabío, Juan Carlos
Tausche Wohnung!, 1983
Takacs, Tibor
Viper – Ein Ex-Cop räumt auf, 1993
In den Armen des Todes, 1995
Talalay, Rachel
Tank Girl, 1994
Tamahori, Lee
Die letzte Kriegerin, 1994
Tanner, Ronny
Halle 4, Straße 13, 1995
Targownik, Liliane
Moving, 1991
Tashlin, Frank
Ein Baby kommt selten allein, 1952
Heirate mich noch mal, 1953
Tati, Jacques
Tatis Schützenfest, 1947 / 1961 / 1995
Tatò, Anna Maria
Die Nacht und der Augenblick, 1994
Tatoulis, John
Der silberne Hengst – König der Wildpferde, 1993
Taurog, Norman
Hübsch, jung und verliebt, 1951
Tausik, David
Symphony des Bösen, 1994
Tavernier, Bertrand
D'Artagnans Tochter, 1994
Taylor, Don
Ente gut – alles gut!, 1961
Taylor, Jud
Im Namen meiner Tochter, 1992
Auf und davon, 1983
Tchernia, Pierre
Die Gaspards, 1973
Téchiné, André
Wilde Herzen, 1994
Tepzow, Oleg
Der Geweihte, 1989
Tessari, Duccio
Eine große Liebesgeschichte, 1989
Tetzke, Ted
Einsteins Baby, 1995
Tewkesbury, Joan
Sudie und Simpson, 1990
Thomas, Betty
Die Brady Familie, 1994
Thomas, Dave
Immer Ärger mit Mama, 1993
Thomas, Gerald
Alles unter Kontrolle – keiner blickt durch, 1968
Thomas, Paul
Leidenschaftliche Träume, 1993
Cheating, 1994
Thome, Rudolf
Das Geheimnis, 1994
Thompson, Caroline
Black Beauty, 1994
Thompson, J. Lee
Ein Alligator namens Daisy, 1957
Thompson, Keith
Zur Stütze verdammt, 1994
Thorpe, Jerry
Mord in San Francisco, 1971
Antonio schlägt sie alle, 1974
Das Lazarus-Syndrom, 1978
Thwaytes, David
Aladin, 1992
Die Schöne und das Biest, 1992
Tiedemann, Sibylle
La colonna sonora, 1992
Till, Eric
Oh, what a Night, 1992
Tod im Zwielicht, 1994
Timm, Peter
Rennschwein Rudi Rüssel, 1994
Tinker, Mark
Babe Ruth – Die Baseball-Legende, 1991
Tinnell, Robert
Kids der Tafelrunde, 1995
Todorovskij, Valerij
Liebe, 1991
Todorowski, Piotr
Da Capo – Noch einmal mit Gefühl, 1992
Tögel, Hans-Jürgen
Rosamunde Pilcher: Das Ende eines Sommers, 1994
Rosamunde Pilcher: Sommer am Meer, 1995
Tolkin, Michael
New Age, 1994
Tolkin, Stephen
Das Kainsmal des Todes, 1993
Tolz, Stefan
Goldhochzeit – 50 Jahre Ehe in Deutschland, 1995
Tong, Stanley
Mega Cop, 1993
Torini, Cinzia Th.
Erotic Tales
Tourell, Wayne
Der Junge von Andromeda, 1990
Tourneur, Jacques
Die Angstmacher, 1958
Townsend, Robert
The Five Heartbeats, 1991
Trampe, Stefan
Der Kontrolleur, 1994
Travers, John
Deep Down, 1994
Trefouel, Jacques
Stille Wasser, 1992
Tschirner, Joachim
Am siebten Tag über den Syr-Darja, 1995
Sieben Tage – da unten am Indian River, 1995
Tschörtner, Petra
Träume, 1995
Tuchner, Michael
Die Erinnerung bringt den Tod, 1995
Tumajew, Wladimir
Mondhunde, 1994
Tung, Ching Siu
Phantom Seven, 1994
Turner, Ann
Sommer des Erwachens, 1992
Turteltaub, John
Während du schliefst..., 1995

U

Ulrich, Hans-Georg
Berlin – Ecke Bundesplatz (3), 1995
Umlauf, Ellen
Traumland, 1993
Underwood, Ron
Sprachlos, 1994
Uno, Michael Toshiyuki
Der Ruf der Wildnis, 1992
Schrei, wenn du kannst, 1992
Tödliche Sucht, 1993
Hölle auf Erden – Der Fall Laurie Kellogg, 1994
Ich war seine Frau – und wurde sein Opfer, 1994

Uribe, Imanol
Der verblüffte König, 1991
Deine Zeit läuft ab, Killer, 1994

V

Vachani, Nilita
Mutter kommt an Weihnachten, 1994
Vajda, Marijan
Mit verbundenen Augen 1. + 2. Teil, 1995
Valdez, Luis
The Cisco Kid, 1994
Valentin, Albert
Das leichte Leben, 1943
van Hoogenbemt, Miel
Unschuldige im Ausland, 1992
Van Peebles, Melvin
Erotic Tales
van Rensburg, Manie
Taxi nach Soweto, 1991
Van Sant, Gus
To Die For, 1995
van Warmerdam, Alex
Noorderlingen, 1992
Vanzina, Carlo
Die römische Kanone, 1994
Varda, Agnès
Die Demoiselles sind 25 Jahre alt geworden, 1992
101 Nacht – Die Träume des M. Cinéma, 1994
Vecchiali, Paul
Die Zärtlichkeit des Tigers, 1994
Vejar, Mike
MacGyver: Jagd nach dem Schatz von Atlantis, 1993
Verbong, Ben
House Call, 1994
Verdone, Carlo
Hätt' ich dich bloß niemals kennengelernt, 1991
Verducci, Pat
Deception – Tödliche Täuschung, 1994
Verhaag, Bertram
Bleiben Sie dran!, 1994
Verhaeghe, Jean-Daniel
Das Gesetz der Wüste, 1993
Vernoux, Marion
Überdreht und durchgeknallt, 1993
Vestergaard, Jorgen
Alle reden über Snooky, 1992
Snooky – mein allerbester Freund, 1992
Viet, Hans-Erich
Luggi L. ist nicht zu fassen, 1995
Vigne, Daniel
Eine Sommergeschichte, 1988
Vila, Camilo
Tödliche Weite, 1994
Villaronga, Augustin
Der blinde Passagier, 1994
Vilsmaier, Joseph
Schlafes Bruder, 1995
Wia die Zeit vergeht, 1995
Viswanadhan, Velu
Luft, 1994
Vogel, Virgil W.
Walker, Texas Ranger: Schwarze Spinne, 1994
Voigt, Andreas
Ostpreußenland, 1995
Volk, Paul G.
Steel Frontier, 1995
von Alberti, Irene
Paul Bowles – Halbmond, 1994
von Praunheim, Rosa
Neurosia – 50 Jahre pervers, 1994 / 95
von Sydow, Rolf
Rosamunde Pilcher: Wolken am Horizont, 1995
von Trier, Lars
The Kingdom – Hospital der Geister, 1994
von Trotta, Margarethe
Das Versprechen, 1994
von Wangenheim, Gustav
Kämpfer, 1936 / 38

W

Wacks, Jonathan
Hol' die Mama aus dem Sarg, 1992
Wagner, Christian
Transatlantis, 1994
Waletzky, Josh
The Hollywood Sound, 1995
Walker, Giles
Ganesh, 1992
Wallace, Stephen
Überleben in Malaysia, 1992
Waller, Anthony
Stumme Zeugin, 1995
Walton, Fred
Deadphone, 1994
Wanamaker, Sam
Liebe ohne Schranken, 1980
Wang, Wayne
Blue in the Face, 1994
Smoke, 1994
Ward, David S.
Challenge – Die Herausforderung, 1993
Ward, Vincent
Flucht aus dem Eis, 1992
Wargnier, Régis
Das Schloß gehört mir, 1988
Eine französische Frau, 1995
Warner, Paul
Fall Time, 1994
Warren, Jennifer
Aussichtslos, 1994
Waxman, Al
Diamantenfeuer, 1992
Wayans, Keenen Ivory
Mister Cool, 1994
Weber, Billy
Josh and S.A.M., 1993
Weber, Zekko
Etwas ist immer, 1993
Weidner, John
Man Hunt, 1994
Weiland, Paul
Die goldenen Jungs, 1993
Weill, Claudia
Das fremde Gesicht, 1991
Wein, Joseph
Never Say Die, 1994
Weinbren, Grahame
Umbrellas, 1994
Weinges, Philipp
Japaner sind die besseren Liebhaber, 1994
Weis, Gary
The Rutles – All you need is Cash, 1978
Weisman, Sam
D 2 – The Mighty Ducks, 1994
Weiss, Rob
Unter Freunden, 1993
Weissman, Aerlyn
Forbidden Love – The Unashamed Stories of Lesbian Love, 1993
Wellington, David
Harter Mann in Uniform, 1993
Wenders, Wim
Die Brüder Skladanowsky, 1993–95

Y

Z

«Sehenswert» 1995

Bei den Besprechungen im Filmmagazin «film-dienst», das im Katholischen Institut für Medieninformation e.V., Köln, erscheint (1995: 48. Jahrgang), werden Filme, die «den Durchschnitt ihrer Gattung anerkennenswert übertreffen», als «sehenswert» gekennzeichnet. Dieser Hinweis kann wegen der Verschiedenheit von Alter, Erwartung und Wissen bei den Zuschauern nicht als allgemeine Empfehlung verstanden werden, sondern nur als Signal für denjenigen, dem die betreffende Filmgattung nach eigener Erfahrung zusagt. Als «sehenswert» in diesem Sinne wurden in diesem Handbuch die nachfolgenden Filme bezeichnet:

Aschenputtel
Ausgangssperre
Before Sunrise
Blick des Odysseus
Brady Familie
Brigitta
Brüder Skladanowsky
Bullets over Broadway
Cold Fever
Crumb
D'Artagnans Tochter
Dance me outside
Dolores
Don Juan de Marco
Drei Tage im April
71 Fragmente einer Chronologie des Zufalls
Elisa
Ernesto «Che» Guevara, das bolivianische Tagebuch
Franc
fremde Sohn
Funny Bones
Gefangene der Wüste
Geheimnis des Seehund-Babys
Golden Gate
Hallo, Mr. President
Haß
Heart of Darkness
Herzog Ernst
100 Tage, Genosse Soldat!
Ich bin nicht Gott, aber wie Gott
Indianer im Küchenschrank
Indien
Jericó
Jonny kommt – Ich geh' nicht mehr ins Heim
Josh and S.A.M.
Kalle und die Engel
Kalte Heimat – Leben im nördlichen Ostpreußen
King George – Ein Königreich für mehr Verstand
Kiss of Death
Kühe
Lamerica
Land and Freedom
letzte Kriegerin
Little Odessa
Mächte des Wahnsinns
Märchen, in der Nacht erzählt
Maries Lied «Ich war, ich weiß nicht wo»
Masters of Horror Volume 3
Minnie
Mrs. Parker und ihr lasterhafter Kreis
Nico-Icon
Nightwatch – Nachtwache
Nobody's Fool – Auf Dauer unwiderstehlich
Oleanna
Prêt-à-Porter
Prinz und der Prügelknabe
Prinzessin auf der Erbse
Probezeit
Quer durch den Olivenhain
Quiz Show
Rauliens Revier
Rendezvous in Paris
rote Eichhörnchen
Sans Soleil – Unsichtbare Sonne
Schatten des Verdachts
Schrei in die Vergangenheit
Schweinchen namens Babe
Shanghai Serenade
Sherlock Holmes und die sieben Zwerge
Smoke
Sprache der Vögel
Stadt der Traurigkeit
Tatis Schützenfest
The Kingdom – Hospital der Geister
The Rutles – All you need is Cash
The Troubles We've Seen – Die Geschichte der Kriegsberichterstattung
Tod und das Mädchen
Totmacher
Transatlantis
Die traurige Nixe
Unsere Stimme aus Erde, Erinnerung und Zukunft
Unsere Welt war eine schöne Lüge
Vanya – 42. Straße
Versprechen
Vokzal – Bahnhof Brest
Vor dem Regen
Wie man sich bettet
Winternachtstraum

Kinotip der katholischen Filmkritik

In der Ausgabe vom 8. März 1988 veröffentlichte die Zeitschrift «film-dienst» erstmals den «Kinotip der katholischen Filmkritik», mit dem die katholische Filmarbeit ihre alte Tradition der Filmempfehlung wiederaufnahm. Ein Ziel dieser publizistischen Arbeit ist es, auch Personen, die nicht zum üblichen Kinopublikum zählen, auf empfehlenswerte neue Kinofilme aufmerksam zu machen. Der «Kinotip» erscheint in unregelmäßigen Abständen, ist also nicht an eine monatliche Benennung gebunden. Über die Empfehlungen als «Kinotip» entscheidet ein Ausschuß, der sich aus Mitgliedern der Katholischen Filmkommission und Mitarbeitern des «film-dienst» zusammensetzt. Als «Kinotip» benannte Filme sowie die Begründungen für die Benennungen seit 1988 siehe «Filme 1989 / 90» (Lexikon des Internationalen Films, Seite 907), «Filme 1991 / 92» (Lexikon des Internationalen Films, Seite 880) und «Filme 1993–94» (Seite 1008).

Indien
INDIEN
(Kinotip 64 / Januar 1995)
Zwei Männer, wie sie unterschiedlicher nicht sein könnten, starten zu einer Dienstreise in die österreichische Provinz. Die beiden Staatsbeamten sollen Gasthöfe und Pensionen auf deren Qualität prüfen, wobei sie schon bald einen tiefen Groll aufeinander verspüren: der yuppie-artige, penible Jungbeamte mit zeitgeistiger Leidenschaft für gesunde Ernährung und fernöstliche Lebensphilosophie und der grantige, ungebildete Kleinbürger mit wenig Sinn für Ordnung und Sauberkeit. Doch das Wunder geschieht: die beiden werden Freunde.
«Indien» beginnt als geistreiche Komödie mit Elementen eines Roadmovies ebenso wie mit amüsanten Anleihen beim beliebten Kinothema von der Beziehung zweier extrem ungleicher Männer, die sich zusammenraufen. Getragen vor allem von präzisem Sprachwitz, ist der Film eine ausgelassene, im Kern aber eher melancholische Reflexion darüber, wie sich Menschen in ihrem Dasein einrichten. Konsequent und ohne Bruch entwickelt sich daraus schließlich das traurige Melodram einer Freundschaft, der keine Zukunft beschieden ist. Angesichts des schnell nahenden Todes eines der beiden Männer setzt sich der Film nicht minder überzeugend auch mit Sinnfragen auseinander, ohne dabei an Heiterkeit einzubüßen. (Vgl. auch «film-dienst»-Kritik 31157 in Ausgabe 2 / 1995.)

Quiz Show
QUIZ SHOW
(Kinotip 65 / Februar 1995)
1958 erschütterte ein Fernsehskandal die amerikanische Öffentlichkeit. Es stellte sich heraus, daß das beliebte Quiz «Twenty One» manipuliert war, daß die Teilnehmer dieser Show mit den richtigen Antworten auf die kniffligen Fragen präpariert worden waren. Schon in den Kindertagen des Fernsehens galt für die Sendeverantwortlichen und die werbetreibende Wirtschaft, daß die Einschaltquoten über den Erfolg einer Sendung und eines Produkts entschieden und das öffentliche Ansehen der Kandidaten die Einschaltquote beeinflußte.
Robert Redford hat – unterstützt durch die sensible Kameraarbeit von Michael Ballhaus – einen ebenso einfühlsamen wie aufrüttelnden Film geschaffen, der nicht nur ein korruptes (Fernseh-) System an den Pranger stellt, sondern zugleich Fragen nach der Manipulierbarkeit und der Verantwortung des einzelnen stellt. Er zeigt, wie die Medien-Öffentlichkeit sich ihre Ikonen erschafft und daß Menschen für materiellen Gewinn und Popularität Moral und Gewissen hintansetzen. Dabei spricht «Quiz Show» keine vorschnellen Schuldzuweisungen aus, sondern schildert auf publikumswirksame Weise Sachverhalte, die den Zuschauer zum Nachdenken anregen und in die Lage versetzen, seine eigene Medien-Wirklichkeit zu überprüfen. (Vgl. auch «film-dienst»-Kritik 31182 in Ausgabe 3 / 1995.)

Das Versprechen
LES ANNEES DU MUR
(Kinotip 66 / Februar 1995)
Bei der Flucht in den Westen Berlins im Herbst 1961 wird ein junges Paar getrennt – der Mann bleibt im Osten der Stadt zurück. Bis zum Fall der Mauer fast 30 Jahre später werden sich die beiden nur noch wenige Male wiedersehen. Nach der Begegnung im Prager Frühling kommt das gemeinsame Kind zur Welt, wiederum zwölf Jahre darauf steht der Mann, inzwischen verheiratet, auf dem Höhepunkt seiner wissenschaftlichen Karriere,

auch die Frau im Westen hat sich privat wie beruflich ihr eigenes Leben aufgebaut. Als die innerdeutsche Grenze fällt, stehen sie sich in der jubelnden Menge gegenüber, verbunden nur durch den Sohn und ein paar Erinnerungen.

«Das Versprechen» erzählt die Geschichte einer Liebe, die scheitert, weil es für sie so gut wie nie eine Gegenwart gab, sondern allenfalls die Hoffnung auf eine gemeinsame Zukunft. Margarethe von Trotta verknüpft dieses private Schicksal überzeugend mit einer zeitgeschichtlichen Bestandsaufnahme, insbesondere der Entwicklungen in der DDR: Kalter Krieg, staatliche Repressionen, Opposition und Friedensbewegung. Deutsch-deutsche Nachkriegsgeschichte wird dabei primär über Emotionen vermittelt; die Druchdringung von politischen und privaten Ereignissen macht Stationen und Empfindungen jener Jahre sinnlich erfahrbar. (Vgl. auch «film-dienst»-Besprechung 31206 in Ausgabe 4 / 1995.)

Lamerica

LAMERICA

(Kinotip 67 / März 1995)

Gino, ein 28jähriger Italiener, kommt mit einem weitaus erfahreneren – und skrupelloseren – Geschäftspartner nach Albanien, um dort eine Schuhfabrik aufzubauen. Dies ist nur die offizielle Version ihres Vorhabens; in Wahrheit soll in dem wirtschaftlich wie sozial desolaten Land, das nach Jahrzehnten der Diktatur erste Schritte in eine Demokratie unternimmt, lediglich eine Scheinfirma errichtet werden, um Subventionen und staatliche Produktionsförderungen in die eigene Tasche zu wirtschaften. In einem 80jährigen, geistig verwirrten Mann, der 30 Jahre seines Lebens in stalinistischen Arbeitslagern verbrachte, glauben die beiden Italiener den perfekten Strohmann als «Präsident» der Firma gefunden zu haben. Doch der Alte begibt sich auf eine Reise, um ins «gelobte Land» Italien zu gelangen, und Gino folgt ihm durchs albanische Landesinnere.

Zunächst ist «Lamerica» die mit bitterer Skepsis gezeichnete, eindrucksvolle und zutiefst berührende Bestandsaufnahme eines europäischen «Dritte-Welt-Landes» am Abgrund: Albanien hat nicht nur mit den eigenen Schwierigkeiten zu kämpfen, sondern ist obendrein noch den Mechanismen skrupelloser Ausbeutung durch ausländische «Investoren» ausgesetzt. Darüber hinaus beschreibt Gianni Amelio aber auch die Befindlichkeit seines eigenen Heimatlandes: Sein noch junger, unbedarft-arroganter «Yuppi-Held» erfährt während seiner Initiationsreise, die zugleich auch ein wenig eine Passionsgeschichte ist, die Folgen seiner Ahnungslosigkeit am eigenen Leibe: eine beklemmende Vision über den Verlust von Identität und Würde, der der einzelne ebenso wie ein ganzes Volk ausgesetzt ist. (Vgl. auch «film-dienst»-Kritik 31247 in Ausgabe 6 / 1995.)

Before Sunrise

BEFORE SUNRISE

(Kinotip 68 / April 1995)

Ein Amerikaner auf Europareise überredet seine Zufallsbekanntschaft, eine Französin, die er im Zug kennenlernte, mit ihm den Rest des Tages und die kommende Nacht in Wien zu verbringen. Während der wenigen Stunden, die ihnen verbleiben, schlendern die beiden durch die Stadt, reden über Gott und die Welt, über ihre Beziehungen und Ängste, kommen sich näher, öffnen sich, und es gelingt ihnen, ihre Zweifel an der Welt und den Menschen zu überwinden und eine – wenn auch vage – Perspektive zu entwikkeln.

Eine poetische kleine Geschichte, die die Liebe und das Leben feiert. Dabei steht jene Eigendynamik im Mittelpunkt, die das Leben entwickeln kann, wenn die Menschen den Mut zu kleinen Abenteuern, zu Verhaltensweisen außerhalb der eingefahrenen Wege, aufbringen. Getragen von sympathischen Hauptdarstellern, ist ein kluger Film gelungen, der auf unterhaltsame Art Fragen nach dem Sinn des Lebens stellt. Er liefert dabei keine vorschnellen, aufgesetzt wirkenden Antworten, sondern stellt die Überwindung der selbstgewählten Isolation, die Hoffnung auf Glück, das erarbeitet werden muß, in Aussicht. (Vgl. auch «film-dienst»-Kritik 31270 in Ausgabe 7 / 1995.)

Probezeit

SECOND BEST

(Kinotip 69 / Mai 1995)

Ein Mann in einem walisischen Dorf, 42 Jahre, ohne Bindungen, vereinsamt. Sein Leben besteht aus dem Laden und der Poststelle, die er betreut, und aus der Pflege des bettlägerigen Vaters. Ihm fehlt Sinn in seinem Dasein. Er will ein Kind adoptieren.

Ein Junge in einem Kinderheim, 11 Jahre, schwer erziehbar, verhaltensgestört. Die Mutter ist tot, der Vater sitzt, soweit er weiß, im Gefängnis. Der Junge will einen Vater – aber nicht den, der ihn adoptieren will, sondern seinen leiblichen.

«Probezeit» erzählt die Geschichte einer ungewöhnlichen Adoption – von den bürokratischen Hürden, die sie nehmen muß, aber mehr noch von den Widerständen, den Mißverständnissen, dem Mißtrauen, schließlich dem wachsenden gegenseitigen Verständnis, das den schwierigen Prozeß des Kennenlernens prägt. Die Annäherung läßt Verkrustungen aufbrechen, sie zwingt zur Auseinandersetzung mit der Vergangenheit, und zwar auf beiden Seiten: Der Junge muß von unerfüllbaren Träumen Abschied nehmen, wenn er einen Platz im Leben finden will, der Mann ist gezwungen, sich seiner nur an der Oberfläche heilen Familiengeschichte zu stellen. Ein Film von tiefer Menschlichkeit, nicht ohne Sentimentalitäten und eingebettet in eine idyllische Landschaft, die deutlich mit der harschen Realität der Stadt kontrastiert; behutsam erzählt und glaubwürdig in der Zeichnung seiner Figuren. (Vgl. auch «film-dienst»-Kritik 31222 in Ausgabe 9/1995.)

Tatis Schützenfest

JOUR DE FETE

(Kinotip 70 / Oktober 1995)

Der Zirkus gastiert in Sainte-Sévère-Sur-Indre. Für zwei Tage kommt Abwechslung ins beschauliche Dorfleben, und Briefträger François hat – nach getaner Arbeit – nicht nur Gelegenheit, mit den Zirkusleuten einen über den Durst zu trinken, sondern sein Traum, auch in der französischen Provinz amerikanische Geschwindigkeit zu erreichen, rückt in greifbare Nähe: Rapidité, Rapidité.

Nach jahrelanger Rekonstruktionsarbeit ist es gelungen, Tatis wundervollen Film «Jour de Fête» in der ursprünglich geplanten Farbfassung in die Kinos zu bringen. Zwar wirken die Farben des nicht ganz ausgereiften Thomson-Verfahrens etwas ausgewaschen, doch gerade die Pastelltöne verleihen dieser Hommage an die guten alten Zeiten einen eigentümlichen Reiz. Mit dieser Wiederaufführung anläßlich des 100. Geburtstages des Films haben die Rekonstrukteure den Zuschauern das Geschenk eines Films gemacht, den die meisten Kinogänger zu kennen glaubten und der doch so ganz anders ist, als er sich in die Erinnerungen eingeschrieben hat. Der Film gibt Anlaß zu einem amüsanten Wiedersehen und bietet Gelegenheit zu einer humorvollen Neuentdeckung.

Smoke

SMOKE

(Kinotip 71 / Oktober 1995)

Ein Tabakladen in Brooklyn ist Anlaufstation für eine Handvoll Menschen, die inmitten der Stadt ein zurückgezogenes Leben führen. Der Verkäufer Auggie fotografiert jeden Tag zur selben Zeit unter demselben Blickwinkel das Haus, in dem er wohnt – ihm gelingt es durch seine freundlichen Gespräche, die Einsamkeit ein wenig erträglicher zu machen. Am Ende des Films hat sich die Grunddisposition seiner Protagonisten zwar nicht grundlegend geändert, doch die Welt erscheint ein wenig freundlicher, sie beherbergt jetzt einige Freunde mehr.

Regisseur Wayne Wang und Autor Paul Auster haben mit «Smoke» ein kleines Filmwunder geschaffen: einen ungemein leisen Film, der gar nicht mehr in unsere Kinolandschaft zu passen scheint und gerade deswegen eine Leerstelle im aktuellen Filmangebot besetzen kann. Ein Film über die wohltuende Wirkung freundlicher Gespräche, über Freundlichkeit und Freundschaft. Über Dinge, die den Alltag lebenswerter erscheinen lassen und die für eine Darstellung im Kino denkbar ungeeignet erscheinen. Schließlich sind sie – ähnlich dem Tabakrauch – unfaßbar. Ein im besten Sinne des Wortes rührender Film, der lange nachwirkt und mit seinen fabelhaften Darstellern für ein Unterhaltungserlebnis sorgt, das in unseren Kinos selten geworden ist. (Vgl. auch «film-dienst»-Kritik 31577 in Ausgabe 21/1995.)

Festivalpreise der Internationalen Katholischen Organisation für Film und AV-Medien (OCIC)

ORGANISATION CATHOLIQUE INTERNATIONALE DU CINEMA ET DE L'AUDIOVISUEL (OCIC)
15, rue de Saphir, B-1040 Bruxelles, Tel. (322) 743 43 92 / Fax (322) 734 32 07

Eine Übersicht über alle vor 1995 erfolgten Auszeichnungen der OCIC finden Sie in unseren Handbüchern «6000 Filme» (1945–1958) (Seite 399), «Filme 1962 / 64» (Seite 375), «Filme 1965–70» (Band 2, Seite 217), «Filme 1971–76» (Seite 474), «Filme 1977–80» (Seite 428), «Filme 1981 / 84» (Seite 548), «Filme 1985 / 86» (Seite 408), «Filme 1987 / 88» (Lexikon des Internationalen Films, Seite 901), «Filme 1989 / 90» (Lexikon des Internationalen Films, Seite 915), «Filme 1991 / 92» (Lexikon des Internationalen Films, Seite 885), «Filme 1993–94» (Seite 1015).

Amiens 1995

Keïta! Das Erbe der Griot
KEITA, L'HERITAGE DU GRIOT
Regie: Dani Kouyaté
Burkina Faso
Begründung: Der Film hinterfragt die Faszination eines Jungen an der Kultur seiner Vorfahren, eine mündlich überlieferte Kultur, die als Bindeglied zwischen der westlichen Welt und der Tradition genutzt werden kann.

Lobende Erwähnung: CUESTION DE FE (Regie: Marcos Loaynza, Bolivien). Der Film ist die temperamentvoll erzählte Geschichte einer Reise voller Überraschungen, die ein ehrlicher Mann unternimmt, der die Bedeutung von Freundschaften für das Leben beteuert.

Mitglieder der OCIC-Jury: Benoît Delmas (Frankreich), Mariam Kaboré (Burkina Faso), Aude Catteau-Saintel (Frankreich), Guido Convents (Belgien), Nike Morganti (Italien), Msgr. Jacques Noyer (Frankreich).

Berlin 1995

XIATIAN DE XUE
(Sommerschnee)
Regie: Ann Hui
Hongkong
Begründung: Mit ästhetischer Sensibilität beschreibt der Film Möglichkeiten der Liebe und der Kommunikation; er zeigt drei Generationen, die mit dem Problem des Alterns und der Alzheimer-Krankheit konfrontiert werden. Besondere Aufmerksamkeit widmet der Film dem großartigen Verhalten der Frau, die die Hauptlast der Familie zu tragen hat.

Lobende Erwähnung: Before Sunrise (Regie: Richard Linklater, USA / Österreich). Der Film zeigt das intelligente, amüsante und nachdenklich machende Porträt zweier junger Erwachsener, die mit poetischer Leichtigkeit über sich selbst und die für sie wichtigen Lebensthemen sprechen.

Internationales Forum des Jungen Films:
Der Preis wurde ex aequo vergeben.

MOVING THE MOUNTAIN
Regie: Michael Apted
USA
Begründung: Der Film erhielt den Preis für seine sensible, sehr dichte Dokumentation über die chinesische Demokratiebewegung von 1989, die bisher nicht gesehenes Material für ein großes Publikum zugänglich macht. Die Studenten, die in diesem Film zu Wort kommen, verkörpern menschliche und politische Werte, die nicht nur für die Zukunft Chinas von großer Bedeutung sind.

RUSSKAJA SIMFONIJA
(Russische Symphonie)
Regie: Konstantin Lopuschanskij
Rußland / Frankreich
Begründung: Der Regisseur deutet mit einer in surrealen Bildern inszenierten apokalyptischen Katastrophe und einer ironisch-kritischen Filmsprache den Zustand der russischen Gesellschaft der Nach-Perestroika-Zeit. Alle überkommenen kulturellen Deutungsversuche versagen. Die bedrängende Kraft des endzeitlichen Geschehens stellt radikal die Frage nach Gott.

Lobende Erwähnung: AMNESIA (Regie: Ginzalo Justiniano, Chile). Der Film greift auf fiktive Weise ein universelles Problem individueller und kollektiver Geschichtserfahrung und Lebensbewältigung auf. Er prangert die vielschichtigen Verdrängungsmechanismen an und provoziert die Frage nach Verantwortung, Gerechtigkeit und Vergebung.

Mitglieder der Ökumenischen Jury: Martin Amon (Deutschland), Hugo Ara (Bolivien), Henk Hoekstra (Niederlande), Peter Malone (Australien), Kveta Samajova (Tchechien), Lothar Strüber (Deutschland), Peter Willnauer (Österreich), Angelika Obert (Deutschland), Hans Hodel (Schweiz), Jeffrey Mahan (USA).

Cannes 1995

Land and Freedom

LAND AND FREEDOM
Regie: Ken Loach
England / Spanien / Deutschland
Begründung: In einer Gesellschaft, die ihre Wurzeln und Grundwerte zu verlieren droht, hat Ken Loachs Film das doppelte Verdienst, aufzuzeigen, daß die Kenntnis der Vergangenheit unerläßlich für die Gestaltung einer besseren Zukunft ist und daß trotz ideologischer Gefahren das persönliche Engagement, durch das die Menschen individuelle Verantwortung für die Geschichte übernehmen, aktuelle Bedeutung besitzt.

Lobende Erwähnung: BETWEEN THE DEVIL AND THE DEEP BLUE SEA (Regie: Marion Hänsel, Frankreich / Belgien / England). Aus einer Kurzgeschichte schöpft die Regisseurin eine Parabel mit Bildern von universeller Tragweite: In der elementarsten menschlichen Begegnung entsteht Lebensfreude und Hoffnung.

Mitglieder der Ökumenischen Jury: Frank Klubertz (Deutschland), Franz Ulrich (Schweiz), Jaques Lefur (Frankreich), Angélica de Vita de Brun (Venezuela), Evelyne Selles-Fischer (Frankreich), Guy Perrot (Frankreich).

Havanna 1995

LA NAVE DE LOS LOCOS
Regie: Ricardo Wullicher
Argentinien
Lobende Erwähnungen: CUESTION DE FE (Regie: Marcos Loayza, Bolivien); JAIME DE NEVARES: ULTIMO VIAJE (Regie: Carmen Guarini, Marcelo Céspedes, Argentinien).

Mitglieder der Jury: Patricio Young (Chile), P. Fernando de la Vega (Kuba), Ambros Eichenberger (Schweiz), Gustavo Andújar (Kuba), Walfredo Piñera (Kuba).

Karlsbad (Karlovy Vary) 1995

ZAHRADA
(Der Garten)
Regie: Martin Sulik
Slowakei
Begründung: In einem geheimnisvollen Garten wird Jakub, ein junger Lehrer, mit den Mysterien des Lebens konfrontiert, als er eine spirituelle Reise voller Weisheit und Liebe beginnt. Am Ende begreift Jakub, daß sein Leben nicht nur aus materiellem Wohlergehen besteht und daß die Natur kein unerschöpfliches Reservoir für fortgesetzte Ausbeutung ist. ZAHRADA ist ein Film von außergewöhnlicher Qualität, dessen Bildsprache von Menschen aller Altersgruppen verstanden wird.

Lobende Erwähnung: A RESZLEG (Der Außenposten, Regie: Péter Gothár, Ungarn). Péter Gothár benutzt Bilder der Einsamkeit, um den ewigen Konflikt zwischen dem Individuum und Vertretern der Macht augenfällig zu machen. Die Suche der Gisela Weiss nach einem neuen Standpunkt bringt sie ans Ende der Welt, ins Exil. Trotz aller Erniedrigungen behält sie ihre menschliche Würde. Gleichzeitig ist A RESZLEG eine Metapher dafür, daß die Wahrheit nicht von einem politischen System oder der Vergangenheit abhängt.

Mitglieder der Ökumenischen Jury: Latavra Doularidze (Georgien), Kai Voigtlaender (Deutschland), Kveta Samajova (Tchechien), Jan Elias (Tchechien).

Leipzig 1995

Das Kreuz der Erfahrung

Regie: Vladimir Tyulkin, Taras Popov
Kasachistan

Begründung: Der Film stellt mit beunruhigenden Bildern das Leben junger Strafgefangener in einem Lager in Kasachstan vor. Die beiden Regisseure zeigen die jungen Menschen mit ihrem außergewöhnlichen Lebenswillen und ihrer großen Menschlichkeit, die sie sich trotz der inhumanen Bedingungen ihrer Gefangenschaft bewahrt haben. Die Kamera bleibt stets in respektvoller Distanz, egal, ob die Gefangenen als Gruppe gezeigt oder einzelnen Personen Gesichter und Stimmen verliehen werden.

Lobende Erwähnung: DOROTHEA LANGE: A VISUAL LIFE (Regie: Meg Partridge, USA). Ein Film über die bemerkenswerteste Fotografin des 20. Jahrhunderts, Dorothea Lange. Durch die Montage von Fotografien erweckt die Regisseurin die Künstlerin Lange zum Leben, die überzeugt war, daß die Fotografie ethische und moralische Verantwortung hat. Gerade zu unserer Zeit, die durch das bewegte Bild der Medien geprägt wird, kommt den Bildern von Lange eine ungeheure Bedeutung zu.

Mitglieder der Ökumenischen Jury: Reinhard Middel (Deutschland), Karin de Bont (Niederlande), Elisabeth Aeberli (Schweiz), Josef Lederle (Deutschland).

Locarno 1995

SEPT EN ATTENTE

Françoise Etchegaray
Frankreich

Begründung: Für eine Nacht kreuzen sich in einem besetzten Haus die Wege acht junger Leute. Die Jury würdigt die außergewöhnliche Inszenierung dieser Begegnungen und die präzisen Dialoge des Films, welche die soziale Misere unserer Gesellschaft ebenso spiegeln wie die Suche nach Verständigung und Liebe.

Lobende Erwähnung: PANTHER (Regie: Mario Van Peebles, USA). Es ist heutzutage dringend notwendig, alle Formen des Rassismus durch den Dialog, mehr Gerechtigkeit, Toleranz und Demokratie zu bekämpfen.

Mitglieder der Ökumenischen Jury: Jean-Claude Robert (Libanon), Neda Stanimirova (Bulgarien), Maurice Terrail (Schweiz), Dario Vigano (Italien), Rita Weinert (Deutschland), Latavra Doularidze (Georgien).

Mailand 1995

THE BATTLE OF THE SACRED TREE

Regie: Wanjiru Kinyanui
Kenia

Begründung: Der Film erhält den Preis für seine meisterliche Bildsprache und die Art, wie er die Zuschauer durch seine humorvolle Beschreibung sich radikal verändernder sozialer Beziehung und spiritueller Werte zu einer Stellungnahme zwingt.

Lobende Erwähnung: UN TAXI POUR AOUZOU (Regie: Serge Coelo, Tschad). Der Film erzählt beiläufig und mit großer Einfachheit von der Liebe zum Leben auch angesichts der Alltagsschwierigkeiten in einer Stadt, deren tragische Geschichte aufschrecken läßt.

Mitglieder der OCIC-Jury: Nike Morganti (Italien), Pierre Haffner (Frankreich), Bernard Natschläger (Österreich).

Mannheim-Heidelberg 1995

Erstmals wurde der Preis von einer Ökumenischen Jury verliehen, der damit den seit 1963 in Mannheim verliehenen «Preis der katholischen Filmarbeit» ablöst.

Keïta! Das Erbe der Griot
KEITA, L'HERITAGE DU GRIOT
Regie: Dani Kouyaté
Burkina Faso
Begründung: In seinem Film illustriert der Regisseur auf lebendige und humorvolle Weise eine Legende seines Heimatlandes Burkina Faso. Einem alten Geschichtenerzähler – einem sogenannten Griot – gelingt es, einen Jungen aus der Stadt für den Reichtum dieser Tradition zu begeistern. Indem der Film durch diese beiden Figuren die ursprüngliche Kultur der modernen Lebensweise gegenüberstellt, ohne sie gegeneinander auszuspielen, plädiert er für die Verständigung zwischen den Generationen.

Lobende Erwähnung: UBIJTZA (Der Mörder, Regie: Boris Airapetyan, Rußland). Während der Dreharbeiten zu einer Kreuzigungsszene verunglückt der junge Christusdarsteller tödlich. Von der Polizei zur Rechenschaft gezogen, reflektiert der Regisseur über den Verlust humaner und kultureller Wert im Rußland der Nach-Perestroika-Zeit. Boris Airapetyan skizziert mittels einer ungewöhnlichen Bildsprache und unter glänzend arrangiertem Einsatz von Musikstücken aus verschiedenen Epochen einen Bewußtseinszustand zwischen kollektiven Erinnerungen und persönlichen Visionen.

Mitglieder der Ökumenischen Jury: Claudia Cippitelli (Deutschland), Franziska Lienert (Schweiz), Oliver Rahayel (Deutschland), Lothar Strüber (Deutschland), Peter F. Stucki (Schweiz).

Montreal 1995

FUKAI KAWA
(Der tiefe Fluß)
Regie: Kei Kumai
Japan
Begründung: FUKAI KAWA ist ein kraftvoller Film voller Schönheit, der sehr emotional die persönliche und spirituelle Suche dreier Menschen beschreibt, die versuchen, ihrem Leben einen Sinn zu geben. Sie werden dabei mit ihrer Vergangenheit konfrontiert und sind schließlich in der Lage, das Erbe einer für sie kostbaren Person anzunehmen. Durch die Allgemeingültigkeit seiner Aussage trägt der Film dazu bei, daß der Wandel spiritueller und menschlicher Werte von allen erkannt wird.

Mitglieder der Ökumenischen Jury: Christian Depoorter (Kanada), Gerry Forshey (USA), Gerri Pare (USA), Kate Elisabeth Roux (England), Maureen Scott-Kabwe (Kanada), Anita Uzulnieve (Lettland).

Moskau 1995

THE ENGLISHMAN WHO WENT UP A HILL BUT CAME DOWN A MOUNTAIN
(Der Engländer, der auf einen Hügel stieg und von einem Berg herunterkam)
Regie: Christopher Monger
England
Begründung: Mit bemerkenswerter filmischer Qualität drückt der klassisch, aber einfallsreich und humorvoll erzählte Film die Werte, Hoffungen und die Würde einer Minderheit aus, die ihre Stärke aus der Kraft der Solidarität gewinnt.

Ein zweiter Preis ging an die Fernsehproduktion CONVERTED (Regie: Kazimierz Kutz, Polen). Begründung: Der Protagonist des Films spiegelt den Prozeß und den Kampf individuellen Bewußtseins in einem totalitären System, wobei der Film seine Botschaft mit Humor erzählt und sie dadurch für ein großes Publikum in aller Welt nachvollziehbar macht.

Mitglieder der Christlichen Jury: Ioann Sviridov, Heino W. Brinks, Sylvain de Bleeckere (Belgien), Latavra Doularidze (Georgien), Ambros Eichenberger (Schweiz), Rouben Guevorkiant (Rußland), Dominik Slappnig (Schweiz).

Niepokalanov 1995

MARY
Regie: Kay Pavlou
Australien
Begründung: Der Film zeigt den Kampf einer Gruppe von Frauen, katholischer Ordensschwestern, die für die Armen und für ihre eigenen Rechte als Frauen in der Kirche und in der Gesellschaft eintreten.

Die Jury der OCIC wurde durch Ambros Eichenberger (Schweiz) vertreten.

Nyon 1995

CHASTIE
(Paradies)
Regie: Sergej Dwortsewoj
Rußland
Begründung: Der erste Film dieses Regisseurs hat die Jury durch seinen Reichtum, seine ästhetischen Qualitäten und durch seine Art, wie er sich einer Familie nähert, zu der der Regisseur eine freundschaftliche und humorvolle Beziehung entwickelt hat, beeindruckt. Die universellen Qualitäten dieser Produktion sind dazu angetan, die Bedeutung des Dokumentarfilms erneut zu stärken.

AUBE URBAINE
Regie: Jeannine Gagné
Kanada
Begründung: Der Film erhält den Preis für die Aufrichtigkeit seines Ausdrucks und die poetische und innovative Qualität seiner Struktur. Ohne sich auf die traditionellen Formen des Dokumentarfilms zu beschränken, versucht der Film, die Vieldeutigkeit heutigen städtischen Lebens sichtbar zu machen; dazu nutzt er auch den Ton. Darüber hinaus zeigt der Film einen tiefempfundenen Respekt vor allen Menschen.

TERRE NEUVAS
Regie: Juliette Cahen, Ariane Doublet, Françoise Bernard, Manuela Fresil, Pascal Goblot
Frankreich
Begründung: Mit Archivbildern haben die Regiseurinnen den harten Alltag von Kabeljau-Fischern noch einmal zum Leben erweckt, eine Lebensweise, die zu verschwinden droht.

UNE MORT PROGRAMMEE
Regie: Peter Friedman, Jean-François Brunet
Frankreich
Begründung: Die Jury würdigt mit dieser Produktion einen engagierten Film, der die Idee hochhält, daß die Menschen sich die Wissenschaften aneignen sollen, die ihre Zukunft formen werden.

Repräsentant der Ökumenischen Jury: Guido Convents (Belgien).

Ouagadougou 1995

SIGIDA, L'ENVIRONNMENT
Regie: Salif Traoré
Mali
Begründung: Der Film stellt ein wirkungsvolles Mittel dar, um die Gewissenskonflikte zwischen ländlichen und urbanen Gebieten zu erhellen. Die Wahl der Jury wurde vom Inhalt des Films beeinflußt (die moralischen und tatsächlichen Gegebenheiten), die Suche nach einer angemessenen Entwicklung und dem Dialog zwischen jung und alt zum Wohle der Allgemeinheit. SIGIDA erinnert daran, das Fortschritt und Wohlstand neue Namen für Frieden sind. Heutzutage müssen wir kultivierte Formen der Evangelisierung berücksichtigen.

Mitglieder der OCIC-Jury: Alexis Dembélé (Mali), Martin Faye (Senegal), Achille Kouawo (Niger), Odile Homawoo (Togo), Annamaria Gallone (Italien), Camille Sawadogo (Burkina Faso), Jean-Yves Nana (Burkina Faso).

San Sebastián 1995

MY FAMILY
Regie: Gregory Nava
USA / England
Begründung: Ein Film von wahrer cinematografischer Qualität, der die klassische (Film-)Sprache neu interpretiert und die Themen von menschlichen Werten und individueller Selbstverwirklichung in den Kontext einer Familie stellt, die in ihren Traditionen verwurzelt ist und im Geist ethischer Anspannung lebt. Dabei überschreitet der Regisseur die Ebene der persönlichen Erfahrung, indem er die Ziele der Chicanos und ihrer Kultur unterstreicht.

Mitglieder der Jury: Rafaela Rodriguez (Spanien), Pascual Cebollada (Spanien), Antonio de Oliveira Pinto (Portugal).

Troia 1995

HRAD Z PISKU
(Sandburgen)
Regie: Zuzana Zemanová
Tschechien
Begründung: Der Film führt vor Augen, daß Sprache mehr ist als nur Worte. Worte können mißbraucht werden, um die Wahrheit zu manipulie-

ren. Um die natürliche Angst vor dem Fremden zu überwinden, ist eine Kommunikation notwendig, die tiefer reicht als Worte. Das gilt für zwischenmenschliche Beziehungen ebenso wie für das Verständnis zwischen Völkern.

Lobende Erwähnung: Movie Days (Regie: Fridrik Thor Fridriksson, Island / Deutschland / Dänemark). Der Film erzählt mit Fantasie und Humor von der Bedeutung des Kinos für die Gesellschaft und die Entwicklung des Kindes.

Mitglieder der OCIC-Jury: Michael Williams (England), Peter Strotmann (Deutschland), Rosario Ranieri (Italien), Maria Leitao (Portugal), Ana Camara (Portugal).

Venedig 1995

LA SETTINA STANZA
Regie: Márta Mészáros
Italien
Begründung: Der Film zeigt in einer gefühlvollen und eindrücklichen Synthese das persönliche Drama von Edith Stein, hebräische Philosophin, die zum Katholizismus konvertiert und in Auschwitz den Tod findet. Sie tritt in den Karmeliter-Orden ein und durchläuft die von Teresa von Avila beschriebenen Stufen.

Lobende Erwähnung: MABOROSI NO HIKARI (Regie: Hirokazu Koreeda, Japan). Das Geheimnis des ewigen Lebens, des Todes und des Jenseits, aufgezeigt am Leben einer jungen Witwe, die den Tod des Ehegatten und der Großmutter zu verstehen versucht, ist in der kinematografischen Sprache einmalig und in der japanischen Kultur verwurzelt. Der Regisseur bietet keine definitive Lösung, provoziert jedoch dazu, über das geistige Leben nachzudenken.

Mitglieder der OCIC-Jury: Mathias Lorethan (Schweiz), Andrea Piersanti (Italien), Joseph Marty (Frankreich), Ronnie Pede (Belgien), Richard Richter (Österreich), Ettore Segneri (Italien), José Tavares de Barros (Brasilien).

Deutscher Filmpreis

Übersichten über die vor 1995 verliehenen Bundesfilmpreise siehe Handbücher «6000 Filme» (Filme 1945–58, Seite 583), «Filme 1959 / 61» (Seite 251), «Filme 1962 / 64» (Seite 442), «Filme 1965 / 70» (Band 2, Seite 225), «Filme 1971 / 76» (Seite 484), «Filme 1977 / 80» (Seite 438), «Filme 1981 / 84» (Seite 558), «Filme 1985 / 86» (Seite 418), «Filme 1987 / 88» (Lexikon des Internationalen Films, Seite 912), «Filme 1989 / 90» (Lexikon des Internationalen Films, Seite 928), «Filme 1991 / 92» (Lexikon des Internationalen Films, Seite 899) und «Filme 1993–94» (Seite 1027).

Deutscher Filmpreis 1995
Bekanntgegeben am 9. Juni 1995

Bester programmfüllender Spielfilm (Filmband in Gold, Prämie 900 000 DM):
Der bewegte Mann
Prod. Neue Constantin / Olga Film

Gestaltung programmfüllender Spielfilme (je ein Filmband in Silber, Prämie 700 000 DM):
Keiner liebt mich
Prod. Cobra Film

Verhängnis
Prod. Deutsche Film- und Fernsehakademie Berlin

Weitere Nominierungen (Prämie je 400 000 DM):
Burning Life (Antaeus), **Hasenjagd** (Daniel Zuta Filmprod.), **Ich bin nicht Gott, aber wie Gott** (Studio Hamburg), **Maries Lied** (Palladio), **Die Sieger** (Bavaria).

Beste Regie (je ein Filmband in Gold, Prämie 20 000 DM):
Sönke Wortman
für Der bewegte Mann

Beste Kamera (Filmband in Gold, Prämie 20 000 DM):
Jolanta Dylewska
für Maries Lied

Beste darstellerischen Leistungen (je ein Filmband in Gold, Prämie 20 000 DM):
Maria Schrader
in Keiner liebt mich, Burning Life und Einer meiner ältesten Freude

Joachim Król
in Der bewegte Mann

Auszeichnungen für Verdienste um den deutschen Film (Filmband in Gold):
Horst Wendlandt (Produzent)
Willy Sommerfeld (Stummfilm-Pianist)

Bayerischer Filmpreis

Am 18. Januar 1980 wurde erstmals der «Bayerische Filmpreis», rückwirkend für das Jahr 1979, vergeben. Dieser erste Filmpreis eines Bundeslandes versteht sich als Teil der Maßnahmen zur bayerischen Filmförderung. Ab 1987 wurde der Preisrahmen – bis dahin wurden lediglich vier Preise (Porzellanfigur und Urkunde) verliehen – sowohl in bezug auf Leistungen als auch Prämien modifiziert. Der Produzentenpreis und der Nachwuchs-Produzentenpreis, die in zukünftige Projekte einfließen sollen, sind seit 1989 mit einer Prämie von 250000 DM dotiert. Für 1991, 1992, 1993 und 1994 wurde jeweils nur der Produzentenpreis vergeben, dotiert mit der Gesamtsumme von 500000 DM). Je nach auszeichnungswürdigen Einzelleistungen werden die Preise in den Kategorien «Regie», «Regie (Nachwuchs)», «Gestaltung», «Drehbuch», «Produktion», «Produktion (Nachwuchs)», «Bildgestaltung», «Darsteller» und «Darsteller (Nachwuchs)» vergeben. Seit 1986 werden auch ein «Künstlerischer Ehrenpreis» und ein undotierter «Ehrenpreis» verliehen. (Bisherige Preise siehe «Filme 1980 / 84», Seite 562; «Filme 1985 / 86», Seite 420; «Filme 1987 / 88» (Lexikon des Internationalen Films, Seite 914); «Filme 1989 / 90» (Lexikon des Internationalen Films, Seite 930 und «Filme 1991 / 92» (Lexikon des Internationalen Films, Seite 901), «Filme 1993–94» (Seite 1029).

Bayerischer Filmpreis 1995
Verliehen am 20. 1. 1995 in München

Produzentenpreis (Prämie je 250000 DM):
Joseph Vilsmaier
für Schlafes Bruder

Michael Verhoeven
für Mutters Courage

Nachwuchsproduzentenpreis (100000 DM)
Engram Pictures

Regiepreis (Nachwuchs; Prämie 30000 DM):
Rainer Kaufmann
für Stadtgespräch

Kamerapreis (Prämie 20000 DM):
Michael Epp
für Mutters Courage

Darstellerpreis (Prämie je 30000 DM):
Katja Riemann
in Stadtgespräch und Nur über meine Leiche

Götz George
in Der Totmacher

Nachwuchs-Darstellerpreis
Heike Makatsch
für Männerpension

Franka Potente
für Nach fünf im Urwald

Ehrenpreis
Kurt Hoffmann

Die Internationalen Filmfestspiele Berlin

Die Berliner Filmfestspiele wurden 1951 auf Vorschlag ihres späteren Leiters Dr. Alfred Bauer vom Senat von Berlin ins Leben gerufen. Sie finden jährlich statt. Die 1951 vergebenen Preise wurden durch eine deutsche Jury ermittelt, die außerdem das Publikum zur Abstimmung für sogenannte Publikumspreise aufrief. Offiziellen Charakter hatten diese Preise nicht. 1952 bis 1955 gab es nur Publikumsabstimmungen sowie (1953 / 54) die Preise des Senats. 1956 verlieh der Internationale Produzentenverband den Festspielen den Status eines A-Festivals und damit das Recht, offizielle Preise («Goldener Bär», «Silberne Bären») durch eine Internationale Jury zu vergeben. Die in jenem Jahr noch praktizierte Publikumsbefragung ist seit 1957 entfallen.
Bei den im Lexikon dieses Handbuchs enthaltenen Titeln – außer bei den Hauptpreisen – haben wir auf weitere Angaben verzichtet; wir verweisen auf die Kurzkritik. Eine Übersicht der vor 1995 vergebenen Preise enthalten unsere Handbücher «Filme 1959 / 61» (Seite 367), «Filme 1962 / 64» (Seite 461), «Filme 65 / 70» (Band 2, Seite 245), «Filme 1971 / 76» (Seite 495), «Filme 77 / 80» (Seite 447), «Filme 1981 / 84» (Seite 620), «Filme 1985 / 86» (Seite 421), «Filme 1987 / 88» (Lexikon des Internationalen Films, Seite 916), «Filme 1989 / 90» (Lexikon des Internationalen Films, Seite 932) und «Filme 1991 / 92» (Lexikon des Internationalen Films, Seite 903), «Filme 1993–94» (Seite 1031).

XXXXV. Internationale Filmfestspiele Berlin
9. Februar – 20. Februar 1995
Direktoren der Filmfestspiele: Moritz de Hadeln, Dr. Ulrich Gregor

Großer Preis («Goldener Bär»):
Der Lockvogel
L'APPAT
Regie: Bertrand Tavernier
Frankreich

Spezialpreis der Jury («Silberner Bär»):
Smoke
SMOKE
Regie: Wayne Wang

Beste Regie («Silberner Bär»):
Richard Linklater
für Before Sunrise

Beste Darstellerin («Silberner Bär»):
Josephine Siao
in XIATIAN DE XUE
(Sommerschnee)

Bester Darsteller («Silberner Bär»):
Paul Newman
in Nobody's Fool – Auf Dauer unwiderstehlich

Hervorragende Einzelleistungen (je ein «Silberner Bär»):
an das Team
von HONGFEN

Wadim Abdraschitow
für PJESA DLJA PASSASHIRA
(Theaterstück für einen Fahrgast)

Großer Preis der Europäischen Film- und Fernsehakademie («Blauer Engel»):
TI KNIVER I HJERTET
(Zehn Messer ins Herz)
Regie: Marius Holst
Norwegen

Lobende Erwähnungen:
EL CALLEJON DE LOS MILAGROS
(Die Gasse der Wunder)
Regie: Jorge Fons
Mexiko

SH'CHUR
Regie: Shmuel Hasfari
Israel

COLPO DI LUNA
(Im Schein des Mondes)
Regie: Alberto Simone
Italien

«Goldener Bär» für sei Lebenswerk
Alain Delon

Ökumenische Jury
(OCIC und INTERFILM)
Wettbewerb:
Sommerschnee

Lobende Erwähnung:
Before Sunrise

Internationales Forum des jungen Films:
(ex aequo)
MOVING THE MOUNTAIN
Regie: Michael Apted
USA

RUSSKAJA SIMFONIJA
(Russische Symphonie)
Regie: Konstantin Lopuschanskij
Rußland / Frankreich

Lobende Erwähnung:
AMNESIA

Regie: Ginzalo Justiniano
Chile

Preis der Internationalen Filmpresse (FIPRESCI):
Smoke (Wettbewerb)

CITIZEN LANGLOIS **(Forum)**
Regie: Edgardo Cozarinsky
Frankreich

Priest (Panorama)
Regie: Antonia Bird
England

Lobende Erwähnung:
TOKYO KYODAI
Regie: Jun Ichikawa
Japan

Caligari-Preis: (ex aequo)
COMPLAINTS OF A DUTIFUL DAUGHTER
Regie: Deborah Hoffman
USA

MADAGASCAR
Regie: Fernando Pérez
Kuba

Internationaler Verband der Filmkunsttheater (C.I.C.A.E.):
A BOY CALLED HATE
Regie: Mitch Marcus
USA

Jury für Kinderfilm – UNICEF (17. Kinderfilmfest):
WRONY
(Krähen)
Regie: Dorota Kedzierzawska
Polen

Wolfgang-Staudte-Preis:
DOUBLE HAPPINESS
Regie: Mina Shum
Kanada

Die Internationalen Filmfestspiele in Cannes

Das Festival in Cannes will «im Geist der Freundschaft und allgemeinen Zusammenarbeit» die Filmkunst fördern, Filme von Qualität aus aller Welt bekanntmachen und dem Fortschritt der Filmwirtschaft dienen. Die Jury für Spiel- und lange Dokumentarfilme besteht satzungsgemäß aus elf Persönlichkeiten, die von der französischen Regierung auf Vorschlag des Conseil d'Administration berufen werden.
Übersichten der Preise vor 1995 wurden in unseren Handbüchern «Filme 1959 / 61» (Seite 374), «Filme 1962 / 64» (Seite 467), «Filme 1965 / 70 (Band 2, Seite 254),»Filme 1971 / 76«(Seite 507),»Filme 1977 / 80 (Seite 543), «Filme 1981 / 84» (Seite 626), «Filme 1985 / 86» (Seite 421), «Filme 1987 / 88» (Lexikon des Internationalen Films, Seite 919), «Filme 1989 / 90» (Lexikon des Internationalen Films, Seite 935), «Filme 1991 / 92» (Lexikon des Internationalen Films, Seite 906) und «Filme 1993–94» veröffentlicht. – Bei den im Lexikon der Filme dieses Handbuches enthaltenen Titeln haben wir auf weitere Angaben verzichtet, wir verweisen auf die Kurzkritik.

XXXXVIII. Internationale Filmfestspiele in Cannes
17. Mai bis 28. Mai 1995

«Goldene Palme»:
Underground

Großer Preis der Jury:
Der Blick des Odysseus

Spezialpreis der Jury:
Carrington

Preis der Jury:
N'OUBLIE PAS QUE TU VAS MOURIR
Regie: Xavier Beauvois
Frankreich

Beste Regie:
Mathieu Kassovitz
für Haß

Beste Darstellerin:
Helen Mirren
in King George – Ein Königreich für mehr Verstand

Bester Darsteller:
Jonathan Pryce
in Carrington

Caméra d'Or:
LE BALLON BLANC
Regie: Jafar Panahi

Ökumenische Jury
(OCIC und INTERFILM):
Land and Freedom

Lobende Erwähnung:
BETWEEN THE DEVIL AND THE DEEP BLUE SEA
Regie: Marion Hänsel
Belgien

Spezialpreis der technischen Kommission der französischen Filmindustrie:
A Lu Yue, Olivier Chiavassa, Bruno Patin
für Shanghai Serenade

Die Internationalen Filmfestspiele in Locarno

Die Festspiele in Locarno (Schweiz), deren Anfänge bis 1934 zurückreichen, erhielten ihre Anerkennung durch den Internationalen Produzentenverband im Jahr 1959. Vorher wurden Preise von nichtoffiziellen Gremien verliehen (siehe «Filme 1959 / 61», Seite 379; «Filme 1962 / 64», Seite 471; «Filme 1965 / 70», Band 2, Seite 261; «Filme 1971 / 76», Seite 513; «Filme 1977 / 80», Seite 458; «Filme 1981 / 84», Seite 631; «Filme 1985 / 86», Seite 427; «Filme 1987 / 88» (Lexikon des Internationalen Films), Seite 921; «Filme 1989 / 90» (Lexikon des Internationalen Films), Seite 937; «Filme 1991 / 92» (Lexikon des Internationalen Films), Seite 908; «Filme 1993–94», Seite 1036).

XXXXVIII. Internationale Filmfestspiele Locarno
3. August bis 14. August 1995

Großer Preis («Goldener Leopard»):
RAI
Regie: Thomas Gilou
Frankreich

Spezialpreis («Silberner Leopard»):
PANTHER
(Panther)
Regie: Mario Van Peebles
USA

Dritter Preis («Bronzener Leopard»):
RUSARIYE-ABI
Regie: Rakhshan Bani-Etemad
Iran

Spezialpreis der Jury («Bronzener Leopard»):
Johanna Ter Steege
für TOT ZIENS
Regie: Heddy Honigmann
Niederlande

Samy Naceri
für RAI

Ökumenische Jury (OCIC und INTERFILM):
SPET EN ATTENTE
Regie: Françoise Etchegaray
Frankreich

Lobende Erwähnungen:
PANTHER
(Panther)
Regie: Mario Van Peebles
USA

Die Internationalen Filmfestspiele in San Sebastián

Übersichten über die vor 1993 verliehenen Preise finden Sie in unseren Handbüchern «Filme 1959 / 61» (Seite 382); «Filme 1962 / 64» (Seite 473); «Filme 1965 / 70» (Band 2, Seite 268); «Filme 1971 / 76» (Seite 519); «Filme 1977 / 80» (Seite 462); «Filme 1985 / 86» (Seite 430); «Filme 1987 / 88» (Lexikon des Internationalen Films, Seite 923); «Filme 1989 / 90» (Lexikon des Internationalen Films, Seite 939), «Filme 1991 / 92» (Lexikon des Internationalen Films, Seite 910) und «Filme 1993–94» (Seite 1038). Im Jahr 1980 wurde dem Festival San Sebastián der A-Status entzogen. Seit 1985 wird wieder eine regulärer internationaler Wettbewerb durchgeführt, seit 1987 ist dem Festival der A-Status wieder zuerkannt.

43. Internationale Filmfestspiele San Sebastián
14. September bis 23. September 1995

Großer Preis («Goldene Muschel»):
MARGARET'S MUSEUM
Regie: Mort Ransen
Kanada / England

Beste Regie («Silberne Muschel»):
Mike Figgis
für LEAVING LAS VEGAS
USA

Beste Darstellerin:
Victoria Abril
in NADIE HABLARA DE NOSOTROS CUANDO HAYAMSO MUERTO
Spanien

Bester Darsteller:
Nicolas Cage
in LEAVING LAS VEGAS

«Goldene Muschel» für das Lebenswerk
Catherine Deneuve

Ehrenpreis der Stadt San Sebastián:
Susan Sarandon
für ihre künstlerische Laufbahn

Preis «Fernando Rey»:
Regina Fritsch
für Schlafes Bruder
Regie: Josef Vilsmaier
Deutschland

Internationale Katholische Organisation für Film und AV-Medien (OCIC):
MY FAMILY
Regie: Gregory Nava
USA / England

Die Internationalen Filmfestspiele in Venedig

Nachdem seit 1969 keine Preise mehr vergeben worden waren und der Wettbewerb um den «Goldenen Löwen» 1972 eingestellt wurde, erhielt die «Biennale di Venezia» 1973 einen neuen Status, der sie zu einem Modell für die Demokratisierung des Kulturlebens machen sollte. Das Filmfestival, seit 1934 als selbständige, jährlich stattfindende Veranstaltung von der Biennale abgetrennt, wurde mit der «Biennale die Venezia» organisatorisch und finanziell verbunden. 1975 und 1976 wurde die «Mostra Internazionale del Cinema di Venezia» ohne Preisvergabe durchgeführt. 1977 und 1978 fand kein Filmfestival statt. Nach dem Festival 1986 trat Direktor Gian Luigi Rondi ab; als kommissarischer Nachfolger wurde Guglielmo Biraghi bestimmt. Als die Existenz des Festivals in den folgenden Jahren erneut in Gefahr geriet, wurde Biraghi nach heftigen politischen Auseinandersetzungen offiziell als Festivaldirektor eingesetzt. Seit 1992 fungiert der Filmregisseur Gillo Pontecorvo als Leiter.

Bei den im Lexikon dieses Handbuches enthaltenen Titeln haben wir auf weitere Angaben verzichtet; wir verweisen auf die Kurzkritik: Übersichten der seit 1946 verliehenen Preise wurden in unseren Handbüchern «Filme 1959 / 61» (Seite 385), «Filme 1962 / 64» (Seite 476), «Filme 1965 / 70» (Band 2, Seite 271), «Filme 1977 / 80» (Seite 465), «Filme 1981 / 84» (Seite 635), «Filme 1985 / 86» (Seite 432), «Filme 1987 / 88» (Lexikon des internationalen Films, Seite 925), «Filme 1989 / 90» (Lexikon des internationalen Films, Seite 941), «Filme 1991 / 92» (Lexikon des internationalen Films, Seite 912), «Filme 1993–94» (Seite 1040).

52. Internationale Filmfestspiele in Venedig
30. August bis 9. September 1995

Leiter der Festspiele: Gillo Pontecorvo

«Goldener Löwe»:
Cyclo
CYCLO
Regie: Tran Anh Hung
Frankreich

Spezialpreis der Jury:
(ex aequo)
A COMEDIA DE DEUS
Regie: Joao Cesar Monteiro
Portugal

L' UOMO DELLE STELLE
(Der Mann, der die Sterne macht)
Regie: Giuseppe Tornatore
Italien

Beste Darstellerin («Coppa Volpi»):
Sandrine Bonnaire und **Isabelle Huppert**
in Biester
LA CEREMONIE
Regie: Claude Chabrol
Frankreich / Deutschland

Bester Darsteller («Coppa Volpi»):
Götz George
in Der Totmacher
Regie: Romuald Karmakar
Deutschland

Beste Nebenrollen:
Ian Hart
in NOTHING PERSONAL
Regie: Thaddeus O'Sullivan
England

Isabelle Ferrari
in DIARIO DI UN GIOVANE POVERO
Regie: Ettore Scola
Italien

«Osella in Gold»:
Kenneth Branagh
für Ein Winternachtstraum

Hirokazu Koreeda
für MABOROSI NO HIKARI

Abdolfazi Jalili
für DET, YANI DOKHTAR

Internationale katholische Organisation für Film und AV-Medien (OCIC):
LA SETTINA STANZA
Regie: Márta Mészáros
Italien

Lobende Erwähnungen:
MABOROSI NO HIKARI
Regie: Hirokazu Koreeda
Japan

Goldmedaille des italienischen Staatspräsidenten:
PASOLINI: UN DELITTO ITALIANO
Regie: Marco Tullio Giodana
Italien

Auszeichnungen für das Lebenswerk:
Woody Allen
Martin Scorsese
Alain Resnais

Internationales Filmfestival Mannheim Heidelberg

Seit 1952 veranstaltet die Stadt Mannheim einmal jährlich «Kultur- und Dokumentarfilmwochen» – so bezeichnet bis zu ihrer Umbenennung in «Internationale Mannheimer Filmwochen» 1961 –, die 1958 vom internationalen Produzentenverband als offizielles Festival anerkannt wurden. Träger des Festivals ist die Stadt Mannheim. Seit 1991 präsentiert es sich mit neuer Programmstruktur und unter der Bezeichnung «Internationales Filmfestival Mannheim»; seitdem widmet es sich verstärkt «New Independents & Art Films» sowie internationalen Autorenfilmen. Auch die «Filmdukaten» werden seitdem nicht mehr verliehen. Seit 1994 ist das Festival um zwei auf sieben Tage aufgestockt und auf die Nachbarstadt Heidelberg ausgedehnt worden. Es nennt sich nun «Internationales Filmfestival Mannheim Heidelberg».

Der seit 1963 in Mannheim vergebene «Preis der katholischen Filmkritik» (vgl. «Filme 1993–94», Seite 1007) wird seit 1995 durch den Preis einer Ökumenischen Jury abgelöst.

44. Internationales Filmfestival Mannheim Heidelberg
13. Oktober bis 21. Oktober 1994
Leiter des Festivals: Michael Kötz

International Independent Award von Mannheim-Heidelberg (Großer Preis):
Keïta! Das Erbe des Griot
KEITA, L'HERITAGE DU GRIOT
Regie: Dani Kouyaté
Burkina Faso

Preis für den vielversprechendsten Nachwuchsautor (erstmals verliehen):
WITHOUT AIR
Regie: Neil Abramson
USA

Spezialpreis in memoriam Rainer Werner Fassbinder:
IL VERIFICATORE
Regie: Stefano Incerti
Italien

Dokumentarfilmpreis:
SCAVENGERS
(Die Müllmenschen)
Regie: Hiroshi Shinomiya
Japan

Preis der Ökumenischen Jury:
Keïta! Das Erbe des Griot

Lobende Erwähnung:
UBIJTZA
(Der Mörder)
Regie: Boris Airapetyan
Rußland

Preis der Internationalen Filmpresse (FIPRESCI):
ALICE SANTUARY
Regie: Takaaki Watanabe
Japan

Europäischer Filmpreis

Auf Initiative der europäischen Länder wurde 1988 der «Europäische Filmpreis» («Felix») ins Leben gerufen. Er soll der Wahrung der europäischen Filmkultur dienen und ein Gegengewicht zu den Preisen der amerikanischen Filmakademie («Oscars») bilden. Laut Statuten kann jedes Land einen Film für die Kategorie «Bester Film» und einen weiteren für die Kategorie «Junger Film» nominieren. Neben den aus den Nominierungen in einem mehrstufigen Auswahlverfahren ermittelten beiden Hauptpreisen, die mit jeweils 100000 DM dotiert sind, werden weitere Preise in den Kategorien Regie, Buch, Darsteller(in), Nebendarsteller(in) verliehen; hinzu kommen ein Preis in einem Sonderbereich sowie Ehrenpreise. Seit 1989 wird ein Preis für den besten Dokumentarfilm vergeben. 1992 wurde die Preisverleihung erstmals von der European Film Academy selbst ausgerichtet. Ab 1994 wurden nur noch die Hauptpreise («bester Film», «bester junger Film», «bester Dokumentarfilm») und der Preis der European Film Academy verliehen. 1995 drohte dem Europäischen Filmpreis aus wirtschaftlichen Gründen das Aus. Am 18. April 1996 wurde im Rahmen einer außerordentlichen Vollversammlung bekanntgegeben, daß die Preisverleihung im November 1996 in Kooperation mit dem europäischen Kulturkanal «arte» durchgeführt werden kann; Schauplätze der Preiszeremonien seien sowohl Berlin als auch Paris. Preise vor 1993 vgl. «Filme 1987 / 88» (Lexikon des internationalen Films, Seite 929), «Filme 1989 / 90» (Lexikon des internationalen Films, Seite 945), «Filme 1991 / 92» (Lexikon des internationalen Films, Seite 916) und «Filme 1993–94» (Seite 1044).

8. Europäischer Filmpreis
Verliehen am 12. November 1995 in Berlin

Bester Film:
Land and Freedom
LAND AND FREEDOM
Regie: Ken Loach
England

Bester «junger» Film
Haß
LA HAINE
Regie: Mathieu Kassovitz
Frankreich

Dokumentarfilmpreis:
Jens Meurer

Preis der European Film Academy für ein Lebenswerk (Life Achievement Award):
Marcel Carné

Preis der internationalen Filmkritik (FIPRESCI):
Der Blick des Odysseus
Regie: Theo Angelopoulos

Amerikanische Akademiepreise 1995
«Oscars»

Die Preise der Akademie für Filmkunst und -wissenschaft in Hollywood werden seit 1928 alljährlich vergeben. Sie haben die Form einer Statuette, für die sich die Bezeichnung «Oscar» durchgesetzt hat. Die Zahl der ausgesetzten Preise liegt bei 25. Übersichten über die vor 1993 vergebenen Preise wurden in unseren Handbüchern «Filme 1959 / 61» (Seite 406), «Filme 1962 / 64» (Seite 497), «Filme 1965 / 70» (Band 2, Seite 309), «Filme 1971 / 76» (Seite 535), «Filme 1977 / 80» (Seite 474), «Filme 1981 / 84» (Seite 646), «Filme 1985 / 86» (Seite 437), «Filme 1987 / 88» (Lexikon des internationalen Films, Seite 931), «Filme 1989 / 90» (Lexikon des internationalen Films, Seite 948), «Filme 1991 / 92» (Lexikon des internationalen Films, Seite 918) und «Filme 1993–94» (Seite 1046) veröffentlicht.

Die «Oscars» für 1994

Bester englischsprachiger Film:
Forrest Gump
FORREST GUMP
Regie: Robert Zemeckis
USA

Bester Auslandsfilm:
Die Sonne, die uns täuscht
OUTOMLIONNYE SOLNTESM / SOLEIL TROMPEUR
Regie: Nikita Michalkow
Rußland / Frankreich

Beste Regie:
Robert Zemeckis
für Forrest Gump

Beste Hauptdarstellerin:
Jessica Lange
in Operation Blue Sky

Bester Hauptdarsteller:
Tom Hanks
in Forrest Gump

Beste Nebendarstellerin:
Dianne Wiest
in Bullets over Broadway

Bester Nebendarsteller:
Martin Landau
in Ed Wood

Bester langer Dokumentarfilm:
MAYA LIN: A STRONG CLEAR VISION

Bestes Originaldrehbuch:
Quentin Tarantino, **Roger Avery**
für Pulp Fiction

Bestes Drehbuch nach einer literarischen Vorlage:
Eric Roth
für Forrest Gump

Beste Kameraführung:
John Toll
für Legenden der Leidenschaft

Beste Originalmusik:
Hans Zimmer
für Der König der Löwen

Bester Filmsong:
«Can You Feel The Love Tonight»
von **Elton John**
für Der König der Löwen

Art Direction / Beste Kostüme:
Lizzy Gardiner, **Tim Chappel**
für Priscilla – Königin der Wüste

Bester Schnitt:
Arthur Schmidt
für Forrest Gump

Bester Ton:
Gregg Landaker, **Steve Maslow**, **Bob Beemer**, **David R.B. McMillan**
für Speed

Bester Ton-Effekt:
Stephen Hunter Flick
für Speed

Bestes Make-up:
Rick Baker, **Ve Neill**, **Yolanda Toussieng**
für Ed Wood

Beste visuelle Effekte:
Ken Ralston, **George Murphy**, **Stephen Rosenbaum**, **Alan Hall**
für Forrest Gump

Bester Kurzfilm:
FRANZ KAFKA'S IT'S A WONDERFUL WORLD
Regie: Peter Capaldi, Ruth Kenly-Letts

TREVOR
Regie: Peggy Rajski, Randy Stone

Bester kurzer Trickfilm:
BOB'S BIRTHDAY
Regie: Alison Snowden, David Fine

Bester kurzer Dokumentarfilm:
A TIME FOR JUSTICE
Regie: Charles Guggenheim

Ehren-«Oscar»:
Marcello Mastroianni
Irving-Thalberg-Award:
Clint Eastwood

Anschriften aus Film und Fernsehen

Katholische Filmarbeit

Päpstlicher Rat für die sozialen Kommunikationsmittel
Präsident: Erzbischof John P. Foley
Palazzo San Carlo, Citta del Vaticano, Rom

Internationale Katholische Organisation für Film und audiovisuelle Medien (OCIC)
15 rue du Saphir, B-1040 Brüssel
Präsident: Henk Hoekstra, Niederlande
Generalsekretär: Robert Molhant
Vizepräsidenten: Jim McDonnel
L'Abbé Jacques Paquette
Schatzmeister: Lucien Labelle

EUROCIC-Europagruppe OCIC
Vorsitzender: Dr. Jim McDonnell
Catholic Communications Centre
39 Eccleston Square
London SW 1 V / BX

Zentralstelle Medien der Deutschen Bischofskonferenz
Kaiserstraße 163, 53113 Bonn, Telefon 0228/103-239
Leitung: Dr. Reinhold Jacobi
Referat Film: Dr. Peter Hasenberg
Kommunikationspädagogik: Dr. Hella Tompert
AV: Karsten Henning

Katholische Filmkommission für Deutschland
Am Hof 28, 50667 Köln, Telefon 0221/925463-0
Vorsitzender: Dr. Peter Hasenberg, Geschäftsführerin: Elisabeth Uhländer

Katholisches Institut für Medieninformation e.V.
Am Hof 28, 50667 Köln, Telefon 0221/925463-0, Telefax 0221/925463-6
Vorsitzender: Dr. Günter Graf, Chefredakteur: Dr. Martin Thull

film-dienst
Herausgegeben vom Katholischen Institut für Medieninformation e.V. in Zusammenarbeit mit der Katholischen Filmkommission für Deutschland, Am Hof 28, 50667 Köln, Telefon 0221/925463-25, Fax 0221/925463-37. Redaktion: Elisabeth Uhländer (verantwortlich), Horst Peter Koll, Hans Messias

Katholisches Filmwerk GmbH
Ludwigstraße 33, 60327 Frankfurt/M., Telefon 069/971436-0
Geschäftsführer: Harald Hackenberg

Tellux-Film-GmbH, Film- und Fernsehproduktion
Giselastraße 3a, 80802 München, Telefon 089/347024
Tondorfer Hauptstr. 90, 2000 Hamburg 70, Telefon 040/66886391

Ifage Filmproduktion GmbH
Unter den Eichen, Ifage-Filmhaus 65195 Wiesbaden

Diözesane Anschriften

Aachen: Katechetisches Institut, Eupener Str. 138, 52066 Aachen

Augsburg: AV-Medienzentrale, Kappelberg 1, 86150 Augsburg

Bamberg: AV-Medienzentrale, Jakobsplatz 8, 96049 Bamberg

Berlin: AV-Zentrale, Westendallee 54, 14052 Berlin

Dresden-Meissen: Medienverleih Dresden-Meisen, Käthe-Kollwitz-Ufer 84, 01309 Dresden

Eichstätt: AV-Medienzentrale, Luitpoldstraße 2, 85072 Eichstätt

Erfurt: Diözesan-Medienstelle, Regierungsstraße 45, 99084 Erfurt

Essen: Diözesanstelle Film–Funk–Fernsehen–Presse, Burgplatz 3, 45127 Essen, Katechetisches Institut, Porscheplatz 1, 45127 Essen (Verleih Kleinmedien)

Freiburg: Bild- und Filmstelle, Okenstraße 15, 79108 Freiburg

Fulda: Bischöfliches Generalvikariat – Medienstelle –, Paulustor 5, 36037 Fulda

Hamburg: Religionspädagogische Arbeitsstelle Hamburg, Medienstelle, Postfach 106404, 20043 Hamburg

Hildesheim: Bild- und Medienstelle, Domhof 18–21, 31134 Hildesheim

Köln: Diözesanfilmstelle Köln – AV-Medienzentrale, Kardinal-Frings-Straße 1, 50668 Köln; Generalfikariat Köln, Abteilung Medienarbeit, Marzellenstraße 32, 50668 Köln

Limburg: Bischöfliches Ordinariat – Referat Medienarbeit –, Roßmarkt 12, 65549 Limburg

Mainz: Bischöfliches Ordinariat – Referat Kirche und AV-Medien, Bischofsplatz 2, 55116 Mainz

München Freising: AV-Medienzentrale, Nußbaumstraße 30, 80336 München (Verleih), Schrammerstraße 3 (Medienpädagogik), 80383 München

Münster: Bischöfliches Generalvikariat, Hauptabteilung Schule / Erziehung – Mediothek, Breul: Fachstelle für Medienarbeit, Sonnenbergstraße 15, 70184 Stuttgart

Speyer: Bischöfliches Ordinariat – Referat AV-Medien –, Webergasse 11, 67346 Speyer

Trier: Bischöfliches Generalvikariat, Hörfunk – Fernsehen, Filmarbeit, Hinter dem Dom 6, 54290 Trier

Würzburg: AV-Medienzentrale, Kardinal-Döpfner-Platz 5, 97070 Würzburg

Verleihstellen der Diözesen Fulda, Limburg, Mainz, Speyer und Trier: AV-Medienzentrale Mainz, Postfach 3004, Deutschhausplatz, LFD-Haus, 55116 Mainz

Tellux-Film-GmbH, Film- und Fernsehproduktion
Giselastraße 3a, 80802 München, Telefon 089/347024
Tondorfer Hauptstr. 90, 2000 Hamburg 70, Telefon 040/66886391

Ifage Filmproduktion GmbH
Unter den Eichen, Ifage-Filmhaus, 65195 Wiesbaden

Evangelische Filmarbeit

International-Interchurch-Film-Centre (INTERFILM)
Geschäftsstelle: Hanns-Lilje-Platz 2, 30159 Hannover
Präsident: Hans Werner Danowski

Filmbeauftragter des Rates der Evangelischen Kirche Deutschlands: Martin Ammon, Himmelsruh 17, 37085 Göttingen

Gemeinschaftswerk der Evangelischen Publizistik e.V., Emil-von-Behring-Straße 3, 60439 Frankfurt, Telefon 069/580980
Direktor: Hans-Wolfgang Hessler
Fachbereichsleiter Film, Bild, Ton: Karsten Visarius

Jury der Evangelischen Filmarbeit
% GEP
Vorsitzender: Werner Schneider

epd Film
Herausgegeben vom Gemeinschaftswerk der Evangelischen Publizistik e.V., Emil-von-Behring-Straße 3, 60439 Frankfurt, Telefon 069/580980
Redaktion: Wilhelm Roth (verantwortlich), Bettina Thienhaus

Eikon Gemeinnützige Gesellschaft für Fernsehen und Film mbH
August-Bebel-Straße 26–53, Studio Babelsberg, 14482 Potsdam
Geschäftsführer: Wolfgang Tumler

Evangelisches Zentrum für entwicklungsbezogene Filmarbeit
Gänseheidestraße 67, 70184 Stuttgart, Telefon 0711/240561

Staatliche Stellen

Filmförderungsanstalt
Budapester Straße 41, 10787 Berlin, Telefon 030/254090-0

Filmbewertungsstelle Wiesbaden (FBW)
Postfach 12 02 40, 65080 Wiesbaden, Telefon 0611/9660040

Hochschulen

Deutsche Film- und Fernsehakademie Berlin GmbH
Pommernallee 1, 14052 Berlin, Telefon 030/30307229

Hochschule für Fernsehen und Film
Frankenthaler Straße 23, 81539 München, Telefon 089/6800040

Hochschule für Film & Fernsehen «Konrad Wolf»
Karl-Marx-Straße 33–34, 14482 Potsdam, Telefon 0331/77198

Filmakademie Baden-Württemberg
Mathildenstraße 20, 71638 Ludwigsburg, Telefon 07151/969-0

Kunsthochschule für Medien
Peter-Welter-Platz 2, 50676 Köln, Telefon 0221/201819

Filmwirtschaft, -verbände, -büros etc.

Arbeitsgemeinschaft der Drehbuchautoren e.V.
Birkenstraße 13, 10559 Berlin

Arbeitsgemeinschaft Dokumentarfilm e.V.
Schweizer Straße 6, 60594 Frankfurt, Telefon 069/623700

Arbeitsgemeinschaft der Filmjournalisten e.V. (Mitglied der Internationalen Föderation der Filmpresse – FIPRESCI)
% GEP, Emil-von-Behring-Straße 3, 60439 Frankfurt

Bundesarbeitsgemeinschaft der Jugendfilmclubs e.V.
Schweizer Straße 6, 60594 Frankfurt, Telefon 069/610439
Vorsitzender: Friedemann Schuchardt

Arbeitsgemeinschaft Kino e.V.
Johannisstraße 17, 26121 Oldenburg

Arbeitsgemeinschaft Neuer Deutscher Spielfilmproduzenten e.V.
Agnesstraße, 14, 80798 München, Telefon 089/2717430

Arbeitsgruppe für kommunale Filmarbeit e.V.
Im Deutschen Filmmuseum, Schaumainkai 41, 60596 Frankfurt, Telefon 069/622897

Bundesprüfstelle für jugendgefährdende Schriften (BPjS)
Kennedyallee 105–107, 53175 Bonn

Bundesverband Deutscher Film- und AV-Produzenten, Kreuzberger Ring 56, 65205 Wiesbaden, Tel. 0611/7789137

Bundesverband der Fernseh- und Filmregisseure in Deutschland e.V., Adelheidstr. 7, 80798 München, Tel. 089/2716380

Bundesverband Filmschnitt-Cutter e.V.
Kaiserstr. 41, 80801 München, Telefon 089/336573

Bundesverband Kamera der freischaffenden Kameramänner und -frauen in der Bundesrepublik Deutschland e.V.
Adelheidstraße 7, 80798 München, Telefon 089/2716380

Bundesverband Video
Vereinigung der Videoprogrammanbieter Deutschlands e.V.
Gurlittstraße 31, 20099 Hamburg, Telefon 040/241298

Bundeszentrale für politische Bildung
Berliner Freiheit 7, 53111 Bonn, Telefon 0228/515-0

Deutsches Video Institut
Budapester Straße 44, 10787 Berlin, Telefon 030/2611670

Europäisches Dokumentarfilm Institut (EDI)
Leineweberstraße 1, 45468 Mülheim a.d. Ruhr, Telefon 0208/741934

European Film Academy e.V. (EFA)
Präsident: Wim Wenders, Vorsitzender: Nik Powell, Stellv. Vorsitzender: Margaret Menegoz, Dieter Kosslick
Segitzdamm 2, 10969 Berlin, Telefon 030/6153091

European Film Distribution Office (efdo)
Präsident: Dieter Kosslick, Geschäftsführerin: Ute Schneider
Friedensallee 14–16, 22765 Hamburg, Telefon 040/3909025

Exportunion des Deutschen Films e.V.
Türkenstraße 93, 80799 München, Telefon 089/390095/6

Film Fonds Hamburg
Friedensallee 14–16, 22765 Hamburg, Telefon 040/3905905

Film & Medienbüro Niedersachsen e.V.
Postfach 1861, 49008 Osnabrück, Telefon 0541/28426

Filmbüro Bremen e.V.
Waller Heerstraße 46, 28217 Bremen, Telefon 0421/3876740

Filmbüro Hessen
Schweizer Straße 6, 60594 Frankfurt, Telefon 069/625739

Filmbüro NW e.V.
Leineweberstr. 1, 45468 Mülheim a.d. Ruhr, Telefon 0208/449841

Filmbüro Rheinland-Pfalz e.V.
% Reinhard W. Wolf, Postf. 4227, 55116 Mainz, Telefon 06131/227815

Filmbüro Saarbrücken
Mainzer Straße 8, 66111 Saarbrücken, Telefon 0681/39452

Film- und Medienbüro Niedersachsen – Landesgeschäftsstelle
Postfach 1861, 49008 Osnabrück

FilmFörderung Hamburg
Friedensallee 14–16, 22765 Hamburg, Telefon 040/39837-10

Filmförderung Mecklenburg-Vorpommern Film e.V.
Röntgenstraße 20 / 22, 19055 Schwerin, Telefon 0385/555077

Filmförderungsanstalt (FFA)
Budapester Straße 41, 10787 Berlin, Telefon 030/254090-0

Filmstiftung Nordrhein-Westfalen
Kaistraße 14, 40221 Düsseldorf, Telefon 0211/930500

Förderverein Deutscher Kinderfilm e.V.
Palmenstr. 16, 40127 Düsseldorf, Telefon 0211/31406

Freiwillige Selbstkontrolle der Filmwirtschaft (FSK)
Kreuzberger Ring 56, 65205 Wiesbaden, Telefon 0611/778910

Freunde der Deutschen Kinemathek
Welserstraße 25, 10777 Berlin, Telefon 030/2186848

Gilde deutscher Filmkunsttheater e.V.
Geschäftsstelle Waldseer Straße 3, 88400 Biberach, Telefon 07351/72331

Hauptverband Deutscher Filmtheater e.V. (HDF)
Kreuzberger Ring 56, 65205 Wiesbaden, Telefon 0611/723427

Institut für Film und Bild in Wissenschaft und Unterricht gem. GmbH (FWU)
Bavariafilmplatz 3, 82031 Grünwald, Telefon 089/64971
Direktor: Dieter Klamm Abteilungen: Allgemeinbildende Schulen (Fachreferate nach Unterrichtsfächern); Berufsbildende Schulen (Fachreferate nach Berufszweigen; Jugend- und Erwachsenenbildung; Referate: Jugendbildungsarbeit, Erwachsenenarbeit, Filmerziehung, Fernsehfragen, Kinderfilm); Lehrerbildung und Pädagogik mit audiovisuellen Mitteln (Referate: Entwicklung – Erprobung – Beratung)

Institut für Urheber- und Medienrechte e.V.
Widenmayerstraße 32, 80538 München, Telefon 089/281140

Institut Jugend Film Fernsehen e.V.
Pfälzer-Wald-Straße 64, 81539 München, Telefon 089/68989-0

Katholisches Institut für Medieninformation e.V.
Am Hof 28, 50667 Köln, Telefon 0221/925463-0, Telex 8881155, Telefax 0221/925463-6
Vorsitzender: Dr. Günter Graf

Kinder- und Jugendfilmzentrum in der Bundesrepublik Deutschland
Küppelstein 34, 42857 Remscheid, Telefon 02191/794236
Leiter: Horst Schäfer

Kulturelle Filmförderung Schleswig-Holstein
Königstraße 21, 23552 Lübeck, Telefon 0451/71649

Kuratorium Junger Deutscher Film
Schloß Biebrich, Postfach 12 04 28, 65203 Wiesbaden, Telefon 0611/602312

Niedersächsische Filmförderung
℅ Niedersächsische Landestreuhandstelle für Wirtschaftsförderung
Hamburger Allee 4, 30161 Hannover, Telefon 0511/3615776/68

Spitzenorganisation der Filmwirtschaft e.V. (SPIO)
Kreuzberger Ring 56, 65205 Wiesbaden, Telefon 0611/778910

Syndikat der Filmmacher – Verband Deutscher Film- und Fernsehregisseure e.V.
Elisabethstraße 38, 80796 München, Telefon 089/377430

Verband der Filmarbeiterinnen e.V.
Friesenwall 83, 50672 Köln, Telefon 0221/132453

Verband der Szenenbildner, Filmarchitekten und Kostümbildner e.V. (SFK)
Bavaria-Film-Platz 7, 82031 Geiselgasteig, Telefon 089/6493139

Verband Deutscher Drehbuchautoren e.V.
Postfach 19 30 80, 14003 Berlin, Telefon 030/2824205

Verband Europäischer Filmregisseure (FERA)
Agnesstraße 14, 80798 München, Telefon 089/2717430

Verband der Filmverleiher e.V.
Kreuzberger Ring 56, 65205 Wiesbaden, Telefon 0611/778920

Verband Deutscher Spielfilmproduzenten e.V.
Bleichstraße 8, 80802 München, Telefon 089/391123

Vertriebskontor Hamburg
Verleih- und Vertriebsförderung für Filme und Videos, Friedensallee 14–16, 22785 Hamburg, Telefon 040/3905905

Archive und Museen

Deutsches Filmmuseum
Schaumainkai 41, 60596 Frankfurt, Telefon 069/21238830

Deutsches Institut für Filmkunde
Kreuzberger Ring 56, 65205 Wiesbaden, Telefon 0611/723310 (Filmarchiv)
Schaumainkai 41, 60596 Frankfurt, Telefon 069/9612200 (Text- und Fotoarchiv)
Direktor: Dr. Gerd Albrecht

Bundesarchiv-Filmarchiv
Fehrbelliner Platz 3, 10707 Berlin,
Telefon 030/8681-1

Filmakademie Baden-Württemberg
Mathildenstr. 20, 71638 Ludwigsburg, Telefon 0741/969-0

Filmakademie Niedersachsen
Prinzenstraße 14, 30159 Hannover, Telefon 0511/1201

Filminstitut der Landeshauptstadt Düsseldorf
Kasernenstraße 6, 40213 Düsseldorf, Telefon 0211/8993764

Filmkundliches Archiv für sozialwissenschaftliche und kulturelle Fragen
Berrenrather Straße 423, 50937 Köln, Telefon 0221/463847

Filmmuseum Düsseldorf
Schulstraße 4, 40213 Düsseldorf, Telefon 0211/899-2490

Filmmuseum Potsdam
Am Marstall, 14467 Potsdam, Telefon 0331/23675

Friedrich-Wilhelm-Murnau-Stiftung
Kreuzberger Ring 56, 65205 Wiesbaden, Telefon 0611/723321

Konferenz der Landesfilmdienste für Jugend- und Erwachsenenbildung e.V.
Rheinallee 59, 53173 Bonn, Telefon 0228/355002/3

Privates Archiv für Filmkunde
Kuenstraße 5, 50733 Köln, Telefon 0221/724742

Stiftung Deutsche Kinemathek
Pommernallee 1, 14052 Berlin, Telefon 030/30307-1

Stiftung Schleswig-Holsteinische Cinémathèque
Königstraße 21, 23539 Lübeck, Telefon 0451/77339

Öffentlich-rechtliche TV-Anbieter

Bundesrepublik Deutschland:

ARD
Arbeitsgemeinschaft der öffentlich-rechtlichen Rundfunkanstalten der Bundesrepublik Deutschland
ARD-Büro: Bertramstr. 8, 60320 Frankfurt, Tel.: 069/590607, Fax: 1552075
ARD-Geschäftsführung 1995 und 1996:
BAYERISCHER RUNDFUNK (BR), Rundfunkplatz 1, 80335 München, Tel.: 089/5900-01, Fax: 5900–2375
Vorsitzender: Intendant Prof. Albert Scharf (BR)
ARD-Gemeinschaftsprogramm:
Erstes Deutsches Fernsehen
ARD-Programmdirektion Deutsches Fernsehen (DFS), Arnulfstr. 42, 80335 München, Tel.: 089/5900-01, Fax: 5900-3249
Programmdirektor: Dr. Günter Struve

Bayerischer Rundfunk (BR)
Rundfunkplatz 1, 80335 München, Tel.: 089/900-01, Fax: 5900-2375
Intendant: Prof. Albert Scharf

Hessischer Rundfunk (HR)
Bertramstr. 8, 60320 Frankfurt, Tel.: 069/155-1, Fax: 155-2900
Intendant: Prof. Dr. Klaus Berg

Mitteldeutscher Rundfunk (MDR)
Kantstr. 71–73, 04275 Leipzig, Tel.: 0341/595-0, Fax: 559-5544
Intendant: Dr. Udo Reiter

Norddeutscher Rundfunk (NDR)
Rothenbaumchaussee 132, 20149 Hamburg, Tel.: 040/4156-0, Fax: 447602
Intendant: Jobst Plog

Ostdeutscher Rundfunk Brandenburg (ORB)
August-Bebel-Str. 26 / 53, 14482 Potsdam, Tel.: 0331/721-0, Fax: 721-3624
Intendant: Prof. Dr. Hansjürgen Rosenbauer

Radio Bremen (RB)
Hans-Bredow-Str. 10, 28307 Bremen, Tel.: 0421/246-0, Fax: 246-1010
Intendant: Karl-Heinz Klostermeier

Saarländischer Rundfunk (SR)
Funkhaus Halberg, 66100 Saarbrücken, Tel.: 0681/602-0, Fax: 602-3874
Intendant: Fritz Raff

Sender Freies Berlin (SFB)
Masurenallee 8–14, 14057 Berlin, Tel.: 030/3031-0, Fax: 3015062
Intendant: Dr. Günther von Lojewski

Süddeutscher Rundfunk (SDR)
Neckarstr. 230, 70190 Stuttgart, Tel.: 0711/929-0, Fax: 929-2600
Intendant: Hermann Fünfgeld

Südwestfunk (SWF)
Hans-Bredow-Straße, 76530 Baden-Baden, Tel.: 07221/92-0, Fax: 92-2010
Intendant: Peter Voß

Westdeutscher Rundfunk (WDR)
Appellhofplatz 1, 50667 Köln, Tel.: 0221/220-1, Fax: 220-4800
Intendant: Fritz Pleitgen

Zweites Deutsches Fernsehen (ZDF)
ZDF-Str. 1, 55110 Mainz, Tel.: 06131/70-1, Fax: 70-2157
Intendant: Prof. Dieter Stolte

Öffentlich-rechtliches Vollprogramm

arte
Der Europäische Kulturkanal
In Frankreich:
ARTE G. E. I. E., F-67080 Strasbourg Cedex, 2a, Rue de la Fonderie,
Präsident der Mitgliederversammlung: Jobst Plog
Tel.: 0033/88/142005 Fax: 88/14200
In der Bundesrepublik Deutschland:
ARTE Deutschland TV GmbH, Schützenstr. 1, 76530 Baden-Baden, Tel.: 07221/9369-0, Fax: 9369-50

Deutsche Welle-TV Berlin
(Deutscher Auslandsrundfunk)
Voltastr. 5, 13355 Berlin, Tel.: 030/4699-0, Fax: 4631998
Intendant: Dieter Weirich

3sat
Satellitenfernsehen des deutschen Sprachraums
ZDF / ORF / SRG / ARD
ZDF-Str. 1, 55127 Mainz, Tel.: 06131/70-1, Fax: 06131/70-2157

Österreich:

Österreichischer Rundfunk (ORF)
Würzburggasse 30, A-1136 Wien, Tel.: 00431/87878-0, Fax: 87878-2250
Generalintendant: Gerhard Zeiler

Schweiz:

SRG SSR Schweizerische Radio- und Fernsehgesellschaft (SRG)
Generaldirektion, Giacomettistr. 3, CH-3000 Bern 15, Tel.: 004131/350-91 11, Fax: 350-9256
Präsident SRG: Eric Lehmann
Generaldirektor SRG: Antonio Riva (ab 1. September 1996: Armin Walpen)

Fernsehen der deutschen und rätoromanischen Schweiz / Schweizer Fernsehen DRS:
Fernsehstr. 1–4, CH-8052 Zürich
Programmdirektor DRS: Peter Schellenberg

Privates Fernsehen

Deutsche Anbieter

Bundesweit:

DCTP
DCTP Entwicklungsgesellschaft für TV Programm mbH
Königsallee 60 b, 40212 Düsseldorf, Tel.: 0211/13992-0, Fax.: 1399-232
Geschäftsführer: Nobuo Momose, Dr. Alexander Kluge

DSF
Deutsches Sport Fernsehen GMBH
Bahnhofstr. 27, 85774 Unterföhring, Tel.: 089/95002-0, Fax: 9500-392
Geschäftsführer: Dr. Dieter Hahn

H. O. T.
Home Order Television GmbH & Co. KG
Gutenbergstraße 1, 85774 Unterföhring, Tel.: 089/9507-3100, Fax.: 9507-3110
Geschäftsführung: Dr. Andreas Büchelhofer, Stephan Wüst

Kabel 1
K1 Fernsehen GmbH
Gutenbergstraße 1, 85774 Unterföhring, Tel.: 089/95072-100, Fax: 95072-209
Geschäftsführer: Karlheinz Jungbeck

Kanal 4
Kanal 4 Rundfunkgesellschaft in Nordrhein-Westfalen mbH
Kolumbastr. 3, 50667 Köln, Tel.: 0221/2575-501, Fax.: 2575-598
Geschäftsführer: Dr. Eberhard Heyse

Nickelodeon
Nickelodeon GmbH
Zollhof 11, 40221 Düsseldorf, Tel.: 0211/9121-0, Fax.: 9121-400
Geschäftsführer: Andreas Hess, Düsseldorf: Jon Miller, London

n-tv
n-tv Nachrichtenfernsehen GmbH & Co. KG
Taubenstr. 1, 10117 Berlin, Tel.: 030/20190-0, Fax: 20190-505
Geschäftsführer: Karl-Ulrich Kuhlo

ONYX
Onyx Television GmbH
Stefan-George-Ring 20, 81929 München, Tel.: 089/993197-0, Fax.: 383941-50
Geschäftsführer: Roland M. Müller

premiere
premiere Medien GmbH & Co KG
Tonndorfer Hauptstraße 90, 22045 Hamburg, Tel.: 040/6680-0, Fax: 6680-1199
Service-Management:
Am Stadtrand 52, 22047 Hamburg, Tel.: 040/6680-0, Fax: 6680-1199
Geschäftsführer: Dr. Bernd Kundrun

PRO SIEBEN
PRO Sieben Television GmbH
Bahnhofstr. 28, 85767 Unterföhring, Tel.: 089/9507-10, Fax: 9507-1122
Geschäftsführer: Dr. Georg Kofler

RTL
RTL Deutschland Fernsehen GmbH & Co Betriebs-KG
Aachener Str. 1036, 50858 Köln, Tel.: 0221/4560, Fax: 456-1690
Geschäftsführer: Dr. Helmut Thoma

RTL 2
RTL 2 Fernsehen GmbH & Co. KG
Bavariafilmplatz 7, 82031 München-Grünwald, Tel.: 089/64185-0, Fax: 64185-999
Geschäftsführung / Programmdirektion: Rudolf-Markus Reischl

Super RTL
RTL Club Fernsehen GmbH & Co. KG
Richard-Byrd-Str. 6, 50829 Köln, Tel.: 0221/9155-0, Fax: 9155-119
Geschäftsführer: Peter T. Heimes

SAT 1
SAT 1 Satelliten Fernsehen GmbH
Otto-Schott-Str. 13, 55127 Mainz, Tel.: 06131/900-0, Fax: 900-100
Martin-Luther-Str. 1, 10777 Berlin, Tel. 030/21241-0, Fax: 21241-140
Geschäftsführer: Jürgen Doetz, Hans Grimm (Vors.), Fred Kogel (Programm)

TM3 Fernsehen für Frauen
TM3 Fernsehen GmbH & Co. KG
Bavariafilmplatz 7, 82031 Grünwald, Tel.: 089/6195-100, Fax.: 64195-105
Geschäftsführer: Jochen Kröhne

VH-1
Bramfelder Str. 117, 22305 Hamburg, Tel. 040/61150-0, Fax: 61150-129
Geschäftsführer «Central European Operations» MTV / VH-1: Michael Oplesch
MTV Networks GmbH, Feldbergstr. 28, 60323 Frankfurt, Tel.: 069/971455-0, Fax: 971455-20
Geschäftsführer: Michael Oplesch, Christoph Post, Klaus Dobicki

VIVA
VIVA Fernsehen GmbH & Co. KG Köln
Claudius-Dornier-Str. 5b, 50829 Köln, Tel.: 0221/95682-0, Fax 95682-82/-83
Geschäftsführer: Dieter Gorny

VIVA II
VIVA Fernsehen GmbH & Co. KG Köln
Claudius-Dornier-Str. 5 b, 50829 Köln, Tel.: 0221/95682-0,
Fax: 95682-82/-83
Geschäftsführung: vgl. VIVA

VOX
VOX Film- und Fernseh GmbH & Co KG
Richard-Byrd-Str. 6, 50829 Köln, Tel.: 0221/9534-0, Fax: 9534-800
Geschäftsführer: Markus Tellenbach

Privates Fernsehen

Internationale Anbieter

CNBC
Cable News ans Business Channel
s. NBC Super Channel
Geschäftsführer: Roger Odgen

CNN International
Cable News Network International (Europe)
GB-London W11 1DF
19 / 22 Rathbone Place, Tel.: 004471/63767-39 und -49, Fax: 63767-38

EURONEWS
Société éditrice de la chaine européenne multilingue d'information (SOCEMIE)
60, Chemin de Mouilles, F-69130 Ecully / Lyon, Tel.: 0033-72/188-000, Fax: 0033-78/78222717
Generaldirektor: Massimo Fichera (RAI)
Stellvertretender Generaldirektor: Javier de Juan-Aracil Lopez (RTVE)

Eurosport
54, Avenue de la Voie Lactée, F-92656 Boulogne, Tel.: 00331/4141-1234, Fax: 4141-2890
Geschäftsführer: Emmanuel Florent
Büro in der Bundesrepublik Deutschland:
Siedlerstr. 2, 85774 Unterföhring, Tel.: 089/95829-0, Fax: 95829-209
Geschäftsführer: Dr. Thomas Mayrhofer, Emmanuel Florent

MTV Europe
Music Television Europe
GB-London NW1 8TT, Tel.: 004471/284-7777, Fax: 284-7788
Geschäftsführer: Peter Einstein, Brent Hansen
Büros in der Bundesrepublik Deutschland:
MTV Network GmbH
Bramfelder Straße 117, 22305 Hamburg, Tel.: 040/61150-0, Fax.: 284-7788
Geschäftsführer: «Central European Operations»: Michael Oplesch
MTV Networks GmbH
Feldbergstraße 28, 60323 Frankfurt, Tel.: 069/971455-0, Fax.: 971455
Network Development: Wolfgang Horrion

NBC Super Channel
4th Floor
3, Shortlands, Hammersmith
GB-London W 6 8 BX
Tel.: 0044/181/6006100, Fax.: 6006200

Chairman: Roger Ogden, Patrick Cox
Büro Deutschland:
Münchener Straße 14, 85774 Unterföhring, Tel.: 089/99278510, Fax.: 9577090

TV5 – Europe
Satellimages TV5
F-75007 Paris
Sendezentrum: 15, Rue Cognacq-Jay, Tel.: 00331/4418-5555, Fax: 4418-5510
Geschäftsführer: Patrick Imhaus

Katholische Fernseharbeit

Päpstlicher Rat für die sozialen Kommunikatinsmittel
Palazzo San Carlo, Citta del Vativano, Rom

UNDA-Internationale Katholische Vereinigung für Rundfunk
12, Rue de l'Orme, B-1040 Brüssel
Präsident: Sr. Angela Ann Zukowski
Generalsekretär: Fr. Victor Sunderaj

UNDA-Europa
Albert-Neuhuys-Straat 27, NL-3583 SV Utrecht
Vorsitzende: Maria ter Steeg

UNDA-Deutschland
Kaiserstraße 163, 53113 Bonn, Telefon 0228/103-235

Zentralstelle Medien der Deutschen Bischofskonferenz, Referat Hörfunk / Fernsehen
Kaiserstraße 163, 53113 Bonn, Telefon 0228/103-235
Referent: Ludger Verst

Katholisches Institut für Medieninformation e.V.
Am Hof 28, 50667 Köln, Telefon 0221/925463-0, Telex 888 1155, Telefax 0221/925463-6
Vorsitzender: Dr. Günter Graf, Chefredakteur: Dr. Martin Thull

Fernseh-Dienst
FUNK-Korrespondenz
Verlag und Redaktion für alle: Katholisches Institut für Medieninformation e.V. (siehe oben)

Direktorium der Katholischen Rundfunkarbeit in Deutschland
Kaiserstraße 163, 53113 Bonn, Telefon 0228/103-302/235, Fax: 0228/103-329
Vorsitz: Dr. Reinhold Jacobi
GF: Zentralstelle Medien, Referat Hörfunk / Fernsehen